约翰·克里斯托夫（上）

[法]罗曼·罗兰 著　许渊冲 译

目录

001 译　序

上

第一卷　黎明

003　第一部
021　第二部
052　第三部

第二卷　清晨

083　第一部　约翰·米歇尔之死
109　第二部　奥托
128　第三部　蜜娜

第三卷　青春

165　第一部　于莱之家
197　第二部　莎冰
232　第三部　阿达

第四卷　反抗

275　第一部　流沙
334　第二部　失落
390　第三部　解脱
457　作者和影子的对话

第五卷　市场

463　第一部
523　第二部

下

第六卷　安东妮蒂

第七卷　楼中

663　第一部
709　第二部

第八卷　女友

第九卷　燃荆

891　第一部
945　第二部

第十卷　新生

1019　第一部
1045　第二部
1089　第三部
1111　第四部
1136　别了约翰·克里斯托夫

1137　后　　序
1144　后　　记

译　序

　　二十世纪的世界文学名著中,最能引起一代人共鸣的,可能是罗曼·罗兰的《约翰·克里斯托夫》。早在五十年代,这本书就是北京大学出借率最高的一部。到了六十年代,中国掀起了一场史无前例的"文化大革命",批判了这部小说中的个人奋斗精神。但是说也奇怪,"文革"十年浩劫之后,在北京大学,这部作品又成了三十几部世界文学名著中的必读书之一。由此可见这部小说的影响力之大。为什么呢？罗曼·罗兰创造约翰·克里斯托夫的时候,是以音乐家贝多芬为蓝本的。贝多芬通过痛苦,争取欢乐的一生,对后来人具有典型的意义。贝多芬的名言——为了更美,没有一条清规戒律是不可以打破的——更鼓舞了年轻一代人争取完美幸福生活的斗志。更兼罗兰写这本书,还加进了自己的生活经验;读者阅读时,再用自己的切身体会来印证,于是本书就如浩荡的江声传遍全球了。

　　一九三二年,罗曼·罗兰对一个德国的采访记者说过:"我是一个根深蒂固的法国人,但是我从来就对本国人和外国人一视同仁。从小时候起,我吸收的营养来自法国的高乃依和莫里哀,德国的席勒和贝多芬,英国的莎士比亚和狄更斯,西班牙的塞万提斯和俄国的托尔斯泰。我没有停留在表面的矛盾上(不管是时代的还是国家的冲突),而是深入内心,发现无论在哪里,人心都是一样的。"

　　罗兰接着说:"当我开始写我的人物时,我发现这个人物立刻唤起了世界各地人的共鸣。多少俄国青年,印度青年,中国或日本青年,南北美洲的青年,还有欧洲邻国的青年,都给我写信说:'我是约翰·克里斯托夫!'当然,他们给克里斯托夫穿上了本国的服装,俄国的,日本的,印度的,不管是哪国的,那有什么关系! 在不同的服装之下,流着相同的友爱的血液。"

　　一八八六年,罗曼·罗兰二十岁时,考入了巴黎高等师范学校。一八八七年五月八日的日记中记下了他的学习成绩:顾弥老师给他的评语是"中等",文法知识"薄弱",历史和法文成绩"优秀"。所以他在五月十五日的日记中说:"我要学习历史。"但在课余,他从世界文学名著中汲取营养。

罗兰从小就是个国际主义者,喜欢读莎士比亚的作品,甚至超过了法国的戏剧。他在一八八四年报考高师时,读莎士比亚的时间比温书的时间还多,结果没有考取,他说"就是因为我把最好的时光都给了莎士比亚,我把他整个儿吞下去了,或者不如说,我被他整个儿吞下去了。"后来考入高师后,他在日记中说:"莎士比亚的戏剧令人倾倒,但是只能阅读,不能上演。"他比较了莎士比亚的《哈姆雷特》和拜伦的《曼弗雷特》后说:"哈姆雷特是绝对的怀疑;曼弗雷特却完全是虚无主义。在哈姆雷特身上,意志已经死亡;在曼弗雷特身上,却连欲望本身也死亡了。"他还说:"《哈姆雷特》有三场戏写得特别好:一是老王显灵;二是假戏演真事;三是生死决斗。"由此可以看出罗兰批评精神的发展。

罗兰崇拜的英雄不是用思想或武力取得胜利的人,而是有伟大心灵,伟大性格的人物。伟大的性格往往是在和命运做斗争中形成的,一方面和外在世界,另一方面和内心世界。罗兰在高师毕业后,开始创作革命戏剧和《名人传》,歌颂英雄人物和伟大的心灵。他的戏剧多数没有上演,《名人传》却为他取得了声誉。他在《贝多芬传》中写到《第九交响乐》(欢乐颂)时说:

> 欢乐抓住了人。这是一种征服,是对痛苦的一场战争。然后是进行曲的节奏,浩浩荡荡的大军,男高音那热烈而急促的歌唱,以及所有那些令人震颤的乐章,我们在其中可以听到贝多芬的气息,他呼吸的节奏和受启迪而发出的呼喊,使人看到他正穿过田野,一边还在作曲,如痴如醉,激动狂放,犹如李尔王在雷雨中。

比较一下《约翰·克里斯托夫》第四卷第一部《流沙》中对欢乐的描写:

> 欢乐,欢乐的狂热,照耀今天和明天的太阳,开天辟地,创造的欢乐!没有创造就没有欢乐。不会创造就没有生命。其他一切都是浮光掠影,在大地上漂流,与生命并没有关系。人生的欢

乐都是创造的欢乐:爱情,天才,斗争——都是这独一无二的熔炉里流出来的光辉力量。甚至那些在伟大的熔炉中没有立足之地的野心勃勃,自私自利,花天酒地,无所作为的人,也千方百计,要从那炉火的回光返照中沾光取暖。

创造,肉体也好,精神也好,都要冲出躯壳的牢笼,在生命的狂风暴雨中冲锋陷阵,成为开天辟地的神灵。创造就是消灭死亡。

在《贝多芬传》中,欢乐征服了痛苦;在《约翰·克里斯托夫》中,创造的欢乐消灭了死亡。这就是克里斯托夫和贝多芬在精神上的血缘关系。

在形体上,贝多芬"矮小粗壮","一张土红色的宽脸庞","额头突起,宽大。头发乌黑,极为浓密,似乎梳子都从未能梳通过","双眼闪烁着一种神奇的力,使所有看到它的人都为之震惧","鼻头宽大短方,一张狮面脸","牙床可怕之极,好像连核桃都能咬碎"。克里斯托夫呢,"他的相貌与众不同","丑得出奇,模样,装束,突然的动作和笨拙的举止,都会使人发笑;他有时会说出似是而非的奇谈怪论;他的智力没有经过加工,但是溢于言表。"前者描写细致,后者印象深刻,合起来就全面了。

至于家庭,《贝多芬传》中说:"他父亲想到用他的音乐天赋,把他炫耀得如同一个神童。四岁时,父亲就把他一连几小时地钉在羽管键琴前,或给他一把小提琴,把他关在房间里,压得他透不过气来。他差一点因此而永远厌恶艺术。父亲必须使用暴力才能使贝多芬学习音乐。年少时的他就得为物质生活而操心,想法挣钱吃饭,为过早的重任而愁烦。十一岁时,他进了剧院乐团;十三岁时,他当了管风琴手。一七八七年,他失去了他崇敬的母亲。"

克里斯托夫呢,他的父亲梅希奥"发现孩子坐在太高的键盘前,他注视了一会,一个念头闪过心上:'这是个小神童!……怎么早没想到!……那我们家要走运了!'"梅希奥无论做什么,总想在平凡中发现出隐藏的高雅来;而他很少有落空的时候。有了这个坚强的信念,他一吃过晚餐,刚咽下最后一口,就把孩子又摆到钢琴凳上,要他温习白天的功课,不累得他闭上眼睛不罢休。然后,第二天又是三次。第三天还是一样。从此以后,天天不变。克里斯托夫很快就累坏了;后来,他厌烦得要死;最后,他受不了,想要反抗……他到底还是屈服了。无论多么英勇顽强的抵抗,多么倔强的脾气,也招架不住戒尺的打击……大颗的眼泪顺着脸颊和鼻子流下来……老爷爷看见孙子哭,就认真地对他说:为了人类最美好,最高尚的艺术,为了给人类带来安慰,带来光荣,吃吃苦也是划得来的。""克里斯托夫快满十一岁……他的小提琴听起来甚至已经有一种吸引人的力量。他的父亲出了一个主意,在乐池里给他摆了个乐谱架。他演奏得这样出色,实习了几个月之后,他就被正式任命为音乐院的第二小提琴手了。就是这样,他开始挣钱养家。"

他的母亲是个厨娘,在他挨了小主人打的时候,"她不但不为他辩护,反而不问三七二十一,就打了他几个耳光,而且还要他赔不是……他哪里想得到:母亲为了生活,为了把他养活,吃了多少苦头!甚至不得不狠下心来,违背自己的意愿,和他作对!""她疼爱儿子,儿子使她快活;而她也是儿子在世上最爱的人。然而,他们互相使对方痛苦。她不太了解克里斯托夫……她很器重儿子,觉得他本领大;但是她做什么都使他的本领不得施展……她不了解什么是雄心壮志,以为人生的幸福全在家庭团聚之乐,全在尽了一个平凡人的本分。"而贝多芬的"母亲是个女佣,是个厨师的女儿,第一次嫁给一个男仆,丧夫后改嫁贝多芬的父亲。"两个母亲大同小异。

贝多芬具有反抗精神,不把权贵放在眼里,这一点和歌德恰恰相反。《贝多芬传》中说:"昨天,在归来的路上,我们(贝多芬和歌德)遇见全体皇族,我们老远地就看见他们了。歌德便挣开我的手臂,立于大路旁。我白费口舌地对他说了我想说的所有的话,但我就是不能让他多走一步。于是,我把帽子压得低低的,扣上外套上的纽扣,倒背着双手,钻进密集的人群中去。亲王们和朝臣们排队恭迎;太子鲁道夫向我脱帽;皇后娘娘先向我打招呼——大人物们认识我——我觉得好玩地看着皇家车马在歌德面前经过。他立于路边,低低地弯着腰,帽子拿在手里。事后,我毫不留情地把他狠狠地训斥了一遍。"克里斯托夫呢,他的反抗精神甚至发展到和公爵大人顶撞,大喊大叫"我不是你的奴仆,我愿意说什么就说什么!"结果公爵把他赶出了大门,使他失去了公爵府乐师的职位。

关于爱情,《贝多芬传》中说:"他把富于梦幻和畅想的奏鸣曲(作品第七十八号)题献给了泰蕾兹,并附有一封没有日期的信,写上'致永远的爱人'。"他们不但相爱,还在一八〇六年五月订了婚,但是,"婚约毁了;然而双方似乎谁也没有忘记这段爱情……泰蕾兹曾把自己的肖像送给贝多芬,并题赠云:'送给罕见的天才,伟大的艺术家,善良的人。泰·布赠。'在贝多芬的晚年,一位友人见贝多芬形单影只地抱着这幅肖像痛哭流涕……他在笔记中写道:'屈服,深深地屈服于你的命运;你已不能再为自己而存在,只能是为他人而存在;对于你来说,只有在你的艺术中才有幸福了。'"在《约翰·克里斯托夫》中,葛拉齐亚就是泰蕾兹的影子,我们可以读读她和克里斯托夫的谈话。

"我们之间应该说老实话,这样才够朋友。"

"只是朋友?"他忧伤地说,"没有别的?"

"别不安分!你还要什么?要和我结婚吗?……我们的感情没有受到共同生活的考验,而在日常生活中,即使是最纯洁的感情到头来也会玷污的……"

"你这样说,因为你不那么爱我了。"

"啊!不对,我一直是同样爱你的。"

"啊!你这还是头一回这样说呢。"

"我们之间用不着再有什么隐瞒了。你看,我已经不再相信婚姻有什么好处。我自己的例子,我知道,也许不足为训。但我思考过,也看到了我周围的事。幸福的婚姻实在太少了。婚姻有点违反天性。怎么能把两个意志不同的人永远拴在一起呢?那总要损害一方的,如果不是双方的话。即使受到损害,沉浸在痛苦中的心灵也许得不到什么好处。"

"啊!"他说,"我的看法恰恰相反,婚姻是两个心灵都做出牺牲,融合成为一个心灵,那是多么好啊!"

"在你的梦中那是非常好的,但在现实中,你会比谁都更痛苦。"

……

(葛拉齐亚又说:)"既然我知道你的价值比我大得多,我就会怪我这个小人物不应该妨碍你,于是我就会压制个性,会不说话,并且会痛苦。"

克里斯托夫的眼泪涌上来了。

"啊,那可不行。一定不行!我宁可受苦受难,也不能要你为我受苦……"

"我的朋友,不要难过……你要知道,我这样说,也许是在抬高自己……也许我还舍不得为了你牺牲我自己呢。"

"那就更好!"

"那我要牺牲的,就是你了,而回过头来,我自己也痛苦……你看,不管牺牲你还是牺牲我,都不能解决问题。所以还是像我们现在这样好。难道还有什么比我们现在的感情更好的吗?"

他摇摇头,微微苦笑了一下。

从葛拉齐亚的现实主义态度中,可以看出泰蕾兹在婚约毁了并且再婚之后,还是爱着贝多芬的。浪漫主义的贝多芬如何在艺术中超越痛苦的呢?可以再读《约翰·克里斯托夫》。

一个人生活得越久,创造得越多,爱恋得越深而失掉情人越痛苦,就越能够超越死亡。我们每受一次打击,每创造一件新的作品,就远离了我们自己一步,进入了我们创造的作品,深入到我们爱恋而失掉了的心灵。结果,罗马已经不在罗马城内,我们的精华已经在我们身外。在城墙边,本来只有一个葛拉齐亚在留住他。现在她一走……痛苦的世界就对他关上了大门。

……他回头看看燃烧的荆棘,脚下的火炬已经消失在黑夜里了。火炬离他多远啊!在火光照亮了他的道路时,他几乎以为自己已经到达顶峰了。从那时起,他又走了多远的路啊!然而,顶峰并不见得离他更近。他现在才知道,即使他永远走下去,也到不了顶峰的。但只要走进了光明的领域而没有把自己心爱的人丢在后面,只要有心爱的人同路,那永恒也不会显得太远的。

关于"永恒",罗曼·罗兰在《约翰·克里斯托夫》第五卷第二部中说过:

爱和恨,取和舍的意志,人的一切力量发展到了登峰造极的顶点,就接近"永恒"了,就已经成了"永恒"的一部分。每个人身上都有"永恒"的因素。……各种矛盾都溶化在永恒的"力"之中。对克里斯托夫说来,重要的是唤醒自己心中和别人心中的"永恒之力",把木柴投入"永恒"的火炉之中,使"永恒"燃烧得更加光辉灿烂。

这就是克里斯托夫,罗曼·罗兰,贝多芬如何超越痛苦,寻求幸福的。

《约翰·克里斯托夫》不但是以贝多芬为蓝本,而且还有罗曼·罗兰自己的生活踪迹。他在第六卷《安东妮蒂》第一页描写他的故乡:

> 使他们和乡土难分难解的,是一种说不出,除不掉的共同感,无论粗俗文雅,人人都感到几百年来,和土地同生活,共呼吸,心心相印,息息相通,自己也成了一块泥土……死气沉沉的小小古城在一条运河一动不动的浑水中照着自己闷闷不乐的面容,周围是千篇一律的田野,耕过的土地,草场,小溪,树林,然后又是千篇一律的田野……这种没有动静的景象,这种和谐的沉闷,这种单调,对他说来却有一种魅力,一片深刻的温情,他自己也不明白,甚至不以为贵,但却一往情深,终生难忘。

早在一八八八年,罗兰写的第一个短篇小说《童年的初恋》中的女主角,就是《约翰·克里斯托夫》第二卷第三部中的蜜娜。

> 克里斯托夫穿着不合身的礼服,束手束脚……他越窘,蜜娜越开心,他便结结巴巴,不知所云……蜜娜还为了寻开心,故意眉目传情,顾盼卖俏,使他更紧张了。
> ……蜜娜对他本来就不在乎,头一次见他,不惜露出笑容,那是女孩子要讨好的本性,她喜欢试试自己的魅力。不管碰到什么人,只要她闲得没事,都会一视同仁。但从第二天起,她对这种容易到手的东西,就不再有什么兴趣了。

一八九二年十月,罗兰和犹太教授的女儿克洛蒂结婚,八年之后,他们离婚了。在《约翰·克里斯托夫》第四卷第一部《流沙》中,也有犹太才女于蒂思的故事。

> 克里斯托夫见到了于蒂思……从正面看来,喜怒哀乐的表情并不分明,叫人捉摸不定,显得内心复杂……她喜欢深入到人的内心,来衡量人的价值……看到人的缺点和弱点(那是打开人心的钥匙),看出人心的秘密,这是她掌握别人的办法。但她对胜利并不留连忘返,也不利用她的战利品。
> 两个人——女的感情细腻,男的本能强烈,天生的聪明……

于蒂思眼看自己只能够对他的理智施加影响,(而女人的影响要使男人失去理智才更有价值!)她感到有点丢脸……她习惯于随心所欲地践踏那些软骨头的思想。但她认为她认识的那些年轻人都太平庸,控制他们并没有什么兴趣。

一九一二年,罗兰和一个年轻的美国女演员达丽同居,两年之后,欧战爆发,达丽回美国去了。《约翰·克里斯托夫》第四卷第二部《失落》中写到一个莎剧女演员柯琳娜,其中可能有达丽的影子。

  她并不像莎士比亚悲剧中的奥菲利娅。这是个漂亮的女郎,高大,结实,苗条,像一尊希腊女神的雕像。她浑身洋溢着生命力。虽然她努力不演得出轨,但她的肉体,一举一动,一笑一眨眼,都流露出青春和欢乐的魅力。美丽的肉体有多大的能量!克里斯托夫看到奥菲利娅并不像他想象中的人物,却并不感到遗憾,反倒毫不惋惜地为了台上的女主角而牺牲心中的形象……

  柯琳娜问克里斯托夫弹的是谁的作品;一听说是他自己的,不禁大叫起来……一个德国人居然碰到了一个法国知音,真是惊喜交集……柯琳娜要求他再弹一次,而且站了起来,把调子从头到尾唱了一遍,几乎一个音符也没有背错。这时,克里斯托夫简直惊喜若狂了。

在《约翰·克里斯托夫》中,我们看到了一片心灵的海洋。《约翰·克里斯托夫》第一句,傅雷译成"江声浩荡,自屋后上升",有人说是译文胜过了原文,有人却说声音不能浩荡,我看如果说"江流滚滚,声震屋后"也就可以算是译笔生花了。贝多芬说过:"为了更美,没有一条清规戒律是不可打破的。"原文也并不是不可超越的文本。王尔德说过:"语言是思想的父母,不是思想的产儿。"新世纪语言学革新派更认为语言不但表达意义,而且创造意义。我译的《约翰·克里斯托夫》就合理地表现了语言的创造意义。

二〇〇二年八月二十二日

一九九四年版序言

我认为重译是提高翻译水平的一个好方法。我曾说过：文学翻译是两种语言的竞赛。而重译则是两个译者之间、有时甚至是译者和作者之间的竞赛。其实，文学翻译的最高目标应该是取代原作。因为二十一世纪的文学家不可能只知道本国文学，而不了解世界文学，因此必须阅读翻译文学，而译作如果能和原作比美，甚至胜过原作（如英译《鲁拜集》）的话，那就可以在本国建立世界文学。二十一世纪的翻译家应该和作家不分高下，所以我要和傅雷展开竞赛。如果译文只寻求和原文"对等"、"等值"或"等效"，那结果往往只能使读者"知之"，不容易使人"好之"，更不容易使人"乐之"；在两种语言的竞赛中，只能紧紧跟在原文后面，永远不能超越原文；这就是说，翻译文学永远不能和创作文学比美，更不可能胜过创作了。但是，如果能用"再创作"的方法，充分发挥译语优势，使人读译文后，不但"知之"（信），而且"好之"（达），甚至"乐之"（雅），那翻译文学才有可能和创作文学平起平坐，才有可能在本国建立起世界文学。如果能把本国文学译成外文，能使外国读者"知之、好之、乐之"，那就是在全世界建立世界文学了。

重译《约翰·克里斯托夫》不仅为了使人"知之、好之、乐之"，首先是译者"自得其乐"。叔本华说过："美"是最高级的"善"，创造"美"是最高级的乐趣。傅译已经可以和原作比美而不逊色，如果再创造的"美"有幸能够胜过傅译，那不是最高级的乐趣吗？如果"自得其乐"能够引起广大读者的共鸣，那不是最高级的"善"，最大的好事吗？乐趣有人共享就会倍增，无人同赏却会消失。这就是我重译这部皇皇巨著的原因。

献给世界各国
受苦受难、英勇斗争
取得胜利的自由心灵!

第一卷 黎明

LIBRARY OF WORLD LITERATURE

白日降临前的黎明时刻,
你的灵魂还在体内酣睡……

《炼狱》第九歌

第一部

> 当潮湿的浓雾开始消散,
> 太阳软绵绵地显露……
> 《炼狱》第十七歌

江流滚滚,声震屋后。从天亮的时候起,雨水就不停地打在玻璃窗上。蒙蒙的雾气凝成了水珠,涓涓不息地顺着玻璃的裂缝往下流。昏黄的天暗下来了。房子里又闷又热。

新生的婴儿在摇篮里动来动去。虽然老爷爷进门的时候脱了木靴,他的脚步还是踩得地板格格作响:婴孩哭起来了。母亲把身子伸到床外,想让他不要哭;老祖父摸摸索索点着了灯,免得孩子怕暗。灯光照亮了约翰·米歇尔通红的老脸,又粗又硬的白胡子,要找岔子的神气,一双灵活的眼睛。他走到摇篮旁边。他的外套闻起来有一股潮味;脚上拖着一双大蓝布鞋。路易莎做了个手势,叫他不要过来。她的淡黄头发几乎白了;她的面目消瘦,绵羊般温顺的脸上有些雀斑;她的嘴唇很厚,但是没有血色,并且老合不拢,即使微微一笑,也显得畏畏缩缩;她怎么样也看不够似的盯着孩子——她的眼睛很蓝,迷迷糊糊,眼珠只是小小的一个圆点,却深藏着无限的脉脉温情。

孩子醒过来又哭了。他模糊不清的眼睛东溜西转。多么可怕!一团漆黑,突然而来的耀眼灯光,头脑里乱七八糟的错觉,周围的熙熙攘攘,压得他透不出气的黑夜,高深莫测的阴影,影子里恍惚射出了令人眼花缭乱的光线一般,蹦出了尖锐的感觉、痛苦、梦幻;这些大得吓人的面孔俯下身子来看他,这些眼睛穿透了他的身子,深入到他的心窝,而他却感到莫名其妙!……他没有气力叫喊;恐惧把他钉在摇篮里,一动不动,他睁大了眼睛,张开了嘴,喉咙里直喘气。他的大脑袋似乎肿了,皱起了奇形怪状、不堪入目的皱纹;他脸上和手上的皮肤褐里带紫,还有黄斑……

"老天爷!他长得多难看!"祖父用深信不疑的口气说。

他把灯放在桌子上。

路易莎像挨了骂的小姑娘似的撅起了嘴。约翰·米歇尔瞟了她一眼,笑了。

"你总不会要我说他长得好看吧?我就是说了你也不会相信。得了,这也不能怪你。娃娃都是这副长相。"

灯光和老爷爷的眼光把孩子吓呆了,好不容易才脱离了一动不动的状态。他又哭了起来。说不定他是从母亲的目光中,感到了对自己的疼爱,怂恿得他吐苦水了。路易莎伸出手臂对爷爷说:

"让我抱抱。"

爷爷照例先发一通议论:

"孩子一哭,可不应该迁就。叫就让他叫去。"

但他还是走了过来,抱起孩子,唠唠叨叨地说:

"从没见过这么难看的。"

路易莎用发烧的双手接过孩子,抱在怀里。她不知所措地笑了一笑,却心醉神迷地瞅着他。

"哦!我的小宝宝,"她不好意思地说,"你多么难看,你多么难看,我多么爱你啊!"

约翰·米歇尔转过身来,走到壁炉旁边;他板着脸拨了拨火;但他一本正经、闷闷不乐的面孔掩盖不住内心的喜悦。

"好媳妇,"他说,"得了,不要难过,他的日子还长着呢,会变好的。再说,难看又有什么关系?只要他做个好人,我们也就别无所求了。"

孩子一接触到母亲温暖的身体,立刻安静下来。听得见他扑哧扑哧咕咕噜噜地吃奶。约翰·米歇尔在椅子上稍微把头往后一仰,又郑重其事地说了一遍:

"做个正派的人,没有什么比这更好的事。"

他沉默了一会儿,考虑要不要把这个意思说得更清楚一点;但他再也找不到什么词儿好说,于是又沉默了片刻,才不自在地问道:

"你的丈夫怎么还不回来?"

"我想他是在戏院里,"路易莎畏畏缩缩地回答,"他要排演。"

"戏院已经关了门。我刚从门口走过。他又在说谎了。"

"不,不要老是怪他!也许怪我没听清楚。他说不定是讲课耽误了。"

"那也该回来了。"爷爷对这个解释并不满意。

他犹豫了一阵子,然后有点不好意思地低声问道:

"他是不是……老毛病又犯了?"

"不是,父亲,不是。"路易莎赶快回答。

爷爷瞧住她,她不敢看他的眼睛。

"你没有说实话,你在骗我。"

她悄悄地哭了。

"老天爷!"祖父叫了起来,踢了壁炉一脚。拨火棒哐啷掉到地上。母亲和儿子都吓了一跳。

"父亲,我求求你,"路易莎说,"不要把孩子吓哭了。"

孩子有几秒钟不知道如何是好,到底是哭呢还是吃奶;既然不能同时又哭又吃,他就照常吃奶不误。

约翰·米歇尔继续压低嗓门,但有时还是压不住火气,他说:

"我什么事得罪了老天爷,才生了这个酒鬼儿子?我这辈子节吃省用,累死累活,得了什么报应!……可是你呢,你,你怎么没法子拦住他呀?天啦!说来说去,这是你的本分啊。要是你能把他留在家里,唉!……"

路易莎哭得越发厉害了。

"不要怪我,我已经够难过的了!我尽了我的力。你哪里知道我一个人在家里多么害怕!我好像老听见他上楼的脚步声。于是我就等他推开房门,心里暗想:天啦!不知道他又醉成什么样子了?……一想起来,我就难过得要命。"

她一边呜咽,一边哆嗦。老爷爷觉得于心不忍了。他走到她身边,把从她发抖的肩膀上掉下来的被子又拉了上去,用他的大手摸摸她的头:

"得了,得了,不用害怕,还有我呢。"

她想起了孩子,就不哭了,还勉强笑了笑。

"我不该说那些话的。"

老爷爷瞧着她,摇了摇头:

"可怜的小媳妇,我给了你一个丈夫,可叫你吃不消了。"

"这都怪我自己,"她说,"他本不该娶我的。现在他也后悔了。"

"他有什么可后悔的?"

"这你还不知道?你自己本来也不高兴要我这个媳妇。"

"过去的事就不必提了。你说的倒也是事实。我当时是有点难过。

一个像他这样的男人——我这么说也不会叫你脸红——精心培养出来的、出色的音乐家,名副其实的艺术家——他本来可以另外攀一门亲事,而你一无所长,门不当户不对,又不是搞我们这一行的。克拉夫特家娶一个不懂音乐的媳妇,这是百年不遇的怪事!——不过话又说回来,你当然知道我并不怪你,认识了你以后,我对你还有了感情。再说,生米已经煮成熟饭,何必翻什么老账?只要你老老实实尽本分就行了。"

他转过身来坐下,歇了一会,郑重其事地像要发表什么警世名言似的说道:

"人生在世,头等大事就是要尽本分。"

他等待不同的意见,向壁炉里吐了一口痰;然后,母亲和孩子都没有反对的表示,他还想说下去,但说不出——就打住了。

他们两个都不再说话。约翰·米歇尔坐在壁炉旁边,路易莎坐在床上,两个人闷闷不乐地各想各的心事。老爷爷口里说得好,心里一想起儿子的婚事就不好受。路易莎也在想这桩事,她老是怪自己,虽然这并不是她的错。

她本来是个女用人,居然嫁了约翰·米歇尔的儿子梅希奥·克拉夫特,使每个人,尤其是她自己,都觉得大出意外。克拉夫特父子虽然不是有钱人家,但在莱茵河畔的小镇还是大家看得起的人物,老爷爷在镇上成家立业,差不多有半个世纪了。父子两人是世代相传的乐师,是科隆到曼海姆这一带音乐界的知名人士。梅希奥是宫廷剧院的提琴手;约翰·米歇尔从前还在大公爵的宫廷音乐会上当过指挥。老爷爷觉得梅希奥的婚事有辱门庭,辜负了他对儿子的莫大期望,原来他自己没有成名,所以把成名的厚望都寄托在儿子身上。不料儿子一时冲动,使他的奢望全落了空。因此,他先是大发雷霆,把铺天盖地的咒骂都泼在梅希奥和路易莎身上。但他到底是个好人,等到了解媳妇之后,就又原谅了她;甚至自以为对她有了慈父般的感情,不过他的感情一发作,老叫人下不了台。

没有人搞得清楚梅希奥是怎样攀上这门亲事的——梅希奥本人更不清楚。当然他不是看中了路易莎的漂亮。她一点也不动人:个儿矮小,脸色苍白,身子单薄;跟梅希奥和约翰·米歇尔一比,更是出乖露丑。他们两个又高又大,脸红腰粗,拳头硬邦,能吃能喝,笑声震天。她给他们压得抬不起头来;没有人把她看在眼里;她自己更是知趣,尽量销声匿迹。如果梅希奥心地好,还可以说他是把路易莎的朴实看得比别的条件更重,但他是个最重虚荣的人。像他这样的男子汉，要漂亮有漂亮，而且自命不凡，也不是没本领，大可高攀一个有钱人家的千金，甚至不妨——谁说不行？——像他吹嘘的那样，勾引个把大户人家的女弟子，谁想得到他却突然心血来潮挑了个穷人的女儿，既没受过教育，又不好看，还没追求过他……这真是咄咄怪事！

但是梅希奥是这样一种不寻常的人，做起事来总是和大家的期望，甚至和自己的期望背道而驰。并不是他不知道——俗话说得好，知错不改才是双料的傻瓜……他自作聪明，以为见风使舵，万无一失，稳达目标。但他没把舵手的主观因素算进去；他没有自知之明。他不知道舵手往往心不在焉，让舵自行其是，而舵偏偏又喜欢搞鬼捣乱，和舵手作对。船一放任自流，就会一直朝着暗礁冲去；于是自作聪明的梅希奥就娶了个厨娘。在确定终身大事的那天，他既没有喝醉，也不糊涂，但并没有热情冲动：还差得远呢。唉！说不定我们身上除了理智、心灵、感觉之外，还有些神秘的力量，善于钻其他力量的空子，见缝插针，自作主张；说不定梅希奥就是在路易莎苍白的眼珠子里看到了这些神秘的力量，所以那天晚上他在河边碰到了这个年轻姑娘，同她一起坐在芦苇丛中，她畏畏缩缩地望着他——他也不知道怎么搞的——就和她订下终身了。

刚一结婚，他就发现自己做了冤大头。在可怜的路易莎面前，他也毫不隐讳地发牢骚，她却总是低声下气地赔不是。好在他并不是存心和她过不去，发发牢骚也就算了；但过不了多久，一到朋友中间，或者是给有钱的女学生上音乐课时，看到她们的态度变矜持了，他校正她们的指法，她们碰到了他的手也不再颤抖了，他又不免后悔起来。于是他一回家，脸色就不好看，路易莎一眼就看出了他的怨气，虽然习以为常了，心里还是难受；有时他干脆在酒店里消磨时光，自我陶醉，或者怂恿别人而自得其乐。这种时候，他深夜才回家，并且哈哈大笑，在路易莎听来，笑声比话里带刺还更刺耳，比无声的埋怨还更痛苦。她觉得自己对他的放荡无度也要负一点责任，因为家里的钱越来越少，她的丈夫也越来越不通情达理，所遗无几的本钱都消耗殆尽了。梅希奥越陷越深。他只是个中等人才，人到中年，本来应该加倍努力，发挥自己的长处，他却放任自流，顺着下坡路滑了下去；结果，别人就取而代之了。

不过，这和无名的神秘力量有什么关系呢？它把梅希奥和金发厨娘一撮合，就完成了任务；小约翰·克里斯托夫刚刚在世界上落了脚，这就是命中注定的吧。

天完全黑下来了。老约翰·米歇尔正坐在壁炉前想着过去和现在不称心的事,想得迷糊了,路易莎的声音使他醒了过来。

"父亲,时间已经晚了,"年轻的媳妇亲切地说,"你该回去了吧,你要走的路还不近呢。"

"我要等梅希奥。"老爷爷答道。

"不,我求你了,我看还是不等的好。"

"为什么?"

老爷爷抬起头来,目不转睛地看着她。

她不回答。他又接着说:

"你说你害怕,怎么又不要我等他?"

"唉!我怕是怕,但你在这里会把事情搞得更糟,你自己也会生气,何苦呢?我求你还是回去吧!"

老爷爷叹了一口气,站起来说:

"也好,那我走了。"

他走到床边,用他那锉子般的硬胡子在她的脑门上刷了一下;问她是不是还缺什么,又把灯光捻小。房间一暗,他走的时候还撞了几张椅子。但他刚一走上楼梯,就想起了他的儿子喝醉了酒怎么回来;于是他走一步停一步;想象着儿子一个人回家多么危险……

在床上,在母亲身边,孩子又乱动了。一种说不出的痛苦从小生命的内部向外迸发了。他使劲顶住。他扭着身子,捏着拳头,皱着眉毛。痛苦越来越大,虽然不声不响,但肯定不会放松。他说不出这是什么痛苦,要发展到什么地步。他只觉得痛苦无边无际,没完没了。于是他难过地哭了起来。母亲温柔地用手抚摩他。痛苦立刻不那么厉害了。但他还是在哭;觉得痛苦总是在他身边,在他体内——大人知道痛苦是从哪里来的,所以有法子减轻痛苦,可以在思想上把痛苦局限在身体的某个部位,那就好治疗了,必要时可以连根拔掉;他可以划定痛苦的范围,把它隔开。孩子可不知道这套自己骗自己的法子。头一次碰到痛苦更厉害,更难受。痛苦就像他自己的生命一样漫无边际,似乎在他胸中安营扎寨,在他心中扎下了根,成了他皮肉的主宰了。的确是这样:痛苦如果不把他的肉体啃得一干二净,是绝不肯善罢甘休的。

母亲紧紧把他抱在怀里,用小孩的话说:

"好了,好了,不要哭了,我的小宝贝,我的小金鱼……"

他老是断断续续地哭哭啼啼。人家会以为这一堆既无意识、又没成形的可怜巴巴的肉体,已经预感到了他命中注定的坎坷生涯。因此,无论怎样他也静不下来。

圣·马丁教堂的钟声划破了夜空。声音沉重迟缓,穿过雨水润湿了的空气,就像在苔藓上的脚步声。孩子正在呜咽,忽然一下不哭了。奇妙的音乐温柔地流过他的胸中,好像一道乳流。黑夜放出了光明,空气显得亲切而温暖。他的痛苦消失了,他的心笑了起来,他从容地吐了一口气,就溜进了睡梦之中。

三口钟继续平静地奏鸣,宣告明天节日的来临。路易莎也一面听着钟声,一面回想如梦的苦难历程,同时幻想着睡在自己身边的爱儿将来会成为什么样的人。她在床上已经躺了几个小时,又疲倦,又难受。她的手和身子都在发烧;羽绒被压在身上也嫌沉重;她甚至觉得黑暗压得她遍体鳞伤,闷得透不出气来;不过她连动都不敢动一下。她瞧着孩子;在昏暗的夜色中,她还是看得出孩子的面孔显老了……她到底斗不过瞌睡,发烧时会看到的形象在她的脑子里跑马。她以为听到了梅希奥开门的声音,心不由得怦怦跳。有时,滔滔江水声在一片寂静中显得更响,好像野兽的号叫。雨打玻璃有如手指落在琴键上,响个一声两声。大钟的奏鸣曲越来越慢,最后变得无声无息;而路易莎也在她的儿子旁边睡着了。

这时,老约翰·米歇尔站在门外雨中,胡子给氤氲的水汽沾湿了。他在等他荒唐的儿子回来;因为他的脑子总在胡思乱想,不断地对他讲酗酒造成的祸事;虽然他并不信,但今夜要是不见到儿子回家,自己就是回去也睡不着一分钟的。钟声使他感到非常忧郁,因为他想起了烟消云散的希望。他问自己深夜站在街头,所为何来。他感到惭愧,不禁哭了。

时光的洪流缓慢地滚滚向前。白日和黑夜永恒地此起彼伏,宛如汪洋大海中的潮汐涨落。一周,一月,旧的才去,新的又来……每一天都像是同一天。

漫长的、沉默的日子,只看得见光和暗的循环交替,只听得见摇篮中浑浑噩噩的小生命在睡梦中呼吸的均匀节奏——每一天、每一夜都带来了小生命的迫切需要,痛苦的或快乐的需要,来得这样及时,似乎是他的需要带来了白天和黑夜。

生命的钟摆沉重地摇来摆去。小生命整个沉浸在钟摆缓慢的脉搏中。此外,一切都是梦幻,支离破碎、不成形状、乱七八糟的梦,或者是盲目飞舞的一片原子尘埃,或者是令人头昏目眩、哭笑不得的一阵旋风。还有喧哗,乱影，丑态，痛苦，恐怖，笑声，梦幻，梦幻……一切都是梦幻……而在这一片混乱中，也有对他微笑的友好目光，还有母体的乳汁在他全身循环而涌起的欢乐暖流，还有不知不觉地在他体内从小变大，积少成多的生命力，还有婴儿的身体这个狭窄的监牢禁闭不住的汹涌奔腾的汪洋大海。在他身上可以看到隐蔽在黑暗中的世界，正在形成的星云，正在酝酿中的宇宙。小生命是不可限量的。生命就是存在的一切……

岁月流过去了……回忆的岛屿开始在生命的长河中升起。先是一些若隐若现的小岛，一些昙花一现、浮出水面的岩礁。周围，在熹微的晨光中，平铺着波平浪静的一片汪洋。然后，又是一些阳光染成金色的新岛。

从灵魂的深渊里，浮现了一些形象，清楚得令人惊奇。漫无边际的日子周而复始，节奏单调而有力，其中有些日子开始手牵着手，前后衔接起来了；有的笑容满面，有的愁眉苦脸。但时光的连环图画经常中断，而回忆却能超岁月，把往事连成一片……

江流滚滚……钟声当当……只要他有记忆——无论时间过去了多久，无论现在是什么时刻——他一回忆，总会听到深深印刻在心里、熟悉而又亲切的江声、钟声……

夜里……他半睡半醒……一道暗淡的光线照白了窗玻璃……江流滔滔。在一片寂静中，江水的声音越来越大，似乎无所不在地统治着万物。有时，江声抚摩得万物入睡，连江本身也在波浪的安眠曲声中，几乎昏昏欲睡了。有时，江中怒涛澎湃，好像一头要咬人的疯狗。等咆哮一停，那时又是无限温柔的潺潺水声，像银铃般嘹亮，像铜钟般清脆，像儿童的欢笑，像轻歌曼舞的音乐。伟大的母亲的声音，是永远不会入睡的！她催着孩子入眠，就像千百年来一直抚慰着一代一代的儿女从生到死一样；声音渗透了孩子的思想，滋润了他的美梦，用流动的乐声织成了外套，穿在他的身上，现在还保护着他，直到他安眠在莱茵河畔的小公墓里……

钟又响了……天破晓了！钟声互相呼应，如怨如诉，友好平静。缓慢的钟声里，飞出了模糊的梦、往事、欲望、向往、对先人的怀念——孩子虽然没有见过先人，但他是先人的一部分，因为他曾在先人体内存在过，而先人现在又要借他的肉体再生——几世纪的回忆在钟声中回荡。多少悲伤，多少喜庆！——而在室内听来，仿佛看到美丽的音波在清新的空气中荡漾，自由的飞鸟在翱翔，和暖的春风在飘香。一角青天对着窗口微笑。一道阳光穿过窗帘溜到床上。孩子的眼睛看惯了的小天地，每天早晨醒来在床上看到的一切，他费了吃奶的力气才开始认得清、叫得出、用得上的东西——他的小小的王国亮堂起来了。瞧，有吃饭用的桌子，有他捉迷藏用的壁橱，有他爬来爬去的菱形砖地，有会扮鬼脸讲笑话或恐怖故事的墙纸，有讲得叽里呱啦除了他没人懂的时钟。这间房子里有多少东西啊！他还认不全呢。每天，他都要去发现他的新大陆：——这里的一切都是他的——没有什么东西和他没有关系，人也好，苍蝇也好，都有同等价值，一切地位平等：小猫，壁炉，桌子，甚至在阳光中飞舞的灰尘。房间就是一个国家；一天就是一生。在这辽阔的空间，怎么认得出什么是自己的呢？世界这样广大！人怎能不晕头转向？这些面孔、手势、动作、响声，永远在他周围旋来转去……他看累了，闭上眼睛，就睡着了。甜蜜的酣睡会突然降临到他身上，随时随地，不管他在哪里，在母亲的膝头，或是在他喜欢藏躲的桌子底下！……多好啊！多舒服……

这些最初的日子在他头脑里闹哄哄的，好像一块大风吹动、云影掠过的麦田。

阴影消失，太阳升起。克里斯托夫又开始在白天的迷宫中找到了路。

早晨……父母还在睡觉。他仰面躺在小床上。他瞧着在天花板上跳舞的光线。真是乐趣无穷。有时，他高声笑了起来。孩子的憨笑听得叫人开心。母亲伸出上半身来问他："你怎么啦，小淘气？"那时他笑得更厉害了，也许正是因为有人听，本来不笑也得勉强笑笑呢。于是妈妈装出认真的神气，把手指放在嘴唇上，叫他不要吵醒了父亲；不过，她疲倦的眼睛不由得也笑了。母子俩悄悄说着话……忽然听到父亲生气的抱怨声。他俩都吓了一跳。妈妈赶快转过身去，像个做错了事的小姑娘，假装睡了。克里斯托夫也钻进他的小被窝，不敢出气……死一般的寂静。

过不了多久，缩进了被窝的小脸又伸了出来。屋顶上，定风针转得吱吱响。屋檐在滴水。早祷钟响了。东风一吹，河对岸村子里的钟声还会遥相呼应。麻雀成群，在长满了常春藤的墙头上叽叽喳喳叫，叫得人心烦，就像一伙孩子在闹着玩一样，总有三四只麻雀，而且老是那三四只，叫得比别的麻雀更响。一只鸽子在烟囱顶上咕咕叫。孩子仿佛听到了摇篮曲，摇着摇着，他也轻轻地哼了起来。不料他哼的声音由低到高，越来越响，最后气得他的父亲骂道："这只小驴驹子老是不肯安静！等我来扭你的耳朵！"于是孩子又钻进被窝，不知道是该笑还是该哭。他吓怕了，但叫他做"小驴驹子"，又使他要扑哧笑出来。他就在被窝里学驴子叫。这一下他可挨了打。他肚子里的眼泪都要哭出来了。他做了什么错事呢？只不过是想笑、想动而已！但偏偏不许他动。怎能老是睡觉呢？什么时候才能起来啊？……

一天，他再也忍不住了。他听见街上有只猫，有只狗，有什么好玩的东西。他溜了下来，光着小脚丫踢踢踏踏地在砖地上走，他想下楼去看一看；但房门是关着的。他要开门，就爬上椅子；椅子倒了，他跌得很痛，哭了起来；更倒霉的是，他又挨了一顿打。他总是挨打的！……

他跟着祖父上教堂。他觉得不好玩。他感到不自在。人家不许他动，大家一起说些他听不懂的话，然后又一起不做声了。他们都板着脸，一副苦相。他瞧着他们都害怕。老利娜是他家的邻居，坐在他的旁边，显得脾气不好；有时，他连自己的祖父也认不出了。他有点怕。后来他习惯了，就想尽了一切法子来出闷气。他摆动身子，仰起脖子看天花板，做做鬼脸，扯扯祖父的衣角，研究椅子上的草垫，想用手指头挖一个洞，听鸟叽叽喳喳地叫，呵欠打得几乎下巴都要掉了。

忽然，瀑布般的声音倾泻而下：风琴响了。他的背脊从上而下颤抖起来。他转过身子，把下巴搁在椅子背上，变得非常乖了。他不懂得这是什么声音，也不知道这有什么意思：只是觉得眼睛一亮，头脑在转，什么也分不清。不过这多好听！仿佛一个钟头以来，他不是待在一座陈旧得令人厌恶的房屋里，坐在一张很不舒服的椅子上。他是悬在空中，像只飞鸟；声音的洪流洋溢在教堂的前后上下，充满了圆形的屋顶，又从四面的墙壁上反溅回来，听得人心醉神迷，随风飞舞，东西飘荡，只要放任自流，人就可以自由，人就可以快乐，到处一片光明……他迷迷糊糊入睡了。

老祖父对他不满意，说他做弥撒不规矩。

他在家里，坐在地上，双手扳住双脚。他刚刚决定了把草地毯当条船，把方砖地当条河。他相信一走出地毯就会淹死。别人不理会他那一套，随便在砖地上走来走去，他觉得很奇怪，并且有点恼火。他拉住母亲的裙角说："你看，这里是水。应该从桥上走。"——他说的桥是指两排红色方砖之间的一道沟——母亲没有理他，还在砖地上走。他生气了，就像一个剧作家在作品演出时看见观众谈天一样。

过了一会，他自己也忘了。砖地不再是海水，他伸手伸脚躺在上面，下巴搁在砖上，哼着自己编的调子，一面流着口水，一面吮大拇指，吮得挺带劲的。他出神地瞧着砖地上的一条裂缝。方砖裂得像个鬼脸。有个看不清的小洞也变大了,变得像个山谷;周围的泥土却成了山。一条百足虫爬过来,大得像一只象。天上即使打雷,孩子恐怕也听不见了。

没有人管他,他也用不着别人。甚至草地毯做的船,方砖上的洞穴和奇禽怪兽,有没有都不要紧。他自己的身体就够好玩的了!他可以花几个钟头瞧着指甲,发出笑声。指甲也都面貌不同,像他见过的人。他要指甲互相谈话,跳舞,打架——身上还有别的呢!……他继续察看属于他的一切,多少令人惊奇的东西啊!有些东西真古怪,他瞧得忘记了一切。

有时,他冷不防给逮住了,那就有他好看的。

有些日子,他趁母亲没工夫管他的时候,溜了出去。开始,母亲还追他,抓他回来。以后,她也惯了,就随他一个人走去,只要不走得太远。他家在城乡交界的地方,几乎一走出去就到了乡下。只要他还看得见窗子,他就稳稳当当地一小步一小步向前走,偶尔也一只脚跳几步。但一等到转了弯,有小树丛挡住了窗口的视线,他马上就改变了主意。他站住了,手指放在嘴里,开始要自己给自己讲故事;因为他的故事多着呢。当然那些故事都差不多,每个故事也只有三四行。于是他来挑选。通常他接着头一天的故事讲,或者从头来过,讲法有点不同;但是只要他随便听到一件事或一句话,他的思想就跑上了一条新路。

新路子多的是,随时随地都有。你想象不到只要一块小木头,一根断树枝,他就能变出多少新鲜玩意儿来,而断树枝在篱笆上有的是,即使没有,也可以折一根。树枝成了仙女的手杖。如果它又长又直,那可以做一根长矛或者一把长剑;只要挥舞树枝,就会杀出千军万马。克里斯托夫成了将军,身先士卒,做出榜样,冲上山坡,攻击敌人。如果树枝柔软,那又可以做条鞭子。克里斯托夫挥鞭上马,跃过悬崖峭壁。有时马失前蹄;骑士跌倒在沟里,只好尴尬地瞧着自己弄脏了的双手和擦破了皮的膝盖。如果树枝很小,克里斯托夫就用它做乐队的指挥棒,他自己既是指挥,又是乐队;他指手画脚,又开口唱歌,然后,他向小树丛行礼,微风一吹,绿树也向他点头了。

他也用树枝做魔术师的魔杖。他大步在田里走,眼睛望着天,挥舞着胳臂。他向云发命令:"我要你向右去。"——云偏偏向左飞。于是他就骂云,重新发出命令。他眼急心跳,偷偷看是不是总有一小块云会听人的话;云还是不声不响地照旧往左飞去。于是他跺起脚来,用魔杖威吓云,生气地命令云向左去:这一回,云居然听话了。他又高兴,又骄傲,以为自己真有本领。他用魔杖碰碰花,要花像童话中说的那样变成金色马车;虽然这是从没有过的事,但他相信只要有点耐性,没有什么做不到的。他捉到一只蟋蟀,要它变马:他把魔杖轻轻放在蟋蟀背上,念起咒来。蟋蟀跑了,他就挡住去路。过不多久,他又俯卧在地上,看着身边的蟋蟀。这时,他忘了自己是魔术师,把可怜的蟋蟀弄个仰面朝天,扭来扭去翻不了身,自己却笑了起来。

他还会搞发明创造,把根旧绳子绑在他的魔杖上,认真地抛进河里,等鱼来咬。他明知鱼不会咬既没有钓饵、也没有钓钩的绳子;但他异想天开,以为鱼会看在他的分上破一次例;他的信心十足,取之不尽,用之不竭,居然想到在街上拿根鞭子穿过下水道的格子盖去钓鱼。他等不了一会儿就心情激动,觉得这一回绳子重了点,一定可以像他祖父讲的故事那样,从下水道里钓上什么宝贝来……

在玩游戏的当儿,他有时会如梦如幻,忘了一切。周围的都视而不见,他不知道他在做什么,甚至忘了自己的存在。这时刻是突如其来的。有时在走路,有时在上楼,忽然一下眼前出现一片空虚……脑子里空空洞洞,一无所有。等他恢复过来,发现自己还是在原来的地方,在阴暗的楼梯上,他又茫然若失了。他恍惚过了一辈子——其实只上了几步楼梯。

晚上,祖父常带着他散步。孩子拉住老人的手,在他身边小步跑着。他们顺着路走,穿过耕了的田地,田野的味道很足,很好闻。蟋蟀唧唧地叫。大乌鸦的侧影斜投在道路上,远远地看着他们走近,就拍拍笨重的翅膀飞走了。

祖父轻轻咳了两声。克里斯托夫知道这是什么意思。老爷爷想要讲故事,不吐不快,但是要孩子求他讲。克里斯托夫不会错过机会。他们两个心照不宣。老爷爷非常喜欢小孙子;有个乖乖听他讲故事的小孩,是他的一乐也。他爱讲自己亲身的经历,或者是古今大人物的故事。他会越讲越来劲,从他发抖的声音可以听得出他自己先感动了;他高兴得有如返老还童一般,压也压制不住。他自讲自听,自得其乐。可惜话到嘴边,他却忘了词儿。不过他对遗忘倒也习惯了;每逢话说到兴头上,遗忘就会卷土重来。好在他并不记得自己多么健忘,所以老也不会下决心不再讲了。

他讲起古罗马执政官雷古卢斯,日耳曼人的领袖阿米奴斯,德国吕佐夫将军的轻骑兵,行刺拿破仑大帝的弗雷德里克·斯塔普斯。他讲到惊心动魄的英雄事迹,讲得容光焕发。他一本正经地说些历史名词,说得谁也不懂;他还在紧张关头卖关子,惹得小听众发急,却自以为得计;他突然打住,假装透不出气来,大声地擤鼻涕,孩子急得用哽住了的声音问他:"后来呢,爷爷?"他简直心花怒放了。

等到克里斯托夫长大了一点,懂得了祖父那一套;他就故意装出对听下回分解并不在乎:这可使老爷爷难过了——不过目前,他是全神贯注听故事的。听到戏剧性的关头,他的心跳得更快了。他也不太清楚故事讲的是什么人,这些光辉事迹发生在什么地方,什么时间,祖父是不是认识阿米奴斯,他甚至莫名其妙地猜想:雷古卢斯是不是上个星期天在教堂里看到的那一个人。不过他和老爷爷都给英雄事迹激动得心潮澎湃,并且引以为傲,仿佛那是他们自己的所作所为;因为一老一小,已经难分彼此,都成孩子了。

祖父正讲得动听的时候,忽然插上一段老生常谈,克里斯托夫听得可不带劲。祖父的插话总是道德教条,总是劝人为善,但是讲过不止一次,如"柔能克刚"——或者是"荣誉重于生命"——或者是"善比恶好"——可惜总是讲不清楚。祖父不怕小听众的批评,照常夸大其词;他不在乎重来复去,说话只说半句,甚至忘了说到什么地方,于是想到什么就说什么,信口开河,前言不对后语,把话来填满时间的空缺;他还比手画脚,表示说的话重要,结果却适得其反。孩子恭恭敬敬地听着,觉得祖父很有口才,可惜不太讨人喜欢。

他们两个都爱反复谈拿破仑神奇的传说,谈这个征服过欧洲的科西嘉人。祖父见过他,还几乎和他打过仗。不过他承认对方伟大,并说假如这个伟人生在莱茵河的德国这一边,就是打断了他一只胳臂,他也不在乎。但是天意偏偏要他生在莱茵河的法国那一边;他虽然佩服他,也只得和他打仗——这就是说,几乎和他打了一仗。当时拿破仑离他只有十古里,祖父这一小队人马正开去迎敌,到了森林中忽然兵荒马乱,大家边跑边叫:"我们中计了!"祖父讲道:他怎么也阻挡不住这些未战先逃的残兵败将,哭呀,骂呀,都不顶事;他自己反被这股人流卷走,第二天一看,已经远远离开了战场——所谓战场,就是未开一枪、已打败仗的地方——不过克里斯托夫却心醉神迷,急着要听打胜仗的大英雄是如何南征北战的。他仿佛身入其境,目睹拿破仑身后的千军万马,齐声高呼"万岁!"只要皇帝一挥手,军马就如风卷残云,横扫敌人。这当然只是个神话。祖父又添油加酱,讲得更加好听,拿破仑怎样征服了西班牙,还几乎征服了势不两立的英国。

有时,老克拉夫特讲得忘乎所以,不免把满腔的怒火发泄在大英雄的头上。那是他的爱国心觉醒了,他讲拿破仑打败仗时更加得意洋洋,讲他打胜仗时却不眉飞色舞。他讲耶拿的败仗讲不下去,就对着河挥动拳头,不屑地口沫横飞,说些不失身份的骂人话——他还不至于气到说粗话的地步——他叫拿破仑做坏蛋、野兽、不道德的人。如果这些话的目的是在儿童心里树立正义感,那恐怕就要落空了,因为儿童的逻辑非常可能得出的结论是:"如果这样一个大人物都不道德,那道德有什么要紧呢!而头等重要的大事,是做一个大人物呀。"老爷爷哪里猜得到,小孙子在他身边小步跑着,小脑子里想的却跑得离他很远了。

他们两个都不说话,回味这些奇妙的故事,各有各的乐趣——但是在路上,祖父会碰到资助过他的贵人也在散步。那时,他就不知道要站多久,鞠躬到地,说些卑躬屈膝、过分恭维的客套话。孩子不知道为什么,听得脸都红了。其实,祖父打心眼里尊敬那些"飞黄腾达"、有权有势的人物;他热情洋溢地谈到故事中的英雄,可能只是因为他们比别人更加青云直上,地位爬得更高。

天气很热的时候,老克拉夫特坐在树荫下,不消多久就打盹了。那时克里斯托夫坐在他身边,不是在一堆滚动的石头上,就是在一块界石上,或是在什么古里古怪、很不舒服、高出地面的位置上;他摇晃着两条小腿,口里哼哼唧唧,心里胡思乱想。要不然,他就朝天躺着,看着飞跑的云;云看起来像牛,像巨人,像帽子,像老太婆,像一大片风景。他低声对云说话;他担心小云被大云吞掉;他怕黑得几乎变蓝的云,怕云跑得太快。在他看来,云在生活中占了一大片地方;他很奇怪,祖父和母亲都没有注意。假若云要做坏事,那一定很可怕。幸亏云飘过去了,和和气气的,形状有点奇怪,但是都没打住。孩子到底看得太久,有点头晕,两脚乱蹬,两手乱动,好像要从天上掉下来了。他的眼皮眨个不停,瞌睡终于战胜了他。……一片寂静。树叶在阳光下微微震动,哆嗦,淡淡的雾气在空中消散,拈花惹草的苍蝇飞来飞去,发出风琴的嗡嗡声;熏风吹醉了的蟋蟀高兴地叫得刺耳;一切都静下来了。……在蔽日的叶丛下,绿色啄木鸟的魔嘴啄不破这片浓荫。在远处,在平原上,听得见一个乡下人吆喝牛的声音,在白色的大路上响起嘚嘚的马蹄声。但克里斯托夫的眼睛闭上了。在他身旁,一只蚂蚁爬上横在沟里的一根枯枝。他没有察觉……仿佛过了几个世纪。他醒了过来。蚂蚁还没有爬完短短的枯树枝。

有时祖父睡得太久;脸显得僵硬,鼻子拉得更长,嘴张得很大。克里斯

托夫看了,不免惊慌不安,不知道祖父的头会变出什么怪模样来。于是他高声唱歌,想把祖父叫醒,或者索性从石头堆上滚下来,发出了稀里哗啦的响声。有一天,他想出了一个花招,把几根松针撒在祖父脸上,骗他说是树上掉下来的。老爷爷信以为真;克里斯托夫开心得暗笑。他自以为得计,正要故伎重演;不料他刚刚举起手来,就见祖父瞪大了眼睛望着他。这下可坏了事:老爷爷是不开玩笑的,不答应人家对他失敬;因此,他有一个多星期不理睬孙子。

　　路越坏,克里斯托夫越觉得美。每块石头的位置对他都有意义;他记得哪一块在什么地方。车轮压得高低不平的轨迹在他看来等于地形的起伏,几乎和陶努斯山脉可以类比。他脑子里有张地形图,图上画着他家周围两公里以内路面的坑坑洼洼。因此,只要他稍微改动一点定了型的小沟,他那股得意劲儿,简直不下于一个工程师和他的全班人马;如果他用脚后跟踩平了一块干泥巴的尖头,并且用碎泥填满了下面的一个小坑,他就认为自己这一天有所作为。

有时,路上碰到一个乡下人赶马车走过。如果是祖父认识的,老少二人便上车坐在他旁边。车上真是人间天堂。马一直往前飞跑,克里斯托夫一直开心得笑,若不是碰到过路的人,他决不会装出一本正经、满不在乎的神气,好像是出门坐惯了车的人一般;其实,他心里得意洋洋。祖父只顾和马车的主人谈话,管不上孩子。他蹲在他们的膝盖之间,给他们的大腿夹痛了,几乎坐不下来,往往是没有座位,但他快活得不得了;一个人高声自言自语,根本不管人家搭不搭理。他瞧着马的耳朵摆动。马耳真是怪物!前后左右动个不停,十分滑稽,他不禁发出了阵阵笑声。他捏祖父的腿,要他看看。祖父没有兴趣,就把克里斯托夫的手推开,叫他不要闹。克里斯托夫心里仔细想着事;他以为人一长大,就不会大惊小怪,人有本事,就什么都会知道了。于是他也想尽快长大,也想掩盖自己的好奇心,装出不在乎的样子。

他不再开腔了。车轮滚滚的声音使他昏昏沉沉,要打瞌睡。马颈圈上的铃铛在跳舞。叮叮当当。音乐也在空中起舞了,围着银铃飞来飞去,好像一群蜜蜂,随着马车前进的节奏,摇摇晃晃;铃铛有唱不完的歌,一支接一支。克里斯托夫觉得歌声好听。有一支歌特别美,他要引起祖父注意,就高声唱了起来。祖父仿佛没有听见。他又再唱一遍,声音更高了——接着还唱一次,简直是在喊叫——气得老约翰·米歇尔对他说:"咳!你还有没有完!你的破锣嗓子吵死了!"——这当头一盆冷水浇得他出不了气;他羞得连鼻子都红了,无可奈何,闭上了嘴。他打心眼里瞧不起这两个老糊涂,居然听不懂他这高超的歌声,他的歌可以打开天堂的大门啊!他觉得他们很丑,胡子八天没刮,身上气味难闻。

他要消愁解闷,只好望着马的影子。这看起来又是一件怪事。这头黑黑的牲口怎能侧身躺在路上跑呢?到晚上回家的时候,影子大得遮住了一大块草地;碰到一个草堆,影子的头会爬上去,草堆一过,头又回到地上;马的影子拉得老长,好像一个吹爆了的气球;耳朵又大又尖,简直是一对蜡烛。难道这真是个影子吗?还是别的什么活东西呢?克里斯托夫要是一个人碰到它,恐怕要吓坏了。他决不敢跟着跑的,像跟着祖父的影子那样,还在影子头上踩几脚——夕阳西下的时候,树的影子也引起了他的思考。一排树影成了横在路上的栏杆,看来鬼头鬼脑的,阴沉可怕,奇形怪状,挡住去路说:"不许走了!"嘎吱响的车轴和踢哒响的马蹄也互相呼应:"不许走了!"

祖父和车夫谈起天来没完没了,一点不累。他们的嗓门提得很高,尤其是谈到本地的大事,或是损公肥私的勾当。孩子不敢胡思乱想了,忐忑不安地瞧着他们。他以为他们双方都生了气,怕他们两个会打起来。哪里晓得他们都是动了公愤,谈得正投机呢!即使他们并不气愤,甚至一点也不激动,只是谈到无关紧要的小事,他们也扯开嗓门大叫大喊,仿佛为叫喊而叫喊似的,老百姓能够发泄发泄,也就是一种乐趣了。但克里斯托夫听不懂他们谈的话,只听见他们的粗声大气,看见他们横眉怒目,他着急地想:"他好凶啊!他们一定互相仇恨。瞧他怎样转着眼睛!看他的嘴张得多大!他一生气,口水都吐到我脸上来了。天啦!他会打死祖父的……"

车子停了。乡下人说:"你们到啦!"两个死对头握握手。祖父先下车。乡下人把孩子递给他,然后抽了马一鞭子。车走远了;祖孙两个又回到了莱茵河畔凹下去的小路口。太阳沉进田里。蜿蜒的小路和河水差不多一般高。葱茏茂密的软草在脚下发出窸窣的声音。几棵桤树一半淹在水里,俯视着河上的倒影。小苍蝇像一片乌云,在旋转飞舞。一条小船随着平静的流水,不声不响地大步前进。水波吮着垂柳的枝叶,发出了嘴唇的接碰声。暮色苍茫,空气清新,河水闪烁着银灰色的光辉。他们一回到家,蟋蟀就叫了起来。一进门槛,妈妈就笑脸相迎……

啊,美好的回忆,温存的形象,有如和谐的音乐,会使人魂牵梦萦,终生难忘!……后来在人生旅途中看到的名胜古迹,汪洋大海,梦里风光,情人丽影,在心灵中留下的印象,怎么也不如这童年的漫游清楚,甚至比不上小嘴贴着窗子,鼻息弄湿了玻璃时,模模糊糊看到的一角花园……

现在,是家里关门闭户的黄昏时分了。家——是一个庇护所,能够挡住一切可怕的东西:阴影,黑夜,恐惧,无以名状的怪物。任何含有敌意的东西都不能跨越家门一步——炉火熊熊。烤成金黄色的大鹅滑溜溜地在铁杆上转动。油淋淋的脆皮,软绵绵的酥肉,使得满屋子都香味扑鼻。美食的快乐,无比的幸福,宗教般的热忱,使人欢喜得手舞足蹈!身体懒洋洋地沉醉在家庭的温暖、白天的疲劳、熟悉的声音中。消化食物使人心醉神迷,面孔,阴影,灯罩,黑色的壁炉吐出星光四溅的火舌,看来令人心旷神驰,如梦如幻。克里斯托夫把脸贴在盘子上,好享受这种乐滋滋的趣味……

他已经在温暖的小床上。怎么上来的?他累得忘了。房子里乱糟糟的声音和白天见到的面孔,在他脑子里朦胧地混成一片。父亲拉起小提琴来;高音划破夜空,如怨如诉。但最大的幸福是妈妈来了,握住昏昏欲睡的克里斯托夫的小手,俯在他的身上,依着他的话,低声唱一支没有意思的老歌曲。父亲说这是傻瓜才听的音乐;但克里斯托夫听不厌。他连大气都不出一口;又想笑,又想哭;他的心陶醉了。他不知道自己在哪里,沉浸在脉脉的温情中;他把小胳臂搂住母亲的脖子,用尽了吃奶的力气抱住她。母亲笑着对他说:

"你扼得我透不过气来了!"

他却把她搂得更紧。他多么爱她,多么爱一切!一切的人,一切东西!一切都好,一切都美……他睡着了。蟋蟀在灶里叫。祖父的故事,英雄的面孔,都浮现在幸福的夜里……要像他们那样做个英雄!……是的,要做英雄!……他是英雄……啊!活着多么好啊!……

这个小家伙全身洋溢着力量,欢乐,骄傲!生命力太旺盛了!他的身体和心灵一直在动,循环往复,周而复始,转得上气不接下气。像一条小火蛇,日日夜夜都在火焰中飞舞。奔放的热情永远不会疲倦,吸收一切营养。如狂如痴的梦幻,泡沫四溅的喷泉,无穷希望的宝库,欢笑,歌舞,没完没了的陶醉。生命还没站稳脚跟,随时可以溜掉;他在无限希望中游泳。他多么幸福!他是为幸福而生的!他身上没有一点一滴不相信幸福,不全心全力追求幸福!

但是生活很快会使他懂事的。

第二部

> 黎明征服曙光,
> 曙色四散,远远
> 只见大海震荡……
>
> 《炼狱》第一歌

克拉夫特家原籍是安特卫普。老约翰·米歇尔那时少年气盛,好斗成性,一句话不对头,就打起来,结果出了乱子,只好离乡背井。大约半个世纪以前,他来到亲王管辖的这个小城,看到红瓦尖顶的房屋,浓荫蔽日的花园,星罗棋布在蜿蜒起伏的山坡上,俯视着浅绿的莱茵河水,就住下来了。他是乐师中的佼佼者,来到这个音乐之乡,自然很快就得到了赏识。他在这里扎下了根,四十年前,和亲王府乐队指挥的女儿克拉拉·萨多罗斯结了婚并且接了他岳父的班。克拉拉是一个性情温和的德国姑娘,一生只有两种爱好,就是烹调和音乐。她对丈夫像对父亲一样崇拜。约翰·米歇尔对他的妻子也是同样赞美。他们相亲相爱,过了十五年,生了四个孩子。后来克拉拉死了;约翰·米歇尔难过得痛哭流泪;五个月后,他又娶了二十岁的奥蒂丽·苏兹,她是个两颊绯红,身体结实,满面笑容的姑娘。奥蒂丽的人品和克拉拉不相上下,约翰·米歇尔对她的爱也一如既往。结婚八年之后,她也死了,但又给他生了七个孩子。总共生了十一个,只有一个活下来。他虽然很爱孩子,他们接二连三地死去给他的打击,却没有改变他快活好强的脾气。最沉痛的打击还是奥蒂丽之死,离现在三年了,到了那一把子年纪,他已经不容易再建立新家庭,再过上新生活了。不过心情紊乱了一阵之后,老约翰·米歇尔又恢复了精神上的平衡,看来灾难也对他无能为力了。

他是一个重感情的人；但他更加看重健康。他天生的气质不喜欢忧愁，需要像佛兰德人那样快活热闹，笑起来漫无节制，憨得像个孩子。无论多么难过，他绝不少喝一杯，少吃一口；音乐更是从不放假。在他指挥之下，王府乐队在莱茵河地区已经小有名声，约翰·米歇尔像运动员一般的身躯，动不动就发作的脾气，也是有口皆碑的了。无论他怎么努力，他也无法克制自己，这个外表暴躁的人，其实内心胆小怕事，唯恐受到连累；他喜欢循规蹈矩，怕人说长道短。但当他血涌上头来，两眼发红，就会突然忘乎所以，忍无可忍，如疯如狂，不但是在乐队排演的时候，甚至是在正式演出的音乐会上，他也会当着亲王的面，气得摔指挥棒，连连跺脚，用怒气冲冲、含糊不清的声音，破口大骂一个乐师。亲王给逗乐了，挨骂的乐师可积了怨。事后，约翰·米歇尔对自己出轨的言行感到惭愧，又过分卑躬屈膝地赔礼道歉，但没有用；一有机会，他又发作得更加厉害；而且年纪越大，脾气也发作得越发不可收拾，结果，要保住指挥的地位都难了。他自己也心里明白；一天，他又大发雷霆，几乎引起乐队总罢工，于是他只好提出辞职。他本来自以为劳苦功高，料想人家难以照准，甚至会挽留他的；不料事与愿违，而他又放不下架子，好马不吃回头草，就只好硬着头皮走了，同时责怪人家忘恩负义。

从这时起，他不知道怎样填满时间的空白才好。他已经过了七十岁，精力还照样旺盛；他实在闲不下来，从早到晚在城里跑上跑下，教音乐课，争论问题，夸夸其谈，多管闲事。他心灵手巧，想方设法来打发日子：他开始修理乐器；出主意，做试验，有时还能补旧如新。他也作曲，拼命要搞出点名堂。他以前写过一部《弥撒祭乐》，一谈起来就引以为荣，说是家族之光。作曲使他呕心沥血，几乎得充血病。他自欺欺人，说《祭乐》是了不起的作品；其实，他心里明白，作曲的时候思想多么空虚；他甚至不敢再看原稿，因为一看就会发现：他原以为是独出心裁的乐句，不过是把别人的零星片断生拼硬凑合成的。这可叫他伤心透顶。有时，他觉得灵感来了。他紧张得发抖，赶快伏到桌上：这次机不可失！——但笔刚拿到手上，他又发现自己孤立无援，乐曲已经化为一片寂静；无论他多费劲，消失了的声音也不能起死回生，他听到的只是无人不知的门德尔松或者勃拉姆斯的曲调。

"有些天才真是不幸，"乔治·桑说过，"他们的表达力有所欠缺，正如那位结结巴巴、不会说话的大生物学家姚弗洛哀·圣伊兰尔说的，他们只好把无人知晓的沉思冥想带到坟墓里去。"——而约翰·米歇尔就是一个口齿不灵的人。他音乐方面的表达力并不比语言方面强；但他却痴心妄想,要高谈阔论,写歌作曲,做大音乐家,大演说家!这是他隐藏心底的伤痛;他从不告诉别人,甚至自己也不承认,他想置之脑后,但又不得不想,而一想到就灰心绝望。

可怜的老人!无论在哪方面,他都不能百分之百地显示自己。他身上孕育着无数美丽的种子和无限的力量,但却不能开花结果。对艺术的尊严,对精神生活的价值,他心中蕴藏着深刻而动人的信仰;但他表现的方式不是过于夸张,就是流于滑稽。他的心灵多么高傲;但在现实生活中,对上流社会又是多么低三下四。他多么渴望独立自主,而事实上却是绝对顺从。他自命不凡,其实全是迷信自己。他向往英雄,并有勇气,却又前怕狼,后怕虎!——他的天性一往无前,却又半途而废。

约翰·米歇尔只好把自己的雄心壮志寄托在儿子身上;而梅希奥起初看来也大有前途。他从小对音乐就有天赋。他学习起来毫不费力,很早就成了拉小提琴的高手,长期以来他成了王府音乐会上的红人,几乎成了偶像。他演奏钢琴和其他乐器也很讨人喜欢。他能说会道,体格健壮,稍微有一点笨——正是德国古典美男子的典型:不动声色的宽额头,粗眉大眼,五官端正,胡子蜷曲,简直是生在莱茵河畔的朱庇特大神。老约翰·米歇尔对儿子的成就津津乐道;看见他的演技高超,不禁大喜若狂,而他自己却一种乐器也演奏不好。梅希奥想到什么,就能表达什么,没有一点困难,真是得心应手。不幸的是他没有自己的思想,而且满不在乎。他在灵魂深处只是一个平凡的喜剧演员,关心的是自己声调的抑扬高低,而不是声音表达的内容,他出于虚荣,急于知道他的声音对观众产生了什么效果。

最怪的是,他虽然像约翰·米歇尔一样,经常关心舞台效果,谨小慎微地唯恐触犯了社会上的清规戒律,但他总是有点超越常轨、出人意料、轻举妄动,结果人家都说克拉夫特家的人有点精神失常。最初,这对他也没有什么不利;大家以为与众不同正是天才的证据;因为在通情达理的人看来,艺术家也是常人。但是不久之后,大家一口咬定:这种荒唐的性格根源却在酒瓶之中。尼采说过:酒神就是音乐之神;梅希奥认为这话正合他的心意;不料他的酒神对他无情无义,不但没有把他所欠缺的思想恩赐给他,反而使他丧失了原有的一点思想。他荒唐地结婚之后(开头是大家认为荒唐,结果他自己也就承认),越来越沉醉于酒中。他放松了演奏,自恃艺高无恐,不久老本就吃光了。后来居上的好手立刻取而代之,又在乐坛走俏。这使他很痛苦;但是失败并没有使他重新振作精神,反使他更加灰心丧气。

他要报仇雪恨,但是只同小酒店里不三不四的伙伴,把对手骂个狗血淋头。他狂妄自大,打算接父亲的班当乐队指挥;不料任命的却另有其人。他愤愤不平,放下下架子,反说别人有眼无珠。靠了老克拉夫特的面子,他在乐队里才保证了小提琴手的位置;但渐渐的城里人都不请他做音乐教师了。如果说这个打击沉重地伤害了他的自尊心,那对他的经济状况,影响就更沉重。几年以来,由于时转运背,他的家庭收入已经大大减少。过了宽裕的日子之后,却要过拮据的生活,而且一天不如一天。梅希奥只是视而不见;穿着打扮,吃喝玩乐,一个钱也不少花。

他不是个坏人,只是一个半好不坏的人,这恐怕就更糟,因为他软弱,没有推动力,没有精神支柱,却自以为是慈父、孝子、贤夫、好人,其实他心目中的好人,只不过是有婆婆妈妈、容易感动的心肠,具备动物的骨肉之情而已。他甚至不能说是很自私:他没有足够的个性归他私有。他什么也不是。这种没有个性的人在生活中真是可怕!他们像是上不搭天、下不搭地、没有感觉的物体;他们在往下落,非落下来不可;他们落不要紧,碰到他们的可要遭殃。

正是在家庭情况最困难的时候,小约翰·克里斯托夫才开始懂得周围发生的事情。

他已经不再是独生子了。梅希奥每年要妻子生一个孩子,却不管将来怎么办。两个孩子夭折了。剩下两个只有三四岁。梅希奥从来不管他们的事。路易莎不得不出去的时候,就把他们交给克里斯托夫,他现在已经六岁了。

这要他做出牺牲:为了照顾弟弟,他不得不放弃下午到野外去玩的大好时光。不过人家把他当作大人,他也洋洋得意,并且认真完成他的任务。他尽力逗小弟弟玩,叫他们看他怎样游戏;对他们说话,就学母亲哄娃娃的口气。他也学母亲的样,轮流把弟弟抱起来;抱不动了,他就咬咬牙,用全身的力气把弟弟搂在怀里,免得他掉下去。两个弟弟老要人抱,一抱就放不下来;克里斯托夫实在抱不动,他们就哭个没完没了。他们给他添了不少麻烦,叫他不知如何是好。他们肮里肮脏,需要母亲般的照顾。克里斯托夫干不了。他们却赖在他身上不下来。有时,他真想打他们的耳光,但是一想:"他们还小呢,什么都不懂。"于是就宽大无边地让他们捏呀,打呀,折磨呀。恩斯特会无理取闹,顿足跺脚,气得打滚;他是个神经质的孩子,路易莎叮嘱过克里斯托夫,不要和他对着干。至于罗多夫,他却像猴子一般淘气，只要克里斯托夫怀里抱着恩斯特，他就乘机在背后调皮捣乱，砸烂玩具，倒翻水杯，弄脏衣服，搞乱碗橱，打破碟子。

等到路易莎回来，虽然没有责怪克里斯托夫，但也没有夸奖他，只是愁眉苦脸地瞧着这乱七八糟的烂摊子说：

"可怜的孩子，你不太能干。"

克里斯托夫受了委屈，心里很难过。

路易莎不肯放过挣点钱的机会，碰到人家结婚或是孩子受洗的喜庆日子，她就照旧去当厨娘，帮办酒席。梅希奥假装不知道，因为这有伤他的自尊心；但并不怪她，只要瞒着他就行了。小克里斯托夫一点也不知道人生的艰难；他想到什么就做什么，除了父母之外，他没有受到什么约束，而父母对他并不碍事，他们几乎是让他自由成长的；因此，他只希望早点长大，可以做自己喜欢做的事。他哪里想象得到：每走一步都要受到限制，碰到障碍，就连他的父母也是身不由己。有人发号施令，有人俯首听命，而他家里的人并不属于前一个等级。那时，他满腔的热血都沸腾了：这是他生活中的第一次危机。

那一天，母亲给他换上了最干净的衣服，那是人家的施舍，但路易莎的精工巧手却能整旧如新。按照她的嘱咐，他到她干活的那个人家去找她。一想到要一个人到陌生人家去，他心里有点怯生。一个仆人闲待在门洞下；他拦住了孩子，仿佛降低了身份似的问他来干什么。克里斯托夫涨红了脸，结结巴巴地按嘱咐说：他找"克拉夫特太太"。

"克拉夫特太太？哪个克拉夫特太太？"仆人故意挖苦地强调了"太太"两个字。"是找你的母亲吧？顺着过道一直往前走。路易莎在厨房里。"

他走进屋去，脸越来越红；听见陌生人叫他母亲的小名"路易莎"，他觉得难堪，受了侮辱。他恨不得立刻跑到他喜欢的河边上，藏到小树丛中讲故事的地方去。

一进厨房，别的仆人又围住他，粗声大气地叫他。在里首，母亲站在灶前对他微笑，神态温柔可亲，也有几分不好意思。他跑过去，扑在她的两腿之间。她围了一条白围裙，拿着一把木头勺子。她要他抬起头来，让大家看他的脸，叫他伸出手来，给在场的人握手问好，这一开始就使他更难为情了。他不太乐意，转过头去向着墙，用手遮住脸。但是慢慢地他不那么害臊了，就大着胆子从手指缝里露出了一只眼睛，亮晶晶，笑眯眯的，一给人家看见，又用手掌蒙住了。他偷偷观察厨房里的人。他的母亲显得很忙，是个挑大梁的，他还没见过她这么神气，从一个灶走到另一个，尝尝锅里菜的口味，提提意见，很有把握地解释烹调的方法，而原来的厨娘恭恭敬敬地听着。孩子看见母亲受到尊重，又得意，又开心，厨房这么富丽堂皇，金器铜器琳琅满目，使他眼花缭乱，而母亲却是这里的主角。

忽然间，谈话停止。厨房门开了。一个贵妇人走了进来，绷在身上的衣服窸窸窣窣响。她不大放心地向四围瞧了瞧。她的年纪不轻，但还穿着宽袖的浅色衣裳；她手里提着衣裙的下摆，免得拖地。这并不妨碍她走到灶前，看看菜肴，尝尝味道。她稍微抬高了手臂，衣袖就往下落，露出了她的胳膊肘，克里斯托夫觉得不好看，不雅观。她对路易莎说话的口气多么生硬，毫不客气！而路易莎的回答又是多么低三下四！克里斯托夫听了觉得不自在。他躲到一个角落里去，免得人家看见；但这并没有用。贵妇人问这个小孩是谁；路易莎就来拉他过去见夫人，抓住他的手，免得他蒙住脸；他虽然想挣脱手跑开，但他的本能告诉他，这一次无论怎么抗拒也是白费气力。夫人瞧着孩子害怕的脸孔；她的第一个反应是像母亲一般和气地笑了一下。但是接着她就摆出了女主人的架子，问他的品行怎样，信宗教吗，他都没有回答。她又看看他的衣服是否合身；路易莎赶快说是再好也没有了。她拉拉他的上装，要拉平那些皱褶；克里斯托夫几乎叫了出来，因为衣服绷得太紧。他不明白母亲为什么还要谢谢夫人。

夫人牵着他的手，说是要带他去见她的孩子。克里斯托夫无可奈何地瞧了母亲一眼；但母亲的微笑说明：她要巴结女主人还怕巴结不上呢，他明白自己毫无办法了，只好让夫人牵着手走，就像羔羊上屠宰场似的。

他们走进一个花园，看见两个孩子，一男一女，和克里斯托夫差不多的年纪，满脸的不高兴，似乎在闹别扭。克里斯托夫一来，倒是转移了他们的视线。他们都走过来打量这个新来的孩子。贵妇人走了。克里斯托夫木头木脑地待在小路上，连头也不敢抬。那两个孩子站在几步之外不动，从头到脚地打量他，互相碰碰肘腕，格格地笑了起来。最后，他们商量好了。他们问他是谁，从哪里来，他父亲是干什么的。克里斯托夫呆头呆脑，什么也不回答，怯生生的几乎要哭出来，尤其是那个梳了两条辫子的女孩，穿了一条短裙，露出两条小腿，更加使他害怕。

他们两个玩了起来。克里斯托夫这才开始有点放心，不料那个小少爷忽然在他面前站住，摸摸他的衣服说：

"哧，这是我的！"

克里斯托夫不明白就里。听见人家诬赖他的衣服不是自己的,非常生气,他就使劲地摇头否认。

"恐怕我还认得出来呢!"小少爷说,"这是我穿旧了的蓝色上衣:有块污迹还没洗掉。"

他用手指碰碰污痕。然后,他又继续检查,盯着克里斯托夫的脚,问他的鞋子前头是怎样用补丁缝起来的。克里斯托夫的脸都气红了。小女孩撅着嘴低声对哥哥说,但克里斯托夫听得见,她说他是个小穷鬼。这一下克里斯托夫可找到话说了。他用哽住了的声音结结巴巴地说:他是梅希奥·克拉夫特的儿子,他的母亲是出名的厨娘路易莎,他以为这样就可以胜利地反击对方伤人的语言。在他看来,厨娘的称呼并不低人一等;其实他也满有理由。只不过那两个小孩并不买他的账,虽然他们对这个消息很感兴趣,但还是一样瞧他不起。甚至相反,他们说起话来,口气更加盛气凌人了。他们问他将来打算做什么事,是不是也想当厨子或者车夫。克里斯托夫又哑口无言。他觉得心里冰凉。

这两个富家子女看他不开腔,胆子就更大了。他们忽然对这个小穷鬼起了天然的反感,孩子也会莫名其妙地讨厌别人,想方设法折磨别人来寻开心。小女孩更加厉害。她看出了克里斯托夫穿的衣服太紧,不能放开步子跑,就起了一个鬼主意,要他跳过障碍物。他们把小凳子做跳高架,催他从上面跳过去。可怜的孩子不敢说不能跳,就憋足了劲,硬着头皮往前冲,结果却伸手伸脚倒在地上。在他周围立刻爆发了阵阵笑声。他不服气,又从头来过。他眼睛还含着泪珠,作了一次拼命的努力,一下居然跳过去了。捉弄他的人并不心满意足,他们商量说障碍还不够高;于是又在凳子上加了一堆东西,堆得跳过去非摔断脖子不可。克里斯托夫心里开始恼火,说是他不跳了。于是小女孩就叫他做胆小鬼,说他害怕。克里斯托夫受不了,明知道会跌倒,还是跳得倒在地上。他的脚碰到了障碍物;凳子上的东西都垮下来。他擦破了手,几乎摔破了头;更倒霉的是,他的衣服也撕裂了,露出了膝盖,还有别的地方。他又羞又气,听见两个孩子高兴得围着他跳舞;他心里难过得要命。他感觉得到:他们瞧他不起,他们恨他……为什么呢?为什么呢?他气得要死!一个孩子头一次发现别人对他的恶意,没有什么比这种苦恼更难受的了:他简直觉得全世界都在害他,而他却无依无靠:什么也靠不住,什么也靠不住!……克里斯托夫要爬起来;小少爷又把他推倒在地;小女孩还踢了他几脚。他要爬起来;他们两个都扑到他身上,骑在他背上,把他的脸压在地上。于是他怒从心头起:他们欺人太甚!

他的手火辣辣的,他好看的衣服撕破了——这对他真是倒霉透顶!——他又羞又痛,对不公平又恨,这么多倒霉事一起落在他头上,变成了一股疯狂的怒气。他用膝盖和手支撑身子,拱起背来,像狗一般抖擞一下,使压在他背上的人滚到地上;等到他们再来行凶时,他就低着头冲了过去,打了小女孩一个耳光,再一拳头又把小男孩打得跌倒在花坛中。

两个孩子又叫又喊,像丧家之犬逃进屋里去了。然后就听见砰砰的开门声,愤怒的咒骂声。夫人跑来了,长裙拖地也顾不得,只要不跌倒就行。克里斯托夫看见她来,他并不想逃避;他居然干了这种闻所未闻的事,犯了从来没有犯过的罪,把自己都吓倒了;不过他并不后悔。他在等待。他不知所措。这倒也好!反正也没有什么指望。

夫人向他扑了过来。他感到挨了打。他听见她气得不知说些什么,只是滔滔不绝地骂。他的两个小对头也来了,看夫人为他们报仇雪恨,一面叽里呱啦、呐喊助威。在场的还有仆人,你一言,我一语,一片混乱。但最使他难堪的是,把路易莎也叫来了;而她不但不为他辩护,反而不问三七二十一,就打了他几个耳光,而且还要他赔不是。他怎么也吞不下这口气,一定不肯。她又使劲推他,推得他东倒西歪,还拉住他的手,把他拉到夫人和两个孩子面前,要他下跪赔罪。他气得顿脚,高声大喊,甚至咬母亲的手。到底,他在仆人的哄笑声中跑开了。

他走开时,憋了一肚子气,脸也气得发烧,加上挨了几个巴掌,更是火上加油。他压制自己不去想,只是加快脚步,因为他不愿在街上哭得出丑。他巴不得赶快回家,好用眼泪来浇灭怒火;他的喉咙哽住了,热血涌上头来;他像要爆发的火山。

他总算到了家;他一口气跑上了古老黑暗的楼梯,一直跑到他习惯坐在那里看河的窗口;他上气不接下气地扑倒在那个凹进去的地方;于是眼泪也像河水一样奔流了。他并不大清楚到底为什么要哭;但他却非大哭一场不可;第一阵眼泪的浪潮几乎流过去了,他接着又哭起来,因为他满腔的怒火,一肚子的苦水,都不吐不快,而使自己痛苦,似乎不只是惩罚了自己,同时也惩罚了别人。后来,他想到父亲快回家了,母亲会把事情一五一十地告诉他的,自己的苦难还远远没有到头呢。于是他决定要逃走,不管逃到哪里,只要不再回来就行。

他刚跑下楼梯,劈面碰到父亲回家来了。

"你干什么,小鬼?到哪里去?"梅希奥问道。

他不回答。

"一定是干了坏事。说！你干什么来着？"

克里斯托夫死也不开口。

"你干了什么事？"梅希奥又问，"你说不说？"

孩子哭了起来，梅希奥也叫了起来，两个人的声音都越来越高，一直等到路易莎急急忙忙上楼的脚步声闯进了房间。她心里乱七八糟。她一进来就骂得过火，又打了他几个耳光。梅希奥一听明白，也许还没听清楚，就大挥老拳，几乎用了杀牛的力气。他们两个都高声大叫。孩子也高声号叫。结果父母吵了起来，两个人的火气一样大。梅希奥一面痛打儿子，一面却说儿子并没有错。瞧！这就是伺候人的报应，他们自以为有了钱，就什么坏事都做得出来。路易莎也一面打孩子，一面骂丈夫是畜生，她不许他再碰孩子，因为他已经把孩子打伤了。的确，克里斯托夫流了鼻血，不过他并不觉得痛；母亲硬把一块湿布塞住他的鼻孔，他一点也不感激，因为她还在骂他呢。最后，他们把他关在一个黑暗的角落里，不许他吃晚餐。

他听见他们面对面叫喊；他不知道他更恨哪一个。他可能更恨母亲，因为他万万想不到她会这样狠心。白天的痛苦一齐压在他心头：他受不了那两个孩子对他的不公道，那个夫人的不公道，还有他父母的不公道，但他更受不了的，虽然他并不大明白，只是像个疼痛的伤口一般感觉到的，是他引以为傲的父母，居然向他瞧不起的坏人低三下四。这种卑鄙怯懦的态度，虽然他是头一回隐约感到的，在他看来，已经是太丢人了。他心中的一切都在动摇：对父母的敬爱，对宗教的信仰，对生活的信心，对爱的天然需要，对精神生活的盲目而绝对的信任，一切都动摇了。简直是天崩地塌。他给野蛮的力量压得既无法保护自己，也不能逃离虎口。他喘不出气来。他以为要死了。在绝望的反抗中，他的全身要僵硬了。他拳打脚踢，用头撞墙，高声号叫，全身抽搐，给家具撞得青一块，紫一块，跌倒在地上。

父母跑了过来，把他抱在怀里。现在，要看他们两个谁更温存体贴了，母亲给他脱了衣服，把他抱上床去，自己坐在床头，他不安静下来，她就一直待在床边。他的火气还没有消，他不肯原谅她，就假装睡着了，免得要拥抱她。他觉得母亲胆小心狠。他哪里想得到：母亲为了生活，为了把他养活，吃了多少苦头！甚至不得不狠下心来，违背自己的意愿，和他作对！

等到他眼中无穷无尽的泪水流到了最后一滴，他才感到舒服一点。他哭累了，但是神经还太紧张，不能立刻入睡。白天看到的景象又浮现在他昏昏沉沉、半睡半醒的脑海中。尤其是那个小女孩，他似乎还看见她明亮的眼睛，翘起的小鼻子，瞧不起人的神气，披在肩上的头发，光着的小腿，说起话来稚里稚气,却又装模作样。他打了一个哆嗦,仿佛又听到了她的声音。他想起了自己在她面前显得多么傻,于是他感到对她的仇恨更加凶狠;他不能原谅她对他的侮辱,仇恨在咬他的心,他一定要侮辱她一次,要她也哭一场。但是用什么法子呢?他却挖空心思也想不出。看来她根本不把他放在眼里。但是为了消气,他却打着如意算盘。他幻想有朝一日会有权有名,她会爱上他。他凭空编造了一个荒唐的故事,结果居然真假不分,以为假更真了。

她一厢情愿,患了相思病,但他不把她瞧在眼里。他走过她家门前,她躲在窗帘后看他;他分明知道,却装作满不在乎,并且有说有笑。他甚至故意出远门,要增加她相思的痛苦。他干出了大事——这里,他从祖父讲的英雄故事中选了几段——这时,她痛苦得真病倒了。她的母亲,就是那个高傲的夫人,来哀求他:"我可怜的女儿病得要死了。我求求你,来看她吧!"于是他来了。她躺在床上。她的脸色苍白,面容消瘦。她伸出手来。她说不出话,只是拉住他的手,又哭又吻。那时,他宽宏大量、和和气气地瞧着她,令人钦佩。他祝她恢复健康,答应让她爱他。故事编到这里,他觉得言有尽而意无穷,于是他几次三番,翻来覆去说自己说过的话,表明自己的态度,一直说得自己打瞌睡,这才消了心头的怨气,真个睡着了。

等到他再睁开眼睛的时候,已经是另外一个白天:这个白天同上一个一样光明,但却不再那么无忧无虑:世界上的事起了一点变化。克里斯托夫已经知道了世上的不公平。

家里有时日子过得很紧。这种日子越来越多。大家只好节吃省用。克里斯托夫看在眼里。父亲却是视而不见;他头一个把菜拣到自己盘子里,吃够再说。他夸夸其谈,哈哈大笑,自得其乐,全不管妻子望着他拣菜时无可奈何的目光,勉强做出的笑容。大盘子里的菜经他挑挑拣拣之后,已经空了一半。路易莎给孩子们分菜,每人两个土豆,轮到克里斯托夫的时候,往往大盘子里只剩下了三个,而母亲还没有吃。他不等土豆到他面前,早已心中有数。他拿出勇气,装出不在乎的神气说:

"我只要一个,妈妈。"

她有点不安了。

"两个吧,跟大家一样。"

"不,我求你,一个就够了。"

"你不饿吗?"

"是,我不大饿。"

但是她也只拿一个。他们两个剥皮都很仔细,把土豆切成小块,尽量慢慢地吃。母亲瞧着他,等他吃完了就说:

"你把这个也吃了吧!"

"不要,妈妈。"

"难道你是病了?"

"我没有病。是吃够了。"

有一次父亲怪他推来让去,就毫不客气地把最后一个土豆也吃了。从此克里斯托夫多了个心眼,把剩下的一个放在自己的盘子里,留给小弟弟恩斯特,因为他很贪吃,一分完菜就斜着眼睛盯着哥哥的盘子,最后问道:

"你不吃吗?那给我吧,好不好?克里斯托夫!"

唉!克里斯托夫多么恨他的父亲,恨他从来不为他们着想,恨他想也不想就吃掉了他们那一份!他越饿越恨,恨不得要对他说出来;但反过来一想:他还没有挣钱,没有权这样说。父亲多吃的面包是他自己挣的。他还不能自立,是家庭的负担,还没有发言权。将来再说吧——只要能活到那一天。唉!可别先饿死了!……

他忍饥挨饿,受的痛苦比别的孩子都多。需要狼吞虎咽的空肚子在受煎熬;有时他饿得浑身发抖,头晕脑转,胸口仿佛有个螺旋钻在往下打洞,越往下转,洞就越大。但他不叫饿;他感觉得到一举一动都逃不过母亲的眼睛,所以他就装出没事的样子。路易莎心里很难受,她模模糊糊猜得到:儿子少吃一口,是让别人多吃一口;这个想法才压下去,又会涌上心头。她也不敢寻根问底,要克里斯托夫说出真相;因为说了真话,她又有什么办法呢?她自己也是从小挨饿,成了习惯。既然没法填饱肚子,埋怨有什么用?的确,她自己身子弱,吃得少,哪里猜得到:儿子挨饿的痛苦要大得多啊!她什么也没对他说;有一两回,两个小儿子上街了,梅希奥出去工作了,她要大儿子留下来帮她干活。克里斯托夫拿着毛线团,她在放线。忽然一下,她把毛线丢开,情不由己地把他拉了过来,虽然他已经很重了,还是把他放在膝盖上,紧紧地抱着他。他也拼命箍住她的脖子,两个苦命人互相拥抱,哭了起来。

"我可怜的孩子!"

"妈妈,亲爱的妈妈!……"

他们不再说话;心灵却沟通了。

克里斯托夫过了相当长时间才看出来:他的父亲经常喝酒。梅希奥喝酒并不是漫无节制的,至少开始并不酗酒。即使醉了,也不会闹酒疯。发作起来,也不过显得过分快活而已。他说些蠢话,放大了嗓门唱歌,捶桌子打拍子,一唱就是几个钟头;有时,他死拉硬拖地要同路易莎和孩子们跳舞。克里斯托夫看得出母亲的样子很难过;她离他远远的,低下头来干活;她避免看喝醉了的丈夫;如果他说的粗话使她脸红,她也只和和气气地叫他住口。但克里斯托夫不明白;他需要的是快乐,因此,父亲欢天喜地地回家,对他几乎成了一个节日。家里太沉闷了;这样热闹一下,他可以放松放松。看到梅希奥滑稽的样子,听到他荒唐的笑话,他开心得大笑;他也跟着唱歌跳舞。不料母亲却用不高兴的声音叫他不要胡闹,这等于当头一盆冷水。唱唱跳跳有什么不好?父亲不也唱也跳吗?虽然他看得清、记得牢的小脑袋也注意到,他父亲的一举一动并不太符合孩子本能不可缺少的正直感,但他还是佩服父亲。这对孩子是多么需要!当然,这也是一个人永远爱自己的一种表现。一个人认识到自己太弱,不能实现他自己的愿望,不能满足他的自豪感,那么,在幼年时代,他会把希望寄托在父母身上;在成人的失意时期,又会寄托在子女身上。父母或子女就是一个梦想中的人物,既能光宗耀祖,又能报仇雪恨;一个人自豪地把希望寄托在别人身上的时候,爱心和私心就这样刚柔结合起来,令人心醉神迷。于是克里斯托夫忘记了对父亲的一切怨恨,竭力寻找钦佩他的理由:羡慕他的身材、结实的胳膊、声音、笑容、快活的样子;听见人家称赞父亲演奏的技巧,或者父亲夸大人家对他的称赞,他也容光焕发,得意洋洋。他相信父亲吹的牛皮,把他看成天才,是祖父讲过的一个英雄人物。

　　一天晚上,还不到七点钟,他一个人待在家里。两个弟弟跟着约翰·米歇尔散步去了。路易莎在河边洗衣服。忽然门一打开,梅希奥闯了进来。他没戴帽子,衣衫不整,进门时一跌一撞的,一下子倒在桌子边上的一把椅子上。克里斯托夫笑了起来,以为他像平常一样又来逗人笑了;于是他朝父亲走去。但是等他走近一看,他就再也笑不出来,梅希奥坐在那里,两条胳臂下垂,两只眼睛眨个不停,一直瞪着前面,但是什么也看不见;他满脸通红,嘴巴张开,时时刻刻发出傻头傻脑的咕噜声。克里斯托夫愣住了。他先还以为父亲在搞什么鬼;但看见他动也不动,就吓怕了。

　　"爸爸!爸爸!"他叫了起来。

　　梅希奥一直像只母鸡一样,嘴里咕噜咕噜地响。克里斯托夫不知道怎么办才好,拼命抓住他的胳膊,推呀,摇呀!

"爸爸，好爸爸，回答我呀！我求你了！"

梅希奥的身子像没有骨头似的摇来晃去，几乎要倒下了；他的头倒向克里斯托夫的头；瞪着眼睛，嘴里说些前言不搭后语、气嘟嘟的话。克里斯托夫的眼睛一碰上父亲浑浊无神的眼光，不由得大吃一惊。他赶快跑到房间里首，在床前跪下，把脸埋在被子里。他们就这样待了好久。梅希奥沉重地压在椅子上，荡来荡去，发出傻笑。克里斯托夫塞住耳朵，免得听见，他在发抖。他的心情简直难以表达：真是一片混乱、恐怖、痛苦，仿佛有人死了，而且是他尊敬的亲人。

还没有人回家，只有他们两个待在屋里；天黑起来了，克里斯托夫一分钟比一分钟害怕。他不想听，又不得不听，一听到这没听过的声音，他身上的血都冰凉了；滴滴答答不匀称的钟声在给父亲的胡言乱语打拍子。他受不了，想再跑开。但要出门，一定得从父亲面前走过；克里斯托夫一想到父亲的眼神，就打哆嗦，仿佛再看一眼也会把他吓死。他试用手和膝盖爬到房门口。他不敢出一口大气，也不敢看一眼，从桌子底下瞧着梅希奥的脚，一有动静，就停止往前爬。醉鬼的一条腿在发抖了。克里斯托夫好不容易爬到门口，笨手笨脚地压下把手；不料慌慌张张地手一松，门又砰一声关上了。梅希奥转过身子来瞧，摇摇晃晃的椅子一下失去了平衡；他就哗啦一声倒在地上。克里斯托夫吓坏了，他没有力气跑开，就紧紧地靠着墙，眼睁睁地看着父亲伸手伸脚倒在他的脚下；他大喊救人。

梅希奥跌倒之后，反而清醒了一点。他又咒又骂，捶了几下椅子，怪它不该恶作剧；他想要站起来，但站不起，只好背靠着桌子，在地上坐稳了；这时，他才看出了他在什么地方。他看见克里斯托夫在哭，就叫孩子过来。克里斯托夫想躲开，但动不了。梅希奥又叫他；见孩子不过来，他气得赌咒发誓。克里斯托夫只好过去，手脚都在发抖。梅希奥把他拉了过来，抱在膝盖上。他开始揪他的耳朵，用黏黏糊糊、嘟嘟囔囔的声音，教训他一个孩子应该怎样尊敬父亲。而后，他忽然换了个主意，一面胡言乱语，一面把孩子抛上抛下，笑得直不起腰来。再后，他的思想忽然来了个急转弯，愁眉苦脸地怜悯孩子，怜悯自己；他紧紧抱着孩子，一把眼泪一把鼻涕地吻他；最后，他哼着《深祷》歌给孩子催眠。克里斯托夫不敢挣开父亲的怀抱；他吓得浑身冰凉。他闷死了，闻到一股酒味扑面而来，听到醉汉打嗝的声音，感到眼泪和亲吻浸湿了他的脸颊，他觉得又讨厌又害怕。他想喊叫，但嘴里喊不出声音。他仿佛在这种可怕的状态中待了一百年——好不容易总算等到门打开了，路易莎手里提着一篮子衣服，走了进来。她发出了一声叫喊,让篮子掉在地上,朝着克里斯托夫冲过去,谁也想不到她会有那么大的狠劲,她把孩子从梅希奥怀里抢了出来。

"啊!该死的酒鬼!"她喊道。

她气得眼睛发出了火光。

克里斯托夫以为父亲要把母亲打死了。不料梅希奥一见妻子气势汹汹,反倒软了下去,一句话也不说,却哭了起来。他在地上打滚;他用头撞家具,说妻子是对的,他害得一家人吃苦,害了可怜的孩子们,他还不如死了更好。路易莎转过身去不理他;把克里斯托夫抱到隔壁房里,摸他亲他,要他放心。孩子还在发抖,没有回答母亲的话;后又抽抽噎噎哭起来。路易莎给他洗脸,拥抱他,说好话,陪着他哭。他们两个到底心平气和了。她跪下来,要孩子跪在旁边。他们一同祈祷上帝治好父亲的坏习惯,希望梅希奥重新做个好人,恢复从前的老样子。路易莎安顿孩子睡下。他要母亲拉着他的手,坐在床旁边。那一夜,克里斯托夫发烧了,路易莎在他床头坐了好久。酒鬼却在地上打鼾。

过了一些时候,克里斯托夫上学了,但他从不认真学习,有时盯着天花板上的苍蝇,有时用拳头打旁边的孩子,把他从凳子上推下来。老师本来就厌恶他,因为他老是动来动去,因为老是听见他笑。有一天,克里斯托夫自己摔倒了,老师就说了句难听的话,暗示他大约要走上众所周知的酗酒人物的老路。孩子们爆发出阵阵笑声;有人还要揭穿老底,加油加酱,唯恐话说得不清楚,打击不够沉重。克里斯托夫爬起来,羞得满脸通红,抓起他的墨水瓶,朝着第一个笑他的人头上飞也似的扔了过去。老师扑上前来,给了他一顿拳头;他挨了打,罚了跪,还要做额外的功课。

他回到家里,脸色惨白,气得不说话,只冷冰冰地说了声:他不再上学了。家里人不在意。第二天早上,母亲提醒他上学的时间已到,他却若无其事地回答道:他说过不再去了。路易莎求他,喊他,吓他,全是白费功夫。他坐在角落里,硬是不走。梅希奥打得他号叫;但是每次惩罚之后,催促他去上学,他总是火冒三丈地回答:"不去!"问他至少也该说个理由,他却咬紧牙关,什么也不肯说。梅希奥抓住他,把他带到学校,交给老师。一回到座位上,他就一件件地砸东西,手头碰到什么就砸什么:墨水瓶呀,笔呀,他还撕练习本,撕书——一切都在众目睽睽之下,看老师能把他怎么样。只好把他关到黑暗的禁闭室。过不多久,老师来看他,只见他用手帕绑住脖子,用尽了平生的力气往两头拉:要把自己勒死。

只好把他送回家去。

克里斯托夫能吃苦耐劳。他从父亲和祖父两代人继承了强健的体格。家里人都不娇气，不管生病不生病，从来没有人怨天尤人，也从来没有什么能改变克拉夫特两代人的习惯。他们不管天气如何都要外出，不管冬天还是夏天，不管风吹雨打太阳晒，他们在外一待就是几个小时，有时粗心大意，有时争强好胜，还不戴帽子，敞开衣服，一口气走几里路也不叫累，看见路易莎走不动就怜惜她，又瞧她不起。她不说话，不得不走走停停，脸色苍白，两腿浮肿，心跳得打鼓似的。克里斯托夫几乎也要像他们一样瞧不起母亲了：他不懂得人为什么会生病；他跌了一跤，碰了一下，割了一刀，或烫了什么地方，是从来不哭的，只是恨伤害了他的东西。父亲和小伙伴对他都很粗暴，街上的野孩子和他打架，把他磨炼得扎扎实实。他不怕打；回家的时候，不止一次给人打得鼻子流血，头上起包。有一天，在一场激烈的混战中，对方把他压在身子底下，野蛮地拿他的脑袋去撞铺路的石块，若不是有人来救，他几乎要窒息死了。但他却认为这不算什么，自己吃过的苦头，还准备叫别人也尝尝滋味。

然而，他害怕的东西也多得说不清；虽然他不让人知道——因为他很骄傲——其实，这些童年时代纠缠不休的恐惧最使他苦恼。尤其是有两三年，恐惧简直像是病魔缠身。

他害怕在黑暗中神出鬼没的东西，害怕要人性命的凶神恶煞，害怕无孔不入的妖魔鬼怪，这些害人精占据了每个孩子的头脑，无所不在，一眨眼睛就会看到；其实，这是消失了的动物最后的遗迹，生命从无到有的最初几天的幻象，在母胎中心神不安的睡眠留下的阴影，无知的物体化为幼虫苏醒时模糊的感觉。

他怕顶楼的门。门口就是楼梯，几乎总是半开半关的。他不得不走过门前时，总感觉到心跳；只好一鼓作气，闭上眼睛，冲了过去。门背后似乎有什么人，或是什么东西。门关上的时候，他从半开半关的通风洞里，清清楚楚听得见门后面的动静。这本来没有什么奇怪的，因为顶楼上有的是大老鼠；但他却幻想成一个怪物，骨头七扭八歪，皮肉百孔千疮，长着一个马头，眼睛能勾魂摄魄，形状支离破碎；他想也不敢想，却又不得不想。他用发抖的手去摸顶楼的门闩好了没有；下楼梯时，不回头看上十次就不放心。

他怕户外的黑夜。有时他晚上待在祖父家里，或者有事到那里去。老克拉夫特住在城外，是到科隆去的大路上最后一座房子。从这座房子到城里闪烁着灯光的窗子，最近的也要走上二三百步，而在克里斯托夫看来，却还要远上三倍。有的地方路一拐弯，什么都看不见了。暮色苍茫，乡下渺无人烟;大地一片黑暗,天上灰蒙蒙的更加吓人。一走出大路周围的小树丛,爬上一个山坡,还可以看到天边朦胧的微光;微光不能照路,比黑夜还显得更压抑;周围的阴暗显得更深沉,简直是丧钟敲出来的光。暮云几乎降落到了地面。小树丛也变得巨大,而且动起来了。瘦骨嶙峋的枯树像弯腰驼背的老人。路边的界石回光返照,像苍白的尸衣。阴影也在移动。有些畸形的矮人坐在沟里,光线落入草内,空中有可怕的东西在飞,不知道从哪里钻出来的昆虫发出了凄厉的叫声。克里斯托夫总是提心吊胆,唯恐阴森可怕的大自然会做出什么荒唐怪诞的事情来。他拼命地跑,心都快要跳出胸口了。

等到他看见了祖父房子里的灯光,这才放下心来。但更坏的情况是,老克拉夫特往往还没有回家。那就更可怕了。这座孤零零的老房子,失落在满目凄凉的乡下,即使在大白天,也会使孩子胆战心惊。只要祖父在家,他会忘了恐惧;但是老人有时会不打招呼就出去了,留下他一个人在家。克里斯托夫可不在乎这一着。房子里静悄悄的。所有的家具对他都很熟悉,并且不怀恶意。房里有一张白木大床;床头架子上放了一本厚厚的《圣经》,火炉架上摆着纸花,两个妻子和十一个孩子的照片——老人还在每张照片下面注上了他们生死的年月——墙上挂着配了框子的祈祷文,还有莫扎特和贝多芬的彩色画像,画得并不出色。一个角落里放了一架小钢琴,另一个角落是一把大提琴;书架上杂乱无章地摆了几层书,挂了几个烟斗,窗口摆了几盆天竺葵。他好像在老朋友的圈子里。老人的脚步在隔壁房间里走来走去;听得见他在刨木头,敲钉子;他一个人自言自语,骂自己糊涂,或者是放大了嗓门唱歌,把伤感的浪漫曲,雄壮的进行曲,和饮酒歌的断片残章煮成了一锅大杂烩。这里别有天地。克里斯托夫坐在窗前的大沙发上,膝盖上摆着一本书;他低着头看图画,看得忘了一切;一直看得天黑下来,两眼迷糊;结果他只好不看,沉醉在朦胧的幻想中。大路上滚滚的车轮声越来越远。田野上哞哞叫的母牛声越来越低。城里教堂的钟声,懒洋洋地,睡眼惺忪地,响起了晚祷。模糊的欲望,朦胧的预感,在孩子如梦如醉的心中开始觉醒了。

忽然一下,克里斯托夫心里感到莫名其妙的不安,从梦幻中醒过来了。他抬起眼睛一看,只见一片黑夜。他侧着耳朵一听,只是一片寂静。祖父刚刚出去。他不免打了个寒战。他爬到窗口去看祖父:路上一个人也没有;什么东西都露出了吓人的面孔。天啦!万一真来了什么怎么办?——什么人来了?……他说不出。反正是可怕的东西……门怎么样也关不紧。

木头楼梯在格格响,好像有脚步声。孩子跳了起来,拖着一张沙发,两把椅子,一张桌子,拉到房间里最保险的角落;他筑起了一道铜墙铁壁:沙发背靠着墙,右边一把椅子,左边另外一把,桌子挡在前面。当中摆了一架人字梯;他骑马嘟嘟地跨在梯子顶上,手里抱着几本书,包括刚才看的那本,仿佛有了书就不怕敌人包围似的,他出了一大口气,因为在孩子的想象中,敌人是无论如何也攻不破这铜墙铁壁的:未经许可,谁也不得入内。

不料敌人有时会从书中涌现出来——在祖父随意买来的旧书中,有一些里面有插图,图画给孩子的印象很深;引人注意又使人害怕。这是些稀奇古怪的图像,简直是对圣·安东尼的诱惑,在长颈大肚的玻璃瓶里,鸟只剩下一副骨架还会拉屎,青蛙剖开了肚皮,成千上万的卵子长了尾巴,像蛆虫一样乱钻乱动,有的头上长出脚来,还会走路,有的屁股会吹喇叭,有些家庭用具活了,有些动物死了,却都披着大块白布,一本正经地往前走,边走边像老太婆一般行屈膝礼。克里斯托夫看了害怕,但越怕越要看。他看了好久,又时时刻刻偷偷地向周围看上一眼,看看窗帘的皱褶里有什么在动——一本解剖书里有一张剥了皮的人体图,在他看来丑恶无比。当他看书翻到这一页的时候,他的手都会发抖。这些奇形怪状、五颜六色的图画使他紧张得难以想象。儿童的脑海天生有丰富的创造力,弥补了画面上的不足。在他看来,这些乱七八糟的图画和现实世界并没有什么分别。到了夜里,这些图像进入他的梦中,反而比他白天看到的活人更加栩栩如生。

他也害怕睡眠。好几年来,噩梦毒害了他的休息时刻——他梦中在地窖里随便走,忽然看见那个剥了皮的人体从通风洞里钻了进来,对着他做鬼脸——他梦中一个人待在房间里,忽然,听见走道上有窸窸窣窣的脚步声;他立刻冲上前去关门,但刚刚来得及抓住门把手,外面已经有人要把门拉开了;他连钥匙也转不动,他没有力气,只好叫救命。其实,他知道要进来的是什么人——他梦中和家人在一起;忽然,他们的脸变了;他们做了些莫名其妙的事——他梦中在安安静静地看书,却感觉到周围有个无形的人。他想跑开,但是给绑住了;他想叫喊,但嘴给塞住了。他的脖子也给紧紧地捏住。他透不过气来,牙齿嗒嗒打战,就这样吓醒了;醒来之后好久,他还在打哆嗦,他怎么样也赶不走这种苦恼。

他睡觉的地方是房间里既没有门、又没有窗的一个角落;只有一块旧帘子,用根帐杆挂在进出口的高头,就算和父母的卧房隔开了。污浊的空气令人窒息。两个弟弟和他同床,老是用脚踢他。他的头脑发热,受到半梦半醒的折磨,白天操心的小事无限扩大了,连续不断地引起反响。在这种极端紧张的情况下,他简直像在做一场噩梦,无论多么小的刺激都会带来痛苦。地板咯吱一响也会吓他一跳。父亲的鼾声如雷,简直不像人在呼吸,而像是一头吃人的野兽,使他胆战心惊。黑夜把他压垮了,永远也没个完,仿佛一直就是如此;他好像已经躺了几个月。他大口地喘气,在床上半躺半坐,到底坐了起来,用衬衣的袖子擦去满脸的汗。有时,他把小弟弟罗多夫推醒;但弟弟发了两句脾气,把被子全都卷了过去,又睡得再也推不醒了。

就是这样,他处在发烧的痛苦中,一直等到一线淡淡的曙色出现在门帘下的地板上。遥远的黎明畏畏缩缩地投下的一线曙光,忽然把平静洒到了他身上。他感到曙色轻轻地溜进了房间,而别人还分不清曙色和夜色呢。立刻,他的烧退了,血流慢了,就像泛滥的河水退回到了河床一样;他全身的温度不再忽高忽低,他失眠得发烧的眼睛也闭上了。

晚上,一到睡觉的时间他就怕。他下定决心不向瞌睡低头,要通宵不眠,免得做噩梦。但他还是斗不过疲倦;偏偏就是在他冷不防的时刻,梦魇又回来了。

黑夜多么可怕!对大多数孩子来说,黑夜是如此甜蜜;但对一部分孩子说来,黑夜却是如此可怕!……他怕睡着。他又怕睡不着。不管是睡是醒,他总看到周围的妖魔鬼怪,幻想出来的幽灵,还有若明若暗的孩童时代游离出来的三魂七魄,就像生死未卜的病人迷离恍惚感到的灵魂出壳一样。

不过这些幻想中的恐惧,在更巨大的恐怖面前,不久就会销声匿迹:这种恐怖啃噬着每一个人的心灵,人类的智慧竭尽全力想要忘掉,想要否定,但都无济于事,那就是死的恐怖。

有一天,他翻壁橱的时候,摸到了几件他没见过的东西:一件婴儿罩衫,一顶条纹帽子。他得意洋洋地拿给母亲看,不料母亲不但不对他微笑,反而露出不高兴的神色,叫他从哪里拿来的,还放回到哪里去。他磨磨蹭蹭不肯走,还要问为什么,母亲没有回答,一手把衣帽夺了过去,塞在壁橱高层他够不着的地方。他越来越不明白,更要追根问底。母亲到底告诉他:这是一个小哥哥的遗物,哥哥在他出生之前就死了。他一听就面如土色:他还从来没听过哥哥的事。他沉默了一阵子,然后还要问长问短。母亲好像另有心事,只告诉他哥哥也叫克里斯托夫,可是比他更乖。他还要打破砂锅问到底;母亲却不耐烦回答,只说他已经在天国,他还为他们大家祈祷。克里斯托夫再也问不出什么名堂来,母亲叫他不要多话,不要打扰她干活。她看起来的确是在全神贯注地缝衣服;但是心事重重,头也不抬。过不多久,母亲见他待在角落里生闷气,就对他微微一笑,和和气气地叫他到外面去玩。

母亲的片言只语深深地激动了克里斯托夫的心。这样说来,以前还有过一个孩子,也是他母亲的儿子,完全和他一样,连名字也一样,几乎没有什么区别,可是已经死了!——死,他搞不清楚死是什么;总是很可怕的吧——大家从来不谈那个死了的克里斯托夫;他完全给人忘掉了。等到他自己死,恐怕也是一样的吧!——晚上,他和全家围桌而坐,大家有说有笑,谈些无关紧要的事,死的念头却还在折磨他。恐怕他死之后,大家也是一样快活的吧!唉!真想不到:母亲居然这样自私,死了儿子还笑得出!他恨大家,巴不得大哭一场,提前为自己的死亡流下眼泪。同时,他又想提一大堆问题,但他不敢;他还记得母亲叫他不要多问的口气——最后,他到底忍不住了;他睡觉时,路易莎来亲他,他就问道:

"妈妈,他也睡我的床吗?"

可怜的母亲颤抖了;她勉强用没事人的口气问道:

"你说谁呀?"

"小哥哥……死了的小哥哥。"克里斯托夫压低了声音说。

母亲的两只手忽然紧紧把他抱住。

"不要问了,不要问了。"她说。

她的声音也在颤抖;克里斯托夫的头靠着母亲的胸口,听得见她的心在跳。沉默了一阵子,然后她说:

"以后再也不要提这件事了,我亲爱的……放心睡觉吧……不是的,这不是他的床。"

她亲亲他;他好像感到她的脸颊湿了,他真巴不得她流了泪。这样,他的心才可以放宽一点;因为她到底还是伤心的!但过了一会儿,他听见母亲在隔壁房间里用平常的声音说话,他又起了疑心。到底哪一次说的是真心话,这一次还是刚才那一次?——他在床上翻来覆去想了好久,也找不到答案。他巴不得母亲伤心才好:当然,母亲难过,他也会难过的;不过,不管怎么说,难过总比不难过好。因为有母亲分忧,他就不觉得那么孤独了——他睡着了,第二天,他不再想这件事。

过了几个星期,他的一个玩伴没按时间到街上来玩。另一个玩伴说他病了。从此以后,他不来玩,大家也就习以为常;已经知道了原因,大家都觉得很简单——一天晚上,时间还早,克里斯托夫已经上了床;但看得见父母房里的灯光。有人敲门,是邻居来谈天。克里斯托夫按照自己的习惯,在自己编故事,邻居讲的话像耳边风,他一只耳朵进,另一只耳朵出,并没有听清楚。忽然,他听到邻居说一声"他死了"。他的血液顿时停止流动;因为他一听就明白说的是谁。于是他屏住呼吸,接着往下听。他的父母叫喊起来。梅希奥嚷道:

"克里斯托夫,听见没有?可怜的弗里兹死了。"

克里斯托夫压制住自己,平静地答道:

"听见了,爸爸。"

他感到胸口很紧。

梅希奥又提出责备说:

"'听见了,爸爸。'难道你就只会说这么一句?你不觉得难过吗?"

路易莎理解自己的孩子,说道:

"别多说了!让他睡吧!"

于是他们放低了说话的声音。但克里斯托夫竖起耳朵,一五一十,都要听个清楚明白:伤寒发烧,冷水洗澡,胡言乱语,父母伤心。他听得出不了气;喉咙哽住了!他哆哆嗦嗦:所有这些可怕的事情都在他脑子里留下了深刻的印象。他特别记得这是一种传染病,也就是说,他自己也可能得这种病死掉;这一下吓得他全身冰冷;因为他想起了最后一次和弗里兹见面时,他们还握过手,就在当天,他还走过弗里兹家门口呢——然而,他不声不响,免得说些迫不得已的话;等到邻居走了,父亲问他:"克里斯托夫,你睡着了吗?"他也不回答。于是他听见梅希奥对路易莎说:

"这孩子没感情。"

路易莎没有答话;但过了一会儿,她来轻轻地揭开了帘子,瞧了瞧他们睡的小床。克里斯托夫刚来得及闭上眼睛,假装睡着了,并且模仿小弟弟睡熟时一呼一吸的样子。路易莎踮着脚走了。他多么想把她留住啊!他多么想告诉她说他害怕,恳求她救救他,至少也该安慰他啊!但是他怕人家笑话,又怕人家说他胆小;再说他心里也明白,不管人家说什么,都是没有用的。于是几个小时,他都非常痛苦,以为不知不觉病魔已经缠身,头痛得很,心不舒服,他吓得要命地想道:"这一下可完了,我病了,我要死了,我要死了!……"有一次,他从床上坐起来,低声地叫妈妈;但他们睡着了,他不敢吵醒他们。

从这时起,死亡的毒素渗进了他童年的生活。他的神经使他无缘无故受苦,感到压迫、冲动、突然窒息。他的想象力使他如痴如狂,在形形色色的痛苦中,都看到吃人的野兽来要他的命。他多少次预感到死亡的痛苦啊!那时,母亲坐得离他只有几步远,却一点也没有察觉。他虽然胆小,却有勇气掩盖自己的恐惧,因为他的心情复杂:有不肯求人的脾气,有对恐惧的耻辱感,有不肯打扰人的顾虑。但他心里老想:"这一回我是病了,我病得很重。这一定是咽喉发炎了……"其实,咽喉炎这个词他是偶然记住的……"天呀!现在死太早啦!"

他有他的宗教观念,他情愿相信母亲的话:人死后灵魂会升天,会见到上帝,虔诚的灵魂会进入天堂乐园。但升天的旅程对他并没有吸引力,反而使他害怕。他一点也不羡慕那位在睡梦中受到上帝召见的孩子。据母亲说,上帝为了奖赏他们,让他们升天时一点也不痛苦。他睡觉时不免胆战心惊,唯恐上帝心血来潮,把他召去。忽然一下离开了温暖的床铺,给拉到渺渺茫茫的空中,被带到上帝面前,那会感到多么可怕啊!他想象中的上帝像一个巨大的太阳,说起话来好像打雷,那怎么吃得消!眼睛不会烧焦,耳朵不会震聋,整个灵魂不会烧掉吗?再说,上帝还要惩罚:谁知道罚做什么!……此外,可怕的事并没有到头,还有数不清的罪要受,他虽然不大清楚,但从谈话中也可以猜到:身体要装进一个木头箱子,孤零零地埋进一个深洞,埋在一大堆讨厌的坟墓中间,就是人家带他去做祈祷的墓地……上帝呀!上帝呀!多么难受!……

话又说回来,活着又有什么乐趣呢?看着父亲喝得烂醉如泥,自己挨打,受别的孩子欺侮,忍受各种各样的痛苦,接受大人侮辱性的怜悯,却得不到别人理解,甚至母亲也是一样。大家都不把你瞧在眼里,没有一个人爱你,你只是孤零零的,孤零零的,一个人算得了什么!——话又说回来,正因为人家不在乎他的死活,他倒偏偏要活下去。他感到满腔的怒气在沸腾,给了他一股力量。这股力量真是奇怪!它现在还无能为力;看起来很遥远,堵住了嘴巴,绑住了手脚,瘫痪了全身;他一点也不知道这股力量要做什么,将来会怎么样。但他感到力量在他身上,他敢肯定:力量正在奔腾,正在咆哮。明天,明天,看这股力量怎样翻天覆地吧!人家痛不欲生,他却愤不肯死,他要报仇雪恨,打抱不平,惩罚坏人,做番大事。"啊!只要我能活下去……(他考虑了一下)……只要我能活到十八岁!"——有时,他又说只要活到二十一岁。这是最大限度。他以为二十一岁足够统治世界了。他想到了他崇拜的英雄,想到了拿破仑,想到了更遥远的他更爱的亚历山大大帝。只要他能再活十二年……甚至十年,他一定会和他们一样伟大。他从来没想过活到三十岁就死的人值得同情。三十岁已经太老了;已经过了好日子;要是日子没有过好,那可要怪自己。但要他现在就死,那可太糟糕了!这么小就离开人世,未免太倒霉了!你在每个人心目中,还只不过是个小孩子,谁都以为自己有权埋怨你呢!想到这里,他不禁气得大哭起来,仿佛他真已经死了一样。

在童年的时代,死亡的痛苦折磨了他好几年——只有厌倦了生活,才能摆脱这种痛苦。

在这浓得化不开的黑暗中,在这令人窒息的深夜里,每一个小时似乎都比前一个小时更黑,忽然出现了一线光明,就像一颗流星突然划破了阴沉沉的夜空,光辉灿烂,将要照亮他的一生:那就是神圣的音乐……

祖父刚送孩子们一架旧钢琴,那是一个主顾拜托他处理掉,而他却耐心细致地整旧如新,使钢琴几乎还能派上用场。这件礼物并不太受欢迎。路易莎嫌房间太窄,摆不下这堆废物;梅希奥说,约翰·米歇尔老爸并没有破费什么,这只是一堆烧火用的木柴。只有小克里斯托夫一个人喜欢这件新的乐器,却不知道为什么。在他看来,这是一个魔箱,里面装满了妙不可言的故事,就像祖父偶尔给他念上几页的《天方夜谭》,但他们祖孙两人都听得心醉神迷。他听见父亲试钢琴的音,奏出了一阵琶音的小雨,就像温暖的微风从湿润的树枝上吹下玲珑剔透的水珠一样。他鼓掌叫好:"再来一遍!"但梅希奥不以为然地关上了琴盖,说琴不能用了。克里斯托夫不敢多嘴,但老是围着乐器转;只要大人转过身去,他就揭开琴盖按一下琴键,仿佛要把甲虫从绿色的壳里放出来似的。有时,他匆匆忙忙按得太响,母亲就说:"安静点好不好?不要乱动东西!"有时,他关上琴盖压痛了手指,就露出一副可怜相,把压肿了的指头放在嘴里吮……

现在,他最喜欢母亲进城买东西或帮佣的日子。他听着她下楼,上街,走远了。只剩下他一个人。于是他打开钢琴盖,拖把椅子过来骑在上面,肩头刚和键盘一般高,这就够了。为什么要等到家里没有人呢?其实只要他玩琴声音不太响,也没人管他。不过他在别人面前难为情,不大敢。再说有人说话,走动,也会扫兴。只剩下一个人多好啊!……克里斯托夫大气也不敢出,怕破坏了这平静的气氛,心里紧张得有点像要开大炮似的。手指一按琴键,心就跳了;有时一个琴键按到一半,他又换一个。谁知道哪个键好听呢?……一下声音高了,一下低了,一下尖了,一下丁丁响,一下轰轰响。孩子每个声音都听好久,听到声音小了,没了;琴音好像在田野里随风飘来飘去的钟声;如果竖起耳朵,还可以听到遥远的余音缭绕,和杂音共鸣,有如昆虫飞舞的嗡嗡之声,仿佛在呼唤你到远方去,越去越远……去到一个神秘的地方,下沉了……消失了!不!还在响……拍了一下翅膀……多么奇怪!好像是些小仙子。她们多么听话,关在这只旧箱子里,这是什么道理!

最美的是:两个手指同时按两个琴键。谁也说不准会按出什么声音来。有时,两个仙子是冤家对头;她们生气,冲突,憎恨,恼火得嗡嗡响;声音膨胀了;她们有时气得叫,有时痛得哭。克里斯托夫喜欢这玩意,像是听见困兽在咬锁链,在撞牢笼,仿佛要撞破笼子跑出来,就像神话中讲的,所罗门关在阿拉伯箱子里的妖精——有些精灵会说好话,想要哄人,其实只想咬上一口,她们急得发烧了。克里斯托夫看不破,她们就引诱他,使他心烦意乱,脸都差不多要红了。有些声音非常亲热,互相勾搭,就像人亲吻时胳臂搂着脖子一样,和蔼可亲。这些仙子真好,满脸笑容;没有皱纹;她们爱小克里斯托夫,小克里斯托夫也爱她们;他听她们都听得流泪了,还是不断地让她们再来一遍。她们是他的朋友,亲爱而和气的朋友……

孩子在音响的森林中漫游,感到周围有无名的力量在偷看,在呼唤,要抚摸他或吞掉他。

有一天,梅希奥发现了他的秘密。父亲的粗嗓子吓了他一跳。克里斯托夫以为自己做错了事,双手抱头,准备狠狠地挨一个耳光。不料太阳从西边出来了,梅希奥不但不怪他,反而和颜悦色地笑起来。

"好玩吗,小鬼?"他问时和气地拍拍孩子的头,"要不要我教你?"

那还用说!……他喜出望外,低声说要。于是父子两个人坐在钢琴前,这一回克里斯托夫是骑在厚厚的一堆书上;他上第一课很用心。他先学习这些嗡嗡响的精灵叫什么古怪的名字,都是单音节的,像中国话,有的甚至只有一个字母。他觉得太出意外,他本来以为她们的名字好听得像神话中的公主。再说,他也不喜欢父亲谈到她们时那种随便的样子。此外她们从梅希奥的指头下滚滚出来的时候,有股无所谓的神气,仿佛不是原来的精灵了。然而克里斯托夫很高兴知道了精灵之间的关系,音阶之间的等级差别,就像一个国王带领一队兵马,或是一队黑人排成单行前进一样。他惊讶地看到每个兵士,每个黑人,都可以轮流当国王,同样带领一队人马,只要从头至尾按着键盘,甚至会有千军万马滚滚而来。他很喜欢操纵人马前进。不过这些人马比起他漫游过的森林来,又显得微不足道了;可惜他再也找不到令人心醉神迷的森林。但他还是很用功,因为用功并不令人厌倦,倒是父亲的耐心出乎他的意料之外。梅希奥也不觉得累;他要儿子把同样的功课翻来覆去做上十遍。克里斯托夫也不明白:父亲怎么肯花这么大的功夫?难道是爱他吗?那可太好了!孩子更加用功,心里充满了感激之情。

他哪里知道老师的用心?否则,他就不会这样心满意足了。

从这一天开始,梅希奥把孩子带到邻居家里,参加每星期举行三次的室内音乐会。梅希奥是第一小提琴手,约翰·米歇尔演奏大提琴。还有一个银行职员,一个库勒街的老钟表匠。有时,药剂师也带了笛子来参加。大家五点钟来,一直待到九点。奏完一曲,大家都喝啤酒。街坊邻居随意进出,靠墙一站,一句话也不说,只是听着,有时摇头顿脚,打着拍子,一边吞云吐雾,搞得室里烟雾腾腾。一页接一页,一支曲子接着一支曲子,演奏的人真有耐心,毫无倦意。他们一言不发,精力集中,双眉紧锁,偶尔高兴得哼两声,他们非但不能表达音乐的美,甚至自己也感觉不到。他们演奏既不太准确,也不太合拍;但是从不离谱,对标出来的音符一点都不放过。他们掌握音乐轻而易举,不太费劲就取得了平凡的成就,他们也满足了。其实在这个音乐之国里,这种成就比比皆是。他们的胃口大而无当,贪多不厌,对精神食粮重量不重质,他们要吃结实的东西,只要是音乐就行,分量越重越好——他们对勃拉姆斯和贝多芬一视同仁,对同一个作曲家的作品,不管是空洞的协奏曲,还是激动人心的奏鸣曲,他们都分不出高下,因为在他们看来,同样的面团反正捏不出不同的点心。

克里斯托夫缩在钢琴后面的角落里,那是他的小天地。没有人打扰他,因为那个角落要爬着才进得去。那里半明半暗;孩子刚有个容身之地,还得蜷成一团,坐在地板上。烟熏了他的眼睛,呛了他的咽喉;还有厚厚的灰尘,厚得像一层羊毛;可他都不在乎,只是认真地听着,像土耳其人一样盘腿而坐,用肮脏的小手指把钢琴罩布上的窟窿越挖越大。他对演奏的曲子并不全部喜欢,但也没有一支讨厌的,他从没想到要提意见,因为他知道自己还太小,什么也不懂得。有些音乐催人入眠,有些使人苏醒,没有一支不好听的。虽然他还不知道,但使他心情激动的,几乎都是好作品。肯定没人看见时,他就扮鬼脸,皱鼻子,咬牙齿,伸舌头,眼睛装出生气或没劲的样子。他要前进,打击、粉碎这个世界。他乱动一气,结果钢琴上伸过一个头来,对他喊道:"喂,小鬼,你疯了吗?不要乱动钢琴!把手拿开好吗?

我要扭你的耳朵了!"这使他又窘又气。为什么不让他开心?他又没做坏事。这简直是老跟他过不去!父亲也随声附和。大家都怪他闹,说他不喜欢音乐。到头来他也信以为真了——其实,这些安分守己的小职员只会磨出支协奏曲来,如果告诉他们,在场的人当中,只有这个孩子才真有音乐感,他们怕要惊讶得目瞪口呆的。

若是要他安静,为什么奏的乐曲却要他动?为什么乐曲中有战马奔腾,刀光剑影,战争的叫嚣,胜利的光荣?为什么要他和大家一样摇头顿脚打拍子?若要他静,只要演奏心平气和的幻想曲,或是喋喋不休、什么也没有说的乐章就够了;这种音乐有的是,例如戈德马克作的曲子,老钟表匠刚刚还听得入了迷,微笑地说:"真好。一点也不刺耳。没有棱角,圆得像珠子……"那时,孩子就安静了。他朦朦胧胧。他不知道人家还在演奏;结果甚至听而不闻;不过他很快活,四肢发麻,如梦如幻。

他做的梦不是前后连贯的故事,而是没头没尾的。难得看到一个清楚的图像,偶尔看见母亲在做糕点,用刀刮掉手指上黏着的面糊;——或是头一天看见的一只水老鼠在河里游水;——或是他想用柳条做的一根鞭子……天晓得为什么这时偏偏回想起了这些事!——不过他往往是什么也没看见,却又感觉到许多。就好像一大堆非常重要的事,却说不出是什么,就是说出来了也没有用,因为是人人都知道的,而且似乎从古到今,事情一直都是这样。有些事很难过,难得得叫人伤心;但是并不痛苦,不像生活中碰到的事情;也不丑恶,令人难堪,不像克里斯托夫挨了父亲的耳光,或者心里又羞又恼地想起了受到的委屈那样;这些事只使他精神上充满了平静的忧郁感。另外有些事是光辉灿烂的,横淌着欢乐的巨流。克里斯托夫心里想:"对了,这就是……这就是我将来要做的事。"他一点都不知道将来要做什么,也不知道为什么要这样说;但只觉得非说不可,觉得这是显而易见的事。他听到大海的声音,离他很近,只隔一道沙墙。克里斯托夫一点也不知道这片大海是什么,大海要他怎样;但他意识到大海会越过重重障碍,那时!……到了那时,一切都会好起来,他会快活至极。只要听到大海,随着波涛声起伏,一切微不足道的痛苦和屈辱,都会风平浪静,虽然痛苦还使人难过,但不再可耻,也不再伤人了:一切都成了自然的、几乎含着脉脉的温情。

即使是平凡的音乐,往往也能使他陶醉。那些作曲家是些可怜人,他们没有思想,只想挣钱;或者为了掩饰生活的空虚,他们按照成规把音符拼凑起来,有时为了独出心裁,还要故意打破常规。但即便是傻瓜笨蛋拼凑出来的音乐也有强大的生命力,可以在天真的心灵里刮起狂风暴雨。也许傻瓜笨蛋引起的梦幻,甚至比那种专横霸道、强加于人的思想更加神秘,更加自由;因为没有目标的行动和空洞无物的言谈,都不会扰乱心灵本身的思考……

孩子就这样待在钢琴后面,别人都忘了他,他也忘了别人——一直等到蚂蚁爬上了他的大腿,他才突然觉醒。这时,他才记起了他还是个小男孩,指甲脏得发黑,双手抱住双脚,鼻子擦着墙壁。

一天,梅希奥踮着脚走进来,没想到发现孩子坐在太高的键盘前,他注视了一会,一个念头闪过心上:"这是个小神童!……怎么早没想到!……那我们家要走运了!……"当然,他本以为这小鬼不过是个乡巴佬,像他母亲一样。"但试试也没关系呀,又不花钱,瞧!这不是天上掉下来的机会吗?将来可以带他走遍德国,甚至到国外去。那日子就过得又快活,又高雅了。"——梅希奥无论做什么,总想在平凡中发现出隐藏的高雅来;而他很少有落空的时候。

有了这个坚强的信念,他一吃过晚餐,刚咽下最后一口,就把孩子又摆到钢琴凳上,要他温习白天的功课,不累得他闭上眼睛不罢休。然后,第二天又是三次。第三天还是一样。从此以后,天天不变。克里斯托夫很快就累坏了;后来,他厌烦得要死;最后,他受不了,想要反抗。要他学的东西实在没意思;不过是尽快按琴键,大拇指要放松,无名指要灵活自如,虽然紧夹在中指和小拇指之间,很难自然施展。这叫他神经紧张;而弹起来并不好听。那些有魅力的音响,迷人的小妖精,片刻消失的梦幻世界,都无影无踪了……只有音阶,接着又是练习,翻来覆去,枯燥,单调,无聊,比餐桌上的谈话还无聊,餐桌上谈来谈去的总是那一套,而且老是那几盘一成不变的菜。孩子先是心不在焉地听父亲讲。挨了一顿臭骂之后,他还是勉勉强强、不乐意地听下去。少不了要挨打:他的脾气更坏了,总是硬碰硬。火上加油的是,一天晚上,梅希奥在隔壁房间里泄漏了天机,说出了他心里的打算。原来如此!原来是要他像猴子一样耍把戏才这样烦得他要命,才这样硬要他整天不停地按象牙琴键!忙得他连去可爱的河边都没有时间了。这是何苦来?要这样不放过他?——他生气了,自尊心受了伤,自由受到了妨碍。他决定不再玩乐器,要玩也尽量搞得一塌糊涂,好叫父亲泄气。这有点难做到,做到了也难过;可是为了挽救他的独立自主,他非这样做不可。

从下一课开始,他就要把他的打算兑现。弹琴时不是存心弹偏,正打歪着,就是故意乱弹一气。梅希奥气得大叫大喊,打起人来像天下雨。他有一把坚硬的戒尺。孩子每弹错一个音,他就打一下手指,同时对着孩子的耳朵破口大骂,把耳朵都要震聋了。克里斯托夫痛得一脸苦相;他咬紧嘴唇免得哭出声来,但还忍痛照旧把音弹偏弹歪,一感到戒尺要落下来,就把头缩进去。但这一套并不管用,他不久也知道了。梅希奥和他一样不让步;并且发誓:就是两天两夜不睡觉,也不许他有一个音弹得不准。但克里斯托夫故意弹错也要煞费苦心;梅希奥开始猜到他在搞鬼,所以每次弹琴,他的小手总是笨重地落到旁边,显然是怀着什么鬼胎。于是戒尺打下来的次数越来越多,打得克里斯托夫的手指失去了感觉。他可怜兮兮地哭了起来,但不说一句话,只是哼着,把呜咽和眼泪都吞进肚子里。他明白这样硬顶下去是无济于事的,不得不作绝望的挣扎。一想到他的话会引起的风暴,他就发抖,但他还是鼓起勇气来说:

"爸爸,我不想再弹了。"

梅希奥气坏了。

"什么!……什么!……"他叫了起来。

他抓住孩子的胳臂,摇来晃去,几乎要折断了。克里斯托夫抖得越来越厉害,一面用肘腕遮住头,一面接着说:

"我不想再弹了。第一,因为我怕挨打。再说……"

他话还没说完,一个大巴掌就打得他透不过气来。梅希奥高声吼叫:

"你怕挨打?你怕?……"

拳头像一阵冰雹似的落了下来。克里斯托夫在呜咽中放声叫道:

"再说……我不喜欢音乐!……我不喜欢音乐!……"

他从钢琴凳上溜了下来。梅希奥粗暴地把他拉回原位,抓住他的手腕在键盘上乱撞,并且叫道:

"你一定要弹!"

克里斯托夫也叫道:

"不弹!不弹!就是不弹!"

梅希奥拿他没办法,只好把他推到门口,说是一天不弹,一天不给吃的;一个月不弹,一个月不给吃的,而且不准弹错一个音符。然后一脚把他踢到门外,砰的一声把门关上。

克里斯托夫坐在楼梯步子上。楼梯又脏又暗,油污的步子上都有虫蛀的洞眼。一阵风从天窗的破玻璃缝里吹了进来;墙壁上渗透出一股潮气。

克里斯托夫又气又恨,心都要跳出胸口了。他低声咒骂父亲:

"你还算个人吗!……哪有这样野蛮的人?……你简直是头野兽!不错,就是野兽!……我恨你,我恨你!……我恨不得你死了才好,死了才好!"

他的胸脯大起大落。他灰心失望地瞧着油腻的楼梯,蜘蛛网在破玻璃窗上方随风飘动。他感到自己孤苦伶仃。他从两根栏杆之间往外一看……假如跳下去怎么样?……或者从窗口跳?……对了,能用自杀来惩罚他们吗?那他们后悔也来不及了!他仿佛听见自己跳楼的声音,仿佛听见楼上的门匆匆忙忙地打开了。恐慌的声音叫了起来:"他跳楼了!跳楼了!"三步两脚冲下楼梯。父亲、母亲扑在他身上,放声大哭。母亲抽噎着对父亲说:"都要怪你!是你要了他的命!"父亲伸出胳膊,乱动一阵,跪倒在地,用头撞着栏杆叫道:"我真倒霉!我真倒霉!"——这样一想,他的痛苦就减轻了。他正打算对哭的人表示同情,忽然想到他们是罪有应得,自己这才尝到了报复的甜头……

他编完了故事,一看自己还在楼梯高头,黑魆魆的;他又往下瞧了一眼,就不再有跳楼的念头了;他甚至还倒抽了一口冷气,生怕会掉下去,赶快离开了栏杆。于是他感到自己成了囚犯,像一只可怜的笼中鸟,无论怎样碰得头破血流,吃尽苦头,也跳不出樊笼。他哭了又哭;再用肮脏的小手擦擦眼睛,不消一会儿,脸上就画得一塌糊涂。他哭归哭,眼睛照旧四处张望,这倒可以排忧解闷。有一阵子,他停止呻吟,看到蜘蛛行动了。然后他又哭起来,但是有气无力。他听得见自己的哭声,并且咿咿唔唔机械地接着哭下去,但自己也不太记得为什么要哭。不久,他站了起来,瞧!窗口有好看的东西。他坐到里边的窗台上,小心地缩在角落里,偷偷地瞧着蜘蛛,那东西既引人注意,又令人厌恶。

莱茵河在房子墙脚下流过。从楼梯的窗口向下一看,人好像悬在半空中。克里斯托夫平常一瘸一拐地下楼的时候,总免不了要对河瞧上一眼;但他从来没有看到河像这样。悲伤使他感觉更加敏锐;眼泪洗净了往事遗留的暗影,一切都在他眼中刻下了新鲜的印象。在孩子看来,河似乎有了生命——不可理解,但"他"的生命力比别的生物要强多少啊!克里斯托夫要看清楚,身子往前靠,嘴贴在玻璃上,鼻子都压扁了。"他"要到哪里去?去做什么?"他"的神气好像认识路……什么也不能阻挡"他",无论什么时候,不管白天还是黑夜,天晴还是下雨,家里人高兴还是难过,"他"总是一往无前;使人觉得"他"对什么都不在乎,"他"从来没有痛苦,只享

受"他"的生命力。要能像"他"一样,那多么快活!像"他"一样穿过草场,穿过柳枝,流过晶莹的鹅卵石,流过起皱的小沙滩,无忧无虑,无拘无束,那多么自由!……

孩子贪恋地瞧着,听着,仿佛身不由己,随水而去……他闭上眼睛,看到五颜六色:蓝绿黄红,光影追逐,珠帘卷雨……形象慢慢地清晰了。瞧!一片广大的平原,芦苇和庄稼起伏,和风吹来了青草和薄荷的清香。四面都是鲜花,矢车菊、罂粟花、紫罗兰。多么美丽!空气多么清爽!躺在厚厚的、软软的草上该有多舒服!克里斯托夫感到很快活,但又有一点迷迷糊糊,就像在过节的日子,喝了他父亲的大玻璃杯里一个指头深的莱茵美酒一样……河往前流……景色变了……现在看到的是树枝在水上钓着倒影，锯齿状的树叶像小手一般浸在水里，来回摆动。绿树丛中有个村落，仿佛在河中揽镜自照。还看得见柏树森森、十字架累累，耸立在墓地上，流水却在舔着公墓白色的墙脚。然后是悬崖削壁，关山险阻，葡萄满坡，松树成林，还有古堡的断壁残垣。然后又是平原，庄稼，飞鸟，阳光……

　　河水是一匹绿色的锦缎，无忧无虑地向前流，像无忧无虑的思想，没有波浪，没有皱褶，只发出波纹的闪光。克里斯托夫看不见河水了；他把眼睛闭上，好听清楚河声。浩荡连绵的水声萦回在他脑际，使他眼花缭乱；他仿佛融入了这个永恒的、君临一切的美梦。深水的湍流节奏急促，热情洋溢，兴高采烈，一往无前。音乐随着节奏升起，就像葡萄藤顺着葡萄架子往上爬：银色键盘上的琶音，凄凄切切的琴声，如怨如诉的笛声……景色消失了。河流消失了。浮现出来的是一片温情脉脉、暮色茫茫的气氛。克里斯托夫心情激动得颤抖了。他这时看见的是什么？啊！都是些令人神魂颠倒的面孔……一个金黄鬈发的小女孩在叫他，没精打采，尖酸刻薄……一个脸色苍白的小男孩用蓝眼睛瞧着他，郁郁寡欢……还有别的笑脸，别的眼睛——有好奇的眼睛，有寻衅的，看得人脸红——有亲热的眼睛，有痛苦的，像狗一样友好——有目空一切的眼光，有受苦受难的眼色……还有那张女人的脸，脸色灰白，头发乌黑，嘴唇报着，眼睛似乎侵蚀了半张脸，露出的锋芒刺痛了他……而最可爱是那张对他微笑的脸，明亮的灰色眼睛，微微张开的嘴唇，闪闪发光的小牙齿……啊！美丽的、爱的微笑！似水的柔情融化了他的心！滋润了他的灵魂，他多么爱这个笑容！啊！再笑一笑！再对我笑一笑吧！不要离开我呀！……唉！笑容消失了！但在心里留下了永不消失的温情。他不再有痛苦，也不再有悲伤，什么也没有了……就只剩下了轻飘飘的梦，宁静的音乐，融化在一线光明中，若隐若现，犹如夏天晴空中的几根游丝……那么，刚才发生了什么事？使孩子心荡神驰的形象是什么？他从来没有看到过这些形象，但却一见如故。形象是从哪里来的？难道是从朦胧神秘的生命深渊？是从前世……还是从来生？

　　现在，一切又都烟消云散，一切形象又都化为乌有……然而，仿佛人在遨游太空，最后一次，穿过一层云雾的面纱，又看到了在下面泛滥的河流，淹没了田野，滚滚向前，庄严肃穆，四平八稳，简直像是不动的死水，在遥远的天边，有一道灰白的铁光，一片辽阔的水源，一线颤抖的波涛——那是大海。河向着海跑去。海也似乎向着河跑来。海吸收河。河需要海。河要消失在海中……音乐回旋了，舞曲美妙的节奏摇摇摆摆，如醉如狂；胜利的旋风横扫一切!……自由的心灵划破长空,有如陶醉在空气中的飞燕,用尖锐的歌声穿过青天……欢乐!欢乐!只有欢乐,没有别的!……啊!没有边际的幸福!……

时间过得很快,夜晚已经来临,楼梯沉浸在黑暗中。雨点打在河身的锦缎上,刚刚画上圆圈,就给回旋起舞的波浪吞没了。有时一根树枝,几块黑色树皮,不声不响地漂了过去。吃饱了小虫的蜘蛛缩回到阴暗的角落——小克里斯托夫一直缩在通风窗边上的一个角落里,脸色苍白,肮里肮脏,却闪烁着幸福的光辉。他睡着了。

第三部

> 朦胧中旭日东升。
> 《炼狱》第三十歌

他到底还是屈服了。无论多么英勇顽强的抵抗，多么倔强的脾气，也招架不住戒尺的打击。每天上午三个小时，晚上三个小时，克里斯托夫不得不坐在折磨人的乐器前面，又紧张，又厌倦，大颗的眼泪顺着脸颊和鼻子流下来，他老是冻得又红又肿的小手，在黑的白的琴键上东奔西走，生怕弹错了一个音就要挨一戒尺，更怕老师的大声叫骂，那比挨打还更讨厌。他以为自己恨音乐。然而他又专心致志地学弹琴，如果只是怕梅希奥，那恐怕说不过去吧。祖父有几句话在他心里留下了深刻的印象。老爷爷看见孙子哭，就认真地对他说：为了人类最美好、最高尚的艺术，为了给人类带来安慰，带来光荣，吃吃苦也是划得来的。克里斯托夫感激祖父像对大人一般对他说话，他的内心因为这句朴实无华的语言，和穷人家孩子吃苦耐劳、发愤图强的精神不谋而合，深深受到感动。

其实，理智并不是情感的对手，他口口声声地厌恶音乐，甚至一举手、一投足，也妄图摆脱这种艺术，但他的记忆深处却保留了音乐感，使他身不由己地留恋音乐，终生献身艺术。

德国的城市总有一个剧院，演出歌剧、喜歌剧、轻歌剧、话剧、喜剧、笑剧，五花八门，应有尽有。演出每星期有三场，晚上从六点到九点，老约翰·米歇尔一场也不错过，不管演什么他都一样来劲。有一回他还把孙子带去了。好几天以前，他就把演出的节目一五一十地告诉了孙子。克里斯托夫一点也听不懂，只记得有些吓人的事；因此，他既非常想看，也非常怕看。他听说要演暴风雨，就怕给雷电打死。他听说要演打仗，又怕人家会杀到他的头上来。演出的头天夜晚,他在床上真是焦急不安;到了演出那天,他简直巴不得祖父不能来带他去。但开演的时间快到了,而祖父还没有来,他又开始着急,时时刻刻地把头伸到窗口去看。老爷爷到底来了,祖孙两人一同上剧院去。他的心跳得快。口干舌燥,他一句话也说不出。

他们到了这座神秘的大厦,就是家里人时常谈到的剧场。在大门口,约翰·米歇尔碰到几个熟人,孩子就紧紧抓住祖父的手,唯恐把他丢了。他莫名其妙的是,在这种时刻,他们怎么还能满不在乎地有说有笑。

祖父坐在他的老位子上,就是乐队席后面的第一排。他靠在乐池的栏杆上,立刻和低音提琴手没完没了地谈起天来。这里是他的天下;由于他在音乐方面的威望,他的话有人听,于是他就充分利用,甚至可以说是滥用这种机会。克里斯托夫什么也没有看见。他全神贯注地等待开演。剧场在他看来非常华丽。熙熙攘攘的观众把他吓坏了。他甚至不敢转过头去,以为大家的眼光都盯在他身上。他紧张地把小鸭舌帽夹在两个膝盖中间,睁圆了眼睛瞪着那张神出鬼没的幕布。

开幕的槌声到底响了三下。祖父擤擤鼻子,从口袋里拿出说明书来,他从来都是一字不漏地读着,有时甚至耽误了看舞台上的演出;而乐队开始演奏了。听见乐师调音,克里斯托夫才放下心来。在这个音响的世界里,他真是如鱼得水;从这时起,无论台上演的多么稀奇古怪,他都觉得非常自然。

幕布升起来了,露出了用硬纸板做成的树,还有一些生物,看来不比纸板树更加真实。孩子看得目瞪口呆,心里叫好,但是并不大惊小怪。故事发生在向壁虚构的东方,他一点也不了解。台词是用无聊的诗词组织成的,没有人间烟火味。克里斯托夫看得莫名其妙,把一切都搞混了,把一个人物错当成另外一个,他拉拉祖父的袖子,问些可笑的问题,说明他什么也没有看懂。但他看得并不生厌,反而非常来劲。他根据这个荒唐的剧本,自己编了一个故事,和台上演的并没有什么关系;台上台下随时会闹矛盾,他就重新来过,这并难不倒他。他根据台上角色不同的喊声做出了选择,他要同情那些角色;并且提心吊胆、目不转睛地注视着他们的命运。尤其是一个年纪不大不小的美人,一头火红的长发,一双大得出奇的眼睛,光着脚在台上走,看得他入了迷。奇形怪状、毫不真实的布景,在他眼里并不难看。孩子锐利的目光还分不清演员胖大臃肿、荒诞不经的丑态,形形色色、高低不齐、站成两行的合唱队做出的笨拙姿势,因为声嘶力竭而涨红的脸,男高音歌手的满头假发,高跟长筒靴,女主角涂脂抹粉、用铅笔画得五颜六色的面孔。他好像处在情人的心理状态中,奔放的热情使他盲目,反而看不清爱人的真面。孩子生来就有奇妙的幻想力,不等不愉快的感觉接近,就先下手点石成金了。

音乐真会创造奇迹。它使一切都沉浸在一片朦胧中,使一切都显得美丽、高尚、可爱。它使心灵如饥似渴地需要爱情;同时又用爱情的幻影来填补音乐造成的空虚。小克里斯托夫心情激动,不知所措。有些台词,有些手势,有些乐句使他心慌意乱;他不敢抬头看,不知道对不对,他脸上红一阵子、白一阵子;他额头上冒出了一滴滴汗水,生怕在场的人会发现他局促不安,吓得直打哆嗦。等歌剧唱到第四幕,不可避免的结局落到了一对情人头上,这样男女主角才有机会尖声高唱,一显身手,但孩子却憋得出不了气;喉咙难受得像着了凉;他用双手掐住脖子,连口水也咽不下,眼睛里涌满了泪水。侥幸,祖父也和他一样激动。他看起戏来和孩子一样天真。看到紧急关头,他会装出不在乎的神气,轻轻咳一两声,来掩饰内心的紧张,但这瞒不过克里斯托夫的眼睛;这使他很高兴。他热得要命,昏昏沉沉要睡着了,他坐的地方很不舒服。但他一心只想:"还要演好久吗?但愿不要就完!……"

不料突然一下,戏演完了,使他莫名其妙。但幕布落了下来,观众站了起来,打断了他心醉神迷的状态。

他们夜里回来的时候,一老一小都成了孩子。多美丽的夜晚!多幽静的月光!他们两个都不说话,都在回味演出。到底还是老爷爷先开口:"喜欢看吗?"

克里斯托夫不知道怎样回答才好;他的心情激动得使他胆小,他不想说话,唯恐破坏了音乐的魅力;好不容易他才叹了一口粗气,低声细气地答道:"哦!喜欢!"

老爷爷微笑了。过了一会儿,他又接着说:

"你看,搞音乐这一行多么美好,能够创造超凡入圣的局面,还有比这更光荣的事情么?上帝下凡也不过如此了。"

孩子听了大出意外。怎么?这是一个人创造的!他连想都没有想到。在他看来,这简直是自然的产物,是天然长成的……不料却是一个人,一个音乐家的作品,而他自己有一天也要成为音乐家的!哦!总有一天,哪怕只有一天!而以后呢……以后,随便怎样都不要紧!就是死也不在乎!他问道:

"祖父,这是谁创作的?"

祖父告诉他是弗朗索瓦·玛丽·哈斯莱,一个年轻的德国音乐家,住在柏林,他从前认识他。克里斯托夫全神贯注地听,忽然又问:"祖父,你呢?"

老爷爷颤抖了一下。

"什么?"他反问道。

"你是不是也创作了什么?"

"当然。"老爷爷硬起头皮来回答。

他不说了;走了几步之后,他深深地叹了口气。这是他一生的憾事。他一直想为剧院作曲,可是灵感老也不来。他的硬纸夹里的确有他自己创作的一两幕乐曲;但他对乐曲的价值不存什么幻想,所以从不敢拿出来见人。

他们两个再也不说一句话,一直走回家里。两个人都睡不着。老爷爷心里不好受。他只好从《圣经》中找安慰。克里斯托夫在床上回想当晚的事情;一点一滴他都记得起来,光脚跑的美女又出现了。当他昏昏欲睡的时候,耳边忽然响起了一个乐句,清清楚楚,仿佛乐队就在旁边;他高兴得颤抖了;他靠着枕头坐了起来,头脑陶醉在乐声中,心里想道:"总有一天,我也要作曲的。噢!我会写得出吗?"

从那时起,他只有一个欲望,就是看戏;家里把看戏当作做好功课的奖赏,他对功课也更来劲了。他心里只有一件事:前半个星期想上一次演出,后半个星期想下一次演出。他最怕演出那一天病倒;疑心生暗鬼,他老觉得自己有三四种病的症状。演出的日子一到,他连晚餐都吃不下,激动得像受苦受难的鬼魂一样;一个小时要看五十次钟,以为天永远不会黑了;到底忍耐不住,在售票前一个小时就离开了家,唯恐没有位置;结果他是头一个进剧场的,又担心观众不来了。因为祖父对他讲过,有两三回观众人数不够,剧院就退票停演了。他数着来的看客,心里算计:"二十三,二十四,二十五……噢!人数不够!……怎么老也不够!"等他看到楼座包厢或者正厅前座来了几个头面人物,才放宽了心,暗自说道:"这个人来了,总不敢打发他走吧。肯定地说,为了他也得演一场。"——不过他心里并不是十拿九稳;一直等到乐队就位了,这才放下心来。但他还是害怕到了开幕的最后关头,台上忽然宣布改换节目,因为有一天晚上就是那样干的。于是他敏锐的小眼睛盯着低音提琴手的乐谱架,看看演奏的乐曲和宣布的节目是不是相同。等到看清楚了,两分钟后,他要再看一次,唯恐上次看错。……乐队指挥还没出场。一定是生病了。……幕后活动频繁,听得见嘈杂的人声,急促的脚步声。恐怕是出事了,难道是意外事故?……总算恢复了平静。乐队指挥也已经就位。看来一切到底准备就绪了……怎么还不开幕?这是什么缘故?他急得不耐烦了——最后,开幕的铃声响了。他的心跳得更厉害。到底乐队奏起了序曲;于是几个小时之内,克里斯托夫沉浸在幸福之中,只有想到幸福有尽头时,他才心绪不宁。

几天之后,音乐界的一件大事搞得克里斯托夫情绪沸腾。弗朗索瓦·玛丽·哈斯莱,就是第一个使他心情激动的歌剧作者,要到本地来了。他要指挥自己作品的演奏会。全城起了轰动。年轻的大师在德国引起过激烈的争论;半个月来,大家不谈别的,总是谈他。等他一到,情况却又不同。梅希奥和老约翰·米歇尔的朋友老来打听他的消息;他们大谈音乐家的生活和怪癖。孩子听得非常入神。想到大人物就在这里,和他住在同一座城市里,呼吸着同样的空气,走同样的铺石路,使他默默无言,说不出有多么兴奋。他生活没有什么目的,只希望见到他。

哈斯莱住在公爵府,受到公爵的盛情款待。他不大出门,出门就去戏院指挥排演,而排演时是不准克里斯托夫进去的;音乐家又懒得走路,进出都坐公爵的车。因此,克里斯托夫难得一瞻风采;只有一次,他看到了音乐家的车子从路上走过,虽然他在街上等了几个小时,还得用肘腕左推右挤,才在头排观众中占住了一席之地,但看到的还只是车厢里首的皮大衣。他自己安慰自己,就花了好几个大半天,站在公爵府外,按照别人的指点,望着音乐大师卧室的窗子。十之八九,他只看得见百叶窗:因为哈斯莱起得晚,整个上午窗几乎都是关着的。于是爱打听消息的人就说,哈斯莱怕见阳光,喜欢过漫长的夜生活。

最后,克里斯托夫总算见到了他的英雄。那是开音乐会的日子。全城的人都来了。大公爵和他府里的人占了王家包厢,包厢高处挂着冠冕,还雕塑了两个胖脸圆腿的小天使,把冠冕举在空中。戏院披上了节日的盛装。台上装饰了橡树枝和开花的桂枝。有点身份的音乐家引以为荣的,是在乐池中占有一席之地。梅希奥坐在老位子上,约翰·米歇尔指挥着合唱团。

哈斯莱一出现,立刻掌声四起,女士们都站起来,想要看个清楚。克里斯托夫如饥似渴的眼光,恨不得把他吞下去。哈斯莱的面孔显得年轻、机灵,但是疲倦,有点浮肿;额角上的头发已经掉了,在金色的鬈发中间,露出了早秃的头顶。他的蓝眼睛投射出蒙眬的光辉。在他漂亮的小胡子下面,表情丰富、爱说反语的嘴很少有安静的时候,肌肉总在隐隐约约、千方百计地收缩。他的身材高大,但是站立不稳,不是局促不安,而是身体劳累,精神苦闷。他指挥时,灵活中带有任性,高大笨拙的身体随着音乐摇来摆去,手势有时像在抚摸,有时像在打击。可以看出,他的神经紧张得出奇,而他的音乐是他性格的反映。音乐紧张的、跳跃前进的生命渗入了平常无动于衷的乐队。克里斯托夫的呼吸急促,虽然他怕引人注意,还是不能规规矩矩坐着;他动手动脚,站了起来,音乐给了他如此强烈、如此意外的震动,他不得不摇头晃脑,舞手顿足,大大地妨碍了邻座看客,他们提心吊胆,唯恐吃他一拳,挨他一脚。话又说回来,全场的观众也一样兴奋,与其说是陶醉在音乐中,不如说是沉醉在胜利中。到后来,响起了暴风雨般的鼓掌声和欢呼声,加上乐队根据德国的习惯,吹响了凯旋的喇叭,来向胜利的音乐家致敬。克里斯托夫得意地颤抖了,仿佛这些荣誉都落在他身上似的。他非常喜欢看到哈斯莱容光焕发,像孩子一般的得意洋洋。女看客向他扔鲜花,男看客对他挥动帽子,观众像潮水般涌向舞台。每个人都要握音乐大师的手。克里斯托夫看见一个狂热的女人把他的手拉到嘴唇下,另外一个拿走了哈斯莱丢在乐谱架上的手帕。孩子也想挤到台前,虽然并不知道为了什么;其实,如果此时此刻他当真挤到了哈斯莱身边,他也会情绪激动,立刻溜之大吉的。但是这么多裙子和大腿挡住了他的去路,他只得像头小羊似的低着头乱钻——他太小了,挤不过去。

　　幸亏祖父在音乐会演出后找到了他,要把他带去参加小夜曲的演奏,向哈斯莱表示敬意。那时天已黑了,大家点起了火把。乐队的人员都已到齐,七嘴八舌,谈论刚听到的乐曲多么美妙。到了公爵府前,大家不声不响地在大师窗下排开。虽然人人都知道来干什么,甚至哈斯莱也心里明白,大家却故意装出神秘的样子。在一片寂静的黑夜里,大家开始演奏哈斯莱的几支名曲。哈斯莱同公爵在窗口露面了,大家对他们欢呼致敬。他们两人也向大家致意。一个仆人奉了公爵之命,来请乐师们进公爵府去。他们穿过厅堂,墙壁上粉刷了一些图画,画中人戴了头盔,却又赤身裸体,露出了淡红的皮肤,满不在乎的神气。天上画着大团的白云,看来好像海绵。还有男人和女人的大理石像,下身缠着白铁做的腰布。大家走过的地毯非常软,简直听不见脚步声;他们走进的大厅光辉如同白日,桌上摆着饮料和精美的食品。

　　公爵也在大厅里;但克里斯托夫没有看见他,因为他的眼睛只顾得上看哈斯莱一个人。哈斯莱走到乐师面前,向他们表示谢意;他没话找话,说到一半说不下去,有点尴尬,忽然灵机一动,想到一句荒唐的俏皮话,脱口而出,说得大家都笑了。他们开始吃东西。哈斯莱把四五个音乐家拉到一边。他认出了祖父,对他说了几句客气话;他记得约翰·米歇尔是最早演奏他作品的人之一,还说他常听到一个朋友谈起他的成就,那个朋友原是祖父的学生。祖父不知如何表示感激才好;他说了几句恭维得过头的话,孩子虽然崇拜哈斯莱,听了也不免脸红。但哈斯莱似乎觉得很顺耳,很自然。后来,祖父自己也不知道说些什么,后语不对前言,就赶快拉着克里斯托夫的手,叫他来见哈斯莱。哈斯莱对克里斯托夫微微一笑,随便摸了摸他的头;一听说孩子喜欢他作的乐曲,为了见他已经有好几夜睡不着了,他就把孩子抱在怀里,亲热地向他问这问那。克里斯托夫快活得脸都涨红了,激动得说不出话来,连看都不敢看他。哈斯莱捏捏他的下巴,要他抬起头来。克里斯托夫大着胆子看了一眼,见哈斯莱的眼睛和和气气,笑眯眯的,他也笑起来了。接着,他感到在他亲爱的大人物怀里这样幸福,真是千载难逢的机会,不由得流下了眼泪。哈斯莱给这颗单纯的心感动了,就对孩子更加亲热,像母亲一样吻他,和他说东道西。同时,他说些好玩的话,呵他的痒,逗得他笑;于是克里斯托夫又是东边日出西边下雨。很快,他和哈斯莱完全搞熟了,回答问题也不再难为情;甚至主动咬耳朵谈自己的小打算,好像他们已经是老朋友一般;他打算像哈斯莱一样做一个音乐家,写一些好作品,做一个大人物。他平常老害臊,现在说话却充满了信心,他不知道自己说些什么,他已经忘乎所以。哈斯莱听他谈个没完,笑着说:

"等你大了,等你成了音乐家,到柏林来看我吧。我会帮你忙的。"

克里斯托夫快活得说不出话来。哈斯莱就开玩笑说:

"你不愿来吗?"

克里斯托夫使劲点了五六次头,表示愿来。

"那算说定了啰?"

克里斯托夫又点点头。

"起码也该亲我一下呀!"

克里斯托夫拿出了全身的力气,用胳膊紧紧箍住哈斯莱的脖子。

"哎呀,小鬼,你的鼻涕流到我脸上了!放开我吧!快去擤擤鼻子!"

哈斯莱笑了,他自己给又怕羞、又快活的孩子擤鼻涕。他把孩子放下,再牵着他的手,把他带到一张桌子旁边,用糕点塞满了他的口袋,对他说道:

"再见!记住你答应了的事。"

克里斯托夫飘浮在幸福中。世界上不再有别的东西。他怀着一片爱心，瞧着哈斯莱的面部表情，一举一动。有一句话使他觉得意外。哈斯莱举起了酒杯；脸色忽然变得紧张；他说：

"快乐不该忘记冤仇。我们不该忘了我们的冤家对头。我们没有失败，这不是他们的好意。他们是否失败，我们决不能手下留情。因此，我祝酒时，并不为某些人……干杯！"

大家为这独出心裁的祝酒词欢笑鼓掌；哈斯莱也跟大家一样笑，又恢复了他的好脾气。但克里斯托夫却觉得别扭。虽然他不敢大胆议论英雄人物的所作所为，他总觉得在这样兴高采烈的晚上，只该有光辉灿烂的形象和思想，而丑恶的念头总是令人生厌的。不过他并没有追究这个模糊的印象；他高兴到了极点，又在祖父杯子里喝了一点香槟酒，就把坏印象忘到九霄云外去了。

在回家的路上，祖父不停地自言自语；哈斯莱对他说的好话使他心荡神驰；他高声称赞哈斯莱是一个天才，是一个百年不遇的天才。克里斯托夫没有开腔，把令人陶醉的盛情锁在心里："他亲过我，他抱过我！他多么好！多么伟大！"

"啊！"他在小床上满怀激情地抱着枕头想道，"为了他，我死也心甘情愿，心甘情愿！"

光辉灿烂的流星经过小城的上空，虽然只有一个晚上，却对克里斯托夫的心灵起了决定性的作用。在他整个幼年时代，哈斯莱成了他目不转睛地望着的活榜样；为了模仿他，六岁的小人物也决心要写音乐。其实，好久以前，他已经不知不觉地作曲了；一个人并不是要先下决心才动手的。

对有心人来说，一切都是音乐。任何震荡，激动，扑通扑通跳的心，阳光照耀的夏天，寒风呼啸的黑夜，流动的光线，星辰的闪烁，狂暴的雷雨，小鸟的歌唱，昆虫的鸣声，树木的颤抖，喜欢或不喜欢的人声，火炉噼啪地响声，叽叽嘎嘎的门响，夜深人静时的血液奔腾——存在的一切都是音乐：只要你的耳朵会听。这些生命的音乐在克里斯托夫心里共振。他看到的，他感到的，都化为流动的音乐。他仿佛成了一个交响乐的蜂房。但是大家都没注意。他自己身在其中更是不知道。

像天下的小孩子一样，他哼哼哈哈唱个不停。不管什么时间，不管在做什么事：——有时是在街上独脚跳；——有时在祖父房里的地板上，双手捧头看书中的图画出了神；——有时是在厨房最黑暗的角落里，坐在自己的小椅子上胡思乱想，连天黑了也不知道；——大家总听见他闭着嘴、鼓着腮,嘴唇像个小喇叭,哼着单调的声音。就这样一连哼上几个小时,他也不累。母亲懒得管他;有时听得不耐烦了,就忽然吆喝他一两声。

等到他对这种灵魂半出壳的神态感到腻味了,他又需要活动,甚至热闹一番。于是他就自己创作乐曲,拼命唱了起来。不同的场合有不同的音乐。早晨他像小鸭子扑水般洗脸时,有洗脸的曲子。爬上琴凳,坐到可恶的乐器前时,有他的前奏曲——特别是爬下琴凳时,曲子显得更加心情舒畅。妈妈上汤的时候也有餐前曲——那时他走在前面鸣锣开道——餐后他一本正经地回卧房时,又为自己演奏凯旋曲。有时他抓住机会不放,和两个小弟弟编成一队,三个人一个跟一个,煞有介事地打道回寝室去;口里各唱各的进行曲。但最美的曲子理所当然是克里斯托夫专用的。每支曲子都严格地派定了特殊的用场;而克里斯托夫从没想到会有混淆的可能。别人也许会搞错;他却一是一,二是二,分得清清楚楚。

有一天,他在祖父的房间里转来转去,顿着脚后跟打拍子,头往后仰,肚子挺出,转来转去转个没完,口里哼着自己作的一支曲子,简直要晕头转向了——老爷爷正在刮胡子,满脸都是肥皂泡沫,忽然停了下来,脸也不刮,瞧着他问道:

"你在唱什么呀,小鬼?"

克里斯托夫回答说,他自己也不知道。

"再唱一遍!"约翰·米歇尔说。

克里斯托夫试了试,却再也记不起他唱的调子。祖父对他的关心使他开心,他要显示一下他的好嗓子,就自以为是地唱了一段歌剧;哪里知道这并不是老爷爷要他唱的。约翰·米歇尔不说什么,好像不管他了。不过,当孩子一个人在隔壁房里自得其乐的时候,他却不把房门关上。

几天以后,克里斯托夫把椅子围成一圈,正在演一出音乐喜剧,那是他把看戏时记住的片断拼凑而成的;他很认真地依样画葫芦,按照小步舞曲走步,还向挂在墙上的贝多芬像行礼。在练习单足旋转的时候,他看见祖父从半开半关的门后伸出头来。他以为老爷爷会笑他,就不好意思,赶快打住,跑到窗子跟前,把脸贴在窗玻璃上,假装要看什么挺有趣的东西。不料老爷爷二话不说,一直走过来拥抱他;克里斯托夫看得出他很快活。他小小的自尊心也根据情况活跃起来;他猜到了老人家欣赏他,感到相当得意;但他猜不透,祖父最欣赏他的,到底是剧作家、音乐家、歌唱家,还是舞蹈家的才能呢? 他倾向于歌舞,因为他自认为唱得不错,跳得出色。

一个星期以后,他已经忘了这回事,祖父却神秘地对他说,有点东西要给他看。祖父打开书桌,拿出一本乐谱,放在钢琴架上,叫孩子弹弹看。克里斯托夫摸不着头脑,好歹按着乐谱弹了起来。乐谱是手写的,爷爷的笔迹很粗,唯恐孩子看不清楚。第一个字母写的还是花体——祖父坐在克里斯托夫旁边,给他一页一页地翻乐谱,过了一会,他问孩子这是什么乐曲。克里斯托夫心无二用,只顾得上弹琴,反而不知道弹的是什么,所以回答不出。

"想想看。没听过吗?"

对,这调子似曾相识;但他说不出在哪里听过……祖父笑着说:

"再想想看。"

克里斯托夫摇摇头说:

"我想不起来。"

其实,他心头也亮了一下;这些调子似乎是……不对!他不敢……他不愿承认……

"爷爷,我不知道。"

他脸红了。

"怎么!小傻瓜,你怎么不知道你自己的调子?"

其实,他知道了;但听别人一说,反像心头挨了一下似的。

"噢!爷爷!……"

老爷爷喜洋洋地对他讲解乐谱:

"瞧:《咏叹调》。这是你星期二躺在地上唱的——《进行曲》。这是我上星期要你再唱一遍,你却想不起来的——《小步舞曲》。就是你在我的椅子前跳的那一支……瞧!"

在乐谱封面上,用令人赞叹的花体字写着:

童年喜作:咏叹调,小步舞曲,圆舞曲,进行曲。
约翰·克里斯托夫·克拉夫特作品第一号

克里斯托夫心花怒放了。看见自己的名字,漂亮的标题,大本的乐谱,居然是他的作品!……他模模糊糊地接着说:

"噢!爷爷!……"

老爷爷把他拉到身边。克里斯托夫扑倒在祖父膝盖上,把头藏在约翰·米歇尔的怀里。他快活得脸红了。老爷爷比孙子还快活,却装着用满不在乎的口气说(其实,他感到自己快要控制不住感情了):

"当然啰,我给你加上了伴奏和声,来配合你的调子。还有——他咳了一声——还有,我在小步舞曲后面加上了一段三重奏,因为……因为这是惯例……还有……到底,我想加一段也没有什么不好。"

他就把三重奏弹了一遍——克里斯托夫能和祖父合作,觉得很高兴:
"那么,爷爷也应该加上你的名字。"

"那犯不着。只要你一个人知道就够了。只是——说到这里,他的声音颤抖了——只是将来,等到我不在人世了,这段三重奏会使你想起你的老祖父,是不是?你不会忘了老爷爷吧?"

可怜的老爷爷并没有把心里话都掏出来:他预感到孙子的作品会流传于世,所以把自己不走运的作品也选了一首,放在里面,想象着孙子成名后,自己也可以沾一点光,这种愿望不算过分,却很令人感动,也使老人喜不自胜,因为他并不求名利,只不过希望把自己的一点思想传之后世,免得自己白来世上一趟而已——克里斯托夫感动极了,拼命吻祖父的老脸。祖父也越来越动情感,只是吻他的头发。

"是不是,你会记住的?将来,等你成了一个音乐家,一个大艺术家,为家庭、为艺术、为国家争了光,成了名的时候,你会记得是你的老爷爷第一个发现你,料到你会有成就的?"

祖父听着自己说话,眼泪都流出来了。但他不愿让人看见自己感情脆弱的表现。于是他就大大地咳了一阵子,露出失了格的神气,把乐谱珍藏起来,叫孙子回去了。

克里斯托夫回到家里,给胜利冲昏了头脑。周围的石头似乎都在跳舞。但家里人冷淡的态度使他清醒了一点。他当然急急忙忙、兴高采烈地对他们讲自己在音乐方面的成就,他们听了却高声大叫起来。他的母亲笑他。梅希奥说老人家发疯了,把孩子搞得疯头癫脑,还不如去保养自己的老精神好些;至于克里斯托夫,与其干这种蠢事,不如赶快坐到琴凳上去一连弹他四个小时。首先,尽力学会把琴弹得合格;至于作曲么,等他闲得没事干的时候再学也不迟呀。

这些至理名言,听来仿佛是梅希奥语重心长,唯恐孩子少年得志,会走上危险的道路,其实并不是如此。不久之后,事实就会证明,他的想法恰恰相反。他自己从来没有什么思想要用音乐来表达,甚至感觉不到任何思想需要表达,结果,作为一个自命不凡的演奏家,他居然认为作曲是二流角色干的事,只有演奏的技术才能使作曲显出价值。当然,对于哈斯莱一流的大作曲家引起的轰动,他也不是感觉不到;他一向尊敬成功的人物,自然也看重群众的掌声——但尊敬中不免偷偷地掺了几分妒忌,仿佛掌声本来应该是为演奏响起的。根据经验,他知道大演奏家的成功更加轰动,甚至更加属于个人,因此结果更加令人心醉神迷。他假装对音乐大师的天才表示非常钦佩;但又喜欢讲他们的笑话,使人觉得大师的智力不高,作风恶劣。他认为演奏是最高级的艺术;因为他说,大家都知道舌头是人身上最高级的器官;没有舌头说话,怎能表达思想?没有演奏,哪里还有什么音乐?

话又说回来,不管他为什么训了克里斯托夫一通,这番话对孩子恢复思想上的平衡,还是不无好处的,因为祖父的夸奖几乎已经使孩子晕头转向了。所以训一通还远远不够呢。克里斯托夫怎么不会认为祖父比父亲高明得多?他虽然乖乖地坐下来弹琴,那并不是真心听话,而是像平常一样,手指头在机械地按琴键,心却飞到天外去了。他没完没了地弹着练习曲,却听见高傲的内心翻来覆去地发出呼声:"我是一个作曲家,一个大作曲家。"

从这一天起,既然他是个作曲家,他就作起曲来。虽然他还没有学会写字,却从家庭账本上撕下了几页,努力在白纸上横七竖八地画下了黑色的圆点和钩状的音符。他拼命地要知道自己在想什么,并且要把想到的写下来,结果什么也想不出,只知道自己要想出点名堂。但他并不因此就放弃了构写乐句的念头;既然他有音乐的天分,好歹他也写出了一点东西,虽然这点东西没有什么意义。然后,他得意洋洋地拿去给祖父看,老人家快活得流眼泪——年纪越大,越容易流眼泪——并且说他写得妙不可言。

这样把他捧到天上,简直要把他惯坏了。幸亏他生来不是不通情理的孩子,再加上有一个普通人对他起了好作用,其实,这个人并不打算对任何人起任何作用的,在普通人眼里看来,他不过是个通情达理的人而已——这个人就是路易莎的哥哥。

他和路易莎一样又瘦又小;还有点驼背。人家不知道他到底多大年纪;可能还不到四十岁,但看起来却有五十,甚至更老。他的脸盘很小,皱纹很多,脸色红润,眼睛淡蓝,淡得有点像要枯萎的毋忘我草。他出外都戴着他的鸭舌帽,害怕着凉,但一脱帽,就会露出一个秃顶的小脑袋,皮肤淡红,形状像个圆锥体,克里斯托夫和两个弟弟一见就非常开心。他们没完没了地和他调皮捣蛋,问他的头发到哪里去了,加上梅希奥用粗话来火上加油,他们就动手动脚,简直要打到秃头上去了。他自己却第一个笑了起来,随他们怎么闹也不生气。他是个流动的小商贩,从一个村子走到另一个村子,背上背着一个大包,里面什么都有:杂货,文具,糖果,手帕,头巾,鞋子,罐头,日历,歌谱,药品。好几次人家打算要他住定下来,买一小块土地,开一家杂货店,或是一个针织品铺子。但他总不习惯:不知道哪一天夜里,他从床上爬了起来,把钥匙放在门底下,自己却背着大包走了。于是大家有几个月见不着他。但他忽然又回来了:说不定哪一天晚上,有人轻轻地叩门;然后门只推开一半,露出一个秃顶的小脑袋,帽子很有礼貌地脱下,看得见他那双温和的眼睛,还有怕打扰人的笑容。他先说一声:"大家晚上好!"进门之前,他总是小心地把鞋子擦得干干净净,然后在房子里最不显眼的角落里坐下。他向每个人打招呼,先招呼年纪大的。他点着烟斗,驼着背,静静地等那阵冰雹似的玩笑过去。克里斯托夫家的祖父和父亲都瞧他不起,老挖苦他。这个投错了娘胎的人,在他们看来很可笑;有一个小贩这样的穷亲戚也伤了他们的自尊心。他们说起话来毫不客气,他却仿佛感觉不到,反而对他们照样尊敬,这就使他们泄了气,尤其是非常重视别人看法的老爷爷。他们的挖苦话往往说得太重,叫路易莎听得脸红。好在她已习惯于低声下气,不敢和高人一等的克拉夫特家争长论短,认为丈夫和公公总是有道理的;不过她也默默地爱她哥哥,哥哥口里不说,心里也是一样爱她。他们没有别的亲戚本家,两个人都贫寒微贱,受到生活的压迫;因为他们相互的同情,暗中忍受的苦难,把他们紧紧地联系在一起,使生活苦中有点甜味。他们生活在克拉夫特家人中间,这家人身体结实,声音粗野,性格爽快,天生是过快活日子的,而他们两兄妹却身体弱,脾气好,仿佛站在生活圈子的外边或者边上似的,他们只是互相了解,互相同情,却从不说出来。

克里斯托夫在不懂事的幼年时代,随随便便就跟父亲、祖父一样瞧不起这个小商贩。他拿舅舅当作一件好玩的东西来寻开心;他纠缠不休地用笨拙的方法来捉弄人,而舅舅却逆来顺受,以不变应万变,什么都不在乎。其实,克里斯托夫不知道为什么,却喜欢上舅舅了。首先,他喜欢把舅舅当作一件听话的玩具,他爱怎么玩就怎么玩。其次,他喜欢舅舅,因为他总有好东西带来:一块糖,一张画,一个有趣的小玩意。舅舅来总是孩子们的大喜事;因为他会使他们喜出望外。他虽然穷,却总设法给每个人带点纪念品;他从来不会忘记家里人的生日。一到那个好日子,他总是按时赶到,从口袋里掏出一件精心挑选、讨人喜欢的礼物。大家得惯了他的东西,谁也不记得说一声谢谢,而他却只要送的礼使人高兴,似乎就得到回报了。但克里斯托夫夜里睡觉不太平稳,头脑里回想白天的事情,有时觉得舅舅真是一个好人;于是对这个可怜人的一阵感激之情会涌上心头。但白天一到,他又什么也不表示,因为那时他只想到捉弄舅舅了。再说,他年纪还太小,不知道老实是多么难得的品质:在孩子的语言中,老实几乎等于愚蠢;而高弗烈特舅舅似乎正是一个活生生的老实人。

一天傍晚,梅希奥在城里有餐会,高弗烈特一个人待在楼下厅里,在路易莎把两个小弟弟带去睡觉的时候,他走出去,在离家几步远的河边坐了下来。克里斯托夫没有事,也跟着舅舅出去了;像平常一样,他像小狗咬人似的追着舅舅寻开心,一直等到自己喘不过气来,就在跟前的草地上打滚。他肚子朝下背朝上,把鼻子钻在草里。等他喘过气来,又要找蠢话说,想到一句,就大声喊叫,自己笑痛了肚子,脸总埋在土里。但没人搭理他。他觉得不对劲,抬起头来准备把他得意的蠢话再说一遍。不料他一眼看到的,却是金光灿灿的落日余晖照耀着高弗烈特的脸孔。他的话忽然说不出口。高弗烈特面带笑容,眼睛半开半闭,嘴巴半张半合,饱经风霜的脸上露出了无法形容的圣洁肃穆。克里斯托夫肘腕靠地,双手托住下巴,瞪着眼睛看他。夜降临了,高弗烈特的脸渐渐看不清楚。地上一片寂静。舅舅脸上反映的神秘感使克里斯托夫心醉神迷。大地笼罩在黑暗中,天空却是明亮的,新生的星星吐出了光辉。河上的微波细浪在岸边发出了拍打声。孩子觉得迷糊,不知不觉地嚼起细嫩的青草来。一只蟋蟀在旁边嚁嚁叫。他几乎要睡着了……忽然一下,高弗烈特在黑暗中唱起歌来。他的歌声微弱、朦胧,仿佛出自内心深处;二十步以外就听不见了。但歌声真诚动人,仿佛是在高声思想。透过他的歌声,就像透过一清见底的溪水,可以看到他心灵的深处。约翰·克里斯托夫从来没有听到过这样的唱法。他也从来没有听见过这样的歌曲。缓慢,简单,幼稚,歌声的步子稳重,忧郁,有点单调,不慌不忙,唱唱停停,停的时间很长,然后又接着唱下去,也不在乎唱到什么地方,就消失在黑夜里了。歌声似乎来自非常遥远的地方,却又去到无人知道的天涯海角。歌声从容不迫,却充满了不安;外表显得平静,内心却沉睡着世世代代的忧伤。克里斯托夫连大气也不敢出一口,动也不动一下,感情激动得全身发凉了。歌一唱完,他就爬到高弗烈特脚下,喉咙好像掐住了似的问道:

"舅舅!……"

高弗烈特没有回答。

"舅舅!"孩子又叫了一声,把双手和下巴都搁到高弗烈特的膝盖上。

只听见高弗烈特亲热的回答:

"我的孩子……"

"你唱什么,舅舅?告诉我,你唱的是什么?"

"我也不知道。"

"告诉我你唱的是什么?"

"我也说不出。就是一支歌。"

"是你自己的歌吗?"

"不,不是我的!你想到哪里去了!……这只是一支老歌。"

"谁写的呢?"

"没人知道……"

"什么时候写的?"

"也不知道……"

"是不是你小时候……"

"不是,我还没有出世,我的父亲,父亲的父亲,父亲的父亲的父亲都还没有出世以前……这支歌就有了。"

"真怪!怎么从来没人告诉过我!"

他又想了一会:

"舅舅,你还会唱别的歌吗?"

"会的。"

"再唱一支好不好?"

"为什么要再唱一支?这一支就够了。唱歌要在想唱的时候,在不得不唱的时候才唱。不该唱着玩儿。"

"那为什么开音乐会呢?"

"这又不是音乐。"

孩子陷入了沉思。他并没有想通。然而,他也不要求解释;的确,这不是音乐,不是一般的音乐。他又接着问道:

"舅舅,你是不是也作曲呀?"

"作什么?"

"歌曲!"

"歌曲?哦!我怎能作曲呢?曲子也不是作出来的呀!"

孩子按照他习以为常的逻辑问道:

"不过,舅舅,从前,曲子总得有人作……"

高弗烈特摇摇头,坚持说:

"曲子是早就有的。"

孩子不服气,接着又追问:

"不过,舅舅,难道就不能再作一些曲,一些新的吗?"

"为什么要再作?什么曲子不都是有了吗?不管你是难过还是快活,不管你是累得想家,而家又太远了,还是你恨自己不该做错了事,就像一条小虫一样;不管你是想哭,因为人家对你不好,还是你的心里快活,因为天气很好,你看得见上帝的青天,上帝对人总是好的,似乎在对你笑……不管什么时候,总有,总有歌曲可唱。我为什么还要作曲呢?"

"为了作一个大人物!"孩子答道,心里充满了祖父的教训和幼稚的梦幻。

高弗烈特温和地笑了笑。克里斯托夫有点不高兴,问道:

"你干吗笑呀?"

高弗烈特答道:

"啊!我么,我不是什么人物。"

他摸摸孩子的头,问道:

"那么,你,你要作个大人物?"

"对。"克里斯托夫得意地答道。

他以为高弗烈特会夸奖他。不料舅舅反问道:

"为什么要作大人物?"

克里斯托夫窘住了。他在脑子里搜索了一通,答道:

"为了作好曲子!"

高弗烈特又笑了起来,说道:

"你要作曲,为了作大人物;你要作大人物,又是为了作曲。这好比是一条狗追着自己的尾巴转圈子。"

克里斯托夫觉得自尊心受了伤。换个时间,他是不肯放过舅舅的,因为照例都是他笑舅舅,哪有舅舅笑他之理?同时,他从来也没想到:舅舅居然这样聪明,一句话驳得他哑口无言。他想找话来反驳,甚至出言不逊也在所不惜,但就是找不到。高弗烈特接着又说:

"等你成了个大人物,即使有这里到科布伦茨那么大,你也作不了一支曲的。"

克里斯托夫反驳道:

"只要我想作!……"

"你越想作,越作不出。你真要作,就得顺其自然。听……"

一轮明月从田野上升了。银色的轻雾浮在地面上和波光粼粼的水面上。蛙声四起,像是草地在吹笛子。蟋蟀的尖声似乎随着星光的闪烁而震颤。微风轻轻地抚摩桤木的树枝。从河边的小山上传来了一只夜莺的清脆歌声。

"还要你唱什么呢?"高弗烈特沉默了好久,叹了口气,不知道是自言自语,还是对克里斯托夫说,"难道这些歌声不比你能作出来的曲子好得多吗?"

克里斯托夫听过这些夜里的声音,听过好多次了。但他从来没有像这次一样听到音乐。真的,还要你唱什么呢?……他觉得心里充满了温情和忧伤。他真想拥抱草地、河流、天空可爱的星星。他的心灵深处渗透了对高弗烈特舅舅的爱。现在看来,舅舅是世上最好、最聪明,又最美的人了。他现在才知道从前看错了人;还以为舅舅难过是因为克里斯托夫误解了他。他后悔极了。他简直想要喊出来:"舅舅,不要难过,我以后再也不调皮捣乱了!原谅我吧,我多么爱你啊!"但他不好意思说。突然一下,他扑倒在高弗烈特怀里;不过,他的话还是说不出口;只是拼命地拥抱舅舅,重来复去地说一句:"我多么爱你啊!"高弗烈特惊喜交加,一面亲着孩子,一面连声地说:"怎么?怎么?"——然后他站起来,拉住孩子的手说:"该回去了。"克里斯托夫回来时很不高兴,以为舅舅不了解他。等他们快到家的时候,高弗烈特对他说:"以后,只要你愿意,我们还可以在晚上去听上帝的音乐,我还可以给你唱别的歌。"于是克里斯托夫充满了感激的心情,一边道"晚安",一边拥抱舅舅。他知道舅舅了解他。

从这时起,他们时常在晚上一同散步;他们一句话也不说,只是顺着河走,或者穿过田野。高弗烈特慢慢地抽着烟斗,克里斯托夫有点怕暗,紧紧抓住他的手。他们坐在草地上;静默了一阵子之后,高弗烈特就对他谈起星星和云彩来;他告诉他如何分辨泥土、空气和水的气息,如何听出在黑暗中飞行、爬行、跳跃和游泳的小动物争鸣的歌声、叫声、响声,如何看出天晴下雨的预兆,如何认出夜间交响曲中无数的乐器。有时高弗烈特唱出凄凉的或是快活的歌曲,总是同样的唱法,克里斯托夫听了总感到同样的不安。他一天晚上从来不唱两支歌;克里斯托夫还注意到:如果你要他唱,他唱得就不自然;一定要他主动想唱,那才唱得好。往往要等好久,而且不能说话,一直等到克里斯托夫以为他今夜不会唱了,高弗烈特却偏偏唱了起来。

有一天晚上,高弗烈特肯定不会唱了,克里斯托夫心血来潮,想到把自己费了不少劲、感到很得意地作出来的一支小曲子唱给他听。他想表现一下自己艺术家的才能。高弗烈特静静地听着,然后说道:

"多不好听啊!可怜的克里斯托夫!"

克里斯托夫挨了当头一棒,不知如何回答是好。高弗烈特又怜悯地说:

"为什么作这个曲子?多不好听!又没有人硬要你作曲。"

克里斯托夫连脸都气红了,就顶了一句:

"爷爷说我的音乐顶好。"他叫了起来。

"啊!"高弗烈特面不改色地说,"他当然有道理。他很有学问。他又懂音乐。我呢,我一点也不懂……"

过了一会:"不过我觉得不好听。"

他静静地瞧瞧克里斯托夫,看见他苦恼的面孔,微微一笑地说:

"你还作了别的曲子吗?说不定比这支好听,那我会喜欢的。"

克里斯托夫以为别的曲子的确会改变头一支的印象,就都唱了一遍。高弗烈特一句话也没说,等他唱完。然后,他摇摇头,毫无疑问地说:"这些曲子更不好听。"

克里斯托夫咬咬嘴唇,下巴发抖,真要哭出来了。高弗烈特仿佛自己也很灰心丧气,但是并不改口:"多么不好听啊!"

克里斯托夫声音里带着眼泪叫了起来:

"那么,说什么不好,你偏偏要说曲子不好听呢?"

高弗烈特用老实得不会说谎的眼睛看着孩子说:

"为什么?……我也不晓得……等一等……这不好听……第一,因为说的都是蠢话……对了……都是蠢话,说了等于没说……这下说对了。你作曲的时候,并没有什么要说的。你为什么要写下来呢?"

"我也不晓得。"克里斯托夫用可怜巴巴的声音说,"我只是想写好听的。"

"瞧!你是为写而写。你写,是要做一个大音乐家,是要人家叫好。你自高自大,胡说八道,所以受到惩罚了……瞧!要在音乐上自高自大,弄虚作假,总是要受到惩罚的。音乐需要谦虚、老实。要不然,还算什么音乐呢?那是在欺骗上帝,不把上帝放在眼里,而上帝给了我们这么好听的音乐,是要我们说真话!说老实话的。"

他看出了孩子很难过,想拥抱拥抱他。但克里斯托夫气得扭过头去;有好几天,他都在赌气。他恨高弗烈特——虽然他在心里翻来覆去要说服自己:"他是一头蠢驴!他什么都不懂,不懂!祖父比他高明多了,祖父不是说我的音乐很好吗?"——但在内心深处,他知道还是舅舅说得对;于是高弗烈特的话深深地印在他的心里;他因为说了假话而觉得惭愧。

因此,他虽然心里老是积怨难消,愤愤不平,但现在写乐曲的时候,总会想起舅舅来;一想到高弗烈特看了会怎么说,他往往脸红得把写好的东西撕掉。好不容易把没有撕掉的作成了一支曲子,自己觉得还有不够老实的地方,就小心在意地藏了起来,生怕舅舅的批评会毫不留情;如果高弗烈特对他作的一支曲子只是说了一声"这支还不太难听……我还喜欢……"那他就会受宠若惊。

有时,为了不服气,他也会搞鬼,把大艺术家的作品说成是他自己的,万一高弗烈特说他不喜欢,他就高兴得不得了。但高弗烈特并不觉得心虚理亏。看见克里斯托夫开心得手舞足蹈围着他转,他也开心地笑了;不过他还是回到他那句老话:"也许写得很好,但是没有意思。"——他从来不愿意听在家里开的小型音乐会。不管音乐多好,他一听就打呵欠,显得呆头呆脑、烦闷无聊的样子。不一会儿,他受不了,又偷偷地溜之大吉。他老是说:

"你瞧,孩子,你在屋子里写的都不是音乐。屋子里的音乐好比房间里的太阳。要到野外去呼吸好上帝的新鲜空气,才听得到音乐。"

他老谈到上帝,因为他很虔诚。这一点和克拉夫特父子不同,他们心里并不信教,却偏偏要在斋日不吃肉。

忽然,不知道为什么,梅希奥改了主意。他不但赞成祖父把克里斯托夫乘兴之作编成一册,而且使孩子大为惊讶的是,他花了几个晚上把底稿誊了两三份。若是有人问起来,他就煞有介事地答道:"我们等着瞧吧……"或者是笑着搓搓手,胳臂使劲摸摸孩子的头,好像是逗着他玩,再不然就快快活活地打他几屁股。克里斯托夫不喜欢这种亲热法;不过他看得出父亲是真开心,但不知道什么缘故。

梅希奥和祖父往往交头接耳,秘密交谈。一天晚上,克里斯托夫大为意外地听说,他,克里斯托夫,把他的《童年喜作》献给莱奥波德大公爵殿下了。原来梅希奥打听过公爵是否乐意接受这微薄的敬意,公爵欣然俯允了。于是梅希奥得意洋洋地宣布,不能错过片刻时间,马上动手:第一,正式呈请公爵殿下接受献礼;——第二,出版作品;——第三,组织音乐会使作品为人所知。

梅希奥和约翰·米歇尔商量来,商量去。有两三个晚上,他们争论得很激烈,但是不准别人打扰。梅希奥写草稿。老爷爷高声提意见,好像在念台词。有时他们找不到字,非常恼火,甚至拍起桌子来。

然后,他们把克里斯托夫叫来,要他面对桌子坐下,手里拿一支笔,父亲坐在右边,祖父坐在左边;老人念一个字,孩子写一个字,但他一点也听不懂,因为他写每一个字都很吃力,梅希奥又在他耳边大叫,加上老爷爷每个字都强调,结果克里斯托夫只听见每一个字的声音,却听不懂字的意思。老爷爷也一样激动。他坐不住,就在房里走来走去,比手画脚有声有色,还时时刻刻来看孩子写的字;克里斯托夫因为背后有两个大人的眼睛盯着他,反而吓得心慌意乱,张口结舌,笔管也拿不牢,眼睛也看不清,笔画有时太多,有时写对了又模糊不清——于是梅希奥就大叫;约翰·米歇尔也生气——只好从头来过,还要再从头来;好不容易不出差错地写完了一页,忽然在纸上掉下一滴墨水——于是前功尽弃,大人揪他的耳朵,又不许他哭,怕眼泪沾湿了信纸——结果,听写还要从第一行开始;他简直以为这一辈子也写不完了。

最后,苦尽甘来;约翰·米歇尔背朝着壁炉,把信再念了一遍,高兴得声音都发抖了,而梅希奥仰面躺在长椅子上,两眼望着天花板,摇头摆脑,冒充行家,也在品尝这封信的风味。

非常崇高、万分尊敬的殿下:

自我四岁时起,音乐就是我童年时代的第一爱好。我一有幸结识高贵的文艺女神,我的灵魂一受到她纯洁、和谐的熏陶,我就立刻爱上了她;而我一入宝山,似乎并没有空手而回。今年我已经六岁,屡次承蒙文艺女神光临,耳提面命,给我灵感,告我:"大胆!大胆!写出灵魂中的和谐声音!"——但我扪心自问:"六岁孩童,即使胆大妄为,又能有何成就?岂不怕行家里手笑掉牙齿?"因此我犹疑不决,战战兢兢。但是文艺女神一意错爱……我也不敢违命。于是我就开始作曲。现在,非常崇高的殿下!能否允许我不自量力,放肆大胆地将我童年初作呈献在殿下的阶前?……我能否大胆希望得到殿下的眷顾?……

啊!能够!因为您一直是科学和艺术的热心资助人,宽宏大量的保卫者;在您神圣盾牌的庇护下,人才方能各得其所,事业方能繁荣昌盛。

因此,我充满信心,大胆将童年试作敬呈尊前。请把这些作品当作诚心敬意的一份献礼。

非常崇高的殿下！

如蒙过目，并对年幼无知的作者垂青，那我将不胜感激之至，誓效犬马之劳。

对非常崇高、万分尊敬的殿下无比忠诚的

约翰·克里斯托夫·克拉夫特谨呈①

克里斯托夫一点也不懂；他能脱身就是万幸；唯恐要他再从头来过，赶快溜到野外去了。他不知道这封信多么重要，也不在乎它是否重要。但老爷爷读信之后，又再读了一遍，要好好欣赏一番；再读之后，梅希奥和他都说这是一篇杰作。英雄所见略同，大公爵收到信和一份乐谱，传下话来，说信和乐谱都是佳作。他批准了开音乐会，命令把音乐院的大厅交给梅希奥使用，并且俯允亲临盛会，召见年幼的艺术家。

梅希奥忙着尽快组织音乐会。他得到高级音乐院的支持，初步的成功冲昏了他的头脑，使他更加好大喜功，他同时筹备出版一本精美的《童年喜作》。他本来打算在封面上印一张克里斯托夫弹钢琴的铜版像，梅希奥自己手拿提琴站在旁边。但他不得不打消这个念头，不是因为印费太高——梅希奥花起钱来是不在乎的——而是时间来不及了。于是他不得已而求其次，象征性地画一个摇篮，一支喇叭，一面小鼓，一只木马，中间是一架金光四射的竖琴。书名下面有一段长长的献辞，亲王的名字用特大号字体印刷，显得非常突出，作者的署名是"约翰·克里斯托夫·克拉夫特先生，时年六岁。"（其实，他已经七岁半了。）刻版画的印费很高，结果祖父不得不卖掉一口十八世纪的雕花木柜。这个柜子虽然旧货商华姆塞几次三番出价收买，祖父却总是舍不得脱手。但梅希奥一点也不怀疑，预售乐谱的收入就可以弥补印刷的开销，而且绰绰有余。

还有一个问题要他费心，那就是克里斯托夫在开音乐会那天穿什么衣服。为这件事他们开了一个家庭会议。梅希奥本想要孩子穿短装，光着小腿，像个四岁孩子那样。但克里斯托夫长得结实，看起来比实际年龄还大；而且大家都认得他，妄想制造假象，那是自欺欺人。于是梅希奥改变了主意。他得意洋洋地决定要孩子穿礼服，打白领结。路易莎好心好意地说：这会使可怜的孩子出洋相，但她的反对不管用。梅希奥正确地估计，这身出人意料的打扮会使大家心中暗喜，取得成功。事情就这样决定了，裁缝

---

① 此信仿照了贝多芬十一岁时写给波恩选帝侯的信。

来给小人物量了礼服的尺寸。还得买高级内衣和漆皮鞋这些和眼珠一样珍贵的东西。克里斯托夫穿了这套新装束手束脚。为了让他习惯，要他彩排了好几次。一个月来，他没有离开过琴凳。人家还教他怎样行礼。他简直没有一点自由的时间。他气得要命，但不敢反抗；因为他知道是在完成光辉的业绩，他觉得既骄傲，又害怕。再说大家也都疼他，怕他受凉，用头巾围住他的脖子；鞋子一湿，马上给他烘干；在餐桌上，他吃的是最好的菜。

伟大的日子终于到了。理发匠来负责给他化妆，要把他不听话的头发收拾得像卷曲的羊毛一般，才肯罢手。全家人一个接着一个在他面前走过，说他好得不得了。梅希奥从前后左右盯着他看，忽然拍拍额头，跑去摘了一朵大花，插在孩子纽扣孔里。但路易莎一见他，却两条胳膊朝天举起，难过得叫了起来，说他像一只耍把戏的猴子；这一下可伤透了他的心。他自己也不知道对这身打扮应该得意还是害羞。他的本能告诉他：这很尴尬。开音乐会时，他觉得更尴尬了：在这终生难忘的一天，这可能就是他压倒一切的感觉。

音乐会就要开始了。大厅里还有一半座位是空的。大公爵没有来。在这种情况下，有一个得到可靠消息的好心朋友来告诉他们说："亲王府在开会，大公爵①不来了。"梅希奥面如土色，局促不安，走来走去，又靠着窗子向外张望。老约翰·米歇尔也很着急，不过那是为了他的孙子；他啰啰唆唆叮嘱个没完没了。克里斯托夫也受到了全家人的紧张感染；但对他要演奏的曲子却一点也不担心；只是想到要在大庭广众之下行礼如仪，反倒使他心慌意乱；甚至想得太多，一想到就苦恼。

然而，音乐会也不能不开始；听众已经等得不耐烦了。于是高级音乐院的乐队奏起了贝多芬的《科里奥朗序曲》。孩子既不知道科里奥朗，也不知道贝多芬，因为他虽然时常听到贝多芬的作品，却不知道作者的姓名；他从来不关心他听到的作品是什么曲子，而是自己给作品取个名字，编一些小故事，画一些小风景；一般说来，他把作品分成三类：火，土，水，细分又有千差万别。莫扎特属于水这一类；他的作品是河边的草地，江上飘浮的轻雾，春天的微雨，或是五色的彩虹。贝多芬却是火：他的作品有时是烈焰腾腾，浓烟滚滚的熔炉，有时是燃烧森林的大火，铺天盖地的乌云，云中响起了隆隆的雷声，有时是电光闪烁的天空，天上令人心情激动地飞出了一

---

① 大公爵是亲王。

颗明星,慢慢地消失在九月的良夜里。这一次,贝多芬的英雄气魄喷射出了不可抗拒的热情,使他的血液汹涌澎湃。他卷入了烈焰的洪流中。其他的一切都消失了;其他的人和他有什么关系?灰心失望的梅希奥,心急如焚的约翰·米歇尔,熙熙攘攘的世界,纷纷扰扰的听众,大公爵,小克里斯托夫,这些人和他有什么关系?他已经融入了这个如醉如狂的灵魂,随着他飞到九霄云外去了。他上气不接下气,眼睛含着眼泪,两腿麻木,从手掌到脚后跟都在震颤;他的热血吹响了冲锋号;他浑身颤抖了⋯⋯他正这样竖起了耳朵,躲在布景的撑架后面听着,忽然心头好像挨了一闷棍:乐队演奏《序曲》戛然中断;肃静了片刻之后,铜管乐队大张旗鼓地奏起轰隆隆的军乐来,好一番官家的气派。音乐变得这样兀突,克里斯托夫气得咬牙切齿,顿足握拳,对着空墙发泄。但梅希奥却大喜若狂,原来是亲王驾到,乐队奏起国歌来向他致敬。约翰·米歇尔用颤抖的声音最后一次对孙子叮嘱了一番。

《序曲》重新开始,这一次演奏到了底。然后轮到克里斯托夫。梅希奥费尽心机安排节目,使父子两人能各显神通:他们要合奏一首莫扎特的钢琴和小提琴奏鸣曲。为了逐步提高效果,决定先让克里斯托夫一个人出场。有人把他带到舞台入口处,叫他看台前的钢琴,最后又再讲了一遍他该做些什么,就把他从后台推出去了。

他开始并不太害怕,因为他已经上惯了戏院;等到他一个人站在台上,面对着几百双眼睛,他忽然胆小了,身不由己地往后退,甚至要退回后台去;但他看见父亲正在对他指手画脚,眼睛里冒出了怒火,便不得不继续向前走。再说,大厅里的观众已经看到了他。他往前走一步,台下好奇的"布鲁哈哈"声也就更响一点,接着响声变成了笑声,笑声离他越来越近了。梅希奥没有猜错,孩子的这身打扮产生了预料中的效果。观众一见这个长头发的顽童,皮肤颜色深得像个小茨冈人,却穿着一身正派绅士的晚礼服,畏畏缩缩地走着小步子,不禁放声大笑。有人还站起来,要看清楚;不久满场笑声四起,虽然不怀恶意,但连见过场面的老演员也会不知所措的。笑声、眼光,对准他看的小型望远镜,把克里斯托夫吓坏了,他只有一个想法:尽快坐到钢琴前去,那在他看来就是茫茫大海中的避难岛。他低着头,不敢东张西望,加快了脚步,顺着一排脚灯走去;到了舞台中央,他又忘了照规矩向观众行礼,却转过身去,一直走向钢琴。琴凳太高,没有父亲帮忙他坐不上去;但他迫不及待,慌慌张张,却一个人爬上去了。这一下台下笑得更厉害。但现在克里斯托夫到了安全港;面对着他的乐器,他就什么人也不怕了。

梅希奥到底上了场；他沾了儿子的光，观众乘兴头上给了他相当热烈的掌声。奏鸣曲立刻开始。小家伙不慌不忙，弹得很准确，他全神贯注，抿紧了嘴巴，眼睛盯着琴键，两条小腿悬空吊着，还够不着地面呢。琴音像高山流水滚滚而来，他感到得其所哉，仿佛回到了熟人中间。低低的赞扬声传到他耳朵里；他一想到大家一声不响，听他弹琴，欣赏他的演奏，不免心中暗喜，头脑如入五里雾中，得意洋洋。但是琴一弹完，他又害怕起来；大家的掌声使他与其说是快活，不如说是难为情。梅希奥牵着他的手，同他走到台前，向观众行礼致谢，他更觉得不好意思。但他不得不听话，行礼时腰弯得很低，傻头傻脑，令人开心；他却认为受了委屈，满脸通红，仿佛做了傻事或者坏事。

他又给抱上了琴凳，一个人演奏他的《童年喜作》。这一下全场可轰动了。每弹完一支曲子，大家都热烈叫好，要他再来一遍；他对成功感到骄傲，但掌声等于命令，又使他受到了伤害。最后，全场起立欢呼，大公爵带头鼓掌。这次只有克里斯托夫一个人在台上，他就动也不动，不敢离开琴凳。掌声越来越响。他的头却越垂越低，满脸通红，神气很窘，拼命扭过头去，不看台下。梅希奥来解围了，把他抱在怀里，叫他向台下飞吻；又把大公爵的包厢指给他看。克里斯托夫却只管装聋作哑。梅希奥抓住他的胳膊，低声恐吓他。于是他不得已做了做手势，但是眼睛却不看人，头也扭向别处，觉得是在受罪；他心里很难过，但不知道为什么；他的自尊心受了伤，他一点也不喜欢台下的人。他们鼓掌叫好都没有用，他不能原谅他们的笑声，他在受罪时他们却在开心，他不能原谅他们看见他这副可笑的模样，人在半空中却对他们飞吻；他甚至怪他们不该鼓掌叫好。梅希奥刚把他放下，他立刻拔腿就跑到后台去。一个女看客把一小束紫罗兰向他迎面抛来。他吓了一跳，跑得更快，路上还撞倒了一张椅子。但他越跑，人家越笑；人家越笑，他又越跑。

他总算跑到了舞台的出口，那里又有人挤着看他，他低着头钻出了一条路，躲在后台里首去了。祖父兴高采烈，满口祝福。乐队的人也都大笑，祝贺孩子，他却不看他们一眼，也不和他们握手。梅希奥关心的只是掌声，估计还不会停，又要带克里斯托夫上台谢幕。孩子死活不肯，拉住祖父的礼服不放，谁过来就踢谁。最后他又大哭一场，只好随他算了。

正在这时，一个副官来说：大公爵要在包厢里接见两位艺术家。怎么能让这副模样的孩子去见人呢？梅希奥气得赌咒发誓；他一生气，克里斯托夫哭得更厉害。要堵住眼泪的洪流,祖父答应买一磅巧克力,条件是不许哭;克里斯托夫贪嘴,马上吞下了眼泪,跟着大人走了;不过走前还要人家先认真地发誓,决不再冷不防地把他推上台去。

在亲王包厢的接待室里,他见到了一位穿短上装的先生,脸像小哈巴狗,上唇的胡子翘起,下巴的胡子又短又尖,个子矮小,脸色红润,有点浮肿,随随便便、半开玩笑地招呼他,用他的胖手摸他的脸,说他是"莫扎特再世!"这位先生就是大公爵——然后,他先后见过了公爵夫人,她的女儿,还有其他人等。因为他不敢抬头,所以对这些光彩夺目的人物,他只记得腰带以下、脚跟以上的长裙或者长裤。他坐在年轻的公主膝头,不敢乱动,也不敢出大气。公主问他一些问题,都由梅希奥恭恭敬敬、用陈词滥调作了平平淡淡的回答,但公主不听他的,只管逗孩子玩。孩子觉得脸越来越红,以为人家都注意到了,想要解释一下,就叹了一口气说:

"我脸红了,因为我热。"

年轻的公主听了大笑起来。但克里斯托夫并不怪她,不像刚才怪听众笑他那样,因为她笑得好听;她还拥抱了他,他也不觉得讨厌。

这时,他一眼看见了祖父站在过道上,在包厢的入口处,容光焕发,却有几分惭愧,他本想进来讲几句话,但是不敢擅自做主,因为没有人传呼他,只好站在远处分享孙子的荣耀。克里斯托夫忽然感情冲动,觉得对不起可怜的老爷爷,他有一种压制不住的需要,让大家知道爷爷的价值。他的舌头一下摆脱了拘束。他伸长了脖子,在他新认识的公主耳边悄悄地说:

"我要告诉你一个秘密。"

她笑着问:

"什么秘密呀?"

"你记得,"他接着说,"我刚才弹的小步舞曲里,有一段好听的三重奏?……你记得吗?……(他低声哼着三重奏)……咳!那是祖父作的曲子,不是我作的。别的调子都是我的。但只有这一支最美。那是祖父作的。祖父不愿意说出去。你不会对人说吧?——他指着老爷爷——瞧,那就是祖父。我很爱他。他对我非常好。"

话说到这里,年轻的公主笑得更厉害了,说他真是可爱,劈头盖脸地吻他,但使克里斯托夫和祖父都大为意外的是:她把这件事告诉了大家。大家都跟着她笑;大公爵向老爷爷表示祝贺,爷爷局促不安,想要解释又讲不清,结结巴巴,仿佛犯了罪似的。而克里斯托夫却不再对公主讲一句话;虽然她还逗他,他却板着脸,不开口;因为她说话不算数,他甚至瞧她不起了。他对亲王夫妇的看法,也因为公主不守信用,而大打折扣。他气得这样厉害,别人说的话都听不进去,甚至亲王笑着称他为宫廷钢琴家,"高级音乐家",他也置若罔闻。

他同家里人出来后,从戏院的走廊起,一直到大街上,他都给人围着,大家夸奖他,拥抱他,使他恼火透了:他不喜欢人家亲他,也不答应人家未经同意,就随便摆弄他。

最后,他们回到家里,门刚关上,梅希奥就骂他是"小笨蛋",因为他不该说三重奏不是他作的。孩子非常明白他做的是好事,应该受到夸奖,不该挨骂,就顶撞了几句。梅希奥发火了,说若不念他刚才琴弹得还不错,真要打他几个耳光;但他说的蠢话已经使音乐会的效果大为减色。克里斯托夫内心深处富有正义感;他就躲到角落里去生闷气;他把父亲、公主、听众,都归入不屑与之为伍的一流。邻居来向他的父母道贺,他也忍受不了,他们有说有笑,仿佛琴是他父母弹的,而他只是他们大家的玩物。

就在这时,亲王府的一个仆人带来了小公爵送他的一只金表,年轻的公主送他的一盒高级糖果。这两件礼物都是克里斯托夫非常喜欢的;他说不出更喜欢哪一样;但他还在赌气,不好意思转过弯来;于是他继续撅着嘴,眼睛却溜向糖果,心里也在盘算:该不该接受一个信不过的人送给他的礼物。他正打算要让步,父亲却要他立刻在书桌前坐下,写一封他口授的感谢信。咳!这实在太过分了!他已经紧张了一整天,还要听梅希奥的话,写什么"高贵的殿下微不足道的仆人兼乐师……",这太难为情了,他本能地哭了起来,不管怎样逼他,也逼不出一个字。仆人等得不耐烦了,说些不三不四的话。梅希奥只好亲自动手写。这样一来,他对克里斯托夫当然不会善罢甘休。火上加油的是,孩子把表摔到地下,表摔破了。于是咒骂像一阵雹子似的落在他头上。梅希奥大喊大叫,说不准他吃餐后的茶点。克里斯托夫气昏了头,说他偏偏要吃。为了罚他,路易莎说要没收他的糖果。克里斯托夫气得冒火,问她凭了什么?说这盒糖果是他的,是他的,不是别人的;谁也不能拿走!他挨了一个耳光,气得要发疯了,就把母亲手里的盒子抢了过来,扔在地上,用脚乱踩一通。他又挨了一顿鞭子,拖到他房间里,脱了衣服上床了。

晚上,他听见父母同朋友们在一起吃晚餐。晚餐为了庆祝音乐会,已经准备了一个星期,非常丰盛。天下居然有这样不公平的事,他在床上气得要命。别人却在高声大笑,碰杯痛饮。父母对客人说孩子累了,就再也

没有人问他一声。直到晚餐后,客人要散了,才有拖拖沓沓的脚步声溜到他房间里来。来的不是别人,只是老约翰·米歇尔,他在床前弯下了身子,真正动了感情地拥抱他,对他说:"我的好小子,克里斯托夫!……"然后,仿佛不好意思似的,他什么话也不再说,就溜走了,但走前把藏在衣袋里的几块糖偷偷地给了他。

这对克里斯托夫真是温存体贴。不过他的情绪紧张了一天,疲倦得要命,甚至没有劲来摸祖父给他的好东西。他简直累得浑身无力,差不多马上就睡着了。

但是他睡得并不稳。神经突然放松,就像触电一般,全身颤抖。狂暴的音乐在梦中折磨他。他在半夜时醒过来。音乐会上听到的贝多芬序曲在他耳边轰鸣。乐曲急促的节拍充塞了房间。他在床上坐了起来,擦擦眼睛,看看自己是不是在做梦……不,他不是在做梦。他记得这支乐曲,记得这愤怒的呼啸,这疯狂的吼叫,他听见无法控制的心在胸膛中蹦跳,血液在奔腾咆哮,他感到脸上有狂风在吹,在打,在摧毁,但风忽然被巨人的意志摧毁了。这个巨人的灵魂进入了他的肉体,扩张了他的心灵和四肢,使他扩大了无数倍。他在世界上大步前进。他是一座大山,狂风暴雨就是他的呼吸。愤怒的风暴!痛苦的风暴!……啊!多大的痛苦!……不过这算什么!他觉得自己强大了!……受苦吧!受难吧!啊!强大多么好!强大得不怕痛苦更是多么好!……

他笑了。笑声打破了黑夜的寂静。父亲惊醒了,喊道:"谁呀?"

母亲轻轻地说:"嘘!是孩子在做梦!"

他们三个都不做声。周围又是一片寂静。音乐消失了。只听见均匀的呼吸,他们是共患难的伴侣,同舟共济,一股旋转天地的力量把他们的一叶扁舟推进了无边的黑夜。

第二卷 清晨

第一部 约翰·米歇尔之死

三年过去了。克里斯托夫快满十一岁。他在继续受音乐教育。教他和声学的是圣·马丁教堂的管风琴师弗洛扬·荷尔泽,是祖父的朋友,很有学问。老师对他说:不要喜欢那些悦耳的和音,令人动心的和声,凡是听了会使背脊骨发凉的都不是好音乐,都不该听。孩子问他为什么,他没有别的回答,只说就是如此,根据规定就不许听。孩子生来不喜欢拘束,反倒更喜欢那种音乐了。只要他在音乐大师的作品中找到了这种例子,他就高兴地拿去问祖父,或是问老师。祖父听了答道:到了音乐大师手里,什么东西都是好的,贝多芬和巴赫不必遵守什么清规戒律。老师可不认错,反倒不高兴了,酸溜溜地说:这种东西并不是大师的杰作。

克里斯托夫现在可以自由出入音乐会和剧院了;他也学着演奏各种乐器。他的小提琴听起来甚至已经有一种吸引人的力量。他的父亲出了一个主意,在乐池里给他摆了个乐谱架。他演奏得这样出色,实习了几个月之后,他就被正式任命为高级音乐院的第二小提琴手了。就是这样,他开始挣钱养家;这并不算太早,因为家里的经济情况越来越糟。梅希奥酗酒越来越厉害,祖父却越来越老了。

克里斯托夫心里明白家里糟糕的情况;年纪轻轻就露出忧心忡忡、郁郁寡欢的神气。他强打精神来承担任务,虽然演奏并不太能引起他的兴趣,晚上,他甚至还会在乐池里打瞌睡。戏院也引不起他小时候的激情。在他小时候,不过是四年前,他最高的奢望就是爬到今天的位子。今天,他却不喜欢人家要他演奏的大部分音乐;虽然他还不敢妄下评语,但在心里,他觉得这些乐曲没有意思;即使偶尔演奏了几支好曲子,他又不满意别人演奏时的没精打采;他就是演奏最喜欢的作品,结果也变得像乐队的同事一样,他们在吹完、抓完乐器之后,等到幕布一落,马上笑嘻嘻地擦着满头大汗,满不在乎地讲些不三不四的小事,仿佛他们刚干了一小时的体力劳动似的。他又见到了他喜欢过的那个赤足的金发歌女;在幕间休息时,他常在餐厅里碰到她。她知道他从前喜欢过她,所以情不自禁地吻他;不料他却感不到丝毫乐趣;近处一看,他嫌她涂脂抹粉太多,身上气味太重,吃东西时太贪;他现在简直厌恶她了。

大公爵并没有忘记他的常任钢琴师:这并不是说,微不足道的津贴会按时发给有乐师头衔的人——那总是要上门乞讨的——而是过不了几天,克里斯托夫就会奉命进王府去,有时是府里来了嘉宾,有时只是亲王殿下和夫人心血来潮,要听音乐。要他去的时候几乎总是晚上,正是克里斯托夫不愿意见人的时刻。但他无可奈何,只好匆匆忙忙赶去。有时,他赶到了,却只是在前厅等着,因为晚宴还没有吃完。仆人见惯了他,说话都很随便,然后把他带进客厅,厅里四面都有玻璃镜,灯火辉煌,一些假装正经的大人物瞪大了眼睛,盯着他看,仿佛把他当成怪物一样,看得他心里直生气。为了吻殿下夫妇的手,他还要走蜡打得贼亮的地板;但他人越大,反倒越笨了,连他自己都成了笑料,所以觉得他的自尊心受了伤。

然后,他坐到钢琴前来对牛弹琴——因为他把他们当作笨牛。有时,周围那种爱听不听的气氛压得他要爆炸,他几乎想半途而废。他觉得缺少新鲜空气,仿佛快闷死了。等到他一弹完,过奖的话又迎面扑来,前后左右的人,他都得一一见过。他感到人家把他当作亲王豢养的一头稀罕动物,夸奖的不是他,而是他的主子。他认为这贬低了他,于是他敏感到了病态的地步,他有苦不敢说出来,结果就更痛苦。人家随意的一举一动,他都看成是针对他的;如果有人在客厅的一个角落里咪咪笑,他就揣摩一定是在笑他;但他搞不清楚到底是笑他的模样,还是他的服装,是笑他的面孔,还是他的双脚,或是他的双手。一切都使他觉得受了侮辱:不对他说话是侮辱,对他说话也是侮辱,把他当作孩子一样给他糖果更是侮辱。尤其使他难以忍受的,是大公爵摆出亲王那副满不在乎的派头,把一个金币放在他的手上,打发他走。穷人就该倒霉,就该低人一等。一天晚上回家,他觉得手里的钱压得他好苦,一气之下,就把钱扔到地窖的通气口里去了。马上念头一转,想到家里还欠肉店好几个月的账呢,又不得不忍气吞声去把钱捡回来。

他的父母哪里猜得到他所受的委屈。亲王对他的恩惠使他们高兴得不得了。忠厚老实的路易莎想象不出,对孩子说来,还有什么事比在王府参加盛会更好。对梅希奥来说,这是他经常向朋友们吹嘘的本钱。不过最高兴的还是老祖父。他装出不愿寄人篱下,满腹牢骚,藐视权贵的姿态;其实内心深处却崇拜金钱、权力、荣誉、社会地位;看见孙子能和上流人物为伍,他得意非凡;仿佛孙子的名望也给他增了光,添了彩;虽然他尽力装出无所谓的样子,却遮掩不住脸上的容光焕发。克里斯托夫去王府的晚上,老约翰·米歇尔总要随便找个借口,待在路易莎那里。他仿佛返老还童了,迫不及待地等孙子回来;克里斯托夫一到家,他反装得不急不忙,先问一些不痛不痒的问题,比如说:

"嘿!今晚过得怎么样?"

或者是亲热的旁敲侧击:

"我们的小克里斯托夫回来了,总有一些新鲜事讲给我们听吧。"

要不然就别出心裁,用好听的话来哄他:

"我的孙少爷,老爷爷向你祝贺了!"

不料克里斯托夫憋了一肚子气,板着脸,干巴巴地说了一声"晚上好!"就躲到一个角落里去了。老爷爷不肯放松,又追问了一些更加具体的问题,孩子只简单地回答"是"或"不是"。别人也来插话,要他一五一十说详细点;克里斯托夫的眉头却越拧越紧,仿佛是在把话从他嘴里揪出来,这一下,约翰·米歇尔光火了,说了些刺耳的话。克里斯托夫居然毫不客气地顶撞;结果闹得祖父欢喜而来,悻悻而去,走时还砰的一声把门关上。就是这样,克里斯托夫使这一家可怜人空欢喜了一场,他们一点也不了解他的坏脾气从何而来。这也不能怪他们,一生都是逆来顺受,哪里想得到站起来做人呢!?

于是克里斯托夫变得内向;他虽然不明目张胆地批评家里人,却总觉得有一道鸿沟把自己和他们分开了。当然,这是说过了头;虽然他们思想上有差异,如果他能把心里话全盘托出,也不是不可能促进互相了解的。但是要在子女和父母之间造成绝对的亲密无间,那是太困难了,即使他们的感情再好,恐怕也不管用;因为一来对长辈的尊敬,往往会打消孩子推心置腹的念头;二来长辈错误地自以为年纪大、经验多,往往不能认真了解孩子的心情,其实孩子的心有时和大人的一样值得关怀,而且几乎总是更加真诚。

克里斯托夫看见他家里的人,听见他们的谈话,更加深了他和家庭之间的隔阂。

来他们家的是梅希奥的朋友,多半是乐队的乐师,好酒贪杯的单身汉;他们不是坏人,不过庸俗不堪;笑几声或走几步,房间都会哆嗦。他们喜欢音乐,但谈起来傻得叫人生厌。他们兴头一来,就粗声笨气,没个分寸,却伤害了孩子柔嫩的感情。他听到他们这样称赞他心爱的乐曲,觉得自己在受侮辱。他身子僵硬,脸色惨白,冷冰冰的,装出对音乐不感兴趣的样子;若是他做得到,他简直要恨音乐了。于是梅希奥就说:

"这小伙子没有感情。他不知道好歹。我也不晓得他这种脾气是哪里来的。"

有时他们四部合唱,唱四拍子的日耳曼歌,歌曲和人一样,笨重缓慢,傻头傻脑,却又一本正经,平淡无奇,却又有板有眼。克里斯托夫只好躲得远远的,对着墙壁大发脾气。

祖父也有他的朋友:管风琴师,裱糊工,钟表匠,低音提琴手,都是些唠唠叨叨的老头子,他们总是翻来覆去讲同样的笑话,没完没了地讨论艺术、政治,或者是当地名门望族的家谱——他们不在乎谈什么题目,只要有话可谈,有人在听,就心满意足了。

至于路易莎,她见到的只有几个左邻右舍,听到的只是她们的说长道短,还有街谈巷议;要隔好久,才有个把"发善心的太太"说是照顾她,来约她帮办酒席,并且好管闲事,要过问她孩子的宗教信仰。

在客人当中,没有一个比特奥多伯父叫克里斯托夫厌恶的了。他是祖父第一个妻子克拉拉奶奶和前夫生的儿子。他和人合伙开了一个商行,在非洲和远东做生意。他代表新派的德国人,对古老民族的理想主义不屑一顾,只是冷嘲热讽。他们为德国的胜利所陶醉,对武力和成功佩服得五体投地,这说明他们对取得胜利还不习惯。但要改变上百年才形成的民族性,那不是一朝一夕之功,所以压不倒的理想主义随时随地,在言谈举止中,在生活习惯中,在随意引用歌德的名言妙语中,都会冒出来;在他们身上,良心和自私自利莫名其妙地混在一起,旧式德国中产阶级的道德原则,稀奇古怪地努力要和新式商店老板的唯利是图同流合污;这闻起来,怎能没有令人厌恶的虚伪气息呢?——这使德国的武力扩张、贪得无厌、自私自利,到头来成了人权、公平、真理的象征。

克里斯托夫正直的性格深深地受到了伤害。他说不出伯父是不是有理;不过他厌恶伯父,直觉感到他是个敌人。祖父也不喜欢他这一套,对他的高谈阔论起了反感;不过争论起来,他又不是特奥多的对手。特奥多口若悬河,不用吹灰之力,就使老人淳朴的好心听来十分幼稚可笑。结果约翰·米歇尔对自己的一片好心也觉得难为情;为了表示他不像人家想象的那样落后于时代,他也学着和特奥多一样说话:不料话一到他嘴里就走了调,连他自己听了也不自在。再说,不管他想到什么问题,特奥多总说得他哑口无言;老人向来尊敬过硬的本领,尤其是对自己一窍不通的事,人家说得头头是道,他更是心悦诚服。他做梦也想有个孙子能够爬得那样高才好。这也是梅希奥的主意,他打算要罗多夫走伯父的道路。因此,全家都讨他的好,希望得到阔亲戚的帮忙。这个亲戚看见人家有求于他,却乘机摆出主子的架势;什么都管,什么都出主意,毫不隐瞒他多么瞧不起艺术和艺术家;他甚至为了开心,公然贬低当乐师的穷亲戚,开一些低级的玩笑。他们也真丢人,居然跟着笑了。

特别是克里斯托夫,成了伯父嘲弄的靶子;叫他忍不住了。他不说话,咬紧牙关,一脸的不高兴。伯父见他气得不开腔,玩笑开得更加厉害。有一天,特奥多在餐桌上嘲弄他,实在太过分,克里斯托夫气得火冒三丈,对准他的脸吐了一口唾沫。这简直是骇人听闻的举动。从来没有人敢这样侮辱伯父:他先是呆若木鸡,摸不着头脑,等到他恢复过来,咒骂的话就脱口而出,有如决堤的洪水,一发而不可收拾。克里斯托夫对自己的胆大妄为也非常意外,待在椅子上一动不动,任凭拳打脚踢,他都不觉得痛;但若要拉他跪到伯父面前去赔礼,他就拼命反抗,甚至推开母亲,逃到屋子外面去了。他在野外不停地跑,跑得气都喘不过来。他听见喊他的声音越来越远了;他暗自寻思,能不能把敌人推下河去?如果不能,要不要自己跳河了事?那天夜里,他是在露天过的。等到天快亮了,他才去敲祖父的门。老爷爷正因为克里斯托夫失踪,急得一夜没有睡着,也没有心思责怪他。他把孩子送回家去,大家见他那副过分激动的模样,就什么也不提;还得迁就他一点,因为晚上他还得去王府演奏呢。只有梅希奥不肯放过他,发了几个星期的牢骚,又不便挑明了讲,而是指桑骂槐,说什么学坏容易学好难,摆着好端端的榜样,做丢面子的事。而特奥多伯父若是在街上碰到他,总是转过头去,捏住鼻子,表示臭不可闻。

家里人不同情他,他就尽可能少待在家里。他受不了日积月累强加在他身上的束缚:太多的事要他照办,太多的人要他尊重,却又不准他问为什么;克里斯托夫不愿意压得抬不起头来。人家越是要他循规蹈矩,好好做个德国的小市民,他就越想自由自在。在乐队里或王府里,演奏起来总是装模作样,讨厌得要死,所以他的乐趣是像小马一样在草地上打滚,穿着崭新的短裤从绿草如茵的山坡上滑下来,或者是和街上的顽童打石头仗。但他并不能经常这样玩,不是因为他怕挨顿臭骂,或是挨几巴掌,而是他找不到玩伴:他和别的小朋友老是合不来。甚至街头的顽童也不喜欢同他一起玩,说他玩起来太认真,打起来又太重。而他也习惯于闭关自守,脱离了他的同龄人:他因为玩得笨手笨脚而不好意思,不敢加入别人的游戏。于是他装出不爱玩的样子,其实心里巴不得人家邀他玩。别人不开口,他只好露出不感兴趣的神气,有苦说不出地走开了。

只有高弗烈特舅舅来了,带着他游游荡荡,他才得到一点安慰。他和舅舅越来越亲近了,越来越喜欢他无拘无束的脾气。他现在才明白舅舅为什么喜欢东奔西走,而不乐意安居在一个地方!他们两个老在晚上一同到野外去,没有目标,只一直往前走;高弗烈特没有时间观念,总是很晚才回来,免不了要听几句埋怨。于是他们苦中作乐,等到夜里大家睡了再溜出去。高弗烈特明知这样做不对;但经不起克里斯托夫的恳求,他自己也顶不住这种引诱。半夜时分,他就来到房屋前面,按照约定好的吹一声口哨。克里斯托夫睡的时候没有脱衣服。他溜下床来,鞋子拿在手里,大气也不敢出,像野人一样蹑手蹑脚、半走半爬地到了厨房里。有个窗子是朝街开的,他爬上了桌子;窗外,高弗烈特的肩头在等着他踏上来。他们走了,快活得像逃学的小学生。

有时,他们还去找一个渔夫耶莱米,他是高弗烈特的朋友,有一条渔船,他们就在月下荡舟。水珠从桨上滴下来,好像一组琶音,或是五彩缤纷的半音阶。河面上颤抖着乳白色的水汽。天上闪烁着星光。两岸的鸡声一起一落,一呼一应;有时还听得见云雀从地面飞起时划破了高空的颤音,那是错把月光当成天亮了。他们都不说什么。高弗烈特低声唱着一支曲子。耶莱米讲些鸟兽鱼虫稀奇古怪的故事,讲得很短,猜谜似的,显得更加神秘莫测。月亮落到树林后面去了。渔船沿着阴沉沉的山影走。天暗水也暗,上下一片黑。河上没有波纹。声音和光一样,也熄灭了。渔船荡进了黑夜。是在荡漾?是在漂浮?或者只是一动不动?……芦苇左右分开,让船过去,发出了窸窸窣窣的声音。他们一声不响地靠了岸。上岸之后,他们走回去。有时要天亮了才到家。他们沿着河走。成群的欧白鱼白得像银子,看起来绿得像麦穗,或者蓝得像玉石,在曙光初照时云集在一起;欧白鱼好像女妖头上的蛇群,只要丢下一块面包,鱼群就会万头攒动,围着下沉的面包转圈子,忽然一下,又像电光一闪就不见了。河水却反映出曙光的淡紫浅红色。小鸟一醒,就叽叽喳喳。他们赶快回家;克里斯托夫小心翼翼,他一上床,马上就睡着了,身上还带回了野外的草木气息。

他就这样偷进偷出,一直没人发现,不料有一天给他的弟弟恩斯特告发了;从此以后不准他再偷出门,并且有人监视。但这种事是防不胜防的;

他不喜欢别人，偏偏就喜欢这个小贩和他的朋友。家里人气坏了。梅希奥说他趣味低级。老约翰·米歇尔妒忌克里斯托夫对高弗烈特的感情，怪他降低了身份，说他既然有幸接近王公贵人，就不该和世俗小人来往。大家都说克里斯托夫太不自重。

虽然家庭经济困难随着梅希奥的酗酒无度、不务正业而日益增加，但只要约翰·米歇尔还在，日子总算还过得去。只有老人家对梅希奥还有几分影响，在某种程度上，还能拉住他不往堕落的路上滑下去。再说，大家对老人的尊敬，容易使他们忘了醉鬼的放荡行为。最后，家里缺少钱用，总有老人来帮忙。加上他作为乐队的前任指挥，还有一笔为数不多的年金，他又继续教钢琴课，校正琴音，挣点外快。这些钱多半给了媳妇，他看得出她手头拮据，她想瞒也瞒不过去。路易莎看到老人家为他们苦了自己，很不过意。他本来过惯了宽裕的日子，需要的开销很多，所以做出的牺牲就更加难能可贵。有时节省开支都还不够，为了急于还债，约翰·米歇尔还不得不偷偷地卖掉一件家具，一些书籍，或者舍不得的纪念品。梅希奥发现父亲瞒着他资助了路易莎，往往伸手来要，不给不行。老人知道以后——路易莎不敢对他诉苦，但总有孙子会告诉他——气得暴跳如雷；于是父子两人大闹一场，简直闹得天翻地覆。他们两个都是火暴脾气，开口就骂，出口伤人，几乎要动手了。不过梅希奥即使火冒三丈，也不敢对父亲犯上作乱；即使他喝醉了，到底也不敢不低头认输，让父亲劈头盖脸痛骂一顿，好像狗血淋头一样。不过他并没有改过，一有机会，照旧伸手要钱；约翰·米歇尔一想到将来的日子，就不寒而栗。

"可怜的孩子们，"他对路易莎说，"等到我不在世，你们怎么办呀！……还好，"他摸摸克里斯托夫的头，接着又说，"我还可以活到这个孩子长大，他将来帮得上忙！"

但是他估计过高了；他已经走到了生命的尽头。这是谁也没有料到的。他过了八十岁，满头的白发又浓又密，还有些花白的，胡子像铁丝一般黑。他只剩下十几颗牙齿，但是还咬得动。看到他用餐真叫人高兴。他的胃口好，吃得下；虽然他责备梅希奥酗酒，他自己喝起酒来可从不掺水。他偏爱摩泽尔河的白酒。其实，葡萄酒、啤酒、苹果酒，只要是上帝创造的好东西，他决不肯错过。但他并没有糊涂得让理智淹死在酒杯里，他喝酒是有分寸的。的确，他酒杯的尺寸很大，量小的人那点点理智非得淹死不可。他的腿走得动，眼睛也看得清，忙忙碌碌，从来不累。他六点钟起床，梳洗着装,一丝不苟,因为他重视仪表,要人看得起他。他一个人过日子,自己忙自己的事,不要媳妇插手;他打扫房间,煮咖啡,缝纽扣,敲钉子,贴墙纸,补衣服;他卷起衬衫袖子,在屋里走来走去,走上走下,响亮的男低音嗓子唱个不停,边唱边做演歌剧的手势——然后不管天气如何,他都要出门办事。事不管大小,他一件也不会忘记;可时间说不准要多长。在街头巷角,总可以碰到他和熟人聊天,或者和似曾相识的邻家少女开玩笑,因为他不但喜欢老朋友,也喜欢少女的新面孔。他就这样耽搁了不知道多少时间。然而用餐的时刻他是不会错过的:他走到哪家,吃到哪家,是个不速之客。他不到晚上是不回家的,即使天黑之后,还要和三个孙子团聚好久才舍得走。他上了床,闭上眼睛之前,要读一页老掉了牙的《圣经》;夜里,他睡一觉超不过一两个小时,醒了又爬起来,找一本旧书摊上买的旧书,不管是历史、神学、文艺还是科学,随便翻开几页就读,读得有趣也罢,讨厌也罢,读不懂也不要紧,反正他一个字也不放过……一直读到重新入睡为止。星期天他上教堂,带孩子们散步,玩玩滚球——他从来不生病,最多不过脚趾有点痛风,惹得他夜里读《圣经》时咒骂几句,也就算了。看来他可以这样活上一个世纪,他却认为没有理由不能超越一百年;有人预言他会活到一百岁才死,他却像另外一个高寿的名人一样不以为然,说上天恩赐的岁月是不受限制的。他的老态不容易看得出,只是他的眼睛越来越容易流泪,他的脾气每天都容易发作。稍微有点不顺心的小事,他就会气得发了疯似的。他脸红脖子粗,红得都发紫了。他火冒三丈,却结结巴巴说不清楚,直到喘不过气来,才不得不罢休。家庭医生是他的老朋友,警告他要小心在意,既不要大发脾气,也不要大吃大喝。他是个老顽固,偏偏要顶着干,不把警告放在心上,反倒嘲笑起药和医生来了。他做出不把死亡看在眼里的样子,照旧大声说话,不肯节省口沫,表示他不怕死。

夏天来了,有一天,天气非常热,他喝了一通酒,又和人争吵了一通,就回到家里,在园子里干起活来。他喜欢翻地。光着头,晒着太阳,争吵的气还没有消,他就怒冲冲地掘土。克里斯托夫拿一本书,坐在棚架子下面;他并没有读书,而是在听蟋蟀的催眠曲,一面胡思乱想;他的眼睛机械地跟着祖父的锄头起落。老人转过身去,弯下腰来拔草。忽然,克里斯托夫看见他站直了身子,胳臂在空中晃了几下,然后脸朝地,笨重地倒了下去。他开头还想笑,但是一看,老人动也不动,他就大声喊叫,冲着他跑过去,用全身的力气推他。他害怕了。他跪下去,双手抱住祖父的大脑袋,想把它从地上抱起来。脑袋太重,他双手发抖,怎么也抱不动。他看到祖父的眼睛往上翻,白里带血,吓得浑身冰凉;他尖声喊叫,又让祖父的脑袋侧倒在地上。他惊慌万分,站了起来,拼命地往外跑。他边哭边叫。有个过路人拦住了他。克里斯托夫连话也说不出,只是指着屋里;那个人走了进去,克里斯托夫跟在后面。左邻右舍的人听见喊叫都跑来了。园子里不久就挤满了人。花也踩坏了。大家弯着腰围住老人,七嘴八舌同时说话。两三个男人把他从地上抬了起来。克里斯托夫站在门口,脸朝着墙,用手遮住眼睛。他怕看;又不由自主地想看。大家抬着老人走过他的身边,他从手指缝里看见祖父高大的身体约束不了自己,一条胳膊下垂拖地;脑袋靠在一个人的膝盖上,抬的人走一步,祖父脑袋就颠一下;他的脸部浮肿,沾满了泥,还在出血,嘴巴张开,眼睛看来吓人。孩子又大叫一声,拔腿就跑。他一步也不停,一直跑到母亲那里,好像后面有人追他似的。他一下冲进了厨房,又哭又叫,非常可怕。路易莎正在剥蔬菜叶子。他扑在她身上,死命抱住不放,要她去救祖父。他的脸都哭得变了形,连话也几乎说不出。不过母亲一见他开口,就知道不好了。她的脸色惨白,丢下手里的活,一句话也不说,匆匆忙忙跑了出去。

　　克里斯托夫一个人靠着柜子,缩成一团;他还哭个不停。两个弟弟只管玩他们的。他并不大明白刚才到底出了什么事,他也没想祖父,只是在想刚刚看到的可怕景象,生怕人家要他回到那里再去看。

　　果不其然,到了傍晚,两个调皮捣乱的小弟弟玩够了,开始叫累叫饿,路易莎却赶了回来,拉着他们的手,把他们带到祖父家去。她走得很快;恩斯特和罗多夫照例要抱怨一番;不料路易莎喝令他们住嘴,吓得他们不敢出声。他们本能地感到害怕,所以一进门就哭了起来。天还没有全黑;落日的残晖照在半明半暗的室内,照在门把手上、镜子上、外间墙上挂着的小提琴上,发出了一种奇光异彩。在老人房里点了一根蜡烛;摇摇晃晃的烛光,和昏昏沉沉的日光,在室内短兵相接,留下了一片沉重黑影,压得人更加喘不过气来。梅希奥坐在窗前,放声大哭。医生弯腰站在床边,使人看不见躺在床上的病人。克里斯托夫的心几乎要跳出来了。路易莎要孩子们跪在床前。克里斯托夫冒险看了一眼。在下午看到了可怕的景象之后,他本以为现在看到的会更可怕,但看后他反倒觉得如释重负。祖父一动不动,看来好像在睡觉一样。顷刻之间,孩子有种幻觉,以为祖父已经好了。但等他听到祖父压得透不出气的呼吸声,等他仔细一看,看到祖父肿起的脸,脸上有一大块跌得发紫的伤痕,等他明白躺在床上的是一个要死的人,他又发起抖来;他一面跟着路易莎翻来覆去祈祷祖父康复,一面却在内心深处暗想,如果祖父的病不会好了,那倒不如就这样死了更好。他最怕的,就是半死不活地拖着。

老人自从摔倒之后,一直没有恢复知觉。等到他清醒了片刻,却正好使他明白了他的绝境——真是令人伤心透顶。神甫已经来了,正在给他做临终祈祷。大家把老人扶起来靠着枕头,他睁开了重得抬不起的眼皮,咕噜咕噜地出气,莫名其妙地看着这么些面孔,这么些烛光。忽然一下他张开了嘴,脸上露出了无法形容的恐怖。

"怎么……"他结结巴巴地说,"怎么!我要死了!……"

这沉痛的声音穿透了克里斯托夫的心,使他永远、永远也忘不了。老人不再说话,只像孩子一样哼哈。然后他又昏迷过去,不过呼吸更困难了;他在呻吟,手在挣扎,仿佛在抗拒死神要他长眠的命令。在半昏迷的状态中,他喊一声:

"妈妈!"

啊!这令人心碎、终生难忘的印象!老人居然会痛苦得迷迷糊糊地喊他的母亲,就像克里斯托夫一样,而他平常从来没有提过母亲啊!到了最后关头,只有这毫无用处的最后一着了!……他似乎安静了一会;似乎有了一点知觉。他沉重的眼睛目光模糊,已经失神,忽然看见了吓得冰冷的孩子,眼睛一下亮了。老人做了最后一次努力,想要微笑,想要说话。路易莎赶快把克里斯托夫拉到床前。约翰·米歇尔动了动嘴唇,要用手摸他的头,但他马上又陷入昏迷之中,从此再没有苏醒过来。就这样了结了他的一生。

孩子们给支使到隔壁房间里去了;大家都忙,谁也管不上他们。克里斯托夫又怕又想看,站在半开半关的门口,偷偷地瞧了一眼,看见那张凄惨的脸倒在枕头上,脖子仿佛给凶狠地掐住了,越掐越紧……脸颊越来越陷下去……生命渐渐沉入一片空虚,仿佛有个唧筒把它吸进去……嘶哑的喘息,机械的呼吸,像水面上一个就要破裂的气泡,这最后几口气是在灵魂脱壳之后,肉体还挣扎着要活下去。……然后,头往旁边一歪,呼吸就停止了。

一直等到几分钟之后,路易莎才在一片哭泣声、祈祷声中,在死亡带来的一片混乱中,发现克里斯托夫脸色惨白,嘴巴咬紧,眼睛睁大,抽搐地抓住门把手不放。她赶快跑过去。在母亲怀里,他的病发作了。母亲把他抱走。他失去了知觉。醒过来时,他发现自己一个人躺在床上,就吓得叫起来,病又一次发作,他昏了过去。当天夜里,第二天一整天,他都发烧。第

　二天夜里,他到底安静了,好好睡了一觉,一直睡到第三天中午。他感觉到房里有人走动,母亲守在床边亲他,他仿佛听到了遥远的、和缓的钟声。但他不想动;好像是在梦里。

　　等他再睁开眼睛时,高弗烈特舅舅坐在他床上,在他脚下边。克里斯托夫精疲力竭了,什么也不记得。等他恢复了记忆,就又哭起来。高弗烈特站起来亲他。

　　"好了,孩子,好了。"他温和地说。

　　"啊! 舅舅,舅舅!"孩子紧紧靠着他,发出呻吟的声音。

"哭吧,"高弗烈特说,"要哭就哭吧!"

他自己也哭了。

克里斯托夫哭了才减轻了一点痛苦,他擦擦眼睛,看着高弗烈特。舅舅知道他有话要问他。

"不要问了,"他把手放在嘴上说,"不要说话。哭对你有好处,说话就不好了。"

孩子硬是要问。

"问也没有用处。"

"只问一句,一句!……"

"问什么?"

克里斯托夫犹豫了一下。

"唉!舅舅,"他问道,"他现在在哪里?"

高弗烈特答道:

"他和主在一起,孩子。"

这不是克里斯托夫要问的。

"不是,你没有听明白。"

(他问的是肉体。)

他接着又用发抖的声音问道:

"他一直在屋子里吗?"

"你爷爷今天上午已经下葬了。"高弗烈特答道,"你没有听见敲钟吗?"

克里斯托夫心里一块石头下了地。他一想到再也见不着亲爱的祖父了,就又伤心地哭了起来。

"可怜的小猫!"高弗烈特同情地瞧着孩子说。

克里斯托夫期待着高弗烈特的安慰;但是舅舅知道安慰没有用,所以试也没试。

"舅舅,"孩子问道,"难道你不怕吗?"

(他多么希望高弗烈特不害怕,并且能把秘诀传授给他啊!)

但高弗烈特变得心事重重了。

"嘘!"他的声音也变了……

"怎能不怕呢?"他停了一会才说,"不过有什么办法?事情都是这样。只好听天由命。"

克里斯托夫愤愤不平地摇摇头。

"只好听天由命,孩子,"高弗烈特又说一遍,"这是天意。天意是不可违抗的。"

"我恨天!"克里斯托夫咬牙切齿地叫了起来,并且对着天捏起了拳头。

高弗烈特吓坏了,赶快要他住口。克里斯托夫也怕了,后悔不该乱说,就跟着高弗烈特祈祷。但是他的心在沸腾;口里虽然说些谦卑顺从的话,内心深处却又是恐惧,又是强烈的反感,他痛恨那可怕的死亡,也恨那一手促成了死亡、犯下了滔天罪行的老天爷。

白天过去了,雨夜过去了,新翻的土地深处埋葬了老约翰·米歇尔的遗骨。他死后,梅希奥大哭过、大喊过,抽噎过。但过不了一个星期,克里斯托夫就听见他开心得大笑了。人家在他面前提到去世的老人,他的脸会一下拉长,并且露出难过的神色;但过不了一会,他又眉飞色舞,指手画脚,谈起话来。他的悲伤不是假的;但怎么可能要他老是哭丧着脸呢?

听天由命的路易莎,对一切都逆来顺受,无可奈何地接受了打击。她在每天祈祷时加了一段祷告;她按时扫墓,照管坟地,仿佛扫墓也是她的家务。

高弗烈特对老人长眠的这一小方土地关怀得令人感动。他一来总要带点纪念品:亲手做的十字架,或是约翰·米歇尔生前喜欢的花。他一次也不缺,上了坟还不让人知道。

路易莎有时带克里斯托夫去上坟。克里斯托夫非常厌恶那块沃土,上面覆盖着阴森森的花环树影,他厌恶那阳光下散发的浓烈气味,掺杂着柏树枝死沉沉的气息。但是他不敢说出来,因为他在内心责备自己,不该胆小怕死,不该对不起墓中人。他很难过。祖父的死经常萦绕心上。其实,他早就知道什么是死,早就想到过死,也早就怕死,但他从来没见过死;只有头一次见到死的人才会发现,自己以前什么也不了解,既不了解死,也不了解生。忽然一下,一切都动摇了;理性一点也不管用。人本来以为自己活着,以为自己有生活的经验;忽然发现以前什么也不知道,什么也没见过,过去的生活笼罩在精神的幻觉中,幻觉掩盖了现实的真面目。痛苦的观念和流血受苦的现实完全是两回事。死亡的观念和肉体的抽搐、灵魂的挣扎与死亡也完全是两回事。人类的语言,人类的智慧,比起死亡令人眼花缭乱的现实来,也不过是一场木头人演出的傀儡戏罢了——这些泥土做成的血肉之躯,可怜巴巴地痴心妄想使生命定型,却不知道生命每个小时都在腐烂。

克里斯托夫日夜都在想生死问题。他忘不了祖父临终的形象;他听得见可怕的喘气声。整个自然界都改变了;大地似乎铺上了一层冰冷的雾。在他周围,随便什么地方,随便他转向哪里,他都感觉得到死亡这只盲目的野兽在他脸上吐出了杀人的气息;他知道他在这股摧毁力的魔掌之下,而且无法逃脱。但是怕死的思想并没有把他压倒,反倒燃起了他心中的怒火,要试试不可能的事;虽然他碰破了头,知道不是胜利者,但他还是不屈不挠,继续和痛苦作斗争。从此以后,他的一生无时无刻不在反抗凶恶的命运,但他从来不肯认输。

这种思想纠缠不休的时候,生活的艰苦来解围了。家庭的经济本来靠约翰·米歇尔支撑,他一去世,崩溃就加快了脚步。克拉夫特家失去了主要的经济支援,贫穷就进入了家庭。

梅希奥更增加了家庭的苦难。他不但不加紧工作,反倒因为摆脱了唯一的约束,更肆无忌惮地放纵自己了。几乎每天夜里,他都要喝得大醉才回家,而赚的钱却从来也不带一点回来。再说,差不多没有人请他教音乐课了。有一次他喝得烂醉如泥,到一个女学生家去上课;出了这种耸人听闻的事,家家户户都对他关上了大门。乐队容忍了他,那只是看在他父亲的分上;但路易莎胆战心惊,唯恐有朝一日,他一出事就会给打发走。其实,他已经得到了警告,因为有几个晚上他赶到乐谱架前,演出已经快要结束了。还有两三次,他压根儿忘了演出的事。只要他的傻劲一来,舌头一痒,他有什么蠢话说不出口,什么蠢事做不出来呢?有一天晚上,正在演歌剧《威武的女神》,他却想拉小提琴协奏曲!好不容易才打消了他的念头。有时,台上出现了滑稽的人物,或是他心里想起了滑稽的事情,他会失声大笑起来。他的左邻右座很开心,对他犯的许多错误都不怪他。但这种姑息还不如严格的批评好;克里斯托夫简直羞愧得要死。

孩子现在已经成了乐队的第一小提琴手。他安排的座位可以看住父亲,必要时可以代替他,在梅希奥要发作时,还可以强制他安静下来。这可不容易做到;最好还是只当他不存在;因为酒鬼一知道有人瞧着他,就会做出怪相,或者发表谬论。因此,克里斯托夫只好转过头去,但又提心吊胆,怕他做出反常的事来;他想埋头拉小提琴,但不免听到梅希奥的胡说八道,和左邻右座的笑声。他急得眼泪都要流出来了。乐师也都是好人,看到他的表情,于心不忍;他们就压低了笑声,避免在克里斯托夫面前议论他的父亲。克里斯托夫感到他们是怜悯他。他也知道,只要他不在场,哄笑会更厉害，而梅希奥已经是全城的笑柄了。他也束手无策；这对他成了一种煎熬。演出结束以后，他领着父亲回家，扶住他的胳膊，听着他唠唠叨叨，尽力掩人耳目，不让人看出他走路不稳。但他能瞒得过谁呢？不管他多么尽心尽力，很少有几次能把父亲带回家来。走到街道的转角，梅希奥就说和朋友有重要的约会，怎么说也不能不去。克里斯托夫还是谨慎为上，不能太费口舌，以免父亲一怒之下，又咒又骂，引得街坊邻居都要打开窗子来看热闹。

家用钱给他花得一干二净。梅希奥把自己挣来的钱喝酒花完了。这还不够，他又把妻子和儿子挣来的辛苦钱也喝得精光。路易莎只是哭；但她不敢抗拒，因为她丈夫毫不客气地说过：家里的东西都不是她带来的，她并没有一文钱嫁妆。克里斯托夫想抵制，梅希奥就给他两个耳光，说他是不听话的坏孩子，并且把钱从他手里抢走。孩子已经有十二三岁，身体结实，对父亲的打骂开始抱怨，但还不敢对抗，只好让他搜刮干净。路易莎和儿子唯一的办法就是把钱藏起来。但梅希奥特别机灵，他们一不在家，他就总能把钱找到。

不久之后，这些钱也不够用，他又变卖他父亲的遗物。克里斯托夫痛心地看到书籍、床铺、家具、音乐家的画像都卖掉了。他什么也不敢说。有一天，梅希奥撞了祖父的旧钢琴，把膝盖撞痛了，就狠狠地咒骂说：家里挤得连动都动不了一下，非把这些破烂货卖掉不可。克里斯托夫一听，急得高声大叫起来。其实，自从祖父的房屋——克里斯托夫在那里度过了童年时代最快活的日子——变卖后，家具都堆到这里来，自然难免拥挤。再说，那架旧钢琴一弹声音就发抖，已经不值几文，而且克里斯托夫早就不用，用的是亲王送的新钢琴了；但无论钢琴多么破旧，如何不便使用，到底还是克里斯托夫最好的朋友：它向孩子揭示过音乐无限美妙的世界；在它磨得光亮的黄色键盘上，孩子发现过音响的王国；而且它是祖父花了三个月才修好给孙子用的乐器；它是一件神圣的纪念品。因此，克里斯托夫抗议说：父亲没有权卖钢琴。梅希奥命令他闭嘴。克里斯托夫却叫得更凶，说钢琴是他的，他不许人碰它。他准备要挨一顿痛打。不料梅希奥只带着恶意的笑容瞪了他一眼，却懒得说话了。

第二天，克里斯托夫忘了这件事。他回家来已经累了，但是脾气还好。他看见两个弟弟的眼神不对，摸不清他们在搞什么鬼。他们装出认真看书的样子，但眼睛却偷偷地瞧着他，留心他的一举一动，只要他看他们一眼，他们就把头埋进书里。他猜想他们又要搞什么名堂，好在他已经习惯了，就决定以不变应万变,等他识破了他们的诡计,再像往常一样打他们一顿。因此他也懒得追问,只和坐在壁炉旁边的父亲谈起话来,父亲平日对他并不关心,现在却关心地问他当天做了什么事。他一边同父亲谈话,一边看出父亲在暗中向两个弟弟丢眼色。他心里感到痛苦,就跑回房间里去……放钢琴的地方空出来了!他难过得大叫一声。他听见两个弟弟在隔壁房里压制不住的大笑。他全身的血都涌到脸上。他一下跳到他们面前,喊道:

"我的钢琴呢?"

梅希奥抬起头来,从容不迫地做出瞠然无知的样子,引得两个弟弟更哈哈大笑。父亲看见克里斯托夫的可怜相,自己也忍受不住,就转过头去扑哧一声笑了。克里斯托夫一见,忘了一切,发疯似的扑到父亲身上。梅希奥仰面躺在沙发上招架不及。孩子掐住了他的喉咙,喊道:

"强盗!"

这真和闪电一般快。但梅希奥使劲一甩,克里斯托夫虽然死命抓住他不放,也给摔到铺地的方砖上去了。孩子的头在壁炉的铁架上碰了一下。克里斯托夫跪着起来,脸上准备挨揍;他上气不接下气;翻来覆去地说:

"强盗!……强盗!你抢我们的钱,妈妈的,我的!……强盗!你盗卖祖父的东西!"

梅希奥站了起来,举起拳头,劈面要打克里斯托夫。孩子毫无惧色,两眼冒出怒火,气得浑身发抖。梅希奥也抖了。但他坐了下去,双手遮住了脸。两个弟弟尖声喊叫,溜之大吉。大吵大闹之后,接着而来的却是一片寂静。梅希奥哼哼哈哈,说些含糊不清的话。克里斯托夫靠着墙,咬紧了牙关,眼睛还盯着父亲。梅希奥忽然开始责骂自己了:

"我是强盗!我抢了家里的钱。孩子都瞧我不起了。我还不如死了好些!"

他刚骂完,克里斯托夫却一动不动,厉声问道:

"钢琴在哪里?"

"卖给华姆塞了。"梅希奥说时不敢看儿子。

克里斯托夫向前走了一步,问道:

"钱呢!"

梅希奥垂头丧气,把钱从衣袋里拿了出来交给儿子。克里斯托夫朝门口走去。梅希奥却把他叫住:

"克里斯托夫!"

克里斯托夫站住了。梅希奥又用颤抖的声音说：
"我的小克里斯托夫！……不要瞧我不起！"
克里斯托夫扑上去抱住他的脖子，哭着说道：
"爸爸，亲爱的爸爸！我不是瞧你不起！我只是太痛苦了！"
父子两人都放声大哭。梅希奥悲叹哀鸣说：
"这也不能怪我。我并不是一个坏人。"
他答应不再喝酒了。克里斯托夫摇摇头，露出了怀疑的神色；梅希奥也承认：手里有钱就抗拒不了酒的引诱。克里斯托夫想了一下说：
"你知道，爸爸，我们该……"
他打住不说了。
"该怎么？"
"我不好意思说……"
"为什么？"梅希奥不明白地问道。
"为了你。"
梅希奥皱皱眉头说：
"那大可不必了。"
克里斯托夫解释说：应该把家用钱，包括梅希奥的薪水，都交给第三者，再由第三者按日或按星期，把家庭需要用的钱交给梅希奥。梅希奥低声下气——也并不是完全没有酒意——居然自动加码，说儿子的建议还不够，他要当场写个呈文给大公爵，请把他的薪水按时交给克里斯托夫代收。克里斯托夫脸红了，不愿让父亲丢面子，就说不行。但梅希奥急着想做出牺牲，一定要写呈文。这种牺牲精神使他自己都受到了感动。但克里斯托夫拒绝带走呈文。路易莎刚回家，知道后说：她宁可乞讨施舍，也不愿丈夫这样丢人。她还说她信任丈夫，并且相信他为了爱家，一定会改过自新。结果大家都感动了，父子夫妻又重归于好，而梅希奥的呈文留在桌上，落到壁橱底下，就丢在那里了。

但是几天之后，路易莎收拾东西，捡到了那张呈文；她很伤心，因为梅希奥的老毛病又复发了，所以她没有把呈文撕掉，反而把它藏了起来。她藏了几个月，好几次痛苦时，她想把呈文上交，但都压住了。有一天，她又看到梅希奥痛打克里斯托夫，并且抢他的钱，她实在忍无可忍；等到只剩下母子二人，孩子还在哭时，她就拿出呈文来，交给儿子说：

"去吧！"

克里斯托夫还犹豫不决；但他明白，如果不想倾家荡产，还想有点进款,就只有这条路可走。他就到亲王府去。他差不多花了一个小时,才走完了这段二十分钟的路。他采取的行动使自己惭愧得抬不起头来。最近几年,他特立独行,养成了高傲的脾气,一想到要公开揭发父亲的坏习惯,就觉得心如刀绞。说来既奇怪,又自然,人总是矛盾的,他明知道父亲的毛病无人不知,却偏要张开眼睛做瞎子,假装视而不见;他宁可挨千刀万剐,也不肯承认事实。而现在呢,他却自觉自愿使家丑外扬了!……总有十几二十次,他打算走回头路;在城里转了两三圈,他到了王府门口又向后转。但这不是他一个人的事。还有他的母亲,他的两个弟弟呢!既然父亲丢下家不管,只有他这个长子来挑担子了。没有什么可犹豫的,不必打肿了脸充胖子;耻辱的苦水只好自己吞下去。他走进了王府。上了楼梯,他几乎还想溜出来。他跪在楼梯步子上。到了楼上头,手都抓住门把手了,他还待了好几分钟,直到有人来了,才不得不走进去。

办公室的人都认识他。他要求见剧院总管哈默·朗巴赫男爵大人。一个胖胖的年轻办事员,头已秃顶,脸色红润,穿着白色背心,打着粉红领结,亲热地和他握手,谈起昨夜的歌剧来。克里斯托夫重复说他的要求。办事员回答说:男爵大人这时正忙,如果克里斯托夫有什么呈文,请交给他,以便和其他要签字的文件一同送进去。克里斯托夫拿出呈文来给他。办事员看了一眼,发出了惊讶的喊声:

"啊!这一下才对头了!"他高兴地说,"这是个好主意!早就该想到这样做!他一辈子没做过更好的事。啊!这个老酒鬼!天晓得他怎么会打这个主意的?"

他一下打住了。克里斯托夫把呈文从他手里抢回去,气得面无血色地喊道:

"我不许你!……我不许你这样侮辱我……"

办事员目瞪口呆了:

"谁,亲爱的克里斯托夫,"他想要分辩说,"谁想侮辱你呢?我说的不过是大家的想法。难道你不这样想吗?"

"不!"克里斯托夫怒冲冲地喊道。

"怎么!你不这样想?你以为他不喝酒?"

"不是这样!"克里斯托夫说。

他顿了顿脚。

办事员耸了耸肩膀:

"这样说来,他为什么要写这张呈文?"

"那是因为……"克里斯托夫说——他自己也不知道怎样下台——"那是因为,既然我每个月都要来领薪水,就可以同时把我父亲的薪水领去。犯不着两个人都来一趟……我父亲还有事呢。"

他的解释是硬编出来的,说得自己都脸红了。办事员瞧着他,觉得他既可笑又可怜。克里斯托夫手里捏着呈文,转身要走。办事员站起来抓住他的胳臂。

"等一等,"他说,"我去安排一下。"

他走进了总管办公室。克里斯托夫在众目睽睽之下等着。他不知道如何是好。他想不等回音就溜之大吉;但他还没有开步,总管的门又打开了。

"总管大人要接见你。"那个过分热心的办事员对他说。

哈默·朗巴赫男爵大人是个小老头,干干净净,留下连鬓胡须,上唇也有小胡子,但下巴却剃光了。他戴着金边眼镜,正在写字,从眼镜上方看了克里斯托夫一眼,克里斯托夫不知所措地行了个礼,他也不点头回答。

"那么,"他等了一下才说,"克拉夫特先生,你是要求……"

"大人,"克里斯托夫赶快答道,"对不起。我又考虑了一下,不想提出要求了。"

老头子并不想问他为什么忽然改了主意。他更留心地看了看克里斯托夫,咳了两声说:

"克拉夫特先生,请把你手里的信给我好吗?"

克里斯托夫看见总管的眼睛盯着他手里的那张信纸,他没有想到已经把纸捏皱了。

"不必了,大人,"他结结巴巴地说,"现在犯不着了。"

"请你给我。"老头子没事人似的又说了一遍,好像没有听到回答一般。

克里斯托夫机械地交出了捏皱的那张信纸;口里像报流水账似的说了些模糊不清的话,同时还伸出手要收回呈文。总管小心地铺平了信纸,看了一遍,瞧着克里斯托夫,让他不知所云地解释了一遍,然后打断了他的话,眼睛里闪烁出调皮的眼光说:

"那好,克拉夫特先生。要求批准了。"

他挥手打发年轻人走,又接着做自己的事。

克里斯托夫垂头丧气地走了出来。

"不要怪我,克里斯托夫!"孩子走过办公室时,那个办事员亲切地对他说。克里斯托夫让他握了握手,不敢抬起头来。

他走出了公爵府,惭愧得全身发抖了。人家对他说的话,又涌上了他的心头;他以为感到了那些同情他、看重他而又可怜他的人话中有刺。他回到家里,只用几句气呼呼的话来回答路易莎的问题,仿佛怨她不该要他去亲王府似的。一想到父亲,他就悔恨交加。他要向父亲认错,请求宽恕。梅希奥不在家。克里斯托夫在床上等他,一直等到半夜。他越想越后悔:他美化了父亲,把他当作一个弱者、一个倒霉透顶、连家里人都对不起的好人。他一听到楼梯上的脚步声,就从床上跳了起来,要跑去接他父亲,扑倒在他怀里。不料梅希奥回来时烂醉如泥,令人作呕,克里斯托夫泄了气,连走到他身边都不敢,就又回到床上躺下,对破灭了的幻想觉得又好气,又好笑。

几天以后,梅希奥知道了这件事,就大发脾气,暴跳如雷;不管克里斯托夫怎样恳求,他还是要去大闹亲王府。不过他回来时却夹着尾巴,闭口不提这件事了。原来他自找没趣,人家毫不客气地叫他换个口气说话——说他还能领到薪水,完全是看在他儿子分上,要是他再胡闹,薪水就会压根儿停发。因此,克里斯托夫总算松了一口气,看见父亲忽然之间改了态度,接受了现状,甚至自吹自擂,是他自己出主意做出"牺牲"的呢!

梅希奥在家里得意洋洋,在外面却眼泪汪汪地诉苦,说老婆孩子剥夺得他身无分文,他一辈子为他们当牛作马,到头来却落个两手空空。他还千方百计,花言巧语,连哄带骗,向克里斯托夫要钱,使儿子觉得好笑,但并没有上当。克里斯托夫管钱管得紧,梅希奥也不敢硬要。他面对着这个十四岁的孩子,目光严峻,明辨是非,感到莫名其妙的心虚胆怯。但他却在暗中搞鬼名堂,报复儿子。他常去小酒店大吃大喝,但不付钱,说是儿子会来还债。克里斯托夫不敢拒绝交付,免得丑事外扬,越闹越大;母子两人为了替梅希奥还债,搞得山穷水尽——最后,梅希奥自从不领薪水起,对拉提琴的工作越来越不在乎;他不出场的次数越来越多,无论克里斯托夫怎样求情,剧院也不得不把他开除出门。这样一来,孩子就得一个人养活全家,父母兄弟。

就是这样,克里斯托夫不过十四岁,却成了一家之主。

他坚决地挑起了这副压垮人的重担。他的自豪感不容许他乞讨别人的施舍。他发誓要自力更生摆脱困难。他从小看到母亲丢脸地求人帮助,感到非常痛苦,每当她得意洋洋地从她的资助人那里带回一点馈赠的时候,儿子总要和她吵上一架。她认为接受馈赠没有什么不好,只要赠款能使她的克里斯托夫少忙碌一点,她能为儿子吃不饱的晚餐加上一道菜,就心满意足了。但克里斯托夫却变得阴沉沉的;他一个晚上都不说一句话;特意为他加的那道菜,他连尝也不尝一口。路易莎难过了;她不识相,硬逼着儿子吃;儿子硬是不吃;她到底忍不住了,说了几句不好听的话,不料儿子也针锋相对,并且把餐巾扔在桌上,走了出去。父亲耸耸肩膀,怪他装腔作势。两个弟弟也说三道四,并且把他盘里的菜吃个精光。

不过总得设法维持生活。乐队的薪水已经不够开支。他只好去上音乐课。他的演技、名声,加上亲王的赏识,使他在上流社会找到不少学生。每天早上九点钟起,他就去教女学生弹钢琴,学生的年纪往往比老师大,调情卖俏都很在行,把老师吓坏了,但弹起琴来却又粗手笨脚,把老师气死了。她们对音乐一窍不通;但是另一方面,她们对别人闹的笑话,却又感觉灵敏;克里斯托夫只要一出差错,她们嬉皮笑脸的目光决不放过。这真叫他受罪。他和她们同坐一条琴凳,屁股只敢挨着凳子边上,满脸通红,神情拘谨,气得要命却又不敢发作,尽力克制自己,唯恐说错了话,甚至害怕听见自己的声音,他装出严肃的样子,一发现学生斜着眼睛看他,就不知如何是好,说话语无伦次,越怕人笑,越是可笑,越怕得罪人,说话反而越得罪人。他一得罪学生,学生一定以牙还牙;这并不难,只要用某种方式瞅他一眼,或者问他一个再简单不过的问题,就会把他的眼睛都气红了;要不然,还可以请他帮个小忙,比方说,有什么东西忘了放在什么家具上,要请他去拿来;这对他而言是最难受的考验,因为那需要他在不怀好意的目光下穿过房间,而在那吹毛求疵的眼睛看来,他的身子不灵,手脚僵硬,一举一动,都显得笨拙无比。

下课之后,他得赶快跑到戏院去参加排练。他往往忙得没有时间吃午餐,只好在衣袋里带上一块面包,一块熟肉,在幕间休息时吃。他有时还得代替乐队指挥托比亚·佩费,因为佩费很欣赏他,要培养他做接班人,时常要他代为指挥乐队。同时,他还得继续接受音乐教育。白天的钢琴课又排得满满的,一直要忙到演出的时刻。晚上演出结束之后,王府往往还要他去。一到王府,他又得演奏一两个钟头。公主冒充内行,说自己热爱音乐,但却分不清乐曲的好坏。她硬要克里斯托夫演奏的节目良莠杂陈,其中有平庸的狂想曲,也有音乐大师的杰作。但她最大的乐趣是临时安排节目,而她指定一些多愁善感的主题,令人啼笑皆非。

克里斯托夫离开王府的时候,多半是半夜了,他精疲力竭,两手发烫,头脑发烧,肚子却是空空的。他满身出汗;而外面不是下雨,就是起了冰冷的雾。他要走过大半个城才能到家;他困得要死,牙齿格格作响,却一边走,一边还得提心吊胆,唯恐路上坑坑洼洼的污泥浊水,弄脏了他那身没有替换的晚礼服。

他好不容易才回到了和两个弟弟合住的卧房;一进房间,本想暂时解脱一下苦难套在自己脖上的枷锁,但一闻到房里污浊的气味,他顿时感到生活没有意思,没有希望,自己给孤独感压得喘不过气来。他甚至连脱衣服都没劲了。幸亏他刚把头放到枕头上,瞌睡立刻把他压倒,使他失去了痛苦的感觉。

在夏天,天一亮他就得起床;而在冬天,他还不能等到天亮。他有自己的事要做:早晨五点到八点,是他可以自由支配的唯一时间。即使这点时间,还有公事要办;因为他既有了宫廷乐师的头衔,又得到大公爵的赏识,每逢节日佳期,他就不得不作一些官方需要的乐曲了。

这样一来,他的生活从一开始就受到了限制。他连做梦都不是自由的。不过限制也有好处,会使梦想更加强烈。如果行动不受限制,心灵就没有理由急于行动。锁住克里斯托夫的顾虑越多,庸俗的任务压得他越重,他的反抗精神越觉得需要独立自主。生活中没有障碍,人反而会放任自流,随遇而安。一天只能自由一两个小时,生命力却会像岩石间的激流一样奔腾汹涌。在不可逾越的范围内集中力量,对艺术而言是很好的训练。这样说来,苦难不但可以锻炼人的思想,还可培养人的风格;它使精神和肉体一样学会了高度集中。如果一个人说话的时间受到限制,他就不会说多余的话,思想也会精练,并且成为习惯。只有一年可活,一年就可能做出两年的事。

这正是克里斯托夫的情况。他在枷锁之下,更充分意识到自由的价值;他不肯浪费宝贵的时光去做无用的事,或说无用的话。他天生的感情洋溢,作曲时全神贯注,思想纯正,随兴所至,不加选择,汪洋恣肆,一泻千里,其失在泛;现在要他在尽可能短的时间内,尽可能多地实现自己的价值,正好弥补了这个缺陷。对于他艺术上的发展和精神上的成长,没有什么影响比这点更大的了——名师的指点也罢,杰作的范例也罢,都起不了这样大的作用。在这形成个性的年代里,他养成了一个习惯,把音乐看成一种能精确表达的语言,每个音都有意义;他恨那些只会发出声音、却没有表达意义的音乐师。

然而,他那时作的曲子离表现自我还远着呢,因为他还远远没有认识自我。他要在一大堆现成的感情中发现自己，其实，那堆感情是教育灌输到儿童心里的，却说成是儿童自己的第二天性了。他对自己真正的生命，只有一点直觉的了解，因为他还没有感觉到青春的激情，而激情会使他的个性摆脱借来的外衣，就像一阵雷雨能够洗净天空中的乌烟瘴气一样。在他心中，朦胧而强烈的预感和不属于自我的回忆交织在一起，难解难分。言不由衷使他恼火。词不达意又使他感到悲哀。他痛苦地对自己产生了怀疑。但他并不甘心糊里糊涂地承认失败；他拼命要写得更好，写出点伟大的东西。但他总不成功。写的时候还有片刻短暂的幻想，写完一看发现没有价值，于是又把写好的曲子撕掉、烧掉。使他羞愧得无地自容的，是他不但不能销毁、还得让人保存他为官方作的曲子，那是他最平庸的作品——为亲王生日而作的协奏曲《王家神鹰》，为亚德拉伊公主结婚而作的《王宫颂歌》——但却花了很多钱印成精装本，简直是要他的愚蠢流传千秋万代——因为他相信千秋万代……于是他惭愧得哭了。

焦躁不安的年代！没有休息，没有间断。劳累得叫人发疯，却没有什么消遣。没有娱乐，没有朋友。怎么会有呢？下午，孩子们玩的时候，小克里斯托夫却皱着眉头，集中精力，坐在乐谱架前；戏院大厅里到处是灰尘，光线也不足，他却满不在乎。晚上，别的孩子睡了，他却还在那里，愁眉苦脸，精疲力竭，倒在椅子上。

兄弟们关系一点也不好。小弟弟恩斯特十二岁，是个不做好事、死不要脸的小捣乱分子，天天和几个小坏蛋混在一起，不但是搞歪门邪道，而且养成了见不得人的坏习惯，老实的克里斯托夫连做梦也想不到，一旦发现他做坏事，只是气得要命。另外一个弟弟罗多夫是特奥多伯伯的宠儿，将来打算学做生意。他表面上规规矩矩，安安静静，但是不怀好意；自以为高人一等，根本不听克里斯托夫的话，但吃起哥哥挣的面包来，却又认为是理所当然的，脸上毫无愧色。他同特奥多和梅希奥站在一边，听到他们的闲言碎语，也跟着说三道四。两个弟弟都不喜欢音乐；罗多夫却要学伯父的样，假装不把音乐放在眼里。克里斯托夫认真要当家长，对他们管教很严，他们嫌他碍手碍脚，想要反抗，但克里斯托夫拳头硬，理直气壮，他们只得俯首帖耳。他们知道克里斯托夫吃软不吃硬，就利用他的弱点，设置一些圈套，而他却没有一次不上当的；他们连哄带骗，张开眼睛说瞎话，钱一到手，又在背后笑他。克里斯托夫的好心得不到好报；他这样需要别人的感情，只要一句好话就可以使过去的积怨烟消云散。他相信别人的真情实意，所以容易原谅别人的错误。有一次两个弟弟假装幡然悔悟，和他热烈拥抱,感动得他流下了眼泪,他们却乘机骗走了亲王送他的金表,蓄谋已久的诡计得逞之后,他们又在背后笑他是冤大头,偏偏这次给他听到了,他的心受到残酷的伤害,信心大大动摇;但他只在心里鄙视他们。然而江山易改,本性难移,他虽然上了当,却并没有学乖。他知道自己的弱点,气得要命,一识破两个弟弟玩的花招,就把他们痛打一顿。但是事情一过,他又忘个一干二净,只要他们再放线钓鱼,他又不可能不上钩。

他哪里想得到还有更伤心的事在等着他呢。从邻居的闲言碎语里,他知道了连他的父亲也在说他的坏话。梅希奥本来以儿子的成就为荣,现在却认为儿子反衬得他难堪,妒忌起儿子来了。他想方设法要贬低儿子。这真是蠢得令人哭笑不得,听的人只好耸耸肩膀,也犯不着生气,因为梅希奥只是穷途潦倒,变得乖戾反常,其实并没有意识到自己在干什么。克里斯托夫不说话,怕说得太难听了;但是憋在心里却更痛苦。

晚餐时一家人聚在一起,真没意思!大家围着一盏灯,趴在斑斑点点、洗不干净的桌布上,牙齿七上八下地咬,嘴巴不三不四地说。克里斯托夫真瞧不起他们,又可怜他们,但却狠不下心来恨他们。他觉得只有妈妈一个人同他还有感情上的联系。但路易莎和他一样,整天累得疲惫不堪,晚上没精打采,什么话也不说,吃了晚餐,坐在椅子上补袜子,就昏昏沉沉入睡了。再说,她是一个好人,对丈夫和对三个孩子的感情都是一样的,不分上下。克里斯托夫非常需要一个知心人,而对母亲却不能推心置腹。

于是他只好自我封闭,整整几天都不说话,憋着一肚子闷气,拼命干单调而疲劳的工作。这样的工作状态对一个孩子是很危险的,尤其是在他成长的重要关头,他的肌体比别的时期更加敏感,容易接受各种破坏性的影响,甚至有终生变形的可能。克里斯托夫的健康因此受到了严重的损害。他从父母那里得到了一副结实的骨架,没有毛病的皮肉。但这精力旺盛的身体如果过度劳心又劳力的话,就等于在身上加了一个刀口,痛苦正好乘虚而入,身体越好,吸收的痛苦就越多。很早的时候,他身上出现过神经紊乱的现象。小小年纪,只要一不顺心,他就会晕倒、抽筋、呕吐。到了七八岁开始去听音乐会的时候,他的睡眠很不安稳,睡梦中有说有笑,又哭又叫;一有牵肠挂肚的事刺激了他的神经,这种病态就会发作。接着就头痛得厉害,有时一直痛到后颈窝,有时钻到太阳穴,有时好像钢盔箍紧了脑袋。他的眼睛也痛起来了,有时眼眶像有针扎,使他头昏眼花,不能看书,不得不休息几分钟。吃的东西量少质劣,吃的时间又不规则,把胃也折磨坏了。他有时肚子痛得好像刀绞,有时又泻得浑身无力。不过使他最痛苦的还是心脏：心跳起来没有规律，好像发疯似的；忽然一下打鼓似的在胸膛里乱蹦乱跳，使人以为它要爆炸；等一下又无声无息，似乎要停止跳动了。夜里，孩子的温度时高时低，高得发烧，令人害怕，然后直线下降，低得好像得了贫血症，冷得发抖。他惊慌不安，喉咙发干，仿佛给什么东西掐住了脖子，透不过气来——当然，他的想象力在火上加油：他不敢把他的感觉告诉家人，但是又在不断分析自己的感觉，注意力这样集中，更增加了他的痛苦，甚至还会带来新的痛苦。他把自己知道的病症一个一个加到自己身上；他以为眼睛要瞎了；走路偶尔头晕，又以为自己要死了——他非常害怕不能走完人生的道路，还没成年就离开了世界，这种恐惧缠住了他，压垮了他，紧紧追着他不放。唉！如果一定要死，至少也不能现在就死，因为他还没有取得胜利呢！……

胜利……就是这点不知不觉地老在他心中燃烧的希望，支持他趟过了生活中辛苦乏味的一潭死水！模糊而强烈地意识到自己将来的作为，现在的作为！现在有什么作为？不过是个病态的、神经质的孩子，在乐队里拉拉提琴，写写平淡无奇的协奏曲而已！——不对，他远远不只是个这样的孩子。这只是他的外表，只是一天的现象，而不是他的本质。他内在深刻的本质和外表的现象、面孔、思想方式并不是一回事。这点他有自知之明。如果照照镜子，他并不认识镜中人。这张通红的宽脸，高耸的浓眉，深陷的小眼，又短又粗的鼻子，大大张开的鼻孔，笨重的下巴，赌气的嘴唇，真是一个俗里俗气的丑面具，和他有什么关系呢？甚至在他的作品中，他也找不到自己的本来面目。他作了自我批判，他知道自己并没有什么作为，也不算是什么人物。然而，他却深信自己会是一个人物，会有所作为。有时，他怪自己过于自信，认为这是自高自大，自欺欺人；于是他压低自己，折磨自己，惩罚自己。但是他的信心毫不动摇，没有什么能够改变他的自信。无论他做什么，想什么，他的任何思想、行为、作品，既没有包括他的本质，也没有表现他的本质；他自己知道，他有种奇怪的预感，觉得真正的他并不是现在的他，而是明天的他……他将来才是个真正的人！……这种信心使他热血沸腾，这线光明使他心醉神迷！啊！只要他今天不半途而废！只要他不失足，落入今天在他脚下设置的圈套！……

就是这样，他在时间的汪洋大海中航行，目不斜视，一动不动地掌着舵，全神贯注地向着目标。乐队里和喋喋不休的乐师在一起也好，在餐桌上和父母兄弟在一起也好，在王府里心不在焉地为木头木脑的王公贵族演奏，使他们消愁解闷也好，他都生活在未来中，这个未来还没有成型，随便什么小东西都可能使它化为泡影——不过这有什么关系！——他还是生活在未来中。

他一个人在顶楼上，坐在旧钢琴前。夜幕正在降落。落日的余晖悄悄地从乐谱上溜走。他睁大了眼睛读谱，一直读到最后一线光明消失。伟大的心灵在无声的纸上吐露着深情，遗音不绝，深深地打动了他的爱心。他的眼里充满了泪水。他似乎感到有一个亲爱的人站在他后面，有轻微的呼吸在抚摩他的脸，有两条手臂要搂抱他的脖颈。他转过身去，心在震颤。他感到、他知道他并不孤独。一颗可爱的、多情的心就在他身边。他惋惜他的肉眼视而不见。他心旷神怡，惋惜的阴影也留下了苦中带甜的滋味。甚至阴影中也渗入了光明。他想到这些亲爱的大师，千古流芳的天才，他们的心还活在音乐里。他自己心里也洋溢着爱。他想到了超凡脱俗的幸福，那是这些光辉天才的赐予，因为他们幸福的余光还在温暖人心。他梦想和他们一样发射出爱的光辉，失落的光线也用神明的微笑安慰了他的苦难。他自己也要成为神明，成为幸福的光源，成为生活中的太阳！……

唉！有朝一日，等到他和他敬爱的大师们并驾齐驱的时候，等到他朝思暮想的光明幸福降临人间的时候，他又要感到一切都是幻觉了……

第二部 奥托

一个星期天,乐队指挥托比亚·佩费请克里斯托夫去乡间别墅吃午餐。别墅离城有一个小时的路,他就坐船从莱茵河上去。在甲板上,他坐在一个同龄人旁边,那个年轻人赶快请他就座。克里斯托夫并没有注意。过了一会儿,他发现旁边的年轻人老盯着他看,他也就瞧了他一眼。只见他金黄的头发,圆鼓鼓的绯红脸颊,头发分在一边,嘴唇上影影绰绰有点比汗毛粗的胡子;看起来还没有脱孩子气,但却努力要装作大人;他的穿着有点过分讲究,一套法兰绒衣服,浅色的手套,薄底的白皮鞋,浅蓝色的领结;还拿着一根小手杖。他斜着眼睛瞧瞧克里斯托夫,却不好意思转过头来,颈子一动不动,像只母鸡;等到克里斯托夫瞧了他一眼,他就连耳根都红了,从衣袋里掏出一张报纸,假装全神贯注在看报。但是几分钟后,克里斯托夫的帽子不小心掉到地上,他又赶快捡了起来。克里斯托夫见他这样彬彬有礼,觉得奇怪,再瞧了他一眼,他的脸又红了。克里斯托夫生硬地道了一声谢,因为他不喜欢过分拘礼的人,他更厌恶人家多管闲事。不过,话又说回来,有人讨好总不能算是坏事。

不久,他就忘了这个讨好的人,只顾得上看风景了。他好久没有到城外来,因此,他如饥似渴地享受着迎面扑来的清风,撞击船头的细浪,一马平川似的水面,不断变化的河岸景色;平坦的灰色河堤,在水面钓着倒影的垂柳,古塔高耸的城镇,烟云缭绕的工厂,金黄色的葡萄园,饱经风霜的悬崖绝壁。他心荡神驰,赞叹不已,他旁边的年轻人却压低了声音,畏畏缩缩地讲起眼前的古堡废墟有些什么掌故,如何整旧如新,古墙上又铺满了常春藤;他仿佛在自言自语。克里斯托夫听得带劲,就问了些问题。他连忙回答,洋洋得意地炫耀自己的学问;每说一句,都称克里斯托夫为宫廷琴师先生。

"怎么,你认得我?"克里斯托夫问道。

"哦!是的!"年轻人真心钦佩的口气,搔着了克里斯托夫心头的痒处。

他们谈起话来。年轻人在音乐会上见到过克里斯托夫,听到过关于他的传闻,想象力更增加了他神奇的色彩。年轻人并没有说出这一点;但克里斯托夫感觉得到,他既意外,又很高兴。他还不习惯人家这样心情激动、用尊敬的口气对他说话。他继续向年轻人询问一路经过的名胜古迹,年轻人也就现买现卖,和盘托出,使克里斯托夫对他的学识也倾心拜倒。不过他们的谈话还没有言归正传,其实,他们彼此都感兴趣的,是了解对方。但他们都不好意思开门见山,单刀直入。他们都拐弯抹角,大兜圈子,问了一些言不由衷的话。最后,他们拿定了主意;克里斯托夫才知道他这位新朋友的尊姓大名是"奥托·狄耶纳先生";他的父亲是城里一个有钱的商人。很自然地,他们谈到了共同认识的人,于是话匣子就慢慢地打开了。他们越谈越来劲,船走了一小时后,克里斯托夫到站了。奥托也在这里下船。这种因缘际遇使他们觉得意外;克里斯托夫说:与其等吃午餐,不如一同散散步。他们很快就穿过了田野。克里斯托夫亲热地挽着奥托的胳臂,对他谈起了自己的打算,仿佛他们生来就相识似的。他从小没有同龄的孩子做伴,一见到这个有学问、有教养的年轻人,对他又这样倾倒,心里感到难以表达的快活。

时间溜过去了,克里斯托夫并不觉得。狄耶纳得到了青年音乐家的信任,心花怒放,也不敢不识抬举,指出午餐的时间已经到了。等到他不得不提醒音乐家时,克里斯托夫已经爬到半山腰的一片树林中,他回答道等先到了山顶再说,一到山顶,他又在草地上伸手伸脚地躺下,仿佛打算在那里待上一整天。一刻钟后,狄耶纳见他似乎没有要走的意思,就吞吞吐吐地问了一句:

"不去吃午餐吗?"

克里斯托夫手枕着头,仰面躺着,漫不经心地答道:

"去它的吧!"

然后他瞧瞧奥托,看见他吃惊的脸色,就笑了起来。

"这里太好了。"他解释说,"我不去吃午餐。让他们等他们的吧!"

他坐了起来:

"你有事要忙吗?没有吧,对不对?你看怎么办好?我看还是一同去吃午餐吧。我知道一家小馆子。"

狄耶纳本来有一肚子的反对意见，并不是因为有人等他，而是因为他不习惯临时改变主意，重下决心；他是一个有条不紊的人，什么事都得先考虑周到，免得临事仓促。但克里斯托夫的问题来得突然，口气之间没有商量的余地，他只好勉为其难，由他说了算。于是两个人又接着谈下去了。

一到小馆子里，两个人的热情都降温了。他们在认真考虑谁请谁的问题；每个人心里都当仁不让，争着要当东道主：狄耶纳因为他更富，克里斯托夫却因为他更穷。他们口里都不明说；但狄耶纳点菜时以主人的口气自居。克里斯托夫明白了他的用心，就和他抬起杠来，争着点更贵的菜；他要表示自己用钱不在乎，并不在任何人之下。狄耶纳也不甘示弱，认为挑选名酒，自己责无旁贷，不料克里斯托夫雷鸣电击般瞪了他一眼，挑了一瓶价钱最高的当地特产。

面对着一顿丰盛的午餐，他们反倒感到惶惶不安。他们再也找不到什么话说，只好细咀慢嚼，动作显得拘束。他们忽然发觉彼此还很陌生，于是留神对方的一举一动。他们拼命地没话找话，话刚开头，就接不下去。前半个小时真是尴尬透顶。还好，酒菜一下肚，立刻就发挥了作用；酒后吐真言，两个新朋友互相瞧着，越瞧越信任对方。尤其是克里斯托夫，从来没有这样大吃大喝过，越吃说话越来劲。他讲起生活的艰难；而奥托也不再拘束，居然承认自己并不快活。他软弱无力，胆小怕事，以前常受同学欺侮。他们笑他，怪他不随大流，对他恶作剧。克里斯托夫捏紧了拳头，说如果他们胆敢在他面前胡作非为，就要给他们一点颜色看。奥托在家里也一样没有知己。克里斯托夫对这种痛苦体会很深；于是他们互相同情，怜惜他们共同的遭遇。狄耶纳的父母要他做商人，好接着做父亲的生意，但他自己却想做个诗人。即使是像席勒一样离乡背井，受苦受难，他也在所不惜，还是要当诗人。（虽说他父亲的全部财产将来都归他所有，而且为数不小。）他涨红了脸，承认他已经写过几首诗，悲叹生活的苦恼，虽然克里斯托夫一再求他念念，他也拿不定主意。然而，最后，他总算心情激动地念了两三首。克里斯托夫说是好极了。他们互相钦佩。克里斯托夫除了名声在外，他的魄力、敢作敢当的气派，都使奥托倾倒。而克里斯托夫也感到奥托彬彬有礼，风度翩翩，与众不同——其实，世上的一切都是相对的——尤其佩服奥托有学问，而他自己在这方面深感欠缺，非常渴望得到充实。

酒醉饭饱之后，头脑变得迟钝，肘腕撑在桌上，他们两个一边说，一边听，眼光也显得软弱无力。下午过得很快。他们不得不走了。奥托作了最后一次努力要抢账单；但克里斯托夫狠狠地瞪了他一眼，吓得他动也不敢动,再也不敢坚持要付账了。克里斯托夫也有一点心虚,唯恐身上带的现钱不够;但他宁可拿出表来抵押,也不肯在奥托面前示弱。幸亏这顿午餐还没有贵到那个地步;只要他拿出一个月的收入来,也就对付过去了。

他们又走下了山。黄昏的阴影开始筛落在松林中;树梢在玫瑰色的霞光中荡漾,高低起伏,呼啸有如松涛;紫色的松针铺满了地面,好像一层吸收了他们脚步声的厚地毯。他们两个都不说话。克里斯托夫想开口,但焦急得有种压抑感。他站住了一会儿,奥托也站住了。周围很静。只有几只苍蝇在一线阳光中飞舞,发出了嗡嗡声。连枯枝落地的响声也听得见。克里斯托夫忽然抓住奥托的手,用颤抖的声音问道:

"你做我的朋友好不好?"

奥托低声答道:

"好。"

他们握握手,心跳得厉害。他们几乎不敢看对方一眼。

过了一会儿,他们又往前走。两个人之间有几步路的间隔,他们不再说话,一直走到树林边上;他们感到害怕,既怕自己,又怕内心神秘的冲动;他们走得很快,不再停住,一直等到走出了树荫。那时,他们才放了心,又挽起手来。他们喜欢这宁静的黄昏,说话也只有片言只语,唯恐破坏了这一片宁静。

上船之后,他们坐在船头,在半明半暗的苍茫暮色中,谈些无关紧要的话;但他们并不听对方讲什么;两个人都沉浸在一片懒散而快活的气氛中。他们不需要谈话,也不用手挽着手,甚至不必看上一眼,他们已经是天涯若比邻了。

上岸之前,他们约好下个星期天再见面。克里斯托夫一直把奥托送到他家门口。在煤气灯光下,他们不好意思地笑了笑,心情激动地低声说了"再见"。分手之后,两人都如释重负,这几个小时过得这样紧张,他们没话找话,生怕冷场,结果都累坏了。

夜里,克里斯托夫一个人回家。他满心欢喜地唱着:"我有个朋友了,我有个朋友了!"他什么也看不见。什么也听不见。他别的什么也不想了。

他困得要命,一上床就睡着了。不过半夜里他醒过两三回,仿佛有什么放不开的心事。他老是说:"我有了个朋友。"一边说,一边又睡着了。

第二天早上,他觉得头一天的事仿佛是大梦一场。为了证明那是事

实,他就来回忆事情经过的细枝末节。他给学生上课时还沉浸在回忆中;下午在乐队排练时,他又这样心不在焉,结果刚出剧院大门,就几乎记不得刚才演奏的是什么乐曲。

回到家里,他看见有封信在等他。他用不着问信是哪里来的,就赶快跑进房里,关起门来读信。信纸是淡蓝色的,书法工整,字体细长,笔触不露棱角,大写都用花体:

亲爱的克里斯托夫先生：

——我能叫你一声敬爱的朋友吗？

我时常想到昨天的聚会，非常感谢你对我的深情厚谊。我十分感激你为我所做的事，所说的话，我们愉快的散步，丰盛的午餐！你为午餐花了那么多钱，使我不好意思。多么美好的一天！我们这样的巧遇难道不是天意吗？在我看来，这简直是命运亲手安排的。我多么高兴下个星期天能和你再见面！你上星期没有出席乐队指挥的午餐会，希望没有给你带来什么麻烦。如果为了我而得罪了人，那真叫我太内疚了！

亲爱的克里斯托夫先生，我永远是你忠实的仆人和朋友。

奥托·狄耶纳

再者，下星期天请你不要到我家里来接我。如果你同意的话，我们最好还是在公园里见面。

克里斯托夫含着眼泪读完了信，把信放到嘴边亲吻；他发出了笑声；在床上翻筋斗。然后，他跑到桌子前，立刻拿起笔来写回信。他连一分钟都等不及。但他还没有写信的习惯；他不知道怎样表达满腔的热情；他的笔尖刮破了信纸，墨水染黑了手指；他急得只是顿脚。他吐出舌头，写坏了五六张草稿，到底写出了一封不合格的信，字迹东倒西歪，错字别字到处都是：

我的灵魂！你怎么能够因为我爱你而说什么感激的话呢？我不是告诉过你：在认识你以前，我是多么孤独寂寞吗？你的友谊对我是最大的财富。昨天，我真幸福，幸福！这是我有生以来第一次。读你的信，我高兴得哭了。是的，不要怀疑，我亲爱的人，是命运使我们接近的；我们命中注定要在一起做些大事。朋友！多美的称呼！怎么，我到底有了个朋友？你不会离开我了，是不是？你会对我忠实？永远！永远！……一同成长，一同工作，那多么美！把在我头脑里跑马的奇思幻想，和你惊人的才智学问合在一起，那多么美！你知道多少事啊！我从来没有见过像你这样聪明的人！有时我会觉得不安，觉得不配做你的朋友。你这样高尚，这样有本事，居然会爱我这样粗俗的人，我真是感激你!……不对!我刚才说了,不要说什么感激的话。友谊不是受惠,也不是施舍。我不会接受施舍的!我们相爱,所以平等。我多么急着要见你!但我不会去你家里,因为你不要我去——不过,说实在的,我不明白你为什么这样小心——既然你更聪明,你当然不会错……

再说一句!以后不要再提钱的事。我恨钱:恨这个字,也恨这种东西。虽然我没有钱,但款待朋友的钱总是有的;为朋友尽其所有,那是一件乐事。难道你不会同样做吗?如果我有需要,难道你不会用全部财产来帮助我吗——自然,这不过是说说而已!我的手脚灵便,头脑敏捷,永远不愁挣不到自己吃的面包。星期天再见吧——天啦!整整一个星期见不到你!啊!我已经有两天没见到你了!没有你我怎能活这么久呢?

打拍子的乐队指挥对我不满意。不过你不必为我,更不必对我担心!别人和我有什么关系?我不在乎他们现在怎么看我,将来怎么看我!我在乎的只有你一个人。像我吧,我的灵魂,像我爱你一样爱我……我说不出多么爱你。我整个都是你的,从指甲到眼睛,都永远是你的。

克里斯托夫

还有几天才到周末,克里斯托夫等得不耐烦。他散步时绕了远道,一直走到奥托住的地方,在周围兜圈子——他并不想见到奥托;只要看到他的家就够使他心情激动,脸上红一阵、白一阵的了。到了星期四,他实在憋不住,又写了一封信,比头一封还更热情洋溢。奥托回了一封情意绵绵的信。

星期天总算等到了,奥托准时来赴约会。但克里斯托夫却几乎提前来了一个小时,正在公园的走道上等得发急。不见人来,他开始胡思乱想。想到奥托可能生病,他就发抖;他片刻也没有想过奥托可能失约。他三番五次低声地说:"天呀!让他快点来吧!"他捡了一根树枝,用来打鹅卵石,心里暗想,如果三次都打不中,奥托就不会来;如果击中目标,奥托就会立刻出现。虽然他集中了注意力,击中目标并不是件难事,他却接连三次失手,但是这不要紧,因为他看见奥托四平八稳地来了。其实,奥托即使心情激动,做事也是规规矩矩的。克里斯托夫赶快跑过去,喉咙发干地说了一声"早上好"。奥托也回了一声"早上好"。然后,他们发现无话可谈,只好说什么天气很好,已经十点过五分或者过六分,如果不是十点过十分的话,因为王府的大钟总是慢几分钟的。

他们到火车站,坐车去附近一个旅游点。在路上,他们没有谈上十句话。他们想用眼睛来代替嘴巴,但无声的语言也胜不过有声的语言。他们想表示两个人是多么好的朋友,但眼睛却什么也表示不出来,他们只是在那里演出一幕喜剧。克里斯托夫发现了这一点,觉得很丢人;他不明白为什么自己表达不出、甚至感觉不到一小时前的心情。奥托不太理解这种糟糕的状态,因为他不像克里斯托夫那样真诚,他关心自己超过了关心别人;但他也同样感到失望。事实是两个年轻人一星期没见面,把感情的调子定得太高,而在现实生活中却不可能维持这种感情,因此两个人再次见面,头一个印象都是失望。他们的感情应该降温,但两个人都很难同意。

他们整天在乡下游游荡荡,但总觉得压抑拘束,怎样也甩不开。这一天过节,客店里,树林里,到处都是游人——小市民一家一家,吃吃喝喝,吵吵闹闹。这使他们心情更坏;他们不可能玩得像上次那么开心,于是就把责任推到这些不识趣的人身上。然而他们还得谈话,费了好大劲也找不到话题;他们唯恐无话可说。于是奥托卖弄书本知识;克里斯托夫竟谈起音乐作品和演奏小提琴的技巧来。他们互相把话硬灌进对方的耳朵。其实各人只听自己讲的。他们一直讲个不停,唯恐一停就会冷场,而一想到冷场的深渊,他们又会全身发抖,心里冰凉。奥托真想要哭了;而克里斯托夫却又羞又恼,几乎要让奥托立地生根,自己溜之大吉。

坐车回去前的一个小时,他们之间的关系才热乎起来。树林深处有一只狗在叫,好像在追猎物。克里斯托夫提出躲到路边去,好看狗追的是什么。他们在矮树丛中乱跑。狗跑远了,又跑近了。他们也跟在狗的前后左右,跑来跑去。狗叫得更厉害了,急着要吃猎物,把喉咙都叫哑了,冲着他们跑来。克里斯托夫和奥托伏在车道沟的枯树叶上,连大气也不敢出。狗忽然不叫了,它失去了猎物的踪迹,只听见它在远处漫无目标地叫了一声,树林里就静了下来,再也听不到什么声音,只有成千上万的生命、昆虫、蛆虫无休止地蛀着树木、破坏树林,发出了神秘的声响——那是死神匀称的呼吸,永不消失的气息。两个年轻人听着,一动不动。他们灰心失望,正要站起来说:"完了,不会来了。"——忽然,一只小野兔从矮树丛中冲出,一直向着他们跑来;他们两个同时看到兔子,都发出了快乐的叫声。野兔立刻向上一蹦,跳到旁边去了;他们看见它一个倒栽葱钻进矮树丛中;树叶的颤抖像水面的波纹一样,很快就消失了。虽然他们后悔不该喊叫,但这次巧遇已经使他们非常高兴。他们想起野兔吓得跳的样子,就笑得直不起腰来。克里斯托夫还学野兔跳,跳得怪模怪样,奥托也跟着跳。两个人你追我赶。奥托做兔子,克里斯托夫做猎狗,他们跑过树林、草场,钻过篱笆,跳过土沟。一个乡下人高声大喊,叫他们不要冲进麦田,他们还是跑个不停。克里斯托夫用哑嗓子学狗叫,学得可以乱真,笑得奥托露出了眼泪。最后,他们顺着坡子滚了下来,发疯似的乱叫。等到他们叫得说不出话,就又坐在地上,你瞧着我,我瞧着你,眼睛还在笑呢。现在,他们才真快活,才真满足了。因为他们不必再装大人,扮演朋友,而是老老实实地恢复了本来面目:两个孩子。

他们回去时又手挽着手,唱着没有意思的歌子。然而,进城之前,他们认为应该再次扮演朋友的角色;在林中的最后一棵树上,交叉地刻下了他们姓名的缩写。还好他们愉快的心情占了上风,没有流出难分难舍的意思;在归途中,在火车上,每次他们眼睛碰上眼睛,就放声大笑。分手时,他们认为这一天过得"非常痛快";分手之后,他们还认为这话没有说错。

他们又接着做耐心细致的营建工作,做得比蜜蜂还更巧妙,因为他们能把零零碎碎、平平常常的回忆,为他们自己和他们的友谊,构筑出美妙的形象。他们整个星期都在互相美化,等到星期天一见面,虽然现实和理想距离遥远,他们却已经养成了视而不见的习惯。

他们交了朋友,觉得骄傲。他们性格相反,却更愿意接近。克里斯托夫没见过像奥托这样漂亮的人。他的一双巧手,一头秀发,娇嫩的皮肤,含蓄的语言,彬彬有礼的风度,无懈可击的衣着,看得克里斯托夫满心欢喜。奥托看到克里斯托夫旺盛的精力和独立的性格,也钦佩得五体投地。世代相传的习俗使奥托尊敬权威,就像尊敬神明一样,现在结识了一个生来天不怕、地不怕,藐视一切清规戒律的伙伴,使他又是高兴,又是害怕。听到克里斯托夫攻击城里的名人,甚至胆大妄为,模仿大公爵的动作,使他又惊又喜,痛快得颤抖。克里斯托夫看到自己对朋友的魅力,他就变本加厉,张牙舞爪,像个老革命党人一样,把社会的习俗、国家的法律,说得一无是处。奥托听得反感,又要吃鱼又怕腥,勉强随声附和两句,但还小心在意,先要东张西望,唯恐被人听见。

克里斯托夫同奥托散步的时候,只要看见栅栏上挂着"禁止入内"的牌子,就手脚痒得难忍,不是跳了过去,就是摘下墙头的果子。奥托提心吊胆,生怕给人当场逮住;但事后心里又有一种乐滋滋的味道;晚上回到家里,还自以为是个英雄。他对克里斯托夫是三分害怕,七分佩服。他服从的天性在友谊中得到了满足,只要按照朋友的意志去做就行了。克里斯托夫从来不要他费神去作决定,他一个人决定两个人的事,安排日程,甚至已经做出一生的规划了。他为奥托的前途打算,就像为自己打算一样,不容有置辩的余地。奥托听到克里斯托夫将来要用他的财产,建筑一个自己设计的戏院,虽然有点反感,但并没有反对。他不敢提出不同的意见,因为他的朋友不容分说的口气使他胆怯,朋友相信的事他也就相信,而朋友说:奥斯卡·狄耶纳大老板挣来的钱,用在这上面是再好也没有的了。克里斯托夫没有想到:他这是在强加于人。他生来有点霸道,想象不出他所需要的,他的朋友会不需要。如果奥托表示了不同的要求,他会毫不犹豫为朋友牺牲自己的个人爱好。他甚至还会做出更大的牺牲。他恨不得为朋友冒生命的危险。他热切地希望有机会让他的友谊受到考验。他希望在散步时遇到危险,他就冲上前去。他甘心情愿为奥托而死。在机会出现之前,他对朋友关怀备至,路不好走,就搀着他的手,好像他是个小姑娘,怕他累了,怕他热了,怕他冷了;他们坐在树荫下,他就脱下上衣披在奥托肩上;走路热了,他又替奥托拿大衣;他真恨不得连人和大衣都抱起来。他像个情人似的盯着他看。老实说。他简直是个情人了。

　　他不知道,还不懂什么是爱情。但他们在一起时,有时会莫名其妙地觉得不好意思——就像他们交朋友的头一天在松树林中那样——血涌上来,脸上泛起一片红云。他害怕了。仿佛是出自天性,两个孩子偷偷地在互相逃避,走路时一个在前,另一个就故意落后,假装在矮树丛中寻找果子;其实,他们自己也搞不清什么使他们心慌意乱。

　　尤其在写信的时候,他们的感情更热烈。他们不管事实是否相符,放心大胆让幻想自由驰骋,毫无拘束。现在,他们每星期通信两三次,每封信都热情洋溢。他们几乎不谈实际发生的事。他们用只可意会、不可言传的口气,谈到一些大问题,一下兴高采烈,忽然一下又悲观失望。他们互相称呼"宝贝,希望,亲爱的,第二个自己"。他们随便滥用"灵魂"这个字眼。他们给自己的命运涂上悲剧的色彩,又因为自己的苦难打扰了朋友的生活而问心有愧。

　　"我要怪你了,亲爱的,"克里斯托夫写道,"我给你造成了痛苦。我不能让你痛苦,你不该,我也不愿。(他在最后七个字下面划了一道线,把信纸都划破了。)如果你痛苦,我怎能活下去? 我只有在你身上才能找到幸福。啊! 幸福吧! 一切痛苦,我都乐于承担! 想我吧! 爱我吧! 我需要爱。你的爱能给我温暖,能给我生命。你知道我多么冷!我的心里是冬天,在刮大风,我要拥抱你的灵魂。"

"我们的思想吻合。"奥托在回信中说。

"我要用双手抱住你的头,"克里斯托夫在回信中写道,"过去也好,将来也好,我的嘴唇做不到的,我要用生命来做。我要像爱你一样拥抱你。你看我爱得多么深!"

奥托假装怀疑:

"你的爱比得上我的爱吗?"。

"啊!天呀!"克里斯托夫叫了起来,"岂止比得上,而是要多十倍,百倍,千倍!怎么!难道你感觉不到?你要我做什么才能打动你的心呢?"

"我们的友情多么美啊!"奥托叹了一口气说,"从古到今,有过这样的友情吗?又甜蜜,又新鲜,像一个梦。但愿梦不要醒!假如你不爱我,那怎么得了?"

"你怎么说蠢话了,亲爱的?"克里斯托夫答道,"对不起,你这样胆小怕事,使我恼火了。你怎么能说我会不爱你呢?生活对我说来,就是爱你。死也不能改变我的爱。就连你自己也没有办法。即使你欺骗我,撕碎了我的心,我到死还要祝福你,因为你给我带来了爱。因此,永远不要再自寻烦恼,担惊受怕,使我也伤心了!"

但是一个早期以后,他却写道:

"我有三个整天没有听到你的嘴说出一句话来。我哆嗦了。难道你忘了我吗?一想到这一点,我的血都冰凉了……是的!没有问题……那一天,我已经注意到你对我的冷淡。你不再爱我了!你想要离开我!……听我说!如果你忘了我,如果你骗了我,我会像打狗一样把你打死!"

"你说话太气人,我的知心,"奥托回信说,"你逼得我流了眼泪。但我是罪有应得吗?不过你爱怎么想就怎么想吧。你对我有这种权利,即使你把我的灵魂打得粉碎,总会有一块碎片还是爱你的!"

"老天爷!"克里斯托夫叫了起来,"我叫我的朋友哭了!……骂我吧!打我吧!用脚踩我吧!我是个坏蛋!我不配你爱!"

他们信上的地址有特别的写法,信封上的邮票有特别的贴法,邮票上下颠倒,斜贴在信封的右下角,表示他们的信与众不同。这些幼稚的想法对他们来说,真像爱情一样妙不可言。

一天,教完课回来,克里斯托夫看见奥托和一个同龄人在附近街上,有说有笑,非常亲热。克里斯托夫的脸都白了,眼睛盯着他们,一直等到他们转了弯才罢。他们没有看见他。回到家里,他简直觉得乌云满天,日月无光,天昏地暗了。

他们下星期天再见面的时候,起先,克里斯托夫什么也不提。等到走了半个小时之后,他忽然用哽住了的声音说:

"上星期三,我在十字街口见你来着。"

奥托"啊"了一声。

他脸红了。

克里斯托夫接着说:

"你不是一个人。"

"不是,"奥托答道,"我有个伴。"

克里斯托夫咽下口水,装出并不在乎的口气说道:

"那是谁呀?"

"我的表哥法朗兹。"

克里斯托夫也"啊"了一声。

过了一会儿,他又说:

"你以前没提过。"

"他住在莱因巴赫呢。"

"你们常见面吗?"

"他有时到这里来。"

"你呢?你也去他那儿吗?"

"有时去。"

克里斯托夫又"啊"了一声。

奥托随便换了一个话题,说有一只鸟在啄树。他们就谈起别的来。十分钟后,克里斯托夫忽然又旧话重提:

"你们合得来吗?"

"同谁呀?"奥托问道。

(其实他心里明白。)

"同你的表哥呗?"

"合得来。问这干吗?"

"没什么。"

奥托并不大喜欢他的表哥,因为表哥老拿他开心。但是一种莫名其妙地要损害别人的本能,使他过了一会儿又加上一句:

"他人很好。"

"你说谁呀?"克里斯托夫问道。

(他分明知道是谁。)

"法朗兹。"

奥托等克里斯托夫发表意见;但他好像没有听,只管攀折一根榛树枝。奥托又说:

"他很有趣,总有故事讲给你听。"

克里斯托夫满不在乎地吹吹口哨。

奥托变本加厉地说:

"他很聪明……与众不同!……"

克里斯托夫耸耸肩膀,似乎要说:

"这个人跟我有什么关系呢?"

奥托心里痒痒的,还要说下去,不料克里斯托夫生硬地打断了他的话头,指着一个目标说:一起跑过去吧。

整个下午,他们不再谈这件事,说起话来也不大对劲,一反常态地装得过分客气。克里斯托夫尤其反常,话到了喉咙管里也不说。最后,他到底憋不住又转过身来,朝着他后面几步远的奥托走去,迫不及待地抓住他的双手,话就脱口而出了:

"听我说,奥托!我不喜欢你同法朗兹亲热,因为……因为你是我的朋友;我不喜欢你对他比对我好!我不愿意!你明明知道,你对我要全心全意。你不能够……你不应该……要是没有了你,我就只好死了。我也不知道会做出什么事来。也许会自杀。也许会杀死你。不,对不起!……"

他泪如泉涌了。

奥托看见他这样真心实意的痛苦,痛苦到了发出威胁的程度,觉得又是感动,又是害怕,赶快赌咒发誓,说他现在也好,将来也好,对任何人的感情,都不如对克里斯托夫,法朗兹更不在话下,只要克里斯托夫不愿意,他以后就不跟表哥见面。克里斯托夫听了这些甜言蜜语,好像喝了玉液琼浆,觉得心花怒放。他笑得厉害,气也喘得厉害。他对奥托说的感激之词,就像打开了闸门的洪水。他后悔刚才不该无事生非,但现在总算是如释重负。他们两个面对面地站着,手拉着手,一动不动;他们非常高兴,也有点难为情。他们回来时,开头一言不发,后来一打开了话匣子,就有说有笑,一如当初,甚至觉得比以前更亲密无间了。

不过他们之间闹的别扭,这并不是最后一次。奥托一旦发现克里斯托夫吃这一手,不免心中老是跃跃欲试;他又知道了对方怕痛的地方,更是心头痒痒的,总巴不得用手指头去碰碰。其实,他并不是想寻开心,惹克里斯托夫生气;恰恰相反,对方火气一发,他是挺害怕的。但是折磨克里斯托夫能证明他有本事。他并不是存心不良,只是像女人一样要支配男人。

因此,他说话不算数,照旧和法朗兹或别的伙伴手挽着手,吵吵闹闹,装模作样地大笑。克里斯托夫一提意见,他还是嬉皮笑脸,不当作一回事,一直气得克里斯托夫变了眼色,嘴唇哆嗦,他才感到不安,赶快改了口气,说下次不敢了。但到了第二天,他还是依然故我。克里斯托夫气得暴跳如雷,写信骂他,叫他做"坏蛋!"说:"我再也不想听你的事了!只当我不认得你这个人。见鬼去吧,你和你这班狗东西!"

但只要奥托眼泪汪汪地说一句话,或者送上一朵鲜花——他有一次就是这样干的——表示永恒的忠诚,克里斯托夫就悔恨交加地写道:

"我的宝贝!我是个傻瓜。忘了我说过的傻话吧。你是个最好的人。你一个小指头就抵得上一个糊涂的克里斯托夫。你多聪明,多细致,多么有感情。我流着眼泪吻你的花。花就在我心上。我要把它扎进皮肤。我要它刺得我流血,好使我感到你是多么宽宏大量,而我却是糊涂透顶!……"

然而,他们彼此都开始感到不耐烦了。说什么不打不成相识,小吵小闹反而会增加感情,其实是靠不住的。克里斯托夫怪奥托不该让他做不公平的事。他设法说服自己,责备自己太强横霸道。他生来忠诚,又容易冲动,头一回尝试到感情的滋味,全心全意地把友情给了对方,要求对方也全心全意地把感情给他。他不容许别人来分享他们的友情。为了朋友,他准备做出任何牺牲,因此,他认为朋友也该为他牺牲一切,这不但是合情合理,而且是义不容辞。但他开始感到,世界并不是按照他的模式塑造的,并不像他的性格那样没有通融的余地,他是在要求不可能做到的事。于是他开始克制自己。他严格地责备自己,怪自己不该自私自利,说自己没有权利垄断朋友的感情。他真心实意地努力让朋友完全自由,任何代价在所不惜。带着悔罪的心情,他甚至硬叫奥托不要冷落了法朗兹;他假装高兴看见奥托和别人玩得痛快。这并瞒不过奥托,等他不怀好意地照办时,克里斯托夫脸都气白了,忽然一下又发起脾气来。

在迫不得已的时候,他可以原谅奥托对别人比对他好,但他吃不消的是奥托撒谎。奥托并不是存心做假,也不是口是心非;但是要他不折不扣地说真话,就像要口吃的人正确发音一样困难;他说的话既不全真,也不全假;不是胆小,就是摸不准自己的感情,他说起话来从不干脆利落,他的回答都是模模糊糊的;不管谈到什么,他似乎都在故弄玄虚,不知道葫芦里卖什么药,气得克里斯托夫大发脾气。如果给人抓住了把柄,他不但不承认错误,反而坚决否认,并且找些荒谬的借口,来搪塞一阵。一天,克里斯托夫气坏了,打了他一个耳光。他以为这一下结束了他们的交情,奥托决不会原谅他。哪里晓得奥托只赌了几个小时的气,就又来找他了,仿佛什么事也没有发生过似的。他一点也不怪克里斯托夫太粗暴,甚至还觉得有点过瘾。他反倒怪克里斯托夫太容易上当受骗,有时他只是信口开河,克里斯托夫却目瞪口呆,信以为真;因此他有点瞧不起他,自认高他一头。而克里斯托夫却恨奥托打不还手,骂不还口。

他们不再用早期的眼光看待对方了。双方的缺点都暴露在光天化日之下。奥托发现克里斯托夫独特的个性不那么可爱,散步的时候,他不是个讨人喜欢的同伴,总有一点碍事。他一点也不懂人情世故。他穿衣服太随便,往往脱了上衣,解开背心,不扣衣领,卷起衬衫袖子,用手杖顶着帽子,开心得大口出气。他走路时两条胳臂摇来晃去,吹着口哨,唱歌只是拼命叫喊;他脸色通红,满头大汗,一身尘土,看起来像一个赶集回家的乡巴佬。有贵族派头的奥托和他在一起时,要是给人碰到,简直会惭愧得无地自容。如果在路上看见一辆马车,他就赶快落后几步,装出一个人走路的样子。

在乡下客店里,在回来的车上,克里斯托夫一说起话来,就叫人受不了。他声音太闹,脑子里想什么,嘴里就说什么,对奥托亲热得过分,令人反感;他满不在乎地随便议论知名人士,甚至对坐得不远的人也一样评头论足;他不厌其烦地大谈自己的私生活和家庭琐事。奥托的眼珠滴溜溜地转来转去,露出了惊慌不安的神色,但没有用;克里斯托夫仿佛视而不见,依然故我,似乎车上只有他一个人。奥托发现了同车旅客脸上的暗笑,真恨不得挖个地洞钻下去。他觉得克里斯托夫太粗野了;他莫名其妙,当初怎么会交上一个这样的朋友。

更严重的是,克里斯托夫照旧放肆大胆,什么也不放在眼里,篱笆、栅栏、围墙,越是禁止入内,越是违者严惩,他越要明知故犯——他认为这些告示保护了神圣的私人财产,却限制了他个人的自由。奥托时时刻刻提心吊胆,说也没用,克里斯托夫为了充好汉,反而闹得更来劲了。

一天,克里斯托夫在前,奥托在后,满不在乎,也许正是因为墙头上插了玻璃碎片,他们才偏要翻过围墙,大摇大摆地走进一片私人的树林。不料迎面碰到一个守林人,把他们臭骂了一顿,扣留了好一会儿,威吓要把他们送去法办,后来用最丢脸的方式把他们赶了出去。奥托经不起这番考验,他觉得已经在坐牢了,哭丧着脸,假装糊涂,硬说自己走错了路,只是跟着克里斯托夫走,并不知道到什么地方去。他一脱身,不但是不高兴,反而说了些刺耳的话,责怪他的同伴不该连累他受罪。克里斯托夫狠狠地瞪了他一眼,叫他做"胆小鬼!"他们两个你一言,我一语,越闹越厉害。奥托早就要和克里斯托夫分道扬镳了,可惜不认得回家的路,只好跟着他走,但又都装出不是同路人的样子。

暴风雨要来了。他们两个因为生气,都没有注意天气的变化。晒热了的田野里响起了草虫的嘶叫声。忽然一下,叫声又都静了下来。他们却是过了好一会儿,才发现草虫不再叫了,因为他们的耳朵还在嗡嗡响。抬头一看,天空一片昏暗,乌云密布,从四面八方铺天盖地而来,好像万马奔腾一般。仿佛天上有个不露形迹的无底深渊,千军万马都要落入陷阱。奥托吓得要命,又不敢对克里斯托夫说;他的同伴却暗自得意,装出若无其事的神气。不过他们两个口里虽然不说话,人却越来越接近了。田野里只有他们两个人。一丝风也没有。难得有股热气,偶尔吹得小树叶摇动。忽然起了一阵旋风,刮起了尘土,吹弯了树枝,使枝丫拼命地互相抽打。然后又是一片寂静,静得更加阴森可怕。奥托声音颤抖,先开了口:

"雷雨来了。快回去吧。"

克里斯托夫说:

"回去也好。"

但是来不及了。一道耀眼的电光仿佛拔地而起,撕裂了天空,云层发出轰隆隆的吼声。片刻之间,他们受到了风暴的重重包围,闪电使他们胆战心惊,雷声震得他们耳聋,两个人从头到脚都淋湿了。他们在没遮拦的旷野里,离最近的人家也要走半个小时。在瓢泼大雨中,光明似乎已经死去,只有雷电交加发出的片片红光。他们想跑,但是淋湿了的衣服粘在身上,连走也走不动,鞋子啪哒直响,全身像在过河。他们连呼吸都困难。奥托的牙齿在打哆嗦,他气得要命,说些伤人的话,认为走路太危险,要在途中坐下来,要躺倒在犁过的田沟里。克里斯托夫不搭腔,继续走他的路。风吹雨打,电光闪闪,使他成了瞎子,雷声隆隆,又使他成了聋子。他心里也感到有点不安,只是口里硬是不说。

暴风雨来得快,去得也快。忽然一下,风雨都停了。不过他们两个可露出了一副倒霉相。说实话,克里斯托夫平常就不修边幅,再加几分凌乱,也改变不了多少外貌。而奥托平时却小心在意，讲究打扮，这一下可难看了，仿佛穿着衣服掉进了澡盆里。克里斯托夫转过头来，一见他这副模样，不免哈哈大笑。奥托浑身发软，精疲力竭，连生气都没有力了。克里斯托夫看他可怜，就对他说说笑笑。奥托却气得直瞪眼。克里斯托夫把他带到一个农家。两个人烤火，烘干衣服，一面喝着热酒。克里斯托夫觉得淋雨很有趣。这可不合奥托的口味，在归途中，他闷闷不乐，一句话也不说。两个人赌着气回家，分别时连手都不握。

　　出事之后，他们有一个星期没见面，心里互相埋怨，两个都严于责备对方。但是过了一个星期天没有一同散步，他们都受到了惩罚，觉得无聊透顶，于是心里的怨气慢慢消散了。照老规矩，总是克里斯托夫先让步，说要见面。奥托一答应，两个人就讲了和。

　　他们虽然合不来，但又谁也少不了谁。他们都有不少缺点，两个人都自私。不过自私得很自然，不像成年人那样算计别人，那样令人反感；他们自私是不自觉的，还有几分可爱，并不妨碍他们喜欢别人。他们需要感情，甚至需要牺牲！小奥托编些浪漫的故事，把自己编成忠实的英雄，虚构一些动人的情节，自己既强壮，又勇敢，还大胆，保护着自己崇拜的克里斯托夫，编着编着，在枕头上哭起来了。而克里斯托夫只要一看到或听见美丽或新奇的东西，就会想道："要是奥托在就好了！"他把朋友的形象和他自己的生活混在一起；朋友的形象就改变了，变得无比温柔，虽然和他所知道的真相不同，但他却依然陶醉在幻想中。奥托说过的一些话，他事过很久之后才回想起来，经过美化加工，居然使他心情激动得颤抖。他们两个互相模仿。奥托模仿克里斯托夫的姿态、手势、书法。克里斯托夫看见奥托像影子一般重复他说过的话，引用他的思想，觉得非常恼火。但他不知道自己也在模仿奥托，学他的穿着，走路的姿势，某些字的发音。他们好像入了迷。两个人你中有我，我中有你，心里充满了温情。温情像泉水般涌了出来。每个人都以为对方是源头的活水。他们不知道这是青春的萌芽。

　　克里斯托夫想不到别人会有坏心眼，所以草稿纸随便乱放。然而，天生的难为情使他把写给奥托的信稿和得到的回信塞在一起。但他并没有把信锁起来，而是夹在一本乐谱中间，以为那是一个安全的地方，没有人会去乱翻的。他却没有想到两个调皮捣蛋的弟弟。

　　近来，他发现他们都是瞧着他偷偷地笑，悄悄地说话，咬着耳朵背诵一些句子，高兴得前俯后仰。克里斯托夫听不清他们说些什么；再说，他总是以不变应万变,不管他们谈什么,做什么,他只是装作不放在心上。但有几句话引起了他的注意,这些话他似曾相识。不久之后,他就断定两个弟弟偷看了他的信。他听他们半真半假地互相称呼"我亲爱的灵魂"。他质问他们从哪里学来的,却毫无所获。两个调皮鬼装出不懂的神气,说他们有权爱怎么称呼,就怎么称呼。克里斯托夫查看了一下,见信都在老地方,也就不再追问了。

过了几天,他当场抓住了恩斯特,这个小坏蛋打开了路易莎的五斗橱,正在抽屉里偷钱。克里斯托夫把他大骂了一通,乘机把心里的话都吐了出来;他一点也不客气地历数恩斯特做过的坏事,不数倒也罢了,一数吓人一跳。不料恩斯特并不把他的责备当作一回事,反倒大咧咧地说不用克里斯托夫管,并且含沙射影地讥讽他哥哥和奥托的关系。克里斯托夫起先没听懂;等到他明白了他们把奥托也牵扯进来了,就要恩斯特把话说清楚。弟弟只管冷笑,他看到克里斯托夫脸都气白了,又吓得不敢开口。克里斯托夫知道这样逼不出什么来,就耸耸肩膀坐下,露出瞧不起恩斯特的神气。恩斯特恼火了,又胆大脸厚地来伤害哥哥,说了一大堆越来越难听的话。克里斯托夫手脚都发了痒,拼命忍住不发作。等他到底搞清楚了恩斯特的意思,连眼睛都气红了,再也坐不住,立刻跳了起来。恩斯特还来不及喊叫,克里斯托夫已经扑到他身上,压得他滚到房间当中,把他的头在砖地上乱撞。听见恩斯特叫救命的喊声,路易莎、梅希奥、全家人都跑来了。大家把恩斯特救出来,已经给打成了一团糟。克里斯托夫还不肯放手,不得不打他一顿才能罢休。大家骂他是野兽。他看起来也真像:眼睛鼓起,咬牙切齿,一心只想再扑到恩斯特身上;人家问他为什么,他就火冒三丈,只是喊着要他的命。问到恩斯特,他也死不肯说。

克里斯托夫吃不下,睡不着。他在床上大哭,全身哆嗦。这不只是为了奥托而感到痛苦。他心里起了翻天覆地的变化。恩斯特哪里想得到他对哥哥带来了多大的伤害。克里斯托夫在内心深处是一个毫不妥协的教徒,容忍不了生活的黑暗面,现在,却点点滴滴地发现了生活中的污泥浊水,所以觉得可怕。他只有十五岁,生活过得自由,天性生来坚强,所以一直是天真无邪的。他天生的纯洁,加上不断的工作,使他能免受外界的污染。他弟弟的下流话却在他面前揭示了一个无底的深渊。他从来没有想到过这些见不得人的下流事,但是现在这种下流念头一侵入他的内心,纯洁的感情产生的乐趣就荡然无存。他既不能爱别人,也不能接受别人的爱。不但是他对奥托的友情,甚至一切友谊都毒化了。

更糟糕的是,他听到一些冷言冷语,其实也许不是说他,他却以为自己成了众矢之的,以为全城居心不良的冷嘲热讽都是为他而发。尤其火上加油的是,几天之后,梅希奥也对他谈起了他和奥托散步的事。其实,梅希奥也许是言者无心,但克里斯托夫却是听者有意,从每句话里他都听出了猜疑,几乎以为自己成了罪人。同时,奥托也在经受相同的考验。

他们还偷偷见了几次面。但是再也不可能像从前会面时那样无拘无束了。他们坦率的关系发生了质变。这两个孩子羞羞答答地相亲相爱,从来不敢像兄弟一般亲热地吻抱,他们想象得出的最大幸福,不过是见面时分享他们朦胧的幻想,现在,他们却感到心术不正的猜疑污染了他们的心灵。他们甚至会在天真无邪的举动中看出存心不良来:哪怕只是看上一眼,或是握一下手,他们也会脸红,以为心中起了不正当的念头。他们的关系变得无法忍受了。

他们心照不宣,越来越少见面。他们先还写信,但是字斟句酌。信也写得冷淡,没有意思。两个人都没劲了。克里斯托夫借口工作忙,奥托也说有事,就中断了通信。不久之后,奥托进了大学;为他们的岁月增光添彩的友情,就完全黯淡无光了。

其实,友情不过是爱情的前奏曲,新的爱情占据了克里斯托夫的心灵,其他的光辉总是要黯然失色的。

第三部 蜜娜

四五个月以前,斯特芬·冯·克里赫参议员的孀妇,约瑟华·冯·克里赫夫人离开了柏林,告别了她丈夫生前任职的地方,带着她的女儿,回到了莱茵河畔的小城,这是她的故乡。她在这里有世代相传的老屋,有公园一般大的花园,花园从山坡上一直伸展到河边,离克里斯托夫家不远。克里斯托夫从顶楼上可以看到阴森森的树枝铺天盖地、伸过墙头,长了苔藓的红色屋顶耸立在万绿丛中。花园右边的山坡上有一条没人走过的小路;只要爬上路边的界石,就可以看到墙内的景色;克里斯托夫自然不肯错过机会。他看见乱草丛生的小径,草坪好像一片旷野,树木枝丫交错,房屋正面刷成白色,但是窗板紧闭。园丁一年来一两回,开窗换气。他一走,大自然就恢复统治,又是一片寂静。

这片寂静给克里斯托夫留下了深刻的印象。他偷偷地爬到他的瞭望台上;随着他的个子越长越高,他的眼睛、鼻子、嘴巴先后都高过了墙头,现在,他只要踮起脚尖,就可以把胳臂伸过墙了。虽然这样站着不太方便,他还是把下巴搁在墙上,又是看,又是听,等黄昏给草坪铺上柔和的金波,在树荫下点燃了发蓝的光焰。他待在那里,忘了一切,一直要听到过路的脚步声才罢。夜里,花园沉浸在香气中:春天是紫丁香,夏天是合欢花,秋天是落叶的气息。克里斯托夫晚上从亲王府回家的时候,不管多么累,也要在门前待上一阵子,如醉如痴地吸进芬芳的香气,再无可奈何地回到他那气味难闻的房间。克里赫家的铁栅门外有一小片空地,石板缝里长出了草,克里斯托夫在他爱玩的时候,也曾在这里玩过。大门左右各有一棵一百多年的老栗子树;祖父常常坐在树下抽烟斗,而栗子就成了孩子们打仗的武器,也是他们的玩具。

一天早上,他走过小路时,像平常一样,又爬上了界石。他随便看了一眼,正要下来,忽然感到有点异乎寻常。他把眼睛转向屋里,才见窗户都打开了,阳光涌进室内,虽然还不见人,但老屋在沉睡了十五年之后,似乎又醒过来了,还在笑呢。克里斯托夫回家时,觉得有点莫名其妙。

在餐桌上,他的父亲谈到轰动了街坊邻居的大事:克里赫夫人同女儿回到家乡来了,行李多得你想不到。栗子树中间的空地上站满了看热闹的人,瞪着眼睛看卸车。克里斯托夫听了这个消息不免好奇,在他狭窄的生活圈子里,这成了一件大事,他去工作的时候,还根据他父亲的夸夸其谈,想象这个乐园里住的是什么人物。后来工作一忙,他就忘了去想,一直等到晚上回家的时候,这件事才又涌上他的心头;好奇心促使他爬上瞭望台,看看墙内到底出了什么事。他看到的只是园中寂静的小径,一动不动的树木仿佛沉睡在落日残照中。过了一会儿,他忘了自己为什么会好奇的,又沉浸在甜蜜的寂静里。说来奇怪,在界石顶上,他站立不稳,但是这个地方却最宜于他沉思默想。走出了阴暗气闷、面目可憎的街道,见到阳光照耀下的花园,自然令人心荡神驰。他的心灵在和谐的空间自由翱翔,音乐在他身边飘荡,他不禁心醉神迷了……

他就这样睁大眼睛,张大嘴巴地沉思默想着,也不知道想了多久,因为他什么也没有看见。忽然,他感到一阵紧张。在他面前,在小径转弯的地方,露出了两个女人的面孔,正瞧着他。一个是穿着黑色丧服的少妇,面目清秀,但是五官搭配不好,头发淡黄,身材高大,态度文雅,头部的姿势显得没精打采,随随便便,瞧着他的眼睛流露出了好意和笑意。另外一个是十五岁的小姑娘,也穿着黑色丧服,女孩子的脸上看得出要傻笑一阵的神气;她站得离母亲稍后一点,母亲不用正眼瞧她,只做了一个手势,叫她不要出声,她就用手遮住口,仿佛用尽了吃奶的力气才压制住自己不笑似的。这是一张娇嫩的面孔,脸上白里透出粉红,头发金黄,小鼻子大了一点,小嘴巴又厚了一点,眉目倒是清秀,一头金发梳成辫子,盘在头上,好像一顶王冠,露出了滚圆的脖子,显出了光洁的额头,真是克拉纳赫画上的一张小脸。

克里斯托夫一见这两个人,顿时呆若木鸡。他不但没有跑开,反而像钉在那里一样。一直等到他看见少妇向他走来,脸上挂着半真半假的笑容,他才如梦方醒,连爬带滚地跳下了界石,把围墙上的石灰也带走了一大块。他听见少妇好心好意的声音,亲切地叫他做"孩子!"又听到女儿的一阵笑声,清脆流利,好像鸟鸣。他回到了小路上,膝盖和双手都撑着地,慌张了一秒钟,赶快拔腿就跑,仿佛怕人追似的。他觉得怪不好意思,甚至回到房里，只剩下一个人的时候，还感到无地自容。他不敢再走那条小路，唯恐有人埋伏在路上等他。绕不过那座房屋时，他就挨着墙，低着头，连走带跑，也不敢回头看一眼。同时，他却不断想着那两张可爱的脸；他爬上顶楼，脱下了鞋子，免得有人听见；他设法从天窗里遥望克里赫家的房屋和花园，虽然明明知道除了笼罩着房屋的树木和屋顶的烟囱外，什么也看不见。

一个月后，在高级音乐院举办的周末音乐会上，他演奏了一曲有乐队伴奏的钢琴协奏曲。弹到最后一段当中，他一眼看见对面包厢里坐着克里赫夫人和她的女儿，正瞧着他呢。他感到这样意外，几乎没有合上乐队的拍子。接着，他机械地把协奏曲一气呵成。弹完之后，虽然他不敢正眼看对面包厢，却看见了克里赫夫人和小姐在鼓掌，热烈得稍微有点过分，仿佛要吸引他注意似的。他赶快走下舞台。走出剧院时，他看到克里赫夫人似乎在过道上等他。不可能不和她打个照面，然而他却假装没有看见，掉头向后，急急忙忙从剧院侧门溜了出去。过后他又责怪自己；因为他分明知道克里赫夫人对他是一片好意。但是他也知道，如果从头来过，他也不会有所改变。他甚至怕在街上碰到她。只要远远看见有人像她，他就换条路走，避之唯恐不及。

结果她倒来找他了。

一天上午，他回家吃午餐，路易莎兴高采烈地告诉他，一个穿花边制服的仆人送来了一封给他的信；她交给他一个黑边的大信封，背面印了克里赫家的纹章。克里斯托夫拆开信来，颤抖地一字一字地读道：

"约瑟华·冯·克里赫夫人谨请宫廷乐师克里斯托夫·克拉夫特先生于本日下午五时半光临品茶。"

"我不去。"克里斯托夫公然说。

"怎么！"路易莎叫道，"我已经说过你会去的了。"

克里斯托夫和母亲吵了起来，怪她不该多管闲事。

"仆人等回信。我说你今天正好有空。五点半你不是没有事吗？"

克里斯托夫生气也没用，他发誓说不去，但是脱不了身。时间一到，他赌气地穿好衣服。其实，在内心深处，他并不反对命运强行做出的安排。

克里赫夫人当然不难认出，音乐会上的小钢琴家，就是那个一头乱发、出现在她家花园墙头的野孩子。她还向邻居打听到，孩子的生活很艰苦，但却没有被困难压倒，因此对他产生了兴趣，还想和他谈谈。

克里斯托夫穿着不合身的礼服，束手束脚，看来像个乡下牧师，走到门

口,胆小得有点病态。他硬要骗自己相信:克里赫母女头一次见他的时候,一定来不及记住他的面孔。一个仆人带他走上一条长长的过道,吸音的地毯使他听不到脚步声,他走进了一间玻璃门开向花园的客厅。那天下着小雨,天气有点冷,壁炉里生了火。窗外,可以看见濛濛细雨、茫茫轻雾中的树影;窗下坐着两个女人,克里赫夫人膝上放着针线,女儿膝上放着一本书,克里斯托夫进来时,她正在朗读。一看见他,母女两人就交换了一个俏皮的眼色。

"糟糕!她们认出我来了。"克里斯托夫心里想,脸上很难为情。

他用尽了平生的本领,才笨手笨脚地行了个屈膝礼。

克里赫夫人开心地笑了,向他伸出手来。

"你好,亲爱的邻居,"她说,"见到你我真高兴。自从上次在音乐会上听到你演奏之后,我就一直想告诉你,你的琴声给我们带来了多大的愉快。

因为表示感谢的方法只有一个,那就是请你来我们家做客,我希望你不会怪我太冒昧了吧。"

这些和和气气的客套话说得这样亲切,虽然也有一点俏皮,但克里斯托夫一听却放了心。

"还好,她们没有认出我来。"他心里想,一块石头落了地。

克里赫夫人指指她的女儿,小姐已经把书关上,很感兴趣地打量克里斯托夫。

"这是我的女儿蜜娜。"她说,"她也很想见你。"

"妈妈,"蜜娜说,"这并不是我们头一次见面。"

她笑起来了。

"原来她们早就认出我来了。"克里斯托夫心里想,顿时脸如土色。

"的确,"克里赫夫人也笑着说,"我们搬回来的那一天,你到我们这里来过。"

一听见这句话,小姑娘大笑起来,而克里斯托夫不知如何是好,蜜娜一见,笑得更加厉害。这是一种不可收拾的大笑,笑得连眼泪都流出来了。克里赫夫人叫她不要笑,却禁不住自己也笑起来;克里斯托夫虽然不知所措,但连他也受到了笑声的感染。她们的好脾气是招架不住的,他也就不拘礼节了。不料蜜娜喘过气来,问克里斯托夫那天在墙头干什么,他简直窘得无地自容。他越窘,蜜娜越开心,他便结结巴巴,不知所云了。幸亏克里赫夫人来解围,叫人把茶端来,才算把话扯开。

她亲切地问他的生活情况。不过他还不能对答自如。他不知道应该怎样坐才好,也不知道应该怎样端茶杯,茶才不会溢出来;他以为人家每次给他冲水,加糖,倒牛奶,拿糕点的时候,他都不得不赶快站起来,行礼如仪,连声道谢,但是他的礼服、衬衫的硬领和领带,紧紧箍在身上,好像长了一个硬壳,使他束手束脚,头既不敢向左,也不能向右,而克里赫夫人连珠炮般的问题,丰富多彩的姿态,使他应接不暇;他又觉得蜜娜的眼睛盯着他的脸,他的手,他的一举一动,他的全副衣装,使他冒出一身冷汗。更糟的是,她们为了希望他放松,克里赫夫人口若悬河,滔滔不绝,蜜娜还为了寻开心,故意眉目传情,顾盼卖俏,他却反而更紧张了。

结果,她们得到的回答不是简单的客套话,就是鞠躬如也,克里赫夫人一个人挑担子唱独角戏,也唱累了,就请克里斯托夫弹钢琴。克里斯托夫觉得难为情,甚至远远超过了在音乐会上,他弹了莫扎特的柔板乐曲。但恰巧是这种难为情的感觉,还有他在这两个女人身边开始感到的内心不安,加上他胸中洋溢的天然感情使他又是幸福、又是不幸,这些感受和乐曲中表现的天真稚嫩、脉脉含情,完全协调一致,使乐曲增添了青春的魅力。克里赫夫人听了很受感动;她按照社交界的惯例,过分其辞地夸奖了他;然而她的夸奖是真心诚意的,即使有点过分,但从一张可爱的口中说出来,听得也很惬意。调皮的蜜娜没有说话,她惊讶地瞧着这个男青年,说起话来这样笨拙,动起手来却这样灵巧。克里斯托夫感觉到了她们的好意,他不再那么胆小怕羞了。他接着又弹了一支乐曲;然后,转过半身朝着蜜娜,不好意思地微微一笑,没有抬起头来。

"这就是我那天在墙头作的曲子。"他怯生生地说。

他弹的是一支小乐曲,灵感的确是在花园墙头得到的,但说实话,并不是他看见蜜娜和克里赫夫人那天晚上,而是好几天以前——但他却偏要自欺欺人,硬说是那一天,不知道是为了什么不可告人的理由?——在这一段稍快的行板乐章中,在悠闲平静的节拍里,可以得到清平悦乐的印象,听得到小鸟歌唱,看得到参天大树在落日夕照下沉沉入睡。

两个女听众听得出神。他一弹完,克里赫夫人就照常站了起来,迫不及待地抓住他的双手,热情洋溢地向他道谢。蜜娜也一边鼓掌,一边叫"好",并且说为了让他再创作一些这样"高级的"曲子,她要在墙边放一把梯子,以便他随时爬上墙头,自由自在地作曲。克里赫夫人叫克里斯托夫不要听蜜娜胡说八道;她请他随时到花园里来,喜欢什么时候来都行,并且加了一句,如果他怕麻烦,可以不必来招呼她们。

"你可以不必来招呼我们。"蜜娜也跟着说,但又好玩地加了一句,"要是你来都不来,那就要小心了。"

她用手指头指指他,假装威吓的神气。

蜜娜并不是迫切地希望克里斯托夫来看她,甚至也不想勉强他按礼节、照规矩办事;不过她喜欢施加一点小小的影响,她女人的本能使她喜欢这样。

克里斯托夫高兴得脸红了。克里赫夫人又和他谈起他母亲,还说以前认识他祖父,她说话这样得体,使他完全心悦诚服。这两个女人的好心好意,深入了他的内心;但这番好意只是社交场上的常规,他却夸大成深情厚谊了。幼稚的心灵容易相信人,他就谈起他将来的打算,他过去吃的苦头。不知不觉时间就过去了,等到仆人来请用晚餐时,他才吃了一惊,不知如何是好。但克里赫夫人请他共进晚餐,因为他们很快就是、其实现在就是好朋友了,于是他慌乱的心情又变成了欢喜。他的座位安排在母女之间;但是他用餐具的本领,就远远不如弹钢琴了。他在这方面没有受过什么良好的教育,以为在餐桌上主要是吃喝,并不讲究风度。因此,干干净净的蜜娜看着他,不免撅起小嘴,起了反感。

本来吃了晚餐,他就该告辞了。但他却跟着她们进了小客厅,同她们一起坐下,没有走的意思。蜜娜好几次要打呵欠,都压制住了,只好向母亲求救。他却一点也没有察觉到,因为他自己陶醉在幸福中,以为别人也和他一样——因为蜜娜瞧着他的时候,眼珠滴溜溜地转,其实这是她的习惯——还因为他一坐下来,就不知道怎样起身告辞。如果不是克里赫夫人和和气气、不拘礼节地打发他走,他真会在那里过一夜的。

他到底走了,心中还带走了克里赫夫人褐色的眼睛和蜜娜蓝色的眼睛发出的温柔光辉;手上还感觉得到如花似玉的手指轻巧娇嫩的接触;鼻子还闻得到一股没有闻过的微妙香味,这种余香缠身,余味不绝,使他如醉如痴,似梦似幻。

两天之后,按照他们商量好的,他又来教蜜娜弹琴。从这时起,他们安排好了,每星期他来两个上午;到了晚上,他还常来演奏,或者谈天。

克里赫夫人很高兴见到他。她人聪明、心眼好。丈夫去世,她才三十五岁;虽然她的身子和心灵都还年轻,但她退出社交生活,并不觉得惋惜,因为她是见过世面的人。她很容易就离开了社交界,也许是因为她已经享受过浮华生活,并且清楚地认识到,一个女人不能同时既占有过去,又占有现在。她对克里赫先生的怀念,并不是因为他们的婚姻是爱情的结合,而是因为她只要求平平静静的终身伴侣关系;她是一个重情轻欲、心安理得的女人。

她一心一意要管好女儿的教育;但是正如她在爱情上是清心寡欲的一样,她的母爱也不过分,没有变成病态,虽然女儿是她唯一的宝贝,虽然她爱女儿唯恐不及,只怕别人来分享她的母女之情。她疼爱蜜娜,对她很了解,对她的缺点看得很清楚,正如她看自己也不戴有色眼镜一样。聪明伶俐,通情达理,她一眼就能看出人的弱点,发现人的荒谬,几乎万无一失;她并没有丝毫坏心眼,只是觉得好玩而已;她既爱说爱笑,又宽宏大量,既喜欢取乐,又愿意帮忙。

小克里斯托夫来得正是时候,她的好心好意和批评精神正愁没处用呢。她初来小城的时候,因为新寡,只好离群索居,而克里斯托夫却可以陪她消磨时光。首先,因为他才华出众。她喜欢音乐,虽然不是个音乐家;一听音乐,她的身体和心灵都感到愉快,她的思想懒洋洋地沉浸在一片软绵绵的忧郁之中。她坐在炉边，听克里斯托夫弹琴，手里拿着针线，脸上挂着朦胧的微笑，看手指机械地一来一往，穿针引线，思想如梦似幻，飘浮在悲哀的往事或赏心乐事之间，感到的是一种无言的享受。

不过她对音乐的兴趣，并不如对音乐家的大。她人相当聪明，感觉得到克里斯托夫有不同寻常的才能，虽然她说不出他在哪方面超群出众。她既好奇，又高兴地看到，他身上那种神秘的星星之火，怎样发展成为燎原之势。她很快就赏识他的精神品质：正直，勇敢，尤其是吃苦耐劳的精神，在一个孩子身上，更加显得难能可贵。然而，她并不因此而受到蒙蔽，还是一样洞察一切，用细致入微、逢场作戏的眼光来看他。他笨拙的举动，难看的外貌，可笑的小事，都使她觉得有趣；但是她的态度一点也不认真，在她看来，值得认真的事并不多。克里斯托夫可笑的发作、暴躁的性子、古怪的脾气，使她觉得他精神失常，是一个克拉夫特家的好人，音乐高手，但一家人神经都有点毛病。

这种真里有假、假中有真的态度是克里斯托夫看不出来的；他只感到克里赫夫人好心好意的一面。他多么不习惯人家对他好啊！虽然他在王府工作，天天要和上流社会打交道，但可怜的克里斯托夫还只是一个不通人情世故、又没受过良好教育的野孩子。宫廷里的人自私自利，只想从他的才能中捞到好处，在哪方面也不想帮他一点忙。他每天到王府来，坐上琴凳演奏，弹完钢琴就走，别人除了心不在焉地说两句好话，谁也不屑和他谈谈。自从祖父死后，在家里也好，在外面也好，从来没有人想到应该帮助他求学，教他如何做人处世。他既没有知识，又动作粗鲁，这就吃了大亏。他费了心血，流了汗水，想要自学成材，但是徒劳无功。他没有书，没人交谈，没有榜样。他想找个朋友吐吐这口苦水，但也难于开口。即使是对奥托，他也拉不下这个面子来，因为他好不容易鼓起勇气说了两句，奥托就露出了高人一头的神气，不把别人放在眼里，就像烧红了的烙铁一样烫人。

但克里赫夫人可不同。她做什么都很自然。不用克里斯托夫开口讨教——他多么怕人伤害他的自尊心啊！——夫人就和和气气、主动地告诉他不该做什么，应该做什么，应该怎样穿衣、用餐、走路、说话，她不让他在态度上、在趣味上，或在语言上犯一点错误，她好心好意的劝告一点也不得罪人，因为她会轻手轻脚、小心在意地对付孩子容易受伤的自尊心。她还教他文学知识，但看起来并不是在上课；他对文学无知得出奇，她却似乎不以为怪；但在另一方面，她也不放过任何机会，平易近人地指出他的错误，仿佛错误人人都犯，不必大惊小怪似的；她并不把知识当作高深莫测的东西来吓唬孩子,而是巧妙地利用晚上在一起的时间,要蜜娜或克里斯托夫朗读几页精彩的历史,或者朗诵德国诗人和外国诗人美丽的诗歌。她把他当作家里人看待,稍微不同的是,这种亲近带有爱护的意味,这是克里斯托夫看不出来的。她甚至连他的衣服也管,给他更新换旧,为他织羊毛围巾,送他一些日用品,送得这样温存体贴,使他一点也不觉得受之有愧。总而言之,她对这些小事都很关心,有几分像一个慈母,其实,照顾孩子是女性的本能,并不一定需要对孩子有特别深的感情。但克里斯托夫却误以为夫人只是对他才这么温存体贴的,所以不免感激涕零了;他这种感恩戴德的心情有时会突然爆发,显得热情奔放,克里赫夫人觉得有点好笑,但并不会不高兴。

他和蜜娜的关系又不同。克里斯托夫头一次来上课时,还陶醉在前一天的回忆里,还忘不了小姑娘的春水秋波,不料这次见到的,却是一个前后判若两人的大小姐,不由得他不大吃一惊。她几乎瞧也不瞧他一眼,也不听他说什么话;如果她抬起头来看他,那冷冰冰的眼色会使他的心都凉了。他翻来覆去地想,什么事得罪了她。其实,他并没有做什么冒犯她的事;蜜娜对他的感情也没有变,今天并不比昨天差,也不比昨天好;两天都是一样。只是蜜娜对他本来就不在乎。头一次见他,不惜露出笑容,那是女孩子要讨好的本性,她喜欢试试自己的魅力;不管碰到什么人,只要她闲得没事,都会一视同仁。但从第二天起,她对这种容易到手的东西,就不再有什么兴趣了。她毫不客气地打量了克里斯托夫一番;觉得他只不过是一个难看的穷小子,没有教养,琴弹得好,但手太粗,在餐桌上用刀的样子简直不堪入目,吃鱼本来只用叉子就行了,他却偏要用刀来切。因此,她对这个人不感兴趣。但她还愿意跟他上钢琴课;甚至降低身份和他同玩,那是因为她暂时找不到玩伴;她虽然不想再做女孩子,但她太旺盛的精力没有地方发泄,像她母亲一样,居丧期间强加给她的限制,使她不能痛快地玩,只好迁就点算了。其实,她并不把克里斯托夫放在心上,她对他的关心,超不过对小猫或小狗;但在她冷若冰霜的时候,偶尔也会眉目传情,那只是她忘乎所以,或是心不在焉——或是积习难改。在她道是有情却无情的时候,克里斯托夫的心都要跳出来了。其实,她几乎没有看见他,她只是在白日做梦。到了她这个年龄,一个人总喜欢用甜蜜的梦幻来使自己感觉愉快。她经常想到爱情,兴趣很大,好奇心强,其实并不了解,所以才能算是纯洁无邪。再说,作为一个大家闺秀,她想象中的爱情只能以结婚的形式出现。而她理想中的情人又瞬息万变。有时,她想嫁个中尉军官,有时又想嫁个席勒式的名不虚传的崇高诗人。旧的念头还没打消,又起了新念头;最后的打算和以前的一样值得认真对待,值得坚信不疑。但一碰到有利可图的现实情况,所有的念头都会立刻准备让步。一个思想浪漫的少女,只要有把握抓住一个并不理想的情人,就多么容易忘记她的梦想啊!

不过,自作多情的蜜娜还算冷静。虽然贵族的家世和称号使她感到骄傲,但在灵魂深处,她还是个青春期的德国小家碧玉。

克里斯托夫当然不懂女人复杂的心理,表面比实际更复杂的心理。他常常对这两个漂亮女人的做法感到迷惑不解;不过他对她们的爱使他觉得高兴,甚至她们使他不安,使他有点难过,他也相信她们出自好心,并且尽力说服自己:她们爱他,就像他爱她们一样。一句亲热话,脉脉含情地看他一眼,都会使他心醉神迷。有时还会使他神魂颠倒,甚至忽然一下流出眼泪。

在安静的小客厅里,他们围桌而坐,克里赫夫人离他只有两步远,在灯下缝东西,蜜娜坐他对面,正在读书;他们都不说话,从半开的花园门里,可以看到沙子路在月光下闪闪烁烁;微风吹动树梢,似乎是在窃窃私语……他感到内心洋溢着幸福。突然一下,他无缘无故从椅子上跳了起来,跪倒在克里赫夫人跟前,抓住她的手,也不管她手里有没有针,就一个劲儿地吻个不停,用嘴、用脸、用眼睛亲她的手,一边亲一边发出啜泣的声音。蜜娜抬起头来,稍微耸了耸肩,撅了撅嘴。克里赫夫人微微笑了一笑,瞧着这个扑倒在她脚下的大孩子,用另外一只手摸摸他的头,用她亲切而好听的声音,半真半假地说:

"怎么了,大傻瓜?怎么了?出了什么事?"

多么甜蜜的声音,安宁、平静;多么美妙的气氛,没有喊声,没有撞击,没有粗野;这是人生荒漠中的一片绿洲,使生命和万物都灿烂辉煌的英雄之光,读了歌德、席勒、莎士比亚的神圣诗篇后,出现的令人神往的世界,力量的源泉,痛苦和爱情的洪流! ……

蜜娜朗读时,低头看着书,对话的生动使她脸上起了一层红晕。她的声音清脆,读到帝王或将士的台词,她就装出煞有介事的口气,朗诵都有一点走音。有时克里赫夫人自己也拿起书来;读到悲剧故事的时候,简直是情真意切;不过她多半是听,仰面躺在长沙发上,膝头放着织不完的针线,脸上露出微笑;她并不是笑书中的人物,因为她读书总是联系自己,想着想着,就笑起来了。

克里斯托夫也读过一两次;但是结果只好半途而废,因为他读起来结结巴巴，含糊不清，该停不停，好像一点也不理解；读到激动人心的地方，他又感动得要流泪，再也读不下去。于是他气得把书扔在桌上；而两个女人却不禁大笑起来……他多么爱她们！他和她们仿佛形影不离，他读的是莎士比亚和歌德写的人物，想到的却是她们的形象，简直是难解难分了。诗人美妙的词句，在他心灵深处引起了热情的震动，对他来说，这却是和第一次朗读诗句的嘴唇分不开的。二十年后，在他重新读到莎士比亚的《罗密欧与朱丽叶》，或者重新听到演奏歌德的《哀格蒙特》序曲时，只要一碰到某些诗句，他就会回想起这些平静的夜晚，这种如梦如醉的幸福，这两张可爱的面孔。

他往往花几个小时看着这两张脸，晚上，在她们朗读的时候；夜里，在床上睁开眼睛做梦的时候；白天，在乐谱架前出神，或者是半闭着眼睛机械地演奏的时候。他对母女两人都天真无邪地脉脉含情；他并不懂得什么是爱，却自以为已经坠入了情网。但他搞不清楚自己爱的到底是母亲，还是女儿。他认真地考虑了一番，还是得不出结论。然而，他又觉得非在她们两个中间挑一个不可，于是就挑了克里赫夫人。的确，打定主意之后，他觉得他爱的真是母亲。他爱她灵活的眼睛，嘴唇半开时心不在焉的微笑，显得年轻漂亮的额头，分向一侧的光滑柔润的头发，朦胧的话音里夹杂着一声轻咳，母亲般的双手，落落大方的举止，看不透的心灵。有时她坐在他身边，好心好意地给他解释他不懂的地方，他高兴得都颤抖了；有时她把手放在克里斯托夫肩上，他感觉到她手指的温暖，抚摸着他脸孔的气息，闻得到她身上的香味；他如醉如痴地听着，其实并没有想到书中的人物，也没有听懂一句话。她发现了，就要他复述她讲过的内容，他却哑口无言；于是她又气又笑，把他的头按到书上，说他永远是一头小驴子。他却回答说，只要是做"她"的小驴子，只要不把他打发走，那做驴子也不要紧。她假意说那怎么行？然后又自己转圜，说虽然他是一头难看的小驴子，而且很蠢，她还是答应不把他赶走，甚至还喜欢他呢！其实他什么都不行，不过至少他还不是一个坏蛋。于是他们两个都笑了起来，沉浸在欢乐中。

克里斯托夫发现自己爱的是克里赫夫人之后，就对蜜娜疏远了。她冷淡的样子，瞧不起人的神气，开始使他恼火；他们见面越多，他的胆就越大，对她的态度也越随便，甚至不再隐瞒他的坏脾气了。她喜欢逗弄他，他也就给她颜色看。他们说些不好听的话，听得克里赫夫人只是笑。克里斯托夫在斗嘴时占不了上风，有时气嘟嘟地跑了出来，以为蜜娜真是可恨。他

心里暗想,他到她家里去,其实只是看在克里赫夫人分上。

他照常教她弹钢琴。一星期来两次,从早上九点钟到十点钟,他听她练习音阶等等。练琴的地方是蜜娜的书房。房里摆的东西稀奇古怪,有趣地如实反映了小姐的头脑里五颜六色的大杂烩。

桌上摆了一个玩具乐队,乐师都是雕塑的小猫,有的拉小提琴,有的拉大提琴,还有一面小镜子,一些化妆用品和文具,却都摆得井井有条。架子上摆着音乐家的半身塑像:愁眉苦脸的贝多芬,头戴便帽的瓦格纳,还有教皇宫美术馆复制的阿波罗神像。壁炉架上放了一只青蛙,在抽芦苇做成的烟斗,旁边放了一把纸扇,上面画了拜罗伊特剧院的全景。在两层书架上摆了几本书:鲁布克、蒙森、席勒、于勒·凡尔纳、蒙田等的作品,还有一本《无家可归》。在墙上挂着西斯廷教堂的《圣母像》和海高玛作品的大幅照片,照片框上饰有蓝、绿丝带。此外,还有一张瑞士旅馆的风景照,摆在一个银色木框里;尤其引人注意的是,在房间的各个角落里,到处都是形形色色的照片,有军官、歌星、乐队指挥、女朋友,照片上都题了诗,至少,德国人公认题词也算诗。在房子中间的大理石柱上,君临一切的是长着络腮胡子的勃拉姆斯的半身塑像;在钢琴上方,用线挂着几只丝绒做的小猴子,和"纱笼"舞会上的小纪念品,在空中晃荡。

蜜娜老是迟到,眼睛睡得还有一点浮肿,样子像在赌气;她甚至懒得和克里斯托夫握手,只冷冷地问一声好,就不再说话,板着脸孔,摆着架子,坐到琴凳上去。她一个人弹琴时,倒是喜欢没完没了地练习音阶,因为这样可以悠闲自在地延长她迷离恍惚、半睡半醒的梦境。但克里斯托夫偏要她专心致志练习那些难弹的音阶,她一赌气,能弹得多糟,就弹得多糟。她懂得音乐,但不喜欢音乐,德国女人大半如此。但也像大半德国女人一样,她以为自己应该喜欢音乐,所以学起琴来还算自觉,只是有时起了鬼主意,就会气得老师发疯。老师更气的是她弹琴时冷冰冰的、满不在乎的态度。最气的是,她自作多情,弹出了有形式而无内容的音乐。

小克里斯托夫坐在她旁边,对她并不客气。他从不说一句好话,离好话简直有十万八千里。她记了恨,老师的批评,没有一句她不回嘴的。无论他说什么,她总要争辩一番;明明是她错了,也硬说是照谱弹的。他一恼火。两个人就舌剑唇枪,斗起嘴来。她低头看着键盘,却偷偷地瞧克里斯托夫,故意气他,自己开心。练习太单调了,她要消愁解闷,就想出了一些无聊的小花招,目的不过是要打断功课,气气克里斯托夫。她假装喉咙哽住了,要人关心;或者是要咳嗽一阵,再不然就是心血来潮,有什么要紧的话要吩咐女仆。克里斯托夫明知道这是她搞的鬼把戏;蜜娜也知道克里斯托夫明白她在捣鬼,但他无可奈何,不能当面揭穿她,于是她心中暗喜,自以为得计。

一天,她又故伎重演,委靡不振地咳了一阵子,用手帕遮住嘴,仿佛透不过气来似的,一面却用眼角偷看有苦说不出的克里斯托夫。忽然她灵机一动,把手帕掉到地上,让克里斯托夫不好意思不捡起来。他捡是捡了,但脸色非常难看。她摆出贵夫人洋洋得意的架子,赏了他一声"谢谢!"气得他几乎要发作。

她认为这样太好玩了,只玩一回太不过瘾。于是第二天又重新来过。不料这一回克里斯托夫却动也不动,心里正在火冒三丈。她等了一会儿,然后大声地说:

"请把我的手帕捡起来,好吗?"

克里斯托夫按捺不住了。

"我不是你的用人!"他粗鲁地答道,"你自己捡吧!"

蜜娜气得话也说不出,突然一下站了起来,使琴凳翻了个倒栽葱。

"嘿!这太过分了。"她气得啪哒啪哒地敲了敲键盘,就出去了。

克里斯托夫还在等她。但是她没有回来。他感到很惭愧,觉得自己的行为像个下等人。因此他一筹莫展,蜜娜根本不把他放在眼里!但他只怕蜜娜告诉母亲,怕克里赫夫人对他生分。他不知道如何是好;因为他虽然后悔不该那样粗鲁,但是无论如何,他也不肯求人原谅。

第二天他碰碰运气,又去教课,以为蜜娜大约不会来了。不料蜜娜太傲气,不肯在母亲面前丢脸,说出去自己也不能问心无愧,所以还是来上课了,不过让他比平时多等了五分钟,一来就笔直走向钢琴,直挺挺、硬邦邦地坐在琴凳上,头也不回,话也不说,仿佛克里斯托夫不存在似的。虽然如此,她还是照旧上课,以后也照上不误,因为她知道得很清楚,克里斯托夫在音乐方面还是有一手的,而她自己学琴,也要弹得够格,否则,就不像一个有教养的大家闺秀了,但她自己认为是个名门淑女。

其实,她是在折磨自己!他们两个是在互相折磨!

三月里一个雾蒙蒙的早上,鹅毛般的小雪片在灰色的天空中飞舞,他们两个在书房里。天色不够明亮。蜜娜还是老脾气,弹错了一个音硬不承认,偏要说:"乐谱上是这样写的。"克里斯托夫分明知道她说的是假话,还是弯下腰去好把这段乐谱看看清楚。她的一只手放在乐谱架上,甚至动也懒得挪动。他的嘴唇离这只手很近。他要看清乐谱,但看不清,他眼前出现了什么东西,柔嫩,光滑,好像花瓣似的。忽然一下,他自己也不知道脑子里在想什么,却紧紧地把嘴唇贴在这只小手上。

他们两个都紧张了一下。他把身子往后一退,她也把手缩了回去,两个脸都红了。他们不再说一句话,互相也不再望一眼。尴尬地沉默了一会,她又接着弹起琴来;她的胸脯在轻微地起伏,仿佛受到了压力,琴也连连弹错。他却没有发现,他比她更慌张,太阳穴在乱跳,什么也听不见,为了避免不说话的尴尬场面,他用哽住了的声音随便挑了几个错。他心里想,在蜜娜眼里看来,他自己这一下是彻底完蛋了。他觉得很窘,认为自己刚才做的事又粗鲁,又愚蠢。下课的时间到了,他离开蜜娜,瞧也没瞧她,甚至连起码的礼节也忘了。她却并不怪他。她不再觉得克里斯托夫没有教养;如果她弹琴老出错,那是因为她不断地从眼角偷偷瞧他,她又惊讶,又好奇,头一回对他有了好感。

只剩下一个人的时候,她也不再像平常那样去找母亲,而是关起房门,寻思这件意外的事。她微微咬着嘴唇,沉思默想。她自鸣得意地看着镜中的面孔,回忆起刚才这一场,微微一笑,脸就红了。午餐时,她有说有笑。餐后,她不出去,在客厅里待了好久;手里拿着针线,但还绣不到十针就要出差错;不过这有什么要紧!她坐在房间的一个角落里,背朝着母亲,暗暗微笑;有时需要放松一下,就在房里跳上跳下,高声歌唱。克里赫夫人觉得莫名其妙,叫她做小疯子。蜜娜扑上去搂住她的脖子,又是笑,又是吻,几乎叫她喘不过气来。

晚上,回到房里,她要等好久才上床。她老是照镜子,回想早上的事,想来想去总是老一套,结果什么也不想了。她慢慢地脱衣服,脱脱停停,坐在床上,回想克里斯托夫的样子,出现的却是一个她想象中的克里斯托夫;现在,他似乎不那么难看了。她熄了床头灯躺下。十分钟后,她忽然又想起了早上那一场,不禁笑出声来。母亲被惊动了,她悄悄地起来,轻轻打开房门,以为女儿不听话,又在床上偷看小说。不料蜜娜静静地躺着,眼睛大张着,房里只有一盏昏暗的长明灯。

"你怎么啦?"母亲问道,"什么事这样高兴?"

"没什么,"蜜娜正经地回答,"我在自思自想。"

"你倒会给自己做伴。不过,现在该睡觉了。"

"好的,妈妈。"蜜娜顺着嘴说。

她心里却在抱怨:

"你快走吧!快走吧!"

直到房门关上,她又能回味她的梦想了。她陷入了软绵绵的半睡状态。快睡着了,她又高兴得惊醒过来:

"他爱我……多快活啊!他真好,还懂得爱我!……我多么爱他啊!"

她吻了一下枕头,立刻就睡着了。

这两个孩子下一次再见面时,克里斯托夫看到蜜娜和蔼的态度,感到意外。她先向他问好,问他身体怎么样,声音非常温柔;她坐到钢琴前,样子很听话,很谦虚,好像天使下凡。她不再像调皮的女学生那样随心所欲,而是认真听克里斯托夫的指点,承认他说得对,如果她弹错了,立刻自怨自艾地叫起来,并且尽力改正。克里斯托夫摸不着头脑。在很短的时间内,她取得了很大的进步。不但是琴弹得更好了,而且也更喜欢音乐了。虽然克里斯托夫从来不吹捧人,也不得不说她几句好话。她满意得脸红了,用水汪汪的眼睛瞧着他,表示感谢。她不惜时间为他打扮;她扎颜色与众不同的丝带;她老对克里斯托夫微笑,眼睛流露出怜爱之意,他并不喜欢这一套,这即使他恼火,却又使他动心。现在,轮到她来找他谈话了,不过内容并不幼稚,而是一本正经,引用诗人的名句,口气有点卖弄,也有一点自负。他呢,不太回答,感到不大自在,这个新的蜜娜他不认识,使他惊讶,使他不安。

她一直在观察他。她在等待……等待什么?她自己知道吗?……她在等他再亲她一次——他却小心在意,不再轻举妄动,认为上次行为粗野,现在似乎连想也不敢想了。她有点恼火;一天,他静静地坐着,离她那危险的小手有一段安全的距离,不料她等得不耐烦,还没有思考就行动起来,把她的小手一直送到他的嘴边。他吓慌了,又气又羞。但他还是吻了她的手,并且很有感情。这种大胆放肆虽然并不做作,还是使他恼火,几乎要丢下蜜娜不管了。

但是谈何容易!其实,他已经陷入了罗网。杂乱无章的思想在他头脑里奔腾起伏,他也搞不清楚。就像山谷里升起的茫茫大雾,他心里涌起了迷迷糊糊的念头。他在爱情的迷雾中失去了方向,就漫无目标,向四面八方寻找出路;但他转来转去,万转不离其宗,总也离不开一个朦胧的念头,一个神秘的欲望,又可怕、又可爱的欲望,就像飞蛾离不开灯火一样。这是盲目的自然力,忽然火山爆发了……

他们经过了一个等待阶段。两个人互相观察,都想得到对方,又都害怕对方。他们感到不安。然而他们依然斗气、怄气,不过不再像以前那么亲热了。他们不再说话。每个人都在不声不响地忙着建立自己的爱情。

爱情有一种奇妙的作用,能使过去的事变得可爱。克里斯托夫一发现自己爱上了蜜娜,同时发现爱情并不是从那天才开始的,他早就爱上她了。三个月来,他们几乎每天见面,但他从来没想到过去爱蜜娜。今天他一爱上了她,他却绝对相信,他一直是爱她的。

到底发现了他爱的是谁,这对他是件好事。很久以来他就需要爱情,但不知道意中人是谁!这就好比一个浑身不舒服的病人,说不出病在哪里,忽然发现了病痛所在,虽然痛得厉害,毕竟心里一块石头落了地。漫无目标的爱情是最折磨人的,它啮噬人的心,消耗人的精力。有了意中人的爱情会使人精神紧张,心灵劳累;但起码你知道为谁憔悴。随便什么痛苦都比空虚好!

虽然克里斯托夫很有理由相信:蜜娜绝不是不在乎他,但他还是折磨自己,以为她瞧他不起。其实,他们两个从来没有互相了解过;尤其是到了今天,他们对彼此的了解更加模糊,他们的了解是一系列想象的产物,无奇不有,前后矛盾,并不是个统一体,因为他们总走极端,两人不见面时,就把对方想象得不能再好了;两人在一起时,又把对方的缺点无限地夸大。不管见面不见面,他们都在自欺欺人。

他们并不明白自己想要什么。对克里斯托夫来说,爱情表现的形式是如饥似渴地需要温存体贴,强烈需要,绝对需要,这种感情从小在他心中燃烧,他也要求别人有同样的感情,不管别人愿意不愿意,他都要把感情强加于人。这种强横霸道的欲望需要自己和别人——也许尤其是别人——做出彻底的牺牲,有时,这种欲望中还掺杂着一些如云似雾、朦胧而粗野的念头,使他头晕眼花,莫名其妙。而蜜娜呢,她特别好奇,喜欢有离奇的浪漫史,要从爱情中得到最大的快乐,来满足她的虚荣心和自作多情,她真心实意地欺骗自己,以为自己真个多情。其实,他们的爱情大半是从书上学来的。他们记住了读过的小说,就把自己并没有的感情当成自己的了。

不过时间一到,这些自欺欺人的谎话,这些自我中心的想法,一碰到爱情神圣的光辉,就要烟消云散了。时间只要一天,一个小时,永恒的几秒钟……而且来得这样意外!……

有一天晚上,他们两个人单独在一起闲谈。客厅越来越暗。他们谈的话也越来越严肃。他们居然谈到生死、有限和无限。这个范围太大,他们的感性知识太少。蜜娜埋怨生活孤独,这自然引起了克里斯托夫的反驳,说她并不像她想的那样孤独。

"不对,"她摇摇她的小脑袋说,"这些都是空话。每个人都只为自己活着,没有人关心你,没有人真爱你。"

一阵静默。

"那我呢?"克里斯托夫忽然迸出了一句,感情激动得脸都发白了。

门打开了。他们两个都往后退。克里赫夫人走了进来。克里斯托夫赶快装作看书,但是书却拿倒了。蜜娜低头干针线活,针却戳了手指。

整个晚上,他们不再有机会单独在一起,两个人也怕这种机会。克里赫夫人站起来,要去隔壁房间里找东西,蜜娜向来不主动帮忙的,这回却破了例,抢着去拿;克里斯托夫等她一走,也就起身回家,免得和她告别。

第二天,他们再见面时,都急着想接上打断了的话头,但却接不下去。其实机会不少。他们跟着克里赫夫人去散步,有机会随便谈谈。但克里斯托夫不好开口;他心里很难受,就在路上尽量离开蜜娜。她假装没注意他不礼貌的行动;但这刺伤了她的心,她甚至怒形于色了。等到克里斯托夫勉强拼凑了几句话来说,她只是冷冰冰地听着,害得他几乎没有勇气把话说完。散步完了,时间过了,他又懊悔没有好好利用时间。

一个星期过去了。他们的误解却越来越深。他们甚至怀疑那天晚上是做了一场梦。蜜娜怨恨克里斯托夫。克里斯托夫害怕单独和她见面。他们甚至比以前更生分了。

有一天,整个上午下雨,半个下午还在下雨。他们关在屋子里,都不说话,只有看书,打呵欠,瞧瞧窗外;两个人都觉得无聊,憋了一肚子的闷气。到四点钟,天转晴了。他们跑到花园里去。两人靠着花坛,瞧着下面斜坡上的青草,一直绿到河边。大地上水气氤氲,阳光下烟雾腾腾;青草上的水珠闪闪发亮;潮湿的泥土味和百花的香气混成一片;在他们周围嗡嗡地飞着一群金黄色的蜜蜂。他们肩并肩地站着,但都不瞧对方一眼;他们不忍心打破这片沉默。一只笨拙的蜜蜂飞上一串紫藤花,花上的水珠像一阵小雨洒在蜜娜身上。他们同时笑了起来;两人之间的怨气立刻烟消云散,他们觉得彼此是好朋友,但还不瞧对方一眼。

忽然之间,她头也不转,就拉住他的手说:

"来吧!"

她拉着他跑上了一个迷宫般的小树林,小路两边种了黄杨树,树枝交叉成了个圆屋顶。他们爬上了小土坡,又在湿润的土地上滑来滑去,震动得两边的树枝把水珠洒在他们身上。快到坡顶的时候,她站住来歇口气。

"等一等……等一等……"她低声说,想要喘过气来。

他瞧着她。她却瞧着另外一个方向,笑眯眯,喘吁吁,嘴唇半开半闭,颤抖的手捏在克里斯托夫的手里。他们从紧贴的巴掌和交叉的手指上,感觉得到他们的心跳得厉害。在他们周围是一片寂静。树枝上吐出的金黄色嫩芽在阳光下哆嗦;树叶上洒下的一阵细雨发出银铃般的响声;燕子的尖叫声划破了天空。

她向他转过头来,比闪电还快。她搂住他的脖子,投入他的怀抱。

"蜜娜!蜜娜!亲爱的!……"

他们坐在一条潮湿的木凳上。他们沉浸在爱情中,温柔的、深刻的、荒谬的爱情。其他的一切都消失了。不再自私,不再虚荣,不再算计。灵魂中的阴影都给爱情的春风吹到九霄云外去了。"爱吧,爱吧。"他们笑中含泪的眼睛这样说。这个冷冰冰、卖风情的少女,这个骄傲的少男,都强烈需要为对方献身、受苦,甚至牺牲。他们不再认识自己,他们已经脱胎换骨;一切都已改变,他们的心灵、面孔、眼睛,都发射出动人的仁爱之光。这是纯洁、无我、舍生的片刻,人生一去不复返的片刻!

他们欣喜若狂,结结巴巴地说了一些话,做出了天长地久、永不分离的诺言,又是拥抱,又是亲吻,神魂颠倒,前言不对后语,忽然,他们发现天色晚了,就手牵着手跑回去,在狭窄的小路上几乎跌倒,或者撞在树上,但是不觉得痛,也看不清,他们陶醉在欢乐中。

离开蜜娜之后,他没有回家去,反正回家也睡不着。他出了城,穿过田野,在黑夜里漫步。空气新鲜,乡下没有人,黑魆魆、空荡荡的。一只猫头鹰发出令人心寒、冷飕飕的叫声。他好像在梦游似的。他走过葡萄田,爬上一座山冈。城里的点点灯火在平地上颤抖,阴暗的天上闪烁着点点星光。他坐在路边的墙上,忽然心情激动得流下泪来。他不知道是什么缘故。他太幸福了;而太快活往往是悲喜交集的;他对幸福既有感恩的心情,又掺杂着对不幸的怜悯,对事物的无常他感到忧郁而体谅,对人生他又感到陶醉。他幸福得流下了眼泪,在泪水中他又闭目入睡了。等到他醒来时,依稀已是黎明。河面上升起了白茫茫的晨雾,笼罩着河边的小城,而蜜娜正在城里睡觉,她的身子给疲倦压垮了,但她心里却闪烁着幸福的微笑。

早上,他们又在花园里见面,又一次谈情说爱;但是已经不像头一天那样不自觉,那么不自然了。她有一点像在扮演情人;他虽然更真诚,也是在演一个角色。他们谈到未来的生活。他说可惜他家庭太穷,地位太低。她装得慷慨大方,并且洋洋得意。她说她不在乎钱。这话倒也不假,因为她从来不缺钱用,所以对钱并不了解。他说他要做一个大艺术家;她觉得很有趣,像小说一样美。她认为做一个真正的情人是她的义务。她对他念诗,自作多情。他也受到感染,开始注意打扮,却打扮得更可笑;并且注意谈吐,谈话反而显得做作。克里赫夫人看了好笑,不知道他怎么变得这样蠢的。

然而他们也有富于诗意、不可言传的时刻。在平淡无奇的日子里,这些时刻就像忽然穿过云雾的阳光。其实,这不过是一个眼色,一个手势,一句并无深意的话,却会使他们心里洋溢着幸福。这不过是晚上在不明亮的

楼梯口说声:"再见!"在半明半暗中探索猜测的眼光,手碰到手的震动,说话声音的颤抖,这些微不足道的小事,到了夜里都会涌上心头;在他们睡得不稳的时候,每小时的钟声都会把他们惊醒,在他们的心像涓涓流水般唱着"他爱我"的时候,都会想起这些时刻。

　　他们发现了事物的魅力。春天的微笑包含着妙不可言的温情。天上的光彩,软绵绵的空气,都是他们没有欣赏过的。整个城市,红色的屋顶,古老的墙壁,凹凸不平的铺石路,都披上了迷人的外衣,亲切而又动人。夜里,大家都睡了,蜜娜却从床上爬了起来,站在窗前,半睡半醒,如醉如痴,焦急不安。下午,他没有来的时候,她就坐在秋千架上做白日梦,一本书还放在膝头,眼睛半开半闭,懒洋洋,美滋滋的,似睡非睡,身子和心灵都沉浸在春天的气息里。现在,她一弹琴就是几个小时,翻来覆去,耐心细致地弹些和弦或章节,别人听了气得无可奈何,她自己却感动得脸色发白,浑身冰凉。听到舒曼的音乐,她会哭了起来。她对人都是一片好心,充满了同情;他也和她一样。他们碰到穷人,就偷偷地给一点钱,然后互相交换一个同情的眼光,两个人都因为有这一片好心而感到幸福。

说实话,他们的好心好意只是断断续续的。蜜娜忽然一下发现了她家的老妈子弗里达生活多么可怜,她还在母亲小时候就来这家里干活,一直勤勤恳恳。弗里达那时正在厨房里缝补衣服,她就跑去搂住老女仆的脖子亲热,吓了她一大跳。但是两个小时之后,她一拉铃,弗里达没有立刻赶到,她说起话来,又发小姐的脾气了。而克里斯托夫虽然热爱人类,甚至宁愿绕路也不肯踩死一只蚂蚁,但对自己家里人很冷漠。说也奇怪,他对别人越好,对自己家里人反倒越是冷冰冰、干巴巴的;他不太想到他们,谈起话来总是有一句、没一句,看到他们就生厌。他们两个人的好心好意原来都是感情过剩,发泄起来就不可收拾,碰到谁就施舍给谁。但一发泄之后,他们反倒比平常更自私了;因为他们头脑里只有一个中心,而一切都得围绕这个中心转移。

这个少女的面孔在克里斯托夫的生活中占了多大的地位啊!他在花园里找她,远远地看见她的小白裙时,在戏院楼下包厢里等她们来,听见包厢门开,传来他熟悉的笑声时,或者是在陌生人的谈话中听到克里赫的名字时,他的心情是多么激动啊!他的脸有时发白,有时通红;有几分钟他视而不见,听而不闻。然后,血涌上来,奔腾咆哮,无以名状的力量,在全身发起了攻击。

这个天真活泼、喜欢声色的德国少女会耍花招。她把戒指放在一层面粉上,要他们两个一先一后用牙齿咬起戒指来,但是鼻子不许沾白。要不然,她就用根绳子穿过一块饼干中心的圆孔,两个人各用嘴咬住绳子的一头,然后尽快把绳子吃到嘴里,看谁先咬到饼干。他们的脸越来越近,呼吸打成一片,嘴唇碰到嘴唇,两人假惺惺地笑了起来,其实,他们的手都凉了。克里斯托夫感到真想咬她一口,叫她痛一下;他就忽然向后一仰,但她还在笑个不停,样子有点勉强。他们又都转过身去,假装并不在乎,暗中却在偷看对方。

这些令人心烦意乱的玩意儿,对他们既有吸引力,又使他们不安。克里斯托夫怕这一套,他宁愿有克里赫夫人或者别人在场,使他们束手束脚反倒好些。其实,第三者在场并不会打断情人心灵的交流;外界的限制反而使情人更抓紧机会,更觉得甜蜜的交流难得。那时,他们之间的一切似乎都有了说不完的意义:一句话,一抿嘴,一眨眼,在别人看来平淡无奇,却揭示了他们心灵深处新奇而丰富的宝藏。只有他们自己看得见;至少他们认为是这样,并且发出了会心的微笑,为他们的小秘密而得意。一听他们谈话,别人会觉得不过是客厅里说的那一套,都是些无关紧要的生活琐事,但在他们听来,这却是永远唱不完的情歌。他们看得出对方的眉目和声音所传达的情意,转瞬即逝的情意,就像书上的白纸黑字一样;他们甚至闭着眼睛也看得见,因为他们只要扪心自问,就可以听到对方心里的回声。他们对生活,对幸福,对自己,都充满了无限的信心。他们的希望无穷无尽。他们相爱,爱得幸福,没有一点阴影,没有丝毫怀疑,对于未来没有任何恐惧。这是春天独有的明朗平静!天空中没有一片浮云。万古长青的信心似乎永远不会枯萎。无穷的欢乐似乎是用之不尽,取之不竭的。他们是在生活,还是在做梦呢?当然是做梦。因为现实的生活和他们的梦毫无相同之处。的确毫无相同之处,除非你说,在这个神魂颠倒的时刻,他们自己已经成了一个梦,他们的生命已经融化在爱情的呼吸中。

　　克里赫夫人并没有花很长的时间就看穿了他们弄巧成拙的小把戏。一天,蜜娜和克里斯托夫谈话的时候,身子靠近得超过了常规,忽然听到开门的声音,他们两个赶快慌张地分开,但是来不及了。母亲出乎意料地走了进来,女儿心里不免猜疑:母亲已经有几分知情。克里赫夫人却装作什么也没有发现的样子。蜜娜几乎有点失望。她喜欢和母亲作对,那看起来才像小说呢。

　　母亲偏偏不给她机会;她太聪明了,不会为这种小事感到不安。但在蜜娜面前,她再谈到克里斯托夫的时候,说的正面话就要从反面听,她并且毫不客气地揭露他可笑的地方,几句话就使得他体无完肤。她这样干并不必煞费心计,只要顺着本性去做,保准不错。女人天生的靠不住,但她会保护自己不吃亏。蜜娜虽然顶嘴、赌气,说些不中听的话,坚决否认母亲说得有理,但没有用,她越反驳,越证明母亲说得对,克里赫夫人毫不留情,一句话就能击中要害。克里斯托夫的鞋子太大,衣服太难看,帽子没刷干净,口音土里土气,行礼的样子太可笑,哇啦哇啦的声音太粗俗,只要是伤害蜜娜自尊心的话,一句也不会漏掉;说的时候随随便便,绝不是鸡蛋里挑骨头;蜜娜听得恼火,张牙舞爪正要反驳,克里赫夫人却轻描淡写地换了话题。

但是一箭正中红心,蜜娜已经受伤了。

她开始用严厉的眼光来看克里斯托夫。他模糊地有点感觉到了,就心情不安地问道:

"为什么这样看我?"

她答道:

"什么也不为。"

但过了一会儿,他正在高兴的劲头上,她却劈面泼上一盆冷水,说他笑得太闹了。他立刻泄了气,从来没想到在她面前要检点,不能放声大笑;于是他就没精打采。有时他谈话得意忘形,她却满不在乎地打断他的话头,不是挑剔他的打扮,就是盛气凌人、卖弄自己,指出他的用语不当。他气得不想再开口,有时非常恼火。过后,他又自我安慰说:这表明蜜娜对他关心;她也这样自欺欺人。他虚下心来,设法表现得好一些。蜜娜并不买他的账,以为他还是依然故我。

但他来不及发现她内心的变化。复活节到了,蜜娜要随母亲去魏玛一带访问亲友。

分别前的一个星期,他们又恢复了以前的亲热。蜜娜除了有时急得不耐烦之外,比以前更重情了。离别前夕,他们在花园里散步,依依不舍,只恨时间太短;她把克里斯托夫拉到一个绿荫棚下,把一个香囊挂在他颈上,囊中有她的一绺头发;他们又重复了天长地久的誓言,保证每天都要写一封信;并且在天上选定了一颗星,约好每天晚上两人同时遥望,寄托相思之情。

生离死别的日子到了。夜里,他至少想了十次:"明天这时,她人在哪里呢?"早晨又想:"现在,她还在这里。到了晚上……"他迫不及待,不到八点钟就去看她。她还没有起床。他想去花园里散步,但还没走到就回来了。过道里堆满了大小行李;他坐在房间的一个角落里,留心听开门的声音,楼板的响动,想听出楼上的脚步声。克里赫夫人走了过来,脸上带着微笑,寻开心似的招呼了他一声,没有打住,又走过去了。最后出现的是蜜娜,她的脸发白,眼睛浮肿;她和他一样,昨夜都没睡好。她吩咐仆人干活,显得很忙:一边对老弗里达说话,一边和克里斯托夫握手。她已经准备动身了。克里赫夫人又走回来。她们一起商量帽盒子的事。蜜娜似乎没有注意到克里斯托夫,他站在钢琴旁边,像一个被人遗忘的可怜虫。她同母亲出去后,又走进来;在门口还高声对克里赫夫人说了几句话。她一进来就把门关上。屋里只有他们两个人了。她向着他跑了过来,抓住他的手,把他拉到隔壁窗户紧闭的小客厅去。那时,她猛然一下把自己的脸贴在克里斯托夫的脸上,用尽了全身的力气,狂热地吻抱他。她一边哭,一边问道:

"你答应我,你答应永远爱我吗?"

他们两个低声啜泣,抽抽噎噎地尽力压制自己,免得人家听见。一听见有人来他们就赶快分开。蜜娜擦擦眼睛,在仆人面前,又摆出小主人的架子;不过她的声音还是有点颤抖。

他偷偷地捡起了她掉在地上的手帕,手帕又脏又皱,给眼泪浸湿了。

他陪母女两人坐车到车站去。两个少年面对面地坐着,却不敢看对方一眼,生怕流出泪来。他们偷偷地摸对方的手,并且紧紧地捏着,把手都捏痛了。克里赫夫人和气气、高深莫测地瞧着他们,似乎什么也没看见。

最后,时间到了。克里斯托夫站在车厢门外,火车一开动,他就跟着火车跑,眼睛只管盯着蜜娜,别的什么都看不见,撞在铁路职工身上,一直等到火车开过去了,他还在跑。一直跑到火车看不见了,他才站住,已经跑得上气不接下气;他发现自己在车站的月台上,周围都是一些不相干的人。他回到家里,侥幸家里人都出去了;整个上午,他一个人在哭。

他头一次尝到离别的痛苦。这对于情人的心都是忍受不了的折磨。世界空虚了,生活空虚了,一切都空虚了。连呼吸也困难;仿佛是临终的挣扎。尤其是周围留下了情人的足迹,身边的东西都不断地使你想起她,你还生活在你们共同生活过的熟悉环境中,现在物是人非,你怎能不触景生情,念念不忘已经消逝了的幸福? 这就好比脚底下裂开了一个无底深渊,你歪歪倒倒,头昏眼花,就要掉下去,果然掉下去了。你以为迎面看见了死亡。你的确看见了死亡,因为生离就是死别的一副面具。你活生生地和心爱的人分开,也就和生命分开了,剩下的只是一个黑洞,一片空虚。

克里斯托夫重游他们喜爱的地方,没有重温旧情,而是感到痛苦。克里赫夫人把花园的钥匙留给了他,在她们走后,他还可以进去散步。他当天就去旧地重游,但难过得几乎透不出气来。他以为一去会找到离人的点滴踪影,不料踪影太多,几乎笼罩了所有的草坪;在每一条小路转弯的地方,他都期待她的影子出现;他明知道她不会来,却偏要折磨自己,相信她会,他竭力寻找往事的痕迹,走上迷宫般的小路,紫藤纵横的花坛,绿荫棚下的长凳;他像个虐待狂似的翻来覆去地说:"一个星期以前……三天以前……昨天,就是昨天,她还在这里……甚至早上……"这些思想在他心上划出了一道道犁沟,痛得他出不了气,几乎到了死亡的边缘,他才不得不罢休。他的痛苦中还掺杂了愤怒,恨自己浪费了大好时光,没有充分利用。这么多分分秒秒,这么多时时刻刻,他享受了无穷无尽的幸福,可以看到她的面孔,呼吸她吐出的空气,用她的生命来丰富自己的生命!而他却身在福中不知福!他让时光白白地流失,没有品尝这千金难买的一分一秒!而现在呢!……现在已晚了……无法弥补!无法弥补了!

他回到家里。他觉得家里的人讨厌。他看不惯他们的脸孔、姿态,听不得他们无聊的谈话,他们和头一天,前几天一样,和她在的时候一样。他们的生活一如既往,似乎不知道他们身边发生了这么不幸的事。整个小城都是一样。大家照常各管各的,笑呀,闹呀,忙呀;蟋蟀照常唱歌,太阳照常发光。他恨大家,他恨一切,他觉得整个宇宙太自私,压得他喘不过气来——其实,他比整个宇宙都更自私。在他看来,不再有什么有价值的东西。他不再有好心好意。他也不再爱什么人了。

他过了几天可悲的生活。他像机器一样恢复了工作;但他不再有勇气生活下去了。

一天晚上,他和家里人围着餐桌,一句话也不说,一肚子的闷气,邮差敲门,给了他一封信。他还没看字迹,心里就知道是谁写来的了。四双眼睛都盯着他,带着多管闲事的好奇心,他们等他读信,希望这封信能给他们消愁解闷,使他们暂时脱离习以为常的无聊生活。他却把信放在盘子旁边,硬着头皮不去拆开,装出无所谓的样子,好像已经知道信的内容。两个弟弟着急了,他们不相信,一直在察言观色,使他晚餐时如坐针毡。餐后他才得脱身,一个人回到房里,把门关上。他的心跳得这样厉害,拆信时,几乎把信纸撕破了。他的手在哆嗦,不知道信里写了什么;但等到他读了几个字,担心就成了开心。

这是几行非常亲热的话。蜜娜是偷偷地给他写的。她叫他做"亲爱的克里斯德兰",告诉他她老是哭,每天晚上都望着那颗星。她去过法兰克福,那是一个大城市,有漂亮的大商店,不过她并不在乎,因为她心里只想着他。她提醒他发过的誓言,说过要对她忠诚,她不在的时候,他不找别的人,只是一心一意地想她。她说在她回来之前,要他天天努力工作,成为一个名人,她也可以出名。最后她问他可记得小客厅告别的那个早上,她要他回到小客厅去,她保证说她的心还留在那里,还会照样对他说再见呢。她在签名时写上:"永远是你的! 永远! ……"签名后还加了几句,要他买一顶狭边的草帽,不要再戴那顶难看的毡帽——"这里时兴的是戴狭边的粗草帽，帽子上围一条蓝色的宽丝带。"

克里斯托夫把信读了四遍，才没有停留在字面上，而是懂得了她的意思。他有点发迷糊，甚至连快活都打不起精神来了，忽然一下，他感到累得要命，立刻就上了床，但还舍不得丢开信，而是读了又读，吻了又吻。他把信放在枕头下面，时时刻刻用手去摸，唯恐把信丢了。一种只可意会、难以言传的幸福感流遍了他的全身。他一觉就睡到了第二天。

他的日子比较容易打发了。蜜娜对他忠诚的思想弥漫在他周围。他开始来给她写回信；但他不敢放任自己的感情，他不能够有什么说什么；这可难倒了他，也苦了他。他费了杀鸡的力气，用些规规矩矩的客套话来掩饰他的爱情，其实他特别不擅长这套辞令，结果显得奇笨无比，非常可笑。

信一寄走，他就等着蜜娜的回信，生活只是等待。等得不耐烦了，他就去散步、看书。其实他心里只想蜜娜，口里像神经病似的反复念叨她的名字；他把名字当偶像崇拜，口袋里老带着一本莱辛的书，因为书中也有个"蜜娜"；他每天从戏院出来后，甚至绕弯路走过一家杂货店，因为店家招牌上有他心爱的"蜜"字和"娜"字。

他怪自己工作时心不在焉，因为蜜娜再三劝他用功，好使她也出名。这种天真的虚荣心使他感动，表明了她对他的信任。为了满足她的要求，他决定写一部作品，不但是名义上献给她，实际上也是为她而写的。反正他这时也不可能心有二用。这个主意刚一打定，他的音乐思潮立刻汹涌澎湃。正如水库中储存了好几个月的水，忽然一下冲破堤闸，一泻千里了。一个星期以来，他脚不出房门一步。路易莎把一日三餐放在门口，因为他根本不许她进去。

他写了一首单簧管弦乐五重奏。第一部是青春的希望和欲望之歌；最后一部是情人的诙谐曲，其中穿插了克里斯托夫有点粗野的幽默。但作品的重点在第二部"小广板"，克里斯托夫在其中描写了一个热情而淳朴的心灵，那就是，或者应该是蜜娜的形象。但是谁也看不出来，连她自己也不认得；那不要紧，要紧的是他认得出；他在幻想中感到情人的生命掌握在他手里，快活得都发抖了。对他来说，没有什么工作比这更容易、更愉快了；她不在时，积压在他心中的爱情太沉重了，工作反倒使他放松；同时，对艺术作品的关心，为了控制自己的热情，为了集中表现美丽而清楚的形式所必须做出的努力，都使他的精神变得健康，使各种能力都得到平衡，这就使他的身体也感到非常愉快。这种至高无上的乐趣是每个艺术家都有亲身体会的：在他创作的时候，他不再是欲望和痛苦的奴隶，而是成了它们的主人;一切使他愉快或痛苦的东西,都随他的意志自由支配。这种时候实在太短!因为时间一过,他会发觉现实的枷锁反倒更沉重了!

克里斯托夫全心全意投入工作时,他简直没有想到蜜娜不在身边,因为他的心和她生活在一起。蜜娜不再在蜜娜身上,而是完全在他心上了。但等到曲子一作完,他又发现自己形单影只,甚至比以前更加孤独,更加疲倦;他忽然想起,自从他给蜜娜写信后,已有两个星期没有得到她的回信了。

于是他又给她写信;这一回,他可不像头一封信那样用些清规戒律来束缚自己的感情。他用开玩笑的口气怪蜜娜把他忘了,其实他并不信以为真。他搔痒似的说她懒,并且亲热地说了些不中听的话。他神秘莫测地谈到他的工作,想要引起她的好奇心,还想等她回来时,使她喜出望外。他仔仔细细地描写了他买的帽子,还说为了服从专制女王的命令,他如何字字照办,如何不出家门一步,如何推托身体不好,谢绝了一切邀请。但他却没有说明白:他甚至冷落了大公爵,因为在他创作热情高涨的时候,公爵府请他去参加晚会,他居然也拒绝了。这封信写得高高兴兴,随随便便,到处是情人之间微不足道的秘密,他却以为只有蜜娜一个人看得懂;他还自作聪明,小心在意地避免谈情说爱,用"感情"两个字来代替"爱情"。

信一写完,他觉得暂时宽了心,首先,因为写信使他幻想在和离人谈话;其次,因为他相信蜜娜会立刻回信。因此,他头三天很有耐性,他估计信件来往大约要三天。但等到第四天一过,他又觉得简直活不下去了。他干什么都有气无力,不感兴趣,只是等待邮差送信来的时刻。于是他急得跺脚。他甚至变得迷信了,听见壁炉里噼啪一声响,或者随便听到一句什么话,他都当作来信的好兆头。送信的时间一过,他立刻又垮了台。他不再工作,也不再散步,生活的唯一目的是等邮差下一次来;而要支持到那个时刻,还得花费他的全部精力。一到晚上,整天的希望都落了空,他简直给绝望压倒了,几乎觉得连第二天都活不到;于是他一连几个小时坐在桌子前,什么也不说,什么也不想,甚至连觉也不想睡,最后,勉勉强强上了床,却又睡得昏天黑地,尽做荒唐的梦,简直以为黑夜没个尽头。

这样不断的等待,时间一长,的的确确成了病态。克里斯托夫居然怀疑父亲、弟弟,甚至是邮差把他的信藏起来了。焦急不安在啃着他的心。对于蜜娜的忠诚,他却一点也不怀疑。因此,如果她不写信,那一定是她病了,病得要死,说不定已经死了。他跳起来抓住一支笔,立刻写第三封信,那是心碎肠断的几句话,这一回,他再也控制不住感情,甚至顾不上字的拼法了。寄信的时间很紧迫；他涂涂改改，墨迹还不干就翻过一面，字迹都模糊了，信封也弄脏了，这有什么关系！总不能等下一次邮班呀。他赶快跑去邮局寄信，然后，又是心急如焚的等待。第二天夜里，他梦见蜜娜病了，叫他赶快去；他立刻爬起来，要动身去找她。但是到哪里去？哪里找得到她呢？

第四天早上，蜜娜的回信来了，只有半页，又冷淡，又生硬。蜜娜说她不懂他这种糊涂的担心是从哪里来的，她没有病，没有时间写信，请他不要这样胡闹，不要再来信了。

克里斯托夫面如土色。他还不怀疑蜜娜的真诚。他只怪自己写的信太荒唐，太冒失，难怪蜜娜生气。他认为自己太蠢，用拳头打自己脑袋。这又有什么用？他到底不得不承认：蜜娜爱他，并不像他爱蜜娜一样。

以后的日子闷得没法说。空虚怎么能描写呢？克里斯托夫不再和蜜娜通信，这就剥夺了他生活中藕断丝连的乐趣，只剩下了机械的生活；如果他生活中还有什么事值得一提的话，那就是在夜晚上床之前，像小学生一样把日历撕掉一页，不管他和蜜娜还要分别多少日子，离她回来的时候总又近了一天。

她该回来的日子已经过了。已经过期一个礼拜了。克里斯托夫由垂头丧气变得焦急不安。蜜娜走前答应过他，会事先告诉她回来的日期和钟点。因此，他时时刻刻都在等待，准备去接她；她为什么迟迟不来，他百思不得其解。

一天晚上，一个邻居，就是祖父的老朋友、挂毯工人费什叼着烟斗来找梅希奥谈天，这是他晚餐后的习惯。克里斯托夫白白等到邮差过去，非常苦恼，正要上楼回房间去，忽然有一句话使他心惊肉跳。费什说：第二天一大早，他要到克里赫家去挂窗帘。克里斯托夫一愣，问道：

"怎么！她们回来了？"

"不要开玩笑！你知道得比我清楚，"老费什笑笑说，"早回来了！两天前回来的。"

克里斯托夫再也听不下去了；他离开了房间，准备出去。母亲不声不响地注意他，跟着他走到过道里，胆小怕事地问他到哪里去。他不回答就走了。他心里受了伤。

他跑到克里赫家。已经是晚上九点。她们母女两个都在客厅里，看见他来并不觉得意外。她们从容不迫地招呼他。蜜娜正在写信，从桌子上伸过手来给他握,但信并没有放下,只是漫不经心地问他情况。她口里说请他原谅她忙,不够礼貌,假装听他讲话,却又打断他的话头,去问母亲无关紧要的小事。他本来准备说些心里话,说她们离开后他多么痛苦,但他刚结结巴巴地说了几句,看见她们听时并不注意,就没有勇气说下去,听起来倒像是在捏造了。

等到蜜哪写完了信,她又拿起一本书来,坐在离他几步远的地方,开始对他谈这次旅游。她谈到这几个愉快的星期,骑马的乐趣,古堡的生活,接触的人物;她越谈越来劲,提到些克里斯托夫不知道的人和事,母女两个都笑了。克里斯托夫却觉得自己成了这个故事的局外人,他不知道如何表态才好,只得露出尴尬的笑容。他的眼睛盯着蜜娜,恳求她赏脸看他一看。但她难得看他一眼,即使看他,也总是在和母亲谈话,而她的眼睛和声音虽然可爱,但并不带感情。是不是因为母亲在身边她才这样检点?他想和她单独谈谈;克里赫夫人偏偏一刻也不走开。他设法把话题扯到自己身上,谈他的工作,他的打算;但他隐隐约约觉得蜜娜在逃避他;他好不容易才引起她的兴趣。的确,她似乎在注意听,用各种惊叹的口气打断他的话头,虽然她的插话往往对不上号,但还算表示关心。他正陶醉在她甜蜜的微笑中,希望恢复他们的旧情,却看见蜜娜把小手遮住小嘴,打了一个呵欠。他只得赶快住口。她一见,就客客气气地道歉,说是自己累了。他站起来,以为她们还会留他;但她们什么也没说。他告辞的时间拖了很久,等待她们请他第二天再来,但没人说这话。他不得不走了。蜜娜也不送他。她只伸出手来,一只不带感情的手,冷冷地随他握着;他只好在客厅当中和她分手。

他回到家里,心里冰凉,非常害怕。两个月前的蜜娜,他心爱的蜜娜,连影子都不见了。这是怎么回事?她是怎么了?可怜的克里斯托夫从来还没见过心灵不断的变化,彻底的消失,整个的改头换面,他只知道单纯的心灵,却不知道复杂的心潮,心中的后浪总是推动前浪,前仆后继,这是个简单的事实,但对他来说,却显得太无情了,他怎么也不能相信。他吓得连这种想法都不能接受,硬以为是自己看错了,蜜娜还是以前的蜜娜。他打定主意,第二天早上再去找她,不管怎样也要和她谈谈。

他没有睡着。他一夜都在听钟敲几点了。天一亮,他就跑到克里赫家去,在门外兜圈子;门一开,他就走进去。但他碰到的不是蜜娜,而是克里赫夫人。她喜欢活动,有起早的习惯,正提着一把壶,往阳台下的花盆里浇水。一见克里斯托夫,她满不在乎地喊了他一声:

"哦！"她说，"是你呀！……你来得正好，我正有话要对你说。等一下，等一下……"

她进去了一会，放下水壶，擦干双手，再走出来，看见克里斯托夫的窘样子，微微笑一下，他却觉得情况不妙。

"我们到花园里去吧，"她又接上话头说，"那里好说话。"

花园里到处有他恋情的痕迹，他跟着克里赫夫人走了进去。她看见这个小青年心慌意乱，觉得有趣，并不急于开口。

"我们就坐在这里怎么样？"她到底说话了。

他们在长凳上坐下。蜜娜在离别的前夕，就是在这条凳上吻过他。

"我想，你知道我要谈什么，"克里赫夫人做出认真的样子说道，这更使小青年不知所措了。"我怎么也没有想到，克里斯托夫。我把你当作一个懂事的孩子。我信任你。但我没有料到你会辜负我的信任，竟把我的女儿搞得疯头疯脑。我把她交托给你。你应该尊重她，尊重我，尊重你自己。"

克里赫夫人说话的口气半真半假，其实，她并不把这种幼稚的爱情放在心上，但克里斯托夫却听不出；他对什么事情都太认真，因此，他觉得这些话伤了他的心，要了他的命。

"不过，夫人……不过，夫人……"他结结巴巴地说，眼泪都流出来了，"我从来不敢辜负您的信任……我求您不要那样想……我不是一个坏人，我敢向您发誓！……我爱蜜娜小姐，我全心全意地爱她，我还打算娶她。"

克里赫夫人微笑了。

"不行，可怜的孩子，"她表面上和和气气地说，其实，他到头来就会明白，她并不把他放在眼里，"不行，这是不可能的，这只是儿戏。"

"怎么会呢？怎么会呢？"他问道。

他抓住她的双手，不把她的话当真，尤其是她的声音更柔和了，这几乎使他放了心。但她继续笑着说：

"因为……"

他追问下去。她并不把他当作一回事，而是似是而非地说：他没有财产，而蜜娜的欲望很多。他便说这不要紧，他会有钱有名的，蜜娜想要的名利，想要的一切，他将来都会得到。克里赫夫人表示怀疑，对他的自信只觉得有趣，但她不再反驳，只是摇头。他却追着不放。

"不行，克里斯托夫，"她只好斩钉截铁地说，"不行，不必争论了，这是不可能的。不只是钱的问题。问题还多着呢！……比如说，家庭地位……"

她不用说下去。这一针刺中了要害,刻骨铭心。他的眼睛打开了。他看出了笑容的反面,和好心好意深处的冷淡,他忽然一下明白了他和这位贵夫人之间的距离,虽然他像儿子一样爱她,虽然她看起来也像母亲一样对待自己;但他发觉这是一种居高临下的感情。他站起来,脸色惨白。克里赫夫人还在用安慰的声音对他说话,但没有用;他再也不觉得她的话好听,每句高雅的话后面都隐藏着一颗无情的心。他一句话也说不出。他走了。在他周围,天昏地转。

回到房里,他扑倒在床上,自尊心受了伤,他气得哆嗦,就像小时候一样,他咬枕头,把手帕塞在嘴里,免得人家听见他哭叫。他恨克里赫夫人。他恨蜜娜。他愤怒地不把她们放在眼里。他好像挨了一个耳光,他又羞又恨,气得发抖。他要报复,马上行动。不出这口气,他会死的。

他爬起来,写了一封言辞激烈,内容糊涂的信。

夫人:

我不知道你是不是看错了我,像你说的那样。我只知道,我真是瞎了眼,看错了你。我把你们当作朋友,你自己也这么说,看起来也是把我当朋友,所以我爱你们,甚至超过了我的生命。现在,我才看清楚了,这一切都是假的,你对我的感情只是一个借口,你用得上我,要我给你们消愁解闷,演奏音乐,成了你们的用人。你们的用人吗?我不是的!我并不是任何人的奴仆!

你硬要我相信我没有权爱你的女儿。一个人心里爱什么,这是全世界也阻止不了的;如果说我的地位不如你们高,但我的心却和你们的一样高贵。而使人高贵的正是他的心灵,虽然我不是伯爵,但是我的荣誉也许比好些伯爵还高。不管伯爵也好,用人也好,只要他看不起我,我也就看不起他。如果一个人自命不凡,但心灵并不高贵,我就把他看成粪土。

别了!你看错了我。你欺骗了我。我厌恶你。

不管你怎么样,我还爱蜜娜小姐,并且一直要爱到死,因为她是我的,什么也不能使我改变。

他刚把信丢进邮筒,立刻给自己做的事吓坏了。他要压制自己不去想;有些句子偏偏要涌上心头;一想起克里赫夫人读到这些傻话时,他不禁出了一身冷汗。起初,这件伤心事还能给他力量;但从第二天起,他明白这封信的结果只会使他和蜜娜彻底分开,在他看来,那是再不幸也没有的了。他还妄想克里赫夫人原谅他年幼无知,不和他认真计较,只是声色俱厉地教训他一顿,说不定还会被他的真情感动呢。只消她一句话,他就会跪倒在她脚下,低头认罪。他等了五天。信来了,上面说:

亲爱的先生:
　　既然在你看来,我们之间存在误解,那最妥当的办法,当然是不必延长这种误解的关系。假如我再把这种使你痛苦的关系强加在你身上,那我就不能原谅自己了。因此,如果我们停止来往,你当然不会见怪。我希望你将来会有不少称心如意的朋友。我对你的前途毫不怀疑,对于你在音乐界的发展,我会拭目以待。谨致敬意。

约瑟华·冯·克里赫

最令人痛苦的责备也不会这样冷淡无情。克里斯托夫看到自己完蛋了。对待你不公正,你还有办法可想。人家客客气气,眼睛里根本就没有你,那有什么办法呢?他急疯了。一想到见不着蜜娜,再也见不到了,他简直无法忍受。他觉得世上的自尊心真是微不足道,比不上点滴的爱情。他忘了尊严,成了软骨头,写了几封信去求饶。这些信和他气昏了头写的信一样愚不可及。他当然得不到回信。

一切都在不言中了。

他几乎死了。他想到自杀。他想到杀人。至少在想象中,他以为自己这样想。他恨不能放一把火。简直想象不到在孩子的心中,爱到极点和恨到极点会逼他做出什么事来。这是他幼年时代最可怕的危机。这场危机也结束了他的幼年时代,锻炼了他的意志,但也几乎使他永远意志消沉。

他觉得活不下去了。他靠着窗子,看着院子里的砖地,一看就是几个小时,他像小时候一样在想,有什么办法可以逃避生活的苦难。办法倒有一个,而且就在跟前,可以立刻见效……立刻见效么?谁说得准呢?……也许要过几个小时,受几个世纪苦难的煎熬!……但孩子是如此灰心绝望,就让思想滑进了这个漩涡。

路易莎看得出他在受苦。她猜不透他的心事;但她的本能隐约感到有危险。她尽量接近儿子,要了解他的痛苦,好安慰他。但可怜的母亲已经不习惯和克里斯托夫谈心了;好几年来,他老是把话憋在心里。而她家务太忙,没有时间去揣摩他的心事。现在她想帮忙也帮不上。她在他身边转来转去,好像自己的心在受折磨;她想找话来安慰他,又怕说得不对反而惹他生气。尽管她谨小慎微,但她的一举一动,甚至她一出现,都会使他恼火;因为她心不灵,手不巧,他也不能容忍缺点。其实他爱母亲,母亲也爱儿子,但爱归爱,只要一点小事就能把两个亲爱的人分开。比如说话过头,动作太笨,无意之中眼睛一眨,鼻子一哼,吃的样子,走的姿势,笑的声音,或者身体不知怎么出了一点毛病……其实,这算得了什么呢?但世界上的事就是如此。母子、兄弟、朋友,本来非常亲近,却往往为了一点微不足道的小事,再也搞不到一起来,只得各走各的路。

因此,克里斯托夫并不能从母亲的痛苦中得到帮助,支持他度过这次危机。再说,爱情是自私的,只顾得上所爱的人,别人的感情并没有什么价值。

一天夜里,家里人都睡了,他一个人坐在房里,不思不想,一动不动,陷在这些危险的念头当中,忽然,寂静的小街上响起了一阵脚步声,接着,急骤的敲门声把他从麻木的状态中惊醒了。他听见模模糊糊的说话声。他想起了父亲还没回家,大概又像上星期一样,喝醉了酒倒在街上,给人送回来了,他一想到就恼火。因为梅希奥近来纵酒贪饮,毫无节制,要是别人早已一命呜呼,而他却壮得像牛头,无论怎样过度,怎样胡闹,他还是一样结实。他一个人吃四个人的东西,喝起酒来总是烂醉如泥,刮风下雨也在外面过夜,吵起架来给人打得昏倒在地,第二天爬起来依然快快活活,热热闹闹,使大家都嘻嘻哈哈。

路易莎已经起来了,赶快跑去开门。克里斯托夫却动也不动,遮住耳朵,免得听梅希奥的醉话和邻居的怨言……

忽然,一种无以名状的焦急感涌上他的心头,他感到大祸临门了……立刻,一声令人心碎的惨叫使他抬起头来。他冲出门去……

在阴沉沉的过道里,一盏灯笼发出颤抖的光线,照在一群低声说话的人身上。人群中央有一副担架,上面躺着个浑身滴水、一动不动的死人,就像从前躺着祖父一样。路易莎在死人头边呜咽。原来是梅希奥在磨坊的水沟里淹死了。

克里斯托夫喊了一声。世界上其他一切都销声匿迹了,其他痛苦都一扫而光了。他扑倒在父亲身上,同路易莎一起大哭起来。

他坐在床头,看着长眠的梅希奥,父亲脸上的表情现在变得严肃、庄重,他心里感到死亡阴森森的宁静。他幼稚的热情像退烧一样消失了;坟墓里的冷气把什么都吹凉了。蜜娜,自尊,爱情,唉!多么可怜!在现实面前,在死亡这唯一的现实面前,什么都微不足道了。这样吃苦,向往,不安,划得来吗?到头来还不都是一死!……

他瞧着安眠的父亲,不尽的怜悯之情涌上心头。他记起了父亲做过的点滴好事,对他的点滴好意。因为梅希奥虽然毛病很多,但到底不是个坏人,想起来好处还不少。他爱家里的人。他为人正直。他有一点克拉夫特家的硬脾气,在道德和荣誉问题上,从不讨价还价,也不能容忍污泥浊水沾染他家的名声,而很多上流社会的人却完全不把这当作一回事。他有勇气,碰到危险他敢出头,把冒险看成儿戏。他花起钱来大手大脚,不但是对自己,对别人也一样,他看不得人家愁眉苦脸,路上碰到可怜的穷人,他会把自己的钱,甚至不是自己的钱,都给了人家。这些好事现在出现在克里斯托夫眼前,甚至是在放大镜前。他过去似乎看错了父亲。他怪自己从前不爱他。他现在知道父亲是生活中的败将,他仿佛听到他不幸的灵魂在悲叹哀鸣,不知所措,不敢斗争,白白地浪费了自己的生命。他又听见父亲苦苦的恳求,口气令人心碎:

"克里斯托夫!不要瞧不起我!"

他悔恨交加,心潮澎湃。他扑在床上,一边哭,一边吻死者的脸。他像从前一样,翻来覆去地说:

"亲爱的爸爸,我没有瞧你不起,我爱你!原谅我吧!"

但恳求的声音没有平息,老在耳边回荡,周而复始,焦急不安:

"不要瞧不起我!不要瞧不起我!……"

忽然一下,克里斯托夫看到躺在床上的,不是死者,而是他自己;他听到那苦苦哀求的声音也出自他的口中,他还感到压在自己心上的,是无法挽救地浪费了的一生所造成的痛苦。于是他恐怖万分地想道:"宁可受尽世上的苦难,也不要走上死路!……"他离死路不是只差两步吗?为了逃避痛苦,他不是几乎成了懦夫,要中断自己的生命吗?一切痛苦,一切欺骗,比起用死来欺骗自己,否定自己,藐视自己而犯下的滔天罪行,其实是小巫见大巫。

他看出人生是一场不停的、无情的战斗,要做一个名副其实的人,就应该经常和成千上万的无形敌人作斗争:要击退自然的伤害力,乱七八糟的欲望,见不得人的思想。这些阴险的敌人把你推向堕落,推向毁灭。他看出了自己几乎中了敌人的圈套。他看出了幸福和爱情只是昙花一现的骗局,结果是要解除心灵的武装,使你束手就擒。于是这个十五岁的小小的清教徒听见了心里的上帝对他的呼声:

"向前,向前,永远不要停。"

"可是主啊,你叫我去哪里?随便我做什么,随便我去哪里,到头来还不都是一样?尽头还不就在那里?"

"人总是要死的,那你就去死吧!人总是要受苦的,那你就去受苦吧!活着并不是为了享福。活着只是为了替天行道。受苦吧。去死吧。受苦要做个人,死也要做个人。"

第二卷 青春

LIBRARY
OF
WORLD
LITERATURE

第一部　于莱之家

他的家沉浸在一片寂静之中。自从父亲死后,一切都显得死气沉沉的。现在,听不见梅希奥吵吵闹闹的声音了,从早到晚就只听到没完没了的潺潺流水声。

克里斯托夫苦苦地投入了毫不懈怠的工作。他吞下了这口怨气,拼命要惩罚自己,谁叫他妄图非分的幸福呢！对于人家的慰问,对于真心实意的劝解,他都一言不发,只是咬紧牙关,仿佛一开口就会泄气似的。他憋着一肚子的苦水,抓紧每一天的工作,教起钢琴课来似乎彬彬有礼,其实是冷冰冰的。女学生听说他不幸的遭遇,还是怪他不近情理。但是年纪大一点,有苦难经验的学生,知道一个年轻人外表显得这样冷漠无情,一定是内心深处有难言之痛,就对他表示怜悯。但对别人的同情,他毫不感激,甚至音乐也不能给他带来什么安慰。他弹琴并不感到乐趣,只是在尽本分。人家会以为他唯一的刻骨铭心的乐趣,就是对什么都不感到乐趣,或者是故意自讨苦吃,或者是剥夺了自己生存的理由,却偏偏还要生存下去。

他的两个弟弟都觉得死了父亲的家庭冷清得可怕,避之唯恐不及。罗多夫进了特奥多伯伯的商行,总算在莱茵河的航船上找到了活干,就往来于美因兹和科隆之间,不缺钱用不会回家。只剩下克里斯托夫和母亲住在太大的空房子里;他们微薄的收入,加上父亲死后才发现他欠下的债务,逼得他们不得不忍痛离开故居,去找两间更便宜,更低级的房子。

他们在莱市街一所房屋的二层,找到了两三间小房子。地区在闹市中心,离开河流、树木和熟悉的环境太远了。不过这时得讲道理,不能感情用事;克里斯托夫不是需要用外来的痛苦减轻内心的痛苦吗？这正是一个好机会。何况房东是法院的录事老于莱,是祖父的朋友,和全家都熟悉,光凭这一点,路易莎就打定了主意,她在空房子里感到丧魂失魄似的,什么也打不消她要接近亲朋故旧的念头。

他们准备搬家。他们就要永远离开这又可怜、又可爱的老房子,在这最后几天,他们依依不舍地体会那凄凉的苦味。母子间都不敢互相诉苦,不是害怕,就是不好意思。各人都认为不应该向对方露出自己的伤心处。用餐时,他们两个人在一间阴沉沉的、百叶窗半开半关的房间里,连说话也不敢高声,赶快吃完了事,也不瞧对方一眼,唯恐掩盖不住自己的心慌意乱。他们一吃完就赶快分开。克里斯托夫去干他的事;但一有空就溜回来,悄悄地走进家门,踮着脚上自己的卧房,或是爬到顶楼。然后,他关上门,坐在一个角落里,不是在旧箱子上,就是在窗槛上,待在那里什么也不想,听着老房子无以名状、不声不响的呼吸。只要一有轻微的脚步声,房子就会颤抖,他的心也会跟着颤抖起来。他竖起耳朵来听户内、户外的声息,地板咯吱的声响,还有分不清却又熟悉得很的杂音:都是他听惯了的。他迷迷糊糊,往日的形象涌上心头;他就这样出神,一直要等到圣马丁教堂的钟声把他惊醒,他才想起来应该走了。

楼下,路易莎轻手轻脚地走来走去。有时,大半天听不见她的脚步声;没有一点动静。克里斯托夫竖起耳朵来听。他有点放心不下,就走下楼来,大难之后,人总是心情不安的。他轻轻地推开了半边门,看见路易莎背朝着他,坐在壁橱前面,周围是她翻箱倒柜找出来的破衣烂衫,零星物件,或者是纪念品。她翻出来说要清理,但是没有勇气来收拾,因为每件都会勾起一件往事;她翻来翻去,东摸西摸,出起神来,手里的东西掉下去了,她的胳膊垂着,也不去捡,有气无力地坐在椅子上,沉醉在麻木的痛苦中。

现在,可怜的路易莎只靠回忆往事来打发她大部分时光,而往事对她很吝啬,没有留下多少快乐的回忆;好在她受惯了苦,只要一点小恩小惠,就可以使她感激不尽,所以她过去生活中星星点点的微光,已经给她带来了足够的幸福。梅希奥造成的痛苦完全忘掉了,她只记得他的好处。他们的婚事简直是生活中的奇迹。虽然梅希奥是心血来潮,一结婚就后悔,而她却是把心都掏出来给了他的,并且以为自己得到的爱情和付出的一样多;因此她对梅希奥百般温存,万分感激。他后来怎么变了,她并不想费心竭力去了解。既然看不清现实的真相,她就只会忍受,一个谦虚老实的女人并不需要了解生活才活得下去。她自己解释不清楚的事,就归之于天命,让上帝去解释。她虔诚得与众不同,梅希奥或别人叫她受了委屈,她认为这是天意,把账算在上帝头上,而他们给她的好处,她却全都记在他们账上。因此,这种苦难的生活并没有给她留下一点痛苦的回忆。她只觉得自己垮了,衰弱的身子,过了这么多吃不饱、累不死的日子;现在,梅希奥不在了,两个儿子远走高飞,离开了家,剩下一个似乎也用不着她,她哪里还有做什么事的动力呢?她累了,昏昏沉沉,麻木不仁。她正在经历一个精神萎靡的阶段,辛苦度日的人到了暮年,如果又碰到意外的打击,往往就会想到为谁辛苦为谁忙,她干什么都没有劲,袜子也织不完,抽屉打开了也懒得收拾,甚至连关窗子都站不起来了;她坐着不动,脑子里空空的,浑身无力,只有回忆往事还能打起精神。她感到自己精力衰退,惭愧得脸都红了,还要尽力瞒过儿子,而克里斯托夫一头栽在自己的痛苦中,根本没心管母亲。当然,母亲现在说话做事,都慢得叫他心里不耐烦,她的动作和以前也大不相同,但他都顾不上了。

一天,他头一次注意到母亲坐在破烂堆里,这才大吃一惊,怎么旧衣服乱摆在地板上,堆在她脚下,塞在她手里,遮住了她的膝盖!她伸长了脖子,低头弯腰,脸上的表情呆板。一听见他进来,她吓了一跳,苍白的脸上出现了红色;她不自觉地要把手里拿东西藏起来,尴尬地笑了一笑,模糊不清地说:

"你看,我在收拾……"

看见可怜的母亲埋葬在旧时代的遗物堆中,他觉得又痛心,又同情。但他却故意用生硬而埋怨的口气说话,想拉她一把,把她从麻木不仁的状态中拉出来。

"得了,妈妈,得了,不要老是这样待着,待在灰尘堆里,房门老是关着!这对身体不好。应该打起精神来,不要收拾个没完没了。"

"你说得对。"她和和气气地答道。

她要站起来,把东西放回抽屉里去。但她马上又坐下了,手里拿的东西掉到地上,泄气地说:

"不行,不行,我老也收拾不完。"

他吓坏了。他弯下腰去,用两只手摸她的额头。

"瞧,妈妈,你怎么啦?"他说,"要不要我帮忙?你是不是病了?"

她不回答。她要哭也哭不出来。他捏住她的手,跪在她面前,想在这昏暗的房间里,看清楚她的面孔。

"妈妈!"他担心地叫了一声。

路易莎把额头靠着他的肩膀,顿时泪下如雨。

"我的孩子。"她反复地说,紧紧地搂住他,"我的孩子!……你不会离开我吧?答应我,你不会离开我吧?"

他难过得心都要碎了:

"不会,妈妈,我不会离开你的。你怎么会这样想呢?"

"我真辛苦!什么都留不住,一切……"

她指指周围的东西,也不知道她说的是儿子和丈夫,还是这堆破烂。

"你会留下来陪我吗?你不会离开我吗?……要是你也走了,叫我怎么办呢?"

"我不会走。我要和你住在一起。不要哭吧。我答应你了。"

她还是哭个不停。他用手帕给她擦干眼泪。

"你怎么啦,好妈妈?你难过吗?"

"我也说不出,我也说不出是怎么回事。"

她没法静下来,努力笑了一笑。

"我劝自己也没有用,无缘无故就会哭起来……你看,又要来了……真没办法。我太蠢了。人也老了。没有力气。没有口味。不顶事了。还不如跟这堆东西一起打发了事……"

他像对孩子一样,把她紧紧抱在胸前。

"不要折磨自己了,歇一歇吧,不要乱想……"

她慢慢地平静下来。

"我真荒唐,太不好意思了……不过,我怎么会这样呢?怎么会这样呢?"

辛苦了一辈子的老妈妈弄不明白,怎么忽然一下就干不动了;她觉得难为情。他却装作什么也没有看出来。

"你有点累了,妈妈,"他说时尽量装出不在乎的口气,"不要紧的,你看……"

其实,他也担心了。他从小看惯了母亲坚强,吃苦耐劳,不声不响,什么考验都经得起。现在她却垮了下来,不由得他不害怕。

他帮她把地板上七零八落的东西捡了起来。她往往拿起了一样东西就放不下;他就轻轻地从她手里拿走,她也只好由他算了。

从这一天起,他认为自己责无旁贷,应该尽量和母亲待在一起。事一干完,他不再关在自己房里,而是来陪她了。他感到她那么孤独,但又脆弱得受不了寂寞,让她一个人待着,恐怕会出事的。

晚上,他坐在她身边,靠着朝街打开的窗子。苍茫的暮色慢慢笼罩了田野。人们都在回家。远方的房屋亮起了点点灯光。这样的夜色他们不止见过一千次。但在不久之后,他们就再也看不到了。他们断断续续地交谈。两个人互相指出一些和黄昏同时来临的、众所周知、毫不意外的小事,仿佛温故能够知新一样。他们有时很久都不说话。路易莎会无缘无故想起一件往事,一个没头没尾的故事,想到什么就说什么。现在,她感到身边有个体贴她的人,舌头也不那么僵化了。她费了好大的劲找话说。这对她倒是件难事,因为她已经养成了靠边站的习惯;她认为儿子和丈夫都聪明过人,没有她说话的份,所以他们交谈起来,她总不敢插嘴。克里斯托夫真心实意的关怀对她是件新鲜事,使她非常舒服,但也畏畏缩缩。她要找词儿,她表达不清楚,话才说了半句,却接不下去了。有时,她自己也觉得不好意思,就瞧着儿子,事情讲了一半,也就不了了之。他捏捏她的手,她感到放了心。对这个返老还童的母亲,他又是爱,又是怜惜。小时候,母亲的怀抱是他的温床;现在,他成了母亲的靠山。他悲喜交集地听她讲些鸡毛蒜皮的琐事,这些小事除了他以外谁也不感兴趣;他听她讲些不值得一提的往事,讲她平淡无奇、郁郁寡欢的一生,但对路易莎来说,这些似乎都是无价之宝。有时,他设法打断她的话头,怕她留恋往事,容易伤感,就劝她去睡觉。她明白他的用意,眼睛里流露出感激的光芒,对他说道:

"我不想睡,你放心好了,这样谈谈对我很好;我们再坐一会儿吧。"

他们就这样坐到深更半夜,等到左邻右舍都入睡了,他才对母亲说晚安。她放下了一些思想上的旧包袱,觉得轻松点了;他却挑上了新的重担,心里感到压抑。

搬家的日子终于来到了。头天晚上,他们在不点灯的房间里,待得比平时更久。两个人都不说话。过了一会儿,路易莎就会叹叹气:"唉!天呀!"克里斯托夫尽量用第二天搬家的细枝末节,来岔开她的注意力。她不想睡觉。他亲热地哄她上床。但他自己回到楼上房里,也好久没有去睡。他靠在窗口,竭力要透过昏暗的夜色,最后一次看看墙脚下滚滚流过的阴涛黑浪。他听见风声吹过蜜娜花园里的大树。天是黑压压的。街上一个人也没有。天上开始落下了一阵冷雨。风信旗咯吱咯吱地响。邻居有个孩子在哭。黑夜把忧郁洒满了大地,把地都压垮了。单调的钟声在报时:一点,半点,一刻,声音嘶哑,滴穿了沉闷的寂静,屋顶上的雨声在打拍子。

最后,克里斯托夫感到心寒意冷,要上床了,才听见楼下关窗子的声音。在床上,他想到穷人怀念过去,真是可怜;因为他们不像有钱的人,不配留恋往事;他们没有房屋,世界上没有一个角落可以珍藏他们的回忆;他们的苦乐岁月只能随风飘散。

第二天,不管风吹雨打,他们把破旧的家具搬到新居去。隔壁的老工人费什借了一辆小车和一匹小马给他们;自己也过来帮一把忙。但他们不能把家具都搬走,因为新居比老房子小多了。克里斯托夫只好做主,要母亲丢下那些最破旧、最没用的。但这也不是件容易事;不管什么小东西对她说来都有价值:一张放不稳的桌子,一把破旧的椅子,她什么都舍不得。费什只好倚老卖老,凭着他和祖父的交情,来给克里斯托夫帮腔,埋怨路易莎看不开;这个老好人懂得她的心病,答应代为保存一部分宝贝破烂,等她日后来取。这样,她才算狠下心来和家具告别。

两个弟弟都得到了搬家的通知;但恩斯特头天晚上来说,他不能来,罗多夫只在中午来了一会儿;他瞧着家具装车,出了两个主意,就装出事忙的样子走了。

小马小车走上了泥泞的道路。克里斯托夫牵着缰绳,马蹄在黏糊糊的街上踢里踏拉地走。路易莎在儿子身边打开伞,给他挡雨。然后他们把东西搬进了潮得发霉的房间,天气阴沉沉的,房子显得更暗。若不是房东的关怀,他们恐怕会给灰心失望压倒,怎么也招架不了。马车一走,家具乱堆在房间里,就要天黑了,克里斯托夫和路易莎累得要命,一个坐在箱子上,一个坐在行李袋上,忽然听到楼梯上一声干咳,有人敲门了。老于莱走了进来。他客客气气地说声对不起,要打扰他亲爱的房客一下,接着就请他们下去,和他一家人共进晚餐,庆祝他们乔迁之喜。路易莎还沉浸在忧郁中,打算谢绝。克里斯托夫也不想打搅别人的家庭团聚,无奈老于莱一片好意,克里斯托夫一想,头一天搬家,让母亲孤单地回忆往事也不是个办法,就勉强地答应了。

他们走到楼下,于莱一家人都到齐了:老人,女儿,女婿伏奇尔,两个外孙,一男一女,年纪比克里斯托夫小一点。大家都围着他们,问他们好,是不是累了,对房子满意吗,缺少什么东西,问了好多问题,克里斯托夫摸不着头脑,听不清楚,因为他们一句还没有问完,另外一个人又问了。晚餐的汤已经端上了桌,他们一起就座。不过说话的声音还是不绝于耳。于莱的女儿阿玛利亚先让路易莎了解街坊的情况,附近的街道,家庭的习惯,便利的条件,送牛奶的时间,她自己起床的钟点,有几家杂货店,她买东西出什么价钱。她不把一切说清楚决不罢休。路易莎听得头昏脑涨,不得不装出关心的样子,但她无意中插了几句话,却说明她什么也没有听进去,气得阿玛利亚从头来过。老录事对克里斯托夫讲,要靠音乐谋生多么不容易。克里斯托夫另外一边坐的是阿玛利亚的女儿罗萨,她从晚餐开始就一直讲个

不停,滔滔不绝,讲得气喘吁吁,一句话讲了一半,眼看她透不过气来,她却歇了一下,马上接着又讲。伏奇尔不太高兴,埋怨菜不合他的口味。于是这个问题引起了热烈的争论。阿玛利亚、于莱、小外孙女,都打断了自己的话,来参加这场混战;对炖肉里的盐放得太多,还是不够,争个没完没了,他们要别人相信自己对,但没有两个人的意见是一致的。于是每个人都怪别人的口味不对头,认为只有自己才是最懂口味的人。这样争来争去,简直可以争到世界末日,要请上帝来作最后的判决。

不过,话又要说回来,他们到底一致同意,都怪时代不好。对路易莎和克里斯托夫的不幸,他们表示了亲切的同情,用了些动听的言辞,来称赞他们勇敢的行为。他们不仅谈到房客的不幸,还谈到自己的、朋友的、熟人的不幸事;结果他们一致认为:好人总是要吃苦的,只有自私自利、不老实的人才过得快活。他们的结论是:人生是可悲的,生活没什么意思,如果不是上帝硬要大家活着受罪的话,那还不如死了更好。这些想法接近克里斯托夫当时的悲观心情。他对房东这一家人居然另眼看待,而对他们的怪脾气,反倒视而不见了。

他同母亲回到楼上乱七八糟的房间,两个人觉得又难过,又疲倦,但不那么孤独了;夜里,克里斯托夫睁大了眼睛睡不着觉,因为累过了头,街上又闹,他听着车轮滚滚震动了墙壁,楼下一家人打鼾的呼噜声此起彼伏,他自以为虽然不算幸福,但也不是那么不幸了,因为他现在住在好人当中;说老实话,这些人有点讨厌,但他们和他吃过同样的苦,似乎能理解他,而他也自以为能理解他们。

他到底昏昏入睡了,但天一亮又给邻居的声音吵醒了,他们一起床就闹,有人使劲用唧筒咯吱咯吱地抽水,哗啦哗啦地冲洗院子,打扫楼梯。

朱斯图·于莱是个驼背的小老头,眼神忧郁不安,脸色通红,到处是皱纹和酒刺,牙齿掉得七零八落,胡子蓬乱,他却不断用手去擦。他是个大好人,有点平庸自负,非常看重道德,和祖父的交情不薄。大家都说他们很像。的确,他们是同代人,有同样的教养;不过他没有约翰·米歇尔那样结实的身体,这就是说,虽然他们在很多方面想法相近,其实,他们还是不太相同的;因为人与人之间的差别,与其说是思想,不如说是体格造成的;无论科研成果在表面上或实际上把人分成几等,人与人最大的不同,还是身体好或不好。老于莱可并不是身体好的人。他像祖父一样看重道德;但他的道德观和祖父的并不一致;因为他没有祖父那么大的胃口,吸收那么大量的空气,露出那么快活的脸色。他和他一家人在各方面都精打细算,都不能够充分发挥。当了四十年的小职员,现在退休了,他感到无所事事的悲哀沉重地压在没有思想准备的老人身上。他天生的脾气,或职业养成的习惯,都使他谨小慎微,愁眉苦脸,而这些性格又或多或少地传给了他的每一个儿女。

他的女婿伏奇尔是亲王府秘书处的职员,大约五十岁了。他高大结实,头顶全秃,金丝眼镜贴着鬓角,脸色不坏,却自以为有病;病当然有,但显然不像他想象的那么无孔不入,只是无聊的工作腐蚀了他的精神,伏案的生活又累坏了他的身体而已。他人勤勤恳恳,并不是没有本事,甚至还有一定程度的文化修养,可惜受到现代生活的毒害,像许多关在办公室里的小职员一样,他犯下了荒唐可笑的疑心病。就是歌德说的那种"疑心生暗鬼,但还不算莫名其妙"的可怜虫,他虽然同情他们的不幸,但并不愿和他们打交道。

阿玛利亚既不是父亲那一类,也不是丈夫那一类。身子粗,声音大,喜欢动,她不同情丈夫的无病呻吟,骂起人来毫不客气。但生活在一起,年深月久,水滴石穿,一家人两口子,如果有一个打不起精神来,过不了几年,十之八九,两口子都会没精打采。阿玛利亚冲着伏奇尔大喊大叫并没有用,过不了一会儿,自己也跟着叫起苦来,嚷得比丈夫还更厉害;这样一百八十度的大转弯,从骂人家不该诉苦,变成自己也悲叹哀鸣,这对丈夫没有一点好处,反倒增加了他的负担,因为他的牢骚引起了如此震耳欲聋的反响。结果她不但吓倒了伏奇尔,也吓倒了她自己。现在轮到她了,她也养成了习惯,无缘无故地担心自己的健康,还有父亲的、女儿的、儿子的。这成了一种怪癖:因为说得太多,居然信以为真;只要得了一点伤风感冒,就以为会要了人的命;不管什么事情,都会吓得惶惶不安。即使身体都好,她也总是自讨苦吃,想到迟早还要病的。因此,日子老是过得提心吊胆。再说,诉苦并没有使身体变得更坏;似乎经常发发牢骚反能保持大家健康。于是每个人照常吃喝、睡觉、干活,而家庭生活的节奏并没有放慢。阿玛利亚从早到晚,从上忙到下,还不心满意足,总要大家跟她一道拼命干;只听见他们挪动家具,冲洗砖地,擦净地板,一片人声、脚步声,踢踢踏踏,一开动就没个完。

两个孩子见惯了母亲发号施令,不容分说,似乎认为乖乖听话是天经地义的事。男孩子叫莱奥内尔,脸长得不难看,但是没有表情,动作不太自然。妹妹罗萨长了一头金发,蓝眼睛相当漂亮、温顺、亲热,皮肤娇嫩,和和气气,讨人喜欢,可惜鼻子长得大了一点,显得愣头愣脑,看起来有点蠢。她很像巴塞尔美术馆中霍尔朋画的梅耶市长的女儿,画中人坐着,眼睛朝下,两只手放在膝头,淡黄的头发披在肩上,因为鼻子不好看而显得拘谨。但罗萨却不管鼻子怎么样,照样说起话来没完没了。大家随时听得到她的尖嗓子说长道短,总是上气不接下气,唯恐时间不够,怕她的话说不完似的。她一讲就来劲,兴致勃勃,母亲、父亲、外祖父气得骂她也没有用。他们生气并不是怪她话多,而且因为她妨碍了他们说话。这些好人忠诚、老实、厚道,几乎什么好处都有,但是缺少了一样使生活变得更有趣的东西,那就是他们不知道什么时候不该说话。

克里斯托夫能容忍别人的缺点了。他受过的痛苦改变了他不肯饶人、容易爆发的脾气。他见过外表高雅、内心冷酷无情的人之后,反倒觉得没有风度、讨厌得要命的好人更加可贵,因为他们在认真生活;但因为他们生活得没有乐趣,他却误认为他们生活得坚强了。他理智上认为他们是好人,他应该喜欢他们,作为一个重理的德国人,他就硬要自己相信他当真喜欢他们了。不过这可不容易做到,因为他到底缺少日耳曼民族那种理想主义的精神,不能为了害怕扰乱平静的思想、破坏舒适的生活,就不愿意看见、也真看不见难看的东西。恰恰相反,他越喜欢一个人,越能看出他的缺点,因为他要全心全意、毫无保留地爱他,这种爱是一种不自觉的忠诚,是无法抗拒的、对真理的需要,这使他对所爱的人看得更清楚,要求也更高。因此,不久之后,他就对房东这一家不如人意之处,口里虽然不说,心里却很恼火。加上这家人又不掩饰自己的缺点,甚至把见不得人的事都暴露在光天化日之下,而和善的品性反倒深深埋在心底。克里斯托夫心里就是这样想的,他怪自己对他们不公平,竭力要超越自己对他们的最初印象,去发掘他们小心在意地藏在灵魂深处的优秀品质。

他找机会和朱斯图·于莱谈话,老于莱正巴不得。克里斯托夫一想起祖父的宠爱夸奖,就不由自主地对老于莱有好感。但是好心的约翰·米歇尔和他的孙子不同,他看到的,只是他幻想中的朋友;这一点他的孙子也发现了。因此,克里斯托夫虽然努力想知道于莱对祖父记得些什么事,但白费力气。他从老人口里听到的,只是约翰·米歇尔模糊不清、有点可笑的形象,还有一些毫无趣味的片言只语。于莱一开始总是毫无变化地说:

"我对你可怜的祖父说过……"

他只记得自己说过的话,却没听到祖父说过什么。

其实,约翰·米歇尔可能也是一样。友谊多半是和别人谈自己,双方都得到满足。不过约翰·米歇尔虽然谈起天来兴高采烈,忘乎所以,但他起码还有同情心,不论横七竖八,他都不是漠不关心的。他对什么都感兴趣,后悔自己不再年轻,不能看到下一代的新奇发明,不能和他们交流思想。他有人生最难得的品质,那就是永不衰退的好奇心,不但没有随着岁月消失，反而每天早上都能得到新生。可惜他没有才能来充分利用他的好奇心；但多少有才能的人会羡慕他这种天生的品质啊！人一到二三十岁，多半成了行尸走肉；因为一过这个年限，他们多是有名无实的人；剩下来的日子，他们只会依样画葫芦，日复一日，越来越刻板，越来越做作，说从前说过的话，做从前做过的事，想从前想过的问题，喜欢从前喜欢的东西，过从前一样的生活。

老于莱生活过的日子已经是很久以前了，即使那时，他的生活一点也不丰富，现在剩下来的就更加少得可怜。除了他干过的职业和他的家庭之外，他几乎一无所知，并且也不想知道。他对一切事情都有现成的看法，而那些看法还是他少年时代形成的。他以为自己懂得艺术；其实他死抱住不放的，只不过是几个大名鼎鼎的人物，谈起他们来，他也只会翻来覆去地说些公式套语，人云亦云，夸夸其谈；其他一切对他来说都等于零，根本就不存在。一谈到现代艺术家，他就不听，或者说些别的。他说自己热爱音乐，并且要克里斯托夫弹琴。克里斯托夫上过一两次当，当真演奏起来，不料老人却高声和女儿谈话，仿佛音乐能给他们的谈话助兴似的，虽然他们谈的和音乐毫无关系。克里斯托夫一气之下，弹到半中间就站起来走了，却也没人注意。只有三四支老曲子，有的好听，有的并不好听，但都是大家听熟了的，演奏起来，他们才会肃静一点，并且一致说好。一听到这些老调，老人就心醉神迷了，但并不是现在尝到了滋味，而是在回想以前的乐趣。结果，克里斯托夫一弹这些老调就感到讨厌，虽然其中有他喜欢的贝多芬的《阿苔拉伊德》。老人总是爱哼曲调的开头几节，说"这才算是音乐"，并且带着瞧不起的神气，骂"该死的现代音乐有曲无调"。其实，他对现代音乐一窍不通。

他的女婿比较懂行，并且了解艺术思潮；但是这更坏了，因为他不批评则已，一批评就是贬低别人。他并不是不懂趣味，智力也不低人一等；但他总是不能容忍现代的东西。假如说莫扎特和贝多芬是他的同代人，他也会同样贬低他们，假如说瓦格纳和理查德·施特劳斯一百年前就已经死了，他又会承认他们的价值。他对时代的不满使他拒绝承认：在他活着的时候会有活着的伟大人物，一想到当代有大人物他就不高兴。他这一生都不得意，因此变得酸溜溜的，硬说大家都虚度了一生，没有谁能得志，如果有人的想法和他的相反，或者认为他的想法不对，那这个人不是太傻，就是可笑。

就是这样,他不谈起新出名的人物倒也罢了,一谈起来总是讥讽挖苦,正话反说;由于他并不傻,所以他一眼就能看穿别人的弱点和可笑之处。听到一个新名字,他总怀疑人家是虚有其名;对一个艺术家毫不了解,他就存心低估他,因为他不了解的人当然不该出名。如果他对克里斯托夫有几分好感的话,那是因为他相信这个愤世嫉俗的青年和他一样不满现实,并且没有天才。两个小人物受够了委屈,满肚子怨气。一发现双方都无能为力,这时最容易同病相怜。但是健康的人一接触到悲观失望、庸俗愚蠢的病人,却也最容易发现健康的可贵,尤其是这个病人因为自己不快活,就认为别人也不可能快活,而这正是克里斯托夫碰到的情况。这种抑郁不乐的思想对他非常熟悉,然而从伏奇尔口里说出来却使他吃了一惊,他几乎认不出来了;他觉得反感,甚至受了伤害。

更使他反感的是阿玛利亚的生活方式。说到底,这个有什么说什么的女人,不过是在尽本分而已,而尽本分正是克里斯托夫的理论。她不管谈什么,口里总要吐出"本分"这个字眼。她不停地干活,并且要别人也像她一样干。但干活的目的并不是要别人和自己更快乐,恰恰相反!简直可以说:干活的主要目的,是要大家活受累,是要使生活尽可能没趣味,似乎只有这样才能圣化生活。她干起神圣的家务来一刻也不停,这种神圣不可改变的义务,在多少女人身上取代了、甚至取消了其他道德上和社会上的义务。如果她不在每天同一个时间擦地板,洗地砖,擦门钮,扫地毯,搬动桌子、椅子、柜子,她就觉得浪费了生命。她干起家务来得意洋洋。人家还会以为她在争名争誉呢。其实,多少女人不就是这样保护她们的名誉,以为这就是她们的名誉吗?的确,名誉也是一件应该擦亮的家具,一块应该打蜡的地板,冷冰冰、硬邦邦、滑溜溜的叫你会栽跟头。

这样尽本分并不会使伏奇尔太太显得可爱。她拼死命地干粗活笨活,仿佛这是上帝降在她身上的责任。她瞧不起那些不像她一样干活的女人,尤其是干干歇歇、忙里偷闲、享受生活的女人。她有时甚至破门而入,来催路易莎干活,叫她不要干了一半就坐下来胡思乱想。路易莎叹了一口气,不知如何是好,只得微微一笑,听她的话算了。幸亏克里斯托夫一点也不知情;阿玛利亚总是等他出去了,才闯到楼上房间里去;直到目前,她还没有多管他的闲事,否则,他是受不了的。他和她一见面,就暗暗感到敌意。他最不能容忍的,是她大吵大闹的声音。那简直使他厌烦透顶。他躲进一间又低又小、靠着院子的房间,把窗子紧紧关上,宁可缺少空气,也不愿听到楼下的喧闹,但声音是门窗关不住的。他不由自主要听楼下的动静,不管声音多小,他都特别留神;有时静了一下,那可怕的声音又穿过板壁,冲上楼来,把他都气疯了;他就顿脚大叫,隔墙大骂。但屋子里一片喧嚷声,根本听不清他的叫喊,人家还以为他在作曲呢。他气得叫伏奇尔太太见鬼去。他把对长辈、对女性的尊敬都丢到脑后去了。这时,在他看来,一个最不要脸的女人如果肯不言不语,也比一个吵得上下不安的贤妻良母好一百倍。

这样厌恶吵闹的声音,他自然就接近安静的莱奥纳尔了。在一片忙乱之中,只有这个年轻的外孙不声不响,不管什么时候,他都不高声说话。他表达自己很有分寸,不出差错,字斟句酌,从容不迫。急躁的阿玛利亚可没有耐性等他把话讲完,全家都怪他慢吞吞的,他却满不在乎。他还是一样安安静静,彬彬有礼。克里斯托夫听说他要当教士,就更想了解他。

关于宗教问题,克里斯托夫觉得他的态度相当微妙,他不知道自己和宗教到底是什么关系。他从来没有时间去认真思考。他没有知识,几乎要全神贯注去对付生活的困难,所以没有工夫来分析自己,来整理自己的思想。像他这样性情过激的人,往往会从一个极端转到另一个极端,会从百分之百的信仰转到百分之百的不信,也不管自己是不是前后矛盾。在他快活的时候,他不大想到上帝,但倒是相当信上帝的。在他不快活的时候,他想起上帝来了,但却不大相信;叫他怎能相信一个不主持公道、让人受苦受难的上帝呢? 但他这样苦苦思索的时间并不太多。其实,他是太信教了,用不着老去想到上帝。他生活在上帝的心里,是上帝的一部分,不必谈信仰的问题。只有那些软弱的人、衰弱的人、贫血的人才需要信仰! 他们需要上帝,就像草木需要阳光,就像快死的人需要生命一样。一个内心充满了阳光的人,一个生气勃勃的人,为什么要到本身以外去寻找阳光和生命呢?

假如克里斯托夫的生活中只有他一个人,也许他永远不会想到这些问题。但是社会生活的义务使他不得不集中思想,考虑考虑这些幼稚然而无聊的问题,这些问题在世界上占的比重太大,每走一步都会碰上,所以他非表态不可。仿佛一颗高尚、充实、精力旺盛、热情洋溢的心,没有成千上万的紧急事要做,只该关心上帝存在不存在似的! ……如果只要相信上帝倒也罢了! 但还得相信某一个上帝,相信什么身材,什么体形,什么肤色,什么种族的上帝！这可是克里斯托夫做梦也没想到过的。耶稣在他思想中几乎不占什么地位。并不是他不爱耶稣,他想到时还是爱的,但他并没有想到耶稣。有时他也责怪自己,觉得难过,不明白为什么不更关心耶稣一点。然而,他是做礼拜的,家里人都做礼拜,祖父还读《圣经》；他自己做弥撒,因为他弹管风琴,几乎可以算是参加弥撒了；他演奏时,简直是心无二用,为人表率。但一出教堂,如果问他弹琴时想的是什么,他可说不清楚。为了集中思想,他也读《圣经》,读起来也有趣,甚至还愉快,但和读其他有趣的好书一样,并不觉得《圣经》在本质上与众不同,有什么特别神圣的地方。老实说,如果他对耶稣有好感的话,那他对贝多芬更有好感。星期天在圣·弗洛里昂教堂弹琴时,他对风琴的关心超过了对弥撒的仪式；在演奏巴赫时,他比演奏门德尔松更加虔诚。有些宗教仪式使他热情高涨……但那时他爱的是上帝还是音乐呢？有一天,一个神甫开玩笑似的贸然问到这个问题,不料这句俏皮话问得他不知所措。别人听了这话不会放在心上,不会因此改变生活方式——世界上多少人已经习惯于不知道自己想什么啊！——但克里斯托夫唯恐对不起自己的良心,什么小事都会使他苦恼。一感到良心不安,他就再也摆脱不了良心的责备。他苦恼不堪,仿佛自己口是心非似的。他到底信上帝还是不信？……他在物质上和精神上都没有办法独自解答这个问题,因为他时间既不空,知识又不够。然而问题又非解决不可,否则就是漠不关心,或者表里不一。这真叫他左右为难。

他觉得心虚,就设法去摸旁人的底。周围的人看起来都有信心。克里斯托夫急于知道他们的信心是怎样来的。但他问不出个所以然。几乎没有人能说得清楚；回答不是偏了,就是歪了。有些人以为他有傲气,对他说信仰是不能讨论的,成千上万比他聪明、比他更好的人都并不讨论就信了上帝,他也只要跟他们一样相信就得了。还有些人甚至装出生气的样子,仿佛对他们提出这样的问题就得罪了他们；也许他们对自己的信仰并不十分有把握。另外有人只是耸耸肩膀,微笑着说:"得了！相信也没有什么坏处呀……"他们的微笑等于是说:"这不是很有用吗？……"克里斯托夫最瞧不起这种人。

他曾试图把自己内心的不安开诚布公地向一个神甫倾吐,但不试倒也罢了,一试反而大失所望。他不能进行认真地探讨。和他谈话的神甫虽然显得和蔼可亲,但他客客气气地使人感到:在他和克里斯托夫之间,没有真正的平等可言；讨论前似乎就先规定了:神甫高人一等是不可置辩的,讨论不能超越他指定的范围,否则就是失礼犯规;这并不是真枪实弹的舌战,而是一场不许伤人的阅兵式。等到克里斯托夫越过雷池一步,提出一些有损神甫尊严的问题,他就像个长辈一样,微微一笑,背几句拉丁文,劝人改过向善似的要他祈祷,祈祷上帝指点迷津,就算了事大吉——谈话之后,克里斯托夫觉得神甫这种客客气气、高人一等的口气使他受了侮辱,受了伤害。不管对或不对,说什么他也不肯再请教一个神甫了。他承认神职人员比他知识多、名位高,但讨论起来,就不分什么名位高低、年龄大小了。只有谁掌握了真理,谁说的话才算数;在真理面前,人人是平等的。

因此,他很高兴找到了一个有信仰的同代人。其实,他自己也要信仰,希望莱奥纳尔能告诉他信仰的理由。他主动上门。莱奥纳尔照常和和气气,不急不忙,他对什么事都不急。因为在家里谈,不消多久就会被阿玛利亚或外祖父打断,所以克里斯托夫提出晚餐后同去散步。莱奥纳尔很客气,虽然不愿去,也不好意思说;因为他懒洋洋的,怕走路,怕说话,怕费劲。

克里斯托夫不晓得谈话应该怎样开头才好。他别别扭扭地说了两三句无关紧要的话之后,马上单刀直入,谈到他心上的问题。他问莱奥纳尔是不是当真要做教士,是不是心甘情愿的。莱奥纳尔愣了一下,惶惑不安地瞧了他一眼;等他看到克里斯托夫并不是存心刁难,才放下心来。

"是的。"他答道,"怎么可能不当真呢?"

"啊!"克里斯托夫叹了一声,"你真是幸福!"

莱奥纳尔听出了克里斯托夫的口气有几分羡慕,他觉得既惬意,又得意,立刻改变了态度,感情开始外露,脸上容光焕发。

"是的,"他说,"我是幸福。"

他显得喜气洋洋。

"你是怎么得到幸福的?"克里斯托夫问道。

莱奥纳尔没有回答,提出到圣马丁修道院的回廊里去,找条僻静的长凳坐下再谈。到了那里,可以看到小广场的一角,广场周围种了洋槐,远处,可以看到苍茫暮色笼罩下的田野。莱茵河流过小山脚下。旁边有块荒芜的墓地,坟墓淹没在乱草中,沉睡在紧闭的铁门后面。

莱奥纳尔开始谈了。他眼里闪烁着满意的光辉,说能够逃避人生,找到一个安全的地方,可以永远不受苦受难,那是多么好啊。克里斯托夫近来受的伤还没有痊愈,感到迫切需要休息和忘记,但心里还掺杂着几分遗憾。他叹了一口气,问道:

"然而,要完全放弃今生,你不觉得有点划不来吗?"

"嘿!"莱奥纳尔若无其事地回答,"那有什么可惜?难道人生是快活的、美好的?"

"总还有些美好的吧。"克里斯托夫说时,瞧瞧美丽的黄昏。

"好东西太少了。"

"少是少,但对我却够了!"

"嘿!算了吧,这是个简单的常识问题。一方面是苦多乐少;另一方面是今生无苦无乐,来世其乐无穷。这还用得着犹疑吗?"

克里斯托夫不大喜欢这样简单的算术。在他看来,这样精打细算的生活显得太可怜了。然而他又勉强要自己相信这是个聪明的办法。

"这样说来,"他用说反话的口气问道,"一时的欢乐是不可能使你动心的了?"

"多蠢的问题,既然知道了这只是一时的欢乐,而以后的日子是多得数不完的。"

"你能肯定数不完吗?"

"当然肯定。"

克里斯托夫就提问了。满腔的热忱和希望使他激动得颤抖。假如莱奥纳尔能够提出无可辩驳的证据使他信仰,那有多好!他会用无比的热情去追随他,去信奉上帝!

一开始,莱奥纳尔因为自己能扮演传道说教的圣徒而得意,以为克里斯托夫的怀疑不过是形式上的问题,只要他一引经据典,搬出《圣经》、福音、奇迹、传统等等,怀疑自然会知趣而烟消云散。不料克里斯托夫只听了几分钟,就打断他的话,说这是在用问题回答问题,但他要求的,并不是解释他怀疑的是什么,而是如何解决他的怀疑,这一下可难倒了莱奥纳尔。他脸一沉,确认克里斯托夫的毛病比他想象中的严重得多,居然妄想用理性来解决信仰问题。然而他还以为克里斯托夫是争强好胜——他想不到他竟是真心实意的——但他还不泄气,依仗着近来在学校里捞到的一知半解的神学知识,翻箱倒柜,强词夺理,玄而又玄地大谈其上帝存在、灵魂不灭的论证。克里斯托夫集中精力,皱紧眉头,一言不发,吃力地听着;总要他三番四次,翻来覆去地讲,才能跟住他的思路,抓住一点意思,塞到自己头脑里去。忽然一下他气炸了,说这是愚弄人的把戏,是耍嘴皮子的功夫,是捏造出来的文字,居然弄假成真,还以为文字是实物呢。莱奥纳尔给刺痛了,赶快担保这些经典作家决不会骗人。克里斯托夫耸耸肩,发誓说这些人不是瞎吹牛,就是乱弹琴;他要求的是真凭实据。

莱奥纳尔吓了一跳,以为克里斯托夫中了邪,不可救药,也就对他失去了兴趣。他记得有人讲过,不要浪费时间去和不信教的人争论,至少在他坚持不信的时候,不必费力不讨好。争论对他没有用,反而会扰乱自己。最好还是把他交给上帝,上帝若是有意,自然会指点他;若是上帝不愿,那谁敢违反天意呢?于是莱奥纳尔不再延长讨论。他只和和气气地说:目前没有办法说得清楚,如果一个人坚决不肯睁开眼睛,那无论怎样讲道理,也讲不清路应该怎样走的;所以只好祈祷,求上帝开恩了,上帝不开恩,那就什么都不可能做到;一定要求上帝开恩,一定要愿意相信,才会相信。

愿意相信?克里斯托夫苦苦地想。那么,因为我愿意上帝存在,上帝就会存在。那么,因为我不愿意死,死就不存在了!唉!……对那些不需要知道真理的人来说,生活是多么容易啊!还有那些能够随心所欲看到真理,能够制造称心如意的假象,舒舒服服睡大觉的人,生活也是多么容易啊!在这样一张幻想的温床上,克里斯托夫知道自己是永远睡不着的……

莱奥纳尔又接着讲。他转过头来谈他喜欢谈的题目:内心生活的乐趣;还没有冲突的危险,他就谈个不停。他单调的声音快活得颤抖,谈到信仰上帝的生活是多么幸福,可以置身于世界之外,远离尘嚣(想不到他的口气很恼火,对喧闹的厌恶几乎不在克里斯托夫之下),远离动乱,远离冷嘲热讽,远离每天不得不忍受的小小灾难,只守着信仰的安乐窝,既温暖,又安全,对人世的不幸,可以平心静气地旁观,仿佛那是与己无关,远在天外的事。克里斯托夫听着他讲,觉得看透了这种信仰是多么自私。莱奥纳尔多少猜到了几分他的心思,就连忙进行解释。沉思默想的内心生活,并不是懒散无为的生活!恰恰相反,他是在用祈祷代替行动;如果没有祈祷,那世界会成个什么样子?世界就靠祈祷来为人赎罪,代人受罪,将功补罪,在上帝面前求情。

克里斯托夫不开口,越听越反感。他觉得莱奥纳尔放弃尘世的利益是虚伪的。他并没有偏见,并不认为有信仰的人都虚伪。他知道,少数人逃世是求生不得,求死不能,悲观绝望——更少数人是幻想着极乐世界……(幻想能维持多久呢?)……但多数人是冷静思考的结果,不是为了别人的幸福,或是为了真理,而是为求自己心安。如果真心诚意信仰的人意识到了这点,知道他们神圣的理想中掺杂了私心杂念,他们会感到多么痛苦啊！……

这时，莱奥纳尔得意洋洋，正从他神圣的宝座上，居高临下地展示世界的美丽与和谐：在下界是一片黑暗，毫不公平，令人痛苦；而在天上却是一片光明，整整齐齐，清清楚楚，好像一座规规矩矩走着的时钟……

克里斯托夫只是心不在焉地听着。他心里寻思："他到底是有信仰，还是自以为有信仰呢？"但他自己的信心，对信仰的迫切需要，并没有因此而动摇。像莱奥纳尔这样的一个蠢材，凭他庸俗不堪的心灵，言之无理的论证，怎能对他有损呢？……

夜色降临到小城的上空。他们坐的长凳已经沉浸在阴影中；天上闪烁着星光，河上升起了白色的水汽，在墓园的树下，蟋蟀发出了唧唧的叫声。教堂的钟声响起来了：开始是一声高音，像孤鸟哀鸣，在天空中划出了一个句号；接着是第二声，比第一声低三度，仿佛是在声援；然后是第三声，是最低的五度音，仿佛在作答复。三个声音融成一片了。在钟楼下听来，简直是一个宏伟无比的蜂房发出的嗡嗡声。空气和心灵都震动了。克里斯托夫屏住气，心想音乐家的音乐，比起这千万生灵汹涌澎湃的大合唱来，显得多么微不足道啊！这是野性的呼声，是音响的自由世界，而人类智慧所驯服的、分门别类、冷静地贴上标签的音响世界，比起来就差得远了。他就这样沉浸在一片无边无际的音响大海之中，忘记了自我……

等到这雄伟的大合唱静了下来，等到最后的颤音在空中消失之后，克里斯托夫才醒了过来。他大吃一惊，向四周一看……他不知道自己人在哪里。里里外外全都变了。他的上帝不知道到哪里去了……

失去信仰和得到信仰一样，都是上天的恩典，都是瞬间的闪光。理智起不了什么作用；只要一点东西，片言只语，片刻沉默，一声钟响，那就够了。你在散步，你在沉思，你无所期待。忽然一下，一切土崩瓦解，周围只剩下了一片废墟。你无依无靠。你失去了信仰。

克里斯托夫吃惊之后，搞不清楚这是什么原因，也不明白怎样就失去了信仰。这就像是春天一到，河水立刻解冻一样……

莱奥纳尔的声音还在喋喋不休，比蟋蟀的唧唧声还更单调。克里斯托夫听不见他讲什么。黑夜已经笼罩大地。莱奥纳尔打住了话头。他看见克里斯托夫一动不动，心中不安，又怕时间晚了，就提出来要回去。克里斯托夫却不搭腔。莱奥纳尔就来挽住他的胳膊。克里斯托夫颤抖了一下，用迷离恍惚的眼睛看着莱奥纳尔。

"克里斯托夫,该回去了。"莱奥纳尔说。

"见鬼去吧!"克里斯托夫气得叫了起来。

"我的天呀!克里斯托夫,我怎么惹得你发火了?"莱奥纳尔吓得目瞪口呆地问道。

克里斯托夫镇定了下来。

"对,你说得对,我的好人。"他换了更温和的口气说,"我也不知道我说什么了。见上帝去吧!见上帝去吧!"

只剩下他一个人了。他心里非常难受。

"啊!我的上帝!我的上帝!"他喊了起来,扭着两只手,激动地抬起头来望着黑暗的天空,"我为什么不再相信你了?我为什么不能再相信你了?我出了什么事啦?……"

他信心的破灭和刚才的谈话并没有多大的关系,就像阿玛利亚的大叫大闹,房东一家人的滑稽可笑,并不是他道德上决心动摇的原因一样。这都不过是些借口而已。破灭动摇都不是外因造成的。麻烦来自他的内心。他感到内心有无以名状的妖魔在兴风作浪,而他不敢低下头去检查自己的思想,面对面正视内心的病魔……是病魔吗?这是不是坏事?他只觉得浑身没精打采,如醉如痴,心旷神怡而又焦急不安。他已经身不由己了。他尽力要用昨天的刻苦精神来支撑自己,但白费劲。噼啪一声,立刻山崩地裂。他突然意识到一个无边无际的世界,热情奔放,野性洋溢,无拘无束……这个世界淹没了上帝!……

这只是片刻间的事。但这一片刻却打破了往日生活的平衡。

在于莱一家人之中,只有一个人一点也没引起克里斯托夫的注意,那就是小罗萨。她一点也不漂亮,克里斯托夫自己虽然说不上是个美男子,但对别人是不是漂亮倒非常挑剔。他正处在冷酷无情的青春期,一个不好看的女人对他说来,等于是不存在——除非她已经超过了谈情说爱的年龄,只会引起别人的严肃、平静、几乎是宗教式的感情。此外,罗萨又没有什么与众不同的才能,虽然她不能算是不聪明,但她那没完没了的唠叨更使克里斯托夫敬而远之。因此,他懒得费精神去了解她,认为她没有什么值得了解的,最多不过瞧她一眼罢了。

其实,她比许多年轻的姑娘都好得多;不管怎么说,她也比他热爱过的蜜娜好。她是一个老实的小姑娘,不会卖弄风骚,没有虚荣心,甚至在克里斯托夫来以前，她还不知道自己不好看，即使知道也不在乎，因为周围的人都不在乎。有时外公或母亲骂她长得不好看，她也只是笑笑而已，心里并不相信，即使相信，觉得这也没有什么要紧，他们也不把这真当作一回事。这么多姑娘并不比她好看，甚至还更难看，不是一样有人爱吗！德国人真有福气，他们不把身体上的缺点放在心上，他们能够视而不见；更有甚者，他们的想象力会戴上有色眼镜，来美化这些缺点，灵机一动，可以在任何一张脸上找到标准美人的面目。老于莱几乎用不着别人提醒，就会说外孙女的鼻子，简直是吕松维齐为天后塑像雕刻出来的。幸亏他唠唠叨叨，不大肯说什么恭维话；而罗萨呢也并不关心鼻子的模样，引以为自豪的，只是循规蹈矩，完成了神圣的家务。家里吩咐她做什么，她就像听了福音书一般照办。她很少出门，没有条件和外人作比较，只是幼稚地佩服家里人，他们说什么，她就信什么。她生来感情外露，信任别人，容易满足，像家里人一样唉声叹气，听惯了家里的悲观论点，她也乖乖地照搬，并且重来复去。其实，她的心地善良，老为别人着想，总想讨人喜欢，愿意替人分忧，猜测别人的需要，想表示对人友好，并不希望回报。当然，家里人就要占她的便宜了，虽然他们都是好人，并且都喜欢她；但是，送上门来的便宜不占，那未免太傻了。家里人占惯了她的便宜，对她一点也不感激；无论她做什么，大家总希望她多做一点。再说，她笨手笨脚，粗心大意，急急忙忙，慌慌张张，像个男孩，过分表示好意，反而惹出乱子，不是打破杯子，就是打翻瓶子，或是关门太响，惹得家里人都拿她做出气筒。老是受到虐待，她只好躲到角落里去哭。不过她的眼泪也流不了多久。不一会儿，她又照旧嘻嘻哈哈，唠唠叨叨，不管对谁，连一点怨恨的影子都不见了。

克里斯托夫搬来，是她生活中的一件大事。她时常听见人家谈到他。克里斯托夫在城里人的闲谈中占了一席之地，因为他也算得上是当地的一个小名人了；他的名字时常挂在于莱一家人的嘴里，特别是老约翰·米歇尔在世的日子，他老是洋洋自得地跑到他熟人家里来，为他的孙子唱赞歌。罗萨在音乐会上见过一两次这个年轻的音乐家。一听说他要搬到这里来，她就拍手叫好。因为不懂规矩，她挨了一顿骂，但却莫名其妙。她觉得拍手并没有错。生活这样一成不变，来个新房客是出乎意外的乐趣。在他搬来的前几天，她都等得发急了。她担心他不喜欢她家的房子，就尽可能使房子美化一点。在他搬来的那天上午，她还在壁炉架上摆了一小束花，表示欢迎。而她自己却没想到打扮一下，结果克里斯托夫一见，就觉得其貌不扬,衣衫不整。她对他的看法却大不相同,虽然克里斯托夫那天又忙又乱,精疲力竭,比平时还更难看。但罗萨看不见人的缺点,认为外祖父、父亲、母亲都很完美,当然把克里斯托夫当成理想人物,拜倒在地了。晚餐时她坐在他旁边,觉得非常胆小,但不幸的是,她用唠叨来掩饰心虚,一下就失去了克里斯托夫的好感。她却蒙在鼓里。这头一个晚上的回忆,在她心里只是一片光明。等到新房客上了楼,她一个人在房里听他们的脚步声,还引起了内心的欢喜,房屋似乎也新生了。

  第二天,她头一回照了照镜子,越注意,越担心;虽然还不明白她会多么不幸,但已经开始有点预感了。她要给自己的五官下个评语,但做不到。她还没有开口就先发愁。她深深地叹了口气,打扮时想改个花样。不料结果反而更难看了。加上她又不识相,一个劲儿要讨好克里斯托夫。她一片痴心,老是想看看新朋友,来帮帮他们的忙,于是时时刻刻上楼下楼,每次都带来一件他们用不着的东西,硬是吃力不讨好,还有说有笑,大叫大嚷。只有她母亲不耐烦的叫唤,才能打断她的话头,给她过分的热心浇上一盆冷水。克里斯托夫板着脸,如果不是拼命压住,恐怕早已发了二十回脾气。他总算忍耐了两天整;到第三天,他只好把门锁上了。罗萨敲敲门,叫叫人,恍然大悟,难为情地下了楼,再也不上来了。他碰到她时,解释说他正忙着干一件要紧的事,所以不能分身。她低声下气地说对不起。她明白自己天真的幻想已经落了空;她越想接近克里斯托夫,他反倒离她越远。他并且不再掩饰他的坏脾气,她说话时,他听都懒得听,甚至露出不耐烦的样子。她感到自己喋喋不休惹他生厌,就下决心晚上不再多话,不料过不多久,她就憋不住了。她刚打开她的话匣子,克里斯托夫不等她说完,撇下她就走开。可是她并不怪他。她只怪自己。她认为自己太蠢,讨厌,可笑;她的缺点太大,非克服不可;但她试过几次,每次都是失败,她又灰心丧气,认为自己永远克服不了,实在是无能为力。不过她还是勉为其难,重新来过。

  但是有些缺点,她怎样也没有办法,比如说她长得难看,怎么能改头换面呢?她现在不再怀疑了。一天她照镜子的时候,忽然看清楚了自己的倒霉相,真是晴天一声霹雳。她自然而然地夸大自己的缺点,甚至把鼻子放大了几倍,以为它占满了一张脸,吓得不敢再出头露面了,恨不得死了倒干净。好在年轻人本领大,灰心失望的时间不会拖得太长,一线希望又死灰复燃;她幻想自己没看清楚,并且骗得自己相信,有时甚至觉得自己的鼻子非常普通,几乎可以说并不难看。于是她本能地异想天开,用头发遮住脑门,好少暴露一点脸部的不协调。她这样做并没有卖俏的意思,爱情还没有穿过她的心头,即使有一点,也是不自觉的。她的要求不高,只要一点友情;但这一点,看来克里斯托夫也舍不得给她。其实,罗萨的希望不过是碰头的时候,他能好心好意地招呼她一声,她也就心满意足了。但克里斯托夫平时见到她,眼光总是那样无情,那样冷淡!她的心都凉了。他并没有说什么不好听的话;但她却宁愿听到责备,不愿忍受无情的冷漠。

一天晚上,克里斯托夫正在弹钢琴。他把琴摆在最高一层楼的小房间里。尽量避免杂音的干扰。罗萨就在楼下听,听得心情激动。她也喜欢音乐,但是趣味不高,因为那是需要培养的。只要她的母亲在家,她就待在房间的一个角落里,埋头干活,仿佛一心一意在做事似的,其实她的心有千丝万缕,都牵挂着楼上弹琴的声音。万一阿玛利亚有事出门,那真是求之不得的喜事,罗萨马上跳了起来,把活计扔下,心扑扑地跳,一直爬到顶楼门口。她连大气也不敢出,只把耳朵贴在门上。她就这样待着,一直等到阿玛利亚回家。于是她又踮着脚尖下楼,小心在意地避免发出一点声响;但是她的动作不大灵活,老是急急忙忙,有几回几乎摔下楼梯;有一次偷听的时候,她的身子前倾,脸颊靠着锁孔上,忽然一下没有站稳,额头撞在门上。她几乎吓得停止了呼吸。钢琴声马上停止了;她却没有力气溜掉。门打开时,她刚站了起来。克里斯托夫一看是她,气呼呼地瞪了她一眼,一句话也不说,粗暴地把她推开,非常恼火地下了楼,出门去了。他一直等到吃晚餐才回来,一点也不注意她那充满歉意、请求宽恕的眼神,仿佛她根本不存在似的,并且一连几个星期,再也不弹琴了。罗萨偷偷地流了好多眼泪,但是没人知道,根本没人留意。她焦急地向上帝祈祷……她不大清楚。她需要诉苦。她知道克里斯托夫恨她。

不管怎样,她还不肯死心。只要克里斯托夫似乎注意到了她,仿佛在听她讲话,或者握手时不那么狠……她就觉得够了。

加上她家里人几句一厢情愿的话,又把她的空想推上了失望的道路。

她的全家都对克里斯托夫有好感。这个十六岁的大孩子,严肃认真,独行其是,责任心强,使大家都尊重他。他不时发作的坏脾气,咬紧牙关的沉默,郁郁不乐的脸色,突如其来的举动,在这样一家人看来,是不足为怪的。伏奇尔太太虽然把艺术家都当作游手好闲的人,但对他也不敢轻举妄动,像对旁人一样信口雌黄,因为她知道他白天教课,已经累了一天,所以到了傍晚,他靠着顶楼的窗子,一动不动地张口呆望着下面的院子,一直望到天黑,也未可厚非;她和别人一样,为了一个大家口里不说,心里明白的理由,都不肯得罪他。

罗萨和克里斯托夫说话时,发现她的父母眨眨眼睛,咬咬耳朵。她开始并不留意。后来她觉得不大对头,有点激动,想问他们谈些什么,但又不好意思开口。

有天傍晚,她爬上园子里的长凳,去解开拴在两棵树上的晾衣绳,跳下来的时候,她扶着克里斯托夫的肩头。就在那一瞬间,她一眼看到了外祖父和父亲的眼色,他们两人靠墙坐着,正在抽烟斗。两个长辈互相瞧了一眼;朱斯图·于莱就对伏奇尔说:

"要是成了一对倒也不错。"

伏奇尔发现女儿在听,就用肘腕撞撞外公,外公赶快很聪明地一连哼了两声——至少他自以为很得计——哼得这样响,周围二十步都听得见,他想可以蒙混过去了。果然,克里斯托夫背朝着他,什么也没听见;但罗萨一听却心慌意乱,忘了自己在跳,结果把脚都扭伤了。她几乎摔了一跤,幸亏克里斯托夫把她扶住,一面低声骂她永远改不了的笨手笨脚。她很痛,但没有说出来,甚至想也没想,一心想着刚才听到的话。她走回房间里去,每走一步就痛一下,但她硬是忍住,不让人看出来。她心头涌起了一种美滋滋、乱糟糟的感觉。她就倒在床前的椅子上,头扎进被子里。她的脸在发烧,眼泪流了出来,但却笑起来了。她觉得难为情,恨不得挖个洞钻进去,她的思想不能集中,太阳穴一蹦一蹦地跳,脚踝骨一针一针刺着似的痛,她处在昏迷发烧的状态中。她模模糊糊听到户外的声音,街上顽童的叫喊;但外公的话一直在她耳边回响;她轻轻地笑了,脸羞红了,就钻进被子里去,她默默祈祷,感谢上天,想要得到,却又害怕——她坠入情网了。

她的母亲叫她。她勉为其难地站了起来。刚走一步,她就感到痛得忍受不了,头晕眼花,天旋地转。她以为要死了,死也无所谓,但同时,她拼命地要活下去,为了幸福在望而活下去。她的母亲到底来了,立刻全家一片忙乱。她照例挨了一顿骂,包好了脚,抬上了床,肉体的痛苦和心里的高兴交织成了一首朦胧曲,使她迷迷糊糊地沉醉了。甜蜜的夜晚……在这半睡半醒的夜里,任何微不足道的回忆,对她说来,都成了神圣的。她并没有想克里斯托夫,也不知道自己想什么。不过,她感到幸福了。

第二天,克里斯托夫以为自己对这起事故要负一点责任,就来探问她的伤势,这是他头一次对她表示关心。她感激得不知道如何是好,简直要祝福自己的痛苦了。只要她一辈子能有这种好事,她真心甘情愿吃一辈子苦——她不得不在床上躺了好几天,动也不动;反复回味外祖父的话,仔细掂量,因为她记不清楚他到底说的是:

"要是成了……"

还是:

"假使成了……"

甚至他可能根本就没说过这样的话?——不可能,他是说过的,这点她敢肯定……怎么!难道他们看不出她长得丑,丑得克里斯托夫受不了?……然而,存点希望总是好的!她甚至相信自己搞错了,也许她并不像自己想的那么难看;她抬起身子来,扶着椅子,要照照挂在对面的镜子,但还是得不出结论。说来说去,外公和父亲的看法总比自己强吧!人是不容易有自知之明的……不过天啦!万一有可能呢!……万一……万一她自己也不……万一她真的不难看呢!……也许她夸大了克里斯托夫对她的反感。其实,这个满不在乎的小青年,在出事的第二天来慰问过她一次之后,就再也不关心她了;他根本忘了来探视的事;但罗萨并不怪他,因为他要忙的事多着呢!哪里有闲工夫来想到她?评论一个艺术家,怎么能把他当作平常人一样呢!

虽然她对克里斯托夫不敢存什么奢望,但当他走过她身边时,心就不免扑通扑通地跳起来,希望听到他说一两句好话。哪怕说上一句,或者看上一眼,她的幻想就会补写未完成的交响乐。只要点滴雨露,就可以滋润刚萌芽的爱情!只要碰到的时候,眼睛望着眼睛,肩膀擦过肩膀,心灵深处就会像泉水般涌出一股如梦似幻的力量,几乎就足以创造出心灵所需要的爱情,足以无中生有,使心灵陷入神魂颠倒之中;但等到最后占有了意中人,等到欲望满足之后,要求会变得更苛刻,那时,就再也不会这样心醉神迷了——罗萨瞒着大家,全心全意生活在一个彻头彻尾捏造的故事里:她幻想克里斯托夫暗暗地爱上了她,但不敢说出来,也许是不好意思,或者是什么说不出口的原因,反正是爱情小说里的,浪漫主义式的,是这个自作多情的傻丫头胡思乱想、编出来的理由。在这个基础上,她没完没了地建造空中楼阁,全都是荒唐透顶的故事,她自己也知道,但睁开眼睛做瞎子,不愿相信这是假的;她好几天拿着活计却不干活,精神恍惚地在欺骗自己。她甚至忘了说话,平时滔滔不绝的唠叨忽然倒流回到她的心里,就像河水忽然成了地下的潜流一样。不过地下水有时也会冒出来。那时,又可以听到她口若悬河,或看到无声的语言在她嘴唇上汹涌奔腾了!有时,只见她的嘴唇哆嗦,就像那些读书时不把每个字母都念出来就读不懂的人一样。

等到她从梦中醒过来时,她是又快活又难过。她知道事情并不尽如人意;但她身上还留下了幸福的光辉,这使她重新生活得更有信心。她对争取克里斯托夫并不灰心失望。

虽然她不明言,但事实上她开始争取了。一片痴情使这个笨头笨脑的傻丫头自然而然地一下找到了一条十拿九稳的争取人心的办法。她不直接去找她的意中人。但一等到她身体复了原,又能够在屋里转来转去了,她就去接近路易莎。什么借口都是好的。她挖空了心思要帮路易莎的忙;上街的时候代她买东西,免得她上市场去和商贩讨价还价;下去替她到院子里的水龙头打水;甚至帮她干一部分家务,洗地砖呀,擦地板呀;路易莎不知如何是好,说她一个人干惯了也没有用,拦也拦不住,她也没有精力拒绝人家帮忙。克里斯托夫整天不在家。路易莎感到没有人照顾,有个热热闹闹的小姑娘来做伴对她倒正合适。罗萨干脆一来就不走了。她带了活计来陪她谈天。她自作聪明,想方设法把话题扯到克里斯托夫头上。只要听到谈他,只要听到他的名字,她就感到幸福;她的手会颤抖,连头也不敢抬。路易莎很喜欢她心爱的克里斯托夫,讲些他小时候的小事情,一点也不重要,甚至有点可笑;但不用担心罗萨会这样想;她一想到童年的克里斯托夫干的傻事或好事,又快活,又激动,简直难以形容;每个女人心中都有的母爱,在她身上和情爱美妙地合而为一;她开心得笑了起来,连眼泪都笑出来了。路易莎看见罗萨对她这样关心,怎么能不感动?她猜得到小姑娘心里想什么,但是并不喜形于色;因为在这所房屋里,只有她了解这颗心多么可贵。有时,她话讲了一半,却停下来看小姑娘。罗萨没听见她的声音觉得意外,就放下活计,抬起头来。路易莎只是对她微笑。罗萨忽然一下感情激动,扑倒在路易莎身上,把脸藏在她怀里。然后,她们两个又干活、谈话,一切照常。

晚上,克里斯托夫回到家里,路易莎感激罗萨对她的照顾,又想实现自己心里的小打算,就不住口地称赞房东的小姑娘。罗萨的好心好意也感动了克里斯托夫。他看见母亲的脸色好多了,知道这是罗萨关心的结果,就对她说了一大堆感谢的话。罗萨含含糊糊说了几句,唯恐泄露自己激动的心情,赶快就溜走了;她这样做反倒比唠唠叨叨聪明百倍,更能得到克里斯托夫的好感。他开始对她另眼看待,并且毫不隐瞒他感到的意外:怎么以前在她身上没有看出这些优点？罗萨也察觉到他的好感正在加深,以为这会走向爱情。她比以前更沉醉于幻想之中。她甚至打着年轻人的如意算盘,更加相信有志者事竟成了——再说,她一心一意追求的,也没有什么不合理呀！难道克里斯托夫不应该比别人更能感觉到她的好心好意,她自愿献身的热情吗？

哪里知道,克里斯托夫并不想她。他只是尊重她而已。在他心灵深处并没有她的位置。他这时要忙的事多着呢！克里斯托夫已经不再是以前的克里斯托夫。他变得自己都不认识自己了。他的内心正在发生翻天覆地的大变化。

克里斯托夫感到非常疲倦,烦躁不安。他不知道什么缘故忽然垮了,头脑昏昏沉沉,眼睛、耳朵、五官全都迷迷糊糊、蒙蒙眬眬的,简直不可能集中精力做什么事。思想跳跃,忽东忽西,发烧发热,令人精疲力竭。光怪陆离的形象使他眼花缭乱。他先以为这是疲劳过度和春天带来的骚扰,但是春天过后,他的痛苦反倒越来越厉害了。

这就是诗人用文雅的词句美化过的青春烦恼,是年轻人身上和心中的情欲觉醒。仿佛生命在破裂、死亡、再生的可怕关头,仿佛信仰、思想、行动、人生在痛苦和欢乐的斗争中,似乎在快要消灭,却又经过磨炼、脱胎换骨的变动中,而这变动只是像儿戏一般！

他的肉体和灵魂都在酝酿着巨变。他看着灵和肉的变化,又惊奇,又厌恶,但是无能为力。他不明白自己是怎么了。他的生命在分崩离析。他过着昏昏沉沉、难以忍受的日子。工作对他也成了痛苦。夜里,他睡得如受重压,支离破碎,做着怪梦,人欲横流:兽性在他心中驰骋。他头脑发烧,满身大汗,连看到自己都害怕;他竭力要摆脱这些肮脏的胡思乱想,他甚至怀疑自己要发疯了。

白天,这些野蛮的思想缠着他,使他没有藏身之处。他感到自己沉入了灵魂的无底洞,抓不住一根救命的稻草,找不到挡住一片混乱的栅栏。他身上的全副盔甲,他周围的四角堡垒,他的上帝、艺术、骄傲、道德信仰,全都土崩瓦解,烟消云散了。他看到自己赤身露体,束手束脚,躺到地上,动也不动,身上的害虫万头乱钻。他的反感要发作了,但是有气无力。他呼天天不应,好像一个梦中人知道自己在做梦,挣扎着要醒过来,结果只是从一个梦滚到另一个梦,就像滚铅球一样。最后,他发现不挣扎反倒好些。他就打定主意,无可奈何地听天由命了。

有规律的生命洪流似乎中断了。有时,流水从裂缝中渗入地下;有时,水又一冲一冲地涌上地面。他的日子好像一根脱了节的链条。时间的平原上会出现张开口的大洞,生命会陷进去。克里斯托夫身历其境,却仿佛是个局外人。无论什么东西,无论什么人,包括他自己在内,都变成了身外之物。他照常机械地工作,办事;但他觉得生命的机器随时会停止运转,因为齿轮出了毛病。在餐桌上和母亲同房东在一起,在剧院里和乐队同观众在一起,忽然一下,他的头脑一空,他会目瞪口呆地瞧着周围无奇不有的脸孔,什么也不明白,心里想道:

"这是些什么人?他们和……"

他甚至不敢说:

"……和我有什么关系?"

因为他不再知道自己是不是还活着。他说话时,声音似乎是从别人嘴里发出来的。他动作时,又似乎站得很远、很高,甚至在高塔顶上,看着自己指手画脚。他精神恍惚地摸摸脑袋。他几乎要做出莫名其妙的事来了。

特别是在大庭广众之中,他理应格外检点的时候。比如说,他要到公爵府去的晚上,或是要在观众前演奏的场合。他忽然心血来潮,鬼迷心窍,要做一个怪脸,要说一句粗话,揪公爵的鼻子,踢一个贵夫人的屁股。有一个晚上,他一边指挥乐队,一边拼命压制自己要当众脱衣的念头,不料这个胡闹的念头压制不住,纠缠不休,费了九牛二虎之力,才算没有冒出头来。经过这场疯狂的斗争之后,他大汗淋淋,脑中空空。他的确是疯了。只要一想到不该做什么事,什么事就在他心里生了根,逼迫他非做不可。

就是这样,他的生命不是挣脱束缚的爆发就是落入空虚的深渊。这是沙漠上的狂风。这股狂风是从哪里来的?怎么这样疯狂?这种欲望扭曲了他的手脚,榨空了他的头脑,是从哪个无底深渊里冒出来的?他像是一张弓,一只强手用暴力把弓拉得不能再紧了,再紧就要断弦——这张弓要射什么目标呢?不知道——但接着强手又把弓放松,弓就成了枯木朽枝。拉弓的强手是谁?他不敢追问。他只感到自己打了败仗丢了脸,但还不敢面对失败。他精疲力竭,成了个懦夫。他现在才了解他从前瞧不起的人,那些不愿正视现实、害怕困难的人。在他感到空虚的时刻,他想到了时间正在消逝,工作已经荒废,前途没有希望,他吓出了一身冷汗。但他没有采取对策,他对空虚无能为力,所以找到了做懦夫的借口;他觉得甘心堕落也可以苦中作乐,就像沉船的残骸顺水漂流一样。斗争有什么用？在一片空虚中,既没有美,也没有善,没有上帝,没有生命,什么都没有了。他在街上走的时候,忽然一下,他的脚踏个空;没有了土地,没有了空气,没有了光明,没有了自己:什么都没有了。他头朝前,脚在后;他几乎站不住了,马上就要掉下去了。他以为他正在掉下去,突然一下,雷鸣电击。他以为他已经死了⋯⋯

克里斯托夫正在换一张画皮。克里斯托夫也在换一个灵魂。他看到幼年时代用旧了的灵魂已经枯萎,正在脱壳,却没猜到新的灵魂正在生长,朝气蓬勃,精力旺盛。一个人在生活中脱胎换骨的时候,灵魂也在转变;这种内心和外形的变化并不总是一天跟着一天慢慢来的,有时在几个钟头的骤变中,忽然一下,心身都得到了新生。旧的躯体脱落了。在这痛苦的时刻,生命以为一切都已结束。其实,一切都在重新开始。一个生命死了,一个已经降生。

一天夜晚,他一个人在卧房里,胳膊靠在桌上,对着一支蜡烛。他背朝着窗子。他并没有工作。几个星期以来,他已经不能工作了。他的头脑在天旋地转。一切都同时发生了问题:宗教、道德、艺术、人生。在他的思想全面崩溃时,没有秩序,没有方法;他从祖父或伏奇尔一大堆乱七八糟的图书中,随便抓到什么就读什么:神学、科学、哲学,往往牛头不对马嘴,东拼西凑,他一本也读不懂,一切都得从头学起;他没有读完一本,就胡思乱想,或者东荡西逛,没完没了,结果使他劳累得要命,难过得要死。

那天夜晚,他正失落在精疲力竭的麻木状态中。屋里人都睡了,一片寂静。他的窗子开着。但院子里没有风吹进来。厚厚的云层堵塞了天空。克里斯托夫呆头呆脑地望着烛盘里的蜡烛融化。他不能去睡觉。他什么也不想。他只感到一片空虚,并且越来越空。他竭力不去看那个要把他吸进去的无底深渊;但他不由自主,已经到了深渊的边缘。在空虚中是一片混乱,一片黑暗。一种焦急不安渗透了他的身体,他的背脊都颤抖了,他的皮肤起了鸡皮疙瘩,他紧紧抓住桌子,免得掉进深渊。他全身抽搐地等待着无以名状的东西,等待奇迹,等待上帝⋯⋯

忽然,好像开了水闸一般,在他背后的院子里,落下了一场直线型、重量级的瓢泼大雨。沉闷的空气震动了。又干又硬的泥土敲出了钟声。像野兽一般发热发烧的土地吐出了一片香气,花香,果香,动情的肉香,一阵一阵地快活得心花怒放。克里斯托夫幻想联翩,绷紧了生命的每一根神经,感到他的心弦颤抖了……天幕开了。令人眼花缭乱。电光一闪,他看见了,在黑暗深处,他看见了——原来他自己就是上帝。上帝就在他身上,上帝冲破了屋顶,冲破了墙壁,冲破了生命的界限;上帝无所不在,在天上,在天地之间,在一片虚无之中。世界就是上帝身上的一道瀑布。克里斯托夫在瀑布中,吓得魂不附体,乐得魂飞天外,他落入了旋风之中,旋风把自然规律吹得烟消云散。他给旋风吹得喘不出气来,他就这样心醉神迷地落入了上帝的怀抱……上帝就是深渊,就是深不可测的无底洞,就是生命的熔炉,就是人生的旋风!生活就是狂热——没有目的,没有约束,没有理由——只是为了怒潮澎湃的生活!

幻想烟消云散之后,他沉入了酣睡之中,他好久没有这样酣睡了。第二天,一觉醒来,他觉得头晕脑涨,身子骨散了架,好像喝醉了酒,不过,在他内心深处,头天夜里那道阴森森、亮堂堂、使他粉身碎骨的强光还留下了灰烬。他想使死灰复燃,但白费劲。他追得越紧,离得越远。从那时起,他总是精神紧张地竭力要使那一瞬间的幻象再现,但是徒劳无益。心醉神迷的状态并不唯他之命是听。

然而,这种神出鬼没、天人合一的狂欢极乐,也并不是孤立无偶、独一无二的;后来还发生过几次,但再也不像头一回那样激动人心了。那总是在克里斯托夫最意外的时候,短短的几秒钟,这样短,这样突如其来——只是眨一眨眼睛,伸一伸胳臂的时间——他还来不及想这是不是幻想,幻象就已经过去,过后他还怀疑自己是不是做梦了。在火光熊熊的流星烧亮了夜空之后,这些幻象不过是光辉灿烂的灰尘,转瞬消失的朦胧月色而已,连眼睛还没看清楚就已无影无踪了。不过这种幻象越来越频繁,结果形成了一个光环,把克里斯托夫包围在一个连续不断、模糊不清的梦境中,连他的精神也熔化了。只要使他脱离这半梦半幻的状态,就会惹他生气。他不可能工作,连想也懒得想。任何人他都厌恶,尤其是熟人,甚至是母亲,因为他们居然认为自己有权过问他的心事。

他不再待在家里,习以为常地到外面去打发日子,要到夜晚才回来。他喜欢一个人待在田野里,像个疯子一样,尽情地胡思乱想,想那些纠缠不休、摆脱不掉的问题——一进入净化心灵的新鲜空气,一接触到土地,那些紧张的问题都放松了,萦回脑际的念头也不再像鬼魂附体了。但他的狂热程度不但没有降低,反而升高了一倍,不过不再是精神失常的狂热,而是人生正常的心醉神迷,身心都因为从自然中汲取了力量而大喜若狂。

他重新发现了一个世界,仿佛是个从来没见过的世界。这是世界的童年时代。似乎有个不可思议的魔术师念了一句开门咒。整个大自然发出了欢乐的光辉。太阳吐出了欢腾的火花。天空都液化了,成了一清见底的河流。大地心满意足,发出了咕噜咕噜的声音,冒出了烟雾缭绕的气息。草木虫鱼,万物都成了生命之火的舌头,生命之火越升越高,在天空中盘旋飞舞,舌头也就吐出灿烂辉煌的火星。一切都唱出了欢乐的颂歌。

这欢乐也是他的欢乐。这力量是他的力量。他和万物已经难解难分了。在这以前,即使在童年时代的快活日子里,他怀着热烈的好奇心看着大自然,看得心旷神怡,即使在那时,他也把天地间的万物看成互相隔离的小生命,不是可怕,就是可笑,和他没有关系,他也没法了解。他甚至不大敢肯定万物是不是有感觉,有生命。他以为它们只是些稀奇古怪的机器;儿童时代无意识的残忍心,使他把可怜的昆虫撕得缺翅少腿,看它们歪来扭去觉得好玩,却没想到它们也会痛苦。结果平时不大说话的高弗烈特舅舅看不下去了,气得把他正在折磨的一只苍蝇抢了过来。孩子开头还想笑,但一看到舅舅心情那么激动,他也感动得流下了眼泪,这时他才开始明白:他虐待的东西和他一样也有生命,而他是在犯杀生罪。从那时起,虽然他不再伤害小动物了,但对它们也没有什么同情;走过它们旁边,他也不想知道是什么使这些小机器动起来的;他甚至不敢想,这好像是一场噩梦——但现在,一切都明白了。这些朦胧的生命也成了发光的中心。

克里斯托夫躺在万物丛生的草地上,在百虫齐鸣的树荫下,看着狂热、忙乱的蚂蚁,长腿善舞的蜘蛛,斜冲侧跳的蚱蜢,急急忙忙的硬壳虫,伸缩前进、粉红身段、白色条纹、滑溜溜的软骨虫。他或者把头枕在手上,闭着眼睛,听无影无踪的乐队合奏,在一道阳光中,一大群小虫围着清香扑鼻的冷杉树跳起了疯狂的圆舞,蚊子奏起了铜管乐,黄蜂弹起了大风琴,成群结队的野蜂振动了空气,好像树林上空的钟声,在风中摇摆的大树发出了神灵的窃窃私语,随风起舞的树枝心醉神迷地浅吟低唱,青草起伏时互相抚摸,好像吹皱湖面的微风,又像多情的脚步悄悄走过,消失在空气中。

这些声音,这些呼唤,他都在心里听得到。这些大大小小的芸芸众生,身上都流着同样的生命之河,河水也浸着他自己。他身上也流着它们的血,他听得见它们的欢乐在他心中的回声;它们的力量加强了他的力量,就像一条大河的水来自千条小溪一样。他沉浸在它们的水里。强烈的气流冲破了窗户,一下冲进了他窒息的心,他的胸膛几乎要爆裂了。这个变化来得太突然:他本来只关心自己的生存,觉得生命已经融化为水,发现到处一片空虚;现在,他希望在天地间忘掉自己,却在到处发现无穷无尽、无边无际的生命。他似乎刚从坟墓里出来。生命的河水已经溢出了河岸;他在河中尽情游泳,顺流而下,他却以为自己完全自由了。他不知道:他并不比以前更自由,其实,没有任何生物是自由的,就连宇宙运转的规律也并不自由,也许只有死亡才能解脱。

不过,蚕蛹刚刚脱离旧壳,正在新壳中伸个懒腰,觉得兴高采烈,哪里知道新壳也是一个牢笼呢!

新阶段开始了。黄金时代热情洋溢的日子,神秘莫测、欣喜若狂的日子,就像童年时代头一回看到什么都觉得新鲜,每一件都要玩弄一下。从早到晚,他都一直生活在幻境中。他的工作全都抛在一边。这个责任心强的孩子,多少年来,即使生病也要去教钢琴课,也要出席乐队的排练,现在却找些站不住脚的借口,要逃避工作了。他甚至不惜说谎话。他也不觉得后悔。他生活刻苦的原则使他心甘情愿地压制自己,但是现在,他觉得道德、责任,全都没有道理。它们专横霸道,但在人性面前,已经碰得粉身碎骨了。只有健康、坚强、自由的人性才是独一无二的道德,其余的一切都见鬼去吧!那些谨小慎微、吹毛求疵的清规戒律、繁文缛节,虽然被世人美化为道德,被用来封锁生活,真正是又可笑又可怜!老鼠洞怎么关得住生命!生命的旋风一到,立刻就横扫一切……

克里斯托夫精力过剩,如疯似狂地要用盲目的暴烈行动来破坏、烧毁、粉碎、发泄这股压得他喘不过气来的力量。发作之后,结果又总是忽然松劲,哭了起来,扑在地上,吻着泥土,恨不得把牙齿和手都插进土里,把土吞了下去;他热情冲动,浑身发抖了。

一天傍晚,他在树林边上散步。他的眼睛沉醉在暮色中,头晕脑转,心情激动,看什么都觉得面目一新。黄昏软绵绵的光线使一切都增加了几分魅力。在栗树下,浮现出一片金黄紫红的阳光。草原上闪烁着萤火,有一个农家姑娘在耙干草。她穿着衬衫、短裙,露出了脖子、胳臂,耙了干草就堆起来。她的鼻子短,脸盘大,额头滚圆,头发上扎了一块手帕。斜阳照红了她晒黑的皮肤,她好像一尊陶瓷塑像,正在吸收落日的余晖。

克里斯托夫看得入迷了。他靠着一棵山毛榉,瞧着她朝树林边上走来。她却旁若无人。有时她满不在乎地抬起头,他看见一双蓝宝石似的眼睛嵌在她晒得黑油油的脸上。她走过他身边的时候,弯下腰去捡干草,她衬衫后颈窝的扣子没有扣,露出了背上金黄色天鹅绒一般的汗毛。充满他心头的朦胧欲望忽然一下爆发出来了。他从后面扑了上去,搂住她的腰身,把她的头往后扳,用嘴亲她半开半闭的嘴,吻她干得发裂的嘴唇,她却气得用牙齿咬他的嘴。他用手摸她硬邦邦的胳臂,汗淋淋的衬衫。她拼命挣扎。他却抱得更紧,几乎要把她掐死。她总算挣脱了,就大叫起来,口沫四溅,又用手擦嘴唇,破口大骂。他放松手,往田里跑。她用石头扔他,用连珠炮般的脏话骂他。他脸红了,倒不是给她骂的,而是受到了良心的责备。这个突然而来的无意识的行动把他吓坏了。他刚才做了什么事?他要做出什么事来?他一明白就感到厌恶。而他厌恶的事怎么对他有诱惑力?他在和自己作斗争,也不知道哪一方是真正的克里斯托夫。一股盲目的力量向他发起了进攻,他逃也没有用,因为他逃避不了自己。这股力量要他怎么样呢?明天,他会做出什么事来?……一个小时之内?……在他穿过翻了的田地,跑上大路的时间里?……他跑得上大路吗?难道他不会半途站住,回过头去,再追那个姑娘吗?那以后呢?……他记起了那狂热的一秒钟:他掐住了她的脖子。那时,他什么事做不出来呢?难道他不会犯罪吗?……的确,他甚至会犯罪……他心乱得透不过气来。到了大路上,他站住想喘口气。回头一看,那个姑娘叫来了一个女伴,两人捏着拳头,双手叉腰,正在望着他大笑呢。

他回到家里,好几天他都闭门不出。即使进城,那也只是万不得已才去。他提心吊胆,避免经过城门,闯进田野,唯恐那疯狂的气息像山雨欲来风满楼一样,会对他再一次发动袭击。他以为城墙可以保护他。他哪里想得到:关紧的窗户只要有一条缝可以看到外面,敌人就会溜进来。

第二部 莎冰

房屋侧面,院子对过,楼下住了一个二十岁的少妇,几个月前死了丈夫,只和一个小女儿同住。莎冰·芙萝艾莉太太也是老于莱的房客。她占了朝街的铺面,还有靠院子的两个房间,外带一小块园地,和于莱的花园之间,有一道铁丝网隔开,网上缠着常春藤。在园子里很少见到莎冰;只有小女儿一个人从早到晚都趴在地上玩,于是园里杂草丛生,老朱斯图看了大为不满,他喜欢把小路耙得干干净净,使大自然显得整整齐齐。为了这事,他向房客提过几次意见;也许正是为了这个缘故,她就不在园子里露面了;而园子当然不会收拾得好一点。

芙萝艾莉太太开了一家小杂货店,本来大有生意可做,因为铺子开在小城中心一条热闹的街上;但她懒得照管店铺,就像她不管园子一样。她不亲自料理家务,而在伏奇尔太太看来,一个有自尊心的女人,如果家里有钱,好吃懒做倒也情有可原,如果家无恒产,那就什么都该自己动手,但莎冰却雇了一个十五岁的女用人,每天上午来几个小时,打扫房间,照管店铺,而她自己却懒洋洋的,不是躺在床上,就是梳妆打扮。

克里斯托夫有时从玻璃窗口看她在房里走动,光着一双脚,穿着一件长睡衣,或者是对着镜子,一坐就是几个钟头;因为她对什么都不在乎,老是忘了放下窗帘;即使发现了,也懒得费劲走过去把帘子放下来。克里斯托夫不好意思,就离开窗口,免得她难为情;不过她的吸引力实在太大。他的脸有一点羞红了,偷偷地斜看了一眼,看到她裸露的两条胳臂,有一点瘦,没精打采地举起,放在散开的头发后面,双手交叉抱着后颈窝,就是这个姿势,忘了自己要做什么,一直等到胳臂麻木才放下来。克里斯托夫自己骗自己,说是无意中看到这幅美人梳妆图的,所以并没有扰乱自己的音乐构思;不料他越看越上劲,结果他看的时间和莎冰太太梳妆的时间一样长。其实,她并不喜欢打扮,也不想讨人喜欢,平时不太讲究,对于穿着,还不如阿玛利亚或罗萨在乎。如果说她一坐在镜子前面就不起来,那只不过是她疏懒成性而已;头发上插一根针也要花好大的劲,总要歇一口气,还要对着镜子露出苦相。有时天都黑了,她还没有穿好衣服。

往往是女用人走了,莎冰还没有打扮好,而顾客已经在门口按响了铃。她却只管让铃响着,还要等顾客叫一两声,才下决心离开她的椅子。她笑容可掬,不慌不忙地走了出来,不慌不忙地找顾客要买的,有时找不到,或是找得太费劲,比如说要把梯子从东搬到西,她就心安理得地说是缺货;因为她懒得整理铺面,货卖完了又不进货,顾客也就懒得上门,光顾别家去了。不过也没有人怪她。谁有办法怪这个可爱的女人,说话细声细气,做事不慌不忙的女人呢!不管你说什么,她都满不在乎;顾客心里明白,抱怨的话刚开个头,就不好意思说下去;他们走了,还不得微微一笑;来回报她迷人的笑容;但从此以后,不再光顾。她也无所谓,总是笑眯眯的。

她看起来像佛罗伦萨的少女雕像。眉毛翘起,清清秀秀,睫毛像细纱窗帘,眼睛半开半闭,蒙蒙眬眬。下眼皮有一点鼓起,底下有道折纹。鼻子小巧玲珑,尖端微微向上。鼻子和上嘴唇之间的曲线很柔和,微微张开的嘴唇有点撅起,露出了一丝倦容,一丝笑意。下嘴唇有点厚;下巴滚圆,如同斐利卜·利比画的圣母像那样天真而庄重。肤色浓淡相混,头发是浅褐色的,卷曲得像乱云盖雪,发髻更是马虎了事。她的身材窈窕,骨架纤细,动作老是没精打采,穿着不太讲究,上衣微微露胸,纽扣丢三落四,脚下一双不好看的旧鞋,不太干净利落,但她天生的妩媚,青春的风韵,温柔的性情,却有令人神魂颠倒的魅力。她到店门口来透口气的时候,过路的年轻人一见就心花怒放,她虽然不在乎,但并不是不领情的。那时,她眼里流露出高兴的谢意,就像任何女人看到欣赏自己的眼光时一样。她的眼睛似乎在说:

"多谢!……再来一次!再来一次!再瞧我一眼吧!……"

虽然讨人喜欢使她快活,但她从来也舍不得费一点劲去讨人喜欢。

对于莱和伏奇尔一家人来说,她是个招惹是非的祸根。她身上什么都叫他们厌恶:她懒散的脾气,家里乱七八糟,穿着随随便便,客客气气、左耳进、右耳出地听人家的意见,永远挂在脸上的笑容;丈夫死,女儿病,生意不好,日常生活中有不少麻烦,她却平静得不近人情,凭什么也改不了她永远悠闲自在、打发日子的习惯——她身上的一切都叫他们看不惯,但最可恨的,是她这样不像话的女人,偏偏讨男人喜欢。这是伏奇尔太太说什么也不能原谅的。人家以为莎冰故意树立了一个反面的榜样,用她的一举一动来反对年深月久的传统,正正当当的规矩,枯燥无聊的义务,没有乐趣的工作,吵吵闹闹、叫叫嚷嚷、怨天尤人的生活,安分守己、悲观失望的态度,而这一切正是于莱一家人生存的理由,也是一切规矩人生存的理由,但这一切都使他们的生活变成了活受罪的炼狱,而且这是早就可以预料到的。一个女人整天不做事,悠闲度日,口里虽然不说,却不把人放在眼里,而别人却累得死去活来,像劳改犯——更糟糕的是,大家反倒护着她——这实在太过分了,岂不是叫老实人泄气吗?……唉!谢天谢地!幸亏世上还有几个讲道理的人。伏奇尔太太和他们谈得投机,心也就放宽了。他们每天从百叶窗缝里偷看小寡妇,然后叽叽喳喳,交换意见。等到全家团聚吃晚餐时,这些闲言碎语就成了他们的乐事。克里斯托夫漠不关心地听着。他听惯了伏奇尔一家对邻居说长道短,所以并不注意。再说,他对莎冰太太了解也不够,只看见过她的后颈窝和裸露的胳臂,虽然相当讨人喜欢,但并不能因此对她整个做出结论。其实,他对她倒很有好感;尤其是他喜欢作对,伏奇尔太太厌恶的人,反倒合乎他的心意了。

　　天气很热的日子里,晒了一个下午太阳的院子,晚餐后也闷得待不住人。只有房屋靠街的那一边还透得出一口气。于莱和他的女婿有时来门槛上坐坐,还有路易莎也来。伏奇尔太太和罗萨只出来一下,她们两个家务事太多了;而伏奇尔太太死要面子,硬说忙得没闲工夫;她故意高声说给大家听:一看到十指尖尖不干活,坐在门口打呵欠的人,就惹得她恼火。她既不能强加于人——实在遗憾——就只好开一只眼,闭一只眼,自己拼死拼活地干算了。罗萨以为自己应该学母亲的样。于莱和伏奇尔发现到处都有穿堂风,怕会受凉,就回楼上去了;他们睡得很早,即使送他们一个帝国,他们也不肯改变一点习惯。一到九点,就只剩下了路易莎和克里斯托夫。路易莎白天总在房间里;到了晚上,克里斯托夫认为自己责无旁贷,只要有空就跟她做伴,勉强她到门口透透气。她一个人不肯出来,怕街上太闹。孩子们你追我赶,尖声喊叫。街上的狗听见人声,也叫起来。还听得见钢琴和远处的单簧管、近处的短号声。熟人互相招呼。人来人往,三五成群,走过门口。路易莎若是一个人在这片嘈杂声中,真是不知如何是好。但有儿子在身边,什么都使她高兴。嘈杂的声音渐渐平静下来。孩子们带头一睡,狗也睡了,人也散了。空气更加清洁。街上显得安静。路易莎细声细气讲些阿玛利亚或罗萨告诉她的琐事。她并不觉得有趣。但她不知道对儿子谈什么好,又觉得要跟儿子亲近,总得谈点什么。克里斯托夫当然感觉得到她的好心,假装听得有味,其实根本没听。他迷迷糊糊,回想着白天的事。

一天晚上,他们就这样坐着,母亲说话的时候,他看见隔壁杂货店的门开了。一个女人的影子悄悄地走了出来,坐到街上。她的椅子离路易莎只有几步。她坐在最阴暗的地方。克里斯托夫看不见她的脸,但认得出是谁。他不再迷糊了。空气显得甜蜜。路易莎没看见莎冰出来,照旧轻声细语地说闲话。克里斯托夫听得更加认真,有时觉得需要发表意见,说上两句,也许是要让人听到。苗条的影子一动不动,仿佛有点消沉,两腿微微交叉,一只手叠着另一只手,一起平放在膝盖上。她瞧着前面,好像什么也没听见。路易莎困了,她回屋里去,克里斯托夫说他还想坐一会。

差不多十点钟,街上人走空了,邻居一个个回了家,只听见关铺子的声音。剩下一两盏灯,不久也都灭掉。留下一片寂静……他们两个,互相不瞧一眼,也不大声呼吸,仿佛都不知道身边有人。远远的田野里传来了新刈草原的气息,近处的阳台闻得到紫罗兰的香味。空气也纹丝不动。银河下沉。在一个烟囱的上方,大熊星座弯下了车轴;在淡绿色的天空中,灿烂的星座像朵朵雏菊。教区钟楼敲响了十一点,周围教堂的钟声也此起彼伏,有的叮叮当当,有的嘎吱嘎吱,家家户户的时钟也一呼百应,有的响亮,有的低沉。

他们忽然从梦幻中惊醒,同时站了起来。进门的时候,一个在左,一个在右,两人点了点头,没有说话。克里斯托夫回到楼上房间里。他点着蜡烛,坐在桌子前面,两只手捧着头,好久都茫茫然。然后他叹口气,上床睡了。

第二天,他一起来,就机械地走到窗口,瞧瞧对面莎冰的房间。但是窗帘放下来了。整个上午没有拉开。从此以后,再也没拉开过。

第二天晚上,克里斯托夫对母亲说:再去门口坐坐。他就这样养成了习惯。路易莎心里也高兴,因为见他一吃晚餐,就关在房间里,把玻璃窗和百叶窗都关上,实在叫她担心——那个苗条的影子也悄悄地出来,坐在老地方。他们很快地点点头,路易莎却一点也看不见。克里斯托夫照旧和母亲谈话。莎冰照旧微笑地看着女儿在街上玩;快到九点,她带女儿进去睡觉,然后又不声不响地出来。要是她多耽搁了一下,克里斯托夫就怕她不回来了。他留心听屋里的动静,听女儿不肯睡的笑声;不等莎冰走到店门口,他已经听到她长裙拖地的窸窣声了。于是他转过头来,和母亲谈得更来劲。他有时感到莎冰在瞧他。他自己也就偷偷地瞅她两眼。不过他们的眼睛从来没狭路相逢过。

但女儿给他们牵线来了。她在街上和别的孩子一起跑。他们逗一条脾气好的狗玩,狗把头枕在脚上打盹,一只红眼睛半开半闭,等到惹恼了它,它就嗥叫两声;于是孩子们赶快跑开,吓得乱叫,快活得乱跑。小女儿的叫声很尖,她老是回头看,仿佛狗在追她,结果一头撞到路易莎两条腿中间,惹得她也开心地笑了。她一把拉住孩子,问这问那,于是就和莎冰搭起话来。克里斯托夫并不插嘴。他不对莎冰说话,莎冰也不对他说。两个人仿佛互有默契,有情却似无情。但她们的一言一语,他都没有漏掉。路易莎以为他不说话是不高兴。莎冰却不这样想;但她有点心虚,说话有点前言不对后语。于是她就找个借口,进屋去了。

整整一个星期,路易莎得了感冒,没有出房门。只有克里斯托夫和莎冰两个人出来乘凉。头一回,他们都有些怕。莎冰为了掩盖窘态,就把小女儿抱到膝盖上,用亲吻来做遮羞布。克里斯托夫也不好意思,不知道是否应该继续装作视而不见。那不容易做到,因为他们虽然没有谈过话,但有路易莎的缘故,他们不能说不认识。他设法要吐出一两句话来,但声音才到喉咙管里,半路上又缩回去了。幸亏这个小女儿再一次帮他们摆脱了困境。在玩捉迷藏的时候,她围着克里斯托夫的椅子转,他一把抓住她,亲了她一下。他并不太喜欢小孩子,但在亲小女儿时,却觉得特别甜。小女孩要挣开,一心只顾得上玩。克里斯托夫还要逗她,她就咬他的手;他只好让她滑倒在地上。莎冰笑了。两个人都瞧着孩子,说了几句没有什么意思的话。然后,克里斯托夫认为理所当然,要把话说下去,但他心里可说的话不多;而莎冰也说不出什么名堂来,只会顺着他说两句,也就算凑合了:

"今晚天气好。"

"是的,天气好极了。"

"院子里透不过气来。"

"是的,院子里闷死了。"

谈话太吃力。莎冰一看孩子睡觉的时间到了,就带她进去,没有再出来。

克里斯托夫怕她以后都会这样,只要路易莎不出来乘凉,她就会避免单独和他在一起。但事实恰恰相反;第二天,莎冰又设法和他搭上了话头。她硬要没话找话,谈得没有什么趣味;感觉得到,她找话题费了好大的劲,对所提的问题,自己也感到无聊,不管是问是答,全都落空,叫人难堪。克里斯托夫想起了头几次和奥托见面的时候;不过莎冰谈话的范围更窄,还不如奥托有耐性。她试试不成功,就不再试;一定要花力气的事,她都不感兴趣。她懒得说话了,他也乐得。

说来也怪,一切又变得甜蜜了。夜恢复了宁静,心恢复了沉思默想。莎冰在椅子上悠悠晃晃,如梦如幻,克里斯托夫在她身边,浮想联翩。他们什么话也不说。过了半个小时,一阵暖风吹过一阵杨梅,带来醉人的香味,克里斯托夫心醉神迷,低声地自言自语。莎冰也回答两三句话。他们又沉默了。他们品尝着这无限宁静的魅力,体味着无关紧要的言语。他们在做同样的梦,在想同样的事;他们不知道在想什么,连自己也不承认有什么心事。等到十一点钟敲响,他们才微笑着分开。

第二天,他们甚至不打算再谈话,心安理得地保持静默。好久好久才说上片言只语,听得出他们想的是同样的心事。

莎冰笑起来了。

"这有多好,"她说,"不必勉强说话!一勉强,就讨厌了!"

"对!"克里斯托夫心领神会地说,"要是大家都像你就好了!"

两个人都笑起来。他们想到的是伏奇尔太太。

"可怜的女人!"莎冰说,"多累人呀!"

"她自己却从来不累。"克里斯托夫接着说,一副无可奈何的神气。

莎冰看了他的样子,听了他的话,快活了。

"你觉得好笑吗?"他说,"你当然不在乎。你有避难所。"

"我想是的!"莎冰说,"我锁起门来关在房里。"

她甜蜜地微微一笑,几乎没有笑出声音。克里斯托夫却听见了。在静静的夜里,心旷神怡,他痛痛快快地吸了一口新鲜空气。

"啊!不说话多好!"他伸个懒腰说。

"说话有什么用?"她说。

"对,"克里斯托夫说,"不说话也可以了解!"

他们又沉默了。夜里,两个人都看不见对方。两个人都微笑了。

然而,虽然他们在一起时心有同感——或者自以为有同感——其实,他们并不互相了解。莎冰一点也不在乎。克里斯托夫倒更好奇。一天晚上,他问她:

"你喜欢音乐吗?"

"不喜欢,"她照实说,"音乐没意思。我一点也不懂。"

这样老实反倒使人高兴。他听惯了谎话:有些人口里说对音乐喜欢得要命,其实一听就打瞌睡,这使他腻味透了,还不如老实说不喜欢,反倒是种美德。他问莎冰看书不看。

"不看。"首先,她没有书。

他问她要不要看他的。

"正经书吗?"她担心地问。

"不是正经书——如果不喜欢的话,是诗歌。"

"那还不正经吗?"

"那就看小说吧。"

她撅撅嘴。

"难道这也没有兴趣?"

"兴趣倒是有的;可惜书总是太长了。"她没有耐性从头读到底。她读到后面忘了前面,有时跳了几章,结果莫名其妙,于是把书放下了。

"这也算兴趣吗?"

"得了! 编出来的故事,有这点兴趣也够了。"她的兴趣不只在书上,还有别的地方。

"是不是看戏?"

"啊! 不是!"

"难道不上戏院?"

"不去。戏院太热,人又太多,还不如家里好。灯光刺眼。戏子都那么难看!"

说到这里,他们意见一致了。不过,戏院里还有别的,比如说戏文呢?

"是的,"她随口答道,"但我没有时间。"

"你从早到晚干些什么呢?"

她微微一笑。

"要做的事多着呢!"

"不错,"他说,"你还有杂货店。"

"哦!"她从容不迫地说,"店里倒不费我的事。"

"那是小女儿占了你的时间啰?"

"也不,可怜的孩子! 她很乖,会一个人玩。"

"那么?"

他觉得太失礼,说了声对不起。但她并不在乎,反倒觉得开心。

"事情多呢,多呢!"

"什么事?"

她说不清。"有各种各样的事。只要起床,打扮,想到午餐,做好午餐,吃了午餐,又想晚餐,收拾一个房间……一天已经完了……还总得有点空闲的时间呀!……"

"你不觉得无聊吗?"

"从来不。"

"即使不做事的时候?"

"特别是不做事的时候。要我做事反倒觉得无聊了。"

他们瞧着对方笑。

"你多么幸福!"克里斯托夫说,"我呢,要我不做事可不行。"

"我看你也行的。"

"我这几天刚刚学会。"

"那好,你会说到做到。"

他一跟她谈话,心就放了下来,觉得平静。只要看见她就够了。他的焦急不安,他的神经紧张,他不好的心情,都会松弛。和她谈话一点也不心烦意乱。想到她的时候也不心烦意乱。他自己不敢承认;但一到她身边,他就觉得迷迷糊糊,心旷神怡,几乎是如醉如痴了。夜里,他从来没有睡得这么好。

工作完了回来,他总要往铺子里看一眼。很少有不看见莎冰的时候。他们微笑着打个招呼。有时,她在门口,他们就说上两句话;或者是他把门推个半开,叫了一声小女孩,并且拿一包糖果放在她手里。

一天,他打主意走进铺子里去。他借口说上衣掉了纽扣。她就去给他找;但没有找到。各式各样的纽扣都混在一起,怎么也分不清。她有点不高兴,不愿在他面前出丑。他却觉得开心,偏要弯下腰去找。

"不行!"她说时用双手遮住抽屉,"不能看!太乱了……"

她又动手来找。但克里斯托夫在那里碍事。她一使性子,就把抽屉关上。

"我找不到,"她说,"你到旁边那条街上利济店里去看看。她一定有。你要什么她都有的。"

他对这样做买卖的方式笑了。

"难道你就是这样打发顾客上她店里去的?"

"这又不是头一回。"她不太检点地答道。

但她还是有点难为情。

"收拾东西真麻烦。"她接着说,"我总是一天一天往后推……不过,明天一定不再推了。"

"要不要我帮忙?"克里斯托夫说。

她说不要。其实她巴不得;但不敢说出口,怕人家说闲话。再说,她面子上也过不去。

他们又接着谈话。

"你的纽扣怎么办呢?"等了一会,她问克里斯托夫,"不到利济店里去吗?"

"不是急得要命我才不去,"克里斯托夫说,"我要等你收拾好了再谈。"

莎冰忘了刚才说过的话,就回答说:"不要等那么久嘛!"

这句真心话说得两个人都乐了。

克里斯托夫朝她关上的抽屉走去:

"让我来找,好不好?"

她跑过来要拦住他:

"不好,不好,用不着找,我知道没有了……"

"我敢打赌说有。"

他一下就得意洋洋地找到了他要的纽扣。他还要几个,正想接着找,她却把盒子从他手里抢了过去,不服气地自己动手找了。

天暗下来了。她走到窗口。克里斯托夫坐得离她只有几步远;小女儿爬在他膝上。他假装听她说废话,随便答两句。其实他在瞧莎冰,莎冰也知道。她低头在盒子里找。他看到她的后颈窝和半边脸颊——看着看着,他见她脸红了。他自己也脸红了。

孩子一直在说话。没有人理她。莎冰动也不动。克里斯托夫看不见她在做什么,他肯定她什么也没做,甚至连手里的盒子也没看。就这样沉默着。小女儿觉得怪,从克里斯托夫膝上溜了下来:

"你们怎么不说话呀?"

莎冰忽然转过身来,把她抱在怀里。盒子里的纽扣撒了一地;小女儿快活地叫了,她爬到家具底下去追乱滚的纽扣。莎冰回到窗前,把脸贴着玻璃。她仿佛在看夜景。

"再见。"克里斯托夫不好意思地说。

她没有转过头来,只轻轻地说:

"再见。"

星期天下午,屋里空荡荡的。于莱全家都上教堂听晚祷去了。莎冰没有去。克里斯托夫见她坐在门口的小花园里,听着钟声长鸣,呼唤她去教堂,就开玩笑似的怪她。她也用同样的口气答道:只有弥撒该去,晚祷却无所谓,因此去也没有什么用,太积极了反而不识相;她以为不去上帝不会见怪,少一个人打扰,上帝倒可以省一点心。

"你以为上帝跟你一样吗?"克里斯托夫说。

"我要是上帝,那才无聊呢!"她实话实说。

"你要是上帝,就不会老管人间的闲事了。"

"我只求他不管我的闲事。"

"那倒也不坏。"克里斯托夫说。

"嘘!"莎冰叫道,"我们要得罪神明了!"

"我看不出这怎么会得罪神明。说上帝像你有什么不好?我看这还是恭维话呢。"

"少说两句好不好?"莎冰半真半假地说。她怕上帝会恼火,就赶快把话题扯开。

"何况,"她说,"一个星期里只有这个时候,园子里才得安静。"

"你说得是,"克里斯托夫说,"他们都不在家。"

他们互相瞧了一眼。

"多静啊!"莎冰说,"静得人不习惯……我都不知道我人在哪里……"

"嘿!"克里斯托夫忽然气地叫了起来,"有几天我真恨不得把她掐死!"

用不着解释说的是谁。

"那别人呢?"莎冰笑着问道。

"你说得对,"克里斯托夫有点泄气地说,"还有罗萨。"

"可怜的小姑娘!"莎冰说。

两个人都不说话。

"要是老像现在这样多好!……"克里斯托夫叹了口气。

她笑眯眯地抬起头来,看了他一眼,又低下头去。他一看,原来她在干活。

"你在干什么?"他问道。

(他和她之间有一道缠着常春藤的铁丝网,把两个园子分开了。)

"你瞧,"她举起膝上的碗给他看,"我在剥青豆呢。"

她叹了一口粗气。

"这也不算累呀!"他笑着说。

"唉!"她答道,"一天到晚管吃的,烦死了!"

"我敢打赌,"他说,"若是不吃不会饿死人,你是懒得准备吃的。"

"那还消说!"她叫起来。

"等一等!我来帮忙。"

他跨过铁丝网,走到她身边。

她坐在门口一把椅子上。他就坐在她脚下的台阶上。她的裙子拢到肚子旁边,他就从裙兜里抓一把豆荚,再把小圆豆倒回莎冰膝间的小碗里。他眼睛向下,看见了莎冰的黑袜子紧紧贴着脚和脚踝。他不敢抬头向上看。

空气沉闷。天是白的,很低,没有风。树叶不动。园子四围都是高墙,墙内就是一个世界。

孩子跟邻居出去了。只有他们两个人。他们都不说话。也没有什么话好说。他低头不看人,只管在莎冰膝上一把一把地抓豆荚,他的手指一碰到她的身子就颤抖;有一回在新鲜滑润的豆荚中,碰到莎冰的手指也在颤抖。活干不下去了。他们一动不动地待着,也不互相瞧一眼,她仰在椅子上,嘴唇半开,胳臂垂下;他坐在她脚边,背靠着她;他感到一股暖流从莎冰的腿间上升到肩头和胳臂。他们都呼吸急促。克里斯托夫把双手按着台阶,想要凉快凉快,一只手碰到了莎冰伸出鞋子的脚,就放在脚上,好像给磁石吸住了的铁。一阵震颤流遍了他们全身。他们几乎晕头晕脑了。克里斯托夫的手紧紧抓住莎冰细长的脚趾。莎冰冒出一身冷汗,俯在克里斯托夫身上。

熟悉的声音使他们如梦方醒。他们吃了一惊。克里斯托夫跳了起来,跨过铁丝网去了。莎冰收拾身上的豆壳,回屋里去。他到了院子里回头一看,看见她在门口。两个人互相瞧了一眼。小雨点开始打得树叶簌簌响……她关上了门。伏奇尔太太和罗萨回来了……他也回到楼上房里。

昏暗的天渐渐消失了,淹没在大雨的洪流中,他从桌子跟前站了起来,控制不住内心的冲动,跑到关上的窗子前面,向对面的窗子伸出了他的双臂。同时,在对面的窗口,在关上的玻璃窗后,在半明不暗的房间里,他看见——他自以为看见了——莎冰向他伸出双臂。

他赶快跑出房间。他跑下楼梯。他跑到园子里的铁丝网前。他不怕人看见,正想跨过去。但一看她伸出胳臂的房间,只见百叶窗都紧紧关上了,整个房屋似乎已经入睡。他迟疑了一下。老于莱要到地窖里去,看见了他,招呼了一声。他回身便走。他以为刚才是做了个梦。

不消多久,罗萨就发现出了什么事。她还不会猜疑,也不知道什么是妒忌。她只准备把一切给人,并不要求回报。她无可奈何地想到克里斯托夫不爱她,但她从来也没考虑过克里斯托夫有可能爱别人。

有一天晚餐后,她花了几个月工夫做的刺绣,总算是完工了,她觉得很高兴,想要放松一下,就去找克里斯托夫谈谈。趁她母亲转过身去的时候,她像小学生逃学一样溜出了房子。她很高兴要使克里斯托夫感到意外,因为他瞧不起她,说她的刺绣永远也做不完。可怜的小姑娘明明知道克里斯托夫对自己的感情怎么样;但她总是一厢情愿,以为自己喜欢见到别人,别人也会喜欢见到她。

她走出来。克里斯托夫和莎冰正坐在门口。罗萨的心紧张了一下。然而,她觉得这个印象不合情理,所以没有站住,还是快快活活地招呼克里斯托夫。她的尖声刺破了黑夜的寂静,克里斯托夫听得像是弹错了的琴音。他在椅子里发抖,气得愁眉苦脸。罗萨得意地在他面前晃动刺绣。克里斯托夫不耐烦地把它推开。

"做完了,完了!"罗萨说了又说。

"那好,再去绣一块吧!"克里斯托夫干巴巴地说。

罗萨难受了,再也高兴不起来。

克里斯托夫却接着损她:

"等到你绣了三十块,等到你人老了,你起码可以说:你没有白白地活一辈子!"

罗萨简直想哭。

"天呀!你好刻薄,克里斯托夫!"她说。

克里斯托夫不好意思,对她说了几句好话。这就够了,她马上恢复了信心,叫嚷得更厉害,因为她没有低声说话的习惯,一说就大叫大嚷,这是她家的传统。克里斯托夫尽量压制自己,但纸还是包不住火。他先只气冲冲地回答片言只语,后来干脆不理,转过身去,在椅子上浮躁不安,咬牙切齿,听她喋喋不休。罗萨看出了他不耐烦,知道应该住口,但却说得更响了。莎冰一言不发,坐在暗处,离他们几步远,她冷眼旁观,无动于衷,流露出不屑一顾的神气。后来她累了,知道这一夜已经浪费,就起来进屋里去。克里斯托夫等她走后才发觉。他立刻站起来就走,干巴巴地说了声再见。

街上只剩下罗萨一个人,她垂头丧气地望着他刚走进去的门。眼泪流了出来。她急急忙忙回了家,不声不响上了楼,免得和她母亲说话,她赶紧脱了衣服,一上了床,就钻进被子里,啜泣起来。她对刚才发生的事并不寻根问底,也不寻思克里斯托夫是不是爱上了莎冰,完了,生活没有什么意思,她还不如死了好。

第二天早上,她又死灰复燃,只要还有一线希望,就绝不肯放弃。回想头一天晚上的事,她心里打官司,认为自己错把事情看得太严重了。没有问题,克里斯托夫是不爱她;这是无可奈何的事,但她内心深处仍然有个痴心妄想(虽然她自己不承认),以为人心换人心,只要她一直爱他,结果总会换得爱情的。但她怎么看得出莎冰和他之间会有什么关系呢?像他这样聪明的人,怎么可能爱上一个微不足道、平庸无能、有目共睹的女人呢?她觉得放心了,但她依然没有放松盯住克里斯托夫。整个白天,她没有看到什么,因为根本就没有什么可看的;但克里斯托夫却相反,看见她一天到晚围着他转,又说不出个所以然,觉得恼火透了。更在火上浇油的是,到了晚上,她还雷打不动地到街上来,并且坐在他们身边。于是头天晚上的戏又重演一次:只有罗萨一个人说话。莎冰没等多久就进了屋;克里斯托夫也跟着走了。罗萨没法再做睁眼瞎子,知道自己到街上来不受欢迎;但这个可怜虫还要欺骗自己。她看不出强人所难是再糟糕不过的办法;她一贯笨手笨脚,以后两天,依然一成不变。

第三天,罗萨坐在克里斯托夫旁边,但莎冰不出来了。

第四天,只剩下罗萨一个人。他们两个认输,斗不过她。但她没有赢得什么,只得到了克里斯托夫的憎恨,因为她剥夺了他唯一的愉快时刻。他不能原谅她,更因为他自己在感情中不能自拔,哪有心去管罗萨的感情!

好久以来,莎冰就看透了罗萨的心,甚至在她自己动心之前,她已经知道罗萨在妒忌了,但她口里不说;所有的美人生来都是冷酷无情的,在她稳操胜券的时候,她不费口舌,莫测高深,只是冷眼旁观笨头笨脑的对手在作徒劳无益的挣扎。

罗萨成了战场上剩下来的胜利者,但一看她的战果,实在可怜。其实,她最好的办法是:不要死死抓住克里斯托夫不放,要让他自由自在,至少在目前要放松一点,但她却一点也不放松;她最笨的做法是,缠住他谈莎冰,而她恰恰就是这样做的。

她心跳得厉害,畏畏缩缩地要探听克里斯托夫的真心实意,反对他说莎冰长得好看。克里斯托夫干巴巴地回答说:她长得的确好看。虽然罗萨早就料到她会得到这个回答,但这句答话还是给了她沉重的打击。她知道莎冰的确好看;却从来没有留神看过;这下通过克里斯托夫的眼睛,她才头一回看清楚了:莎冰的确眉清目秀,鼻子小巧,口齿玲珑,身材窈窕,行动悠闲……啊!这对她是多么大的痛苦!……要能长成她这副模样,一个女人会舍不得付出任何代价吗?男人为什么会爱莎冰,而不爱她,这是不言自明的了!……她的这副模样!……她是怎么长成这样的呢?她的身体多么笨重!她的外貌多么难看!连她自己看了都觉得讨厌。再想想看:一天不死,她就一天摆脱不了这副丑相!……她太自负,又太自卑,得不到爱情也不肯自怨自艾,因为她没有权利怪人;她又努力更加低声下气。但是她的本能要造反了……不行,这样太不公平!……为什么这个难看的身体是她的,是她的,而不是莎冰的呢?……为什么人家爱莎冰?她有什么值得爱呢?……在罗萨毫不留情的眼睛看来,她人懒散,马虎,自私,对人冷淡,不管家务,不管孩子,不管别人,只管自己,生活只是睡觉,悠闲,什么事也不做……而这样偏偏能讨人欢喜……甚至连克里斯托夫……要求最严格、她尊重、佩服超过一切的克里斯托夫也喜欢她!啊!这太不公平了!也太糊涂了!克里斯托夫怎么会看不出来?——于是她有时难免会说几句莎冰的坏话。她并不愿开口;但不说又不行,常常是她一说就后悔,因为她心好,不喜欢在背后说人坏话。但她更后悔的是,她的话引起了克里斯托夫的反唇相讥,而这表明了他多么爱莎冰。他的感情一受伤害,反过来也要伤害别人,而这很少有不成功的。罗萨并不反驳,只是低着头,咬着嘴唇走了,唯恐会哭出来。她想,这只能怪她自己,她这叫作罪有应得,谁叫她攻击克里斯托夫心爱的人,使他感到痛苦的呢?

她的母亲却不忍心让女儿受委屈。伏奇尔太太和老于莱一样,不消多久就看出了克里斯托夫和小寡妇的交情,并且不难猜到事实的真相。他们原来私下里要把罗萨嫁给克里斯托夫的打算,似乎不能兑现,而在他们看来,这要怪克里斯托夫不把他们放在眼里,虽然他对这个安排并不知情,因为他们根本没有征求他的同意。但阿玛利亚这样强横霸道,她不许别人的看法和她的不同,在她发表过几次瞧不起莎冰的看法之后,克里斯托夫居然置之不理,是可忍,孰不可忍!

她满不在乎地翻来覆去讲她的这些看法。每次见到克里斯托夫,她就要惹是生非,议论莎冰,并且总要找些最伤人心、别人最怕痛的话来说;她的看法粗俗,说话露骨,自然不难击中弱点。女人的本能远远比男人狠,不管做坏事还是做好事,所以她不但攻击莎冰懒惰,道德败坏,而且甚至说她身子也不干净。她的眼睛无孔不入，无缝不钻，可以穿过玻璃窗一直看到卧房里首，搜索出莎冰梳妆打扮的秘密，不干不净的证据；然后她用庸俗讨好的口气，把莎冰的隐私一一暴露在光天化日之下。有些脏话实在不好出口，她就旁敲侧击，让人随意猜测。

克里斯托夫又难堪，又恼火，气得脸白如纸，嘴唇发抖。罗萨怕要出事，求她母亲不要说了，甚至倒替莎冰说说好话。不料这更坏事，阿玛利亚越发火冒三丈。

忽然一下，克里斯托夫从椅子上跳了起来。他拍着桌子，高声喊叫，说这样谈论一个女人，打听她的隐私，摆出她的琐事，真是卑鄙无耻；若不是心术不正，怎能这样刻毒攻击一个好人？这个好人温和可爱，什么事都靠边站，从来不伤害人，从来不说长道短。不过，如果以为这样说她的坏话，就可以伤害她，那是大错而特错了，因为污蔑诽谤，只会使人对她更加同情，只会使她显得更加善良。

阿玛利亚也感到自己说得太过分，但一听到克里斯托夫的教训，自尊心又受了伤，就转移阵地，说口头上讲善良太容易了，难道这个借口可以掩饰一切缺点吗？当然啰！要是什么事都不做，什么人都不管，连自己的责任都不尽，也可算是善良的话，那实在是太方便了！

克里斯托夫立刻回嘴说：一个人最重要的责任，是使生活显得可爱，对别人也显得可爱，但是有些人的责任，只是使生活显得丑恶、讨厌、无聊，只是妨碍别人的自由，打扰别人，伤害街坊邻居，伤害家里人，甚至伤害自己。上帝保佑，千万要避开这种人、这种责任，就像要避开瘟神一样！……

争吵越来越恶化了。阿玛利亚变得非常尖酸刻薄。克里斯托夫也寸步不让。最明显的结果是，从此以后，克里斯托夫故意和莎冰往来得多了。他去敲她的门。他们谈起来兴高采烈，有说有笑。他还存心要当阿玛利亚和罗萨的面去找莎冰。阿玛利亚对付的办法是大发脾气。但无辜的罗萨看到他们这样挖空心思，要使对方痛苦，折磨得心都要碎了；她感觉得到，克里斯托夫厌恶他们，他要报复；而她就只有痛哭了。

就是这样，受过多少次不公平对待的克里斯托夫，现在也学到不公平对待别人了。

莎冰的哥哥是一个磨坊老板，住在离城几法里远的朗德格镇，他的儿子要行洗礼。莎冰是孩子的教母。她就邀请克里斯托夫同去。他并不喜欢过节，不过为了气气伏奇尔一家人，为了能和莎冰做伴，他一口就答应了。

莎冰这个机灵人为了寻开心,还邀请了阿玛利亚和罗萨,明知她们不会接受的。她们果然推辞掉了。其实罗萨想去想得要死。她并不厌恶莎冰,有时心里对她还有好感,因为克里斯托夫爱她;她简直想抱住莎冰的脖子,把心事都告诉她,但是母亲就在面前,而且母亲已经做出了榜样,于是她也只得狠下心来,为了面子,硬说不去。等到他们两个走了,她又想到他们在一起多么快活,他们这时也许正在乡下散步,七月的白天又是多么美好,而她却不得不关在房里,有一大堆衣服要缝补,还有个母亲在身边唠叨,她简直觉得要闷死了,于是她诅咒自己不该死要面子。啊! 如果时间能够倒流的话! ……唉! 即使时间能够倒流,她还是会一样拒绝不去的……

磨坊老板派了一辆有座位的木板车来接克里斯托夫和莎冰。顺路还接了几个客人。天气晴朗。明亮的太阳照得田野里的樱桃红光焕发。莎冰面带笑容。她的脸色有点苍白,但给新鲜的空气一刺激,反倒变成粉红的了。克里斯托夫抱着她的小女儿,放在自己膝上。他们两个并不交谈,只和身边的人随便说上两句,不管那人是谁,也不管谈什么,只要听到对方的声音,他们就心满意足,甚至只要同坐在一辆车上,他们也就心满意足了。他们看着同一座房屋,同一棵树,同一个过路人,眼里流露出孩子般的喜悦,互相瞧上一眼。莎冰喜欢乡下,但她几乎没下过乡;她懒得没法治,从来不闲逛;她差不多有一年不出城了,因此,随便看到什么都觉得新鲜。对于克里斯托夫来说,这些东西都不足为奇;但是他爱莎冰;普天下的有情人都是一样,都会设身处地,用情人的眼光去看一切,他感觉得到一丝一毫喜悦引起情人心弦的震动,他会使她的感情更加激荡,因为他们两心交融,他的生命也渗入了她的生命。

一到磨坊,他们看见院子里到处是客人,农场来的,别处来的,大家七嘴八舌地打招呼,大叫大喊,把耳朵都要吵聋了。鸡呀,鸭呀,狗呀,也一呼百应,此起彼落。磨坊老板贝尔多是个快活人,毛发金黄,方脸宽肩,身高体胖,更显得莎冰柔弱。他把妹子抱了起来,又小心翼翼地放下,唯恐会把她撞坏似的。不久克里斯托夫就看得出,小妹妹是惯于摆布大哥哥的,虽然哥哥傻里傻气地笑妹妹任性,懒散,有一千条缺点,但他还是拜倒在她脚下。她也习惯成自然了。她认为一切都是自然的,什么也不足为怪。她不做什么事去讨人喜欢;似乎讨人喜欢是自然的事;即使人家不喜欢她,她也满不在乎;这样,人人都喜欢她了。

克里斯托夫还发现了一件事,使他不太高兴。原来洗礼不但要个教母,还要有个教父,教父对教母有些特权,如果教母年轻漂亮的话,教父是舍不得放弃的。果然,他看见一个农夫,一头金黄色的鬈发,两只耳朵戴了耳环,笑嘻嘻地走到莎冰身边,拥抱她,亲了她的双颊。一见之下,他非但不怪自己忘了这个风俗,更糊涂的是,他反倒为这惯例而生起气来,甚至怪莎冰不该特意带他来受活罪。在举行洗礼仪式的时候,他和莎冰不在一起,他的脾气变得更坏了。洗礼的队伍一字长蛇似的走过草场,莎冰时不时地回过头来,非常友好地看他一眼。他却假装没有看见。她感觉得到他在怄气,也猜得到是为什么,但她并不放在心上,只是觉得有趣。即使她和一个心爱的人闹别扭了,虽然心里感到难受,但也犯不着费一点劲去消除误会,因为那太花工夫了。反正船到了桥下,总不会过不去的……

在餐桌上,克里斯托夫坐在磨坊老板娘和一个红脸胖姑娘中间,做弥撒的时候,他陪过一回胖姑娘,连看都懒得看她一眼,现在却改了主意;他觉得她还不算难看,为了气气莎冰,他故意大声说话,对她大献殷勤。他果然引起了莎冰的注意;但莎冰不是一个喜欢争风吃醋的女人;只要人家爱她,她并不在乎人家是不是同时还爱别人;看见克里斯托夫玩得开心,她不但不恼火,反而觉得高兴。她从餐桌的另一头,向他送来了最可爱的微笑。克里斯托夫的脸色变了;他不再怀疑莎冰对他并不在乎;于是他又赌气不说话,不管人家说好说歹,灌酒灌汤,他都一言不发。最后,他迷迷糊糊了,气嘟嘟地问自己为什么来吃这顿吃不完的酒席,却没有听到磨坊老板要请大家坐船去河上玩玩,顺便把客人送回农场。他也没有看到莎冰要他过去,好坐同一条船。等到他想起时,船上已经没有位子,他只好坐另外一条船去。这样阴差阳错当然不会使他脾气变好,幸亏他不久就发现了,几乎所有的客人都要在路上下船。于是他的心才放开,决定对大家和和气气。再说,下午天气很好,在河上划船,乡下人有说有笑,他的脾气也坏不起来。莎冰不在身边,他更无拘无束,可以和别人一样随便玩。

他们坐了三条船,挨得很近,你追我赶,互相打情骂俏。克里斯托夫的船超过莎冰的船时,他看见她笑吟吟的眼睛,不禁也对她笑了,这就算重归于好。他知道他们要同船回去。

大家开始四部合唱。每一组轮流唱一段,叠句就由大家合唱。三条船分开了,遥相呼应。声音溜过水面,好像鸟鸣。时不时一条船靠岸了,有一两个农夫下船,他们站在岸边,向越走越远的船挥手。客人一个一个地走了。歌声也此起彼伏地离开了音乐会。最后,只剩下了克里斯托夫、莎冰和磨坊老板。

他们坐同一条船回来,顺水而下。克里斯托夫和贝尔多手里拿着桨,但没有划。莎冰坐在船尾,和克里斯托夫对面,一面和哥哥谈话,一面瞧着克里斯托夫。他们口里说的是一回事,心里想的却是另一回事。若不是有这些口是心非的话打掩护,他们是不能这样心平气和地交流感情的。他们口里说的似乎是:"我看的并不是你。"但他们的眼睛却在说:"我爱的是你,你是谁呀?……不管你是谁,我爱的都是你!……"

天上起了云,草原上起了雾,河上也水汽氤氲,在一片腾腾的雾气中,太阳黯然失色了。莎冰冷得打哆嗦,用她的黑色小围巾包住头和肩膀。她看起来累了。船沿着河岸,穿过一片垂柳,她闭上眼睛,小脸发白;嘴唇抿紧,流露出一丝痛苦的痕迹;她不再动了,显得很痛苦——仿佛受了罪——似乎要死了。克里斯托夫一阵心痛。他向她探过身去。她又睁开眼睛,看见克里斯托夫不安的神色,眼里的疑问,就对他的双目微微一笑。这对他就像是一线光明。他轻轻地问道:

"你病了吗?"

她摇摇头说:

"我冷。"

两个男子汉脱了外衣,盖在她身上,把她的小脚、双腿、膝盖,都紧紧包起来,好像把孩子床上的被子塞紧一样。她随他们的便,眼睛里流露出了谢意。一阵冰冷的小雨落下来了。他们立刻拿起桨来,赶快把船划回去。天上乌云密布,昏暗无光。河上卷起了墨黑的浊浪。田野里零零落落的房屋,在窗口亮起了点点灯光。等他们赶到磨坊时,已经下起了瓢泼大雨,莎冰冷得浑身麻木。

厨房里生起了大火,大家在等这阵雨过去。不料雨却越下越大,加上风也来凑热闹。要回城里,他们坐车还得走好几里路呢。磨坊老板说:他不能让莎冰顶风冒雨回去,他要他们两个就在农场过夜。克里斯托夫不敢贸然做主,他瞧瞧莎冰,想在她的眼睛里找到答案;但莎冰的眼睛一动不动地盯着炉灶里的火焰,仿佛怕会影响克里斯托夫,要他自己拿主意似的。等到克里斯托夫答应留下,莎冰才转过头来,满脸通红——是不是火光照红的?——他才看出她的心意。

可爱的夜晚……外面风狂雨暴。在黑暗的炉灶里,烈火吐出的金星光芒四射。他们围炉而坐。他们的影子在墙上狂奔乱舞。磨坊老板给莎冰的小女儿看他如何用手做影子戏。孩子笑了,但并不开心。莎冰靠在炉边,用沉重的火钳拨火;她有点累,做梦似的微笑点头,心不在焉地听嫂子谈家常。克里斯托夫坐在暗处,在磨坊老板旁边,轻轻地理顺孩子的头发,一面偷看莎冰的笑脸。她知道他在看她。他也知道她在对他微笑。整个夜晚他们没有谈一句话,没有互相看一眼。有什么必要呢?

他们两人很早就回卧房了。两间卧房隔了一道薄壁,壁上有一扇门。克里斯托夫不由自主地看了看门,发现门锁装在莎冰的内室。他上了床,想要睡着。雨打着窗玻璃。风吹进了烟囱。楼上有一扇门在啪哒啪哒响。窗外有一棵白杨树在风暴中发出了咯吱声。克里斯托夫睡不着。他想到他就在莎冰身边,在同一个屋顶下。只有一道薄壁把他们两个分开。他听不到莎冰房里的动静。但他以为看得见她。他从床上坐了起来,隔着薄壁低声叫她,对她说了好多温柔多情的话。他仿佛听到他心爱的声音在回答,在重复他说过的话,也在低声叫他;他不能肯定是他在自问自答,或真的是她在说话。一听到叫声更响了,他就按捺不住,跳下床去,摸黑摸到门边;他不想推开门,以为门上了锁而放了心。不料他再转一下门钮,门却开了……

他心跳得厉害。他轻轻地把门关上,又再打开,又再关上。门刚刚不是锁着的吗?对,他敢肯定。那么,怎么又开了呢?……他心跳得透不出气来。他靠在床上,坐下来喘息。他给情欲压倒了,动弹不得,全身只是颤抖。几个月来灵对肉的呼唤,这种肉体没有尝过的乐趣,一下就在眼前,就在身边,中间没有任何障碍,但他反而觉得害怕。这个感情强烈、被爱欲弄得心醉神迷的小伙子,忽然一下,面对着就要实现的欲望,反而觉得恐惧、厌恶。他感到了羞耻,他觉得要实现这个欲望可耻。他爱得太强烈了,不敢享受他情之所钟的人儿,他害怕玷污了她,他甚至不惜一切来避免得到幸福。爱情,爱情,难道要玷污情人才能得到爱情吗?……

他又转身回到门口;爱情和恐惧使他颤抖,他手按着门钮,下不了决心是不是开门。

在门的另一边,光脚站在砖地上,全身冷得哆嗦的,那是莎冰。

就是这样,双方都在犹疑不决……有多久呢?是几分钟?是几小时?……他们都不知道对方也在门边;然而,他们却又心心相印。他们都向对方伸出了胳臂——一个给强烈的爱情压垮了勇气不敢进去——另一个只是呼唤,等待,颤抖,唯恐他会进来……等到他最后下决心要进去,她却刚下决心把门锁上。

于是他骂自己是个傻瓜。他把身体靠在门上。他的嘴贴着锁孔,哀求说:

"开开吧!"

他低声呼唤莎冰;她听得见他的喘息。她也站在门边,一动不动,全身冰凉,牙齿哆嗦,没有气力开门,也没有气力回床上去……

狂风吹得树枝发出咯吱声,暴雨打得门户啪哒响……他们两个人都回到自己床上,身子累垮了,心里苦透了。雄鸡用沙哑的嗓子啼鸣。曙光照进了水气氤氲的窗玻璃。这是一个惨淡昏暗、淹没在凄风苦雨中的黎明……

克里斯托夫尽早起床,到厨房去和人闲谈。他急着要回去,他怕单独和莎冰在一起。听到磨坊老板娘说,莎冰昨天坐船受了凉,不舒服,今天早上不能走,他心里反倒放松了。

回去的路上是阴沉沉的。他不肯坐车,而要走回去。田野湿漉漉的,昏黄的雾气笼罩着大地、树林、房屋,好像一块裹尸布。日光似乎熄灭了,生命也随同日光陨灭了。一切看来都像鬼影。他自己似乎也丧魂失魄了。

一回家,他发现大家都一脸的不高兴。大家都因为他和莎冰在外面过夜——天晓得在哪里!——而觉得丢人。他把自己关在房间里,开始工作。莎冰第二天才回来,也关在房里。他们小心避免碰头。天老下雨,寒气袭人,他们两个都不出门,待在关着的玻璃窗后才能见面。莎冰穿了很多衣服,坐在炉边,不知想些什么。克里斯托夫却埋在一堆纸张之中。他们隔着两个窗子打招呼,没有过分的举止。他们搞不清楚自己的感情,两个都怪对方,也怪自己,看到什么就怪什么。农场那夜的事他们不去想了,想到就会脸红,但他们不知道是为做了的荒唐事,还是为没做的荒唐事才脸红的。对他们说来,见面就是痛苦,因为一见就会勾起难以忘却的往事,所以他们商量好了似的,两个人都闭门不出,想要完全忘记对方。但这不可能,他们又为这种不能告人的不友好关系而痛苦。克里斯托夫有一次看到她冷冰冰的脸上,流露出一种说不出的苦恼表情,就一直不能忘怀。莎冰一想到这些事,也是一样难过;她想压制也压不下去,想抵赖也赖不掉,简直没有办法脱身。加上克里斯托夫已经猜到了她的心事,使她又羞又愧——她已经献出过她的身体……献出过身体却没有被接受,这更使她羞愧难言。

克里斯托夫赶快接受了邀请,到科洛涅和杜塞多夫去开音乐会。他乐

得离开两三个星期。准备音乐会,准备演奏的新作品,忙得他忘了纠缠在心头的旧事。旧事在莎冰心上也淡忘了,她也逐渐恢复了习以为常的迷糊生活。结果,他们想到对方,也不像过去那样动情了。他们过去当真相爱过吗?两个人都发生了怀疑。克里斯托夫就要到科洛涅去了,还没有向莎冰告别呢。

他动身的前一天,也许事有凑巧,他们两个又碰见了。那是一个星期天下午,大家都去教堂了。克里斯托夫也出去为旅行作了最后的准备。莎冰一个人坐在小小的花园里,在落日的残晖中取暖。克里斯托夫回来的时候急急忙忙,一见莎冰他本想打个招呼就走,但也许是莎冰脸上的病容,也许是他内心无以名状的感觉:是内疚,是担心,还是脉脉含情?……他自己也不清楚是什么留住了他的脚步。反正他站住了,转过脸来朝着莎冰,身子靠在花园的铁丝网上,对她说了一声:今天下午好吗?她没有回答,只是伸出手来。她的笑容含着柔情——他从来没有见过她这样温存。她的手仿佛要挽回他们的关系。他抓住她伸过铁丝网的手,弯下腰去吻了一下。她并没有把手缩回去。他真想扑倒在她跟前说:"我爱你……"他们静静地你瞧着我,我瞧着你。但他们什么话都没有说。过了一会,她缩回了手,转过了头。他也转过头去,免得露出心慌意乱来。然后,他们又互相瞧着,但眼神恢复平静了。太阳在沉下去。晚霞的色彩变化无穷,捉摸不定,深紫,橙黄,浅紫,流过寒冷的晴空。她怕冷,用个做惯了的动作把肩上的围巾裹紧。他问道:

"你身体怎么样?"

她抿了抿嘴,仿佛这种问题不必回答似的。他们继续互相瞧着,都很快活。他们好像是久别重逢,失而复得……

他到底打破了沉默说:

"我明天要走了。"

莎冰的脸大惊失色。

"你要走了?"她跟着说。

他连忙加上一句:

"呃,只不过是两三个星期。"

"两三个星期!"她神色大变。

他解释说:他答应了人家,要去开音乐会,但回来之后,就一冬天都不再出去了。

"冬天,"她说,"那还远着呢……"

"不远,"他说,"很快就会到的。"

她摇摇头,没有瞧他。

"我们什么时候能再见呢?"她过了一会又说。

他没有听懂这句问话,以为已经回答过了。

"我一回来就再见嘛,只要半个月,最多二十天。"

她还是惊魂未定。他就设法打趣说:

"你的时间过得快呀,"他说,"睡一觉,时间不就过去了吗?"

"是的。"莎冰说。

她想强作欢笑,但是嘴唇在抖。

"克里斯托夫!……"她忽然叫了一声,向着他站了起来。

她的声音令人心碎。她似乎在说:

"留下来吧!不要走了!……"

他抓住她的手,瞧着她,但不懂她为什么这样看重这半个月的分离;其实,只消她说一句话,他就会说:

"好,我留下来……"

她正要说话,朝街的大门忽然打开,罗萨回来了。莎冰赶快把手从克里斯托夫手中缩了回去,急急忙忙进了屋子。走到门口,她还回头瞧了他一眼——就不见了。

克里斯托夫以为晚上还可以再见到她。不料伏奇尔一家人随时都在留神,母亲也不离他左右。收拾行李又老是耽误太多的时间,他竟抽不出工夫到隔壁去。

第二天一大早,他就走了。走过莎冰门口,他想进去,想去敲敲窗子,到底不告而别,他是于心不忍的;因为头一天还来不及告别,他们就给罗萨拆散了。但是他又想到:她还在睡觉,会怪他不该叫醒她的。况且,有什么话好说呢?要他不离开吧,现在时间也太晚了;万一她真要他不走,那……最后,他口里虽然不说,心里却想:考验一下她的感情倒也不错——如果需要,不妨让她尝点苦头……他没有把这次离别对莎冰的痛苦真当作一回事,以为短短的别离也许还会增加她对自己的感情呢。

他跑到火车站。无论如何,他心里总感到有点遗憾。但等火车一开动,他就什么都忘记了。他觉得心中青春焕发。他愉快告别了古城,告别了阳光照红的屋顶和塔尖,像一个初出远门的人无忧无虑地对留下的人说了声再见,就不再把他们放在心上了。

在杜塞多夫和科洛涅的时候,他一天也没有想到过莎冰。从早到晚他都全神贯注着预演和演奏,忙于宴会和交谈,还有千头万绪的新鲜事,演出的成功使他既满意又得意,根本就无法分心去回想往事了。只有一次,那是他离家后的第五天夜里,他猛然从噩梦中惊醒,发现自己在睡梦中想到"她"了,而且一想到就醒了过来,至于"怎样"想起她的,他却一点也不记得。他感到激动不安。这也不算奇怪,那天晚上他在音乐会演奏后,给人拉去喝了几杯香槟酒。他睡不着,爬了起来。有一段音乐构思在他头脑中萦回。他以为这是他没睡好的原因,就把构思写了下来。但一读乐谱,却意外地发现音乐很悲。他写谱时并不悲伤呀,至少他自以为是那样。他又想起了有几次他难过的时候,写出来的音乐却是快活的,快活得叫他伤心。但他懒得再想。内心世界的变化莫测,他虽然不太理解,却已经习惯了。接着他倒头又睡,到第二天早上,他什么都不记得。

他在外地多住了三四天。因为他知道随时可以回去,反倒不急,索性多耽搁了些时候。一直等到走上归途,进了车厢,这才想起莎冰来,他没有给她写过信。他不在乎到了这种地步,甚至懒得去邮局问有没有他的信。他心中暗自欢喜,没有信并不要紧,要紧的是他知道家里有人等他,有人爱他……有人爱他吗?她从来没对他说过,他也从来没对她说过。但没问题,不说,他们也一样知道。然而,说了岂不更好?为什么等了这么久不说呢?他们正要说的时候,总有什么事情,不凑巧,不方便,使他们开不了口。为什么?为什么?浪费了多少时间!……他心急如焚地想听到那句话从心爱的人嘴里说出来。他也心急如焚地想对她说那句话,于是他一个人在空车厢里高声说了几遍。离家越近,他越不耐烦,越焦急不安……快点到吧!快点到吧!啊!想想看,不消一个小时,他又可以见到她了!……

早晨六点半钟,他回到了家里。还没有人起床。莎冰的窗子是关着的。他踮着脚走过院子,以免把她吵醒。他笑着想使她大吃一惊。他上楼回到房里。母亲还在睡觉。他不声不响地梳洗。肚子饿了,要去食橱找东西吃,又怕会吵醒路易莎。他听到院子里有脚步声;他悄悄地打开窗子,看见罗萨在扫地,她平时总是头一个起床的。他低声叫她。一见是他,罗萨的反应是又惊又喜;但她的神色立刻显得心情沉重。他以为她还怪他呢;但他心情很好,就下楼来走到她身边。

"罗萨,罗萨,"他高高兴兴地说,"给我一点吃的,否则,我会饿得把你吃掉!真饿死了!"

罗萨微微一笑,把他带到楼下的厨房里。她给他倒了一大碗牛奶,一面问长问短,问音乐会和外地的事。虽然他很愿意回答——他一回家就很高兴,连罗萨的喋喋不休也不觉得讨厌了——但罗萨往往问到一半,忽然打住,脸拉长了,头转过去,显得心事重重。然后,她又接着啰唆,但似乎怪自己不识时务似的,忽然又打住了。他觉得不对头,就问:

"你怎么了,罗萨?难道还生我的气吗?"

她使劲地摇头,表示不是生气;但忽然又转过身来,像平时一样粗手笨脚地抓住他的胳臂:

"哎！克里斯托夫！……"她说。

他愣了一下，手里拿的面包掉到地上去了。

"怎么？出了什么事？"他问。

她重复说：

"哎！克里斯托夫！……出了不幸的事！……"

他把桌子推开，结结巴巴地问：

"在……这里？"

她指指院子对面的房子。

他叫了起来：

"是莎冰！"

她哭着说：

"她死了。"

克里斯托夫两眼发黑。他站了起来，但两腿发软，他扶住桌子，又把桌上的东西都打翻了。他要大叫。他痛苦得无法忍受。他吐了起来。

罗萨吓得要命，赶快跑到他身边，扶起他的头来，哭了。

等到他能开口，他立刻就说：

"这不是真的！"

他知道这是真的。但他不肯承认现实，他希望现实并不存在。等他看到罗萨满脸的眼泪，就不再怀疑，而是抽抽噎噎地哭起来了。

罗萨抬起头来：

"克里斯托夫！"她叫了一声。

他伏在桌子上，手蒙住脸。她弯下身子：

"克里斯托夫！……妈妈来了！……"

克里斯托夫又站了起来：

"不，不，"他说，"我不要她看见我。"

她牵着他的手，领着他走，他摇摇晃晃，眼泪使他看不清楚，他们走进了院子里的一间小柴房。她把房门关上。房里很暗。他随便在一个劈柴用的树根上坐下。她却坐在一捆柴上。外面的响声传到房里来都像蒙在鼓里一样。到了这里，哭叫也不要紧，不怕外面听见。他就一抽一噎地放声大哭起来。罗萨从来没见他哭过，她甚至认为他是不会哭的；她只见过女孩子的眼泪，男人伤心痛哭使她害怕，使她怜悯。她心里浸透了对克里斯托夫的热爱。这满腔热爱并不自私，只是渴望为他做出牺牲，像母亲般一切在所不惜，渴望为他受苦受难，甚至替他受罪。她用胳臂抱住他

"好克里斯托夫,"她说,"不要哭了!"

克里斯托夫撇过头去:

"我想死!"

罗萨合起双手:

"不要这样说,克里斯托夫!"

"我想死。我再也……我再也活不下去了……活有什么意思?"

"**克里斯托夫**,小克里斯托夫!你不只是一个人。还有人爱你呢……"

"那**和我**有什么关系?我什么也不爱了。不管什么,活也好,死也好。我什么都不爱,我只爱过她,只爱过她!"

他双手抱住头,哭得更厉害了。罗萨什么话也说不出。克里斯托夫自私的爱情刺伤了她。她本来以为离他更近,不料却离得更远,她比以前还更孤独,还更可怜。痛苦没有使他们接近,反倒使他们更分开了。她伤心地痛哭起来。

过了一会,克里斯托夫不哭了,问道:

"怎么?怎么?……"

罗萨心里明白:

"你一走,晚上她就得了流行性感冒。马上她就一病不起了。"

他唉了一声:

"天呀!……为什么不给我写信呢?"

她说:

"我写过的。我不知道你的地址,你没告诉我们。我去戏院打听。也没有人知道。"

他知道她胆小心虚,到戏院去怕难为情,就问道:

"是不是她……是不是她要你写信的?"

她摇摇头:

"不是。我自己想……"

他的眼神流露出了感谢。罗萨的心都要融化了。

"可怜的,可怜的克里斯托夫!"她说。

她一边哭,一边搂住他的脖子。克里斯托夫感到这种纯洁的柔情难得。而他这时又多么需要安慰啊!他就拥抱了她:

"你心真好,"他说,"难道你,你也爱她吗?"

她松开了手,只多情地瞧了他一眼,没有回答,又哭了起来。

这一眼看得他心里发亮,她好像在说:

"我爱的不是她……"

克里斯托夫到底看出了他以前不知道的事——几个月来,他一直不愿意看出的事:她爱他了。

"嘘!"她说,"有人叫我。"

他们听到阿玛利亚的声音。

罗萨问道:

"你要回家吗?"

他说:

"不,我还不能回去,我不能和母亲谈话……等一等……"

她说:

"你等吧。我马上回来。"

他在黑暗的柴房里等着,只看见一道阳光从蛛网密布的通风口漏了进来。听得见沿街叫卖的女声,还有隔壁马房里,一匹马在喷气,在踢蹄子。克里斯托夫刚才尽管恍然大悟了,但一点也不感到愉快;他只是想了一会。他现在才能解释过去不明白的事情。一大堆小事,他以前从来没有留意,回想起来,都看得清楚了。他奇怪自己哪有闲心来想这些小事,他恨自己一分钟也不该忘了莎冰的苦难。但爱情的苦难太沉重了,保全生命的本能承担不起,就不得不转移视线,去寻找新的替罪羊;正如一个快要死的人随便看到什么东西,都会身不由己地拼命抓住,好在水面上多待片刻一样。再说,因为他自己痛苦,所以才能将心比心,感到别人的痛苦,尤其是别人为了他而受的痛苦。他现在总算明白了罗萨刚才的眼泪是为他而流的。他可怜罗萨。他想到自己过去对她狠心,将来还是要狠心的。因为他不爱她。她爱他有什么用呢?可怜的小姑娘!……虽然他对自己说她的心好(这一点刚才的事实已经证明了),但她的好心对他有什么用?她的生命对他又有什么用?……他心里想:

"为什么莎冰死了,她却活着?"

他想:

"她活着,她爱我,她随时都可以说她爱我,今天,明天,一辈子都可以——而莎冰呢,我爱的只是她,她却死了,她还没有说她爱我,我也没有说我爱她,我再也听不到她说,她再也不会知道了……"

他回想起了离别的那天晚上,他记得他们正要吐露真情的时候,罗萨一来,却把他们的话打断了。于是他恨罗萨……

柴房的门又打开了。罗萨轻轻地叫着克里斯托夫,她摸着黑找他。她抓住了他的双手。一碰到她的手,他就觉得反感,他怪自己不该如此,但没有用,他实在受不了。

罗萨没有开口,深沉的同情使她学会了沉默。克里斯托夫感激她没有用无济于事的语言来增加他的悲伤。然而,他还是想知道……她是唯一能对他谈莎冰的人。于是他轻轻地问道:

"她是什么时候……"

(他不敢说出"死"字。)

她回答说:

"一个星期以前,是星期六。"

那个噩梦闪过他的心头。他说:

"是在夜里。"

罗萨惊讶地瞧着他说:

"是在夜里两三点钟。"

那悲哀的音乐又出现了。

他颤抖了,问道:

"她很痛苦吗?"

"不,不,谢谢老天爷,好克里斯托夫,她几乎没有什么痛苦。身子那么弱!她并没有拖很久。一下就看得出:她不行了。"

"她自己看出了吗?"

"我不知道。我想……"

"她说了什么没有?"

"没有,什么也没有说。她只是像个小孩子一样呻吟。"

"你在她身边吗?"

"在,头两天,她哥哥还没有来,只有我一个人在她身边。"

在感激的冲动下,他握住了她的手。

"谢谢。"

她感到血涌上心头。

沉默了一会,他实在憋不住了,吞吞吐吐地问道:

"她没有什么话……留给我吗?"

罗萨难过地摇摇头。她多么想努力说出使他满意的回答啊!可惜她不会说谎。她只好尽力安慰他:

"她已经不清醒了。"

"能说话吗?"

"听不清楚。声音太小。"

"小女儿呢?"

"舅舅带走了,到乡下去了。"

"'她'?"

"也在乡下。上星期一去的。"

他们两个又哭了起来。

伏奇尔太太的声音又在叫罗萨了。又只剩下克里斯托夫一个人,他回忆她死后的这些日子是怎么过的。一个星期!已经一个星期了……唉!天呀!她怎么样了?这个星期,世界上下了雨呀!……而他,这个星期,他却在笑,他却快活。

他在衣袋里摸到一个丝光纸的小包,那是他给她带来的一副银鞋扣。他想起了那天夜晚,他把手放在她脱了鞋子的小脚上。她那双小巧玲珑的脚现在怎么样了?一定很怕冷吧!……他又想到,关于这个心爱的肉体,他所记得的就只有那一次温暖的接触了。他从来不敢摸她,不敢把她抱在怀里。现在她走了,完全无影无踪了。关于她,她的肉体和灵魂,他知道什么呢?她没有留下一点纪念,她的外表、生活、爱情……她的爱情?……怎么能证明她爱过他?没有一封情书,没有一件遗物,什么也没有。哪里抓得到、找得出一点证据?在他身上,在他身外!……唉!空无一物!只剩下了他对她的爱情,只剩下了他自己这个证人——然而,不管怎样,他狂热的欲望要使她脱离毁灭,要否定死亡,使他产生了盲目的信心,在绝望中找到了最后一线希望:

> ……我没有死,我只换了一个归宿,
> 我活在你心中,你看见我,你为我哭,
> 我的肉体已经化为你的灵魂……

他从来没有读过这些豪言壮语;但这些话却生在他的心里。每个人都要轮流登上时代的十字架。每个人都要在绝望中寻找时代的希望。每个人都要重蹈前人的覆辙,前人和死亡斗争过,也否定过死亡,但还是死了。

他把自己关在房里。百叶窗整天紧闭,以免看见对面房间的窗子。他避免碰到伏奇尔家的人,在他看来,他们都很讨厌。其实,他并没有什么理由可以责怪他们,他们都是些老实的、信神的人,不会再说什么不敬重死人的坏话。他们知道克里斯托夫的痛苦,不管他们心里怎么想,口里总不想再刺痛他,甚至避免在他面前提到莎冰的名字。不过在她生前,他们是她的冤家对头,就凭了这一点,她死后,他就是他们的对头了。

再说,他们吵吵闹闹的习惯一点没有改变;虽然他们真有几分钟的同情心,但显而易见的是,他们没有什么痛苦——这是理所当然的!——甚至暗地里还觉得轻松呢。至少克里斯托夫这样猜想。现在伏奇尔一家对他的打算露了马脚,他就越发容易夸大他们的缺点。其实,他们并不一定要把女儿嫁他;倒是他自以为是地抬高了自己的身价。他也不怀疑莎冰一死,房东的打算减少了一个主要障碍,罗萨就没有对手了。因此,他恨罗萨。如果有人——不管是伏奇尔两口子,是路易莎,甚至是罗萨——自作主张,硬要给他撮合,那好,就凭了这一点,不管三七二十一,他也要疏远那个撮合的对象。只要他觉得人家有干涉他自由的嫌疑,他就会闹个人仰马翻。而这一回,还不只是他一个人的问题。问题不但是侵犯了生者的权利,而且损害了他心爱的死者。因此,不等别人进攻,他先摆出顽抗到底的姿态。罗萨的好心好意也引起了他的怀疑,其实,她看见他痛苦,自己也痛苦,就来敲他的门,来安慰他,来和他谈谈死者。他并没有把她拒之门外,因为他也需要谈谈莎冰,尤其是和认识她的人谈,他想要一五一十地知道她病中的点滴情况。但他并不感激罗萨,他认为罗萨的好心掺杂了自私自利的动机。难道他看不透这一家人,尤其是阿玛利亚,要不是有利可图的话,怎么会让罗萨来谈这么久呢?罗萨和她家里的人不是心照不宣的吗?他不能相信她的同情完全是一片真心,没有丝毫个人打算。

当然,她不可能没有个人打算。罗萨怜悯克里斯托夫,那是一片真心。她努力要从克里斯托夫眼中来看莎冰,要像爱克里斯托夫一样来爱莎冰;她严厉责备自己,从前不该对她怀恨在心,甚至在晚上祈祷的时候,她还请莎冰原谅。但是,她能够忘记现实吗?现实是她还活着,每天随时都能见到克里斯托夫,她还爱他,她用不着担心情敌,情敌已经消失了,甚至对情敌的记忆也会烟消云散,情场上只剩下了她一个人,有朝一日,谁说得准?……在她痛苦的时候,在她把情人的痛苦当成自己的痛苦时,她能够压制自己——她能够压制住忽然涌上心头的快乐和非分的希望吗?当然,她接着会责备自己。其实,这也不过是一闪而过的念头。但这已经够了。这怎么也逃不过他的眼睛。他瞪了她一眼,她的心就冰凉了,她在他眼中看到了憎恨,他恨莎冰不该死,而她却偏偏还活着。

磨坊老板驾了一辆马车来搬莎冰的家具。克里斯托夫教完课回来,看见门前、街上堆着床、柜、衣、褥,都是她生前用过的,都是她死后留下的东西。他一见到就伤心。他赶快走过去。但在门廊里,他碰到贝尔多把他拦住。

"啊!我的好先生,"他感情冲动地握住克里斯托夫的手说,"唉!我们上次在一起哪里想得到?那一天我们多么高兴!然而就是从那一天起,就是从那次该死的游河以后,她就开始生病了。说来说去,埋怨又有什么用处!她人已经死了!总有一天,也要轮到我们的。这就是生活……你日子过得好吗?我倒挺好,谢天谢地!"

他通红的脸上在出汗,闻得到一股酒味。想到他是她的哥哥,当然要谈她的往事,克里斯托夫却受不了。他听到这位老兄谈他心爱的人,觉得很痛苦。磨坊老板正好相反,他很高兴碰到一个熟人,可以谈谈莎冰,却不了解克里斯托夫为什么对他冷淡。他哪里猜想得到:他一来就忽然使人想起了在农场的那一天,他粗声笨气地提到愉快的往事,他把莎冰的遗物随便堆在地上,他还一边讲话一边踢莎冰的东西,这就使克里斯托夫感到像在踢他的心一样痛苦。只要莎冰的名字从他嘴里迸出来,那就像是在撕裂克里斯托夫的心。他要找个借口叫贝尔多住嘴。他走到楼梯上,贝尔多紧紧跟着他,在楼梯上拉住他接着讲。最后,磨坊老板一五一十地讲起莎冰的病来。有些人,尤其是普通老百姓,谈起病人来就津津有味,谈起零碎琐事来如数家珍。克里斯托夫听了,痛苦得支持不住(他是硬着头皮听下去的,以免痛得大叫起来)。他只好打断贝尔多的话:

"对不起,"他冷冰冰、干巴巴地说,"我要先走一步。"

他撇下贝尔多就走,连再见也不说一声。

这样不通人情使磨坊老板非常反感。他也隐约猜到一点他妹妹和克里斯托夫不便告人的感情。但克里斯托夫竟表现得这样无动于衷,实在使他觉得没有人味。他认为克里斯托夫是个冷血动物。

克里斯托夫躲进房里,他觉得又闷又憋。只要还在搬莎冰的东西,他就不出房门一步。他发誓不看窗子外边,但做不到,就躲在角落里,藏在窗帘后面,眼睁睁地看着心爱的衣物被搬走。等到马车走得看不见了,他真想跑上街去喊叫:"不要搬走!不要搬走!给我留下!不要从我这儿搬走!"他想求人至少给他留下一件东西,哪怕一件也好,免得她完全离开了他。但他怎么敢向磨坊老板说呢?他是老板的什么人呢?他的爱情,连莎冰本人都不知道,怎么能向别人说得出口?再说,即使他敢开口说一句话,恐怕就会泣不成声了……不行,不行,只好什么话也不说,只好眼睁睁瞧着整条船沉入大海,一星半点也救不出来……

等到家搬完了,房子空了,大门关了,磨坊老板走了,震动窗户的车轮走得越来越远了,车轮声也听不见了,他就扑在地上,没有眼泪,没有思想,不想痛苦,不想挣扎,浑身冰冷,就像死了一样。

有人敲门。他连动也不动。又敲门了。他忘了把门锁上,罗萨走了进来。一见他躺在地板上,她叫了一声,吓得站住了。他抬起头,生气地说:

"你来干吗?有什么事?给我出去!"

她没有走,畏畏缩缩,靠在门上,只是重来复去地说:

"克里斯托夫……"

他不声不响地爬了起来,这副模样给她看见,觉得丢人。他用手掸掸灰,生硬地问道:

"你来干吗?"

罗萨吓坏了,只是说:

"对不起……克里斯托夫……我来……我带来了……"

他看见她手里拿了一样东西。

"就是这个,"她一边说,一边伸出手来把东西给他。"我要贝尔多给我一件纪念品。我想你会喜欢……"

那是一面银边的小镜子,莎冰老是装在衣袋里,随时拿出来照照,往往一照就是几个小时,与其说是顾影自怜,不如说是无所事事。克里斯托夫一把抓住镜子,也抓住拿镜子的手:

"啊!好罗萨!……"他说。

他深深感到她的好心好意,也感到自己对她太不公平。一下心情激动,他跪倒在她面前,吻她的手:

"原谅我……原谅我……"他说。

罗萨开头不懂;然后恍然大悟,脸就红了,哭了起来。她明白他要说:

"原谅我不公平……原谅我不爱你……原谅我不能……我不能爱你,我永远不能爱你!……"

她没有缩回手,她知道他吻的不是她。他把脸靠在罗萨手上,大哭起来,知道她看出了他内心的痛苦,因为他不能爱她,反倒使她痛苦。

他们两个就这样在房间的昏暗中哭泣。

最后,她把手缩了回去。他还在低声说:

"原谅我!……"

她把手轻轻地放在他头上。他站了起来。两个人不出声,互相拥抱,嘴唇上都带有眼泪的苦味。

"我们永远是好朋友。"他低声说。

她点点头,离开了他,伤心得说不出话来。

他们都在想:世界是阴差阳错的,多情反被无情恼,有情偏对薄情好。两情若是相投,迟早总有一天又要分离……自己痛苦,也使别人痛苦。最不幸的,并不总是痛苦的人。

克里斯托夫又是有家难归了。他不能在家里过日子。叫他怎么受得了对面的窗子上没有了窗帘,对面的房子里没有了心爱的人!?

还有使他更痛苦的事。老于莱赶快就把楼下的房子租出去了。一天,克里斯托夫发现莎冰的房间里出现了陌生的面孔。新人要把旧人的最后一点痕迹都打扫干净。

他简直不可能在家里待下去了。整整几个白天,他都是在外面度过的;一直要等到夜里,什么都看不见了,他才回家。他又重新走上了到乡下去的道路。那条路有了不可抗拒的吸引力,总是把他带到贝尔多的农场。但是他不进去,也不敢走得太近,总是在远处转来转去。他在山冈上发现了一个地方,居高临下,可以看到农场、平原、河流,这就成了他日常散步的目的地。在山上,他的眼睛可以顺着蜿蜒、曲折的河水向前看,一直看到丛丛垂柳,而在柳荫下,他在莎冰的脸上见到过死神的影子。在山上,他看得见两个房间的窗子,在那两间房里,他和莎冰度过了一个不眠之夜,他们两人站在门的两边,近在眼前,却仿佛远在天边——他们之间隔了一道永恒的门。在山上,他还可以远眺莎冰安眠的墓地。但他下不了进去看看的决心,他从小就厌恶这埋葬尸骨的黄土,叫他怎么忍心把薄命人的形象和黄土堆联系起来!但从高处远望,这一抔黄土并不阴森可怕,反倒显得宁静,在阳光下安眠……安眠!……她多么喜欢睡眠!现在,再也没有什么来打扰她的安宁了。田野里公鸡的啼声此起彼伏,遥相呼应。农场里响起了磨坊的咕咚声,家禽的叽喳声,顽童的叫喊声。他认得出莎冰的小女儿,看得见她在跑,听得见她在笑。有一回,他在农场门外等她,躲在路边围墙凹进去的角落里;她一走过,他就一把将她抱住,拼命地吻她。小女孩吓哭了。她几乎不认得他。他问道:

"这里好玩吗?"

"好玩……"

"你不想回去吗?"

"不想!"

他放了手。孩子毫不留恋母亲使他伤心。可怜的莎冰!……然而,孩子到底是她的亲骨肉,是她的一部分……虽然是很少的一部分!孩子不像母亲,尽管她是母亲生的,但并没有留下多少神秘的胎记,只有一丝淡淡的芳香,那就是说话的声调,抿嘴的姿态,侧脸的模样。其余的部分都是另外一个人的;另外这个人居然和莎冰合而为一,这使克里斯托夫非常反感,虽然口里没有说。

克里斯托夫只有在自己心里才找得到莎冰。她到处跟着他;但只有在他单独一个人的时候,他才觉得真正和她在一起。只有在这个山冈上,才觉得最接近她,这里没有人看见,没有人打扰,到处有她的旧日踪影。他走了好几里路,跑得心突突跳,到这山冈上来,就像赴约会似的。这也的确是个约会。他一到就躺在地上——这块土地就是她安息的地方——他一闭上眼睛,她就进入他的心中。他看不清她的面目,听不清她的声音,这都不要紧;要紧的是她在他的心里,她是他的,他也是她的。在这种热情奔放、迷离恍惚的状态中,他没有别的感觉,只感觉到和她在一起。

但这种感觉时间也不长——说老实话,只有一次,他真正感觉到和她在一起。从第二天起,他就在有意寻找这种感觉了。以后,克里斯托夫虽然竭力要使幻觉再现,却总是白费劲。直到这时,他才想起他对莎冰的形态,并没有非常确切的印象;在这以前,他根本没想到过。现在,即使他想起了,莎冰的形象也是像闪电一样,瞬息消失。而这昙花一现的代价,却是长夜难明、几小时的等待。

"可怜的莎冰!"他心里想,"他们都把你忘了,只有我爱你,永远把你放在心上,我的宝贝哟!你是我的,我抱住你,我决不让你走!……"

他说是这样说,其实,她已经走了,她从他思想中溜掉,就像水从手指缝里漏掉一样。他照常去赴她的约会。他要想念她,他闭上眼睛。但半个小时,一个小时,甚至两个小时之后,他才发现自己并不是在想她。山谷里的响声,闸门下的潺潺水声,两头山羊吃草时的铃声,树枝间的风声,浸透了他海绵一般的思想。他躺在小树下,恨自己的思想不服从自己的意志,不去怀念消逝了的音容;他勉强自己去想,但思想也累了,困了,他叹了一口气,又如释重负似的让懒洋洋的思想随波逐流,听任感觉随意摆布了。

他要摆脱这困顿的状态。他在田野里走来走去,寻找莎冰的踪影。他到镜子里去找,因为镜子照过她的笑容。他到河边去找,因为河水洗过她的双手。但镜子和河水照出来的,都只是他自己的面貌。走路的兴奋,空气的清新,血液的奔腾,唤醒了他心中的音乐。他也想到该转变了。

"莎冰哟!……"他叹息了一声。

他把心中的音乐写下来献给她,要使他的爱情和痛苦复活……但是说献给她也没有用;爱情和痛苦倒是复活了,但不能算在可怜的莎冰账上。爱情和痛苦都是向前看着未来,不是向后看着过去的。青年人都是这样,克里斯托夫也无法抗拒。生命的液汁又怒涛澎湃地涌上他的心头。他的悲伤,悔恨,坚贞不移地在心中燃烧的爱情,受到压制的欲望,反倒加强了他的狂热。莎冰的死虽然使他悲痛,但他心跳的节奏反显得轻松而强烈;乐曲像脱缰的野马按着如醉似狂的韵律跳跃前进;一切都在歌颂生命;就连悲哀也放了假,在庆祝自己的节日。克里斯托夫是个胸怀坦荡的人,不能老用幻觉来欺骗自己;他很惭愧。但是生命战胜了忧伤;他的灵魂虽然死气沉沉,肉体却是生气勃勃,他就忧伤地投入了新生的力量,投入了生活的狂热而荒谬的欢乐,而痛苦、怜悯、绝望、不可挽回的损失造成的令人心碎的创伤、死亡造成的剧烈动荡,对于一个坚强的人来说,只会像疯狂地刺在马肚子上的马刺一样,刺得他更加意气风发,斗志昂扬。

克里斯托夫也知道,在他心灵深处一个最僻静的角落里,有一间什么也进不去,什么也冲不破的地下室,那就是莎冰的幽灵安息的地方。生命的洪流也无法把她席卷而去。每个人的内心都有一个情人的墓穴。情人一年又一年安安静静地长眠。但是有一天——我们都知道——墓穴还会打开。幽灵会从墓中出来,黯淡的嘴唇会对情人微笑,她一直埋藏在情人的记忆里,就像母亲腹中的胎儿。

第三部 阿达

夏天的雨季过后,秋天发出了灿烂的光辉。在果园里,累累的果实把树枝都压弯了。通红的苹果像象牙台球一样闪闪发亮。有些果树迫不及待地披上了晚秋的盛装,如火如荼,红橙黄绿,黄的如熟透了的甜瓜,绿的如柠檬,红的像烤肉,橙的如橘子,真是琳琅满目,美不胜收。树林里到处闪烁着朦胧的黄光;草原上长出了半透明的秋水仙,像是淡红色的火焰。

他走下了山坡。那是一个星期天的下午。他迈开了大步子,因为是下坡路,他几乎是在跑了。他哼着一句乐曲,从他开始散步的时候起,这调子就在他头脑中萦回。他满脸通红,放荡不羁,胳臂乱动,眼珠乱转,像个精神病人,忽然之间,在道路转弯的地方,他劈面看见一个金发姑娘,骑马似的坐在墙头,使劲拉住一根粗树枝,大吃特吃紫色的小果子。他们两个人都觉得意外。她看看他,有点惊慌失措,因为嘴里塞了水果;然后,她却扑哧一声,大笑起来。他也跟着笑了。她的模样看起来很好玩,圆圆的脸,周围是金黄的鬈发,像是一团金色彩霞,玫瑰色的脸颊鼓起,大大的蓝眼睛,鼻子占的地方太多,而且翘得仿佛看不起人,嘴巴又小又红,一口洁白的牙齿,犬齿外露,下巴浑厚,身子丰满,体形好看,又高又大,骨骼结实。克里斯托夫对她高声说:

"多吃点吧!"

他要继续走他的路。但是她把他叫住了:

"先生!先生!做做好事!扶我下来好不好?我下不来了……"

他回头走过来,问她是怎么上去的。

"用我的爪子……上去总比下来容易……"

"尤其是头上有好吃的水果……"

"你说对了……肚子吃得太饱,就不敢往下跳,就找不到下来的法子了。"

他看她骑在墙头上,就说:

"你这样不是蛮好的吗?那就这样舒舒服服不要动了。我明天再来看你。再见!"

他口里这样说,人却站在下边不动。

她假装害怕,做个苦脸,求他不要丢下她不管。他们两个互相瞧着,笑着。她指着她抓住的树枝问他:

"你吃不吃?"

克里斯托夫自同奥托游山玩水以来,还没有养成尊重私人产权的习惯,他二话不说就答应吃。于是她闹着玩,拿大把的水果扔在他身上。等他吃了,她才说:

"现在呢?……"

他还要搞恶作剧,寻开心,让她等等。她在墙头等得不耐烦了。他这才说:

"来吧!"并且伸出胳膊。

她正要跳下来,又起了个念头:

"等一下!应该多摘一些带走!"

于是她把够得着的好果子都摘了下来,把衣兜都装满了。

"小心不要挤了水果!"

他倒有心挤她一下。

她在墙头弯下身来,跳到他的怀里。虽然他很结实,还是给她压得几乎仰面摔了一跤。他们两个身体一般高,所以脸也碰到了脸。他乘势吻了一下她满是果汁、又甜又润的嘴唇;她也满不在乎地还了他一个吻。

"你到哪里去?"他问。

"我不知道。"

"你一个人出来的?"

"不是。我们结伴来的,但走散了……嘿嗬!"她忽然使劲喊叫。

没人回答。

她也并不放在心上。两个人就随随便便,一直往前走。

"你呢,你到哪里去?"她问。

"我也不晓得。"

"那好。我们一起走吧。"

她从胸脯半露的上衣兜里,拿出水果就咬。

"你这样要吃出病来的。"他说。

"不会！我一整天都是这样吃的。"

从上衣没扣好的地方,他看得见她的内衣。

"水果现在都热乎乎的了。"她说。

"我看看！"

她笑着摸了一个给他。他就吃了。她像孩子一样吮着水果,斜着眼睛看他。他猜不到这次艳遇会有什么结果。但她至少是心中有数的。她在等待。

"嘿嗬！"树林中有人喊。

"嘿嗬！"她答应了一声……"啊！他们在那里！"她对克里斯托夫说,"我还不算运气不好！"

其实她心里想的恰恰相反。女人说的话并不表达她的思想……谢天谢地！否则,世上就不可能有什么道德了……

人声越来越近。她的伙伴快要走到大路上来了。她却一下跳过路边的排水沟,爬上对面的斜坡,躲到树后面去了。他瞧着她,莫名其妙。她却急着要他过去。他就跟着她走,进了树林。

"嘿嗬！"等到他们走远了,她又喊叫起来。"要让他们找我。"她对克里斯托夫解释说。

那些人站在大路上,听她的声音是从哪里来的。他们回答了一声,也走进了树林。但她并不等他们来。她故意寻开心,左拐右拐。他们喊得声嘶力竭,她却不作回答,偏偏跑到相反的方向去喊叫起来。之后,他们喊累了,懒得再捉迷藏,觉得不找也许她自己会出来,就喊道：

"好好兜风吧！"

说完,他们一边唱歌,一边走了。

她很恼火,因为他们居然丢下她不管。其实,她故意要甩掉他们,却不许他们甩掉她。克里斯托夫显得呆头笨脑,和一个不认识的姑娘这样捉迷藏,觉得没有什么意思;他并没有想到利用两个人单独在一起的机会。她也没有想到,一气之下,她甚至忘了克里斯托夫。

"啊！他们太过分了。"她拍拍手说,"瞧！他们怎能丢下我就走？"

"不过,"克里斯托夫说,"不是你要这样的吗？"

"不是！"

"你是在躲他们。"

"我躲是我的事,和他们没关系。他们应该找我,万一我迷了路怎

么办?……"

她想到可能发生的事,已经开始怜悯自己了,万一……万一发生了并没有发生的事,怎么办呢?

"哼!我要狠狠地骂他们一通!"她说。

她大踏步走上了回头路。

上路之后,她才想起了克里斯托夫,又瞧了他一眼——但太晚了。她又笑了起来。她刚才要调皮捣乱的鬼主意已经泄了气。在想到新的鬼主意之前,她对克里斯托夫只无所谓地瞧了一眼。再说,她也饿了。她的胃提醒她,已经是吃晚餐的时间;她得赶到客店去找她的伙伴。她就挽着克里斯托夫的胳臂。她把全身的力气都压在他身上,唉声叹气,说自己累得精疲力竭了。但她拖着克里斯托夫跑下山坡的时候,照旧又笑又喊,像发了疯似的。

他们边走边谈。她知道了他是谁;但并没有听说过他的名字,看来她并不怎么重视音乐家的头衔。他也知道了她是恺撒大街(全城最阔气的街道)一家时装店的店员,名叫阿达莱德,熟人都叫她阿达。和她结伴同游的,一个也是那家时装店的女店员;还有两个不错的青年,一个是惠勒银行的职员,一个是时新商店的伙计。他们约好了星期天到白斑鱼客店用晚餐,在那里眺望莱茵河的美景,然后坐船回去。

她和克里斯托夫走进客店,她的伙伴已经在等她了。阿达当然闹了一通,她怪他们不够朋友,居然丢下她一个人,幸亏克里斯托夫来救她,于是就把他介绍给他们。他们一点也不计较她的牢骚;但他们都知道克里斯托夫,银行职员对他是闻名已久,商店伙计还听过他作的乐曲,并且当场哼了一支;他们对他的尊重在阿达和另一个女伴米拉——其实她叫雅娜——心里留下了好印象。米拉是个棕发女郎,眼睛眨来眨去,额头突出,头发直往后梳,脸像中国女人,表情过于丰富,但是聪明伶俐,不能说没有魅力,嘴有点像山羊,皮肤金黄油亮——她立刻主动接近宫廷乐师。他们都请他赏光,共进晚餐。

他还从来没有这样度过节日;大家都恭维他,两个女人笑眯眯地明争暗夺。她们都对他大献殷勤,米拉表面上客客气气,眼睛却暗送秋波,还在桌子底下紧紧靠住他的大腿——阿达更加放肆,她漂亮的眼睛,漂亮的嘴唇,漂亮的身体,全都显示了迷人的魅力。这样庸俗的媚态使克里斯托夫心慌意乱。两个大胆的少女,比起他在家里看到的不讨人喜欢的面孔来,毕竟大不相同。他对米拉感兴趣,他猜得到她比阿达聪明;但她过分的客气和暧昧的微笑,对他既是诱惑,又使他畏缩不前。她争不过容光焕发,高兴就笑的阿达;米拉自己也知道。一看到胜利无望,她并不坚决争夺,但是继续微笑,耐心地等待时机。而阿达呢,一旦情场得意,并不想把胜利进行到底;其实她的明争暗斗,不过是要气气女伴而已,目的一达到,就心满意足。不料她逢场作戏,却假戏真演了。从克里斯托夫眼里,她看得出她已经点燃了爱情之火;但这股情火却在她自己心中燃烧了起来。她不说话,也不再卖弄庸俗的风情,只静静地瞧着对方,他们嘴上还留下了亲吻的余味。有时,听到人家谈得兴高采烈,他们也没头没脑地插上几句;然后又沉默了,偷偷地互相瞧着;最后,他们瞧也不敢再瞧,仿佛怕人猜到心事似的。

他们像母鸡孵蛋一样掩盖自己的欲望。

吃了晚餐,大家准备回去。他们还要走几里路,穿过树林,才能到轮渡码头。阿达头一个站起来,克里斯托夫跟着她走。他们在门口台阶上等别人;两个人不说话,并肩站着,外面一片浓雾,只有客店门前一盏挂灯发射出朦胧的光线……

阿达抓住克里斯托夫的手,拉着他顺墙走,走进阴暗的花园。到了一个阳台底下,上面的葡萄藤垂了下来,像天然的帐幕,他们就藏在里面。周围一片黑暗。他们看不清对方的面目。风吹得冷杉的梢头摇曳不定。他们手拉着手,十指交叉,他感觉得到阿达手上的暖气,闻得到她胸口的葵花香。

忽然一下,她把他拉了过去;克里斯托夫的嘴碰到了阿达的湿头发,吻了她的眼睛、睫毛、鼻子、脸颊、嘴角,找到了她的嘴唇,就合成一片。

别人也出来了。他们叫喊:

"阿达!"

他们两个动也不动,大气也不敢出,紧紧地靠在一起。

他们听见米拉说:

"他们走到前面去了。"

伙伴的脚步声越走越远,走进了黑夜。他们两个抱得更紧,喁喁情话还没出口,就压碎在嘴唇上。

远远地响起了乡村里的钟声。他们这才松手,不得不赶快跑到轮船码头去。两个人不说一句话,胳膊挽着胳膊,手拉着手,赶快上路,互相调整脚步,步子又急促,又踏实,和她人一样。路上冷冷清清,田野里空荡荡的没有人,十步以外,什么也看不见;他们却若无其事,很有把握地走进了良宵。他们在路上也没有碰到过绊脚石。因为要迟到了,他们就走近路。两个人在葡萄田里走了一大段下坡路,然后又上坡,弯弯曲曲地顺着半山腰走了好久。他们在雾中听到河水拍岸的扑扑声,和轮船机器的轧轧声。他们连忙离开大路,跑过田野。他们总算到了莱茵河岸边,但离码头还相当远,他们依然若无其事。阿达已经忘了晚来的疲倦。他们仿佛走上一夜也不要紧似的。草地无声无息,朦胧的月色笼罩着河水,河上飘浮的雾气也显得更湿、更浓了。忽然听得轮船的汽笛声划破了浓雾,朦胧的船影慢吞吞地离开了河岸。他们两个人笑着说:

"我们坐下一班船吧。"

在河边沙滩上,轮船开走激起的逆浪一直冲到他们脚下。

在轮船码头上,人家告诉他们:
"最后一班船已经开走了。"
克里斯托夫的心跳得厉害。阿达的手更加紧紧地抓住同伴的胳膊:
"有什么要紧!"她说,"明天不还有一班吗?"
几步路之外,在雾蒙蒙的光环中,河边平台的灯柱上挂了一盏灯,发射出微弱的光线。更远一点,有几个亮着的玻璃窗,那是一家小客店。

他们走进了小小的花园。沙子在他们脚下咯吱响。他们摸索着找到了台阶。在他们进来时,客店正要熄灯。阿达挽着克里斯托夫的胳膊,说要一间客房。人家把他们带到一间朝花园的卧室。克里斯托夫靠着窗子,看河上粼光闪闪,岸上灯光如豆,大蚊子张开翅膀在挂灯玻璃上瞎撞。门关上了。阿达站在床边微笑。他不敢正面看她。她也不正面看他,但从睫毛缝中,她看得见克里斯托夫的一举一动。他们每走一步,楼板都会咯吱响。只要有一点响声,全屋子都听得见。他们坐在床上,不声不响地紧紧拥抱着。

花园里摇摇晃晃的灯光熄灭了。一切都安息了……

黑夜……深渊……没有光明,没有意识……只有生命。只有混沌朦胧、永不知足的生命力,只有至高无上的欢乐。令人魂销魄散的欢乐。渴望生命,渴望无中生有的欢乐。欲望的旋风把思想席卷一空。世界的规律也荒乎其唐,如醉如狂,在黑夜里翻腾汹涌……

黑夜……他们的呼吸混合在一起,他们的肉体吐出金黄的温情交流在一起,他们一同沉入了没有知觉的深渊……一夜等于几夜,几小时等于几世纪,一分一秒都像死亡一样永恒……他们做着共同的梦,闭着眼睛说话,半睡半醒,温情脉脉,悄悄地用光脚摸索对方的光脚,他们感觉到眼泪和笑声,在一片空虚中相爱的幸福,无忧无虑共享睡眠的幸福,共享头脑中的浮光掠影,黑夜里叽叽喳喳的联翩幻想……莱茵河在轻轻拍打房子脚下的小河湾,远方的波浪碰到岩礁,就像一阵小雨洒在沙滩上。浮船给激荡的流水压得咯吱咯吱,叽咕叽咕。系船的缆索拉直了又放松,发出破铜烂铁的撞击声。河里的流水一直流进了卧房。床似乎成了一条小船。他们并肩躺着,随波漂流,仿佛悬在空中,像翱翔的飞鸟。夜变得更暗了,空间也变得更旷了。他们两个紧紧拥抱在一起。阿达哭了。克里斯托夫失去了自我意识,他们一同消失在黑夜的洪流中……

黑夜……死亡……为什么要死而复生?……
曙光擦亮了潮湿的窗玻璃。两个精疲力竭的肉体内又点燃了生命之光。他醒了。阿达的眼睛瞧着他。他们的头睡在一个枕头上。胳臂勾着胳臂。嘴唇贴着嘴唇。几分钟内整整过了一生一世:过了阳光灿烂、伟大崇高、风平浪静的日子……

"我在什么地方!我是不是成了两个人?我还活着吗?我再也感觉不到我的生命。我溶化在无穷中:我只有一座石像的灵魂,睁大了宁静的眼睛,流露出天堂般的心平气和……"

他们又沉入了年深月久的睡眠。黎明时熟悉的声音:远钟,行船,桨上滴下的水珠,路上响起的脚步,都没有惊醒他们的好梦,只抚摩得他们入睡,使他们想起他们还活着,提醒他们好好体会幸福……

窗外,轮船扑突扑突的响声惊醒了睡得迷迷糊糊的克里斯托夫。他们本来商量好了:七点钟动身,好赶回城去上班。他低声问:

"听见没有?"

她没有睁开眼睛,只是微微一笑,伸出嘴唇,使劲地吻了他一下,头又倒在他肩上了……他透过窗玻璃看到轮船的烟囱冒着滚滚的浓烟,还有空空的舷梯,掠过了白色的天空。他又昏昏沉沉地坠入梦乡了……

不知不觉,一小时过去了。听见钟声,他才吓了一跳:

"阿达!……"他轻轻地对着他女友的耳朵说,"阿达!"他重复说,"八点钟了。"

她还是闭着眼睛,皱了皱眉,不高兴地撅了撅嘴。

"啊!让我睡睡好不好!"她说。

她摆脱了他的胳臂,没精打采地叹了口气,翻了一个身,又背朝着他睡着了。

他躺在她身边。一股等温的暖流在他们两人的肉体内流通。他似乎在梦中。他感到心潮澎湃,但很平静。他的感官有如平静的水面,微不足道的印象都会留下新鲜的痕迹。他对自己的青春和力量感到满意。他得意洋洋地成了个男子汉。他对自己的幸福微笑,但他内心却感到孤独,像以前一样孤独,也许还更孤独,但却不觉得凄凉,而是像神灵一样独来独往。没有狂热。没有暗影。他平静的心灵自由自在地反映了平静的大自然。他仰面躺着,面对窗子,目光沉浸在令人眼花缭乱、通明透亮的雾气中。

"活着多么好啊!……"

活着!……一条船过去了……他忽然想起了不再活着的人,想起一条过去了的船,一条他们同坐过的船:他——还有她……是她吗?不是这一个睡在他身边的女人——她,是那个唯一的、他爱过的、可怜的、死了的女人……那么,身边这个是什么人呢?她是怎么来的?他们怎么会到这间房里,这张床上来了?他瞧瞧她,他并不认识她,她是一个陌生人;对他说来,昨天早上,她还不存在。他对她有什么了解?——他只知道她人不聪明,心也不好。他只知道她现在并不好看,脸睡肿了,没有血色,额头太低,出气的嘴巴张得太开,嘴唇胖嘟嘟、紧绷绷的,撅得像鼓鳃的鲤鱼。他只知道他并不爱她。一想到初次见面,他就吻了这陌生的嘴唇,头夜相逢,他就占有了这个他并不在乎的肉体——而那个他真爱过的女人,他只眼睁睁地看着她生活、死去,却从来不敢抚摩她的头发,从来不敢吸收她生命的芳香,一想到这些,他简直觉得心如刀绞。现在晚了。一切都已烟消云散。大地已经把她据为己有。他却没有保护过她……

他俯在这个睡着的女郎身上,用挑剔的眼光看着她无知的面孔。他心里不怀好意,她从他的眼光中看出来了。她知道有人在看自己,心里也不自在,费了好大劲才睁开了沉重的眼皮,勉强笑了一下,就像一个刚睡醒的孩子吞吞吐吐地说:

"不要瞧我,我不好看……"

她困得要死,一边微笑,一边模糊地说:

"啊,我真困……真困……"

立刻又进入梦乡了。

他不禁笑起来,温存地吻了她稚气未脱的嘴巴和鼻子。然后,他再瞧了一会这大个子小姑娘的睡态,就跨过她的身子,悄悄地爬了起来。他一起床,她就松了一口气,旁若无人地伸手伸脚躺在空床上。他穿衣洗脸,生怕吵醒了她,其实这是多余的担心;等他梳洗完了,就坐在窗前的椅子上,瞧着雾气腾腾的河流,河面上仿佛在流冰块似的;他就这样沉醉在幻想中,周围飘浮着忧郁的田园音乐。

她的眼睛时不时地半开半闭,迷迷糊糊地瞧着他,要花好几秒钟才认出他来,对他微笑之后,又从一个梦走进另一个梦了。她问他几点钟。

"九点欠一刻。"

她半睡半醒地想了想:

"九点欠一刻,这怎么可能?"

到九点半,她伸伸懒腰,叹口气说要起床。

十点钟了,她还没有起身。她恼火地说:

"又敲钟了！……时时刻刻地敲,一定是钟走快了！……"

他笑了笑,走到床前,坐在她身边。她用两条胳臂箍住他的脖子,讲她做了些什么梦。他并不专心听,只用温存的甜言蜜语来打岔。她却叫他住口,一本正经地接着又讲,仿佛梦是头等重要的真事:

她在吃晚餐;同桌的有大公爵,还有米拉,不是她的女伴,而是一条纽芬兰的鬈毛狗……不,是一头鬈毛羊,一个鬈头发的侍者……阿达想出了一个妙法,可以离开地面,在空中走路、跳舞、睡觉……瞧! 就是这样,非常简单……只要这样……这样……那就成了。

克里斯托夫笑她。她自己也笑起来,但对他的笑有抵触情绪。她耸耸肩膀说:

"其实你一点也不懂! ……"

他们坐在她床上吃早餐,用同一只杯子、同一把勺子。

她到底起床了;她把被子揭开,伸出漂亮的一双雪白的大脚,两条胖胖的大腿,一骨碌就溜下了床。然后,她又坐下喘了口气,瞧瞧自己的光脚。最后,她拍拍手,叫他出去,见他不急不忙,就一把抓住他的肩膀,把他推出门去,再把门关上。

她慢吞吞地伸展四肢,从前后左右看了看她漂亮的胳膊和大腿,边洗身子边唱十四段的情歌,听见克里斯托夫敲窗子就用水泼他的脸,临走前还摘下了花园里最后一朵玫瑰,才出来坐船。雾还没有散开,太阳已经出来,人仿佛飘浮在奶白色的光中。阿达同克里斯托夫坐在船尾,样子还没睡够,还在赌气似的,埋怨阳光会刺伤她的眼睛,恐怕又要头痛一整天。克里斯托夫没有把她的抱怨当作一回事,她就不高兴地闭上了嘴。她的眼睛半开半闭,像刚睡醒的孩子那样又好玩,又当真。到了下一个码头,一个风度翩翩的女人上了船,坐在离她不远的地方,她立刻来了劲,没话找话地和克里斯托夫扯起惹人注意的动情事来。她甚至又对他用客气的称呼了。

克里斯托夫担心她怎样向老板娘交代:她为什么迟到了。她却满不在乎地说:

"呸! 这又不是头一回。"

"头一回什么? ……"

"迟到呀!"她有点恼火:这还消问吗?

他不敢问她以前迟到的原因。

"你怎么对店里说呢?"

"说我母亲病了,死了……我也不晓得!"

她说话的口气全不把这当作一回事,他听了不好受。

"我不希望你说谎。"

她恼火了:

"我从来不说谎……再说,我总不能对她照实说……"

他半真半假地问道:

"为什么不能?"

她笑了,耸耸肩膀,说他是个粗人,没有教养,请他说话客气一点,不要用"你"而要用"您"。

"难道我不能叫'你'?"

"不能。"

"发生了关系还不能?"

"没有发生什么关系。"

她瞪着眼睛看他,笑了,带着一副挑战的神气;虽然她是在说着玩,但他强烈地感到:即使要她当真这样说,甚至要她当真这样相信,她也不用太费劲的。不知道她想起了什么开心事,忽然一下大笑起来,抱着克里斯托夫就啧啧出声地吻,也不管旁边的人怎么想,旁边的人似乎也没有大惊小怪。

从这时起,他俩每次外出都有女店员和小伙计做伴,他们俗不可耐,使他想要在路上摆脱他们;但阿达偏喜欢跟他作对,她走到树林里也不再迷路了。碰到下雨或者不便出城的日子,他就带她上戏院、逛博物馆、游公园;因为她一定要人家看见他们在一起。她甚至要他同去教堂,哪里知道他真诚得到了荒唐的地步,自从他失去信仰之后,连教堂的门都不肯进去,并且找了一个借口,把风琴师的工作也辞掉了;同时,他自己不知道,他的内心还是非常虔诚的,怎能不认为阿达的提议会冒犯神明呢?

他到她住的地方去看她。她和米拉住在同一座房屋里。米拉并不埋怨他,照常温存体贴地伸出柔软的手来,和他谈些不痛不痒、轻浮浅薄的话,然后不声不响地销声匿迹了。这两个女人在最没有理由成为好朋友的时候,却似乎成了好朋友,她们两个老是在一起。阿达对米拉什么事都不保密,总是有什么说什么;米拉听了却记在心里,听的人和说的人一样感到有兴趣。

克里斯托夫和这两个女人在一起很不自在。她们两个人的交情,阴阳怪气的谈话,放荡不羁的态度,尤其是米拉看问题的浅薄方式,谈事情的露

骨口气——在他面前还有几分保留,在他背后的议论,却由阿达一五一十说给他听——她们不怕丢脸,到处张扬的好奇心,经常傻里傻气地谈论一些低级下流的题目,这种半明半暗、兽性多于人性的气氛使他难受透了,然而他并不是没有兴趣;因为他还没见过这样的女人。他晕头转向地听着这两只小野鸡胡说八道,谈论衣裳打扮,一扯到风流事就高兴得眼睛发亮,笑得呆头笨脑。米拉一走,他才松了口气。两个女人在一起,这里就成了异国他乡,说的是他不懂的外国话。不可能要她们听他说,她们根本不理,瞧不起他这个乡巴佬。

当他单独和阿达在一起的时候,他们说的还是两种不同的语言;不过起码他们作了努力,想要互相了解。说老实话,他越了解她的语言,反倒越不了解她这个人。她是他认识的第一个女人。可怜的莎冰如果也算得上是一个的话,他对她其实并不了解,她只不过是他心里的一个梦。倒是阿达来帮他挽回了错过的时间。他也尽力想解开女人的谜;其实,如果你不急于找到谜底的话,女人是并不成其为谜的。

阿达一点也不聪明,这不是她最小的缺点。如果她老老实实地承认,克里斯托夫倒能容忍她。但她虽然只会说蠢话,做蠢事,却偏偏要自作聪明,甚至谈到文化,她也要冒充内行。她谈音乐,对克里斯托夫解释他最熟悉的东西,她居然发号施令,提出反对意见时,不容置辩。想要说服她,那是枉费口舌;她自以为是,什么都懂,喜欢抬杠,头脑顽固,虚荣心重;她不肯了解,也不能了解。其实,她为什么不承认自己什么也不懂呢?她哪里晓得,如果她实事求是,有什么优缺点就承认什么优缺点,克里斯托夫反倒会更喜欢她的。

事实上,她是懒得思想的。她在乎的只是吃喝玩乐,唱歌跳舞,说说笑笑,还有睡觉;她要快活;只要能够快活,那已是很不错了。虽然她天生是快活的料子:好吃懒做,喜欢声色之乐,到了自私自利坦率的地步,使克里斯托夫又好气,又好笑;简单说来,凡是能使自己生活得快乐的条件,不管多坏,她几乎没有一条不具备(即使对她的朋友来说,一张快活的脸如果长得漂亮的话,不也会在周围的人身上洒下幸福的光辉吗?)——因此,虽然阿达有这么多理由应该对生活感到心满意足,却偏偏缺乏了这一点自知之明。这个漂亮结实的大姑娘,青春焕发,神采洋溢,欢天喜地,大吃大喝,居然担心自己的身体健康。她吃起来一个人顶四个,却唉声叹气,说身体不好。她什么都埋怨:走不动啦,透不出气来啦,还有头痛,脚痛,眼痛,胃痛,心痛。她什么都害怕,迷信得要命,到处都看到不吉利的兆头:餐桌上的刀叉摆得像十字架,同桌坐了十三个人,盐瓶子打翻了,于是就要行礼如仪,才能逢凶化吉。散步的时候,她要数碰到的乌鸦,还要看乌鸦飞到哪边去;她走起路来小心在意,生怕上午看到蜘蛛在脚下爬,那她就要大叫倒霉,立刻走回头路,那时,要劝她往前走,只有一个办法,就是骗她说时间已经过了中午,坏兆头就变成好兆头了。她还怕自己做过的梦,要一五一十地讲给克里斯托夫听;一个细枝末节也不肯漏掉,如果忘记了,一想可以想上几个小时;梦里无奇不有,荒谬无比,古怪的婚礼,死人,裁缝,王子,滑稽的、有时是下流的事。他不得不听,还要给她圆梦。有时,她整整几天就是这样胡思乱想。她觉得生活乱了套,看人看事都不称心如意,对克里斯托夫唠唠叨叨,唉声叹气;他刚摆脱了哭丧脸的小市民,不料冤家路窄,又碰上个患了"幻想忧郁症"的死对头,真是划不来。

但在她撅着嘴怨天尤人的时候,忽然一下不知怎么又会高兴起来,叫叫嚷嚷,夸大其词;这种兴高采烈和刚才的愁眉苦脸一样没有道理可讲;一阵阵的哈哈大笑,因为搞不清楚笑的来头,也就可能笑个没完没了,要不然就是在田里乱跑,如疯如狂,玩儿童游戏,做傻事逗蚂蚁、小虫,折腾来,折腾去,要大的吃小的,猫吃鸟,鸡吃虫,蚂蚁吃蜘蛛。她倒不是有心做坏事,只是凭着无意识的本能,凭着好奇,甚至只是闲得无聊,就什么坏事都干得出来。她不厌其烦地需要说些傻话,翻来覆去地说些没意思的事,要气得人咬牙切齿,火冒三丈,还要纠缠不休,折磨得人死去活来。只要在路上碰到什么人,不管是谁,她都要卖弄风骚。她说话来劲了,又笑又闹,又做怪相惹人注意;她的做法显得假情假意,突里突兀。克里斯托夫心惊肉跳地怕她要假装正经。果然不出所料!她变得多情善感了。她一自作多情,就漫无节制,像干别的事情一样,她要倾吐衷肠,淋漓尽致。克里斯托夫受不了,恨不得要打她一顿。他最不能原谅的,就是她说话不诚恳。他不知道诚恳这种品质,和聪明美丽一样难得,硬要人人一样诚恳,那未免太不公平了。他不能忍受人家说谎；而阿达说起谎来不着边际。她经常说谎，即使铁证如山，她说谎也面不改色。她善忘得令人吃惊，她不但忘了他厌恶什么，甚至也忘了他喜欢什么，就像那些过一个钟头算一个钟头的女人一样。

话又得说回来，他们倒真是相爱的，并且是真心实意相爱的。阿达爱起来和克里斯托夫一样诚恳。虽然没有心灵的共鸣作基础，这种爱情并不是虚假的；和低级的情爱也并不相同。这是青春的热恋；虽然也是情欲，但是却不庸俗，因为爱情是年轻的、天真的，几乎是纯洁的，在欢乐的熔炉中经过熬炼，杂质都熔化了。阿达虽然远不像克里斯托夫那样淳朴无知，但她还有少女的神圣特权，少女的心灵和肉体，新鲜的感觉，像溪水一样一清见底，不断流动，几乎还能给人纯洁的幻觉，而且是无法取代的。在日常生活中她自私、平庸，还不诚恳，但爱情却使她变得单纯、老实，几乎成了一个好人；她甚至明白了舍己为人是种乐趣。克里斯托夫看见她忘记自我的时候，简直心花怒放，即使要为她而死也在所不惜。谁说得清热恋中的心灵多么容易上当受骗，会做出多少又好笑、又动人的事情来！克里斯托夫是个艺术家，生来富于幻想，一旦成了情人，幻想更增加一百倍。阿达的一言一笑对他都有深刻的意义；一句甜言蜜语更是好心好意的证明。他在她身上看到了宇宙间最美好的品质。他说她就是他的第二个自我，他的灵魂，他的生命。他们相爱得都哭起来了。

使他们结合在一起的，并不仅仅是欢乐；还有一种无以名状的、回忆与梦想交织而成的诗意——是他们自己的回忆与梦想，或是他们前人的回忆与梦想……或是前人留给他们的？……他们避而不谈，也许他们自己都不知道，当他们在树林中初次见面的头几分钟，他们在一起度过的头几天，头几夜，他们胳臂抱着胳臂睡在一起，动也不动，想也不想，只是沉醉在爱情的洪流中，在无声的欢乐中，那是多么心荡神迷！忽然而来的幻觉，形象，一言不发的思想，掠过他们的心头，使他们的脸色悄悄发白，使他们的肉体迷糊消融，仿佛沉浸在蜜蜂的嗡嗡声中。燃烧着的温柔之光……甜蜜的温情弥漫在心里，压得它无声无息了。风雨之后的平静，狂热之后的疲惫，冬眠醒来的大地在初春阳光照耀下发出颤抖的微笑……在四月的清晨，两个年轻肉体的初恋。初恋会像露水一样消失。心灵的青春就是秀色可餐的晨光。

但使克里斯托夫和阿达的恋爱关系变得更密切的，倒是外人对他们的批评态度。

从他们萍水相逢的第二天起，四邻八舍就什么都知道了。阿达并不隐瞒他们的巧遇，反而以她的胜利为荣。克里斯托夫本来不想张扬，但他碰到的都是好奇的眼光；他既不愿意偷偷摸摸，索性就和阿达招摇过市了。小城里的人七嘴八舌，说长道短。克里斯托夫乐队里的同事说些挖苦他的恭维话，他也懒得回嘴，因为他不愿别人多管闲事。王府里的人也怪他有失检点。有产阶级对他的批评更加厉害。一些家庭不再请他教音乐课。有些母亲在女儿上钢琴课时不离左右，流露出怀疑的神色，唯恐克里斯托夫打主意拐走她们的千金小姐。小姐们装作什么都不知道。其实，她们什么都晓得；表面上怪克里斯托夫格调不高，对他表示冷淡，骨子里恨不得一五一十，要知道得一清二楚。只有在小商店、小职员中，克里斯托夫还受到欢迎，但也好景不长，他们的赞扬和责备都使他恼火；对于责备他是无可奈何，于是对赞扬他也拒绝接受，还好这点倒不算难。对大家多管闲事，他实在很生气。

最生气的人还是朱斯图·于莱和伏奇尔一家。克里斯托夫不检点的行为似乎有辱他们的门风。其实，他们并没有认真把他当作一家人，尤其是伏奇尔太太，根本看不上艺术家的性格。因为他们生性忧郁不乐，总以为命运和他们作对，所以一看到克里斯托夫和罗萨结不成姻缘，反倒认为他们是应该成对成双的，而希望一落空又证明了他们的时运不济。按照常理，如果这桩倒霉事要归罪于命运，那就不能归咎于克里斯托夫；但伏奇尔一家人的逻辑却不同，他们其实只要找一个埋怨别人的借口。因此，他们认为克里斯托夫的行为不端，那不只是因为他自己要寻欢作乐，还因为他存心要气气他们。他玷污了他们的名声。他们非常信教，规规矩矩，尊重家庭道德。在他们看来，情欲犯下的罪过是最可耻、最严重、几乎是唯一的罪过，因为这是唯一可怕的罪恶（其他可怕的罪恶如杀人放火，对他们这样安分守己的人来说，显然是不值得一提的）。因此，在他们看来，克里斯托夫根本不是一个好人，于是他们对他的态度也变了。他们对他冷冰冰的，碰到他也掉头不理。克里斯托夫本来不在乎和他们谈话，看见他们装模作样，也就耸耸肩膀算了。对阿玛利亚的傲慢，他只装作视而不见；她一方面瞧不起他，装出避之唯恐不远的神气，另一方面她又想方设法走到他身边，仿佛骨鲠在喉，不吐不快似的。

只有罗萨的态度反倒使他感到内心有愧。这个小姑娘对他的谴责比她家里人还更严厉。并不是因为克里斯托夫贪恋新欢，使她得到他爱情的最后一线希望也化为泡影，这点她早知道，没有什么可能——虽然她也许还存有幻想……她总是要幻想的!——而是因为她一直把克里斯托夫当作自己的偶像;但这尊偶像居然土崩瓦解了。这是内心最大的痛苦……对她天真的心灵说来,甚至比受到轻视还更痛苦。她从小受了清教徒式的教养,全心全意相信狭隘的道德观念,一听到克里斯托夫的所作所为,她不但是难过,而且觉得痛心。在他爱莎冰的时候,她已经很痛苦,他的英雄形象开始在她心里失去了幻想的光辉,克里斯托夫怎么可能爱上一个这样平凡的女人,在她看来,似乎很难理解,不太光彩。但是至少,他们的爱情是纯洁的,莎冰也受之无愧。最后,死神一来,把一切都圣洁化了……但她死后不久,克里斯托夫又爱上了另外一个——是怎样的一个女人啊!——这实在是太低级,太可恨了!她现在反过来为死去的莎冰叫屈。她不能原谅他忘了莎冰……唉!她哪里知道,他想到莎冰并不比她少;不过她猜不到:一颗热恋的心怎能同时对两个人有情;她以为一个人如果要忠实过去,那就不得不牺牲现在。她心地单纯,冷眼旁观,对人生,对克里斯托夫都没有正确的观念;她以为一切都该像她一样单纯、狭隘、安分守己。她觉得自己的心灵和身体都无足称道,但她引以为荣的只是纯洁;所以她要求别人和自己一样纯洁。克里斯托夫居然这样甘心堕落,这是她不能原谅,永远不能原谅的。

克里斯托夫想和她谈谈,如果不能解释清楚的话。和一个清教徒式的天真姑娘怎样说好呢?他想向她保证:他是她的朋友,希望她看重他,他是受之无愧的。但罗萨避开他,正颜厉色,一句话也不说;他感觉得到:她是瞧他不起。

他既难受又生气。他扪心自问,觉得不该受人轻视,但结果还是心乱如麻,认为自己不能推卸罪责。最痛苦的谴责是他自己做出来的。一想到莎冰,他的心就备受折磨:

"天啦!这怎么可能?我怎么会成了这个样子?……"

但洪流把他席卷而去,他无法逆流而上。他想到人生是有罪的,就闭着眼睛不看,只管生活。他多么需要活着,需要爱情,需要幸福!……不,他的爱情没有什么可以给人瞧不起的!他知道对阿达的爱情说明他不理智,不聪明,甚至不太幸福;但这又有什么不好呢?即使阿达的内心价值不高——这点他竭力不肯相信——难道他对她的爱情就不纯洁了吗?爱是在钟情的人心里,而不在情之所钟的人心里。纯洁的人,一切都是纯洁的。坚强的人,健全的人,一切都是纯洁的。爱情使孔雀开屏,也使老实人显示他最高尚的品质。要对情人显示自己的价值,要使人只喜欢和爱情塑造的形象协调一致的思想和行为。心灵沉醉在青春的温泉里,力量和欢乐发射出神圣的光辉,光和热都是美的、善的,使心灵变得更伟大了。

他的朋友不了解他,已经使他感到痛苦。但更严重的是,他的母亲也开始为他苦恼了。

他的好妈妈倒不像伏奇尔一家人那样信奉狭隘的道德原则。她亲眼目睹了真正的苦难,不会给人增添苦难。她低声下气,给生活压垮了,却没有尝过快乐,更不敢妄图享受,只是得过且过,也不想了解为什么,所以从来不说长道短,议论是非。她认为自己无权过问,也觉得自己太蠢,如果别人的想法和她不一样,她决不敢以为别人错了;要是把她的信仰和道德准则原封不动地强加给别人,那不显得太可笑了吗?再说,她的准则完全出自本能,虔诚和淳朴都是自发的,所以她闭着眼睛不问别人的事;就像大家都容忍某些缺点一样。这正是她的公公约翰·米歇尔从前对她表示不满的一点:她对正经的和不正经的女人都一样对待;在大街上,在市场里,她碰到名声不好的妙龄少女也会站住、握手、问好,而正经女人都会不屑一顾。她认为分清好歹,赏善罚恶,那是上帝的事。她对别人只要求一点亲切的同情,可以使日子好过一点。只要对方有颗好心,这就是主要的,她别无他求。

但自从她和伏奇尔家住到一起之后,人家就要她转变了。房东一家喜欢说长道短,而她那时给生活压得有气无力,人家说什么,她就听什么,根本没有招架之功。阿玛利亚先声夺人;从早到晚,她们两个女人在一起干活,边干边谈,其实是阿玛利亚一个人唱独角戏,路易莎只有听的份,但习惯成自然,听得太多,她也就跟着房东太太嘀咕起来,看什么都不顺眼。伏奇尔太太少不了要谈到她对克里斯托夫不轨行为的看法。路易莎听了若无其事,这使她恼火。她觉得路易莎太不像话,居然不过问把她一家气得忘乎所以的丑闻;而如果不把路易莎搞得心烦意乱,她是不会心满意足的。这一点给克里斯托夫看出来了。路易莎不敢当面责备他;但每天总要畏畏缩缩,心神不安,絮絮叨叨地说上几句;他听得不耐烦,忽然顶起嘴来,她就不再开口;不过他从她的眼神里可以看出她的忧伤;有时他回家来,发现她哭过了。他太了解他的母亲,知道这种心情绝不是自发的——那是怎么搞的呢?他自己心中有底。

他决定不能这样下去。一天吃晚餐时,路易莎忍不住又要流泪,也没有告诉克里斯托夫她为什么难过,吃了一半就要离开餐桌;他二话不说,四步做一步跑下了楼梯,去敲伏奇尔家的门。他气得口吐白沫。他不只是恨伏奇尔太太破坏他们母子的关系，还恨她教罗萨来反对他，更恨她说莎冰的坏话，这一切的一切，他已经忍了好几个月。几个月来，积恨越来越深，不吐不快，他非报复不可了。

他冲到伏奇尔太太家，想压制自己也压不住，声音气得发抖，问她说了些什么话，把他的母亲气成了这个样子。

阿玛利亚对他的态度非常恶劣：她回嘴说她喜欢说什么就说什么，用不着向任何人汇报她的所作所为——尤其不用向他讲。她并且抓住机会，把心里话都兜了出来，说路易莎的苦恼不是为了别的，正是为了他的不轨行为，这样乱搞关系对他自己是不知羞耻，对大家都是臭不可闻。

克里斯托夫正要等她先下手才好反击。他气得暴跳如雷地说：他的行为与别人无关，他才不在乎伏奇尔太太喜欢不喜欢，她有什么牢骚要发，就来找他好了，那不过是一阵风雨，但是他不许她——听见没有？——不许她在他母亲面前说三道四，要是欺负一个年老有病的女人，那才真是卑鄙无耻呢！

伏奇尔太太大叫起来。从来没有人敢对她用这种口气说话。她说不许一个小流氓来教训她——尤其是在她自己家里！——于是她越说越过火。

一听见吵闹声，别人也跑来了——只有伏奇尔唯恐吵架会伤神，有碍健康，能躲就躲。阿玛利亚气得把老于莱拉来做见证，于莱就板着脸要克里斯托夫以后少上门来说三道四。他说他们不用别人告诉他们该做什么，他们一直在尽本分，永远会尽本分。

克里斯托夫口里说，就走，再也不上他们家里来。然而话不说完，这口气没有出，他是不离开的，因为他们三句不离"本分"，使这个了不起的"本分"成了他的生冤家死对头。他说这种"本分"会气得人喜欢做坏事。就是他们这种人把好事都做坏了。和他们比起来，欢欢喜喜做坏事的人反倒显得可爱，反倒有吸引力。他们玷污了本分的名声，随便滥用，用到苦差使上，用到无所谓的小事上，用得生硬死板，目空一切，使生活中毒气腾腾，死气沉沉。本分并不能随时乱用：只有在真正需要做出牺牲的时候才是在尽本分，不能把自己发脾气、不顺心也叫作本分。不能因为自己苦闷，又蠢得无法摆脱，就要大家也愁眉苦脸，要把自己的病态也强加于人。有道德的人首先要快活。道德的面貌一定是快活的、自由的、没有拘束的。做好事的人一定要做得使自己人快活！但你们所谓的道德永远挂在嘴上，是老师用来管小学生的，你们叫叫嚷嚷的口气，令人生厌的争论，尖酸刻薄、幼稚无知的无端指责,你们吵吵闹闹、毫无趣味,生活没有魅力,没有礼貌,没有沉默,你们悲观失望,气量狭窄,使生活空虚得无以复加,你们没有头脑,却又盲目自大,瞧不起别人,却不了解别人,你们这一套小市民的道德哪里谈得上伟大、幸福、美满,实在是讨厌透顶,其坏无比,相形之下,你们的道德甚至比犯罪都更不近情理。

克里斯托夫就是这样想的;别人伤害了他,他也就要伤害别人,但他没有发现他和伤害了他的人都是一样不公平的。

没有问题,这些可怜人八九不离十,和他见到的大致差不多。不过这不能怪他们,要怪无情的生活,是生活使他们的面孔、态度、思想变得这样讨厌的。是苦难折磨得他们变了形——不是那种从天而降,使人死去活来的大灾难——而是一种日积月累、水滴石穿、从生到死不断折磨人的苦难……多么不幸啊!因为他们的外表给折磨得不堪入目,完全掩盖了内心的正直、善良、默默无闻的英雄精神!……而这正是一个民族的力量,培养未来的液汁。

克里斯托夫认为"本分"是不能随便滥用的,这并不错。其实,爱情也是一样不能滥用的。一切都是不能滥用的。任何有价值东西的最可怕的敌人,并不是坏东西(坏东西也有价值),而是给用滥了。心灵的死对头是年深月久的磨损腐蚀。

阿达开始感到厌倦。她不聪明,不知道从克里斯托夫这样丰富的性格中汲取营养,来更新自己的爱情。她的肉体和虚荣心尽可能从爱情中采摘欢乐。结果只剩下了破坏爱情的欢乐。她有一种秘密的本能,像多少女人(包括好女人在内),像多少男人(包括聪明人在内)一样,他们没有创造什么作品,没有生儿育女,在生活的任何方面都没有什么作为,但他们还有生命力,不能容许自己一事无成。于是他们希望别人和他们一样无所成就,他们竭力使人无所作为。有时,他们不是存心不良,一发现自己有罪的意图,就恨自己,压制自己。但往往是他们纵容自己的坏心眼,尽量在自己的能力范围内破坏别人——有人破坏力小,只限于熟人的小圈子内——有人破坏力大,范围包括广大的群众——他们要破坏所有活着的人,喜欢活着的人,值得活着的人。拼命贬低伟大人物和伟大思想的评论家,引诱情人堕落、寻欢作乐的少女,其实是一丘之貉——但少女更可爱。

就是这样,阿达想要克里斯托夫变坏一点,好贬低他的身份。说老实话,她还没有这么大的力量。即使要人变坏,也需要她更聪明一些。她感觉到了这点;因此恨克里斯托夫,因为她的爱情无力损害他一丝一毫。她不承认想有损于他,即使她能,恐怕也不会损他的。但是无能为力反倒有损于她的自尊。如果一个女人不能幻想自己可以对情人为所欲为,那就表明情人爱得不深;这就不可避免地促使她去考验一下情人。克里斯托夫可没防着这一手。阿达说着玩似的问他:

"你肯为我放弃音乐吗?"(其实她并没有这个念头)

他却老实答道:

"哟!这个嘛,我的小姑娘,不但是你,就是任何人也不行。我总是要搞音乐的。"

"而你还口口声声说爱我呢?"她扫兴地叫了起来。

她恨音乐——尤其因为她一点也不懂,因此她不可能找到这个无形敌人的弱点,也不可能削弱克里斯托夫对音乐的热情。如果她要和克里斯托夫谈音乐,只会惹得他哈哈大笑,阿达虽然气得要命,但也无可奈何,只好闭上嘴巴;因为她还有点自知之明,怕会闹出笑话。

虽然她在音乐方面无能为力,但她还发现了克里斯托夫另外一个弱点,比较容易攻破,那就是他的道德信仰。尽管和伏奇尔家闹翻了,尽管青春期使他陶醉,他却天生的不好意思,无意识地要求纯洁,这开始打动了、吸引了、迷住了一个像阿达这样的女子,后来却使她不耐烦,恼火,甚至恨他。她并不从正面下手,只是转弯抹角地问:

"你爱我吗?"

"那还消说!"

"有多么深?"

"要多深,有多深。"

"这不算深……说到底!……你能为我做些什么?"

"你要什么,我做什么。"

"要你做坏事呢?"

"这就怪了!爱你为什么要做坏事?"

"问题不在这里。你说做还是不做?"

"恐怕用不着做吧。"

"假如我,我要你做呢?"

"那你就错了。"

"也许……不过你做吗?"

他要拥抱她。但她把他推开了。

"你做还是不做?"

"不做,我的小姑娘。"

她气得转过身去。

"你不爱我,你不知道什么是爱。"

"这很可能。"他憨里憨气地说。

他分明知道自己像别人一样,感情一冲动也会做蠢事,甚至做坏事——谁知道呢？——说不定还会更进一步,但如果要他冷静地吹嘘自己做的错事,那他就要惭愧得脸红了,而要他当阿达的面承认自己愿做坏事,他认为是危险的。他的本能告诉他:可爱的敌人在打埋伏,他一说漏了嘴就会给她抓住把柄,所以他不愿给她口实。

有几回,她又旧话重提,问他道:

"你是主动爱我,还是因为我爱你,你才爱我的呢?"

"我是主动爱你的。"

"那么,要是我不爱你了,你还会爱我吗?"

"还会的。"

"要是我爱了别人,你还会一直爱我吗?"

"啊! 这我可不知道……我想不会……总而言之,我要到了那时才能告诉你。"

"那又有什么不同呢?"

"那就大不相同了。我可能会变。你是一定变了。"

"我变了又有什么关系?"

"关系大着呢。我爱的是现在的你。要是你变成了另外一个人,我怎能保证还爱你呢?"

"你不懂爱,你不懂爱! 你这都是胡说八道! 爱就是爱,不爱就是不爱。如果你爱我,就应该像现在这样,不管我做什么,都一直爱我。"

"这样的爱情和鸟兽有什么不同呢?"

"我要的就是这样的爱情。"

"那么,你找错人了。"他开玩笑似的说,"我不是你要找的人。即使我想做那种人,恐怕也做不到。何况我不想做。"

"你人聪明,就是太骄傲! 你爱的是你自己的聪明,而不是我。"

"你这个无情无义的人,我比你自己还更爱你。你越美,人越好,我越爱你。"

"你说话像讲课。"她恼火地说。

"你叫我怎么办？你爱的就是美，厌恶的就是丑。"

"我丑也讨厌吗？"

"那就更讨厌了。"

她气得顿脚。

"不许你说我！"

"你能怪我说你吗？说你就是爱呀！"他温存体贴地说，要她别生气了。

她让他抱在怀里，甚至装出笑容，让他吻她。过了一会，他以为她忘记了，不料她却心有余悸地问道：

"你觉得我什么地方丑？"

他不敢说，只是厚着脸皮回答：

"没有什么地方丑呀！"

她想了一下，微微一笑说：

"听我说，克里斯提，你说你不喜欢说谎？"

"我瞧不起说谎的人。"

"你说得对，"她说，"我也瞧不起说谎的人。不过，我是心安理得的，因为我从来不说谎。"

他瞧瞧她，她是诚心诚意说的。这样的不自觉使他束手无策。

"既然这样，"她伸出手臂箍住他的脖子，接着说，"要是我爱上了别人，而且告诉了你，你为什么要怪我呢？"

"不要总是叫我为难！"

"我不是为难你，我没有说我现在爱上别人，甚至可以说我没有爱上别人……但是将来，万一我爱上了？……"

"不要这样想了！"

"我怎能不想呢……你不会怪我吧？你怎能怪我呢？"

"我不会怪你的，不过我会离开你，就是这样。"

"离开我，那是为什么？如果我还爱你？……"

"一边爱着别人吗？"

"那有什么关系。这种事常有的。"

"你说得倒轻飘飘的。我们可不能有这种事。"

"为什么？"

"因为你一爱上别人，我就不会再爱你了，我的小姑娘，不会，不会再爱你了。"

"刚才你还只是说,你可能会变……啊!瞧,现在却说不爱我了!"

"就算是吧。这样对你更好。"

"怎么好?……"

"因为你爱别人我还爱你,那到头来对你,对我,对别人都不会好的。"

"瞧!……你现在是疯了。照你这样说,难道要我和你过一辈子吗?"

"不要着急。你有自由。你想离开我就可以离开我。不过,一离开就不要再来了。"

"可是我还爱你呢?"

"爱是双方做出牺牲的。"

"那好,你牺牲吧!"

她的自私使他不禁笑了起来;她也笑了。

"一方做出牺牲,"他说,"那只是一方的爱情。"

"不对。那是双方的爱情。如果你为我做出牺牲,那我会更爱你的。想想看,克里斯提,你的牺牲表示你很爱我,那你不是很幸福吗?"

他们两个都大笑了,因为意见分歧造成的紧张气氛得到了缓和。

他一边笑,一边瞧着她。其实,像她说的那样,她现在并不想离开克里斯托夫;虽然他老使她生气、厌烦,她也知道他的一片诚心多么难得;何况她又不爱别人。她这样说着玩,一半是要气他,一半像孩子喜欢践脏水一样,她也莫名其妙地喜欢挑动不干不净的私心杂念。这点他也知道,并不怪她。但是他厌倦了,不愿这样不清不白地争论下去,不愿和这个性格捉摸不定、模糊不清的少女进行一场不明不白的斗争,因为他还爱她,她也许也爱他呢;他厌倦了,不愿在她身上再下工夫来欺骗自己,有时,他甚至厌倦得要哭了。他心里想:"为什么,为什么她要这样?为什么一个人要这样?生活多乏味啊!"……同时,一看到她俯在他身上的漂亮面孔,他不禁微笑了,她的眼睛蔚蓝,肤色娇嫩如花,嘴巴爱说爱笑,有点傻里傻气,半开半闭,露出了色彩鲜艳的舌头和珠圆玉润的牙齿。他们的嘴唇几乎碰上了;他瞧着,却仿佛离得很远,非常遥远,似乎身在世外;他看见她离得越来越远,消失在云雾中了……然后,他看不见她,听不见她了。他坠入了微笑的遗忘中,他想起了音乐,想起了他的梦,想起了多少和阿达不相干的事。他听见了一个曲调。他静静地作起曲来……啊!多美的音乐!……多么忧郁,忧郁得要命!然而又是多么温柔,充满了爱……啊!这对人多么好!……就是这个,就是这个……其他都不真实……

他觉得有人在推他的胳膊,有声音在耳边喊:

"喂,你是怎么啦?当真是傻了吗?为什么这样瞧着我?为什么不回答?"

他这才又看清了瞧着他的眼睛。这是谁呀?……啊!对了……他叹了一口气。

她在他脸上搜索,要找到他在想什么。她没有找到;但她感到找也没有用,因为她抓不住他,他总有扇后门可以溜走。她暗暗生气了。

"你为什么哭了?"有一次她看见他从另一个世界神游回来,就这样问他。

他用手擦擦眼睛,才发现眼睛湿了。

"我也不知道。"他说。

"为什么不回答?瞧!我已经问了三回啦。"

"你要我说什么?"他温和地问道。

她又老调重弹。

他做了个厌倦的手势。

"行了,"她说,"马上就完。只说一句!"

但她却越说越来劲。

克里斯托夫气得发抖。

"收起你的脏话,让我安静一点好不好?!"

"我是说着玩的。"

"那么,嘴里放干净点!"

"讨论有什么不好?起码也要告诉我为什么你生厌呀?"

"没什么好讨论的!大粪发臭有什么可讨论的呢?发臭就是发臭!我捏着鼻子走过去,算了!"

他气得走了,大踏步地走了,呼吸着冷静的空气。

但她一而再,再而三,把他厌恶的、伤心的话都摆到桌面上来。

他以为这只是一个神经衰弱的女孩子喜欢搞的鬼把戏,喜欢搞得人受不了。他耸耸肩膀,或者假装不听她讲,并不把这真当作一回事。其实,他恨不得把她从窗口推出去;因为神经衰弱症和患者都叫他吃不消……

但只要离开她十分钟,讨厌的事就会忘个一干二净。他一回到阿达身边,心里又充满了希望和新的幻想。他还爱她呢。爱情是天长地久有时尽,此情绵绵无了期。上帝存在或不存在,那不要紧;只要你相信他存在,你就有了信仰。只要你爱一个人,你就有了爱情:用不着什么理由!

克里斯托夫和伏奇尔家大闹一场之后，不可能再在那里住了，路易莎不得不为母子两个另外找房子。

一天，克里斯托夫的小弟弟恩斯特忽然不打招呼就回来了。他试过几个工作，接二连三地给人家辞掉，一直没有来信，现在失了业，没有钱，身体也搞垮了，只好回母亲家里来，打算喘一口气再说。

恩斯特和两个哥哥的关系都不坏；他们两个都瞧他不起，他也知道，但并不怪他们，因为他不在乎。他们也不怪他。怪也没有用。他们对他说的话，他都是左耳朵进，右耳朵出。他挤眉弄眼，满脸堆笑，装出有所悔悟的神气，其实心里想的是另外一回事，口里却唯唯诺诺，连声道谢，结果不从两个哥哥手里诈出一笔钱来，决不罢休。克里斯托夫身不由己，对这个可爱的调皮鬼还是有感情的，小弟的面貌和大哥的一样，甚至比大哥更像他们的父亲梅希奥。他和哥哥一样高大，结实，五官端正，样子爽快，眼睛明亮，鼻子笔直，嘴巴含笑，牙齿好看，态度讨人欢喜。克里斯托夫一见他就狠不下心来，责备他的话还没说到一半，就草草收兵；其实，他也像母亲宠小儿子一样喜欢这个漂亮的弟弟，他们到底是亲骨肉，弟弟的外表起码还能为家庭争光呢。他认为弟弟并不坏，而弟弟一点也不傻。恩斯特虽然没有文化，却不是不聪明，甚至对文化活动也不是不感兴趣。他听音乐也算知味；虽然不懂大哥的作品，听时倒也聚精会神。克里斯托夫并不因为家里人来捧场而得意，但看到小弟来听他的音乐会也很高兴。

但恩斯特最大的本领是了解他两个哥哥的性格，并且善于从中取利。克里斯托夫知道他自私自利，对人漠不关心，看得出恩斯特只在有求于母亲和哥哥的时候才会想到他们，但知道又有什么用？只要一看到弟弟那亲热的劲头，哥哥就心甘情愿地上当受骗，很难不答应他的请求。他喜欢小弟弟远远胜过大弟罗多夫，罗多夫规规矩矩的，有条有理，办事认真，品行端正，从不向人借钱，也不借钱给人，照例每星期天来看母亲一次，坐上一个钟点，向来只谈自己，吹自己的得意事，吹自己的商店，吹和自己有关的一切，从不问别人的情况，一点也不关心，时间一到就走，仿佛只要可以交差，立刻开路大吉。这个大弟可叫克里斯托夫受不了。罗多夫一回家，他总借故外出。罗多夫妒忌他，又瞧不起艺术家，克里斯托夫的成就使他难过。然而他和生意人来往时，并不放过利用哥哥名气的机会；但在母亲和哥哥面前，他却一字不提，只装作不知道。恰恰相反，如果克里斯托夫出了什么差错，不管多么微不足道，他连细枝末节也不漏掉。克里斯托夫瞧不起这种小心眼，他也假装不闻不问；他哪里想得到？想到了又会多难受？

原来罗多夫说他的坏话,有一部分居然是听恩斯特说的。这个小坏蛋分得清两个哥哥的优缺点,当然他承认克里斯托夫的优越性,对大哥的忠厚老实,他甚至还有几分同情,但三分同情中掺杂了一分挖苦。他对大哥不能不加以利用;对二哥呢,他明知罗多夫不怀好意,也一样不要脸地利用他的弱点。他讨好虚荣心重、妒忌心强的二哥,碰了钉子也一样毕恭毕敬,把全城的流言蜚语,特别是克里斯托夫的丑闻——说来也怪,他几乎无所不知——全都一五一十地告诉二哥。结果他又如愿以偿;罗多夫虽然吝啬,也像克里斯托夫一样让恩斯特把钱骗走。

就是这样,恩斯特毫不偏心地利用了两个哥哥,毫不偏心地把他们都当傻瓜。而他们两个却都喜欢他。

恩斯特虽然是一个弄虚作假的小滑头,但他回到母亲家里的时候,看起来也是怪惨的。他从慕尼黑来,好不容易找到的最后一个差事,还没干上两天,就像往常一样,给人打发走了。他不得不步行回家,大部分路都是走的,冒着倾盆大雨,天晓得他在哪里过的夜。他满身是泥,衣服破烂,像一个叫花子,咳得叫人心痛;因为他在路上得了恶性支气管炎。一见他走进门来,路易莎大惊失色,克里斯托夫心情激动,跑上前去接他。恩斯特流眼泪并不要花本钱,当然不会错过捞一笔感情资本的机会,于是三个人抱头大哭一场。

克里斯托夫让房间给弟弟住,用长柄炉把床弄暖,让似乎快要断气的病人睡下。路易莎和克里斯托夫轮流换班,在床头照顾他。还要请医生,买药,房间里要生火,病人要特殊的食谱。

然后,又想到给他添置衣服鞋袜,从头到脚,从里到外,都得更换新的。恩斯特随他们张罗。路易莎和克里斯托夫累得精疲力竭,才能弥补开销。他们这时手头很紧,新搬了家,房子并不方便,房租却高得多,请克里斯托夫教音乐课的人少了,支出反倒增加。他们的收入本来只够勉强应付支出,现在又得想方设法。当然,克里斯托夫可以找罗多夫,大弟弟比他更有办法帮助恩斯特,但是他不愿意,他认为自己责无旁贷,要单独一个人救济小弟弟。因为他是大哥——还因为他是克里斯托夫。半个月前,一个中间商来找他,说有个业余的音乐爱好者愿意出钱收买一部作品,用他自己的名字出版,克里斯托夫听了很生气,没有答应,现在却只好羞得脸红耳赤,亲自把作品送上门去。路易莎也在外面打短工,给人缝补衣服。他们做出了牺牲,但都瞒住对方;把钱带回家来,还要捏造来源。

恩斯特在恢复期间,缩在炉边的角落里,咳嗽一阵之后,说自己欠了债,说了又咳起来。他的债还不清了。谁也不说一句怪他的话。对一个病人,一个回头的浪子,应该慷慨大方一点。因为恩斯特经过考验之后,似乎改过自新了。他谈起过去的错误来,声音里还含着眼泪,路易莎一听就拥抱他,求他以后不要再提了。他会装得亲热,老是软磨硬缠,用甜言蜜语哄骗母亲;克里斯托夫从前有一点妒忌他,现在,他却觉得最年轻体弱的儿子,当然应该得到更多的疼爱。他自己虽然比弟弟大不了两岁,却俨然是长兄当父了。恩斯特对他表现得毕恭毕敬;有时,他会点破克里斯托夫身上的重担,金钱的牺牲……克里斯托夫不让他说下去,他眼睛里就会流露出既谦恭又亲切的表情,表示他的感激。对克里斯托夫的忠告,他嘴里说得比唱歌还好听,仿佛等他身体一好,就会改头换面,认真工作似的。

他病好了;但还要休养很长的时间。医生说他糟蹋了身体,需要调养。因此他继续住在母亲身边,和克里斯托夫同床,津津有味地吃哥哥挣来的面包,吃路易莎为他精制的小菜。他再也不谈要走的事。路易莎和克里斯托夫也不开口。他们非常高兴又找到了他们心爱的儿子或弟弟。

慢慢地,克里斯托夫在长夜里对恩斯特谈起心里话来了。他需要有人谈心。而恩斯特很聪明,脑子也转得快,你说了上半句,他就知道下半句。和他谈心倒很愉快。然而克里斯托夫还是不敢向他吐露心灵深处的爱情。他总觉得不好意思。其实,恩斯特什么都知道,只是当面不说破而已。

恩斯特痊愈了。有一天下午,天气晴朗,他顺着莱茵河散步。出城后再走一点路,走过一家热闹的小酒店,那是星期天喝酒跳舞的地方,他看到克里斯托夫同阿达和米拉围着一张桌子,大笑大闹。克里斯托夫也看见了他,立刻满脸通红。恩斯特很识相,不打招呼就走开了。

克里斯托夫觉得非常不好意思,他深深感到和她们在一起不太光彩,给弟弟碰上更使他难堪,不单是因为从此以后,他没有脸再批评恩斯特的行为,而且是因为他把长兄的责任看得太高,太天真,有点过时,在很多人看来甚至是可笑的:他认为像他这样没有尽到长兄的责任,简直是对不起自己。

晚上,他们回到房里,他等恩斯特先开口谈白天的事。但恩斯特很慎重,闭口不提,也在等待。于是,直到脱衣服的时候,克里斯托夫才下决心谈他的爱情。他不好意思,不敢瞧恩斯特;因为心虚,他说话没头没脑。恩斯特的态度也帮不了他的忙;他只是不出声,并不瞧哥哥一眼,但他不瞧也看得一样清楚;他没有错过克里斯托夫呆头傻脑的样子,笨嘴拙舌的言语,觉得非常好笑。克里斯托夫几乎不敢说出阿达的名字;谈起她来,也听不出谁是他的情人。一谈爱情,他心中的柔情似水,慢慢成了冲决堤防的洪流,他说爱情好比黑夜中的光明,能够给人幸福,没有爱的生活简直是浪费生命。弟弟认真听着,回答得很妙,但不提问题,只心情激动地握握手,表示和哥哥有同感。他们谈爱情,谈人生,交换看法。哥哥很高兴弟弟了解他。睡前,他们亲热地拥抱了。

克里斯托夫养成了习惯,虽然非常不好意思,虽然还有保留,但总是和恩斯特谈他的爱情,弟弟很懂分寸,更使他放了心。他让弟弟隐约看出他对阿达的忧虑,但从来不怪她,只怪自己;他并且含着眼泪说:要是没有阿达,他简直没法活。

他也没有忘记在阿达面前谈恩斯特,说他聪明、漂亮。

恩斯特并没有向克里斯托夫提出要认识阿达;但他闷闷不乐地关在房里,不肯出去,说是不认识什么人。克里斯托夫也怪自己不该星期天老是陪阿达郊游,却把弟弟丢在家里。然而,如果不单独和情人在一起,他又会觉得难过;最近,他怪自己太自私了,就要恩斯特和他们一同出去玩。

在阿达门前的楼梯口,他把恩斯特介绍给她,他们客客气气地打招呼。阿达走了出来,后面跟着难分难舍的米拉,一见恩斯特,米拉感到意外地叫了一声。恩斯特微微一笑,走过去拥抱米拉,米拉似乎也并不以为怪。

"怎么,你们认识?"克里斯托夫呆头笨脑地问道。

"当然啰。"米拉笑着说。

"什么时候认识的?"

"好久了!"

"你也知道?"克里斯托夫问阿达,"怎么不告诉我?"

"难道你以为我数得清米拉的情人吗?"阿达耸耸肩膀说。

米拉一听这句话,就开玩笑似的假装生气。克里斯托夫也不便再打听了。但他心里难受。在他看来,恩斯特也好,米拉也好,阿达也好,对他似乎都不老实,虽然说实在的,他并不能怪他们说了谎;但令人难以相信的是,米拉对阿达并没有什么秘密,这件事为什么要瞒她?还有恩斯特和阿达要是以前不认识,也说不过去。他就暗中留意。但他们只说了几句平平常常的话,散步的时候,恩斯特就只和米拉谈了。而阿达呢,她也只和克里斯托夫谈话,并且显得比平时更在讨他喜欢。

从这次起,恩斯特好像入了伙。克里斯托夫想要他不来,但又不好开口。他总觉得当着弟弟的面同情人寻欢作乐,未免不好意思,除此以外,他倒没有别的打算。他并没有什么不放心,也没有怀疑恩斯特的理由;弟弟看起来是喜欢米拉,对阿达却规规矩矩,客客气气,甚至有点过分尊敬,仿佛要把对哥哥的尊敬转移一点到他情人身上来似的。阿达也不以为怪,但行动反倒更检点了。

他们一同散步,时间很长。两兄弟走前,阿达和米拉又说又笑,离他们有几步路。她们在大路当中站住了,好像生了根似的谈个没完。克里斯托夫和恩斯特也站住来等她们。哥哥到底等得不耐烦了,迈开脚步又走;但不久听到恩斯特和两个姑娘喋喋不休的说笑声,又不高兴地转过身来。他想要知道他们谈什么;但等他们走到他身边,谈话却中断了。

"你们在搞什么鬼呀?"他问道。

他们只是一笑了之。三个人串通一气,好像市场上联合作案的扒手。

克里斯托夫刚和阿达吵了一架,吵得相当厉害。从早上起,他们就怄气了。说也奇怪,阿达没有板起面孔,露出生气的样子,而在平时,在这种情况下,为了报复,她会讨厌得叫人受不了的。这一回,她只干脆装出目中无人的神气,不理会克里斯托夫,但对其他两个同伴依旧欢天喜地,有说有笑!人家还以为她心里并不在乎吵这一架。

克里斯托夫却相反,非常希望言归于好,比以前更多情了。他不但是温存体贴,而且对恋爱有一种感恩戴德的心情,后悔他们愚蠢的争吵浪费了时间,无缘无故,莫名其妙地担心他们的爱情就要结束。他忧郁地瞧着阿达漂亮的脸,阿达却装作没看见他,只顾和别人说笑;这张脸在他心中唤醒了多少宝贵的回忆,有时是多么和气,而微笑又是多么纯真——现在就是这样——不免使他怀疑:为什么他们不好好相处?为什么乐于糟蹋自己的幸福?为什么她要拼命忘掉光辉灿烂的时刻?为什么要在自己脸上抹黑,抹得看不出好人的老实面目?——即使在思想上,这样玷污、破坏他们纯洁的感情,能使她得到什么莫名其妙的满足呢?他感到非常需要信任他所钟爱的情人,于是他又一次努力来制造幻象。他责备自己不公平,他觉得内疚,怪自己不够宽宏大量。

他主动接近她,设法没话找话,她却只干巴巴地回答个三言两语,一点也不想和他重归于好。他再三求她,在她耳朵边说要和她单独谈一会儿。她不大情愿地跟他走了。等到他们走了几步路,走得米拉和恩斯特都看不见他们了,他忽然抓住她的双手,请求她原谅,他跪倒在树林里的枯叶上。他说他不能这样活下去了,怎能和她吵翻了呢?这样生活没有一点乐趣;

他需要她的爱情。不错,他往往不公平,粗暴,不讨人喜欢;他请求她谅解:这都要怪他爱得太深;他不能容忍平凡庸俗、配不上他们的爱情、有辱他们的往事、不值得回忆的任何行为。他对她回顾过去,谈他们第一次见面,谈他们最初在一起的日子;他说他对她的爱情一直不变,将来也永远不会变。她千万不要离开他!她是他的一切……

阿达听着,脸上挂着微笑,心里却有点乱,几乎有点感动。她的眼睛含情脉脉,说明她还爱他,已经不生气了。他们互相吻抱,紧紧靠在一起,走进了落叶纷纷的树林。她觉得克里斯托夫温存体贴,话又说得亲切动听,她的心也软了下来;但是要她放弃头脑中调皮捣乱的主意,那也未免要求太高。她总算犹豫了一下,不像原来那样横下了一条心。但鬼把戏还是不能不搞的。为什么呢?那有谁说得清?……是不是因为她已经起了这个念头,那就不肯撤销?……谁晓得呢?说不定在她看来,在这一天欺骗她的情人,更好说明他是管不了她的。其实,她并不想失掉他,那她可不愿意。但她自以为比以前更有把握不会失掉他。

他们四个人走到了树林中的一片空地上。那里有两条分岔的小路,都可以通到他们要去的山顶。克里斯托夫走上了一条近路。恩斯特却说另外一条路更近。阿达也跟着说。克里斯托夫常到这里来,对路非常熟,说他们两个错了。他们不服气。于是大家商量好了:来做一次试验,各人走各人的路,看谁先到。阿达跟恩斯特走。米拉反倒陪着克里斯托夫,她假装相信他对,还加上一句:"他从来不会错。"克里斯托夫玩得很认真,他不喜欢输了打赌,就走得很快,走得米拉叫苦连天,她不想象他那样赶路。

"你急什么呢,我的好朋友?"她平静中带了几分挖苦的口气说,"反正我们总会先到。"

他有一点顾虑。

"你说得对。"他说,"我想我是走得太快了一点,这又不是当真打赌。"

他就放慢了脚步。

"不过我了解他们,"他接着说,"我相信他们一定在跑,要比我们早到。"

米拉笑了起来:

"不对,不对,你放心吧!"

她的手挂住他的胳臂,紧紧靠在他身上。她个子比克里斯托夫矮一点,边走边抬头看他,眼睛里流露出了聪明、亲热。她的确又漂亮、又迷人。他几乎不认识她了:她是怎么变的?平时,她的脸有点虚胖,脸色苍白;但是只要有点刺激,有个高兴的想法,有个讨人喜欢的念头,这些显老的痕迹就会消失,她的脸颊又会红起来,眼角四边的皱纹都看不见,眼光也有神了,脸上青春焕发,生气蓬勃,精神抖擞,而这是阿达脸上从来没有过的。克里斯托夫看见她变得前后判若两人,吃了一惊,转过头去,觉得单独和她在一起有点心猿意马。她使他感到不安;他不听她说些什么,也不回答她的话,要不然就答得牛头不对马嘴,他在思想——他要把思想集中到阿达身上。他想起了她刚才含情脉脉的眼睛,他的心里也就洋溢着爱情。米拉要他看树林多么美,细小的树枝挂在一清如水的天上……不错,一切都很美,乌云散开了,阿达回到了他的身边;他劈开了他们之间的坚冰;他们又相爱了;心又合而为一。他呼吸得很轻松,空气使他飘飘然!阿达又回到了他的身边……一切都使他想起了她……天气潮湿,她不会受凉吧?……美丽的树枝都粉装素裹,可惜她没看到!……他忽然想起了他们打的赌,就加快了脚步;他唯恐走错了路。一到目的地,他就发出了胜利的欢呼:

"我们先到了!"

他高兴得挥舞他的帽子。米拉却只是微笑地瞧着他。

他们的目的地是树林中一长条陡峭的岩石。岩石在山顶上,周围是一丛丛榛树和矮小茁壮的橡树,从岩石的平顶上可以俯视布满斜坡的树林,笼罩在紫色雾气中的冷杉,像一条长长的丝带蜿蜒流过蓝白色山谷的莱茵河。没有鸟鸣。没有人语。没有风声。这是冬天一个纹丝不动、缩成一团的日子,麻木不仁的太阳露出了朦胧黯淡的光线,冬天就在这苍白无力的阳光下取暖。有时,从遥远的山谷里传来火车短促的呼啸声。克里斯托夫站在岩石边上看下面的风景。米拉却看着克里斯托夫。

他转过身子,脾气很好地对她说:

"嘿!这两个懒骨头,我早就对他们说过!……没办法!只好等他们了……"

他在冻得开裂的土地上躺下来晒太阳。

"你说得对,只好等吧……"米拉说时脱下了帽子。

她说话的口气带了几分挖苦,他就坐起来瞧着她。

"怎么啦?"她没事人似的问道。

"你刚才说什么来着?"

"我说:只好等吧。何必要我跑得那么快呢!"

"说得不错。"

他们两个都在凹凸不平的地上躺下。米拉低声唱支曲子。克里斯托夫也哼上几句。不过他一边哼,一边听。

"好像听见他们了。"

米拉却只管唱她的。

"停一下好不好?"

米拉停下了。

"不对,没有声音。"

她又唱了起来。

克里斯托夫待不住了。

"说不定他们迷了路。"

"迷路? 怎么可能! 没有一条路是恩斯特没走过的。"

一个古怪的想法闪电般穿过了克里斯托夫的头脑:

"会不会他们先到过这里,又走了!"

米拉仰面朝天躺着,正在唱歌,一听哈哈大笑,几乎喘不过气来。克里斯托夫不肯认输。他硬要下山到车站去,说那两个朋友一定在那里等他们。米拉这才不得不动一下。

"你才真会把他们丢掉呢! ……我们从来没说过去车站。分明说好了是在这里会面的。"

他又在她身边坐下。她看他等急了,觉得有趣。他感到她的眼睛在不怀好意地瞧着他。他开始认真着急了——不是怀疑,而是担心他们出了什么事。他又站了起来,说要回树林里去找他们,叫他们。米拉咯咯笑了一声;她从衣袋里拿出针线和剪刀来,若无其事地把帽子上的羽毛摘下又再缝上,像要待一整天似的。

"不要着急,不要着急,傻瓜。"她说,"如果他们要来,你以为还用得着你去叫吗?"

他心上挨了一下打。他转过身来瞧着她;她却不作理会,只顾忙自己的针线活。他走到她身边。

"米拉!"他叫了一声。

"嗯?"她照旧干她的活。

他跪下来,要看清楚她的表情。

"米拉!"他又叫了一声。

"怎么啦?"她的眼睛离开了针线活,抬起头来望着他,微微一笑地问道,"有什么事?"

看见他心慌意乱,她露出了开玩笑的神气。

"米拉!"他问时好像掐住了喉咙,"告诉我,你以为……"

她耸了耸肩膀,笑了笑,又干起了针线活。

他抓住她的双手,抢走了她正在缝的帽子。

"不要缝了,不要缝了,告诉我……"

她瞧着他的脸,等他说下去。她看他的嘴唇在发抖。

"你以为,"他低声问道,"恩斯特和阿达……"

她微笑了:

"那有什么!"

他气得跳了起来:

"不!不!这不可能!你想这怎么可能!……不可能!不可能!"

她把双手放在他的肩上,笑弯了腰:

"你怎么这样傻,这样傻,我的老好人?"

他拼命推得她东倒西歪:

"不要笑了!你怎么笑得出来?要是真的,你就不会笑了。你不是爱恩斯特吗?……"

她还是笑个不停,并且把他拉到怀里,吻起他来。他不由得也吻了她一下。但一闻到她嘴唇上还有他弟弟吻过的气味,他立刻往后一仰,把她的头推开,问道:

"你什么都晓得?这是你们商量好的?"

她笑着说:"是。"

克里斯托夫再也不叫,再也不气得乱动了。他张开了嘴,仿佛出不了气;他闭上眼睛,用双手压住胸膛,心要爆了。然后,他双手抱住头,扑倒在地上,深恶痛绝,灰心绝望的感觉使他像小时候一样浑身发抖了。

米拉不能算是温柔的女人,但也可怜他了;母性的感情一冲动,她就俯身看着他,对他说些亲热的话,要他闻闻她提神用的一小瓶盐。但他厌恶地把她推开,忽然站了起来,把她吓了一跳。他既没有力气,也没有欲望,不想进行报复。他只是瞧着她,痛苦得脸都抽搐了。

"该死,"他受不了,只是说,"你不知道你做了多么坏的事……"

她还想拉住他。但他跑到树林里去了,他要吐出这口恶气,对卑鄙无耻的勾当,对污泥浊水般肮脏的心,对他们想把他拉下水去的乱伦行为,他感到厌恶已极。他气得又哭又嚎,浑身发抖。他恨她,恨他们大伙,恨自己,恨自己的肉体和心灵。他心里刮起了狂风下起了暴雨。很久以来,这场风暴就在酝酿之中;对下流思想的反感,对堕落行为的蔑视,迟早是要爆发的,但他在这种腐朽毒化的空气中已经过了几个月;他需要爱情,需要欺骗自己,需要美化自己的情人,这样就使风暴尽可能推迟了。现在忽然爆发,那倒更好。一股纯洁得渗透灵魂的新鲜空气,一阵寒冷得使冬天结冰的大风,把乌烟瘴气都一扫而光了。恨从心头起,一下就杀死了对阿达的爱情。

如果阿达以为用这种乱伦的行为可以紧紧地抓住克里斯托夫,那就再一次证明了她的智力太低,根本不懂得她的情人。妒忌只会拴住不纯洁的心灵,对克里斯托夫这样青春焕发、性格高傲而又纯洁的男子,只会激起反感。他尤其不能原谅,永远不能原谅的,是阿达这次乱伦既不是一时的感情冲动,几乎也不是女人的理智有时很难压服的、使人身败名裂的、莫名其妙的、见异思迁的行为。不是的——他现在懂得了——这是阿达不可告人的欲望,她要贬低他,侮辱他,惩罚他,因为他道德上和她对着干,信仰上和她正相反,她要把他拉下来,落到和大家一样的水平,甚至要把他踩在脚底下,来向她自己证明她有为非作歹的力量。他一想到就害怕:为什么多数人喜欢玷污清白?为什么自己不清白就容不得别人清白?这简直是猪狗不如!猪在污泥浊水中打滚,不是要滚得全身没有一块干净的皮肤才快活吗?……

阿达等了两天,克里斯托夫没有来找她。她开始着急了,给他写了一封亲热的短信,但信中没有提过去的事。克里斯托夫没有搭理。他对阿达恨之入骨,简直无法形容。他把她从生活中一笔勾销。她不再存在了。

克里斯托夫摆脱了阿达,但摆脱不了自己。他枉然要制造假象,找回过去那个纯洁、坚强、平静的自我。但人是不可能回到过去的,只能继续走自己的路;向后看是没有用的,只能看到你经过的地方,看到你住过的房屋升起了炊烟,消失在遥远的天边,消失在烟雾缭绕的回忆中。如果我们过了几个月的情感生活,那我们离从前的心情就更远了。路忽然转了弯,风景忽然换了样,我们似乎和过去永别了。

但是克里斯托夫不答应。他伸出胳臂来挽留过去,一定要让从前孤高的心情复活。但这种心情已经一去不复返了。爱情本身的危险,远不如爱情破坏的结果。克里斯托夫枉然想甩掉爱情,有一阵子,他枉然想鄙视爱情,但他身上已经留下了爱情抓过的伤痕,心里已经留下了必须填补的真空。爱情的欢乐使尝过滋味的人魂销魄散,一旦失去了强烈的爱情,一定要有另外一种强烈的情感来弥补,哪怕是完全相反的情感也行,比如说,爱转化为恨，转化为孤芳自赏，转化为对道德的信仰。这些情感都还不够，最多只能暂时止渴。他的生活充满了强烈的反应，从一个极端一下跳到另一个极端。有时，他想用不近人情的苦行来折磨自己：不吃东西，只喝点水，用奔波、劳碌、熬夜来使身体累得要死，没有一点乐趣。有时他又认为像他这一类人，有力量就是真正有道德，于是他又拼命寻欢作乐。苦行也好，作乐也好，他总是不快活。他不能再单独下去了。但他又不能不孤独。

唯一能救他脱离苦难的可能是真正的友情，像罗萨那样的友情也许可以庇护他躲过风暴。但两家人已经彻底闹翻了，彼此不再见面。只有一次，克里斯托夫碰到了罗萨。她做完了弥撒出来。他犹豫不决，要不要走过去；她呢，一看见他，好像要走过来和他见面；但当他打定主意，穿过涌出教堂大门的人流时，她却转过头去；等他挤到她的面前，她只冷淡地打了个招呼，就走开了。他感到这个姑娘对他冷冰冰的，心里一定非常瞧他不起。他哪里想得到她还一直爱着他，甚至想对他吐露她的心事呢；但她怪自己不该有这个念头，认为这是错误，她认为克里斯托夫变坏了，堕落了，比以前离她更远了。就这样，他们永远分开了。也许这样对两个人都好。她虽然人不坏，但并不了解他的生活。他虽然需要同情和尊重，但庸俗闭塞、没有苦乐、没有新鲜空气的生活会闷死他。他们两个人都会痛苦的，因为使对方痛苦而自己也痛苦。把他们分开的坏运气到头来反成了好运气，对于能够坚持的强者往往是这样，常常是这样。

但在当时，这个坏运气使他们两个都难过，都觉得不幸。尤其是对克里斯托夫。她道德上这样不容忍，心灵这样狭隘，道德越高，反倒越不聪明，心灵越好反倒越不做好事，这使他恼火、痛苦，为了抗议，他反倒自暴自弃了。

他同阿达游手好闲地去郊外酒店的时候，认识了几个单身汉，他们自由自在的作风，无忧无虑的态度，倒不太讨人厌。其中一个叫弗烈德曼，和他一样也是个音乐家，弹管风琴，大约三十岁左右，不能算不聪明，也很懂行，但是懒得不可救药，宁肯忍饥挨渴，也不肯费点力气去争取出人头地。他还说些坏话，讽刺为生活而劳碌的人，为自己的懒惰找借口，求得自我安慰；他的讽刺有点粗俗，令人发笑。他比他的伙伴更加放肆大胆，不怕攻击在位的当权派，虽然说话还是吞吞吐吐，挤眉弄眼，指桑骂槐；在音乐方面，他甚至敢于不守成规，对那些有名无实的红人，偷偷地砍上一锄头。他对女人也不放过，说笑时喜欢引用一个修士厌恶女性的刻薄话，克里斯托夫听了比谁都更欣赏：

"女人只有肉体,没有灵魂。"

在心情混乱的时候,克里斯托夫觉得和弗烈德曼闲谈可以消遣,但也能对他做出评价。他不会长久喜欢那种粗俗的挖苦话;老是否定的讽刺口气不久也使他恼火,那只能说明自己无能,但那到底比庸人的愚蠢和自满略胜一筹。克里斯托夫虽然心里瞧不起他的同伴,却又少不了他。他们老在一起,老和弗烈德曼那伙身份不高、形迹可疑的人坐在一桌。他们整夜赌博,谈天,喝酒。克里斯托夫忽然一下觉醒,闻到令人恶心的肉腥味和烟臭气,眼睛失神地看到周围这伙不三不四的人,他简直不认识他们;他心情焦急地想:

"我在什么地方?这是些什么人?我和他们在一起做什么?"

他们的谈笑使他作呕。但他不敢离开他们,他怕回家,他怕孤独,他不敢正视自己的欲望和悔恨。他堕落了,他知道自己堕落了;他在寻找,他冷眼清醒地在弗烈德曼身上看到:自己有朝一日会堕落成什么样子;他正在经历这样一个灰心绝望的阶段:眼前的危险不但没有把他惊醒,反倒把他压垮了。

如果他自甘堕落的话,他早就堕落了。幸亏他这一类人还有不甘坠入毁灭深渊的本能和动力,这是旁人所不具备的:首先,他有活下去的力量和本能,不肯自暴自弃的本性比理智还要聪明,比意志还更坚强;此外,他还不自觉地具备了艺术家特有的好奇心,那种热情的忘我精神是任何真有创造力的人才所必不可少的。他可以恋爱,受苦受难,全心全意地献身,但没有用,他还看得清他的感情。感情都在他身上,但并不是他的全部。他的心灵中有成千上万微不足道的感情,朦朦胧胧地往上爬向一个未知的但确实存在的目标;就像宇宙中的星系受到神秘莫测的磁力吸引一样。这种永恒的、不自觉的心灵分化状态,在头晕眼花的时刻最容易出现,那时日常生活已经陷入昏迷,从睡梦的深渊中会涌现出不可思议的目光,呈现出生命千变万化的面孔。一年来,克里斯托夫魂牵梦萦的,是他清楚地感到,在一秒钟之内,他居然如梦似幻地分身有术,成了几个相隔千里、相距百年的不同人物。清醒之后,他只记得幻象的混乱,却不记得造成混乱的原因。这就好比一个纠缠不休的念头忽然消失,使人感到极端疲倦,念头的痕迹还留在心里,但他却不明白是怎么一回事。当他的心灵在岁月的罗网中痛苦挣扎的时候,他身上另外还有一颗清醒而冷静的心灵,却在看着他白费力气。他看不见这颗心灵;但这第二颗心却用看不见的光投射到他身上。这颗心贪得无厌,兴高采烈地感觉、吃苦、观察、了解这些男人、女人、世界、情欲、思想,甚至是折磨人的、庸俗的、坏的思想,但这却足以使一切都沾上了心灵的光辉,使克里斯托夫免于毁灭。这颗心使他感到他并不是完全孤独无依的。这第二颗贪得无厌的心要成为一切,要了解一切,它筑成了一座堡垒,抵得住要毁灭他的情欲。

这颗心足以使他的头伸出水面,但单凭他自己的力量还不足以跳出深渊。他还不能集中精力,控制自己。他还不可能做什么工作。他在经历一场精神上的转变,将来会开花结果的,但现在还只是萌芽阶段,这丰富的内心生命在目前只表现为放荡无度,产生的效果和内心空虚并没有什么分别。克里斯托夫在生活中沉沦了。有一个巨大的推动力催促他身上的各种力量一道成长,成长得太快了,有如万马奔腾。但他的意志力偏偏成长得没有那么快,控制不了这奔腾的万马。于是他的人格土崩瓦解了。这天翻地覆的转变,这内心深处的地震,是外人的肉眼看不见的。连克里斯托夫也只发现自己意志薄弱,无力创造,无力生存。同时,欲望、本能、思想却接二连三地涌现出来,就像火山爆发时喷出的硫黄烟雾;于是他问自己:

"现在,还会冒出什么?我会变成什么样子?难道我就永远这样?难道克里斯托夫就要完了?难道我要一事无成,永远一事无成?"

结果涌现出来的,是祖先遗传的本性,是前辈养成的坏习惯。

他喝醉了。

他回到家里,满身酒味,满口笑声,完全垮了。

可怜的路易莎看看他,叹叹气,什么也不说,只好祈祷了。

一天晚上,他从小酒店出来,走到城门口,在前面几步远的地方,看见高弗烈特舅舅不显眼的影子,他背上驮着包袱,在路上慢慢走着。有几个月,这个瘦小的商贩没有回到本地来,间隔越拖越长了。克里斯托夫高兴得赶快叫他。高弗烈特给包袱压弯了腰,转过身来,看到克里斯托夫做着怪里怪气的手势,便在墙脚石上坐下来等他。克里斯托夫眉开眼笑,连蹦带跳跑了过来,拉住舅舅的手摇来摇去,显得异常亲热。高弗烈特瞧了好久才说:

"你好,梅希奥。"

克里斯托夫以为舅舅记错了名字,哈哈大笑起来。

"可怜的舅舅老了,"他心里想,"记性不好。"

高弗烈特看起来的确老了,干瘪皱缩,呼吸短促,显得吃力。克里斯托夫还在夸夸其谈。高弗烈特又把包袱背到肩上,不声不响地走了起来。他们肩并肩走回家,克里斯托夫指手画脚,大叫大嚷,高弗烈特低声咳嗽,不吭一声。克里斯托夫和他说话的时候,高弗烈特还叫他梅希奥。这一回克里斯托夫不得不问了:

"你是怎么搞的!为什么总叫我梅希奥?我是克里斯托夫,你又不是不知道!难道你忘了我的名字?"

高弗烈特没有停住脚步,抬起头来看了看他,摇了摇头,冷冷地说:

"不对,你是梅希奥,我当然认得出。"

克里斯托夫愣愣地站住了。高弗烈特照旧一小步,一小步地走着,克里斯托夫跟在后面,不再多嘴。他酒醒了。走过一家咖啡音乐厅,门口有一面模糊不清的镜子,照出了门外的煤气灯和行人稀少的街道,他走过去照了一下,的确看见了梅希奥。他回到家里,心乱极了。

他一夜都扪心自问,搜索自己的灵魂。他现在明白了。他看出了自己的缺点和本能正在抬头,他恨极了。他想起了父亲去世那一夜,想起了守灵时发的誓,再检查一遍从那时起过的生活,他发现自己违背了誓言。一年来他做了什么事?对得起他的上帝,对得起艺术,对得起自己的灵魂吗?有什么事能垂之永久呢?没有一天不是浪费、糟蹋、玷污了的。没有作品,没有思想,没有努力做站得住脚的事。一片混乱的欲望在你争我夺。一片风沙,一无所得……想做有什么用?想做的事都没有做。做了的事都是不想做的。他成了一个他不想做的人,这就是他生活的总结。

他睡不着。不到早晨六点,天还黑呢,他就听到高弗烈特准备走了。因为舅舅不打算多耽搁。路过城里,他照例来看看妹妹和外甥,但他早就说了:第二天一早要走。

克里斯托夫下楼来。高弗烈特见他脸色苍白,一夜没睡使他脸颊陷下去。舅舅对他亲切地笑了笑,问他愿不愿陪他走走。天还不亮,他们一同出了大门。两个人不用说话,互相都很了解。走过公墓时,高弗烈特问:

"进去看看,好不好?"

他到城里来,总要看看约翰·米歇尔和梅希奥的墓地。克里斯托夫却有一年不来了。高弗烈特跪在梅希奥坟前说:

"祈祷吧!但愿他们安眠,不要打扰我们!"

他的思想既掺杂了迷信,又合乎情理,往往使克里斯托夫惊讶;但这一回,他懂得舅舅的心理。他们再也不说什么,一直走出墓地。

他们关上了叽叽嘎嘎响的铁门,顺着墙走,走向窸窸窣窣、刚醒过来的田野。小路经过墓园的柏树下面,树枝上的积雪正在融化,一滴滴往下落。克里斯托夫哭起来了:

"啊!舅舅,"他说,"我真难过!"

他不敢谈在爱情上受到的考验,莫名其妙地怕使高弗烈特为难;但他谈到他的惭愧、无用、懦弱,违背了的誓言。

"舅舅,该怎么办?我想干,也干过,但过了一年,我还在老地方。不对!我倒退了。我不中用,我不中用!我浪费了生命,违背了誓言!……"

他们爬上山冈,可以看到全城。高弗烈特和和气气地说:

"你还刚开头呢,孩子。人并不是想做什么,就能做什么的。想做是一回事,生活又是一回事。所以不要难过。最要紧的,你要晓得,是不要放弃想做,不要放弃生活。别的就由不得我们了。"

克里斯托夫绝望地说了又说:

"我违背了誓言!"

"你听见了没有?"高弗烈特问道。

(田野上鸡啼了。)

"鸡并不因为他违背了誓言就不啼明。每天早晨,鸡为我们每一个人啼明。"

"总有一天,"克里斯托夫痛苦地说,"鸡不为我啼明了……总有一天,我会没有明天。到了那天,我的生命怎么就过完了?"

"总是有明天的。"高弗烈特说。

"明天有什么用,如果想干什么都没有用的话?"

"醒来吧! 祈祷吧!"

"我不再信仰了。"

高弗烈特微微一笑。

"你不信仰,就不会活到今天了。每个人都有信仰的。祈祷吧!"

"祈祷什么呢?"

高弗烈特指着寒冷的天边出现的一轮红日:

"要珍重新生的一天。不要想一年以后、十年以后的事。想今天吧。不要空谈理论。一切理论,你看,即使是谈道德的,也不是好东西,都是愚蠢的,有害的。不要勉强生活。今天就该好好活下去。要珍重每一天。要爱每一天,尊重每一天,千万不要糟蹋一天,不要妨碍开花结果。要爱像今天这样灰暗苦闷的日子。不要担心。瞧,现在是冬天,一切都在安眠。但大地会醒过来的。要成为大地的一部分,要像大地一样有耐性。要虔诚。要等待。只要你是好人,一切都会好的。如果你不行,如果你是弱者,如果你不成功,你也应该快活。因为你做不了更多的事。那么,为什么要想做更多的事情呢? 为什么因为不能做更多的事就难过呢? 应该只做自己能做的事……尽我所能。"

"那太少了。"克里斯托夫说时皱了一下眉。

高弗烈特和气地笑了:

"谁也做不了更多的事。你太骄傲了。你要做英雄。所以你干的尽是蠢事……英雄! 我不大知道什么是英雄;不过,你看,我想,英雄也只是做了他能做的事。平常人却连他能做的事都没有做。"

"啊!"克里斯托夫叹了一口气,"那生活还有什么意思呢? 简直是不值得了。然而还有人说'想得到就做得到!'……"

高弗烈特又温和地笑了:

"是吗？……那么,孩子,他们是说谎大王啰！再不然就是:他们并不想做什么大事……"

他们到了小山顶上。两个人亲热地拥抱。然后,小贩拖着疲乏的脚步走了。克里斯托夫看着他走过,陷入了深思。他重复舅舅说的话:

"尽我所能。"

他想得微笑了:

"对的……不过……这也够了。"

他回头向城里走去。雪冻成了冰在他鞋子底下格格作响。冬天刺骨的寒风吹得山上的树木畏畏缩缩,赤裸裸的树枝都发抖了。风也吹红了他的脸,他的皮肤发烧,血液流通加快。山下的红屋顶迎着寒光灿烂的太阳微笑。寒气凛冽。冻硬了的土地似乎在苦中作乐。克里斯托夫的心也像土地一样。他想:

"我也要解冻了。"

他眼睛里还含着泪珠。他用手背擦了擦,望着太阳沉醉在朦胧的雾气中,笑了起来。阵阵狂风吹得带雪的云飘过小城上空。他用拇指按住鼻孔,对云嗤之以鼻。寒风呼号……

"吹吧,吹吧！……你爱把我怎么吹就怎么吹！把我吹走吧！我知道要到哪里去。"

第四卷 反抗

LIBRARY OF WORLD LITERATURE

第一部 流沙

自由了！……不再受别人和自己的拘束了！……一年来束缚他的情网忽然裂开。怎么裂开的？他也不知道。他的生命力一挣扎，网眼就挣大了。这是生命成长的一个转变过程，天性像蚕蛹一样壮大，陈旧的灵魂像蚕茧一样压得天性喘不了气，生命猛烈地挣扎，就挣破了昨天的躯壳，像蚕蛹咬破蚕茧一样出来了。

克里斯托夫大口出气地呼吸着，不大清楚出了什么事。他刚送了高弗烈特回来，冰冷的北风卷地而起，钻进了城门洞。路上的人逆着旋风走的都低下了头。上班的女工奈何不了往裙子里乱钻的狂风，只好站住来喘口气，鼻子和脸颊都吹得通红，露出了气得要命的神色，恨不得要哭起来。克里斯托夫却高兴得直笑。他不在乎这场风暴，他想到的是另外一场，而他已经挣扎出来了。他瞧着寒冬的天空，白雪笼罩的小城，在风中挣扎的行人；他看看周围，再也没有什么束缚他的了。他自由自在……自由自在！独来独往，自由自在，多么快活！挣脱了心上的锁链，不再受往事的折磨，不再想那些爱过的、恨过的面孔，多么快活！到底能生活了，不是做生活的奴隶，而是做生活的主人，那是多么快活！……

他回到家里，满身白雪。他快活得抖了抖，像狗一般。母亲在走廊里扫地，他走过去时，把她抱了起来，嘟嘟囔囔、亲亲热热地说了几句话，把母亲当成了孩子。路易莎上了年纪，在儿子怀里挣了几下，看他身上的雪已经融化，衣服都已潮湿，就叫他做"大傻瓜！"笑得似乎返老还童了。

他四步做一步地上了楼，回到卧房。他照了照小镜子，几乎看不清楚自己的脸，因为天还暗呢。但他心里却闪耀着喜悦的光辉。他的卧房又窄又低，几乎转不了身，但却似乎成了他的王国。他把房门锁上，心满意足地笑了。他到底找到了自我！他丧失了自我有多久啊！他急急忙忙要投入到自我的思想中去。思想在他看来成了一个大湖,消融在遥远的金色雾中,发了一夜的烧之后,他站在湖边上,两腿沉浸在湖水的清凉中,身体让夏天早晨的清风抚摩。他跳到湖中去游泳;不知道要游到哪里去,去哪里并不要紧,只要随兴所至地游就畅快了。他不说话,脸上露出笑容,听着心灵的呼声,心中有成千上万的生命正在汹涌奔腾。他什么也分不清,只觉得头昏眼花,只感到心醉神迷的幸福。他欣赏这些怒涛澎湃、无以名状的力量,但他目前还懒得试试自己的锋芒,只是麻木不仁、得意洋洋地沉醉在心花怒放之中,他的心灵受了几个月的压抑,忽然一下像春天似的万花齐放了。

母亲叫他吃午餐。他下楼时晕头转向,仿佛在野外痛痛快快地玩了一天似的;他脸上容光焕发,路易莎问他有什么好事,他不回答,只是抱住母亲的腰,一定要她围着餐桌、围着热气腾腾的汤罐跳舞。路易莎气喘吁吁地说他疯了;忽然她拍起掌来。

"天啦!"她心神不安地说,"我敢打赌,你又爱上什么人了!"

克里斯托夫放声大笑。他把餐巾往空中抛。

"爱上什么人!……"他喊了起来,"啊!天啦!……没有,没有!已经爱够了!你可以放心吧!不会再爱了,不会,一辈子不会再爱了!……去它的吧!"

他喝了一大杯水。

路易莎瞧着他,放下了心,但又摇摇头,微微一笑:"这是喝醉了酒说的话吧!"她说,"不到天黑就不算数了。"

"天黑前算数,不也是赚到了半天吗?"他心情愉快地回答。

"你总有理!"她说,"到底什么事这样高兴?"

"高兴就是高兴呗!"

他坐在她对面,肘腕放在桌上,要一五一十地说出他的打算。她亲亲热热、半信半疑地听着,老提醒他汤要凉了。他知道她没有听,但是并不在乎,因为他是说给自己听的。

他们两个你看我,我看你,笑着,他在讲,她并不在听。虽然她为儿子感到得意,但并不把他的艺术成就放在心上;她只是想:"他快活,那就再好不过。"他陶醉在自己的打算中,同时瞧着母亲的脸,黑色的头巾紧紧围着白头发,年轻的眼睛流露出无限深情,平静的外表显示了内心的慈爱。他看出了她在想什么,就开玩笑似的问她:

"其实我打算干什么,对你都无所谓,对不对?"

她勉强反对说：

"不是的，不是的！"

他拥抱着她说：

"怎么不是？怎么不是？算了，不要辩了。其实你不错。只要你爱我就行了。我并不需要人了解，你也罢，别人也罢。现在，我不需要人，什么也不缺，我心里什么都有了……"

"怎么，"路易莎说，"又出了什么毛病？……不是这里，就是那里，不过，还是这里好些。"

在自己思想的湖上漂流，是多么美妙的乐趣！……他躺在一条小船里，身子沐浴在阳光中，脸上感到水面清风的抚摩，人仿佛在悬空的吊床上，他睡着了。在他仰卧的身子下面，在摇来晃去的小船下面，他感觉到了深渊的波浪；他随随便便把手伸进水里。他又爬了起来；下巴靠着船边，像幼年时代一样，看着湖水流动。他看见无奇不有的生命像电光一般在水中闪闪烁烁……还有别的生命之光，无穷无尽……但是全不相同。他看见心里涌现出光怪陆离的景象，瞧着他自己的这些思潮，不禁笑了；他并不需要把他的思想固定下来。挑选吗？为什么要在这成千上万个美梦中挑选呢？他有的是时间！……将来再说吧！……等他想要的时候，只消把网撒下去，不就可以把水中光闪闪的宝贝捞上来吗？现在何必着急？……还是等一等再说！……

小船随着温暖的风和无情的水，东漂西荡。天气晴朗，暖洋洋、静悄悄的。

他到底无所谓地把网撒了下去。他靠着船边，听着水声哗哗，瞧着网沉没了。迷迷糊糊过了几分钟，他不慌不忙地把网拉了上来；但网越拉越重；等到快要拉出水时，他停下来歇了一口气。他知道捞到了，但不知道捞到的是什么；他不急于知道，要延长等待的乐趣。

最后，他决定拉上来，于是五彩缤纷、鳞光闪烁的鱼拉出了水面，扭来转去，像一窝蛇。他不胜惊讶地瞧着，用手指头拨拨，想挑出最好看的来，在手上放一会；哪里料到鱼刚出水，五颜六色就黯然无光，鱼也在他手中消融了。他赶快把鱼抛进水里，又来撒网。他并不想贪得无厌地留住激动人心的美梦，只想一个一个地欣赏；在他看来，梦中的鱼在清澈见底的湖水中自由自在地游来游去，比拉上来要美得多……

他钓上来形形色色的梦,一个比一个更荒诞。几个月来,思想累积在他心中,没有利用,积累得这样丰富,心都装不下,快要裂开了。但一切都是乱糟糟的,他的思想好像一个堆积废品的仓库,一个犹太人开的旧货店,在一间房子里堆满了难得买到的东西,年深月久的布料,破铜烂铁,古旧衣衫。他也分不清哪一样更有价值,只觉得全都一样有趣。这里面有摩肩接踵的和音,钟声奏鸣的色彩,蜜蜂嗡嗡般的和声,情人嘴唇微笑的曲调。这里面有似曾相识的风景、面孔、情欲、灵魂、性格、文学观念、哲学思想。这里面有大而无当的计划,四部曲,十部曲,包罗万象、无所不能的音乐。往往还有闪电般突如其来的朦胧感觉,引起感觉的却是微不足道的小事:说话的声音,路上的行人,滴答的小雨,心跳的节奏——许多大而无当的计划只有一个乐曲的题目,大多数甚至只有一两个乐句,但这已经够了。像小孩子一样,他以为他已经创造了他想创造的东西。

但他到底是个活人,不能长久满足于这种虚无缥缈的烟光云影。只占有幻象使他厌倦,他要抓住他的梦——从哪里开始呢? 在他看来,所有的梦都一样重要,难分高下。他把梦翻过来,复过去,捡起来,抛下去……不对,抛下去就捡不起来,因为已经不是原来的梦了,梦是不会给你抓住两次的;它千变万化;在他手上,在他眼下,在他瞧的时候,梦就变了。他一定要赶快,但他却快不了,动作慢得使他吃惊,不知所措。他巴不得一天之内把一切都干完,但一动手干最容易的事,他也觉得困难重重。最糟糕的是,他刚动手,就觉得厌烦。他的梦已成过去,人也成过去;他还在做一件事,却后悔没有做另外一件。看来他只要选定了一个好主题,就对这个主题不感兴趣。就是这样,他丰富的财宝变得对他没有用处。他的思想只有在碰不得的情况下才是活跃的,一碰立刻就死了。这真是一种可望而不可即的痛苦:伸手摘果子,果子立刻变成石头;低头张嘴喝水,水却流入地下。

为了解渴,他只好去喝自己以前打起来的泉水,看自己以前的作品……不喝倒也罢了;一喝真倒胃口! 才尝一口,马上破口大骂,吐了出来。什么! 这半冷不热的浑水,这没有趣味的音乐,难道是他的作品? ——他又硬着头皮读下去,读得脸如土色,因为他自己也一点不懂,他甚至怀疑自己怎么会写出这种东西来。他脸红了。有一回,他翻到一页幼稚得更可笑的作品,赶快转过身去看看房里还有没有别人,然后把脸埋在枕头底下,像一个害羞的孩子。还有几回,他的作品读来荒谬得太可笑,他竟忘了是自己的大作。

"啊！大傻瓜！"他笑得前俯后仰，叫了起来。

但最叫他难过的，是他自以为表示了热烈情感的作品，无论是表示爱情的痛苦还是欢乐。他会从椅子上跳起来，仿佛给蚊子叮了一口；他会用拳头捶桌子，拍脑袋，气得怪叫；他会粗鲁地骂自己，说自己是蠢猪、笨蛋，该死的草包。他会这样念经似的骂上一阵子。最后，他喊得满脸通红，对着镜子，抓住下巴说：

"瞧，瞧，傻瓜，笨驴！谁叫你胡说八道的，坏蛋！下水吧，先生，淹死了吧！"

他把头埋进一面盆水里，憋着不出气，几乎要闷死了。等他伸出头来，已经脸红耳赤,眼珠凸起,气喘如牛,他急急忙忙向书桌跑去,甚至脸也懒得擦一下,让水滴得到处都是;他一把抓起该死的乐谱,咬牙切齿地把它撕掉,恨恨地说:

"瞧,下等货!……瞧,瞧,瞧!……"

这才算出了一口气。

这些乐谱最使他恼火的,是言不由衷。写的是没有感到的热情,是听熟了的腔调,初学到的卖弄技巧;他谈爱情,就像瞎子在谈颜色,谈的都是听来的,他不过是鹦鹉学舌而已。不只是爱情,所有热烈的感情他都用来作夸夸其谈的主题——然而,他倒一直是力求真实,不弄虚作假的。不过,想要真实还不够,一定要能够做到真实;在你对人生毫不了解的时候,怎能做到真实呢?揭穿了这些作品的不真实性,划清了现在和过去的分界线,全靠这六个月的生活体验。他总算跳出了自以为真实的幻想圈子;现在掌握了真正的衡量标准,可以检查自己的思想真实或虚假到什么程度了。

没有热情写出来的旧作使他厌恶,加上他一贯做事过头,所以他下决心,如果不是情感逼得他非写不可,他就不再作曲;他也不再追求表达自己的思想,并且发誓:除非作曲的欲望像雷轰头顶似的从天而降,否则,他就要永远放弃音乐。

他这样说,因为他分明知道风暴就要来了。

天可以随心所欲,什么时候打雷,什么地方闪电。最吸引雷电的地方是高峰顶点。某些地方——某些心灵是风暴的老窝,那里可以产生风暴,或者把雷电从四面八方吸引过来;正如一年有几个月是雷雨季节一样,一生也有几个时期是充了电的,电力这样足,随时可以打雷,即使不能随心所欲,至少也不会误期。

整个生命都紧张了。风暴已经酝酿了几天。苍白的天空铺上了一层热烘烘棉絮般的乌云。没有一点风。空气凝固了,在发酵,似乎要沸腾。大地没有一点声音,给大气压得昏昏沉沉。头脑也热得嗡嗡响,整个大自然都在等待那积蓄了几天的力量突然爆发,等待那高高在上的千手铁锤突然一下打在乌云铺成的砧板上。一大片、一大片阴沉沉、暖洋洋的黑影掠了过去,吹起了一阵燃烧的热风;神经像树叶一般颤抖了……然后,寂静又降临大地。天空又继续酝酿雷雨。

等待令人焦急,令人神魂颠倒。虽然等待压得你心神不安,但你感觉得到在血管里流通的,是全宇宙燃烧的烈火。沉醉的心灵在熔炉里汹涌奔

腾,像在酒桶里发酵的葡萄。成千上万生和死的基因正在塑造你的心灵。会塑造出什么来呢?……就像一个怀胎十月的母亲,你的心灵一言不发,目光沉浸在自己内部;焦急地倾听着胎儿的一举一动,自思自忖:"我会生出什么来呢?……"

有时,等待也会落空。乌云散了,雷雨没有爆发,你醒了过来,头脑昏昏沉沉,灰心失望,神经紧张。其实,这只是推迟了时间,总是要爆发的;不是今天,就是明天;时间拖得越久,发作得越厉害……

瞧,这不是爆发了吗?……乌云从生命的各个角落里涌现出来。一团团蓝黑色的浓云,给如疯似狂、欲断还续的电光撕裂,飞速前进,令人头昏目眩,包围了心灵的小天地,忽然一下展开双翼,扑向透不出气来的天空,把光明都扼杀了。真是令人魂飞天外的时刻!……自然界的规律为了维持精神和物质存在的平衡,不得不把风雨雷电的各种元素紧紧锁在牢笼中,压得元素都怒火直冒,突然一下挣脱了束缚,于是在意识的黑夜里为所欲为,无法无天,庞大得无以形容。人觉得痛苦无比。人不再祈求生存。人只祈求生命结束,祈求从死亡中得到解脱……

突然一下电光出现!

克里斯托夫快活得直叫。

欢乐,欢乐的狂热,照耀今天和明天的太阳,开天辟地、创造的欢乐!没有创造就没有欢乐。不会创造就没有生命。其他一切都是浮光掠影,在大地上漂流,与生命并没有关系。人生的欢乐都是创造的欢乐:爱情,天才,斗争——都是这独一无二的熔炉里流出来的光辉力量。甚至那些在伟大的熔炉中没有立足之地的野心勃勃、自私自利、花天酒地、无所作为的人,也千方百计,要从炉火的回光返照中,沾光取暖。

创造,肉体也好,精神也好,都要冲出躯壳的牢笼,在生命的狂风暴雨中冲锋陷阵,成为开天辟地的神灵。创造就是消灭死亡。

不幸的是不能创造的人,形单影只,丧魂落魄,眼看肉体干枯,黑夜笼罩全身,却发射不出一点生命的火花!不幸的是不能开花结果的心灵,不能像春天的树一样开出生命之花,结出爱情之果!人们可以给他戴上光荣和幸运的桂冠,但那只是在给尸体美容。

克里斯托夫看到一束光流劈面扑来,感到一股电流通过全身;他有如神灵附体似的颤抖了。这仿佛是在漫漫的长夜里,在茫茫的大海中,忽然发现了大陆。又仿佛是在人丛中寻来找去,蓦然回首,却看见了一双穿透人心的眼睛。经常是他的心灵空忙了几个小时之后,已经精疲力竭了,灵感却突然而来。更经常的是,他在谈话或在散步,想的是别的事,灵感却不请自到。如果是在街上,他怕打扰别人,不好意思高声大叫,发泄他的感情。若在家里那就毫无顾忌。他会拍手跺脚,敲锣打鼓似的高唱胜利的凯歌。母亲听惯了,到底明白了这是什么意思。她对克里斯托夫说:"你像一只刚下蛋的母鸡。"

音乐思想渗透了他的全身。有时,音乐形式是孤立的、完整的一个乐句;在更多的情况下,整个作品笼罩在一大片迷离恍惚的星云之中:作品的结构和大致的线条隐约可见,有些地方,有些光彩夺目的乐句把乐章勾连起来,在黑暗的背景下,轮廓显得特别分明,像是刀削斧凿出来的。这只不过是电光一闪;有时,电光接二连三而来,每一道都照亮了一些黑暗的角落。但在平常,这神出鬼没的电力在出人意料地显形一次之后,会销声匿迹,在神秘的角落里藏上好几天,只在电光划破的黑夜里,留下一条光辉的遗迹。

灵感一来,克里斯托夫享受到了无穷无尽的乐趣,其他一切都不放在心上。有经验的艺术家都知道,灵感来得快,去得也快,一定要用智力来完成灵感开始的工作;一定要放在压榨机下,把思想中洋溢的琼浆玉液全都压榨出来,一滴不剩——有时甚至还要在思想中掺入水分——克里斯托夫还太年轻,太自负,自然瞧不起这种用人力弥补天工的办法。他还在做不可能实现的梦,他不创作则已,若要创造,他就要百分之百靠天然,不靠人力。如果他不是盲目乐观,那并不难看出他的想法是多么荒谬。当然,那个时期他的内心充实得无以复加,使空虚的思想都无孔可钻。一切都使他以为丰富的灵感是用之不尽、取之不竭的。他眼睛看见的,耳朵听到的,日常生活中接触的,每看一眼,每说一句话,他的心灵都会收获一些美梦。他的思想是无边无际的天地,天上流动着成千上万的灿烂星辰——然而,即使是在那个时期,他也会忽然一下感到星光陨灭。虽然黑暗的时间不长,虽然内心的沉默并不会长得使他痛苦,但是他对这种来得快、去得快、见首不见尾的无名力量,还是不能没有几分害怕……这一回要来多久?走了还会再来吗?——他高傲的内心容不下这种害怕的思想,就说:"这种力量就是我。力量不再存在的那一天,我也就不再存在了。我会自杀的。"——他说归说,还是一样吓得发抖;不过这样发抖也是一种乐趣。

然而,即使灵感的源泉在目前还没有枯竭的危险,克里斯托夫已经明白了:单凭灵感来灌溉整个一部作品,那会营养不足的。音乐思想的原材料几乎总是粗糙的,一定要下很大的功夫才能把金子从沙里淘出来。乐思总是前言不接后语,高低起伏落差很大的,要把思想连贯起来,一定还需要考虑周到的智力,冷静坚定的意志,才能铸造出新的生命。克里斯托夫既然是个艺术家,自然不会不下工夫;但他不肯承认;他不服气,硬说自己内心有现成的模型自己不过使原型外化而已,虽然为了看得清楚,他不得不或多或少地加工改造——其实何止加工,他有时简直是把原型改头换面。无论乐思给他的印象多么强烈,他往往说不出原型到底是什么意思。乐思从生命的隐蔽孔道中涌现出来,远远超过了意识的范围;这种纯粹的生命力不能用普通的尺度来衡量,连意识也认不出是什么忧虑在内心汹涌澎湃,是什么感情使意识也无法下定义或分门类:欢乐,痛苦,全都混成一片,融成了独一无二的热情,这种热情是无法理解的,因为它远在智慧之上。

不过,理解也好,不理解也好,智慧总需要给这种热情命名,使这种力量成为人类逻辑结构的一部分,而人坚持不懈地在蜂窝般的大脑里修筑的,正是一座逻辑大厦。

就是这样,克里斯托夫说服了自己——他要说服自己——相信在内心汹涌澎湃的朦胧力量有确定不移的意义,这个意义和他的意志是协调一致的。自由的本能从高深莫测的潜意识中涌现出来,愿意也罢,不愿也罢,在理智的控制下,不得不使混沌朦胧的思想配合那些与己无关的清楚明白的思想。就是这样,克里斯托夫的作品只是一对勉强凑合的搭档,一方是克里斯托夫内心规划的伟大主题,另一方是有打算、无法控制的自然力,不过克里斯托夫自己也不知道罢了。

在内心矛盾冲突的力量推动下,他低着头摸索前进,灵机一动,就给结构松散的作品注入一点如烟似雾的强大生命力,他并不知道如何表达思想,但这种力量使他得意洋洋。

意识到了新的力量,他第一次敢于正眼看周围的一切,人家教他尊敬的一切,他想也不想就照办的一切——正视之后,他立刻做出了独立自主、不讲情面的判断。面纱一揭开,他就看清了德国人的假面目。

任何民族、任何艺术,都有虚假的一面。人类的精神食粮只有一分真理,却有九分虚饰。人的精神是脆弱的,不习惯听百分之百的真理;一定要戴上宗教、道德、政治、诗歌、艺术的假面具。这些面具都适应各个民族的精神面貌,各不相同;正是这些假面具使得各民族难以互相了解,容易互相轻视。真理对人人都是一样的;但每个民族都有自己的假面具,并且把它叫作理想;每个人从生到死都是戴着假面具呼吸,于是成了人的生存条件;只有少数几个天才经过英勇搏斗之后,才能撕下自己脸上的假面具,而搏斗时,他们在自由思想的天地中,总是孤军作战的。

一件无足轻重的小事忽然使克里斯托夫一眼看穿了德国艺术的假面目。他以前一直没有看穿,并不是因为他视而不见,而是因为距离太近,不退一步是看不清全景的。现在,因为他站远了,山的真面目才显了出来。

他去听市立音乐厅举行的音乐会。大厅里摆了十几排咖啡小桌,大约有两三百张。乐队在大厅里首的舞台上。克里斯托夫周围坐了些军官,穿着紧身的深色长礼服,通红的大脸上胡子刮得光光的,一本正经,俗里俗气;还有些女人有说有笑,又吵又闹,显出了喜欢夸张的本性;有些满不在乎的小女孩,一笑就露出了满嘴的牙齿;还有些大胖子,脸都埋在大胡子和大眼镜下面,看起来像鼓起圆眼睛的蜘蛛。他们每次举杯祝贺健康,都得要站起来,像在参加宗教仪式一样毕恭毕敬;这时,他们的脸色和说话的声调都变了,像在念弥撒经,或是在祭酒,或是在喝圣餐杯,三分正经倒掺了七分滑稽。音乐消失在谈笑声中,杯盘碰撞声中。不过,大家还是尽量压低说话和吃喝的声音。乐队指挥是个瘦长的驼背老人,下巴上的白胡须长得像一条尾巴,长长的鹰钩鼻子上架了一副眼镜,看起来像一个语言学家。这些人物很久以来就是克里斯托夫的熟人。但这一天,他忽然打主意用漫画家的眼光来看他们。有些日子,不知道什么缘故,平时并不觉得可笑的人物,忽然在我们眼里显得十分好笑。

音乐会的节目包括《哀格蒙特序曲》,瓦尔德退菲尔的圆舞曲,《汤豪塞瞻仰罗马》,尼古拉的《快活的娘儿们》序曲,《阿塔莉》中的进行曲,《北斗星》中的幻想曲。乐队规规矩矩演唱了贝多芬的《哀格蒙特序曲》,圆舞曲演奏得激动人心。一到《瞻仰罗马》,就听见有人开瓶塞。一个胖子坐在克里斯托夫旁边那一桌,模仿男主角福斯塔夫,按照《快活的娘儿们》的音乐打起拍子来。一个上了年纪的胖女人,穿了天蓝色的连衣裙,系了根白腰带,扁鼻梁上架了一副金丝眼镜,胳膊通红,腰身粗大,放声高唱舒曼和勃拉姆斯的歌曲。她扬起眉毛,眨眨眼皮,暗送秋波,摇头摆脑,忽左忽右,满月般的圆脸上凝固着一个宽大的笑容,装模作样,有时会使人误以为走进了咖啡店的音乐厅,幸亏她德高望重,光彩照人,才没有听众把她当成歌女;这个家庭主妇居然要扮演浪漫的小姐,热情的少女;而舒曼的歌曲听来也模模糊糊地有点摇篮曲的味道了。大家听得开心。但等到德国南方合唱团一上台,听众更是全神贯注,台上有时低声歌唱,有时高声吼叫,总是感情充沛。合唱团的四十个人分唱四部;人家会以为他们的演唱专门要抹杀合唱风格的痕迹,只追求旋律的微小效果,只追求畏畏缩缩、哭哭啼啼的微小音差,声音低得像要断气,忽然一下又雷鸣电击,仿佛在敲大鼓;音色既不饱满,韵律又不平衡,显得虚情假意,会使人想起波顿的妙语:

让我演狮子吧。我吼起来会像鸽子一样温和。我吼起来会使人以为是夜莺在歌唱。

克里斯托夫听着,从一开始就觉得不对头,越来越觉得不对味。音乐会对他并不新鲜。乐队、听众,对他都是熟人。但忽然一下,一切都显得不真实了。一切,甚至他最爱的《哀格蒙特序曲》,那种气势磅礴的混乱,那种循规蹈矩的激动,这时都伤害了他的感情,听来缺少真心实意。当然,他听到的并不是贝多芬,也不是舒曼,而是他们可笑的演奏者,而是细嚼慢咽的听众,他们的愚昧无知使作品笼罩在一片浓雾之中。这还不算什么,即使是作品本身,甚至是最美的作品,克里斯托夫也听得惶惑不安,而这是他以前从来没有感到过的……这是什么原因?他不敢分析,认为即使讨论原因也会得罪他敬爱的大师。但他又不能不看,因为他已经看到了。而且不看则已,一看还要再看下去;就像比萨羞羞答答的少女一样,只从指缝里偷看。

他看到了赤身露体的德国艺术。所有的艺术家,伟大的和平庸的,都显示了他们的灵魂来讨好听众,听得叫人伤感。有的感情洋溢,有的道德高尚,好像涓涓细流,有的心灵融化,热情奔放;闸门一打开,日耳曼民族多情善感的浪潮汹涌而来,冲淡了强者的力量,灰色的洪流淹没了弱者的声音,这是泛滥的洪水,水底下埋藏了德国人的思想。门德尔松,勃拉姆斯,舒曼,还有追随他们的那一大堆夸夸其谈、唉声叹气的歌曲作者,有时会流露出什么思想来啊! 真是一片流沙,没有坚固的磐石。只是随意捏成什么形状的湿土……一切显得这样糊涂,这样幼稚,克里斯托夫很难相信听众会听不出来。他向周围一看,看到的尽是心满意足的面孔,他们还没听到音乐,就先肯定音乐一定好,一定有趣。这种人哪里有自己的判断力呢? 对大名鼎鼎的人物,他们是佩服得五体投地的。他们有什么不佩服的呢? 他们对音乐节目,对面前的酒杯,甚至对他们自己,都一样欣赏。我们感觉得到,凡是和他们有关的,不管是远亲还是近邻,在他们心里,都是"出类拔萃"的。

克里斯托夫轮流地看看听众,听听在演奏的作品:他发现作品反映了听众,听众也反映了作品,就像剪成球形的小树反映圆形的花园一样。克里斯托夫感到要笑,脸上露出了忍不住的怪相。但他总算没有发出笑声。等到"南方合唱团"一本正经地唱起一个多情少女羞答答地吐露的爱情时,克里斯托夫再也忍不住了。他居然大笑起来。四面响起了愤怒的嘘声。他的邻座惊慌失色地瞪着他;这些老实人惊慌的面孔更使他觉得好笑,他笑得更厉害了,甚至连眼泪都笑了出来。这一下可犯了众怒。大家喊道:"出去!"他站起来,耸耸肩膀走了,还留下了笑得发抖的背影。这样的退场引起了公愤。克里斯托夫和他的故乡之间的敌对情绪开始了。

受了这次考验之后，克里斯托夫回到家里，起了一个主意，要重读一遍得到"公认"的名家作品。不料不读则已，一读不免大失所望，因为他发现某些他最敬仰的音乐大师也言不由衷。他尽量想怀疑自己错了。但是不对，他没有办法说服自己……他强烈地感到：一个伟大民族的艺术宝库中，怎么会有这样多平庸而虚假的东西？有几页乐曲经得起考验啊？

从这时起，他要读其他喜爱的作品，也不免心惊胆战……唉！他像魔鬼缠身似的，到处都不如意！读到某些大师，他的心都要碎了：仿佛失去了一个好朋友，仿佛忽然发现他信任的人，几年以来，一直在骗他。他哭了。夜里，他再也睡不着，不断地折磨自己。他责怪自己：是不是他判断错了？是不是他成了个十足的糊涂虫？……不是，不是，他比任何时候都更看得清光辉灿烂的白天，更感觉到生活的丰满，他的心是不会欺骗他的……

过了好久，他都不敢接触他认为是最好的、最纯的、最圣洁的音乐家。他提心吊胆，生怕会动摇自己对他们的信心。但是怎能压制得住不讲情面的本能呢？他追求真理的灵魂一定要寻根问底，哪怕受苦受难也要看清事物的本来面目——于是他翻开了神圣的音乐作品，攻克了最后一道防线，和皇家卫队短兵相接了……才交战了几个回合，他就发现这些作品也不是无懈可击的。他没有勇气再继续下去了。有时，他停了下来，关上乐谱，就像诺亚的儿子不忍心看见父亲醉后赤身裸体，就用外衣把他遮起来一样。

后来，他身在这一片废墟之中，觉得心灰意懒。他宁可失掉一条胳膊，也不愿失掉神圣的幻象。幸亏他身上有一股充沛的生命力，所以他对艺术的信心才没有动摇。带着年轻人不知天高地厚的自负心理，他要从头开始新的生活，仿佛在他以前，别人都不曾生活过似的。沉醉在自己的新生命力之中，他感到——也许不是没有道理——除了少数例外，生活中的热情和艺术中表现的热情，根本没有什么关系。但如果他以为自己表现热情更成功，更真实，那就错了。因为他热情洋溢，所以很容易在自己谱写的乐曲中发现热情，但除了他以外，没有人能从他不完美的音符中读出热情来。他所批评的许多艺术家也是一样。他们既有深情，也在表达深情，但他们的表达方式却已经过时，不能传情达意。

克里斯托夫不是心理学家，他不考虑这些理由，在他看来已经过时了的，他就认为一直是过时的。年轻人既不公平，又不讲道理，还自以为是，他就这样修正了他对过去的看法。他毫不留情地揭露了这些高尚灵魂的可笑之处。例如门德尔松过分的忧郁，出色的胡思乱想，空虚的正统观念。韦伯玻璃项链似的华而不实，枯燥乏味的心灵，头脑里想象出来的感情。

李斯特是个贵族,又是神甫,马戏班的骑士,走江湖的卖艺人,新古典派,又是看破红尘的理想派,有真真假假的高贵品质,但令人厌烦地卖弄技巧。舒伯特淹没在一泻千里、清澈见底、淡而无味的情感洪流中。还有那些英雄时代的老英雄,那些成了半神的凡人,那些先知,那些教会的长老,他对他们也不留情。甚至那伟大的巴赫,承上启下的音乐大师。享受了三百年的盛誉,也免不了言不由衷,说些当时流行的蠢话,像小学老师一样喋喋不休。有时,这位作曲不忘上帝的巴赫,在克里斯托夫看来,他的宗教信仰平淡无奇,所以需要加上糖水,其实是外强中干,早已陈旧过时的了。在他写的大合唱中,有些曲子似乎非常虔诚,却又含情脉脉,如怨如诉,仿佛灵魂在向耶稣调情似的,克里斯托夫听了很反感,好像看到天使鼓起脸蛋,摇摆大腿,在跳圆舞一般。他还觉得这位有才华的作曲家是关起门来作曲的,他的曲子闻起来有股闷味,他的音乐缺少户外的新鲜空气。像贝多芬和亨德尔这样的大师,作为音乐家也许不如巴赫伟大,但却是更伟大的人,更富有人情味,他们的作品中有新鲜空气在流动。克里斯托夫对古典派也不满意,认为他们的作品缺少自由,几乎都是人工"构筑"起来的。有时,感情用平凡的乐句扩大了;有时,一个简单的节奏或者花样,机械地重来复去,颠三倒四,和上下左右轮番组合。这种对称的、重叠的"构筑"——奏鸣曲和交响乐——使克里斯托夫恼火,他那时还领会不到规模宏大、精心设计的结构之美。他以为那是泥水匠,而不是音乐家的工作。

不要以为他对浪漫派就不严格了。说也奇怪,他更受不了那些自命为无拘无束、妙手天成、不费功夫的音乐家,那些像舒曼一样,把整个生命都点点滴滴地灌注到无数小作品中去的浪漫派。他拼命地反对他们,在他们身上,他认出了自己少年时代幼稚的灵魂,还有他发誓要摆脱的傻气,他认出的越多,就越恼火。当然,老实的舒曼不能说是言不由衷,他几乎从来不写他没有真正感觉到的东西。但偏偏是他的榜样使克里斯托夫明白了:德国艺术的不真实,并不在艺术家要表现他们所没有的情感,反倒在他们要表现的情感是他们感觉到的——因为那些情感其实是虚情假意。音乐是心灵的镜子,不会弄虚作假。一个德国音乐家越是忠诚老实,越会暴露德国人心灵的弱点:高深莫测,多愁善感,不够开诚布公,理想主义躲躲闪闪,不能正视自己,不敢正视自己。这虚假的理想主义是音乐大师,甚至是瓦格纳的隐痛。重读瓦格纳的作品,克里斯托夫气得咬牙切齿。《洛恩格林》在他看来不真实得令人高喊大叫。他恨这个救人又抛弃人的骑士故事,这个无畏又无情的主角,这个冷酷自私的化身,这种自我欣赏、自我陶醉的道德。他太了解,在现实中也见过这种典型的德国伪君子,炫耀自己无可指摘,狠心薄情,拜倒在自己的神龛前,为了神化自己,不惜牺牲别人。《漂泊的荷兰人》使他感到浓厚的伤感和烦闷无聊。《尼伯龙根四部曲》中野蛮民族的爱情枯燥无味,令人反感。西格蒙特抢走妹妹的时候,却用男高音大唱贵族客厅里的浪漫曲。《四部曲》的男主角西格弗里德和布仑希尔德在第四部曲中,却像一对现代的德国夫妇在众目睽睽之下,面对面地夸夸其谈,喋喋不休地谈夫妻的情爱。这些作品简直成了不真实的大杂烩:不真实的理想主义,不真实的基督教,不真实的中古风格,不真实的传说,不真实的神,不真实的人。这部歌剧说要推翻陈规陋俗,但舞台上的俗套却比任何歌剧都更惹人注意。眼睛、心灵、头脑不可能看不出,除非故意甘心受骗,现在就甘心受骗了。德国喜欢这既古老又幼稚的艺术,喜欢古人如脱缰野马、幼女柔弱而神秘的艺术。

克里斯托夫讨厌也没有用,他一听到音乐,就和别人一样,甚至比别人还更快,卷入了这脱缰野马的洪流。他大笑,他颤抖,他脸红如火;他感到千军万马奔腾的巨浪;他想,这能兴风作浪的人哪管什么清规戒律呢?等到他又颤抖地翻开那神圣的作品,发现自己的热情一点也不减当年,作品的纯洁一点也没有受到玷污,他不禁大喜若狂地喊起来了!这是从沉船中打捞出来的珍宝。多幸运啊!他似乎救出了自己的一部分。难道这不是他自己么?这些他拼命反对过的德国伟人,难道不是他的血和肉,他最宝贵的生命吗?他对他们这样严格,正是因为他严于律己。谁能比他更爱他们呢?谁能比他更感到舒伯特的仁爱,海顿的纯洁,莫扎特的温柔,贝多芬伟大的英雄心灵?谁能比他更虔诚地听着韦伯的树林中风吹草动?望着巴赫的大教堂耸立在北欧灰暗的天空下,在德国广阔的平原上,像用巨石砌成的巍峨大山,还有山顶上玲珑剔透的塔尖?但是他们不真实,使他痛苦,使他难忘。他认为不真实属于民族性,伟大才属于音乐家。他错了。伟大同弱点一样都属于民族,汹涌奔腾的思潮滚滚向前,同音乐诗歌的长江大河一样,哺育了整个欧洲……哪有一个民族纯洁得只有伟大而没有弱点?他现在怎么能这样苛求自己的民族呢?

他没有想到这一点。像一个惯坏了的孩子,忘恩负义地用母亲给他的武器来打母亲。将来大了,他才会感到他父母亲多少恩情,母亲对他多么可贵……

但现在这个时期,他正盲目反抗童年时代的偶像。他怪自己从前不应毫无保留地对偶像崇拜,因此他也怪偶像。这样的反抗并不错。人生有个阶段应该敢做不公平的事,敢推翻过去学会了尊敬或崇拜的东西,敢否定一切——真的或假的——反正不是自己亲身认为真实的东西,都敢于否定。儿童受的教育,看到的一切,听到的一切,真的里面都掺了大量假的,但他都全盘吸收了,所以青年人若要健康成长,头一件该做的事,就是把以前吸收的东西统统吐掉。

克里斯托夫已经到了正常人容易反感的阶段。他的本能促使他把生命中不能消化的、堵塞心灵的东西都排掉。

首先要排掉的,是令人反感的自作多情,这种柔情一点一滴从德国人心灵中流出来,像潮湿的地道吐出的霉气。人要的是光明!光明!需要干燥无情的风把沼泽中的瘴气吹掉,把德国歌曲雨点般不断洒下的臭气扫光!歌曲唱的总是欲望、乡愁、远走高飞、请求和为什么,献给月亮,献给星星,献给夜莺,献给春天,献给阳光;或者是春天的歌、春天的欢乐、春游、春夜、春天的消息;或者是爱情的呼声、情话、失恋、情意、说不完的爱情;或者是花之歌、花寄来的信、花向你问好;或者是心痛、心情沉重、心乱、眼花缭乱;还有和玫瑰,和小河,和斑鸠,和燕子单纯而傻里傻气的对话;还有些怪问题:"如果玫瑰没有刺?"——"燕子是不是喜新厌旧?"——这些自作多情、卖弄风骚的洪流,无病呻吟、淡而无味的歌曲……玷污了多少美好的事物,滥用了多少高尚的感情!到处有情,结果到处无情!最坏的是,使一切都变得毫无用处;这就好比当众剖心开腹,亲亲热热,糊糊涂涂,叫叫嚷嚷地大谈自己的隐私。没有什么可说,偏要说个不停!这样唠唠叨叨难道永远没个完吗?——喂!池塘里的青蛙,不要再聒噪了!

克里斯托夫最直截了当地感到不真实的,是歌曲中表达爱情的方式,因为在这方面,他可以进行真假对比。情歌中那一套流泪的常规,其实一点也不符合男欢女爱的事实。然而,情歌的作者难道没有爱过吗?一生至少也该爱过一次吧!但他们可能这样恋爱吗?不可能,不可能;他们在说假话,一贯是说假话,连对自己也说假话;他们要把自己理想化……理想化!这就是说:不敢正眼面对人生,不敢看事情的真相——到处畏畏缩缩,没有大丈夫气概。到处是冷淡的热情,舞台上华而不实的庄严,大到爱国歌曲,宗教颂辞,小到饮酒歌,都是一样。《饮酒歌》不过是把酒或酒杯拟人化,说什么:"你,高贵的酒杯……"宗教信仰应该从灵魂深处像天然喷泉一般涌出来,但却成了人工制造、可以贩卖的商品。爱国歌曲似乎是写来为一群绵羊打拍子唱的……那么,怒吼吧!……怎么!难道你们要继续说假话——继续"理想化"——一直到你们喝醉了,直到你们上了战场,直到你们发宗教狂热吗?……

克里斯托夫甚至走到了恨理想主义的地步。他认为理想化的假话还不如粗暴的现实好——其实,他内心深处比别人更是个理想主义者,他宁可要粗暴的现实主义,不知道这种现实主义者可能是他的死对头。

他的热情使他盲目看不见了。他感到浑身冰冷,周围是一片软弱无力的谎言假话合成的浓雾,一片"没有阳光的观念幻影"。他用尽平生之力要吸入阳光。他年幼无知,瞧不起周围的虚假,或是他所谓的虚假,他看不到实际上本民族的高度智慧正在一点一点地建筑宏伟的理想,要征服或是利用粗暴野蛮的本能。专横霸道的理由,道德和宗教的清规戒律,国家的立法官和政治家,神甫和哲学家,都不能改变一个民族的灵魂,强加给他们一个新的本性;只有几世纪的苦难和考验,才能塑造想要生活的人民,塑造人民自己的生活。

然而克里斯托夫还在作曲;他的曲子中并不是没有他指责别人的缺点。因为对他说来,创作是一种压制不住的需要,不肯听命于智慧制定的清规戒律。人不是靠理智来创作的。创作只是为了需要——再说,大部分感情天生有虚假和浮夸的一面,即使看得出,也不能保证不陷进去,需要长年累月的艰苦努力才能克服;要在现代社会中做到百分之百的真诚,那是谈何容易,因为人已经给时代的惰性压得定型了。有些人不识相,该闭嘴时偏要开怀畅谈,要他们真实,那真是难上难了。

克里斯托夫有一颗德国人的心:他还不知道沉默的好处;再说,他也没到懂得这种好处的年龄。父亲遗传给他的天性是喜欢说话,并且喜欢大声说话。他也意识到了,并且和这种天性作斗争,但一斗争反而分散了他的精力——他还要和另外一种同样讨厌的天性作斗争,那是祖父遗传给他的:他很难准确地表达自己——他是提琴高手的儿子。他感到卖弄技巧对他有一种危险的吸引力,身体会感到愉快,技巧、灵活、肌肉运动都会带来愉快,战胜困难、炫耀自己,个人征服成千听众,也会造成愉快;追求这种愉快对一个年轻人来说是情有可原,甚至是清白无辜的,然而对艺术和心灵来说,却会造成致命的伤害——克里斯托夫心里明白,但血肉中都有这种好胜心;他想昂首不理,但还是不得不低头让步。

就是这样,遗传的本能和天赋的本能把他拉来扯去,过去的重担压在他身上,像寄生虫嵌进了肉体,使他摆脱不得,他每前进一步,都左右为难,

比他自己想象的更接近他批评过的人。他当时的作品都是真话和浮夸、清醒的力量和糊涂的行为打成一片的混合物。只是偶尔,他的个性才能突破前人性格的包围,他的行动才能摆脱前人的束缚。

他是孤军作战。没有人指导他、帮助他跳出泥坑。他自以为跳出来了,其实却是陷得更深。他盲目地摸索前进,屡试屡败,浪费了时间和精力。什么考验他都经受过;在一片混乱的创作冲动中,他不清楚他创作的什么最有价值。他陷入了荒谬的计划,要写规模宏大、高谈哲理的交响诗。他又太真诚,不能长期欺骗自己;还没动手起草第一部分,就倒了胃口,写不下去了。有时,他要把最不容易配音乐的诗歌谱成序曲。于是他又误入歧路,不知所措。等到他动手写脚本时——因为他有信心——那真是非驴非马;但他并不泄气,反倒变本加厉,要动手搞歌德、克莱斯特、赫贝尔,或者是莎士比亚的名著,那更是驴唇不对马嘴。他缺少的不是聪明,而是批评精神；他不理解别人，一心只想自己，到处看见的都只是自己幼稚而浮夸的灵魂。

除了这些生不下来的怪胎之外，他还写了不少小品，表现转瞬消逝的情感——其实倒是更永恒的音乐思想，那就是歌曲。但歌曲也和别的一样，他激烈地反对流行的风尚。他要为已经有谱的名诗重新配乐，他大言不惭，要和舒曼和舒伯特见个高低，看谁写得更真。有时，他要写歌德的《威廉·迈斯特》中的行吟诗人和他寻找的女儿，要把他们的个性写得既确切又模糊。有时，他要改写一些情歌。浅薄的艺术家和有默契的观众惯于给情歌穿上温柔伤感的外衣，他却把他们自作多情的外衣剥下，使情歌恢复了粗野的生命力。总而言之一句话，他要使情感和情人都恢复生命，而不是讨好听众，而德国家庭到了星期天，总要上啤酒店去寻找廉价的感情发泄。

但是通常他觉得诗人，甚至最伟大的诗人，都太文雅了；他宁可找些最简朴的歌词，古老的歌曲，宗教感应书中读到过的歌谣，但他避免保留赞美歌的内容，而大胆地引进了世俗的、活泼的手法。有时他还引用格言，甚至随便听到的街谈巷议，童言妇语、笨嘴笨舌反倒透露了纯洁的感情。这时他才得心应手，达到了他意想不到的深度。

不管是好是坏，往往是坏多好少，但总的说来，他的作品洋溢着生命。并不都是新的，那还差得很远。克里斯托夫多次显得平凡，因为他不弄虚作假；他也用别人用过的表达形式，因为这种形式准确地表达了他的思想，因为他是这样感觉的，他并没有别的感觉。不管怎样，他也不求与众不同；在他看来，只有真不出众的人才担心自己不出众。他感到什么就说什么，不管以前有没有人说过。他自豪地相信：这是最容易出众的办法，因为群众中从前没有过、以后也不会再有约翰·克里斯托夫。年轻人自高自大，目空一切，以为世界没有什么了不起；一切似乎都要等他动手——或是等他从头来过。感到内心生活如此丰富，无边无际，使他进入了一种不知天高地厚的幸福境界。时时刻刻都是兴高采烈。兴高采烈并不需要做了什么快活事，也不怕出了什么倒霉事；高兴来自他的力量，力量是一切幸福、一切道德的泉源。生活吧，尽情生活吧！……如果在自己身上感不到这种心醉神迷的力量，感不到即使是苦难的深渊里也能生活得这样兴高采烈，那就不配做一个艺术家。这是一块试金石。只有在欢乐与痛苦中都能兴高采烈，那才可以看出一个人的真正伟大。门德尔松和勃拉姆斯不过是十月的雾神和小小的雨神，哪有这种超凡入圣的能耐啊！

克里斯托夫却有这种能耐,他就天不怕、地不怕地显示他的欢乐。他看不出这有什么不好,他不过是要和别人分享欢乐而已。他却不知道这种欢乐会伤害大多数不快活的人。再说,他不在乎人家高兴不高兴;他对自己充满信心,在他看来,应该使别人也有信心是再简单不过的事。他比较了自己的精神财富和一般音符制造商的贫穷;他认为很容易要别人承认他的压倒优势。太容易了。只消他一亮相就行。

于是他亮出了他的本相。

大家都在等待。

克里斯托夫并不隐瞒他的感情。自从他意识到德国人的虚情假意,不愿看事实的真面目之后,他就规定自己要表现得绝对真诚,毫不停顿,毫不妥协,毫不考虑是对什么人,或对什么作品。因为他不能做事不走极端,所以说话往往过火,老得罪人。他又幼稚得出人意料,逢人就讲他对德国艺术的看法,仿佛发现了什么稀世珍宝,不告诉人就不痛快似的。他想不到人家听了并不感激他。一听出一部名作的毛病,他就心无二用,赶快告诉他碰到的人,不管对方是不是音乐家。他发表他的奇谈怪论,谈得容光焕发。开头,人家并不把他的怪话当真,只是笑笑而已。后来,人家听见他老是旧调重弹,觉得不太对味。越来越明显的是:克里斯托夫当真相信他自己的胡说八道,这些胡言乱语就不那么有趣了。他毫无顾忌,在音乐会上公然高声冷嘲热讽,甚至明目张胆,不把大师放在眼里。

在小城里,什么消息都传得快,克里斯托夫的话没有白说。去年大家已经怪他行为不检点。大家没有忘记他和阿达的放荡行为。他自己反倒不记得了;一天一天过去,他现在已经远远不是过去的他。但别人还记着过去的陈年老账,那些人的社会职责似乎就是事无巨细,都一五一十地记录下来,于是左邻右舍的缺点错误,酸甜苦辣,都毫无遗漏,记在小城的档案里。克里斯托夫的新账老账一起算,旧账没还清,新账又来了,仿佛是前因必有后果。过去他是道德败坏,现在是有伤风雅。最宽宏大量的人也只能说:

"他要突出自己与众不同。"

大多数人却都断定他是:

"疯疯癫癫,不可救药!"

还有一种更不利于他的说法也在传开——话是上面传下来的,当然传得更广:克里斯托夫还在公爵府任职,但却公然胆大妄为,当着公爵的面,对可敬的音乐大师发表了令人反感的评论;据说他把门德尔松的《艾丽雅》说成是"假冒伪善的神甫说出的废话",说舒曼的歌曲不是"音乐"——而这些话还是在亲王一家人赞美了这些作品之后说的。大公爵见他说得太不成体统,就干巴巴地打断他的话说:

"先生,听了你的高见,真不知道你是不是德国人。"

这句挖苦话从这样高级的人物口里说出来,自然会像滚雪球似的传得家喻户晓。只要有点理由反对克里斯托夫的人,不管是妒忌他的名声也好,和他有私人恩怨也好,都群起而攻之,说他的确不是一个纯粹的德国人。他父系的原籍,大家记起来了,本来是佛兰德。外族移民诋毁本族人的荣誉,那是不必大惊小怪的。这个新发现可以解释他的一切行为:日耳曼民族的自尊心在贬低对手的同时,还找到了借口来抬高自己的身价。

对这种精神上的攻击,克里斯托夫还提供了更具体的材料。自己成了批评的众矢之的,却还要去批评别人,这实在是太不自量了。一个聪明点的艺术家,大概会更尊敬他的前辈。但克里斯托夫却认为不必隐瞒自己对庸俗的藐视,对自己力量的自豪感。他的自豪又表现得过分。近来,他简直觉得自己需要膨胀了。他的快乐太多,一个肚子都装不下;如果他不和人分享,肚子就要爆了。他既没有朋友,只好把心里话告诉一个乐队的同事,西格蒙·奥赫,他是乐队的副指挥,是个年轻的魏登贝格人,脾气很好,表面上对克里斯托夫恭敬得过了头,其实很有心眼。他对奥赫并没有防一手;他只想得到:把自己高兴的事告诉一个不相干的人,甚至是告诉自己的冤家对头,那又有什么不好的呢?难道他们不应感激他吗?他把幸福带给大家,朋友和敌人都一视同仁——他想不到:要人接受新的幸福观念,那是世上最难的事;大家宁可墨守成规,过以前一样的不幸日子,因为那到底是几百年来,祖祖辈辈都吃过的苦头!他们尤其受不了的,是接受别人施舍的幸福。他们不肯原谅这种侮辱,除非万不得已,决不忍气吞声:即使忍了一时,将来也是要报复的。

因此,克里斯托夫的心里话即使有一千个理由不会有任何人爱听,但却有一千零一个理由会受到西格蒙·奥赫的欢迎。乐队指挥托比亚·佩费不久就要退休,克里斯托夫虽然年轻,却大有希望接他的班。奥赫是个太好的德国人,不会不承认克里斯托夫是个合格人选,因为连公爵府都承认了。但他对自己的评价更高,认为只要宫廷多了解他一点,他却是更合格的。所以克里斯托夫早上兴冲冲地跑到戏院来,脸上泄露了憋不住的欢喜,容光焕发,奥赫也满脸堆笑,来听克里斯托夫的心里话。

"咳,"他口是心非地问道,"又有什么得意的新作品吗?"

克里斯托夫一把抓住他的胳臂：

"啊！我的朋友！这一次的作品可是超越前人了……你一听就会知道！……要不，我真愿下地狱！实在是太美了！连老天爷都会保佑听到的倒霉人！听过之后，简直死而无怨了。"

言者无心，听者有意，奥赫不是一个聋子。他并没有笑笑算了，对这种年轻人热情的傻话，他甚至不是友好地开开玩笑，其实，只要有人点破，克里斯托夫会是头一个哈哈大笑的，但奥赫却心中暗喜，抓住了对方的把柄，他反倒怂恿克里斯托夫大放厥词；等到两个人一分手，他赶快到处去贩卖这些货色，并且添油加醋，使这些话显得更加荒唐。先是音乐界的小圈子对作者冷嘲热讽；然后，每个人都迫不及待地等机会来批判倒霉的作品。作品还没出来，先就丑名在外。

作品总算是出来了。

克里斯托夫在一大堆作品中选了一段序曲，那是赫贝尔的《尤迪特》，充满了粗野的力量，他认为可以弥补德国人迟钝的缺点；其实，他发现赫贝尔随时随地、不惜任何代价都要卖弄才能，故作惊人之笔，已经不喜欢他了。序曲之后是交响曲，用了瑞士画家鲍格林夸张的题目：《人生梦幻曲》，还加了一个注："事如春梦去无痕。"接着是一组歌曲，一些经典作品，还有一支奥赫的《欢乐进行曲》，克里斯托夫明知曲子平庸，但碍于情面，还是列入节目中。

排演的时候没有出什么纰漏。虽然乐队根本不懂他们演奏的作品，每个人心里都对这种稀奇古怪的新音乐感到莫名其妙，但他们还没有时间来形成自己的看法，尤其是在听众表态之前，他们是不敢贸然发表意见的。克里斯托夫那么有把握的神气，这个乐队的音乐家也像所有的德国好乐队一样，都是惯于遵守纪律的，所以他们就唯命是听了。唯一的困难来自女歌唱家。她就是那一位在市政厅音乐会上表演过的蓝衣夫人。她在德国是个有名望的歌星，虽然已经做了母亲，但在德累斯顿和拜罗伊特演唱过瓦格纳歌剧中的女主角，声音洪亮是无可置疑的。她虽然学会了瓦格纳派引以为荣的咬音技术，使辅音能穿越空间，使元音能沉重地捶在目瞪口呆的听众心上，但她顾此失彼，却没有学会唱得自然的艺术。她每个字都等量齐观，全念重音；于是每个音节都一板一眼，像铁鞋般踏进了听众的耳朵，每一句都成了一出悲剧。克里斯托夫请求她省点力气，不要太戏剧化。她先还能相当客气地尽力照办；但她先天沉重的声音和后天放声歌唱的习惯不肯甘拜下风。克里斯托夫紧张了。他对这位可敬的夫人说：他要听的是人说话,并不是大蛇吹喇叭。这样太不客气的批评——大家可以想象得到——使她非常恼火。她说谢天谢地!她并不是不知道如何唱的人,她还有幸在音乐大师勃拉姆斯面前唱过他的歌曲,而这位伟人居然听得乐而忘倦呢!

"那就更糟!那就更糟!"克里斯托夫叫了起来。

她骄傲地微微一笑,要求他讲清楚他这样莫名其妙地大叫大嚷是什么意思。他回答说:勃拉姆斯一辈子也不知道什么叫作自然,他的称赞简直比责备还坏,虽然他克里斯托夫有时不大礼貌——就像她刚才指出的那样——但他决不会说出勃拉姆斯那样的错话来。

争论就用这种口气继续下去;蓝衣夫人坚持要按照她那种感动得叫人受不了的方式唱,直到有一天,克里斯托夫冷冰冰地对她说,他明白了,她的天性如此,恐怕没办法改;既然歌曲不能按照作者的意思唱,那还不如不唱更好,他要删掉这个节目——时间已经到了音乐会的前夕,大家都知道要唱这些歌曲,她自己也对人说过,再说,她也不是没有音乐才能,不能欣赏这些歌曲的;克里斯托夫虽然得罪了她,但她没有把握:明天的音乐会能不能使年轻的音乐家功成名就,但她不愿和一颗新生的明星伤了和气。忽然一下,她让步了;在最后一次排演会上,克里斯托夫怎么要求,她就怎么唱。但是她心里打定了主意,第二天,在音乐会上,她还是要随心所欲唱的。

日子到了。克里斯托夫一点也不担心。他一心只顾得上想自己的音乐,顾不上判断音乐的好坏。他心里明白:他的作品有些地方怕会贻笑大方。但那有什么关系?若怕人笑,就什么伟大的作品也写不出来了。若要深入,就顾不上什么尊敬、礼貌、不好意思,顾不上社会塞进人心的连篇谎话。若怕吓坏别人,就只好一辈子对平凡的人谈他们能接受的平凡真理,永远不能超越现实的人生。一个人只有打消这些顾虑,才能伟大。克里斯托夫就把顾虑踩在脚下,走过去了。人家可能会嘘他,他肯定不会让音乐会开得太平无事。一想起他的熟人听到某些标新立异的段落,会做出什么样的表情来,他暗中就觉得开心。他在等待尖锐的批评,他有备无患地微笑了。不管怎样,只要不是聋子,都会发现他的作品中有一股力量——力量可爱或不可爱,那有什么关系?……可爱!可爱!……只要有力量就够了!让力量像莱茵河的滚滚洪流,把一切都席卷而去吧!……

但一开头就不顺利。大公爵没有来。王府包厢里只坐了几个无关紧要的人物,几个贵妇。克里斯托夫感到恼火。他心里想:"这个蠢东西生了我的气。他不知道怎样评价我的作品才好,他怕作品不好会连累他。"他耸耸肩膀,假装不把这种蠢事放在心上。别人可有心眼:这是对克里斯托夫的头一个教训,对他的前途也是个威胁。

公爵不来,听众也不来劲,三分之一的座位上都没有人。克里斯托夫想起了童年时代开音乐会反倒满场,不免难过。其实他太没有经验,不知道他演奏的音乐越好,来听的人越少,因为观众多半不是来听音乐,而是来看音乐家的;显而易见,一个没有什么与众不同的音乐家,是不容易使观众发生兴趣的,哪里比得上一个穿童装短裤的小音乐家,能够动人心弦,使爱看热闹的观众心花怒放呢!

克里斯托夫看到满座的希望落了空,就决定开始演出了。他寻求自我安慰,以为听众"少而精"反倒更好——但他这种乐观的心理也维持不了多久。

乐曲在一片寂静中演奏了——有一种暴风雨前的寂静,那预示着听众的感情积压得要爆发了。但在这个音乐厅里并没有积压的感情,也没有要爆发的感情,只有昏昏沉沉的睡意。感觉得到每句乐曲都沉入了冷漠的无底深渊。克里斯托夫虽然背朝着听众,忙于指挥乐队,但一样感觉得到场上的反应,因为每一个真正的音乐家心中都有一根天线,和周围的心灵息息相通,可以知道他演奏的音乐有没有引起听众的共鸣。他继续打他的拍子,心情激动,但从他背后的正厅和包厢里升起了一片沉闷的浓雾,使他感到冰冷。

序曲总算演奏完了;大厅里响起了掌声。掌声是有礼貌的,没感情的,拍两下就停了。克里斯托夫觉得这还不如挨嘘呢!……哪怕是吹口哨也好!总得表示听众是活人,起码也得对他的作品有一点反应!……但什么也没有——他瞧了瞧观众。观众也东张西望。他们要在彼此的眼睛里看出对方的意见,但看不出,于是沉入了一片冷漠之中。

音乐又开始了。现在演奏的是交响曲——克里斯托夫几乎进行不下去。几次三番,他都想丢下指挥棒,一走了事。观众的麻木不仁甚至感染了他;结果他也不懂自己在指挥什么;他清楚的印象只是掉进了苦闷的无底深渊。本以为演奏到某几段,观众会交头接耳,冷嘲热讽的,不料观众更关心的似乎只是节目单。克里斯托夫听见窸窸窣窣地同时翻节目单的声音,翻过后就静下来,直到曲终为止,又响起了同样有礼貌的掌声,表示大家知道曲子演奏完了——然而有三四个不识相的人,在大家的掌声停下来时,还零零落落地鼓了两下掌,但并没有引起共鸣,就难为情地停住了,于是空虚显得更空,而这两下掌声似乎稍微提醒了听众;他们感到多么沉闷无聊。

克里斯托夫坐在乐队中央,他不敢向左右瞧一眼。他想哭;他气得颤抖。他恨不能站起来对大家喊道:"你们真没劲!啊!你们多么讨厌!……都给我滚出去!……"

听众来了点劲,因为他们在等女歌星出场——他们捧她的场已经成了习惯了。在新作品的汪洋大海中,他们迷失了方向,而她却是他们的指南针,是茫茫大海中一块看得见、踏得着的陆地,他们不会再不知所措了。克里斯托夫猜到了大家的思想;他不怀好意地笑了笑。女歌星也清楚听众在等她,克里斯托夫通知她出场的时候,看得出她的神气简直像王后。两个人带有敌意地互相瞪了一眼。克里斯托夫不但没有伸出胳膊让她挽着,反倒把两只手都插进衣服的口袋里,很不礼貌地让她一个人上场。她怒气冲冲地走过他身边。他跟在她后面,一脸的不高兴。等到她一出台,大厅里立刻欢声四起,大家心里的石头落了地,脸上都容光焕发,热闹起来了,小望远镜也都瞄准台上。女歌星信心十足地唱起歌曲来,当然是按照她自己的方式唱,根本不考虑克里斯托夫头一天对她提的意见。克里斯托夫在给她伴奏,气得脸色发白。不过他也料到她会变卦来这一手。她一走腔,他就敲敲钢琴,气冲冲地说:

"错了!"

她照样唱下去。他在她背后用低沉的、愤怒的声音提醒她:

"错了!错了!不是这样唱的!……不是这样!……"

这些气势汹汹的低声埋怨,虽然台下听不清楚,但乐队却一点也没漏掉,她一紧张,又不肯改,就拼命放慢节奏,拉长音符,该停也不停了。他稍微不留神,只管弹下去,结果弹唱之间差一拍。听众也没发觉:很久以来,他们就认为克里斯托夫的音乐既不好听,也不合拍子。但克里斯托夫却不这样想,他像恶魔缠身似的皱眉撅嘴,到底忍不住,不得不爆发了。他突然在半句当中停了下来:

"不要唱了!"他高声大喊。

她唱得正带劲,多唱了半拍,才悬崖勒马。

"不要唱了!"他干巴巴地再说了一次。

全场都目瞪口呆,愣了一下。过了几秒钟,他才用冷冰冰的口气说:

"从头来过!"

她吓坏了,两眼瞪着他,两只手发抖;她恨不得把乐谱扔到他的头上;后来她也不明白,为什么没有扔出去。但她还是给克里斯托夫的汹汹气势压倒了——她又从头来过。她把这组歌曲重唱了一遍,音调的高低快慢,一点也不敢离谱,因为她感觉得到:克里斯托夫一点也不会放过她的;一想到他还会这样不顾面子,叫她下不了台,她就吓得全身哆嗦。

她刚唱完要走,观众狂热的掌声就要她回来。他们并不是鼓掌赞美歌曲——她随便唱什么都会得到同样的掌声——而是赞美这位有名的、嗓子不老的女歌星,因为他们知道捧她的场保险不会出错。此外,他们还一心要补偿她刚才受到的损害。他们隐隐约约感到歌星唱错了,但是认为克里斯托夫给她难堪,实在是不成话。大家要求她再唱一遍。但克里斯托夫置若罔闻,毅然决然关上了钢琴。

她没有发觉这新的难堪;她的心太乱了,不想再唱一次。她急忙下了台,关上化妆室的门,破口大骂克里斯托夫,足足骂了一刻钟,把心中的积怨愤恨,都倾江倒海地吐了出来,大发神经,大流眼泪,咒不停声,骂不绝口⋯⋯连房门都关不住她的狂叫大喊。那些进了化妆室又出来的朋友说,她把克里斯托夫骂得狗血淋头⋯⋯这番话在音乐厅里传得很快。因此,等到克里斯托夫再走上指挥台演奏最后一支曲子的时候,台下群情激动了。但这支曲子不是他作的,而是奥赫的《欢乐进行曲》。听了这平庸的音乐,听众反倒如鱼得水,他们找到了一个更简单的办法来表示对克里斯托夫的不满,而且不必气势汹汹地嘘他,只是对奥赫大鼓其掌,要他登台谢幕达两三次之多,奥赫当然不肯错过机会。而音乐会也就这样结束了。

大家可以猜想得到,大公爵和宫廷里的人——饱食终日,无所用心,喜欢说长道短,搬弄是非的小市民——对音乐会的细枝末节一点也不会放过。支持女歌星的报纸根本不提那件难堪的事,只是异口同声赞扬女歌星演唱的艺术,在报道消息时顺带提了提她唱的歌曲。关于克里斯托夫的其他作品,只有三言两语,几家报纸大同小异地说:"⋯⋯声音对位的作品,写得复杂,缺少灵感,没有旋律,是理智、而不是感情的作品。一点也不真诚,只想独出心裁⋯⋯"——下面一段就谈真正的独创,并且举了已故的大师为例:莫扎特、贝多芬、吕威、舒伯特、勃拉姆斯"那些无意独创、反倒创新的大师"——然后笔锋自然一转,转到大公爵戏院又要重新演出的康拉丁·克莱采尔的作品,大谈特谈"这部美丽清新,不减当年的歌剧"。

总而言之,即使是对克里斯托夫最好的评论家也不完全了解他的作品——那些不喜欢他的人自然只会表示险恶的敌意——最后,说到听众,既没有好心的或恶意的评论家来引导,就只好一言不发。要听众自己去思索,那什么也想不出来。

克里斯托夫好像被打倒了。

他的失败其实并不奇怪。他的作品不讨人喜欢有三个理由,而不只是一个。作品不够成熟;风格太新,不能一下子为人理解;大家都很乐意教训这个不知天高地厚的傻小子——然而克里斯托夫不肯坐下来重新思考,承认他的失败是合情合理的。他不够沉着冷静,而一个真正的艺术家要有长期为人误解的经验,看透了蠢人无药医,才能不为所动。他天真地相信群众,相信他自己配取得成功,但他的信心垮了。他认为人理所当然都有对头。但他莫名其妙的是:怎么一个朋友也没有了。那些他认为靠得住、对他的音乐感兴趣的人,自从音乐会之后,没有为他说一句好话。他想摸摸他们的底,他们只用不着边际的话来敷衍他。他一定要他们讲真心话,最老实的人也只会拿出他早期的糊涂作品来作对比——然后不止一次,他会听到他们说他的新作不如旧作——但几年以前,当他的旧作还是新作的时候,也挨过他们的批评,这已经成为惯例了。克里斯托夫可不吃这一套;他高声捅破了这一点。人家不喜欢他,很好,他认为那不要紧;他甚至喜欢听老实话,因为众口难调,他不可能面面讨好。但若假装喜欢他,却不许他长大,而要他做一辈子小孩,那可太过分了!十二岁喜欢的好东西,到了二十岁就不喜欢了;他希望不要停留在老地方,而要不断改进,永远改进……只有傻瓜才会希望中断生命的洪流!……他童年的作品中有意义的部分,并不是孩子说的蠢话,而是孕育着未来的力量。他们却要扼杀未来!……不行,他们从来不理解他是什么人,也从来没有喜欢过他;他们喜欢的只是他平凡的一面,只是他和俗人共有的一面,而不是他真正的"自我",他们的喜爱只是一场误会……

他也许说过了头。事实上不少例子说明:一个不喜欢新作品的人,过了二十年后,却真心诚意地喜爱这部作品。新生命的芬芳太强烈,脆弱的神经受不了,一定要等时间的风风雨雨来把香味冲淡才行。艺术品也要积满了岁月的灰尘,才能被人欣赏。

但是克里斯托夫不容许人家不了解现在的他,不容许人家了解他时,他已经成为过去。他宁可认为:那根本是不了解他,一点也不了解,永远也不了解。于是他气得要命。可笑的是:他一定要人家了解,要解释,要争辩;这是白费劲,因为这是要转变时代的风气。但他却信心十足。他不管三七二十一，一定要德国人洗心革面，彻底改变他们的口味。这是他无能为力的，几次谈话并不能说服别人，何况他用词不当，谈到大音乐家时强词夺理，把对方都得罪了；结果又增加了几个对头。他不知道应该好整以暇，准备妥当，才能要人听他……

恰巧就在这个时候，他的命运——他倒霉的命运——给他提供了机会。

他在剧院的餐厅和乐队的同事围桌而坐，他关于艺术的高谈阔论把大家都吓坏了。他们的看法并不一致；但他说起话来目空一切，伤害了每个人。中音提琴手老克罗斯是个忠厚老实的好乐师，他真心实意地喜欢克里斯托夫，所以想把话题岔开；他咳嗽了两声，在等机会用一句双关话来替他解围。但克里斯托夫没有听出他的用心，反倒越谈越上劲；克罗斯也无能为力：

"为什么他要说这一大堆话？上帝保佑吧！你可以这样想，但何必这样说呢？真是见鬼？"

说来怪巧，他自己也是"这样想"的；至少，他有过这种怀疑，克里斯托夫的话使他的怀疑醒过来了；但他不敢承认，一半是怕影响自己的名誉，一半是谦虚，缺乏自信。

短号手韦格尔什么也不想知道；他只想说好话，不管是什么人，什么东西，好的坏的，天上的星光或地上的灯光，他都一视同仁，不分高下，他只是说好，说好，说好。这对他已经成了生活的必需，若是要他少说两句好话，他倒会难过的。

大提琴手哥赫可就难过得多了。他全心全意喜欢低级的音乐。凡是克里斯托夫不断地冷嘲热讽、破口大骂的，都是他无限热爱的；他天生喜欢一些人人称道的陈词老调；他的心灵是一个感情洋溢的蓄水池，伤感得随时可以流出眼泪来。当然，他在情意绵绵地崇拜一些徒有虚名的大人物时，并没有说假话。但是他自以为在崇拜真正的伟人时，反倒是言不由衷的——而他并不自觉。有些勃拉姆斯的信徒把他们的教主当作上帝，以为在他身上呼吸着历代的天才：其实他们是在勃拉姆斯身上看到了贝多芬。哥赫却还更进一步，他以为他爱贝多芬时，其实爱的是他身上的勃拉姆斯。

但对克里斯托夫的奇谈怪论最反感的，还是吹巴松管的史比兹。其实受了伤害的与其说是他爱好音乐的本性，还不如说是他卑躬屈膝的天性。有一个罗马帝王就是死也要站着死。史比兹却是生而奴颜婢膝，死也要五体投地的,因为那是他天然的姿态;在一切官方的、神圣的、"成功的"人物脚下顶礼膜拜,他觉得非常荣幸;若是不许他舐大人物鞋子上的灰尘,他会气得暴跳如雷。

就是这样,哥赫长吁短叹,韦格尔指手画脚,无可奈何,克罗斯说得驴唇不对马嘴,史比兹尖声怪叫。但克里斯托夫却毫不动摇,喊得比大家还更响,谈起德国和德国人来,简直骇人听闻。

在旁边桌子上,一个年轻人听着克里斯托夫高谈阔论,笑得前俯后仰。他有一头黑色鬈发,眼睛漂亮聪明,大鼻子左右开弓,强占了脸颊的地盘,两片厚厚的嘴唇,神情机动灵活,随着克里斯托夫的每句话,他的嘴唇都有变化,他的反应显得既专心,又调皮,他笑得连前额、鬓角、眼角、鼻孔、脸颊都起了小小的皱纹,露出了一副怪相,有时甚至全身发抖,一阵一阵地抽搐。他并没有插话,但一句也没漏听。他特别高兴的是:看到克里斯托夫给史比兹逼得走投无路,陷入困境,表现得不知所措,气得嘟嘟囔囔,结结巴巴的时候,费了九牛二虎之力,才找到了他要说的话,于是用作重武器,一下就把对方打倒在地,翻不了身。克里斯托夫一冲动,感情跑得比思想更快,发表些惊世骇俗、不近情理的奇谈怪论,气得听的人驴鸣牛吼,年轻人听了,简直觉得其乐无穷。

每个人自以为是,都要压倒别人,最后,大家都争累了,这才各走各的。克里斯托夫最后一个离开餐厅,他正要走出门时,那个听得出神的年轻人走了过来。克里斯托夫一直没注意到他。他却很有礼貌地脱下帽子,微微一笑,请求允许他作自我介绍:

"弗朗兹·曼海姆。"

他先道歉,说自己冒昧地旁听了他们的谈话,然后对克里斯托夫把对手打得落花流水的高招表示佩服。一想到这点,他还笑呢。克里斯托夫瞧瞧他,心里高兴,但还有点信不过他:

"你说话可当真?"他问道,"不是拿我寻开心吧?"

年轻人对天发誓。克里斯托夫容光焕发了。

"那么,你认为我说得对,是不是?你赞成我的意见?"

"听我讲,"曼海姆说,"讲老实话,我并不是音乐家,对音乐一点也不懂。我喜欢的音乐——这不是当面捧你——就只有你一个人的作品……我这样说,其实不过是要向你表示:我的趣味还不算太低……"

"嘿!嘿!"克里斯托夫半信半疑,到底还是喜欢有人捧,"这也不是证据呀。"

"你太苛求了……不要紧!其实,我的想法和你的一样:这也不是证据。因此,关于你对德国音乐家的意见,我并不敢妄加评论。不过,不管怎么说,你对一般德国人的意见是对的,这些德国的老年人,这些浪漫派的糊涂虫,还有他们过了时的思想,一把眼泪一把鼻涕的感情,人家要我们崇拜的陈词滥调,陈年老套,'这永恒的昨天,过去一直存在,将来也永远存在的昨天,对今天发号施令,所以也对明天发号施令的昨天……'"

他背了几句席勒的名诗:

……亘古常新的昨天,
永远是过去的也永远会再来……①

"头一个该打倒的就是他!"他才背到一半,就中断自己的话说。
"谁呀?"克里斯托夫问道。
"就是这个写诗的老古董!"
克里斯托夫没听懂他的意思。曼海姆又接着说:
"我呀,首先,我希望每五十年对艺术和思想来一次大清洗,把过去的东西扫个一干二净。"
"这过分了一点吧。"克里斯托夫笑笑说。
"不过分,我敢说。五十年已经太长了,应该是三十年……或是更短一点!……这才是卫生的办法。不应该把一大堆老祖宗留在家里。人一死,就该彬彬有礼地把他们送到别的地方去腐烂,还该压上几块石头,免得他们的阴魂回来。如果于心不忍,也可放上一些鲜花。我没有意见,这对我都一样。我只要求他们不来多管闲事。我当然不会去管他们!各管各吧:活人在一边;死人在一边。"
"有些死人比活人还更有生命力。"
"不对,不对!应该说:有些活人比死人还更死气沉沉。"
"也许不错。不管怎么说,有的老东西却还很年轻。"
"年轻不年轻,要我们自己说……不过,我是不相信的。从前好的东西,已经好过一回,第二次决不会再好。只有变化才是好的。所以首先要摆脱老头子。德国的老头太多了。让他们死掉吧!"
克里斯托夫专心致志地听这些俏皮话,花了好多功夫进行讨论;他同

---

① 傅雷的译文。——译注

意一部分看法,从中看出了自己的思想;但听到别人夸大其词,言过其实,又感到局促不安。但是因为他相信人家和他自己一样认真,他以为也许对方比他更有学问,更会讲话,所以从他的原则中得出了合乎逻辑的结论。克里斯托夫目空一切,很多人不能原谅他太自信,其实他往往谦虚得有孩子气,很容易上当受骗,对付不了教育程度比他高的人——尤其是他们并不吹嘘自己的教育来避免讨论为难的问题时,更容易骗人。曼海姆喜欢发表奇谈怪论,一辩一驳,越辩驳越离奇,自己听了也暗暗失笑,但从来没有人把他的话当真,这一回碰到克里斯托夫费了好大的劲来讨论他的诡辩,甚至还要刨根问底,使他开心透了;虽然是开玩笑,他还是感激克里斯托夫看得起他,觉得他既好笑、又好玩。

他们分手时已经是要好的朋友了；但才过了三个小时，克里斯托夫正在剧场排演，忽然看见从乐队的小门里伸出了曼海姆的头，不免觉得诧异，而曼海姆却喜洋洋的扮着怪相，并且向他做着神秘的手势。排练一完，克里斯托夫就向他走来。曼海姆亲热地抓住他的胳膊：

"你有空吗？……听我说。我有一个主意。也许你会觉得荒唐……你愿不愿试一回，把你对音乐和蹩脚音乐家的想法写出来？你何必要对牛弹琴，想说服你乐队里的四个笨蛋呢？他们其实是只会在木头上吹吹拉拉的。你为什么不直接对听众谈谈，那不是好得多吗？"

"那不是好得多吗？难道我不愿意吗？……可是，写了送到哪里去呢？你说得倒好听，你这个人！……"

"听我的主意……我有几个朋友：亚达尔培·洪·华特霍斯、拉斐尔·高特林、亚陶尔夫·梅、吕西安·哀朗弗尔，我们几个人办了份杂志，是本地唯一有看头的杂志，名字叫《酒神》……（你当然听说过？）……我们大家都佩服你，要是你愿加入我们一伙，那我们可太高兴了。你愿意负责写音乐评论吗？"

克里斯托夫听到喜从天降，不知如何是好，他巴不得一口答应；只怕自己不够格，不会写。

"那不要紧，"曼海姆说，"我敢说你会写得好的。你不知道，一当上评论员，你就大权在握了。用不着担心群众。你想不到他们多么没有头脑。做个艺术家算不了什么，因为艺术家是人人得而嘘之的。而评论家可大不相同，他是嘘艺术家的，而且有权发号施令：给我嘘某某人！场内的听众都懒得思想，把思想权都交给评论家了。你爱怎么想就怎么想。不过，起码要装作在想的样子。群众是饥不择食的，你给他们吃什么并不要紧！反正什么东西他们都会吞下去。"

克里斯托夫到底答应了，高兴得忘乎所以，只是满口道谢。他只提出了一个条件：他有权要说什么，就说什么。

"那还消说，那还消说！"曼海姆答道，"绝对自由！我们每个人都是自由的。"

晚上散场之后，他第三次到剧院来，追着克里斯托夫，把他介绍给亚达尔培·洪·华特霍斯和他的朋友们。他们对他都很亲热。

除了华特霍斯属于当地的名门旧族之外，他的朋友都是犹太人，都很有钱：曼海姆是银行家的儿子，高特林家的葡萄园非常出名；梅家的父亲是冶金厂的经理；哀朗弗尔家开了大珠宝店。他们家的父亲都是老一代的以色列人,勤勤恳恳,孜孜不倦,坚持本民族的精神,毫不懈怠,用刻苦耐劳的干劲来积累财富,对自己的干劲比对财富还更欣赏。这些儿子生来似乎只会把父辈们建立的家业花掉,他们对家庭的成见嗤之以鼻,认为这样像蚂蚁般的点点滴滴搜刮积累简直是种怪癖;他们摆出艺术家的派头,装着不把财产放在眼里,要把金钱抛到窗外去。其实,他们并不真是大手大脚;虽然满不在乎,心里还是明白,并不会晕头转向,脱离实际。再说,父亲还在看着他们呢,不到悬崖就勒马了。最舍得花钱的是曼海姆,他真巴不得把家私花光,但他没有多少家私;他口里大叫大嚷骂父亲吝啬,但心里却在暗笑,觉得还是父亲老谋深算。说来说去,只有华特霍斯一个人可以当家做主,出得起钱,办得了事,就是他出资办杂志的。他是一个诗人。他写了些"多音步"的长诗句,就像亚尔诺·霍尔茨和瓦尔特·惠特曼写的那种诗,一句非常长,另一句却又非常短,标点,不管一点、两点、三点,破折号,空白,大写,斜体字,底下画线的字,都要起很大的作用,作用并不小于双声,也不小于重复一个词,一行诗,甚至整个一句。他的诗中还掺插了一些外来语,一些形声词。他自己认为这是把塞尚的印象派画法——谁也不懂为什么——变成诗了。说真的,他的心灵富有诗意,能够清清楚楚地感到模模糊糊的东西。他的心既多情又枯燥,既淳朴又花哨;他的诗句费尽心机,偏要装成妙手偶得之笔。他可能成为一个流行诗人。但在杂志上,在"纱笼"里,这一类流行诗太多了;而他却偏偏想独出风头。他一心想扮演一个没有阶级偏见的大贵族。但他满脑子的偏见比谁都多。他却偏偏不肯承认。他主办的杂志用的都是犹太人,要气得那些反犹太的人高声大叫,他才高兴,以为这样能对自己证明思想是自由的。他对同事装得客客气气,平等待人。但是静水流深,他对他们的蔑视,虽然不露声色,却是莫测高深。他并不是不知道他们坐享其成,利用他的名声和金钱;但他却听之任之,以为这样更可以心安理得地瞧不起他们。

他虽然放任他们,但他们还是瞧他不起;因为他们知道他是有利可图的。真是有来有往。华特霍斯出名出钱;他们却有本事,会做买卖,还能招揽顾客。他们比他聪明得多,但是人格并不更高,也许还更低些。不过,在这个小城里,其实,随便在哪个地方,随便在什么时候——种族歧视已经孤立了他们几百年,擦亮了他们的眼睛,使他们对可笑事的观察力特别敏锐——他们已经成了思想先进的人物,对腐朽的制度和落后的思想觉得十分荒谬。只是他们的性格并不像他们的智力那样看得开,所以笑归笑,却不肯改革旧制度,改变旧思想,而只想从中牟利。虽然他们自称信仰与众不同,其实他们和华特霍斯贵族先生一样,都是冒充风雅的内地人,游手好闲的富家子弟,并不是真正爱上了文学,不过是调情卖俏而已。他们兴高采烈,装出一副要口诛笔伐的神气;但心不硬,手不狠,只敢拿些并无还手之力的对头来开刀。他们小心在意不和社会闹翻,因为他们知道,有朝一日,他们总要回到社会里来,过大家一样的生活,和自己反对过的陈规陋习言归于好。当他们冒险要搞一次改变,或者大张旗鼓,招摇过市,要推翻一个当时的偶像——那一定是看准了偶像已经开始摇摇欲坠——但他们还是小心翼翼给自己留条退路,万一发生危险,可以坐上救生艇远走高飞。再说,不管打仗是胜是败——打完一仗,他们总要等很久才打第二仗;所以敌人可以放心睡大觉。他们这些新大卫派①只是要人相信:假如他们狠下心来,那是很可怕的——但是他们心并不狠。他们喜欢和艺术家交朋友,请女演员吃晚餐。

克里斯托夫和这些人在一起觉得并不自在。他们特别喜欢谈女人和马,谈得没有什么风趣。他们都僵化了。华特霍斯说起话来干巴巴、慢吞吞的,过分做作的礼貌表示他感到厌倦,也令人厌倦。编辑部秘书亚陶尔夫·梅是个又粗又笨的矮胖子,脑袋缩在肩膀中间,蛮不讲理,自以为是,说话斩钉截铁,从来不听人家回答,似乎不但听不进对方的意见,而且更糟的是,根本就不把对方看在眼里。艺术评论家高特林的神经有毛病,脸部肌肉容易抽筋,眼睛藏在一副大眼镜后面,老是眨个不停——大约是模仿他常去拜访的画家。他留着长头发,一言不发地抽烟,咬文嚼字似的说话只说半句,大拇指在空中乱动,像是鬼画道符。哀朗弗尔身材瘦小,头已秃顶,满脸微笑,胡子金黄,面孔机灵,但有倦容,鹰钩鼻子,他在杂志上写些社会新闻和时装消息。他说些露骨的话,却说得很圆滑;他人聪明,但是不怀好意,往往是低级下流——这些百万富翁的子弟都是无政府主义者,那是理所当然的事,因为等到一个人什么都应有尽有了,他所缺少的至高无上的奢侈品就是否定社会;社会一经否认,他就可以如释重负,说自己并不欠社会的债。这好比一个拦路打劫的强盗,要过路人留下买路钱之后,对他唱道:"你还待在这里干吗?滚你的吧!我用不着你了!"

在这一伙人里,克里斯托夫只和曼海姆还合得来。他是这五个人当中最活泼的一个;他兴致勃勃地说东道西,也听人说长道短;他结结巴巴,模模糊糊,嘟嘟哝哝,嘻嘻哈哈,说些驴唇不对马嘴的话,他既听不出人家说

---

① 舒曼创立的秘密音乐团体叫"大卫派"。

话的条理,也不知道自己到底想说什么;不过他是个脾气好的小伙子,对谁也不怀恨在心,连一点抱怨也没有。其实,他也不是有什么说什么的,说话总像演戏,但是并无恶意,决不存心害人。他支持形形色色、稀奇古怪的理想主义——往往是慷慨大方的理想。但是他太精明,又不太在乎,所以也不太相信;因此支持归支持,他投入时也不会冲昏头脑,永远不会为了实践自己的理论而自讨苦吃。不过,他需要有一个嗜好,这对他来说是一种游戏,他的嗜好经常变来变去。目前,他的嗜好是要做好事。但是在他看来,自然而然地做好事是不够的,非要在人面前显得是个好人不可;于是他就宣扬好事,装作好人。他的天性反对家里人干巴巴、硬邦邦的活动方式,反对德国人的严格作风、军国主义、粗俗派头,就把这些全都当成坏事,要做好人,他就成了托尔斯泰派、涅槃主义者、福音的传人、佛教的信徒——其实他自己也不太清楚——他传道说教,宣扬一种重柔轻刚、宽大为怀、讨好卖乖、好过日子的道德观,对罪恶宽大无边,尤其是对肉体的罪过,并且毫不隐瞒道德上的偏袒;宽于惩恶,同时却严于责善——这种道德观不过是寻欢作乐的条约,自由散漫、互相通融的组织,还得意洋洋地给自己加上神圣的光环。这种自欺欺人的虚伪性,对嗅觉灵敏的人来说,味道并不好闻,若要认真对待,简直就恶心了。好在没人认真,只是玩玩而已。这种脸上抹了黑的基督教道德观随时准备让位,只等曼海姆有其他嗜好的玩物——不管什么玩物都行:暴力也好,帝国主义也好,"大笑的狮子"也好——曼海姆在演戏;他全心全意地演;他轮流演出他没有的感情,最后才和别的犹太人一样恢复本来的真面目,恢复犹太人的真精神。他既能给人好感,又能使人恨得咬牙切齿。

有一段时间,克里斯托夫成了他嗜好的展品。曼海姆口里离不开他,就像离不开赌咒发誓一样,到处把他的名字挂在嘴边,捧他捧得家里人都听腻了。要是相信他说的话,克里斯托夫真是个天才,是个超群出众的人物,写些平常人不懂的音乐,谈起音乐来尤其是振聋发聩,才华横溢——并且仪表堂堂,嘴长得好,牙齿好像玉石。他还加上一句:克里斯托夫佩服他——于是一天晚上,他把克里斯托夫带到家里来吃晚餐。克里斯托夫就见到了他新朋友的父亲,银行家洛泰·曼海姆,还有弗朗兹的妹妹于蒂思。

这是他第一次进入一个以色列人的家庭。虽然小城里犹太人不少,并且钱多、心齐、聪明、在本地有相当重要的地位,但这个小圈子有点离群索居,与世隔绝。本地人对他们一直有根深蒂固的偏见,暗暗地还存有敌意,不假思索就构成了伤害。这种情感正是克里斯托夫家原有的心态。他的祖父就不喜欢犹太人,偏偏命运跟他作对,两个音乐学得最好的弟子——一个成了作曲家,另外一个演奏出了名——都是以色列人;老人家不知如何是好,因为有时他真想拥抱这两个好学生,但一想到犹太人把上帝的儿子钉死在十字架上,他就难过得不知道怎样才能解决这个无法解决的难题。结果他还是拥抱了他们。他倾向于相信他们会得到上帝谅解的,因为他们是这样热爱音乐——克里斯托夫的父亲梅希奥不信上帝,挣了犹太人的钱当然不会问心有愧;他甚至认为这样做很好,既要骂得他们狗血淋头,还要瞧不起他们——至于他的母亲,她也说不准到犹太人家去做厨娘是不是犯了罪。那些犹太人家还瞧她不起,然而,她却不怪他们,她对谁也不

怪,反倒可怜这些受到上帝惩罚的人;她一看到犹太人家的女儿走过,或者听到他们家孩子的哭声,就不免会起怜悯之心:

"一个这样漂亮的姑娘!……这样好看的小孩子!……多么可惜!……"她心里会这样想。

克里斯托夫告诉她,他要去曼海姆家吃晚餐;她什么话也不敢说,但心里有点难受。人家说犹太人的坏话,她以为不必都相信——谁没有人说坏话呢?——犹太人也有好的,但她以为最好还是各人管各人的,河水不犯井水,犹太人归犹太人,基督徒归基督徒。

克里斯托夫可没有这些偏见。他对自己圈子里的人老是反感,反而受到不同民族人的吸引。不过他对他们并不了解。他和他们没有什么来往,只认识几个最低级的犹太人,几个小贩,还有挤在莱茵河和大教堂中间的下等人,他们倒有人类合群的本性,不断地把那几条街变成犹太人居住的地区。他偶尔溜达到这里来,用好奇而有趣的眼光偷看来来往往的犹太女人,她们脸凹下去,嘴唇和颧骨却凸出来,笑容像达·芬奇画的一样神秘,不大正经,说话粗俗,阵阵笑声破坏了面部的平静与和谐。这些人类中的渣滓,头大脸笨,眼睛没神,身材矮胖,腿短而粗,他们却是最高贵的民族没落的后代,即使是在这污泥臭水之中,也可以看到奇光异彩,闪闪烁烁,就像沼泽里的磷火一样;那是神秘的眼色,智慧的火花,从污泥中释放出来的、难以捉摸的电流,使克里斯托夫着迷,又使他不安。他以为这里面有美丽的灵魂在挣扎,有伟大的心胸要脱离泥坑;他巴不得能碰到他们,能帮助他们;他还不认识他们,甚至有点害怕,但却已经喜欢他们了。不过他从来没有和任何犹太人发生过密切的关系,尤其没有机会接近犹太人的上层社会。

因此,曼海姆家的晚餐对他说来是件新鲜事,有吸引力,甚至像上帝禁止采摘的果子一样。而用禁果来引诱他的夏娃使果子显得更加有味。一进门,克里斯托夫就见到了于蒂思·曼海姆。她属于另外一种女性,是他从来没见过的。高大,灵活,有一点瘦,但又不弱,黑头发浓而不密,像镜框似的装饰着脸部,垂得很低,遮住了鬓角和额头,眼睛有点近视,双眼皮,眼珠稍微鼓起,鼻子相当高,鼻孔张大,脸颊清瘦灵秀,下巴稳重,皮肤红润,美丽的侧影显得干脆利落;从正面看来,喜怒哀乐的表情并不分明,叫人捉摸不定,显得内心复杂;两只眼睛一大一小,两边的脸颊似乎也不相等。在她身上,感觉得到强烈的种族色彩,在这个种族的模子里,七拼八凑地投入了各种各样的原料,参差不齐,有很美的,有很丑的。她的美,主要在她那张沉默寡言的嘴巴,在她那双因为近视而显得深刻、因黑眼圈而显得阴沉的眼睛。

一定要比克里斯托夫见多识广、看惯了这种眼睛的人,才会知道这不是一个女人,而是整个种族的眼睛,才能在这柔情似水、热烈如火的朦胧眼色中,看出他面前这个女人真正的心灵。他在这双既热情又深沉的眼睛里发现的,是以色列民族的灵魂,但这双眼睛的主人自己还不知道。克里斯托夫一见就恍然若失。要等很久之后,要等他在这种眼睛前经常晕头转向之后,他才能在这片东方的茫茫大海上,不再迷失他的路途。

她瞧着他,眼睛清澈如水,纹丝不动,似乎看透了这个基督徒的心灵。他也感觉到了。在女性眼睛的诱惑中,他感到男性眼睛的毅力、明亮、冷静、有点冒失,不大客气地搜索他的内心。这种搜索并不怀有恶意。她只是吸引了他。并不像那种卖弄风情的女人,不管见到什么人都要勾引。她比谁都更懂风情;但她也知道自己的吸引力,所以只是听其自然——尤其是对克里斯托夫这样容易上钩的男人,更是不必费劲——她更感兴趣的,倒是要了解她的对手(任何男子,陌生人,都是她的对手——但是将来如果需要,他们也可以成为盟友)。人生就是一场赌博,最聪明的人总是赢家,问题是要猜到对方手里的牌,而不让对方摸自己的底。一赌赢了,她就尝到了胜利的甜头。胜利能不能给她带来实惠,这倒不太要紧。她只是为了寻找乐趣。她非常热情地爱好智慧。但她喜欢的不是抽象的智慧,那种智慧她脑子里有的是,如果她愿意的话,随便搞哪一门学问她都会有成就,而且比她的哥哥更配继承洛泰·曼海姆的银行业。但她喜欢的却是生活的智慧,可以用来对付人的聪明。她喜欢深入到人的内心,来衡量人的价值——她和麦西的犹太女人称金币一样认真仔细——她凭了神机妙算,不费多少时间,就能看穿人的甲衣,看到人的缺点和弱点(那是打开人心的钥匙),看出人心的秘密,这是她掌握别人的办法。但她对胜利并不留连忘返;也不利用她的战利品。她的好奇心与自尊心一满足之后,她对战利品就不再感兴趣,而去追寻新的目标。于是她的力气等于白费。她的心灵如此生气勃勃,却又死气沉沉。在于蒂思身上既有好奇的天性,又有无聊的感触。

就是这样,她看看克里斯托夫,他也看看她。她不大说话。但只要她嘴角上流露出一丝难以察觉的笑意,克里斯托夫就入迷了。笑意消失之后,脸又变成没表情,眼睛显得漠不关心;她安排晚餐,冷冰冰地吩咐仆人;

仿佛不在听别人讲什么。但是眼睛一亮,她又说上三四句话,说得恰到好处,一听就知道她什么也没漏掉,什么也都明白。

她冷静地分析了一下她哥哥对克里斯托夫的评价;她知道弗朗兹喜欢吹牛;一看见克里斯托夫,她就觉得挖苦话可以派上用场,哥哥吹嘘克里斯托夫漂亮出众——弗朗兹似乎有颠倒是非的本领,或者也许是以反常为乐。仔细地研究了克里斯托夫之后,她也承认弗朗兹说的话并不全假;随着她的了解越深入,她越发现克里斯托夫身上的确有一种力量,难以捉摸,不大平衡,但是踏踏实实,敢作敢当,她看了很高兴,因为她比谁都明白:这种力量多么难得。她会调动克里斯托夫说话的积极性,要他暴露思想,显示他的局限性和他的欠缺;她要他弹琴;她并不喜欢音乐,但她懂行;她还能听出克里斯托夫的音乐与众不同的地方,虽然这种音乐并不能引起她的感情冲动。她只是冷冷淡淡、客客气气,用几句简短而有分寸的话,对他表示关心,但是没有一点恭维。

克里斯托夫发现了这一点,他却感到得意;因为他知道这种关心的价值,觉得这种评价难得。他并不隐瞒他有心要征服她,并且做得这样露骨,主人家三个人都微笑了,因为他只对于蒂思一个人说话,只说给她一个人听,其他两个人却置之不顾,仿佛他们不存在似的。

弗朗兹瞧着他说话,嘴唇跟着他动,眼睛跟着他转,又是佩服,又是开心;他向父亲和妹妹丢了眼色,扑哧一声笑了起来,妹妹却没事人一般,装作没看到,没听见。

洛泰·曼海姆——一个高大结实的老人,有点驼背,皮肤发红,花白的短头发像把刷子,胡子眉毛却还很黑,脸部肉多,精力旺盛——他也和和气气、不动声色地在打量克里斯托夫;他也立刻看出了这个年轻人不寻常。不过他对音乐和音乐家都不感兴趣,因为他不搞那一行,所以一点不懂,他也毫不隐瞒,反倒引以为荣。(像他这号人承认自己不懂,那就是表示不屑一顾。)而克里斯托夫却怕耽误老人的时间,不大礼貌地请银行家先生自便,说自己有于蒂思·曼海姆小姐作陪就够了,老洛泰给他逗乐了,就坐炉边去读报,一边漫不经心,带着有趣的神情,听他的空谈妄想,还有他那光怪陆离的音乐,有时一想到世上居然有这等怪人,懂得这种怪东西,还自以为怪有趣的,不禁不出声地笑了起来。他懒得再听他们谈话了,以为凭女儿的聪明,不难掂量出这个客人的身价。她明白父亲的意思,当然会完成使命的。

等到克里斯托夫走后,洛泰就问于蒂思:

"怎么？你要他坦白了，你觉得他怎样，这个艺术家？"

她笑了一笑，想了一下，一句包总地说：

"他有点轻率，但是并不傻。"

"不错，"洛泰说，"我看也是这样。那么，他会有成就啰？"

"我想是的。他有力量。"

"那很好，"洛泰说，他只对有力量的人感兴趣，说话用的是一个强人慷慨大方的逻辑，"那就该帮他的忙。"

克里斯托夫这一方面呢，他对于蒂思·曼海姆也很倾心。然而，他不像于蒂思想的那样爱上了她。两个人——女的感情细腻，男的本能强烈，天生的聪明——双方都误会了。使克里斯托夫入迷的是她脸上的神秘和内心生活的丰富；但他并不爱她。他的眼睛和头脑上了钩，他的心却没有——为什么？——要说清楚倒相当难。是不是因为他看到她身上有些捉摸不定，令人不安的东西？换了一个情况，这会是使他更容易坠入情网的理由：因为只有在他感到爱情会带来痛苦的时候，情感才会更加强烈——克里斯托夫不爱于蒂思，并不是他们两个人有什么不对。真正的理由，说穿了可能对双方都相当难堪，其实是他最近一次恋爱的时间离现在还不远。经验并没有使他变得更聪明。但他曾经这么热爱过阿达，并且在热爱中消耗了这么多信心、力量、幻想，现在已经所遗无几，培养不起一次新的爱情了。为了重新点燃爱情的火焰，一定要先在心里放上一堆木柴，而在这之前，上次大火偶尔遗留下来的残辉，只会冒出短暂的火光，虽然还是灿烂明亮，但是没有燃料，很快就会熄灭的。半年之后，他也许会盲目爱上于蒂思。但在今天，他在她身上看到的，不过是个朋友而已——当然他也有点动心——不过他会尽力驱散心头的乌云，因为乌云会使他想起阿达，而这种回忆对他已经没有吸引力了。于蒂思吸引他的，恰恰是她和其他女人不同，而不是和她们相同的地方。她是他见到的第一个聪明的女人。聪明，她从头到脚都是。甚至她的美——她的姿态、行动、面目、嘴唇、眼睛、双手、高雅的清瘦——一切都是她聪明的反映；她的身体就是在聪明的模子里塑造的；没有聪明，她会显得不美。她的聪明使得克里斯托夫心旷神怡。他以为她聪明得可以在广阔的天地间自由翱翔，其实她还没有那么聪明，他还不知道她的聪明也会令人失望。他有强烈的欲望要向于蒂思交心，要和她交流思想。他从来没有找到过一个关心他思想的人；碰到一个知心的女朋友是多么高兴啊！幼年时代没有姊妹，是个无法弥补的缺陷,因为在他看来,姊妹似乎比兄弟更能了解他。在见到于蒂思之后,他又重新幻想起了兄弟般的友谊。他并没有想到爱情。既然没有坠入情网,在他看来,如果要牺牲友谊去换取爱情,那未免得不偿失了。

于蒂思不久也感到了克里斯托夫的友谊不是爱情,她就觉得受了伤。她并不爱克里斯托夫,她激起了城里不少年轻人的热情,而且是有钱有地位的人家,所以即使克里斯托夫爱上了她,她也不会觉得有什么了不起。但一知道他并不爱她,她反倒恼火了。眼看自己只能够对他的理智施加影响(而女人的影响要能使男人失去理智才更有价值!)她感到有点丢脸。何况她并没有施加什么影响,影响是克里斯托夫虚构出来的。于蒂思的聪明不容许人家怀疑。她习惯于随心所欲地践踏那些软骨头的思想。但她认为认识的那些年轻人都太平庸,控制他们并没有什么乐趣。但对克里斯托夫却不同,控制他更有意思,因为那要困难得多。她对他的打算并不关心;但她喜欢支配他独特的新思想,支配他桀骜不驯的力量,使他更能发挥作用——当然是按照她的想法,而不是按照克里斯托夫的想法,那是她懒得去了解的。她立刻看出这不容易做到,非得斗争不行;她注意到克里斯托夫的成见很深,形形色色的看法,对她说来不是荒谬,就是幼稚,都是些毒草,她非拔掉不可。但她一根也没有拔掉。克里斯托夫是不容易对付的。他既不是爱她,那就没有任何理由要在思想上让步。

她也不肯认输,有一段时间还想征服他。克里斯托夫虽然思想清醒,几乎又掉入泥坑。男人容易上当,只要吹捧几句,满足他的欲望和自豪感,那就够了;而艺术家更是双料的傻瓜,因为他的想象力更丰富。于蒂思只消稍微卖弄一点风情,就不难牵着克里斯托夫的鼻子,把他拖下危险的深渊,使他再次落难,甚至再也翻不了身。但像往常一样,她很快就不耐烦了;她觉得要征服他犯不着花那么大的劲,克里斯托夫已经讨人厌,她不再了解他了。

超过某个限度,她就不了解他。不到那个限度,她是完全理解他的。但是再要深入,单凭她与众不同的聪明就不够了,一定要有感情,万一没有,至少要有暂时能够引起爱情的幻觉。她很了解克里斯托夫对人对事的批评,觉得有趣,认为批得相当对;她自己也不是没有这种想法。但她不能理解的是:为什么要让这些思想来影响实际的生活,甚至不怕引起麻烦或者危险?克里斯托夫对大家都采取反抗的态度,这会有什么结果呢?他总不至于狂妄到要改造世界吧?……那么……这不是用头碰壁吗?一个聪明人可以批评别人,可以暗中嘲笑别人,甚至有点瞧不起别人;但做起事来应该和别人一样,不过做得稍微好点而已,这是控制人的唯一办法。思想是在一个世界,行动又在另外一个世界。何苦为了思想而牺牲自己呢?思想不能弄虚作假,那是当然!但为什么要怎样想就怎样说呢?既然人蠢得受不了真理,何必强迫人接受呢?承认人有弱点,表面上迁就他们,实际上不受拘束,骨子里瞧不起他们,这有什么不好?不是可以暗地里开心吗?有人会说这种开心只证明你是个聪明的奴才。那有什么关系?人总是要做奴才的,同样是奴才,做个自觉自愿的奴才,避免无用的、可笑的争执,不是好得多吗?最糟糕的是做自己思想的奴才,并且为了思想牺牲一切。不要欺骗自己——她看得清清楚楚,如果克里斯托夫下了决心,看起来是不肯回头的,他一定要走不妥协的道路,坚决进攻德国人在艺术上和思想上的偏见,结果他反而会激起公愤,连他的保护人也会反对他:这就注定要失败了。她不明白为什么他要拼命反对自己,喜欢置自己于死地。

要理解这一点,她先得明白:他的目的不是成功,而是信仰。他对艺术有信仰,对自己的艺术有信仰,对自己也有信仰,把信仰看成是高于一切利益,甚至是高于生命的。她的意见说得他有点不耐烦了,他就自然而然用夸张的口气谈起信仰来,她听了先是耸耸肩,并不把话当真。她以为他是说大话,就像她听惯了哥哥说的大话一样,哥哥到了一定时期就要大吹大擂他荒谬而崇高的决定,但他从来不付之实行。后来她看到克里斯托夫当真相信自己说的话,就以为他疯了,对他不再发生兴趣。

从这时起,她就懒得显示她的优势了,而是露出了本来的面目;其实她的德国女人气很重,而且是平庸的德国女人气,这和她开头给人的印象,甚至和她自己的想象,都大不相同——大家错怪了以色列人,说他们在欧洲到处流浪,住着帐篷,自成一体,从来不和当地民族打成一片,甚至不受他们的影响。其实,以色列人沾染了当地人的习气比哪个民族都多;固然,在法国的和在德国的以色列人有许多共同性格,但他们之间的不同性格更多,而那是得自本地民族的;他们接受当地人的思想习惯,快得出人意料;而说老实话,接受习惯比思想还快。对所有人来说,习惯都是第二天性,而在大多数人身上,却是唯一的天性,因此,这大多数本地人如果要责备以色列人没有受到当地民族性深刻而合理的感染,那就未免言过其实了,因为他们自己身上的民族性还不如以色列人多呢。

女人对外来的影响总是更敏感,更容易适应生活环境,更能随环境变化——在欧洲的以色列女人尤其能适应当地的物质环境和精神情况,往往还有点过头——但她们并没有失去本民族的真面目,那种压人而又迷人的朦胧风味。这给了克里斯托夫强烈的印象。他在曼海姆家见到于蒂思的姑妈、表妹、女友。她们有些面孔一望而知不是德国女人,发亮的眼睛离鼻子太近,鼻子又离嘴太近,粗线条的五官,褐色的厚皮肤下面流着热血——但她们的谈吐、装束,模仿得过了火,比德国女人还更德国化了。于蒂思比她们大家都高出一头;相形之下,她的智力过人,自我造型超群出众。但她们的缺点,她也有十之八九。在思想上她比别人自由——几乎毫无拘束——但行动上并不随便,至少是实际利益取代了自由精神。她相信世界、阶级、偏见都对,因为算起总账来都对她有利。她嘲笑德国精神,但她一样紧跟德国的风气。她感到某个出名的艺术家智力平庸,但还是尊敬他,因为他得到了承认;如果她个人和他有来往,那就更钦佩他,因为这样可以满足自己的虚荣心。她喜欢勃拉姆斯的作品,但私下里怀疑他是二流艺术家;但他的名气大,她还得到他五六封信,结果他显然成为了当代最伟大的音乐家。她分明知道克里斯托夫的真正价值,也知道德特烈夫·冯·弗雷希中尉的愚蠢;然而她宁可要中尉追求她的财富,而不稀罕克里斯托夫的友情,因为一个愚蠢的军官终归是高阶层的人,而德国籍的犹太女人是很难进入那个阶层的。她并没受等级观念的骗,也分明知道嫁给德特烈夫·冯·弗雷希中尉倒是抬举了他,但她还是低声下气,挤眉弄眼,逢迎吹拍,拼命追求这个傻瓜。这个高傲的犹太姑娘,她的确有理由骄傲,因为她是银行家曼海姆的聪明过人、目空一切的女儿,但她居然降低身份,像她瞧不起的德国小市民一样,去勾引男人了。

这段经历时间很短。克里斯托夫对于蒂思的幻想来得快,去得也一样快。说句公平话,是于蒂思不让他存在幻想的。她这种性格的女人一对你做出了判断,心中不在乎你,对你说来,你就不再存在了,她已经目中无你,会毫不拘束地在你面前暴露她的灵魂,平平静静,而不羞羞答答,就像在猫狗前面一丝不挂,一点也不在意似的。克里斯托夫看出了于蒂思的自私、冷漠、平凡。他还没有时间深深陷入感情里去。但这已经够使他痛苦,使他头疼发烧的了。他虽然不爱于蒂思,却爱上了她可能成为——她应该成为的人物。她漂亮的眼睛即使他入迷,又使他痛苦,是他忘不了的;虽然他现在看出了,在这双眼睛的深处沉睡着一颗朦胧的心,但他还是继续看到一双意中人的眼睛,当初一见钟情的眼睛。这虽然不是爱情,却是对爱情的幻觉,当艺术家不是全心全意沉浸在工作中的时候,这种幻觉就在心中占了很大的地盘。一张偶然看到的脸都会引起幻觉,艺术家会在脸上看到本人所看不到的、无意中流露出来的美。美越是无意流露出来,越能得到艺术家的珍爱。他把这种美当作昙花一现的无价之宝。

也许是克里斯托夫在滥用感情,于蒂思·曼海姆并不是他的意中人,她暴露的是她的真面目。但克里斯托夫一度对她有过信心;她的魅力并没有消失,因此他不能对她做出不偏不倚的判断。她身上的美,在他看来,完全是属于她的。她身上的俗气,他却归罪于她的双重民族性,也许德国民族性的罪过大于犹太民族性,因为他为了自己的民族性吃过更多苦。既然他不了解别的民族,那德国精神就成了替罪羊,他把世上所有的罪过统统推到德国民族性上。于蒂思使他的幻想破灭,却使他更有理由攻击德国民族性,他不能原谅民族性扼杀了一个美丽灵魂的向上精神。

这是他和以色列人遭遇战中的第一个回合。他本来希望在这个坚强而孤立的民族中找到一个共同斗争的盟友。这个希望已经烟消云散。充满了热情的直觉容易变化,往往使人从一个极端跳到另一个极端;克里斯托夫立刻直觉地意识到:犹太民族并不像大家说的那么坚强,他们太容易——实在太容易——接受外界的了。犹太人除了本身的弱点之外,还在前进的道路上捡起了其他民族遗留下来的弱点。他不可能在他们中间找到支持他艺术的力量。弄得不好,他很可能同他们一起沉入流沙之中。

一发现危险,又感到自己没有把握能够应战,他就干脆不去曼海姆家。他得到了好几次邀请,但都没有说明理由就不去了。他原来表现得过分热情,突然一下转变自然引人注意:大家先把这个突变算在他"与众不同的个性"账上;但曼海姆家三个人都认为和于蒂思美丽的眼睛有关系;于是这就成了洛泰和弗朗兹在餐桌上开玩笑的话题。于蒂思听了耸耸肩膀,说这样的征服真是奇妙,并且干巴巴地请哥哥不要"在陆地上坐船",无事生非。然而她并不是不想要克里斯托夫回到她身边来。她给他写信,借口问一个别人都回答不了的音乐问题;最后友好地提到他来得少了,大家都很高兴见到他。克里斯托夫回了信,回答了问题,但借口事忙,并没有去。有时,他们都上戏院,克里斯托夫的眼睛却坚决不看曼海姆家的包厢;他假装没看见于蒂思准备送过来的迷人的微笑,她也就不再坚持了。她既对他无意,何必为这个小小的艺术家白费力气呢?如果他要回来,他会自己回来的。如果不来——那好!不来也无所谓……

他们真无所谓;的确,他不来,也没有给曼海姆家的晚会留下个真空。但于蒂思却压不住心里对克里斯托夫的怨恨。他来了,她并不在乎,而且觉得理所当然;他不高兴,她也不管;但他不高兴到了不来的地步,她就觉得他是狂妄无知,自私而且无情了——于蒂思不能容忍别人有她身上的缺点。

她对克里斯托夫所做的事情,所写的作品,反倒更注意了。她不露声色,引她哥哥谈克里斯托夫的事,谈他们白天说过的话,自己插上几句冷言冷语,对好笑的事一点也不留情,结果弗朗兹的热心不知不觉也冷下来了。

开头,杂志的事进行得很顺利。克里斯托夫还没有发现他的同事们都是些平庸之辈;他们也因为他是自己人,都承认他有天才。曼海姆是头一个发现他的人,虽然还没有读过他的评论,已经就在四面八方反复宣传,说克里斯托夫是个了不起的音乐评论家,以前选错了职业,是他曼海姆指点之后,他才走上现在这条路的。他们用玄妙莫测的字眼预告他的文章就要发表,挑动了大家的好奇心;他的第一篇专栏文章在这个浑浑噩噩的小城里,就像一块石头在鸭塘里激起了千重浪。文章的题目是《音乐太多了》。

"音乐太多了,饮料太多了,食物太多了!"——克里斯托夫写道——"大家不饿也吃,不渴也喝,没有需要也听,贪得无厌已经成了习惯。这是在斯特拉斯堡喂鹅。大家都得了食欲旺盛病。你随便给什么吃的都不要紧:《特里斯坦》或《赛金根的吹号手》,贝多芬或玛斯加尼,赋格曲或快步曲,阿唐,巴赫,普契尼,莫扎特,马斯涅,什么都一样:因为他们不在乎吃什么,只要有吃就行。甚至吃了也不快活。看看他们在音乐会上。他们还说什么德国式的欢乐!这些人并不知道欢乐是什么,他们却一直快活!他们的欢乐和他们的悲哀都像下雨,欢乐只是一片尘土:散漫无力。他们一坐就是几个小时,脸带笑容,心满意足地吸入声音,声音,声音。他们没有感觉,只像海绵吸水一般吸入声音。真正的欢乐,真正的痛苦——那是力量——不是像啤酒一样可以从桶里流到你的嘴里,一流就是几个小时。悲欢都会使你喉咙发干,把你压垮,使你不再尝一口,因为你已经尝够了!……

"音乐太多了!你们是在糟蹋生命,糟蹋音乐。生命是你们的,我管不着。但是音乐,赶快住手!我不许你们作践世上的美,把圣洁的音乐和低级的音乐都放在菜篮子里,在《帕西法尔》的序曲前面演奏《联队女儿》的幻想曲,后面又来一段萨克管四重奏,或者在贝多芬的柔板前加一支美洲黑人舞曲,后面又插一首雷翁加伐罗的黄色歌。你们自吹是喜欢音乐的伟大民族。你们自称热爱音乐。但你们爱的是什么音乐呢?好的还是坏的?你们不管好坏都一样鼓掌。到底挑选一下吧!确切地说要哪一种?

你们不知道。你们不想知道：因为你们害怕表态，害怕连累自己……见鬼去吧！何必这样胆小！——你们以为不表态就高人一头？——不表态表明你无能，低人一等……"

于是他引用了老高特弗里德·凯勒的两行诗，凯勒是苏黎世说话不容情的作家，克里斯托夫佩服他的忠心耿耿，斗志昂扬，却又富有乡土气息。他的诗说：

> 不表态的人莫得意洋洋，
> 表态的人却在你们之上。

"要敢于说真话，"他继续写道，"要敢于承认自己丑！如果你们喜欢低级音乐，就老老实实说出来。显出你们的本来面目。不要给你们的心灵涂脂抹粉，闪烁其词。用水洗个干干净净。你们有多久没在镜子里看见自己的嘴脸了？我来给你们照照镜子。作曲大家，演奏高手，乐队指挥，歌唱明星，还有你们，亲爱的听众，你们总该看一次自己的真面目吧……你们愿做什么人就做什么人；不过，看在魔鬼分上！一定要真实！一定要真实，即使这有损于艺术家和艺术！假如艺术和真理不能并存，那就让艺术完蛋吧！真理，就是生命。死亡，就是虚假。"

　　这篇年幼无知，过分激烈，相当没有趣味而又夸夸其谈的文章，自然会引起轰动。然而，既然大家都受到了攻击，但又没有明确攻击的是哪一个人，何必硬着头皮去对号入座呢！每个人都是，或者自以为是，或者自己说是真理的朋友，因此，没有人会冒天下之大不韪去攻击文章的结论。他们只是觉得文章的口气太得罪人，大家都认为不太得体，尤其是不该由一个半官方的艺术家说出来。有几个音乐家开始起哄了，并且尖酸地提出了抗议，因为他们料到克里斯托夫不会就此罢休的。另外几个自作聪明，祝贺克里斯托夫大胆的行动，其实内心一样惶惶不可终日，唯恐在下篇文章中受到批评。

　　两种对策同样无效。克里斯托夫像决了堤的洪水，无法阻挡；就像他说过的，他的笔下毫不留情，对作曲家和音乐师都是一样。

　　头一次吃了一刀的是教堂乐队指挥。克里斯托夫不只是对指挥乐队的艺术作泛泛的评论。他指名道姓地批评本地或外地的同行；即使他不点名，他的讥讽如此清楚明白，谁也不会猜错。例如没有人看不出他批评的是那个没精打采的宫廷乐队指挥阿洛伊·洪·范尔奈，虽然他德高望重，但是太谨慎小心，前怕狼，后怕虎，敷衍了事，不敢指挥乐队，而是让乐队指挥他，节目单上尽是些二十年前已经功成名就的旧作品，至少也是学士院盖过大印的乐章。克里斯托夫却说反话，称赞他的勇气，祝贺他发现了加德、德沃夏克、柴可夫斯基，钦佩他的乐队演奏准确一丝不苟，节拍分明，毫厘不差，表情细腻入微，永远不变；他建议下次音乐会上为他配乐演奏车尔尼的《速度练习曲》；他还劝他不要太累，不要太动感情，而要珍重他的身体——要不然，他就大声疾呼，批评他指挥的贝多芬《英雄交响曲》：

"开炮！开炮！给我扫射这些混蛋！……难道你们不知道这是一场战斗，一场对人类的愚昧和残暴进行的战斗——不知道那用欢乐的笑声把对方踩在脚下的力量？你们怎么可能知道呢？这个力量攻击的就是你们啊！你们全身的勇气都用来忍住不打呵欠，静听或者演奏贝多芬的《英雄交响曲》了——因为这支曲子使你们厌倦……那就老实承认厌倦了，厌倦得要死吧？——要不然，你们就是在鼓起勇气顶住穿堂风，光着头，弯着腰，迎接什么王公夫人吧。"

他对这些音乐院的权威冷嘲热讽，无所不用其极，怪他们只会说过去的伟人名作是"古典"的：

"古典！一句话包总了。自由的热情，安排得整整齐齐，干干净净，好像学校的课本一样。生命，本来是四面通风的辽阔平原——现在却关在健身房的四面围墙之中！震颤的心灵粗野而高傲的节奏，压缩成了四音钟摆的滴滴答答，平平稳稳，老老实实地走着，左边一瘸，右边一拐！……要看海洋，你们只消把海水装入玻璃缸，再放几条金鱼。你们只欣赏扼杀了的生命。"

如果说他不欣赏"标本"——这是他给"古典"权威起的名字——他更不喜欢"马戏班"——这是他对鼎鼎大名的乐队指挥的称呼，因为他们走江湖卖艺，指手画脚，骑在音乐大师背上显功夫，使得名作面目全非，在贝多芬《第五交响乐》里翻筋斗。他把他们比作老来卖俏的茨冈女人。

演奏高手也给他提供了丰富的资料。他先承认自己没有资格评论他们变戏法似的专场。他说这些机械动作是工艺美术学院的弹簧人做出来的，只有记录了时间长短、音符多少、费力大小的图表才能评估演出的价值。有时，他向一个出名的钢琴家挑战，说他虽然在两小时的音乐会上克服了巨大的困难，而且嘴唇含着笑意，头发半遮眼角，但他能不能弹好莫扎特幼年时代创作的行板呢？——当然，他并不是低估了克服困难的乐趣。

他自己也有亲身体会,觉得这是人生一件乐事。但只看见物质一方面,结果以为艺术的精神方面也不过如此,那对我来说,未免丑化、贬低了艺术的崇高品质了。他不能原谅什么"钢琴之狮"或者"钢琴之豹"——同时,他也不能宽恕那些在德国出了名的学者,他们小心在意,唯恐改动了大师的作品,却为了形式而影响了内容,压制了热情奔放的思想,就像汉斯·冯·彪洛夫那样,在演奏情感丰富的奏鸣曲时,仿佛是在讲授一堂无动于衷的修辞课。

歌唱家也有轮到挨批的时候。克里斯托夫觉得不吐不快的是,他们唱得又粗又野,内地人还太卖力。这不但是因为他记起了那次和蓝衣歌星的纠纷,还有那么多次演出,对他简直是活受罪。他甚至说不清更受罪的到底是耳朵还是眼睛,布景丑陋,服装缺少风韵,颜色刺眼,克里斯托夫还找不到字眼来进行比较。他特别反感的是人物、举动、姿态都太俗气,表演太不自然,演员不能进入角色,只会扮演自己,尤其不会从一个角色换演另外一个,如果唱腔形式变化不大,他会满不在乎地以不变应万变,叫人听得目瞪口呆。有些胖乎乎的女歌星,得意洋洋,肚子鼓鼓,无论是唱伊索尔德还是卡门,都是在表现自己。安福太斯是男中音,却唱起男低音的费加罗来了!……当然,克里斯托夫最敏感的,是把古典作品中最美丽的旋律唱得不堪入耳。德国已经没有人会唱十八世纪末完美的音乐了,谁也不肯费劲去学。格鲁克和莫扎特清新而纯净的风格,就像歌德的作品一样,似乎沉浸在意大利的阳光中——这种风格到了韦伯就已经开始变得震动人心、光彩夺目——到了《克罗西亚托》的作者手里,更变得笨重可笑——再到了瓦格纳的全盛时期,就给打得落花流水,全军覆没了。北欧战争女神高唱入云,刺破了希腊的天空。奥登乌云密布,南国天昏地暗。现在,再也没有人想到要唱的音乐,大家唱的都是诗。粗枝大叶,丑恶的细节,甚至错误的音符,都在廉价出售,借口却是:只有作品的整体、只有思想才是重要的……

"思想!就谈思想吧。不要以为你们懂得思想!……你们懂得也好,不懂也好,至少总要尊重思想自己选择的形式。首先,要让音乐成为音乐,永远是音乐!"

再说,德国艺术家以为自己非常关心表情和深刻的思想,而在克里斯托夫看来,简直是开玩笑。表情吗?思想吗?是的,到处都是——他们到处表达的思想感情都一样多。他们在婴儿穿的毛线鞋里找到的思想,和在米开朗琪罗的雕像中找到的不相上下——既不多,也不少。他们无论演奏哪个音乐家,哪件作品,用的力都一样大。其实,在大多数人心目中,音乐主要的——他们都这样认为——是音量,是乐声。德国人这样强烈地喜欢唱歌,其实只是为了声带运动带来的满足。主要是大量地吸进气,又大量地吐出去,只要合拍,力气越大,时间越长,那就越好——他恭维一个女歌星说:她可以得到一张健康合格证。

他挖苦了艺术家还不够。他又跨过舞台上的一排脚灯,跳下台来呵斥那目瞪口呆的观众。观众搞得头昏脑涨,不知道是该笑还是该生气。他们真是冤枉,因为他们小心在意不卷入艺术上的论战,所以稳稳当当站在圈子外面冷眼旁观,免得给难题烫伤了手;他们怕犯错误,所以不管好坏,一律鼓掌。不料克里斯托夫把鼓掌也算作一条罪状!⋯⋯听了坏作品怎么能鼓掌呢?——这已经是太严格了!但克里斯托夫走得更远,他甚至怪他们不该听到伟大的作品就鼓掌。

"浅薄的听众!"他对他们说,"你们要人相信你们是热情洋溢得压制不住了吗?⋯⋯去你的吧!结果和你们的希望恰恰相反。如果你们要鼓掌,那也要等到恰当的时候。等到大团圆的结局再鼓掌吧!莫扎特说得好:那本来就是为了'长耳朵'的听众写的。到了那时再尽情鼓掌吧;因为那时,驴鸣般的欢呼是预料中的事;欢呼已经成为音乐会的一部分了!——但是,在贝多芬的《弥撒祭乐》之后怎么能鼓掌呢?⋯⋯那不该诅咒吗?⋯⋯你刚刚看到的是最后的审判啊!你看《荣耀归主》惊心动魄,就像海上的风暴,你看到无法控制的巨人意志像一阵旋风,忽然停在乌云密布的天空,仿佛被无底深渊上的两只铁腕抓住,忽然用力一挣,又重新飞向太空。狂风呼啸。在风暴的高潮中,忽然音调起了变化,闪烁的声光穿过黑暗的天空落在惨淡的海上,像是一片光明。这是结局:毁灭之神愤怒的飞行忽然停了下来,翅膀给三道电光钉住了。周围的一切还在颤抖。沉醉的眼睛感到眼花缭乱。心在扑突地跳,呼吸停止了,四肢麻木⋯⋯最后一个音符的振动还没有完,你们已经兴高采烈,你们叫了,笑了,议论了,鼓掌了!⋯⋯难道你们什么也没看到,听到,感到,悟到,什么都不懂吗?一个艺术家的痛苦对你们不过是一出戏而已。你们认为贝多芬极端痛苦的血泪不过是刻画入微而已。你们甚至叫喊要耶稣再画上一次十字架。一个超凡入圣的人在痛苦中挣扎了一生,结果只为你们消愁解闷一个小时!⋯⋯"

就是这样,他不知不觉地给歌德的名言做了注解;自然,他还没有达到歌德从容自若的高度:

群众只在戏院里看到崇高的假面具。如果他们看到崇高的真面目,恐怕会看不下去的。

如果他到此为止倒也罢了!……但他感情一冲动,就越过了群众,像一颗炮弹似的落到了神圣不可侵犯的禁区、平庸之辈的避难所——评论界的巢穴。他炮轰他的同行了。有一个评论家居然不知天高地厚,胆敢攻击当时最有才华的作曲家,最先进的音乐学派的代表哈斯莱;他虽然写过一些的确相当荒诞的标题交响曲,但到底还是才华横溢的音乐家。小时候克里斯托夫就见过他,对当时的脉脉温情,他直到今天还有感激之心。看见一个愚昧无知、不学无术的评论家居然口出狂言,教训这个高不可攀的音乐家,说他无法无天,不免气得克里斯托夫火冒三丈:

"清规戒律!清规戒律!"他大叫起来,"你们除了警察局的法律之外,还知道什么规律吗?天才怎么能让你们牵着鼻子,循规蹈矩地走上老路!他是创造规律的人,他的意志就是规律。"

在这段高傲的开场白之后,克里斯托夫抓住这个倒霉的评论家,挑出他近来在文章中说的蠢话,狠狠地打了他一顿板子。

整个评论界觉得板子打在一个人身上,却痛在大家心里。直到目前为止,他们还站在论战的圈子外面。他们懒得去碰钉子,因为他们了解克里斯托夫,知道他有本领,也知道他性急。最多只有几个人小心翼翼地表示遗憾说:一个这样有才华的作曲家何必多管闲事。不管他们的意见如何(在他们有意见的时候),他们认为他和大家一样,有批评人而不挨批的特权。一等到克里斯托夫粗暴地破坏了同行之间的默契,他就犯了众怒,成了众矢之的。大家一致认为,一个年轻人居然不尊重国家引以为荣的大师,真是大逆不道;于是群起而攻之。他们不写什么长篇大论——他们犯不上和一个强手硬拼,何况新闻记者有特殊的本领,论战时可以不顾对方的论据,甚至连读也没有读过——长期的经验告诉他们:读者总是同意报纸观点的,如果露出讨论的形迹,就会降低报纸的信誉,所以只能简单肯定,或者干脆否定(否定的力量比肯定大一倍。万有引力定律可以为证:向下扔石头总比向上抛容易得多)。因此他们坚持不懈,短兵相接,每天在显眼的地方登上三言两语,阴险毒辣,冷嘲热讽,进行人身攻击。他们把目空一切的克里斯托夫丑化,虽然从不指名道姓,但是一望而知是谁。他们歪曲他的话,使他显得荒谬;有时捏造一些捕风捉影的故事,挑拨他和全城、甚至和宫廷的关系。他们攻击他的外表、面貌、衣着,把他漫画化,因为再三反复,大家居然信以为真了。

克里斯托夫的朋友们只要攻击的不是杂志,他们是满不在乎的。其实,论战反倒是在给杂志做广告;人家并不想把杂志拉下水去,他们存心要杂志和克里斯托夫划清界限,他们感到奇怪的是:杂志怎么不怕名声受到损害?他们放出风声:如果杂志再不刹车,他们就顾不了许多,要拿编辑部开刀了。开始,不关痛痒的批评落到亚陶尔夫·梅和曼海姆头上,这就好像捅了一下马蜂窝。曼海姆只是一笑置之,他以为这样可以气气他的父亲、伯伯叔叔、堂表兄弟,还有无数的家族成员,谁叫他们自以为有权管他的一言一行、一举一动呢。但亚陶尔夫·梅却非常认真,怪克里斯托夫不该连累了杂志。克里斯托夫不买他账。别人没有挨批,觉得梅老喜欢对他们摆权威架子,现在代人受过也不算吃亏。华特霍斯心中暗喜,他认为没有一次论战能不打得头破血流的。自然,他小心在意不让流弹落到自己头上;凭了他的家庭地位和社会关系,他自以为不会有什么危险;至于他的犹太伙计,挨上三掌两脚也不要紧。高特林和哀朗弗尔直到目前还没受到攻击,他们有恃无恐,因为他们会以牙还牙。使他们感到为难的,倒是克里斯托夫毫不妥协,一竿子打到底的精神,这会得罪他们所有的朋友,尤其是女朋友。读了开头几篇文章,他们笑得厉害,以为这场闹剧很好玩;他们赞扬克里斯托夫乱砸玻璃的劲头,以为只消一句话就可以使他战斗的热情降温,至少会对他们相好的男朋女友手下留情——哪里晓得不成。克里斯托夫什么也不听,随你怎么说都不行,一直发疯发得不可收拾。要是让他随心所欲,那简直没办法在本地待下去了。他们年轻的女朋友已经眼泪汪汪,怒气冲冲地到杂志社来闹过几场。他们用尽了外交手腕,劝克里斯托夫批评的口气起码放缓和一点,克里斯托夫一点也不松劲。他们气了,克里斯托夫也气了,但他还是毫不迁就。华特霍斯看见朋友们闹翻了天,觉得开心,但以为与自己无关,反倒站在克里斯托夫一边来气他们。也许他比他们更能赏识克里斯托夫一往无前的怪脾气,既不给自己留一条退路,也不为将来作打算,只是埋着头往前冲。至于曼海姆,看见这样热热闹闹,他开心得像做了国王,以为把一个疯疯癫癫的人带到一伙规规矩矩的人中间来,是开了一个天大的玩笑;不管克里斯托夫是打了一拳,还是吃了一腿,他都笑得直不起腰来。虽然他在妹妹的影响下,开始相信克里斯托夫神经肯定有毛病,但反倒更喜欢他了——看到朋友的弱点,才能显得自己高大。——就是这样,他同华特霍斯反倒支持克里斯托夫了。

他并不是一个不讲求实际的人，虽然他尽量制造假象，以为自己并不实际，其实，他为朋友考虑还是很周到的，他认为对朋友更有利的，是参加本地最先进的音乐团体。

在这个小城里，像大多数德国城市一样，也有一个代表新思潮、反对保守派的瓦格纳协会——这时瓦格纳的名声到处得到公认，他的作品在全德国的歌剧院上演，说他的好话当然不会冒什么危险。然而他的成功带有几分勉强，并不是大家自觉自愿地承认的；因为在内心深处，大多数人还是顽固的保守派，尤其是这样一个小城，跟时代的大潮流有点隔绝，而且对古老的名声引以为荣。比别的地方更甚的，这个地方占统治地位的思想，是对一切新事物的不信任感，这是德国人生而有之的惰性，他们除了祖传下来的东西以外，感觉不到其他事物是真实的、有力的。他们虽然不敢对瓦格纳的作品说三道四，但对一切受瓦格纳思想启发而生的新作品，他们并不乐意接受，这一点是不难发现的。因此，瓦格纳协会如果存心要保护艺术界有新颖见解的年轻力量，那他们要做的好事可多着呢。他们有时的确做了好事，他们当中有些人就支持过受到勃拉姆斯派排挤的布鲁克纳和胡戈·沃尔夫。然而，大师的派性不可能不影响他的门人弟子；既然拜罗伊特城的瓦格纳剧院只演瓦格纳一个人的作品，那其他分院也只能把他当成唯一的上帝，永远在小礼拜堂里唱他的颂歌。最多他们也只能在教堂的侧殿供上几个忠实的信徒，而这些信徒一定要一丝不苟地执行神圣的瓦格纳主义，匍匐尘埃地崇拜这位独一无二、多才多艺的音乐、诗歌、戏剧、玄学的真神。

本地的瓦格纳协会就是这种情况。然而，他们还要做点表面工作，乐意吸收一些有才华的年轻人入会，将来可能派上用场；因此，他们早就看上了克里斯托夫。他们很有分寸地接近他，使他不知不觉地上了船，其实他一点也不需要加入什么团体，因为他不明白他的同胞为什么一定要成群结伙，仿佛一个人就会一事无成，不能唱歌、散步、喝酒似的。他厌恶一切社团。但全面衡量一下，他觉得瓦格纳协会还是比别的团体好些，至少，这给他提供了一个借口，可以去参加一些好的音乐会；虽然他并不同意瓦格纳的艺术观点，但协会到底比其他音乐团体接近自己一点。在他看来，他和这个社团之间还能找到共同的地方：他们对勃拉姆斯和勃拉姆斯派都有点过激。于是他就去了协会。是曼海姆介绍去的，他什么人都认识。虽然不是音乐家，他却是瓦格纳协会的会员——协会领导委员会早就注意到克里斯托夫在杂志上发起的论战。他攻击对方阵营的致命弱点很有一手，很有力量，很可以为协会所用。克里斯托夫固然也对他们神圣的偶像瓦格纳放过几支冷箭；但他们只当作视而不见——而且这初次冒犯并没有击中要害，所以他们赶快来拉住他的手——虽然他们并不承认——免得闯出大乱子。他们很客气地来征求他的同意，要在协会下次举办的音乐会上演奏他的几支曲子。克里斯托夫听了很高兴，满口答应，并且到瓦格纳协会来；曼海姆一鼓励，他也就入会了。

那时瓦格纳协会出头露面的领导人有两个：一个是出名的作家，一个是出名的乐队指挥。两个人都把瓦格纳当作教主一样，崇拜得五体投地。作家是姚西阿·葛林，编过一本《瓦格纳辞典》，可以让人立刻查到这位大师"无所不知"的思想，这是花了他一生精力的伟大作品。他可以在餐桌上一章一章地背出来，就像法国内地人会背伏尔泰讽刺圣女贞德的长诗一样。他还在《拜罗伊特报》上发表关于瓦格纳和雅利安精神的文章。不消说，在他看来，瓦格纳是纯粹的雅利安种族的典型代表。雅利安族分为德国和法国两个分支，德国民族能够抵制拉丁塞米族，特别是法国民族的坏影响。他公然说：法国民族不纯洁的高卢精神已经被彻底打垮了。但他每天仍然继续艰苦的战斗，仿佛法国民族这个永恒的敌人一直是个威胁。他认为法国只有一个伟人，那就是承认雅利安族为优秀人种的高皮诺伯爵。葛林是个小老头，客客气气，像未婚女子一样容易脸红——瓦格纳协会的另一个台柱是哀利克·洛贝，直到四十岁以前都是一家化学工厂的老板；然后他放弃了一切，去当乐队指挥。他能做到这点，一来是因为他有决心，二来是因为他有钱。他是瓦格纳的狂热信徒，据说他曾经穿了香客的布鞋，从慕尼黑走到拜罗伊特去朝圣。说也奇怪，这个读过万卷书、行过万里路、干过万种事、处处显得性格坚强的人，在音乐方面却成了一头盲从的绵羊；他那与众不同的性格变成了与众不同的愚蠢。他对音乐太没有把握，不敢信任自己的感觉，所以指挥演奏会的时候，只敢像个奴仆一样，紧紧跟随拜罗伊特的乐队指挥和艺术家的老一套，亦步亦趋，不敢越出一步。他恨不得把瓦格纳小朝廷舞台的场面，五颜六色的服装道具，全盘照搬过来，迎合正统观众幼稚可笑的低级趣味。就像那种狂热崇拜米开朗琪罗的画家，在临摹大师的名画时，把画上的污点都临摹下来，仿佛污点沾在神圣的作品上，也变神圣了。

克里斯托夫对这两个人物本来不会很感兴趣。不过他们都是场面上的人，客客气气，相当有学问；而洛贝的谈话，只要不是谈到音乐，倒也不是没有趣味。再说，他还是个精神失常的人，克里斯托夫并不厌恶精神失常，见多了庸俗透顶的正常人,不正常反倒可以换换口味。他不知道精神失常到了不近情理的地步,那可讨厌透了;所谓"与众不同"的人,其实是大家的误会,他们的个性并不比别人强。他们只是脾气怪,思想简单得像钟表一样机械而已。

姚西阿·葛林和洛贝希望得到克里斯托夫的好感,开头对他非常关心。葛林写了一篇赞扬他的文章,洛贝在协会举办的音乐会上指挥演奏他的作品时,不折不扣地按照他的意思演出。这感动了克里斯托夫。不幸的是,这些关心他的人不够聪明,结果他们的关心等于白费。因为他没有对恭维他的人产生幻觉。他的要求很严。他不喜欢人家口里说佩服他,其实佩服的是和他相反的人;如果别人错把他当成了朋友,他几乎会把别人当作敌人的。因此,葛林把他看成瓦格纳的信徒,他一点也不高兴,也不愿意葛林在他的歌曲和瓦格纳的《四部曲》之间寻找相似的地方,其实除了一些音阶之外,并没有什么共同点。他更不喜欢听到他的作品夹在一些瓦格纳派毫无价值的仿制品之间演出,而两头又是永垂不朽的理查德·瓦格纳的大作。

不久,他在这个宗派的教堂里就觉得憋气了。这又成了一个音乐学院,和老的学院一样狭隘,而且更容不下人,因为它本身在艺术王国中是个新来的宗派。克里斯托夫开始怀疑一种艺术形式或思想形式是不是有绝对的价值。在这以前,他一直以为伟大的思想到处都会散布光明。现在他才发觉思想改变了也没有用,人还是老样子;归根结底,起作用的还是人,什么人就有什么思想。如果人生来庸庸碌碌,奴颜婢膝,那即使天才的思想通过他们的心灵也会变得平庸,即使英雄挣脱锁链、争取解放的呼声也会变成后代的卖身契——克里斯托夫不得不表达自己的思想感情。他批评艺术上的盲目崇拜。他公然反对任何形式的偶像,任何形式的经典作品,他认为唯一有权继承瓦格纳精神的人,是像瓦格纳一样,敢把前人——包括瓦格纳——踩在脚下,从他身上走过去,一往无前,永远不往后看的人——是有勇气让该死的人死去,自己只是满怀热情地同活人打交道的人。葛林的愚蠢使克里斯托夫转入进攻了。他挑出瓦格纳的错误或可笑的地方。瓦格纳的信徒当然反击,说他这样污蔑他们的上帝,是出自荒唐可笑的妒忌。而克里斯托夫呢,他一点也不怀疑那些在瓦格纳死后才吹捧他的人,恐怕就是在他生前欲置之于死地而后快的人——这一点他倒是错怪了他们。葛林也罢,洛贝也罢,都有过他们光辉的时刻;二十年前,他们也是先进人物;然后,像多数人一样,他们就地安营扎寨,不再前进了。人的气力有限,爬上了第一座高山就精疲力竭,动弹不得;很少有几个人能鼓足干劲,继续走上前进道路的。

克里斯托夫的态度很快就疏远了他的新朋友。他们的同情不是白白施舍的:一定要有来有往;而显然克里斯托夫一点也不施舍,他不肯加入他们那一伙,于是他们也冷下来了。他拒绝吹捧协会盖印承认的大小神明,人家也就拒绝捧他的场。他的作品不像从前那样受到热烈欢迎;有些人开始反对他的名字老出现在节目单上。大家在他背后冷嘲热讽,批评有增无减,葛林和洛贝不闻不问,似乎也是一伙。然而大家还是小心避免和克里斯托夫闹翻,首先因为莱茵河畔的德国人喜欢折中的解决办法,虽然不能解决问题,却可以让问题糊里糊涂无限期地拖下去;其次因为冤家宜解不宜结,他们到底希望有朝一日,克里斯托夫会听他们的摆布,即使他们说不服他,至少也要把他拖垮。

克里斯托夫可不给他们拖的时间。他一相信人家对他有反感却不明说出来,反倒遮遮掩掩地制造假象,仿佛他们之间的关系还不错似的,就一定要直截了当地说破:他们是对头。一天晚上,他在瓦格纳协会碰了壁,看出了大家对他虚与委蛇,不怀好意,他就二话不说,向洛贝提出要退会。洛贝莫名其妙;曼海姆赶到克里斯托夫家里来,想要调解。不料一开腔克里斯托夫就发火了:

"不,不,不,不!不要再对我提这些人了。我不想再见到他们……我受不了,我受不了……我对这伙人厌恶得要命;我简直不愿意看他们一眼。"

曼海姆开心得哈哈大笑。他非但没想到要克里斯托夫平下气来,反想到有好戏看了。

"我知道他们不是十全十美的人,"他说,"这也不是从今天才开始的。今天出了什么新鲜事呢?"

"没有什么事。只是我受够了……好,笑吧,你笑我吧:当然,是我疯了。稳稳当当的人是按照理性的规律做事的。我却不是;我是一个根据自己冲动做事的人。等到我身上的电积蓄多了,不管怎样,总会迸出电光火花来;要是别人触了电,那活该是他倒霉!也算是我倒霉!我不是一块过集体生活的料。从今以后,我不想再参加什么团体了,我只属于我自己。"

"你总不能一个人都不需要吧?"曼海姆说,"你一个人怎么开音乐会呢?你总得要男女歌星,一个乐队,一个指挥,还有听众,捧场的人……"

克里斯托夫叫了起来:

"不要！不要！不要！……"

最后的话急得他跳了起来。

"捧场的人,亏你说得出口！"

"不要说花钱雇人捧场——虽然,说实话,要使听众发现作品的价值,这是独一无二的妙法——但总得要有捧场的人,一伙有素养的、知道什么时候该鼓掌的人;每个作家都有一伙,这就是朋友的用场啊！"

"我不想靠朋友！"

"那么,你就要挨嘘了。"

"我宁愿挨嘘！"

曼海姆高兴得上了天。

"你愿挨嘘,也嘘不了几天。人家根本就不让你演了。"

"不演就不演！难道你以为我一定要成名成家吗？……是的,我过去一直全力以赴,向这个目标跑……真是荒唐！发疯！愚蠢！……仿佛满足了庸俗不堪的自豪感,就可以弥补各种牺牲一样——烦恼,痛苦,丢脸,出丑,卑躬屈膝,忍辱让步——这些都是得到光荣的代价！要是我还为了这些打算绞尽脑汁,那就让万恶的魔鬼抓我下地狱吧！我再也不要这一套了！我再也不要什么听众,什么宣传了。宣传真是低级得丢人。我宁愿做个不求人的单干户,只为自己生活,只为我爱的人生活……"

"说得不错,"曼海姆带着挖苦的神气说,"你总得干一行吧？为什么不做鞋匠呢？"

"要是能像当过鞋匠的诗人萨克斯那样举世无双,那才好呢！"克里斯托夫叫道,"那样一来,我的日子能安排得多么快活！一个星期做六天鞋匠——星期天却成了音乐家,而且为自己快活,朋友快活,我才演奏！这才是生活！……干吗傻得牺牲时间、浪费精力,去听混蛋的批评呢？有几个好朋友喜欢你,欣赏你,难道不比成千的傻瓜胡说八道,或者吹拍捧拉好得多,美得多吗？……该死的自豪感,该死的光荣感,我再也不上当了！这点你可以相信我！"

"当然。"曼海姆口里说。

他心里却在想:

"不出一个小时,他就会变卦的。"

于是他平心静气地下结论说:

"得了,瓦格纳协会的事由我去办好吗？"

克里斯托夫举起了两条胳臂:

"我刚才叫了一个小时,对你说什么来着?……我不是说不再去瓦格纳协会了吗?我恨透了所有的协会,所有的羊圈,这些绵羊只有挤在一起才会合唱。去告诉这些绵羊吧:我是一只狼,我有牙齿,我不吃草!"

"那好,那好,我会告诉他们。"曼海姆边走边说,心里觉得这个早上过得不错。他想:

"这个疯子该锁起来了……"

他赶快告诉妹妹,她听了耸耸肩膀说:

"疯了吗?他要人家以为他疯了!……其实他只是愚蠢,而且狂妄得可笑……"

然而,克里斯托夫继续在华特霍斯的杂志上进行激烈的论战。并不是他对论战有兴趣,批评争论压得他头昏脑涨,他几乎要撒手不管了。但人家越要封住他的嘴巴,他越不肯住口;因为他不服输。

华特霍斯开始担心了。只要这场混战不打到他身上,他总像奥林匹克山上的天神一样冷眼旁观。但是几个星期以来,其他报纸似乎忘了他的人身是不可侵犯的,居然恶毒地攻击起他来,这是他作家的自尊心承受不了的;其实他要是细心一点的话,可以看出那是朋友伸出的魔爪。的确,对他的攻击是哀朗弗尔和高特林两个阴险的伙伴指使的,他们看不出还有什么办法可以制止克里斯托夫进行笔战。他们没有看错。华特霍斯立刻出面说克里斯托夫惹是生非,他不再支持他了。从这时起,整个杂志社也就挖空心思要他闭嘴。但怎么可能用口罩套住正在啃骨头的狗呢?他们越要他不干,他越要干。他骂他们做胆小鬼,并且公开声明:他该说什么,就说什么——他们无权干涉。如果他们要他走,那随他们的便!不过全城都会知道:先进团体和保守团体都是一路货;但若要他自己走,那可做不到。

他们听了白瞪眼,不知道如何是好,哑巴吃黄连,只怪曼海姆不该带来这个不通人情的疯子。曼海姆却依然笑口常开,保证有法子对付克里斯托夫,并且夸下海口说:从下一期的文章开始,克里斯托夫就会在酒里掺水了。他们都不相信;但后来的事实证明:曼海姆并不是空口说白话。克里斯托夫的下一篇文章,虽然不能算客气的样品,但也没有得罪任何人的话了。其实,曼海姆的法子很简单;事后大家才奇怪怎么早没想到:克里斯托夫在杂志上发表的文章,他自己从来不再看一遍;如果要他看校样的话,他也看得很快,又很马虎。亚陶尔夫·梅为了这件事不止一次对他说过一些带刺的好听话:说是一个印刷错误也会有损于杂志的名誉。克里斯托夫不懂批评是一门巧妙的艺术,只回答说:他批评的人看得懂,那就够了。这给曼海姆钻了空子:他愿意帮克里斯托夫看校样。他说克里斯托夫感激得不知如何是好;大伙儿都异口同声说,这样安排可以给杂志节省时间,事半功倍。于是克里斯托夫就把校样交给曼海姆,请他仔细改正错误。曼海姆当然不会放过机会,这对他而言是拿手好戏。开头,他只敢小心翼翼地把几个字眼的语气改得缓和一点,这里或者那里,删掉几个火气太重的形容词。后来他越改越得心应手,胆子越来越大,离题也就越远;他开始改动句子,甚至改变句子的意思,在这方面他的确有一手。他技术的巧妙在于保存了句子的粗线条和原文特有的笔调,说出来的意思却和克里斯托夫的原意相反。曼海姆把克里斯托夫的文章改得面目全非,花的功夫比自己写一篇文章还多,他这辈子从来没下过这么大的功夫。老天不负苦心人,结果使他开心:有几个音乐家本来不断听到克里斯托夫的讽刺话,渐渐看到他的口气越来越缓和,结果竟说起他们的好话来了,不免觉得莫名其妙。杂志社也开心了。曼海姆给大家朗读他苦心经营的大作,引起了一阵阵笑声。哀朗弗尔和高特林有时会对曼海姆说:

"小心!你做过头了!"

"不要紧。"曼海姆答道。

于是他越改越来劲。

克里斯托夫一点也不知道。他到杂志社来,放下稿子就不管了。有时,他把曼海姆拉到一边说:

"这一回,我对他们不客气了,这些混蛋!你读读看……"

曼海姆读了。

"狠极了!好朋友,简直攻击得体无完肤!"

"你想,他们会说什么?"

"啊!恐怕有好戏看了!"

但并没有什么好戏可看,相反,克里斯托夫碰到的脸孔倒好看起来了;有些他厌恶的人居然在街上和他打招呼。有一次,他到杂志社来,焦急不安,皱起眉头,把一张名片往桌上一扔,问道:

"这是什么意思?"

这是一个音乐家的名片,刚刚挨了他一顿臭骂,却在名片上写着:

"非常感谢。"

曼海姆笑着答道:

"他这是说反话。"

克里斯托夫松了一口气:

"嘿!"他说,"我还怕我的文章会使他开心呢。"

"他一肚子的气吐不出来,"哀朗弗尔说,"却要不动声色,只好假装高人一等,笑笑算了。"

"笑笑算了?……该死?"克里斯托夫又气得说,"我要再写一篇。看谁最后笑,才算笑得好!"

"不必了,不必了,"华特霍斯怕事情扩大化,"我想他不是笑你,恐怕倒是认输。他是个基督徒:打了他的左脸,他会伸出右脸。"

"那倒更好!"克里斯托夫说,"啊!胆小鬼!既然他想挨打,我就打他一顿屁股!"

华特霍斯还想插嘴,但别人都笑了。

"随他去吧……"曼海姆说。

"说来说去!……"华特霍斯恍然大悟,"他多写一点,你就多改一点!……"

克里斯托夫走了。他的同事又蹦又跳,又笑又闹。等到他们静下来时,华特霍斯才对曼海姆说:

"好险啊,几乎要出乱子……还是小心些好,我求你了。不要叫我们为难。"

"呸!"曼海姆说,"我们有的是时间……再说,我这是在帮他化敌为友呢。"

第二部　失落

克里斯托夫正在粗手笨脚地改造德国艺术，那时城里来了一伙法国戏子。说得准确点，其实是一个走江湖的戏班子；他们是些无师自通的穷演员，天晓得从哪里找来的无名之辈，只要有戏可演，并不在乎扮演什么角色的小伙子。大伙儿跟上了一个出过名、走过运的女班主。她在德国巡回演出，经过这个有公爵府的小城，就打算演出三场。

华特霍斯的杂志社闹得天翻地覆。曼海姆和他的朋友们了解巴黎的文化生活和社交活动，或者自以为很了解；他们把报纸上捡来的马路新闻、似懂非懂的流言蜚语，三番四次重来复去地说，在德国他们就成了法国精神的代表。这倒使克里斯托夫不想进一步去了解法国精神了。曼海姆说巴黎的好话，听得克里斯托夫头昏脑涨。他去过巴黎好几回：那里也有他家族的人——欧洲各国都有，犹太人到处都是，到哪个国家都得到国籍和地位；这些亚伯拉罕的子孙后代，在英国有男爵，在比国有议员，在法国有部长，在德国有使节，甚至还有教皇封的伯爵；他们大家虽然团结，并且尊重共同的祖先，但也真心实意地成了英国人、比国人、法国人、德国人，甚至教皇的子民；因为他们的自尊心不容许他们怀疑他们入籍的国家是天下第一的。只有曼海姆与众不同，专走歪门邪道，偏偏喜欢他没有入籍的国家。他时常谈到巴黎，谈得非常起劲；说巴黎人的好话，说得天花乱坠，把他们说成是疯疯癫癫、糊糊涂涂、吵吵闹闹的人，从早到晚不是谈情说爱，就是要闹革命，从来没有正经的时候；因此，克里斯托夫并不喜欢这个"东罗马帝国灭亡后、孚日山外没落的共和国"。说真心话，他想象中的巴黎有点像德国最近出版的艺术丛书第一页上方的插图，画个魔鬼在巴黎圣母院俯视全城，注解说：

> 永恒的肉欲是不知足的吸血鬼，
> 秀色可餐的大都市使他心醉。

一个纯粹的德国人是瞧不起放荡的外国佬和外国文学的，其实他也只知道几出浅薄的法国滑稽剧：《小鹰》，《没顾忌的女人》，还有几支咖啡音乐厅的小调。小城里有些人附庸风雅，对艺术并没有什么兴趣，却偏要争先恐后地去戏院订座位，这更使他不把这个走江湖卖艺的女戏子看在眼里，放在心上。他声明决不走一步路去听她的戏。要说到做到并不困难，因为票价太高，他也出不起钱。

法国戏班子带到德国上演的节目中，有两三出古典戏剧；但大部分是低级趣味的作品，是最适宜出口外销的巴黎廉价货，因为越是廉价货越能在国外畅销。巡回演出的头一场是《多斯加》，他听过一个莱茵河畔小剧团演出的德文译本，在法国剧中穿插了一些轻松的趣味；所以看见朋友们去剧院，他满不在乎地嘲笑说，他不想再去受罪。但第二天大伙儿热火朝天地谈论演出的时候，他不免竖起耳朵来听，而他头天晚上拒绝去戏院，这就剥夺了他的发言权，更不用说反驳了，于是他又气得要命。

据广告说，第二场演出法译本《哈姆雷特》。克里斯托夫从来不肯错过看莎士比亚戏剧的机会。莎士比亚在他看来，是和贝多芬一样用之不尽、取之不竭的源头活水。在他刚刚经历的惶惑不安、心潮澎湃的时期，《哈姆雷特》特别显得可贵。虽然害怕在这面魔镜里看到自己的形象，他还是不免心驰神往；就在戏院的广告牌前转来转去，口里不肯承认，心里却恨不得马上去订个座位。但他硬着头皮要说到做到，好马不吃回头草；那天晚上，他本来又要和头天晚上一样待在家里，但是事情凑巧，他在回家的路上偏偏碰上了曼海姆。

曼海姆一把抓住他的胳膊，虽然非常恼火，但还是嬉皮笑脸地对他说：有个老不死的姑妈带了全家大小，也不打个招呼，忽然从天而降到他们家来了，他们当然不得不留在家里招待。他想方设法要溜之大吉；但他父亲认为在家族传统的规矩和对长辈的礼节上，是不容许开玩笑的；而他这时正缺钱用，不敢得罪父亲，只好让步不去看戏了。

"你们不是买了票吗？"克里斯托夫问道。

"那还消说！而且是个头等的包厢；更倒霉的是，还要我去送票——我这就得送去——送给那个该死的葛罗纳蓬和他那个傻女儿。真得快活快活！……我至少要对他们说几句挖苦话。他们并不在乎，只要我给他们票子就行——虽然他们喜欢戏票,远远不如钞票。"

他忽然一下打住了,张口结舌,眼睛瞪着克里斯托夫。

"啊!……有了……有办法了!……"

他咯咯地笑了起来。

"克里斯托夫,你去看戏吗?"

"不去。"

"去吧。去看戏吧。就算我请你帮一次忙。你总不至于拒绝吧。"

克里斯托夫没有听明白。

"我还没订座呢。"

"这不是现成的吗?"曼海姆兴高采烈地说,使劲把票塞在他手里。

"你糊涂了。"克里斯托夫说,"你父亲交代你的事怎么办?"

曼海姆笑弯了腰:

"他会气得要命!"他说。

他擦擦眼睛,说出他的主意:

"明天一起床我就敲他一笔钱,不等他搞清楚。"

"我不能要你的票,"克里斯托夫说,"明知道他会不高兴的。"

"你用不着知道什么,你什么也不知道,这和你没有关系。"

克里斯托夫打开折着的戏票:

"你叫我怎么办? 一个包厢有四个座位。"

"你爱怎么办就怎么办。你可以在里面睡觉,要是你高兴,也可以跳舞。你还可以带几个妞儿去。总有认识的吧? 不认识也借得到。"

克里斯托夫把票还给曼海姆:

"不行,我不要。你拿回去吧。"

"出去了就不能收回,"曼海姆退了几步说,"我不能勉强你去看你不喜欢看的戏;但我决不收回戏票。你随便怎么办都可以,扔到火里去也行,若是你要做好人,给葛罗纳蓬一家人送去也行。我不管了。再见吧!"

他说了就走,丢下克里斯托夫一个人站在街上,手里还拿着票。

克里斯托夫为难了。他心里想应该把票送到葛罗纳蓬家去;但他没有那么大的劲头。他回到家里,还是拿不定主意;等到想起看看钟点,已经只剩下穿衣服上戏院的时间了。浪费戏票未免太傻。他要母亲同去。路易莎却说还是早点睡觉好。他只好一个人走了。其实,他心里高兴得像个孩子。只有一件事美中不足:乐趣没人分享。虽然他坐的包厢本来该是曼海姆的父亲或葛罗纳蓬家的,但他并不觉得对不起他们;倒是觉得没有人同去看戏未免可惜。他想对他这样的年轻人,看戏是多大的乐趣啊!他搜索枯肠,也想不出找谁做伴才好。再说,时间已经不早,得赶快才行。

他进戏院的时候走过售票处,窗子已经关上,牌子上说票已卖完。有些没买到的人失望而去,他看到一个年轻女郎还舍不得走开,带着羡慕的神气瞧着进戏院的人。她的穿着非常朴素,只是一身黑衣,身材不算太高,面孔显得单薄,秀里秀气;他没有注意她漂亮不漂亮。他走过她面前,一下站住了,转过身来,也没有考虑:

"你没有买到票吗,小姐?"他单刀直入地问。

她脸红了,用外国人的口音答道:

"没有,先生。"

"我有一个包厢,位子还没坐满。能不能请你同去?"

她脸红得更厉害,一边谢谢他,一边说不能去。克里斯托夫遭到拒绝也觉得不好意思,一边说对不起,一边还是请她进去;虽然看得出来她非常想看戏,但她无论怎么说也不肯接受邀请。他心里一急,忽然起了个主意:

"听我说,我有个好办法,"他说,"你把票拿去吧。我并不在乎,因为我以前看过——他这是说假话——你一定比我更喜欢看。拿去吧,我是真心实意的。"

年轻女郎看见他由衷地要把戏票送给她,十分感动,几乎要流出眼泪来了。她含糊不清地说她怎能夺人所好呢?

"那好,一同进去吧。"他笑着说。

他的神气这样忠厚老实,女郎觉得不好意思,刚才就不该拒绝他的,于是有点难为情地说:

"也好……谢谢你了。"

他们进去了。曼海姆家的包厢面对舞台,暴露在众目睽睽之下,不可能不给人看见。他们一入场就惹人注意。克里斯托夫请少女坐前排,自己坐得靠后一点,免得她难为情。她笔直地坐着,有点生硬,头也不敢转动,提心吊胆,恨不得不该答应来。克里斯托夫为了让她安心,也不知道说什么好,就假装看着别的地方。无论他瞧哪里,他都不难发现:同这个不认识的少女坐在光彩夺目的包厢观众中间,会引起小城人的好奇,甚至说三道四。他气得东张西望,自己不喜欢多管闲事,而别人偏要无事生非。他没想到这种冒昧好奇的眼光投向他的,还不如投向少女的多,而且更不怀好意。为了表示他根本不在乎别人说什么或者想什么,他就探身向前和少女谈起话来。他一开口,她就显出担惊受怕的神气,可怜兮兮地不得不作回答,花了好大力气才挤出一个"是"或者一个"不"来,并且不敢看他一眼。这样没有见过世面,使他怜悯她起来,就缩回到他的座位上。幸亏台上的戏开场了。

克里斯托夫没有看广告,也不关心大演员扮什么角色,他上戏院纯粹是来看戏,而不是来看演员的。他没有想过这个名角是扮演奥菲利娅还是王后;如果想过,他也会以为她是演王后的,因为她的年纪大了。但他做梦也没想到她会反串哈姆雷特。等到主角上场,居然用玩具娃娃的声音说话,他简直不敢相信自己的耳朵……

"这个角色是谁?是谁?"他压住声音问自己,"总不至于是……"

等到他看出的确是哈姆雷特时,不由得不骂一声。好在他的女伴是外国人,没听懂德国话,但旁边包厢里的人听得清清楚楚,因为他们马上气势汹汹地叫他住口。他只好缩在包厢里,心里爱怎么骂就怎么骂。但这并不能发泄心头的愤恨。其实,假如公平一点的话,他该对女扮男装这种艺术上的绝招表示敬意才对,你想想看,一个六十岁的女人,摇身一变,居然成了个青年男子,而且漂亮的衣服使人也变漂亮了——至少在有心人眼里看来如此。但克里斯托夫恨这种绝招,恨一切违反自然的东西。他喜欢女人就是女人,男人就是男人。(今天,男女可不容易分清。)在贝多芬的《莱奥诺拉》中,女主角扮男装入狱救丈夫,在他看来已经有点幼稚可笑,叫人看了心里不舒服。而女人扮演的哈姆雷特王子简直超越了可以容许的范围,达到了荒唐的地步。把一个结结实实的丹麦王子,身体肥胖、脸色苍白、容易生气、富有心机、思前顾后、疑神疑鬼的男人变成了一个女人——甚至不能算是一个女人,因为扮演男人的女人只能是个妖精——把哈姆雷特演成一个太监,一个半阴半阳的人……那一定要一个阴阳怪气的时代,一个糊涂透顶的评论界,才能容许这样倒胃口的丑戏子上场而不把她嘘下台去!……女戏子的声音使克里斯托夫魂飞天外。她那唱歌似的一板一眼的语调,没有变化的旋律,自从十七世纪以来,似乎一直受到毫不懂诗的群众欢迎。克里斯托夫听了,却恨不得爬了出去。他只好转过身,不看台上,面对着包厢的板壁,做着怪相,好像一个罚站的小学生。不幸中的大幸是,他的女伴不敢瞧他一眼;否则,她会以为他是疯子。

忽然一下,克里斯托夫不再做怪相了。他一动不动地坐着,也不出声。因为台上响起了一个美丽的女声,低沉温柔,富有乐感。克里斯托夫竖起耳朵来听。她说话时,他也转过身来,要看是什么鸟唱得这样婉转动听。

一看是奥菲利娅。当然,她并不像莎士比亚剧中的奥菲利娅。这是个漂亮的女郎,高大,结实,苗条,像一尊希腊女神的塑像:艾勒克特儿或卡桑德拉。她浑身洋溢着生命力。虽然她努力不演得出轨,但她的肉体,一举一动,一笑一眨眼,都流露出青春和欢乐的魅力。美丽的肉体有多大的能量!克里斯托夫刚刚还毫不留情地批评哈姆雷特的表演,现在看到奥菲利娅并不像他想象中的人物,却并不感到遗憾,反倒毫不惋惜地为了台上的女主角而牺牲心中的形象。热情的人不知不觉就会改变自己的信仰,克里斯托夫甚至认为这个纯洁而又不安的少女,在她心灵的深处,应该燃烧起青春的烈火,而这是更深刻的真理。使魅力达到高峰的,是勾人心魄的声音,纯洁、温暖、圆润,每字每句听来都很协调;字里行间跳跃着带笑的法国南方口音,按着轻松活泼的节奏,就像百里香或野薄荷味弥漫在空中。奥菲利娅从北欧移植到了南欧,多么新奇的形象!但她带来了金黄的阳光和强烈的季候风。

克里斯托夫忘记了他的女伴怕羞,居然坐到包厢前排她旁边去了;眼睛一刻也不离开那个美丽的女角,他还不知道她叫什么名字。但观众并不是来听一个无名之辈的戏的,对她毫不注意;他们拿定了主意,一定要等到女鬼装的哈姆雷特开腔,他们才肯鼓掌。这使克里斯托夫气得把他们叫作"蠢驴!"——他的骂声很低,但在十步之内可以听见。

一直等到幕间休息的时候,他才记起了包厢里还有一个女伴;看见她一直羞答答的,他才笑着想到自己刚才的胡言乱语一定把她吓坏了——他并没有猜错:这个阴差阳错和他在一起待了两个小时的少女,的确性格内向得接近病态,刚才要不是高兴得反常,她是不敢接受邀请的。刚一接受,立刻反悔,巴不得随便找个什么借口溜掉,摆脱这个窘境。更糟的是,她看见大家好奇的眼光都投在她身上,又听见背后——她甚至不敢转过头去看看——她的同伴叽里咕噜的咒骂声,觉得越来越紧张。她不知道他还会做出什么怪事;等他坐到她身边来,她简直吓得浑身冰凉,天晓得有什么荒唐事他不会做!她真恨不得挖个地洞钻下去。她本能地往后缩,唯恐碰他一下。

但在幕间休息时听到他憨厚的谈话,她才放下心来。

"我是个不讨人喜欢的伙伴,对不对?真是对不起了。"

她看了他一眼,看见他好心好意的微笑,就是这个微笑刚才使她决定来看戏的。

他接着说:

"我不会隐瞒我的思想……这实在教我受不了!……这个女主角,这个老主角!……"

他又做了一个厌恶的怪相。

她微微一笑,轻轻地说:

"不管怎样,不能说是不美。"

他听出了她的口音,就问:

"你是外国人吧?"

"是的。"她说。

他瞧瞧她朴素的长裙:

"是教师吧?"他问。

她脸红了,答道:

"是的。"

"哪国人呀?"

她说:

"我是法国人。"

他露出了吃惊的样子。

"法国人?我真不敢相信。"

"为什么?"她畏畏缩缩地问道。

"你是这样的……庄重!"他说。

(她想,他这样说并不完全是恭维她。)

"法国也有这样的人。"她不知如何是好。

他看看她善良的小脸,高高的前额,笔直的小鼻子,秀气的下巴,不丰润的脸颊,边上是深色的头发。他看见的并不是她,因为他想到的是美丽的女戏子。他反复说:

"真奇怪,你是法国人……你当真和奥菲利娅一样是法国人吗?简直不敢相信。"

静了一会儿,他又说:

"她多么美丽!"

他不知不觉地似乎在拿女戏子和他的女伴作比较,结果当然对女伴不利。女伴也感觉到了,但并不怪克里斯托夫,因为她的看法和他一样。他想问她关于女戏子的事,但她什么也不知道,看得出来她对戏剧界并不了解。

"你大约喜欢听到台上说法国话吧?"他问道。

他是随便说着玩的,不料歪打正着。

"啊!"她真诚的口气给了他强烈的印象,"太喜欢了!我在这里很闷。"

这次他才看清楚这一点:她的手有点紧张,似乎感到压抑。但她立刻想到这句话也许会伤害他:

"噢!对不起,"她说,"我自己也不知道我在说什么。"

他毫无拘束地笑了:

"你用不着道歉!你说得一点也不错。其实,不是法国人在这里也很闷。呜!"

他往后一仰,吸了一口气。

但她觉得这样泄露了自己的真情,更不好意思,就不再说话了。此外,她刚发现隔壁包厢的人在留神听他们谈话;而他也注意到了,并且很生气。他们就这样打断了话头;在休息时间结束之前,他到戏院的过道上去走走。少女的话还在他耳边响;但他的心别有所思:他想到的形象是奥菲利娅。在以后几幕中,她更占据了他的心神;等美丽的女戏子演到发疯那一场,唱出了爱情与死亡的忧郁歌声,她的声音如此动人心弦,使克里斯托夫神魂颠倒,心潮澎湃;他觉得自己简直要失声痛哭了。他狠狠地怪自己不该表现得太软弱——因为在他看来,一个真正的艺术家是不该流眼泪的——又不愿意当众出丑,就忽然一下走出了包厢。走廊和休息室都空空无人。他心情激动地走下了楼梯,无意识地走出了戏院的大门。他需要呼吸黑夜吐出的新鲜空气,迈开大步走上幽暗寂静的街道。他站立在运河之滨,靠着岸边的护墙,凝视着无言的流水,和水上荡漾的灯光街影。他的心情也是一样:朦朦胧胧,哆哆嗦嗦;他什么也看不清,只见在表面上荡漾着一片欢腾。钟声响了。他不可能再进戏院去把戏看完。去看福丁布拉斯在哈姆雷特死后登上王位吗?不,这对他没有吸引力……这算不算胜利?有谁羡慕这个胜利者吗?尝够了人生的辛酸痛苦,残酷荒唐,谁还愿意要胜利呢?这个剧本是对人生的控诉。但剧中的生命力在奔腾咆哮,使悲伤也转变成了欢乐,使痛苦也令人心醉神迷……

克里斯托夫回到家里,一点也不记得那个萍水相逢的少女,他把她一个人丢在包厢里,甚至没有问过她叫什么名字。

第二天早上,他到一个三流旅馆去看那个女戏子,戏班子的老板把那个名演员安排在一家头等旅馆里,无名之辈只好就住三等了。人家把他带进了一间不太整洁的小客厅,打开的钢琴上还乱放着吃剩的早餐,头发夹子,还有几页破破烂烂、不干不净的乐谱。在隔壁房间里,奥菲利娅正在高声唱歌,就像一个孩子不热闹就闷得发慌似的。听见有人找她,她才打住了一下,用快活的声音发问,也不在乎隔壁的人听到:

"这位先生有什么事找我?他叫什么名字?……克里斯托夫……姓什么?克拉夫特?……好怪的姓!"

(她重复了两三次,卷舌音抖得特别厉害。)

"听起来像赌咒……"

(她信口就赌了一个咒。)

"他年纪大不大?……不讨人厌吗?……那好,我就来。"

于是她又高唱:

   没有什么比爱情更甜蜜……

她一边唱,一边在房间里乱找,赌咒发誓骂一根贝壳别针,怎么藏在一堆乱东西里找不到了。她找得不耐烦,又发脾气,听来好像母狮在吼。克里斯托夫虽然看不见人,但隔着墙壁也能猜到她的动作,就一个人乐得笑了。到底,他听见脚步声由远而近,房门猛然一下打开,奥菲利娅来了。

她穿了一件浴衣,胸脯半隐半现,只在腰间束紧,两条手臂从宽大的袖子里裸露出来,头发也没梳好,环形的卷发在眉间脸上飘来荡去。她美丽的深色眼睛笑眯眯的,嘴巴笑呵呵的,脸颊笑吟吟的,下巴上那个可爱的小酒窝也笑嘻嘻的。她用唱歌一般好听的低声说:自己这样出来见人,有点不太礼貌。其实她明知道没有什么对不起人的,客人只会更喜欢她这样打扮。她本以为他是来采访的新闻记者。听说他是因为爱慕她而专门来看她的,她不但不觉得失望,反而感到开心。她是个好人,有感情,乐意讨人喜欢,也不隐瞒这点:克里斯托夫来看她,对她这样热情,使她心花怒放——她还没有给捧场的人惯坏呢——她的一举一动,一姿一态,都是自然的,甚至她表示的小小虚荣,因为得到欢心而表现的天真快活,也是自然的,所以他一点也不觉得拘束。两个人一见如故。他讲几句半通不通的法语,她说几句似通非通的德语;不到一个小时,两个人就交心了。她一点也不想打发他走。这个结结实实、快快活活的南方女郎聪明伶俐,感情外露,在这些愚蠢的伙伴中间,在一个语言不通的地方,若不是天生的快活性格,恐怕早就无聊死了,现在找到了一个可以谈谈的人,自然心满意足。至于克里斯托夫,见惯了本地的心胸狭窄、言不由衷的小市民,忽然碰到这个无拘无束、吃民间的奶长大的南方女郎,自然觉得喜出望外。他还不知道这种性格也有做作的一面,和德国人不同的是,他们除了外在的表现,内心就没有存什么货色了——往往外在的表现也不货真价实。但至少她年轻、活泼,她想什么,就说什么,不转弯抹角,不怕得罪人;她敢批评,没有条条框框,眼光新颖,在她身上冒出了扫荡云山雾障的季候风。她很有天赋,但缺少教养,不会思索,对美对善,感觉都很敏锐,并且全心全意、真心实意受到感动;但是感动不能持久,过了一会就哈哈大笑了。当然,她也会卖弄风情,暗送秋波;她也喜欢穿半露酥胸的浴衣,要克里斯托夫看得头昏目眩;但这纯粹是本能。她不精心算计,更喜欢说说笑笑,随随便便,打打闹闹,没有拘束,不讲客套。她对他揭戏班子的底,说不值一提的琐事,伙伴之间的明争暗斗,奚撒贝——她这样叫那个名演员——给她找麻烦,唯恐她胜过自己。他也对她抱怨德国人,听得她拍手称快,两个人一唱一和。她的心好,不肯说人家的坏话,但又不能闭嘴不说;她拿别人开玩笑时,总怪自己缺德,但她有南方人的看家本领,能够观察到实际的真相和好笑的地方;她形容人的时候,往往能揭开人的疮疤,欲罢不能。她快活地笑得嘴唇发白,露出了小狗般的牙齿,脂粉掩盖了她脸上的血色,只有黑眼圈当中的眼睛在发亮。

忽然一下,他们发现已经谈了一个多小时。克里斯托夫就向柯琳娜——这是她在戏班子里的名字——提出下午再来,带她到城里去兜一圈。她一听非常高兴;两个人约好吃了午餐再见。

一到时间他就来了。柯琳娜坐在旅馆的小客厅里,手里拿着一个脚本,正在高声念台词。她没有停下来,只用眼睛笑眯眯地招呼他。等她念完一句,才做手势要他在长沙发上坐下,坐在她的旁边:

"坐在这里,不要说话。"她说,"我要复习一遍我的台词。只消刻把钟就完了。"

她看着脚本,用手指头指一行念一行,念得又快又马虎,好像一个忙里偷闲的小姑娘。他提出她背台词时由他核对。她就把脚本给了他,自己站起来背。她背得结结巴巴,背到一句末了总要重复三四遍,才能想得起下一句。她背台词老是摇头,头发针都落到地上了。有时个把字硬是记不起来,她不耐烦,就像野孩子一般发脾气,不是赌咒发誓,就是说粗话——而一个最凶最短的字,是她专用来骂自己的——克里斯托夫发现才子气和孩子气杂交在她身上,不免吃惊。她念台词的腔调既准确又动人;但在她专心致志念一段的时候,半中间忽然会迸出一两句没意义的话。她背台词就像鹦鹉学舌一样,只管声音不管意思,有时背得驴唇不对马嘴,非常好笑。她倒满不在乎,发现后自己先笑得前俯后仰。最后,她骂一声:"去你的吧!"把脚本从他手里抢了过来,往房间角落里一扔,说:

"放假了!时间到了!……走吧!"

他担心她的角色演不好,就不安地问道:

"你觉得台词背熟了吗?"

她很有把握地答道:

"那还消说!何况还有提词的人呢!要他干什么用?"

她到自己房间里去戴帽子。克里斯托夫坐在钢琴凳上等她,随手弹了几个和弦的组曲。她在隔壁房里喊道:

"咳!你弹的是什么?弹下去吧!多么好听啊!"

她跑来了,把帽子往头上一压,就算完事。他接着弹。等到他弹完了一曲,她还要他弹下去。她入了迷似的,媚里媚气地说好,法国女人听了《特里斯坦》或者喝了一杯可可,都会这样撒娇。克里斯托夫笑了,这和德国人装模作样、夸大其词的赞扬大不相同。其实这是两种相反的夸张:一种把盆景夸大为山景,另外一种把山景压缩成盆景;两种夸张都一样可笑;但目前在他看来,盆景比山景更可爱,因为他喜欢那张伶牙俐齿的小嘴——柯琳娜问他弹的是谁的作品;一听说是他自己的,不禁大叫起来。其实他们上午谈话的时候,他已经说过他是个作曲家;但她一点也没留意。现在,她在他的身边坐下,一定要他把全部作品都弹一遍。到城里兜一圈的事早忘记了。她并不是为了礼貌,而是的确喜欢音乐,她的本能神奇地弥补了教养的不足。开头,他并不把她的话当真,只弹最简单的曲子。后来,他随便弹了一页他更看重的作品,虽然他什么话都没有说,但却看得出来,她更喜欢的也是这一页,这一下他可喜出望外了。一个德国人居然碰到了一个法国知音,真是惊喜交集,他就对她说:

"真怪。你的欣赏力怎么这样高!简直叫我难以相信……"

柯琳娜冲着他的鼻子笑了。

于是他就选弹一些越来越难懂的作品,试着她是不是跟得上。不料这些表现大胆的作品并没有难倒她;克里斯托夫又弹了一支特别新颖的曲子,新得在德国没有人欣赏,连克里斯托夫自己也产生了怀疑,哪里想得到柯琳娜却要求他再弹一次,而且站了起来,把调子从头到尾唱了一遍,几乎一个音符也没有背错。这时克里斯托夫简直惊喜若狂了!他转过身来看

着她,热情洋溢地抓住她的两只手:

"你简直是音乐女神!"他叫了。

她笑了起来,说她开始在外省一家歌剧院当过歌手,但一个巡回演出的剧团经理看中了她有演诗剧的才能,就要她改行。他喊道:

"多么可惜!"

"有什么可惜的?"她问,"诗剧不也是音乐吗?"

她要他讲歌曲的意思,他就念德语的歌词,她也跟着念,像猴子模仿人一样轻而易举,甚至模仿他撅嘴皱眉的动作。后来她把背下来的歌词唱出来,却犯了好笑的错误,只要她背不出,她就创造一些喉音很重、外国腔调的字,听得两个人都笑了。她不厌其烦地要他弹琴,他也不厌其烦地为她伴奏,听她美好的歌声,她还不能驾轻就熟,只是像小姑娘一样用喉咙唱,但听来有一种说不出的清脆动人的感觉。她说起话来,开门见山,想到什么,就说什么。虽然她解释不清楚为什么喜欢一部作品而不喜欢另外一部,但她做出的判断总有深层的理由。说也奇怪,她听到那些在德国最受欢迎,最合规矩的作品,总觉得最受拘束,她说几句好话只是为了礼貌;但看得出这种作品并不讨她喜欢。因为她没有音乐素养,所以不像业余音乐爱好者或者职业音乐家那样,下意识地爱好"已经听过的",音乐,或者不知不觉地爱好一部新作品,其实是爱好在旧作品中爱过的陈词老套。她也不像德国人那样喜欢多情善感的音乐(至少她喜欢的是另外一种多情善感,而克里斯托夫还没有看出她的弱点);德国人喜欢平淡无奇、有点软绵绵的音乐,她听了不会兴高采烈;克里斯托夫有一首平庸的歌曲,她一点也不欣赏——但他的朋友老对他谈这支曲子,因为他们除此以外找不到可以吹捧他的作品,而他却恨不得把这支歌撕掉。柯琳娜天生有演戏的本能,她喜欢音乐能说一是一、说二是二地表现情感,他也认为这种情感最有价值。然而,她对某些不太协调的和声有反感,克里斯托夫却觉得很自然;她一感到生硬,就会停下来问:"真是这样的吗?"听见他回答是,她就只好勉为其难,但是接着,克里斯托夫却看见她撅起嘴巴,做了一个怪相。有时,她想跳过难关。于是他把琴重弹一遍。

"你不喜欢这点?"他问道。

她的鼻子一哼。

"这不对头。"她说:

"不对,"他笑着说,"这一点也不错。不信?你想想看。要用心想!"

(他指指她的心。)

但是她摇摇头:

"也许想起来不错;但听起来不对头。"

(她扯了扯耳朵。)

她厌恶德国人朗诵时忽然提高嗓门:

"为什么这样大喊大叫呢?"她问道,"不是只有他一个人在场吗?难道他不怕打扰四邻八舍?他的样子……(对不起!你不会怪我吧?)……他的样子像在呼唤渡船。"

他并没有怪她,反倒真心笑了,而且承认她说得有点道理。她的话叫他开心,还没有人对他这样说过呢。两个人都同意:歌剧中的朗诵往往使自然的语言变形,就像放大镜会扭曲人的形体一样。柯琳娜请克里斯托夫为她的演出配乐,她的说白中间夹了几句歌词,需要音乐伴奏。他一听到这个主意,立刻心花怒放,虽然在舞台上演出还有困难,但他相信柯琳娜的歌喉会赢得胜利;于是两个人就为将来做出安排。

等他们想到出去的时候,已经差不多五点钟了。这个季节天黑得早。要去城里兜圈子已经来不及。晚上,柯琳娜还要上戏院去排演,别人不便旁观。于是她要他答应第二天下午再来,那时再带她去城里逛逛吧。

第二天几乎又要重演头一天那一场。他看见柯琳娜面对着镜子,骑马似的坐在一个高高的凳子上,两条腿悬了空,正在试假头发呢。服装师和理发师站在旁边,她正叮嘱理发师,要把一束头发卷高点。她一照镜子,在镜子里看见克里斯托夫在她背后微笑,她就伸出舌头。理发师拿着假头发走了,她才转过身来,高高兴兴地对克里斯托夫说:

"早哇,好朋友!"

她伸出脸来让他吻。他没想到她会这样亲热,但他不肯放过机会。其实,她并不把这当作一回事,对她说来,亲吻和说"早哇"并没有什么分别。

"啊!这一下才高兴了!"她说,"这样子今晚才过得去,过得去——她指的是假头发——真把我急死了!你要是上午来,那可糟糕,你会看到我那副可怜相。"

他问她为什么。

原来理发师在巴黎打包时,包错了一副假头发,和她要演的角色对不上号。

"假发是笔直的,"她说,"没有打一个卷,看起来一副蠢相。我一见就哭了,哭得像个喷泉。你说是不是,台齐莱太太?"

"我进来的时候,"台齐莱太太答道,"小姐的样子真吓人。小姐脸都白了,好像死了一样。"

克里斯托夫笑了。柯琳娜在镜子里看见他笑。

"你笑什么?没良心的!"她气嘟嘟地说。

但她自己也笑了。

他问她头一天晚上排演如何——一切进行得都很顺利。她只希望把别人的台词剪短一些,但是不能剪掉她自己的台词……两个人谈得很投机,下午的时间不知不觉地过去了。她穿衣服又花了好长的时间;还喜欢问克里斯托夫:她打扮得怎么样。克里斯托夫称赞她漂亮,幼稚地在德语中夹杂了法语,说什么从来没见过比她更"放荡"的女人。她开头一听傻了眼,然后就哈哈大笑起来。

"我说错了什么?"他问道,"难道有什么不对头的吗?"

"对头!对头!"她高声说,笑得直不起腰来。"你说得一点也不错。"

他们总算出去了。她的打扮招摇过市,说起话来滔滔不绝,非常惹人注意。她看什么都用法国女人嬉皮笑脸的眼光,并且毫不隐瞒自己的观感。走过陈列时装的橱窗,出卖明信画片的商店,看到谈情说爱、轻浮滑稽的画面,乱七八糟放在一起,画上还有小城的卖笑女郎,穿得红红绿绿的皇族,穿水手装的皇帝掌握着"日耳曼号"的船舵,显出天不怕地不怕的神气,她看了忍不住扑哧一声,笑了起来。看到台布和餐巾上绣了瓦格纳生气的头像,或者理发店橱窗当中昂然立着蜡制的人头,她都哈哈大笑。站在爱国将士的纪念碑前,对着身穿行装、头戴尖盔的老皇帝,普鲁士和德意志各邦的塑像,还有赤身露体的战神,她也笑得不亦乐乎,太不成话。她路上随便碰到什么人,只要他的面孔,走路的样子,说话的腔调有一点可笑,她就抓住机会决不放过。过路的人一看她不怀好意的眼睛,都看得出她心怀鬼胎。她善于模仿的本能有时甚至连她自己也没想到,就用嘴巴鼻子模仿别人心花怒放或皱眉苦脸的怪相;她鼓起脸颊来学她随便听到的片言只语,因为觉得声音响亮得古怪。克里斯托夫也放声大笑,一点也不觉得她放荡不羁有什么不对头,因为他自己甚至比她还更不检点。好在他的名誉也没有什么可损失的;否则,这样在城里兜一圈也够使他声名狼藉,永远抬不起头来了。

他们同去看大教堂。柯琳娜想要一起爬上钟楼的尖顶,虽然她穿了高跟鞋和长裙,裙子长得在一级一级的楼梯步子上拖着,甚至在扶梯角上勾住了;但是她不在乎,使劲把窸窣响的裙子一拉,撕破了就把裙角高高卷起,兴高采烈地继续往上爬。她几乎要敲教堂的大钟。到了塔顶,她高声朗诵维克多·雨果的诗句,他一点也不懂,她就唱起一支法国的流行歌曲来。然后,她又学清真寺尖塔上的报时人,宣告祈祷的时间到了——暮色降临。他们走下钟楼,回到教堂,浓阴黑影顺着巨大的墙壁上升,正面墙上的彩绘玻璃窗像有魔力的眼睛一样闪射出光芒。克里斯托夫一眼看到在包厢里陪他看《哈姆雷特》的少女,正跪在侧面的一个小礼拜堂里。她这样专心致志地祈祷,没有看见他;但她脸上痛苦而紧张的表情,打动了他的心。他本想对她说几句话,起码也要打个招呼,但柯琳娜一阵风似的把他带走了。

不久,他们就分了手。她要准备演出,按照德国的惯例,开场是很早的。他刚回到家里,却有人拉响了门铃,交给他一张柯琳娜的便条:

真走运!奚撒贝病了!今晚停演!放假万岁!……朋友!来吧!我们一起吃顿便餐!

女友柯琳娜

再者,多带些乐谱来!……

他开头没有看懂。一看懂他就和柯琳娜一样高兴,立刻到旅馆去。他怕吃晚餐时戏班子的人都在场;但他一个人也没有碰到。甚至柯琳娜也不见了。最后,他听到屋子后面传来了她兴高采烈的笑声,就顺着声音去找,结果在厨房里找到了她。她独出心裁要做一盘香得出奇的家乡菜,要街坊闻得到香味,连墙壁都熏香了。她和旅馆里胖胖的老板娘混得很熟,两个人在一起叽里咕噜说一种不三不四、无以名状的语言,里面掺杂了德国话、法国话、黑人的话。她们互相尝对方做的菜,尝得哈哈大笑。克里斯托夫一来,她们笑得更热闹了。她们不让他进厨房门,他硬要进去,结果也尝到了这盘有名的菜。他吃时做了个怪相,她们就说他是个不识好歹的德国蛮子,真是为他白费工夫。

他们一起回到前面的小客厅,餐桌已经摆好:只有他和柯琳娜的餐具。他不禁问了一声:伙伴们在哪里? 柯琳娜做了个不在乎的手势:

"我不知道。"

"你们不在一起吃晚餐吗?"

"从来不!在戏院里见面已经够多的了!……难道还要在餐桌上再见面?……"

法国和德国的规矩大不相同,使他觉得不但意外,而且高兴:

"我还以为,"他说,"你们是个喜欢交际的民族呢!"

"难道你以为,"她说,"我不喜欢交际吗?"

"交际意味着过社交生活。你看我们这里!男女老幼从生到死都是社会的一分子。一切事都要大伙一起做:吃呀,唱呀,想呀,都和大伙一样。大伙儿打喷嚏,你也得跟着打;不和大伙同饮,是连一杯啤酒也喝不成的。"

"那才快活哩,"她说,"为什么不用同一只杯子喝酒呢?"

"你不觉得这样才亲热吗?"

"去你的亲热吧!我只跟我喜欢的人'亲热',不跟我不喜欢的人……呸!你说的算什么社会,还不如说蚂蚁窠哩!"

"我和你的看法一样,那么你想想看:我在这里的日子好过吗?"

"那就到我们那里去吧!"

他想也想不到有这等好事,就向她打听巴黎和法国人的情况。她告诉他好多消息,可惜并不十分准确。南方人说话本来就天花乱坠,再加上她本能的欲望就是要使听的人心醉神迷。要相信她的话,巴黎人人自由,个个聪明,会用自由权,但又不滥用;每个人都可以随心所欲去做,去想,去相信,去喜欢,或者不喜欢,没有人会说闲话。在那里,没有人干涉别人的信仰,打听别人的隐私,控制别人的思想。在那里,政治家不管文学艺术的事,也不会把勋章、名位、金钱分送给自己的朋友和支持人。在那里,没有什么小团体可以左右别人的名声和成就,没有新闻记者会受收买,文人不会焚香顶礼膜拜,也不会互相用香炉打得头破血流。在那里,人才不会受到批评压制,名人也不会受到无限吹捧。在那里,不惜任何代价、不择任何手段取得的成功并得不到歌颂。人和人的关系很温暖、亲热,施恩并不望报。没有尖酸刻薄的往来。没有不怀好意的诽谤。大家都乐于帮助别人,都对新来的人才伸出欢迎的双手,在他的脚下是铺平了的道路。有骑士风度、无利害观念的法国人有一颗爱美的纯洁心灵;他们唯一可笑的地方是他们的理想主义,虽然他们的才华得到公认,还是不免上当。

克里斯托夫听得目瞪口呆;她说得的确令人心向往之,柯琳娜听自己讲,也听得出了神。她居然忘记了头一天还向克里斯托夫诉说过以前的生活多么艰苦呢;好在他也和她一样忘了。

然而,柯琳娜关心的并不只是要德国人爱她的国家,还要人家爱她自己。只要一个晚上没有人和她调情,她就会觉得苦闷,甚至有点荒唐。她不免要向克里斯托夫进行性骚扰,但没有用,他就像个没事人一样。克里斯托夫根本不懂调情献媚。他不是爱,就是不爱。他不爱的时候,思想离爱情总有十万八千里。他对柯琳娜有非常强烈的好感,南方女子的性格对他显得这样新奇,她的风韵、脾气、灵活的头脑、随便的态度,对他都有很大的吸引力;要爱上一个人并不需要这么多好条件;但"爱情吹来像一阵风";这一次偏偏没有吹到这个地方;至于没有爱情而假装恋爱,这是他从没起过的念头。

柯琳娜看见他无动于衷,觉得很好玩。他按照他带来的乐谱弹琴,她就坐在他的身边,用裸露的手臂搂住他的脖子,为了看清乐谱,她把头伸到键盘上,脸颊几乎靠着他的脸颊。他感到她的睫毛一掠而过,看见她俏皮的眼睛,可爱的小嘴,撅起的嘴唇,口鼻间的汗毛,都和他面对面,脸上还微微笑,正在等待——她在等待。克里斯托夫却不知道她等的是什么。柯琳娜碍手碍脚,使他弹起琴来不方便,这就是他当时想到的。于是他木头人似的摆脱了她,并且把琴凳和她的椅子分开。过了一会,他转过身去对柯琳娜说话,看见她想笑得要死;她脸上的酒窝都笑出来了;她抿住嘴,拼命忍住不笑。

"你怎么啦?"他惊讶地问道。

她瞧了他一眼,就发出了一阵大笑。

他一点也不明白。

"你笑什么?"他问道,"难道我说了什么好笑的话?"

他越问,她越笑。等到她快笑完了,一看他那副傻样子,不禁又笑得更厉害了。她站起来,跑到房间那一头的长沙发上,把头埋在枕头下,拼命地笑,笑得全身发抖。他也跟着笑了,走过来给她捶背。等到她笑够了,才抬起头来,擦干眼泪,并且向他伸出双手。

"多么老实的孩子!"她说。

"不比别人更坏吧!"

她一直抓住他的手,还在笑得摇来晃去。

"法国女人不正经吧?"她问。

(她学他德国的发音。)

"你这是拿我开玩笑。"他不怀恶意地说。

她温情脉脉地瞧着他,使劲地摇他的手,问道:

"是朋友吗?"

"是朋友!"他说时也捏捏她的手。

"柯琳娜不在这里的时候,朋友会想她吗？不会怪这个法国女人不正经吗？"

"法国女人呢,不会怪德国蛮子这么傻吗？"

"蛮子真是傻得可爱呢！会到巴黎来看我吗？"

"一言为定……法国女人会来信吗？"

"我敢起誓……你也来起个誓。"

"我也起誓。"

"不对,不是这样的。要伸出手来。"

她模仿古罗马人起誓的样子。她要他答应为她写一个音乐剧本,译成法语后由她在巴黎演出。明天她要跟戏班子走了。后天他们要在法兰克福公演,他答应去看她。他们还谈了一阵子。她送克里斯托夫一张照片,上半身是赤裸裸的。两个人高高兴兴分了手,像兄妹一般亲热吻别。说真的,自从柯琳娜看出克里斯托夫对她只有好感,没有爱情之后,她也打定了主意,不把他当情人,只把他当好朋友了。

他们两个人都睡得安稳。他第二天不能来送行；因为他要排练。但到第三天,他就设法按照约定的到法兰克福去。只消坐两三个小时的火车。柯琳娜以为克里斯托夫答应的约会只是口头说说而已；不料他却非常认真,演出一开始,他就在场了。等到幕间休息时,他去敲化妆室的门,她惊喜交加地叫了起来,并且搂住他的脖子。她真心实意地感激他来赴约会。但对克里斯托夫不利的是,她在这个城里受到了犹太阔佬的包围,他们都很聪明,会赞赏她现在的美貌,预料到她将来的成功。时时刻刻会有人来敲门,门就开开关关,让人进进出出,一些面貌团团、眼睛炯炯有神的人用很重的乡音说些不三不四的恭维话。柯琳娜当然和他们调情卖俏；后来和克里斯托夫谈话,一下也改不了装腔作势、挑逗引诱的口气,使他非常恼火。此外,看到她满不在乎地当他的面化妆,把脂粉油彩涂在脸上、胸前、胳臂上,他也深感厌恶。他正想等她演出一完马上就走,不再找她了；但等到他告别,说不能陪她吃夜宵时,她流露出来的难过这样亲切动人,使他的决心下不定了。她要人拿来了火车时刻表,证明他可以——而且应该再多陪她个把小时。他当然无法推辞,就留下来吃夜宵了；甚至对别人的胡说八道,他并没有流露出过分的不满,柯琳娜无论对什么人都大献殷勤,他也没有显出过分的恼火。怎么能怪她呢？她纯粹是个少女,没有道德观念、懒洋洋、心荡荡的,喜欢寻欢作乐,撒起娇来非常天真,但同时又忠实、善良,连她的缺点都是自生自发、合乎常情的,看到只好笑笑算了,甚至还会娇惯她呢。她说话时,克里斯托夫坐在她对面,看她一脸的生动,光辉闪烁的眼睛,下巴有点软绵绵的,挂着意大利少女的笑容——笑得和气,机灵,好吃贪玩,他这一次才看得比以前更清楚了。有些特点使他想起了阿达:一举一动,一看一瞥,有点俗气地卖弄风情——女人总是女人。但他喜欢的是她南方人的性格:慷慨大方,对人决不斤斤计较,有十分本事决不只使出八分,决不装作交际场上的美人和图书馆中的才女,而是天然和谐的女人,肉体和心灵只有在灿烂的阳光下才能如花盛开——他走的时候,她离开了餐桌,丢下了别人来给他送行。两人再拥抱了一次,再说了一遍写信和后会有期的话。

他坐最后一班火车回去。路上经过一个车站,对面来的火车还停在轨道上。在和他正对面的三等车厢里,克里斯托夫一眼看见了那个和他同看《哈姆雷特》的法国少女。她也看见了克里斯托夫,并且认出了他。两个人都心里一震,互相打了一个招呼,没有说话,也没有动一动,甚至没有再看一眼。但他头一眼已经看到她戴了一顶小小的旅行帽,身边放了一只旧的手提箱。他以为她只出几天门,没想到她要离开德国。他不知道是不是该和她谈几句话,正在考虑说什么好,准备打开车窗的时候,却听见了开车的哨音,只好不说算了。过了几秒钟车才开动。两个人面对面你瞧着我,我瞧着你。两个车厢里都没有别人,他们的脸贴着车窗,眼光穿过了周围的黑暗,互相望着。两个玻璃窗把他们隔开了。如果他们把胳臂伸出窗外,两个人的手都可以碰到。他们离得这样近,又这样远。车厢摇摇晃晃地开动了。她一直望着他,不再觉得难为情,因为他们马上又要分开。两个人全神贯注地凝视对方,甚至没有想到最后应该打个招呼。她慢慢地走远了,他看着她消失了;载着她的火车融入了漫漫的黑夜。就像两颗流星,只有片刻时间离得很近,然后在无边无际的太空中越离越远,也许永远不再相会。

等到她消失了,他才感到那无名少女的目光在他心里挖出了一片空虚;他不明白怎么搞的,他只感到空虚的确存在。他半闭着眼皮,昏昏沉沉,靠在车厢的一个角落里,他感觉到他的眼睛接触到了她的目光;其他思想都沉默无言,让他更好地体会那接触的感觉。柯琳娜的影子飞到心外去了,像玻璃窗外一只翅膀乱扑的飞虫;但是他不让她再飞进来。

一出车厢,呼吸到夜晚新鲜的空气,步行在沉睡的城市街道上,他就清醒过来,又想起柯琳娜了。回忆这个温柔戏子的多情姿态,他高兴地微笑,想到她卖弄风情的俗气,他又感到恼火。

"法国人的魅力。"他低声笑着说,一面轻轻地脱下衣服,免得吵醒在隔壁睡觉的母亲。

那天晚上在包厢里听到的一句话又回到他的心头:

"法国也有这样的人。"

他头一回接触法国,就碰到了法国的两重性格。但像所有的德国人一样,他也懒得去猜这个谜;想起车厢里的少女,他只心平气和地反复说:

"她没有法国人的神气。"

仿佛要由一个德国人来确定怎么才像法国人,怎么又不像了。

不管像不像法国人,反正她占据了他的心:因为他半夜里醒过来,心里一阵难过,原来他想起了放在少女座位旁边的那只箱子;忽然一下,一个念头闪过他的心头,少女也许一去不回来了。说实在的,从一开始他就该想到这一点的;但是他却没有想到。于是他感到一种沉重的悲哀。他在床上耸了耸肩膀:

"这和我有什么关系?"他心里想,"我何必多管闲事呢?"

于是他又睡了。

但第二天,他一出门就碰到了曼海姆,他称克里斯托夫为打败了法国人的"勃罗希将军",问他是不是打算征服全法国。从这张活报纸的口里,他才知道那天晚上包厢的事闹大了,甚至出乎曼海姆的意料之外。

"你真是了不起。"曼海姆叫道,"比起你来,我简直算不了什么。"

"我做了什么事啦?"克里斯托夫问道。

"你真令人佩服!"曼海姆说,"连我都眼红了。在葛罗纳蓬的鼻子底下抢走了他的包厢,却请他家的法国女教师去看戏,这是落井下石,不,这是锦上添花,我都没想到这一手!"

"她是葛罗纳蓬家的女教师吗?"克里斯托夫愣住了。

"对,你就假装不知道,做出若无其事的样子,我看这样最好!……爸爸还没消气。葛罗纳蓬一家气得要命!……不过他们也没有气多久,因为他们把女教师解雇了。"

"怎么!"克里斯托夫叫道,"他们把她打发走了!……为了我的缘故把她打发走了?"

"你当真不知道?"曼海姆说,"她没有告诉你?"

克里斯托夫心里很难过。

"不要生气,我的好朋友,"曼海姆说,"这并不要紧。再说,这也是意料中的事,总有一天葛罗纳蓬家会发现……"

"发现,发现什么?"克里斯托夫喊道。

"发现她是你的情人呀!不是吗?"

"我还不认识她呢,连她是谁我都不知道。"

曼海姆听了一笑,仿佛是说:

"你以为我会那么傻吗?"

克里斯托夫恼火了,一定要曼海姆相信他说的话。曼海姆答道:

"那就更奇怪了。"

克里斯托夫焦急不安,说要去找葛罗纳蓬一家说明事实真相,还那少女一个清白。曼海姆劝他不必多此一举:

"我的好朋友,"他说,"你说什么也没有用,他们不会相信你的。再说,时间也太晚了。法国人已经走远了。"

克里斯托夫心像死了一般,尽力要寻找法国少女的踪迹。他想给她写信,向她道歉。但是没有人知道她的下落。他找上葛罗纳蓬的门,给打发走了,他们不知道,也不关心她的去向。克里斯托夫一想到自己害了人,就又悔又恨,没完没了。那双无影无踪的眼睛默默无言地对他发射出神秘的魅力。魅力和悔恨似乎都为时光的洪流和新起的思潮所淹没,但却沉淀在他心底。克里斯托夫没有忘记他所谓的受害人。他发誓要找到她,明知机会不多,但却坚信后会有期。

至于柯琳娜,她一直没有回过他的信。但三个月后,他已经不抱什么希望了,却得到她一封四十个字的电报,兴高采烈得莫名其妙,用许多亲热的小名称呼他,问他还喜欢她吗。然后,又差不多有一年没有消息,忽然来了一封短信,字写得又大又潦草,七扭八歪,像小孩子写的字,却像贵夫人说的话——只有几句,又亲热,又好笑——然后,又没有消息了。她并没有忘记他;但是没有时间想到他。

克里斯托夫还在柯琳娜的影响之下,老想着两个人交换过的看法,打算为她演唱的乐剧谱曲。乐剧——也是一种诗剧——这门艺术以前在德国盛行一时,得到莫扎特的热情赞赏,贝多芬、韦伯、门德尔松、舒曼,所有的古典大师都有诗剧问世,但自从瓦格纳派取得胜利,把戏剧和音乐纳入了固定的形式之后,诗剧就不那么受欢迎了。瓦格纳派自以为是的作曲家不但排斥任何新的音乐剧,并且专心致志地要给古典的诗剧涂脂抹粉;他们小心在意地使歌剧中的对话销声匿迹,按照他们自己的心意把莫扎特、贝多芬、韦伯的说白改成吟诵调;他们自信是在弥补音乐大师们的不足,其实是在毕恭毕敬地把粪土堆到杰作上面。

克里斯托夫听了柯琳娜的评论之后,特别觉得瓦格纳派的朗诵腔调奇笨如牛,往往是不堪入耳;他就怀疑在戏剧中也好,在吟诵调中也好,如果勉强把说白和歌唱凑合在一起,或是捏成一团,那是不是没有意义,是不是违反自然,就像把一匹马和一只鸟拴在一辆车上来拉车一样。说白和歌唱的节奏并不相同。我们可以理解一个艺术家为了一种艺术的成功,不得不牺牲另外一种。但是如果要在两种艺术之间求得妥协,那就两种都得牺牲;就会使说白不像说白,歌唱不像歌唱;就会使歌唱的滔滔洪流受到狭窄而单调的河岸限制,而玉体横陈的说白却穿上了堂皇富丽、堆金砌银的服装,使她一举手一投足都动弹不得。为什么不让歌唱和说白自由自在地各走各的路呢?就像一个美丽的少女用轻松的脚步,如梦似幻地沿着一条小河步行,潺潺的流水声使她心神荡漾,她的脚步声和小河流水声自然合拍。就是这样,音乐和诗歌齐头并进,梦魂交流,自由结合了。当然,并不是所有的音乐和诗歌都能这样融合无间的。所以,反对音乐剧的人就有理攻击那些粗制滥造的作品和演员了。很久以来,克里斯托夫也和反对的人一样厌恶那些自以为是的演员,他们在吟诵有乐器伴奏的台词时,根本不考虑伴奏的音乐,也不想把他们的声音和伴奏融合为一,反而拼命使自己的声音压倒一切,使一切爱好音乐的耳朵反感。但是自从他听到了柯琳娜甜蜜的歌声之后——她的歌声纯净得像清清的泉水在音乐中流动,就像一线光明在水中流动一样,声音随着乐句的高低起伏而蜿蜒曲折,成了更加自由、更加和谐的流体歌声——他才隐约看到了一种新的艺术美。

也许他看得准,但他还缺少实践的经验,不能冒险去试一个新品种,这个品种如果要成为真正的艺术,可能是再困难不过的了。尤其是这种新艺术有一个必需条件:那就是作者要具备诗人、音乐家和演员三合一的才能,而且这三种才能要配合得完美无缺——克里斯托夫却不管三七二十一,莽莽撞撞去搞他不熟悉的艺术,这门艺术的规律全凭他一个人去揣测。

他头一个想法是把莎士比亚的梦幻剧或是《浮士德》第二部中的一幕加上音乐。但戏院都不愿承担风险;这种试验一来费钱太多,二来显得荒谬。人家承认克里斯托夫有音乐才能,但如果他自认为对戏剧也一样懂行,那人家就不免一笑置之,并不把他当真了。音乐世界和诗歌世界似乎是两个互不相干、暗中敌视的王国。要进入诗歌王国,克里斯托夫必须接受一个诗人和他合作;而这个诗人并不容许他自己挑选。他自己也不敢挑挑拣拣,因为他怕自己的文学趣味不高;人家都说他一点也不懂诗;事实上，他的确不懂他周围的人吹得天花乱坠的诗歌。他向来老老实实，又喜欢打破砂锅问到底，所以下了不少苦功，去欣赏一首诗的美，但他总是如入宝山，空手而归，觉得有一点难为情，只好承认自己不是诗人的料。其实，他也曾热情地爱好过几个旧时代的诗人；这使他能聊以自慰。但他又怕自己爱好的，并不是这些诗人值得爱好的地方。有一回，他不是发表过奇谈怪论，说什么真正伟大的诗人，即使把他的诗译成散文，甚至译成外国的散文，读起来还是一样伟大吗？又说什么文学如果不能揭示一个人的心灵，就没有什么价值吗？他的朋友都拿他取笑了。曼海姆说他给香料熏昏了头。他也懒得辩护。因为他天天看到艺术家冒充内行而大闹笑话，比如说文人谈起音乐来就是乱弹琴，所以他警惕自己不要陷入覆辙，干脆承认（虽然心里还是半信半疑）自己对诗是外行；并且闭住眼睛，接受那些他以为是内行专家的意见。于是，他就让杂志社的朋友推荐了一个颓废诗社的大人物史丹芬·洪·埃尔摩德，诗人带来了一部自编的诗剧《伊芙琴尼亚》。在那个时代，德国诗人和法国诗人一样，正在改写希腊悲剧。史丹芬·洪·埃尔摩德的作品就是希腊剧和德国剧结合产生的怪胎，里面杂七杂八地混进了易卜生、荷马和奥斯卡·王尔德的血肉——当然，他也不会忘记抄抄考古学手册。阿伽门农写成了一个神经衰弱的国王，而阿喀琉斯却成了患阳痿病的英雄，他们对自己的病态自怨自艾，没完没了，但是埋怨并不能治好他们的病。全剧的力量都集中在伊芙琴尼亚这个角色身上——伊芙琴尼亚却写成了一个神经兮兮、歇斯底里、卖弄学问的公主，她教训英雄们，咆哮如雷，当众显示尼采的悲观精神，陶醉于死亡，在几阵狂笑声中，她割断了自己的脖子。

这种落后民族自以为是的野蛮文学，虽然披上了希腊的外衣，但和克里斯托夫的思想却毫无共同之处，简直是牛头不对马嘴。但他周围的人却都欢呼这是杰作。他变得胆小了，只好随波逐流。说老实话，他满脑子都是音乐，他想到音乐的时间远远多于剧本。对他说来，剧本只是一个河床，他关心的却是热情奔腾的滚滚洪流，他远不是一个为诗剧配乐的作曲家，他不肯否定自己的个性，智力上一点也不肯迁就。他只想到自己，一点也没想到整个作品。而他还不承认。再说，他又善于幻想，善于无中生有，能在诗中看到原文并没有的诗意。就像他小时候一样，他心里想到的和眼里看到的完全是两码事。

一直等到诗剧排演，他才看出了作品的真面目。一天，他听一场戏的时候，觉得太荒谬了，还以为是演员歪曲了剧本；他居然不知天高地厚，不但当着诗人的面,向演员解释这场戏,并且向支持演员的诗人解释。作者恼火了,用给黄蜂扎了一下的口气说:他想,他知道自己要写什么。克里斯托夫硬不改口,甚至说埃尔摩德什么也不懂。这一下引起了哄堂大笑,他才明白自己成了笑柄。于是他不再说话了,心想这到底不是他写的诗剧。这时,他才看出了剧本内容空虚,大吃一惊,立刻精神瓦解,思想垮台;他奇怪自己以前怎么会搞错的。他骂自己是笨蛋,急得直扯头发。他想安慰自己,就反复说:"你本来就不懂诗,诗不是你的本行。管你自己的音乐吧!"——他觉得难为情,剧本怎么这样无聊,感情怎么这样夸张,语言、动作、姿态怎么虚假得这样明显? 有时他在指挥乐队的时候,甚至觉得自己举不起指挥棒了,恨不能钻到提词厢里去。他太直率,太不圆滑,不会掩饰自己的思想。这一点大家都看得出,不管是朋友、演员、还是作者。埃尔摩德挤出一个微笑来对他说:

"难道这样的作品都不能讨你喜欢?"

克里斯托夫勇敢地答道:

"对你说句实话,不喜欢。我不懂。"

"那么,你作曲之前没有读过吗?"

"读过,"克里斯托夫天真地答道,"但是我搞错了,我了解的是另外一回事。"

"可惜你没有把自己了解的写下来。"

"唉!要是自己写就好了!"克里斯托夫说。

诗人恼火了,他不服气,也来批评音乐。他说音乐碍事,使人听不到诗。

如果说诗人和音乐家互相不了解,那演员对他们两个人更不了解,他们并且满不在乎。他们只是在唱词中寻找东鳞西爪的字句,根据惯例,这些字句会引人注意,得到好的效果。当然,他们的吟诵并不合作品的腔调,也不合音乐的节拍;他们唱他们的,音乐演自己的;人家会说他们唱走了调。克里斯托夫气得咬牙,拼命喊叫,提醒他们音符唱错了;他们让他叫他的,还是若无其事地接着唱,甚至不明白他对他们有什么要求。

克里斯托夫真想撒手不干了,但是已经排演了这么久,打退堂鼓怕要吃官司。他把这些泄气的话告诉曼海姆,却受到一顿嘲笑。

"出了什么事?"曼海姆问道,"不是很顺利吗? 你们互相不了解? 咳! 那有什么关系? 除了作者本人之外,谁懂得他的作品? 本人能懂就算是走运了!"

克里斯托夫因为诗剧无聊而苦恼,说会毁了他的音乐。曼海姆不难发现诗剧不合常情,发现埃尔摩德是条"蠢驴";但他一点也不担心:埃尔摩德时常大开宴席,他的太太又漂亮,怎么好意思批评他呢?——克里斯托夫耸耸肩膀,说没时间听他耍嘴皮子。

"这不是耍嘴皮子!"曼海姆笑着说,"干吗这么认真?你简直不知道生活中什么有价值。"

他奉劝克里斯托夫,不要多管埃尔摩德的闲事,还是想想自己的事算了。他要他做点广告。克里斯托夫气嘟嘟地敬谢不敏。一个记者要采访他的生活,他气冲冲地答道:

"这和你有什么关系?"

有家杂志要登他的照片,他气得跳了起来,高声大喊:谢天谢地!他又不是德皇,用不着把他的头挂到街上去示众——简直不可能要他和当地有影响的"纱笼"搞好关系。他不接受邀请;偶尔不得不接受一次,不是忘了去,就是去发脾气,仿佛存心要跟每个人闹别扭,和谁过不去似的。

但糟糕透顶的是,诗剧上演的前两天,他竟和杂志社也闹翻了。

要发生的事到底发生了。曼海姆继续修改克里斯托夫的稿子,他随便涂掉整行的批评,换上赞美的字句。

一天,在一个"纱笼"里,他碰到一个自以为很漂亮的钢琴家,这个音乐家虽然受过他无情的抨击,却走过来向他道谢,并且微笑着露出了满口的白牙齿。他粗暴地回答说:没有什么可以道谢的。钢琴家却死皮赖脸地表示感激不尽。克里斯托夫毫不客气地打断了他的话头说:如果他对那篇文章满意,那是他自己的事,但文章肯定不是写来叫他满意的。他说完了,背转身来就走。钢琴家以为他是个脾气坏、做好事的人,也就笑着走了。但克里斯托夫想起了不久以前,一个挨过一顿臭骂的人也寄来一张道谢的明信片,于是他忽然间起了疑心。他出去到报亭买了一本最近出版的杂志,找到他自己的文章,读了一遍……他当时简直怀疑是自己发疯写的。后来他明白了,就怒气冲冲地跑到杂志社去。

华特霍斯和曼海姆正在社里和一个女演员谈话。克里斯托夫不等他们问他来干什么。他把那一期杂志往桌上一扔,也不等自己喘过气来,就用闻所未闻的激烈语言大叫大吵,大骂他们是坏蛋、小人、骗子,伸出胳臂拉过一把椅子,用椅子脚蹬得地板笃笃响。曼海姆还想一笑了之。克里斯托夫却要踢他的屁股。曼海姆赶快躲到桌子后面去,笑得直不起腰来。华特霍斯却拿出一副高高在上的架势。他板着脸,沉着气,在一片吵闹声中,尽力要人听见:他不容许别人用这种口气对他说话,要克里斯托夫听候他发落,并且给他一张名片,表示要和他决斗。克里斯托夫却把名片扔到他脸上:

"去你的臭架子!……难道我还要你的名片才知道你是什么货色吗?……你是个滑头、骗子!……你以为我会和你决斗吗?……你只配挨一顿打!……"

在街上都听得见他的声音。过路的人也站住了。曼海姆赶快关窗子。女演员吓坏了,想要走开,但克里斯托夫挡住了门。华特霍斯气得脸色发白,说不出话来。曼海姆也讲不清楚,只是嬉皮笑脸,想打圆场。克里斯托夫却不让他们解释。他把想象得到的最伤害人的骂人话都吐出来,一直骂得喘不过气了才走。而华特霍斯和曼海姆却要等他走后才松了一口气。曼海姆很快又恢复了老样子,他挨了一顿骂就像鸭子淋了一阵雨。但华特霍斯却像给人捅了一刀,他的尊严受到了伤害;使伤害变得更难忍受的,是有第三者在场亲眼目睹,这是他永远不能原谅的。他的同事都齐声附和。在整个杂志社里,只有曼海姆一个人不怪克里斯托夫,他拿他寻开心,玩笑也开够;他认为自己玩得不亦乐乎,只听了几句臭骂,代价不算太高。这是一出有趣的笑剧,假若这玩笑落在他身上,使他的对头变成了他的朋友,他会第一个大笑起来的。因此他还准备和克里斯托夫握手言欢,仿佛什么事也没有似的。但克里斯托夫却怒气难消,总把他拒之于千里之外。曼海姆倒也满不在乎,克里斯托夫不过是他的玩物,反正他也玩了个淋漓尽致;他又兴高采烈地寻找另一个玩物去了。一朝一夕之间,他们的关系就算结束。但曼海姆在别人当他的面谈到克里斯托夫的时候,照样说他们是好朋友。也许他心里真是这样想的。

吵架之后,过了两天,《伊芙琴尼亚》头一次上演了。结果是一团糟。华特霍斯的杂志又说诗剧的好话,根本不提音乐。别的报刊却嬉笑怒骂,得意忘形。戏只演了三场,就停演了;但笑骂声却没有那么快停止。大家都很高兴有机会在克里斯托夫脸上涂黑;一连几个星期,《伊芙琴尼亚》都成了众矢之的,大家笑个没完没了。谁都知道克里斯托夫没有了挡箭牌;谁也不肯错过机会。唯一使人不敢肆无忌惮的,是他在宫廷里还有一官半职。虽然他和大公爵的关系相当冷淡,因为公爵多次对他提过意见,他都置之不理,但他有时还到公爵府去走走,所以在群众心目中,他还受到某种官方的保护,某种虚而不实的保护。

但他却要亲手推倒最后一座靠山。

他受到了批评。批评不但针对他的音乐，还针对他对新艺术的看法，但评论家懒得去了解新艺术，因为歪曲到可笑的程度反而容易得多。可惜克里斯托夫还不够聪明，不知道对付这种不怀好意的批评，最好是置之不理，继续搞自己的创作。几个月来，他养成了一个不好的习惯：不肯放过任何不公正的评论，一定要以牙还牙。他写了一篇稿子，对他的对手毫不留情。他把稿子寄给两个主持公道的报馆，都给退回来了，人家客客气气，话里带刺地说不能发表。克里斯托夫硬要对着干。他想起了城里有一家社会党的报纸曾经向他约过稿。他认识一个编辑；他们有时还在一起讨论。克里斯托夫很高兴有人能和他随便谈论政权、军队、压在人思想上的陈旧过时的偏见。但谈来谈去老是这一套；因为社会党人三句话不离卡尔·马克思，而克里斯托夫对他简直不感兴趣。此外，他在这个人的自由谈话中发现，除了一套他不大喜欢的唯物主义之外，还有刻板的教条，专横的思想，对暴力不敢公开的崇拜，简直是方向相反的军国主义，和他每天在德国听到的言论，并没有多大的分别。

然而，当其他编辑部都对他关上大门之后，他想到的只有这个朋友和这家报纸了。他心里明白这一步棋会引起轰动，因为那家报纸非常激烈，出言狠毒，经常受到谴责；但克里斯托夫从不读那张报，所以只知道报纸思想大胆，这点他并不怕；他不知道报纸的语气恶劣，这点会使他反感的。再说，其他报纸暗中勾结，要堵死他的嘴，气得他走投无路，即使他了解这张过激的报纸，他自己也会一样过激的。他要叫人看看：想要把他堵死，谈何容易！——于是他就把稿子送去社会党报纸的编辑部，人家伸出双手欢迎他。第二天，稿子就发表了，编者还夸大其词，说他们已经得到年轻的天才大师克拉夫特同志的大力支持，还说这位大师对工人阶级的要求深表同情，已是无人不知的事了。

克里斯托夫既没有看到编者的话，也没有看到自己的文章；因为那天是星期日，一大早他就下乡漫游去了。他的心情好得无以复加。一见日出，他就叫呀，笑呀，唱呀，跳呀，舞呀。杂志、批评，都忘到九霄云外去了！这是春天，天地间最美的音乐，都回到人间来了。阴暗、沉闷、发臭的音乐厅，讨厌的伙伴，愚蠢的乐师，一切都忘掉了！只听见美妙的歌声从甜言蜜语的树林中升起；只闻到生命的气息冲破了地壳在田野里漂流。

他漫游回来，头脑里响着阳光的奏鸣曲，那时，他母亲交给他一封公爵府送来的信。信用公家的口气通知克拉夫特先生当天上午到王府去一趟——上午已经过了，时间快到一点钟。克里斯托夫并不急着去。

"现在已经太晚，"他说，"只好明天再说。"

但母亲着急了：

"不行，不行，不能耽误亲王殿下的事；应该马上就去。说不定是要紧的事哩。"

克里斯托夫耸耸肩膀：

"要紧的事？难道那些家伙还有什么要紧事找我谈吗？……他还要对我讲音乐的道理呢。真有意思！……但愿他不要和德皇比个高低，也来表演一首《颂歌》就好了！那样，我可饶不了他。我会老实不客气地对他说：'搞你的政治吧。那方面你是内行，你总是对的。但搞艺术呢，那可得当心！在艺术上，你的盔甲、羽饰、军服、金钱、头衔、宪兵，都没有用……天啦！你想想看：没有这一切，你还有什么？'"

好心的路易莎把什么都当真，双手朝天地叫道：

"你可不能这样说话！……你疯了吗？你疯了吗？……"

他看见母亲信以为真，就故意逗得她着急，一直等到玩笑开过了头，路易莎才明白过来。她就转过身去：

"你太胡闹了，我的傻孩子！"

他笑着拥抱了她。他的心情格外好：因为他漫游的时候想到了一个美丽的旋律，旋律在他心中起伏，就像鱼在水里游动一样。他还不肯上王府去，一定要先大吃一顿，他实在饿坏了。餐后，路易莎看着他换衣服；因为他又来捣乱，说就这样穿旧衣脏鞋去也没什么关系。他说归说，结果还是换了衣服，擦了鞋油，一面口里吹着口哨，模仿各种乐器的声音。等到他穿好了，母亲还检查了一遍，认真地重新给他打好领带。他居然比寻常有耐性，因为他对自己觉得满意——这也不是寻常的事。他走时说自己漂亮得可以拐走亚德拉伊公主——大公爵的女儿，相当好看，嫁了一个德国王族，现在正回娘家来住几个星期。她对小时候的克里斯托夫有好感，而他也喜欢公主。路易莎硬说他爱上了她，他就随声附和，无情假装有情。

他并不急着去王府，悠悠晃晃地走过店铺，在街上看到一条狗，懒洋洋地在晒太阳，他也要站住去摸两下。他跳过了不会伤人的铁栏杆，走进了王府前的方形广场。广场周围都是房屋，中间有两个喷水池，像是半睡半醒地喷着泉水，两边有两个对称的花坛，没有树荫遮蔽，花坛中间有条耙得平平整整的沙路，就像把头发分成两边的中线，路旁摆了盆栽的橘子树；广场中央有一个大公爵的铜像，不知道属哪一代，服装是路易·菲力普式的，像座四角还有象征四种道德的雕刻。广场的长椅子上，只有一个闲人拿着报纸在打瞌睡。王府的铁栏门前,并没有卫兵站岗。看来好笑的壕沟后面,两尊大炮开一只眼、闭一只眼对着半睡半醒的小城打呵欠。克里斯托夫却对大炮做了个怪相。

他走进了王府,并不是来办公事的样子,最多不过是口里不再哼音乐了;思想还在跳舞。他把帽子往门厅的桌上一扔,随便招呼了老门房一声,他从小就认识这老头了——他第一次同祖父来王府看哈斯莱的那个晚上,老头已经在看门了——克里斯托夫不拘礼节,老头向来不放在心上,但这一回,却瞪了他一眼。克里斯托夫并没有注意。再往前走,在前厅里他碰到一个秘书处的职员,平时对他表示亲热,有说有笑;这回使他惊讶的是,小职员赶快走了过去,仿佛避免和他搭话似的。他虽然有这些印象,但并没有站住,还是直往前走,要人通报。

他走了进去。餐桌刚收拾好。亲王殿下在一个客厅里,背朝着壁炉,一边抽烟,一边和客人谈话。克里斯托夫在客人中间看到了他的公主,她也在抽烟;随随便便地仰面靠在一张沙发上,和几个围着她的军官高声谈话。大家谈得热闹,人人兴高采烈;克里斯托夫一进来,就听见大公爵放声大笑。但等亲王一眼看到了克里斯托夫,笑声忽然一下停了。亲王哼了一声,一直冲到他面前:

"啊!你到底来了,你!"他高声叫道,"你还有脸来见我?你把我当成什么人了?你还要这样干多久?你真太不成话了,先生!"

克里斯托夫仿佛迎面落下了一颗炮弹,摸不着头脑,好久说不出一句话来。他以为是怪他迟到了,那怎么会发这么大的脾气呢?于是他结结巴巴地问:

"殿下,我做了什么事啦?"

亲王不听他说,还在大发雷霆:

"住嘴!我不许你污辱我!"

克里斯托夫气得脸都白了,喉咙紧得说不出话来。他好不容易才迸出了一句:

"殿下,你没有权……你没有权侮辱我,你并没有说明我做错了什么事。"

大公爵转过身来对着他的秘书,秘书立刻从衣袋里拿出一张报纸来交给他。他刚才发那么大的脾气,如果只是性格暴躁恐怕说不过去,相当重要的原因是酒喝得太多了。他笔直地站在克里斯托夫面前,像斗牛士拿着红披肩一样,使劲抖开那张折得发皱的报纸,怒气冲冲地高声喊道:

"这就是你的肮脏货,先生!你只配把头埋在里面!"

克里斯托夫认出了社会党的报纸:

"我看不出这有什么错。"他说。

"怎么?怎么?"大公爵尖声叫了起来,"你真是不要脸!……这张混蛋报纸每天都在攻击我,吐出一些不干不净的脏话来反对我!……"

"大人,"克里斯托夫说,"我并没有看这张报。"

"胡说八道!"大公爵喊道。

"请你不要说我胡说八道,"克里斯托夫说,"我是没有看过这张报纸。我只管我的音乐。再说,我也有权随便在哪里发表文章。"

"你除了闭嘴以外,没有任何权利。我过去对你太好了。我给了你多少好处,你和你一家人,虽然根据你和你父亲的所作所为,我早该不理你们了。我禁止你再在反对我的报上发表文章。还有,总的说来,没有我的许可,我禁止你以后再写什么文章。你关于音乐的论战,我也看够了。我不准我保护的人浪费时间去攻击真正德国人的瑰宝,去攻击有情趣的人所看重的东西。你最好还是去写些更好的乐曲吧,如果写不出,那就去做做音阶练习也好。我不要音乐界七嘴八舌,诋毁民族的光荣,引起人心的混乱。谢天谢地!我们知道什么是好东西,用不着你来告诉我们。因此,弹你的钢琴去吧,先生,不要惹是生非!"

胖胖的公爵面对着克里斯托夫,目中无人地瞪着他。克里斯托夫面如土色,想要说话,嘴唇哆嗦,总算又迸出了一句:

"我不是你的奴才,我要说什么就说什么,要写什么就写什么……"

他气得哽住了,又羞又恨,几乎要哭出来;两条腿在发抖。他的胳膊突然动了一下,撞翻了旁边家具上的东西。他明白自己在闹笑话;的确,他听见了笑声,一望客厅里首,他朦朦胧胧地见到公主在看热闹,并且和客人交谈,怜悯中带有几分讽刺。从这时起,他就记不清楚出了什么事。只听见大公爵高声喊叫。克里斯托夫喊得更厉害,却不知道自己喊的是什么。亲王的秘书和另一个职员向他走了过来,叫他不要喊了,他却把他们推开。他一边说,一边还从自己靠着的家具上抓了一个烟灰缸,仿佛下意识地要用作武器。他听见秘书对他说:

"得了,放下来吧,放下来吧!……"

他听到自己前言不对后语地喊着,并且用烟灰缸敲桌子的边。

"出去!"大公爵暴跳如雷地喊道,"出去!出去!给我滚!"

军官走到公爵身边,劝他息怒。公爵好像中了风一样,眼珠凸起,叫人把这个坏蛋赶出门去。克里斯托夫气得面红耳赤,几乎要伸出拳头去打公爵,到底还是给一大堆乱七八糟的情绪压制住了:他感到又羞又恨,有点胆小,还有日耳曼民族的忠心,传统的尊敬,在亲王面前表示谦卑的习惯。他要说,但说不出;他要动,又动不了;他看不见,听不到,让人推了出来。

他走过仆人中间,仆人脸上没有表情,但他们刚刚在门口,什么都听到了。走出前厅要走三十步,他似乎觉得一辈子也走不完。长廊越走越长,仿佛没有尽头……从玻璃门看到门外阳光照耀,他才觉得死里逃生了……他跌跌撞撞走下楼梯,忘记了自己光着头,要老门房叫他才想到去拿帽子。他用尽了全身的力气,穿过院子,回家里去。他一路上咬牙切齿。一进家门,他哆哆嗦嗦的样子把母亲吓坏了。他把她推开,不回答她问的话。他上了楼,回到房里,把门一关,就往床上一躺。他浑身颤抖,衣服也不脱下,呼吸急促,手脚都像断了似的……啊!不要再看见,不要再感觉,不要再支持这个倒霉的身体,不要为可悲的生活挣扎,倒下去,倒下去,不思想,不呼吸,不存在,离开世界!……他使劲脱下了衣服,东一件、西一件扔在地上,他赶快钻进被窝,连眼睛都蒙上了。房间里没有别的声音,只听得见他的小铁床在砖地上嘎吱响。

路易莎把耳朵贴在门上听;她敲敲门,没有人开,她轻轻叫,没有人答;她在门口等着,着急地听有没有动静;最后只好走开。白天,她还来听了一两次;晚上睡觉前又来了一回。一天过去了,一夜过去了,屋子里静悄悄的。克里斯托夫发烧得浑身哆嗦,有时,他哭了起来;夜里,他爬起来要墙壁吃他一拳。清晨两点,他忽然怒从心头起,满身是汗,半露胸膛,跳下床来,要去杀死大公爵。愤恨和羞愧吞噬着他的心,他的身子仿佛在火山上——但是这场内心的风暴,外表却显得平静:没有一句话,没有一点声音。他咬紧了牙关,有苦只往肚子里吞。

第二天早上,他像平常一样下了楼。他的心身受了摧残。他什么话也不说,母亲也什么都不敢问。她已经从街坊邻居那儿知道出了什么事。整整一天,他坐在椅子上,在火炉旁,一言不发,焦急不安,弯腰驼背,像个老头,只剩下一个人的时候,就悄悄地流眼泪。

到了晚上,社会党报纸的编辑来看他。当然,他已经了解情况,只是来打听细节。克里斯托夫感激起来,天真地以为他是来表示同情,是因为连累了他而来表示歉意;他的自尊心使他不肯表示后悔,反而把心里话都说了出来:和一个像自己一样反对压迫的人畅谈一番,对他说来,还可以出一口闷气。编辑怂恿他谈,把这件事当作报纸的一笔好生意,是写一篇轰动文章的好机会,他希望克里斯托夫如果不肯自己写,至少可以给他提供材料;他估计在这次公开破裂之后,宫廷乐师会把他论战的本领,用来为社会党的"事业"服务,那是很有价值的,如果他能提供一些宫廷的内幕消息,那就更有价值了。他认为公开的秘密不用闪烁其词,就实话实说了。克里斯托夫吓了一跳;他说他不能写了,因为如果他攻击大公爵,人家会说他要报私仇;过去他受压制,所以要冒险说出自己的真实思想;现在他不受压,不冒什么风险,反而应该谨慎。编辑不懂他为什么这么多顾虑;以为克里斯托夫到底当过差,总有一点束手束脚;他特别觉得克里斯托夫胆小,于是就说:

"那好,让我们来,由我来写。你什么都不必管了。"

克里斯托夫求他不要写;但他没有办法限制记者。况且,记者说这不是他一个人的事,攻击是针对报纸的,报社有权答复。这就不好说了;克里斯托夫只能请求不要引用他对朋友说的话,只引用他对记者说的话。对方答应没有问题。克里斯托夫并不太放心;他知道自己太不谨慎,但是后悔也来不及了——等到记者走后,他又回想了一下他说过的话,不由得胆战心惊。他一刻也不迟疑,又给记者写信,恳求他不要泄露他的隐情,但他自己却在信里重复说了一些心里话。

第二天,他像热锅上的蚂蚁一般打开报纸一看,头一版就连篇累牍登了他的事。他头一天说过的话,经过记者的头脑加工歪曲之后,已经无限夸大了。文章卑鄙地把大公爵和宫廷骂得狗血淋头。有些细节完全是克里斯托夫个人的私事,显然只有他一个人知道,这就使人误以为整篇文章都是他写的。

新的打击把克里斯托夫压垮了。他越读越冒冷汗,一读完简直要发疯。他要跑到报馆去,但母亲把他挡住了,怕他闹出乱子,而这并不是过虑。他自己也怕出事,感到若是去了,难免会闯下祸来,于是就没有去,但却做了另外一件蠢事。他怒冲冲地写了一封信给记者,用伤人的语言责备他的行为,否认文章和自己有关,并且和社会党闹翻了。这封信没有发表。克里斯托夫又写信给报馆,要求登他的信。报馆把他在采访前的来信副本寄上,信中的话证明文章并不是没有根据的,并且问他要不要两封信同时发表。他感到自己跳不出人家的掌心。倒霉的是,他在街头偏偏碰到了那个采访他的记者,他不免说些瞧不起人的话。第二天,报上发表了一篇侮辱性的短评,说宫廷里的奴才,即使扫地出门了,还是改不了奴性。再加上三言两语,影射最近发生的事,使人一望而知说的是克里斯托夫。

等到大家都看得一清二楚,克里斯托夫已经没有靠山了,他忽然一下发现:他的冤家对头像雨后春笋一般冒了出来,多得出人意外。所有他直接或间接伤害过的人,不管他是进行过个人批评,或者是反对过他们的意见或低级的趣味,现在都群起而攻之,变本加厉地进行报复。而广大的群众,克里斯托夫本想使他们摆脱麻木的状态,现在他们冷眼旁观,心满意足,看到大家教训这个狂妄的年轻人,他居然不知天高地厚,胆敢改变公共舆论,打扰好人的睡眠。克里斯托夫已经掉下水了,大家还要使劲把他的头按下水去。

但他们并不是同时出马的,而是由一个人先来探测阵地。如果克里斯托夫只有招架之功,没有还手之力,他就加重打击。接着别人来了;然后全军出动。有些人只是好玩,来凑热闹,就像小狗喜欢在干净的地方撒尿一样,那是些不够格的记者,喜欢三五成群,到处乱窜,为了掩饰他们的无知,就对胜利者大捧其场,对失败者大加口诛笔伐。有些人,把理论当成重量级的炮弹,抨击起来震耳欲聋,大炮所过之处,有死无生,这是些大评论家,他们的评论能左右生死。

克里斯托夫总算走运,他从来不看报。有几个关心他的朋友特意把骂得最凶的报纸寄来。他却让报堆在桌上,懒得打开来看,一直等到最后,有一篇红色花边的文章引起了他的注意。文章说他的歌曲像野兽的吼声,他的交响曲是疯人院的出品,他的艺术是歇斯底里的,时紧时松的音调是要人看不出他心灵的干枯和思想的空虚。这个大名鼎鼎的评论家最后下结论说:

> 克拉夫特先生近来作为记者写过一些文章,文笔拙劣,趣味低级,荒谬绝伦,引起了音乐界的轰动。当时有人好意劝他还是专心作曲为妙。但从他最近作出的乐曲看来,那些好心的劝告完全错了。克拉夫特先生写的文章肯定比他作的曲子要好得多。

读了这篇评论,克里斯托夫一个上午也不能安下心来工作,他又去找其他骂他的报纸,觉得泄气也要泄个痛快。不料路易莎有个脾气,要把乱七八糟的东西收拾"一干二净",就把报都烧了。他开始有点恼火,后来反倒觉得这样更好;索性把登这篇评论的报纸也交给母亲,说早就该把这张报纸一起烧掉。

但是还有使他感到更沉重的打击。他写了一首四重奏,把手稿寄给法兰克福一个有名的音乐团体,结果遭到了一致否决,但并没有解释原因。他写了一首序曲,科隆有个乐队似乎有意演出,但让他等了几个月之后,却给退了回来,说是不能演奏。最沉重的打击来自本城的一个音乐团体。乐队指挥于弗拉脱是一个相当不错的音乐家,但像许多指挥一样,他没有好奇创新的精神:只有他那一类人特别能适应的守旧惰性,对于已经成名的作品,他可以翻来覆去地演奏,但对任何真有新意的作品,他却避之唯恐不及,仿佛怕会烫伤一样。他不知疲倦地组织贝多芬、莫扎特,或是舒曼的音乐会,在这些人的作品中,他只要随波逐流,顺着自己熟悉的节奏演奏就行了。但相反的是,他根本不能容忍当代音乐。他不敢公开承认,反倒说自己欢迎年轻的人才,而实际上,如果有人送来一部模仿古代大师的作品——一部从五十年前的新作移植过来的作品——他会非常高兴接受,甚至还引以为荣地硬向社会推荐。这不会妨碍他演奏的秩序,也不会破坏大家习以为常的感动方式。但恰恰相反,如果有人可能打乱他美妙的安排,或者出现焕然一新的面目,那他却会既蔑视又憎恨的。如果创新的作家没有机会脱颖而出,那他只会蔑视。如果新人有可能成功,那他就会憎恨——当然,一直要恨到新人功成名就为止。

克里斯托夫谈不上功成名就,还差得远呢。因此,当人家通过间接的途径告诉他,于弗拉脱先生愿意演奏他的作品,他觉得大出意外。他认为自己没有理由可以得到这种荣幸,因为这位指挥是勃拉姆斯的好朋友,还有他的几个朋友在杂志上挨过克里斯托夫的批评。但克里斯托夫自己是个好人,于是将心比心,以为对方也和自己一样宽宏大量。他猜想他们看到他受欺侮,要表示他们并不计较微不足道的恩怨,于是他感动了。他写了一封感情洋溢的信给于弗拉脱,并且寄去了一首交响诗。对方秘书回了一封冷冷淡淡、客客气气的信,说是寄来的乐谱已经收到,但根据乐团的规定,交响诗要先交乐队试演,然后才能公开演出。规定就是规定。克里斯托夫只好低头照办。再说,这纯粹是一套手续,免得业余作曲家的粗制滥造来滥竽充数。

两三个星期之后,克里斯托夫得到通知,他的作品要预演了。照规矩说,预演是不公开的,连作曲家本人也不能到场。但天下事都有通融的余地,作曲家总是在场的,只是不露面而已。大家都知道他来了,但大家又都装作不知道。到了那一天,一个朋友来找克里斯托夫,把他领进了排演厅,他就坐在一个包厢里。他感到奇怪的是,这个不公开的预演会却坐满了人,至少在楼下,有一大堆音乐爱好者、有闲阶级和评论家,走来走去,有说有笑。乐队却要装着不知道他们的存在。

开始演奏的是勃拉姆斯的《狂想曲》,有女低音独唱,男声合唱,乐队伴奏,主题是歌德的《冬游哈尔茨山》里的一段。克里斯托夫讨厌这部作品堂而皇之的感伤情调,以为这也许是勃拉姆斯派客客气气地报复他的一种方式,勉强他再听一遍他不客气地批评过的一支曲子。一想到这点,他不由得笑了;更使他觉得好笑的是,在《狂想曲》之后,又演奏了两个知名音乐家的作品,也是受到过他攻击的;报复的用意似乎无可怀疑了。他不免做了个怪相,一想到这并不是暗箭伤人,音乐虽然不佳,公开的报复倒未可厚非。于是大家对勃拉姆斯派热烈鼓掌的时候,他也不由衷地拍了两下手。

最后,轮到克里斯托夫的交响曲了。从乐队席和听众,都有眼光投向他包厢,使他看出了人家知道他在场。他尽量不让人看见。他像任何音乐家一样心情紧张地等待着,等待指挥棒一举起,在寂静中集结力量的音乐像洪水般冲决堤防。他还从来没听过乐队演奏他的作品。他想象中的生命到底是怎样生活的呢?他们会发出怎样的声音呢?他感到生命在他心中汹涌澎湃;他面临着音乐的深渊,浑身震颤,等待着决堤而出的洪流。

结果出来的东西却简直无以名状,乱七八糟似乎没有定型。音乐不是支持大厦门面的柱子,而是东倒西歪的断壁残垣,只看得见一大堆布满尘土的石膏杂片。克里斯托夫目瞪口呆,怀疑演奏的是不是自己的作品。他千方百计寻找自己思想的线索和节奏,却一无所获,因为已经演得面目全非了,就像一个口齿不清、行动不灵的醉汉在摸着墙走路一样;他简直羞愧得无地自容,仿佛自己真成了醉鬼。他明明知道这不是他写作的曲子,而是一头蠢驴歪曲了他的原意,但一开头,他自己也晕头转向,搞不清是不是该对这种蠢货负责。听众却不问青红皂白,他们只相信表演的人、唱歌的人,只相信他们听惯了的乐队,就像相信报纸一样。乐队不会演错,如果有错,那是作曲者的事。在目前的情况下,他们更不会怀疑乐队,因为他们本来就认为作曲家不对——克里斯托夫居然还把希望寄托在指挥身上,妄想他会改正这一团糟的局面,重新来过。不料乐器越演奏越乱了套。圆号该吹不吹,晚了一拍却又吹起来,而且吹了五分钟,才心安理得地停住。有几段双簧管不知去向。最老练的耳朵也找不到音乐的思路,甚至误以为根本就没有什么线索。丰富多彩的乐器幻想曲,俏皮的幽默曲,都演奏得莫名其妙,荒唐可笑,听了叫人啼笑皆非,以为作曲家不是傻瓜,就是小丑,完全不懂音乐。克里斯托夫急得扯头发。他想去打断排演,但同来的朋友不让他去,向他保证指挥先生自己会听出演奏的错误,自然会加以改正的——何况克里斯托夫本不该到场,如果他要说三道四,反而会把事情搞糟。他硬要克里斯托夫缩在包厢里首。克里斯托夫只好听之任之;但他老用拳头捶自己的脑袋;一听到新的怪腔怪调,他就愤怒而痛苦地低声发出牢骚:

"该死!该死!……"

他悲叹哀吟,只有用嘴咬手才能不喊出来。

那时,随着演奏的错误,也响起了听众的怨言,他们开始骚动了。开头只听到声浪的震动;不久,克里斯托夫毫不怀疑,他听见大家笑了。乐队发出了信号,有几个乐师带头发出了笑声。听众一听信号,明白作品是可笑的,立刻笑得前俯后仰。全场哄堂大笑;等到低音提琴用油腔滑调重复一个节奏呆板的主题时,笑声响了一倍。只有乐队指挥一个人在一片喧闹声中不动声色,照旧打他的拍子。

最后,演奏总算完了——天下没有不完的好事——现在轮到大家开口。大家高兴得要炸了。这是彻底放松,放松了好几分钟。有人吹口哨,有人喝倒彩,调皮捣蛋鬼却高叫:"再来一场!"包厢里有个男低音模仿滑稽的主题。于是大家争先恐后,竞相模仿。还有人喊:"欢迎作曲家!"——这些聪明人好久好久没有这样开心了。

等到喧闹声静下来了一点,乐队指挥转过没有表情的脸,侧身对着听众,但是假装看不见人——因为听众不该在场——只向乐队做了个手势,表示他要说话。于是有人嘘了一声:"肃静!"大家就静了下来。他还等了一会,才发出干脆利落、斩钉截铁的声音:

"诸位先生,"他说,"如果不是要把那位胆敢冒犯勃拉姆斯大师的先生示众的话,我是当然不会把这种东西演奏到底的。"

他一说完,就跳下指挥台,在一片欢呼声中,走出了欣喜若狂的大厅。大家鼓掌要他回到台上,鼓了一两分钟。但他没有回来。乐队开始走了。听众也只好散了。音乐会已经结束。

大家快快活活过了一天。

克里斯托夫已经走出了包厢。他一看见该死的乐队指挥走下台,就冲了出去;他三步并作两步跑下楼梯,要追上指挥,打他两个耳光。带他来的朋友跟在他后面跑,设法要拉住他,但克里斯托夫把他推开,几乎使他摔下楼梯——他有理由相信这个朋友也是布置圈套的人——好在通向舞台的门关上了;他气得用拳头捶门,但捶不开。那时,听众开始从大厅里出来。克里斯托夫不能再待在那儿。他也只好走了。

他处在难以描写的状态中。他随便乱走,挥舞着胳臂,转动着眼珠,高声说话,仿佛发了疯似的;但他又得压制自己愤怒的喊声。街上几乎没有什么人。音乐会的大厅是去年在新区盖的,离城有一段路;克里斯托夫本能地往乡下走,穿过了几块空地,空地上只有孤零零的木板屋,和建筑房屋搭起来的脚手架,四面围了栅栏。他心里起了杀人的念头,他想杀死那个侮辱他的人……唉!即使杀死了他,改得了那些人的兽性吗?他们的笑声会在耳边消失吗?他们人太多了,他拿他们毫无办法;他们本来意见不同,但是要污辱他,要压垮他,他们的意见却一致了。他们不是误解,他们只有憎恨。他做了什么对不起他们的事呢?他心里只有好东西,对大家有好处、使大家都开心的东西;他想告诉大家,让他们都高兴;他以为大家会像他一样快活。即使他们不喜欢这些东西,起码也该感谢他的好意;就算严格一点,也可以善意地指出他的错误;为什么这样兴高采烈地污辱、歪曲蹂躏他的思想,使它显得可恶,必欲置之死地而后快呢?他在气头上把人家的憎恨过分夸大,过分当真了,其实那些平平常常的人哪会那么认真!他抽抽噎噎地说:"我什么事对不起他们呢?"他透不出气来,他以为自己完了,就像小时候头一回碰到坏人坏事一样。

他向周围一看,脚跟前就是磨坊边上的小河。几年前,他的父亲就是在水里淹死的。他立刻也起了投水自杀的念头。他一分钟也等不得,就要往下跳了。

从陡峭的河岸上向下一看,他被清澈平静的天光水色迷住了,听到一只小鸟在附近的树枝上歌唱,似乎在倾吐它的生命。他悄悄地听着。水潺潺地流着,听得见麦浪在微风中起伏颤抖,白杨在哆哆嗦嗦。路边的篱笆后面有一个花园,一窝窝不见踪影的蜜蜂用音乐染香了空气。河对岸有一头母牛在大白天做梦,眼睛像是玛瑙镶了边的。一个金黄头发的小姑娘靠墙坐着,肩上背着一个轻巧玲珑的筐子,看来好像天使的翅膀,她也在做白日梦,两条赤裸裸的小腿摇来摆去,嘴里哼着不知道什么意思的调子。在远远的草原上,一条白狗蹦蹦跳跳,兜着圈子……

克里斯托夫靠着一棵树,听着,看着春天的大地;他重新感到了生活的平静,生命的欢乐;他忘记了别的,他忘记了一切……忽然一下,他伸出手臂来抱住美丽的树,把脸贴在树干上。他又扑倒在草地上,把头埋在草里;

他激动得笑了,快活得笑了。生命的美丽、好意、魅力围绕着他,渗入了他的心。他想:

"为什么你这样美丽,而他们——人——却那样丑恶?"

管它呢!他爱生命,他觉得他会永远热爱生命,永远也不分离。他如醉如痴地拥抱着大地,拥抱着生命。

"我占有你了!你是我的了。他们不能把你夺走。让他们要做什么就做什么吧!让他们要我受苦吧!……受苦不也是生活吗?"

克里斯托夫又鼓起干劲,重新投入工作。他不想再理那些有名无实的"文人",夸夸其谈、空话连篇的编辑、新闻记者、评论家、经营贩卖艺术的商人。至于音乐家,他也不想再浪费时间去和他们的偏见和妒忌心做斗争。他们用不着他吗?——那好!他也用不着他们。他有他的事要做,他会做的。宫廷把自由还给了他,他很感激。他感激别人对他的敌意,这样,他就可以心安理得地工作了。

路易莎全心全意地支持他。她并没有什么雄心大志;她身上没有克拉夫特家的血液;她既不像父亲,也不像祖父。她一点也不在乎儿子的名位和荣誉。当然,儿子有名有利她也欢喜;但是,如果名利要用烦恼来换取,那她还是宁愿不要算了。克里斯托夫和王府闹翻之后,使她难过的并不是名利问题,而是儿子的痛苦;说心里话,儿子不同杂志的编辑和报社的记者来往,她反倒更高兴。像乡下人一样,她对白纸上写的黑字都信不过,认为写字不是浪费时间,就是惹是生非。有时她听到杂志社的年轻人和克里斯托夫谈话,他们的坏心眼把她吓坏了;他们咬牙切齿,说人坏话,说得越多,就越得意。她不喜欢他们。他们虽然都很聪明,很有学问,但没安好心眼,所以她宁愿她的克里斯托夫不和他们打交道。她同意儿子的看法:他用不着他们。

"对我,他们要怎么说,怎么写,怎么想都行,"克里斯托夫说,"他们总不能使我不成其为我。他们的艺术、思想和我有什么关系?去他们的吧!"

能够否定世界自然很好。但世界并不会这么容易就被年轻人夸下的海口否定。克里斯托夫是真心诚意的;但是他还存了幻想,并不大有自知之明。他不是一个出家人,他的性格并不要逃避世界;尤其是,他还没到那个年龄。开始,他并不太痛苦,因为他在埋头作曲;只要有事可做,他就不觉得空虚。但作品一完,新的作品还没涌上心头,他就会感到无依无靠;他向周围一看,发现自己遗世独立,不免胆战心寒。他问自己为什么要作曲。在作曲的时候,他不会提这个问题:要作曲就作曲,没有什么可讨论的。然后,面对着新生的作品,产生作品的强烈本能反倒沉默了,作曲家反而不明白为什么要作曲;他在作品中几乎认不出自己来,作品对他是陌生的,他甚至想把作品忘掉算了。但这简直不可能,只要作品没有出版,曲子没有演奏,没有在世上独立存在,那就是忘不掉的。这时,作品还是与母体血肉相连的胎儿,要他独立生活,一定要把脐带剪断。克里斯托夫作的曲越多,这些胎儿对他的压力就越大,他们不能独立生存,但也不会自行消失。谁来搭救他们,给他们接生呢?这些思想上的胎儿受到朦朦胧胧的推动,拼命想要脱离母体,像种子要借风力散播到全世界,去和其他灵魂结合一样。他怎么能把胎儿禁闭在体内,使自己成为不育的母亲呢?他简直要急疯了。

既然出路——戏院、音乐会——都已经堵死,而他又不管怎样也不肯低三下四向那些拒绝过他的经理求情,那剩下的唯一办法就是把他的作品印出来;但要找到一个愿意印刷的出版商,并不比找一个愿意演奏的乐队更容易。他试过两三回,试的办法要多笨有多笨,结果他觉得够了气;与其再去碰壁,或是和出版商讨价还价,看人家居高临下的脸色,还不如自己花钱印呢。这可不是闹着玩的事;他稍微有一点积蓄,那是宫廷给的薪水和几次音乐会的收入;但经济来源已经断绝,新财源还不知道要等到哪年哪月,稳当一点应该节约开支,度过这个困难时期。但他不但不节省,反而借债去付印刷费。路易莎什么也不敢说,她发现儿子不讲理,她搞不懂为什么要花钱把名字印在书上;但既然这个办法能使儿子耐心待在她身边,既然他乐意这样做,她又何乐而不为呢?

克里斯托夫献给公众的作品,并不是大家熟悉、可以静听的那一类,而是一系列有独特风格、他个人喜欢的曲调。那都是些钢琴曲,中间穿插了几支歌,有的很短,更大众化,有的很长,更戏剧化。总体形成了一系列欢乐或悲伤的印象,连贯得很自然,有时钢琴独奏,有时独唱,或是钢琴伴奏。"因为,"克里斯托夫说,"在我浮想联翩的时候,我并不一定能用形式来表达我的感觉,我只感到痛苦,感到幸福,但并没找到语言来表现我的苦乐;但有时我又一定要说出我的感觉,于是我想也没有想到就唱起来;有时我唱的是模糊的歌词,前后不连贯的句子,有时却是整首的诗;于是我又浮想联翩。就是这样,一天过去了,而我想要表现的,正是一天的感觉。为什么歌曲集里只应该有歌或序曲呢？那不是太不自然、太不和谐了吗？为什么不让心灵自由活动呢？"因此，他把这系列歌曲叫作《一天》。作品的各部分还有小标题，简单说明了内心接二连三的梦幻。克里斯托夫还写上了神秘的献辞，缩写的名字，纪念的日期，这些都只有他一个人心里明白，会使他回想起富有诗意的时刻，真心爱过的面孔：笑眯眯的柯琳娜，懒洋洋的莎冰，还有那个相见不相识的法国少女。

除了这些作品，他还选了三十来首歌曲，都是他自己最喜欢、因此也是公众最不喜欢的作品。他特意不选人人爱听的曲调；他选的是富有个性的（大家知道公众总是害怕"个性"，没有个性、只有共性的作品，在他们看来要好得多）。

这些歌曲是配合十七世纪西里西亚诗人的作品谱写的，克里斯托夫在一套普及丛书中读到这些诗句，他喜欢诗写得真诚。他特别喜欢两个兄弟般的天才诗人，都是三十岁去世的：一个是富有魅力的保尔·弗莱明，他在高加索和波斯自由地流浪漂泊，在野蛮的战争、苦难的生活、腐败的时代中，保持了纯洁、深情、平静的心灵；——另外一个是放荡不羁的天才约翰·克里斯蒂安·冈特，他在花天酒地、灰心失望、风风雨雨中消耗了自己的生命。从冈特那里，克里斯托夫利用的是向上帝挑战的呐喊声，反抗压迫的讥笑声，被打倒的巨人愤怒的诅咒声，反击上天的雷电霹雳声。从弗莱明那里，他利用的是鲜花盛开一般甜美的爱情诗，星星合奏的圆舞曲，宁静而欢乐的心灵舞歌；还有一首他《献给自己》的十四行诗，克里斯托夫当作早祷一样背诵。

虔诚的保尔·格哈特微笑的乐观精神也使克里斯托夫陶醉。对他说来，这是走出悲哀之后的休息。他喜欢在纯洁的大自然中看到上帝的本来面目：在鲜嫩的草场上，长颈鹳鸟在郁金香和白水仙花之间稳步走来走去，溪水流过沙上唱出歌声，展翅高飞的燕子和白鸽划破晶莹透明的长空，一线欢乐的阳光撕开了风帘雨幕，明亮的天空穿过云缝露出了笑容，黄昏显得一派庄严肃穆，森林、羊群、城市、田野都安安静静。他居然胆大妄为，把那些新教教堂还在唱的赞美诗谱成乐曲。但他一点也不保留唱诗班的圣歌性质。恰恰相反，他厌恶那一套；他给宗教诗换上了自由活泼的新装。老格哈特如果听见他的《基督徒历程歌》中有几段露出了魔鬼般的骄傲，或者是《夏日之歌》中平静的流水忽然变成了异教徒的汹涌波涛，恐怕会气得发抖的。

作品印出来了，当然大大超乎情理之外。为克里斯托夫代印代销的商人并不是一个合格的出版商,只不过是一个邻居。他并没有印刷乐谱的全套设备,印刷拖了好几个月;错误很多,修改又多花钱。克里斯托夫一点不懂,多算了三分之一的账;开支大大超出预算。印好之后,克里斯托夫不知道拿这一大堆乐谱怎么办。出版商没卖过乐谱,也不设法推销。他对作品漠不关心,和克里斯托夫的态度殊途同归。但他觉得良心上说不过去,就要求克里斯托夫写几句广告,不料作曲家反倒说:"音乐好不怕没人买,用不着做什么广告。"出版商像对《圣经》一样尊重他的意见,就把这一版乐谱堆在仓库里首。作品保存得很好,因为六个月里,一本也没有卖掉。

在等买主上门的时候,克里斯托夫不得不想方设法弥补账目上的亏空;他也不能挑三拣四了,因为他既要过日子,还要还债呢。不但他欠的债出乎意料的多,而且他积的钱又比他计算的少。是不是他不小心丢了钱?还是——这个可能更大——他算错了账?(他连加法都从来没做对过。)为什么钱少了?这并不重要,钱的确少了,这才是重要的。路易莎恨不得流血流汗,来帮儿子的忙。他见了更心焦,千方百计要尽快还债。他要去当家庭音乐教师,亲自送上门去,有时还得碰钉子,令人难堪。他的身价贬低了,很不容易再找到几个学生。因此,听到有个学校缺一个音乐老师,他就喜不自胜地接受了这个职位。

学校得到教会的半费资助。校长是个精明的人,虽然不懂音乐,也懂得在目前的情况下,只要出最便宜的代价,就可以充分利用克里斯托夫。他好话说得多,薪水给得少。克里斯托夫大着胆子,不好意思地提出了意见,校长却亲切地微微一笑,让他明白:他现在没有了一官半职,就不能要求太高的待遇了。

倒霉的差事!问题并不是真要教音乐,而只是要制造假象,让学生和家长都认为学生懂音乐就够了。头等大事是教学生在有来宾的盛会上唱歌。用什么方法教倒不太重要。克里斯托夫起了反感了;他在完成任务的时候,甚至无法安慰自己说:他是在做一件有益的事;他反而受到良心的责备,仿佛自己在弄虚作假似的。他设法要给孩子们踏踏实实的音乐教育,要他们知道,并且喜欢好音乐;但学生一点也不在乎。克里斯托夫甚至没办法要他们听讲;他没有老师的威严;说实话,他不配教小学生。他对他们的驴鸣不感兴趣;他立刻要向他们讲解音乐理论。上钢琴课的时候,他要一个学生和他一同弹贝多芬的交响曲。学生当然弹不出来,他就大发脾气,把学生赶下琴凳,自己一个人弹了好久——在校外当家庭教师,他对学生也是这样。他没有一点耐性,比如有个小姑娘出身名门望族,自鸣得意,他却说她弹琴好像厨娘炒菜;他甚至写信给学生的家长,说不教了,要他继续教这样没出息的学生,他会活活气死的——这样,事情越搞越糟。学生本来不多,现在一个个都不学了;没有一个学生能超过两个月。母亲劝他,无论如何,要他千万不能和学校闹翻;因为如果丢了这个工作,就不知道怎样过日子了。因此,虽然他不愿意,还是压制自己,准时到校上课。但当一个笨驴般的学生第十次唱漏了一段歌词,或当他翻来覆去教那班学生合唱一支无聊的歌曲时,叫他怎么掩饰他的思想?(学校甚至不让他选演唱的歌,因为信不过他。)你想,叫他怎能热心工作?然而他硬是一言不发,双眉紧锁,尽量不暴露内心的愤怒,最多只是用拳头敲敲桌子,吓得学生一跳。但是有时,丸药实在太苦,他吞不下去。学生唱到一半,他忽然打断他们:

"啊!不要唱了!不要唱了!还是我来给你们弹点瓦格纳吧。"

他们正巴不得,就背着他玩起牌来。总有个把学生向校长打小报告;于是校长就把克里斯托夫叫去,提醒他来是教学生唱歌,而不是来教他们喜欢音乐的。他忍气吞声听着这番教训,没有还嘴,因为他怕闹翻了——几年以前,他并没有什么成就,但却显得前程远大,很有希望,那时谁能料想到,等他开始显示本身价值的时候,反而会受到冷落屈辱呢?

伤害他自尊心的苦差事之一,是不得不去拜访学校里的同事。他只随便拜访了两个;觉得没有意思,实在不愿进行下去。他有幸拜访过的两个人并不引以为荣;但他没去拜访的人却怪他没有礼貌。大家认为他的地位和智力都低人一等;和他说话都露出高高在上的神气。他们相信自己,相信自己对他的看法,结果把他也搞糊涂了,使他感到自己比他们更蠢;和这些人,他有什么话好谈呢?他们只懂自己那一套,此外别无所知。他们不能算是真正的人。如果他们是读书人倒也罢了!但他们读的不是书,只是书中的注解,文字的说明。

克里斯托夫避免和他们见面。但有时见面又不可避免。每个月有一个下午,校长开招待会,要求大家出席。克里斯托夫头一回就没有去,甚至懒得找个借口,只是装聋作哑,不懂世故地以为不去也不会有人注意;不料第二天就听到了婉转的讥讽。第二回,听了母亲的话,他决定去了,心情沉重,好像是去送葬似的。

参加招待会的有本校和其他学校的老师,还有他们的妻子女儿。大家论资排辈、分门别类地挤在一个太小的客厅里,根本没人理他。他旁边的一伙人在谈教学法和烹调艺术。太太们做菜都有一手,谈起来如数家珍,说长道短。先生们也谈得兴趣盎然,几乎一样懂行。先生夸太太搞家务的本领,太太夸先生做学问的工夫,一个半斤,一个八两。克里斯托夫站在一扇窗子旁边,背靠着墙,不知道怎么办才好,有时挤出一个傻笑,有时板着脸孔,瞪着眼睛,肌肉紧张,真是无聊透顶。离他几步之外的一个窗口下面,坐着一个没人理的少妇,也和他一样无聊。两个人都只瞧着客厅,所以彼此没有看见。过了一会,他们待不住了,转过身去打呵欠,这才发现了对方。就在这一刹那,两个人的眼睛碰上了。他们不谋而合地互相瞧了一眼。他向她走了过来。她低声问他:

"好玩吗?"

他转过去瞧着窗子,伸出了舌头。她高声笑了起来,忽然觉得不对,就招呼他在身边坐下。他们互相报了姓名。她是本校生物课老师莱哈脱的妻子,新来学校,本地还没有熟人。她不算漂亮,鼻子太大,牙齿不整齐,气色不太好,但眼睛很灵活,笑起来有孩子气。她说起话来像喜鹊,喋喋不休,他也有来有往,劲头十足;她坦率得好玩,俏皮话说得好笑;他们一边笑一边大声交换看法,仿佛周围没有人似的。在他们两个显得孤零零的时候,周围的人都不把他们放在眼里,不肯大发慈悲,超度他们脱离苦海,现在却对他们投出了不满的眼光,认为这样有说有笑是低级趣味!……不过这两个谈得起劲的人并不在乎别人怎么想,他们正要痛痛快快地叫别人不痛快呢。

最后,莱哈脱太太向克里斯托夫介绍了她的丈夫。他非常难看,面色苍白,没有胡须,满脸麻子,有点像个死人,但神气却显得很和善。他说话一板一眼,吞吞吐吐,声音有一半留在喉咙管里,一个字只能听到一半。

他们结婚才几个月,但这一对丑八怪却彼此相爱:在大家面前互相看一眼,说句话,拉下手,都有股亲热劲,叫人看了又好笑,又羡慕。他们真是一唱一和。他们立刻邀请克里斯托夫在招待会后,到他们家去吃晚餐。克里斯托夫开始用笑话来推辞;他说今晚最好回家睡大觉,无聊透顶,比走了一百里路还更累。但莱哈脱太太反驳说:心里不痛快千万不要睡,那会睡出毛病来的。克里斯托夫只好半推半就。他在孤独中很高兴能碰到两个好人,他们虽然不很高明,但是单纯、好客。

莱哈脱的小家庭也像主人一样好客。他们的客气挂在嘴上,写成了白纸黑字。家具、用品、碗盏都会说话,翻来覆去,不厌其烦地表示他们多么高兴接待"亲爱的客人",问候客人的健康情况,提出和和气气、规规矩矩的意见。在长沙发上——虽然沙发很硬——放了一个小枕头,亲亲热热,悄悄地说:

"再坐一会儿吧!"

他们给克里斯托夫倒上了一杯咖啡,杯子上写道:

"再喝一小杯吧!"

盘子里的菜很好,还有一句好话调味。一个盘子说:

"我为人人,人人才会为我。"

另一个盘子说:

"和蔼可亲讨人喜欢;忘恩负义令人厌恶。"

克里斯托夫虽不抽烟,壁炉架上的烟灰碟却吸引了他的注意:

"香烟休息处。"

他要洗手。肥皂盒子就说:

"贵客请用!"

还有那文质彬彬的擦手毛巾,像一个文质彬彬的主人,明明没有什么话说,也要勉为其难地说句好话,于是就说了一句到处可用,此处不太合适的话:

"一日之计在于晨。"

结果,克里斯托夫坐在椅子上都不敢动了,唯恐房间的哪个角落里又会钻出个声音来招呼他。他简直想说:

"不要说了,小妖精!我不懂你们的话。"

于是他忍不住哈哈大笑起来,并且遮遮掩掩地对主人说:他是想起了学校里刚开的招待会才笑的。无论如何,他也不肯伤他们的心。再说,他对好笑的事并不太敏感。很快,他对这两个人和这些东西的这股亲热劲也就习惯了。他有什么要和他们过不去的呢?他们是这样好的人!他们不讨人厌;如果说他们缺少一点风趣,但是他们绝不愚蠢。

他们新来乍到,人地生疏。外省小地方偏偏有小地方的规矩,从外地来的人一定要登门拜访有关人士,不能像到磨坊似的随便进出,否则,就不容易受到本地人的欢迎,这种规矩令人难以忍受。莱哈脱夫妇考虑不够周到,对当地这一套先来后到的规矩,没有严格照办。迫不得已,莱哈脱只是走走过场。但他的妻子把这当成了沉重的负担,又不喜欢拘束,所以能拖一天,就拖一天。她只挑了几个不太讨厌的人家先去拜访一下,别的人家不知道要拖到哪天去。偏偏当地的显要人物都在她延期拜访的名单之内,他们对这种失礼的行为气得说不出话来。安吉利加·莱哈脱——她的丈夫叫她利利——做事的方式有点随便,怎么也学不会做官样文章。她招呼地位高的人一点也不客气,气得对方脸红耳赤;必要时,她不怕当面顶撞。她心直口快,想到什么,就说什么:有些话太傻,惹得别人在背后笑她;有些话太重,说得开心,听的吃不消,结了些生冤家、死对头。有时她咬住嘴唇,想留住要说的话,但来不及,话已经脱口而出了。她的丈夫是男人中最和和气气、恭恭敬敬的一个,对她吞吞吐吐地提过几次意见。她一听就拥抱他,怪自己蠢,说他有理。但过不了一会儿,她的老毛病又犯了,尤其是在最不该说的时间和地点,却偏偏说了出来,如果不说,她简直要憋死了——她和克里斯托夫倒是一见如故。

在她不该说而偏说了的奇谈怪论中,她老把德国人和法国人作些不恰当的比较。她自己是德国人——没有谁比她更像德国人了——但生长在德、法两国人共处的亚尔萨斯,而且和法国人关系不错,受了拉丁文化的吸引,那是许多德国人,包括那些看来最不容易受影响的德国人都不能抗拒的影响。也许,说老实话,因为安吉利加嫁了个德国北方人,一天到晚和纯粹的日耳曼人打交道,总想换换口味,所以拉丁文化的吸引力反倒更强烈了。

和克里斯托夫初次见面的那个晚上,她就谈到了这个老题目。她称赞法国人谈话无拘无束,非常可爱。克里斯托夫也随声附和。在他看来,法国就是柯琳娜:美丽发亮的眼睛,年轻带笑的嘴巴,坦率随便的态度,悦耳动听的声音;他想知道得越多越好。

利利·莱哈脱和克里斯托夫谈得投机,竟拍起掌来。

"可惜,"她说,"我那个年轻的法国女朋友不在这里;实在待不下去,只好走了。"

柯琳娜的形象立刻消失了。就像熄灭的火箭忽然使阴暗的天空显出了温柔而深远的星光一样,显出了另一个形象,另一双眼睛。

"你说的是谁?"克里斯托夫跳了起来,问道,"是那个家庭教师吗?"

"怎么?"莱哈脱太太说,"你也认识她?"

他们两个把她描绘了一番:结果两个形象合而为一了。

"你也认识她?"克里斯托夫说了又说,"啊!把你知道的事都告诉我好吗?……"

莱哈脱太太一开头就说:她们不但是认识,还是能说心里话的好朋友。但等到要她一五一十说时,她又说不出多少了。她们是在朋友家认识的。

莱哈脱太太主动接近那个少女;因为她一见人就熟,立刻邀请少女到家里来。少女来过两三次,她们在一起闲谈。爱打听的利利好不容易才了解到法国少女的一点情况:少女沉默寡言,要点点滴滴才能挤出几句话来。莱哈脱太太只知道她叫安东妮蒂·耶南;家里没有产业,只有一个弟弟住在巴黎,靠她维持生活。她老是谈到他,也只有谈到他的时候,她的话才多一点;她对利利·莱哈脱谈心里话,也是因为利利对这个无亲无故、只身寄宿在巴黎中学的年轻人表示同情的缘故。就是为了资助弟弟的学费,安东妮蒂才不得不到国外来教书的。但这两个可怜的姊弟谁也离不开谁;他们天天写信,信迟到了一点都会使他们生病似的不安。安东妮蒂老为弟弟担心,弟弟把孤独的痛苦都告诉了姐姐,痛苦就在姐姐心里引起了回响,回响的痛苦更加剧烈,几乎使她的心都要碎了;她一想到弟弟的痛苦就难过,往往怀疑他生了病而不敢告诉她。好心好意的莱哈脱太太有几次怪她不该这样无缘无故瞎猜,居然使她放心了一阵子——关于安东妮蒂的家庭,她的情况,她的心灵深处,莱哈脱太太却说不出什么来。一问到这些问题,安东妮蒂就缩了回去,不好意思,人家也怕问了。她很有教养;看来天生有经验,似乎既天真,又看得透,既虔诚,又没有幻想。她在这里并不快活,住在一个不知好歹轻重、又不宽宏厚道的人家——她怎么离开的,莱哈脱太太也说不清楚。反正人家说她不太检点。安吉利加一点也不相信;她敢把手放在火上起誓这是造谣诬蔑,只有说坏话、做坏事的地方才会这样乱说。不过话又要说回来,不管是什么事,总出了点事吧,是不是?

"是的。"克里斯托夫说时低下了头。

"于是她到底走了。"

"走的时候和你说了什么吗?"

"啊!"利利·莱哈脱说,"真不凑巧。刚好我到科隆去了两天!一回来……太晚了……"她打断了话头对女用人说,因为她的茶里要加柠檬,而女用人拿柠檬来的时候已经晚了。

德国人办起日常生活中的私事来,往往也像办公事一样,利利就煞有介事地加了一句:

"人生总是如此!……"

(谁也不知道她是说要柠檬偏偏没有柠檬,还是说那个打断了的故事。)

她接着说:

"一回来,我发现她给我留了一个条子,谢谢我对她的照顾,说是她回巴黎去了,但是没有留下地址。"

"她没有来过信?"

"没有。"

克里斯托夫又看到那个忧郁的面孔消失在黑夜里,那双眼睛又在他面前出现了一刹那,并且还瞧着他,就像那最后一次,她的眼睛隔着车窗瞧他一样。

法国这个谜又涌上他的心头,仿佛更需要解答了。克里斯托夫不知疲倦地向莱哈脱太太打听,因为她硬说自己了解那个国家。莱哈脱太太虽然没有去过法国,却能提供一些情况。莱哈脱先生是个热爱德国的人,对法国的偏见很深,虽然他对法国的了解并不比妻子多,但当利利热心过度的时候,他就大胆提出保留的意见;利利一听更来了劲,越发坚持自己不错,而克里斯托夫并不知情,却放心大胆地随声附和。

对克里斯托夫来说,更有价值的并不是利利·莱哈脱的记忆,而是她的书籍。她的小小书架上有一些法文图书:有学校的课本,有几部小说,还有几本随便买的书。克里斯托夫正想知道他不了解的法国,所以莱哈脱说这些书可以随他使用时,他简直觉得如获至宝。

他开始先看几本文选,那是利利·莱哈脱或是她的丈夫从前上学时用过的教科书。莱哈脱对他说:如果要在自己陌生的文学中不搞得晕头转向,那最好是看几本入门书。克里斯托夫非常尊重比他有学问的人,认真照办,当晚就看起书来。他先要大致了解一下:他到底有了些什么精神财富。

他知道了一些法国作家,他们的名字是:德奥多·亨利·巴罗,方斯华·佩蒂,弗雷德里克·波德利,艾弥尔·德莱罗,夏尔·奥古斯特·波尔。他读了一些诗,诗人中有:约瑟夫·雷尔神甫,彼埃尔·拉香波迪,尼韦努瓦公爵,安德烈·冯·哈塞尔,安德里约·柯勒夫人,康斯坦丝·玛丽公主,亨利叶蒂·何拉尔,加布里埃·让·巴布狄斯特·艾尔奈,维尔弗里·勒古维,伊波利特·维奥罗,让·雷布,让·拉辛,让·德·贝朗瑞,弗雷德里克·贝谢尔,古斯达夫·纳多,爱德华·普鲁维叶,尤金·玛纽埃尔,雨果,蜜勒夫瓦,宪纳多勒,詹姆斯·拉库尔·德拉特尔,菲利克斯·夏瓦纳,弗兰西斯·爱德华·约新(又名方斯华·柯佩),还有路易·贝尔蒙特。克里斯托夫在这些诗人的洪流中遭了灭顶之灾,于是他又去看散文。他读到了古斯达夫·德·莫利纳里,弗勒希埃,费丁南·爱德华·比伊松,梅里美,马尔特·布汉,伏尔泰,拉梅·弗勒里,大仲马,卢梭,梅崔叶尔,米拉波,马扎德,克拉勒蒂,柯堂贝尔,弗雷德里克二世,还有沃克亲王。法国历史学家中引用得最多的是马克西米连·沙姆逊·弗雷德里克·席约尔。克里斯托夫在这本法国文集中读到了德意志帝国的立国宣言;还读到了弗雷德里克·公斯当·德·罗日蒙描写德国人的文章,文中写道:

德国人生来是过精神生活的。他们不像法国人那样轻浮,喜欢热闹。他们重视心灵;感情温和,深刻。他们工作不知疲倦,事业坚持到底。没有哪个民族比他们更重道德,寿命更长。德国作家特多。艺术天赋特高。法、英、西等各国人民都以本国为荣,德国人民却对人类一视同仁。总之,德国位于欧洲中部,因此,德意志民族就是人类的心脏和理性。

克里斯托夫看累了,惊讶地关上书想道:
"法国人把德国人说得这么好,自己怎么不是好汉?"
他又拿起另外一本。这一本水平更高;是高等学校用的。缪塞占了三页,维克多·杜吕哀却占了三十页。拉马丁占了七页,蒂埃尔却几乎占了四十页。高乃依的《熙德》全本入选——差不多是全本(只删了唐·第爱格和洛特里葛的对白,因为太长了)——朗弗莱称赞普鲁士,反对拿破仑一世,他入选的作品不受限制,一个人的作品比法国十七世纪入选的全部名作还多。左拉在《崩溃》中描写一八七〇年普法战争中法国吃了败仗,结果大量入选。但书中找不到蒙田,拉·洛希夫谷,拉·勃吕伊哀,狄德罗,司汤达,巴尔扎克,福楼拜。而别的选本中找不到的巴斯加,却在这本书里作为珍品出现了;因此,克里斯托夫无意中知道了巴斯加"在巴黎附近的女子学校当过神甫……"①

克里斯托夫读得想把书丢开,他晕头转向,什么也看不清。他想:"我一进去,永远出不来了。"他无法下判断。他随便翻阅了几个小时,无所适从。他读法文很吃力;好不容易读懂了一段,却总发现是些无足轻重、好听而不中用的话。

---

① 约翰·克里斯托夫在他的朋友莱哈脱夫妇家借阅的法国文选是以下两本:一、《中学法文选读》,斯特拉斯堡圣·约翰实验学校校长、哲学博士杰拉德编。一九〇二年第七版。二、埃里格与蒲格合编的《法国文学》,经汉堡约翰实验中学校长丹特林重订。一九〇四年版。——原注

然而在这一片混乱之中,也会发现灿烂辉煌的刀光剑影,叱咤风云、挥鞭舞枪的英雄笑声。初次阅读使他慢慢地得到的一点印象,也许会出乎编者的偏见之外。德国出版的法国文选,故意选的是法国人批评法国缺点、赞扬德国优点的文章。但是德国编者想象不到:在一个像克里斯托夫这样有独立思想的人看来,这样鲜明的对比反而突出了法国人的自由精神,令人惊奇,他们敢于批评自己,敢于称赞敌人。米希莱就颂扬过德皇弗里德里希二世,朗弗莱盛赞特拉法尔加海战中的英国海军,夏拉钦佩一八一三年的普鲁士。拿破仑的敌人攻击拿破仑的时候,也不如法国人自己严厉。最受尊敬的东西也不能不受到他们的指责。即使在伟大的国王路易十四的统治下,那些戴假头发的法国诗人还是一样直言不讳。莫里哀笔下从不留情。拉封丹嘲笑一切。布瓦洛使贵族黯然失色。伏尔泰对战争、宗教、祖国都一样嬉笑怒骂。道德学家、讽刺作家、小册子和喜剧作者都放肆大胆,不是笑嘻嘻地就是阴沉沉地批评。对什么都不再尊重。老实的德国编者给吓坏了;他们唯恐良心不安,看到巴斯加把厨子、小偷、兵士、粗人都不分好歹,混为一谈的时候,就在附注中为巴斯加开脱说:假如他晚生若干年,看到了现代高尚的军队,就不会这样说了。他们喜欢莱辛听了日内瓦人卢梭的意见,修改了拉封丹的《寓言》,把乌鸦嘴里的干酪改成一块有毒的肉,拍马屁的狐狸一吃就死掉了:

"该死的马屁精,你只配吃毒药!"

他们在赤身露体、光彩夺目的真理面前睁不开眼睛;而克里斯托夫却兴高采烈,他热爱光明。但有些地方他也觉得有一点刺眼,他并不习惯于法国人毫无拘束的独立精神,即使是最爱自由的德国人也遵守惯了纪律,在他看来,这种独立精神像无政府主义。此外,法国人喜欢正话反说,也使他摸不清头脑,他太认真;但当法国人反话反说的时候,他又觉得是似是而非的笑话。没有关系!不管惊讶还是抵触,正话反话慢慢对他都有了吸引力。他对印象不再分门别类;而是亲身体验各种感情,而是生活。法国作品中的轻松愉快——夏福、赛瞿、大仲马、梅里美,乱七八糟地堆在一起——使他心胸开阔;有时,书本里又会喷出一阵阵大革命粗暴而醉人的气味。

天快亮了,路易莎在隔壁房里睡,一觉醒来,看到克里斯托夫的门缝里还渗透出灯光。她敲敲墙壁,问他有没有生病。嘎的一声,一张椅子倒到地上;门打开了;克里斯托夫穿着衬衫,一手拿蜡烛,一手拿书,出现在房门口,样子既正经,又滑稽。路易莎一紧张,就坐起来,怕他要发疯了。他却放声大笑,手舞蜡烛,朗诵莫里哀的一场台词。一句才念一半,他又扑哧笑了出来;就坐到母亲床脚下,喘一口气;手里的蜡烛还摇摇晃晃。路易莎心里一块石头落了地,又心疼儿子,就低声埋怨说:

"你怎么了?你怎么了?还不睡去!……我可怜的孩子,你真要发疯吗?"

他念得更来劲了:

"你该听这出戏!"

他在床头坐下,从头开始朗诵那段,他仿佛看见了柯琳娜,听见了她夸张的声调。路易莎说他了:

"去吧!去吧!你要着凉了。不要讨厌。让我睡吧!"

他偏要接着念,还提高了嗓门,挥舞着胳臂,笑得要哽住了,问母亲戏好不好。路易莎转过身去,在被窝里缩成一团,用两只手塞住耳朵说:

"不要吵我!……"

但听到儿子笑,她也暗暗笑了。最后,她不再叫他不要吵。等到克里斯托夫念完了一幕,问她听得有没有趣味时,没有听到回答,他弯下腰去一看,母亲已经睡着了。于是他微微一笑,轻轻地吻了吻她的头发,不声不响地回自己的房里去。

他又到莱哈脱家里去借书。他像挖掘宝藏似的无书不读,乱七八糟地,一本接着一本。克里斯托夫把书都生吞活剥了。他多么希望热爱柯琳娜和那个无名女郎的国家,他满腔的热情现在才找到了用武之地。即使是第二流的作品,他也会在一页半页上,在片言只语中,找到自由呼吸的气息。他还喜欢夸张,尤其是和莱哈脱太太谈话的时候,而她却会抬杠。虽然她的知识并不丰富,但却喜欢拿法国文化和德国文化来作比较,用法国压德国,气气她的丈夫,也为自己在小城的烦闷生活出出气。

莱哈脱生气了。除了生物学外,他还停留在学生时代的水平。在他看来,法国人很灵巧,办事聪明,和蔼可亲,会谈天说地,但是轻浮,容易生气,喜欢吹牛,太不严肃,太不真诚,感情太不强烈——法国这个民族不懂音乐,不懂诗歌(除了《诗艺》、贝朗瑞、弗朗索瓦·高贝以外)——这个民族感情用事,指手画脚,说话夸张,喜欢色情。要打击拉丁民族的不道德行为,他只恨文字不够用,找不到更好的字眼,他就老用"轻薄"二字,这在他嘴里和在他的同胞嘴里一样,有一种特别不好的意思。最后他又大唱德意志民族的赞歌:——德国人是道德的民族("道德",据赫尔德说,"是德国与众不同的地方"）——忠实的民族（忠实的意义无所不包：忠诚老实，忠心耿耿，忠贞不屈）——卓越的民族（如费希特所说的）——德国的力量，就是一切正义、一切真正的象征——德国的思想——德国的语言，独一无二，和种族一样纯粹的语言——德国的女人，德国的好酒，德国的歌曲……"德国，德国高于世上一切！"

克里斯托夫不同意。莱哈脱太太放声大笑。他们三个大叫大喊。他们互相了解：三个人都知道他们是好样的德国人。

克里斯托夫常来谈天，吃晚餐，同新朋友散步。利利·莱哈脱疼爱他，给他做好吃的东西。这是一举两得，同时可以给她自己解馋。她在感情上和饮食上照顾他，可以说是无微不至。到了克里斯托夫的生日，她做了个奶油水果馅饼，上面插了二十根蜡烛，中间放了个小糖人，穿着希腊服装，说是伊芙琴尼亚，手里还拿了一束花。克里斯托夫不管怎么说，内心深处还是个德国人，对她这样不太讲究地流露的真情，也受到了感动。

好心好意的莱哈脱夫妇还会找到更体贴入微的方法来表示他们主动的友情。莱哈脱虽然只认识几个音符，但听了妻子的话，就去买了二十本克里斯托夫的《歌曲集》——这是出版商头一次卖出去的作品——分送给他的德国各地教育界的熟人；他还寄了一些给莱比锡和柏林的书店，为了教科书的事他和书店有些来往。这种主动帮忙的办法非常感人，但并不太高明，而克里斯托夫也不知情，所以没有收到什么效果，至少暂时是这样。送出去的《歌曲集》似乎不能立竿见影，还没有人谈到这本作品；这样受到冷落使莱哈脱夫妇难过，所幸的是，他们没有把送书的事告诉克里斯托夫；否则，他得到的安慰会不如他所受的痛苦多——其实，力气是不会白费的，生活中有许多事情都可以证明；出了力总会有结果。也许好几年你都默默无闻；但是有朝一日，你会发现你的思想已经开辟了一条道路。克里斯托夫的《歌曲集》就是这样小步前进，慢慢走进了几个知音的心里。但他们不是胆小，就是懒得动笔，因为他们自己也埋没在穷乡僻壤。

只有一个人写了信给他。在莱哈脱寄书两三个月之后，克里斯托夫收到了一封感情洋溢的信，格式陈旧过时，语气热烈尊敬，是图林根邦一个小城寄来的，署名的人是大学教授、音乐导师彼得·苏兹博士。

对克里斯托夫，这是一大乐事；但对莱哈脱夫妇是更大的乐事：信在他衣袋里放了两天，他忘了看，到了他们家里，他才把信拆开。他们三个人一起读。莱哈脱夫妇会意地互相看了几眼，克里斯托夫都没有看到。他容光焕发，但忽然一下，莱哈脱看见他脸色一沉，信才读到一半就中断了。

"喂,怎么不念了?"他问道。

(他们说话已经不必客气。)

克里斯托夫把信扔在桌子上,生气地说:

"咳!这过头了!"

"怎么回事?"

"你看!"

他转过身来,背朝着桌子,走到角落里生气去了。

莱哈脱念信,他妻子也念,念的都是些大喜若狂的赞扬话。

"我看不出呀。"他惊讶地说。

"你看不出吗? 你看不出吗?……"克里斯托夫喊道,一边把信拿了过来,放在他眼底下,"难道你不识字? 看不出他也是个'勃拉姆斯派'?"

直到这时,莱哈脱才注意到:那位大学音乐教师的信里有一句话,把克里斯托夫的《歌曲集》和勃拉姆斯的相提并论了……克里斯托夫叹口气说道:

"一个朋友! 好不容易总算找到了一个朋友!……但一找到就已经失去了!……"

这样的相提并论把他气得要死。若依他的意思,他要马上写封回信,说些傻话。或者他经过考虑之后,以为根本不必回答,也许就算很慎重、很大方的了。幸亏莱哈脱夫妇和他开玩笑怪他脾气不好,他才没有再做荒唐的事。他们要他写了一封道谢的信。但信是不乐意写的,所以写得又冷淡,又勉强。彼得·苏兹的热心却一点也没有凉下去:他又寄了两三封热情洋溢的信来。克里斯托夫并不善于写信;虽然从这位陌生朋友的字里行间感觉得到他的真心诚意,他有点想勉强自己继续通信,但实在写不下去,只好算了。苏兹不能有来无往,也就不再来信。克里斯托夫当然不再想这件事了。

他现在每天去看莱哈脱夫妇,往往一天去看两次。他们几乎天天晚上都在一起。一个人集中精力孤零零地过了一整天之后,生理上需要和人谈谈话,说说自己心里想的事,不管人家懂还是不懂,总需要说说笑笑,不管笑得有理没理,也总需要发泄,这是养身之道。

他为他们演奏音乐。既然他没有别的法子表示对他们的感激,就只好弹钢琴,连弹几个小时。莱哈脱太太根本不懂音乐,很难不打呵欠;但为了表示对克里斯托夫的好感,她假装对弹琴感兴趣。莱哈脱先生也不比太太更懂,一听到某几页,他生理上就会感动,甚至流出泪来,连他自己都觉得成了傻瓜。别的时候他却听得无动于衷,他觉得只听到一片喧哗。一般说来,使他感动的往往是作品中最不动人的,最平淡无奇的段落——他们两个硬以为自己了解克里斯托夫;克里斯托夫也愿意这样想。他有时存心恶作剧,拿他们开玩笑,他布置了圈套,给他们演奏一些毫无意义的大杂烩;要他们误以为是他作的曲。等到他们说了些好话之后,他又承认他搞了鬼。于是他们不敢大意;此后,只要克里斯托夫演奏的神气不对头,他们就怕他又要他们上当,反而批评起来。克里斯托夫随他们说,自己也随声附和,说这种音乐没有价值,接着忽然大笑起来:

"该死的混蛋!你们说得对!……这是我的作品!"

他骗了他们,开心得像当了国王。莱哈脱太太有点不高兴,轻轻地打了他一下;但他笑的时候脾气这样好,他们也跟着笑起来。他们并不认为自己总猜得对。既然没有把握,利利·莱哈脱索性只管批评,她的丈夫就只管称赞,这样,两个人总有一个猜到了克里斯托夫的心。

他们喜欢克里斯托夫的,与其说是他的音乐,不如说是他的天真,有点神经兮兮,亲亲热热,快快活活。听见人家说他的坏话,他们反倒对他更好;因为他们像他一样,在这个小城的气氛中感到受了压抑;他们像他一样坦率;他们将心比心,把他当作一个不懂人情世故、坦率得吃了亏的大孩子。

克里斯托夫对两个新朋友并没有抱多少幻想;一想到他们不理解,永远也不会理解他心灵的深处,他就不免忧从中来。但他缺少友情,他这样需要友情,只要能够得到他们喜欢,他已经觉得无限感激了。过去一年的经验教训了他,他没有权利对人苛求。两年以前,他的耐性可没有这么好;回想起来,他不免后悔,又有点好笑,他怎能那样苛刻要求老实而讨厌的于莱一家人呢。唉!他总算上当学乖了!……他叹了一口气。一个隐蔽的声音在他耳边说:

"不错,但你能维持多久呢?"

这使他微笑了,他也得到了安慰。

如能找到一个心心相印、息息相通的朋友,有什么代价他不愿意付出的呢!——虽然他还年轻,但对人世已经有了经验,知道这个心愿是生活中最难实现的一个,他以前的大部分艺术家都没有这种福分,而他也不能期望自己比他们更幸运。他知道几个艺术家的历史。从莱哈脱家借来的书使他知道了十七世纪德国音乐家的艰苦历程,以及伟大的心灵坚持不懈的奋斗——其中最伟大的是英勇不屈的德国音乐始祖许茨——那时城市在战斗中燃烧,各省瘟疫横行,陷入了苦难的深渊,国家受到外族侵略,在欧洲各国铁蹄的践踏下——更糟的是——国家已经山河破碎,精疲力竭,自甘堕落,毫无斗志,对一切不在乎,只是束手待毙,这时,许茨却能毫不动摇,继续前进,奋斗到底。克里斯托夫心里想:"在如此伟大的榜样面前,谁还有权埋怨呢?他们没有群众,他们没有前途;他们只为自己,只为上帝作曲;他们今天写的,明天也许就会烧掉。然而,他们还是不断地写,他们并不悲观,无论什么都不能使他们失去勇气,失去乐观的精神;他们满足于歌唱,他们对生活的要求不高,只要求活下去,只要求能挣到面包,只要求用艺术表现思想,还要求能找到两三个好朋友,单纯、老实的朋友,并不是艺术家,当然也不理解他们,但真心实意地喜欢他们——他怎么敢比他们要求更高呢?一个人只能要求最低限度的幸福。谁也没有权利要求得到的更多,要多得就靠自己去创造;别人并不欠你什么。"

这样一想,他就心安理得;也更喜欢他的好朋友莱哈脱夫妇了。他哪里想得到,连这最后一点友情,人家也不甘心让他享受!

他不了解小地方人的敌意。他们的敌意在失去目标之后,尤其不容易消失。名正言顺的仇恨有明确的目标,目的一达到,仇恨就会平息下来。但因为生活无聊而做坏事的人却永远不会放下武器,因为他们的生活永远无聊。而克里斯托夫就成了他们聊以消遣的攻击目标。他虽然被打垮了,但看起来还是胆大妄为,没有垮台。他虽然不再令人不安,但也不为别人感到不安。他对人家没有什么要求,人家也就没有什么理由反对他。他和新朋友在一起很快活,不管人家说什么,想什么,这就叫人难以忍受——莱哈脱太太更叫人生气。她居然和全城作对,公然和克里斯托夫交朋友,再加上她平时的态度,似乎是在向舆论挑战。其实,好心的利利·莱哈脱对人对事,都无心惹是生非,她不想得罪人;她只不过是觉得怎么好就怎么做,没有考虑别人的意见而已。这却成了杀人不见血的挑衅。

人家暗地里要抓他们的小辫子,他们却蒙在鼓里。他们一个毫无拘束,另外一个毫无头脑,两个人都毫无顾忌,有时一同出去,有时晚上在家,靠着阳台有说有笑。他们言者无心,人家听者有意,两个人亲热的样子就给了人家造谣的把柄。

一天早上,克里斯托夫收到一封匿名信。信里用卑鄙的字眼血口喷人,说他是莱哈脱太太的情夫。他的胳臂一抖,信就掉了下来。他对她从来没有一点不正当的念头,连媚眼都没有送过一个,他太正派了,像清教徒一样痛恨通奸,一想到这肮脏的勾当就反感。朋友之妻不可欺,否则就是犯罪;世界上的女人都死绝了,他也不会欺到利利·莱哈脱头上,因为这个可怜的女人长得不好看,甚至引不起他这方面的热情。

他回到他的朋友家去,又羞又窘。他发现他们也一样窘。每个人都得到一封同样的信,但都不敢说出来;于是三个人你看着我,我看着你,也看着自己,他们不敢乱说乱动,结果反而笨手笨脚,笨嘴笨舌。如果天生没头脑的利利·莱哈脱一时忘乎所以,漫无边际地又说又笑,那忽然一下,不是她的丈夫,就是克里斯托夫会瞪她一眼,瞪得她发愣;她马上会想起匿名信来,于是心慌意乱;克里斯托夫和莱哈脱也一样局促不安。每个人心里都想:

"他们也知道吗?"

同时,他们什么也不说开,还想和以前一样过下去。

但是匿名信不断地来,越来越肆意污蔑,卑鄙龌龊,使他们神经紧张,难堪得无法忍受。他们一得到信就藏起来,又没有勇气不读信就烧掉,拆开信封手指发抖,打开信纸心惊肉跳;一读这些他们怕读的、大同小异的信——这是小人造谣中伤的新花样——他们就低声哭了。左思右想,他们也想不出是什么坏蛋要这样和他们过不去。

一天,莱哈脱太太想得精疲力竭了,就把她受的苦告诉丈夫;他也含着眼泪诉了同样的苦。是不是要对克里斯托夫说?他们都不敢。但又不得不告诉他,好让他谨慎些——莱哈脱太太刚开口脸就红了,但她吃惊地发现克里斯托夫也收到了匿名信。这是何苦来?他们都要给逼疯了。莱哈脱太太相信全城都在议论纷纷。他们没有一致对外,反而内部先气馁了。他们不知道如何是好。克里斯托夫说要杀人——但杀谁呢?这不是给谣言火上加油吗?……把信交给警方?那不是使秘密公开了……装作不知道?那也不可能。他们友好的关系现在受到了扰乱。莱哈脱绝对相信妻子和克里斯托夫不会有不轨行为,但也不由得不起了疑心。他感到连疑心都不应该,都是丢人的事;他硬装出没事人一般让克里斯托夫和他妻子在一起。但他心里痛苦;妻子也看得出。

而她呢,那更糟。她和克里斯托夫一样,从来没起过什么不正当的念头。但谣言却转弯抹角要她相信:克里斯托夫也许爱上了她;虽然他离吐露感情还有十万八千里,但她认为防人之心不可无,而她防人的办法又不直截了当,而是稀里糊涂,搞得克里斯托夫莫名其妙;等到他明白过来,又气得他哭笑不得。他怎么可能爱上这个好心好意、平平常常的丑八怪呢？……而她居然相信有这等事！……而他自己偏偏说不清,总不能对他们夫妻说：

"得了！放心吧！绝没有危险！……"

不行,他不能惹这对好人生气。再说,匿名信真起了作用,在他心里灌输了一个荒唐而浪漫的想法：既然她怕他爱上她,那是因为她偷偷地开始爱他了。

情况变得这样难堪,这样荒谬,不可能再继续下去了。利利·莱哈脱虽然说起话来,外表显得强硬,其实内心并不坚强,当地人这种不说破的敌意,搞得她头昏脑涨。于是他们找了些笨拙的借口不见克里斯托夫。

"莱哈脱太太不舒服……莱哈脱工作忙……他们有几天不在家……"

这些借口往往弄巧成拙,碰得不巧,反倒露出马脚。

克里斯托夫只好挑明了说：

"可怜的好朋友,我们分开吧。我们都没有力量。"

莱哈脱夫妇哭了——不过分开之后,他们倒是一块石头落了地。

当地人可以高兴了。这一次,克里斯托夫真是形单影只了。他失去了最后一口自由呼吸的空气：友情,虽然其淡如水,但是没有友情,心灵是活不下去的。

第三部　解脱

他没有朋友了。熟人都不来往了。亲爱的高弗烈特舅舅在困难的时刻总来帮忙,他现在多么需要他啊,但舅舅已经走了几个月,而且这次是一去不复返了。这年夏天的一个晚上,路易莎得到一封字迹很大的信,是从一个遥远的村子里寄来的,信告诉她说:她的哥哥死了;他的身体不好,还在到处流浪卖货,一病不起,就埋在那边的公墓里。这个男子汉从容不迫的脉脉温情,本来是克里斯托夫最后的依靠,现在已经葬入了死亡的深渊。克里斯托夫剩下了一个人,陪着一个并不关心精神生活的老母亲——她只会爱他,却不了解他。在他周围,是无边无际的德国平原,沉闷得像无底的海。他努力想挣扎出去,但反倒陷得更深了。满怀敌意的小城就看着他淹没……

他正在挣扎的时候,忽然黑夜里电光一闪,显出了哈斯莱的形象,这位大音乐家是他小时候爱慕的人物,现在他的声名已经响遍了全德国。他想起了哈斯莱从前答应过他的话。在绝望中,他立刻拼命抓住这块没有沉的船板。哈斯莱能够救他!哈斯莱应该救他!他要求哈斯莱做什么呢?不要救济,不要金钱,不要物质上的援助。什么也不要,只要他了解。哈斯莱像他一样受过迫害。哈斯莱是个独立自由的人。他一定了解其他的自由人,而庸俗的德国人却咬牙切齿,要把与众不同的人置之于死地。哈斯莱和他进行的是同样的斗争。

他一想到,就要做到。他告诉母亲要出门去一个星期;当晚,他就坐火车去德国北方的大城,哈斯莱在那里当乐队指挥。他不能再等待了。他要作最后的努力去呼吸自由的空气。

哈斯莱成名了。他的敌人并没有放下武器;他的朋友吹捧他是古往今来最大的音乐家。其实,抬高他的人和贬低他的人都一样荒谬。但是他的性格不够坚强,有人攻击他,他就生气,有人捧场他就软化。他拿出全副本

领来对付批评他的人,害得他们叫苦连天;他像一个会在鸟巢里取鸟蛋的顽童。而他捣毁的鸟巢往往叫人非常恼火,他不但使出全身解数来创作一些稀奇古怪的音乐,气得权威人士竖起了头发,他还爱搔痒似的抓住荒乎其唐的内容、怪里怪气的主题,莫名其妙、低级下流的场面,总而言之,凡是不合情理、违反常规的他都喜欢。他要气得小市民尖声怪叫才高兴,而小市民没有一个不上当的。德皇像有钱有势的人一样傲慢无礼、自以为是,也要搞点艺术装点门面,连他也把哈斯莱的名声看成丢脸的事,因此一有机会,就要说他胆大妄为的作品无足轻重,不在话下。哈斯莱成了皇家的对头,又生气又高兴,因为对德国艺术的先进派来说,官方反对几乎等于是承认自己先进,于是他继续大张旗鼓,标新立异,越搞越来劲。每闹一次事,他的朋友就兴高采烈,欢呼他是天才。

　　站在哈斯莱这一边的人主要是些文人画家,颓废派的评论家,他们代表反对派,反对永远威胁德国北方的反动派,反对钦定的礼教和虔信的精神,立下过赫赫的战功:但他们在斗争中独立自主,不受拘束,往往做过了头,甚至他们没意识到已经做得有些可笑了;虽然他们中很多人并不是没有凶狠的一手,但他们缺少几分聪明,尤其是趣味不高。他们画地为牢,跳不出自己画的圈子;结果他们像所有的小宗派一样,对圈子外的实际生活完全无知。他们作茧自缚,给自己制定了一些清规戒律,还有上百个读者,居然对他们的话言听计从。这伙人的过分吹捧可要了哈斯莱的命,使他自鸣得意。他头脑一发热,出现了一个音乐构思,也不管好歹,就写了下来;心中暗自思量:即使是他的次品,也比其他音乐家的上品好。可惜的是,在大多数情况下,他都不幸而言中了,但并不能因此得出结论:只要比别人好就行。这样怎么可能创造伟大的作品呢? 其实,哈斯莱根本瞧不起人,不管是敌人还是朋友,结果连自己也瞧不起自己,对人生也只是挖苦奚落。因为他从前相信过世上有慷慨大方、天真无邪的好事,一旦发生怀疑,他就越来越陷入冷嘲热讽的深渊。他没有力量阻止时间慢慢地把好事磨灭,也不能弄虚作假,分明不再相信的,硬说自己相信,于是他就拼命嘲笑这些往事。他有德国南方人的性格,懒洋洋、软绵绵的,受不了命运的大起大落,气候的太冷太热,为了维持精神上的平衡,他需要温带的气候。他要无忧无虑,随遇而安,懒懒地享受生活;他喜欢吃好菜,喝美酒,懒洋洋地漫步,软绵绵地遐想。他的艺术也受到这种性格的影响,但他很有才华,所以在他随波逐流的音乐作品中,还会闪烁出天才的火花。他比别人更能感到自己在走下坡路。其实,只有他一个人能感到,感到的时候也很少,何况他还不愿感到。一感到他就悲观厌世,心情恶劣,自私自利,担心健康,对过去的爱憎全都无所谓了。

　　就是为了这样一个人物,约翰·克里斯托夫到德国北方求教来了。他怀着多大的希望,在一个凄风冷雨的早上,来到了哈斯莱居住的北方大城!在他眼里,这个人物象征着艺术上的独立精神。他希望从这里听到热情友好、鼓舞斗志的话,他需要好意的勉励才能继续进行这场徒劳无功、欲罢不能的战斗,任何名副其实的艺术家都不得不和世界斗争,直到最后一息,而且一天也不能放下武器;因为席勒说得好:"一个人和群众的关系,到死也不会后悔的,只有斗争的关系。"

克里斯托夫性子太急，一出车站，找到一家最近的旅店，放下了行李包，就跑到戏院去打听哈斯莱的地址。哈斯莱住得离市中心相当远，在郊外的小镇上。克里斯托夫马上坐电车，嘴里还啃着一块小面包，离目的地越近，他的心跳得越厉害。

哈斯莱住的郊区是一些奇形怪状的新建筑，年轻的德国要炫耀野蛮，费尽心机想用人力来巧夺天工。在平淡无奇的市镇中心，笔直地伸展着没有特色的道路，忽然平地上涌现出一些埃及金字塔，一些挪威别墅，一些寺院，一些堡垒，国际博览会式的亭子；鼓起肚子的房屋，墙脚埋在地下，门外是地牢般的铁栅，门扁得像潜水艇的出入口，半圆形的铁门框，铁窗栏上有金色的密码文字，大门上方有张开大口的兽头，蓝珐琅的方砖东铺一块，西铺一块，处处铺得出人意外，五颜六色的瓷砖镶嵌出亚当和夏娃，屋顶上盖着色彩不调和的瓦片；还有城堡式的房屋，最高一层围了雉堞，屋脊上砌了畸形的怪兽，一边墙上没有窗子，另外一边却全是窗口，正方的，长方的，像是伤口；一些大墙没有装饰，忽然一下出现了只有一个窗口的大阳台，由仙女用头顶着；从阳台的右栏杆内伸出了两个尖尖的长头发、大胡子的老人头，那是鲍格林画的人鱼。在这些监狱般的房屋中，有一所法老时代的两层楼房，门口有两个裸体的巨人石像，建筑师在正门刻下了两行大字：

  艺术天地
  超越古今

克里斯托夫一心只想着哈斯莱，看到这些莫名其妙的建筑也懒得去理解。他找到了哈斯莱住的地方，外表倒很普通，是加洛林王朝风格的房屋。里面却豪华而舒适，但是未能免俗；楼道空气沉闷，暖气烧得太热；电梯很窄，克里斯托夫却不利用，而是弯着两条腿，慢步走上四楼，这样可以使激动的心情恢复一点平静。在他上楼的短短时间里，他回想起了从前见到哈斯莱的情形，自己幼年时代的热情，还有祖父的形象，仿佛都是昨天才发生的事。

他按门铃的时候，已经快到十一点钟了。开门的是一个伶俐的女用人，神气好像可以当家做主似的，她不太礼貌地打量了他一眼，开口就说："先生累了，不能会客。"一见克里斯托夫脸上流露出毫不做作的失望表情，她大概觉得很有趣，又不太客气地把他从上到下再端详一番，这才忽然一下软下心来，让克里斯托夫走进了哈斯莱的小书房，说她去看看能不能要先生见他。她说时还向他丢了一个眼色,才关上门进去了。

墙上挂了几张印象派的画,还有几张法国十八世纪的风情版画;哈斯莱认为自己什么艺术都懂;所以近代派的玛奈和上个世纪的华多都合他的口味,其实他是受了小圈子的影响。这种东拼西凑的风格也表现在他的家具上:一张路易十五时代非常精美的书桌,周围却是些"新艺术派"的沙发,还有一张东方式的卧榻,上面都堆满了五颜六色的靠枕。门上嵌了镜框;架子上和壁炉上都是日本的小摆设,在壁炉架当中立着哈斯莱的胸像。独脚圆桌上一个盘子里放着一大堆照片,是女歌星和男朋友的,还有崇拜他的女人,照片上都写了妙语或者赞词。书桌上乱得难以想象;钢琴没有关好;框架上布满了灰尘;雪茄烟抽了一半,丢得各个角落里都是……

克里斯托夫听见隔壁房间响起了发牢骚的嘀咕声,小女仆反宾为主的回答声。显然,哈斯莱并不太热心见客。显然,是小女仆自作主张,非要他出来不可;她满不在乎用非常亲热的口气和他说话,她的尖声穿透了墙壁。克里斯托夫听到主仆的对话怪不好意思的。但主人听了并不以为怪。恰恰相反!人家会以为他觉得女仆的顶撞有趣;因此,他一边嘀咕,一边和女仆开玩笑,故意逗她生气。最后,克里斯托夫总算听到门打开了,哈斯莱一直在嘀咕唠叨,拖着脚步走了进来。

他一进门,克里斯托夫就觉得心里难受。他还认得是哈斯莱。但是若不认得,反倒要谢天谢地了!当然是哈斯莱,但又不再是哈斯莱。他的大额头上还没有皱褶,脸上还没有皱纹,像个孩子似的;但是头发秃了,身体臃肿了,脸色发黄,老是要打瞌睡的样子,下嘴唇有点合不拢,嘴巴像在赌气似的。他的背也驼了,两只手插在不整洁的上衣口袋里,脚上穿着一双旧拖鞋;衬衫没有扣好,乱七八糟地塞进了裤腰。他用没有睡醒的眼睛瞧着克里斯托夫,年轻人向他通报姓名的时候,他的眼睛也没有闪亮。他只是机械地招呼他,并不说话,而是点头叫他坐下,自己却叹了一口气,就倒在卧榻上,把靠枕堆在身边。克里斯托夫重复说:

"我从前有幸……承蒙你赏脸……我是克里斯托夫·克拉夫特……"

哈斯莱深深陷在卧榻里,两条长腿交叉,两只瘦手放在右边膝盖上,而膝盖抬得和下巴一般高。他回答道:

"不记得了。"

克里斯托夫觉得喉咙发紧,设法要他想起从前见面的事。随便在什么情况之下,要克里斯托夫谈这些内心深处的往事都很吃力,现在,他更觉得在受折磨,话既说得模糊不清,字又用得不对,简直莫名其妙,连他自己也脸红了。哈斯莱让他胡说八道,两只眼睛满不在乎,茫茫然瞪着他。等到克里斯托夫讲完了,哈斯莱还不说话,膝盖摇摇晃晃,仿佛在等克里斯托夫还说下去。然后,他才开口:

"是的……但往事并不能使我们年轻啊……"他伸了伸懒腰。

打个呵欠之后,他又接着说:

"对不起……没睡好……昨夜在戏院吃了消夜之后……"

他又打呵欠了。

克里斯托夫希望哈斯莱会问问他刚才讲到的事;但哈斯莱对往事没有一点兴趣,压根儿就不提,也不问克里斯托夫的生活情况。等到打完了呵欠,他才问了一句:

"到柏林来多久了?"

"今天早上刚到。"克里斯托夫答道。

"啊!"哈斯莱叫了一声,但并没有其他惊讶的话。"住在哪个旅馆?"他似乎并不想听回答,就懒懒地站了起来,走到电钮旁边,伸手就按电铃。

"对不起。"他说了一声。

小女仆进来了,并不把主人放在眼里。

"凯蒂,"他说,"难道你打算今天不让我吃早餐吗?"

"你总不能,"她说,"要我在你见客人的时候给你端早餐来吧?"

"为什么不能呢?"他对克里斯托夫眨眨眼睛,开玩笑似的说,"他给我精神食粮;你给我物质粮食。"

"难道你好意思要人家看着你吃早餐,就像在动物园喂动物一样吗?"

哈斯莱不但没有生气,反倒笑了起来,并且纠正她的话说:

"是喂家庭动物……"

"还是去拿来吧,"他接着又说,"我连不好意思也要吃下去的。"

她耸耸肩膀走了。

克里斯托夫看见哈斯莱一直不问他的情况,只好设法把话头接上。他谈到内地生活的困难,市民的庸俗,精神的狭隘,自己的孤立。他努力使哈斯莱了解他精神上的痛苦。但哈斯莱只倒在卧榻上,头往后仰,靠着枕垫,眼睛半闭,让他一个人说,好像并没有听,或者眼睛半开,冷冷地说几句风凉话,要不然就对内地人冷嘲热讽,使克里斯托夫的心里话说不出口——凯蒂托着一盘早餐来了:有咖啡、黄油、火腿等。她赌气似的把托盘放在书桌上的乱纸堆中。克里斯托夫等她走了,又接着讲他的痛苦,真是难说出口。

哈斯莱把托盘拉到身边,自己倒上咖啡,呷了几口;然后他又亲热,又随便,有点像对晚辈似的打断了克里斯托夫的话说:

"来一杯吗?"

克里斯托夫说不要。他努力把打断了的话接起来,但越来越觉得局促不安,甚至不知道自己在说什么。他的思想集中不了,只是看着哈斯莱把碟子靠着下巴,像个孩子似的把黄油面包片和手里的火腿片塞到嘴里去。克里斯托夫总算谈起了他的创作,他为赫贝尔的《尤迪特》所作的序曲有人演奏。哈斯莱漫不经心地听着。

"什么?"他忽然问道。

克里斯托夫重复说了序曲的题目。

"啊!好,好!"哈斯莱说时把面包片沾了沾咖啡,连手指也沾进杯子里去了。

他就只说了这句话。

克里斯托夫失望了,正要站起来就走,但一想到自己远道而来,不能空手而归,又鼓起勇气,吞吞吐吐地对哈斯莱说:要不要弹弹他的曲子。哈斯莱一听就打断他的话说:

"不必,不必,我对你的大作一无所知。"他说时带着几分挖苦,几分轻视的口气。"再说,我也没有时间。"

克里斯托夫的眼泪都要流出来了。他暗自发誓:不听到哈斯莱对他作品的意见,他决不走。他又窘又恼地说:

"对不起。你从前答应过听我弹琴的;我专门从内地跑来了,你怎能不听呢?"

哈斯莱不习惯人家这样说他,瞧着这个傻头傻脑的小伙子气得满脸通红,快要哭出来了,反倒引起了他一点兴趣,就懒洋洋地耸耸肩膀,用手指指钢琴,又无奈又好笑地说:

"那好!……你就弹吧!……"

说时,他又缩进卧榻里去了,好像要睡午觉的样子,把靠垫紧紧塞在他伸出的胳膊下面,半闭着眼睛,又睁开来看看克里斯托夫从口袋里掏出来的乐谱有多厚,微微地叹了一口气,准备无可奈何地听了。

克里斯托夫又心虚,又委屈,开始弹琴。哈斯莱一听,又睁开了眼睛,张开了耳朵,不知不觉地恢复了一个职业艺术家对美好事物的兴趣。开头,他没有说什么,动也不动地待着;但眼睛不那么无精打采了,赌气的嘴唇也消了气,动了起来。接着,他完全耳聪目明了,低声表示惊奇,称赞。

虽然只是一些含糊不清的感叹词,但他的声调泄漏了他的思想;克里斯托夫听了,感到说不出的愉快。哈斯莱不再计较弹了几页乐谱,还有几页没弹。等到克里斯托夫弹完了一曲,他总是说:

"弹下去吧!……弹下去吧!……"

他开始用常人的语言说话了。

"好,这一段好!好!……(他叫了起来)好极了!……妙不可言!……这是怎么回事?(他惊讶得叫了起来)真要命!"

他在卧榻上坐了起来,头往前靠,手放在耳朵后面好听清楚,自言自语,满意得笑了,听到某些与众不同的和声,他甚至稍稍吐出了舌头,仿佛吃出了滋味要舔舔嘴唇似的。一段出乎他意料的转调对他产生了意外的效果,他忽然一下站了起来,一边叫好,一边跑到钢琴前坐下,就坐在克里斯托夫身边。他的样子似乎没有看见身边有人。他只全神贯注在音乐上;等到弹完了一曲,他又拿起乐谱来,把那一页重新看了一遍,还接着往下看,继续自言自语,赞不绝口,惊喜备至,仿佛房里只有他一个人似的。

"鬼家伙!……(他说)这是哪里想出来的?……"

他用肩膀把克里斯托夫挤开,自己来弹了几段。他弹琴的指法很有魅力,很柔和,很轻巧,像在抚摩。克里斯托夫瞧着他细长的手,保养得好,教养得有贵族气派,虽然有点病态,但比他的身体显得高雅。哈斯莱弹到某些和弦,停下来再弹一遍,同时眨眨眼睛,咂咂舌头;他嘴里哼着,模仿乐器的音响,不断地发出赞叹声,但暗中不免掺杂了几分不高兴,几分说不出口的妒忌,同时也有饱餐一顿的快活。

虽然他一直在自言自语,仿佛克里斯托夫不存在似的,但克里斯托夫却不免以为是在赞叹他的作品,高兴得脸都红了,就来解释他原来的意图。哈斯莱开头没有注意年轻人说的话,只管想到什么,就高声说什么;后来,克里斯托夫有几句话打动了他,他就不开腔了,眼睛一直盯着乐谱,一边翻一边听,但又露出似乎不在听的样子。克里斯托夫越说越来劲,结果推心置腹,毫无保留,他天真地、激动地谈到他的打算和他的生活。

哈斯莱静静地恢复了冷嘲热讽的神气。他让克里斯托夫把乐谱从他手里拿走,胳膊肘支在钢琴架子上,用手捧着脑袋,瞧着克里斯托夫少年气盛,热情洋溢,心绪不宁地解释他的作品。他想起了自己如何进入音乐界,如何满怀希望,再想到克里斯托夫的前途和等待着他的失望,不免苦笑起来。

克里斯托夫一直低着头在讲,唯恐不知道自己要讲什么。哈斯莱不说话使他的劲头更大。他觉得哈斯莱在观察他,在一句不漏地听他讲;他觉得他们之间的坚冰正在融化,他心里发出了喜悦的光辉。等到他讲完了,就不好意思——但却充满信心——抬起头来瞧哈斯莱。不瞧也罢,一瞧他又一瓢冷水浇头,他心花怒放得太早,一碰到没精打采、冷嘲热讽、不怀好意地瞪着他的眼睛,新生的欢乐就像早发的嫩芽一样冻坏了。他马上住了口。

冷场之后,哈斯莱用干巴巴的声音说话了,前后判若两人。他对年轻人露出生硬的态度,用令人难堪的言语嘲笑他的打算,说他成功的希望非常渺茫,就像他在嘲笑自己一样,因为他在年轻人身上看到了当年的自己。他冷酷无情地拼命破坏年轻人对生活的信心,对艺术的信心,对自己的信心。他痛苦地拿自己做例子,用侮辱的口气骂自己现在的作品。

"真是狗屎一堆!"他说,"为这些不如狗屎的人,只能创作这种东西。你以为世界上有十个人真喜欢音乐吗?哪怕有一个也就不错了!"

"有我呢!"克里斯托夫忘乎所以地说。

哈斯莱瞧瞧他,耸耸肩,懒懒地说:

"你也会和别人一样。和别人一样做,一样想,只想成功,只想快活……这并不错……"

克里斯托夫还想辩;但哈斯莱打断了他的话,又拿起乐谱来,尖酸刻薄地批评他刚才称赞过的作品。他不但用严格得伤人的口气指出年轻人真正的疏忽,书写的错误,趣味不够高,表达不够好,而且提出了一些荒谬的批评,就像那些心胸狭窄、思想落后的音乐家对哈斯莱提出过的意见一样,而哈斯莱为这种评论痛苦了一辈子。他居然问克里斯托夫这种音乐有什么意思。他甚至不是在批评,而只是简单地否定,仿佛要恶狠狠地把刚才由衷的好评一笔抹杀似的。

克里斯托夫灰心失望,不想再争辩了。这样荒唐的话,居然出自一个你敬爱的人之口,听到都要脸红,怎么好反驳呢?再说,哈斯莱什么也不听。他站在那里,仿佛到了路的尽头,手里拿着的乐谱已经关上,眼睛没有表情,嘴巴含着痛苦。最后,他好像又忘了克里斯托夫的存在似的说道:

"啊!最苦的是没有一个人,没有一个人能了解你!"

克里斯托夫觉得感情的激流穿透了全身,猛然一下转过身来,把手放在哈斯莱手上,热情洋溢地又说了一遍:

"有我呢!"

但是哈斯莱的手并没有动;如果说他的内心听到这年轻的呼声有动于衷的话,他的眼睛却黯淡无光,有气无力,只呆呆地瞧着克里斯托夫。到底还是冷嘲热讽、个人打算占了上风。他一本正经,非常好笑地微微弯了弯上半身,行礼如仪。

"你太抬举我了!"他说。

他心里想:

"你有什么用处!难道你以为有了你,我就没有白活一辈子吗?"

他站了起来,把乐谱丢在钢琴上,拖着两条站立不稳的腿,又回到卧榻上去了。克里斯托夫猜到了他的思想,感到他的创伤还要伤人,就毫不泄气地回嘴说:一个人并不需要得到大家的理解;有些先知先觉的心灵是全民族的价值所在;他们在为全民族思想;他们今天想到的,全民族将来一定会想到——但是哈斯莱已经不听了。他又陷入了麻木不仁的状态,他内在的生命已经昏昏欲睡,再也振作不起来。克里斯托夫少年气盛,哪里懂得这种突然而来的反复,他只隐约感到这一仗打败了;但他不肯认输,他是多么接近胜利啊!他拼命要使哈斯莱的心情死灰复燃;他拿起乐谱来,向哈斯莱解释他出格的理由。哈斯莱却深深地埋在沙发里,默默地一声不响。他既不说对,也不说错,只是等他说完。

克里斯托夫看出在这里没有什么事可做了。他话说到一半,忽然打住。他把乐谱卷起,站了起来。哈斯莱也站起来了。克里斯托夫不好意思,像做错了事似的结结巴巴地表示歉意。哈斯莱稍微弯了弯腰,既不耐烦,又放不下架子,只是冷冷淡淡地、客客气气地伸出手来,把他送到门口,没说一句留他的话,也没约他再来。

克里斯托夫到了街上,心里一片空虚。他随便走。木头人似的走了两三条街之后,他发现自己到了来时的电车站。他又上了电车,并没想到要做什么。他有气无力地倒在长凳上,胳臂和大腿都动不了。不可能思考问题,也不可能集中精力,他索性什么也不想。他不敢深入自己的内心。内心空荡荡的。周围也是空荡荡的,全城都是;他简直不能呼吸,城里雾气腾腾,房屋黑压压的一片,压得他透不出气来。他只有一个念头,那就是逃走,走得越快越好——仿佛只要离开了这座城市,就可以离开痛苦失望似的。

他回到旅店。时间还不到十二点半。两小时前,他刚进旅店的时候,心里是如何充满了光明啊!但是现在,只有一片黑暗。

他不吃午餐。他也不上楼到房间里去。使旅店老板大吃一惊的是,他要算账,付了一夜的房钱,就急急忙忙说要走了。老板告诉他不用忙,他要坐的火车还要等几个小时才开,不如在旅店里等更好,但说什么也是白费口舌。他要马上到火车站去,他要坐第一班车走,不管去什么地方,他在这里连一个小时也待不下去了。他走了这么远的路,花了这么多的钱,本来打算好好过上两天——不但要见哈斯莱,还要参观博物馆,听音乐会,认识几个人——但是现在,他脑袋里只有一个念头:那就是走……

他到了火车站。正如人家说的,他坐的车要过三个小时才开。而且那班车不是快车——因为克里斯托夫只坐得起最便宜的慢车——一路逢站就停;克里斯托夫还不如坐晚两个小时开的火车,准能赶上头一班车。但这样一来,就得在这个城市多待两个小时,而克里斯托夫却受不了。他甚至在等车的时候也不肯走出车站——等车像是在办丧事,候车室又大又空,人来人往,乱糟糟的,凄惨惨的,忙忙碌碌,跑来跑去,都是些走马灯上的影子,对他都很陌生,都不关心,没有一张认识的脸,没有一个友好的面孔。灰暗的白天陨灭了。雾中的电灯像玷污了黑夜的斑点,使夜显得更昏暗了。克里斯托夫感到越来越压抑,焦急地等待开车的时间。他一小时总要看十次火车时刻表,唯恐会误了车。为了消磨时间,他又一次把火车表从头看到尾,忽然有一个地名引起了他的注意,这个地名似曾相识;他想了一会儿,记起了那是老苏兹寄过信来的地方,那些信写得多么热烈啊!在他不知如何是好的时刻,他忽然起了一个念头:为什么不去看看这个只知道名字、却没见过面的朋友呢?那个小城并不在他回家的路上,还要坐一两小时区间车;那就得在路上过夜,并且换两三次车,不知道要等多久,克里斯托夫却不计较了。他本能地马上决定:他对同情的需要高于一切。他就不再考虑,立刻起草了一个电报,通知苏兹他明天早上到。电报刚发走,他就已经后悔了。他苦笑了一下,自己要到什么时候才能不存幻想?为什么又要去自寻烦恼呢?——但是事情已经确定,要改主意也太晚了。

这些思想在他等车的最后时刻,不断在他心头涌现——车厢总算一节一节地挂好了。他头一个上了车;他的孩子气这样重,一直等到火车开动,他从车门的窗口看见城市的阴影慢慢消失在凄风苦雨的夜空中,他才松了口气。他觉得若是在这里过夜,那就非得憋死不可。

就在这时——大约晚上六点钟——哈斯莱写给克里斯托夫的一封信送到旅店来了。克里斯托夫的来访使哈斯莱的心头翻腾起伏。整个下午,他都痛苦地,而且不是没有同情地想着这个干劲十足的小伙子,他满腔热忱跑来找他,自己却冷冰冰地把他打发走了。他后悔自己太无情。说实话,他心情不好,常发脾气,偏偏给克里斯托夫碰上了。他想弥补一下,就送了一张歌剧院的门票去,还约他散场后见面——克里斯托夫当然不知道。哈斯莱见他没有来,心里想:

"他生气了。算他倒霉!"

他耸耸肩,不再设法弥补。第二天,他就不再想到他了。

第二天,克里斯托夫已经走远了——远得永远没再和他见面。两个人就这样永远分开了。

彼得·苏兹已经七十五岁了。他身体衰老,岁月不饶人。他个子相当高,但背已驼,脑袋垂在胸前,支气管有毛病,呼吸困难。他有几种疾病缠身:哮喘病,卡他炎,支气管炎,他不得不和疾病作斗争——多少个夜晚,他坐在床上,身子向前弯,满头冒汗,拼命吸进一口空气,免得胸部憋闷——这些斗争都在他刮得干干净净的脸上留下了痛苦的痕迹,使脸显得又长又瘦。他的鼻子也长,鼻尖有点肿。深深的皱褶从眼睛下面开始,横卧在脸颊上,而脸颊又因缺牙少齿而瘪了下去。年老多病并不是这张苦脸的唯一雕刻师;生活中多灾多难在脸上也留下了影子——不管怎样,这张脸只是苦而不愁。安静的大嘴吐出的是一团和气。尤其是那双眼睛使老人的脸显得和蔼可亲,浅灰色的眼睛一清见底,只从正面看人,正大光明,使人可以看到心灵深处。

他的生活风平浪静。多年来一个人过日子。妻子早已去世。她脾气不好,也不大聪明,一点也不漂亮,但他对她还是保留了温情脉脉的回忆。他失去她已经二十五年,每晚入睡之前,他都要默默地怀念她,忧郁而亲切地和她谈家常,告诉她每天做了什么——他没有孩子,这是他一生的憾事。于是他把感情转移到学生身上,就像父亲对儿子一般,但并没有得到多少回报。老人的心觉得接近青年人的心,认为他们之间同多于异,岁月并没有把他们分开。但青年人的想法不同,他认为老人不是同代人,他们关心眼前的事,本能地不看努力也达不到的目标。有的学生感激苏兹老师对他们的成功或失败都表示热烈而永不减色的关怀,有时来看望他;有的离开大学时还来信道谢;还有几个毕业后来过一两封信。然后,老苏兹就没有他们的消息了,只从报上知道某人有了成就,他就高兴得像是自己的成就一般。他不怪他们不来信,那总是有理由的;他并不怀疑他们的感情,即使是最自私的学生,他也认为他们有师生的情谊。

但对他而言,最安全的庇护所还是在书中;书既不会忘记,也不会欺骗他。他在书中爱慕的心灵现在已经超越了时代的洪流,他们毫不动摇地永远固定在书本引起的爱慕中,在他们似乎还能感到的爱慕中,因此,他们对爱慕的人还能发出光辉。苏兹是美学和音乐史教授,他像一个百鸟啼鸣的古老森林。有些歌声来自远方,超越了几个世纪,但和在当时当地一样温柔神秘。有些歌声他很熟悉,那是他亲密的伴侣,每句歌词都会唤醒过去生活中的悲欢哀乐,意识到或没意识到的幸福和痛苦——因为在阳光照耀下的日子里,每天都有些阳光照不到的时刻——最后还有一些没人听到过的,但是大家期待已久、非常需要的歌声,听到时大家都会心花怒放,像久旱逢甘霖一般全神贯注。就是这样,老苏兹在静谧的、孤独的生活中,听着林中群鸟的歌声,他也像传说中的修道士一样,神奇的鸟鸣使他心醉神迷,昏昏入睡,而岁月不知不觉流逝了,生命的黄昏已经降临,但他却一直保持着二十岁的心境。

他不只在音乐方面是个富翁。他还爱诗——不管古诗新诗。他特别喜欢本国诗人,尤其是歌德,但也喜欢外国诗人。他学过几种外文,能读外文书。在思想上,他和赫尔德还有十八世纪末期的"世界公民"是同代人。他经历过一八七〇年前后的艰巨斗争,受过宏伟思想的影响。他虽然崇拜德国,但并不只以德国为"荣"。他和赫尔德一样认为:"在爱虚荣的人当中,只以民族为荣的是个糊涂虫。"他也像席勒一样以为:"只为一个民族写作,是一个浅薄的理想。"他的思想有时不大胆,但是他的心胸开阔,准备热情欢迎世界上一切美好的事物。也许他对平庸的作品过于容忍,但他的本能使他决不怀疑优秀的作品;如果对舆论吹捧的伪劣作品他无能为力,不敢指责的话,那对沧海遗珠、有独到见解、有真才实学的艺术家,他却总敢挺身而出,为之辩护。他的好心往往使他上当:他生怕对作品不公平;因此,如果他不喜欢大家说好的作品,他总怀疑是自己错了;于是他转变观点去迁就大家,结果竟喜欢不好的作品了。在他看来,爱是多么好啊!他的精神生活需要爱慕,超过了他可怜的肺部需要空气。因此,只要你能使他产生爱慕之心,他是多么感激你啊!——克里斯托夫哪能猜到他的《歌曲集》会对苏兹起什么作用呢?他自己创作的时候也远远没有老人这种感觉。在他看来,《歌曲集》不过是内心熔炉中发射出来的星星点点火花而已;还有好多火花要发射出来呢!但对老苏兹而言,这星星之火却照亮了一个新天地——一个可爱的新天地。他的生活也照亮了。

一年来,他已经不得不辞掉大学的教职了,他的身体一天不如一天,不容许他再去讲课。他病了,躺在床上,书店老板华尔夫按照惯例,给他送来了一包新到的乐谱,中间有克里斯托夫的《歌曲集》。苏兹一个人孤零零的,没有一个亲人在身边;他的家属早已死了。照顾他的是一个老女仆,欺负他身体坏,为所欲为。两三个老朋友年纪并不比他小多少,有时来看看他；不过他们的身体也不太好；天气一坏，大家都深居简出，来往也就越来越少了。那时已是冬天，街上正融雪，苏兹整天没见到人。房里很暗，窗子上面蒙了一层黄色的雾，好像挂了窗帘，使他看不见窗外，炉子里的热气压在身上，令人疲倦。在附近的教堂里，一排十七世纪的老钟每一刻要响一次，既不整齐，又不准确地响起了赞美诗中单调的音韵，在心情不大好的人听来，欢迎都显得像是装出来的。老苏兹在咳嗽，背后垫了一堆靠枕。他想读他喜欢的蒙田；但今天读起来不像平常有趣，他就让书掉了下去；一面使劲呼吸，一面出神幻想。新到的一包乐谱放在他床上，他懒得拆开，觉得心里不好过。最后，他叹了一口气，小心在意地解开了包书的绳子，重新戴上眼镜，开始来读乐谱了。但是他心不在焉，老是回想剪不断的往事。

他的眼睛看到了克里斯托夫的乐谱，那是一首赞美诗，歌词是十七世纪一个天真而虔诚的诗人写的，但克里斯托夫改成了当时的语言：那就是保尔·格哈特的《基督徒历程歌》：

　　希望吧，有罪的灵魂。
　　希望吧，要勇敢坚强！

　　等待吧，只要等待，
　　瞧啊！你就可以看见
　　欢乐发射出来的光线！

老苏兹非常熟悉这些明白如画的歌词，但歌词从来没有配过这样的音乐唱出来……这不再是平静的虔诚，单调得使心灵安安稳稳入睡。这一颗心像他的心，不，这就是他自己的心，不过比他的心更年轻，更坚强，在受苦，在希望，希望看到欢乐，而且看到了欢乐。他的双手发抖，大颗眼泪沿着脸颊流了下来。他继续读乐谱：

　　起来，起来！对你的痛苦，
　　对你的烦恼，说一声"再见"！
　　对扰乱心灵的说一声"不"！
　　把你的忧虑放在一边！

克里斯托夫在这些思想中注入了年轻而无畏的热情，而在最后几行充

满信心的天真诗句中,他英雄的笑声发出了光芒:

> 不是你在统治,
> 不是你在领导。
> 上帝统治人世,
> 上帝领导最好!

还有一段挑战性的诗句,是少年气盛、放肆大胆的克里斯托夫满不在乎地从原诗中选出来做他《歌曲集》尾声的:

> 魔鬼反对上帝,
> 我们反对魔鬼!
> 要镇静,莫怀疑!
> 上帝不会后退。
>
> 上帝做出决定,
> 总会达到目的;
> 上帝发号施令,
> 总会坚持到底!

……然后是腾云驾雾一般轻松愉快,是战争胜利的陶醉,像是古罗马皇帝的凯旋。

老人全身颤抖,颤巍巍的。他跟着发号施令的音乐跑,跑得喘不过气来,就像一个给伙伴拉着手跑的孩子一样。他的心跳得厉害。眼泪流出来了。他结结巴巴地说:

"啊!我的天!……啊!我的天!……"

他又呜咽起来,接着却又笑了。他太高兴。他激动得要憋死了。他又咳了一阵,咳得吓人。女用人莎乐美跑来,以为老人要归天了。他却又哭又咳,翻来覆去地说:

"啊!我的天!……啊!我的天!……"而在两阵咳嗽之间,在他换口气的片刻,他又歇斯底里地笑了。

莎乐美以为他发了疯。等到她明白了他激动的原因,就毫不客气地责备他:

"怎么能为这种蠢事搞成这个样子！……拿来给我！我要拿走。你不能再看了。"

老人不听她的,一直在咳嗽;他叫莎乐美让他自在点。但她偏要顶嘴,气得他赌咒发誓,喘不过气来。她从来没见过他发这么大的脾气,敢和她对着干,她反倒目瞪口呆,手也放松了;但嘴里说话却不饶人,叫他做老疯子,说她本来以为他有教养,现在才知道她看错了人,他说起话来比车夫还粗野,他的眼睛像两粒手枪子弹,简直会杀人……她不知道还要唠叨多久,气得苏兹靠着枕垫坐了起来,大声喝道:

"出去!"

他的口气不留讨价还价的余地,吓得女用人砰的一声把门关上。她说如果他再叫她,她也不来了,要死要活,由他去吧。

于是,房间里又静了下来,天也黑起来了。教堂的钟声声声古怪,划破了平静的黄昏。老苏兹因为生了气而有点不好意思,就动也不动地躺着,一面喘气,一面等心情平静下去,他把《歌曲集》当作宝贝塞在怀里,像个孩子似的笑了。

以后的日子,他孤零零地过得心旷神怡。他再也不想到自己的病痛,漫长的冬天,昏暗的光线,孤独的生活。周围是一片光明和爱的海洋。他面临死亡,却在一颗陌生的年轻心灵中感到了新生。

他竭力要想出克里斯托夫的模样来。但他看到的一点也不像他年轻的朋友。他想象的其实是他自己希望看到的模样:金黄的头发,瘦长的个子,天蓝的眼睛,说起话来细声细气,朦朦胧胧,温存体贴,畏畏缩缩,一片好心。不管他到底是什么模样,他总准备把他理想化。他把他周围的一切都理想化了:无论是学生,邻人,朋友,还是老女仆。他好心好意,不挑缺点——他有点乐意这样,好减少烦恼——结果在他周围织起了一幅幅纯洁的人物图,每个人物都像他自己一样可以一眼看穿。这是善意的欺骗自己,他需要自欺才能活下去。其实,他也不会完全受骗;夜里上了床,他往往唉声叹气地想起白天发生的小事,有几件能符合他的理想呢？他知道老女仆跟街坊邻居在背后笑他,没有一个星期不报假账。他知道学生用得上他就来巴结讨好,过河之后就拆桥了。他知道大学里的老同事在他退休之后,早已把他忘记;他的接班人抄他的讲义却不提他的名字,要提名字就是引用了一句毫不重要的话,却在鸡蛋里找骨头——这都是批评界惯用的伎俩——他知道他的老朋友耿士今天下午又对他大撒其谎,另外一个老朋友卜德班希米脱借去看几天的书却永远不会归还——对一个像他这样把死书当作活人的书呆子来说,这实在是伤心的事。还有许多难过的事,新账老账都一起涌上心头;他懒得想了,但事情还是在那里,他感觉得到。一想起来,他会心如刀绞。

"啊!我的天!我的天!"

在夜深人静的时刻,他会这样叹息——然后,他把这些难过的事搁在一边,仿佛事情根本不存在;他要充满信心,要乐观,要相信别人,结果真相信了。他的幻想无情地破灭过多少次啊!——但永远,永远会产生新的幻想……他是少不得幻想的。

只闻其名、不识其面的克里斯托夫成了他生活中发光发热的源头。他得到克里斯托夫头一封生硬冷淡的回信应该觉得难过——也许他的确难过——但他不肯承认,也不灰心,反倒像个孩子似的高兴。他把自己看得并不重要,他对别人的要求也并不多,只要得到人家一点好意,就足以培植他对别人的感情,甚至是感激之心了。和克里斯托夫见面,那是他不敢妄图非分的事,因为他现在太老了,不能长途跋涉到莱茵河滨去;至于请克里斯托夫大驾光临呢,那他简直连想也没想过。

克里斯托夫的电报送来了,他正要晚餐。他先莫名其妙,发报人的签名他似乎不认得,他以为人家送错了,电报不是给他的,他又看了两三遍;心里一慌,眼镜也要掉了,灯又照得不亮,字母都在眼前跳动。等到他明白过来,他激动得忘记了晚餐。莎乐美喊叫也没有用,他一口都吃不下去。他把餐巾丢在桌上没有折好,而在平时是从来不会这样的;他摇摇晃晃站了起来,找到帽子和手杖就走。好心的苏兹一得到这样好的消息,头一个想法就是要和别人分享他的快乐,要把消息告诉朋友。

他有两个朋友,都和他一样爱好音乐,也是他使他们迷上了克里斯托夫:一个是萨缪尔·耿士法官,一个是奥斯加·卜德班希米脱牙科医生,医生还是个业余歌唱家。三个老伙伴常在一起谈克里斯托夫,他们一找到他的作品,就在一起演奏。由卜德班希米脱唱,苏兹伴奏,由耿士听。然后几个小时,他们都心醉神迷。在他们演奏音乐的时候,他们说过多少次:

"啊!要是克拉夫特能来多好!"

苏兹在街上一个人笑了起来,他多么快活,朋友们知道了又会多么快活。夜快要降临了,耿士住的小村子离城里要走半小时。好在天还没黑,四月的傍晚天气很温和,夜莺在歌唱。老苏兹心里洋溢着幸福;呼吸不再感到压力,腿也年轻得像二十岁的青年人。他走得很轻快,也不注意暗地里有没有绊脚的石头。碰到车子来了,他就纵身走到路边,兴高采烈地和车夫打招呼,车夫在摇摇晃晃的车灯照耀下,看见一个老人往路边爬,不免吃了一惊。

耿士的家就在村口,等到他走进门口的小花园,天已经全黑了。他把门敲得咚咚响,同时高声大叫耿士。一扇窗子开了,耿士不知道出了什么事,慌忙露出头来。他在黑暗中看不清楚,就问道:

"谁呀?找我有什么事?"

苏兹气喘吁吁、高高兴兴地喊道:

"克拉夫特……克拉夫特明天要来……"

耿士摸不着头脑,但他听出了声音:

"苏兹!……怎么!这样晚来?什么事呀?"

苏兹又说一遍:

"他明天来,明天早上!……"

"什么?"耿士听不明白,一直在问。

"克拉夫特!"苏兹喊道。

耿士呆了一下,想这个名字是什么意思;接着,恍然大悟地高喊了一声。

"我就下来!"他大声说。

窗子又关上了。他走到台阶上,手里拿着一盏灯,往花园里走来。他是个小老头,挺着肚子,脑袋很大,灰头发,红胡子,脸上手上都有雀斑。他叼着一个瓷器烟斗,走路步子很小。这个脾气随和、有点没精打采的老好人,一生做事不急不忙。但苏兹带来的消息也使他沉不住气了;他摇晃着短胳膊和手里的灯,问道:

"怎么?当真?他会来?"

"明天早上!"苏兹得意洋洋地挥动着电报,又说了一遍。

两个老朋友坐到凉棚下的长凳上。苏兹提着灯。耿士小心在意地展开了电报,慢慢地低声念起来,而苏兹却越过他的肩头,居高临下地又高声念了一遍。耿士还看了看电报纸上的说明,发报的时间,收到的时间,电文的字数。然后,他才把宝贝似的电报还给苏兹,苏兹心满意足地笑了,耿士却摇摇头瞧着他说:

"好啊!……好啊!"

耿士想了一会,吸了一大口烟又吐出来,然后把手放在苏兹膝盖上说:

"应该告诉卜德班希米脱。"

"我去。"苏兹说。

"我同你去。"耿士说。

他进去把灯放下,立刻又走出来。两个老人胳臂挽着胳臂走了。卜德班希米脱住在村子另外一头。苏兹和耿士随便东拉西扯,念念不忘那个好消息。忽然一下,耿士站住了,用手杖顿了顿地:

"啊!我忘记了!……他不在家!……"

他这时才记起卜德班希米脱下午到邻城做手术去了,要过一两天才能回来。苏兹心乱了。耿士也一样着急。他们以这个好朋友为荣,可以拿得出去。他们站在路当中,不知怎么办好。

"怎么办呢?怎么办呢?"耿士问道。

"怎能不让克拉夫特听卜德班希米脱唱呢?"苏兹说。

他想了又想说:

"一定要拍一个电报给他。"

他们就去了电报局,一起商量了一个心情激动的长电报,激动得不知道说了些什么。然后他们回来。苏兹心里盘算:

"如果坐头班车,明天早上还可以赶到。"

但耿士提醒他说:时间已经太晚,电报恐怕要明天才能送到。苏兹摇了摇头;两个人又说了一遍:

"真不凑巧!"

他们在耿士门口分了手;两人虽然是好朋友,耿士也不敢把苏兹送出村去,不管路多么近,他也不敢一个人摸黑回家。他们商量好:耿士明天来苏兹家吃午餐。苏兹看看天,心情不安地说:

"但愿明天天气好!"

他心里的一块石头放不下地,幸亏耿士自命善观天象,认真地看了看天——因为他也和苏兹一样担心,唯恐克里斯托夫看不到这小地方的良辰美景——说:

"明天天气好。"

苏兹又走上了进城的路,不止一次走进了车辙,几乎要跌跤,再不然就是撞在路边的石堆上。他没有回家,而是先去糕饼店定做了一种本地人引以为荣的点心。然后,正要回家,他又向右转,到车站去打听火车到达的准确时间。最后,总算回家了,他把莎乐美叫来,商量了好久明天吃什么菜。直到商量完了,他才疲惫不堪地上了床,但还像孩子过节一样兴奋,整夜都在被子里折腾,一刻也没有睡着。半夜一点钟,他忽然心血来潮,要起来告诉莎乐美,晚餐最好做上一道清蒸鲤鱼,因为这一道菜她做得很出色。但结果他并没有告诉她,当然还是不告诉为妙。他还是一样爬了起来,去整理那间给克里斯托夫预备好的卧房;他非常小心,唯恐给莎乐美听见又要听她唠叨。他战战兢兢,怕误了接车的时间,其实,克里斯托夫要八点以后才到,他却一大早就起床了。头一件大事是看天气:耿士没有猜错,的确是大晴天。苏兹踮着脚下了酒窖,因为怕受凉,又嫌梯子太陡,他已经好久没下去了;这一回他要挑最好的酒,上来时又狠狠地碰了一下头,等他提着一篮酒瓶爬完梯子,简直要晕倒了。然后,他又带了剪子到花园里去,毫不怜惜地把最美的玫瑰和初开的丁香花剪了下来。接着,他回到楼上房间,迫不及待地刮胡子,在脸上割了两三刀,再细心地穿好衣服,动身到火车站去。时间才七点钟。他不听莎乐美的话,一滴牛奶也不肯喝;硬说克里斯托夫一定也没有吃早餐,还是等他们从车站回来再一起吃。

  他到了车站,比火车早到了三刻钟。他心烦意乱地等克里斯托夫,结果没等到。因为他不耐烦待在出口外,偏要跑到月台上去,那里上车下车,旅客来去如风,把他挤得头昏眼花了。虽然电报说得清清楚楚,他却不知道怎么搞的,硬以为克里斯托夫坐的是另外一班车;他更想不到克里斯托夫会坐四等车来。他在车站还多等了半个小时,不料克里斯托夫早已到了,直接到他家去敲门。更倒霉的是:莎乐美刚到市场去买菜;克里斯托夫被关在门外。莎乐美交代了邻居:若是有人按门铃,就说她马上回来;邻居照实说了,别的却不知道。克里斯托夫不是来找莎乐美的,甚至不知道莎乐美是谁,自然觉得这个玩笑开得太大。他又问大学里的音乐老师苏兹先生是不是住在这里?回答说是,但不知道人到哪里去了。克里斯托夫气得掉头就走。

  老苏兹回家来,脸拉得有一尺长,一听莎乐美的话,难过得几乎要哭出来。他怪女用人太蠢了,他不在家她怎么能出去?出去时怎么不托人请克里斯托夫等一等?莎乐美一听也生了气,回嘴说她想不到他会那么蠢,接个客人都接不到。老人懒得和她争,赶快下楼,按照邻居模模糊糊指出的道路,找克里斯托夫去了。

  克里斯托夫没有找到人,又没听到道歉,心里也不高兴。在坐下一班车回去之前,他不知道该怎么办,看到了田野的美景,就去散散步。这是一座安静的小城,一个休息的好地方,周围山色秀美,房屋都在花园中,樱桃树正在开花,草地绿油油的,有大树成荫,仿古的遗迹,万绿丛中竖立着大理石柱,上面有古代公主的石像,面目温柔可亲。小城周围是草地和山冈。

在开花的灌木丛中,乌鸦在用哨音欢唱,听来像是轻快而响亮的木笛合奏曲。克里斯托夫一听气就消了下去,甚至把彼得·苏兹都忘记了。

老人穿街过巷,逢人就问,没有问到下落,他一直爬上山头,到了古堡还没找着,又失望地向后转;他的眼睛倒尖,看得很远,忽然发现一个男子躺在树荫底下的草地上。他没有见过克里斯托夫,不知道是不是他。那个男子背朝着他,半个头埋在草里。苏兹在路上走来走去,只围着草地转,心跳得厉害:

"是他……不,不是的……"

他不敢叫他。忽然他起了一个主意,就开口唱克里斯托夫《歌曲集》的第一句:

"起来!起来!……"

克里斯托夫一听,像鱼跃出水面一样跳了起来,拉开嗓门接着唱下去。他转过身来,高兴透了;涨红了脸,头发上沾满了草。两个人你叫我,我叫你,朝着对方跑去。苏兹跨过了路边的小沟。克里斯托夫跳过了草地的栅栏。两个人热烈地握手,一同往家里走,一路上高声说笑。老人讲他的倒霉事。克里斯托夫本来打算不找苏兹,坐火车回去,现在一见之下,马上感到了他的好心好意,一下就喜欢上他了。他们还没到家,已经一见如故,无话不谈。

一进门,他们就看到了耿士,他听说苏兹接克里斯托夫去了,就静静地等着。牛奶咖啡端了上来。但克里斯托夫说他在客店吃了早餐。老人显得很失望:克里斯托夫到了本地,头一餐却没有在他家里吃,他觉得过意不去;这些小事对一个诚心诚意的老人来说,却成了一件大事。克里斯托夫明白他的好意,觉得很有趣,心里更喜欢他了。为了安慰老人,他说他的胃口很大,管保再吃一顿也不在乎,并且说到做到。

克里斯托夫的苦闷一下烟消云散,他觉得碰到了真心朋友,自己仿佛死里逃生了。他讲起了这次旅行和他的失望,但讲得很好玩,就像一个放假回家的小学生。苏兹听得容光焕发,一片深情地瞧着他,连心都在笑了。

不久,谈话就落到使他们三合一的问题:那就是克里斯托夫的音乐。苏兹死也想听克里斯托夫弹几首他的作品,但又不好意思开口。克里斯托夫一边谈话,一边在房里大步走来走去。苏兹留神看他的脚步,每当他走到打开的钢琴旁边,心里就巴不得他站住不走。耿士的心情也一样。等他们看到克里斯托夫不停地说,却不由自主地在琴凳上坐下,眼睛虽然不看钢琴,手指却随便碰了几下琴键,这时,他们的心都要跳出来了。不出苏兹所料,克里斯托夫弹了两三个琶音就脱不了身,一边谈话,一边又弹了几个和弦;接着就是几个乐句;于是他不再说话,只顾弹琴了。两个老人高兴得互相眨眨眼睛,仿佛是说年轻人中计了。

"你们知道这一首吗?"克里斯托夫弹奏他的一首歌曲,问道。

"怎能不知道呢?"苏兹开心地说。

克里斯托夫一边弹,一边侧过脸来说:

"咳!你的琴不大中用了!"

老人很难为情。他道歉了:

"琴也老了,"他低声下气地说,"跟人一样。"

克里斯托夫全身都转了过来,瞧着苏兹仿佛在责怪自己不该老似的,抓住老人的两只手,笑了。他凝视着老人不会说谎的眼睛:

"嘿!你呀!"他说,"你比我还年轻呢!"

苏兹开心得大笑了,就谈起他年老多病的身体来。

"得,得,得!"克里斯托夫说,"我不是说这个身体;我知道我要说什么。我说得对不对,耿士?"

(他已经不叫耿士"先生"了。)

耿士全力支持他。

苏兹想要他们对他的老钢琴也说几句好话。

"有几个音还好听呢。"他吞吞吐吐地说。

他就在琴的中段按了四五个相当响亮的半八度音。克里斯托夫明白钢琴是老人的老朋友,就亲热地说——他想到的是老人的眼睛:

"是的,和你的眼睛一样好。"

苏兹的脸上露出了喜色。他开始称赞他的老钢琴,但是说不清楚,一见克里斯托夫又弹起来,立刻就不说了。克里斯托夫弹了一支歌曲又弹一支,并且低声唱着。苏兹的眼睛润湿了,一个动作也不放过。耿士两手交叉放在肚子上,闭住眼睛更好欣赏。有时,克里斯托夫得意洋洋地转过头来,瞧着两个听得入迷的老人,说些热情洋溢、天真幼稚的话,但是谁也不会想到笑他:

"嘿!美不美!……还有这段!你们说怎么样?……还有这段!……这是最美的了……现在,我再给你们弹一支曲子,会使你们快活得像到了九霄云外……"

他刚弹完一支梦幻般的乐曲,挂钟里的鹧鸪忽然叽叽喳喳地报时了。

克里斯托夫一听,气得跳了起来,高声大叫。耿士吓了一跳,醒了过来,两只大眼睛滴溜溜直转。苏兹起先还摸不着头脑,等他看到克里斯托夫挥动拳头,对着那只鞠躬如也的鹧鸪鸟大骂,说看在老天面上,一定要把这个肚子里会发声的鬼东西拿掉,那时,他才有生以来第一次觉得鹧鸪的叫声叫人吃不消;他就搬了一把椅子,想爬上去,把这个捣乱鬼拆下来。但他几乎摔了一跤,耿士不让他再爬;他就把莎乐美叫来。莎乐美照规矩不慌不忙来了,但克里斯托夫等得不耐烦,早把挂钟拆了下来,放到她的怀里,搞得她不知如何是好。

"要我放到哪里去呢?"她问道。

"随你的便。只要拿走就行!再也不要把钟挂在这里了!"苏兹和克里斯托夫一样不耐烦地说。

他自己也不明白:这么久了,他怎么受得了这样讨厌的东西。

莎乐美以为他们三个人一定是发神经病了。

音乐又响起来。时间悄悄溜走。莎乐美来说:午餐已经准备好了。苏兹叫她不要打扰。十分钟后,她又来了;再过十分钟,她还来了一次,这一次她不由得也生了气,虽然尽量装出不在乎的样子,却动也不动地站在房子中间,不管苏兹怎样指手画脚,她还是吹喇叭似的大声问道:

"你们几位先生喜欢吃冷的还是吃热的?对女用人说来都是一样,她只听候吩咐。"

苏兹见她说话这样越轨,觉得很难为情,正要和她吵嘴,但克里斯托夫却哈哈笑了,耿士也跟着笑,于是苏兹只好一笑了之。莎乐美看见自己说话管用,也就心满意足,转身走了,神气得像个女王赦免了知过就改的侄子。

"好家伙!"克里斯托夫说,从琴凳上站了起来。"她也不错。音乐会开到半中间听众才来,也不是什么受不了的事。"

他们上了餐桌。这顿午餐菜又多又好吃。苏兹激起了莎乐美争强好胜的心理,她正巴不得找个机会露一手。其实机会并不少。两个老朋友贪吃得出奇。耿士一上餐桌就像换了一个人;他眉飞色舞,容光焕发得像太阳,简直可以做饭店的招牌。苏兹对好菜也一样讲究;但他身体不好,不得不有所节制。只是他一吃好的,就忘记了一切清规戒律,往往为此付出代价。他即使生了病,也从来不抱怨,因为他肚子里明白:只能怪他自己。他和耿士一样,都有家传食谱,祖孙父子相传,已经有好几代。因此,莎乐美习惯了给美食家做菜。可这一回,她还要别出心裁,在一张菜单上,集中她所有的拿手好菜:仿佛是在参加令人难忘的莱茵河菜肴大赛,都是本色原味,菜香汤浓,砂锅样板,特大鲤鱼,酸菜腊肉,特肥全鹅,家常馅饼,茴香枯茗面包。克里斯托夫张开大嘴,狼吞虎咽,吃得津津有味,他的胃口和他祖父、父亲的一般大,简直可以吃下一只整鹅。话又说回来,他既可以整个星期只吃面包干酪,也不放过机会吃得胀破肚皮。苏兹又亲热又客气,慈爱地瞅着他,给他斟满了莱茵名酒。耿士喝得满脸通红,把他当作酒肉兄弟。莎乐美的大脸盘也眉开眼笑——克里斯托夫初进来的时候,她还大失所望。因为苏兹事先把他捧得太高,她还以为他是个有名誉有地位的大官。一见之下,她不由得叫了起来:

"怎么只是这个样子?"

但是一上餐桌,克里斯托夫就赢得了她的欢心;她还从来没听过人家这样说公道话,啧啧称赞她的手艺。结果她忘了回厨房去,一直站在门口瞧克里斯托夫,听他说些傻话,牙齿却没有少咬一口;她双手叉着腰,哈哈大笑起来。大家都沉浸在欢乐中。只有一点美中不足,那就是卜德班希米脱没有来。他们两个人老说:

"咳!要他来了多好!他才会吃!他才会喝!他才会唱呢!"

好话简直说个没完没了。

"要是克里斯托夫能听到他唱!……应该能听到的。卜德班希米脱今晚该回来了,再晚也晚不过今天夜里……"

"咳!今夜我要回去了。"克里斯托夫说。

苏兹容光焕发的脸上立刻遮上了一片阴影。

"怎么,要回去了?"他说时声音颤抖。"不会是今晚吧?"

"就是今晚!"克里斯托夫笑嘻嘻地说,"坐夜车走。"

苏兹心里难过透了。他本来打算要克里斯托夫在他家里住几天的。于是他结结巴巴地说:

"不行,不行,那可不成!……"

耿士也反复说:

"卜德班希米脱没来呢!……"

克里斯托夫瞧瞧他们两个人,看见和蔼可亲的脸上挂着失望的表情,不禁也感动了,就说:

"你们多么好啊!……那我明天早上走吧。怎么样?"

苏兹抓住他的手。

"啊!"他说,"那太好了!多谢!多谢!"

他就像个孩子一样,明天似乎是遥远的未来,何必去多想呢!克里斯托夫今天不走了,今天一整天都是他们的,整个晚上他们都在一起过,夜里他又在他家里睡,这就是苏兹想到的;他也不愿意想得更远了。

他们又欢欢喜喜了。苏兹忽然一下站了起来,露出一本正经的神色,激动而隆重地要敬客人一杯酒,谢谢他远道来到小城,光临他的寒舍,使他觉得欢乐无比,无上光荣;他祝他归途愉快,前途光明,名满天下,幸福盖世,这是他衷心的祝愿。接着,他又为"高尚的音乐"干杯——为他的老朋友耿士干杯——为春天干杯——也没有忘记为卜德班希米脱干杯。耿士也敬了苏兹一杯酒,还为别的朋友干杯;而克里斯托夫为了收场,就敬了莎乐美太太一杯,她的脸都涨得通红了。然后,不等两个演说家致答词,他就开口唱起一支著名的歌曲来,两个老人也跟着一起唱,唱完一支又唱一支,还有一支三部合唱曲,歌颂友谊、音乐和美酒,歌声有响亮的笑声和铿锵的碰杯声伴奏,真是美不胜收。

他们离开餐桌的时候,已经三点半钟。三个人都吃饱了。耿士倒在一张沙发上,想打个盹。苏兹感情激动了一个上午,再加上一连串的干杯,也累得腿都站不直了。两个人都希望克里斯托夫再坐到琴凳上去,弹他几个小时。但小伙子真厉害,劲头十足,只弹了两三个和弦,忽然把琴盖上,瞧瞧窗子外面,问他们能不能出去转转,再回来吃晚餐,因为田野在吸引他。耿士显得不太起劲;但苏兹立刻觉得这个主意很好,他们应该带客人去逛逛公园。耿士做了个怪相;但也不便反对,就跟着他们站了起来,他和苏兹一样想要克里斯托夫看看当地的景色。

三个人出去了。克里斯托夫拉着苏兹的胳膊,走得太快,老头子跟不上。耿士跟在后面,累得不断擦汗。但是他们夸夸其谈,倒很愉快。本地人在门口看见他们走近,不免吃了一惊:苏兹教授先生怎么返老还童了。走到城外,他们就穿过草场。耿士埋怨天气太热。克里斯托夫不体谅人,却说天气很好。侥幸他们随时随地站住说话,一说话两个老人就忘了路的远近。他们走进了树林。苏兹背起歌德和莫里克的诗来。克里斯托夫非常喜欢诗,但一句也背不出,他听得出了神,却只听到音乐,忘了什么意思。他佩服苏兹的记忆力好。这个老人和哈斯莱的差别多大啊!老人身体有病,行动不便,一年多半关在房里,一生几乎都是在内地小城过的,但却精神振奋——而哈斯莱虽然年富力壮,功成名就,生活在艺术活动的中心,音乐会开遍了欧洲,但对一切都不感兴趣,也不关心新生事物!克里斯托夫知道的现代艺术的表现方式,苏兹不但全都知道,而且还知道许多古代和外国音乐家的事,那却是克里斯托夫从来没有听说过的。老人的记忆是一个深水池,天降的甘霖都储存在水池里。克里斯托夫不倦地汲取甘泉,苏兹见他兴致勃勃,也感到非常高兴。他虽然有过好心的听众,听话的学生,但却从来还没有这样年轻而火热的心灵,来分享他汹涌澎湃、压制不住的热情。

他们真是世上最要好的朋友,不料老人失言,脱口而出说了一句称赞勃拉姆斯的话。糟了! 克里斯托夫马上变了脸,冷冰冰地放下了苏兹的胳臂,用生硬的口气说:他的朋友是不会喜欢勃拉姆斯的。这给快活的老人当头浇了一盆冷水。苏兹太胆小了,不敢争论,又太老实了,不会说谎,只好结结巴巴地解释。不料克里斯托夫杀出一句:

"够了!"

说得这样斩钉截铁,不容置辩,结果就冷场了。大家接着往前走。两个老人不敢互相再看一眼。耿士咳了几声,想要接上话头,又谈起树林和天气来;但克里斯托夫撅着嘴,不答话,最多只哼两声。耿士觉得碰了软钉子,没有趣味,又不愿做哑巴,就转过头来和苏兹谈话;但苏兹的喉咙仿佛上了锁,漏不出声音来。克里斯托夫斜着眼睛看看他,几乎要笑了,他心里已经原谅了老人。其实,他从来没有认真生他的气;甚至觉得使可怜的老人难过有点粗野;但他少年气盛,说过的话不肯改口。于是三个人就这样一直走到了树林的尽头,只听见两个尴尬的老人拖拖沓沓的脚步声;克里斯托夫轻轻地吹着口哨,装作什么也没看见。忽然一下,他实在忍不住了,哈哈大笑起来,转身向着苏兹,用他的粗手使劲抓住老人的胳臂:

"亲爱的老苏兹,我的好朋友!"他亲热地瞧着他说,"这不美吗? 这不美吗?"

他说的是风景和天气;但他的笑眼似乎在说:

"你真好。我是个粗人。原谅我吧! 我爱你。"

老人的心都要融化了。就好像日全食之后又见到了太阳。他有好一会儿说不出话来。克里斯托夫又搀着他的胳膊,说话也分外亲热,他一来劲,就加快了脚步,也不管两个同伴累不累。苏兹并不怪他,因为心里高兴,甚至不觉得累。他明知道整整一天这样不爱惜自己的身体,恐怕要出事的;但他心里却想:

"明天的事,管它呢! 等到他走了,我有的是休息的时间。"

但耿士没有他那么起劲,已经落后了十几步,露出了一副可怜相。克里斯托夫到底也看出来了。他不好意思地道了歉,提出要在白杨树荫下的草地上躺一会儿。苏兹自然同意,没有考虑他的支气管炎是不是吃得消。

还是耿士想得周到，至少，他找到了一个借口，说在满身大汗的时候，不要躺在草地上受凉。他提议到附近的火车站坐车回去。大家说好。虽然累了，他们还不得不加快脚步，免得误车；结果他们刚到，火车也进站了。

一见他们，一个胖子就从一个车厢门口冲了出来，大叫苏兹和耿士的名字，还加上了他们的头衔和一大堆形容词，他边叫边挥舞两条胳臂，好像一个疯子。苏兹和耿士也起来，同时挥手作答，并朝着胖子的车厢跑去，胖子也迎着他们跑来，把挡路的旅客都推开了。克里斯托夫摸不着头脑，只好跟着他们，边跑边问：

"什么事呀？"

那两个人心情激动地喊道：

"他是卜德班希米脱！"

这个名字对他没有什么印象。他早忘了午餐时敬酒的人名。卜德班希米脱站在车厢外面的平台上，苏兹和耿士站在踏脚板上，他们吵吵闹闹，震得耳朵都要聋了。他们觉得这次巧遇简直是个奇迹。火车已经开动，他们才爬上去。经过苏兹介绍之后，卜德班希米脱行礼如仪，脸上忽然没有表情，身于站得笔直，像根木桩，说了一大堆客套话，接着就抓住克里斯托夫的手，拼命摇了五六下，仿佛要摇得他散架似的，然后又大叫了起来。克里斯托夫从他的叫声中听得出，他是在谢天谢地，没有错过这次巧遇。但过了一会儿，他又拍着大腿，怪自己运气不好——他是个从来不出门的人——怎么偏偏在乐队指挥先生大驾光临的时候，却到外地去了。苏兹的电报今天早上才交给他，那时早车已经开走一个小时了；电报送到的时候他还在睡觉，人家不敢叫醒他。为了这事，他对旅馆的人发了一个早上的脾气。现在还憋着一肚子气呢。他把看牙齿的主顾打发走，把看病的约会都取消，匆匆忙忙赶上头一班车回来；不料该死的火车没有赶上干线转车的时间，卜德班希米脱只好在转车站等了三个小时；他气得把肚子里的骂人话都吐了出来，把这件倒霉事对等车的旅客讲了二十遍，还向车站入口的检票员诉说。最后，火车总算又开动了。他提心吊胆，唯恐来得太晚……谢天谢地！谢天谢地！

他又抓住克里斯托夫的双手，用毛茸茸的手指和软绵绵的巴掌紧紧捏着。他胖得出奇，又高得出众，方方正正的脑袋，剪得短短的红头发，刮得干干净净的麻子脸，大眼睛，大鼻子，厚嘴唇，双下巴，短脖子，背脊宽得出奇，肚皮像个酒桶，两条胳膊叉开，脚大手也大，身上一大堆肥肉，像个人面烟草罐，巴伐利亚街上有时看得到这种胖子，好似填鸭一般喂胖的。他又热又快活,全身油光水亮,两只大手没有地方放,不是放在自己分开的膝盖上,就是放在邻座的大腿上。他不停地说话,卷舌音在空中震荡,像在打弹子球。有时,他笑得全身发抖,就把头往后一仰,张开大嘴,呼噜哈啦,几乎要憋气了。他的笑声感染了苏兹和耿士,等这阵风暴一过,两个人擦擦眼睛,看看克里斯托夫。他们的神气好像在问:

"咳!……你看他怎么样?"

克里斯托夫不开腔;他一想到就胆战心惊:

"这个怪物唱我的歌?"

四个人回到苏兹家里。克里斯托夫不想听唱,就不提唱歌的事,卜德班希米脱急得像热锅上的蚂蚁也没有用。但苏兹和耿士存心要他们的朋友为他们增光添彩,怎能逃得过这一关呢?克里斯托夫无可奈何地坐到琴凳上,心里暗想:

"好家伙,好家伙,你不知道等着你的是什么。小心点吧!我是一点小错也不会放过的。"

他一想到会使苏兹难过,心里也不好受;但一转念,与其让这个福斯塔夫般的大胖子来扼杀他的音乐,还不如让老人难过一下吧。不料大胖子一开口,他才发现自己的担心是多余的,因为胖子的歌声好极了。从一开始,克里斯托夫就大吃一惊。苏兹的眼睛一直盯着他,不禁打个哆嗦,以为他不满意,等到看见他越弹下去,脸上越有喜色,老人才算是放了心。他的老脸也沾染了年轻人欢乐的光辉;一支歌刚唱完,克里斯托夫马上转过身来高声大叫:他从来没有听见过他的歌唱得这么好。那时,苏兹简直快活得无以复加,比克里斯托夫还更满意,比卜德班希米脱还更得意,比作曲家的感觉更甜蜜,比歌唱家的更深刻,因为他们两个人都只能感到自己的快乐,而苏兹却能感到他两个朋友的快乐。四个人的音乐会继续开下去。克里斯托夫高声说:他不懂这个肥头大耳、普普通通的人,怎么能表达他歌曲的内心思想?当然,这并不是说他能准确地唱出微观上感情细腻的地方,但是宏观上磅礴激荡的热情,却是职业歌唱家从来没有完全表达出来过的。他瞧着卜德班希米脱,心中暗想:

"难道他当真感觉到了吗?"

但他在胖子的眼睛中看到的火焰,只不过是虚荣心得到满足后放射出来的光辉。一股无意识的力量在这个超重量级的身体内汹涌奔腾。这股盲目服从、消极被动的力量,就像一支会打仗的雇佣军,兵士都欢欣鼓舞,任人支配,因为他们不打仗就没法活;但若是没有人出钱雇用,他们就不知道怎么办了。

克里斯托夫心里想:在开天辟地的日子里,上帝这个伟大的雕塑师并没有下工夫去画草图:应该怎样创造万物,怎样安排五官四肢,而是随意拼凑起来,没有考虑搭配是否合适;因此,每个人都是用四面八方来的零件组合而成的,同一个人的五官四体却分得七零八落,头、心、身体、灵魂都乱了套;乐器和乐师也分了家。有些人像高级的小提琴,永远放在琴匣子里,因为没有人会拉。有些天才的提琴手却不得不一辈子都拉蹩脚的小提琴。他越想越觉得对,比如说,他就恨自己从来唱不好一支歌。他的音唱不准,自己听了都恼火。

但卜德班希米脱给胜利冲昏了头脑,开始给克里斯托夫的歌曲"增光添彩"了:这就是说,他用自己的表情代替了原作的表情。这样一改,作曲家当然不会觉得他的音乐更好听;于是他的脸色沉了下来。苏兹也看得出。但他对朋友只是佩服而不会批评,因此,全凭自己,他并不明白卜德班希米脱的趣味有什么不对头。但他的感情全都放在克里斯托夫身上,所以年轻人思想难以察觉的细微变化,对他却是息息相通的,因为他的心已经不在自己身上,而是在年轻人身上了;因此,他也觉得卜德班希米脱唱得过了火;但这位歌手唱完了克里斯托夫的歌曲,还要唱一些平庸作曲家煞费苦心的作品,而克里斯托夫一听这些音乐家的大名就毛骨悚然,苏兹好不容易才阻止了演唱。

幸亏要吃晚餐了,卜德班希米脱才住了嘴。另外一块阵地出现在他面前。他可以大显身手;在餐桌上他是所向无敌的;克里斯托夫吃午餐时显过本领,现在也懒得和他争高低了。

时间越来越晚。三个老朋友围桌而坐,眼睛盯着克里斯托夫,嘴巴恨不得把他的话都吞进去。克里斯托夫觉得很奇怪,在这个穷乡僻壤,和这些素不相识的老人在一起,怎么会比家人团聚还更亲热。他心里想,如果一个艺术家知道自己在思想上结识了这么些陌生的朋友,他会感到多么幸福——他的心会感到多么温暖,增加多少力量……但事实往往不尽如人意,每个艺术家都孤独地生活,孤独地死去,越想要、越需要说出自己感想的时候,越不敢说出来。说普普通通的客套话是不难开口的。但爱得越深,越不敢说出来,反倒要用平生之力才能撬开牙齿似的。因此,应该感谢那些敢想敢说的人,他们没有想到他们成了作者的助手——克里斯托夫全心全意地感激老苏兹。他并不把苏兹和他的两个朋友一视同仁;他觉得苏兹是三个人当中的灵魂,是爱和善的熔炉,其他两个人只是熔炉中发射出来的反光。耿士和卜德班希米脱对他的感情并不相同。耿士自私,音乐可以使他得到满足,感到幸福,他爱音乐就像猫爱抚摸。卜德班希米脱唱歌时,虚荣心能得到满足,练嗓子能得到快感。他们并不在乎了解不了解克里斯托夫。但苏兹却完全忘了自己,他是真爱。

时间晚了。两个朋友走了。只剩下了克里斯托夫和苏兹。他对老人家说:

"现在,我来弹琴,只为你一个人弹。"

他坐在钢琴前演奏起来——像为知音而弹。他弹他的新作品。老人听得心醉神迷。他坐在克里斯托夫旁边,眼睛一下也不离开,大气也不敢出。他的心太好了,不忍独享幸福,不由自主地重复说:

"唉!可惜耿士走了!"

(这使克里斯托夫有点不耐烦。)

一个小时过去了,克里斯托夫一直在弹琴;他们一句话也没有交谈。等克里斯托夫弹完了,他们也不说话。一切都静悄悄的,房屋,街道都睡着了。克里斯托夫转过身来,看见老人在哭,他就站起来拥抱老人。他们在静静的夜里低声谈话。隔壁房里的滴答钟声,听来好像蒙在鼓里。苏兹两手十指交叉,身子前倾,听到克里斯托夫问他,就低声讲他的一生,他的忧伤;他随时都顾虑重重,唯恐流露埋怨的情绪,仿佛要说:

"我错了……我没有什么可以抱怨的……大家对我都很好……"

其实,他并没有埋怨,只是在老老实实地讲他的孤独生活,讲时不免流露出几分忧郁。讲得最忧郁的时候,话里还是掺杂了对理想主义的信心,虽然他的理想是朦胧的,伤感的,克里斯托夫听得却有点恼火,但又不忍心反驳。在内心深处,苏兹并没有坚定的信仰,而只是热烈地希望能够相信——这种希望并不稳定,就像水面上的一个浮标,但是他却抓住不放。他要在克里斯托夫的眼中找到自己的肯定。克里斯托夫也明白他朋友眼里流露出来的心意,明白老人依依不舍,令人感动地向他交心,求他帮助——希望得到他肯定的回答。于是他也就说老人希望听到的有信心、有力量的话,使老人能得到安慰。老少二人成了忘年之交,像同龄的兄弟一样互爱互助;弱者寻求强者支持,青年人的心成了老年人的庇护所。

过了半夜,他们才分了手。克里斯托夫要起早,好坐他来的那一班车走。所以他脱衣服上床,一点也不磨磨蹭蹭。老人为他准备的客房,仿佛要客人住上几个月,他在桌上的花瓶里插了几朵玫瑰,一枝桂花。书桌上放了一张新换的吸墨纸。早上,他要人搬来了一架竖钢琴。他还挑了几本他最喜欢最珍贵的书放在床头的架子上。没有一个细节不是他精心安排的。但这一切都是白费功夫,克里斯托夫连看也没看见。他一上床,就捏着拳头睡着了。

苏兹却睡不着。他在回味今天的快乐,同时预支明天离别后的悲伤。他回想他们说过的话。他想到亲爱的克里斯托夫就睡在他隔壁的房间里,他们两张床之间只隔了一堵薄墙。他累坏了,腰酸背痛,胸闷气憋;他觉得散步时受了凉,老毛病又要发了;但他心里却想:

"只要能支持到他走就行!"

他生怕一阵咳嗽会把克里斯托夫吵醒。他对上帝充满了感激之情,并且模仿老西米翁"死而无憾……"那首圣歌做了一首诗。他全身出汗,却爬起来坐到书桌前把诗写好,誊得清清楚楚,还写了一句热情洋溢的献辞,在下面签上名,填上日期和时间。然后他再上床,全身都打哆嗦,睡了一夜还暖不过来。

天亮了。苏兹非常留恋地想起了昨天天亮的时刻。但他又怪自己不该回想,以免破坏最后片刻的幸福;他知道,到了明天,他又要留恋现在的流水时光了;他尽力不错过一分一秒。他伸长耳朵听隔壁房间的动静。但克里斯托夫一动不动。他原来怎么睡,现在还是怎么睡;连身都没有翻。六点半了,他还没醒。要他误车是再容易不过的事;而且他当然也只好一笑了之。但老人觉得于心不安,没有先商量好,不能这样耽搁一个朋友。他枉然打了场肚皮官司:

"这不是我的错。我也没有办法。我只要不叫醒他就行了。如果他不按时起床,我还可以再陪他一天呢。"

他又反驳自己:

"不行,我没权这样做。"

他认为自己有义务叫醒朋友。他去敲门。克里斯托夫一下还没听见,还要再敲几下。老人于心不忍,他想:

"啊!他睡得多么好!他可以一直睡到中午呢!……"

最后,从隔壁房间里总算传出了克里斯托夫快活的声音。他一知道时间就叫了起来,听得见他在房间里手忙脚乱,乱糟糟地梳头洗脸,唱着没头没尾的歌曲,还亲亲热热地喊着苏兹,隔着墙壁说些傻话,说得心里难过的老人也笑了。门一打开,他走了出来,气色很好,已经恢复原状,一脸的高兴;他哪里想得到给老人造成的痛苦。其实,他并没有什么急事要赶回去;多住几天对他并不会有什么损失;而对苏兹是多么愉快啊!但克里斯托夫却想也没想到。再说,不管他对老人感情多么好,他也想走了,一整天没完没了的谈话,拼命拉住他不放的老人,使他感到累了。此外,他还年轻,以为后会有期,他并不是到天尽头去!——老人却知道自己快要魂归天外,所以看着克里斯托夫,好像他是一去不再来了。

他虽然疲倦已极,还是勉强把克里斯托夫送到车站。天上无声无息地下着冷冷清清的小雨。一到车站,克里斯托夫打开钱包,才发现钱已经不够买票回家。他知道苏兹会乐意借钱给他的;但他不愿开口……为什么?为什么不给朋友一个帮忙的机会——一个愉快的机会?……他不愿意麻烦人,也许是不好意思。他只买了一张中途站的票,打算从那里走回去。

开车的铃声响了。他们在车厢的踏脚板上互相拥抱。苏兹悄悄把昨夜写的诗放在克里斯托夫手里。他从车厢的踏脚板上退下来,站在月台上。他们没有什么话好说了,送行的时间拖得太长总是这样;但苏兹的眼睛还在说话,还在盯着克里斯托夫的脸,一直等到火车开走。

火车走到铁路转弯的地方看不见了。只剩下了苏兹一个人。他走上泥泞的归路;他一步一拖,忽然感到又累又冷,感到雨天的凄凉。他好不容易才回到家里,上了楼梯。一进房间,他就大咳一阵,咳得憋住了气。幸亏莎乐美赶来了。他不由自主地哼起来,同时说来说去:

"总算运气好!……总算等到了这一天!……"

他觉得非常不舒服。他躺倒了。莎乐美去请医生。在床上,他的身子瘫了,好像一堆破烂。他动也动不了;只有胸部还在喘气,好像铁匠店的风箱。他头重脑发烧。他整天整夜,一分一秒,都在回忆昨天是怎么过的,他就这样折磨自己,然后又怪自己;有过这样幸福的日子,还有什么可抱怨的呢?他双手合拢,心里充满了感激之情,谢谢上帝。

克里斯托夫这样过了一天,心情平静了,老人对他的感情使他恢复了自信,他又走上了回家的道路。到了那个中途站,他快快活活地下了车,开始走回去。要走六十公里。他并不着急,就像一个放了学的小学生。时间是四月。乡下还没有到晚春的季节。黑色的树枝展开的叶子像有皱纹的小手;有几棵苹果树开了花,柔嫩的野蔷薇在篱笆上微笑。林中的树木开始发芽,在树林上方的小山顶上,有一座罗曼式的古堡,看起来好像枪尖上挑着一顶钢盔。蔚蓝的天空中飘浮着几块乌云。云影飞过春天的田野,落下了一阵急雨;雨过天晴,鸟儿又歌唱了。

克里斯托夫忽然发现,他想起了高弗烈特舅舅。他已经好久没有想到可怜的舅舅了;他心里寻思:为什么这个时候偏偏记起了他,并且一想到就放不下?他沿着波光荡漾的水渠,顺着白杨耸立的林荫大道走的时候,舅舅的影子简直紧紧地追随着他,到了一堵大墙转弯的地方,他似乎看见舅舅迎面而来。

天又暗了。落下了一阵雨夹冰雹,远处雷声隆隆。克里斯托夫到了一个村子附近,看得见小树丛中的浅红门面,深红屋顶。他加快了脚步,跑到头一家房子的屋檐下躲雨。冰雹下得很紧,打得屋瓦叮咚响,又反弹到街上,像铅子弹头一样蹦蹦跳跳。车辙里满是水,直往外溢。在果园的花树上空,鲜艳夺目的彩虹挂在蓝色的乌云上。

门口站着一个少女,在打毛线。她客气地请克里斯托夫到里面去。他就走进了一间房屋。屋子既是厨房,又是餐厅,还当卧室。里首生了一堆火,火上吊了一口锅。一个农妇在拣蔬菜,招呼了一下克里斯托夫,并且叫他到火边去烘干衣服。少女去找了一瓶酒来给他喝。她坐在桌子对面,接着打她的毛线,同时照管两个孩子把草塞在脖子里玩,在乡下,这叫作"捉贼"或者"通烟囱"。她随便和克里斯托夫瞎聊。过了一会,他才发现她的确是个瞎子。她长得不好看,身体结实,脸有血色,牙齿洁白,胳膊粗硬;但是五官不大端正,像许多瞎子,她脸上只有笑容,却没有表情;说起话来,谈起人来,她也和别的瞎子一样,似乎亲眼看见一般。开始,她说他的气色很好,今天野外很美,使他大为意外,以为她在开玩笑。等到他看了看瞎姑娘和拣菜的农妇,并没有看出什么异常的神色。两个女人好心好意地问克里斯托夫从哪里来,经过什么地方。瞎子喜欢插话,而且没有分寸,听克里斯托夫讲到路上和野外的情形,她总要说长道短。当然,她谈得并不对头。但她却偏偏相信自己看得和别人一样清楚。

家里的人回来了:一个三十岁上下、身体结实的农民和他年轻的女人。克里斯托夫随便同他们谈谈;看看天色已经转晴,他打算要走了。瞎子一边穿针走线,打着毛衣,忽然哼起一支调子来。克里斯托夫一听就记起了往事。

"怎么!你会唱这支歌?"他问。

(高弗烈特舅舅从前教他唱过。)

他接着哼下去。少女笑了起来。她唱前半句歌词,他就高高兴兴地把后半句唱完。他刚站起来要去看天气,在屋子里转了一圈,机械地东张西望,忽然在餐具柜旁边的角落里发现了一件东西,使他吓了一跳。那是一根七扭八歪的长拐杖,杖头上粗制滥造地雕了一个弯腰行礼的小人物。克里斯托夫一眼就看得出,这是他小时候玩过的东西。他一把抓住,用哽住了的声音问：

"你们是哪里拿来的……是哪里拿来的？"

男人瞧了瞧说：

"是一个老朋友丢下的；他已经死了。"

克里斯托夫高声问：

"是高弗烈特吗？"

大家都转过身来问道：

"你怎么知道的？"

等到克里斯托夫说出高弗烈特是他舅舅时，大家都心情激动。瞎子站了起来；一团毛线掉在地上乱滚；她踩着自己的活计，过来抓住克里斯托夫的手，问了几遍：

"你是他的外甥？"

大家抢着说话。克里斯托夫也抢着问：

"你们……你们是怎么认识他的？"

男人答道：

"他是在这里死的。"

大家又都坐下；等到激动的心情平静了一点，那个母亲就一边干活一边说：高弗烈特到他们家来，已经有几年了；他贩卖货物，来来往往，只要打这里过，总在他们家歇脚。最后一次他来——那是去年七月——他看起来很累；包袱放下之后，有好一会儿说不出一句话来；大家也不在意，因为看惯了他来的时候总是这个样子，都知道他有气喘病。他并不怨天尤人。他从来不发牢骚，碰到了不如意的事，他也总找得到安慰自己的理由。若是做生意太辛苦，他一想夜晚上了床就舒服了；若是生了病，他又想到病好了多么高兴……

"这可不太对头，先生，一个人不该老是心满意足呀！"那个母亲插了一句自己的话，"因为，要是你自己心满意足，别人也就不会同情你了。所以我呀，我总要哼哈几声……"

就是这样，大家都没有注意他，甚至还和他开玩笑，说他气色不错。而摩达斯太——这是瞎姑娘的名字——来帮他卸下包袱的时候，还问他老是像年轻小伙子一样东奔西走，难道不觉得累吗？他在门前的凳子上坐下。各人干各人的活去了：男人下地，母亲下厨房。摩达斯太来到凳子旁边，背靠门站着，手里拿着毛线，和高弗烈特谈天。他没有搭腔，她也不等他回答，只管讲他上次走后发生的事情。他呼吸很困难；她听得出他在使劲要

说话。但她并不担心,只对他说:

"不要说话。你歇歇吧。等会再说好了……你怎么累成了这个样子!……"

于是他就不说话了。她却接着往下讲,以为他还在听。他只叹了口气,就不响了。等到母亲出来,听见摩达斯太一个人在讲,而凳子上坐着的高弗烈特却动也不动,头朝后仰,脸孔朝天,原来他已经死了好几分钟,摩达斯太是在对死人说话。她这才明白:这个可怜人死前想说几句话,但是说不出来,于是无可奈何,只好凄然一笑,就在一个平静的夏天傍晚,闭上了他的眼睛……

雨停了。媳妇到牲口棚去;儿子拿了一把十字镐,在清除门前排水沟里的污泥浊物。摩达斯太在母亲开始讲往事之前已经走开。屋里只剩下了克里斯托夫,他一个人和母亲待在一起,心情激动,一言不发。老婆子总喜欢说三道四,忍受不了无言的寂寞,过不了多久,她就讲起认识高弗烈特的经过来了。那是很久以前的事。她年轻的时候,高弗烈特爱过她。但他不敢公开对她说:大家就拿这事开玩笑;她也笑他,大家都笑他,(这已经成了习惯,他到哪里都是一样。)但高弗烈特照旧老老实实地每年都来看她。他觉得人家笑他是不足为奇的,她不爱他也不足为奇,甚至她会嫁给别人,并且过幸福的生活也一样不足为奇。她那时太幸福,太得意了,不料祸从天降。丈夫突然死去。接着,她的女儿——一个漂亮、健康、朝气勃勃、人人说好的姑娘,正要和当地最有钱的农家子弟结婚,却出乎意外地瞎了眼睛。一天,她爬到屋后大梨树上去摘果子,梯子一滑,她摔了下来,一根断树枝碰了她的眼角。本来以为留个伤疤就会好的,不料从此以后,她老感到一阵阵的头痛,后来一只眼睛看不清,接着另外一只也看不见;不管怎么治也治不好。当然,婚也结不成了;未婚夫没说什么就溜之大吉;一个月前,不惜打得头破血流也要和她跳一次圆舞的小伙子,现在谁也没有那个劲头(当然这也不难理解)来和她翩翩起舞。于是,一向无忧无虑、笑容满面的摩达斯太,忽然一下掉入了绝望的深渊,巴不得死了才好。她不吃不喝,从早哭到晚;夜里还听得见她在床上呜呜咽咽。谁也不知道怎么办,看到她就难过;而她却哭得更厉害。大家都给她哭烦了,反倒骂起她来,于是她就说要去跳河。有时牧师来劝劝她,对她谈仁慈的上帝,永恒的天国,今生受苦来世可以享福;但她一点也听不进去。一天,高弗烈特来了。摩达斯太从来没有对他好过。并不是她心眼坏,而是她没把他放在眼里;再说,她不喜欢用脑子,只喜欢笑,所以对他调皮捣乱,无所不为。等到他知道了她的不幸,他心里乱七八糟,不是滋味,但他不露出来,他坐到她身边,不提那件祸事,只是平心静气地跟她谈天,就像从前一样。他不说一句可怜她的话;听起来好像不知道她瞎了眼睛。不过,他从来不谈她看不见的东西;只说她听得懂的,或者在她那种情况下注意得到的事情;他谈得这样自然,仿佛他自己也是个瞎子。开始,她还不听,照旧哭她的。但到了第二天,她比较听得进了,甚至还答上一两句……

"的确,"母亲接着说,"我不知道他能对她谈些什么。因为我们要去割草,我也没有时间管她。但是晚上我们从地里回来,发现她说话心平气和了。从此以后,她一天比一天好。她似乎忘记了她的痛苦。有时,老毛病还会重犯,她又哭了起来,或者要对高弗烈特谈谈伤心事;但他仿佛没有听见,照旧从容不迫地讲些安慰她、而又使她觉得有趣的话。自从大祸临头之后,她不肯再走出大门,高弗烈特居然劝得她出去走走。他先带她在园子里转几圈,后来走得更远,甚至到野外去了。现在,她随便走到哪里都认得路,像有眼睛的人一样看得清。她甚至注意到了我们都不注意的东西;以前,她对自己以外的东西都不关心,现在却对什么都有兴趣。这一次,高弗烈特在我们家里待的时间比以前长。我们不敢留他多住几天,但他自己却留了下来,一直等到看见她安静了才罢。一天——她在院子里——我听见她笑了。我说不出有多高兴。高弗烈特看起来也很满意。他坐在我旁边。我们互相瞧了一眼,说出来也不怕你见笑,先生,我拥抱他了,而且真心实意地吻了他。于是,他对我说:

"'现在,我想我可以走了。你们用不着我了。'

"我要留他。他却答道:

"'不。现在,我得走了。我不能再待下去。'

"大家都知道他像个犹太的流浪汉,不能在一个地方长住,就没有多留他。于是他就走了;不过,以后他走过这里的时候更多,每次路过,都使摩达斯太快活,人也更见好了。她又管起家来;哥哥一结婚,她还帮着照顾孩子:现在,她不再诉苦了,看起来挺满意。有时我甚至想,假如她两只眼睛不瞎,她能有现在这样快活吗? 的确,先生,有些日子我心里想,是不是像她这样更好,看不见坏人坏事。世界变得一天不如一天,越来越不像话……然而,老天爷可莫把我这话当真;因为,对我说来,说句老实话,世界虽然不好,我还是喜欢看看世界……"

摩达斯太又走了出来,谈起别的事情。克里斯托夫要走,因为天已经晴稳了,但他们不放他,要他在这里吃晚餐,住一宿。摩达斯太整个晚上都坐在他身边,一步也不离开。他本想和她谈谈知心话,因为他同情她的遭遇。但她没有给他机会。她一个劲儿打听高弗烈特。克里斯托夫讲了一些她不知道的事,她既高兴,又有一点妒忌。她自己谈到高弗烈特就后悔,感觉得到她的话没有全说出来,或者说了一半又恨不得收回去,仿佛他的往事也成了她私人的财产,不愿意和人分享;她这份心情像舍不得出卖田地的乡下女人:想到世界上还有人像她一样爱高弗烈特,她反倒不高兴。她甚至不肯相信,克里斯托夫看透了她的心思,也不肯点破她。听她讲话,他不难发现:虽然她看得见人的时候,对高弗烈特的毛病一点也不放过;等到她瞎了之后,她就把他想象成了一个和现实完全不同的人;她心里需要爱情,甚至把这份感情也移植到了幻想的人身上。加上又没有什么来和她幻想的产物作对。越是瞎子越胆大,越自信,分明一点也看不见,却仿佛看得比别人更清楚,她居然对克里斯托夫说:

"你长得像你舅舅。"

他明白了,多少年来,她已经养成了在黑暗中生活,不见事实真相的习惯。现在,她已经学会了在暗中看东西,甚至忘了自己是在暗中;也许一线光明射进她的黑暗世界,反倒会使她害怕的。她面带笑容,前言不接后语地和克里斯托夫谈了一大堆无聊的琐事,这些闲言碎语和他毫不相干。他听得厌烦了,他不明白:一个吃过这么多苦的人,却没有在痛苦中汲取一点正经的教训,而只喜欢说些不三不四的话;他有时设法换个话题,要认真谈一谈,但话说出去却引不起共鸣:摩达斯太不是不能够——就是不愿意——接着谈下去。

大家都去睡了。克里斯托夫却很久不能入睡。他想起了高弗烈特,他努力要从摩达斯太幼稚的回忆中拼凑出他的形象。他费了功夫却没有做到,不免有点恼火。他心里很难过,想到舅舅是在这里死的,尸体一定放在这张床上。他设法想象舅舅临死前的苦恼:说不出话来,没法让瞎姑娘明白他的意思,只好闭上眼睛死了。克里斯托夫多么想揭开舅舅的眼皮,看看他藏在眼底的思想,看看他灵魂中的秘密!他的灵魂并没有人理解,或许他自己也不理解,就已经离开人世了!他并不要求了解自己灵魂的秘密;他的全部智慧,恰恰就是不求智慧,从来不把自己的意志强加于外部世界,而是一切顺其自然,接受自然,喜爱自然。就是这样,他吸收了自然神秘的本质;如果说他帮助过瞎姑娘、克里斯托夫,当然还有别人,那他说的话并不要人违反自然,而是要人顺应自然,与自然和平共处。他对人好,就像田野森林对人好一样……克里斯托夫回想起同高弗烈特在乡下度过的晚上,小时候的散步,夜里讲的故事,还有他唱的歌。他记起了那个灰心失望的早上,他同舅舅最后一次来到山上俯视小城,眼泪不由得涌了上来。他不想睡,他不想错过这个神圣的不眠之夜,他信步来到这个小地方,想不到处处渗透了高弗烈特的灵魂。但一听到淙淙的泉水声,轧轧的蝙蝠声,年轻人的疲倦沉重地压得他睁不开眼睛,他到底还是睡着了。

等到他醒来时,太阳已经光照大地;农家的人都劳动去了。楼下房子里只剩下了老妇和小孩。年轻的夫妇在地里,摩达斯太在挤牛奶,但是找不到她。克里斯托夫不肯等她回来;他并不在乎再见她一面,只借口说有事,请老妇向全家致意后,就上路了。

他一出村,走到大路转弯的地方,看见瞎姑娘坐在一排山楂树下的斜坡上。一听见他的脚步,她就站起身子,微笑着向他走了过来,拉住他的手说:

"来!"

他们走过草场,来到一块鲜花盛开的高地,到处都是十字架俯视着全村。她把他带到一座坟前说:

"就是这里。"

他们两个人都跪下来。克里斯托夫记起了他同高弗烈特也在一座坟前跪下过;他心里想:

"不久也要轮到我的。"

但在此时此刻,这种思想并不令人忧伤。大地上升起了一片宁静。克里斯托夫弯下腰来,对墓穴里的高弗烈特低声说:

"到我心里来吧!……"

摩达斯太十指交叉,只动嘴唇而不出声音地祈祷着。然后,她跪着绕坟墓转了一圈,用双手摸摸花草,仿佛是在抚摩似的;她灵敏的手指好像长了眼睛,会轻轻地拔掉枯萎的枝藤和凋谢的紫花。站起来时,她用手撑住墓碑,克里斯托夫看见她的手指偷偷地摸着高弗烈特的名字,每个字母都摸一遍。她说:

"今天早上的泥土香呢。"

她伸出手来;他也把手伸过去。她带他摸温柔滋润的泥土。他没有放下她的手;两人的手指交叉地插进土里。他拥抱她,她也吻了他的嘴唇。

他们站了起来。她把几朵刚摘下的鲜花给他,却把枯萎了的花放进自己胸口。他们掸掸膝盖上的泥土,两个人都不再说话,一同走出了墓地。田野里云雀在歌唱。白蝴蝶在他们头上飞舞。他们在草地上坐下。村里的炊烟笔直地升上宿雨新晴的天空。在两岸的白杨树之间静静地淌着波光粼粼的河水。蔚蓝的天光水色给草地和树林铺上了一层天鹅绒。

静了一阵之后,摩达斯太用不高不低的声音谈起了美丽的晴天,仿佛是亲眼目睹似的。她的嘴唇半开半闭,在吸入新鲜的空气;她在悄悄倾听着生灵的声息。克里斯托夫知道这种无声音乐的价值。他把她想得到而说不出的话说了出来。他说出了青草底下颤抖的是什么声音,莫测高深的空气中流动的又是什么音响。她问道:

"啊!你也听得见?"

他回答说是高弗烈特教会他的。

"他也教你了?"她说时有点酸溜溜的。

他恨不得对她说:

"不要妒忌我!"

但他看见一片圣洁的光辉在他们周围微笑,再看看她那双失明的眼睛,同情之心不禁油然而生。

"这样说来,"他问道,"你也是高弗烈特教的?"

她回答说是,但她现在比……以前更有体会(她不说"什么时候"以前,她避免提到"瞎"字)。

两个人又有一阵子不说话。克里斯托夫用怜悯的眼光瞧着她。她也感觉到了。他恨不得能倾吐他的同情,也巴不得她会倾吐她的心声。他亲切地问道:

"你受苦了?"

她不说话,直挺挺的。她拉过几根野草,不出声地嚼着。过了一会——云雀的歌声划破了天空——克里斯托夫告诉她说:他自己也痛苦过,是高弗烈特帮助他的。他诉说他受过的苦难,仿佛在高声自言自语。瞎姑娘留心地听着,脸上有了光彩。克里斯托夫瞧着她,看见她要说话了,她身子动了一下,要靠过来,并且向他伸出了手。他也向前动了一下——但她立刻又恢复了无动于衷的神气;等他诉说完了,她只说了几句不关痛痒的话。她突出的额头上没有皱纹,可以看出乡下女人的犟脾气,硬像一块鹅卵石,没有一点通融的余地。她说一定要回家去照顾哥哥的孩子了,说时面带笑容,好像没事人似的。

他问她:

"你快活吗?"

一听到这个词,她显得更快活了。她回答说是的,并且强调了她快活的理由,她还设法要他相信,就谈起家庭来……

"是的,"她说,"我很快活!"

她站起来要走了;他也站了起来。他们说了再见,口气轻松愉快。但摩达斯太的手握在克里斯托夫的手中,有点颤抖。她说:

"今天天气好,走路挺不错。"

她还叮嘱他到了前面转弯的地方,不要走错了路。

他们分别了。他走下山冈。等他到了山下,回头一看,她还站在山顶上,没有离开原来的地方,一直在挥舞手帕,向他示意,仿佛她看得见他似的。

这种不肯认错服输的犟脾气,使克里斯托夫既感动,又难受,觉得她既勇敢,又好笑。他感到摩达斯太多么值得同情,甚至令人佩服;但他却不能和这种女人在一起过上两天——他一边在鲜花盛开的篱笆之间走着,一边想起了可爱的老苏兹,想起了他清澈而温和的眼睛,老人经历了多少苦难啊!但他却视而不见,他不愿面对痛苦的现实。

"他是怎么看我的!"他心里想,"我和他想象中的我是多么不同啊!但对他说来,我就是他希望中的我。一切都是按照他自己的形象想出来的,把我想得像他一样纯洁、高尚。如果他看到了人生的真面目,恐怕他就受不了啰!"

他又想起了这个瞎姑娘,身在黑暗之中,偏偏不承认黑暗,硬要相信现实并不存在,相信不存在的却是现实。

于是,他这才看出了德国理想主义的伟大,以前,他曾多次痛恨理想主义,因为庸俗的人往往用理想做借口,做出虚伪而愚蠢的事情来。现在,他看出了对理想的信仰是多么美丽,这种信仰能在世界上开辟一个新天地,一个和旧世界完全不同的新世界,就像大海中的一个小岛——但他自己却不能接受这种信仰,他不愿意逃到没有生命的小岛上去……生命!真实!他不愿做一个说假话的英雄。或许弱者需要乐观的假话才能活下去;而克里斯托夫也认为连根拔掉弱者赖以生存的幻想,那是一种罪过。但对他自己说来,他却不肯耍这种自欺欺人的把戏,他宁死也不肯靠幻想活着……然而,艺术不也是一种幻想吗?——不对,艺术不应该是幻想。艺术是真实!是真实!让我们睁大眼睛,张开所有的毛孔,来吸收生命无所不能的气息,看清事实的本来面目,面对人生的苦难——并且放声笑吧!

几个月过去了。克里斯托夫不再有离开小城的希望。唯一能把他救出苦海的人是哈斯莱,但他不肯帮助他。老苏兹刚刚伸出友谊之手,很快又撒手了。

他回家后,写过一封信去,得到了两封亲热的来信;但他有点懒,尤其是用书信来表达感情,他觉得有困难,所以一拖再拖,迟迟没有作答。等到他决定写回信时,却接到耿士的通知,告诉他老友已经去世。他说苏兹支气管炎复发,恶化成为肺炎;他虽然挂念克里斯托夫,却不愿打扰他。他极端衰弱,又多年生病,拖了很久,死得痛苦。他拜托耿士把他离世的消息告诉克里斯托夫,说他直到最后一刻都惦记着他,感谢他带来的幸福,只要克里斯托夫还在人间,他的祝福一天也不会离开他的身旁——耿士却没有告诉他:可能就是陪他的那天,引起了苏兹的旧病复发,结果一病不起的。

克里斯托夫默默地哭了,他这才感到失去的朋友是多么可贵,他自己是多么爱他:像平常一样,他怪自己为什么早不对苏兹说个明白。现在,一切都太晚了。他还剩下了什么呢?好苏兹出现的时间这么短,他一死,他觉得空虚的人生更空虚了——至于耿士和卜德班希米脱,对他说来,只有他们和苏兹之间的友谊是可贵的。克里斯托夫给他们写过一次信;他们的关系就到此为止了——他还给摩达斯太试写过信;她托人写的回信不痛不痒,不值得一提。他也懒得再写下去。这样,他不再写信了,也没人给他写。

沉默。沉默。一天接着一天,沉默笼罩着克里斯托夫。仿佛一片灰蒙蒙的雨落在他身上。黄昏似乎已经来到;而克里斯托夫才刚开始生活呢:他不肯这么早就无所作为!睡眠的时间还没有到。一定要活下去……

但他不能再在德国生活。小城的狭隘压得他痛苦,他的才能不得发挥,气得他几乎失去了理智。他的神经青筋毕露,一碰就会受伤,甚至流血。他像一只可怜的野兽,关在市立公园的洞穴或笼子里受苦受难。克里斯托夫出于同情去动物园,看着野兽眼里燃烧着野性的火焰,由于绝望,一天一天地陨灭了光辉。啊!倒不如突然一枪打死,反而是解脱!无论什么,总比粗暴冷漠,叫你死不得活不得好些!

对克里斯托夫说来,压得他喘不出气的,并不是人的仇视敌意,而是他们内外都难以捉摸的本性。他宁可对付长着花岗岩脑袋、顽固地拒绝了解新思想的反对派!他不怕硬碰硬——花岗岩也怕铁锹和炸药。但碰到无形的泥浆怎么办?你进它退,你陷进去,它就把你淹没,一点痕迹也不留。一切思想、精力,落入泥坑就不见了;一块石头掉下去,泥坑面上也起不了多少波纹,就张开大嘴,把石头吞进了无底洞;过去的一切都无影无踪了。

他们不是敌人。老天爷!若是敌人倒好办些!他们没有力量去爱,去恨,去相信,去不信——无论是在宗教、政治,或是日常生活方面——他们全部的精力都花在和稀泥上，把不可调和的调和起来。尤其是德国在普法战争胜利之后，他们竭力要调和新的力量和旧的原则之间的矛盾。他们没有放弃古老的理想主义，这需要他们做出坦率的努力，而他们做不到；于是他们只能歪曲理想主义，用来为德国的利益服务。例如黑格尔，他看得清楚，但有两面性，一直等到拿破仑在莱比锡和滑铁卢打了败仗，才把他崇拜拿破仑的哲学，改得和普鲁士的国家利益一致——利害关系改变了，哲学的原则也跟着改变。德国打败仗的时候，他们说德国是为人类的理想而战。现在德国打胜仗了，他们又说德国就是人类的理想。别的国家强大的时候，他们跟着莱辛说"爱国心是英雄的弱点，是可有可无、无关大局的"，并且自称是"世界公民"。现在自己的国家强大了，他们却反过来瞧不起"法国式的"理想，瞧不起世界和平、博爱、进步、人权、天赋平等；他们说什么强者对弱者有绝对的权利，弱者对强者却无权利可言。强者就是活着的上帝，是理想的化身，强者前进，可以用战争、暴力、压迫的手段。现在他们手里有了强权，强权就变成神圣了。强权甚至成了理想主义，成了智慧。

说老实话，德国几个世纪以来，一直受苦受难，就是因为只有理想，没有实力，在经历了艰难困苦之后，不得不伤心地承认实力高于一切，这也是情有可原的。埃尔特和歌德的同胞居然老实认错，其中隐藏着多少难言的痛苦啊！德国人这样取得的胜利，其实是放弃了、贬低了德国的理想……唉！要他们放弃理想并不是什么难事，说来可怜，就连最优秀的德国人也是倾向于俯首听命的。

"德国人的本性，"早在一个世纪以前，莫茨曾经说过，"就是服从。"

德·斯塔尔夫人也说：

"德国人是坚决服从的。他们会用哲学理论来解释最不符合哲理的事情：他们尊重强权，恐惧使他们的情感升华，甚至使尊重转化为崇拜了。"

克里斯托夫在德国的大小人物身上都发现了这种本性——例如席勒名著中的威廉·退尔，这个谨小慎微的市民，虽然肌肉结实得像个搬运工人，却像那个放肆的犹太人鲍尔纳所说的那样，"为了使荣誉和恐惧不互相矛盾，他走过高挂在广场柱子上的总督冠冕时，总是低下头来，假装没有看见，免得人说他违抗命令不向冠冕行礼"；——又如那位年高德劭的韦斯老教授，是本城最受尊敬的学者，虽然已经七十岁了，但一见对面来了一位军官先生，他就赶快让路，从人行道上走到车行道上来。只要在日常生活中亲眼看见了这种奴性的表现，克里斯托夫就会气得热血沸腾。他感到痛苦，仿佛自己受了屈辱。他在路上碰到的军官高傲无礼，目中无人，使他敢怒而不敢言,他做出不屑于让路的神气,甚至以眼还眼,怒目而视。不止一次,他几乎惹祸上身;人家还以为他是故意找茬。然而,他一下就明白了这样冒充好汉既危险,又无用;但他难免会有走火的时候,因为老是压制自己,旺盛的精力越积越多,不得发泄,快使他发疯了。于是他怕自己会闹出乱子来;他预感到,若在这里再待上一年,他非完蛋不可。他恨横行霸道、压在心上的军国主义,他恨街上铿锵响的马刀,兵营门口架着的枪支和摆着的大炮,炮口朝着城市,仿佛准备开火似的。那时,有些引起轰动的内幕小说揭露了军营里的腐败现象,把军官写成了坏人,他们除了机械地执行任务之外,只会游手好闲,喝酒赌博,借钱负债,靠人供养,互相诽谤,从上到下都滥用职权,欺负下级。克里斯托夫只要一想到自己有朝一日,也不得不对这种人俯首听命,喉咙就会发紧。不行,他做不到,永远也受不了,不能低三下四,忍气吞声,任人欺压……他不知道军人中间也有道德高尚的人,他们也痛苦,因为他们的幻想破灭了,多少力量、青春、荣誉、信仰、不怕牺牲的热情,都使用不得当而完全浪费了——只剩下没有意义的职业,这种职业如果只是一种职业,而没有为之献身的目标,那就成了无所事事的胡闹,行尸走肉的检阅,口中念念有词,心里并不相信,念些不知所云的陈词滥调……

　　祖国对克里斯托夫说来并不是广阔的天地。他感到身上有一股无以名状的力量忽然觉醒了,一觉醒就不可抗拒,像候鸟到了一定的季节就要飞往天南海北,海上的潮汐到时就要涨落一样——他内心流动的本能也觉醒了。老苏兹给他留下了几本埃尔特和斐希德的书,他在书中发现了和他同声相应的心灵——不是那种眷恋田园、寸步不离的"大地的奴隶",而是势不可挡,向往光明的"太阳的儿子"。

　　到哪里去呢?他还不知道。但他的眼睛遥望着南方的拉丁国家。首先,他望着的是法国。对慌乱不安的德国来说,法国永远是一块乐土。德国人在思想上虽然对法国并不满意,但利用了多少次法国啊!即使在一八七○年以后,给德国大炮轰击得硝烟弥漫的巴黎城还是多么吸引人啊!形形色色的思想和艺术,或早或晚,有时是同时,都找得到最革命的或是最落后的典型,或是有启发的榜样。克里斯托夫像多少在苦难中的德国大音乐家一样,也转向巴黎……他对法国人有什么了解呢?——只认识两个女性的面孔,还随便读过几本书。这已经够他去想象一个光明、欢乐、勇敢的国家了,甚至还想得出一点高卢人喜欢夸大其词的脾气呢,因为这并不违反年轻人胆大妄为的精神。他相信法国是这样的,因为他全心全意希望法国

是这样。

他决定要走了——但是他不能走,那是为了母亲。

路易莎老了。她疼爱儿子,儿子使她快活;而她也是儿子在世上最爱的人。然而,他们互相使对方痛苦。她不大了解克里斯托夫,不了解她也无所谓;她在乎的只是爱他。她的思路狭窄,胆子很小,想法模糊,心地很好,非常需要爱别人,也需要别人爱,这既使人感动,又对人是压力。她很器重儿子,觉得他本领大;但是她做什么都使他的本领不能施展。她以为他一辈子都会待在她身边,永远住在他们的小城里。多少年来,他们就在一起过日子;她想象不出怎么能不永远这样生活?她觉得这样幸福,他怎么会不幸福呢？她并没有什么远大的梦想，只不过希望看到他娶一个本地有钱人的女儿，听到他每个星期天在教堂里弹管风琴，永远不离开她，那就够了。她老把儿子看得只有十二岁，永远不会长大。她在无意中折磨可怜的儿子，他在这个狭窄的天地里不能自由呼吸。

然而，母亲没有意识到的这一套哲学，其实也有真实的意义——甚至还包括伟大的精神——她不了解什么是雄心壮志，以为人生的幸福全在家庭团聚之乐，全在尽了一个平凡人的本分。她有一颗爱心，一心一意爱人。宁可放弃生活，放弃理智，放弃逻辑，放弃世界，放弃一切，也不愿放弃爱！这种爱无穷无尽，低声下气，要求苛刻；付出的是全心全意的爱，得到的也要是全心全意的爱；为了爱可以牺牲生活，但要对方也做出同样的牺牲。一颗单纯的心爱起来力量多么大啊！托尔斯泰这样彷徨的天才，衰亡的文明挖空心思的艺术家，用理性摸索了一生——甚至几代——作了精疲力竭的奋斗才得到的结论，单纯的心凭了爱却一下就得到了！……但支配克里斯托夫奔腾咆哮的内心世界的是不同的规律，需要的也是不同的智慧。

很久以来，他就想把自己的决心告诉母亲。但一想到这会使母亲难过，刚要开口，又不敢说出来，还是等下次吧。有两三回，他吞吞吐吐地流露出要走的意思；路易莎却不把他的话当真——也许她是假装的，目的是要他相信：他自己也不过是说说而已。于是，他不敢说下去；但他脸色暗了，显得忧心忡忡；猜得出他有秘密压在心上。可怜的母亲凭直觉就知道他的心事，但却提心吊胆，唯恐他吐露真情。晚上，母子两人在灯下无言对坐时，她忽然怕他要开口，于是抢先说话，说得很快，想到什么就说什么，不管什么都行，甚至自己也不知所云；不过无论如何不能让他开腔。通常，她凭了本能，总能找到充分的理由叫他闭上嘴：她和和气气地诉说自己身体不好，手脚浮肿，关节不灵，行动不便，她把自己的病痛夸大了几分，说自己衰老得不中用了。儿子并没有上当受骗，他看破了老实人耍的花招：只是难过地瞧着母亲，发出了无声的责备；过了一会，他站起来，借口累了，要去睡觉。

不过这些权宜之计并不是万全之策，路易莎也不能老这样拖下去。一天晚上，她又要故伎重演的时候，克里斯托夫鼓起了勇气，把手放在母亲手上说：
"不要这样，妈妈，我有话对你说。"

路易莎紧张了；但她还勉强露出笑容回答——而喉咙管却哽住了：
"什么事呀，孩子？"

克里斯托夫结结巴巴地说了要走的打算。母亲还像平常一样，认为这是说着玩的，想要换个话题；不料儿子这一回一点也不松口，神气显得既认真又情愿,简直没有怀疑的余地。于是母亲不说话了,全身的血液似乎不流通了,手脚冰冷,吓得瞪着眼睛瞧他。她眼里流露出来的痛苦使他说不下去;于是母子二人只好相对无言。等到她好不容易透过气来,(嘴唇还在发抖)她才迸出一句:

"那怎么成……那怎么成……"

两颗大眼泪顺着脸颊流了下来。他泄了气,转过头去,用双手遮住脸。过了一阵子,他回到房里,把门关上,一直待到第二天。他们再也不提走的事;因为他不提了,她硬要自己相信,他放弃了走的念头。但她日子过得提心吊胆。

非说不可的时刻到底来了。怎能闷在心里呢?即使伤人心也得说出来,因为他太痛苦了。痛苦使人自私,使人忘了给别人造成的痛苦。他一开口,就索性说到底,瞧也不瞧母亲,免得自己心乱。他甚至确定了动身的日子,这样下一回就不必商量了——其实,他担心下一回能不能鼓起今天这一点勇气。路易莎喊道:

"不行,不行,不要说了!……"

他坚决不让步,毫不妥协地接着说下去。等到他一说完(她已经泣不成声)他就抓住她的双手,尽量使她明白:为了艺术,为了生计,他绝对需要离开一段时间。她却不听,只是哭哭啼啼,翻来覆去地说:

"不行,不行!……我不答应……"

他和母亲讲理,但没有一点用,只好随她去了,以为过了一夜,她的想法也许会有改变。但第二天,他们在餐桌上碰面时,他又硬着头皮提起他的打算。母亲刚咬了一口面包,就放了下来,难过地责备说:

"你要气死我吗?"

他心软了,但还是说:

"好妈妈,不走不行呀!"

"不对,不对!"她反复说,"有什么不行的……你就是要气我……真该死……"

两个人都想说服对方,但都不听对方说。他明白再争也没有用,只会更伤感情,于是就公开作动身的准备了。

路易莎看见怎样恳求也留他不住,陷入了无言的忧伤中。白天,她关在自己房间里,到了晚上,她也不点灯;不声不响,什么也不吃;夜里,儿子只听见她哭。他也在受折磨。他在床上辗转反侧,受到良心的责备,整夜睡不着觉,难过得几乎要大喊大叫了。他多么爱母亲啊!那为什么要使她痛苦呢？……唉！为他痛苦的人并不只她一个；这他看得清楚……为什么他命里注定了要完成，而且有力量完成一个使命，这个使命却要让他爱的人痛苦呢？

"啊！"他想，"如果我没有使命感，如果不是这无情的力量逼着我去做一个我应该做的人，要是不这样做，我就会厌恶自己，觉得不如死了更好，如果不是这样的话，我多么愿意使你们——使我爱的人们幸福啊！但是，先得让我生活、行动、斗争、吃苦；然后，我才能回到你们身边，才能更爱你们。我多么希望只要爱，只要爱，不要痛苦啊！……"

他受不了伤心人没完没了的无言责备。但路易莎太软弱，又有点爱说长道短，偏偏憋不住心头的苦闷。她对邻居诉苦了。她也对两个小儿子诉苦。两个弟弟见克里斯托夫出了差错，当然抓住机会不放。尤其是罗多夫，他一贯妒忌哥哥，虽然哥哥眼前没有什么可妒忌的——罗多夫只要听见有人称赞克里斯托夫就如芒刺在背，他暗中担心哥哥将来会出人头地，虽然他口里不敢承认有这种低级的想法——因为他相当聪明，感觉得到哥哥的才能，并且害怕别人也像自己一样感觉到——所以罗多夫太高兴了，他居然拥有优势，能把克里斯托夫踩到脚底下。他分明知道母亲生活拮据，但他从来不管；虽然他经济宽裕，大可帮一点忙，却把担子全部推在克里斯托夫身上。等到他一知道克里斯托夫的打算，又摇身一变，立刻成了一个感情丰富的儿子。他痛恨哥哥遗弃母亲的打算，说他自私自利，连禽兽都不如。他居然胆敢当面指责克里斯托夫。他非常傲慢地教训哥哥，把哥哥当成一个该打一顿的孩子；他流里流气地提醒哥哥对母亲应尽的责任，因为母亲为他做出了各种各样的牺牲。克里斯托夫气得要命，他拳打脚踢，把罗多夫赶出了门，骂他是个坏蛋，是个口是心非的狗崽子。罗多夫要报复，就在母亲面前搬弄是非。路易莎听了他的挑拨离间，居然上当，把克里斯托夫当作不孝的儿子。她老听说他没有权离家出走，慢慢信以为真。她不知道留住他的最好办法，是坚持无声的哭泣，但她却放下了这最有力的武器，反而说些不公道的话，惹起了克里斯托夫的反感。母子两人说了些话都令人痛心；儿子本来还拿不定主意，这样一来，反倒下定了决心，加紧准备动身。他知道好心的邻居都同情他的母亲，街坊上都把她看成受害者，却把他当作凶手。他反倒咬紧牙关，决心一下，就不再回头了。

日子就这样过去。克里斯托夫和路易莎几乎无话可谈。两个相亲相爱的人不但没有尽情享受这最后相聚的时光，反而浪费了所余不多的日子——好人往往尽做错事——他们毫无结果地赌气，无谓地消耗了多少感情。他们只在餐桌上见面，两个人面对面地坐着，互相不看一眼，不说一句话,勉强吃上几口,与其说是吃,不如说是装样子。克里斯托夫好不容易从牙缝里挤出了几个字:路易莎却不回答;等到她想说了,儿子又成了哑巴。这种局面叫两个人都受不了,时间拖得越长,越不容易打破僵局。难道他们就这样分别了吗? 路易莎现在明白了她对儿子并不公平,而且太笨;但是她心里太苦了,不知道怎样才能重新得到儿子的心,怎样才能留住儿子,她怎么也想不通儿子为什么硬要丢下她出门。克里斯托夫偷偷地瞧着母亲又苍白、又浮肿的脸,心里也受到悔恨的折磨;但他已经决定要走,并且知道这是一生的大事,他真希望已经动身,免得摆脱不了悔恨的纠缠。

动身的日子定在后天。一顿无话可说的晚餐总算挨过去了。克里斯托夫回到房里,坐在桌子前,双手捧着头,什么事也不想做,只是心里在受煎熬。夜深了,快到凌晨一点钟。忽然,他听见隔壁房里有声响,一张椅子撞翻了。门一打开,母亲穿着衬衣,光着脚,搂住他的脖子哭了起来。她在发烧,抽抽噎噎地拥抱着儿子说:

"不要走! 不要走! 我求你了! 我求你了! 孩子,不要走吧! ……我会难过得要死的……我受不了,实在是受不了! ……"

他也心慌意乱,拥抱着母亲,说来说去:

"好妈妈,静一静,静一静,我求求你!"

但她却接着说:

"我受不了……我现在只有你。你走了叫我怎么办? 你一走我就会死的。我不愿等你走了再死。我怕死得孤苦伶仃。等我死了你再走吧! ……"

她的话撕裂了他的心。他不知道说什么才能安慰她。有什么道理挡得住母爱加上痛苦的洪流呢? 他抱着母亲,让她坐在自己膝上,又是亲她,又说好话,要她安静下来。老妈妈总算慢慢不说话了,哭声也轻微了。等她安静了一点,他才说:

"睡觉去吧,可不要受了凉。"

她只是重复说:

"你不要走!"

他低声说:

"我不走好了。"

她哆哆嗦嗦地抓住他的手:

"当真的吗?"她问,"当真的吗?"

他转过头去,泄气地答道:

"明天,明天再说……现在去吧,我求你了! ……"

她倚着他站了起来,回房里去。

第二天早上,她不好意思地回想起头天半夜里神经病般发作的那一场,又提心吊胆不知道儿子等一等会怎么说。她就坐在房间的一个角落里等着,手里打着毛线,好消磨时间;但毛线却拿不稳,掉到地上去了。克里斯托夫走了进来。他们低声打了个招呼,却不敢正眼看对方。他脸色忧郁,走到窗前,像根柱子似的站住,背朝着母亲,一句话也不说。他内心在交战;胜负已见分晓,但他却迟迟不肯宣布战果。路易莎也不敢开口,她既想知道、又怕知道他的回答。她硬着头皮打起毛线来;但是心不在焉,老是错针。外面在下雨。沉默了好久,克里斯托夫走到母亲身边。她动也不动,但心跳得厉害。克里斯托夫也一动不动地瞧着她;忽然一下,他跪在母亲面前,把头埋在她裙子里,一言不发,哭了起来。于是,她明白他不会走了,内心的痛苦立刻减轻了不少;——但在同时,悔恨却又乘虚而入,因为她感觉得到儿子为她做出了多大的牺牲;这时,她才开始感到儿子不肯为她做出牺牲时是多么痛苦。她弯下身子吻他的前额和头发。他们静静地让眼泪和痛苦交流着。最后,他抬起头来;路易莎双手捧着他的脸,眼睛瞪着他的眼睛,似乎想和他说:

"你还是走吧!"

但她说不出口。

"我不走也快活。"

但也说不出口。

这种局面真是难办;两个人都说也不是,不说也不是。母亲叹了口气,对儿子的爱使她痛苦:

"唉!要能同生同死多好!"

这句傻话打动了他的心;他擦了擦眼泪,勉强笑了笑说:

"会死在一起的。"

她追问道:

"当真?你不走了?"

他站起来:

"说了算数。不要再提了。也不必再说来说去。"

克里斯托夫说到做到,他再也不提走的事,但不说容易不想难,想不想并不是他能做主的。他人是留下来了,但他做出的牺牲要母亲付出沉痛的代价:他老是闷闷不乐,脾气很坏。而路易莎太笨——明知道自己笨却还偏偏要做不该做的事情,那就显得更笨了——路易莎明知道儿子为什么不快活,却硬要他说出来。她越亲热就越烦人,她自己心不安,说得别人也心不安,她越讲理越讲不清,时时刻刻使他想起母子之间的差距——而这正是他设法要忘记的。多少次他想对母亲谈谈心里话!但是话到嘴边,他们之间却立起了一座万里长城;于是他又把心里话收回去。她也猜得到他的心事,但她不敢要他推心置腹,或者是不知道如何说才好。如果她试一试,那结果更糟糕,本来压得他不吐不快的心里话反倒埋得更深了。

数不清的小事,说不清的怪癖,都加深了母子间的隔阂,使克里斯托夫恼火。母亲上了年纪,说话啰啰唆唆。她重复街坊邻居的闲言碎语,或者像奶妈一般硬要你回忆童年的傻事,巴不得要你回到摇篮里去。一个人多不容易才离开了摇篮,长大成人啊!只有朱丽叶的傻奶妈才会晾出她的脏衣服,翻出她的陈年老账来,不知道在那倒霉的童年时代,一个新生的灵魂正在挣扎反抗物质世界的压迫,正给恶劣的环境压得喘不过气来呢!

有时,母爱的冲动却能把人软化——就像对个孩子一样——他的心也软了,对母亲百依百顺——也像个小孩子一样。

最糟的是他们从早到晚都在一起生活,老是两个人,与外界隔绝。两个人痛苦的时候,彼此都无能为力,痛苦也加倍了;结果互相埋怨,以为痛苦该由对方负责;日子一久,居然信以为真。还不如一个好呢,痛苦也只是一个人的事。

两个人每天都在活受罪。他们永远不能脱离苦海,幸亏克里斯托夫无意中闯下一场大祸,结果逢凶化吉,居然挣脱了这不死不活的局面。

十月的一个星期天。下午四点钟。天气晴朗,阳光灿烂。克里斯托夫整天待在房间里,沉思默想,"吮吸着自己的苦闷"。

他再也受不了,发了疯似的要出去,要走走,要消耗他的精力,要累得精疲力竭,免得再苦思冥想。

从头一天起,他就对母亲冷淡了。他甚至要不辞而行。但才走到楼梯口,他就想起母亲一个人待着多么苦闷,整个晚上如何打发。他又借口忘了什么东西,回到房里。母亲的房门半开半关。他伸头进去一看。他看到了母亲,只见了几秒钟……但这几秒钟在今后的一生中占了多么重要的地位啊!……

路易莎刚做完晚祷回来。她坐在窗角边的老地方。对面是一堵脏兮兮的白墙,裂痕累累,挡住了视线;但从她坐的那个角落里往右一看,可以看到隔壁两个院子外一块手帕般的小草坪。窗台上有一盆牵牛花,顺着绳子往上爬,织成了一个小巧的天网,仿佛要网住灿烂的阳光。路易莎坐在一把矮椅子上,背有点肿,膝盖上打开了一本厚厚的《圣经》,但是并没有念。她的双手平放在书上——手上青筋暴露,指甲方方的,指甲尖有点弯,一望而知是双劳动的手——她含情地望着牵牛花的卷须和它网住的一小块天空。金黄的阳光从绿色的藤叶反照到她疲倦的脸上,仿佛印上了一点大理石的花纹,也照亮了她稀疏的白发和半开半闭、微笑的嘴唇。她在享受这一片刻的宁静。这是她一个星期中最喜欢的时刻。她沉醉在无忧无虑、不思不想的心情中,忘记了自己的存在,只听到半睡半醒的心在不知道说些什么。

"妈妈,"他说,"我想出去走走。我要到蒲伊那边去;回来要晚一点。"

路易莎朦朦胧胧地哆嗦了一下。然后,他转过头来,用慈祥而安静的眼色瞧瞧儿子。

"去吧,孩子,"她对儿子说,"你说得不错:天气好该出去走走。"

母亲对儿子微笑。儿子也对母亲微笑。两个人互相瞧瞧;然后点点头,眯着眼分别了。

儿子轻轻地关上了门。母亲慢慢地又出神了,儿子的微笑像苍白的阳光照在牵牛花的绿叶上一样笼罩着她的梦幻。

就是这样,儿子离开了她——永远离开了她。

十月的傍晚。太阳苍白而温暖。没精打采的田野昏昏欲睡。村子里的叮当钟声缓悠悠地打破了乡下的沉寂。在耕地上,缕缕轻烟慢慢上升。远处雾气弥漫。白雾像地毯一般铺在潮湿的地面上,等待黑夜来临再往上升……一条猎狗仿佛鼻子钉在泥土里,围着甜菜在兜圈子。乌鸦成群在灰色的天上盘旋。

克里斯托夫如梦如醉,漫无目标地走着,但他的本能指出了一个方向。几个星期以来,他在城外散步,转来转去,总离不开一个村子,因为他知道那里一定能碰到一个迷人的姑娘。姑娘对他有吸引力,而且非常强烈,使他心烦意乱。不论什么时候,克里斯托夫不能不爱一个人;他的心里不能有感情的空虚,神龛里总得摆上一尊偶像。偶像是否知道他的爱情,这倒似乎无关紧要,但他需要爱一个人;他的内心不能笼罩在黑暗中。

这一次他热情的火焰照在一个农家女身上,他像哀里才碰到利百加一样,是在水边见到她的;但她没有给他水喝,反倒淋了他一脸水。她跪在一条小河边上堤岸凹进去的地方,两边有两棵柳树,树根连在一起,好像在她周围筑了一个鸟巢;她使劲地洗衣服,舌头也和胳臂一样忙,和小河对岸的农村姑娘又说又笑又闹。克里斯托夫躺在草地上,离她只有几步路;他双手托着下巴,正在瞧着她们。她们也不在乎;照旧说话不着边际,流露出几分幼稚无知。他几乎不听她们说什么,只听她们的笑声、捣衣声,还有远处草场上的牛哞声;他如梦如醉,眼睛盯着那个漂亮的洗衣女——农村姑娘们不消多久就看出了他注视的是谁;大家七嘴八舌说些不怀好意的话;他喜欢的女郎说话也不饶人。因为他老是一动不动,她就站了起来,把洗好拧干的衣服晾到小树上,顺便走过他的身旁,看看他的模样。走到他身边时,她故意把湿衣服上的水淋到他身上,并且满不在乎地朝着他笑。她个子瘦,但是结实,尖下巴有点翘,鼻子短,眉毛弯,眼睛深蓝,炯炯有神,毫不羞涩,也不扭怩,嘴巴好看,厚嘴唇有点撅,像个希腊塑像,一头金黄的鬈发遮住了后颈窝,皮肤是褐色的。她的胸脯挺起,说起话来叽叽嘎嘎地笑,走起路来像个男人,总要甩开风吹日晒的双手。她晾衣服的时候,用找茬子的眼光瞪着克里斯托夫——等他说话。最后,她冲着他大笑起来,转过身子找她的女伴去了。他一直躺在老地方,等到天色昏黄,看着她背了一包衣服,两条裸露的胳臂交叉,弯着腰,有说有笑地走了。

  两三天以后,在城里的菜市场上,他又看见她在堆积如山的萝卜、番茄、黄瓜、青菜中间。他随便走着,望着一排排菜篮子后面站着的妇女,就像是一群群待价而沽的女奴。警察局的人手里拿着钱包和一本收据,走过女菜贩面前,每个人收一枚硬币,发一张收条。卖咖啡的女贩子在一排排菜篮之间走来走去,提着一篮子的小咖啡壶。一个快活的老修女,吃得腰圆肚胖,围着菜市场转,两条胳膊挎着两个大菜篮,口里说着仁慈为主,却向贩子讨菜,没有一点不好意思的神气。绿色托盘上的老秤铿铃哐啷地响着,听来像是锁链;大狗拉着小车兴高采烈地叫着,自以为了不起。在这一片喧闹声中,克里斯托夫看见了他的利百加——她的真名字是洛金——在她金黄色的发髻上,她遮上了一片半白半绿的菜叶,看起来好像一顶锯齿镶边的头盔。她坐在一个篓子上,面前堆着金黄色的葱头,淡红的红萝卜,翠绿的四季豆,通红的苹果,她吃起苹果来一个接着一个,也不管卖得掉卖不掉。她时不时地用围裙擦擦下巴和脖子,用胳臂撩起垂下的头发,把脸颊靠着肩头,或者用手背抹抹鼻子。再不然,她两只手放在膝盖上,没完没了地拿一把豌豆倒来倒去。她闲得没事似的东张张,西望望。但是周围发生的事,她一点也不放过,那些投向她的眼光,她假装没有看见,其实都记在心里。她清清楚楚地看到了克里斯托夫。她一边和买菜的顾客说话,一边皱起眉头,越过他们的头顶望着仰慕她的人。她装得一本正经,抬高自己的身价,心里却在暗中笑他。克里斯托夫也真可笑,他生了根似的站在几步以外,眼睛恨不得把她吞了下去,但不敢和她说话,却又走了。

他不止一次到她住的这个村子附近来散步。她在农庄的院子里走来走去,他只远远地站在路上望她。他不承认是专门为她而来的;其实,他几乎是想也没想就来了。在他全神贯注作曲的时候,他仿佛在梦游一般,有意识的心灵都紧跟着乐思,无意识的心灵却只要他稍微不留神就会溜到乡下来。他往往晕头转向地站在她面前,满脑子里响着的还是他的乐曲;他眼睛虽然瞧着她,心却不知道想到哪里去了。他不能算是爱她,他甚至想都没有想过;但他见到她就快活,不过如此而已。但他自己也不明白是什么欲望把他带到她这里来的。

他来得太勤快,引起了闲言碎语。农庄里的人知道了他是克里斯托夫之后,更把这当作笑话,不过谁也懒得管他,因为他对谁都没有坏处。总而言之一句话,他看起来傻里傻气,而他并不在乎自己的傻气。

那一天村子里正在过节。孩子们用小石头砸开花豆,一边喊着:"皇帝万岁!"(上天保佑恺撒!)听得见小牛在棚子里哞哞叫,酒客在小酒店里唱歌。风筝拖着彗星般的尾巴在田野上空飘来飘去。母鸡在金色的肥料堆里乱扒,风吹进了母鸡的尾毛,就像掀起了老太婆的裙子。一头浅红色的肥猪舒舒服服地侧卧在阳光下。

克里斯托夫向着红色屋顶的三王客店走去,屋顶上飘扬着一面小旗。一串串葱头挂在客店门前,窗子上装饰着红色和黄色的金莲花。他走进了烟雾腾腾的大厅,墙上挂着发黄的石印画,当中是皇帝的彩色像,周围环绕着橡树叶。大家在跳舞。克里斯托夫断定他漂亮的女朋友也在里面。的确,他看到的第一个面孔就是她,他坐在一个角落里,好不动声色地看舞客跳来跳去。虽然他注意避人耳目,但洛金当然不会看不见他。她一边没完没了地跳着旋转的华尔兹舞,一边越过舞伴的肩头迅速地向他丢丢眼色;为了激起他的妒忌,她还故意向村里的小伙子卖弄风情,裂开嘴唇大笑。她高声说些傻话,和社交场上的年轻姑娘毫无不同,只要有人看她们一眼,她们就受宠若惊,再也不肯冷落自己,以为自己成了众人注意的对象,非得傻笑胡闹一番不可——其实,她们也未必傻,因为她们知道大家是来看她们,而不是来听她们的——克里斯托夫胳膊肘撑在桌子上,握着拳头托住下巴,瞧着洛金耍的花招,眼睛里又是爱又是恨,他还没有糊涂到看不出她的心思;但他也没有聪明到可以ว度外;于是他一会气得叽里咕噜,一会儿又暗暗发笑,耸耸肩膀,让自己落入圈套。

另外一个注意他的是洛金的父亲。人又矮又胖,脑袋大,鼻子短,秃头给太阳晒黄了,旁边一圈鬈发倒还密,看来像丢勒画的圣约翰,胡子刮得干净,脸上没有表情,嘴角叼了个长烟斗,慢吞吞地和乡下人聊天,斜着眼瞧瞧克里斯托夫的姿势;口里不说,心里却在暗笑。过了一会,他咳了一声,灰色的小眼睛里闪出了一道不怀好意的目光,他走过来坐在克里斯托夫桌子旁边。克里斯托夫并不高兴,皱着眉头转过脸来对着他,他看到的是一双不老实的眼睛。老头没有拿下烟斗,就跟他随便聊起来。克里斯托夫认得他,把他当作一个庸俗的老头;但他既然喜欢女儿,对父亲自然不能太苛求,见到他甚至还有一种不正常的快感,这一点机灵的老头也猜得到。他先谈了几句天晴下雨的话,油腔滑调地提到漂亮的姑娘,提到克里斯托夫不跳舞的事,结果说不跳舞可能免得惹麻烦,还可以胳膊肘撑在桌子上,对着一杯酒自得其乐;说着他并不等邀请,就毫不客气地举杯一饮而尽。老头一边喝酒,一边从容不迫地闲聊。他谈到他的小生意,日子不好过,天气又不好,东西却太贵。克里斯托夫只哼哼哈哈答了几声,他对老头的话不感兴趣,眼睛只是盯着洛金。有时谈话冷了场,老头等他回答,他却没有开口,老头又满不在乎地接着说。克里斯托夫心里寻思:老头看得起他,和他攀谈,说心里话,到底有什么打算。他总算搞明白了。老头在怨天尤人之后,话题一转,谈起农产品来了:他吹他的蔬菜、家禽、鸡蛋、牛奶是多么好,忽然一下,他问克里斯托夫能不能在亲王府给他找个主顾。克里斯托夫吓了一跳:

"该死!他怎么知道的?……难道他认识我吗?"

"当然啰,"老头说,"事情总有人晓得的……"

他没有加上一句:

"……只要你不怕麻烦,肯自己去打听。"

克里斯托夫见老头自作聪明,觉得好笑,就告诉他说:虽然"事情总有人晓得的",却不晓得他跟亲王府闹翻了,即使从前他在王府事务处和厨房能说上两句话——其实他并不信他有这种力量——现在,他的作用也早已烟消云散了。老头抿了抿嘴,但不让人觉察出来。他并没有泄气;过了一会,又问克里斯托夫能不能向某些人家推销他的农产品。接着,他就列举那些和克里斯托夫有过关系的家庭,因为他早在菜市场上打听得一清二楚了。克里斯托夫对老头这种包打听的做法本来会气得要命的,但一想到这是聪明反被聪明误,就不禁觉得好笑了(老头哪里想得到:只要一提克里斯托夫,他不但找不到新主顾,连老主顾也要丢掉的)。于是他就让老头枉费心机,空耍花招,自己却不置可否。但乡下佬坚决不肯放过他,最后竟找上克里斯托夫本人,甚至要找路易莎买他的牛奶、黄油、乳酪了。他还加上一句:既然克里斯托夫是个音乐家,他就担保能提供刚从母鸡屁股里生下来的鲜蛋。听到老头错把他当成歌唱家,克里斯托夫不禁笑了出来。乡下佬趁机又要了一瓶酒,算在克里斯托夫账上。看看再也没有什么油水好捞,他才毫不拘礼地走开了。

夜色已经降临。舞也越跳越热闹了。洛金一点也不再注意克里斯托夫,她正想方设法,要使村里一个富农的傻儿子神魂颠倒,姑娘们全都在争取他的好感。克里斯托夫对她们的争风觉得有趣,看着她们笑里藏刀,你抓我抢。克里斯托夫心眼好,忘记了自己,只希望洛金胜利。等她把人抢到手了,他又有点后悔。他马上责怪自己。他既不爱洛金,那自然应该让她愿爱谁就爱谁——这是没有问题的。但他却又感到孤独,并不快活。关心他的人都想利用他,利用完了还要笑他。他只好叹了一口气,微笑着瞧瞧洛金,她因为气得情敌发疯而漂亮了十倍,而他却打算要走了。时间已经是晚上九点,回城还有好几里路呢。

他站了起来,还没离开桌子,忽然大门一开,闯进来十几个大兵。他们一进门,舞厅里立刻冷了场。大家窃窃私语。有几对舞伴打住了,用惊慌不安的眼色看着新来的兵士。站在门口的乡下人假意转过身去谈他们的话;他们虽然不露形迹,其实却是小心谨慎,让大兵走过去——近来,当地老百姓和城防驻军已经在暗中勾心斗角了。驻防军无聊得要死,就在乡下人身上出气。他们粗鲁地嘲笑乡下人,欺侮他们,把姑娘们当作女奴。上个星期,有几个大兵喝醉了酒,碰上邻村过节,就捣起乱来,把一个庄稼人打得半死。克里斯托夫知道后,心情激动,为乡下人抱不平;于是,他又坐回原位,看看会出什么事。

这十几个大兵根本不管人家欢迎不欢迎,吵吵闹闹地挤上坐满了人的桌子,把人挤开,强占座位,这并不消多久时间。大多数人敢怒而不敢言,嘀咕着避之唯恐不及。一个老头坐在长凳的一头,让位不够快,大兵把长凳的另一头掀起,使老人摔了个跟头,引起了他们一阵大笑。克里斯托夫气冲冲地站起,正要去打抱不平,不料老头吃力地爬了起来,不但不怪大兵,反而再三说"对不起"。有两个大兵走到克里斯托夫桌子跟前,他瞧着他们,拳头捏得紧紧的。其实,这两个草包并不难对付。他们外强中干,只会为虎作伥,不敢硬打硬拼,一见克里斯托夫目中无人的神气,听他干巴巴地说了声：

"这里有人……"

他们就赶快道歉，退到长凳的另外一头去，免得碍他的事。他说话的腔调像个当家做主的人，他们奴才的本性立刻露了馅。他们看得出克里斯托夫不是个乡巴佬。

克里斯托夫看见他们畏畏缩缩的态度，气也平了一点，看事情也冷静了一些。他不难发现这伙大兵的带头人是个下级士官——一个恶狗一般眼光凶狠的班长——脸上阴阳怪气，就是上星期天闹事的一个头人。他坐在克里斯托夫旁边的一张桌子上，已经醉了，还用瞧不起人的眼光东张西望，说些冷嘲热讽的话，别人只当没有听见。他特别抨击那对成双的舞伴，评头论足，说长道短，言语不堪入耳，引得他的伙伴大笑。姑娘们脸红了，泪珠流到了眼睛边上；小伙子咬紧牙关，敢怒而不敢言。班长凶狠的眼光慢慢地扫过全场，一个人也不放过；克里斯托夫看看要轮到自己了。他抓着杯子，拳头放在桌上，准备一听到侮辱的话，就扔杯子砸他的狗头。他想：

"难道我疯了？还是走开的好。他们会拿我开膛破肚的；即使我跑得掉，他们也会把我抓进牢房，那未免太划不来了。走开吧！不要等到惹出了事就太晚了。"

但是他不服气，他不甘心在这班狗东西面前示弱——凶狠毒辣的眼光落在他身上了。克里斯托夫绷紧了脸，气呼呼地瞪着班长。班长瞧了他一阵子，克里斯托夫的脸看得他来了劲；他用肘子碰碰伙伴，指着年轻人叽叽嘎嘎地冷笑起来；他已经张开嘴巴要骂人了。克里斯托夫也使出全身的劲，正要把酒杯扔过去——说时迟，那时快，这一回又是运气救了他。醉鬼还没开腔，一对冒失的舞伴撞了他一下，把他的酒杯打落在地。他怒气冲冲地转过身来，把一车脏话都倾倒在他们身上。注意力一转移，他就忘了克里斯托夫。克里斯托夫还等了几分钟；然后，看见对方不再旧话重提，他才慢慢拿起帽子，从容不迫地走向门口。他目不转睛地盯着班长坐的长凳，表示他不害怕。但是班长早已忘记了他，也没有人再管他了。

他转动门把手，只要再过两秒钟，他就身在门外了。但他命里注定不能脱身。大厅里首忽然起了一片喧闹声。原来大兵喝酒之后，决定要跳舞了。姑娘们都有舞伴，他们就把男伴赶走，男伴都不敢违抗。但洛金却不好说话。怪不得克里斯托夫看上了她大胆的眼睛和倔强的下巴。她发了疯似的跳着华尔兹，不料班长看中了她，过来拉开了她的舞伴。她气得顿足，大叫大喊，把班长推开，说她决不和他这种不讲理的人跳舞。班长偏要追她。她就躲到人背后去,班长却用拳头把人赶开。后来,她依靠一张桌子做屏风,又气喘吁吁地骂起大兵来;眼看屏风抵挡不住,她急得直跺脚,用最难听的字眼破口大骂,把他的脑袋叫作猪头、狗头。班长从桌子对面伸过头来,脸上挂着恶意的笑容,眼里闪出愤怒的凶光。忽然一下,他跳上桌子,冲了过来。他一把抓住了她。她拼命挣扎,拳打足踢,使出了放牛的本领。他站得不太稳,几乎摔倒。一怒之下,他把她按在墙上,打了她一耳光。他还要再动手,有人从他背后扑了上来,使劲给了他一巴掌,又一脚把他踢到酒客当中去了。来的是克里斯托夫,他推翻了桌子,推开了人,冲了过来。班长一转过身,气得要命,正要拔刀。不等他刀出鞘,克里斯托夫就用凳子把他打倒。一切来得这么快,谁也来不及插手干预。一见班长像头公牛倒在地上,叫嚣声才闹翻了天。大兵都拔出刀来,奔向克里斯托夫。乡下人就扑向大兵。于是一场混战。啤酒杯满天飞,桌子打翻在地。乡人下如梦方醒:他们要吐一口恶气。大家在地上乱滚,像疯狗一般乱咬。洛金那个被推开的舞伴是个身强力壮的长工,他一把抓住刚才欺侮他的大兵,使劲把他的头往墙上撞。洛金挥舞着大棒,也不听求饶声。姑娘们都边叫边跑,只有两三个不怕事的却很开心。有一个淡黄头发的矮胖姑娘,看见一个身材高大的兵士——就是那个和克里斯托夫坐一桌的——把一个老乡打翻在地,用膝盖顶他的胸膛,她赶快跑去灶里捧了一把热灰,抓住大兵的头,把灰撒在他眼睛里。大兵痛得嚎叫。姑娘大喜若狂,大骂无力还手的大兵,乡下人现在可以随便摆布他了。最后大兵寡不敌众,退到门外,让两个受伤的倒在地上。战斗在乡间的道路上继续进行。大兵闯进了老百姓家里,口里喊杀,恨不得洗劫一空。但乡下人拿着铁叉在后面追,放出恶狗来咬。又倒下了第三个大兵,肚子给三齿叉戳了个洞。残兵败卒只得赶快逃走,给老乡赶出了村子;他们逃到了田野里,还在远远地喊叫,说马上要找伙伴回来报仇。

老乡取得了胜利,回到客店,得意洋洋。他们长期受到欺压,早就愤愤不平,这次总算出了口气。他们还没想到这次斗殴会带来什么后患。大家争先恐后,抢着说话,吹嘘自己的战功。他们对克里斯托夫表示友好,他也因为感到能和大家接近而兴高采烈。洛金过来拉住他的手,放在自己小小的粗手中,冲着他傻笑了一阵。现在,她不觉得他好笑了。

大家查查受伤的人。在老乡这一边,有人打掉了牙,有人伤了肋骨,有人打得皮青肉肿,都不算太严重。在大兵那一边可不同。有三个人受了重伤:那个眼睛烧伤了的大个子,肩膀上也挨了一斧头;那个肚子上戳了洞的大兵,好像要断气了;还有那个给克里斯托夫打翻在地的班长。大家把这三个人挪到灶边,躺在地上。班长在三个人当中伤势最轻,刚刚睁开眼睛。他用充满了仇恨的眼光扫射围着他看的老乡,瞪了半天眼。等到他明白过来刚才出了什么事,就开始破口大骂。他发誓要报仇,一个也不放过;他气得哽住了;大家看得出,他恨不能斩尽杀绝。他们想笑;但笑得很勉强。一个小伙子对他喊道:

"闭上你的鸟嘴,否则就宰了你!"

班长要爬起来,眼里布满血丝,瞪着那个刚说话的小伙子。

"狗崽子!"他喊道,"你敢!看谁砍谁的头!"

他拉开破嗓子乱嚷。那个开膛剖肚的人像杀猪似的尖声怪叫。第三个伤兵一动不动,绷得笔直像个死人。一片恐怖的气氛笼罩着老乡。洛金和几个妇女把受伤的人抬到另外一间房间。班长的叫骂和垂死的呻吟都听不清了。老乡也不说话,都待在老地方,围了一圈,仿佛三个伤兵还躺在他们脚下似的;他们都不敢动,只是你看我,我看你,心里却吓坏了。最后,洛金的父亲蹦出了一句:

"你们干的好事!"

大家一听急了,低声嘀咕起来,口水往肚子里吞。然后,他们七嘴八舌一起说话。起先声音不高,唯恐门外有人听见;后来,嗓门越来越粗:互相埋怨,彼此责怪,不该这样凶狠。争吵越来越激烈,几乎要动手了。洛金的父亲出来劝解。他两臂交叉,下巴翘起,转向克里斯托夫:

"这家伙,"他说,"他来这里干吗?"

大家的怒气都转到克里斯托夫头上。

"对了!对了!"大家喊了起来,"是他先动手的。若不是他,什么事也不会出!"

克里斯托夫愣住了,分辩说:

"我做什么,不是为了我自己,而是为了你们,这大家都明白。"

他们却气得反驳说:

"难道我们不会保护自己吗?还用得着一个城里的先生来告诉我们该做什么?谁向你讨过教来着?首先要问:谁请你来的?你干吗不待在家里?"

克里斯托夫耸耸肩膀,朝门口走去。洛金的父亲却挡住他的路,尖声说道:

"说得对!说得对!"他的声音越来越高,"他给我们大家惹了祸,现在却要溜了。可不能让他走!"

乡下人跟着叫:

"不能让他走!是他闯的祸。也得由他来抵罪!"

大家把他围住,对他挥动拳头。克里斯托夫眼看包围圈越来越小,威胁的面孔越来越大,又气又怕,几乎要发疯了。他不说一句话,只做了一个厌恶的怪相,把帽子往桌上一扔,就坐到大厅里首,转过身去不理人了。

洛金气冲冲跑进人堆里。漂亮的面孔气成了皱眉红脸。她粗暴地推开围住克里斯托夫的人。

"一堆胆小鬼,狗崽子!"她喊道,"你们怎么不脸红?亏你们说得出口:难道什么都是他一个人干的?你们以为没人看见?你们哪一个没有动过拳头?……要是哪个敢说别人打架时他没有动手,我就要唾他的脸,叫他做胆小鬼!胆小鬼……"

乡下人给这顿来不及掩耳的迅雷声骂得目瞪口呆,半晌说不出话来;过了一会,才又大叫大喊:

"是他先动的手!要不是他,本来是打不起来的。"

洛金的父亲拼命要女儿莫开口,但没有用。她接着说:

"不错,是他先动的手!难道你们以为这值得你们得意吗?没有他在,难道你们就让人欺侮,也让我们受欺侮?你们这些胆小鬼!软骨头!"

她大骂她的男朋友:

"而你呢,你当时为什么不说话?你的嘴巴长到哪里去了?还把屁股送给人踢!差一点就要舐人家的皮靴子!难道你还有脸说别人吗?……难道你们大家都不觉得丢脸吗?你们还能算是男子汉吗?胆小得像绵羊,鼻子只会啃土!幸亏城里人来给你们做了个榜样!——现在,你们却怪到他头上去了!……那可不成,我说了就算数!他是为我们大家才动手的。你们要不救他,就得跟他一样遭殃。我说话是不改口的!"

洛金的父亲直拉她的胳臂;人都气糊涂了,口里直嚷:

"住口!住口!……还不给我住口,你这狗娘养的!"

但是她把父亲推开,越骂越来劲了。乡下人也大叫大喊。她却叫得比他们更响,声音尖得要撕裂耳膜:

"我先问你,你有什么好说的?你以为我刚才没看见你在隔壁房间里乱踩那个半死的大兵吗?而你呢,伸出手来!……上面还有血呢。你以为我没有看见你动刀子?如果你们敢害他,我看到的都要说出来。我要叫你们都判刑。"

乡下人都气急败坏,恶狠狠的脸凑得离洛金的脸很近,冲着她的鼻子怪声高叫。有一个人甚至要掴她一个耳光;给洛金的男朋友抓住了衣领,

两个人扭做一团,准备要动拳头。一个老头对洛金说:

"要是我们判了刑,少得了你吗?"

"我不怕判刑,"她说,"不像你们这些孬种。"

她又接着唱她那一套。

大家不知如何是好。他们去找她的父亲:

"难道你就不能管管女儿,叫她住嘴?"

老头懂得不能和洛金对着干,她越吵越来劲。他就丢了一个眼色,要他们少说两句。大家不开腔了。只剩下洛金一个人唱独角戏;等到她发现没人顶嘴时,就像釜底抽了薪,她也打住了。过了一会,父亲咳了一声说:

"咳,那么,你要怎么办?难道你要我们大家都完蛋吗?"

她回答说:

"我只要你们放了他。"

大家开始思索。克里斯托夫还待在老地方,动也不动,硬得像块石头,似乎没有听见大家谈的是他;但他对洛金的公道话却很感激。洛金似乎也不知道他在那里,只是背靠着他坐的那张桌子,目空一切地瞪着老乡,他们只顾抽烟,眼睛只敢看着地上。最后,她的父亲咬了咬烟斗说道:

"不管说什么——只要他还留在这里,事情就是明摆着的。班长认得他,当然不肯善罢甘休。对他来说,只有一条路可走,那就是赶快逃过边界那边去。"

他考虑过了,想来想去,还是让克里斯托夫走了更好;这样,他等于是自己承认有罪;只要他不在场为自己辩护,大家就不难把主要的罪名推到他头上。听了的人都说同意。其实,他们彼此心照不宣——现在,主意已经打定,他们巴不得克里斯托夫远走高飞。对刚才说过的话,他们一点也不觉得难为情,反而走到他身边,仿佛非常关心他的安全。

"一分钟也不能耽搁,先生,"洛金的父亲说,"他们就要回来。去炮台只要半小时。回来也只要半小时……你刚刚来得及逃走。"

克里斯托夫站了起来。他也考虑过了。他知道留下来他一定会完蛋。但是走吧,怎能不见母亲一面就走呢?……不行,那可不行。他说要先回城里一趟,半夜再偷越边境还来得及。但大家都高声反对。刚才,他们还都挡住大门怕他逃走;现在,他们却又唯恐他不走了。回城里去,那不是送上门去吗?还不等他到家,城里就会得到通知,把他抓住——他还要一意孤行。洛金明白他的心意:

"你是要看妈妈吧?……我替你去好了。"

"什么时候去?"

"今夜。"

"当真?你会去吗?"

"我一定去。"

她拿了头巾,把头包上。

"写几句话,我给你送去……跟我来,这里有墨水。"

她拉着他到里首的房间。走到门口,她又转过身来,叫住她的男朋友说:"你呢,先去收拾一下,"她说,"然后,由你带他走。不看到他过了边界,你不许回来。"

"好的,好的。"男朋友说。

他比谁都着急,巴不得克里斯托夫早点到法国去,去得越远越好。

洛金把克里斯托夫带到另外一间房屋。克里斯托夫还打不定主意。一想到不能再拥抱母亲,他的心痛苦得好像撕裂了一样。什么时候能再见到她呢?她人老了,衰弱了,孤单了!这次新的打击会送了她的命。没有他,叫她怎么办?……话又说回来,要是他留下来,判了刑,坐上几年牢,她又怎么办呢?那岂不是更加无依无靠,孤苦伶仃吗?现在虽然离得远,但至少是自由的,他还可能帮上一点忙,她也可能出来找他——他来不及想清楚,洛金已经抓住他的两只手,站在他的身边,瞧着他;他们几乎脸碰着脸;她伸出胳臂搂住他的脖子,亲了亲他的嘴。

"赶快!赶快!"她指指桌子,轻轻地对他说。

他不能再考虑了。他坐了下来。她从一本账簿上撕下一页划了红杠的长格纸。

他写道:

亲爱的妈妈:

宽恕我吧!我要给你带来大痛苦了。我没有别的办法。我没有做不公正的事,但是现在,我不得不逃走,不得不离开家乡。送信人会告诉你的。我本想来和你告别。大家说是不行。大家说不等我到家就会被捕。我很难过,我也不能做主。我要越过边境,待在附近,等你的回信,送信人会把你的回信带给我。告诉我应该怎么办。无论你说什么,我都会照着做。要不要我回家?叫我回家吧!我受不了你一个人孤零零地待在家里。你怎么过日子呢?宽恕我吧!宽恕我吧!我爱你,我吻你……

"快一点吧,先生;要不然就来不及了。"洛金的男朋友把门推个半开,把头探进来说。

克里斯托夫匆匆签了名,把信交给洛金:

"你自己去送信?"

"我自己去。"她答道。

她已经准备走了。

"明天,"她接着说,"我会给你回信,你在莱登等我——离开德国后的第一站——就在车站月台上见。"

(好奇的洛金在克里斯托夫写信的时候站在他背后,已经居高临下看过信了。)

"你会什么都告诉我吧?她怎么受得了这个打击?她会说什么呢?你不会瞒我吧?"克里斯托夫恳求一般地问。

"我什么都会告诉你。"

他们不能随便要谈什么就谈什么了,男朋友在门口瞧着他们呢。

"再说,克里斯托夫先生,"洛金说道,"我有空会去看她,会把她的消息告诉你的,你用不着担心。"

她使劲地握了握他的手,像个男人一样。

"走吧!"乡下的男朋友说。

"走了!"克里斯托夫说。

三个人一同走出去。到了大路上,他们分开了。洛金走一边,克里斯托夫和向导走另一边。他们不说话。雾蒙蒙的一弯新月在树林后面沉下去了。在田野上空飘浮着苍白的微光。白得像牛奶似的浓雾从坑坑洼洼的地面上升。树木沉浸在潮湿的空气中,直打哆嗦……刚刚走出村子几分钟,乡下人忽然往后退,并且做个手势,要克里斯托夫打住,他们竖起耳朵来听。前头路上一队人合节拍的脚步声越来越近了。乡下人跳过篱笆,走到田地里去。克里斯托夫跟着他走。他们穿过耕了的田地走远了,但听得见巡逻兵走过大路的声音。在黑暗中,乡下人挥动他的拳头。克里斯托夫心情紧张,好像逃避猎人追赶的野兽。他们重新上路,避开村子和孤零零的农庄,免得叫声惊动乡下人。穿过了山上的树林,他们远远地看见了铁路上的红灯。一见灯光,他们决定向最近的车站走去。但这并不容易。刚从山头走下山谷,他们就笼罩在大雾中。他们得跳过两三条小溪。然后,他们走进了一大片萝卜田和深耕过的土地;他们以为再也走不出去了。地面凹凸不平,高低起伏。随时随地都会跌倒。到底在浓雾中摸索好久之后,他们在几步路外,忽然一下发现了路堤上的信号灯。他们爬上了铁路的斜坡,也顾不得会不会碰到人,就顺着铁轨往前走,一直走到离火车站只有一百米了,才又走上大路。他们到车站时,要等二十分钟才有车来。乡下人不管洛金怎样叮嘱的,丢下克里斯托夫就走,他要赶回去看看村子里和他自己家里怎么样了。

克里斯托夫买了一张车票到莱登去,一个人在空荡荡的三等车厢候车室里等待。火车到了,在长凳上打盹的站员才起来验票,打开进站的门。车厢里没有人。整列火车都睡着了。整个田野也睡着了。只有克里斯托夫一个人没有入睡,虽然他也累得要命。随着火车沉重的铁轮离边界越来越近,他越来越迫切地需要安全。再过一个小时,他就可以自由。但在这个小时之内,只要一句话就可以把他逮捕……逮捕!他整个生命都要反抗。可恶的势力压在他身上!……他喘不过气来。他要远离母亲、故乡,他都没心思去想了。他的自由受到威胁,自私心使他只顾得上拯救自由。不惜任何代价!对,即使犯罪也在所不惜……他又深深后悔不该坐火车,应该步行走到边界。他本来想争取时间。哪有这么便宜的事!弄得不好反而自投罗网。边境车站上肯定有人在等他;命令一定已经到了……他有一阵简直想不到站就先跳车,他甚至打开了车厢的门;可惜太晚了,火车已经到站。列车只停了五分钟。这比五年还长。克里斯托夫缩在车厢尽里首,躲在窗帘后面,焦急地瞧着月台,月台上一动不动地站着一个宪兵。站长走出了办公室,手里拿着一封电报,急急忙忙朝宪兵这个方向走来。克里斯托夫猜想一定是要抓他的事。他赶快寻找武器。身上没带别的,只有一把两面折刀。他在衣袋里把刀子打开。一个站员胸前挂着一盏信号灯,沿着列车跑来,碰到站长也没打住。克里斯托夫看见他走近了。他肌肉紧缩的手腕捏住衣袋里的刀柄,心里想道:

"我完蛋了!"

他的心情过分紧张,如果站员不走运,当真过来打开他的车厢,他会一刀子扎进站员的胸脯。幸亏站员只打开了隔壁的车厢,走到一个刚上车的旅客面前,查了他的车票。火车又开动了。克里斯托夫这才压住了怦怦跳的心。他还不敢动。他几乎不敢说自己已经过了关。只要火车没过边境,他就不敢说自己安全了……天开始亮了。黑夜里吐出了树木的黑影。火车的鬼影在大路上奔跑,发出了哆嗦的响声,射出了闪烁的目光……克里斯托夫把脸贴在车窗上,竭力要看清楚标柱上的国徽,那标志着帝国统治的范围。他还在晨光羲微中寻找标柱的时候,火车一声汽笛,宣告已经到达比利时的第一站了。

他站起来,把车门大打张开,吸进了一大口冰冷的空气。自由了!生活就在眼前!生活的快乐啊!……但忽然一下,留下的悲哀,未来的悲哀,立刻落在他头上,悲伤离别,一夜不眠的劳累,又把他压垮了。他倒在长凳上。到站还不到一分钟。一分钟后,站员打开车门,发现克里斯托夫睡着了。他被推醒之后,蒙蒙眬眬以为自己已经睡了一个钟头,拖着沉重的身子下了车,向着关卡走去;他肯定已经到了国外,用不着再提心吊胆,就伸手伸脚倒在候车室的一条长凳上,昏昏沉沉进入了睡乡,就像一团泥土。

他醒过来时,已经快到中午了。洛金不可能在两三点钟之前赶到。他就一边等车,一边在小车站的月台上走来走去。接着,他一直向前走到草场当中。天色灰暗,令人忧郁,仿佛冬天快要到了。阳光也在沉睡。只有一辆火车在调动中发出的哀鸣划破了可悲的寂静。克里斯托夫在离边界几步路远的空地上站住了。他面对着一个小池塘,清清的池水照出一片凄清的天空。池塘周围是一道栅栏,边上有两棵树。右边是一棵瑟窣发抖的秃顶杨树。后面有一棵大胡桃树,光秃的黑色枝丫看来像巨大的珊瑚虫。乌鸦般的果实压得树枝摇来晃去。枯叶脱落了,一片片落在一动不动的池水上……

他觉得这一切都似曾相识,这两棵树,这个池塘……忽然一下,他感到一阵头晕目眩,这几分钟展现了越来越辽远的生活原野。时间中出现了一片空白。他不知道他在哪里,自己是谁,生活在哪一个时代,多久以来他就是现在这个样子。克里斯托夫感到现在成了过去,现代不是现代,而是另外一个时代。他也不再是他自己。他仿佛人在身外,在很远的地方看着自己,仿佛看到另外一个人站在这里似的。他听见素不相识的往事像一窝蜂似的在嗡嗡响;血在汹涌澎湃:

"就是这样……就是这样……就是这样……"

几世纪的往事在奔腾咆哮……

多少个克拉夫特家的人像他一样,经受过他今天经受的考验,尝到过离别故土最后片刻的痛苦。流浪江湖的家族,这家人不受拘束,不安现状,所以到处漂泊,四海为家。这家人受到内心魔鬼的折磨,所以永远不能定居在一个地方。然而,这家人即使扫地出门,但对故土还是一样依依不舍,念念不忘……

现在,轮到克里斯托夫走上同样的征途;他的脚步也要踏着前人的足印继续往前走了。他眼睛里含着泪水,望着他不得不离开的故土笼罩在烟雾中……他从前不是热烈地希望离开家乡的吗？——是的；但现在当真要离别了，他反觉得苦恼缠身，无法解脱。只有禽兽才能离乡背井而不动感情。幸福也好，苦难也好，你和故乡都是有福同享，有难同当的；故乡是你的伴侣，是你的母亲：你在她心中睡过，你在她怀里睡过，你体内渗透了她的血液；她胸中珍藏着我们的梦想，我们过去的生活，我们亲人的残骸遗骨。克里斯托夫又看到了一去不复返的岁月，地上和地下亲人的形影。往日的痛苦也和欢乐一样宝贵了。蜜娜，莎冰，阿达，祖父，高弗烈特舅舅，老苏兹——几分钟之内都出现在他眼前。对于这些故人，他都不能忘情(他甚至把阿达也算作已故的人了)。母亲是这些幽灵中唯一活着的亲人，叫他如何舍得和他们幽明隔绝！他几乎要越过边界回去，觉得自己逃亡太懦弱了。他已经暗中下定了决心，只要洛金带来的回信泄露了母亲的痛苦是无法忍受的，他就不惜任何代价，也要赶回家去。万一洛金没有见到路易莎，或者没有带回信来，怎么办呢？那他也要回去。

  他回到火车站。闷闷不乐地等了一会儿之后，火车总算来了。克里斯托夫在车门外寻找洛金那张倔强的脸，他相信她会遵守诺言的，但却没有找到。他心情不安地从一个车厢跑到另一个。在旅客的洪流中挤来挤去的时候，他发现一张似曾相识的脸。那是一个十三四岁的矮胖姑娘，脸颊鼓鼓的，红得像苹果，鼻子又短又小，往上翘起，嘴巴却大，一根粗辫子盘在头上。他定下神来一瞧，看出她手里提的旧皮箱好像是他的。她也像只麻雀一样在旁边观察他；发现他注意到了她，就朝着他走了几步；等到了克里斯托夫面前，她又站住了，睁开老鼠般的小眼睛盯着他，一句话也不说。克里斯托夫认出来了：她是洛金那个农庄的放牛娃。他就指指箱子问道：

  "是我的吧，对不对？"

  小姑娘没有动，用装憨卖傻的口气答道：

  "是吗？先告诉我你从哪里来的？"

  "蒲伊呀。"

  "箱子是谁送的?"

  "洛金呗。得了，给我吧!"

  小淘气给了他箱子：

  "拿去吧!"

  她又说了一句：

  "哟！我一下就认出了你!"

  "那你还等什么呢？"

"等你自己说你是谁。"

"洛金呢?"克里斯托夫问道,"为什么她没来?"

小姑娘不回答。克里斯托夫明白那里不是说话的地方。他们得先去检查行李。检查完了,克里斯托夫把她带到月台上,一直走到头。

"警察来过了,"小淘气现在话多了,"几乎是你们一走他们就来的。他们挨家挨户搜查,每个人都盘问,抓走了大个子沙尔,还有克里斯顿;还有加斯班老头。虽然曼拉尼和琪脱罗特哭着说她们两个没打人,也一样给抓走了;琪脱罗特还抓伤了警察。大家都说是你一个人干的,但怎么说也没用。"

"怎么是我一个人?"克里斯托夫叫了起来。

"当然啰。"小姑娘满不在乎地说,"既然你已经走了,说你干的就不要紧,对不对? 于是,他们就到处找你,四面八方派人追你。"

"洛金呢?"

"洛金不在家。她进城去了,过后才回来的。"

"她见到我母亲没有?"

"见到了。这里有一封信。她本想自己送来的,但也给抓走了。"

"那么,你怎么能来呢?"

"是这样的:她回到村子里,没给警察看见,正打算要动身。但琪脱罗特的妹妹伊弥娜告发了她。警察就来抓人。她一见警察,马上跑到楼上房里,说换件衣服,立刻下楼来。刚巧我在屋子后面的葡萄地里;她在窗口轻轻喊我:'丽第亚! 丽第亚!'我一上楼,她就把你的提箱和你母亲的信给我,告诉我到哪里找你;她叫我快跑,不要给人抓住。我就这样跑来了。"

"她还说了什么没有?"

"她叫我把这块围巾给你,证明是她要我来的。"

克里斯托夫认得那条花边红点白围巾,就是洛金昨夜离开他时包在头上的。她借送这件纪念品来表示爱情,借口显然站不住脚,但他并不觉得好笑。

"现在,"小姑娘说,"回去的火车来了。我要坐车回家。再见吧。"

"等一等,"克里斯托夫说,"你的路费是哪里来的?"

"洛金给的。"

"那这点钱也拿去吧。"克里斯托夫把几个硬币塞在她手里,说道。

小姑娘要走了,他又抓住她的胳臂。

"还有……"他说。

他弯下腰去,亲了亲她的双颊。她仿佛要躲开。

"不要躲嘛!"克里斯托夫说,"我并不是亲你。"

"我！我知道了，"小姑娘笑着说，"是亲洛金。"

其实，克里斯托夫亲这个放牛娃的胖圆脸，吻的并不只是洛金，而是整个德国。

小姑娘离开了他，跑上了就要开的火车。她站在车厢门口向他挥舞手帕，一直等到看不见他才罢。他也目送着这个农家的使者，她最后一次给他带来了故土和亲人的气息。

等她一走，他才感到自己形单影只，这一回真是独在异乡为异客了。他手里拿着母亲的信和情人的围巾。他把围巾塞在怀里，想要把信拆开，但是手发抖了。信里写了什么？母亲会多么痛苦？……不行，他受不了她伤心的责备，他仿佛已经听见了她的哭声，他怎能不回去呢？

他到底拆开信来读了：

> 我可怜的孩子，不要挂念我。我会听天由命的。上帝已经惩罚我了。我不该自私，把你留在身边。到巴黎去吧。也许那边对你好得多。不用管我。天无绝人之路。只要你幸福就好。我吻你。
>
> 妈妈
>
> 能写信就来信。

克里斯托夫坐在提箱上哭了。

检票员叫去巴黎的旅客进站。笨重的火车喀嚓喀嚓地到站了。克里斯托夫擦擦眼泪，站了起来，心里想：

"不走不行。"

他瞧瞧巴黎那边的天空。天空到处都是阴暗的，那边更加阴暗，看来像个乌云密布的无底深渊。克里斯托夫心里难过，但他反复念叨：

"不走不行。"

他上了车，把头伸出窗外，继续遥望着阴云笼罩的天边。

"巴黎啊！"他心里想，"巴黎！来救救我吧！救救我吧！给我的思想解围吧！"

朦胧的大雾越来越浓了。在克里斯托夫背后，在他离开的故国上空，有一角淡蓝色的天，只有一双眼睛那么大——像莎冰的眼睛——蓝天在层层浓云密雾包围中，忧郁地微笑了，像星光一样陨灭了。火车开了。天下雨了。夜降临了。

作者和影子的对话

我:你一定是在打赌吧,克里斯托夫?你硬要我跟全世界闹翻?

克里斯托夫:不要装憨卖傻!从一开头,你就知道我要把你带到哪里去。

我:你批评的太多了。你使敌人恼火,你使朋友心乱。好人家出了点丑事,识趣的人何必小题大做呢?

克里斯托夫:那有什么办法?我就是不识趣。

我:得了,你是个粗人。笨蛋!他们要把你当作全世界的敌人。在德国,你已经得到了反德国的名声。到了法国,难道你也要得到反法国——甚至更严重的——反犹太的名声吗?小心点!不要议论犹太人……

你不应该恩将仇报,议论是非……

克里斯托夫:为什么我不该议论是非,畅所欲言?

我:你议论的非多于是。

克里斯托夫:我是先破后立。难道我不应该严格要求犹太人,像要求基督徒一样?如果我的要求高,那是因为我瞧得起他们,才承认他们的地位高。他们是带头为我们西方争光的人,但西方的光明要熄灭了。他们中有些人埋葬我们的文明。但我同样知道:他们中也有些人是我们行动和思想的资源。我知道他们的民族还有什么伟大的地方。我知道他们中成千上万的人尽心尽力,无私无畏,天天向上,精益求精,孜孜不倦,默默无闻,坚持苦干实干。我知道他们心中有个上帝。因此,我责备否定上帝的人,责备为了个人成功与福利而堕落到出卖民族利益的人。和他们战斗就是保卫民族,正如打击腐化的法国人就是保卫法国。

我:孩子,不要多管闲事。记住莫里哀喜剧中那个心甘情愿挨丈夫打的妻子。怎能把手指伸进树皮里去呢?……犹太人的事不是我们该管的。至于法国人的事,法国就像那个情愿挨打的妻子,如果你来劝架,妻子反而要帮丈夫打你了。

克里斯托夫:然而,总该对他们讲真情实话,尤其是对你喜欢的人。如果我不讲,还有谁会讲呢?——当然不会是你。你们之间因为社会关系,面子问题,顾虑重重,已经有千丝万缕的联系了。我呢,我没有什么联系,我不是你们一伙的。我从来不属于任何集团,没有参加过你们的争吵。我不必随声附和,你们不敢开口,我却何必闭嘴呢?

我:你是一个局外人。

克里斯托夫:对,人家是不是会说:一个德国音乐家没有评判你们的权利,也不会理解你们?——好,也许我搞错了。不过,至少我可能告诉你们某些外国伟人对你们的看法,这些伟人你和我都认识——他们是我们已故的和活着的朋友中最伟大的人物——即使他们都看错了,他们的看法也值得下工夫去了解,并且对你们也会有好处。这总比相信大家都佩服你们更好,总胜过一会儿全盘肯定自己,一会儿又全盘否定。你们的风气是一阵一阵地发作,一个时期自吹自擂是世界上最伟大的民族——另一个时期又说拉丁民族的堕落是无法挽救的了——一阵子吹嘘伟大的思想都来自法国——过了一阵子又说你们只会给欧洲提供娱乐消遣,这样变来变去有什么用呢?问题是不要闭上眼睛不看哪里有病,在为个人的生存、为民族的荣誉进行战斗的时候,既不要垂头丧气,也不要趾高气扬。只要你感到灵魂还附在这个民族不甘灭亡的躯体中,你就能够,而且应该大胆揭露民族的缺点和污点,这样才能进行战斗——尤其是和那些利用民族缺点,以此为生的败类战斗。

我:即使是保卫法国,也不要指手画脚!免得使老实人心慌意乱。

克里斯托夫:老实人么?——当然!——老实人看到世上并不是万事大吉,听到人家指出污点丑事,当然会痛苦的!他们在受剥削,但是不肯承认。他们看到别人受苦,觉得比自己受苦还更难过,所以他们宁可自己受苦而不要别人看到。他们要人翻来覆去地说,一天至少要说一次,说在这个世上最好的国家里万事大吉,说:

……法国总是天下第一……

　　然后,老实人才能放心睡大觉——让别人去为所欲为……这样安分守己的老实人!我已经使他们痛苦了!我还要使他们更痛苦。真对不起……即使他们不肯要人帮助他们反抗压迫,他们也该想到:别人和他们一样受压迫,但不愿和他们一样做顺民,不愿把幻想当作现实——还有些人做了顺民,把幻想当成了现实,结果受尽了压迫欺凌。这些顺民吃了多少苦啊!你要记住!我们又吃了多少苦啊!还有多少人跟我们一样,每天看到空气更加污浊,伎俩更加堕落,政治更加无耻,更不道德,思想无能为力,随风转舵,无所作为,却露出了心安理得的笑容……我们也在那里,忧心如焚,紧紧地互相依靠……啊!我们在一起度过了艰苦的岁月。压迫我们的主子想不到我们的青春在他们的暗影下所受的苦难！……我们反抗过了。我们逃出来了……但我们不该把别人救出来吗？我们能让他们在同样的苦难中挣扎,而不助他们一臂之力吗？不行,他们的命运和我们是紧密相连的。我们在法国有成千上万同思想、共命运的人,他们想的就是我大声疾呼的。我意识到我是在为他们说话。不久,我就要谈到他们了。我急于展现真正的法国,受压迫的法国,高深莫测的法国:犹太人,基督徒,自由的心灵,不分信仰,不分血统。但要深入法国,一定要先打破那严密把守的牢门。但愿监牢中的美人能摆脱麻木不仁的状态,最后,能推倒监狱的墙壁！她不知道自己的力量,也不知道对手的无能。

我:你说得对,我的灵魂。但是无论你做什么,千万不要恨人。

克里斯托夫:我心里没有恨。即使我想到最坏的人,我也知道他们是人,他们也和我们一样受苦,和我们一样会死。不过,我还要和他们斗争。

我:斗争,即使是为了做好事,本身也是一件坏事。你以为你为"艺术"或"人类"这些偶像所做的好事,能够抵消一个活人所受的痛苦吗？

克里斯托夫:如果你这样想,那就只好放弃艺术,只好放弃我了。

我:不行,不要离开我！没有你,叫我怎么办？——不过,什么时候才能天下太平呢？

克里斯托夫:等你争取到了和平,天下就太平了。不会太久的……瞧,报春的燕子不是已经飞过了我们头上吗？

我唱:美丽的燕子报道欢乐的季节已经来到。

我已经看见了……

克里斯托夫:不要幻想了,握住我的手,来吧。

我:我只好跟着你走了,我的影子。

克里斯托夫:我们两个当中,到底谁是谁的影子？

我:你长得多么大！我都不认得了。

克里斯托夫:因为太阳下山了。

我:我还是喜欢小时候的你。

克里斯托夫:得了！白天剩下的时间不多了。来吧！

LIBRARY
OF
WORLD
LITERATURE

第五卷 市场

第一部

说是有秩序,又没有秩序。铁路职员随随便便,和和气气。旅客对规章不满意,但还是遵守规章——克里斯托夫到法国了。

通过了海关的仔细检查之后,他坐上了去巴黎的火车。夜色笼罩着湿透了的田野。车站上刺眼的灯光使暗影朦胧的天边平原显得格外冷清凄凉。一路上碰到的火车越来越多,汽笛声划破了长空,惊醒了昏睡的旅客。火车快到巴黎了。

到站前一小时,克里斯托夫就迫不及待地准备下车。他把帽子压得很低,遮住了额头;他把纽扣一直扣到颈上,以对付小偷,据说巴黎扒手很多;他站起来又坐下去,把手提箱从网兜里搬到座位上,又从座位上搬到网兜里,上下折腾,来回搬动,总不只折腾二十回,而每回都要笨手笨脚地撞到坐在旁边的旅客,惹得人家生厌。

火车进站的时候,在一条黑暗的地道里停住了。克里斯托夫把脸压在玻璃窗上,看起来脸都压扁了,但还是什么都看不清楚。他转过身来看看同车的旅客,想从他们的眼神中找到一个可以谈话的伙伴,好打听到了什么地方。但他们还没有睡醒,或者装作在睡,一脸的不高兴,谁也不动一动,没人管停车的事。克里斯托夫看到这一片死气沉沉,不免大为意外,这些目中无人、表情迟钝的家伙,简直不像他想象中的法国人!结果他只好灰心泄气地坐到旧提箱上,随着火车的颠簸而摇头晃脑,晃得自己也昏昏沉沉地入睡了,一直等到乱哄哄的开门声才把他吵醒……到巴黎了!……旅客都下车了。

他挤人,人挤他,就这样他挤到了出口,推开了要提行李的搬运工。像心眼多的乡巴佬,他以为人家都想偷他的东西。于是他就扛起那口宝贝箱子,也不管撞了人惹起前后左右的吆喝,只顾一个人在人丛中挤出一条路来。最后,他总算挤到了巴黎黏糊糊的街道上。

他担心他的行李,担心找不到住的地方,担心给来往的车辆撞倒,结果竟没有看看市容。头一件事是要找间房子住下。车站附近并不是没有旅馆,四面八方,客店的招牌在煤气灯下闪闪发光。克里斯托夫要找一家最便宜的;但看起来没有哪家他住得起。好不容易他在一条侧街上看到一家不太干净的客栈,楼下就是经济餐厅。招牌上写的是"文明客店"。一个胖子只穿一件衬衣,坐在一张桌子前抽烟斗;一见克里斯托夫进门,赶快跑了过来。他一点也听不懂年轻人说的德国法语,但一眼就看得出他是个粗头笨脑、初见世面的德国人;他不让人提他的行李,费了好大的劲也说不清楚他的意思。胖子就把他带上气味难闻的楼梯,走进一间不通风、靠天井的房子。胖子少不了要吹嘘几句,说房子安静,听不到外面的嘈杂声,并且讨了高价。克里斯托夫听不大懂,又不了解巴黎的生活水平,肩膀还给箱子压痛了,就一口答应,要一个人自在一下。但胖子一走,他才发现房间脏得触目惊心;为了免得心里难过,他匆匆忙忙用油腻的脏水洗了一个脸,就出去了。他拼命想眼不见为净,鼻子不闻就不臭,何必自寻烦恼!

他到了街上。十月的雾浓得刺鼻,闻起来有股陈旧的巴黎味,那是郊区工厂吐出的烟味和城区居民呼出的污浊空气交织而成的。十步之外,什么也看不见。街上的煤气灯光摇摇晃晃,有如风中残烛。在半明半暗中,人潮挤来挤去。两辆马车迎面而来,互不相让,于是妨碍了交通,人潮就像给闸门挡住了。马蹄在冰冷的泥浆里溜来滑去。马车夫互相咒骂,电车又按喇叭又摇铃,吵得人耳朵都要聋了。这片喧哗,这种拥挤,这股气味,使克里斯托夫痛苦不堪。他刚站住一下,马上就被后面的人推得向前走,卷入了人流之中。他走到斯特拉斯堡大街,什么也看不见,到处碰到的都是过路人,使他张皇失措。他从早上起就没有吃东西。但他到处看到的咖啡店都挤得人山人海,使他觉得胆小,又倒胃口。他问一个警察。但他说话太慢,警察不耐烦听完,耸耸肩膀,就转身走了。他机械似的继续向前走。有些人站在一家店铺前。他也像他们一样机械地站住了。那是一家卖画报和明信片的商店,陈列了一些少女的照片,有的只穿衬衣,有的连衬衣也没有;画报的插图都是些低级下流的笑话。几个孩子和年轻的女人看着画报,并不把这当一回事。一个红头发的瘦姑娘看见克里斯托夫全神贯注,若有所思,就主动过来找他。他瞧着她,心里莫名其妙。她拉住他的胳臂,傻里傻气地笑了笑。他挣开了她的手,赶快走开,脸都气得红了。音乐咖啡厅一家接着一家,门口的广告上画着奇装异服的滑稽演员,想要招徕顾客。人越来越多;克里斯托夫看到这么多不怀好意的面孔,鬼鬼祟祟的闲人,油头粉面、气味难闻的妓女,觉得恶心。他感到浑身发冷。疲倦、虚弱、厌恶,越来越紧地缠住他的身心,使他头昏眼花。他咬紧了牙齿,加快了脚步。他离塞纳河越近,雾也越大。车马拥挤得把交通都堵塞了。一匹马滑倒在地上,侧身躺着,马夫拼命用鞭子打它,要它站起来;可怜的牲口给缰绳绊住了,挣扎了几回,又无可奈何地倒地,动也不动,好像死了一样。这个司空见惯的场面对克里斯托夫的满腔愤恨说来,正如满满的水杯里再加上一滴,水就溢出来了。这头可怜的牲口在大家冷漠无情的眼光下抽搐受苦,使他感到无边苦海中的微不足道——一个小时以来,他压制不住自己对禽兽不如的芸芸众生的反感,对这污浊的空气、对这不道德的世界,他再也忍受不了,满腔的愤怒如火山爆发一样,奔腾咆哮,使他连气都喘不出。他抽抽噎噎地哭了起来。过路人见了不免奇怪:这个大孩子怎么痛苦得脸都痉挛了。他一直往前走,满脸的眼泪也不擦掉。人家站住来看他;他以为这伙人对他不怀好意,其实,如果他能看透人心的话,也许他会发现:有些人虽然难免有几分巴黎人说反话的习惯,倒并不是没有同情心的。但他什么也看不清,他的眼泪已经使他视而不见了。

他到了一个广场上的喷水池旁。他洗了洗手,浸了浸脸。一个报童好奇地瞧瞧他,说了几句打趣的话,评头论足,但并没有坏心眼,他还捡起了克里斯托夫掉在地上的帽子,交还原主。冰凉的池水恢复了克里斯托夫的精神。他平静了一点。他往回走,不再东张西望,甚至连吃东西的事也不再想,因为他不敢再打听,随便问一句什么话,都会使眼泪又流出来。他精疲力竭了,又走错了路,只好随便走,以为这一下可完了,自己已经迷路,不料却走到了他住的客店门口——原来他忘记了街名。

他回到他住的陋室。肚子空空,眼睛里好像有火,心情沉重,腰酸背痛,倒在一张椅子上,在房间的一个角落里一动不动地坐了两个小时。最后,他总算挣脱了这种麻木状态,上床去睡了。但他睡得不稳,昏昏沉沉,像在发烧,时时刻刻会忽然惊醒,以为自己睡了几个小时。房间里很闷,他从头到脚都觉得热;口又渴要命;荒唐的噩梦纠缠不休,即使他睁大了眼睛,痛苦也像万箭穿心一般。半夜里他醒过来,感到一阵绝望,几乎要大叫大喊,他赶快用被单把嘴堵住,免得人家听见,自己也觉得疯了。他在床上坐了起来,把灯点着。他在冒汗,全身都湿了。他爬起来打开提箱,要找一块手帕。他的手摸到了一本古老的《圣经》,那是母亲放在他衣服中间的。克里斯托夫从来没有好好读过这本书;但在此刻,他却如获至宝。这本

《圣经》是祖父的,甚至是祖父的父亲传下来的。祖祖辈辈都在书后的空页上签了名,记下了一生中的大事,生年死月,婚丧日期。祖父用铜笔写粗体字,记下了他初读或重读某一章的年月日;书中夹满了发黄的小纸条,上面写下了老人的真情实感。这本《圣经》本来放在他床头的架子上;漫漫长夜,他睡不着的时候,就拿下《圣经》来,与其说是读书,不如说是推心置腹,和书交谈。书跟他做了一辈子的伴,直到他死为止,就像书以前陪伴他的父亲一样。一百年来全家人的喜怒哀乐都在书中留下了痕迹。有书做伴,克里斯托夫就不觉得那么孤独了。

他打开书来,翻到最阴暗的几段:

人生在世,就是不断的斗争,他的生活,就像一个雇佣兵的生活⋯⋯

我一躺下就问:什么时候起来?我一起来又不耐烦地等天黑,心烦意乱,直到夜晚⋯⋯

我说:床可以安慰我,休息可以解忧,你却用梦来吓唬我,用幻影来打扰我⋯⋯

你什么时候才能饶了我?难道你就不能放松手,让我喘口气吗?难道我犯了罪?我做了什么错事呢?人类的守护神啊!⋯⋯

一切恢复原状:上帝折磨好人,就像折磨坏人一样⋯⋯

上帝让我死!我也不会对上帝失去信心⋯⋯

普通人的心不能了解无限的悲哀对一个痛苦的人有多大的好处。无论什么到了极限都是好的,因为物极必反,苦尽必定甘来。打击压迫、摧残心灵到了无可挽救的地步,那都是平常的喜怒哀乐,渺小自私的痛苦,舍不得失去的旧欢,为了新欢又不择手段,不惜堕落。克里斯托夫从古老的圣书吐露的苦难声中汲取了力量:从西奈山上,从荒凉的沙漠,从汹涌的海洋吹来的风,涤荡了他胸中的乌烟瘴气。克里斯托夫不再发烧了。他重新躺下,心平气和,一觉睡到第二天。等他睁开眼睛,白天已经降临。房间的丑陋,他看得更清楚,更感到痛苦孤独;但是他敢面对一切。灰心泄气已经一去不复返;剩下的只是男子汉大丈夫失意的忧伤。他重复《圣经》中约伯说过的话:

上帝让我死!我也不会对上帝失去信心……

他起床了,平平静静地开始战斗。

当天早上,他就决定开始行动。他在巴黎只认识两个人,两个年轻的同乡:一个是早年的朋友奥托·狄耶纳,和他叔父在玛伊巴合伙开布店;另一个是玛扬斯的犹太人西尔伐·高恩,在一家大出版社工作,但克里斯托夫不知道他的地址。

他十四五岁的时候和狄耶纳很要好①。他们童年的交情是爱情的前奏曲,甚至可以算是爱情。狄耶纳也喜欢过他。这个胆小怕事、谨小慎微的胖娃娃,给独立自主、狂放不羁的克里斯托夫吸引住了;他拼命模仿他的举动,使人看了好笑,却使克里斯托夫又生气,又得意。那时,他们制订过轰轰烈烈的计划。后来,狄耶纳要学做生意,出门观光,他们就没有再见过面;但克里斯托夫从同乡那里知道狄耶纳的消息,同乡之间常有书信往来。

至于西尔伐·高恩,他和克里斯托夫的关系却又不同。他们是小学的同学,小猴子喜欢捉弄克里斯托夫,克里斯托夫一上当就揍他。高恩并不还手;他在地上打滚,滚得灰尘满面,直哭鼻子;但他哭而不改,恶作剧反而更厉害,简直没完没了——直到有一天,克里斯托夫当真说要宰了他,他才吓得不敢再调皮捣乱。

克里斯托夫一早就出去了。他在路上停了一下,在一家咖啡店吃了早餐。他勉强自己不怕丢面子,决不错过说法语的机会。既然他要在巴黎生活,也许要住上几年,那就不得不尽快适应巴黎的生活条件,克服自己的反感。于是他强迫自己忍辱负重,不把咖啡店的伙计听他那半吊子法语时流露出来的嘲笑神气放在心上;这还不够,他还不能泄气,一定要用他的笨嘴笨舌去构造一些德语形式的法语句子,说来说去,一直说到人家听懂为止。

他去找狄耶纳。按照他的习惯,只要心里有事,眼睛里看到的东西,都

---

① 见第二卷《清晨》。——原注

等于是视而不见。他头一次上街的印象是：巴黎又老又旧，不干不净。克里斯托夫看惯了新德国的城市，虽然古老，却又年轻，感觉得到有一股新生的力量使人自豪；现在看到开膛破肚般的巴黎街道，泥泞、黏糊的路面，熙熙攘攘的人群，川流不息、乱成一片的车马——车辆各式各样，有马车，有电车，有蒸汽机拉的街车——人行道上搭着木棚，转着木马（或者其他奇禽怪兽），广场上挤满了身穿礼服的塑像；说不出是哪个中世纪城市的残骸，虽然拥有现代化普选的特权，却并没有脱胎换骨，还看得出破落户的本性难移，使克里斯托夫看得目瞪口呆。头一天的浓雾变成了会湿透衣服的小雨。虽然十点多钟了，许多店铺还点着煤气灯。

克里斯托夫在胜利广场附近错综复杂的街道上找来找去，总算找到了银行街上的那家布店。一走进去，他以为在又深又暗的布店里首，一眼看到了狄耶纳和几个伙计在整理布匹。但他有点近视，怕看不准，其实，眼睛的直觉是很少出错的。有个伙计出来招呼克里斯托夫，听他通报姓名之后，布店里首的人忙乱了一阵子；他们交头接耳商量了一下，结果出来了一个年轻人，用德语对他说：

"狄耶纳先生出去了。"

"出去了？要好久才回来？"

"我想是的。他刚出去。"

克里斯托夫想了一想说：

"那好。我等他吧。"

伙计慌了，赶快加上一句：

"说不定要两三个小时才回来呢。"

"哦！那也不要紧。"克里斯托夫心平气和地答道，"我在巴黎没事。等上一天也不在乎。"

年轻的伙计目瞪口呆地瞧着他，以为他是说着玩的。不料克里斯托夫已经不再理他，的确满不在乎地在一个角落里坐了下来，背朝着街，大有安营扎寨之势。

伙计回到店铺里首，同别的伙计交头接耳，慌慌张张，叫人好笑。他们要想出一条妙计，来打发这个不识相的小子。

大家举棋不定，商量了几分钟，办公室的门打开了。狄耶纳先生走了出来。他的脸又宽又红，脸颊和下巴上有一条紫色的伤痕，胡子金黄，头发压平了，侧边有一条分线，戴了金丝眼镜，衬衣胸部扣着金纽，胖手指上戴着钻戒。他手里拿着帽子和雨伞，厚着脸皮朝克里斯托夫走来。克里斯托夫正在椅子上白日做梦,见他来吓了一跳。他一把抓住狄耶纳的胖手,亲亲热热地大叫大嚷,听得伙计们暗暗发笑,羞得狄耶纳脸红耳赤。这个神气活现的小人物自然有他的苦衷,不能和克里斯托夫重温当年的旧情;他心中算计好了,一见面就要摆架子,拉开两个人之间的距离。不料他一见到克里斯托夫的眼光,马上就恢复了当年小伙计的地位,使他又气又羞。他赶快含含糊糊地说:

"到我办公室去吧……那里说话方便。"

克里斯托夫看出了他谨小慎微的习惯没改。

但进办公室后,他小心地把门关紧,并不请克里斯托夫坐下。他只站着,笨嘴笨舌地解释:"我很高兴……本来说要出去……他们以为我出去了……我是不得不去……只能谈一分钟……有急事要办……"

克里斯托夫恍然大悟:刚才是伙计说了谎,而谎话是狄耶纳同意说的,目的是要赶他出门。他不由得火冒三丈,但还是压制住了自己的脾气,只是干巴巴地说:

"没有那么忙吧!"

狄耶纳也吓了一跳。他这样不拘礼节,使狄耶纳非常反感。

"怎么不忙?"他说,"有笔生意……"

克里斯托夫看住他的脸:

"没有什么生意。"

胖胖的少老板低下了头。他恨克里斯托夫,怪自己在他面前怎么这样胆小。他结结巴巴、恨恨地说。但克里斯托夫打断了他的话:

"你看,"他说,"你知道……"

(这样亲热地称"你",而不是客气地称"您",仿佛刺了狄耶纳一刀,从一开头,他就想用表示疏远的"您"字在他们之间划下一道鸿沟。)

"……你知道我为什么到这里来?"

"我知道。"狄耶纳说。

(他已经得到来信,知道克里斯托夫打伤了人,受到追捕。)

"那么,"克里斯托夫接着说,"你知道我不是来玩。我是逃难来的,我什么也没有。但我得活下去。"

狄耶纳等他说出要求。他听时得意洋洋——因为这一下可以表现他高人一头——但又局促不安——因为他不敢随心所欲地要克里斯托夫看出他的优越感。

"啊!"他神气十足地说,"这可麻烦了,可麻烦了。这里生活艰难,什么都贵。我们开销大。有这么多伙计……"

克里斯托夫目中无人地打断了他的话：

"我不是来要钱的。"

狄耶纳下不了台。克里斯托夫接着说：

"你生意做得不错吧？顾客不少吧？"

"不错,不错,感谢上帝……"狄耶纳很谨慎地答道。（他存了戒心。）

克里斯托夫狠狠地瞧了他一眼才说：

"你认识不少德国的侨胞吧？"

"不少。"

"那好,帮我一个忙。他们总会喜欢音乐。他们总有孩子。我可以给孩子上音乐课。"

狄耶纳显得很为难。

"怎么啦？"克里斯托夫问道,"难道你怕我不够格,会误人子弟？"

他要人家帮忙,倒像是他在帮人家的忙。而狄耶纳呢,如果不是克里斯托夫对他感恩戴德,他是不肯出一点力的；因此他打定了主意,即使只是举手之劳,他也懒得动手。

"哪里哪里！那对你是九牛一毛……不过……"

"怎么？"

"不过事情很难,很难,你看,因为你的情况……"

"我的情况？"

"是的……一句话,那场官司,那个案子……要是人家知道……那我就为难了。那会带来很大的麻烦。"

看见克里斯托夫气得变了脸,他马上住口；但又赶快加上几句：

"这不是为我……我倒不怕……啊！要只是我一个人那倒好说……还有我叔叔呢……你也知道,布店是他开的,没有他,我什么也做不了……"

他越来越怕克里斯托夫变脸,怕他大发脾气,匆匆忙忙又加上一句（他本心并不坏；但既舍不得花钱,又不肯丢面子,心里很矛盾：如果要他帮克里斯托夫,那就只能出最少的代价,得到最大的感情报答）：

"我借你五十法郎好吗？"

克里斯托夫气得满脸通红。他朝着狄耶纳走去,样子好可怕,吓得狄耶纳赶快退到门口,把门打开,准备要叫人了。但克里斯托夫只把充血的脸靠近他的脸：

"猪猡!"他大喊一声,房屋都震动了。

他把站在路中间的狄耶纳推开,走了过去,看也不看周围的伙计。到了门口,他吐了一口唾沫,仿佛出了一口恶气。

他大步走到街上。他气得头昏眼花。但雨水使他清醒了。到哪里去呢?他不知道。他不认识人。在一家书店门前,他站住了,要考虑一下,他视而不见地望着陈列的书籍。忽然在一本书的封面上,出版商的姓名引起了他的注意。他寻思着什么缘故。过了一会,他想起了西尔伐·高恩就是在那家出版社工作。于是他把社址记了下来……那有什么用?他一定不会去……为什么不去呢?……该死的狄耶纳本来是他的朋友,对他不过如此,这个他欺负过的调皮鬼只会恨他,去找他又有什么希望?那不是自讨没趣吗?他的气又上来了——但天生的悲观本性,也许是基督教教育的结果,使他想尝尽人生的苦难。

"我没有权装模作样摆架子了。即使饿死,也得先探探求生的门路吧!"

他听到内心的呼声:

"我不会饿死的。"

他重新核对了一遍地址,就去找高恩了。他已想好:只要高恩敢出言不逊,就打破他的头。

出版社在玛特兰纳区。克里斯托夫走到一楼会客室,要找西尔伐·高恩。一个穿制服的仆人说:他没听到过有这个人。克里斯托夫觉得奇怪,以为自己发音不好,又重复了一遍他的问题;仆人仔细听后,肯定说出版社没有人叫这个名字。克里斯托夫不知所措,说了声对不起,正要走了,不料过道尽头的门忽然打开,出来一个女客,送客的人正是高恩。克里斯托夫刚受了狄耶纳的气,以为大家都不屑于理他。他想高恩一定是看见他进门了,所以叮嘱仆人说他不在。这样瞧不起人使他喘不过气来。他怒冲冲地要走,忽然听见有人喊他。原来高恩的眼睛很尖,老远就认出他来了,所以嘴上堆笑向他跑来,脸上的高兴显得有点过分。

西尔伐·高恩又矮又胖,胡子刮得干干净净,像美国人,皮肤红润,头发太黑,脸宽肉厚,眉粗目细,眼角起皱,眼神机灵,嘴有点歪,笑得很笨,但不可靠。他穿着讲究,要掩盖身材的缺点,免得肩膀太高,腰身太粗,有失体面。如果踢他屁股两脚,能使他高两三寸,腰细几分,那他真是求之不得了。别的部位他都洋洋自得,以为无懈可击。他也的确可以得意。这个矮胖的德国犹太人,这个呆头呆脑的家伙,居然成了巴黎时装的专栏作者,品头论足的评论家。他写低级趣味的社会通讯,写得非常细腻,非常复杂。他高谈阔论,宣扬法国风格、法国风雅、法国风流、法国风气——其实只不过是摄政时期贵族宠臣穿的红靴跟而已。他不怕人笑话;人越笑他,他越出风头。有些人说:在巴黎,笑话杀人不见血;其实这些人不了解巴黎,因为笑话不但不会杀人,而且有人还靠笑话过日子;在巴黎,笑话可以使你应有尽有,名利双收。西尔伐·高恩用法兰克福乡音说些冒充风雅的笑话,每天赢得的欢心已经数不胜数了。

他说话乡音重,鼻音也重。

"啊!太意外了!"他高兴得叫了起来,双手紧紧握住克里斯托夫的手摇来摇去,他的手指头又粗又短,看起来像是肉塞得太多的香肠,皮绷得紧紧的。人家会以为他碰到了最要好的朋友。克里斯托夫摸不着头脑,怀疑高恩是不是在拿他开心。但高恩并不是在寻开心。即使他是,也不像从前那样了。高恩并不记恨,他太精明,不会那么傻。好久以来,他就忘了克里斯托夫欺负他的事;即使他还记得,也不会在乎了。恰恰相反,他很高兴有机会向一个早年的伙伴显示一下:他现在的地位多么重要,他的巴黎派头多么高雅。他说"意外"也的确不假;他做梦也没想到克里斯托夫会来找他;他太机灵了,不会猜不到克里斯托夫是有求于他,而他对甘拜下风的人是乐于接待的。

"你从家乡来的?妈妈身体好吗?"他问得很亲热,换个日子,克里斯托夫会觉得不对头,但现在,他身在异乡为异客,反倒听得舒服了。

"这是怎么搞的?"克里斯托夫还有点不放心,就问道,"为什么人家说这里没有高恩先生呢?"

"这里的确没有高恩先生,"西尔伐·高恩笑着说,"我不再姓高恩,改姓哈密尔顿了。"

他忽然打住。

他赶快去和一个走过的女客握手,扯开了一张笑脸。然后他又回来。他解释说:这是位女作家,写肉感小说出了名。这个当代的莎芙①胸前挂着紫色勋章绶带,体态丰满,头发黄里带红,脸像上了石膏,得意洋洋,用男人的嗓子,法国东部的口音,谈些自以为了不起的事。

高恩又向克里斯托夫问长问短。他打听家乡的熟人,这个人怎么样,

---

① 公元前六世纪的希腊女诗人。

那个人如何了,用讨好的口气表示他记得大家。克里斯托夫居然忘了对他的反感,又亲热又感激地讲了一大堆琐事,其实高恩毫不关心,听到半中间又打断他的话。

"对不起。"他又说了一声。

他就去招呼另外一个女客。

"怎么,"克里斯托夫问道,"难道法国只有女作家?"

高恩笑了,煞有介事地说:

"法国是女人的,我的好朋友。你若想飞黄腾达,就要靠女人。"

克里斯托夫不听他那一套,只管讲自己的。高恩要换一个话题,就问:

"该死!我还没问你是怎么到这里来的?"

"对了!"克里斯托夫心里想,"他还不知道底细。怪不得对我这样亲热。等到他一知道,态度就要变了。"

他不怕丢面子,反倒引以为荣地一五一十讲他和士兵的斗殴,对他的通缉,自己的逃亡等等……

高恩听得笑弯了腰。

"高!"他叫道,"高!真有你的!"

他热烈地握老同学的手。凡是不把官府看在眼里的事,他听了都兴高采烈;而这次闹事的角色他又认识,听得自然更加有趣,更觉得滑稽可笑了。

"听我说,"他接着说,"时间过中午了。你能不能……同我去吃一顿午餐?"

克里斯托夫带着感激的心情接受了邀请。他心里想:

"这家伙倒不坏。我以前看错了人。"

他们一同出去。一路上,克里斯托夫边走边问:

"你现在知道我的情况了,我是到这里来找工作的,先教教音乐课,慢慢人家就会知道我了。你能给我介绍介绍吗?"

"那还消说!"高恩答道,"介绍哪一家都行。这里的人我都熟悉。大家都会帮忙。"

他很高兴显示自己的声望。

克里斯托夫不知如何感激才好。他只觉得心上的重担放下来了。

在餐桌上,他狼吞虎咽,仿佛两天没吃似的。他把餐巾围在颈上,用刀子把食物送到嘴里。高恩-哈密尔顿看到他食量大如牛,姿态像乡巴佬,非常讨厌。他对高恩的自我吹嘘却懒得听,也伤了高恩的虚荣心。高恩天花乱坠地大谈自己交游广阔,财运亨通,仿佛是对牛弹琴;克里斯托夫听也不听,毫不拘礼地打断他的话。他心里充满了感激之情,没头没脑把自己未来的打算啰啰唆唆地向高恩吐露。高恩尤其恼火的是,他一定要把手伸过桌面来热情洋溢地握他的手。火上加油的是,最后他还要按照德国方式祝酒,说些感情冲动的话,为故乡的人,为莱茵河干杯。高恩更怕他要唱歌。隔壁桌子的座客看着他们,眼里带刺。他假装说有要紧的事,站了起来。克里斯托夫却不识相,死缠住他不放,问他什么时候介绍他去找什么人,什么时候开始上课。

"你交给我好了。今天。就是今晚。"高恩满口答应,"我一会儿就去跟人家谈。你放心好了。"

克里斯托夫不肯放松:

"什么时候告诉我?"

"明天……明天……或是后天。"

"那好。我明天再来。"

"不必,不必,"高恩赶快说,"我会通知你。你不用来了。"

"来一趟不要紧。反正是一样的!对不对?我在巴黎又没有别的事,反正是等。"

"见鬼!"高恩心里想……口里却高声说,"不用,我会给你写信。这几天你找不到我。还是把你的地址给我吧。"

克里斯托夫说了一遍。

"那好极了。我明天给你写信。"

"明天?"

"明天。你还信不过我?"

他摆脱了克里斯托夫的手,赶快走了。

"呜!"他心里想,"讨厌鬼!"

他一回来,就吩咐办公室的仆人:那个"德国佬"再来找他,就说他不在——再过十分钟,他把"德国佬"忘了。

克里斯托夫回到他的陋室。他心情激动。

"好小子!"他心里想,"我从前对他多么不公平!他却一点也不怪我!"

悔恨压得他不自在;他要给高恩写信,说他从前看错了人,现在后悔莫及,一想到就难过;他求高恩原谅他做过的错事。他想的时候,眼泪都流出来了。但要他动笔写信,却比作曲还难得多;他几次三番,怪客店的蹩脚墨水,糟糕的鹅毛笔,涂来改去,撕掉了四五张信纸,不耐烦了,就把这些蹩脚货都推到一边。

这一天剩下的时间真长,不好打发;幸而克里斯托夫头天晚上没有睡好,当天早上又东奔西走,累得在椅子上打瞌睡。他睡得昏昏沉沉,直到晚上才醒,醒了又再上床,一口气睡了十二个小时。

第二天,从早上八点起,他就开始等回音。他毫不怀疑高恩会说到做到。他一步也不离开房间,唯恐高恩上办公室之前会到客店里来。快到中午,他还不敢离开,要楼下的餐厅把午餐送上楼。然后,他又等着,肯定高恩吃了午餐会来。他在房里走来走去,走走坐坐,坐坐走走,一听见楼梯上脚步响就把房门打开。他一点也没想到:消磨时光最好的办法是去逛巴黎。他却躺在床上。他的心经常回到妈妈身边,妈妈这个时候也在想他——只有她一个人还在想他。他感到对母亲有无限的温情,离开她又受到良心的责备。但是他却不写信。他要等到工作有了着落再告诉她。虽然他们母子情深,但两个人谁也没有想到写封简简单单的信吐露衷情,他们以为写一封信总要讲一些具体的事——于是他就躺在床上,双手枕在脑后,做起白日梦来。虽然他的房间不靠近街道,但巴黎的喧嚣照样侵占了空间,震动了房屋——夜又来了,却没有带来消息。

一天又开始了,和头一天差不多。

到第三天,克里斯托夫自动禁闭在房间里,又气又闷,决定要出去走走。但从第一个晚上起,他对巴黎就有一种本能的反感。他什么也不想看,觉得没什么好看的;他自己的生活问题还没有解决,哪有兴趣去看别人怎么生活;旧时代的遗迹,大城市的名胜,对他似乎毫不相干。一出门,他就觉得无聊,本来打算一个星期之内不去找高恩,结果还是一口气跑了去。

仆人遵照盼咐,说哈密尔顿先生离开巴黎办事去了。这对克里斯托夫是当头一棒。他结结巴巴地问:哈密尔顿先生什么时候回来。仆人随口说了一句:

"总得十来天吧。"

克里斯托夫大失所望,回到客店,在房里蹲了好几天。他没有心思工作。一看钱包,他吓了一跳——母亲给他的一点钱,小心地用手帕包着,塞在箱子底层,已经用得越来越少了——他只好尽量节省开支。到了晚上,他才去楼下餐厅吃顿晚餐;店里的客人很快就认识了他,叫他做"普鲁士人"或是"腌酸菜"——他花了好大的劲写了两三封信给几个法国音乐家,连他们的大名他都知而不详。其中一个已经死了十年。他请求他们听他弹琴。他的错字很多,句法都是德文式的,前后顺序颠倒,加上一大堆客套话。信上写着:"呈法兰西学院大学府"——只有一个收信人看了信,和朋友们笑得不亦乐乎。

一星期后,克里斯托夫又回到出版社。这回正巧,他在门口碰到西尔伐·高恩出来。高恩进退两难,只好做个苦脸;但克里斯托夫太高兴了,却没有注意。他又按照讨人厌的老脾气,抓住高恩的双手,高高兴兴地问:

"啊!你出过门了?路上过得好吗?"

高恩说好,但还是一脸苦相。克里斯托夫接着又问:

"我来过了,你知道吧?……他们告诉过你了,对不对?……那好,有什么消息没有?你谈到过我吧?人家说什么来着?"

高恩越来越愁眉苦脸了。克里斯托夫见他这副尴尬相,觉得奇怪:两次见面前后判若两人。

"我谈到过你了,"高恩说,"但不晓得会怎么样;我没有时间。自从上次见面之后,我一直很忙。生意没头没脑地压过来,我也不知道怎么办好。真怕要生病了。"

"你觉得不舒服吗?"克里斯托夫感到不安,关心地问道。

高恩狡猾地看了他一眼,答道:

"很不舒服。我也不知道得了什么病,好几天了。我总觉得难受。"

"啊!天呀!"克里斯托夫抓住他的胳臂说,"好好保重!你该休息了。真对不起,我还给你添麻烦!你对我得实话实说。到底觉得怎样?"

对方站不住脚的借口,他却信以为真,高恩忍不住要笑出来,他这样老实得可笑,又使高恩发了善心。犹太人喜欢嘲笑别人——巴黎的许多基督徒在这方面也不落后——不管哪个倒霉鬼,甚至是冤家对头,只要能让他们嘲笑得开心,他们反倒会网开一面的。再说,高恩见克里斯托夫对他的身体这样关心,也不能无动于衷,所以也愿意帮一点忙。

"我倒有个主意,"他说,"不教音乐课,你能不能做做音乐编辑工作?"

克里斯托夫满口答应。

"那包在我身上,"高恩说,"我认识一家大音乐出版社的主管丹尼·赫区特,并且很熟。我可以介绍你去,看有什么事做。我呢,你知道,我对音乐一窍不通。而他呢,却是个真正的音乐家。你们当然容易合得来啰。"

他们约好了第二天去。高恩高兴的是:既帮了忙,又免得克里斯托夫再麻烦他。

第二天,克里斯托夫到出版社来找高恩。按照高恩的嘱咐,他还带了自己作的乐谱,准备给赫区特看。他们在歌剧院附近的音乐商店里找到了他。他们进来,赫区特连动也不动,只冷冰冰地伸出两个指头和高恩握手,克里斯托夫向他鞠躬,他却并不回礼,一直等到高恩开口求他,才把他们两人带到隔壁房里。他也不请他们坐下。自己背靠着没有生火的壁炉,眼睛盯着墙壁。

丹尼·赫区特四十岁上下,身材高大,对人冷漠,衣着整洁,显然是个腓尼基人,样子又聪明又讨厌,一脸的不快活,头发黑色,胡须很长,剪得方方正正,像古代的亚述王。他几乎从来不正面看人,说话的方式显得冷淡粗野,连打个招呼也像在骂人。这种傲慢与其说是出自内心,不如说是外表上的。当然,他生性瞧不起人,架子摆得太久,习惯成自然了。这种犹太人并不少;大家对他们没有好感,以为他们的死硬是高傲,其实是身心都僵化得不可救药的表现。

西尔伐·高恩装出开玩笑的口气,用过分的吹捧推荐了克里斯托夫。被推荐的人却因为冷淡的接待而连站都站不稳,狼狈不堪,手里拿着帽子和乐谱。赫区特似乎没有想到克里斯托夫在场,一直等到高恩说完了,才不屑地转过头来,瞧也不瞧他一眼,只是说:

"克拉夫特……克里斯托夫·克拉夫特……从来没听说过这个名字。"

克里斯托夫听了这话,仿佛当头挨了一棒。他的脸气红了,愤愤地回嘴说:

"你将来会听说的。"

赫区特连眉头也不皱一下,照旧不为所动,仿佛克里斯托夫根本不存在似的。

"克拉夫特……不,我没听说过。"

对他这种人说来,他们没听说过的人就是微不足道的。

他接着又用德语说:

"你是莱茵河区的人吗?……真是奇怪!那个地方怎么有这样多人搞音乐!我敢说,他们没有一个人不自命是音乐家的。"

他的本意是说句玩笑话,并不是要侮辱人;但克里斯托夫却听错了意思。他正想顶回去,高恩却抢了先。

"啊!对不起,对不起,"高恩对赫区特说,"你应该为我说句公道话,我一直说我对音乐一窍不通。"

"那倒是夸奖你了。"赫区特答道。

"如果不是音乐家才能讨你喜欢,"克里斯托夫干巴巴地说,"那对不起,我是不会讨你喜欢的。"

赫区特一直不用正眼看人,还是一样满不在乎地接着说:

"你已经作过曲吗?写了些什么?当然是歌曲了?"

"一些歌曲,两部交响乐,一些交响诗,四重奏,钢琴组曲,舞台音乐。"克里斯托夫话如泉涌了。

"德国的作品真多!"赫区特说时表面上客气,实际上话里带刺。

他对这个新来的人不信任,尤其是因为他写过这么多的作品,而他,丹尼·赫区特,却一无所知。

"那好,"他说,"我也许可以给你一点工作,既然你是我的朋友哈密尔顿介绍来的。我们现在正在编一套少年音乐丛书,印一些简易的钢琴谱。你能不能把舒曼的《狂欢曲》简化一下,改成四手、六手、八手联奏的乐谱?"

克里斯托夫跳了起来:

"你叫我,叫我,做这样的工作吗?……"

这个"我"字说得这样天真,使高恩乐坏了,但却得罪了赫区特。

"我看不出这有什么可以大惊小怪的,"他说,"这并不是一件么容易的工作!如果你觉得太容易了,那么更好!我们将来再看吧。你说你是个不错的音乐家。我应该相信你。但是说来说去,我到底不了解你呀。"

他心里想:

"要是相信这些家伙的话,他们简直要使勃拉姆斯脸上换色了。"

克里斯托夫没有回嘴——因为他决意要压制自己的冲动——把帽子往头上一压,就要出门。高恩笑着挡住了他:

"等一等!"他说。

他又转过身来对着赫区特:

"他还带了几部作品来,听听你的意见。"

"啊!"赫区特不耐烦地说,"拿来看看。"

克里斯托夫还不说话,只把手稿拿出来。赫区特随随便便看了一眼。

"这是些什么作品?《钢琴组曲》……(读谱)《一天》……啊!总是标题音乐!……"

虽然他表面上冷淡,但读乐谱倒很认真。他是个出色的音乐家,很懂本行,别的就外行了;一读头几拍子,他就完全知道跟他打交道的是何等人

物。但是他不动声色,只是翻阅作品,装出不在话下的神气;其实作品显示的才华使他感到意外;但他天生的不肯低头,加上克里斯托夫的神气又伤了他的自尊心,所以不肯流露内心的真情实意。他不声不响地从头读到底,一个音符也没漏掉。

"嗯,"他到底用保护人自居的口气说了声,"写得还不错。"

不痛不痒的话比猛烈的批评更伤克里斯托夫的心。

"这不用人家告诉我。"他气得说。

"不过我想,"赫区特说,"既然你给我看这部作品,那总是要我说说我的看法。"

"一点也不是。"

"那么,"赫区特也气了,"你为什么来找我呢?"

"我是来找工作,不找别的。"

"我手头没有别的工作给你干,除了我刚才说的那一件。而且那件也不一定。我只是说也许可以。"

"难道你就没有别的工作,可以给一个像我这样的音乐家吗?"

"一个像你这样的音乐家?"赫区特用讽刺得伤人的口气说,"有些音乐家至少和你一样高明,但也不会认为干我的工作有失身份。有几个我可以指名道姓的音乐家在今天的巴黎已经很红了,还感激我给过他们工作呢。"

"那是因为他们不顶个屁用。"克里斯托夫发作了——他已经学会了"顶屁用"这个法文字眼——"你搞错了,难道你以为我是个像他们那样的人吗?你摆什么臭架子,也不正面看人,说话只从牙缝里挤出几个字来!我一进来就向你行礼,你却连礼也不回……你是什么人,能这样对我吗?你算得上是个什么音乐家?你作过曲没有?……你居然敢教我怎么作曲,而作曲就是我的生命!……你读了我的作品,却没有什么工作给我做,只叫我去阉割音乐大师的名作,以伪劣商品冒充好货,好教小姑娘跳舞!……去找你的巴黎人吧,如果有人没出息得愿意听你的教导!而我是宁死不干的!"

他说起来像开了闸的洪流,势不可挡。

赫区特冷冰冰地答道:

"那就请便吧。"

克里斯托夫走了,砰的一声把门关上。赫区特耸耸肩膀,对哈哈大笑的西尔伐·高恩说:

"他会来的,也跟别人一样。"

其实,他心里很看重克里斯托夫。他相当聪明,不但看得出作品的价值,也看得出人的价值。克里斯托夫一冲动就什么话都说得出来,赫区特却在话中听出一股不同寻常的力量——尤其是在艺术界,这种力量更加难能可贵。但是他的自尊心受到损害,不管怎么说,他也不肯认错。他倒也想开诚布公,对克里斯托夫公公道道,但那要有一个先决条件,就是克里斯托夫一定要低声下气来求他。他等克里斯托夫回来,他悲观的怀疑态度和人生经验,使他得出一个结论:不管多么坚强的意志也经不起苦难的折磨。

克里斯托夫回到客厅里。怒气变成了泄气。他有一种失落感。他打算投靠的支持者本来就靠不住,现在都垮了台。他认为不但是赫区特,就连推荐他的高恩也成了他的冤家对头。于是他在一座不怀好意的城市里感到绝对孤立。除了狄耶纳和高恩,他不认识别人。他在德国认识的女演员,美丽的柯琳娜目前不在巴黎;她在国外演出,这一回在美国自己演主角了,因为她已经出了名;报纸上常登她巡回演出引起的热烈反响。至于那个小小的法国女教师,他无意中造成了她的失业,使他长期以来问心有愧,多少次他暗中许愿,若到巴黎,一定要找到她!但是现在他到了巴黎,却忘记了她姓什么。简直想不起来。他只记得她的名字是安东妮蒂。若记不起她的姓,有什么办法在芸芸众生中找到一个小小的、可怜的女教师呢!

他一定要尽快想法子维持生活。他身上只剩下五个法郎了。万般无奈,他只得去求客店的胖子老板,问街坊上有没有人要学钢琴。老板本来就瞧不起一天只吃一餐的房客,而且是说德语的人,等到听说他只会教音乐,就连起码的尊重也化为乌有了。老板是个老派的法国人,认为音乐只是无所事事、消遣解闷的行当。他就说起挖苦话来:

"钢琴吗?……你会拍打这玩意儿?了不起!……真古怪,怎么会喜欢这一行?对我来说,听音乐就像听下雨……也许你可对我讲讲。你们大家看怎么样?"他转身对喝酒的工人喊道。

大家嘻嘻哈哈笑了起来。

"这是一个好行当,"有一个工人说,"不会弄脏衣服。再说,还能讨娘儿们喜欢。"

克里斯托夫听不大懂法语,更听不懂开玩笑的话,他正在搜索词汇;也不知道是不是该生气。老板娘却可怜他了:

"得了,得了,菲力普,正经点吧!"她对丈夫说——"不过,"她接着对克里斯托夫说,"也许有人用得上你。"

"谁呀?"丈夫问道。

"小葛拉赛呗。你知道,她家买了一架钢琴。"

"啊!这些摆阔的人!你说得不错。"

他们告诉克里斯托夫,说的是肉店老板的女儿,她的父母要把丫头打扮成小姐;他们答应让她学弹钢琴,哪怕能引起人家嚼舌头也不错。客店老板娘答应这件事包在她身上。

第二天,她告诉克里斯托夫肉店老板娘想见他。他就到肉店去了。老板娘坐在柜台后面,四边都挂着宰好的猪。这个脸色红润的漂亮娘儿装出一副叫人肉麻的样子,但一听说他的来意,立刻换了一副面孔。她开门见山就谈学费的问题,她先下手为强,抢着说她不能出太多的钱,因为钢琴是学来玩儿,并不是非学不可的,所以她一小时只能出一法郎。然后,她又拿出一副信不过的神气问克里斯托夫懂不懂音乐。等到她知道他不但会弹琴,而且会作曲,这才放下心来,态度也好些了,因为她觉得有了面子,可以对街坊邻居吹嘘一番,说教她女儿弹琴的是一个作曲家。

再过一天,克里斯托夫坐到钢琴旁边,吓了一跳,原来是旧货店买的次品,弹起来声音像吉他——卖肉的丫头手指又短又粗,像在键盘上栽跟头——她连音都分不清楚——她扭来扭去,学得没趣味,还没学几分钟,就当人面打呵欠——他还得忍受老板娘的监视,听他关于音乐和音乐教育的意见。他觉得自己太丢人,受到了天大的屈辱,但要发泄他的愤恨,他都没有气力了。他非常难堪地回到客店;有几个晚上,他连晚餐也吃不下。只不过几个星期之后,已经落到这个地步,以后还会怎么样呢?早知今日,当初何必拒绝赫区特的工作?现在的工作不是更丢脸吗?

一天晚上,他在房间里,眼泪不由自主地流了出来;他灰心绝望地跪在床前,他祈祷了……向谁祈祷呢?他还能向谁祈祷?他已经不信上帝了,他相信上帝并不存在……但他还是不得不祈祷,不得不向自己祈祷。只有没灵魂的人才从来不祈祷的。他们不知道坚强灵魂也需要一个避难所。白天受了屈辱回来,克里斯托夫在自己不平则鸣的内心里,感到了永恒生命的存在。不公平的生活洪流在永恒的生命之下奔腾咆哮,但不公平的生活和永恒的公平有什么共同之处呢?人世的苦难拼命要破坏一切,但一碰到坚如磐石的永恒生命,就浪花四溅,烟消云散了。克里斯托夫听到自己的血液汹涌澎湃,好像内心的汪洋大海,但海上不断升起永恒生命的声音:

"我是永恒……永恒是公平的……"

他听到这个声音,自从他有记忆以来,他就一直听到这个声音。不过有时他会把这声音忘了;有时一连几个月,他不再意识到这声音强有力而单调的节奏;但他知道声音还在,永远没有消失,就像夜间还在动荡的无边海洋。每次他一沉浸在这音乐声中,就恢复了镇静,汲取到了力量。他又心平气和地站了起来。不,他过的艰苦生活并没有什么可耻;他可以吃他挣来的面包而不用脸红;该脸红的是那些逼得他卖身买面包的人。耐心点吧!总有一天……

但一到第二天,他又失去了耐心;不管他怎样尽力压制自己,一天上课的时候,他的脾气还是发作了,因为这个傻丫头太不成话,居然敢嘲笑他的德国口音,并且故意学小猴子调皮捣乱,明明叫她向东,她却偏偏要向西。克里斯托夫气得大喊,坏丫头就尖声怪叫,说她花钱雇来的人居然敢不听她的话。她还说他打了她——其实,克里斯托夫不过是使劲摇了两下她的胳臂。——母亲像个泼妇冲了进来,对克里斯托夫破口大骂,对女儿吻个没完没了。肉店老板也跑来了,说他不许一个普鲁士的乞丐碰一下他的女儿。克里斯托夫又恼又羞,气得一脸煞白,真怕自己一怒之下,会把这一家男女大小全都掐死,只好在狗血淋头的咒骂声中,溜之大吉。客店老板一家看见他回来时丧魂失魄的模样,并不消费好大的劲就从他嘴里打听到出了什么事;他们对隔壁肉店老板的妒忌心理,也得到了几分满足。但到了晚上,整个街坊都沸沸扬扬传开了,说德国佬是个打孩子的野蛮人。

克里斯托夫又去了其他音乐商店,也没有什么用。他觉得法国人不欢迎他;他们办起事来乱七八糟,使他不知如何是好。他认为这是个无政府的社会,统治者既滑头,又不讲理。

一天晚上,他因为奔走没有结果而觉得泄气,就随便在大街上走走,忽然看见西尔伐·高恩从对面走来。他以为他们上次已经闹翻了,就转过头去,想不打招呼走掉。不料高恩叫住他了:

"自从那天出了事之后,你是怎么样啦?"他笑着问道,"我本来要去找你;但找不到你的地址……天啦,亲爱的老同学,那天我简直认不出是你了。你真了不起!"

克里斯托夫瞧着他,又是意外,又有一点难为情:

"你不怪我吗?"

"怪你?你想到哪里去了?!"

他不但不怪克里斯托夫,反倒欣赏他不顾赫区特面子的做法,觉得开心了一阵子。他根本不在乎赫区特还是克里斯托夫说得对;他看人只看谁能使他开心,越开心就越好。他在克里斯托夫身上看到了喜剧的源头活水,他不能错过机会,离开这个源泉。

"你为什么不来看我?"他接着说,"我一直在等你。你今天晚上有什么事没有?同我一起吃晚餐去吧。这一下我可不会放你走了。来的都是自己人,是几个艺术家,我们每过半个月聚餐一次。你应该认识这些人。来吧。我给你们介绍。"

克里斯托夫推辞说,自己衣服穿得不像样子,但没有用。西尔伐·高恩把他拖去了。

他们走进了大街上的一家饭店,上了二楼。克里斯托夫见到三十来个年轻人,小的大约二十岁,大的可能有三十五,正在热烈地讨论。高恩介绍说:他是刚从德国监牢里逃出来的。他们一点也不注意,只管继续激烈的争论,而高恩刚一到,立刻就下海了。

克里斯托夫在这群英会上只敢听,不敢说。他们法语说得太快,他听不懂争论的是什么艺术大问题。他只听到"托拉斯"、"垄断"、"跌价"、"收支账目"和"艺术的尊严"、"作者的权益"等混在一起。他到底听出了他们谈的是商业问题。一些作者看来是属于某个财团的,慷慨激昂地反对成立另外一个公司,来和他们的财团竞争,来夺取开发的垄断权。有些同伙看到成立新公司有利可图,就带着全部资产,投靠新公司去了,气得他们暴跳如雷。他们几乎说到要砍掉变节分子的脑袋。"……失效……背信弃义……耻辱……卖身投靠……"

另外一些人不攻击活人,而攻击已经去世的作家,因为他们没有版权的作品充斥市场。缪塞就是其中之一,看来买他著作的人太多了。因为他们要求国家提供有力的保护,对过去的名著要上重税,免得旧书廉价倾销;他们尖酸地指责说:这对当代艺术家的作品是一种不公平的竞争。

他们你打断我,我打断你,抢着要听头天晚上演出的收入账。大家兴高采烈地听到一个名闻新大陆的老剧作家财运亨通——其实大家瞧他不起,但更妒忌他的运气——于是从作家的收入谈到了评论家的进款。他们甚至谈到了流言蜚语,如说某个知名的评论家只要为大马路戏院演出的新剧捧场,就可以得到多少酬金。这位评论家是个老实人,酬金一讲定了,他就忠实执行;但是他有一手绝招——据他们说——他捧得新剧演不了几天就栽跟头,于是戏院只好又排新剧,他也可以又拿酬金。这种编造的故事——编造的账目——使人好笑,但大家都见怪不怪。

他们的谈话中夹杂着一些高雅的字眼;他们谈"诗","为艺术而艺术"。但在一片金钱声中,听起来却成为了"为金钱而艺术"。在法国文坛上新近吹起了一股商业风,更使克里斯托夫反感。他对金钱问题一点也不懂,所以打算不再听了,但他们谈起了文学——其实不如说是文学家——克里斯托夫一听到维克多·雨果的名字,耳朵立刻竖了起来。

不料他们谈的却是雨果有没有戴过绿帽子。他们大谈圣·伯甫和雨果夫人的恋情。然后,他们又谈乔治·桑的情人和他们每个人的身价。这是当时文学批评的热门话题:他们在名人家里翻箱倒柜,搜索隐私。批评的姿态似乎要学洛尚侯爵趴在国王和他情妇床下的姿态,才算对得起历史和真理——那时大家都讲求真理——克里斯托夫的餐友个个都追求真理,乐而不倦。他们把求真的原则应用到过去和现在的艺术上;他们一丝不苟地分析某些当代文人的私生活。奇怪的是,他们能一五一十地说出没有人在场的生活细节。仿佛当事人热爱真理,非主动公布生活隐私不可。

克里斯托夫越来越不知如何是好,打算和坐在旁边的人谈谈其他事情。但没有人答他。他们开头对他还提了几个关于德国的问题——这些空空洞洞的问题使他大为惊讶,原来这些似乎无所不知的出色人物,对巴黎以外的文学艺术,即使是最基本的常识,也显得浅薄无知;他们最多只听说过几个大名鼎鼎的人物:霍德曼,舒特曼,李勃曼,施特劳斯(是大卫,约翰,还是理查呢?),提到他们时如履薄冰,唯恐张冠李戴。再说,他们问克里斯托夫只是客气,而不是好奇,他们并不想知道什么;他们根本不用心听他的回答,就急着去谈那些巴黎的小道消息,那才是全桌人都听得来劲的话题。

克里斯托夫不好意思地想谈谈音乐。但这些文化人当中没有一个是音乐家。实际上,他们认为音乐是低人一等的艺术。近几年来,音乐越来越时兴了,他们不免暗中恼火;既然音乐已经走红,他们也就装作关心。最近有出歌剧风行一时,他们几乎要说歌剧对音乐有划时代的意义,至少是开创了音乐的新纪元。只有无知而赶时髦的人才会相信这种话,这使他们可以环顾左右而言他了。歌剧的作者是巴黎人,克里斯托夫是头一回听到他的大名,有些人却说他破旧立新,前无古人,重新创造了音乐。克里斯托夫听得跳了起来。他求之不得的正是这号天才。但是这样翻天覆地,横扫千古的天才却是前所未闻的!……天啦天!这个了不起的家伙;怎么能这样神通广大呢?——他对人家提出这个问题。别人支支吾吾,说不出个所以然来,他又偏要打破砂锅问到底,他们只好叫他去找这伙人当中的音乐评论大师丹沃斐·古耶,古耶立刻和他谈起七度音和九度音来。克里斯托夫紧紧追问。古耶懂得的音乐并不比冒牌医生懂的拉丁文更多……

"……你不懂拉丁文?"

"不懂。"

"(他马上就来劲了)卡布里齐亚,亚齐杜兰,卡塔兰木,三古拉力得……朋那斯,朋纳,朋朗……"(都是他杜撰的拉丁语)

如果碰到一个"真懂拉丁文"的人,他就小心在意地藏到美学的丛林中去。在那个正规军攻不破的游击圣地里,他可以放冷枪打贝多芬、瓦格纳、古典音乐,其实这种攻击是文不对题的(可是在法国,如果要吹捧一个艺术家,就不得不打倒一切反对派和异端邪说,来作献礼)。他宣布新的艺术已经降生,把过去的成规惯例都踩在脚下。他谈到一种音乐语言,那是巴黎音乐界的哥伦布新发现的,这种新语言把古典音乐的语言一扫而光,使它成为过时的语言。

克里斯托夫对这个革新派的音乐天才有保留意见,他要等到看了天才的作品再说,他信不过这个音乐界的天神,因为大家牺牲了全部音乐来作天神的祭礼。他听见人家对音乐大师这样说长道短,觉得恼火,却不记得他从前在德国已说过差不多的话。他在德国认为自己是艺术的革命派,用幼稚而坦率的大胆评论激怒了当地人——但一听到法国人的议论,他才觉得自己成了保守派。他要讨论,但风格不像高雅的人士那样空谈原理,不举实例,而是像个内行里手,偏要摆事实,讲道理,一棒子把你打死。他不怕深入讨论技术问题;他的声调越说越高,对风雅人士非常刺耳,他的论据和支持论据的热情都同样显得好笑。那位音乐评论大师赶快用一句所谓的妙语来结束这一场枯燥无味的讨论,克里斯托夫在讨论中刚刚大为意外地发现:那位大师对他所谈论的问题一窍不通。但从这时起,大家对这个夸夸其谈、思想过时的德国佬已有成见;还没有听他的音乐,就先判处死刑了。这三十来个眼睛笑眯眯的年轻人决不放过好笑的机会,他们的注意力现在又转移到这个怪人身上了,他笨拙而激烈地挥舞两条瘦胳臂,两个大巴掌,眼睛怒气冲冲,喊声尖而又尖,原来是西尔伐·高恩要他当场出丑,让他的朋友们看一出滑稽表演。

话题离开文学越来越远,最后一刀两断,又牵扯到女人身上来了。其实,这是一个问题的两面,刀也砍不断的。因为他们的文学写的都是女人问题,而女人和文人雅事纠缠不清,实在是难解难分。

他们谈到巴黎社交场上一个有名的老实女人,刚把女儿嫁给自己的情夫,这样就可以把情夫保留下来。克里斯托夫听得在椅子上坐不住了,做出了厌恶的怪相。高恩一见,用肘子碰碰坐在隔壁的人,说这个话题可能使德国佬动了心,大约急得想认识这个女人吧。克里斯托夫脸红了,说话结结巴巴,最后气得迸出一句:这种女人该挨一顿鞭子。大家一听,立刻放声大笑;西尔伐·高恩用笛子般的声调反对说,女人是碰都不能碰一下的,甚至连用花去碰都不行——他在巴黎自命是多情骑士——克里斯托夫反驳说:一个这样的女人简直就是一条母狗,对付这种恶狗只有用一样东西,那就是鞭子。大家听了,叫得更加厉害。克里斯托夫说,他们对女人献殷勤都是虚伪的,行动上最不尊重女人的,口头上却反过来最尊重女人;他对他们讲的卑鄙无耻的下流勾当深恶痛绝。他们回嘴说:这不是什么下流勾当,而是自然的事,大家异口同声说,他们谈到的那个女人不但非常可爱,

而且是女人的典型。德国人又大叫起来。西尔伐·高恩别有用心地问他：你想象中典型的女人是怎么样的呢？克里斯托夫感到他们在设置一个圈套；但他脾气急躁，自信心十足，明知山有虎，偏向虎山行。他对这些轻浮浅薄的巴黎人解释他对爱情的看法。他找不到恰当的字眼，就费了好大的气力去搜索枯肠，好不容易才在记忆渔网中钓到了几个靠不住的表达方式，说了一大堆笑死人的话；他却并不慌张，而是认真得令人肃然起敬，全不把别人的嘲笑放在眼里，这说明他不可能看不出大家厚颜无耻地戏弄他的态度。最后，他一句话说了一半，说不下去，就使劲用拳头捶了一下桌子，不再多说了。

大家还想引他卷入争论；但是他只皱着眉头，不再发牢骚，肘子撑在桌上，又难为情，又很恼火。他咬紧牙关，除了吃喝之外，不再开口。他大杯喝酒，和那些酒只沾唇的法国人大不相同。坐在他旁边的人存心不良地灌他的酒，把杯子斟得满满的，他却毫不在意地喝光。虽然他不习惯这样大吃大喝，尤其是在刚刚饿了几个星期之后，但他还顶得住，没有像别人希望的那样丑态百出。他待在那里出神，大家也就不再注意他，以为他给酒灌得昏昏欲睡了。其实，他除了听法语谈话太吃力之外，老听人谈文艺也听累了——听到的不外乎演员、作家、编辑、后台的闲话、文人的床上韵事，他们的天地也太小了！在这些陌生的面孔和嘈杂的声音中，他记不住一个人，听不到一点思想。他的近视眼模模糊糊，若有所思，慢慢地绕桌子转了一圈，眼光落到每个人身上，却似乎一个人也没看见。然而，他实际上比任何人都看得更清楚；他自己却没有意识到。他的眼光不像巴黎人或犹太人的，他们像鸟啄食一样，一嘴能啄住小而又小的一颗一粒，而且片刻之间能把颗粒啄得粉碎。他却有如十月怀胎，绵绵不断，默默无言，像海绵一般吸收生活的印象，并且融入自己的灵魂。他似乎什么也没有看见，什么也不记得。过了很久以后——几个小时，往往是几天之后——他一个人观察自己时，才发现他把什么都据为己有了。

当时，他的一副神气像个呆头笨脑的德国人，只顾大吃大喝，唯恐少吃一口。他什么也听不清，只听见同桌的人称名道姓，奇怪的是，他酒醉心明，怀疑为什么这么多法国人的姓名听起来却像外国人：比利时人，德国人，犹太人，地中海东岸人，英国人……拉丁美洲人……

他没有注意到人家已经离开餐桌了。只有他一个人还坐在老地方，浮想联翩，回忆莱茵河畔的小山冈和大树林，耕过的田地，水边的草场，年老的妈妈。有几个同餐的人还站在大厅另外一头谈天。大多数人已经走了。于是他也拿定主意，站了起来，眼睛并不瞧人，走到入口处去拿挂着的大衣和帽子。穿衣戴帽之后，他正打算不辞而行，忽然从半开的门缝里看到隔壁小房里有一件东西吸引了他的注意。那是一架钢琴。他有好几个星期没有碰过一下乐器了。他走了进去，亲热地抚摩键盘，坐了下来，没有脱帽子和大衣，就弹起琴来。他已经完全忘记了自己身在何处。他一点也没注意到有两个人溜进了房间，来听他弹琴。一个是西尔伐·高恩，非常喜欢音乐——天晓得为什么！因为他对音乐一窍不通，不管好坏，一视同仁。另一个是音乐评论家丹沃斐·古耶。这一位——说起来更简单——既不懂，又不爱音乐，但这不妨碍他对音乐说长道短。和懂行的人相反，其实只有不知所云的人思想才最自由；因为说三道四，他都无关紧要的。

丹沃斐·古耶是个大胖子，腰圆背粗，肌肉结实，胡子漆黑，额头上挂着发卷，起了皱纹，但不表明思想深刻，脸孔方而不正，像粗制滥造的木刻，胳臂短，大腿短而胸部肥胖，看起来是个木材商人或者奥弗涅省的挑夫。他的风度并不高雅，举动却很傲慢。他是靠了政治才进入音乐界的，而在当时的法国，政治是飞黄腾达的不二法门。他和同乡的一个部长拉上了远亲的关系——"算不清的陈年老账中某个私生子"的儿子——部长不能当一辈子部长。看到部长的船快要沉了，丹沃斐·古耶拔腿就逃，自然已经先大捞了一把，能捞多少，就捞多少，毫不客气，尤其是勋章，因为他爱荣誉。最近一个时期，为了他的后台老板，也为了他自己，他受到了相当猛烈的攻击，他对政治就厌倦了，要找一个安全的避风港，可以攻击别人，而不被人攻击。那只有做评论家最好。刚巧，一家巴黎大报的音乐评论正没有人写。原来的评论员是一个有才华的年轻作曲家，因为坚持要对音乐家和音乐作品作实事求是的批评，被解除了职务。古耶从来没有搞过音乐，简直一窍不通，报馆却选中了他，一点也不犹豫。因为报馆怕和行家里手打交道；而古耶呢，至少不必怕他；他不会荒谬地认为自己的意见那么重要，而会听老板的话，要他攻击他就批评，打个招呼他就收兵。他是不是音乐家，那倒成了次要问题。音乐嘛，法国人个个都懂。古耶很快就学会了基本功。办法很简单，只要听音乐会时坐到一个音乐家旁边，最好是作曲家，听他讲对演出作品的意见。这样做上几个月的学徒，他就会懂行，笨小鹅也会飞了。说老实话，飞得自然不像老鹰；天晓得古耶冒充权威，在报纸上胡说八道，说了多少荒唐的错话！他听得一知半解，读得糊糊涂涂，迟钝的头脑里乌七八糟，却自高自大地教训别人；他写起评论来自以为是，东拉西扯，夹杂着一些双关语，故弄玄虚，盛气凌人；他的心理状态像个学监。有时，隔不了多久，他就会引起毫不留情的反驳，在这种情况下，他只好假装死人，避免回答。他既滑头滑脑，又粗心大意，既傲慢无礼，又平庸无知，总是见机行事。他对地位高、名气大的音乐大师卑躬屈膝（名位是他评估音乐价值的唯一标准）；无名之辈他全不放在眼里，穷音乐师他就充分利用——他并不是个傻瓜。

虽然有了权威和名气，他内心深处知道自己对音乐是外行；并且意识到克里斯托夫是个行家。他自然不会说出来，但免不了又敬又怕——现在，他听着克里斯托夫弹琴，竭力要听出点名堂来，装出全神贯注的样子，仿佛在沉思默想；其实，他什么也想不出，只是腾云驾雾似的在音符中飘来浮去，冒充知音，摇头晃脑，根据西尔伐·高恩动来动去、不断眨眼的表情，来决定他称赞的程度。

最后,克里斯托夫的意识渐渐从酒气和乐声中觉醒了,模模糊糊地觉得背后有人在指手画脚,他就转过身来,这才发现了两个音乐爱好者。他们两个赶快扑上前来,使劲地握他的手——西尔伐·高恩尖声说:此曲只应天上有;古耶装出学者的神气说:他的左手像俄国钢琴家鲁滨斯坦,右手像波兰作曲家帕德列夫斯基——或者相反,左手像波兰人,右手像俄国人——他们两人一致同意说:这样一个天才不该埋没,并且保证要提高他的身价。其实,两个都心怀鬼胎,打算尽可能先利用他为自己争名夺利。

一到第二天,西尔伐·高恩就请克里斯托夫到他家里去,亲热地把一架他不用的好钢琴交给他用。克里斯托夫心中乐思澎湃,要压也压不住,自然用不着高恩再三请求,一下就答应了,毫不客气地弹起琴来。

头几个晚上,一切都很好。克里斯托夫只要弹琴就感到幸福;西尔伐·高恩也还识趣,让他自由自在地弹琴。他自己也真心诚意地享受到快乐。说来奇怪,但每个人都见过这种事情:一个人既不是音乐家,也不是艺术家,而且心灵干枯,毫无诗意,感情肤浅,却对自己并不了解的音乐发生了好感,并且从中得到了声色之乐。可惜高恩一开心就会得意忘形,不吐不快。在克里斯托夫弹琴的时候,他不禁高谈阔论起来。他夸夸其谈,冒充风雅,说三道四,发表些奇谈怪论。于是克里斯托夫敲敲钢琴,说这样他就弹不下去了。高恩尽力忍住不说;但心有余而力不足,过不了一会儿,又是嘻嘻哈哈,长吁短叹,吹吹口哨,打打拍子,哼哼调子,模仿乐器的声响。好不容易等到弹完了一支曲子,他就像开了闸门的流水一般,一定要把自己不中听的感想告诉克里斯托夫。

高恩是个怪里怪气的四不像,重情感像日耳曼民族,不正经像巴黎人,自鸣得意才是他的本色。他有时把道听途说当作自己的宝贵意见,有时打些荒乎其唐的比喻,有时说些歪门邪道的下流话,有时简直是胡言乱语。为了称赞贝多芬,他看出了大师的放荡不羁,迷恋色情。在忧郁的思想中,他听出了高雅的打情骂俏。《升C小调四重奏》在他看来似乎大胆得可爱。《第九交响乐》中崇高的柔板使他想起了小天使。听到《第五交响曲》的开场白,他却大喊:"不要入场!里面有人!"他喜欢《赫登勒本》中的战争,因为他自以为听出了汽车的轰轰声。他随时随地能用形象来解释乐曲,但形象都幼稚可笑,牛头不对马嘴。人家不免怀疑:这种人怎么会喜欢音乐。然而,他的确是喜欢;他按照自己莫名其妙的方式去理解某几页乐曲,居然感动得流出了眼泪。但瓦格纳的一场歌剧使他感动之后,他却会像万马奔腾一般去弹奥芬巴赫的钢琴曲,或在听了《欢乐颂》之后,他又会哼上一段咖啡音乐厅中的陈词滥调。于是克里斯托夫气得跳了起来,高声呼喊——但他胡说八道还不是最可怕的时候;更可怕的是他一本正经,自命细致深刻,要在克里斯托夫面前卖弄的时候,那时说话的就不是西尔伐·高恩,而是哈密尔顿了。到了这种关头,克里斯托夫就狠狠地瞪他一眼,用冷酷无情的话来伤他的自尊心,钢琴晚会往往就这样不欢而散。但第二天,高恩什么都已忘记;而克里斯托夫也后悔不该对他粗暴,又回来了。

这些都不算一回事,偏偏高恩还要带人来听克里斯托夫弹琴。他要向人显示他的音乐家——头一回,克里斯托夫在高恩家碰到三四个小犹太人,还有高恩的情妇,她满脸涂粉,蠢得像头驴,只会人云亦云,说些不对题的俏皮话,谈论自己吃的东西,却自命为女音乐家,因为她每天晚上在游乐场卖弄大腿——克里斯托夫一见,脸都变了色。第二回,他干脆对西尔伐·高恩说,他不再来他家弹琴了。西尔伐·高恩赌咒发誓,说不再带人来。但他偷偷地把人藏在隔壁房里。当然,克里斯托夫总会发现的;一气之下他又走了,这一次当真不再回来。

然而,他还不得不应酬高恩,托他介绍自己到各国侨民家去教音乐课。

过了几天,丹沃斐·古耶也到克里斯托夫的陋室来了。看见他的居住条件这样差劲,古耶并不在意。正相反,他倒显得讨人喜欢了。他说:

"我想请你去听听音乐,你有没有兴趣?我到处都可以免费入场,所以来约你同去。"

克里斯托夫高兴透了顶。他觉得古耶关怀备至,体贴入微,就不胜感激地满口答应了。和头一天晚上比起来,古耶简直判若两人。和他单独在一起,他并没有什么架子,脾气好,能够虚心求教。要是面前还有别人,他立刻就恢复了高人一等的神气,说话的口气也显得目中无人了。再说,他要求教总有实际的目的。对没有现实意义的东西,他并不会感兴趣。目前,他收到了一份很难理解的乐谱,要听听克里斯托夫对乐谱的评价如何,因为他自己几乎连读也读不懂。

他们一起去交响音乐会。入口是和一家咖啡音乐厅合用的。他们要走一条弯路,才能走进一个没有余地的大厅。空气闷人,座位拥挤,一些听众站着,把路都挡住了——这就是法国式的不方便。一个烦恼得似乎无法忍受的人在快马加鞭地指挥一支贝多芬的交响曲,仿佛只恨乐曲老也不完。隔壁咖啡音乐厅轰隆轰隆的舞曲和《英雄交响乐》中的《葬礼进行曲》此起彼伏。听众不断进来,找个座位,拿出小望远镜来看。等到没有人进来了,又有人开始出去。克里斯托夫绞尽脑汁,像在赶集一般追寻乐曲的线索,费了九牛二虎之力,好不容易才得到了一点乐趣——因为乐师们还是能手,而克里斯托夫已经好久没有吸收交响音乐的奶汁了——不料半途中古耶抓住他的胳臂说:

"现在得走了。换一个音乐厅吧。"

克里斯托夫皱皱眉头,没有提出反对的意见,就跟着向导走了。他们穿过了半个巴黎,才到了一个闻得到马粪味的大厅,那里也许演出过马戏或者是杂技——在巴黎,音乐也像两个合租一间房子的穷工人:上日班的工人刚起床,上夜班的就钻进了他的热被窝——空气当然不流通,从路易十四的时代起,法国人就批评空气不好;戏院的空气和凡尔赛宫从前的空气一样,恶浊得不好呼吸。一个庄重的老人像马戏班指手画脚的驯兽师一样,正在指挥瓦格纳的一幕歌剧,可怜的演员也像马戏班的狮子,对着台灯不知所措,要听到鞭子响狮子才记得演什么。看表演的有假装正经的胖女人和傻丫头,脸上都装出了笑容。等到狮子表演完了,驯兽师行了礼,大家鼓完了掌,古耶又要带克里斯托夫去听第三个音乐会。这一次,克里斯托夫紧紧抓住椅子的扶手,说什么也不肯去,这样东奔西走,东听几句交响乐,西听几句协奏曲,真叫他受不了。古耶对他解释说:在巴黎干音乐评论这个行当,看比听还更重要,但他是白费劲。克里斯托夫说音乐要静心听,不能坐着马车看。这样乱七八糟的音乐叫他难受,他一次只能听一个音乐会。

他对这种听音乐的连续作战方式觉得非常奇怪。像大多数德国人一样,他以为音乐在法国并不占太多的地位,所以他期望听到少而精的音乐。没想到一开头,七天之内就要听十五个音乐会。一个星期的每个晚上都听,往往同一个晚上有两三个音乐会在不同的地区举行。而星期天更多,总是同一时间开四个音乐会。克里斯托夫佩服他们对音乐的胃口这样大。节目的丰富也使他惊讶。他一直以为只有他的德国同胞才对音乐这样贪得无厌,他在故国不止一次对这抱有反感。他现在才发现在音乐餐桌上,巴黎人得分并不少于德国人。他们在餐桌上大吃大喝:两支交响乐,一支协奏曲,一两支序曲,一幕抒情歌剧。而且来自四面八方:德国,俄国,斯堪的纳维亚各国,法国;——五花八门:啤酒,香槟,麦酒,葡萄酒,应有尽有;——他们狼吞牛饮,一刻不停。克里斯托夫看见巴黎的小鸟居然胃口这么大,觉得简直是天外奇谈。他们却不把这放在眼里!他们仿佛是个无底酒桶……桶里一滴酒也没有。

克里斯托夫不久就发现这大量的音乐其实没有多少东西。在所有的音乐会上他听到的都是同样的作家同样的作品。丰富的节目从来跳不出这个小圈子。几乎没有贝多芬以前的作品。几乎没有瓦格纳以后的作品。就是在他们两人之间,又遗漏了多少作家!音乐似乎只限于五六个德国名人,三四个法国名人,自从法俄联盟以来,又加了半打莫斯科的作品。没有法国的古曲。没有意大利的名曲。没有德国十七八世纪巨人的作品。没有当代的德国音乐,只有理查德·施特劳斯是个例外,因为他比别人考虑更周到,每年都要亲自来对巴黎听众演奏他的新作品,使他们不得不听。至于比利时的乐曲,没有。捷克的乐曲,也没有。最奇怪的是:几乎没有当代法国音乐——然而大家谈起来却用些神秘的字眼,仿佛是翻天覆地的大变化。克里斯托夫很想听听,他很好奇,没有成见,只想了解新事物,欣赏天才的杰作。但不管他怎样费劲,结果也没听到,因为他不能把三四支细腻冷淡、精心雕琢的曲子当作法国现代音乐的代表,所以他也没有怎么注意。

克里斯托夫在发表自己的意见之前,先要了解一下音乐界的评论。

这可不太容易。评论界是各自为政的。不但是各个音乐杂志互相攻击,嬉笑怒骂,都成文章;就是同一个刊物也自相矛盾,一篇文章攻击另外一篇,前言不对后语。如果从头到尾都看一遍,会看得人头昏脑涨。幸亏每个编辑只读自己的文章,而读者却一篇也不看。但克里斯托夫要对法国音乐有个准确的了解,就每篇文章都要啃上一遍;啃后对这个民族满不在乎地放浪形骸之外,若无其事地应付重重矛盾,如鱼得水,游刃有余,不禁大为意外。

在分歧的意见中,最使他惊讶的是评论家教训人的口气。谁说法国人可爱,是什么也不相信的空想家?克里斯托夫见到的却是穿着音乐的奇装异服,不懂装懂,装得比莱茵河彼岸的德国人还更懂音乐的评论家。

在那个时候,法国的评论家下决心要学音乐,他们都有自己的见解;他们居然肯花工夫来思考艺术问题,而且是用自己的头脑来思考。当然,这些人都不出名,他们只能蜷缩在自己的小天地里;除了一两个例外,报纸并不发表他们的评论。他们是些好人,有头脑,有兴趣,但他们脱离了社会,这有时会使他们反常。他们养成了自言自语的习惯,这使他们评论时不够宽容,说话啰唆。另外还有些人只在仓促之间学了一点基础的和声学;对入门的知识已经觉得高深莫测,于是就像一个文盲刚学了语法规则一样,妙不可言:

"德,阿,达。佛,阿,法。勒,阿,拉……多妙啊!会一点什么多好啊!……"

他们谈的只是主题和对位,泛音和结合音,九度音程和大三度音程等等。只要他们说出了一页乐谱上的一组和声,他们就洋洋自得地擦擦额头上的汗,以为他们已经说清了这一部作品,几乎以为作品是自己写的了。说老实话,他们只不过是像中学生在分析拉丁文法一样,用课本上的名词重来复去而已。即使是最好的评论家也很难把音乐看成是灵魂脱口而出的语言,如果他们不把音乐当作图画的附属品,就把音乐的地位定在科学的外围,贬低得成了拼凑和声的问题。这样有学问的人自然要挑剔过去的音乐大师。于是他们指摘贝多芬的错误,要打瓦格纳几大板。至于柏辽兹和格鲁克,那更不在话下。按照当时的风气,他们简直目中无人,只看得见约翰-赛巴斯蒂安·巴赫和克洛德·德彪西。而巴赫最近几年给大家乱捧,也开始显得卖弄学问,顽固不化,可以说是有点宠坏了。出色的评论家又神秘莫测地捧出了拉摩和伟大的哥波冷了。

在这些有学问的人之间引起了历史性的争论。他们都是音乐家;但他们又不是同一派的,而且每一次都认为只有自己那一派正确,并且大骂对方是笨蛋!他们互相谩骂,说对方是冒牌文人,假充学者;给对方戴帽子:唯心主义或唯物主义,象征主义或真实主义,主观主义和客观主义。克里斯托夫暗暗叫苦:早知如此,何必从德国到巴黎来,再听一次在德国听过的争论呢?他们不但不感激不同的音乐给他们带来的乐趣,反而不能容忍不同方式的音乐;这时,一场新的激烈争论使音乐家两军对垒:一军是对位派,一军是和声派。就像大头派和小头派的争论一样无聊,对位派坚决认为音乐是空间性的,和声派却认为音乐是时间性的。一派只谈味道美妙的和音,落口消融的并列和弦,令人口角生津的和声,他们谈到音乐就像在谈蛋糕店。另一派却不许人只谈耳朵,他们认为音乐是篇演说,是正在开会的议院,议员们可以同时七嘴八舌,不管别人说些什么,一直等到自己说完为止,别人听不见那是活该倒霉!反正第二天公报上会发表,谁都可以去读:乐曲本来就是写来读的,不是听的。克里斯托夫头一回听到空间派和时间派的争论时,简直以为他们疯了。人家问他是支持时间先后派,还是

空间前后派,他就以不变应万变的老一套说:

"诸位先生,我是大家的对头!"

人家坚持要问:

"音乐的和声与对位,哪一样更重要?"

他回答说:

"音乐最重要。让我看看你们的音乐作品吧?"

关于他们的音乐,他们大家的意见倒是一致的。这些大无畏的音乐战士,在他们不攻击名垂千秋的古人时,就互相攻击,但为了一种共有的热情——那就是音乐方面的爱国心——他们却化敌为友了。对他们说来,法国是一个在音乐上伟大的民族。他们七嘴八舌地说德国已经没落——这样说没有伤害克里斯托夫。他自己早就严厉地批评过德国,所以说真心话,他并不能反驳这个结论。但说到法国音乐的优越性却使他有点吃惊,因为说老实话他在过去的历史上看不到法国留下了多少痕迹。然而法国音乐家硬说他们的艺术在非常遥远的过去就已经是令人钦佩的。为了吹捧法国古代的音乐,他们甚至不惜贬低法国上个世纪的大师,只有一个大师例外,那却是一个纯粹的比利时人。处决了近代音乐之后,他们就可以恣意吹捧古代的大师了。其实这些古人早已被人遗忘,有些大师根本就是无名之辈。法国的世俗学派认为一切都应该从法国大革命算起,音乐家却相反,认为大革命不过是山脉中的一个山头,应该登上山顶去看看山后的高山,音乐的黄金时代,艺术的理想世界。在长时间的销声匿迹之后,黄金时代又要重新出现了,理想世界的围墙就要土崩瓦解,音乐的魔术师又要使不可思议的春天百花齐放;音乐的老树又要吐出嫩芽新叶;在和声的花坛上,奇花异葩睁开了笑眼来欢迎新生的曙光;人们已经听到淙淙的泉水声和潺潺的溪水声在歌唱……这真是一首田园诗。

克里斯托夫听得心旷神怡。但他一看巴黎戏院的广告,看到的名字总是梅耶贝尔、古诺、马斯涅,甚至还有他太熟悉的玛斯加尼和雷翁加伐罗;他就问他的朋友:难道这种不知羞耻的音乐,这些丧魂失魄的女人,这样矫揉造作的纸花,这类出卖脂粉香水的商店,就是他们所说的迷得人神魂颠倒的乐园?他们气得大叫:说那是没落时代的遗迹,现在已经没有人提了——但事实上,喜剧院正在演《乡村骑士》,歌剧院正在演《巴耶斯》;马斯涅和古诺的作品最流行;《迷娘》、《胡格诺教徒》和《浮士德》这三位一体的歌剧已经欢天喜地演上了一千场——不过这在他们看来都无关紧要;他们睁开眼睛不看事实。不识好歹的事实居然胆敢打破他们的理论,他们最简单的办法是否认事实。法国评论家否认这些不知羞耻的作品,否认为作品鼓掌的听众;不消再往前走几步,他们就要否定整个的音乐歌剧了。在他们看来,歌剧是文学作品的一类,所以是不纯的。(因为他们都是文人,只好一口咬定自己不是。)一切表现的、描写的、启发的音乐,总而言之,一切言之有物的音乐都被贴上了"不纯"的标签——每个法国人心里都有个罗伯斯庇尔。他不把一个人或一件东西送到断头台上去,就认为他不纯——伟大的法国评论家只承认纯音乐,而把一切不纯的都说成是下里巴人。

克里斯托夫想到自己的趣味不纯,未免泄气。但看到瞧不起歌剧的音乐家都在为歌剧院作曲,甚至没有一个不写歌剧的,他才放了一点心——当然,他们写不纯的歌剧并不重要。重要的是按照他们提出的纯音乐标准,来对他们做出评价。于是克里斯托夫就来寻找他们的纯音乐。

丹沃斐·古耶带他去听了几次一个民族艺术协会举办的音乐会。法国的音乐新星都在这里受到长期的训练和培养。这是一个艺术团体,一个小教会,里面有许多礼拜堂。每个礼拜堂都有自己崇拜的圣人,每个圣人都有自己的信徒,每个信徒都说其他圣人的坏话。在这些圣人之间,克里斯托夫起初并看不出什么大分别。因为他搞惯了的艺术和新派音乐完全不同,理所当然,他对新派音乐一点也不懂,偏偏他又以为自己懂得,那就更不懂了。

在他看来,新派音乐似乎沉浸在天长地久的一片朦胧中。人家会以为是一幅灰蒙蒙的图画,线条模模糊糊,时深时浅,时隐时现。有些线条画得僵硬笔直,粗糙干瘪,好像是用三角板画的,线条折回时形成了尖尖的锐角,像女人瘦骨嶙峋的肘弯。有些线条波浪起伏,像雪茄冒出的烟一样蜿蜒曲折。但一切都是灰色的。难道法国就没有太阳了?克里斯托夫一到巴黎只看见雨和雾,他几乎要这样认为;但如果真的没有了太阳,创造一个太阳正是艺术家的天职。法国人点着了他们的小灯,但只不过像萤火一样,既不能取暖,也很难照明。音乐作品的标题变来换去:春天,正午,爱情,生活的乐趣,乡间的漫步,但是换汤不换药,音乐一点也没有变,千篇一律的温柔、苍白、麻木、软弱、萎靡——那时法国的风气是:冒充风雅的人说音乐要轻声细语。他们说得也对,因为说话声音一高,那就成了大叫大嚷,高低之间没有中间的道路。不是半睡不醒地说梦话,就是闹剧式的大声呐喊,别无选择余地。

克里斯托夫感到昏昏沉沉,要睡着了,便打起精神来看节目,他惊讶地发现在灰色天空中飘过的云雾,他们居然以为是明确的题材。因为理论归理论,实际上他们所谓的纯音乐几乎都是标题音乐,至少是有主题的。他们口口声声谩骂文学,但不用文学做拐杖,他们又寸步难行。这是多么古怪的拐杖!克里斯托夫看到他们勉为其难地描写的主题,简直幼稚可笑:不是果园,就是菜园,或是鸡窝,的确成了植物园或动物园了。有些人把卢浮宫的油画或歌剧院的壁画移植到交响乐或钢琴曲中来;他们把居伊普、波德里、保尔·波特的绘画变成音乐,加上注解,说这是引起特洛亚战争的苹果,那是荷兰的乡村客店,或是一匹白马的屁股。对克里斯托夫说来,这似乎是些返老还童的作品,他们喜欢图像,自己却不会画,只好脑子里想到什么,就在练习本上随便涂些什么,还天真地在下面用大写字母注明,说这画的是一栋房子,或者是一棵树。

除了这些用耳朵看形象的画家之外,还有一些用音乐来研究形而上学的哲学家;他们的交响乐表现抽象原则的斗争,说明一个象征或一种宗教。他们还在歌剧中研究当代的法律和社会问题:民权和女权宣言。他们毫无愧色地在舞台上大唱离婚问题,非婚子女认父问题,政教分权问题。象征主义分成两派:世俗派和教会派。他们要废旧商人高唱哲学,轻佻女工批评社会,面包师傅做出预言,渔夫宣传宗教使命。歌德早就说过:他那个时代的艺术家"用寓言画来表现康德的思想"。克里斯托夫的同代人却是用音符来表现社会学了。左拉,尼采,梅特林克,巴莱斯,姚莱斯,芒台斯,《福音书》,红磨坊歌舞厅,都成了精神粮食的蓄水池,歌剧和交响乐的作者可以来汲取营养。不少人看到瓦格纳成功的榜样,心醉神迷地大叫起来:"我呀,我也是诗人!"——于是他们满怀信心地在乐谱上写些有韵或者无韵的诗句,就像小学生或者没落的小报记者写的一样。

这些思想家和诗人都是纯音乐派。但他们只谈而不写。有时他们也作曲。那总是言之无物的音乐。偏偏他们倒能成功,正是因为他们言之无物——至少克里斯托夫觉得是这样——的确,他还没有掌握入门的钥匙。

要懂得外国音乐,先要舍得花工夫去学外国语,不能以为外国语是不学而会的。偏偏克里斯托夫像老实的德国人一样,以为自己已经会了。这是情有可原的。许多法国人并不比他更懂法文。就像路易十四时代的德国人,因为拼命学说法语而把本国语忘记了,十九世纪的法国音乐家这么久不学本国语言,结果他们的音乐竟成了外国的方言。直到最近,才在法国开展了说法语的运动。运动并不完全成功,因为习惯难改,除了少数人以外，多数人的法语不是比利时化，就是带有日耳曼味。无怪乎德国人要搞错，会很有把握地说：他们说的是不纯粹的德语，没有什么意思，因为连他这个德国人也一样都不懂。

克里斯托夫的确就是这样想的。法国的交响乐在他看来是抽象的辩证法，音乐主题就像做数学习题一样，不是对立就是叠合的，要说明音符的排列组合，只消用数字或字母来代替音符就可以了。有一个人的音乐构思，就是把一个音响的公式逐渐展开，作品十分之九都停留在不成形的幼虫状态，直到最后一部分的最后一页，看起来才成形了。另外一个人在一个主题上架床叠屋，加了一些变奏曲，显得非常复杂，然后一点一点地简化，直到最后才显出主题来。一定要既是个老糊涂，又是个小天真，才会觉得这种音乐好玩。这种作品费了作曲家多少功夫，真是骇人听闻。他们花了好几年才写出一支幻想曲。他们寻找新的和音组合，连头发都累白了——只是为了表现……表现什么，那倒并不重要！只要表现方式是新的。据说器官产生需要，眼睛产生视觉，所以表现方式最后总会产生思想的，主要的是：方式一定要新。不惜任何代价，一定要新！他们害怕"已经说过的"陈言，简直成了病态。最胆大的也吓得不能动弹了。可以感觉得到：他们老是提心吊胆，处处留神，时时准备涂改，时时问自己："天呀！我在哪里见过这种表现方式呢？"……还有些音乐家——尤其是在德国——花时间把别人的乐句东拼西凑起来。而法国音乐家却要每句检查，看看别人有没有用过同样的旋律，并且涂来改去，改变音符的形式，一直要改得面目全非才罢。

虽然面目全非，还是骗不了克里斯托夫，他们枉费心机，穿上复杂语言的奇装异服，模仿超过常人的喜怒哀乐，使乐队的演奏大起大落，或者展开一些毫无生气的和声，一些纠缠不休的单调音，或者萨拉·裴娜式的吟诵，从小调开始，一连几小时像半睡半醒的骡子走上了溜来滑去的下坡路——不管他们耍什么花招，克里斯托夫都能看出渺小、冷淡、干枯的心灵，虽然脸上涂脂抹粉，好像古诺和马斯涅，但是并不自然。于是他又说出了格鲁克批评过法国人的那句并不公平的话：

"随他们去吧，他们转来转去，总也转不出新花样来。"

不过，他们想方设法把花样搞得高深莫测。他们用民歌作交响乐的主题，作得像巴黎大学的博士论文一样。这是当时流行的玩意儿。世界各国的民歌都先后用上了。他们把民歌编成些《第九交响乐》或者法朗克的《四重奏》，但更加难懂。只要他们中间有一个人认为一个乐句太好懂了，他们就赶快在中间插上一句毫无意思,和头一句毫不相容的乐句——而大家却觉得这些可怜虫沉着冷静呢!……

一个年轻的乐队指挥衣着整洁,神色不安,在指手画脚地指挥乐师雷鸣电击般演奏这些作品,姿态好像米开朗琪罗,仿佛是要扇动贝多芬或瓦格纳的大军似的。听众中有一些无聊得要死的凡夫俗子,他们说什么也舍不得错过这样花大价钱买无聊、争面子的机会,还有一些小学徒,他们很高兴能一试身手,看看学校里传授的知识能不能派上用场,他们随意寻找音乐的线索,狂热地鼓掌,和指挥的姿态、音乐的喧哗配套成龙,相得益彰……

"说倒说得好!……"克里斯托夫说。

(他已经学会巴黎人的腔调了。)

但学会巴黎的腔调到底比了解巴黎的音乐容易。克里斯托夫评论的时候全凭热情,而德国人生来是不容易了解法国艺术的。至少,他是真心诚意的,如果人家证明他错了,他也愿意承认错误。因此,他并不认为他的意见是一成不变的,他把大门打开,让新印象来改变成见。

就在现在,他也承认法国音乐很有才华,内容有趣,在节奏与和声方面都有新奇的发现,是搭配得很好的柔软而光滑的布料,是令人眼花缭乱的色彩,是在不断消耗创造力和聪明才智的作品。克里斯托夫觉得很有趣味,从中得益不浅。法国的小人物都比德国音乐家思想更加开通;他们不怕舍正路而不由,大摇大摆地走上林间小路。他们有意要迷失方向。但他们都是些聪明的孩子,怎么走也不会迷路。有些人走了几十步,又回到大路上。另外一些人很快就走累了,随便在什么地方停了下来。还有些人几乎要找到新路了,却不继续前进,而在树林边上坐下,在树底下逍遥自在。他们最缺少的,是意志,是力量;他们有一切天赋的才能——只缺一样,那就是强烈的生命力。尤其是他们大量的精力似乎都耗费得不明不白,在半途中就消失殆尽了。很少艺术家清楚明白地意识到自己的天生丽质,肯坚持不懈地集中他们的力量,去达到一个既定的目标。法国人一片混乱常见的后果是:巨大的人才资源和意志力量都消耗在变化不定和自相矛盾之中。他们的大音乐家——仅以近代而论——如柏辽兹,如圣·桑,几乎毫无例外,都陷在自相矛盾的泥坑中,摧毁自己,否定自己,因为缺少毅力,缺少信心,尤其是缺少内心的指南针。

克里斯托夫带着当时德国人目空一切的心理,自言自语:

"法国人只会浪费生命去搞发明创造,却不会利用发明的成果。他们总是需要另外一类人来当家做主,需要一个格鲁克或者拿破仑才能使他们的革命开花结果。"

他想到了雾月十八日拿破仑发动的政变,不由得微笑了。

然而,在这一片混乱之中,有一个团体却努力要在艺术家的心中恢复秩序与纪律。一开头他们就取了一个拉丁名字,使人想起了一千四百年前,东西哥特人和汪达尔人大迁移的时候,有个风行一时的宗教组织。克里斯托夫有点奇怪,为什么追根溯源不怕遥远。能够鉴古知今,当然不错。但是一座高达十四个世纪的钟塔,恐怕不会是个方便的瞭望台,那里可以上观天象,但不宜于下察民情。克里斯托夫一见这些古人的子孙并不老是待在塔上,只是上去敲钟而已,这才放下心来。其实,他们十之八九都待在下面的教堂里。克里斯托夫参加过几次祭礼,花了好长时间才看出他们是天主教;起先,他还深信不疑,以为他们属于基督教的某个小宗派呢。群众拜倒在地;信徒都很虔诚,不能容忍不同意见,动不动就气势汹汹,咄咄逼人;带头的是一个纯而又纯,冷而又冷的人物,倔强却又有点幼稚,他维护宗教、道德、艺术原则的完整性,用抽象的字眼向少数选民解释音乐的福音,并且从容不迫地谴责高傲自大和异端邪说。他把艺术的过错和人类的罪恶都归咎于"傲"和"邪"两个字:文艺复兴,宗教改革,以及目前的犹太主义,他都不分青红皂白,归为一类。音乐界犹太人的模拟像都穿上了侮辱人格的纸衣,用火烧掉。亨德尔的巨像挨了顿鞭子。只有约翰－赛巴斯蒂安・巴赫一个人得以幸免,因为天主圣恩浩荡,原谅他是一个"误信邪说的新教徒"。

这个取了拉丁名字的团体,像圣・雅各街上的教堂一样传道说教,要拯救灵魂,拯救音乐。他们有条不紊地讲授天才之道。有些刻苦努力的学生,满怀信心,不怕艰难,专心致志地按照这些验方秘诀来实践。人家会以为他们要用虔诚和劳苦来为他们祖先的轻薄赎罪:为奥柏,为亚当,为那个罪该万死、恶魔附体的柏辽兹,他简直就是恶魔的化身,是恶魔化成音乐了。他们带着值得称赞的热情和真心实意的虔诚,来宣扬举世公认的大师,来对他们顶礼膜拜。十年之间,他们的确完成了不少作品,使法国音乐蔚然改观。不只是法国的评论家,就连法国的音乐家本身也学会音乐了。现在可以看到:从作曲家直到演奏能手,都知道巴赫的作品!……他们尤其做出了巨大的努力,要打破法国人闭关锁国的思想。这些法国人把自己关在家里,不太出门。因此,他们的音乐呼吸不到新鲜空气,闻起来是闭塞

的室内乐,有一股躺椅上发出来的、走不动的味道。这和贝多芬的音乐正好相反:贝多芬在田野里作曲,大踏步前进,不管上坡下坡,天晴下雨,他都手舞足蹈,高声大叫,吓得羊群拔腿就跑!巴黎的音乐家不像贝多芬这只波恩的大熊,他们即使灵感冲动,也决不会哗哩哗啦地惊动邻居。他们作曲的时候,思想都塞住了耳朵,挂起了窗帘,免得外面的声音传进来。

　　拉丁学派努力要换新鲜空气;他们打开了通往旧时代的窗子。但是只能回顾以往。这是朝着内院而不是朝向大街开的窗口。有多大用处呢?窗子刚刚打开,他们又关上了百叶窗,好像怕着凉的老太婆。从窗口吹进来的一阵阵中世纪的歌声,有巴赫,有帕莱斯特里那,还有民歌。但这算得了什么? 房间里还是一样闻得到一股闷味。其实,他们觉得房里舒服,他们信不过现代派的大潮流。如果说他们知道的比别人多,那么,他们否定的也不比别人少。在这种环境中,音乐成了传道说教;一点也不放松,音乐会成了历史课,或者是启发开导的范例。先进的思想也变得束手束脚。伟大的巴赫本来是怒潮汹涌的,一进教堂的怀抱,却变成俯首帖耳,唯命是听了。他的音乐受到经院派的头脑改造之后,就像喜怒哀乐形之于色的《圣经》给英国人的头脑软化了一样。他们过分夸张的理论是一种高雅的折中主义,把六世纪到二十世纪三四个伟大时代的音乐特点都要兼容并包,合而为一。这个理论如果可能实现,那在音乐上的价值,就等于印度总督周游世界回来,把他搜罗得到的奇珍异宝建成的一个金库。但法国人有常识,不会去打一场纸上谈兵的战争;他们小心谨慎,避免实践这套理论;他们对付理论家就像莫里哀对付医生一样:只请他开药方,而不吃他的药。他们中的强者只走自己的路。其余的人也在实践中坚持练习非常艰难的对位法,并且把他们的练习叫作奏鸣曲,四重奏,交响乐……"奏鸣曲,你要我怎么写?"——它什么也不要,只要你写一首奏鸣曲。它的思想是抽象的,无以名状的,紧紧对位,没有乐趣的。这正是一个律师心目中的艺术。克里斯托夫起先感激法国人不喜欢勃拉姆斯,现在却发现法国有许多小勃拉姆斯。这些音乐家都是吃苦耐劳的工人,有责任心,有道德感。克里斯托夫离开了会场,觉得很受教育,也很无聊。很好,很好……

但会场外面,天气多么好啊!

然而,在巴黎到底还是有几个独立自主、脱离一切学派的音乐家。只有这些人才能引起克里斯托夫的兴趣。也只有这些人才能使他衡量出一种艺术的生命力。学派和社团表面上显示的只是流行的式样和生制硬造的理论。只有超凡脱俗、独立自主的艺术家才有更多的机会去发现他们的时代和民族的真实思想。的确,为了这个缘故,一个外国人更难理解他们。

克里斯托夫头一回听到那部名作的时候,情况就是这样。法国人把那部名作吹得天花乱坠,有人甚至说那是十个世纪以来音乐界最伟大的革命……(一个世纪对他们说来算不了什么!其实他们只知道自己那个世纪……)

丹沃斐·古耶和西尔伐·高恩把克里斯托夫带到喜剧院去听德彪西的《佩莱阿斯和梅丽桑德》。他们引以为荣地向他推荐这部歌剧,仿佛这是他们自己的作品。他们告诉他:他听剧后,会发现翻天覆地的大变化。歌剧已经开演了,他们还在不断地解释。克里斯托夫要他们住嘴,伸长了耳朵来听。演完了第一幕后,高恩的眼里闪烁着光辉问他:

"好,我的老朋友,你觉得怎么样?"

他反问道:

"整个一出戏都是这样的吗?"

"是的。"

"那就算不得什么了。"

高恩叫了起来,说他没有文化修养。

"的确算不了什么,"克里斯托夫接着说,"没有音乐,没有发展。怎么接下去呢? 怎么站得住呢? 只有和声非常细致。乐队的小效果很好,趣味很高。但整个说来算不了什么,的确算不了什么……"

他又接着听第二幕。慢慢地灯光亮了;他开始在昏暗中看出了一点东西。对的,他看明白了作者用清醒的意志来对抗瓦格纳狂热的理想,而瓦格纳汹涌澎湃的音乐把戏剧淹没了;他含讽带刺地怀疑:理想虽然做出了牺牲,但牺牲的东西是不是属于作者呢? 他在作品中感到一种畏难情绪,作者想以最小的代价取得最大的效果,所以懒得做出艰苦的努力,而瓦格纳的鸿篇巨构却是需要呕心沥血的。他也不是没有感到唱词的和谐、简朴、含蓄,虽然他觉得单调,作为一个德国人,他甚至觉得不真实——他发现唱词越要显得真实,越使人感到法国语言不适宜配乐,因为法语太重逻辑,太清楚,太明确,本身是个完美的世界,所以闭关自守,与外界隔绝了——然而,这种尝试能引起好奇心,克里斯托夫也赞成这种革新的精神,反对瓦格纳艺术过分夸张的作风。德彪西这位法国音乐家小心谨慎、含讽带刺地注意使强烈的感情只低声细语。爱情,死亡,都不高声大叫。只不过是旋律的曲线稍微震动一下,或者乐队像嘴角起皱似的颤抖一下,就可以意识到心灵深处正在演出的戏剧。人家会以为艺术家唯恐泄漏天机。他真是表达情趣的天才——不过偶尔,在法国人心中睡着了的马斯涅也会醒过来吐露衷情。那时,大家又会看到太黄的鬈发,太红的嘴唇——那是一些第三共和国大老板的女儿在扮演多情人了。但这种时刻是少而又少的:这是作曲家拘束得太久,不得不放松一下;一放松立刻又收紧了,作品流露的风格是千锤百炼后得到的单纯,一种并不简单的单纯,这是刻意求工的结果,是古老社会精工细雕的花朵。克里斯托夫这样的小蛮子哪能欣赏到个中真味的一半! 尤其是整个诗剧使他恼火。他以为看到了一个半老的巴黎女人装作小孩子,要人家给她讲童话。这不再是瓦格纳派的多愁善感、无病呻吟、粗头笨脑的女主角,像莱茵河畔的傻姑娘那样。但法兰西和比利时的混血姑娘也好不到哪里去,她模仿"纱笼"里的贵族小姐撒娇装憨,说什么"我的头发呀"、"我的小爸爸"、"我的鸽子呢"那一套交际花常用的莫名其妙的字眼。巴黎人的灵魂都在歌剧中反映出来了,并且美化了,可以看到他们没精打采、听天由命的形象,在闺房里涅槃的阴影,软绵绵的忧郁伤感。至于意志却无影无踪了。没人知道他要做什么。没人知道他在做什么。

"这不是我的错!这不是我的错!……"这些大孩子呻吟着。五幕歌剧从头到尾都在苍茫暮色中演出——森林,洞穴,地道,停尸间——岛上的小鸟从来不挣扎。可怜的小鸟!美丽,温和,纤巧……它们多么害怕太强烈的光线,太粗野的姿态、语言、感情、生活!……生活并不是高雅的。不能老是戴着手套生活呀。

克里斯托夫听见炮声卷地而来,就要粉碎这精疲力竭的文明,这奄奄一息的小希腊。

是不是高高在上的怜悯使他不顾一切地同情这部作品呢?作品使他感到的兴趣,超过了他承认的程度。虽然他走出戏院时口口声声回答高恩说:作品细致有余,细致有余,但是热情不够奔放,音乐也有所不足,但他尽量避免把《佩莱阿斯》和其他法国音乐作品混为一谈。在一片蒙蒙灰雾中,这一盏灯却大放光明,不能不引起他的注意。他还看见别的灯光,有的强烈,有些奇光异彩,都在周围闪闪烁烁。这些鬼火使他摸不着头脑,他巴不得走过去一把抓住,看看光是怎么发出来的,但却不容易抓到。这些自由自在的音乐家,克里斯托夫越不理解,就越想了解,却越难接近。他们似乎并不需要别人同情,而克里斯托夫却富有同情心。他们除了一两个人以外,都不读别人的作品,都不理解,也不想要理解。几乎都各过各的,不管是由于主观愿望还是客观现实,他们都脱离大众,关在狭窄封闭的小圈子里——不是傲慢,就是野蛮,不是厌恶,就是反感。他们虽人数不多,却分裂成对立的小团体,并且不能共处。他们极端敏感,心眼太小,不能容忍敌人、对头、甚至朋友,老怪朋友的称赞不是太冷淡,就是太热烈,不是太庸俗,就是太偏激。要想满足他们,实在是难上加难。他们每个人结果都只相信一个评论家,只发给他评论执照,要他把自己当偶像崇拜,要他唯恐失去恩宠。偶像是千万碰不得的——他们只求自己了解自己,结果更没有别人了解。他们由于同伙和自己的捧场而得意忘形,变得面目全非,结果反而不能脚踏实地,意识不到自己究竟有多少才能,到底掌握了多少艺术。明明是一厢情愿的幻想,却自以为是在革新。一些精雕细琢的艺术家居然要和瓦格纳争个高低上下。他们几乎都是拔高身价的牺牲品。他们每天一定要跳得比头一天更高,比他们的对手更高。但跳高的成绩并不总能称心如意,而且只有几个同行感兴趣。他们不把群众放在心上,群众心上也没有他们。他们的艺术是脱离人民的艺术,他们的音乐只从音乐本身汲取营养。而在克里斯托夫看来——不管他的看法对不对——没有什么音乐比法国音乐更需要外来的支持了。攀援植物不能没有支架;法国音乐怎能没有文学支援?音乐本身哪有用之不尽、取之不竭的生命液汁?她的呼吸短促,血液不够丰富,意志不够坚强。她像一个形容憔悴的女郎,需要精力旺盛的男子汉。但这位东罗马帝国的皇后亭亭玉立,面无血色,却穿戴得珠光宝气,前呼后拥的都是宦官:冒充风雅的文人学者和评论家。法兰西民族并不是生来就欣赏音乐的民族;二十年来为瓦格纳、贝多芬、巴赫或德彪西摇旗呐喊的人,并没有超出某一个阶层的范围。形形色色的音乐会,不惜血本掀起的音乐高潮,并不表明群众趣味发展的真正高度。这不过是超额的赶时髦,只不过是少数精英的事,而他们也晕头转向了。真正热爱音乐的人为数不多,并不是那些高谈阔论、大吹大擂的作曲家和评论家。在法国,真正热爱音乐的音乐家实在太少了!

　　克里斯托夫就是这样想的;他不知道到处都是一样,即使是在德国,也并没有更多真正的音乐家,在艺术上,重要的并不是成千上万毫不了解艺术的人,而是热爱艺术、自豪而又谦逊地为艺术献身的少数人。他在法国见到这少数人没有?无论是作曲家还是评论家,精英都是默默无闻、远离尘世、埋头工作的,像法朗那样,像当代最有才华的作曲家那样,多少艺术家不见天日地度过了整整的一生啊!后来的新闻记者才能引以为荣地发现他们,并且自称是他们的朋友——这支任劳任怨的知识分子的小队伍,没有野心,不在乎自己,一砖一瓦地发掘法兰西的过去,或者致力于国家的音乐教育,为法兰西伟大的未来打下基础。多少人才华横溢,心灵丰富,热爱自由,喜欢新奇事物,如果克里斯托夫认识他们,那会多么令人心向往之啊!但他只偶尔见过两三个人才;他了解的只是他们受到歪曲的思想。他只见到他们的缺点,而且是艺术学徒和新闻贩子模仿、夸大了的缺点。

　　这个庸俗的音乐界最使他恶心的是他们的形式主义。他们之间谈论的问题没有别的,只是形式。关于情感、性格、生活,一句话也没有!没有一个人想到真正的音乐家是生活在音响的宇宙中,他的岁月流逝,就像音乐在他的血液中循环。音乐就是他呼吸的空气,就是他生活的天地。甚至他的心灵也是音乐；他爱的、恨的、忍受的、害怕的、希望的，一切都是音乐。一个音乐家的心灵爱一个美丽的肉体时，也是把肉体看作音乐的。情人使他神魂颠倒的眼睛不是蓝色、灰色，或褐色的，而是音乐；看到情人的眼睛，音乐家心里感到的是妙不可言的和音。这种内心的音乐比形之于外的音乐要丰富一千倍，琴弦比起心弦来，相差不知道多远。天才的高下是要用生命力的强弱来衡量的，要看艺术这不完美的工具能使人多么热爱生活——但在法国，有多少人想到了这一点呢？法国人是化学家，在他们看来，音乐似乎只是组合声音的艺术。他们以为书只是字母的组合。克里斯托夫听见他们说：要了解艺术，一定不要去了解人，他只好耸耸肩膀。他们却对这个谬论得意洋洋，以为这样可以证明他们懂得音乐。甚至古耶这个笨蛋也这样说，他从来搞不明白一个人怎么背得出一页乐谱！——他曾央求克里斯托夫解释这个不可思议的难题。现在，他居然来教训克里斯托夫说：贝多芬精神的伟大，瓦格纳感官的爱好，对他们的音乐并没有起什么作用，还不如一个画家的模特对图画的作用大。

"这就证明，"克里斯托夫急得不耐烦地答道，"在你看来，一个美丽的肉体并没有艺术价值！伟大的热情也一样！可怜的家伙！你想不到美丽的脸给肖像画增加了多少美,伟大的心灵为反映心灵的音乐又增加了多少美吗？……可怜的家伙！……你只关心技巧，是不是？只要作品技巧好，内容对你就无关紧要？……可怜的家伙！……你就像有些人不听演说家讲什么，只听他的声音，只莫名其妙地看他的手势，却说他讲得好极了一样！可怜的家伙！可怜的家伙！……该死的笨蛋！"

但使克里斯托夫恼火的不只是一家的理论，而是所有的理论。他厌恶空洞的争辩，厌恶音乐家永远谈论音乐，除了音乐以外不谈其他。那简直会使最好的音乐家也厌倦的。克里斯托夫像俄罗斯音乐家穆索尔斯基一样，认为音乐家不应该时时刻刻只想到对位与和声，而应该读读好书，体验体验生活。一个音乐家只搞音乐是不够的，这样他并不能掌握时代的精神，高出于一片空虚之上……应该生活！体验全部生活！要观察一切，了解一切。要热爱、追求、掌握真理——真理是战神美丽的女儿，骑士的女王，你要吻她，她就咬你。

空谈音乐已经谈得太多，制造和音的工场也太多了！厨房里和音的杂烩不会教人发现新的和音，和音不是魔鬼，而是活人！

他转过身去，不理会这些瓦格纳派的博士，他们想从蒸馏器和玻璃瓶里孵化出小妖精来；他赶快溜之大吉，别了法国的音乐界，设法去了解法国的文坛和巴黎的社会。

克里斯托夫最初是从日报上——像成千上万在法国的人一样——了解当代法国文学的。因为他急于尽快了解巴黎人的思想,同时进修法语,他就硬要自己认真阅读据说是最有巴黎风味的报纸。头一天,他在骇人听闻的社会消息版读到一个新闻,叙事和特写一共占了好几栏,报道的是一个父亲和十五岁的亲生女儿乱伦的事,但读来不足为怪,反倒写得相当动人。第二天,他又在这张报纸上读到另一个父亲和他十二岁的儿子跟同一个姑娘上床。第三天,他读到的是兄妹乱伦的新闻。第四天,是两姊妹搞同性恋。第五天……第五天,他把报纸一扔,对西尔伐·高恩说:

"啊!你们这是什么新闻?难道都是病态?"

西尔伐·高恩笑了起来说:

"这就是艺术。"

克里斯托夫耸了耸肩膀:

"你是在跟我开玩笑吧。"

"一点也不是。你自己看吧!"

他给克里斯托夫看一份最近的关于"艺术与道德"的调查报告,结果人们答道:"爱情使一切圣洁化","肉欲是艺术的起因","艺术不可能不道德","道德是耶稣会反复灌输的陈规陋矩"。还有人说最重要的是"异乎寻常的欲望"——报上发表了一系列文人来函,都说一些描写妓院风情的小说是纯洁无瑕的。某些答问的文人还是著名的文学家和严肃的评论家。一个有家室产业的天主教诗人,居然用艺术家的名义祝福一部精心描绘希腊堕落风气的作品。一些抒情的广告大事宣扬一些不遗余力地展示历代伤风败俗的小说:罗马,亚历山大,拜占庭,意大利和法兰西文艺复兴时代,路易十四的伟大世纪……简直是无美不备,一应俱全了。另外一系列文章研究世界各地的风情:有些认真的作家用修道士的耐心来研究全球五大洲的销魂场所。在这些研究情欲的历史学家和地理家当中,有的是与众不同的诗人,有的是无懈可击的作家。但若不是他们卖弄学问,那是看不出他们和别人有什么不同的。他们用无可非议的字眼来描述的,却是古代低级下流的风气。

令人痛苦的是看到一些老实人,一些真正的艺术家,在法国文坛上名不虚传地享有盛誉的文人,居然也改行来搞他们并不熟悉的东西。某些人学别人的样,拼命写些肮脏下流的故事,让晨报分期连载。他们像母鸡下蛋一样,到期总有产品,每星期一两篇,一拖就是几年。他们下蛋,下蛋,下蛋,等到无蛋可下,无话可说,他们就绞尽脑汁,要生制硬造一些稀奇古怪、耸人听闻的东西,因为群众已经吃饱了,什么好菜都吃腻了,不久就会发现想象出来的最荒淫无耻的花天酒地也不足为奇,一定还要不断地抬杠——和别人抬杠,和自己抬杠——于是他们下蛋下得出血了,连肠子也拉出来了,叫人看了啼笑皆非。

克里斯托夫不了解这场悲剧的内幕;即使了解,他也不会大发慈悲,因为在他看来,无论如何也不能原谅一个艺术家为了钱而出卖艺术……

("即使是为了保证亲人的幸福也不行吗?"

"不行!"

"那太不近人情了。"

"这不是人情的问题,而是做人的问题……人情!……上帝保佑你这种没有骨气的人情吧!……一个人不能同时爱二十样东西,也不能同时侍奉好几个上帝!……")

在苦干的生活中,德国小城就是克里斯托夫的小天地,他走不出小城,所以想不到巴黎艺术界的腐化堕落几乎在所有大城市都是一样;认为"德国是贞洁的",而"拉丁民族是不道德的",这种遗传的偏见又在他心中抬头了。西尔伐·高恩如果要指出德意志帝国的丑事,上层阶级的腐败野蛮,荒唐无耻,那就有好戏看了。但西尔伐·高恩没有想到利用这一点,他觉得德国也不比巴黎的风气更触目惊心。他含讥带讽地想道:"各有各的习惯。"所以他觉得他生活环境的习俗也不足为怪;克里斯托夫却把习俗当作民族性。当然他会像德国同胞一样,把腐蚀各国精神贵族的溃疡病看成是拉丁民族艺术独有的缺陷或罪恶。

头一次和巴黎文学的接触使他感到痛苦,需要一些时间才能忘记。然而,并不是没有好作品,好作品却不是某个作家所谓的"基本上是消愁解闷的闲书"。但最美的最好的书,克里斯托夫一本也看不到。好书并不迎合西尔伐·高恩的口味;也不在乎这种读者,这种读者也不在乎好书,于是彼此两免。西尔伐·高恩从来没对克里斯托夫谈过好书。说真心话,他相信他和他的朋友们体现了法国的艺术,除了他们承认的大作家以外,法国就没有人才,没有艺术,甚至没有法国。法国文坛的桂冠诗人,克里斯托夫一个也不知道。小说家哩,不低级庸俗的书他只看到巴莱斯和法朗士的几部作品。但他对法语还不够熟悉,欣赏不了他们深刻的讽刺和敏感的思维。他只能好奇地瞧瞧法朗士花房里栽培的橘子树,还有巴莱斯精神墓园里星罗棋布的弱不禁风的水仙。在高不可攀而又愚不可及的天才梅特林克之前,他也站了一会,闻得到一股单调而世俗的神秘气。他摇摇头,掉进了左拉浪漫主义的泥流,才伸出头来,又给泛滥的文学洪流淹没了。

从这些洪水淹没的平地上闻到女人的气味。那时,文坛宝座上坐的多是女人或是会写女人的男人——女作家如果能老老实实写出男作家看不到、写不出的女性心灵深处,那本来是妙不可言的。但很少女作家敢这样写;大半女人写作都是为了勾引男人;她们在书上和在客厅里一样说谎;她们涂脂抹粉,美化自己,和读者眉来眼去,打情骂俏。自从她们没有可以忏悔、可以吐露隐私的神甫以来,她们只好把私情告诉读者。于是小说多如雨下,几乎都是低级下流、装模作样的,说起话来吞吞吐吐,字里行间闻得到香水店的气息,亲亲热热、甜甜蜜蜜的虚情假意。这股气味充斥了法国文学。克里斯托夫不禁和歌德一样想:"女人愿写诗文就写诗文吧!但男人可不能写得像女人啊!那才叫我受不了呢。"他厌恶鬼鬼祟祟的调戏,献媚撒娇,故作多情,为毫无趣味的人浪费心血,矫揉造作,放肆无度,他厌恶这些赶大车的心理学家。

但克里斯托夫心里明白他还不能做出判断。市场上的喧嚣震得他耳聋眼花。他不可能在喧哗声中听到美妙的笛音。其实,在这些肉感的作品当中,也隐藏着在青天下微笑的山峦起伏,隐藏着才气和韵味,生活的甜蜜,风格的细致,像班吕琪和小拉斐尔画中情窦初开的青年,眼睛半开半闭,对着他们的爱情梦微笑一样。克里斯托夫看不见隐藏的微笑。没有什么形迹显示了这内在的潜流。甚至一个法国人也很难看得出来。因此,他只看得见泛滥成灾的作品,简直成了公害。大家似乎都成了作家,无论男女老幼,军官戏子,市面人物或文抄公。真是写作成风。

克里斯托夫暂时不想表态。他觉得西尔伐·高恩这样的向导只会把他引入迷津。他在德国和文学界打交道的经验使他正当地存有戒心;对书籍杂志他都抱怀疑态度:天晓得这些书刊能代表多少闲人的意见?说不定作者就是作品的唯一读者呢?戏剧更能使人正确了解社会,在巴黎的日常生活中占有突出的地位。戏院好比巨人的饭店,不够满足两百万人的胃口。巴黎有三十多家大戏院,不算各区的演出场地,咖啡音乐厅,各种游乐场所,还有一百多个小剧场,差不多都是夜夜客满。演员和职员有一大堆。光国家资助的四大剧院几乎就有三千人,每年开支要一千万法郎。整个巴黎都是蹩脚演员的用武之地。每走一步,都会看到他们无数的照片、画像、漫画,全在扮着怪相;到处都会听到留声机播放他们哼哼哈哈的声音;都会读到报上宣传他们对艺术和政治的高见。他们有自己的报纸。报上发表他们的英雄业绩,家庭琐事。在普通的巴黎人当中,这些无所事事的大孩子靠互相模仿过日子,沐猴而冠,当家做主;而剧作家只不过是他们的随从而已。于是克里斯托夫请西尔伐·高恩带他到这个光怪陆离的戏剧王国去见见世面。

不料西尔伐·高恩这个向导,在戏剧方面也并不比在书籍方面更加胜任,带给克里斯托夫的头一个印象是:巴黎的戏剧界和出版界一样令人反感。似乎到处都出卖智力,就像卖淫一样。

娱乐商有两派。一派是老式的,带有民族色彩,喜欢说些粗话脏话,毫无顾忌,嘲笑丑八怪、大肚皮、畸形人、超短裤,说些兵营里的笑话,加油加酱,加胡椒粉,谈发臭的烂肉肉包用的房间——他们把这叫作"男子汉的直率",以为演了四幕母狗下崽的丑戏之后,在最后一幕乌七八糟地使淫乱的妻子回到合法丈夫的床上,这样就算调和了放荡行为与道德之间的矛盾——只要不犯法,也就不算违反道德——这样直言不讳,轻描淡写,把婚姻和放荡混为一谈——这就是高卢人的派头。

另外一派是新式的,更加巧妙,也就更加令人恶心。戏院里多的是巴黎化的犹太人(和犹太化的基督徒),他们把各种感情拼凑在一起,这是世界主义蜕化变质的一个明显标志。有些儿子羞与父亲为伍,就拼命否定父子本是同根生,结果没有辜负他们的苦心,居然成功。摆脱了百年来的心灵联系之后,他们剩下来的人数不多,只好把其他民族的智力和道德品质拼凑起来,好像一个拼盘,或者是西班牙的大杂烩,据为己有,并且洋洋得意。巴黎戏院当家做主的人善于把垃圾渗入感情,使道德闻起来有一股罪恶的臭味,罪恶闻起来有一股道德的香味,使得男女老幼、家庭感情的关系都颠倒了。这样一来,他们的艺术就有一种与众不同的味道,又香又臭,非常难闻,他们把这叫作"非道德主义"。

那时,他们喜欢的角色是自作多情的老人。他们的剧本中有形形色色的画像。在描绘这类人物时,他们有机会显示细腻入微的功夫。有时,六七十岁的老头子和女儿推心置腹,大谈他的情妇;女儿也对父亲谈她的情夫,他们不像父女而像兄妹一样互相出主意;父亲教女儿通奸,女儿给父亲的情妇拉皮条,求她改邪归正,回到她父亲的身边来。有时,一本正经的老头子成了情妇的知心人,和她大谈她的情夫,求她讲她的淫荡故事,结果居然听得乐而忘返。还有一些情夫是十足的正人君子,在以前的情妇家当总管,她们有外遇时,还替她们站岗放哨。社交场上的女人都是小偷。男人靠妓女养活,女人搞同性恋爱。这一切都发生在上流社会,在有钱人的社会——人家只看得起这种社会。只有这种社会能在豪华诱人的包装之下,出卖冒牌货色。就是这样,伪劣商品经过精心包装居然成了抢手货,少妇和老头都心花怒放。但是从中闻得到后宫的香气和死尸的臭味。

他们剧本的文风也是乌七八糟的,简直不在剧中的情节之下。他们把四面八方、五花八门的表达方式捏造成了一种混杂的黑话,显得既大有学问,又土里土气,既古典,又抒情,既黏黏糊糊,又低级下流,驴唇不对马嘴,矫揉造作,简直是粗俗话和俏皮话的大杂烩,听起来像是外国人的口气。他们冷嘲热讽,有本领逗人发笑,但是显得不大自然;不过他们心灵手巧,还是能把一个五光十色的巴黎呈现在世人眼前。虽然他们宝石的水色不够晶莹,虽然镶嵌几乎总是叠床架屋,怪里怪气,但至少在灯下还有珠光宝气,而有这一点就够了。再说,他们人都聪明,善于察言观色,可惜有点近视,几百年来在柜台后面的生活使他们的眼睛变了形,习惯于用放大镜来看感情,把小东西都扩大了,而大东西反倒看不见;他们显然喜欢镶金镀银的铜箔,他们只会描写冒充高雅的暴发户心目中的典型风流:那就是一小撮疲于寻欢作乐、惹是生非的恶棍,你争我夺,要享受偷来的财富和无耻的女人。

有时,这些犹太作家的本性不知道受了什么神秘的感召,恢复了遥远的生命而觉醒了。于是古老的时代和古老的种族混为奇妙的一体,沙漠的呼吸吹过了海洋,带到巴黎人床头来的是:土耳其市场的怪味,金光灿烂的沙土,稀奇古怪的幻想,令人心醉的肉感,咒语的强大威力,只差一步就要发作的怒气冲冲的神经病,破坏一切的疯狂症——就像囚居了几百年的力士撒姆逊突然发出狮吼,推倒神庙的支柱和敌人同归于尽一样。

克里斯托夫掩住鼻子,对西尔伐·高恩说:

"这里头倒是有力量;但也有臭味。够了!我们还是去看看别的吧。"

"什么?"西尔伐·高恩问道。

"去看看法国。"

"这不是法国吗?"高恩说。

"不可能是。"克里斯托夫说,"法国不是这个样子的。"

"法国也是和德国一样的。"

"我不信。一个这样的民族生存不了二十年,闻起来已经糜烂了。一定还有别的。"

"没有更好的东西了。"

"一定有。"克里斯托夫硬不让步。

"哦！我们还有些高级人，"高恩说，"也有合他们口味的戏剧。你要看吗？我带你去。"

他把克里斯托夫带到法兰西剧院。

那天晚上，剧院演出的是用散文写的现代喜剧，探讨一个法律问题。

从一开始，克里斯托夫就搞不清楚演的是什么剧。演员的声音太洪亮、缓慢、庄重、呆板、不近情理；每个音节都一顿一挫，仿佛是在教朗诵课；又像在念节拍分明的六音步诗句，每个音步都演悲剧似的要停一停。他们的姿势庄严隆重，几乎像神甫在传道说教。女主角披着无袖的晨衣，好像希腊式的披风，举起胳臂，低下头颅，似乎一直在演杀父娶母的俄狄甫斯的女儿，永远露出了牺牲的苦笑，用美妙的女低音抑扬顿挫地发出最深沉的音调。高贵的父亲走着剑术师的步伐，严肃得像在参加葬礼，穿着浪漫主义的黑色丧服。年轻的男主角毫无感情地压紧喉咙逼出了哭声。剧本的风格像报刊上的悲剧：抽象字眼，官样文章，学究式的转弯抹角。没有一个动作，没有一声出人意外的喊叫。从头到尾都像钟表一样机械，只提出了一个问题，只是提纲挈领的剧本，只有剧本的骨架子而没有血肉，全是书上的文字。讨论想要显得大胆，其实畏首畏尾，暴露了打肿脸充胖子的小市民心理。

女主角嫁了一个配不上她的丈夫，生了一个孩子，离了婚，又改嫁了一个她心爱的老实人。剧本想要证明的是：即使在这种情况下，离婚不但要受到舆论的批评，也会受到天性的责备。要证明这点并不难：作者设法安排前夫出其不意地又占有了一次前妻。然后，按照常情，前妻应该羞愧交加，更爱后夫，但是，作者却违反天性，提出了一个英雄意识的问题。道德就这样不值钱吗？真是违反天性！法国作家似乎并不熟悉什么是道德，一谈起来就走调；简直没有办法叫人相信。人家会以为看到的是高乃依剧中的英雄，悲剧中的国王。这些男女主角难道不是国王吗？男主角都是百万富翁，女主角在巴黎至少有一个公馆，有两三个别墅。对这种作家说来，财富就是一种美，几乎也是一种道德。

在克里斯托夫看来，观众似乎比剧本还更怪。不管故事多么不近情理，他们都看不出。只要喜剧演员做个怪相，他们就笑。只要悲剧演员呜咽、怒吼，或者晕倒，他们就照例擦鼻涕、咳嗽，感动得流眼泪。

"人家还说法国人轻浮呢!"克里斯托夫走出剧场时高声说。

"什么时候做什么事,"西尔伐·高恩嘻嘻哈哈地说,"你不是要道德吗?你看,法国还是有道德的。"

"这算什么道德!"克里斯托夫叫了起来,"这只是耍嘴皮子。"

"在我们这里,"西尔伐·高恩说,"剧场的道德总是耍嘴皮子。"

"这是法院的道德,"克里斯托夫说,"谁会耍嘴皮子,谁就会打赢官司。我恨耍嘴皮子的律师。法国难道没有诗人吗?"

于是西尔伐·高恩带他去看诗剧。

法国有的是诗人,甚至有大诗人。但剧院不是为诗人,而是为拼凑音韵的作者才开的。剧院和诗的关系,就像歌剧和音乐的关系一样。柏辽兹说得好:剧场是"荡妇卖笑"的地方。

克里斯托夫见到的有以卖淫为荣的王妃,据说她们和登上加伐山受难的基督一样圣洁——有朋友之妻可以欺的三角关系——有戴绿帽子的英雄(这类典型人物像贞洁的妓女,已经成了欧洲的产品;马克国王的先例使他们晕头转向,就像猎神于贝尔的鹿一样,他们出现时头上还有光环)——克里斯托夫还见到一些风流女郎,她们像《熙德》中的女主角,不能解决感情和责任之间的矛盾;在感情上她们爱新的情夫,但她们有责任留在旧的情夫身边,而旧情夫只是一个出钱受骗的老头子。结果,她们还是高尚地选择了责任——克里斯托夫认为这种责任感和肮脏的利害关系没有多大差别,但观众却觉得心满意足。他们只要听到"责任"这两个字就够了,并不在乎实际:只看招牌,不看货色。

这种艺术的最高成就是:不道德的性行为居然反常地和高乃依式的英雄主义协调一致。就是这样,巴黎观众一切都得到了满足:精神上的淫荡,口头上的道德——但是应该说句公道话,他们还是口头重于精神。耍嘴皮子能使他们愉快。只要听到妙语如珠,他们宁可挨顿鞭子也不在乎。不管是善是恶,是离奇古怪的英雄主义,还是荒淫无耻的下流行为,只要用抑扬顿挫的音韵和华而不实的字句包上一层糖衣,他们就会全都囫囵吞下。一切都可以变成诗句,变成辞藻,变成游戏。当雨果发出他的雷鸣时,立刻(正如他的门徒孟德斯所说的)就有人拿出弱音器来,结果连小孩子听了这种雷声也不会害怕。(门徒居然深信不疑,以为这样做是在维护雨果的名声。)——在他们的艺术里,永远感不到自然的力量。他们使一切都世俗化了:爱情、痛苦、死亡,都变得很肤浅。就像在音乐方面一样——比音乐还更厉害,因为音乐在法国还是一门年轻的艺术,所以相对而言还比较幼稚——他们最怕听人家"已经说过"的话。最有才华的作者只是专心致志,冷冰冰地反原意而用之。他们的灵丹妙药说穿了也很简单:那不过是选一个传说或者一篇童话,把正面的改成反面的就得了。比如传说中的蓝胡子杀过六个妻子,作者就改成六个妻子联合起来打蓝胡子;荷马史诗中的独眼巨人被希腊英雄刺瞎了眼睛,作者却改成巨人瞎了眼是为了牧羊人的幸福而做出的自我牺牲。而这一切都没有什么意思,只是在形式上下工夫。在克里斯托夫看来(他还算不上一个好评论家),这些形式主义者不过是东偷西抄,卖弄雕虫小技而已,算不得什么大家,既没有独创的风格,也缺乏广度和深度。

没有什么诗人像英雄剧的作者这样睁开眼睛说瞎话了。他们心目中的英雄非常可笑:

> 重要的是,有伟大的灵魂,
> 鹰的眼睛,高而宽的脑门,
> 容光焕发,庄严,威风凛凛,
> 多情的心弦,多梦的眼睛。

这样的诗句居然使人相信英雄当真是这样的。他们用浮夸的辞令当外衣,长长的翎毛做装饰,挎着白铁的长剑,戴上纸糊的头盔,在剧场门口作滑稽表演招徕观众,这就是无聊得不可救药的沙杜,胆大脸厚的剧作家,在把历史演成滑稽剧。在现实生活中,哪里找得到西哈诺这样荒唐得为情敌写情书的英雄主义?这些家伙搞得天翻地覆,从坟墓里挖出了拿破仑和他的军团,神圣同盟那一伙强盗,文艺复兴时期的雇佣兵这些蹂躏世界的旋风人物——众星捧月似的捧出一个丑角,丑角在大屠杀中面不改色,前呼后拥的都是雇佣来的人马,俘虏来的后宫佳丽,这样一个角色居然会为十几年前一见钟情的一个傻丫头丧魂失魄!——再不然就是捧出反复无常的亨利四世国王来,但却说他是因为情妇不爱他而自杀的。

就是这样,剧作家演出了内宫的帝王和英雄。就是这样,波斯王大流士时代名不虚传的大傻瓜果有其父必有其子,这些牛皮大王——这些歌颂虚构的英雄主义、不可能的英雄主义、与真理为敌的诗人⋯⋯克里斯托夫不胜惊讶地发现:自称感情细腻的法兰西人,居然感觉不到这有多么可笑。

但更可笑的是:宗教也风行一时了。到了四旬斋期,喜剧演员在欢乐大舞台朗诵鲍舒哀的《悼词》，还有风琴伴奏。犹太作家为犹太女演员写圣女泰雷兹的悲剧。鲍第尼剧院演出《耶稣受难之路》，杂耍剧场演出《圣婴耶稣》，圣·马丁门戏院上演《耶稣殉难》，奥狄安剧院上演《耶稣基督》，奇花异葩园演奏一系列基督的组曲。一个色情诗人居然在夏德莱剧院滔滔不绝地大谈《赎罪》。当然，在全本《福音》中，这些赶时髦的人记得最清楚的，是把耶稣钉在十字架上的总督比拉德和玛德琳的那一段："真理在哪里呢？"于是圣母疯了——不过马路上演出的基督会耍嘴皮子，口若悬河。

克里斯托夫说：

"这简直是糟糕透顶。凭空捏造到了这个地步。我要憋死了。赶快出去吧！"

但在现代工业的产品中，依然屹立着伟大的古典艺术，正如今天在罗马自命不凡的建筑物中，还有古代庙宇的断垣残壁一样。可是除了莫里哀以外，古典作品对克里斯托夫说来，还是高不可攀。他还不能欣赏法语的妙处，因此很难欣赏法兰西民族的才华。最难理解的是十七世纪的悲剧——对法国的这一门艺术，外国人往往不得其门而入，这也是合乎情理的，因为悲剧是法国艺术的中心。他觉得法国悲剧压得人喘不过气来，冷冰冰，干巴巴，卖弄学问，矫揉造作，令人反感。动作不是太少，就是过头，人物不是抽象得像修辞学上的议论，就是淡而无味，像社交场上女人的谈话。剧本只是古代事迹和古代英雄的漫画。琳琅满目的都是抽象的理性，具体的理由，巧妙的诡辩，细致的心理，过时的考证。到处都是长篇大论，长篇大论，长篇大论，法国人喋喋不休的闲言碎语。说来似乎是个讽刺，克里斯托夫并不在乎谁是谁非，他对辩论不感兴趣；高乃依的《西那》剧中两个大臣，一个支持罗马皇帝退位，一个反对，这两个只会辩论的机器人到底谁得了最后胜利，和克里斯托夫有什么关系呢？

他发现法国观众和他的看法大不相同，他们对悲剧热烈地鼓掌。这并不能消除他对悲剧的误解，他通过观众了解戏剧，而他在现代的法国人身上看出了某些特点，虽然有点变形，却是和古典剧中的人物所共有的。正如锐利的眼光在风流美人的老脸上可以看出她女儿清秀的面目，但却不会对憔悴的老妇面孔产生爱情的幻觉一样！……法国人像天天见面的一家人，不会发现彼此多么相似。但对克里斯托夫说来，这给他的印象太深，他并且把相似之处夸大了，结果他看不到别的，只看到相似之处。在他看来，当代艺术中出现的似乎是古代伟人的漫画;结果伟大的古人在他心目中真成了漫画中的人物。他再也分不清高乃依和他嫡系的浮夸诗人,他们到处都夸大崇高而荒谬的良心。他也分不清拉辛和后代的巴黎心理学家,他们总是自命不凡地扪心自问。

这些法国的老学生跳不出他们的古典作品。评论家没完没了地讨论莫里哀的《伪君子》和拉辛的《费德尔》。他们一点也不厌倦。老了,他们喜欢开的玩笑,还是他们小时候的那一套。这种情形天长地久,似乎永远不会改变。世界上没有哪个国家,哪个地方,对祖先的崇拜是这样根深蒂固的。对其他的天下事,他们都漠不关心。多少人除了路易大帝时代的法国作品以外,什么书也不读,什么东西也不愿读! 他们的剧院不演歌德,不演席勒,不演德国的克莱斯特,奥国的格里尔帕莱尔,瑞典的史特林堡,西班牙的洛泼和嘉台龙,不演任何其他国家任何名家的作品,只有古希腊是例外,因为他们说自己是希腊文化的继承人——像所有的欧洲人一样。有时他们也觉得需要上演莎士比亚,但时间越隔越久。这是他们的试金石。莎剧有两派演法:一派演《李尔王》,用中产阶级的现实主义手法把悲剧演成喜剧;另外一派把《哈姆雷特》演成歌剧,唱着维克多·雨果式的辉煌曲调和练音曲。他们一点也没有想到:现实本身可能就有诗意,对于洋溢着生命的心灵来说,诗就是脱口而出的语言。他们反倒觉得莎士比亚不真实,还不如赶快回头演洛斯当好。

当然,二十年来,也有人努力要改革戏剧:巴黎的文学小圈子扩大了一点,文学也装出大胆的样子要扩大接触面。有两三次,在外界的混战、大众的生活冲击之下,传统的帷幕甚至撕开了裂口。但是他们赶快把裂缝补好。他们是些怕事的老头子,不愿看到现实的真相。适应社会潮流的思想,遵循古典的传统,精神上和表面上都是例行公事,不肯认真一抓到底,使他们的大胆行动不能贯彻始终,总是半途而废。最尖锐的问题也变成了巧妙的游戏,最后都成了女人、渺小的女人问题。到了他们的露天舞台上,易卜生的无政府主义的英雄,托尔斯泰传道说教的好人,尼采的超人,这些伟大人物留下了多么可怜的影子啊!

巴黎的作家自寻烦恼,妄想标新立异。其实,他们都是守旧派。欧洲的文学没有哪一国像法国那样笼罩在"永恒的昨天"、过去的阴影之下:无论报章杂志,国家剧院,或学士院,都是一样。巴黎在文学上,正如伦敦在政治上,只要欧洲思想过于激进,就会立刻刹车。法兰西学士院是一个英国上议院。旧时代的制度坚决要把过时的规章强加在新社会身上。革新派不是很快受到排挤，就是改邪归正，被同化了。他们其实求之不得。即使政府在政治上装出社会主义的姿态，在艺术上还是让学院派牵着鼻子走的。学院派只受到小宗派的反对，而且反对并不得力。因为小宗派里只要有一个人可能跨进学士院，就会变得比别人更像学院派。再说，不管一个作家是本派的先锋还是后卫，其实都是本派思想的俘虏。他们耳目闭塞，跳不出学院派或革新派信条的牢笼，说来说去，终归是眼光短浅，难分上下。

为了使克里斯托夫觉醒，西尔伐·高恩要带他到特种戏院去看奇妙的表演。那里可以看到凶杀、强奸、发疯、酷刑、挖眼、开膛剖肚，看到惊心动魄的、文明人心灵深处埋葬的兽性。这种表演特别吸引社交场上的漂亮女人——这些女人无所用心，可以一连几个下午关在法院沉闷的审判庭里，嘻嘻哈哈说长道短，叽叽咯咯嚼着糖果，听着骇人听闻的案情。但克里斯托夫非常恼火，他不肯去。他越深入法国艺术，越闻得到一股气味，一开始就触鼻，虽然隐隐约约，但是阴魂不散，令人气憋，那就是死的气息。

死的阴魂无所不在，在荣华富贵中，在声色犬马中。克里斯托夫能解释为什么他一开始就厌恶某些法国作品了。并不是因为作品不道德。道德，不道德，非道德——这些字眼没有什么意思。克里斯托夫从来没有发表过道德理论；他过去喜爱的大诗人、大音乐家并不是小圣人；如果他侥幸碰到一个大艺术家，他也不会打听他犯过什么错误，而是问他：

"你身体好吗？"

身体好是最重要的。"如果诗人病了，让他先治病吧，"歌德说得不错，"病好了才会写。"

巴黎的作家都有病；如果有一个没病的，就会觉得不好意思，反而要隐瞒情况，装出病来。他们的病并不表现在他们艺术的某个方面——比如说喜欢享乐，思想极端放肆，批评精神有破坏性。这些表现根据具体情况，可以说明人有病，也可能说明没有病，但都不带致命的病菌。如果致死，那不能怪这些思想精神，而要怪有这些思想精神的人，怪他们使用不当——克里斯托夫自己也喜欢享乐。他自己也喜欢自由放肆。他大胆支持的放肆意见，曾经惹得德国小城群起而攻之；但同样的放肆意见，现在得到巴黎人的大胆支持，他却觉得讨厌了。意见并没有改变。但听起来却不一样，克里斯托夫迫不及待地要摆脱过去大师的束缚，要向虚伪的道德和美学宣战的时候，并不像这些才子一样当作儿戏；他是认真的，非常认真的；他反抗的目的是为了美好的生活,丰富的生活,未来时代的生活。而这些才子呢,一切反抗只是为了毫无意义的享受。毫无意义。毫无意义。这就是问题的症结。他们花天酒地的享受只是浪费思想,浪费感觉。他们的艺术光辉灿烂,洋溢着聪明才智——形式当然是美的,这种美的传统连外来的泥石流也冲不垮——说戏剧他们有戏剧,说风格他们有风格,他们的作家都懂行,他们的文人都会写,他们的艺术、他们的思想本来都有力量,现在的骨架子也相当漂亮。但只剩下骨架子了。铿锵悦耳的文字,抑扬顿挫的文句,在一片空虚中互相冲突而发出金石声的观念,思想的游戏,肉感的头脑,夸夸其谈的感觉。这一切有什么用呢?只能满足自私自利的享受而已。这只是在走向死亡。这种现象就和法国人口急剧减少的现象一样,欧洲人看着,等着,只是不说破而已。多少聪明才智,细腻感觉,可惜都像手淫一般,是白白浪费精力! 他们却不觉得,反倒笑了。只有这点使克里斯托夫放了心,这些人还会笑呢;他们还不是没有希望。如果他们假装正经,他倒更加恼火;他最恼火的是看到一些作家把艺术当寻欢作乐的工具,却摆出一副传教士的面孔,仿佛是在无私奉献。

"我们是艺术家,"西尔伐·高恩讨好卖乖似的说了又说,"我们是为艺术而艺术。艺术永远是纯洁的;除了纯洁没有别的东西。我们在生活中旅游,发现一切都有趣味。对人生难得的、令人销魂的欢乐,我们都如饥似渴地追求。总而言之,我们是天长地久、一生爱美的唐璜。"

"你们是伪君子,"克里斯托夫到底反对了,"请恕我直说。我本以为只有我们德国人口是心非。在德国,我们口头上老是谈理想主义,实际上追求的却总是物质利益;我们自欺欺人,说我们是理想主义者,其实我们想到的只是自己的私利。不料你们更坏:你们用'艺术'和'美'的名义来掩饰你们民族的奢侈淫逸,却不用'真理'、'科学'、'知识分子的责任'来掩人耳目,而是对你们自命不凡的追求可能产生的后果撒手不管。为艺术而艺术!……美的信仰! 但这只是强者的信仰。艺术吗? 那要抓住生活,就像老鹰抓住小鸡,飞到空中,才能进入清澄世界! ……但要抓住猎物,一定得有锐利的爪子,巨大的翅膀,坚强的信心。而你们不过是些麻雀,好不容易找到了腐烂的尸体,当场啄得七零八落,还要叽叽喳喳,争个没完没了……为艺术而艺术! ……该死的东西! 艺术并不是过路的牛羊都可以吃一口的草料。当然,艺术是一种享受,是最令人心醉神迷的享受。但只有经过搏斗才能得到艺术的奖赏,只有胜利的强者才能戴上艺术的桂冠。艺术是征服生命,是生命的君主。一个人想要做恺撒,一定要先有恺撒的心胸。你们只是些舞台上的君主,你们在扮演一个角色,这你们自己也知道。演员用畸形变态来争名夺誉,你们也制造了变态文学。你们用感情来培植你们民族的病态:害怕吃苦,贪图安乐,喜欢色情,不切合实际的人道主义,在销魂中消磨志气,丧失了一切行动的力量。你们把人一直带进鸦片烟馆。你们分明知道,却不说出来:路的尽头就是死亡——那好,我来说穿了吧:死亡不是艺术。艺术要人生活。但你们最老实的作家也是些胆小鬼,即使取掉了蒙眼布,他们也装作看不见,居然厚着脸说:

"'的确危险,我也承认,里面有毒;但是也有才华。'"

这就像法官在法庭上对罪犯说:

"'的确有罪;但他多么聪明!……'"

克里斯托夫寻思:法国的评论到底起什么作用?他们并不缺少评论家;艺术界的评论家尤其多。大家几乎看不见艺术作品,只看到艺术评论了。

一般说来,克里斯托夫对评论界并不买账。他已经很难承认这伙艺术家有什么用,不过是现代社会的第四或第五等级罢了,他在他们身上看出了消沉时代的迹象,因为他们把观察人生的责任都委托给了别人,连感觉都请人代替了。他更难过的,甚至有点难为情的是:他发现这个社会不能用自己的眼睛去看人生的映像,而只会通过别人的眼睛看到的映像,也就是说通过评论去看人生。如果这些映象靠得住倒也罢了。但评论家反映的只是周围靠不住的群众心理。就像博物馆的镜子除了照着天花板上的油画以外,照得更多的是观众好奇的面孔。

有过一个时期,评论家在法国有很大的影响。群众对他们俯首听命;几乎把他们当作比艺术家更高级、更聪明的艺术家——似乎艺术家都不聪明——然后,评论家越来越多,数不胜数;结果预言泛滥成灾,祸延评论了。等到这么多评论家个个都说:"真理只我一家,别无分店。"大家就不相信,结果他们自己也不信了。他们灰心丧气,一夜之间,从一个极端转到另一个极端。头一天他们还说什么都知道,现在却什么都不知道了。他们还以不知为荣,洋洋得意。勒南曾经教训这一代软骨头说:才肯定就否定,或至少要怀疑,这就叫作潇洒。这是圣·保罗所说的那些"先说是,后说非"的人。法国的精英听到这骑墙派的信条大喜若狂。思想懒惰和性格软弱都找到了借口。大家再也不说作品是好是坏,是真是假,是聪明是糊涂。大家只说:

"可能如此……并不是不可能……我不知道……我不保证。"

如果上演一出坏戏,他们也决不说:

"这是一出坏戏。"

他们只说:

"斯加纳尔先生,请你改个说法。我们的理论要求不把话说死;因此,你不该说:这是一出坏戏,而是该说:在我看来……我觉得是一出坏戏……但我不能肯定它坏。也许它是一台好戏。谁敢说不是呢?"

这样就不怕人家责备他们对艺术专横霸道了。从前,席勒曾经教训过他们,他老实不客气地提醒蛮不讲理的评论界:

仆人的职责:

首先,王后驾到之前,要把屋子收拾干净。赶快动手!打扫房间。不是叫你们来白吃的。

等她一到,你们这些奴才赶快滚出门去!老妈子怎么可以坐上娘娘的宝座!

应当为今天的奴才说句公道话。他们没有坐上娘娘的宝座。人家要他们当奴才,他们就当奴才——不过是些不好的奴才,什么也不打扫;房里乱七八糟。他们袖手不管整齐清洁的事,反要他们的主子、神圣的选民代劳。

说句实话,一段时间以来,有个反对当时思想混乱的运动已经初露端倪。有几个人虽然力量薄弱,却坚决要为公众的心理卫生奋斗;不过克里斯托夫在他所处的环境里是看不到的。再说,这些人说话没人听,反倒给人取笑。好不容易有个把生气勃勃的艺术家起来反对流行的病态艺术,病态作家们就群起而攻之,用群众的欢迎做他们的挡箭牌。反对派只好闭上嘴巴。群众已经表态了:这是艺术上的最高法令! 偏偏没人想到:群众受骗为骗人的作者作证,是不算数的;艺术家应该引导群众,而不该是群众引导艺术家。数字成了宗教——观众的数目和票房的收入——统治了这个商业化民主的艺术思想。评论家也紧紧跟在作家后面,奴颜婢膝地说:艺术品的主要作用是讨人喜欢。成功就是法律;受欢迎的时间越长,就越应该佩服得五体投地。因此他们努力要预测娱乐场上行情的涨落,要从群众眼里看出他们对作品的评价。妙就妙在这里:群众也在打量评论家,想从他们眼里看出应该如何评价作品。就是这样,双方互相打量,在对方眼里只看到自己毫无把握。

然而,这时最需要的却是大胆的批评。在一个混乱的共和国里,风气的力量巨大无比,潮流永远滚滚向前,不像一个守旧的国家,潮流还有倒退的时候;因此,虚伪的思想自由扶摇直上,势不可挡。群众无法表示意见;其实他们心里反感;但是谁也不敢说出灵魂深处的秘密。如果评论家有勇气,如果他们敢说实话,那会有多大的力量啊!一个强有力的评论家(克里斯托夫这个强有力的年轻人心里想),几年之内就可以成为左右公众趣味的拿破仑,把有病的艺术家都扫地出门,送到养老院去。但是你们不再有拿破仑了……首先,你们所有的评论家都生活在污染的空气中,不再感到空气已经污染了。其次,他们都不敢说话。他们大家都是熟人,成了一个集体,应该互相照顾,不能离群独立。要独立,就得放弃社交生活,甚至失去友谊。在一个软弱的时代,谁有这种勇气呢?为了坦率的批评可能引起许多麻烦,那值不值得呢?谁愿意为了尽责而把生活搞得一团糟?谁敢对抗舆论,和公众的愚昧做斗争,揭穿胜利者的平庸,保卫孤立无依、受尽欺压的无名艺术家,强迫奴颜婢膝的人去当家做主呢?——在头一夜上演一出戏的时候,克里斯托夫在戏院的走廊里听见评论家的谈话:

"嘿!你说糟不糟!简直糟透了!"

但是第二天,他们在报纸上却把这出戏说成是一部杰作,简直是新生的莎士比亚,天才的翅膀扇动的仙风吹过了他们头上。

"你们的艺术缺少的不是人才,"克里斯托夫对西尔伐·高恩说,"而是人格。你们更需要一个大批评家,一个莱辛,一个……"

"一个布瓦洛?"西尔伐·高恩带刺地问。

"一个布瓦洛这样的批评家也许比十个天才艺术家还更重要。"

"即使我们有一个布瓦洛,"西尔伐·高恩说,"也没有人听他的。"

"如果没人听,那是因为他不是一个布瓦洛。"克里斯托夫反驳说,"我敢担保,一旦我把赤裸裸的事实真相告诉了你们,尽管我的嘴笨,你们还是会听的,而且你们一定会相信的。"

"我可怜的老朋友!"西尔伐,高恩哧哧笑了。

他对群众的意气消沉这样有把握,这样得意洋洋,克里斯托夫瞧着他,觉得他这个法国人比外国人对法国还要陌生一百倍。

"这不可能,"克里斯托夫又说了,这话他走出马路戏院时早已说过,"一定还有没看到的东西。"

"你还要看什么呢?"高恩问道。

克里斯托夫固执地反复说:"法兰西。"

"法兰西,就是我们呢。"西尔伐·高恩扑哧一声笑了起来。

克里斯托夫瞪着眼睛瞧了他一阵,然后才摇摇头,又唱起他的老调来:"一定还有没看到的。"

"那好,我的老朋友,那你就去找吧。"西尔伐·高恩说,他笑得更厉害。

克里斯托夫可以去找。他们把法兰西藏到哪里去了?

第二部

巴黎的艺术在思想的熔炉中冶炼，克里斯托夫看得越来越清楚，印象越来越强烈，他不能不看到女人在这个国际社会占有的至高无上的地位。女人的地位高得过分，高得荒谬。她不满足于做男人的伴侣。她甚至不满足于男女平等。她为男人制订的第一条法律！就是男人必须使她快活。而男人居然唯命是听。一个民族老化了，就会放弃意志、信仰、生存的理由，把一切都交到寻欢作乐的女人手中。男人做事；女人造人——如果她们不像当时的法国女人一样也做事的话——其实与其说她们做事，不如说她们坏事更恰当。当然，不朽的女性永远会鼓舞优秀的男性向上，但对平庸的男性和消沉的时代说来，有人说得不错，也有另外一种不朽的女性会把男性拉下地狱。这另一种女性主宰了男性的思想，成了共和国的君主。

经过西尔伐·高恩的介绍，克里斯托夫在巴黎一些"纱笼"里演奏过钢琴，受到了欢迎，他也好奇地观察着巴黎女人。像大多数外国人一样，他根据他见过的两三种典型女人，毫不客气地对法国女人作了概括的描写：年纪不大，身材不高，气色不好，腰身很软，头发染过，头大帽子大，和身体不成比例；眉清目秀，有点浮肿，鼻子长得好，但千篇一律，没有个性；眼睛张开，但不生气勃勃，虽然总想睁得越大越好，总想显得神采奕奕；嘴唇线条好看，谈吐自如；下巴丰满，脸的下半部分泄漏了这些美人的物质欲望，虽然情场勾心斗角，也不能不照顾家务，料理日常生活。美丽，并不天生高人一等。在这些风流人物身上，几乎都闻得到堕落了的中产阶级气息，或者是由于阶级传统，自甘堕落，她们谨慎小心，精打细算，冷漠无情，讲究实际，自私自利，过着可怜的生活。但追求享受，与其说是感官上需要，不如说是思想上好奇。意志很强，但是品质不高。穿着讲究，一举一动，习惯已成自然。她们用手掌或手背轻巧地摸摸头发，碰碰梳子，坐的地方总是对着或近或远的镜子，可以顾盼自得，也可以观察别人，在宴会上或茶会上，她们最感兴趣的，是随便从银光闪闪的咖啡壶上、刀子上、勺子上看到自己的丽影。她们严格控制餐桌上的饮食：只喝水，不吃有损于皮肤白嫩的菜。

在克里斯托夫的交际圈中，犹太女人占了相当大的比重，虽然他从见到于蒂思·曼海姆以后，对犹太女人就不存什么幻想了。西尔伐·高恩把他带到几个犹太人的"纱笼"里，他照例得到了聪明人的赏识，因为聪明人总是爱聪明的。克里斯托夫在宴会上见到了银行家、工程师、报馆老板、国际间的经纪人、贩卖黑奴的船长——都是共和国的事业家。他们头脑清楚，精力充沛，脸上挂着微笑，并不关心别人，感情外露，性格内向。克里斯托夫感到在这丰盛的宴席上摆满的酒肉和鲜花之间，在周围坐着的一本正经的面孔下面，隐藏着多少过去和未来的罪恶。男人几乎都不好看。女人总的说来，显得光艳照人，但是不能近看，大多数女人的线条或肤色都经不起仔细推敲。她们的外表光华灿烂，看起来生活相当好，美丽的肩膀像鲜花一样在露天下开放，光彩夺目，不管是天生丽质还是陋质，她们都能点石成金，诱惑男人落入陷阱。在有些女人身上，一个艺术家会发现古罗马的典型美人，不是尼罗大帝，就是哈特里安大帝时代的尤物。还有一些威尼斯派画家笔下的面孔，表情富有肉感，胖墩墩的下巴，紧紧和脖子连在一起，美得会使人兽性发作。另外一些女人有浓密的鬈发，火热得逼人的眼睛，人家会以为她们精明能干，斩钉截铁，敢作敢当，比别的女人更像男人，其实女人味十足。在这一伙女人当中，偶尔也会漏出个把超凡脱俗的侧影。她的眉目之间流露出一股纯洁之气，显得比罗马时期还更古老，一直要上溯到《圣经》时代，似乎可以尝到沉静中的诗味，沙漠中的和谐。但等克里斯托夫走过去听她和别的女人谈话时，才发现她也不过是一个巴黎的犹太女人，和别的女人一样，甚至比巴黎女人还更巴黎化，更加做作，更不纯洁，说起坏话来面不改色，用圣母的眼睛看透了男人的灵和肉。

克里斯托夫在人堆中走来走去，觉得话不投机半句多。男人谈起打猎来那么凶狠，谈起爱情来那么无情，只有谈到金钱才显得十拿九稳，冷嘲热讽。他们在吸烟室打听行情。克里斯托夫听他们谈到一个在女人圈子里讨生活、翻领纽孔里别着玫瑰徽章的美男子，装出过分讨好的样子用沉闷的声音说：

"怎么！他又逍遥自在了？"

在"纱笼"的一个角落里，两个女人在谈一个青年女明星和一个社交名媛的恋爱故事。有时也有音乐演奏会。女主人就请克里斯托夫弹琴。还有女诗人气喘吁吁,汗流浃背,用世界末日来临的腔调,高声朗诵苏利·普吕东和奥古斯特·陶兴的诗。一个大名鼎鼎的蹩脚演员在神圣的风琴伴奏之下,一本正经地朗读一首《神秘的叙事曲》。音乐和诗都太不成话,听得克里斯托夫难受。但罗马女人却心花怒放,露出了一嘴牙齿。还演了易卜生的戏剧。那是一个伟人和社会栋梁斗争的下场!结果大家却只一笑了之。

然后,他们以为理所当然应该东拉西扯地谈谈艺术了。这真叫人恶心。尤其是女人居然要大谈易卜生、瓦格纳、托尔斯泰,目的不过是勾勾搭搭,献献殷勤,不是无聊,就是愚蠢。问题一谈到这方面,简直一发不可收拾。这好像是传染病。一定得听银行家、经纪人、黑人贩子对艺术的看法。克里斯托夫想避免答话,转移话题,但没有用,人家咬住不放,一定要同他谈音乐,谈高雅的诗。柏辽兹说得不错:"这些人用字从容不迫,就像在谈酒色财气一样。"一个精神病医生在一个易卜生的女主角身上,看出了他的一个病人,不过病人更傻而已。一个工程师很有把握地说:《玩偶之家》里最值得同情的人物是丈夫而不是妻子。那个蹩脚戏子——就是那个大名鼎鼎的喜剧演员——激动得结结巴巴地发表了他对尼采和卡莱尔的深刻意见;他对克里斯托夫说:他一看西班牙画家范拉士葛——当时画坛的上帝——的画,"不禁泪流满脸"。然而,他又推心置腹——当然一直是对克里斯托夫——说:无论他把艺术看得多么高,他看得更高的还是人生的艺术,是行动,如果问他在生活中想演哪个角色,那他一定会选中铁血宰相俾斯麦。有时,他们中间出现了一个所谓的才子。但谈话的水平并没有显然提高。克里斯托夫把他们的虚名下实际上说过的话记了一笔账。他发现他们往往什么也没说,只是令人捉摸不透地微微一笑;他们是靠名声过活的,不肯拿名声来冒险。他们没有价值观念,一切不分高下。某人是个莎士比亚。某人是个莫里哀。或者某人成了耶稣基督。他们把易卜生和小仲马比,把托尔斯泰和乔治·桑比;当然,这是为了表示法国什么人才都有。一般说来,他们不懂任何外国语文。但这对他们并无损失。听众也不在乎他们说的是真是假!重要的是说得有趣,要尽量迎合民族的自尊心。外国人只好受点委屈——除了当时的偶像,如格里格,瓦格纳,尼采,高尔基,或是邓南遮。但偶像的日子也长不了,总有一天要扔进垃圾箱的。

目前的偶像是贝多芬。贝多芬——谁想得到?——居然成了走红的人。至少在上流社会和文人圈子里走红,因为音乐家立刻根据平衡的原则请他靠边站了,这是法国艺术的趣味。你要知道一个法国人的想法,那还得知道他邻居的想法,因为他不是随声附和,就是有意抬杠,唱对台戏。一看到贝多芬风行一时,一些自命不凡的音乐家就开始认为他不够超凡脱俗;他们总要走在舆论前面,不肯人云亦云;与其亦步亦趋,还不如背道而驰。于是他们就把贝多芬说成是个老聋子,只会粗声粗气,大叫大喊;有些人还自以为是,说他也许是个正人君子,但作为音乐家那就捧得太高了——这些低级下流的玩笑话使克里斯托夫倒胃口。上流社会的热心赞扬也不能令人满意。假如贝多芬这时来到巴黎,他一定会被捧上乐坛的王座,但可惜的是,他已经死了一个世纪。他能风行一时,与其说是靠了他的音乐,不如说是他传奇色彩的生活给多愁善感的传记作家说得无人不知了。他狮吼般粗野的面目已经成了小说中的人物。有些女人对他大发慈悲,漏出口风,假如她们早认识了他,他就不会这样不幸了,她们敢于慷慨献身,因为她们分明知道这样说没有什么危险,贝多芬不会要她们说到做到,这个老好人对世界已经没有任何要求了——因此,演奏能手,乐队指挥,戏院经理,都脱帽鞠躬,对他表示敬意,同时又作为贝多芬的代表,接受听众对他表示的敬意。派头大、票价高的纪念音乐会使上流社会有机会表现他们的慷慨大方——偶尔他们还能发现贝多芬的交响曲。委员会组织起来了,有演员,有上流人士,有半流子,有共和国派来主持艺术节的政客,他们宣布要为贝多芬立纪念碑;在委员名单上,除了几个掩护别人过关的好人之外,都是些社会渣滓,假如贝多芬还活着,他们却会把他踩在脚下。

克里斯托夫瞧着、听着。他咬紧了牙关,免得出言伤人。整个晚上,他全身紧张,肌肉收缩。他既不能说话,又不能不说话。说话没有乐趣,没有需要,只是为了礼貌不得不说,实在难受。说真心话不行,人云亦云也不可能。当他无话可说的时候,他甚至没有装出客客气气的本领。如果他瞧着旁边的人,那总是瞪着眼睛,神情紧张,不由自主地研究对方,不知不觉地伤害了人。如果他说起话来,又过于自信,使大家听了不自在,连他自己也一样。他明白自己来错了地方;他并不笨,感觉得到自己在场破坏了协调的气氛,他对自己的一举一动,和主人一样恼火。他怪自己,也怪别人。

最后,等他一个人在深更半夜回来,走到街上的时候,他简直觉得给无聊压垮了,没有力气走回去;他甚至想到在街上躺下,就像小时候从公爵府演奏完了回家,有多少次他想躺倒啊!有时,他身上只剩五六个法郎,还得用到周末,他却舍得花上两个法郎雇辆马车。他急急忙忙跳上车,好赶快溜之大吉;马车一走,他就神经兮兮地哼哼起来。回到住的地方,上床睡觉,他还在哼……然后,忽然一下,他想起了一句滑稽话,就放声大笑。他甚至手舞足蹈,翻来覆去地说。第二天,甚至几天之后,一个人散步时,他还会忽然发作一阵子,像只野兽一样。……他为什么要去看这些人呢?为什么要一而再,再而三呢?为什么要勉强自己装模作样,对自己并不关心的事,却要跟别人一样装作关心呢?——他当真不关心这些事吗?——一年以前,要他和这些人混在一起,他是根本受不了的。但是现在,他虽然恼火,还是觉得他们有趣了。是不是巴黎人无所谓的态度也有一点渗入了他的内心?于是他焦急不安地扪心自问:他是不是不如以前坚强?其实,情况恰恰相反,他比以前坚强得多。因为在一个新环境里,他的思想更加自由。他可以不由自主地睁大眼睛,看这一出人间的大喜剧。

再说,无论他喜欢不喜欢,如果他要巴黎社会承认他的艺术,那就非这样过下去不可,巴黎人如果不了解作家,是不会对作品感兴趣的。而如果他要在这些庸俗人家教音乐课才能谋生,那更需要得到他们承认了。

何况人人都有一颗心;心无论如何总要有所寄托,不管在什么环境都要找到寄托,否则就活不了。

克里斯托夫的女学生当中,有一个是很有钱的汽车厂主的女儿,名叫珂勒蒂·斯特芬。她的父亲是入了法国籍的比利时人,祖父是英美人到安特卫普安家落户的,祖母是荷兰人。珂勒蒂的母亲是意大利人。这是一个相当典型的巴黎家庭。在克里斯托夫看来——在许多人看来——珂勒蒂·斯特芬是一个典型的法国小姐。

她刚十八岁,蒙蒙眬眬的黑眼睛,善于向年轻男子送秋波,西班牙的眼珠,眼眶里洋溢着水汪汪的光彩,细长的鼻子可以随心所欲地起皱,鼻尖在说话的时候微微地动,嘴唇撅起表示她不同意,头发蓬蓬松松,小脸蛋有皱纹,但很可爱,皮肤平平常常,也搽了粉,脸部轮廓是粗线条的,有点浮肿,神气像一只胖胖的小猫。

她的一切都是小号码的,衣服穿得很好,有诱惑力,带挑逗性,一举一动显得矫揉造作,冒充高雅,装憨卖傻,姿态像个小女孩,可以在摇椅里摇来晃去,晃上两个钟头,小声喊道:

"不吗?这不可能……"

在餐桌上看到一盘爱吃的菜,她会拍起手来;在客厅里,她在男人面前抽烟,装得对女朋友过分亲热,搂住她们的脖子,抚摸她们的手,贴近她们的耳朵,说些不怀好意的话,说得非常巧妙,声音娇弱不堪,有时还会若无其事地说些不堪入耳的话,更会要别人跟着说——神气却像一个天真无邪、非常乖巧的小女孩,眼睛亮晶晶的,眼皮沉甸甸的,隐隐约约引人入胜,斜着眼睛看人,存心不良地听人说三道四,听到下流话就一口咬住,随时随地都在打主意钓男人上钩。

这种装模作样、小狗式的表演,掺了假的天真,一点也不讨克里斯托夫的欢喜。他又不是没有事做,哪里有心去理会一个狡猾的小姑娘玩弄的把戏,甚至没有闲情逸致去看上一眼。他需要挣他的面包,免得他的生命和思想有面临死亡的危险。如果说这些客厅里的鹦鹉能得到他的关心,那只是因为她们给他提供了谋生的手段。为了挣到她们的钱,他给她们上课,凭良心办事,把眉头皱紧,思想集中在工作上,以免无聊得分散精力,也怕珂勒蒂·斯特芬这种轻浮的女学生卖弄风情,扰乱他的心神。其实,他对珂勒蒂并不关心,就像对她的小表妹一样,表妹不说话,胆子小,住在斯特芬家,跟珂勒蒂一起学弹琴。

但珂勒蒂太精明了,不会感觉不到她对克里斯托夫卖弄的风情全落了空,她又太圆滑了,不会不临机应变来迁就克里斯托夫的做法。其实,她根本用不着下工夫。这是她的本性。她是女人。女人是不定型的水。她碰到的男人都是瓶子,她出于好奇,出于需要,就顺应了瓶子的形状。她要存在,就不得不借光。她的个性就是不固定的。她老是换瓶子。

克里斯托夫吸引她,这有好多理由,第一就是她吸引不了克里斯托夫。第二是他和她认识的青年人都不同;她还没有进入过这种形状的粗瓷大花瓶。第三是因为她天生有眼力,一眼可以看出瓷瓶和男人的价值,她完全明白克里斯托夫除了没有翩翩风度之外,坚强踏实的性格是巴黎的花花公子望尘莫及的。

她学音乐,像大多数闲得没事干的小姐一样,学得又多又少。这就是说,她总在学,但几乎没有学到什么。她整天在钢琴上敲敲打打,因为闲得无聊,为了摆摆架子,为了发泄感情。有时,她弹琴像在骑自行车。有时,她又可以弹得好,很好,有味,有情——人家几乎要说她是个有情人,其实她只要设身处地一想,无情也会显得有情——在认识克里斯托夫以前,她可以喜欢玛斯奈、格里格、多玛。在认识克里斯托夫以后,她又可以不再喜欢他们。现在,她演奏巴赫和贝多芬,也很不错——其实,这样说并不过分——更重要的,是她喜欢上他们了——说老实话,她喜欢的并不是贝多芬、多玛、巴赫,或格里格,而是声音,乐谱,手指接触琴键,心弦随着琴弦震颤,她便心神荡漾,好像搔着了痒处一般。

在贵族府邸般的客厅里,挂着有点褪色的帷幔,房间当中有一个画架,上面放着斯特芬夫人的画像。夫人结结实实,名画家却把她画得多愁善感,好像一朵缺水的花,她的眼睛没精打采,身体婀娜多姿,曲线成了螺旋,似乎只有这样才能表现百万富翁与众不同的灵与肉——大客厅的玻璃窗外是些老树,树上洒满了白雪,克里斯托夫看见珂勒蒂一直坐在钢琴前,反复弹同样的乐句,用不协调的柔声来抚摸自己的耳朵。

"啊!"克里斯托夫进门时说,"瞧!小猫又在打呼噜了!"

"坏蛋!"她笑着说。

(她伸出了有点冒汗的小手。)

"……你听听看。难道不好听吗?"

"很好听。"他用不在乎的口气答道。

"你没有听! ……听一听好不好?"

"我在听……总是老一套。"

"啊!你不是音乐家。"她有点生气地说。

"难道你弹的是音乐!"

"怎么?不是音乐……请问:那是什么?"

"你心里明白;用不着我说,说出来就不好听了。"

"那更要你说。"

"当真?……你不要吃不消!……那好,你知道你在琴上弹什么?……你在勾勾搭搭。"

"怎见得?"

"那还消说。你在和琴谈心:'亲爱的钢琴,亲爱的钢琴,说些好话给我听,再说一些,抚摸我吧!给我一个吻吧!'"

"你还有没有个完?"珂勒蒂半笑半恼地说,"怎么一点也不尊重别人?"

"一点也不。"

"你太放肆……再说,就算你说得对,难道这不是真爱音乐?"

"哎!得了,不要把你那套和音乐混为一谈!"

"我谈的就是音乐!一个美丽的和音就是一个吻。"

"这可不是我教你的。"

"难道我说得不对?……你耸什么肩膀?你做什么怪相?"

"因为你讨人厌。"

"那就更好!"

"我厌恶人家把音乐当作放荡的事……噢,这也不能怪你。只怪你们的社会。你周围的人公然认为艺术就是放荡……得了,闲话少说!还是来弹奏鸣曲吧!"

"不,再谈一会儿。"

"我不是来谈天,是来教你弹钢琴的……开始弹吧!"

"你真客气!"珂勒蒂说,有点恼火——其实,心里又喜欢这种不客气。

她用心弹起琴来;因为心灵手巧,弹得不错,有时还相当好。克里斯托夫当然听得出。他心里暗笑:"这个调皮鬼没有乐感,居然弹得煞有介事似的。"他不免流露几分好感。而珂勒蒂一有机会就谈天说地,觉得比上课有趣得多。克里斯托夫也闭不住嘴,他借口说真心话会伤害人,她却不管,硬要他说;话越伤人,她越不怕,反倒觉得开心。这个机灵鬼知道克里斯托夫喜欢开诚布公,就大胆和他对着干,争得脸红耳赤,结果倒是不争不成相识了。

然而,克里斯托夫对这种"纱笼"里的友谊,从来不抱什么幻想,从来也没有想到他们之间会建立什么亲密的关系,哪里晓得有一天,珂勒蒂忽然向他说起知心话来,表现了她勾引男人的本能,这实在是出人意外。

头天晚上,她的父母在家里接待客人。她有说有笑,卖弄风情,像个疯子;但第二天早上,克里斯托夫来上课,她却说累了,脸拉得很长,脸上没有血色,脑袋也发胀。她说不了几句话,显得精疲力竭了。她坐到钢琴前,没精打采地弹起来,老是弹错,于是重新来过,还是弹错,只好停下来说:

"我弹不了……请你原谅……等一等再弹,行吗?……"

他问她是不是病了。她说不是。

"不大舒服……有时是这样的……这好笑吧,但也不能怪……"

他说改天再来,但她一定要他留下。

"只要一会儿……马上就会好的……我真笨,是不是?"

他觉得不大对头,但又不想问个明白;为了把话扯开,他就说:

"瞧!谁叫你昨天晚上那么出风头的!你消耗得太多了。"

她嘴笑人不笑地说:

"你可没有消耗什么。"

他毫不掩饰地笑了。

"我看你一句话也没有说。"她接着又说道。

"没说。"

"其实,有些人蛮有趣味的。"

"不错,有些会耍嘴皮子的聪明人。我简直不懂这些软骨头的法国人,他们什么都懂,说得头头是道,什么都能理解——就是没有感觉。他们一谈就是几个钟头,谈他们感觉不到的爱情和艺术!难道这不叫人难受?"

"你应该感兴趣才对;不谈爱情,难道还不谈艺术?"

"爱情和艺术都不是谈,而是干的事。"

"如果干不了呢?"玛勒蒂撅撅嘴说。

克里斯托夫笑着答道:

"那就让别人去干吧。并不是每个人都能干艺术这一行的。"

"爱情也一样吗?"

"爱情也是一样。"

"天啦!那我们还有什么事可干呢?"

"家务呀。"

"谢谢了!"珂勒蒂不高兴地说。

她又把手放在钢琴上,再来试试,但弹的不是想的,她就敲敲琴键,唉声叹气:

"我不行了!……我肯定什么事也做不好。我想你说得对。女人什么事都干不好。"

"能说这句话已经不错了。"克里斯托夫和和气气地说。

她瞧瞧克里斯托夫,神气好像一个挨了骂的小姑娘不知如何是好。她说:

"不要那么苛求!"

"我对好女人并不苛求。"克里斯托夫快活地答道,"一个好女人简直是人间的天堂。不过,人间的天堂……"

"对,谁也没有见过。"

"我倒不是那么悲观。我只是说:我没见过;但并不否定人间存在天堂。只要存在,我倒一定要去找。不过,这可并不容易。好女人难找,和天才一样难得。"

"除了才子佳人,别的男男女女难道都不算什么?"

"你说错了!只有才子佳人算不了什么……对社会而言。"

"对你而言呢?"

"对我而言,别的男男女女都不存在。"

"你太苛求了!"珂勒蒂又说了一遍。

"有一点。总得有人苛求。哪怕是为了别人的利益!……如果泥坑里不是七零八落地有些石子,那岂不是一塌糊涂了?"

"对,你说得不错,你是个强者,所以你高兴,"珂勒蒂忧郁地说,"不过,不要对弱者——尤其是女人,不要太严格了!……你不知道女人的弱点压在我们身上有多么重。因为你只看到我们有说有笑,打情骂俏,装腔作势,你就以为我们头脑空虚,并且不把我们看在眼里。啊!你哪里知道十七八岁的小女人心里想什么?她们出入社交场合,洋溢着青春的生命出足了风头——但等她们跳完了舞,说完了傻话,发完了谬论,吐完了苦水(人家看见她们的眼泪,以为是笑出来的,也就跟着笑了),等她们对这些傻瓜说了几句真心话,想从他们眼睛里找到心心相印的光辉,却找不到——如果你能看到她们夜里回家之后,一言不发关在房里,寂寞痛苦得跪在地上!……"

"这可能吗?"克里斯托夫目瞪口呆地说,"什么!你们也会痛苦,这样痛苦?"

珂勒蒂没有回答;眼泪已经盈眶了。她要装出笑容,对克里斯托夫伸出手来,他就心情激动地握住手。

"可怜的小女人!"他说,"既然你们痛苦,那为什么不摆脱这种生活呢?"

"你叫我们怎么办?我们什么办法也没有。你们男人,你们有摆脱的办法,想做什么就做什么。可是我们,我们永远关闭在义不容辞、寻欢作乐的小天地里,怎么跳得出去?……"

"有谁妨碍你们像我们一样摆脱束缚,做自己喜欢做的事,像我们一样独立自主地做事?"

"像你们一样?可怜的克里斯托夫先生!你们能独立自主做事吗?……话又说回来,你们至少能做自己喜欢做的事。可是我们,我们能做什么事呢?没有一件是我们感兴趣的——对,我知道,现在什么事都有我们一份,我们假装关心一大堆和我们没关系的事;我们多么需要对什么事关点心啊!我和别人一样做事。我做慈善工作,参加救济委员会。我到巴黎大学去听讲,听柏格森和于尔·勒梅特讲的课,听古代音乐会,看舞台演出的古典戏剧,还做笔记,笔记……我不知道自己记些什么!……我却欺骗自己,说我喜欢这些,或至少这是有用的!啊!其实,我知道的情况和这恰恰相反,我对这些都不在乎,这些东西讨厌透了!……不要又瞧不起我,因为我老实讲了大家的心里话。并不是我比别的女人傻。不过哲学、历史、科学,到底对我有什么用呢?至于艺术——你看——我乱弹琴,我乱画,用水彩东涂西抹——这能填满生活的空虚吗?我们的生活只有一个目的:那就是嫁人。你以为嫁给那些家伙会快活吗?我看得和你一样清楚。我看得出他们的真面目。我不如你们德国姑娘运气好,总会制造假象……这难道还不可怕?瞧瞧周围:看看结了婚的女人,看看她们嫁的男人,想到自己也得跟她们一样,身心都得变形,变得同她们一样俗气!……我敢说,不是一个对生活无所求的人,是很难接受这种生活,尽这种义务的。并不是女人都做得到这一点……但时间过去了,岁月好像流水,有些美妙的东西——却没有起什么作用,却在一天一天消失,将来却不得不交给一些蠢材,一些你瞧不起、也会瞧你不起的笨蛋!……而并没有人了解你!人家还说女人对男人是个谜。不谈那些说女人平庸古怪的男人吧!女人总该了解我们!她是过来人,只要回想一下……但是不行。她们一点也不帮忙。即使我们的母亲也不了解我们,并且不想真正认识我们。她们只设法把我们嫁掉。其他的事,死活都靠自己安排!社会才不管呢。"

"不要泄气,"克里斯托夫说,"每个人都得体验自己的生活。只要你勇敢,一切都会好转。要到你的圈子外面去找。法国总会有几个男子汉的。"

"是有。我也认识。但是他们不讨人喜欢!……再说,我告诉你:我虽然讨厌我这个圈子,但现在我出了圈子又不能生活。我已经养成了习惯。我要过好日子,高级的物质和精神生活,单靠钱不行,没有钱也不行。这似乎不光彩,我也知道。但我了解自己,我是弱者……我求求你,不要离开我,因为我已经告诉你我多么无用了。听我说:宽容一点!和你谈话对我多么好啊!我觉得你是个强人,你很健全,我信得过你。做个朋友,好不好?"

"当然好。"克里斯托夫说,"不过我能帮你什么忙呢?"

"听我谈谈,提提意见,还打打气。我老是心灰意懒,不知如何是好!那时,我就自言自语,奋斗有什么用?折磨自己又有什么用?这样或那样,有什么关系?管他是谁!管他什么东西!这样真可怕。我怕会陷进去了出不来。帮帮我吧!帮帮我吧!"

她好像受不了,一下老了十岁;瞧着克里斯托夫,眼里流露出顺从、恳求的目光。他答应了她的恳求。于是她又来了劲,笑了起来,又快活了。

到了晚上,她又像平常一样说说笑笑,卖弄风情了。

从这天起,他们经常谈谈知心话。他们只有两个人在一起,她对他说她想做的事;他费了好大功夫才听明白,才提得出意见;她听他的劝告,必要时还得听责备;她听得认真,专心,好像一个乖孩子,这对她是一种消遣,使她感兴趣,甚至成了支持;她用感激的眼光看看他,既表示感动,又卖弄风情——但这一点也没有改变她的生活,不过是增加了一点娱乐而已。

她一天到晚在连续不断地改变外形。她起床非常晚,总要睡到中午。她老失眠,往往天亮才能睡着。整个白天,她不做什么事。她翻来覆去琢磨一句诗,一个主意,一个没头没脑的想法,对谈话的一段回忆,一个乐句,一个讨她喜欢的面孔。一直要到下午四五点钟,她才完全清醒过来。在这以前,她的眼皮似乎肿得睁不开,脸颊浮肿,像在赌气,仿佛觉得没睡够。如果来了几个要好的女朋友,和她一样喜欢唠唠叨叨的,喜欢打听巴黎流言蜚语的,她这才来劲了。她们在一起没完没了地讨论爱情。爱情心理学是个永远谈不完的题目,还有就是梳妆打扮刺探隐私,说人坏话。她圈子里还有一伙游手好闲的青年男子,他们每天要在石榴裙下消磨两三个小时才过瘾,他们自己也有资格穿裙子了,因为他们的思想和言谈跟少女没有什么不同。克里斯托夫也有固定的时间,那该是他听忏悔了。珂勒蒂立刻一本正经,集中心思。她就像包特莱谈到的那种法国少女,在忏悔室里,"把事先准备好的内容讲得头头是道,清楚明白,凡是应该讲的,全都分门别类,井井有条"——但忏悔后,她却玩得更带劲了。时间越来越晚,她却越过越年轻。晚上,她到剧院去看那些百看不厌的面孔,感到一成不变的快乐——她快活,并不是因为戏演得好,而是因为她认识演员,因为她能再一次挑出演员为众人所知的老毛病。如果有熟人到包厢里来看她,大家说长道短,议论其他包厢的人,或者对女演员评头论足。比如说演天真少女的角色声音尖酸得"像变了味的蛋黄酱",那身材高大的女角衣服穿得"像灯罩"。不上剧院,她就去赴晚会;在晚会上,只要人漂亮,便可以大出风头,快活快活——不过这也要看日子,在巴黎,漂亮不漂亮是日新月异的——要是不走运,你就可以从仓库里拿出批评的武器来对付男人,笑他们的装束和身体的缺陷。交谈么,那是没有的——回家的时候很晚。总是不想上床(这时人最清醒),于是围着桌子转,随便翻一本书,想起了一句话或者一个姿势,就一个人笑起来。无聊透顶。真是倒霉,又睡不着。夜里,忽然感到一阵绝望。

克里斯托夫隔不了多久就能见到珂勒蒂,虽然几个小时只能看到她的某些变化,但已经使他摸不着头脑了。他不明白什么时候她是真诚的——

到底她是一直真诚,还是从来就不真诚呢？珂勒蒂自己也说不清楚。像大多数少女一样,她受到懒散的欲望支配,茫茫然一无所知。她不知道自己是什么人,因为她不知道自己要什么,又因为她不先试一试,就不知道她到底要不要。于是她按照自己的方式去试,她要最大的自由,却想冒最小的危险,她模仿周围的人,衡量他们的道德。她并不急于做出选择。她舍不得浪费,要充分利用。

但克里斯托夫这样的朋友可不好办。你可以喜欢他不尊重的人,甚至喜欢他瞧不起的人,但不能把他和那些人相提并论。各人的口味不同,但至少总得有自己的口味。

他更不耐烦的,是珂勒蒂似乎喜欢搜罗一伙轻浮少年围着她转,气得克里斯托夫要命。这些自命时髦的小伙子真令人恶心,他们多数有钱,全都有闲,或者在什么部里有个挂名的闲差事——反正都差不多。大家都会写作——或者自以为会写作。在第三共和国,大家都手痒,跃跃欲试。写作这种方式既能偷懒,又能满足虚荣——脑力劳动是最难监督检查的工作,因此也最容易骗人。他们对自己伟大的劳动只隐隐约约、煞有介事地说上几句。似乎他们使命在身,任重道远似的。开头,克里斯托夫不知道他们的大作和大名,觉得于心有愧。他大胆地打听了一下,特别要知道有口皆碑的戏剧大师写过什么。结果他不胜惊讶地发现这位大师只写过一幕戏,还是小说改编的,小说又是一系列短篇凑合而成,而短篇不如说是近十年来他在同人杂志上发表的东鳞西爪。其他人的货色也没有什么分量：几幕戏,几个短篇故事,几首诗。有些人只靠了一篇文章,就一举成名。有些人却"书还没写",已经文名远扬了。他们公然不把一气呵成的长篇作品看在眼里。他们似乎非常重视字斟句酌。他们口里大谈"思想",但他们的思想与众不同,只指微不足道的小事。他们中间也有大思想家,大讽刺家,但他们深刻细腻的思想如果不用斜体字标明,就没有人看得出其中的深意或讽刺。

每个人都盲目自信,这是他们唯一的信仰。他们想到自己的信仰和别人共享。可惜别人也只信仰自己。他们说话,走路,抽烟,看报,抬头,眨眼,打个招呼,似乎都在演戏,仿佛观众的眼睛一直在盯着他们。年轻人天生就喜欢哗众取宠,越是没有出息,无所事事,越要惹人注意。他们装模作样,特别是为了女人,因为他们注意女人,更希望女人也注意他们。随便碰到什么人,他们都要卖弄一番,不料过路人只瞪他们一眼就走了。克里斯托夫碰到这些自动开屏的小孔雀：尚未成名的画家,演奏的能手,年轻的演员,他们总是装出名人的派头,像梵·狄克,伦勃朗,范拉士葛,贝多芬,或是扮演一个角色,大画家,音乐家,能工巧匠,思想家,乐天派,多瑙河的农民,大自然的儿子……他们一边走路,一边斜溜一眼,看看有没有人注意他们。克里斯托夫看见他们迎面而来,等他们走到面前,却故意歪过头去,满不在乎地看着别处。不过他们的失望不会太久,再走两步,他们又在打下一个过路人的主意了——珂勒蒂客厅里的人物却更加讲究:他们不是在表面上,而是在思想上装模作样;他们取法于两三个典型,而典型也不是超凡脱俗、高不可攀的人物。要不然,他们就扮演抽象的概念:力量,欢乐,同情,团结,社会主义,无政府主义,信仰,自由——这些就是他们要演的角色。他们有本事把最高尚、最难得的思想变成文学的材料,把人类灵魂中的英雄气概贬低成了流行式样的领带。

他们最内行的,是谈情说爱,那是他们的小天地。如何无微不至地享乐,他们简直是掌握了秘诀;他们都是能人高手,会发现新情况,有本领解决新问题。他们一直是没有专业的专家。没有爱情,他们也能"谈情说爱";尤其是能把死的说成活的,于无情处见真情。他们善于喧宾夺主,注解多于正文,正文反而微不足道。最下流的思想也能贴上社会学的标签,使人谈得津津有味,在社会学的大招牌下,一切畅通无阻;不管坏事干得多么痛快,如果不能找到一个借口,说干坏事也是为了新时代的利益,那他们总觉得美中不足。这是一个显然带有巴黎色彩的社会主义,色情的社会主义。

那时,这个谈情说爱的小圈子讨论得最来劲的问题,是男女婚姻平等和爱情权利平等。有一些老实的年轻人——斯堪的纳维亚人或瑞士人——信仰新教,有点可笑,他们主张男女道德平等:婚前应该同样保持贞操。巴黎人却要求另外一种平等,男女淫乱平等:婚前同样不必保持贞操——这是情人权利的平等。巴黎人不管是想象中或是实际上,对淫乱已经习以为常,开始觉得平淡无味了,于是文学界发明了一种新花样,要用处女卖淫来取而代之——这种卖淫是合法的、普遍的、道德的、正派的、家庭同意的,更重要的是,社会准许的——最近出版了一本才子书,对这个问题大放厥词,半真半假地在四百页文字中,"根据培根方法论的规则",研究了"控制寻欢作乐的最好方法"。这是一本自由谈情说爱的全面教材,书中不断谈到高雅,规矩,趣味,高贵,美丽,真理,廉耻,道德——哪个少女想要堕落,应该先睹为快。这在当时成了珂勒蒂这个小圈子的《福音书》,他们读得乐趣盎然,并且大加发挥。这些善男信女,不消说,对这似是而非的奇谈怪论,并不阅读那些说得对的,观察正确的,甚至有人情味的,而只记住了伤风败俗的。在这个芬芳的花坛上,他们从来只摘有毒的花——例如下面这些名言妙语:"肉欲只会刺激干劲。"——"一个处女如果没有享受过性爱就做了母亲,那是天理难容的。"——"处女得到童男,自然会准备当贤妻良母。"——母亲的作用是"小心在意、规规矩矩地让女儿放纵自由,却用同样的精神不让儿子自由放纵"——总有一天,"少女和情夫幽会后回来,就和散步或喝茶后一样自然"。

珂勒蒂笑着说,这些话真是合情合理。

克里斯托夫觉得这些话可怕。他夸大了语言的重要性和可能造成的危害。法国人太聪明了,不会见书上怎么说,他们就怎么做的。这些思想上的巨人,其实是行动上的矮子,他们在日常生活中,和小市民一样老老实实,甚至一样胆小怕事。正因为他们在行动上胆小,所以才喜欢在口头上吹得天花乱坠。其实这种游戏没有一点危险。

可惜克里斯托夫不是一个心口不一的法国人。

在围着珂勒蒂转的年轻人当中,有一个似乎是得宠的。不消说,在克里斯托夫看来,这是个最难容忍的人。

这人是个暴发户的儿子,搞搞贵族式的文学,装成是第三共和国的贵族。他的名字叫作吕西安·雷维-葛。他的两只眼睛离得很远,炯炯有神,鹰钩鼻子,嘴唇很厚,金黄的胡须剪得尖尖的,像画家梵·狄克,由于早熟,已经开始秃头,但和他的容貌并不显得不相称。说话温存,动作优美,一双手又嫩又软,一握都怕会融化似的。他永远装得非常有礼貌,甚至有点过分做作,即使对他不喜欢的人,恨不得推下水去的人,也是客客气气。

克里斯托夫第一次跟西尔伐·高恩去参加文人宴会时已经见过他;虽然他们没有谈话,但他一听声音就莫名其妙地起反感,后来才明白其中的道理。有一见钟情、迅雷不及掩耳的爱,也有从天而降的恨——或者——为了避免刺耳起见,因为柔弱的心灵害怕"恨"字,就像害怕一切激烈的字眼一样——我把"恨"字换成健康人的本能,人一见到仇敌,本能就会自卫。

和克里斯托夫相反,吕西安代表了讥讽和瓦解的精神,温和地、客客气气地、不声不响地瓦解垂死的古老社会中一切伟大的东西:家庭,婚姻,宗教,国家;在艺术上瓦解一切阳刚的、纯洁的、健全的、流行的东西;还瓦解对人的信心,对思想、对情感、对伟人的信心。这种思想其实是机械地寻求分析的乐趣,寻求过度的剖析,其实是动物需要啃食思想,是蛀虫的本能。除了啃食思想的本能之外,还有女性的多情善感,尤其是女作家的情感,因为到了吕西安手里,一切都是文学,或者都变成了文学。他的艳遇,他和朋友们伤风败俗的坏事,都成了文学的素材。他写了一些小说和剧本,用高明的手法描述他父母的私生活,他们的风流艳事,朋友们的下流勾当,他自己的暧昧关系,他如何勾搭他亲密朋友的妻子,人物面目描写得惟妙惟肖;大家交口称誉,说是刻画入微,读者中包括他亲密的朋友夫妻在内。他听到女人吐露的衷情,他和女人的鱼水之欢,都原原本本写在书里——按照常情,他这样泄露秘密应该受到他"女伴"的白眼。但事实却完全相反,她们几乎一点也不觉得难堪;最多表面上埋怨两声,其实心里巴不得一丝不挂,赤裸裸暴露在光天化日之下,只要脸上遮一块纱巾,就不会觉得难为情了。在他这方面,这样泄漏天机并没有丝毫要对女伴进行报复的意思,甚至也不是要散布丑闻。比起普通人来,他并不是一个坏儿子,也不是个坏情夫。在小说的某几章里,他厚颜无耻地揭露他的父亲、母亲和情妇;也就是在这几章里,他又温情脉脉、诗意盎然地谈到他们。其实,他是非常重视家庭的,不过,他认为爱家里人并不需要尊重他们的隐私,恰恰相反,他认为不尊重他们的隐私反倒是更爱他们,因为没有隐私,感情更接近了,一家人都显得更有人情味了。他们是世界上最不理解英雄主义的人,更不理解纯洁。他们几乎认为英雄主义是骗人的谎话,纯洁是意志薄弱的表现。然而,他们又毫不怀疑地相信自己比任何人都更了解艺术上的英雄人物,谈起他们来亲亲热热,仿佛是他们的后台老板。

他和那些既有钱又有闲的中产阶级家庭的堕落少女最合得来。他等于是她们的一个女伴,一个下流的女仆,比女仆更无拘束,比女伴更有学问,能指点她们,使她们羡慕。她们对他毫不拘束,高举神灯好奇地照着这个赤身露体的阴阳人,他也让她们为所欲为。

克里斯托夫不明白一个像珂勒蒂这样的少女,天性似乎刻意讲究,又不愿意受到堕落生活的腐蚀,怎么会乐意跟这类人来往呢?……克里斯托夫不懂心理学。吕西安·雷维-葛却比他强一百倍。克里斯托夫是珂勒蒂的知心朋友;但珂勒蒂却是吕西安的知心朋友,这对吕西安大有好处。一个女人如能相信和她来往的男人不如自己,那是很舒服的。她低级的本能和她高级的母性本能都可以同时得到满足。雷维-葛完全知道:要打动女人的心,最稳当的办法就是使她这根神秘的心弦发生共鸣。再说,珂勒蒂觉得自己软弱,相当胆小,有些本能不好意思说出口,但又不能否认。因此,有个男朋友居然大胆向她吐露(其实是精心安排的),说别人也是一样软弱,说人的本性就是如此,只能实事求是,不能要求过高,她一听自然高兴了。她可以心满意足,顺水推舟,不必为难自己,还可以心安理得地说:聪明人何必跟自己过不去?因为这——唉!——是无可奈何的事。这种聪明办法实行起来没有一点痛苦。

谁要冷眼观察人生,就会闻到天长地久的阴阳对立发出的强烈气息,在社会内部,在表面上极端考究的文明和骨子里非常野蛮的本性之间,存在着尖锐的对立。任何客厅里只要不是摆满了古老的化石和石化的人心,总会有两个层次的谈话:表层的大家都听得到——那是理性的交流;深层的却很少有人意识得到,然而那却是更有力的对谈——那是本能在交锋,是动物本性的对立。这两个层次的谈话往往是针锋相对的。理性交换的是通用货币,而肉体却是大声疾呼着欲望、厌恶,或是好奇、无聊、怨恨。动物的本性虽受到几百年文明的压制,但却像关在铁笼里的狮子一样,野性难改,嗜血的本能难忘。

然而克里斯托夫还不能冷眼旁观,那要饱经风霜、心灰意懒的老人才做得到。他认真地当起珂勒蒂的顾问来。她要他帮忙,他却眼看着她兴高采烈地去冒危险。因此,他再也不能掩饰他对吕西安·雷维-葛的敌意。开头,吕西安对他还客客气气,虽然含讽带刺,但态度还是无可指摘的。他感到了敌意,但并不觉得可怕,只是不动声色地把对方丑化。其实,他只要克里斯托夫佩服他,就可以相安无事;但他偏偏得不到佩服,他自己也感觉得到,因为克里斯托夫不会做假。于是,吕西安·雷维-葛不知不觉地从抽象的思想对立,转变成了不露形迹的争夺战,而争夺的目标就是珂勒蒂。

在她的两个男朋友之间,她是一碗水端平的。她欣赏克里斯托夫的才华和高尚的道德,也欣赏吕西安·雷维-葛的聪明和伤风败俗的趣味,其实,她还是认为伤风败俗比道德更有趣。克里斯托夫不客气地提出指责,她就低三下四地露出一副可怜相来听着,叫他狠不下心来。她本性并不坏,但不坦白,因为她软弱,又不忍心。她有一半是在演戏,假装想法与克里斯托夫相同。对他这种朋友的价值,她心中有数;但她舍不得为任何人、为任何事做出牺牲;她只希望一切事情都很方便,都很愉快。因此她瞒着克里斯托夫,私下里和吕西安·雷维-葛不断来往;她说起谎来不脸红,这是社交场上的少妇迷人的本领,她们从小就是说谎的专家,不懂这套艺术,她们怎能笼络住所有的男朋友,使他们个个心满意足?她找到的借口是免得克里斯托夫难过;其实是她明知他说得对,但她不愿意改,又怕和他闹翻。有时克里斯托夫猜到她在搞鬼,于是就责备她,说话粗声大气。她却继续扮演后悔的小姑娘,非常亲热,有点伤心;还演出女人的拿手好戏——给他送上几个秋波——一感到有可能失掉克里斯托夫这个朋友,她的确觉得难过,就装得诚恳,并且施展魅力,使他好久都无法生气。但或迟或早,脾气总是要爆发的。在克里斯托夫的恼火中,不知不觉还掺入了一点妒忌,而在珂勒蒂连哄带骗的假心假意中,居然也溜进了点滴的真情。因此一旦破裂,就会闹得更厉害。

一天,克里斯托夫当场抓住了珂勒蒂说谎,他二话不说,一定要她在吕西安·雷维-葛和他之间挑选一个。她先躲躲闪闪,避免回答问题;最后,她被逼得摊牌说:她有权保留她喜欢的男朋友。她一点也不错;克里斯托夫明白了他在闹笑话;但他也知道他对她严格要求并不是自私,而是真心爱护她;他要挽救她,不管她愿意不愿意。因此,他笨嘴笨舌地寸步不让。她拒绝回答。他就说:

"珂勒蒂,你是不是不要我这个朋友了?"

她说:

"不是的,我求求你。如果你不做我的朋友,我会很痛苦的。"

"那你为什么不肯为我们的友情作一点牺牲?"

"牺牲!你胡说什么啦!"她说,"为什么两个里面一定要牺牲一个?这是基督教的蠢想法。原来你是个老教士,自己还不知道。"

"也许是这样。"他说,"对我说来,不是这个就是那个。不是好就是坏,没有什么半好不坏的,好坏之间连一根头发也插不进去。"

"是的,我知道,"她说,"所以我才喜欢你。我敢说,我真喜欢你;不过……"

"不过你也同样喜欢别人?"

她笑了,丢了个最讨人怜爱的眼色,用她最甜蜜的声音说:

"不要走!"

他几乎又要让步了。恰好吕西安·雷维-葛撞了进来,她居然用同样讨人怜爱的眼色、同样甜蜜的声音对待他。克里斯托夫一句话不说,看珂勒蒂怎样演戏;然后他走了,打定主意和她决裂。他心里很难过。怎么老是放不下,丢不开,老是上当受骗?怎么这样傻?

回到住的地方,他机械地整理书本,无意中翻开了《圣经》来读:

……天主说:因为锡安女人走路时直着脖子,溜着眼珠,装模作样走着小步子,走得脚上的银环咣啷响。

天主就使锡安女人秃了头顶,露出了赤裸裸的身体……

他想到珂勒蒂装模作样,不禁笑了起来;心中的气一消,就上床睡觉了。然后他又想到:一定是巴黎的风气污染了他,使他读起《圣经》来都觉得好笑。但他还是在床上反复背伟大的天主开玩笑一般做出的判决;他还挖空心思去想象他年轻的女朋友秃了头顶是什么模样。他像小孩子一样笑得睡着了。他已经不再想他的伤心事。多一件也罢,少一件也罢……反正他也习惯了。

他还照常给珂勒蒂上钢琴课;但从这次起,不再和她作亲密的交谈了。她故意装出难过、生气的样子,耍她的小花招,但都不起作用;他一点也不让步;他们互相赌气;她到底主动找到了借口,上课的时间隔得越来越久;他也找到理由不参加斯特芬家里的晚会了。

他看够了巴黎社会,再也受不了那种空虚、懒散、精神不振、神经衰弱,以及毫无理由、毫无目标的吹毛求疵,消耗自己。他怀疑一个民族怎么能在这样死气沉沉的气氛中,为艺术而艺术,为享乐而享乐地过日子。然而,这个民族的确活着,有过伟大的时代,今天在世界上还很神气,对旁观者说来,还能制造假相。但他们的存在有什么意义?他们什么也不相信,什么也不相信,只想享乐。

克里斯托夫正在这样沉思默想的时候,忽然碰到街上一伙叫叫嚷嚷的青年男女,拉着一辆车,车上坐着一个老神甫,在向左向右祝福。再往前走,他看见一些法国兵士在用斧头砍开一座教堂的大门,门内挂了勋章的先生们举起椅子来迎战。这时他才看出法国人还是有信仰的——虽然他不明白他们信仰什么。有人对他讲:政府和教会合作了一个世纪之后,现在要分开了,教会不愿意分家,政府就用权力武力把教会赶出大门。克里斯托夫觉得这样做未免有失体统;但他更厌恶巴黎艺术家乱七八糟地随兴所至,反倒喜欢愿为事业打得头破血流的人了。不管那是为了多么无聊的事业。

他不久就发现在法国这种人很多。政界的报纸天天打笔战,像荷马史诗中的英雄一样;他们天天号召内战。好在君子动口不动手。然而,并不是没有天真的好汉要把别人的言论变成行动的。这一下就有好戏可看了:有几个省宣布脱离法国,几个联队造反,几个市政府烧掉了,税务官骑着马,带一队宪兵去收税,农民用镰刀做武器,烧开水去保卫教堂,而自由派却借口思想自由,要破坏教会,有些要救老百姓脱离苦海的人爬在树上,叫生产葡萄的农业省不要反对酿酒的工业省。几百万人到处摩拳擦掌,争得面红耳赤,到底弄假成真,打了起来。共和国先为群众叫好,然后要他们吃一刀。群众也把自己的子弟——不管当官的当兵的——打得头破血流。就是这样,每个人都要别人相信他既有理,又有力。如果你置身局外,读报纸看新闻,还会以为时光倒流了几百年。克里斯托夫发现法兰西——这个怀疑一切的法兰西——是个狂热的民族。但他不可能看出狂热的方向。是要宗教还是反宗教?要理性还是反理性?要国家还是反国家?——他们在各个方面都是狂热的。他们显得狂热,似乎是为狂热而狂热。

一天晚上,他和一个社会党的议员交谈起来。这个议员有时也去斯特芬家,并且和他谈过话,但谈的都是音乐,所以他猜不到他的身份。当他知道这个社交界的人物居然是个激烈政党的领导人时,不免大为惊讶。

亚希·罗孙是个漂亮人物,胡子金黄,发音重浊,容光焕发,态度亲热,粗俗中有一点派头,动作中带几分乡气,时时刻刻会流露出来:有时当众剪剪指甲,说话时旧习惯难改,总像老乡一样扯对方的衣角,抓别人的手,捏别人的胳膊;他大吃大喝,会玩会笑,胃口和老乡一样大,却喜欢争权夺利;人很灵活,善于临机应变,看人说话,感情洋溢,却受理智控制。听话听音,善于吸收,立刻化为己有;有同情心,人又聪明,对什么都感兴趣,不管是生而有之的爱好,或是后天得到的,还是为了虚荣心才争强好胜,在利害相关,或危险当头时,他总是老实的。

他有一个相当漂亮的妻子,身材高大,不胖不瘦,骨架结实,腰身优美,华丽的服装紧紧贴在身上,使她柔中带刚的体型曲线毕露;一头黑色的鬈发,两只黑色的大眼;长而尖的下巴有点翘起;脸比较大,但看起来相当可爱,可惜近视眼镜一夹,嘴巴一撅,就会破坏她的形象。她的行动不稳,不太自然,像蹦蹦跳跳的鸟。她说话有点做作,但是和蔼可亲。她生于一个有钱的商人家庭,思想开放,遵守道德,像对宗教一样去尽上流社会的无数义务,还有自己主动承担的艺术工作和社会工作,如在家庭"纱笼"接待客人,在民众大学传播艺术,参加慈善事业,研究儿童心理——但并不是真心热情,也没有浓厚的兴趣——只是受过教育的年轻妇女天性善良,要冒充高雅,天真无邪地卖弄学问,就没完没了地背诵功课;似乎背得不熟会大丢面子。她需要有事做,但不需要做得有兴趣。就像手里拿着毛线,不断穿针引线的妇女,仿佛在做拯救世界的大事,其实,织出来的毛线衣对她自己并没有用处。再说,她也像织毛线的妇女一样,有良家妇女的小小虚荣心,想要以身作则,做别人的榜样。

议员对她亲热,但是不把她放在眼里。他选妻子选得不错,既可以寻欢作乐,同时又心安理得。她很漂亮,所以他心满意足,别无他求;她对他的要求也不高。他爱她,又骗她。她能迁就,只要有她一份就行。这甚至还能给她某种快感。她不喜欢闹事,肉体能得到满足就成。这是后宫嫔妃的心理。

他们有两个四五岁的孩子,都很好看,她专心照顾他们,像个贤妻良母,但她的母爱并不强烈,就像她对丈夫的政治活动,对最新的时装表演或艺术展览一样。在她身上,古怪地掺杂着先进的理论,极端颓废的艺术,凡夫俗子的激动,中产阶级的感情。

他们邀请克里斯托夫到他们家里去。罗孙太太是个不错的音乐家,钢琴弹得很好,指法轻巧有力;眼睛瞪着琴,手在上面蹦蹦跳跳,好像母鸡啄食。她有天分,音乐修养高于一般法国女人,但对音乐的含义却没有深刻的了解;音乐对她只是一组音符、节奏、色调变化而已,她能听得出,记得住,一点不错,但她抓不住情感,因为她自己不需要。这个可爱的女人聪明、单纯,助人为乐,一视同仁地欢迎克里斯托夫。但他并不领情,也没多大的好感,仿佛她不存在似的。也许他无意之中,怪她不该明知丈夫有外遇还迁就他,愿和情妇分享丈夫的恩爱。在人的过失中,他最不能原谅消极被动。

他和亚希·罗孙关系更密切。罗孙爱音乐,像爱其他艺术一样,虽然肤浅,却是真心。他爱交响曲可以入迷。他文化底子薄,但都用得上,这一点妻子帮了忙。他对克里斯托夫有兴趣,在这个平民身上,他看到了自己身上的力量。他想仔细观察这个独特的人——他观察人从不厌倦——了解他对巴黎的印象。他喜欢克里斯托夫说话老实不客气。他不怀疑他说得对。能听德国人的批评更表示他没有种族偏见。总之,他通"人情"(这是他的主要优点);对合乎人情的事,他都同意。然而他却深信法国这个有古老文化的古老民族比德国优秀,并且嘲笑德国人。

克里斯托夫在亚希·罗孙家见到过其他政治人物,昨天或明天的部长。他相当高兴和这些不嫌弃他的名人进行个别交谈。这些人并不像大家说的那样高不可攀,和他们来往比同他认识的文人交游还更有趣。他们的思想更活跃,能理解人类的情感和利害关系。他们有口才,多数是南方人，爱好文艺，如果一个比一个的话，简直不在文人之下。当然，他们不懂艺术，尤其不懂外国艺术；但他们都认为自己多少懂一点，而且是真正的爱好。有些部长会议看起来好像是小杂志的编辑部。有的人会写剧本。有的会拉提琴，并且狂热地崇拜瓦格纳。有的会画几笔。大家都收集印象派的画，读颓废派的书，欣赏极端化的贵族艺术，虽然贵族在思想上是他们的死对头。克里斯托夫不理解这些社会党或激进社会主义分子，他们是被压迫阶级的代言人，怎么会欣赏高雅的贵族趣味。当然，他们有这种权利；但是在他看来，这似乎不忠于他们的党派。

最怪的是，这些人在口头上是怀疑主义者、色情主义者、虚无主义者、无政府主义者，但一行动起来，却立刻成了狂热主义者。最附庸风雅的人，一旦权到手，便把令来行，都成了东方的小暴君；他们喜欢指手画脚，已经成了癖好，不肯给人一点自由；他们只有怀疑主义的精神，却有专制主义的天性。当年最大的专制君主路易十四建立了中央集权的强大机构，一旦落到他们手里，哪能不利用，甚至不滥用呢？结果就产生了外表上的共和政体，实质上的帝国主义；最近几年更移花接木到宗教上，就有了不信天主的天主教。

在过去一段时间里，政治家只想控制物质——我的意思是说财富——他们几乎不管心灵，因为心灵不能转化为钱币。但是另一方面，心灵也不管政治，政治不是高不可攀，就是低不可就；在法国，政治是工商业的分支，有利可图，但不正当；知识分子瞧不起政客，政客也瞧不起知识分子——但是近来政客和知识阶层中的败类开始接近，不久就勾结在一起了。一股新势力走上政治舞台，他们窃取了所谓思想的绝对控制权，自称是自由思想家，他们和另外一股势力同流合污，那股势力也把他们当作专制政治的御用工具。他们联合的目的并不是要打倒教会，却是要取而代之；事实上他们也组织了一个自由思想的教会，有自己的教理、仪式、洗礼、圣餐、婚礼、地区教规、全国主教会议，甚至在罗马还有全体教会合一总会。这成千上万的可怜虫一定要挤在一起才能"自由思想"？岂不是滑天下之大稽？其实，他们的思想自由不过是借理性的名义，禁止别人的思想自由而已，他们信仰理性，就像天主教信仰圣母玛利亚一样，却都没有想到：理性和圣母本身并不值得信仰，信仰的根源远在理性和圣母之外。正如天主教会有它的僧侣大军和宗教团体，不声不响地渗入了民族的血液，散播它的毒素，破坏一切生机勃勃的对手，反天主教教会也有它的共济会员，还有它忠诚的告密人员，每天都从法国各地把秘密报告送到它的"大东方"总部，总部又都忠实地记录在案。共和国政府暗中鼓励这些乞求布施的僧侣,这些信仰理性的耶稣会员,去做该死的间谍工作,使得军队、大学、所有的国家机关都恐慌万状;政府没有发觉他们似乎在为它效劳,目标却是慢慢地取而代之,而它也渐渐走向不信神的神权政治,和控制巴拉圭的耶稣会不相上下。

克里斯托夫在罗孙家见过几个耶稣会员。他们都是一个比一个更盲目的拜物教徒。目前,他们兴高采烈地把基督从审判庭里搬了出来。他们以为砸烂了几个木偶就是打倒了宗教。还有人刚从天主教手里抢过圣女贞德和她的旗帜,就想独自霸占,据为己有。一个新教会的神甫是和法国旧教会作过战的将军,他刚发表了一篇反教会的演说,歌颂古高卢的民族领袖范生依多利,自由思想派还立了一座铜像,说他是人民的儿子,是第一个捍卫法兰西对抗罗马(教会)的英雄。一个海军部长为了清理舰队,气气天主教徒,把一艘巡洋舰命名为"欧纳斯德·勒南"。另外一些自由思想派以净化艺术为己任。他们要删改十七世纪的古典文学,不许用上帝的名字来玷污拉封丹的《寓言》。他们也不许上帝出现在古代音乐中。克里斯托夫还听到一个年老的激进派——歌德说过:"老了还激进是荒唐透顶。"——愤愤不平地说:居然有人胆敢在流行歌曲音乐会上演出贝多芬的宗教歌曲,他一定要求改换歌词。

还有一些更激进的人,要求简单干脆地取缔一切宗教音乐,关闭讲授宗教音乐的学校。一个艺术学院院长被认为是外行中的内行,他徒劳无功地解释说:"你送一个人到兵营里去当兵,也得一步一步地教他用枪,教他射击。教年轻的作曲家也是一样,他满脑子乱七八糟的思想,一下子怎么整理得出一个头绪来?"他胆大妄为地胡说八道,自己听了也吓一跳,每说一句就赶快声明:"我是个老牌的自由思想家……我是个老牌的共和党人……"他甚至厚颜无耻地说:"管他佩戈勒斯的作品是歌剧还是弥撒音乐,那有什么关系?只要他作的曲子是人的艺术作品,那就够了。"但对方反驳这个"老牌的自由思想家"、"老牌的共和党人"说,音乐可以分两种:"一种是在教堂内唱,另一种是在教堂外唱的。"教堂音乐是理性和国家的死对头,所以国家的理性要取缔它。严密的逻辑驳得这个院长无言对答。

这些傻瓜的谬论本来只是好笑,并没有什么危险,但他们偏偏得到了一些货真价实的后台老板支持,这些后台也和他们一样——甚至比他们有过之而无不及——狂热地迷信理性。托尔斯泰谈到过在宗教上、哲学上、政治上、艺术上、科学上,都有一种风行一时的"传染病般的影响","人们受到影响时毫不自觉,只觉得它头头是道,毫无讨价还价的余地,因为身在影响之中；一直要等到摆脱了这种影响，才会看出它是多么荒唐可笑"。就是这样，人们狂热地爱好过郁金香，迷信过巫术，文学风气也脱离过正轨——理性的宗教也是件荒唐事。无论上智下愚，从众议院的"兽医"到大学里的天才，全都信仰理性。但上智的信仰比下愚的迷信更危险得多；因为傻瓜盲目乐观，兔子的尾巴长大了；天才的神经绷得紧，受到狂热的悲观思想磨炼，锋刃越磨越尖，对天性和理性的根本对立，不存任何幻想，因此越发拼命支持抽象的自由和抽象的真理，去和恶劣的天性作斗争。这实质上是加尔文派、扬山尼派、雅各宾党的理想主义，是一种古老的信念，认为人是坏得不可救药的，只有高高在上、毫不留情的人类精英才能义不容辞地粉碎人的邪恶，因为精英的呼吸就是理性——那是上帝的精神。这是法国人的一种典型，富有法国风味，是那种聪明而不近"人情"的法国人。他是一块硬得像铁的金刚石，什么也穿不透，碰到什么就砸烂什么。

克里斯托夫在亚希·罗孙家和几个理性的狂人谈话之后，反倒莫名其妙了。他对法国的看法起了天翻地覆的变化。他本来随着潮流，以为法国人是个沉着冷静，容易相处，宽宏大量，热爱自由的民族。现在他却看到一些抓住抽象观念不放，纠缠逻辑成了病态的狂人，总说别人不符合三段论法，而把人家当成逻辑的牺牲品。他们口口声声大谈自由，其实根本不懂自由，并且不能容忍自由。随便在哪里也找不到比他们更冷酷无情，更专横霸道的性格，他们因为热爱理性，自以为是，永远觉得自己有理。

不止一个党派是这样。所有的党派都差不多。凡是不同于他们的政治公式或宗教公式的，不同于他们的国家、地区、集团，或狭隘头脑的，无论太过或是不及，他们全都置若罔闻。有些反犹太的人花费了一生的精力，把仇恨发泄在有钱的特权阶层上，因为他们恨犹太人，就把他们恨的人都叫作犹太人。有些国家主义者恨外国——在他们发善心的时候，他们只瞧不起外国，也就罢了——而在国内，他们却把一切不同政见者叫作外国佬、卖国贼，或是叛国分子。有些反对新教的人，自骗自信所有的新教徒都是英国人，或是德国人，恨不得把他们全都驱逐出境。有一些西部人排斥莱茵河以东的一切；有一些北方人排斥卢瓦尔河以南的一切；而南方人却把卢瓦尔河以北的人叫作蛮子；有人以日耳曼族为荣；有人以高卢族为荣；而狂人中最狂的是"罗马人"，他们居然认为祖先打了败仗也值得骄傲；还有布勒塔尼人、洛林人、费利伯人、阿比乔亚人、卡本特拉人、甘佩柯朗丹人，每个人都自以为是，把"自己"当作贵族头衔，不容许别人不同于自己。对这样的孥种有什么办法呢？他们不听讲道理；他们生来不是烧死异教徒，就是被别人当作异教徒烧死的。

克里斯托夫心里想：侥幸这个民族建立的是个共和国，这些小霸王只能自相残杀。万一他们中有一个当了专制帝王，那别人就没有多少自由的空气好呼吸了。

他不知道信仰理性的人有一种品质可以补救他们的缺陷——那就是前后不一致。

法国政客也是一样。他们的专制主义受到无政府主义的制约；他们不断在两个极端之间摇来摆去。如果他们在左边依靠思想上的狂热分子，在右边他们就依靠思想上的无政府主义者。和他们混在一起的是一伙社会主义的票友，小小的投机分子，他们在取得胜利之前决不参加战斗，只是紧紧跟在"自由思想"的大军之后，每次取得胜利，他们就扑向对方的残兵败将，分享胜利的果实。这些信仰理性的人并不为理性而奋斗……"虽不为你奋斗，这样还是为你"……这些唯利是图的世界主义者兴高采烈地践踏本国的传统，他们推翻一种信仰，并不是为了破旧立新，而是要建立自己，取而代之。

克里斯托夫在这里又碰到了吕西安·雷维-葛。知道吕西安也是社会党人，他并不太感到意外。他简单的推理得出了一个结论：一定是社会主义稳操胜券，吕西安才会来参加的。他不知道吕西安有本事，在敌对的阵营里也一样受欢迎，他甚至结交了最反对自由的政治人物和艺术家，还包括反犹太的人物。克里斯托夫问亚希·罗孙：

"你们党内怎么容得下这种人？"

罗孙答道：

"这种人多么有本领！再说，他是在为我们工作，他是在破坏旧世界。"

"我看得出他在破坏。"克里斯托夫说，"他破坏得这样厉害，我不知道你们将来用什么来建设。你能肯定剩下来的木材够盖新房子吗？我看蛀虫已经钻进你们的建筑工地了……"

吕西安·雷维-葛并不是唯一的吃社会主义的蛀虫。社会的报纸上尽是这些小文人的作品，为艺术而艺术的理论，堂皇富丽的无政府主义者，他们占领了可能通向成功的大道。他们挡住别人的出路，在自称为"群众之声"的报纸上，发表他们玩票似的颓废文章，为生存而斗争的论调。他们并不满足于已有的地位，他们还要更高的名誉。任何时代也没见过这么多过早树立的石像,这么多溢美的石像揭幕词。一些习惯于沽名钓誉,吃喝不付钱的捧场分子,按期为同行公会的大人物举行盛大的公宴,并不是祝贺他们做出了什么成绩,而只是因为他们得到了勋章,授勋才是他们最关心的。爱美的人,超级明星,外国侨民,社会党的部长全都是同意:得到科西嘉岛的军官拿破仑创立的荣誉军团勋章,自然应该大摆庆功宴席。

罗孙看到克里斯托夫吃惊的样子觉得很开心。他并不认为这个德国人对社会党员的批评太严格。他自己私下里对他们也一点不客气。他比任何人都更了解他们的愚蠢和狡猾;但他不能不支持他们,因为他也需要他们支持。他谈心里话的时候,根本不把群众看在眼里,但一走上讲台,他就台上台下判若两人。他提高了嗓门,尖声怪调,还带鼻音,一板一眼,庄严隆重,有时颤抖,有时号叫,摇头摆尾,指手画脚,就像鸟拍翅膀一样,人家还会以为是在看穆纳－苏利演戏呢。

克里斯托夫努力要搞清楚:罗孙到底有几分相信社会主义。有证据表明:他实际上并不相信,因为他怀疑主义的思想太严重了。然而,他思想上还是有几分相信的;虽然他知道得很清楚只是有几分——而且不是大部分——他却根据这几分信仰来安排他的生活和行动,因为他觉得这样更方便。这不但和他实际的利益有关,也和他的切身利益生死攸关,因为这是生存和行动的理由。他对社会主义的信仰就像一种宗教信仰——大多数人都是靠信仰过日子的,他们不能没有信仰,不管是宗教上、道德上、社会上,或实际上的信仰——如相信自己的行业、工作,自己在生活中扮演的角色是有用的——其实,他们哪样也不相信。不过,他们不愿了解自己的真面目,因为他们需要信仰的假象才能生活下去,每个人都需要冠冕堂皇的宗教,才能成为信徒。

罗孙并不是党员中最坏的一个。多少党员"搞"社会主义或激进主义——甚至不能说他们是为了野心,如果说是,那野心也太目光短浅了,他们不过是见钱就捞,争取再当选而已!这些人也许相信有个新社会。但那是从前的事,实际上他们想到的,只是靠社会的残骸来养活自己。目光短浅的机会主义为享乐的虚无主义服务。大众未来的利益为个人眼前的利益牺牲了。他们不惜瓦解军队,甚至瓦解国家,来讨选民欢喜。他们缺少的并不是智力,他们明白本来该怎么做,但却不那样做,因为他们怕费力不讨好。大家都想花最少的代价来安排个人和民族的生活。从上到下,万众一心,都是要尽可能少出力,尽可能多享乐。这种不道德的道德观是使人了解这个政治泥坑的唯一线索,政府领导人以身作则,宣传无政府主义,政策前后矛盾,同时要捉十只兔子,结果一只一只放掉,外交部鼓吹战争,国防部要求和平,国防部长为了清洗而破坏军队,海军部长煽动兵工厂的工人造反,军事教官宣传战争恐怖,军官、法官、革命党人、爱国志士全都不务正业。政界普遍泄气。每个人都等国家提供职位、年金、勋章;国家的确也有求必应,把荣誉和职务分送给当权人的儿子、侄子、侄孙、侍从;议员投票通过给自己加薪的议案,大家浪费滥用国家的资源、财政、职位、头衔——而且上行下效,变本加厉,工人怠工,教师鼓吹叛国,邮局职员烧信和电报,工厂的工人把沙子和金刚砂投入机器的齿轮,兵工厂的工人破坏兵工厂,放火烧船,造成巨大的损失——受损害的不是百万富翁,而是国家财富。

为了锦上添花,一个知识界的头面人物居然说:人民为了追求幸福的神圣权利,即使自杀也是合理合法的。一种病态的人道主义不分善恶,混淆是非,同情罪人"不负责任的神圣"人权,向罪恶投降,而牺牲了社会。

克里斯托夫心里想:

"法国陶醉在自由之中。胡言乱语之后,她会醉得半死。等她醒了过来,恐怕要坐牢了。"

克里斯托夫最难过的是看到一些拿不定主意的人,居然若无其事地煽动大家在政治上闹事。他们反复无常的性格,和他们自己或允许别人做出的激烈行动,实在是太不相称了。他们身上似乎有两种矛盾的因素:一种是不稳定的性格,对什么也不信,一种是喜欢讲道理的理性,搅乱了实际生活,对什么也不听。克里斯托夫不明白这些心平气和的中产阶级,天主教徒,烦得要命的军官,怎么不把这些政客抛到窗外去。既然克里斯托夫心里藏不住事,罗孙不太费力就猜到了他的心思。他哭了起来,对他说道:

"当然,我们是会把他们赶走的,对不对?但他们怎么会呢?他们都是些可怜虫,不会采取什么有力的行动;他们最多只会反驳几句。这是些糊里糊涂的贵族,在俱乐部里搞得疯头癫脑,只会向美国人和犹太人讨好卖乖,为了证明他们赶得上时代,不惜逆来顺受,忍辱含垢,扮演小说和戏剧中受侮辱的角色,还赔着笑脸,请人吃喝玩乐。还有些唠唠叨叨的中产阶级,他们什么书都不读,什么事都不懂,也不想懂,只会胡说八道,高谈阔论,尖酸刻薄,毫无实际效果——他们只喜欢一件事,那就是在钱袋上睡大觉,厌恨人家打搅,甚至厌恶人家工作,因为工作总要动来动去,也会打扰他们的好梦!……要是你认识了这些人,那就会同情我们了……"

但克里斯托夫觉得这两种人都一样讨厌,不能因为受欺骗的人卑鄙就原谅骗子的卑鄙。他在斯特芬家时常碰到这种有钱而不快活的中产阶级人物，就像罗孙描写的那样：

> ……他们一副苦相，
> 不值得批评，不值得表扬……

克里斯托夫看清楚了罗孙和他的朋友们怎么有把握控制这些人，并且滥用权力欺骗他们。控制的工具是现成的。成千上万没有个人意志盲目服从的公务员，阿谀奉承的宫廷风气，有名无实的共和政体，兴高采烈地欢迎国王驾临的社会党报纸；一见头衔、军阶、勋章就拜倒在地的奴才精神，要抓住这些人，只消抛出一根肉骨头给他们啃，或者送一个荣誉勋章给他们挂，那就够了。如果有个国王肯把平民全部封为贵族，那法国公民都会成为保王党的。

政客们有好牌可打。自一七八九年以来的三个共和政体，第一个推翻了；第二个受到怀疑，被赶下台；第三个给胜利冲昏头脑，睡着了。第四个方兴未艾，气势汹汹，争强好胜，但也不难对付。没落的共和国对付政体，就像没落的罗马帝国对付野蛮民族一样，罗马没有力量把蛮族驱逐出国境，就把他们吸收进来，使他们变成最好的看门狗。中产阶级的部长们目标是社会党人，他们偷偷地把工人中最聪明的精英分子拉过来，吸进去，使无产阶级政党失掉了领导人，把新鲜血液输入自己体内，又把中产阶级思想灌输给工人，作为报答。

那时，中产阶级吸收平民的妙法，是开办平民大学。这是些"包罗万象"的杂货店。据一份章程说，他们传授"各种知识：物理学，生物学，社会学，天文学，宇宙学，心理学，地理学，语言学，美学，逻辑，等等"。这么多的知识就是塞进一个百科全书的脑瓜，脑瓜也要爆裂。

的确，从开始到现在，一些平民大学都有伟大的理想，要把真、美、善普及到人民大众中去。工人辛苦劳动一天之后，求知的渴望压倒了疲劳，挤在闭塞的教室里听讲，看起来真令人感动。然而，有人又是怎样利用这些可怜人啊！除了几个会传道说教的聪明人，除了几个有好心好意却讲不出来的老实人之外，有多少个糊涂虫，夸夸其谈，专搞阴谋诡计的人，没有读者的作家，没有听众的演说家，教师，牧师，能说会道的人，钢琴家，评论家，要向大家推销产品啊！每个人都要摆出自己的货物。生意最好的自然是江湖医生,高谈阔论,吹得天花乱坠的老师,他们摇动三寸不烂之舌,一铲一铲地用常识铺路,走向社会主义的天堂。

平民大学也为贵族过激分子的唯美主义提供了出路:如颓废派的雕刻、诗歌、音乐。他们希望吸收了平民可以使思想年轻化,使种族能更新。他们开始先把上流社会的高雅移植到平民身上,平民也贪得无厌地吸收,并不是因为他们喜欢高雅,而只是因为高雅是上流社会的。克里斯托夫有一次同罗孙太太到一个平民大学去,听她在加勃里哀·福莱的《妙曲》之后,对平民演奏德彪西,然后是贝多芬晚期的一首四重奏。他自己对贝多芬晚期的作品,还是摸索了好几年才尝到了味道,懂得了思想的,他就可怜巴巴地问坐在旁边的人:

"你听得懂这一首吗?"

那一位听了,立刻像好斗的公鸡一样直着脖子答道:

"那还消说!为什么你听得懂我却听不懂?"

为了证明他听得懂,他就哼了一段赋格曲,同时瞪着克里斯托夫,神气仿佛在问:你哼得出来吗?

克里斯托夫吓了一跳,赶快溜之大吉;他心里想:这些家伙居然把毒药放在民族生命的源头活水中,连老百姓也不放过。

"你自己才是平民老百姓呢!"一个工人对一个打算创办平民剧院的好人说,"我和你一样都是上流人!"

一个美丽的晚上,天空柔和得像一张东方的地毯,色彩温暖而有点陈旧,笼罩着越来越昏暗的城市。克里斯托夫顺着河岸,从圣母院向荣军院走去。在苍茫暮色中,教堂的钟楼像摩西伸出的手臂,仿佛在号召人们进行战斗。小圣堂屋顶上精工雕镂的金箭,像耶稣的荆冠一般,高耸在矮树丛似的房顶上。在河对岸,卢浮宫露出了皇家的面目,窗子反射的落日残晖似乎在吐出最后的呼吸。荣军院的广场后面有深壕高墙,威风凛凛,而又空空如也,阴沉沉的金色圆形屋顶居高临下,仿佛是一曲庆祝往昔胜利的交响乐。凯旋门朝山开,像是一首英雄曲,为帝国的军团迈开了超人的脚步。

克里斯托夫忽然朦胧地感到:一个死了的巨人伸手伸脚躺在大平原上。他心惊肉跳地站住了,怅望着传奇人种的巨大化石,这个人种在世界上已经绝迹,但全世界都听到过他的脚步声——这个种族戴着荣军院的金冠,用卢浮宫的围墙做腰带,大教堂的高塔是他拥抱苍天的手臂,拿破仑的凯旋门是他跨越大地的双脚，但是今天，凯旋门下万头攒动，却都是小人国的矮子。

克里斯托夫并不求名，但西尔伐·高恩和古耶把他带到巴黎的社交界之后，他也有了点小小的名气。他的相貌与众不同，和他两个朋友中的一个出现在剧院的首场演出时，或是在音乐会上，都会形成鲜明的对比。他丑得出奇，模样、装束、突然的动作和笨拙的举止，都会使人发笑；他有时会漏出似是而非的奇谈怪论：他的智力没有经过加工，但是溢于言表。加上西尔伐·高恩把他如何和警察冲突，如何逃出德国，来到法国，讲得天花乱坠，引起了这个国际大"纱笼"的好奇心，而这些游手好闲、无事瞎忙的人就代表了整个巴黎。只要他少说多听，先观察，先了解，再发表意见，只要人家不了解他的作品和内心的思想，对他的看法也不会太坏。法国人喜欢他没有留在德国。尤其是法国音乐家，他们喜欢克里斯托夫对德国音乐做出的过激批评，把这当作对法国的献礼——其实，这些批评已经过时，今天谈起来他都会脸红，不承认是自己写的，因为这只是他以前在德国杂志上发表的几篇文章，而西尔伐·高恩却把他的谬论加油加酱，大肆宣扬——克里斯托夫很有意思，又不妨碍别人，并不抢别人的位置。他要不要做小团体的大人物，全看他自己。他只消不写什么作品，或是写得越少越好，尤其是不要宣扬自己，而只是向古耶这一流人提供思想，那就行了，因为他们这一伙人的座右铭——只要略加修改——就是：

　　　　我的酒杯不大；但我可以喝……别人杯中的酒。

一个强人的光辉尤其能照在年轻人身上，因为青年的感觉比行动更敏锐。因此，克里斯托夫周围少不了年轻人。一般说来，他们无所事事，意志不坚强，生活无目的，生存没意义，害怕工作，害怕孤独，永远坐安乐椅，不是在咖啡厅，就是在大戏院，找借口不回家，免得面对自己。他们来了，坐下，消磨了几个小时，谈些无聊的话，走的时候肚子胀了，心里空了，又饱又饿，对什么都食之无味，弃之可惜。他们围着克里斯托夫转，就像歌德的卷毛狗，或者是枉死鬼要找替身，以便借尸还魂。

一个爱面子的傻瓜也许会喜欢这些寄生虫拜倒在脚下。克里斯托夫却不愿做受到崇拜的偶像。再说，他看见他的崇拜者自作聪明地做些傻事，以为他的一举一动都有高深莫测的用意，什么勒南派，尼采派，蔷薇十字会，阴阳派，他听了就起鸡皮疙瘩。他把他们赶出了门。他不喜欢做被动的角色。他的一切都以行动为目的。他观察是为了理解；理解是为了行动。他没有偏见，什么都打听，他研究其他国家、其他时代的音乐思想的形式，和表现的方式。他不放过他认为是真实的任何东西。他所研究的法国艺术家和他不同，他们是些创新的发明家，不断地尽力去发现新形式，发现了之后却又半途而废；克里斯托夫却不费力去创造新的音乐语言，而是要表现得更有力。他不在乎与众不同，却要高人一头。这种热情洋溢的旺盛精力，和法国人精巧有度的才干恰恰相反。精力旺盛就不屑于为风格而风格。最好的法国艺术家在他看来也不过是能工巧匠而已。有一个最出名的巴黎诗人兴致盎然地开过一张"当代法国诗人的工作清单，列举每个人的才能、出品、或得到的报酬"；上面写着"水晶吊灯，东方丝绸，金质奖章，铜质奖牌，守寡富婆用的镂空花边，五彩塑像，雕花瓷器"，都是他同行生产的成品。他把自己写成是"在文艺大工场的一角，缝补旧地毯或擦亮上了锈的长枪"。把艺术家当作高级工匠，只会专心致志把手艺干得尽善尽美，这个想法倒也不错。但这不能使克里斯托夫得到满足；他虽然从中看到了艺术的尊严，但他不能容忍尊严下面掩盖着生活的空虚。他不能想象人只是为写作而写作。他要说的不是空话，他要说的是——他要言之有物。

我说事实，你说空话……

克里斯托夫休息了一个时期，一心一意吸收了新世界的新东西，忽然他的心情振奋，觉得要创作了。他和巴黎的对立，刺激了他的性格，使他的力量增加了百倍。他的热情洋溢，迫切需要表现出来。热情是各式各样的，但都同样迫切需要表现。他要锤炼出作品来，发泄他满腔的爱和恨，表达他取舍的意志，放出所有在他内心冲突的魔鬼，他们同样有生存的权利。他刚刚在一部作品中发泄了一种感情——有时，他甚至没有耐性把作品写完——立刻又投入到相反的感情中去。不过这种矛盾只是表面上的，他虽然不断变化，但是万变不离其宗。他的全部作品都是达到同一目标的不同道路；他的灵魂是座高山，他走着各种不同的山路，有些路上浓荫蔽日，蜿蜒曲折；有些路上荒凉，只有烈日当头，但所有的山路都登上顶峰，朝拜上帝。爱和恨，取和舍的意志，人的一切力量发展到了登峰造极的顶点，就接近"永恒"了，就已经成了"永恒"的一部分。每个人身上都有"永恒"的因素，不管是教徒还是异教徒，到处看到生命或是否定生命的人，还有怀疑一切,既怀疑生也怀疑死的人——还有像克里斯托夫这样同时兼容并包各种矛盾的心灵。各种矛盾都溶化在永恒的"力"之中。对克里斯托夫说来,重要的是唤醒自己心中和别人心中的"永恒之力",把木柴投入"永恒"的火炉之中,使"永恒"燃烧得更加光辉灿烂。巴黎沉醉在寻欢作乐的黑夜里,他心中却升起了熊熊的烈焰。他认为自己不受任何信仰的约束,他整个身心都成了信仰的火炬。

没什么比信仰更容易受到法国人嘲笑的了。一个过于讲究的社会最不能原谅的就是信仰,因为他们自己已经失去了这种感情。大部分人对青年的梦想不是暗地里有反感,就是公开冷嘲热讽,其实,原因多半是他们自己也和青年一样有过梦想,可惜没有实现。那些壮志未酬,想有成就而一无所成的人总是这样想:

"既然我没有实现我的梦想,为什么他们能实现呢?我不希望他们实现。"

有多少这样理想破灭了的人啊!他们反过来不声不响,存心不良,要消灭新的自由力量,他们千方百计,不是不闻不问,就是冷嘲热讽,或用消耗战术,或用泄气方法——到了紧急关头,甚至不妨威胁利诱!……

这种典型人物各国都有。克里斯托夫早在德国就领教过了,对此并不陌生。碰到这号人,他是防身有术的。他的办法也很简单,就是反守为攻;只要对方一动手,他就先宣战,逼得假朋友露出对头的真面目。这种老实不客气的办法对于自卫虽然见效,但对艺术家的前途却并不有利。克里斯托夫又拿出德国的老一套来。他也是迫不得已。但有一点大不相同,那就是他的心情变得轻松了。

碰到有人肯听他讲,他就满不在乎、毫无分寸地发表他对法国艺术家的批评,这样就招惹了很多怨恨是非。他又不思前顾后,不像有心计的人那样拉帮结派,因此没有一个支持他的小团体。其实,他并不难找到赞美他的艺术家,只要他也吹捧他们就行了。有人甚至先来向他致意,希望得到回报。他们认为得到吹捧的人欠了他们的债,时间一到,他们就来讨欠款。他们把吹捧当作放债——不料对克里斯托夫,这笔债就放错了人。他一个钱也不还。更糟糕的是,他一点不顾面子,人家称赞他的作品,他却说人家的作品毫无可取。人家口里不说,心里可记恨了,暗下决心,机会一到,一定以牙还牙。

克里斯托夫干了许多不慎重的傻事,他还和吕西安·雷维-葛干上了。他到处碰到这个脾气温和的人,他无法掩饰他过火的反感,虽然这个人客客气气,表面上不会做任何坏事,看起来甚至比他自己心还更好,至少做起事来更有分寸。但克里斯托夫老是惹是生非,和吕西安争论起来,不管多么微不足道的小题目,都会忽然急转直下,变得尖锐激烈,听得人家大吃一惊。看来克里斯托夫在找各种借口,不管三七二十一,一头朝着吕西安·雷维-葛撞去;但他从来没有撞倒过他的对手。对手绝顶机灵,即使显然是他错了,他错也是个漂亮角色,他彬彬有礼地进行辩护,反而使克里斯托夫显得没有教养。况且克里斯托夫的法语说得不好,既有俗话,又有粗话,他一学就用,一用就错,就像初学法语的外国人一样,哪里是吕西安·雷维-葛的对手?他气得暴跳如雷,对付不了从容不迫的冷嘲热讽。大家都说他不对,因为他们看不到他模模糊糊感到的吕西安的两面性:吕西安外表温和,内心虚伪,他硬碰硬没有力气,斗不过克里斯托夫,就不声不响地用软功夫把他憋死。他并不着急,像克里斯托夫一样,他也在等待时机,不过他是要破坏,克里斯托夫是要创造。雷维-葛并不费劲就把西尔伐·高恩和古耶拉过去了,就像他从前慢慢地把克里斯托夫拉出斯特芬家一样。他要在克里斯托夫周围制造一片真空。

　　克里斯托夫也在给自己帮倒忙。他对谁都不买账,他不属于任何派系,更糟的是,他反对一切派系。他不喜欢犹太人,更不喜欢反犹太派。懦弱的大多数起来反对强有力的少数人,并不是因为少数人不好,而是因为他们强大,妒忌和怨恨这两种劣根性使他非常反感。犹太人把他看成反犹太派,反犹太派却又说他亲犹太人。艺术家都觉得他是个刺头。出于本能,克里斯托夫在艺术上表现得比实际上还更像德国人。他反对巴黎某些乐派只重感官不重心灵,他赞美强烈的意志,一种健康的男子汉大丈夫的悲观意识。他表现欢乐时,却又趣味不高,只听得到平民的冲动,把赞助平民艺术的贵族老板气得要命。他的音乐形式又粗又精。为了反对时俗,他甚至故意在表面上忽视风格,不在乎表现个性,而这恰恰是法国音乐家很忌讳的。因此,有些音乐家看到他送来的作品,只马马虎虎地瞟上一眼,根本就不细读,就当作德国过时的瓦格纳派,全不放在眼里了。克里斯托夫也不在乎;他心里暗笑,并且把法国文艺复兴时期一个有趣的音乐家写下的诗句改得为他所用,翻来覆去地念:

　　　　……
　　　　得了,不要目瞪口呆,让他胡说八道,
　　　　说克里斯托夫的对位法没有学好,

说我的和声学没有根底,没有根底。

他不知道:我有别人所没有的东西。

但等到他想在音乐会上演奏他的作品时,他才发现大门都关上了。人家为了演出——或者是不演出——法国青年音乐家的作品,已经够忙的了,哪里会给一个德国的无名小卒留一席之地?!

克里斯托夫也不屑于奔走活动。他关起门来,只管写自己的。巴黎人听不听他的作品,和他有什么关系?他作曲是自得其乐,不是为了功成名就。真正的艺术家哪里顾得上作品将来会怎么样?他就像文艺复兴时期的画家欢欢喜喜地作壁画,明知十年之后,墙上不会留下什么痕迹。克里斯托夫就是这样心平气和地作曲,等待时运好转,不料好事果然来了。

那时,克里斯托夫觉得吸引他的是戏剧音乐。他不敢无拘无束地抒写自己内心如潮汹涌的情感。当然,一个年轻的天才对自己还没有把握,甚至还不知道自己到底有多大的本领,那么,自觉自愿地给自己规定一个范围,免得自己的性灵悄悄地失去控制,那并没有什么不好。这是把关的闸门,免得思想的洪流泛滥成灾——可惜克里斯托夫缺少一个诗人帮忙;他无可奈何,只好从传说或历史中量体裁衣,寻求适合自己的题材。

几个月来在他头脑中浮现的形象,有些是《圣经》中的故事——《圣经》是他母亲要他逃亡时随身携带的,也成了他梦幻的源泉。虽然他读《圣经》时并没有宗教的虔诚精神,但这部希伯来史诗有一种道德的力量,或者不如说一种生命力,好像泉水一般,到了晚上,他可以清洗给巴黎的乌烟瘴气污染了的灵魂。他不关心书中的圣教意义;但这本书对他还是神圣的,因为他从中呼吸到了粗野的人性以及原始人个性的气息。他心醉神迷地吸收对洋溢着信心的大地、对心情激动的山岳、对兴高采烈的天空、对狮吼雷鸣的人类所唱的颂歌。

他对书中人物情有独钟的是青年时代的大卫。他想象中的大卫并不像范洛几沃和米开朗基罗雕刻的石像,不是一个似笑非笑的佛罗伦萨青年,也不是一个神情紧张的悲剧人物,因为他还没见到这两位大师的杰作。他心目中的大卫是个带有诗情画意的牧羊人,有一颗蕴藏着凌云壮志的童心,是一个南方的英雄,不过种族更加文明,肉体和精神更加表里如———他虽反抗拉丁精神,但没有用,拉丁精神还是渗入了他的内心。这不只是艺术对艺术的影响,不只是思想方面,还是环境方面——如人和物,举止和动作，线条和光暗的影响。巴黎环境的力量非常大，一个人无论如何抗拒多少也得变形。德国人更抗拒不了，虽然他们披着民族自豪的外衣，其实，在全欧洲人当中，他们最容易失掉民族性。克里斯托夫不知不觉已经开始从拉丁艺术中学到了节制合度，心地清澈，甚至某种程度的造型美。他的《大卫曲》就可以证明。

他想回顾大卫遇见扫罗王的情景，写一部两个人物的交响曲。

在一个荒无人烟的高原上，在一片开花的灌木丛中，小牧童躺在阳光下做白日梦。清澈透明的光线，万物的窃窃私语，草叶温柔的颤抖，羊群吃草的银铃声，大地的生命力，摇晃着牧童的梦幻，使他意识不到他神圣的使命。他的歌声和笛声懒洋洋地溶入了一片和谐的寂静之中；歌声唱出了一种平静、清澈的欢乐，使人听了甚至不会再想到欢乐或痛苦，只觉得一切本来就是这个样子，而且不可能有其他面目……忽然一下，巨大的暗影笼罩了荒野；空气寂静无声；生命似乎退到地下管道中去了。只有笛声还平静地在空中飘浮。扫罗王神魂颠倒地走过。他如痴如呆，空虚啃噬他的内心，他摇摇晃晃，好像消耗殆尽，却又受到狂风火焰的欺凌。他苦苦哀求，狠狠咒骂，藐视身内身外的一片空虚。等他气急败坏地倒下时，牧童不断的歌声和笑声又划破了这一片寂静。于是扫罗王压制住内心的骚动，悄悄地走到牧童的身边；悄悄地瞧着躺在地上的孩子；他把发烧的手放在牧童头上，就在他身边坐下。大卫一点也不慌张，转过头来瞧着国王。他把头枕在扫罗王膝上，继续吹他的笛子。黑夜的阴影降临；大卫边唱边睡着了；扫罗王哭了起来。在星空下，又升起了对大自然复活的赞歌，和心灵康复的感恩曲。

克里斯托夫作曲的时候，一心只想到自己的欢乐；他并没有想到如何演奏，更没想到怎样搬上舞台。他本来只希望乐队肯接受这部作品，能在音乐会上演出，就算不错了。

不料一天晚上，他和亚希·罗孙谈起这部乐曲，罗孙要他弹了一遍，好心中有个底，使他大为意外的是：罗孙好像干柴遇见烈火似的热了起来，一定要把这出乐剧搬上巴黎舞台，并且自告奋勇，把这当作自己的事来办。更使他意外的是：几天以后，他看到罗孙干得这样认真，连西尔瓦·高恩、古耶，甚至吕西安·雷维－葛都来了劲，他简直莫名其妙了。他不得不承认这些人为了热爱艺术，甚至把个人恩怨放在一边，这是他怎么也预料不到的。结果，最不急着演出这部作品的，反倒是他自己。作品本来不是为剧院写的，搬上舞台并没有什么意思。但罗孙这样坚定不移，西尔伐·高恩说得这样头头是道,古耶又是这样一口咬定,克里斯托夫也觉得不妨试一试了。他并不是那么坚定。他多么想听听自己的音乐啊!

对罗孙说来,天下没有什么难事。经理和演员都巴不得讨他的好。恰巧有个报社要举办一个午场音乐会,为一个慈善事业募捐。他们同意在会上演出《大卫》。一个好乐队组织起来了。至于歌唱家,罗孙认为已经物色到了一个表演大卫的理想人物。

排练开始了。第一次试演还过得去,虽然乐队改不了法国人的老脾气,有点松散。演扫罗王的嗓子不错,虽然唱累了,但还是个行家。演大卫的是个美人,个子又高又胖,身材长得很好,但声音自作多情,未免俗气,喜欢卖弄通俗歌剧的颤音和咖啡音乐厅的情调,结果反倒弄巧成拙。克里斯托夫露出了一副苦相。她一开头,才唱几段,他就觉得她显然不能唱这个角色。乐队第一次休息,他就去找负责音乐会具体事务的经理,经理是和西尔伐·高恩一同来看排练的。这位经理一见他来,就容光焕发地问:

"怎么样,你满意吗?"

"不错,"克里斯托夫答道,"我看可以安排得好。只是有个角色不行,就是那一位女歌手。一定要换个人。请你婉转地告诉她:这是你的拿手好戏……换人对你不费劲吧?"

经理吃了一惊;他瞪着克里斯托夫,仿佛不知道他是否当真;接着就说:

"这可不行!"

"为什么不行呢?"克里斯托夫问道。

经理和西尔伐·高恩交换了一个眼色,心怀鬼胎地说:

"她唱得多好!"

"一点也不好。"克里斯托夫说。

"怎么不好?……声音这么美!"

"一点也不美。"

"再说,人又这么漂亮!"

"我可不在乎。"

"那也没什么不好呀。"西尔伐·高恩笑着说。

"我要的是一个大卫,一个会唱歌的大卫,并不需要漂亮的海伦。"克里斯托夫说。

经理擦擦鼻子,不知如何是好。

"这可难办了,难办了……"他说,"不过这个演员非常出色……我敢打保票!说不定她今天没有显出功夫来。你应该再试试看。"

"我当然愿意,"克里斯托夫说,"但我怕是白费时间。"

他又重新排练,但是越练越糟,他几乎不能排演到底;他越来越不耐烦,对女歌手的口气先还冷冷淡淡,客客气气,后来就干巴巴,硬邦邦的,不管女演员费了多大劲要讨他的好,甚至向他卖媚眼,求他手下留情,也没有用。经理一看势头不对,还是小心为上,就出来打圆场,暂时停止排练,以免事情闹得不可收拾。为了消除克里斯托夫造成的恶劣印象,他赶快跑到女歌手身边,说些过分殷勤的话,克里斯托夫看不惯他这一套,也不掩饰他的不耐烦,就毫不客气地向他招手,要他过去,再对他说:

"没有什么可以讨价还价的。我不要这个女演员。这不好办,我知道;但她不是我选中的人。你看该怎么办吧。"

经理欠了欠身,仿佛事不关己,不愿多管似的说:

"我没有办法。你找罗孙先生说去吧。"

"这和罗孙先生有什么关系?"克里斯托夫问道,"我不愿为这种事麻烦他。"

"这种事他不会觉得麻烦的。"西尔伐·高恩半真半假地说。

他指了指门口,罗孙刚好走了进来。

克里斯托夫走过去。罗孙兴高采烈地说:

"怎么!就演完了?我还以为可以听到一点呢。那么,亲爱的大师,你觉得怎么样?应该满意了吧?"

"一切都好,"克里斯托夫说,"我不知道怎样感激你才是……"

"不客气!不客气!"

"只有一件事不好办。"

"说吧,说吧。我们来想办法。我一定要使你满意。"

"那我就直说了,问题出在女演员身上。说实话,她叫我伤透了脑筋。"

罗孙笑逐颜开的面孔忽然一下凝结成了冰块。他板着脸说:

"你的话叫我难以相信,老兄。"

"她实在不行,一点也不行,"克里斯托夫还要接着说,"她的声音、趣味,都不够格,连才华的影子都没有。幸亏你刚才没有听到!……"

罗孙的脸绷得越来越紧,他打断了克里斯托夫的话头,用粗暴的口气说:

"我很了解德·圣特·伊格兰小姐。她是个很有才华的艺术家。我对她简直钦佩得五体投地。巴黎有鉴赏力的人都有口皆碑。"

他转过身去,不理克里斯托夫。克里斯托夫见他伸出胳臂让女演员挽着一同走出去了。他正在发呆,西尔伐·高恩看热闹看得开心,过来拉住他的胳膊,下楼梯时笑着问他:

"难道你不知道她是他的情妇?"

克里斯托夫这才恍然大悟。原来如此!他的作品搬上舞台,并不是为了他,而是为了她!他这才明白罗孙为什么这样热心,这样花钱,他的手下人为什么这样来劲。他听西尔伐·高恩讲这个圣特·伊格兰的故事:一个音乐厅的歌手,在小戏院演出受到了欢迎,于是胜利冲昏了头脑,像她那一流人一样,想到身价更高的舞台上去表演。她靠罗孙帮忙,要进歌剧院或喜剧院;罗孙正是求之不得,碰巧听了《大卫》,觉得这是她一显身手的好机会,可以向巴黎听众展示一个悲剧新星的抒情天才,而又不冒什么风险,因为这个角色几乎没有戏剧性的动作,只会突出她优美的身段。

克里斯托夫一口气听完了这个故事;然后他甩开了西尔伐·高恩的胳臂,哈哈大笑起来。他笑了又笑,好久之后才说:

"你们真无聊。你们都无聊。你们并不在乎艺术。你们在乎的只是女人。你们演一出歌剧,不是为了一个歌女,就是为了一个舞女,或是为了某先生的情妇,或是为了某太太的情夫。你们想到的只是猥亵的事。你们看,我并不怪你们,你们生来就是如此,要是你们愿意如此,那就照样过下去,照样吃你们的饲料吧。不过我们还是分手更好,因为我们生来不是一路货。再见了。"

他离开了高恩,回到客店,写了一封信给罗孙,说他的作品不上演了,并且也不隐瞒他取消演出的理由。

这就是和罗孙一伙人决裂了。后果立刻可以看到。报纸对计划中的演出早就大肆宣扬,现在作曲家和女歌手闹翻了的事当然会引起议论纷纷。一个乐队指挥出于好奇,在星期天的日场音乐会上演出了这部作品。这个好运道对克里斯托夫来说却成了坏运气。作品一演出就嘘声四起。那个女歌手的朋友都约好了要来教训这个目中无人的音乐家;其余的听众不耐烦听交响诗,也乐于随声附和行家的意见。偏偏祸不单行,克里斯托夫又不识时务,要在音乐会上演奏一首有乐队伴奏的钢琴幻想曲。听众本来不怀好意,但在演出《大卫》的时候,在某种程度上不能不照顾演员的情面,现在面对作曲家本人,而他的技巧又不是无懈可击的,于是他们的一口恶气,就毫无顾忌地发泄出来了。克里斯托夫听见大厅里乱糟糟的非常恼

火,弹到一半忽然打住,用不屑的神气瞧着听众,听众顿时静了下来,他就弹了一首儿歌:《玛勃洛打仗去了!》然后目中无人地说:

"你们只配听儿歌。"

他一说完,站起来就走了。

大厅里闹翻了天。有人说他侮辱了听众,应该当场道歉。第二天,报纸异口同声对野蛮的德国人口诛笔伐,这是巴黎的高级趣味对他天公地道的报应。

然后又是一片空虚,完完全全、彻头彻尾的空虚。克里斯托夫再一次发现自己孤独,比以前任何时候都更孤独,因为他现在是孤身一人,在一个不怀好意的外国大都市里。但他不再把这放在心上。他开始相信这是他的命运,恐怕这一辈子都是这种命了。

他不知道伟大的心灵永远不会孤独,虽然时运不济,使他失去了朋友,但伟大的心灵永远会创造友谊,热情洋溢的内心永远会发射出爱的光辉,即使在他认为永远孤独的这一片刻,他内心的爱情也比世上最幸运的人更丰富。

克里斯托夫在斯特芬家教钢琴时,和珂勒蒂一同上课的,还有一个十三四岁的小女孩。她是珂勒蒂的表妹,名叫葛拉齐亚·波昂旦比。这个女孩有金黄色的皮肤,脸颊红润,脸蛋浑圆,像乡下人一样健康,小鼻子微微翘起,大嘴巴半开半闭,仿佛二水中分,下巴圆而白,眼睛宁静却又笑得温柔,额头圆鼓鼓的,满头长长的秀发柔软而光滑,没有环形的发卷,像荡漾的微波挂在脸颊两边。这是安特莱·台尔·萨多画上的小圣母像,只是脸宽一点,目光静而美。

她是意大利人。父母几乎一年到头住在乡下,在意大利北部一个大庄园里,那里有平原、草场、小小的运河。从屋顶的平台上,可以看到脚下葡萄园里金波起伏,纺锤般的黑色柏树穿插其间。远处全是田野,田野。一片寂静。只听得到耕地的牛哞,扶犁的农民尖声喊叫:

"吁!……走呀!"

知了在树上歌唱,青蛙在水边叫唤。夜里,月亮洒下了银色的光波,还洒下了无边无际的寂静。远处,看守庄稼的农夫在树枝搭成的茅棚里半睡不醒,时不时地放两声冷枪,表示他们没有睡着,外人不要来偷庄稼。但是那些睡得迷迷糊糊的老乡,听惯了这种枪声,就像听到远方教堂的钟楼敲响了平安无事的钟声一样。寂静又像一件软绵绵的百褶大衣笼罩着他们

的心灵。

在小葛拉齐亚周围,生活似乎沉醉在朦胧的睡乡。没有人管她。她沉浸在一片平静中,平平静静地长大了。没有狂热,没有焦急。她只是懒洋洋的,喜欢溜达,睡觉,没完没了。她喜欢躺在花园里,一躺就是几个小时。她在平静的时光中漂流,像夏天小溪上的一只苍蝇。有时,忽然一下,无缘无故,她跑了起来。她跑得像一只小动物,头和上身微微右倾,灵活,自然。真是一头小山羊,在石头堆上上下下,快活得蹦蹦跳跳。她讲话的对象是小狗、青蛙、野草、树木、农夫、鸡鸭。她喜欢周围的小生物,也喜欢大牲口,但是大不如小。她很少见到外人。庄园离城很远,地方偏僻。尘土飞扬的大路上很少有正经的农民拖着脚步走过,更难见到漂亮的乡下女人,晒黑了的脸上露出发亮的眼睛,昂首挺胸,摇摇摆摆地走过去。葛拉齐亚一个人在寂静的庄园里消磨时光;她见不到外人,但从来也不觉得烦闷,她什么也不用害怕。

有一回,一个流浪汉走进庄园,看见里面没有人,就想偷只鸡走。忽然一眼发现了这个小女孩躺在草地上,一边吃一个长面包,一边哼一支歌,他不由得愣住了。她却毫不介意地瞧着他,问他来干什么。流浪汉说:

"给我一点吃的,若不,我要你知道我的厉害。"

她伸出手去把面包给他,眼睛笑眯眯地说:

"不要那么厉害。"

于是他就走了。

她的母亲死了。她的父亲人非常好,非常软弱,是个意大利大家族的子弟,身体结实,性格快活,对人亲热,但有点孩子气,根本不会管女儿的教育。斯特芬夫人是老波昂旦比的妹妹,来参加嫂嫂的葬礼,担心侄女太孤单了,要减轻她的悲伤,决定把她带回巴黎去住些日子。葛拉齐亚哭了,她的老父亲也哭了;但斯特芬夫人做出了决定,大家只好听她的,谁也不好反对。她是家族中最有力量的;即使在她巴黎家中,也是她管家务:管丈夫、女儿、情夫;因为她要干就干,要玩就玩,是个既实际又热心的人——此外,她很俗气,又很激动。

安静的葛拉齐亚来到巴黎之后,爱上了美丽的表姐珂勒蒂,使表姐觉得很有趣。她们把这个温顺的乡下姑娘带去见世面,上戏院。她们一直把她当作孩子看待,她也就把自己当作孩子,其实她已经不小了。她深藏着的感情使她自己害怕:她冲动时,会对什么东西或什么人抱有无限的脉脉温情。她偷偷地爱上了珂勒蒂:偷她的丝带、手帕;在表姐面前,她往往说不出一句话来;在等待表姐,或者知道就要见到她的时候,她会又着急又快活地发抖。在戏院里,她看到漂亮的表姐袒胸露肩、引人注目地走进她那个包厢时,不由得心花怒放地微笑了,她笑得这样谦虚,这样亲切,这样热情洋溢;珂勒蒂一对她说话,她的心就要融化了。她穿着白色长袍,美丽的黑色头发没有束紧,蓬松地披在金黄色的肩头,她轻轻地咬着长手套的指尖,无事可做又把手指塞进手套——看戏时,她老是转过头来瞧瞧珂勒蒂,希望看到她友好的眼光,或是和她分享她自己感到的乐趣,或是用深情的深色眼睛对她说:

"我多么爱你啊!"

在巴黎郊外的树林中散步时,她像影子似的跟住珂勒蒂,坐在她的脚下,走在她的前面,拨开可能碍事的枝丫,把石头放在路上的泥坑里。一天晚上,珂勒蒂在花园里觉得冷,要用她的围巾,她高兴得叫了起来——后来又觉得不好意思——因为那有点像是她身体的一部分围在她亲爱的人身上,等到围巾还给她时,上面又留下了亲人身上的香味。

还有一些书,还有她偷偷读的几本诗——因为人家一直只给她看儿童读物——使她感到美妙得难为情。还有某些音乐,虽然人家说她还不懂,而她以为自己不懂——但音乐却感动得她脸色发白,身上冒汗。谁也不知道她这一片刻心里想什么。

除此以外,她是个听话的小姑娘,丢三落四,懒洋洋的,相当贪吃,容易脸红,有时几小时不说话,有时说起来没个完,笑也容易,哭也容易,笑起来像孩子,哭起来忽然一阵抽噎。她喜欢笑,微不足道的小事可以使她高兴。她从来不想装作大人。她老是个孩子。她心眼尤其好,不肯叫人难过,也受不了一句生气的话。她觉得自己不重要,什么事都退让,她一看到自己以为是美好的东西就喜欢,就爱慕,她以为别人心眼也好,不知道别人和她并不一样。

姑母家管她的教育,给她补课。就是这样,她也跟克里斯托夫学钢琴。

她头一回见到他是在姑母家的晚会上,来的客人很多。克里斯托夫不能适应人多的场面,就没完没了地弹一曲柔板,听得大家打呵欠,看看快弹完了,他又重新开始;大家以为曲子是永远弹不完的。斯特芬夫人憋着一肚子气。珂勒蒂却开心得要命,她津津有味地看这出滑稽剧,她并不怪克里斯托夫荒唐麻木到了这个地步,她只觉得他有力量,得到了她的好感;但是这也太可笑了,所以她并不为他说好话。只有小葛拉齐亚听音乐感动得流出了眼泪。她藏在客厅的一个角落里。最后,她溜走了,免得人家看见她心乱如麻,也免得听人家嘲笑克里斯托夫。

几天以后,在餐桌上,斯特芬夫人当她的面说要克里斯托夫教她弹琴。葛拉齐亚心慌意乱,汤勺掉到盆里,汤水溅了表姐和自己一身。珂勒蒂说该先学餐桌上的规矩。斯特芬夫人说:那可不能请教克里斯托夫。葛拉齐亚却因为自己和克里斯托夫同受批评,反而觉得高兴。

克里斯托夫开始上课了。她太拘谨,生硬,胳臂紧紧贴住身子,一动也不敢动,克里斯托夫把着她的小手,改正她手指的姿势,教她放在键盘上什么地方,她简直要发晕了。在他面前,她战战兢兢,老怕弹不好;她几乎练得要生病,练得她表姐都不耐烦地叫起来,还是不行,只要当着克里斯托夫的面,她总是弹不好;呼吸急促,手指硬得像木头,或者软得像棉花;她抓不住,放不开,轻一下,重一下;克里斯托夫气得说了她一通,很恼火地走了;那时,她真恨不得死了更好。

他却一点也没注意到她；他关心的只是珂勒蒂。葛拉齐亚羡慕她表姐和克里斯托夫的亲密关系；虽然她有点受不了，但她幼稚的心灵还是为珂勒蒂高兴，也为克里斯托夫高兴。她觉得珂勒蒂远在自己之上，理所当然会得到大家的爱慕——一直等到她只能在表姐和克里斯托夫当中选择一个的时候，她才感到自己的心不在表姐一边。小小的女人也有直觉，她看得出珂勒蒂和雷维-葛眉来眼去、卖弄风情，使克里斯托夫痛苦。她凭着本能就不喜欢雷维-葛；等她知道克里斯托夫厌恶他之后，她也厌恶他了。她不明白珂勒蒂怎么会喜欢让他和克里斯托夫竞争。她开始在心里严格地批评表姐；一发现表姐有些小事撒了谎，她的态度立刻变了。珂勒蒂也有所发现，但她猜不出原因，就以为小女孩总是摸不准的。但可以肯定的是她已经失去了对葛拉齐亚的影响力：这从一件小事上可以看得出。一天晚上，她们两个在花园里散步，忽然下了一阵急雨，珂勒蒂表示亲热，要葛拉齐亚躲到她大衣下面来，若是几个星期以前，葛拉齐亚能够这样紧紧地挨着亲爱的表姐，她会觉得说不出的快活，但这一次，她却冷冰冰地走开了。还有一次，珂勒蒂说葛拉齐亚弹的一支乐曲不好听，葛拉齐亚却偏要弹下去，并且说她喜欢。

她现在只关心克里斯托夫。含情脉脉的人猜测力强，她能看出他的痛苦。她天真地、不安地注意着他，这样就把他的痛苦夸大了。她以为克里斯托夫爱上了珂勒蒂，不知道这只是要求很高的友情。她以为他痛苦，因此，她也为他而痛苦。可怜她的好心并没有得到好报，甚至在珂勒蒂惹得克里斯托夫生气的时候，她还得代人受过；他一脾气不好，就拿小学生来出气，不耐烦地挑出她弹错了的地方。一天早上，珂勒蒂把他气糊涂了，他坐在钢琴旁边，时时刻刻都要爆炸，葛拉齐亚本来就功夫不到家，一吓连这点功夫也丢掉了，只好乱弹琴；他火冒三丈，怪她弹走了音；于是她好像遭了没顶之灾；他却口沫飞溅，使劲扭她的手，高声说她什么调子也弹不好，还不如去做厨娘，做裁缝，随便去做什么，但是看在老天分上，千万不要再搞音乐！犯不着叫人活受罪，听她这种乱七八糟的曲子。说到这里，课还没上完，他却丢下她就走。可怜的葛拉齐亚把眼泪都哭干了，与其说是这些难听的话使她伤心，不如说是她一心要讨克里斯托夫欢喜，结果却因为自己笨手笨脚，反倒使自己心爱的人增加了烦恼。

等到克里斯托夫不再来斯特芬家，她就更痛苦了。她要回乡下去。这个孩子，连做梦也是纯洁的，内心深处保持着农村的宁静，住到城市里来，混在这些神经衰弱、激动不安的巴黎女人中间，感到很不自在。虽然不敢明说,她到底对周围的人有相当正确的看法。但她胆小、软弱,像她父亲一样,心眼好,人谦虚,不敢相信。于是她服服帖帖听她的姑母说了算,由她惯于指手画脚的表姐摆布。虽然她按时给老爸爸写亲热的长信,但是却不敢说:

"我请求你接我回家吧!"

她的老爸爸虽然想接她回去,但也不敢开口,只要他稍微流露出一点意思,斯特芬夫人就会说:葛拉齐亚在这里很好,比在乡下家里好得多,为了她的教育,她也该留下来。

但外地的生活对这个南方的小姑娘实在是太痛苦了,终于有一天,她不得不飞回她光明的乡下去——那是在听了克里斯托夫的音乐会之后。她是和斯特芬一家同去的,亲眼看到可恶的听众兴高采烈地侮辱一个艺术家,她的心都要碎了……艺术家?在葛拉齐亚看来,艺术家就是艺术的具体形象,就是人性中神性的化身。她真想哭,真想溜走,但她不得不听完这一片喧哗、嘘声和叫声,回到姑母家里,还不得不听那些不堪入耳的议论、珂勒蒂的笑声、她和吕西安·雷维-葛说的挖苦话。她躲进房里,倒在床上,哭到半夜,像在对克里斯托夫说话,在安慰他,愿意为他献出生命,因为不能使他幸福而悲痛欲绝。从此以后,她的确不能留在巴黎了。她恳求父亲接她回去说:

"我再也待不下去了,再也待不下去了,要是你不接我回去,我会死在这里的。"

她父亲赶来了;虽然父女两个都很难对付这个厉害的姑母,但实在逼得没有办法,他们做出了最大的努力,总算绝处逢生了。

葛拉齐亚回到了沉睡的大庄园里。她非常愉快地又见到了她亲爱的大自然和她喜欢的小生物。她还带来了一点北方的忧郁,并且在受过伤的心中蕴藏了一些时候,但她的心慢慢宁静了,忧郁也像一层朦胧的薄雾,在阳光照耀下慢慢消散了。她有时也会想到不幸的克里斯托夫。躺在草地上听她熟悉的青蛙和知了的鸣声,或者坐在钢琴凳上——她现在比以前更喜欢弹琴了——她如梦如醉地想起了自己选上的朋友;她就和他谈起心来,悄悄地谈,一谈就是几个小时,她甚至幻想,也许会有那么一天,他忽然推开门走了进来。她给他写了一封信,犹豫了好久,才把这段没有签名的文字寄出去;信是在一个早上偷偷地寄走的,她的心跳得厉害,跑了三公里路,穿过大片翻了的田地,才把信投入本村的邮筒——信写得很好,很感动人。她告诉他说:他并不孤独,他不应该泄气,有人在想着他,爱他,为他向上帝祷告——这封倒霉的信,莫名其妙地不知道送到哪里去了,反正他一直没有收到。

然后,这个在远方生活的女朋友又过着那千篇一律、安安静静的日子。意大利的太平生活,爱好风平浪静、和平幸福、沉思默想的精神,又回到了这个沉默寡言的童贞女心头,但在她心灵深处继续不断地燃烧着永不熄灭的火焰,那是对克里斯托夫的回忆。

克里斯托夫没有想到:在那遥远的地方,还有一颗天真的心,对他含着脉脉的温情,这股温情在他后来的生活中会占据多么重要的位置啊。他也没有想到:就在他受侮辱的音乐会上,还有一个同情他的人,后来成了他的知心朋友,和他肩并肩、手携手、一同前进的亲爱伴侣。

那时,他是孤独的。他以为自己孤独。但他一点也不觉得难以忍受。他不再感到从前在德国时压在心头的痛苦悲哀。他更加坚强,更加成熟了:他知道事情理当如此。他对巴黎的幻觉已经消失;普天下的人都一样;应该容忍,不该以全世界为敌,不该坚持幼稚的斗争;应该平心静气,自行其是。贝多芬说得好:"如果我们把生命力浪费在日常生活中,那我们拿什么来做最高尚的、最美好的事情呢?"他强烈地意识到自己的天性和民族的弱点,他以前对此进行过严格的批评。但他越受到巴黎气氛的压迫,就越觉得祖国才是他的藏身之所,他要投入诗人和音乐家的怀抱,才能感到那是祖国的精英。他一打开他们的书,他的房间里就会洋溢着阳光照耀下的莱茵河发出的波浪喋喋声,还有被遗忘的亲朋好友的莞尔微笑声。

但他从前对他们多么忘恩负义啊!他怎么早没有发现他们的忠厚老实是多么可贵呢?现在,他回想起在德国时对他们说过多少不公平的过激话,不由得不惭愧了。那时,他看见的只是他们的缺点,他们笨手笨脚、客客气气的态度,多愁善感的理想主义,思想上不老实,行动上不大胆。啊!这些微不足道的缺点比起他们的大优点来算得了什么呢?他对他们的弱点怎么会这样苛求?!现在,这些弱点在他看来是多么合情合理,简直是令人感动的了!真是物极必反,他过去最不公平地对待的人,现在却对他特别有吸引力。他对舒伯特和巴赫有什么坏话没说过呢?现在他却觉得和他们心心相印了。这些伟大的心灵,他曾经迫不及待地挑剔挖苦,现在却和蔼可亲地微笑着对这个异乡客说:

"小兄弟,有我们在这里,鼓起勇气来吧!我们也吃过说不完的苦……呸!我们还不是走过来了……"

他听见约翰·赛巴斯蒂安·巴赫的心灵成了一片狂风怒吼的海洋,生命中的乌云被吹得无影无踪……人群沉醉在欢乐中,在痛苦中,慈悲的基督,和平的天主俯视人间——守夜人的呼声唤醒了城市,人群欢欣鼓舞地来迎接神圣的新郎,他的脚步声震动了世界——宝库中的思想,热情,音乐形式,英雄生活,莎士比亚式的幻想,萨伏那洛式的预言,牧歌式的、史诗式的、世界末日的景象,都在这个体形瘦长、但却包罗万象的音乐教师身上,在这个双下巴、小眼睛、双眼皮、翘眉毛的巴赫身上……克里斯托夫仿佛清清楚楚地看见巴赫,他阴沉沉,乐呵呵,有点荒谬,脑子里塞了哥特式的和洛可可式的寓言和象征,愤怒,顽固,清醒,热爱生活却又留恋死亡……他仿佛看到他在学校里,一个才华横溢的书呆子,周围的学生却肮脏、粗俗,像叫花子,身上生疮,声音嘶哑,他不得不和这些混蛋吵架,有时甚至像一个挑夫一样和他们打起来,有一个学生还叫他吃了一顿拳头……他仿佛看到他在家中,身边有二十一个孩子,其中十三个死得比他早,有一个是白痴,其余的都是好乐师,可以给他开小小的音乐会……疾病,死亡,尖锐的争吵,拮据的生活,埋没了的天才——然而,在这一切之上的,是他的音乐、信仰、解脱和光明,是隐约可见的欢乐,预感到的、追求着的、到了手的欢乐——上帝,上帝的呼吸燃烧着他的筋骨,使他的毛发悚立,借他的嘴唇发出了雷鸣……啊!力量!力量!雷霆千钧的欢乐力量!……

克里斯托夫一大口、一大口地痛饮这源源不断的力量。他感到德国心灵中流出来的音乐力量无穷,营养丰富。力量往往显得平庸,甚至粗俗,那有什么关系?有了力量就行,而且要滚滚而来。在法国,音乐要一点一滴过滤后才滴入密封的玻璃瓶里。这些喝惯蒸馏水的法国人见到德国音乐的洪流怎么能有胃口?他们自然要挑剔德国天才的错误了。

"可怜的小人物!"——克里斯托夫心里想,却忘了自己从前也同样可笑——"他们要找瓦格纳和贝多芬的缺点!他们需要完美无缺的天才!……仿佛狂风暴雨一点也不应该扰乱世界上美好的秩序!……"

他在巴黎走来走去,对自己的力量感到高兴。别人不理解他岂不更好!他更可以自由自在。天才的作用就是创造一个新世界,一个根据内在规律有机地构成的世界,那自己一定先要在其中生活。一个艺术家永远不会太孤独。可怕的只是,看到镜中的影子歪曲或缩小了自己的思想。作品完成之前,千万不能告诉别人你在做什么,否则,你也许没有勇气完成你的作品;因为你在心中看到的,已经不再是自己的思想,而是掺了假的伪劣商品。

现在没有什么来打扰他的思想,他的梦像泉水一般从他心灵的各个角落,从途中的每一个石头中涌现出来。他生活在梦幻的境界里。他的见闻使他看到了与实际不同的人和物。他只要随意生活,就可能发现他幻想中的人物是如何生活的。他们的感觉会主动找上门来。过路人的眼睛,风吹来的声音,草地上的阳光,卢森堡公园树上歌唱的小鸟,远处修道院的钟声,房间里看到的一角苍天,早晚不同的声响和色调,他都不是在自己心里,而是通过幻想人物的心灵来感到的——克里斯托夫觉得幸福了。

然而,他的情况却比任何时候都更困难。他唯一的财源是教几个学生的钢琴课,现在却无课可教。时间正是九月,巴黎上流社会的人都在外地度假,不容易找到新学生。他只有一个学生,却是个聪明而冒失的工程师,四十岁的时候心血来潮,要做个伟大的提琴家;克里斯托夫的小提琴拉得不算太好,但是总比他的学生强几分;于是他教了一段时间,每星期上三小时课,每小时给他两个法郎。学了一个半月之后,工程师学累了,忽然一下发现他爱好的主要是图画——他把这个发现告诉克里斯托夫,克里斯托夫听了大笑,但笑完后,他数数钱,口袋里只剩下了十二个法郎,那是他的学生刚给他的最后一笔授课费。他并不担心,只自言自语说:一定得找其他维持生活的办法;又得跑去找出版商。前途并不乐观……呸!管他呢!……犯不着先给自己为难!今天天气好。他要到墨屯郊区去。

他渴望要走路。走路可以使音乐有收获。他心里满是音乐,多得像蜂房里的蜜;听到蜜蜂金黄色的嗡嗡声,他快活得笑了。平时,这种音乐抑扬顿挫,有些跳跃的节奏,翻来覆去,令人神往……唉!关在房间里迷迷糊糊能创造什么节奏呢?那只能拼凑出精巧的、静止的和声,像巴黎人作的曲子!

等到他走累了,就在树林里躺下。树叶落了一半,天空蓝得像长春花。克里斯托夫沉醉在梦幻中,在秋光云影里。他的心潮澎湃。他听得到他的思潮起伏。来自四面八方的新人和旧人,他怀念的片言只语,长住或暂住在他心头的幽灵,就像倾城出动的群众,你推我挤。他想起了高弗烈特舅舅在他父亲墓前说过的话,他自己也成了一座活的坟墓,墓中人都动起来了——那是他素未谋面的祖先。他倾听这些故人的声音,他喜欢他这些幽灵居住的百年老林发出管风琴的鸣声,正如但丁《神曲》中的森林一样。现在,他不再像青年时代那么怕他们了。因为他成了他们的主宰,他们要服从他的意志。他非常快活地挥舞他的鞭子,吓得这些幽灵呼天喊地,他才更感觉到他的墓藏多么丰富多彩。他不是孤独的。他再也不用害怕会孤独了。他拥有克拉夫特家族的大军,几百年来欢天喜地、活蹦乱跳的克拉夫特家的幽灵都附在他身上。对付巴黎,对付一个有敌意的民族,他有一个家族的大军;打起来,恐怕也是旗鼓相当,难分胜负。

他住不起那蹩脚的旅店——太贵了——只好搬到蒙玛特区一间顶楼里去。那里虽然没有什么好处,空气倒很流通。一年到头有风。他总得要呼吸。他从窗口可以看到巴黎的烟囱林立。搬家并不费事,一辆手推车就够了;克里斯托夫自己推。他的全部财产当中,除了他的旧箱子以外只有一件最贵重的,那就是当时很普及的贝多芬面像。他把面像小心包好,仿佛这是一件价值很高的艺术珍品。他寸步也不离开它。这是他在巴黎海上的孤岛。对他说来,这也是道德的晴雨表。贝多芬的遗容对他显示出了他心灵的温度,他秘密的思想,比他自己意识到的还更清楚:有时他看到乌云密布的天空,有时是热情奔放的风暴,有时却是万里无云的晴天。

他不得不大大地削减口粮。他一天只吃一餐,时间是下午一点钟。他买了一根粗香肠,挂在窗口;每顿切上厚厚的一块,加上一大块面包,自己冲一杯咖啡,这就是神仙的生活了。他想一天这样吃两餐。但他又怪自己胃口太好。他严厉地责备自己;骂自己是馋鬼,只想到自己的肚子。其实,他已经没有肚子了,比一条饿狗还瘦。但他瘦得结实,骨架子像铁打的,头脑一直灵活。

他不太担心第二天的事。只要他有一天用的钱,他就懒得去费心。到了身无分文的那一天,他才打定主意去找出版商。但哪里也找不到工作。他失望而归的时候,路过一家音乐出版社,就是西尔伐·高恩介绍他去过的那一家,但他已经不记得和丹尼·赫区特不愉快的交道了,就走了进去。他看到的头一个人正是赫区特。他本想掉头就转身,但太晚了,赫区特已经看见了他。克里斯托夫不愿意临阵逃脱,就朝着赫区特走去,不知道该说什么话,只准备硬碰硬和他干一场,因为他心想赫区特对他一定不会放下架子的。不料情况却不是这样。赫区特冷淡地伸出手来,说了句客套话,问他身体好吗,不等他提要求,就指着办公室的门,让他进去。赫区特心中暗喜,他早就料到会有这一天,不过他没想到克里斯托夫会自己送上门来。其实,他虽然不露声色,却一直在注意克里斯托夫;他从不错过机会去听他的音乐;他听了那次演奏《大卫》闹得天翻地覆的音乐会,听众的恶意攻击并不使他意外,他根本瞧不起听众,尤其是因为他完全能感到作品的美。也许在巴黎并没有第二个人能像赫区特这样欣赏克里斯托夫与众不同的艺术。但他不肯明说，不仅是因为克里斯托夫傲慢的态度得罪了他，还因为他生来就不会向人表示好感，他的天性中缺少了这点心眼。其实，他倒是真心实意愿帮克里斯托夫的；但他不肯向前迈出一步，他要等克里斯托夫求他。现在克里斯托夫来了——他却不肯抓住这个机会，宽宏大量地消除他们之间的误会，偏要他的客人丢面子，把来访的要求从头到尾说上一遍，来满足他自己的虚荣心；同时，他还坚持要克里斯托夫做他从前拒绝过的工作，至少要做一次。于是他给了他五十页乐谱，要他第二天改编成曼陀林和吉他演奏的作品。使克里斯托夫低头认输之后，他才心满意足，给他一些不那么讨厌的工作，但态度一直是居高临下，不可能叫人感激；克里斯托夫要不是给生活逼得走投无路，是无论如何也不肯再上门的。话又要说回来，不管工作多么气人，他还是宁愿靠工作赚钱，而不愿要赫区特的施舍。有一回，赫区特提出来要接济他，并且是好心好意的，但克里斯托夫感到他有心先要压低自己，他就宁愿接受不满意的工作条件，而不接受救济；因为工作是一手交钱，一手交货，收支两抵的；他不愿意欠人情债。他不像瓦格纳，为了艺术而低三下四地求人，他不能把艺术放在灵魂之上，不是自己挣来的面包，吃下去也会哽住的——有一天他来交头一夜赶完的作品，碰到赫区特正在餐桌上。赫区特一看他苍白的脸色，不自觉地看着菜盘子的眼光，就肯定他还没有吃东西，于是请他同用早餐。赫区特并没有坏意；但他粗心大意地让人感到，他看出了克里斯托夫的窘状，他的邀请就有点像是周济了，而克里斯托夫却是宁死也不肯接受的。但他不得不在餐桌前坐下——因为赫区特有话要对他说——却不动盘子里的菜，借口说刚吃过了。其实他正是饥肠辘辘。

克里斯托夫本想不再和赫区特打交道的；但别的出版商更坏——还有一些有钱的业余音乐家，好不容易想到片言只语，却写不出乐句。他们要克里斯托夫来，对他唱自己挖空心思的作品：

"嘿！这美不美？"

他们把这只言片语交给克里斯托夫，要他"借题发挥"——其实就是写出一部完整的作品——然后用他们的名义在一家大出版社出版。久而久之，他们居然以为这是他们自己的作品了。克里斯托夫就认识一个这样的名门后裔。那家伙身高体胖，喜欢指手画脚，叫他做"亲爱的朋友"，抓住他的胳膊，表现出雷声大、雨点小的热情，对着他的耳朵傻笑，说些驴唇不对马嘴的胡话，穿插一些前言不搭后语、大喜若狂的喊声，叫着贝多芬、魏尔伦、奥芬巴赫和几个红歌星的名字……他要克里斯托夫为他工作，却总不记得给钱。他只请他吃上两餐,再握握手。最后,他总算送来了二十法郎,而克里斯托夫居然傻得为了交情而拒绝接受。其实,那一天他身上连一法郎都不够,还得花二十五生丁买邮票给母亲寄信。因为那天是路易莎的生日;克里斯托夫怎么也不肯让母亲失望,她太看重儿子的信了,没有信叫她怎样打发日子呢?最近几个星期,她给儿子的信也比平时多了一点,虽然写信对她说来还是一件苦事,但孤独更使她感到痛苦。她又下不了决心到巴黎来找克里斯托夫,因为她胆太小,又舍不得她的小城、教堂、房屋,还有她怕出门。再说,等到她想来了,克里斯托夫却拿不出路费来;他并不是每天都有钱过日子的。

有一封信使他特别高兴,那是洛金给他送东西来了——洛金就是那个乡下姑娘,他为了她和普鲁士大兵打过一场——她写信来说她结婚了,还说了他妈妈的消息,并且寄来了一篮子苹果,一块庆贺她婚礼的蛋糕。这些东西来得正是时候。那天晚上,克里斯托夫肚子里和房子里都空空如也,挂在窗口的香肠只剩下了一根绳子。克里斯托夫把自己比作在岩洞里隐居的修道士,有一只乌鸦把食物送到岩石上来。但那只乌鸦恐怕太忙,不能给每一个修道士送吃的,以后就没有再来了。

虽然生活艰苦,克里斯托夫却劲头不减。他洗衣服也好,擦皮鞋也好,都像小鸟一样吹着口哨。他用柏辽兹的话来安慰自己:"我们要超脱人生的苦难,轻松地歌唱万灵节的颂词……"——他有时的确放声歌唱,唱到一半,却又哈哈大笑,听得邻居目瞪口呆,莫名其妙。

他过着非常纯洁的生活。柏辽兹说得好:"情人既要有闲,又要有钱。"克里斯托夫日子过得穷,谋生非常难,饮食极端省,创作热情高,哪里有时间或兴头去寻欢作乐。他对享乐不但漠不关心,而且为了对巴黎的反感,甚至投身于一种精神上的禁欲主义。他强烈地要求纯洁,厌恶任何人玷污清白。他并不是反对情欲。以前,他也有过放荡的时候。但他放荡时感情还是纯洁的,因为他寻求的不是肉体的欢乐,而是绝对地奉献出自己丰富的生命。等到他看出了自己的错误,他就恼火地排斥情欲了。在他看来,淫荡不像别的罪过。这是头等大罪,因为它污染了生命的源泉。只要一个人的基督教古老品质没有完全被外来野蛮的泥石流淹没,只要他今天还是因为是英雄民族的子孙而感到自豪(因为这个民族靠了严格的纪律建立了西方的文明),那他就不难了解克里斯托夫。克里斯托夫瞧不起把享乐当作唯一目的、唯一信条的国际社会——当然,人都应该寻求幸福,希望人类幸福,和两千年来令人消极悲观的基督教义作斗争。但条件是,这个信条一定要为别人谋福利。否则,享乐有什么意义?那不是最可悲的损人利己吗?一小撮享乐主义者使自己的感官得到最大的满足,却不承担最小的风险,而是要别人代他们去吃苦受罪——啊!难道这就是他们"纱笼"中的社会主义?……难道他们不明白他们的享乐主义只对"吃肥了的胖子"才有意义,只对别人养肥了的"上流人士"才有价值,而对穷人,却不过是一剂毒药?……

"享乐的生活是有钱人的生活。"

克里斯托夫不是个有钱人,生来就不是那块料。他刚挣了几个钱,立刻花在音乐上;哪怕节吃省用也要去音乐会。他买离乐池最远的座位,在夏德莱戏院最高一楼上;他心中洋溢着音乐,音乐就是消夜,就是他的情妇。他如饥似渴地寻求幸福,并且那么容易得到满足,连乐队美中不足的地方也不会扰乱他的心灵;他一连两三个小时沉醉在迷迷糊糊、心满意足的状态之中,即使演奏风格不太对头,音符有点差错,也只会引起他不在乎的微笑,他一进戏院的大门就已经把批评忘了;他是爱听音乐才来,不是来说长道短的。他周围的听众也像他一样,不声不响,眼睛半开半闭,随着梦的洪流漂浮。克里斯托夫仿佛看见一大堆人藏在阴影深处,好像一只缩成一团的大猫,正在沉思幻想,随兴所至,尽情享受,做着茹毛饮血的美梦。在那昏黄的浓荫中神秘地形成了几个人形,那无以名状的魅力,那令人神往的沉静,吸引了克里斯托夫的目光和心灵;他对他们情意绵绵,通过他们来听,结果他和他们身心都合而为一了。有时一个人形也发现了他,于是他们在音乐会上心心相印,息息相通,直通到生命的深处,但音乐会一结束,心灵的交流立刻中断,人形也无影无踪了。这种情况是不少热爱音乐的人都有所体会的,尤其是在他们年轻、全心投入的时候,因为音乐的本质是爱情,看到别人热爱音乐,自己才会爱得更深;因此在音乐会上,一个人会不自觉地在听众中东张西望,寻找知音,因为他感到的乐趣太大,非找一个朋友分享不可。

克里斯托夫要找一个片刻的知心,这样才更能欣赏音乐的甜蜜。每次在音乐会上,他都看到一张吸引人的脸。这是一个轻佻的女工,她虽然一点也不懂,却很喜欢音乐。她的侧影像一头小动物,笔直的小鼻子,微微撅起的嘴唇,小巧玲珑的下巴,几乎成了一条起伏不大的直线,翘起的细眉毛,明亮的眼睛,无忧无虑的小脸,使人感得到她的愉快、笑声、不在乎的心情。这些调皮捣乱的小女工也许最能反映古人雕像和拉斐尔画像上明朗的神气。这种神气现在看不到了,只是生命中的片刻,是情窦初开的瞬间,很快就成了明日黄花。不过,她们至少有过短暂的千金一刻。

克里斯托夫非常愉快地望着她,一个温柔的面孔能滋润他的心灵;他能够欣赏而不起非分的念头;他能从中得到愉快、力量、平静——甚至美德。她呢,那不消说,自然很快就注意到了他在看她;于是他们之间不知不觉地建立了互相吸引的磁流。因为他们几乎每次音乐会都坐在老位子上,他们不久就了解了彼此的兴趣。一听到某几段,他们总会心照不宣地交换一个眼色;她听到特别喜欢的乐句,就会稍微伸出舌头,仿佛要舐嘴唇,仔细品味;如果要表示她不喜欢,她会轻蔑地撅起小嘴。这些小动作带有几分讨好的稚气,只要发现了有人注意自己,谁也难免有点做作。有时听到严肃的作品,她也会做出认真的神情,侧着脑袋,集中精力,脸露微笑,眼角偷偷看她是否吸引了他的注意。他们已经成了好朋友,虽然他们还没有谈过一句话,甚至从来没有想到——至少克里斯托夫是这样——在散场时见见面。

机会到底来了,在一次晚场音乐会上,他们恰巧坐着相邻的位子。两人互相一笑,但还犹豫了片刻,才友好地谈起话来。她的声音有诱惑力,谈到音乐,她却说了很多傻话,因为她要不懂装懂;其实她只是喜欢,并不理解,好音乐和坏音乐,马斯涅和瓦格纳,她都一视同仁;只有太庸俗的作品她才厌恶。音乐对她只是感官的享受,她全身的毛孔都在吸收音乐,就像天神化为金雨潜入了幽禁公主的宝塔。《特里斯坦》的序曲听得她浑身冰冷,仿佛半死一般;《英雄交响曲》却又使她感到满心欢喜地成了战俘。她告诉克里斯托夫:贝多芬又聋又哑,面目丑陋不堪,尽管如此,若是她认识贝多芬,还是会爱上他的。克里斯托夫反对,说贝多芬并不那么丑;于是他们讨论起美和丑来;她承认这是个口味的问题;一个人说美的,换个人可以说不美;"人又不是金币,哪能两面讨好!"——其实她不说话更能讨他喜欢,他们更能互相了解。听《伊索尔德之死》时,她伸出汗淋淋的手给他捏着,一直等到曲终为止;两个人都感到交响乐的声波通过他们的手指流遍了他们全身。

他们一同走出会场;时间已经快到半夜。两个人边谈边走,走上了拉丁区;她挽着他的胳臂,他送她回家;但到了门口,她正想带他进去,他却没有注意她挽留的目光,离开她就走了。当时,她简直目瞪口呆,然后,不禁生起气来;再过一会,想到他这样傻,她又笑得前俯后仰;但一回到房里,脱下衣服,她感到孤零零的,到底悄悄哭起来了。下次再在音乐会上见面,她想表示生气、冷淡,并有点不好惹,但他是这样好心好意,使她狠不下心来,于是他们又谈话了;不过,她现在对他的态度有所保留。他对她还是谈心里话,但是很有礼貌,谈的是正经的事,美好的事,谈他们同听的音乐,谈音乐对他的意义。她用心听,想和他有相同的看法,但往往抓不住他话里的意思;不过她还是一样相信他说得对。她对克里斯托夫的尊敬中带有感激之情,但她几乎没有对他表示过。他们两个都心照不宣,只在音乐会上谈话。有一次他看见她在大学生中间。他们只是正正经经地打个招呼。她从来不在别人面前谈他。她的灵魂深处有一个神圣的小天地,里面有美好、纯洁、安慰人心的东西。

　　就是这样,克里斯托夫随便到哪里,只要他在哪里,就会发挥作用,给人力量,给人安慰。随便他走过什么地方,都会不知不觉地留下他内心光辉的踪迹。但是他自己却毫无察觉。在他身边,在他屋里,有一些他没见过的人,他们也想不到自己居然会感染上这颗好心发射出来的光辉。

　　几个星期以来,克里斯托夫没有钱去听音乐会,即使餐餐吃素也省不下钱了,现在冬天一到,他在那间顶楼上的房间里冷得要命;老是坐在桌子前一动不动,他也受不了。于是他下楼去,到巴黎街上走走,身子可以暖和一点。他有本领暂时忘却热热闹闹的城市,逃入无始无终的时间里去。只要在乱哄哄的街道之上,看到冷冷清清、凄凄惨惨的月亮高挂在无边无底的天空,或是圆滚滚的太阳沉浸在白茫茫的浓雾里,他就会觉得街道的喧哗溶化在一片无限的空虚之中,现实的生活似乎成了很久很久……几百年前历史生活的幻影……大自然粗野而伟大的生命力,披上了文明的外衣,使普通人一点也看不出来,但只要稍微显示了一点蛛丝马迹,就会在他眼前原形毕露,显出本来面目。砖石缝中长出来的青草,在战火连天、弹坑遍地、荒无人烟的大街上,被钢铁枷锁掐死的枯树缺少空气,缺少泥土,却能死里逃生;一条走过的狗,一只飞过的鸟,原始生物幸存下来的一点遗迹;铺天盖地的小飞虫;神出鬼没地制造无人区的流行病:虽然人间的暖室压得他透不出气,但只要大地神灵的呼吸向他迎面吹来,像鞭子一样抽他,他就会精神焕发。

在这种漫长的散步中,他往往空着肚子,好几天不和任何人交谈,只是没完没了地做梦。不吃东西,又不说话,更加重了他病态的心情。夜里,他睡得不安稳,连做梦也累得精疲力竭,因为他不断地梦见老家,梦见小时候住过的房间;他总觉得音乐缠身,不肯罢休。白天,他老和活在他心里、得到他热爱、已经和他生离死别的人谈话。

十二月里一个潮湿的下午,严霜盖满了冻僵的草地,深色的屋顶和浅色的圆顶在雾中显得朦朦胧胧,枯叶落尽的老树露出七扭八歪的瘦长枝丫,沉浸在茫茫雾气中,看来像是海底下的植物——克里斯托夫前一天起就冷得打哆嗦,一直没有暖和过来,他走进了卢浮宫,对这儿他几乎还不太了解。

直到这时为止,他对绘画并不大感兴趣。他只全神贯注于内心世界,外部世界的形和色就超出了他掌握的范围。形和色也有音乐的节奏,也能够对他起作用,但这只是变了形的共鸣。当然,他的本能也模模糊糊地感到:视觉形式和听觉形式的和谐,都受到同一规律的支配,而从心灵深渊里涌现出来的声色两道洪流,灌溉着人生这座大山相辅相成两个山坡。但是他只认得听觉的山坡,一进视觉的王国他就迷路了。因此,他看不到法国最微妙的魅力,也许是最自然的迷人之处,因为法国的视觉最清晰,她是光与色世界的王后。

克里斯托夫即使对绘画感兴趣,他的德国味也太重了,不容易适应法国人对事情的不同看法。他也不是新派的德国人,不会否定德国人的感觉方式,自认为热爱法国印象派或十八世纪的法国画,有时甚至走得更远,自命比法国人还更懂得法国。克里斯托夫也许还是个未开化的蛮子;但他老老实实承认自己不懂。蒲舍画上肉感的屁股,华多画上丰满的下巴,烦恼的牧羊人,穿着紧身胸衣的胖牧羊女,葛莱士画的奶油小生,卖媚眼的正经女人,弗拉高那画上撩起的衣裙,这些脱衣舞的诗情画意在他看来,并不比街头的色情画报趣味更高。他不理解法国画的和谐更加丰富多彩光辉夺目;法国古老的文明是欧洲最讲究的文明,他们穷奢极欲的梦,有时又是忧郁的梦,对他都太陌生。至于十七世纪的法国画,他也不能欣赏宗教仪式的虔诚和堂皇富丽的画像;最严肃的法国大师有点冷漠的克制,尼古拉·波生引以为傲的作品蒙上了灰色,斐列伯·特·香班涅的苍白画像上露出了灰色的灵魂,使克里斯托夫对古老的法国艺术敬而远之。至于新派艺术,他一点也不了解。即使了解,恐怕也是误解。在德国时,他觉得有魅力的现代派画家,只有一个巴塞尔人鲍格林,但鲍格林并没有教会他欣赏拉丁艺术。克里斯托夫只记得这个粗野的天才对他的冲击,天才闻起来有泥土味,还有斗兽英雄身上发出来的野味和怪味。克里斯托夫的眼睛看惯了强烈的光线,习惯于那个野蛮人如醉似狂地涂抹得五颜六色,反而很难适应法国艺术半明半暗的色调,软绵绵地堆砌起来的和谐。

但生活在异国不可能不受异国的影响。异国总要在你身上留下痕迹。就是关起门来,待在家里也没有用,总有一天你会发现:你还是有所变化了。

那天晚上他在卢浮宫的展览厅参观的时候,他就发现自己有所不同。他既冷又饿,既疲倦又孤独。在他周围,阴影笼罩着空寂的画廊,沉睡的形象似乎有了生命。克里斯托夫一言不发,浑身冰冷,走过了埃及的狮身人面像,亚述的怪兽,班尔塞巴里的公牛,巴利西的巨蟒。他觉得自己走进了一个神话世界,内心升起了一种神秘的冲动。人类的梦幻包围着他——那是心灵中的奇花异葩……

走进金粉弥漫的画廊,五彩缤纷的果园,图画如林的绿茵草地,克里斯托夫感到气促,头脑发烧,忽然他受到雷轰电击似的,马上就要病倒——他几乎是视而不见地走着,肚子里又饥又渴,大厅里又寒又热,画框里五光十色,他觉得头昏眼花。走到画廊的尽头,看得见窗外的塞纳河,他在伦勃朗画的《撒玛利亚的善人》前面站住,双手抓住画前的铁栏杆,以免跌倒。他把眼睛闭上,休息了一会。等他再把眼睛睁开,看见这幅名画就在面前,离他的脸这样近,他简直心醉神迷了……

白天消逝了。光线越来越暗,已经熄灭了。已经无影无踪的太阳沉入了黑夜的深渊。这是富有魔力的时刻,心灵受了一天工作的折磨,一动不动,麻木不仁,只好出神。一切都是静悄悄的,只听得见血液流通。人没有力气动了,甚至懒得呼吸,只觉得一片凄凉,身不由己……这时最大的需要是投入一个朋友的怀抱……人只希望出现奇迹,人会感到奇迹要出现了……奇迹真出现了!在苍茫暮色中一道金光照在墙上,照着救死扶伤的撒玛利亚善人的肩头,照着画上平凡的东西和卑微的人物,但沉浸在神圣光辉中的人和物都变得和蔼可亲,令人起敬了。这是上帝的光辉,上帝用慈悲为本、无所不能的胳臂拥抱着这些受苦受难、衰弱无力、丑陋不堪、贫穷无依、衣衫褴褛的可怜人,这个身上长虱、袜子掉到脚跟的奴仆,这些七扭八歪、挤在窗下的面孔,这些没有感觉、不敢说话、担惊受怕的人——所有这些伦勃朗画上的可怜人,这伙默默无闻、束手束脚、除了等待、发抖、哭泣、祈祷之外,什么也不会的糊涂人——但是上帝来了,肉眼看不见他,只看得见他的光环,他的光照在人身上留下的影子。

克里斯托夫踉踉跄跄地走出了卢浮宫。他的头很痛。他什么也看不见。到了街上,他在雨里走,看不见路上的水洼,感觉不到鞋子在淌水。在塞纳河上昏黄的天空中,夜色降临了,但他内心的火焰却腾空而起——好像一盏明灯。克里斯托夫的眼睛还在出神。在他看来,一切似乎都不存在:街上并没有川流不息的马车,震耳欲聋的喧哗;过路人淋湿了的雨伞也没有撞着他;他并不是在街上走;也许他还是在家里出神;也许他不再存在了……忽然一下——他是这样虚弱!——他一阵头晕眼花,觉得自己头往前栽,就要倒在人堆里……但这只是一眨眼的工夫,他捏紧了拳头,伸直了腿,又站稳了。

说时迟,那时快,就在这一秒钟,他的意识刚刚清醒地浮出深渊,他的眼睛忽然碰上了对面人行道上一双似曾相识的眼睛,对他发出了呼唤。他目瞪口呆地站住了,想不起在哪里见过这双眼睛。他寻思了片刻才恍然大悟:这双忧郁而温柔的眼睛是那个法国女教师的,他无意中使她失去了在德国的工作,正千方百计要向她道歉而找她不到呢。她也在拥挤的人群中站住了,正望着他。忽然一下,他看见她要挤开人行道上的人流,穿过车道,向他走来。他也赶快去迎接;但是车如流水马如龙,他怎么也过不去;只看见她在这人流的长城那一边挣扎;他还想不管三七二十一地挤过去,却给一匹马撞了一下,脚下一滑,跌倒在泥泞的柏油路上,几乎给马踩死。等到他爬了起来,满身污泥,总算挤到了对面的人行道上,却已经找不到她的踪影了。

他还想去找她。但头晕得更厉害,只好算了。他的病又要发作,他自己也感觉得到,就是不肯承认。他坚持不马上回去,偏偏要走远路。这样自讨苦吃也没有用,到头来还是不得不服输;他的两条腿像断了似的,拖着走路,好不容易才回到住的地方。上楼梯时,他又喘不过气来,只好坐下歇歇。回到他冰冷的房间,他硬挺着不肯躺下,还要坐在椅子上,浑身都湿透了,头脑昏昏沉沉,呼哧呼哧喘气,麻木地听着和自己一样麻木的音乐。他听到了舒伯特《未完成交响曲》中的乐句。可怜的小舒伯特!在作这支曲子时,他也是孤独的,头脑发烧,半睡半醒,处在长眠前的迷糊状态;他在炉边出神,昏昏沉沉的音乐在他周围漂浮,就像有点懒洋洋的一摊死水;他却在水边流连忘返,像一个半睡半醒的孩子喜欢听自己翻来覆去讲一个百听不厌的故事;接着来的是睡眠……最后来的是长眠……而克里斯托夫也听到另外一段双手发烫、双目紧闭写出来的音乐,疲倦的微笑,叹息的心灵,梦见死的解脱——那是巴赫《大合唱》的第一段:"亲爱的上帝,我何时升天?……"沉浸在缓慢起伏、软绵绵的乐句中,听着遥远的朦胧钟声……死亡,溶化在大地的宁静中!……"然后自己也化为尘土……"

克里斯托夫要摆脱这种病态的思想,不让女妖的微笑乘虚而入,迷住虚弱的灵魂。他站了起来,要在房里走走,但是支持不住。他烧得发抖。他不得不上床。这一次,他觉得严重了;但他不肯示弱;他不是那种一生病就屈服的人;他要斗争,他不肯病倒,尤其是他说什么也不肯死。他不能辜负妈妈对他的期望。他还有事要做,怎能撒手就走?他咬紧了牙关,不肯颤抖,他绷紧了神经,不肯放松,就像一个游泳好手在和汹涌的波涛作斗争,免得给巨浪吞没。他时时刻刻沉入水中,于是胡言乱语,看到没头没脑的形象,想起故乡或巴黎的"纱笼",还有乐句和节奏在他头脑里跑马,转来转去,没完没了,好像在戏班;忽然一下,看见《撒玛利亚善人》画上刺眼的金光;在黑暗中出现可怕的面孔;然后是无底的深渊,无边的黑夜。然后,他又浮出水面,撕破奇形怪状的乌云,捏紧拳头,绷紧下巴。他拼命抓住他现在和以前都爱的人,刚才隐约见到的女朋友,亲爱的妈妈,还有他那不可摧毁的生命,他感到生命坚如岩石,"连死神也咬不动"……但岩石又给海水淹没了;波浪一冲击,灵魂不得不松手,被咆哮的泡沫席卷而去。克里斯托夫在昏迷中挣扎,说些胡话,指挥一个幻想的乐队,演奏长号、圆号、铙钹、定音鼓、巴松管、低音提琴……他又拉又吹又打,发了狂似的。可怜他积压在心中的音乐要沸腾了。几个星期以来,他既不能听音乐,又不能演奏,像一口高压锅要爆炸了。有些乐句像螺旋钻一般要钻进他的脑袋,穿透他的耳膜,痛得他高声怪叫。发病的高潮一过,他又倒在枕头上,累得要死,汗流浃背,浑身无力,气喘吁吁,胸闷喉憋。他把水瓶放在床头,时时喝上几大口。隔壁房间的声响,顶楼关门的声音,都会吓得他跳起来。他迷迷糊糊地厌恶周围的人群。但他的意志一直在斗争,吹响军号,要向魔鬼开战……"即使世上到处都是魔鬼,要把我吞下我也不怕……"

他的生命正在魔影烈焰中翻腾,忽然黑暗的海上出现了暂时的平静,露出了一线光明,响起了小提琴和古提琴缓和的弦音,号角齐鸣吹起了抚慰人心的胜利之歌,那时,从病人灵魂深处升起了像长城一般岿然不动、不屈不挠的歌声,就像巴赫的赞美诗一样。

当他和发烧中出现的幻影作斗争时,当他在胸闷气憋中挣扎时,他模模糊糊意识到他的房门开了,有个女人拿着蜡烛走了进来。他以为这还是个幻影。他想说话,但说不出,又倒下了。每隔一段时间,意识的潜流使他从深渊浮到水面,他觉得有人把他的枕头垫高了,有人在他脚上加了一条被子,有人在他背后放了什么热乎乎的东西;或者看见一个女人坐在他的脚边,她的面孔并不是他没看见过的。然后又来了另外一张面孔,那是来给他看病的医生。克里斯托夫听不清他们说什么,但猜得到是说要送他去医院。他想说他不去,他高声大叫,他说宁肯一个人死在这里;但他嘴里发出来的声音不知说些什么。说来也怪,那个女人居然听得懂他的意思,因为她帮他说话,并且要他不必着急。他非常想知道她是谁。等到他费了好大的劲才说得出一句连贯的话时,就问她了。她回答说是同一层楼的邻居,听见他在隔壁喊叫,就擅自跑进来了,以为他是要人帮忙。她很有礼貌地请他不必费力讲话。他答应了。再说,他刚才已经累得精疲力竭;于是一动不动,一言不发;但他的头脑还在活动,还在吃力地搜索七零八落的记忆。到底在哪里见过她呢?……总算想起来了:不错,他在顶上一层楼的过道里碰到过她;她是个女用人,名字叫西杜妮。

他眼睛半开半闭地望着她,免得被她发现。她的个子很小,脸显得不放松,额头鼓起,头发往后梳,露出了上半脸颊和鬓角,脸色苍白,骨架突出,鼻子很短,眼睛淡蓝,眼色温和而有主意,嘴唇很厚而抿得发紫,看得出是贫血,态度很谦卑,感情不外露,有点生硬。她真心诚意主动来照顾克里斯托夫,但是不多说话,也不亲近,总是保持一定的距离,决不超出一个女用人应做的范围,从来不忘记阶级的差别。

然而慢慢地,等到他的病好了一点,能够和她谈天,他忠厚、亲切的态度使她说话不那么拘束了;不过她还是存有戒心,看得出来,有些事她是不肯说的;她有几分谦逊,也有几分自尊。克里斯托夫知道她是布列塔尼人。她在家乡还有父亲,谈起他来,她的口风很紧;不过克里斯托夫不难猜到:他是个不做事只喝酒的人,靠剥削女儿来过快活日子;她却让他剥削,毫无怨言,怕丢面子;每个月的工钱都要寄一些给他;可她心里并不糊涂。她有个妹妹要做小学教师,正在准备参加考试,这是她得意的事。妹妹的学费都是她出的。因此她得拼命工作,非一头栽进去不可。

"你这个工作还好吗?"克里斯托夫问她。

"好是好,但是我想走。"

"为什么?难道东家不好?"

"唉!不是,他们对我很好。"

"那是不是工钱不够用?"

"是……"

他不太懂;想要了解,就要她谈。她又谈不出个名堂,只是说生活单调,过日子不容易。但她并不强调困难;工作难不倒她,已经成了一种需要,甚至是种乐趣。其实,压在她心上最沉重的是生活无聊。她虽然不说,他也猜得到。慢慢地,他看出了她的心事,他对她的同情产生了一种直觉,这场病更增加了他的同情,而一回忆起他亲爱的妈妈也有过同样的生活,受过同样的苦难,他的同情就变得更深刻了。他仿佛自己也在过这种沉闷无聊、并不健康自然的日子——这是资产阶级社会强加给一般用人的生活,这些主人并不坏,只是不关心而已,他们往往几天不和用人说一句话,只叫她干活,一连几个小时,在不大通风的厨房里,只有一个天窗,还给一个食品柜挡住了,天窗对面只是一堵肮脏的白墙。主人随便说上一句菜的味道不错,或者是肉烧得好,那就是天大的喜事。生活在墙壁之间,空气不新鲜,前途不光明,没有一线希望,一点打算,一丝兴趣——最糟糕的是:主人全家下乡过假期去了。他们为了省钱,不带她去;只给她工钱,却不给回家的路费;若要回家,就得自己掏腰包。她不想回家,也没有钱去。于是,她一个人待在空荡荡的房子里。她也不想出去,甚至不愿和别的用人谈话,她有点瞧不起她们,因为她们粗俗,低级下流。她不出去找快活;她的性格庄重、节俭,出去怕会碰到坏人。她只坐在厨房里或卧室内,看到窗外尽是烟囱,还看得见医院花园里一棵大树的顶端。她不看书,只好找活干,或者发呆,无聊得哭了,哭倒成了发泄。她特别会哭,哭个没完没了,哭完反而痛快,几乎成了一种乐趣。有时无聊得太厉害,连哭都哭不出来,心好像结了冰,人好像死了。然而物极必反,她又重新振作起来,自动地恢复了生机。她想起了妹妹,听到了远处的手风琴声,又不知道想到哪里去了。她计算了半天,做一件事需要多少时间,赚一笔钱需要多少日子,她老是算错,又从头来过;一直到睡着才罢。日子就这样过去了……

苦闷发泄之后,她也会有孩子般快活的时候。她笑别人,也笑自己。她并不是看不出主人的苦闷,他们游手好闲,自寻烦恼;女主人则想入非非,忧郁莫名,她都不以为然;他们自命高人一等,所谓高雅不过是对一幅图画,一曲音乐,一本诗集感兴趣而已。她的常识虽然是粗线条的,但既不像巴黎女用人那样装模作样,也不像外地老妈子那样糊里糊涂,越不懂反倒越羡慕;她对弹琴、谈天这种文人雅事,总是敬而远之,她觉得这些事完全无用,甚至可厌,却在他们自欺欺人的生活中占了重要的位置。她不免不声不响地把自己的现实生活和他们的奢侈生活作个比较,觉得他们的喜怒哀乐都是无事生非。然而,她并没有反感。世界就是这样,就是这样。她得承认现实,既有坏人,也有傻瓜。她说:

"要有各色人等,才成其为世界。"

克里斯托夫以为是宗教信仰在支持她;但有一天,谈到更有钱更快活的人时,她却说:

"到头来大家都是一样,总有那么一天。"

"什么时候?"他问道,"是不是要等到社会革命之后?"

"革命?"她说,"那河里的水还不知道要流掉多少呢。我可不信这一套。不过反正大家将来总是一样的。"

"那要等到什么时候?"

"当然是死了以后!那不是谁也一样了吗?"

他看到她这样满不在乎的现实主义,不免吃了一惊。他不敢问:

"要是只有今生而没有来世,那你一辈子过着这样的生活,而别人却过着快活的日子,你不觉得恼火吗?"

她似乎猜到了他心里的话;接着又无可奈何,说反话似的说:

"一个人总得听天由命。不能每个人都中头彩呀。既然命不好,只好认了!"

她甚至不想到外国去(虽然有人找她去美洲),可以多挣一点钱。她脑子里根本没有要离开本土的念头。她老是说:

"天下石头一般硬。"

她内心深处有听天由命的思想,对什么都不信,都笑笑算了。她是那一种法国人,没有多少信仰,甚至根本没有,从来不大考虑为什么要活着,但生命力却特别强——她是那一种乡下人,手脚勤快,心里麻木,既不满意,也不反感,既不热爱生活,也不放过一天,用不着别人说长道短,就有过日子的勇气。

克里斯托夫还没见过这种乡下人,发现这个单纯的女人对信仰不感兴趣,觉得很奇怪;看到她这样固执地过着没有乐趣、没有目标的生活,觉得真是难为她了,尤其是她的道德观念并没有什么依靠,却能够坚挺得住,更加难得。直到这时以前,他了解的法国平民都是从自然主义的小说和当代小文人的理论中读到的,这些文人反对上个世纪的田园诗和革命文学,把自然人说成是做坏事的野蛮人,这样一来,他们违反自然做出来的坏事反倒成了合理合法的了……他意外地发现西杜妮老实得到了毫不妥协的地步。这不是个道德问题,而是个本性和自负的问题。她有贵族式的自负。如果以为平民就是平庸,那就错了。平民也有贵族,正如上流人也有下流的灵魂一样。贵族就是本性纯洁、可能血统也比别人纯洁的人,他们自己知道,并且意识到自己与众不同,而且不屑降低身份去与大众为伍。他们人数不多,但即使他们脱离群众,也看得出他们高人一等,只要他们在场,别人就不敢轻举妄动。别人不得不学他们,至少也得装装样子。每个省份,每个村镇,每个团体,显示出来的都或多或少是当地贵族的面貌;当地的舆论反映的也是贵族的意见,有的太严,有的太宽。目前,大多数人滥用的权力并不能使这少数人不露声色的权威失效。更危险的倒是这些贵族离乡背井,分散到遥远的大城市中去。即使他们移民到了异乡,离群索居,这些贵族的个性还是依然故我,不会为环境所同化——克里斯托夫在巴黎的所见所闻,西杜妮几乎一无所知,并且也不想知道。报纸上的色情文学就像政治新闻一样,对她没有什么影响。她甚至不知道有个平民大学;即使知道了,她也不会关心,就像她不关心传道说教一样。她做自己的工作,想自己的事;不管别人想些什么。克里斯托夫说她这样很好。

"这有什么可奇怪的?"她说,"我不过是跟大家一样罢了。你难道还没有见过法国人?"

"我在法国人当中生活了一年,"克里斯托夫说,"还没有碰到一个不想吃喝玩乐、或者不跟着吃喝玩乐的人。"

"不错,"西杜妮说,"你见到的只是有钱的人。有钱的人到处都是一样的。其实,你还是什么都没有见到。"

"那好,"克里斯托夫说,"我就从头再来吧。"

于是他头一回隐隐约约见到了法国人民,这个民族给人永恒存在的印象,他们和土地打成一片,他们见过多少征服这块土地的民族,多少不可一世的主宰者,但是如今安在? 而法国人民却永远存在。

他现在身体好一些，开始下床了。

他想到的头一件事，就是要还西杜妮的债，在他生病的时候，她给他垫了很多钱。他还不可能为工作而在巴黎奔走，只好写信给赫区特，向他借支一笔钱，将来用作品偿还。赫区特的好心和冷淡都令人惊讶，他等了半个多月才回信——半个月来，克里斯托夫受苦受难，不肯吃西杜妮送来的东西，要她勉强，他才喝一点牛奶，吃一块面包，吃过又后悔，因为吃的不是自己挣来的；过后他才得到赫区特那笔钱，没有附言；在克里斯托夫生病期间，赫区特连一次也没来问过他的消息。他的天性使他做了好事还不讨人喜欢。即使他在做好事的时候，他心里也没有爱。

西杜妮每天下午和晚上都来一次。她帮克里斯托夫准备晚餐。她不声不响地干她的活，从不打扰他；看见他的衣服破了，就一声不响地替他补好。不知不觉地，他们之间也有了亲切的感情。克里斯托夫谈到他的老妈妈，一谈就是半天。西杜妮听得都感动了；她想象自己处在路易莎的地位，一个人留在家乡，不禁对克里斯托夫产生了慈母般的感情。他在谈的时候，也是尽力想减轻自己对家庭的相思，一个人又病又弱，总是更想家的。和西杜妮在一起，他觉得很像在路易莎身边。有时，他也对她谈到艺术家的苦闷。她很体贴他同情他，但是并不理解他，认为精神上的烦恼未免是无事生非。这也使他想起了母亲，心里又好过了一点。

他想要她谈心里话；但她不像他那样肯谈心事。他开玩笑似的问她是不是不打算结婚。她便用无可奈何、看透了人生的口气回答说："做用人的哪里谈得上结婚？那不是自寻烦恼吗？再说，找人谈何容易！男人多是靠不住的。你有钱，他们就来求婚；等到把你的钱吃光了，他们就不管你了。这种事见得多，何必自讨苦吃！"——她没有告诉他，她订过一次婚，但"未婚夫"一知道她的钱都给了家里人，婚事就吹了——克里斯托夫见过她像母亲般和同屋的孩子们玩。她碰到孩子们上下楼，也会亲热地拥抱他们。克里斯托夫把她和一个他认识的太太比了比，觉得她既不傻，也不丑，一定可以当一个更好的太太。多少生命的潜力埋没了，谁也不管！相反的是，世上有多少活死人，却在光天化日之下，占了别人的地位和幸福！……

克里斯托夫并没有别的用意。他只是对人亲热，对她太亲热了；他像个大孩子要人疼爱。

有些日子，西杜妮打不起精神；他以为她累了。有一次正谈话，她忽然一下站起来,离开了克里斯托夫,说是有事。又有一天,克里斯托夫显得比平时更亲近,她就好几天不来看他;等她再来时,说话更拘谨了。他寻思什么地方得罪了她。他一问,她连忙说没有,但对他还是疏远。几天之后,她对他说:她要走了;她辞掉了工作,要离开这家人。她说话不自然,有点故作冷淡,她谢谢他的关心,祝他早日恢复健康,并且问候他的母亲,就要和他告别。他不明白她为什么突然要走,不知道说什么好;他想知道她走的理由,她的回答只是支吾搪塞。他问她去哪里工作,她也不回答,并且打断他的话头,干脆走了。走到房门口,他向她伸出手来,她有点激动地握了握,但脸上并没有泄露真情;直到最后,她都是硬邦邦、冷冰冰的。她走了。

他永远也不懂她为什么要走。

冬季长得没完没了。一个潮湿、泥泞、云遮雾罩的冬季。几个星期没有太阳。虽然克里斯托夫的病好了些,但并没有痊愈。他总觉得右边肺部有一点痛,有个伤口在慢慢地结疤,一阵阵的咳嗽使他夜里睡不好觉。医生不许他出门。这简直是要他到天蓝海岸或金丝雀群岛去疗养。他怎能不出门呢?如果他不去找晚餐,晚餐是不会送上来的——医生还给他开了一些药,但是他买不起。因此他干脆不找医生了。何必白费钱呢?再说,见到医生他总觉得不自在;他们互相不了解,简直是两个世界。医生对他的同情中掺杂了嘲笑和几分轻视,这个可怜的穷艺术家居然自以为是自成一统的小天地,其实不过是生活的洪流冲走的一根稻草。医生看他,摸他,捏他,他都觉得受了委屈。他的病体使他难为情。他心里想:

"身体死了反倒痛快!"

克里斯托夫虽然孤独、生病、贫困,有这么多理由感到痛苦,但他却能坚韧不拔地忍受命运的折磨。他的耐性从来没有这么好。连他自己都感到惊奇。生病往往也有好处。病只折磨肉体,却使心灵自由、纯净;日日夜夜病体无所作为,思想原来害怕刺眼的光明,健康的烈火,现在却得到了解脱。没有生过病的人是不会有自知之明的。

生病使克里斯托夫感到特别平静。病使他摆脱了生命中的渣滓杂质。他的感官更灵敏了,能够感到有神秘力量的世界。那个世界就在我们每个人的内心,但喧嚣的生活使我们听不见内心世界的声音。自从参观卢浮宫后,在那发烧的时刻,点滴的回忆都刻在他的心上,他生活在与伦勃朗的名画一样的气氛中,感到温暖、柔和、深沉。他在心中也感到那无形的太阳发射的魅力。虽然他不相信,但他知道自己并不孤独:有个上帝在牵着他的手,指引着他应该去的地方。他就像个孩子一样信任这个上帝。

几年来,他头一回被迫休息。在重病以前,他的精神特别紧张,使他精疲力竭,在恢复期间,懒洋洋的状态对他也成为休息了。几个月来,他一直硬着头皮,提心吊胆,聚精会神,现在才感到慢慢放松。他并不是不坚强,而是不那么不近人情了。天才的强大生命力总有一点畸形,现在退到了幕后,前台重新出现了一个和别人一样的人,情绪不再那么狂热,行动也不再那么生硬无情。他的憎恨消失了;他不再去想可恨的事,想到也只耸耸肩膀而已;他不太想到自己的痛苦,而多想别人的痛苦。自从西杜妮使他想起下层人的苦难,想起他们在世界上各个角落里不声不响地苦斗,从来也不唉声叹气以来,他每次一想到他们,就会忘了自己。他本来并不多愁善感,现在,他有时不免会流露神秘的脉脉温情,这是病人心中开出来的花。晚上,靠在窗口,看着下雨的院子,听着夜里神秘的声音……附近的人家响起了歌声,歌声越飘越远,却越显得动人,一个小女孩在乱弹莫扎特……他心里想:

"我不认识但我热爱的人们!生命没有枯萎,梦想做不可能的大事。和敌对世界作斗争的人们——我祝你们幸福——幸福多么好啊!……朋友们,我知道你们在哪里,我向你们伸出双手……我们之间有一道墙。我要把墙拆掉,一块砖一块砖地拆;墙一拆完,我也完了。我们能见面吗?在死神筑起长城之前,我能见到你们吗?……管它呢!我不怕一辈子孤独,只要我能为你们做事,做些好事,只要你们有点爱我,将来爱我也行,我死以后也行!……"

就是这样,正在恢复健康的克里斯托夫喝着"爱情与苦难"两个保姆的奶汁。

在这种意志松懈的情况下,他觉得需要接近别人。虽然他还很虚弱,出门不太方便,他还是挤在早晚上下班的人流中。他要在人情的浴池中洗个澡,才能精神焕发。他并不和人谈话。他甚至不找任何人。他只要看人来人往,猜猜他们是什么人,喜欢他们,那就够了。他带着亲切的同情心观察这些劳动人民,他们急急忙忙赶路,还没开始工作就先累了——这些青年男女脸色苍白,表情过分,笑得与众不同——这些来来往往的面孔仿佛是透明的,他看得见在他们心中翻腾的欲望、忧虑、变化不定的冷嘲热讽——这些大城市的居民,他们如此聪明,聪明得过了头,结果反而有点变态。他们都走得快,男人边走边看报,女人边走边啃羊角面包。克里斯托夫看见一个金发蓬松的少女,脸睡得有点浮肿,走着山羊般的小步子,神情紧张,干巴巴地走过他身旁,他真恨不得少活一个月也要让她多睡一两个小时。啊!假如有人对她这样说,恐怕她真是求之不得呢!克里斯托夫想到那些悠闲无事的阔太太。她们好日子都过厌了,现在还紧闭房门在睡懒觉,他真恨不得把她们从舒适的床上拉起来,让这些热爱生活却累得要死的小女工,这些心灵并不麻木,生活并不丰富,但却非常渴望过上好日子的少女,睡到阔太太床上去享受一下。他现在简直不忍心责备这些小女工了;他微笑地看着她们刚睡醒的满脸倦容,从脸上看得出她们调皮捣乱,聪明伶俐,也看得出她们胆大天真,渴望寻欢作乐。其实,她们内心深处是忠厚勤快的小姑娘。因此,即使她们有人当面笑他,或者互相用肘撞撞,叫对方看这个瞪着眼睛瞧她们的小伙子,他也不介意了。

他也常在河滨流连忘返,沉思默想。这是他最喜欢散步的地方。他对童年摇篮的留恋,对大江波涛的相思,在这里可以稍微减轻一点。啊!这当然不是故乡的莱茵河!一点也没有汹涌澎湃的气势。一点也没有辽阔的远景,广大的平原,不能令人心旷神怡。这只是一条眼色蒙眬,衣着苍茫,眉清目秀的大河,她妩媚多姿,行动柔和,无忧无虑地流过星罗棋布的城市,项链般的桥梁,珍宝般的名胜古迹,像个游手好闲的美女对着自己的水中倩影微笑……巴黎的五光十色!这条河是克里斯托夫在这个大都市里喜欢的第一景;河水缓缓地、缓缓地流入了他的灵魂;渐渐地、不知不觉地改变了他的心灵。河流对他是最美的音乐,是巴黎唯一的音乐。傍晚,在河岸上,或在古老的御花园里,他一走就是几个小时,欣赏苍茫的暮色和紫雾笼罩的大树混成一片,灰色的雕像和石座,年深月久的王家建筑,沉醉在几百年的古香古色中——在柔和的阳光和朦胧的蒸汽交织而成的微妙气氛中,在银色的尘雾中飘浮着快乐的民族精神。

一天傍晚,他靠着圣·米希桥旁的石栏杆,瞧着流水,顺便看看靠河岸护墙边的旧书摊。他随手翻开了一本米希莱残缺不全的作品。他以前读过几页这位历史学家的书,他不大喜欢法国式的浮夸文风,自我陶醉的词句,来回折腾的叙述手法。但是这天傍晚,头几行就把他吸引住了,这是圣女贞德受审判的最后一章。他读过席勒关于这个奥尔良童贞女的剧本;但直到目前为止,他只知道她是个传奇式的女英雄,一位大诗人用丰富的想象力描写了她的生活。忽然一下,他看见了惊心动魄的现实。他读着读着,崇高的悲剧造成的恐怖使他心碎;当他读到贞德知道自己当晚就得烧死,吓得昏厥过去的时候,他的手也开始发抖,眼泪涌了上来,只好不读算了。生病使他身体衰弱,他敏感得到了可笑的地步,使他自己苦恼——他想把书读完,但是已经晚了,书贩子要收摊。他决定把书买下,但一摸口袋,只剩下六文钱。穷到这步田地并不是新鲜事,他却满不在乎;他刚买好晚上吃的东西,他打算第二天去向赫区特领一笔稿酬。但一直要等到第二天,那太难了!为什么刚才要把剩下的一点钱买了吃的呢?啊!要是他能把刚买的面包和香肠当作现钱付给旧书摊贩,那就好了!

第二天一大早,他就去找赫区特拿钱;但当他走过圣·米希桥时——圣·米希是战争天使,是贞德的"天堂的兄长"——他哪里有勇气不停下来呢?他又在旧书摊上找到了那本宝书,一口气把整本都看完了;差不多花了两个小时;但错过了和赫区特约好的时间;再要找到他,又几乎花了一整天。最后,他总算搞到了新的预约,并且拿到稿酬。他赶快跑去买书。他唯恐别人抢先买去。其实,别人买去也没关系,并不难再找到一本;但克里斯托夫不知道这是不是稀世之珍;再说,他要的就是他读过的这本书,而不是另一本。爱书的人总有一点盲目崇拜,即使书又脏又旧,只要使他们产生过幻想,那就是神圣的。

克里斯托夫回到家里,在夜深人静时把贞德的受难史又读了一遍;他不用怕人看见,就不再控制自己的感情。他对这个可怜的小牧羊女充满了温情、怜悯,感到无限痛苦,似乎看到她穿着乡下姑娘的粗布红衣服,高大而胆小,声音温柔,听到钟声心醉神迷——她也和他一样爱听钟声——脸上露出美丽的微笑,一片好心,善于体会,眼泪随时会流出来——爱的眼泪,同情的眼泪,软弱的眼泪,因为她既刚强又温柔,既纯洁又勇敢,既能驯服匪军的野性,又能平心静气,用无畏的良知,女人的伶俐,百折不挠的精神,孤军奋战,不怕众叛亲离,却能成年累月,对付周围张牙舞爪的野心豺狼、教会和法院人士的威胁利诱、阴谋诡计。

最感动克里斯托夫的是她的好心好意——战胜之后她会哭泣,为战死敌人哭,为侮辱过她的敌人哭,安慰受伤的敌人,为临死的敌人祈祷,不恨出卖她的仇人,即使在烧死她的柴堆上,看见熊熊的火焰上升,她关心的也不是自己,而是来劝告她的修士,一定要他离开。她"在残酷的斗争中是温柔的,在恶人中间是善良的,即使在战争中她也是和平的。战争是魔鬼

的胜利,她却把上帝的精神带到战争中来了。"

于是克里斯托夫反省了:

"我却没有把上帝的精神带一点到斗争中来。"

他又重读《贞德传》中的名言:

"要善良,即使别人对你不公平,即使命运对你严酷,也要一直善良……即使在尖锐的斗争中也要保持好心好意,经受考验时也不能失去内心最宝贵的善良……"

于是他重复说:

"我有罪了。我不善良。我缺少好心好意。我太严酷了——原谅我吧。我攻击你们,但不要以为我是你们的敌人!我是为了你们好……不过,我也不能让你们干坏事呀……"

因为他不是圣人,只要一想到法国人,他的旧恨又苏醒了。他最不能原谅的,是一看到他们,就从他们身上看到了法国,但却不可能联想到在法国这块土地上,会产生贞德这样纯洁的花朵,这样悲壮的女英雄。然而,贞德就是生在这里。谁敢说不会再生出一个贞德呢?今天的法国总不比查理七世的法国更差吧,但就是在那个荒淫无耻的时代居然出现了童贞女。现在,贞德的庙宇空了,被玷污了,一半成了废墟。那有什么关系?上帝不是在庙里说过话么?

克里斯托夫要找一个值得爱的法国人,来表示他对法国的爱。

时间快到三月底了。几个月来,克里斯托夫没有和人谈过话,没有收到过信,只是越隔越久,才得到老妈妈几个字,她不知道他生过病,也不告诉他她自己生病的事。他和外界的关系只限于到音乐出版社去交作品,或者拿工作回来做。他总要挑赫区特不在社里的时候去——免得和他谈话。其实这样多心并不必要:他只碰到过一次赫区特,而赫区特对他的病毫不关心,连冷淡的问候也没有说上两句。

他等于关闭在无声的监牢里,忽然有一天早上,罗孙太太送来一张请帖,罗孙邀请他参加一个音乐晚会,听一个出名的四重乐队演奏。信写得很客气,罗孙还加了几句亲切的附言。那一次和克里斯托夫闹翻,他觉得自己并不光彩。尤其是因为他自己也和那个歌女闹翻了,并且毫不客气地批评了她。他是个痛快的男子汉,从来不恨他得罪过的人。如果对方不像他一样不在乎,他会觉得好笑。因此,只要他想看到对方,就会二话不说伸出手来的。

克里斯托夫一看请帖就耸耸肩膀,发誓说不去。但演出的日子越近,他不去的决心也就越小。听不到人说话,尤其是听不到音乐,他快要闷死了。然而他还是反复说不去。但日子一到,他又去了,觉得他说得到做不到,很难为情。

结果似乎得不偿失。他一见到这些冒充风雅的政界人物,立刻觉得他们比以前还更讨厌:因为几个月来,他孤独惯了,对这伙人的嘴脸反倒更不习惯。这里听不到音乐,只是在糟蹋音乐。克里斯托夫拿定了主意,听完一曲就走。

他看了一眼周围使他反感的面孔和身体。在客厅的尽头,他碰到了一双在瞧着他的眼睛,四目相遇,那双眼睛立刻转了方向。在这些麻木的眼光当中,那股眼神流露出了难以形容的真纯,给他的印象与众不同。那双羞答答、清澄澄、不偏不倚的眼睛,是法国式的眼睛,一看着你,就显示出了彻底的真纯,毫无隐瞒,而你也毫无隐瞒地落入了他的眼中。克里斯托夫见过这双眼睛,但没见过这张面孔。这是一张年轻人的脸,少则二十岁,大不过二十五,他个子小,有点驼,身体弱,没有饱经风霜,却露出了苦相,头发褐色,面目姣好不同一般,五官并不端端正正,给人的印象不是不自在,而是不好意思,和他平静的眼色似乎不太协调,但讨人喜欢。他站在门边上,并不惹人注意。克里斯托夫再看着他,那双眼睛却害羞而笨拙地躲开了,但笨得也可爱;每次四目相逢,克里斯托夫都觉得"似曾相识",他有印象在另外一张脸上见过这双眼睛。

克里斯托夫感觉到了什么,是不会藏在心里的,他照习惯朝着年轻人走去;边走边想,和对方说什么好。他走走停停,主意还没打定,只好东张西望,装着并不是去找对方似的。那年轻人不会看不出,明白克里斯托夫是来找他的;一想到要谈话他就胆怯,正想到隔壁房间去,但却笨拙得到了这种地步,人像生了根一样走不动了。于是他们两个面对面地站着。过了好一阵还没找到话来打破冷场。时间拖得越长,他们越以为自己在对方眼里显得可笑。到底还是克里斯托夫主动,他瞧着年轻人,也没说什么客套话,就开门见山地笑着问:

"你不是巴黎人吧?"

对这个意外的问题,年轻人笑了笑,虽然感到拘束,还是回答说不是。他清脆的声音仿佛蒙了一层薄膜,一碰就会破的。

"我猜得到。"克里斯托夫说。

他看得出他的话有点怪,叫人不知如何回答是好,又加了一句:

"这并没有什么不好。"

对方更不知道如何回答了。

两个人又相对无言。那个年轻人使劲要说话;他的嘴唇在哆嗦;感觉得到他的话已经到了嘴边,但还拿不定主意是不是说出来。克里斯托夫好奇地端详这张表情变化的脸,他的皮肤似乎是透明的,嘴唇轻微的震颤都看得出;他和客厅里的其他来宾仿佛不是同一类人,他们脸上的肉多,身体笨重,脸和颈看起来不过是肉体的延伸部分。这个年轻人却秀外慧中,肉体的星星点点都泄露了灵气。

但他心灵嘴笨,没有说出话来。克里斯托夫心直口快,接着问他:

"你和这些人在一起,有什么事好做呢?"

他说话粗声大气,毫无顾虑,叫人厌恶。年轻人局促不安,不免四处张望,看看有没有人听;这又使克里斯托夫不高兴。年轻人却不回答他,反而又笨拙又温和地笑着问道:

"那么你呢?"

克里斯托夫一听,放声大笑起来。

"问得好:我来干吗?"他回答时脾气很好。

年轻人忽然下决心了:

"我多么喜欢你的音乐啊!"他说的时候喉咙都哽塞了。

他又打住,拼命要压制自己怕难为情的心理,但没有用。他脸红了,自己也感觉得到;于是脸越来越红,一直红到耳根。克里斯托夫瞧着他微笑,巴不得把他抱在怀里。年轻人抬起头来,泄气地望着他。

"不行,说实在的,"他说,"在这里不行,我不能在这里谈……"

克里斯托夫抓住他的手,抿着大嘴,心里暗笑。他感觉得到这个陌生人的瘦手在他的大巴掌中微微颤动,不由得不更加亲切地把手紧紧握住;年轻人也感到克里斯托夫结实的大手亲热地捏着他的手。周围的声音都听不见了。客厅里似乎就只剩下了他们两个人,而他们也知道:他们成了朋友。

这只不过是一瞬间的事;罗孙太太却出现了,她用扇子轻轻地碰了碰克里斯托夫的胳臂,对他说道:

"我看,你们已经认识了,那就用不着我再来介绍了。这个小伙子今晚是特意为你来的。"

于是他们两个有点不好意思地分开了。

克里斯托夫问罗孙太太:

"他是谁呀?"

"怎么?"她说,"你们还不认识?他是个小诗人,诗写得很不错。他是你的崇拜者,也是个小小音乐家,钢琴弹得很好。人家不能在他面前议论你的是非,他简直爱上你了。有一天,为了你,他几乎跟吕西安·雷维-葛吵起来。"

"啊!好一个小伙子!"克里斯托夫说。

"不错,其实我知道,你对吕西安不公平。你不知道,他也很喜欢你。"

"啊!不要这样说!要是他喜欢我,我倒要恨自己了。"

"我说的是真话。"

"不要!不要!我不要他喜欢我。"

"你的那位崇拜者也是这样说的。我看你们两个都疯了。那天,吕西安正对我们解释你的一部作品。你刚才看见的那个羞答答的小伙子忽然站了起来,气得浑身发抖,不许他解释你的作品。你看他多么不讲理!……幸亏我当时在那里。我赶快打圆场,一笑了之;吕西安也跟着笑了;那小伙子却不说话,不知如何是好,结果也道歉了。"

"可怜的小伙子!"克里斯托夫说。

他感动了。

"他到哪里去了?"他接着说,却不听罗孙太太岔开了的话。

他去找那个小伙子。但他陌生的朋友已经走了。克里斯托夫又回到罗孙太太身边:

"请告诉我他叫什么名字?"

"你说谁呀?"她问道。

"就是你刚才说的那个小伙子。"

"你是说那个小诗人吗?"她说,"他叫奥利维·耶南。"

这个名字的回声在克里斯托夫耳中响起,好像一曲熟悉的音乐。一个少女的倩影浮现在他眼睛深处。但一刹那间,他新朋友的形象立刻取代了少女的倩影。

克里斯托夫走上了归途。他在巴黎的街道上,在人群中走着。他什么也看不见,什么也听不见,他的感官对周围的一切已经关上了大门。他像一个山间湖,周围的山把湖和世界隔开了。没有气息,没有声音,没有动静。只有一片安宁。他翻来覆去地自言自语:

"我有了个朋友。"

约翰·克里斯托夫（下）

[法]罗曼·罗兰 著　许渊冲 译

第六卷 安东妮蒂

LIBRARY OF WORLD LITERATURE

献给母亲

耶南是一个古老的法国家族，几百年来，一直住在外省的一个角落里，没有迁移，也没有和外族联姻，所以血统纯正。虽然法国的社会发生了那么多变动，但这种依然故我的家族比人想象到的还更多；一定要发生了翻天覆地的大变化，他们才肯离乡背井，因为他们和乡土有千丝万缕的联系，连他们自己都不知道这联系是多么根深蒂固。这样留恋乡土并没有什么理由，更不是什么利害关系；至于为了名胜古迹而引起盛衰兴亡之感，那不过是几个文人的事罢了。使他们和乡土难分难解的，是一种说不清、除不掉的共同感，无论粗俗文雅，人人都感到几百年来，和土地同生活，共呼吸，心心相印，息息相通，自己也成了一块泥土，就像两个同床共枕的人可以感到对方微乎其微的震颤一样，他们可以体会到每时每刻、阴晴寒暑的千差万别，听到土地上万物的动静声息。并不是只有风景最美丽、生活最甜蜜的故乡才能系住人心的，即使是普普通通、平平常常的地方，只要在你身边，对你说着亲密无间的话，就会使你留恋。

耶南一家所住的地方，就在法国中部一个这样的省份。那里的土地平坦而且潮湿，死气沉沉的小小古城在一条运河一动不动的浑水中照着自己闷闷不乐的面容；周围是千篇一律的田野、耕过的土地、草场、小溪、树林，然后又是千篇一律的田野……没有名胜，没有古迹，没有历史丰碑，没有什么引人入胜，但是一切叫人难忘。在这片昏沉麻木之中潜伏着一种神秘的力量。头一次领略这种风味的人都会心里难受、反感。但世世代代受到影响的人就对土地难分难舍了；影响已经深入内心；这种没有动静的景象，这种和谐的沉闷，这种单调，对他说来却有一股魅力，一片深刻的温情，他自己也不明白，甚至不以为贵，但却一往情深，终生难忘。

耶南一家一直住在这个地方。他们家族的根源可以上溯到十六世纪，因为不管城里还是城外，祖辈总会有人花费一生的心血，为这些默默无闻的勤劳人民树立家谱的。他们中有农民、佃户、手艺人，后来还有小职员、乡下的公证人，最后都住到城区来了。其中就有奥古斯丁·耶南。他是目前耶南族的一家之长，是父亲，是个精明强干的银行家，人有诡主意，但坚忍不拔，这是农民本色。他规规矩矩、勤勤恳恳，但绝非一丝不苟。他会过好日子，方圆几十里以内，人家对他又敬又怕，因为他外表憨厚，内心却不怀好意,家里有钱,想到什么就说什么。他身体矮胖,缩成一团,精力旺盛,在大而红的麻子脸上,一双小眼睛灵敏。他以前追女人出了名,现在这个癖好并没有完全改掉。他喜欢说粗话,吃好菜。他的吃相值得一看。儿子安东尼坐在对面,几个酒肉朋友围了一桌,有治安法官、公证人、总本堂神甫——老耶南乐意吃神甫的,但若是神甫吃得好,他也会和他同吃分享——这是几个结结实实、快快活活、不吃饱喝醉决不罢休的好汉。粗话笑话会脱口而出,像打连珠炮一般,还会用拳头捶桌子,用笑声做伴奏。他们大笑大闹,笑得厨房里的仆人都忘乎所以,街坊邻居也听得摇头晃脑了。

后来,老奥古斯丁得了肺炎,因为夏天太热,他只穿了一件衬衣,却打定主意要到冰凉的地窖里去把酒装进瓶子。不料二十四小时之内,他就到另外一个世界去了。他并不大相信另外有个世界,但到底还是像外省反对教会的市民一样,在最后一分钟任人摆布,走了一趟宗教仪式的过场,免得家庭妇女死也不让他安生。其实,仪式对他已经无所谓了……再说,谁也不知道死后的事……

他的儿子安东尼接了他的班。他也是一个矮胖子,面色通红,喜笑颜开,脸刮得干净,但留了上细下圆的胡子,说话急促,却又含糊——只听得见一片响声,看得到指手画脚的小动作。他不是父亲那样的银行家,只是个办事员。好在他只要墨守成规就行,这老牌子的银行自然会兴旺发达。他却落得个会做生意的名声,其实他对事业并没有做出什么贡献,只不过是勤勤恳恳,规规矩矩而已。他很体面,理所当然到处受人尊重。他的态度亲切、周到,对某些人也许有点太随便,有点太感情外露,有点太不讲究,这却使得城里人乡下人都对他交口称誉。他不乱花钱,却滥用感情;很容易流眼泪;看到别人受苦受难,他会动真情,结果连别人也感动了。

像大多数小城市的居民一样,他在思想上很关心政治。他是一个外表热烈、内心温和的共和主义者,不能容忍异教的自由派。他是爱国主义者,跟他父亲一样极端反对教会。他又是市参议会的议员,和很多议员一样,他喜欢拿本教区的神甫来开心,和四旬斋的传道士开玩笑,而传道士却是得到了全城妇女赞扬的。不要忘记:在法国小城的反教会活动总会或多或少引起家庭纠纷,总是夫妻暗中激烈斗争的一种形式,几乎没有哪个家庭没有这本难念的经。

安东尼·耶南在文学方面也有抱负。像他那一代的外省人一样,他受过拉丁古典文学的教育,背得出一些名篇和大量名言,如拉·封丹,布瓦洛——布瓦洛的《诗艺》,尤其他是《吕特兰》、《贞德传》的作者,还有一些十八世纪的法国小诗人,他竭力模仿他们的风格写诗。在他熟人的小圈子里有这种爱好的人并不只他一个,因此写诗也使他出了名。大家引用他的打油诗、四行诗、限韵诗、藏头诗、格言诗、民谣诗。有些诗甚至有伤风化,虽然不是没有趣味,但是太露骨了。他并没有忘记歌唱吃喝玩乐的奥妙:卢瓦尔河的诗神乐意为他鸣锣开道①,就像但丁《神曲》中出名的魔鬼一样。

这个结实、快活、好动的矮胖子,娶了一个性格完全不同的太太——本地法官的女儿吕西·德·维利叶。德·维利叶——这家人本来姓德维利叶②,这个姓像滚下山的石头破成两块一样,变成德·维利叶了——这家人世代相传,都当法官,是法国司法界的世家,所以非常重视法律、职责、社会主义、个人尊严,尤其是职业尊严。他们做人诚实无欺,甚至有点平庸而自负。上个世纪,他们受了扬山尼派的影响,喜欢揭发批评,瞧不起耶稣会派,还有一点悲观,不免发发牢骚。他们看待人生不往好处想,不但不消除人生道路上的障碍,反而要增加一点麻烦,这样他们更有理由埋怨。吕西·德·维利叶也沾染了一些毛病,和她丈夫不太经得起推敲的乐观主义恰恰相反。她个子高,比丈夫高一头,身材苗条,又会穿衣打扮,但高雅而有点拘泥,使她老是显得——仿佛是有意的——比实际年龄大;她的德行很好,但对别人要求也严,不容许人犯错误,几乎不许人出偏差,结果人家以为她冷酷而高傲。她对宗教很虔诚,这是个夫妻间争论不完的问题。不过,他们还是非常相爱;争论归争论,两个人谁也少不了谁。他们都不实际,丈夫不懂人的心理——一张笑脸,一句好话,都会叫他上当——妻子却是对生意毫无经验——因为她从来不过问,结果就一点兴趣也没有。

他们有两个孩子:女儿叫安东妮蒂,比儿子大五岁,弟弟叫奥利维。

安东妮蒂是个美丽的金发女郎,她法国式的小圆脸,既有风韵,又很正派,眼睛灵活,额头高起,下巴精巧,小鼻子长得笔直——"这种鼻子小巧玲珑,高雅美丽,简直无以复加,"(就像法国一个老肖像画家耐人寻味地说的)"鼻子有种只可意会、不可言传的微妙表情,使得面孔生动,使她无论说话还是听话,你都可以感到她内心思潮的起伏,感情的波动。"她从父亲身上得到的是乐而忘忧的性格。

奥利维是个娇弱的金发少年,个子矮小,像他父亲,但是性格大不相

---

① "鸣锣开道"的拉丁文没有译出来。
② "德·"是贵族的标志;德维利叶是平民。

同。小时候老生病,健康大受影响,虽然得到家里人格外的疼爱,但虚弱的身体使他忧郁成性,喜欢白日做梦。他既怕死,又不会应付生活。他老是孤零零,这既是先天生成,也是后天养成的;他不喜欢和别的孩子做伴,和他们在一起就不自在;他厌恶他们的玩耍、打架;他们的粗野更使他害怕。他挨别人的打,并不是因为他不勇敢,而是因为他怕伤害别人,所以才不自卫,所以才胆小的;若不是他父亲的地位做了保护伞,他恐怕早给小伙伴欺侮死了。他心软,敏感得到了病态的地步:一句好话,一个同情的表示,一声责备,都会使他哭起来。他正常得多的姐姐就笑他,说他是个"泪人儿"。

  两个孩子全心相爱,但是性格大不相同,因此各过各的生活。他们走不到一起来,只好各做各的梦。安东妮蒂越长越漂亮;人家对她说,她自己也知道,心里觉得高兴,就为将来编造了一些故事。奥利维既娇弱,又忧郁,一和外界接触,却只感到摩擦,于是躲进内心的小天地,对自己讲些荒乎其唐的故事。他像女性一样热烈地需要爱情,既要爱人,又要人爱;但他孤独地生活在同龄人的圈子以外,只好自己想象出两三个朋友来:一个叫约翰,一个叫艾田,一个叫方斯华,他老和他们在一起。结果,他和周围的人反倒不在一起了。他睡得不多,但梦幻倒不少。早上,他等人家把他从床上拉起来,两条光着的大腿伸出床外,或者是两只袜子穿在一条腿上,就不知道想到哪里去了。他两只手浸在脸盆里,也会胡思乱想。在课桌上写字或学习的时候,他又会忘乎所以,一连几个小时白日做梦;忽然一下惊醒过来,才发现自己什么也没学到。在餐桌上,有人和他说话,他会瞪着眼睛,要过两分钟后,才会想到回答人家的问题,但答了半句,又不知道自己要说什么。他麻木不仁地沉醉在迷迷糊糊的思想中,沉醉在单调的外省生活熟悉的感觉中,他感觉得到他家一半住人、一半空着的大房屋,大得可怕的地窖和顶楼;锁了门、关了窗的神秘空房,房里的家具都套上了罩子,镜子都蒙上了布,烛台都包了起来;祖先画像上令人难忘的微笑;帝国时代的版画,画上有道德高尚,也有放荡不羁的英雄,如妓院中的亚西比亚德和苏格拉底,希腊公主和叙利亚国王离婚改嫁王子的故事,底比斯将军战胜而死的传奇,东罗马大将因功受罚,乞讨为生的传说……在外面,对门的铁匠在打马蹄铁,锤子轻一下重一下地锤着铁砧,风箱扑哧扑哧喘气;马蹄钉铁掌发出的焦味,妇女蹲在河边捣衣的声音,隔壁屠夫砍肉的刀响,街道上马蹄的嘚嘚声,水龙头嘎嘎响,运河上的旋转桥在转动,纤夫拉着堆满木材的货船,一条接着一条,慢慢走过悬空的花园,走过铺着石板的小院子,院子

里有个四方的花坛,坛上种了两棵丁香,周围是天竺葵和牵牛花,在俯视运河的平台上,木盆里种了月桂树和开花的石榴树;有时,附近的广场上赶集,乡下人穿着发亮的蓝色军衣,叫嚷嚷,和猪叫声打成一片……到了星期天,教堂的唱经班唱走了调,老神甫念弥撒经念得要睡着了,全家在车站大道散步,闲得没事,路上碰到散步的人家,就装得客客气气地脱帽打招呼,大家都把散步当作天经地义的大事——一直走到阳光照耀下的田野,听看不见的云雀歌唱——或者沿着闪闪发光的运河走,听静止的河水两边两排白杨树在簌簌发抖。……然后是周末的晚餐,吃不完的食品,谈不完

的食谱,谈起来大有学问,越谈越开胃口,因为大家都不外行;而在外省,吃喝是头等大事,是高级艺术。大家也谈生意经,讲粗俗的笑话,东拉西扯谈到生病,啰啰唆唆,没完没了……而这个小男孩坐在角落里,一声不响,像只小老鼠,啃上一嘴两嘴,却没有吃下去,想象力就会来补充。旧家子弟对几百年来的传统印象太深,往往有人所难及的本领,能猜到自己没有、几乎不懂的思想——还有厨房,是血淋淋、美滋滋的神秘故事的加工场,老厨娘加油加酱,讲得既可笑,又可怕……最后是晚上,悄悄飞的蝙蝠,老屋地下室吓人的鬼怪,大老鼠,长毛大蜘蛛;跪在床前的祷告,自己也听不出说些什么;隔壁救济院断断续续的铃声,那是修女就寝的时刻——然后是蒙着白被单的小床,他的梦乡……

一年最好的时光是在乡下度过的春天和秋天。乡下的房屋离城只有几里路,可以在那里随心所欲地胡思乱想,反正没有人看见。像大多数小资产阶级的子弟一样,这两个孩子不大接触平民百姓,仆人、农夫都使他们心里有点害怕,有点厌恶。他们从母亲身上继承了贵族的高傲——其实,主要是资产阶级的傲气——瞧不起体力劳动者。奥利维白天骑在一棵白蜡树的枝头,读些奇妙的故事,有趣的神话,缪查或奥诺埃夫人的童话,《天方夜谭》或历险记。他和法国外省小城的男青年一样,有时会莫名其妙地向往遥远的他乡,做着"漂洋过海的美梦"。一个矮树丛使他看不见家门;于是他就可以幻想身在远方。其实,他明知道离家很近,但也乐于自欺,因为他并不喜欢一个人离家远行;他在大自然中已经有失落感了。周围的树木如潮澎湃。从树叶的空隙他看到远处发黄的葡萄田,五颜六色的母牛在草场上吃草,缓慢的牛哞声在催寂静的田野入眠。公鸡尖锐的啼声此起彼伏,隔着村庄遥相呼应。谷仓里升起了节奏不匀的连枷打谷声。在这个平静的天地间,成千上万的生命正在奔腾汹涌。奥利维眼里流露出不安,观察着一字长蛇阵的蚂蚁老是你推我挤,采蜜归来的蜜蜂发出了管风琴一般的嗡嗡声,威风凛凛、呆头笨脑的黄蜂盲目乱撞——忙忙碌碌的芸芸众生似乎都渴望到什么地方去……到哪里去呢?它们自己也不知道。管他到哪里去!总有一个地方……在这个盲目而敌对的天地里,奥利维不禁震颤了。他好像一只小野兔,听到松果落地或枯枝折断的声音都会发抖……但一听到花园另外一头安东妮蒂在打秋千,她越荡越高,铁环也就越响越厉害,他这才放下心来。

她也在做梦,做她自己的梦。她白天在花园里搜寻,又贪吃,又好奇,笑眯眯的,像画眉鸟一样啄葡萄,偷偷地从靠墙的桃树上摘下一个果子,爬到李树上去，或者走过树下的时候不怀好意地摇两下，使枇杷般的黄香李子像雨点似的落下来，一入口就消融，又香又甜，像蜜一样。她明知道不许摘花，却偏要摘几朵；瞧，她早上看中了一朵玫瑰，一伸手就摘了下来，赶快溜到离房屋最远的凉棚里去。那时，她才把小鼻子一往情深地伸进醉人的香花中，又是吻，又是咬，又是吮；然后，她像个偷香窃玉的犯人把花贴着脖子，贴着喉咙，塞到两个小乳房中间，好奇地看着乳房把半开的衬衣挺得鼓了起来……还有一件赏心乐事也是不许做反倒更有趣的，就是脱了鞋子、袜子，光着脚去踩小路上的细沙，踩潮湿的草地，阴凉的石头或晒热了的石块，走进树林边上的小溪，让脚、腿、膝盖去吻溪水、泥土和阳光。她躺在冷杉的树荫下，瞧着阳光透得过的手掌，无意识地用嘴唇舐着丰满的胳臂像绸缎般细腻的皮肤。她用常春藤和橡树叶编织花冠、项链、裙子；插上一些红红绿绿的刺果和松枝，看起来活像一个蛮族的小公主。然后她一个人围着喷泉跳舞，胳臂张开，转了又转，一直转得头晕眼花，倒在草地上，她就把脸埋在草里，发出一阵阵的笑声，一笑就是好几分钟，笑得停不下来，自己也说不出为什么笑。

姐弟两个离得很近，却各过各的日子——有时安东妮蒂走过树下，要和弟弟寻开心，就抓一把松针扔在他脸上，或是摇他坐的树枝，说是要把他摇得摔下来，再不就忽然一下扑到他身上，口里发出吓他的声音：

"呜！呜！……"

有时玩笑也会开得令人生气。她编瞎话，说母亲叫他。等到他爬下树来，她却上去占了他的位子，动也不肯动了。于是奥利维气得说要去告诉母亲。其实不必多此一举，因为安东妮蒂在树上待不了两分钟。等到她玩笑开够了，奥利维气得要哭的时候，她却爬下树来，扑在他身上，一边笑，一边摇晃他，叫他做"小傻子"，推得他在地上打滚，抓一把草擦他的脸。他要抵抗，但招架不住。于是他只好不动，仰面躺着，像一只翻了身的金龟子，两条瘦胳膊给安东妮蒂有力的小手按在地上；他做出一副无可奈何的可怜相。安东妮蒂不能欺负弱者，一见他认了输，就大笑起来，忽然一下把他抱在怀里，然后丢下他走了——走前还要抓一把青草塞进他嘴里，免得他说再见，这是最讨厌的事，实在叫她恶心。他只好把草吐出来，擦擦嘴，对她大发雷霆，而她却笑着，一溜烟似的走了。

她总是笑。夜里，她睡着了还笑。奥利维在隔壁房间里没睡着，正在自编故事，一听到她的傻笑，还有夜深人静时听得更清楚的梦话，不由得吓了一跳。在外面，风吹得树呜呜响，一只猫头鹰发出啼哭声，远处的乡村里,树林深处的农庄里,都有狗在汪汪叫。在磷光闪烁不定的夜色中,奥利维看见冷杉树沉重而阴暗的鬼影在窗外摇来摆去,那时,安东妮蒂的笑声反倒壮了他的胆。

两个孩子非常信教,尤其是奥利维。他们的父亲公开反对教会使他们很恼火;但父亲并不干涉他们的自由;其实,他像许多不信教的资产阶级一样,并不反对家里人信教,因为在他反对的阵营里有他的盟友,那总是件好事,谁也说不准明天的风会不会转向。总而言之,他还是信神的,只要风向一转,他也会像他父亲临终时一样去把神甫请来,即使这没有什么好处,也不会有什么害处;一个人保火险并不是因为他相信家里会有火灾。

奥利维有病态的神秘主义倾向。有时他甚至觉得自己不存在了。他很柔弱,所以容易信神,他需要有依靠;做忏悔的时候,他在痛苦中尝到了甜头,觉得信任一个无影无踪的"朋友"大有好处,这位神圣的朋友永远对你张开双臂,你什么都可以对他说,他什么都明白,什么都宽恕,你在这条谦虚的爱河中洗了澡,灵魂洗得干干净净,休息得舒舒服服,就变得纯洁了。奥利维觉得信仰很自然,不明白人怎么会怀疑;他想,若不是别人存心不良,就是上帝要惩罚这些人。他悄悄地祈祷上帝施恩,指点他的父亲;有一天他同父亲到乡村的教堂去,看见父亲用手画了个十字,就感到很快活。在他心目中,《圣徒行传》中的故事和妙不可言的童话、哈里发的传奇都是混在一起的。他小时候不分真假。他熟悉嘴大唇厚的史格白克,喋喋不休的理发匠,又矮又驼的嘉斯伽。在乡下散步时,他的眼睛老在寻找嘴里衔着仙草的黑色啄木鸟,而《圣经》中的迦南和福地,由于孩子的想象,也变成勃艮第或贝雷松区的地名了。本地小山的圆顶上有一棵小树,看起来像圆帽子上用旧了的翎毛,他把这当作亚伯拉罕燃烧柴堆的山头。在牧场边上有一个枯槁的荆棘丛,他认为这是上帝显灵的地方,上帝化身为燃烧的荆棘,因为年深月久,火已经熄灭了。后来,即使他不再是孩子,他的批评精神已经开始觉醒,他还喜欢沉醉在这些美化了信仰的民间传说中;他觉得这样心旷神怡,倒心甘情愿受骗了,虽然他并没有完全受传说的骗。就是这样,很久以来,他就在复活节前的星期六等待星期四长了翅膀飞到罗马去的小钟,会带着长条小旗从空中飞回来。他到底明白了这不是真的;但一听到钟声,他还不免抬头望天;有一次,他幻想——虽然明知是不可能——看到一口小钟系着蓝丝带飞过屋顶,上天去了。

他迫切需要沉浸在这个传说和信仰的世界里。他逃避生活。他逃避自己。他瘦弱、苍白,觉得痛苦,他怕听人说他瘦弱。他生来悲观,这当然

是母亲遗传的因子在这个病态的孩子身上找到了适宜生长的土壤。他却没意识到,以为大家都和他一样;于是这个十岁的好孩子在休息的时候不到花园里去玩耍,却关在房间里边吃点心边写遗嘱。

他写了很多。他拼命写日记,每天晚上都要偷偷地写——他不知道为什么,因为他除了废话还有什么可说的呢?在他身上,写是一种遗传下来的毛病,是法国外省的资产阶级——这个不可磨灭的古老世族——几百年来流传下来的需要。他每天写,一直要写到死,他的耐性真是愚不可及,但也几乎可以说是英雄精神,他把每天的见闻言行、思想饮食,都一五一十地记录下来。只为自己而写。不为别人。没有人会读的,他也知道:连他自己也不会再读一遍。

音乐对他来说,和信仰一样是他的藏身之所,那里不用怕白天强烈得刺眼的光线。姐弟两个都有音乐家的心灵——尤其是奥利维得天独厚,继承了母亲的品质。但是他们的趣味并不高。没有人能指点他们。在外省听到的音乐只是本地军乐队演奏的步伐重叠的进行曲,或者——在盛大的节日里——亚道夫·亚当的集成曲,教堂里的管风琴演奏的浪漫曲,资产阶级小姐的钢琴练习曲——她们总是在音没调准的钢琴上弹华尔兹或波尔卡——《巴格达的哈里发》通俗剧序曲,青年亨利的猎曲,两三支莫扎特的奏鸣曲,听来听去老是这几支,弹错的音也老是这几个。家里接待客人的时候,这是晚会上一成不变的节目。晚餐后,有音乐才能的人总要被请出来表演,他们总是先红着脸推辞一番,但到底是大家的盛情难却,他们就不用乐谱演奏了自己的拿手好戏。大家同声称赞演奏者记忆过人,演技"珠圆玉润"。

几乎每一次晚会上都要重演这一套,使得两个孩子对晚餐兴趣索然了。然而,要他们四手合弹巴尚的《中国之游》或是韦伯的小品,他们互相依赖,倒不怎么害怕。若是要一个人演奏,那真是要了命。安东妮蒂跟平常一样,比较大胆。她虽然不愿弹,但明知推不了,就硬着头皮坐到钢琴前,有点无可奈何的神气,跑马似的弹起回旋曲来,弹得非常马虎,有几段草草了事,有几段面目全非,于是中间停住,转过头来,对大家微微一笑说:

"啊!我不记得了……"

然后,她又大胆跳过几拍,接着往下弹去,一直弹到结尾。一弹完,她就如释重负,毫不隐瞒她的高兴,在一片赞扬声中回到座位上,她又笑着说:

"我弹错了好多音呢!……"

但奥利维的脾气可不容易对付。他不愿当众表演,不愿成为众矢之的。在众目睽睽之下,要他讲话已经是活受罪。要他弹琴,尤其是为那些不喜欢音乐的人(他看得很清楚)那些厌恶音乐,只是为了敷衍面子才要你演奏的人,那对他简直是一种苦刑。他说什么也不肯干,但没有用。他拼命反对。有几个晚上,他甚至逃之夭夭,藏到一间黑暗的房子里,或者待在过道上,有时一直跑到顶楼,居然忘了可怕的大蜘蛛。不料他越抗拒,人家越要他弹,甚至话越俏皮;父母也来施加压力,再不听话,还得挨上两个耳光。到头来他总是不得不演奏——当然弹得一塌糊涂。然后,到了夜里,他又后悔没有弹好,因为他是真心爱音乐的。

话还得说回来,小城的音乐也不总是这样没趣味的。大家都还记得,有个时期,两三个资产阶级家庭里的室内音乐会开得不错。耶南太太时常谈到她的祖父,拉起大提琴来还是挺带劲的,会唱格鲁克、达莱拉克和裴尔东的歌曲。家里还保存着一大厚册乐谱,还有一夹子意大利歌曲。因为这个可爱的老祖父有点像安德里约先生。柏辽兹说过:"安德里约很喜欢格鲁克。"但他又不满地加了一句:"他也很喜欢皮吉尼。"——也许他更喜欢皮吉尼这个意大利人,不管怎么说,老祖父收藏的意大利歌谱比格鲁克的歌曲多得多。这些歌谱就成了小奥利维的音乐粮食。营养不算丰富,有点像外省的甜品,外省人老把糖果塞满孩子的嘴,吃坏了孩子的胃口,甚至老是不想吃正餐了。不过奥利维倒不是这样贪吃。人家没有给他正餐。他吃不到面包,只好吃些糕点。就是这样,由于实际情况,契玛罗萨、巴西哀罗、罗西尼等意大利人就成了这个有神秘倾向的忧郁少年的奶妈,在他该吃奶的时候,却给他喝上了泡沫酒,喝得他有点晕头转向,还有欢天喜地、胆大脸厚的酒神之父,还有那不勒斯和卡塔尼亚的两个蹦蹦跳跳的小荡妇,脸上挂着天真而调皮的微笑,眼角含着一滴美丽的眼泪:佩戎勒斯和贝利尼都成了他的奶妈。

他一个人的时候倒很喜欢弹琴,自得其乐。他沉浸在音乐中,并不要求理解他弹的是什么,他只是接收,只是享受。没有人想到应该教他和声,他自己也满不在乎。一切科学和科学精神都与他家无缘,尤其是他母亲的家。这些法律界人士、文人才子,都不会解决实际问题。据说他们家有个远房亲戚居然进了测绘局,这就成了一件了不起的大事。但据说这个亲戚到头来还是发了疯。外省的资产阶级世家思想坚定,讲究实际,但是吃喝花的时间太多,生活过得太单调,结果昏昏沉沉,居然自以为精通人情世故;他们自信心强,以为没有什么困难不能解决;他们甚至认为科学家和艺术家是一类人,科学家更有用,但不如艺术家超脱,至少艺术家没有什么实用价值,却能够出人头地。而科学家几乎成了体力劳动者——这并不光彩——成了更有学问,但有点神经兮兮的工头;他们善于纸上谈兵,只要一走出他们的数字工厂,他们就一无所能。如果没有通情达理、经验丰富、了解人生、会做生意的人来引导他们,他们是不会有什么远大前途的。

不幸的是,这种人生经验和商业经验并不像这些通情达理的人所想象的那么可靠。他们的经验只是一些老套,只适用于容易解决的事件。出了意外情况,必须当机立断,他们就束手无策了。

银行家耶南就是这一类人。一切都不出乎意料,一切都按照外省生活的节奏重来复去,他在业务上从没有碰到过太大的困难。他接了父亲的位置,但对这一行并没有出众的本领,偏偏一切都很顺利,他就自以为是天生的聪明。他喜欢说:一个人只要老实、勤恳、通情达理,那就够了;他打算把他的位置传给儿子,并不问儿子愿不愿接班,正如他父亲也没问过他一样。他也不为儿子做好准备工作,只让儿女自由生长,他希望他们做好孩子,尤其希望他们幸福,因为他疼爱他们。这样一来,他们成了温室的花朵,没有为生活而斗争的准备。难道他们不该一直这样生活吗?在温和的外省,在富裕的家中,受人尊重,父亲和蔼、快活、亲热,朋友很多,地位很高,在当地是头等的,难道生活还有困难?还不应该欢乐?

安东妮蒂十六岁了。奥利维正要行坚信礼。神秘的梦想使他昏昏沉沉、朦朦胧胧。安东妮蒂听着心醉神迷的希望唱着令人神魂颠倒的歌,就像四月的夜莺使人心充满了荡漾的春意。她感到自己的身心像盛开的鲜花,知道自己美丽而又听说自己美丽,不由得心花怒放。她父亲的赞美,说起话来没有顾忌,不免冲昏了她的头脑。

父亲看女儿,看得出了神;他喜欢女儿的娇态,喜欢她对着镜子自送秋波,喜欢她天真的或者故意的不老实。他要女儿坐在他的膝上,和她开玩笑说:有多少人对她倾心,她征服了多少男子,多少人来向她求婚;他一个一个地点名,都是些有身份的人,但一个比一个老,一个比一个丑。她急得先是大叫,接着是大笑,伸出胳膊来搂住父亲的脖子,脸贴着父亲的脸。父亲问女儿她选中了哪一个幸运儿:是耶南家老妈子叫作丑八怪的检察官,还是胖胖的公证人?她轻轻地打他几下,或是用手挡住他的嘴。他吻她的小手,膝头抖得她颠上颠下,一边唱那支老歌子:

俏姑娘,要什么?
丑老公,俏老婆?

她扑哧地笑了,把他的络腮胡子打成结,跟着唱那结尾两句:

与其丑,不如俏,
夫人,请你搭桥。

她打算自己挑。她知道她现在,或者是将来很有钱——父亲翻来覆去不知说过多少遍了——她是大家子弟的"意中人"。当地的名门望族只要有儿子的,已经在对她大献殷勤了,他们用花言巧语的白丝线织成了一张渔网,要捉住这条美丽的银鱼。但这条银鱼很可能变成愚人节骗人的糖果;因为聪明伶俐的安东妮蒂看破了他们的用心,觉得有趣,她要人捉,却不愿落圈套。她人虽小,已经选定如意郎君了。

当地的贵族家庭——一般说来,每个地方只有一家,他们自称是外省的世袭贵族,其实多半是祖先购买了国家田产,或是十八世纪田产总管的后代,或是拿破仑时代的军需商——有一家姓鲍尼威的,在离城几里远的地方有一座古堡,四角有尖顶的塔楼,屋顶上有发亮的石板,周围有大树林,林中有养鱼塘,他们打算向耶南家提亲。年轻的鲍尼威对安东妮蒂很殷勤。他是个漂亮的小伙子,在他的同龄人中算是身强力壮块头大的了。他整天没事干,只是打猎、吃喝、睡觉;他会骑马、跳舞,风度也相当好,并不比别人傻。他时常从古堡进城来,穿着长筒靴,骑着马,或者坐着双人马车;他借口有生意上的事要找银行家,有时带来一筐野味,或是给女士们送来一大束鲜花。他乘机追求耶南小姐。他们在花园里散步。他尽量说好话,讲她爱听的事,卷自己的胡须,马刺碰在阳台的石板地上,丁丁地响。安东妮蒂觉得他很可爱。她的虚荣心和情感都美妙地得到了满足。她陷入了甜蜜的初恋中。奥利维却厌恶这个乡下小财主,因为他身强力壮,笨重粗野,笑起来声音太响,握起手来像钳子,说起话来瞧不起人,总叫他做"小鬼……"还捏他的脸颊。他尤其恨的是——他自己也不知道——这个外来人爱他的姐姐……他的姐姐,那是属于他的,属于他而不属于别人的!……

这时,大祸降临了。其实,祸事早晚要落到这些古老的资产阶级家庭头上的。几百年来,他们一直嵌在一块土地上,已经把地气吸得一干二净。他们还在蒙着头睡大觉,以为自己和土地一样是不朽的。不料他们脚下的泥土已经成了烂泥,树根都已腐烂,只要一锄头就可以把老树连根拔起。于是大家就怪运气不好,祸从天上来。其实,这不能怪运气,假如老树根深蒂固,没有烂掉的话,即使祸事像一阵暴风骤雨,那也只会吹断几根枝丫,不会动摇大树根本的。

银行家耶南是一个心软、容易相信别人、又有点虚荣的人。他喜欢蒙上眼睛,迷迷糊糊,心甘情愿地把"表面现象"和"实际情况"混而为一。他乱花了好多钱。说老实话,幸亏他家世世代代节约,浪费之后总是懊悔——他舍得浪费一大堆木材,却斤斤计较一根火柴——所以他的财产还没有大伤元气。但他做生意还是不慎重。有朋友向他借钱,他是来者不拒;而要和他交朋友并不是一件难事。他甚至懒得叫借钱人写一张借条;人家欠他的钱,他记的账也马马虎虎,如果人家不主动还账,他也不催不讨。他相信别人诚实无欺,就像他希望别人相信他自己一样。再说,他表面上有什么说什么,随随便便,其实却胆子很小。有些不知分寸的人来借钱,他也不敢拒绝,甚至不敢怀疑他们的偿还能力。这是因为他心好,又心软。他怕得罪人,也怕人得罪他。因此,他老是让步。他还自欺欺人,假戏真做,仿佛借钱反倒是帮了他自己的忙。他几乎要把表象当现实:他既自尊,又乐观,很容易相信他做的生意都是划得来的。

这样做事当然不会疏远借债的人。乡下人对他感恩戴德,知道他有求必应,自然不肯错过机会。但一个人的感激心——甚至老实人也一样——就像树上的果子,成熟了就要摘下来。如果到了时候还不采摘,那果子就要烂在树上。过了几个月后,借债人认为耶南先生有钱,借给他们是理所当然的;甚至还想:既然耶南先生这样乐意助人,那一定是有利可图。心最好的人也不过在赶集的日子给银行家送上一篮子鸡蛋,或是他们自己捉住的一只野兔,就算是清了账,虽然没有还债,至少也不欠人情了。

直到这时为止,向耶南先生借钱的都是些相当老实的人,借的钱也不多,还没有出什么大麻烦,损失的钱也微不足道,所以银行家闭口不谈。但有一天,耶南先生碰到了一个很有心机的大企业家,那就是另外一回事了。企业家知道银行家有资金,好说话,就装腔作势,挂上荣誉团的勋章,吹自己的朋友中有两三个部长、一个大主教、一大堆参议员,文艺界和金融界的知名人士更不在话下,还有一家万能的报馆。他说起话来既神气又亲热,最容易叫冤大头上当。他自我推销的手段并不高明,只要比耶南先生稍微精明一点的人都会识破,因为他拿出来的不过是这些知名人物的应酬信,感谢他的宴请,或者请他赴宴,要晓得法国人是从来不把应酬信当作一回事的,他们不会拒绝握手,也不会拒绝赴宴,哪怕他认识邀请人还不到一个钟头——只要这个人说话有趣,并且不开口借钱。还有很多人并不拒绝借钱给新朋友,只要别人也借就行。因此,一个聪明人如果看见别人钱多得不耐烦要他慷慨解囊时,只消找到一只带头羊先跳下水,别的羊也就会跟着跳的——如果没有别的羊先跳,耶南就会带头。他是好样的卷毛动物,羊毛长出来不是给人剪的么?那个企业家关系多,嘴皮巧,会讨好,加上头一次出主意就教耶南赚了钱,怎能不吃迷魂汤呢?他先是少冒险,赚了钱;后是冒大险;接着,全豁出去了,不但是自己的钱,连客户的存款也在内。他还不通知客户,以为十拿九稳会赚;他要大显身手,叫客户头晕眼花。

生意做垮了。他是间接从巴黎一个客户的信中知道的,信中只顺便谈了一句,说有一家企业垮台了,没有想到耶南也会跟着遭殃,因为银行家从来没有对任何人谈过这个企业;他轻率得令人难以相信,居然忽略了——看来甚至是故意避免——向了解内情的人打听消息,他一切都是秘密进行的,盲目相信自己的见识万无一失,对实际情况只有模糊的了解,也就算了。人生难免会出差错,有时似乎非自找失败不可,甚至还怕有人来救;一切可以挽回败局的忠告都充耳不闻,埋头不问,脑子一热就匆匆忙忙、满不在乎地一头栽了进去。

耶南先生赶快跑到火车站,心急如焚地坐上火车到巴黎去。他去找那个企业家,心里还存着幻想,希望消息只是谣传,或是夸张得过分了。他没有找到人,只证实了大祸临头,无法挽救。他回到家里,丧魂失魄,但还隐瞒真相。没有人知道这件事。他要拖延时间,几个星期,几天也好。他盲目乐观,相信总有办法,即使不能弥补自己的损失,也不能让客户受害。他试了各种各样的办法,手忙脚乱,即使有成功的可能,也都化为泡影。他到处借款,到处碰壁,万般无奈,只得拿所余不多的老本孤注一掷,去做投机生意,结果一败涂地。这样一来,他的性格也完全变了,前后判若两人。他口里不说,但动不动就发脾气,粗暴,生硬,难过得要命。然而在外人面前,他还假装快活,但是时时刻刻会露出马脚,人家以为他身体不好。在自家人面前,他不那么当心,家里人马上看得出:他心里有不可告人的事。他变得简直叫人认不出来,一会儿闯进一个房间,翻箱倒柜,把纸乱七八糟甩了一地,暴跳如雷,因为没有找到什么,或者怪别人帮了倒忙。随后,他待在乱纸堆中,茫然若失;别人问他要找什么,他自己也不知道。他对家里人显得毫不关心,要不然就是一边拥抱他们,一边流下眼泪。他睡也睡不着,吃也吃不下。

耶南太太看得出大难临头了,但她从来不过问丈夫的事务,所以一点也不懂。她一问,丈夫就粗暴地拒之于千里之外;她伤了自尊心,就不再多问了。但她不明不白地心惊肉跳。

孩子们不会想到有什么危险。安东妮蒂虽然聪明,照理该像母亲一样有所预感;但她一头栽进了初恋的欢乐,不愿意想不开心的事:她以为雨过之后,自然会天晴的——要不然,事到临头、再看也来得及。

不幸的银行家心里到底出了什么事,如果家里人还能有一知半解的话,那可能只有小奥利维了。他感到父亲在受苦;于是他也一声不吭,和父亲一同受苦。但他什么也不敢说,他能做什么呢?他又知道什么?再说,对他不了解的坏事,能够不想,他就不想;像母亲和姐姐一样,他也有一种迷信的倾向,以为你不希望出现坏事,坏事也许不会出现。这些可怜人一感到危险,就像鸵鸟一样把头藏在石头后面,以为这样就可以逢凶化吉了。

一些令人不安的消息开始流传了。人家说银行的信誉已经大受损失。银行家对客户提出保证也没有用,有些疑心最重的客户要求提款。耶南先生觉得自己完蛋了,他拼命为自己辩护,做出非常生气的样子,既高傲又痛苦地怪人家不信任他;他甚至和几个老主顾大吵起来,这更使他信用扫地。要求提款的人越来越多。他前有追兵,后无退路,不知如何是好。他作了一次短途旅行,带着最后的钞票到附近的温泉镇去赌博,结果一刻钟内,输个一干二净。

他不告而别更使小城闹得天翻地覆,人家已经说他畏罪潜逃了;耶南太太好不容易抵挡了这愤怒不安的人潮,她求他们耐心一点,赌咒发誓说她丈夫一定回来。他们不大相信,虽然心里但愿如此。因此,一听说他回来了,大家都放了心;许多人还怪自己不该无事生非,自寻烦恼,像耶南这样精明的人,即使陷入了困境,也不会无法自拔的。银行家的态度更证实了他们的印象。现在,他对自己剩下来可走的路,已经没有什么怀疑,所以只是显得疲倦,但是却很镇静。他一下火车,在车站前的林荫大道上碰到了几个熟人,就随随便便谈起天来,谈到田野缺少雨水,已经几个月了,葡萄却长得很好,还谈到晚报上说的内阁倒台的消息。

一到家里,他假装不注意妻子慌慌张张跑来找他,滔滔不绝却又模糊不清地讲他外出后发生的事情。妻子想从丈夫脸上看出他是不是化险为夷;然而由于自尊心强,她却不开口先问,要等他自己说出来。但他也闭口不谈内心的痛苦。妻子本想和他交心,要他吐露衷情,他却一声不吭,使她的念头落空。他只谈到天热人累,他头痛得厉害。就像平常一样,大家上桌就餐了。

他说的话很少,人很疲倦,心事重重,眉头紧锁;他用手指弹弹桌布,勉强吃点东西,知道大家都盯着他,就用蒙眬的眼光望着妻子儿女。孩子静得胆战心惊;妻子自尊心受了伤,板着脸不理他,眼睛却不漏掉他的一举一动。晚餐快吃完了,他似乎才清醒过来,勉强和两个孩子谈话,问他不在家时,他们做了些什么事,但并不听他们回答,只听见他们的声音;虽然眼睛瞪着他们,眼光却落在别的地方。奥利维感觉到,话才说了一半忽然打住,不想再说下去了。安东妮蒂不好意思,但过一会儿又快活起来,像只喜鹄喊喊喳喳说个没完,还把手放在父亲手上,或者碰碰他的胳臂,要他留意她说的话。耶南先生却不开口;眼睛看看女儿,看看儿子,额头的皱纹显得更深了。女儿讲到一半,他再也支持不住,站了起来,离开餐桌,走向窗口,想要掩盖他激动的心情。孩子们折好餐巾,也站了起来。耶南太太叫他们到花园里去玩,不一会就听见他们两个在园子里的小路上你追我赶,尖声喊叫了。耶南太太瞧瞧丈夫的背影,围着桌子走去,仿佛要摆好什么东西。忽然一下,她走到丈夫身边,心里焦急万分,又怕仆人听见,就用哽住了的喉咙对他说:

"到底,安东尼,出了什么事啦?你心里一定有事……是的!你有事瞒着人……是不是不顺心的事?还是身体不舒服?"

但耶南先生又一次不耐烦地耸耸肩膀,用生硬的口气对她说:

"没事!没事,我说过了!不要管我!"她气得走开了,恼火得说不出,只好心中暗想不管丈夫再出什么乱子,她也不必多管闲事。

耶南先生走进花园。安东妮蒂还在兴高采烈地推弟弟,硬要和他赛跑。但弟弟忽然一下说不再玩了;他站在离父亲几步远的地方,靠在阳台的护墙上。安东妮蒂还要逗他,他却嘟起嘴来,把她推开,于是她说了几句不好听的话,看看实在玩不出什么名堂来,就走进屋里弹琴去了。

花园里只剩下了耶南先生和奥利维。

"你怎么啦,孩子?为什么不玩了?"父亲温存地问道。

"我累了,爸爸。"

"那好。就我们两个在长凳上坐坐吧。"

父子两个坐下。这是九月的良宵。天空是晴朗的,虽然已经黑了。牵牛花的甜味和在花坛脚下沉睡的黑暗运河的腐朽味道掺杂在一起。夜里飞出来的黄色天蛾围着花转,发出了纺车的嗡嗡声。运河对岸的邻居坐在门前谈天,悠闲的语调在寂静中听得更加清楚。在屋子里,安东妮蒂在弹意大利歌剧的咏叹调。耶南先生握着奥利维的手。他在抽烟。儿子在黑暗中看见烟斗里的火光一亮一熄,再亮再熄,最后完全熄灭,而他父亲的脸也就慢慢看不见了。两个人都不说话。奥利维问几颗星的名字。耶南先生几乎像所有的外省大老板一样,对自然界相当无知,除了几个无人不知的大星座之外,说不出星子的名字;他只好厚着脸,假装儿子问的就是他所知道的那几颗,答非所问地说了出来。奥利维也不再问,因为他只要听到人家低声说星星神秘的名字,就觉得有趣。何况他提出问题并不是真要求知,而是本能地要接近父亲。他们又不说话了。奥利维把头枕在长凳的靠背上,张开小嘴,瞧着星星,他迷糊了;父亲手上的暖气传到了他身上。忽然一下,父亲的手发抖了。奥利维觉得奇怪,半睡半醒地笑着说:

"啊!爸爸,你的手抖得多厉害!"

耶南先生把手缩了回去。

过了一会,奥利维的小脑袋还在活动,又说:

"爸爸,你是不是也累了?"

"是的,孩子。"

孩子亲热的声音接着又说:

"不要太累了,爸爸。"

耶南先生把奥利维的小脑袋紧紧抱在怀里,低声说道:

"可怜的孩子!"

但奥利维已经心不在焉。钟楼的钟一响,八点钟了。他挣出父亲怀里说:

"我要看书了。"

每星期四,家里允许他在晚餐后看一小时书,一直看到上床的时候,这是他最大的乐趣,说什么他也不肯牺牲一分钟的。

耶南先生让他走了。他一个人还在黑暗的阳台上走来走去。然后,他也回到屋里。

在房间里,两姐弟和母亲围着灯坐。安东妮蒂在缝胸衣上的丝带,一刻不停地说话或唱歌,气得奥利维皱着眉头,肘腕靠在桌上,捏紧拳头塞住耳朵,好集中心思看面前的书。耶南太太在补袜子,老妈子站在她身边报账,顺便用阴阳怪气的土话,啰啰唆唆讲些有趣的琐事,听得她们发笑,安东妮蒂还学她的怪腔怪调。耶南先生不声不响地望着他们。没有人注意他。他心神不定地待了一会,坐下,拿起一本书来,随便翻了两页,又关上书,再站起来,他肯定待不下去了。他点着蜡烛,对大家说声再见。他走到儿女身边,情不自禁地吻抱他们,他们却满不在乎,头也不抬——安东妮蒂在做针线活,奥利维在看书。儿子甚至连塞耳朵的手都没有拿开,只是不耐烦地说了声晚安,又接着看他的书——他一看起书来,家里有人掉到火里去了,他也不会去救——耶南先生走出房间。他在隔壁房里待了一会。妻子来了,把老妈子洗好的被单放在柜子里。她装作没看见丈夫。丈夫犹豫了一下,走到她面前说:

"对不起。我刚才对你说话有点不客气。"

她本来想对丈夫说:

"我的可怜人,我不怪你;你到底出了什么事?告诉我你为什么痛苦!"

但她却舍不得放过报复的机会:

"别来这一套了!你对我凶得很,比对用人还凶呢。"

她接着用这种腔调大发牢骚,滔滔不绝,大吐苦水。

他露出了精疲力竭的样子,苦笑了一下,走了。

没有人听见枪声。直到第二天大家知道出了事之后,邻居才想起来,半夜里听见"啪"的一声,好像有人一鞭子打破了街上的沉寂。大家都没注意。黑夜的安静又笼罩了小城,用厚厚的被单把活人和死人一样包了起来。

耶南太太睡着了,一两个小时后才醒过来。她一看丈夫不在身边,心慌意乱地起了床,到各个房间里去找,然后下楼,一直找到住宅隔壁的银行办公室;到了耶南先生的小房间,才发现他坐在椅子上,身子伏在办公桌的血泊中,血还在一滴一滴地掉到地板上。她惨叫了一声,手里的蜡烛也拿不住了,人失去了知觉。屋里的人听见叫声。用人赶快跑过来,把她扶起,小心照料,又把耶南先生的尸体抬到床上。孩子们的房门还没开。安东妮蒂睡得正香。奥利维听见人声和脚步声,本想打听一下,但怕吵醒了姐姐,又睡着了。

第二天一早,消息已经传遍了全城,姐弟两个还不知道。是老妈子流着眼泪来告诉他们的。他们的母亲不知道怎么办好;她本身的健康令人担心。两个孩子无依无靠,对着死者。开始,他们与其说是痛苦,不如说是害怕。再说,人家连哭也不让他们安生。从早上起,就要办铁面无情的法律手续。安东妮蒂在房里不出来,年轻人总是自私的,她的思想只有一个方向,可以救她脱离苦难,那就是想她的男朋友,她时时刻刻都在等他来。最近一次见到他的时候,他对她温存体贴,无微不至;她一点也不怀疑;他一定会赶来和她分忧的——但是没有人来。连字条也没有一张。没有人来表示哀悼。恰恰相反,一听到自杀的消息,那些把钱存在银行的客户赶快来到耶南家里,把门都挤破了,他们毫不留情地对着孤儿寡妇大叫大闹。

几天之内家破人亡:失去了一个亲人,失去了全部财产、地位、名誉、朋友。全都垮了。没有剩下什么来维持生活。他们三个人都觉得做人要清清白白,这是没有商量余地的,偏偏家里出了名誉扫地的事,而他们又负不起责任,因此感到特别痛苦。三个人中,痛苦折磨得最厉害的是安东妮蒂,因为她本来离痛苦最遥远。耶南太太和奥利维虽然是心碎肠断，但对痛苦的世界并不完全陌生。他们天生悲观，只感到痛苦的压力，并不太觉得意外。想到死亡，他们一直有如释重负的感觉，尤其是现在；他们巴不得死了倒好。这当然是无可奈何的逆来顺受，而一个自信、幸福、热爱生活的年轻人忽然被逼得走投无路，面临死亡，反抗无力，那不是更可怕吗？

安东妮蒂一下发现了世界的丑恶面目。她的眼睛一睁开，才看到了人生：她能批评父亲、母亲、弟弟了。奥利维和耶南太太在一起痛哭的时候，她却只是一个人痛苦。她绝望的小脑袋回顾了过去，考虑了现在，展望了未来；她看到现在什么也没有了，没有希望，没有依靠，没有人来帮忙。

葬礼非常凄凉，令人忍辱含羞。教堂拒绝接受自杀者的遗体。朋友也不念过去的情谊，抛弃了孤儿寡母。只有两三个人勉强来了一下；为难的样子形于言表，看了叫人难受，还不如不来的好。他们来似乎是施恩，他们发出了无言的责备，表示了鄙视的怜悯。家族方面更坏，不但没有一句安慰的话，反而叫人更加难堪。银行家的自杀远远没有减轻大家的怨恨，看来几乎并不比破产的罪过更小。资产阶级不能宽恕自杀的人。在他们眼里，宁死也不肯忍辱偷生简直是罪恶滔天；如果有人胆敢说：

"和你们在一起，生不如死。"

他们当然要绳之以法，严惩不贷。

越是懦弱的胆小鬼越要捞上一把，指责自杀的人懦弱时，决不落后。尤其是一个自杀的人一笔勾销了自己的生命，这还不算，他还损害了别人的利益，使别人有苦说不出，他们更是气得要命——但他们却不肯花一分钟去想想：倒霉的耶南是多么痛苦才走出这一步的。他们巴不得要他更痛苦一千倍，也不能泄他们心头之恨。而他却逃之夭夭了，于是他们就要夫债妻还，父债子还，把这口恶气出在家属身上。他们不敢胡说，因为明知这不公平。但他们下起手来一样狠，因为非有一个替死鬼不可。

耶南太太除了哭以外，似乎什么本事也没有，但一听到人家攻击她的丈夫，反倒有了勇气。这时，她才发现自己原来多么爱丈夫。这三个可怜人今天不知道明天的事，却都同意把母亲的嫁妆、他们个人的财产，全用来给父亲还债，能还多少就还多少。他们在本地待不下去了，就决定到巴黎去。

离开本地像是逃难。

头一天傍晚——这是九月底一个凄惨的晚上，田野消失在一片白茫茫的浓雾之下，越往前走，越看得见大路两边隐约出现的树丛瘦骨嶙峋、水气氤氲的枝丫,就像海底植物一样——他们同到墓地去告别。三个人都跪在新挖掘的墓穴周围的狭长石板上,眼泪悄悄地流下来:奥利维抽抽噎噎;耶南太太绝望地擤鼻涕。她仿佛嫌自己不够痛苦似的折磨自己,不断地回忆她在丈夫生前最后一次对他说过的话。奥利维也在想阳台长凳上的交谈。安东妮蒂想的却是他们将来怎么办。他们心里一点也不怨恨这个葬送了自己、也葬送了全家的可怜人。只有安东妮蒂想道:

"啊!亲爱的爸爸,我们要吃苦了!"

白雾变成灰蒙蒙的,寒气侵入了他们的肌肤。但耶南太太还不肯走。安东妮蒂看见奥利维哆嗦了,就对母亲说:

"妈妈,我冷。"

他们站了起来。在离开的时候,耶南太太最后一次转过身子,对坟墓说:

"我可怜的人!"

他们在夜色降临时走出了墓地。安东妮蒂的手牵着奥利维冰凉的手。

他们回到原来的家。这是他们在家栖身的最后一夜了,他们一直在这里栖身,在这里生活,他们的祖辈也在这里度过了一生——这些墙壁,这个壁炉,这一小块土地,和全家的欢乐与痛苦难分难解地联系在一起,似乎也是家庭的成员,也成了他们生活的一部分,他们本来是不死就不肯离开的。

行李收拾了。他们打算坐第二天的头一班车,在街上店铺还没开门的时候就走,免得惹人注意,引起不怀好意的说三道四——他们需要互相依靠,待在一起;然而,他们又本能地回到自己的房间,在房里迁延时刻;他们只是站着,一动不动,帽子不摘,外衣不脱,摸摸墙壁,摸摸家具,舍不得离开,把额头贴在窗玻璃上,仿佛要把心爱的景象带走,存在心里。最后,他们尽力摆脱各人自己痛苦的思想,一起来到耶南太太的房间——那是全家团聚的地方,紧里首是放床的凹室,以往,晚餐后没有客人来访,大家就待在这里。以往!……在他们看来,似乎已经是遥远的过去了!——三个人都不说话,围着火力微弱的壁炉;然后,他们一起跪在床前做了晚祷,于是很早就去睡了,因为第二天天不亮就得起床。但他们在床上还是久久不能入睡。

清晨四点钟左右,老是看表唯恐耽误动身时间的耶南太太,点着蜡烛起床了。安东妮蒂一夜没有怎么睡着,一听到动静,也起了床。只有奥利维还在沉沉熟睡。耶南太太动情地瞧了瞧,不忍心叫醒他。她踮着脚走了出去,对安东妮蒂说:

"不要吵醒了他;让可怜的孩子好好在这里睡最后一觉吧!"

母女两人穿好衣服,打好包袱。寒夜静悄悄地笼罩着房屋,一切生灵都沉浸在温暖的睡眠中。安东妮蒂牙齿打战,身心都冰凉了。

冰冷的大门发出了冰冷的响声。拿着大门钥匙的女用人最后一次来服侍主人。她的身材矮胖,呼吸短促,臃肿得行动不太方便,但在她这个年龄就算不错的了,她的脸部保护得很暖和,鼻子通红,走进来时眼睛还在流泪。她看到耶南太太不等她就起了床,亲自把厨房的火炉生好,觉得有点歉意。她进来时,奥利维醒了。他的第一个动作却是闭上眼睛,在被子里翻了一个身,还要再睡。安东妮蒂走过来轻轻把手放在他的肩上,低声叫他:

"奥利维,好弟弟,时间到了。"

他叹了一口气,睁开眼睛,看见姐姐的脸俯在他的脸上方,她凄凉地笑了笑,用手摸了摸他的额头,又说一遍:

"起来。"

他就起床了。

他们不声不响,像小偷似的走出了房屋。每个人手里拿着一个包袱。老妈子走到前面,用小车推着一口箱子。他们差不多留下了所有的东西,可以说是只带走了身上穿的,还有几件换洗衣服。有些可怜的纪念品作为慢件运走:不过是几本书,几幅画像,一架古老的座钟,听到滴答的钟声仿佛听到他们的心跳……晨风刺脸。城里人还没有起床;百叶窗关得紧紧的,街上没有别的行人。他们都不开口。只有老妈子在说话。耶南太太想把最后一次的印象尽量刻在心上,永志不忘。

到了火车站,耶南太太本来打定主意买三等车票的,但一看到两三个认识她的铁路职员,又怕会丢面子,还是买了二等车票。她急忙钻进一个空车厢,和孩子们把门关上。他们藏在窗帘后面,唯恐看到熟人的脸。还好没有人来,他们走的时候,城里人还没醒;火车是空荡荡的;只有三四个乡下人,还有几条牛把头伸到栏外,发出了凄凉的哞声。等了好久,车头才汽笛长鸣,火车就摇摇晃晃地在雾中开动了。三个离家远走的人拉开窗帘,把脸贴在车玻璃上,最后看一眼这座小城,雾色朦胧中的哥特式尖塔,茬地星罗棋布的小山,白露为霜正在蒸发的草场,这种依稀如梦的景色近在眼前,却仿佛远在天边,几乎不像是人世了。火车一转弯,走上了一条岔道,看不见小城,也不怕给人看见,他们就不再控制自己了。耶南太太用手帕挡住嘴,抽抽噎噎地啜泣起来。奥利维扑倒在母亲脚前,头靠着她的膝

盖,用眼泪和嘴唇吻她的手。安东妮蒂坐在车厢的另一个角落,把脸转向窗外,不声不响地哭。三个人哭的理由并不一样。耶南太太和奥利维想到的是他们忘不了的过去。安东妮蒂想得更多,她想到了他们将要面临的未来;她怪自己不该忘了过去,她也想沉浸在回忆之中……但她更有理由要想到将来;她看事情比母亲和弟弟看得更准,他们对巴黎都抱有幻想。安东妮蒂也料不到在巴黎等待他们的是什么。他们从没去过巴黎。耶南太太有个姐姐在巴黎嫁了个有钱的法官;她指望姐姐会帮忙。她又相信子女既受过教育,又有天赋,应该不难过上像样的生活,但这一点,她像天下的母亲一样,估计得太高了。

初到巴黎的印象是阴暗的。车站的行李房拥挤不堪,出口处一片喧器,人仰马翻,吓得他们心慌意乱。天在下雨。他们却找不到马车,不得不走很远的路,包袱太重,胳臂都累断了似的,只好在半路上停下,弄得不好会给马车压死,少说也要溅上一身泥。他们叫车,没有车夫搭理。最后,他们总算挡住了一辆又脏又旧的蹩脚马车。在运送包袱上车的时候,一个铺盖卷掉到泥里去了。车站搬运行李的脚夫和马车夫都欺负生人,要他们付了两倍的价钱。耶南太太叫马车去一个普通客店,要价很高,外省客人老住那里,三十年前他们的祖父就来住过,所以虽然并不方便,他们还是不改祖传的规矩。不料客店却照样剥老主顾的皮。他们说是客满了,把母子三个塞进一个小房间,却收他们三个房间的钱。吃晚餐时,他们想省一点,不吃客餐,只点了便宜菜,不料花钱一样多,肚子却没吃饱。才到巴黎幻想就破灭了。在客店的头一夜,挤在一间不通风的房间里,他们怎么也睡不着,一会儿冷,一会儿热,老喘不过气来,走廊里的脚步声,关门声,电铃声,总吓他们一跳,街上车轮滚滚,车声隆隆,在他们脑子里留下了伤痕。他们觉得这个庞大的城市非常可怕,但他们却是自投罗网的,那还有什么办法呢?

　　第二天,耶南太太跑到姐姐家去,姐姐住在奥斯曼大街一套豪华公寓里。她虽然不说,却希望姐姐让他们住到家里去,一直住到他们解决困难为止。但头一次见面就使她的幻梦破灭了。她姐姐波依埃·特洛姆一家人听到破产的消息就非常恼火。尤其是姐姐,唯恐妹妹会连累她,甚至有碍她丈夫的前程,认为这个破落户居然找上门来,危害别人,实在太不识相。法官的想法也是一样;不过他稍微好一些;要不是太太管得紧,他也许会通融一下——既然太太不松口,他也乐得。波依埃·特洛姆太太对妹妹的接待是冷冰冰的。耶南太太伤心透了,又不得不忍气吞声,隐隐约约说出自己困难的处境,希望波依埃家伸伸手,助他们一臂之力。他们却仿佛没听见,也不留客人吃晚餐,只是敷衍一下,说请他们周末再来。甚至邀请的话也不是波依埃太太说的,而是法官看见妻子待客过于冷淡,有点过意不去,出来打打圆场,他装得很随和,但看得出来他并不是真心实意,而骨子里是自私的——可怜的耶南一家人回到客店,甚至不敢开口谈这头一回拜访的事。

　　以后几天他们在巴黎东奔西走,要找房子,上楼下楼,累得要命,看到像兵营般拥挤的住房,脏兮兮的楼梯,黑魆魆的房间,在外省住惯了大房子的人,简直觉得受不了。他们越来越感到压抑。无论在街上,在店里,或是在餐厅,他们总是不知所措,到处上当受骗。他们随便要买什么,都得出大价钱;人家以为他们会点石成金,所以要他们用金子买石头。他们笨得难以想象,根本不会保护自己。

耶南太太对姐姐已经没有什么希望了,但她还对那顿晚餐抱有幻想,因为人家总算请了他们。他们准备去赴宴时,心跳得很厉害。人家是把他们当客人,而不是当亲戚接待的——何况除了客套以外,晚餐并没有什么额外的开销。孩子们见到了他们的表兄妹,和他们的年龄差不多,但并不比姨父母的态度更好。女孩子讲究打扮,说话装腔作势,表面上客客气气,甜言蜜语,内心瞧不起人,使他们哭笑不得。男孩子厌恶穷亲戚,把晚餐当成苦差使,脾气要多坏有多坏。波依埃·特洛姆太太梆硬笔直地坐在椅子上,似乎在教训妹妹要守规矩,甚至请客人吃菜也是一板一眼的。波依埃·特洛姆先生言不及义,唯恐客人谈正经事。无聊的谈话超不出吃的范围,以免谈到对亲人有危险的话题。耶南太太费了好大气力想说出心里话来,但一开口,就给波依埃·特洛姆太太一句满不在乎的话打断了。她就再也没有胆量张嘴。

晚餐后,她勉强要女儿露一手,弹一支钢琴曲。女儿不好意思,又不情愿,弹得很糟糕。波依埃一家并不乐意听,只在等她弹完。波依埃太太和自己的女儿交换了一个眼色,挖苦地翘翘嘴唇;偏偏曲子又长,她就和耶南太太闲扯。最后,安东妮蒂不知道弹到什么地方去了,弹到某一段的时候,本来该继续往下弹,却又回到了头上,她吓了一跳,这样弹下去,恐怕永远也没个完,她就当机立断,弹了两个不准确的音,一个完全弹错的和弦,就戛然中断了。波依埃先生却说:

"太好了!"

他叫人上咖啡。

波依埃太太说:她女儿跟著名的钢琴家比诺学弹琴。于是那位"跟比诺学弹琴"的小姐就说:

"弹得很好,小妹妹……"

接着就问安东妮蒂在哪里学的琴。

谈话就这样拖下去。对客厅里的小摆设,对波依埃一家女人的装束,都谈得不来劲了。耶南太太再三寻思:

"是该开口的时候了,我非说不可……"

她紧张得皮肤都皱紧了。她费了好大的劲,到底才下了决心要说,不料波依埃太太却随随便便用一点也没有对不起的口气说:很对不起,他们九点半要出门,因为有个约会不能谢绝……耶南一家又羞又恼,马上站起来说要走。主人又装模作样,假意挽留。这样拖了刻把钟,有人按门铃,仆人来说:是波依埃家的朋友,就是住在楼下的邻居。波依埃夫妇挤了挤眼睛,又赶快和仆人嘁嘁喳喳说了两句。于是波依埃含糊地找了个借口,请耶南一家到隔壁房间里去(他不愿让朋友知道他有这门子穷亲戚,更不愿让他们见到穷亲戚上门来了)。就这样,耶南一家待在一间没生火的房子里。孩子们受不了这种侮辱,气得要命。安东妮蒂眼泪都涌出来了,一定要走。母亲先还不答应,后来等得太久,才拿定了主意。他们走了。走到前厅,波依埃得到仆人通报,才追了出来,说了几句不痛不痒的话,假意还要挽留,但是看得出他恨不得他们早走。他帮他们穿上大衣,脸上挂着微笑,把他们推到门口,握了握手,低声说了几句好话,就把他们送出门外——回到客店,孩子们气得哭了。安东妮蒂顿着脚,发誓永远不再去这号人家里。

耶南太太在植物园附近租了一套四层楼上的房子。卧房的窗子开向一个阴暗的院子,墙上斑斑点点;餐室和客厅——耶南太太一定要有客厅——朝着热闹的街道。整天都有蒸汽推动的街车来来往往,还有送殡到伊佛莱公墓的行列川流不息。肮脏的意大利人,加上一大堆孩子,无所事事,不是闲坐在长凳上,就是吵得声音刺耳。白天不能开窗,因为太闹;晚上回家,一定要在脏乱的人潮中拼出一条路来,要穿过拥挤而泥泞的街道,要走过隔壁一家低级酒店,门口有些肥头肿脸、黄发粉面的大姑娘,用淫荡的眼光盯着过路的人。

耶南一家剩下的钱不多,花费得却很快。他们每天晚上心情紧张地发现钱包的漏洞太大。他们想要节省,但是不知从何下手;节省也要学问,如果没有从小养成习惯,那要刻苦学几年才能学会。天生不节省的人想节省也是枉费时间,一有机会又花钱了;他们总说下回再省;好不容易省了一点,或者自以为省了一点,很快又把省下的钱花掉了,而且花掉的比省下的要多十倍。

过了几个星期,耶南家的钱已经花完了。耶南太太不得不丢掉最后一点自尊心,瞒着孩子,去向波依埃借钱。她设法在他办公室单独和他见面,求他借一小笔钱给她,等他们找到工作维持生活之后再还。波依埃心比较软,也不是不通人情,先推要过几天才能答复,最后总算让了步。他一时感情冲动,不由自主地借给她二百法郎,但一借出立刻后悔——尤其是怎样向波依埃太太交代呢?她不会怪丈夫软弱无能,妹妹会耍花招嘛。

耶南母女天天在巴黎工作。耶南太太和外省有钱人一样有偏见,认为她和女儿只能干"自由职业"——而所谓的"自由职业",其实只有饿死的"自由"。她甚至不同意女儿去做家庭教师。在她看来,只有在国家机关工作才不失身份。至于奥利维,先要完成学业,才能在公立学校当教师。而安东妮蒂呢,耶南太太希望她能在学校教课,或者去国立音乐学院得个钢琴奖。但公立学校都有教师,资历远远胜过她的女儿,女儿只有初级文凭;谈到音乐,应该承认安东妮蒂才能并不出众,而比她强的人还没有露头角呢。他们这才发现:在巴黎,人才并没有用武之地,因为竞争激烈,浪费严重。

两个孩子灰心丧气,把自己看成无用的人,平庸之辈;这是太夸大了,他们却拼命要自己相信,还要母亲相信。奥利维在外省中学并不费劲就是拔尖的学生,现在却经不起考验,他的才能似乎都不翼而飞了。他进了一所学校,开头还得到了助学金,但第一次考试成绩就很坏,助学金取消了。他以为自己成了一个大傻瓜。同时,他厌恶巴黎,厌恶乱七八糟的人群、卑鄙无耻的同学、低级下流的谈话,有些人甚至要他做禽兽不如的勾当。他说不出多么瞧不起他们。他简直羞与为伍,想到他们都怕玷污了自己的思想。他们每天都亲身受到侮辱,感到失望,他们纯洁的心灵唯恐受到感染,互相之间也不谈起,直到三个人同做晚祷时,才能吐出苦水。但接触到巴黎潜在的无神论思想,奥利维的信仰不知不觉地开始风化瓦解了,就像墙上新刷的石灰一淋雨就会脱落一样。他还继续信仰,但在周围人的心中,上帝已经死了。

母女两人还在东奔西走,但是徒劳无功。耶南太太又去波依埃家。为了摆脱他们,波依埃给他们找了工作,要耶南太太给一个到南方去过冬的老太太当伴读,要安东妮蒂到法国西部乡下去当家庭教师。工作条件并不算坏,但耶南太太都拒绝了。她认为要女儿去侍候人,比她自己还更丢脸,尤其是要安东妮蒂离开她。他们虽然不幸,也许正因为不幸,他们更要待在一起——波依埃太太认为这太不成话。她说一个人没法过日子,就不应该挑三拣四。耶南太太不免怪她不体谅人。波依埃太太说了些伤人的话,谈到破产和欠她的债。姊妹两人分别时闹翻了。一切关系断绝。耶南太太只有一个念头:还清欠她的债。但是她没有钱。

徒劳无益的奔走又继续下去。耶南太太去看本省的众议员和参议员,耶南先生多次帮过他们的忙。她到处碰到的都是忘恩负义,自私自利。众议员甚至不回信,等她找上门去,又说人出去了。参议员说话粗暴,提到她可怜的情况就怪"该死的耶南"不该自杀。耶南太太为丈夫辩护了几句。

参议员就说他知道银行家不是存心欺骗，而是太蠢，思想糊涂，做事冒失，一意孤行，从不向人请教，也不听人劝告。如果他只害了自己，别人无话可说，只好说声活该！但是——他不但叫别人倒霉——还叫妻子儿女遭殃，丢下他们不管，让他们跳不出火坑……耶南太太肯宽恕他，那是她有"菩萨心肠"；而他是一个参议员，并不是个"菩萨"，只是个"有心肠"、通情达理的凡人，他可没有任何理由原谅自杀的人：在这种情况下自杀简直是罪该万死。唯一可以减轻罪名的，是破产不能全由耶南负责。话说到这里，他向耶南太太表示歉意，说自己对她丈夫的指责有点过激，这是因为对她同情的缘故，于是他拉开抽屉，取出一张五十法郎的钞票给她——当作施舍——她不接受。

她到一个大机关去找一个小差事干。但她不懂门路，有头无尾。好不容易鼓足勇气去申请了一次，回到家里就泄了气，好几天都恢复不过来；等到她再去打听时，已经错过时机了。她也没有得到教会帮助，也许教会看不出帮她有什么利益可得，也许他们对一个破了产的家庭不感兴趣，尤其因为他们的家长反对教会是出了名的。耶南太太费了好大的劲才在一个修道院找到了教钢琴的差事——这是一份收入微薄、划不来的工作。为了多赚一点钱，她又在晚上帮人抄抄写写。但抄写的要求很苛刻。她一不小心，就难免写错写漏，虽然她集中精力——但她有多少事要想啊！——还是会漏掉个把字，甚至一整行，这就要听到不堪入耳的语言。有时她一直抄到深更半夜，抄得腰酸眼痛，抄件还是不合格。她回到家里，丧魂失魄，整天长吁短叹，不知如何是好。她早就有心脏病，现在折磨得病更沉重，使她有不祥的预感。她有时着急、气憋，好像就要死了。她出门时写好姓名住址，放在衣袋里，怕自己会倒在街上。万一她要死了，叫儿女怎么办呢？安东妮蒂尽量安慰母亲，本来不镇静也要装镇静；她求母亲量力而行，让女儿代替她去工作。但耶南太太要争这最后一口气，决不让女儿去受她受过的罪。

她尽力节省开支也没有用，赚的钱不够养活一家人。她只好忍痛变卖剩下的首饰。最倒霉的是：耶南太太这样急需的钱，在拿到的当天却给人偷了去。这个可怜的女人老是稀里糊涂，路过便宜商场，打主意进去给安东妮蒂买件礼物，第二天过生日。她把钱包拿在手里，免得丢掉。在挑选礼物的时候，她把钱包放在柜台上，只放了一下，等到她再去拿钱包，却已经不见了——这真是最后的打击。

几天以后，八月底一个闷热的晚上——一股沉重的水蒸气压在城市上空——耶南太太刚送走一份急件回来。吃晚餐要迟到了,她又要省三个苏的马车钱,就拼命赶回家,免得孩子们着急。爬到四层楼上,她已经说不出话,气也喘不过来。这不是头一回她累得这样精疲力竭,结果孩子们也就没有大惊小怪。她立刻勉强坐下,和他们同吃晚餐。他们两个因为天热而吃不下;费了好大劲才吃了几块肉,喝了几口水。为了让母亲去除疲劳,他们都不说话——也没有说话的心情——姐弟两人都望着窗外。

忽然一下,耶南太太招了招手,使劲抓住桌子,眼睛望着子女,呻吟了两声,就倒下了。安东妮蒂和奥利维赶快跑了过去,刚好来得及用胳臂把她扶住。他们疯了似的哭叫,哀求:

"妈妈!我的好妈妈!"

但是她不回答。他们不知如何是好。安东妮蒂浑身抽搐,紧紧抱住母亲的身子,亲她,叫她。奥利维打开了房门大喊:

"救人!"

门房的女人爬上楼来,一看情况不好,就跑去找附近的医生。等到医生赶来,也只能开死亡证了。死亡来得真快——侥幸耶南太太弥留时间很短——但谁知道在最后几分钟,她眼巴巴看着自己死去,丢下两个孤零零的孩子受苦受难,又是什么心情!……

孤苦伶仃地担惊受怕,孤苦伶仃地哭泣,孤苦伶仃地料理丧事。门房的女人好心来帮点忙;耶南太太教课的修道院只送来了几句冷淡的悼词。

母亲死后,他们最初的灰心绝望简直无法形容。唯一救了他们的,是绝望到了极点,使奥利维痉挛了。安东妮蒂忘了自己的痛苦,她只想到弟弟;姐弟之爱深深地感动了奥利维,使他没有痛苦得做出危险的事情来。他们两人紧紧抱在一起,坐在母亲的灵床前,守着一盏长明灯,奥利维反复说:两人应该同死,并且立刻就死;说时他还指着窗口。安东妮蒂也有这个阴森可怕的念头;但她还在挣扎,她要活下去……

"有什么用呢?"

"为了她,"安东妮蒂说——她指指母亲——"她和我们总在一起。想想看……她为我们吃了多少苦呀!不能让她死后也不安寝,还要看到我们不幸而死——啊!她接着强调说——我们不能听天由命!我不愿意!我要对抗到底!我要你能幸福。总会有那一天!"

"不会有的!"

"会有,你会幸福的。我们吃的苦已经到头了。不可能不改变;一定会改变的。你要过一个人的生活,你会有一个家庭,你会幸福,我要这样,我要!"

"怎么活下去呢?我们永远不能……"

"我们能够。那有什么困难?我们怎样也要活到你能独立谋生才行。这件事由我管。你看我怎么办。啊!假若妈妈早让我干,恐怕我已经……"

"你能干什么呢?我可不愿你做失格的事。何况你也不能失格。"

"我能干……没有什么失格的事——只要我清清白白——做一份工作挣一份钱。不要担心,我求你了!你看,一切都会安排好的,你会幸福,我们都会,奥利维,母亲也就瞑目了……"

两个孩子送母亲的棺木下葬。他们决定不通知波依埃一家,这一家人对他们说来已经不再存在了。门房问他们还有没有什么亲戚,他们答道:

"没有。"

在没有装饰的墓穴前面,他们手牵着手祈祷。他们灰心失望,但是决不低三下四,两人不肯屈服,甚至有点硬顶,他们宁可孤独,也不愿见到冷漠无情、假意应酬的亲戚——两个人步行回家,路上的行人一点也不关心他们的丧事、他们的思想、他们的存在。人们的共同点只有人们的语言。安东妮蒂挽着奥利维的胳臂走。

他们搬到最高一层楼的一套小房间——只有两间屋顶下的卧室,一间很小的前厅作餐室,还有一间壁橱似的小厨房。如果他们换个地区,也许可以找到好一点的房子;但在这里,他们似乎和母亲在一起。门房也对他们同情,但事一忙,就没工夫管他们了。没有一个房客认识他们;他们也不知道隔壁住的是什么人。

安东妮蒂接了母亲的班,在修道院担任音乐教师。她还在找别的课教。她只有一个念头:把弟弟抚养成人,让他进高等师范学校。这是她一个人做出来的决定,她研究了高师的课程,打听好了,也征求了奥利维的意见——但他说不出什么意见来,她就替他做出了抉择。一进高师,他一辈子的生活都有保证,可以掌握自己的前途。因此,他一定得进高师,无论如何也要活到那个时候。这只需要辛苦五六年,总可以熬到头的。这个念头给了安东妮蒂说不出的力量,几乎和她整个身心合而为一了。她将要过孤独而艰苦的生活,这是明摆着的,若不是全心全意为了弟弟,若不是希望弟弟生活得比自己更幸福,那简直不可能这样活下去!……这个十七八岁的姑娘,本来轻松愉快、温柔可爱,因为做出了这个英勇的决定,变得前后判若两人了:她身上流露了献身的热忱和奋斗的豪情,这是任何人,尤其是她自己,都没有料到的。在女子春情发动的年龄,在人生百花怒放的初春季节,爱情的力量浸润了、发扬了生命,就像一条地下的潺潺潜流,包围了、淹没了生命,使生命永远如醉如狂,这时,爱情有各种形式,但是只要求献身,要求滋养别人,一有借口,纯洁清白、深入心灵的肉欲就会化为各种牺牲。爱情使安东妮蒂成了姐弟之情的牺牲品。

她的弟弟不如她热情,反倒没有这股动力。再说,是别人为他牺牲,而不是他为别人牺牲——为情人而牺牲更容易,也更甜蜜。而弟弟却相反,他看到姐姐为他辛苦为他忙,反倒觉得过意不去,甚至心情沉重。他把心思告诉姐姐。姐姐答道:

"啊!我可怜的小弟弟!……难道你没看见我就是为了你才活着的吗?要不是为了你而辛苦,我还活着干什么呢?……"

弟弟心里明白。假如他是安东妮蒂,他也会心甘情愿地吃苦耐劳的;但现在却是姐姐为他吃苦耐劳!……他觉得于心不安,也不能因此而自豪。对于一个像他这样软弱的人,这是多么沉重的压力,要他承担只许成功、不许失败的责任,因为姐姐把整个一生都当作赌注,押在他这张牌上了!这种思想使他受不了,他不但不能加倍鼓劲,有时反倒被压得泄气。然而姐姐一定要他硬着头皮顶住,工作,生活,没有姐姐的督促,他是怎么也做不到的。他天生的甘心失败——甚至宁愿自杀——若不是姐姐硬要他向上,硬要他幸福,说不定他早已沉沦了。他的天性受到压抑,觉得痛苦,然而,他却因此得救。他也处在转变期的年龄,在这个紧急关头,成千上万年轻人经受不起考验,走上歪路,放纵感情,过了两三年糊涂生活,断送了整个一生,再也无法挽回。如果他有时间顺着自己的思路想下去,那结果不是灰心丧气,就是放荡沉沦;每次当他检查内心的时候,他看到的是病态的梦幻,是对生活、对巴黎的厌恶,他厌恶那腐化堕落的芸芸众生。但一看见姐姐,噩梦就烟消云散了;既然她生活的目的只是要他能生活,那他就要活下去,是的,他还要幸福,虽然他并无所求……

这样,他们的生活建立在热烈的信仰上,信仰使他们吃苦耐劳,皈依宗教,志高气昂。姐弟两人的生命都只有一个目标:那就是要使奥利维成功。安东妮蒂接受种种工作,忍受种种委屈,她当家庭教师,人家几乎把她当作用人;她像个保姆一样陪女学生散步,在街头走上几个小时,名义上是教她们学德语。她的姐姐情和自豪感在精神的痛苦和肉体的疲劳中,都能得到一点满足。

她回家时疲惫不堪,还得照顾奥利维,他在学校里吃午餐,要晚上才回来。她准备晚餐时,用的是煤气炉或酒精灯。奥利维从来不叫饿,什么都不爱吃,尤其厌恶吃肉,一定要逼着他吃,或者费尽心机做出一小盘讨他欢喜的菜来;但可怜的安东妮蒂并不是个做菜的高手!她费了好大的劲,却听到弟弟说她的菜吃不得。要在炉灶前失败多少次,要不声不响地失望多少回,有时笨手笨脚的年轻主妇甚至要废寝忘食,暗中摸索,才能学到一点做菜的技巧啊!

晚餐后,她洗完了他们用过的几个盘盘碗碗,(他要帮洗,但她不让。)她就像母亲一般来关心弟弟的功课了。她要弟弟背书,她看他的作业,甚至帮他东查西找,但总是留神不伤害他敏感的心。他们晚上坐在唯一的桌子两旁,桌子既是餐桌,又当写字台用。弟弟做作业,姐姐缝衣物,或者抄文件。等他上了床,她再洗他的衣服,或者是做自己的事。

不管生活多么困难,他们还是决定把节省下来的一点钱,首先用来偿还母亲生前欠下波依埃家的债务。波依埃家并没有来讨债;他们似乎不存在了;他们根本不再想到这笔钱,以为肯定是不会归还的;而他们只花了微不足道的一笔小款子,却甩掉了会使人名声扫地的穷亲戚,已经觉得是万幸了。但这两个孩子的自尊心和孝心都不能容忍母亲欠他们的债,尤其是因为姐弟都瞧不起这门阔亲戚。于是他们节衣缩食,舍不得多花一文钱,也要积上二百法郎——那对他们可是笔大数目。安东妮蒂本想只刻苦自己一个人。但弟弟猜到了她的意图,说什么也要和她同甘苦。为了完成这个任务,姐弟两个竭尽了全力,只要每天能够省下几个苏,他们就很高兴了。

他们省吃俭用,一个苏一个苏地积累,过了三年,总算积到了这笔钱。这真是再快活也没有了……一天晚上,安东妮蒂到波依埃家去。她受到的是毫不客气的接待。他们以为她是有所求来的,就先发制人,干巴巴地怪她不懂情理,甚至连母亲去世也没通知他们,现在有求于人就找上门来了。她打断了他们的话,说她无意麻烦他们,只是来还债的;她立刻拿出两张一百法郎的钞票放在桌上,要张收条。他们的态度马上变了,假意不肯收钱,并且忽然对她好了起来,就像债主收回了陈年老账一样,本来以为那是笔死账了。他们问到她和弟弟住在什么地方,怎么过日子的。她却避免回答,只要收条,并且说是有事,冷冷地行了个礼,就告辞了。波依埃夫妇认为这个侄女辜负了他们的恩情,气得要命。

还了这笔债后,安东妮蒂继续过同样艰苦的日子,现在只是为奥利维了。她还瞒着弟弟,不肯让他知道:她舍不得打扮,有时忍受饥饿,却让弟弟着装好一点,有一点娱乐,生活得更温暖,更有点甜头。有时还能听听音乐会,甚至上歌剧院——那是奥利维最大的乐趣。他不肯一个人去;但姐姐总能找到不去的借口,免得他于心不安:她推说太累了,不想出去,甚至说音乐烦人。他并不信这些骗人的话;但小孩子的自私心理还是占了上风。他去了剧院,一去就后悔;他边看边想,结果大煞风景,情趣全无。一个星期天,她要弟弟去夏德莱戏院听音乐,半小时后他就回来了,说一到圣·米希桥就不想往前走,因为音乐会给他的乐趣,抵偿不了独自享乐带来的痛苦。安东妮蒂看见弟弟为了她而牺牲了星期天的娱乐,于心不忍,一想到他会体贴人,又得到了安慰。但奥利维并不后悔,他一回家看到姐姐脸上遮不住的喜悦光辉,就觉得比听了世界上最美好的音乐还更幸福。他们那天下午只是面对面地坐在窗前,弟弟手里拿一本书,姐姐拿着针线,既不做针线活,也不看书,只是说些闲话,一下午就过去了。在他们看来,从没有一个星期天过得这样舒服。两个人决定再也不分开去听音乐会了。他们不可能独自得到幸福。

她不声不响地省钱,结果使奥利维喜出望外地租了一架钢琴,按照租约,分期付款之后,琴就属于他们。租约对她又是个沉重的负担!按期付款时常成了噩梦;为了挣到需要的钱,她不惜损害自己的健康。但这种疯子才肯干的事给他们两个带来了多少幸福啊!在他们艰苦的生活中,音乐就是天堂。音乐占领了无限的空间,笼罩着一切,使他们忘了世界上的苦难。这也不是没有危险的。音乐能溶化现实世界。像秋天蒸发出来的暖洋洋、软绵绵的忧郁惆怅,音乐能刺激感官,也会涣散斗志。但对一个像安东妮蒂这样过度劳累而得不到欢乐的少女,音乐却能松弛紧张的精神。昏天黑地不断地忙碌了一个星期之后,星期天的音乐会是照耀人生的唯一光辉。他们生活在对上次音乐会的回忆中,生活在对下次音乐会的期待中,生活在这超越时空、超越巴黎的两三个小时中。不管刮风下雨,天寒地冻,他们两个你靠着我,我靠着你,在剧场外面等了很久,唯恐场内满座,等到进了剧场,坐上了狭窄阴暗的座位,又失落在嘈杂拥挤的人堆里。他们给挤垮了,喘不过气来,又热又烦,几乎要生病似的——然而他们觉得愉快,为自己的幸福和别人的幸福感到愉快,感到贝多芬和瓦格纳等伟大心灵中汹涌澎湃的善良、光明和力量在自己心灵中奔腾起伏而觉得幸福,姐弟两人看到对方的脸——因为过度操劳、过早操心而变得苍白的脸——忽然容光焕发而觉得幸福。安东妮蒂感到疲倦无力,仿佛被母亲紧紧抱在怀中!她缩在这个温暖的安乐窝里,低声地哭了。奥利维紧紧地握着她的手。没有人注意他们,在阴暗的大厅里,其实不只他们两颗受伤的心灵,在音乐的羽翼下寻求母爱的荫庇。

安东妮蒂还有宗教继续支持她。她很虔诚,每天祈祷很久,很热烈,每星期日去做弥撒。在不公平的苦难生活中,她并没有失去对基督的信仰,她相信他和你一同受苦,有朝一日会安慰你。但是她和死者的亲切交流比和上帝的交流更多,她内心深处总觉得亲人在和她共患难。她思想上是独立的,有坚强的理性;她置身于其他天主教徒之外,别人对她的看法并不好,认为她是歪门邪道,几乎要把她当作自由思想派,至少是往自由的路上走,因为作为一个法国好姑娘,她不肯放弃自由的判断;她的信仰不是禽兽似的盲从,而是真爱。

奥利维却不再信仰了。他的信心从到巴黎的头几个月起就开始慢慢瓦解,现在完全崩溃了。他觉得非常痛苦,因为他既不坚强,又不庸俗,不能没有信仰;所以他经历了苦闷得要命的阶段。但他内心还是个神秘主义者,虽然缺少信心,他的思想总接近姐姐的思想。他们两个生活在宗教的气氛中。白天分离之后,晚上回到家里,小小的套房成了他们的避风港,不可侵犯的庇护所,虽然又穷又冷,却很纯洁。一回来,他们就觉得离开了巴黎的堕落思想……

他们不大谈白天的事;回家已经累了,哪有心去谈艰苦的历程?那不等于再讨苦吃吗?他们的本能要竭力忘记白天。尤其是刚回家吃晚餐的时候,谁也不想问谁。他们只用眼睛招呼对方;有时整个晚餐不谈一句话。安东妮蒂看着弟弟,弟弟只是对着盘子出神,像小时候一样。安东妮蒂温柔地摸着他的手:

"好了!"她微笑地说,"要有勇气!"

他也微微一笑,又吃起晚餐来。吃完了,谁也不想说话。他们渴望沉默。一直要等到休息够了,对方体贴的爱抹杀了白天的污痕,他们的舌头才会放松一点。

奥利维坐在钢琴前。安东妮蒂改掉了弹琴的习惯,让他一个人弹,因为这是他唯一的娱乐,他也就全力以赴。他对音乐的天赋很高,生性柔弱,重感情,轻行动,能深入领会音乐家的思想,融合无间,忠实而热烈地表达原作的细腻感觉——虽然他柔弱的胳臂和气力弹不出贝多芬这种巨人后期的奏鸣曲或《特里斯坦》,但还是可以弹他喜爱的莫扎特和格鲁克的。

有时,她也唱歌,歌词简单,调子古老。她的声音是不响亮的女中音,沉重而脆弱。她胆子小,不敢在人面前唱,甚至在奥利维面前喉咙也会发紧。她特别喜欢唱贝多芬的《忠实的琼妮》,歌词是苏格兰语的,很沉静,很沉静……其实很温柔!……歌就像人。奥利维一听她唱就会流泪。

她更喜欢听弟弟弹琴。餐后她赶快洗完碗碟,把厨房门打开,好听奥利维弹;但不管她多么小心,弟弟也不耐烦地怪她收拾锅盆碗盏的声音太响。于是她只好关上门;等到收拾完了,才坐在一张矮凳子上,离钢琴不能太近——因为他弹琴时身边不要人——而是挨着壁炉,像只小猫似的缩成一团,背朝钢琴,眼睛望着壁炉内金黄的火焰在不声不响地吞噬一块煤砖,她也沉入往事的回忆中。九点钟一响,她不得不提醒奥利维时间到了。要弟弟和她自己脱离梦境,那都是痛苦的事;但奥利维晚上还有作业要做,睡觉也不能太晚。他并不立刻听姐姐的话,因为放下音乐之后,他还需要一段时间才能做别的事。他的心还收不回来。往往九点半了,他还没有走出梦乡。安东妮蒂坐在桌子另一边,低头干活;明知弟弟没有做事,但不敢老抬头看他,唯恐对他关心也会惹得他不耐烦。

他正在似懂非懂的年龄——幸福的年龄——过日子就像做梦一般。额头没有一丝皱纹,眼睛像少女的,调皮,天真,时常有黑眼圈,嘴巴大,嘴唇厚,有点撅起,似笑非笑,叫人摸不透,漫不经心,像个小淘气;头发太密,前面遮了眼睛,后面像个发髻,还有一绺梳还乱的,与众不同;脖子上的领带没有系紧——虽然姐姐每天早上帮他打好——上衣的纽扣老掉,姐姐缝一回掉一回;衬衣没有袖套,手很大,腕骨突出。样子像在笑人,睡觉老没个够,仿佛贪图享受,总是张口呆望。眼睛无事可做,就滴溜溜地转到安东妮蒂的房间——书桌在她房里——望着小铁床上方挂着的象牙十字架和一根黄杨枝——望着父母的画像——望着一张外省小城的旧照片,有钟楼在水中的倒影。一看到脸色苍白的姐姐在静静地干活,便引起了他无限的同情,同时恨自己不该浪费时光,无所事事,于是打起精神加一把劲做功课,要把损失的时间捞回来。

放假的日子,他就看书。姐姐也看书,各看各的。他们相亲相爱,两个人还能同时高声读同一本书。那会使他们觉得不好意思。一本好书在他们看来似乎是个秘密,只能在心中悄声细语。读到心领神会的地方,他们并不念给对方听,而是用手指着某页某段说:

"你读。"

于是,在一个人读的时候,另外一个已经读过了的只睁着明亮的眼睛,看对方脸上的表情,两人一同享受读的乐趣。

他们往往只是把肘腕撑在桌上,对着一本打开的书,但并不念,而是谈起心来。夜越深,越容易倾吐衷情。奥利维思想忧郁,这个软弱的年轻人老是要向他的知心人诉说自己的痛苦,不吐不快。疑虑老是啃噬着他的心。安东妮蒂非给他打气不可,要帮他和自己作斗争。这种斗争是没完没了的,每天都会周而复始。奥利维说些痛苦忧伤的话,一说完就轻松了,却不管这些话会不会压在姐姐心头。等他发现他的疑虑已经渗透到姐姐心里,使她也失去了力量,甚至鼓不起劲来,那时间就太晚了。安东妮蒂却不露声色。她天生勇敢而快活,即使快活早已烟消云散,她也要勉强装出快活的样子。但她有时也在内心深处感到疲倦,对自己心甘情愿做出的牺牲觉得反感。她责备自己不该这样想,也不愿作分析;她只是消极被动,听之任之,主观上并不接受这种想法。这时,祈祷就有用了,除非心灵干枯得祈祷不出——这也是有过的——那她只好静静地等待上帝施恩,心里却既恼火,又惭愧。而奥利维却从来没想到过姐姐的苦闷。在这种情况下,安东妮蒂总是找个借口走开,或者关在自己房里;等到阵痛过后再走出来;一出来又用笑容掩盖了痛苦,比以前更温柔,因为自己的反感而觉得问心有愧。

他们两间卧房连在一起。两张床之间只有一堵墙壁。两个人可以隔着墙低声谈话;有时睡不着了,他们可能轻轻敲着墙壁说:

"你睡了没有?我睡不着。"

他们之间的墙壁是这样薄,两个人好像是一对天真无邪、睡在一张床上的好朋友。但他们的房门到了夜里总是紧紧关上的,这是出于一种源远流长的害羞本能——一种神圣不可侵犯的感情——只有在奥利维生病的时候,才不关上房门,而那也不是少见的事。

他虚弱的身体并没有恢复健康。身体似乎越来越坏。他老是不舒服:喉咙或心脏,胸部或头部,轻微的感冒也会变成支气管炎;他还得过猩红热,几乎死掉;即使不生病看起来也有重病的异常象征,幸亏病没有发作,肺部和心脏都有隐患。一天,医生诊断说他可能有心包炎或肺炎;去找名医,专家也肯定了诊断结果,但却没有出事。其实是他的神经有病;大家知道这种病的表面现象往往出人意外,结果是虚惊一场;但安东妮蒂可急得要命!多少个夜晚她睡不着!她时常起床偷偷走到弟弟门口来听他的呼吸,提心吊胆,自己吓得要命。她以为他要死了,不是以为,而是知道,而是肯定,于是她站直身子,打着哆嗦,双手合十,紧紧捏住指头,捏得抽搐,却掩住嘴,免得喊叫出来:

"天啦!天啦!"她苦苦哀求道,"不能要他的命!不能,不能,你千万不能!……我求你了,我求你了!……啊,亲爱的妈妈!来救救我吧!救救他吧!他死不得呀!……"

她全身都僵了。

"啊!怎能半路上死掉呢?已经做了这么多事,已经快成功了,他已经快要得到幸福了……不行,这可不行,这太惨了!……"

不久,奥利维又有别的事使她胆战心惊。

他在本质上和她一样是好人,但意志薄弱,思想太自由,太复杂,不免有点糊涂,有点怀疑,受到寻欢作乐的引诱,明知不对的事也放纵自己去做。安东妮蒂这样纯洁,很久都不明白弟弟精神上有了什么变化。一天,她忽然一下发现了。

奥利维以为她不在家。平常这个时候,她是在教课的;但这一天,她得到学生的通知,请她今天不必去了。她心中暗自高兴,虽然她微薄的收入账上又要减少几个法郎;但是她太累了,于是躺在床上,要心安理得地休息一天。奥利维散了学,带了一个同学回来。他们坐在隔壁房间闲谈。她听得见他们的话,他们毫无拘束,以为隔壁没人。安东妮蒂微笑地听着弟弟快活的声音。但是不久,她的笑容消失了,血液冰凉了。他们谈了一些不堪入耳的粗话,低级下流,令人厌恶,而他们却似乎洋洋得意。她听见奥利维的笑声,这是她的小弟弟奥利维;但她认为是清白无辜的嘴唇,却吐出了下流的脏话,气得她浑身发冷。尖锐的痛苦穿透了她的心灵深处。这段时间拖了好久;他们谈起来不觉得累,她听起来又不能塞住耳朵。最后,他们出去了;只剩下安东妮蒂一个人。于是她哭了起来:她心中怅然若失;她理想化了的弟弟形象被玷污了,她的宝贝弟弟堕落了,这比要她的命还更痛苦。晚上,他回来后,她什么也不说。他看得出她哭过了,但不知道为了什么。他也不明白姐姐为什么改变了对他的态度。过了好些时候,她才恢复过来。

弟弟给姐姐最痛苦的打击是他一夜没有回家。她等了一整夜,没有睡觉。她感到痛苦的,不只是他道德上失去了纯洁,而是她心灵最隐蔽的深处受了伤害——这些神秘的地方活动着一些见不得人的情感,她就给这些情感罩上了一层面纱,和自己隔离开来。

其实,奥利维是要表现他的独立性。早上回家,他做好了姿态,准备毫不客气地对付姐姐的劝告。他踮着脚溜进房子,免得吵醒她。但当他看见姐姐站在那儿等他,脸色苍白,眼睛都哭红了,当他看见姐姐不但不怪他,反而一声不响地为他做早餐,准备他去上学,她一句话也不说,但看起来却很痛苦,整个形象就是活生生的无言责备,这时,他再也受不了,就扑倒在她脚下,把头埋在她裙子里,两人一同哭了起来。他自己觉得很羞愧,对在外面过夜又悔又恨,认为自己是变坏了。他要说话,她却把手遮住他的嘴,不让他说,他就吻她的手。两个人什么也没有再说,心里都谅解了。奥利维发誓不辜负安东妮蒂的期望。但姐姐不能这么快就忘了心头的伤痛,她像害了一场大病刚好似的。他们之间有了顾忌。姐弟之爱还是一样强烈;但姐姐在弟弟心中看到了陌生的东西,看到了她害怕的东西。

她在奥利维心中隐约见到的东西使她格外心慌意乱,因为就在这个时期也有男人追她。她在晚上回家,尤其是在天黑以后不得不出去拿回抄件,或者送走抄件的时候,老有男人跟着,找她攀谈,说些粗野的话,叫她痛苦得受不了。只要可能,她就勉强弟弟陪她,借口要他散步;但他不太愿意,她也不敢坚持,怕妨碍他做作业。外地人纯洁的心灵适应不了巴黎的习俗。到了夜晚,巴黎简直成了一个妖魔鬼怪出没的森林,她一出门就胆战心惊,不敢回头,唯恐后面有鬼。然而不出去又不行。她总要磨蹭好久,还拿不定主意;为此,她也感到痛苦。但一想到她的小奥利维也会——或者已经——像那些男人一样追女人,她回家时甚至很难伸出手来向他问好。弟弟哪里想得到姐姐对他会这样反感……

她不算非常漂亮,但很有迷人的魅力,她无意识的一举一动,都能引人注目。衣服穿得简朴,几乎总是黑色,身材不算高大,但很苗条,显得娇弱,不大说话,悄悄地穿过人群,不想惹人注意,反倒令人难忘她那温柔困倦的眼睛和娇小纯净的嘴巴深入人心的甜美韵味。有时她也看得出人家喜欢她,她却不知如何是好——自然心里也有几分高兴……谁说得出宁静的心灵在感到别人好意的时候,会不知不觉地增添多少温存亲切的娇媚姿态啊?看起来只是动作稍微有点不自然,眼光有点羞答答的,不敢正面看人,但这既动人心,又惹人爱。这种难为情的姿态更吸引人。她会激起别人的欲望;既然她家清贫,生活上没有人保护,别人就毫不在乎地有话实说了。

有时,她也参加犹太阔佬的"纱笼"晚会,她在一个学生家里认识了纳端夫妻,他们对她关心,她虽然不喜欢交际,也不免到他们家去过一两次。亚弗莱·纳端先生是巴黎有名的教授,很有学问,同时很爱交际,深刻和肤浅奇妙地混合在一起,这种人品在犹太社会中并不少见。在纳端太太身上,却是真心实意和世风习俗平分秋色。他们两人都对安东妮蒂慷慨大方,真诚亲热,但只是断断续续地表示好感——安东妮蒂在犹太人当中得到的同情,反比在天主教徒当中更多。犹太人有不少缺点;但是他们有一个大优点,首先就是:他们都是活人,对人都很关心,对人性都了解;只要和人有关的事,他们都不陌生,他们尤其关心活着的人。即使他们缺少真诚温暖的同情心,但他们的好奇心永远促使他们去寻求多少有些价值的心灵和思想,虽然这些心灵或思想和他们的并不相同。一般说来,他们并不肯帮大忙,因为他们同时对太多的事感兴趣,虽然口里说对世俗的浮华虚荣不大在乎,其实他们并不比任何人看得开。不过,他们还是做了些事,比起当代社会上无动于衷的人来,已经算是不错的了。他们是使社会行动起来的发酵剂,使社会生气蓬勃的动力——安东妮蒂碰多了天主教徒的钉子,撞多了冷漠无情的墙壁,感到纳端一家对她的关心,虽然还停在表面上,已经是很有价值的了。纳端太太隐约看到安东妮蒂尽心尽力的生活;感到她外表和内心的魅力,就主动要对她提供保护。纳端太太没有子女,但喜欢年轻人,时常邀请他们到家里来;她再三约过安东妮蒂,叫她不要过孤独的生活,应该有点娱乐。她很容易就猜到安东妮蒂不喜欢交际,部分原因是她生活拮据,就要送她一些漂亮的化妆品,但安东妮蒂自尊心强,不肯接受;这位好心的保护人就想方设法,使她不得不接受一些小礼物。哪个天真无邪的少女没有一点爱美的虚荣心呢? 安东妮蒂既感激,又不好意思。她只得勉强去参加纳端太太家的晚会,时间隔得越久越好;因为她年轻,不由不感到愉快。

但在这个鱼龙混杂的社交界里,有形形色色的年轻人,得到纳端太太保护的少女既清贫又漂亮,立刻成了两三个浪荡青年的猎物,他们看准了目标,以为十拿九稳可以到手。他们猜测一个羞答答的少女能走到哪一步。她甚至成了他们打赌的赌注。

一天,她得到了几封匿名信——说准确点,是捏造了几个贵族名字的信件——向她表示爱慕,先是甜言蜜语,情意迫切,定下了约会的时间;后来,很快就变成了厚颜无耻的恐吓信,不久,恐吓又变成了谩骂,说些低级下流的话,把她的衣服剥光,详详细细地描写她肉体的隐私部分,用些粗俗不堪的话来侮辱她,表示自己的情欲;他们欺负她不懂时下的风气,说她如果不来赴约,就要叫她在大庭广众之下出乖露丑。她难过得哭了,不知道为什么会招来天外的横祸;这种谩骂烧伤了她的洁身自好感。她不知道怎样才能走出这困难的处境。她又不肯告诉弟弟,怕他受不了,甚至会把事情搞得更糟。她没有朋友好商量。找警察吧,那怎么行?岂不会闹得更丢人!然而这事不结束又不成。她感到不能不闻不问,不理会是无济于事的,坏家伙一定不肯善罢甘休,不到危险关头是不会悬崖勒马的。

果然,坏家伙又寄来了最后通牒,勒令她第二天到卢森堡美术馆见面。她只好去了——她思来想去,相信这个折磨她的人一定是在纳端太太家见过的。有一封信中的几句话只可能是指在那里发生的事。于是她请纳端太太帮忙,陪她坐马车到美术馆去,并请她在车上等她一会。安东妮蒂进门去了。在指定的一张名画前面,那个恶少得意洋洋地走了过来,装得很有礼貌地和她攀谈。她不开口,只是目不转睛地瞧着他。等到话说完了,他又开玩笑似的问她为什么这样看人。她答道:

"我在看一个卑鄙的小人。"

这样一句话并不会使小人大惊失色,他反倒装得亲热了。于是她又说:

"你不是威吓说要我当众出丑吗?我现在就献丑来了。看你怎么出丑!"

她浑身颤抖,提高了说话的声音,表示不怕别人注意。果然有人注意他们了。坏家伙看见吓不倒她,就放低了声调。她却劈面又说一句叫他下不了台的话:

"你是个卑鄙的小人!"

一说完,她转身就走了。

坏家伙不肯服输,紧紧跟在后面,安东妮蒂走出了美术馆,小人寸步不离。她笔直走向在门口等她的马车,忽然一下打开车门,使她的追随者迎面碰到了纳端太太。纳端太太认出了他,并且叫他的名字。他不好意思,赶快溜之大吉。

安东妮蒂不得不把事情告诉她的保护人。她并不大愿讲,所以说话有保留。要让外人知道她内心的秘密,了解她难以启齿的创伤,那对她是很痛苦的。纳端太太怪她没有早告诉她。安东妮蒂却求她不要再对别人讲了。丑事不可外扬,就算到此为止;纳端太太不必对那个小人关上大门,他自己也不敢再来了。

几乎就在同时,安东妮蒂还有一件伤心事,不过性质大不相同。

有一个正派的男人,大约四十来岁,在远东的一个领事馆工作,回法国来度几个月的假,在纳端家遇见了安东妮蒂,并且爱上了她。这次见面是纳端太太事先安排的,但并没有告诉安东妮蒂,她好心好意地为她年轻的朋友找一个丈夫。对方是犹太人,不能算是漂亮,头有点秃,背有点驼;但眼睛很温和,态度很体贴,富有同情心,因为自己饱经风霜,所以能够同情受苦的人。安东妮蒂已经不再是当年有浪漫思想的少女,娇生惯养的大小姐了,她梦想的生活也不再是风和日丽,陪着情人散步,而是把人生看作艰苦的斗争,每天都要从头开始,永远不能休息,否则,日积月累,千辛万苦争来的地位,就会在顷刻间丧失殆尽。她希望有朋友大力支持,守望相助,甘苦与共,她可以闭上眼睛休息一会,那是多么甜美的梦想啊!她明知这是白日做梦,但是没有勇气走出梦境。其实,她并不是不知道一个没有嫁妆的少女在现实生活中是没有什么希望的。老派的法国中产阶级把婚姻当作买卖,把肮脏的金钱看得重于一切,这已经是家喻户晓的了。他们这样贪财,低级下流,连犹太人也自愧不如。有钱的犹太青年选中一个清贫的少女,或是千金小姐热烈追求一个聪明的男子,并不是少见的事。但在法国中产阶级当中,尤其是外省的天主教徒,总是有钱人找有钱人。有了钱干什么?这些可怜虫并没有什么太高的要求;他们只会吃喝,打呵欠,睡大觉——省钱。安东妮蒂了解这种人。她从小就见过这种人。她用有钱人的眼光,又用没钱人的眼光见过他们。她对他们没有幻想,没有什么可期待的。因此,有个男人向她求婚是件意想不到的喜事。开头,她并不爱他,但感激之情渐渐渗入了她的内心,使她深深感到他的温情。她本来会嫁给他的,但她舍不得丢下弟弟跟他到远东去。她拒绝了;对方虽然明白她的行为高尚,但并不肯原谅她,因为爱情是自私的,要求爱人为自己牺牲最高尚的品德。于是他不再来看她;走后也不来信,她没有得到他的任何消息,一直等到一天——已经过了五六个月——他寄来了一张喜帖,地址是他亲手写的,告诉她说:他已经和另外一个女人结婚了。

这使安东妮蒂很难过。她再一次感到失望,只有把痛苦向上帝诉说;她要说服自己:她受到了公正的处分,因为她居然忘了自己唯一的任务是为弟弟做出牺牲;于是她全心全意地投入了。

她和社交界完全隔离。她不再到纳端家去,他们自她拒绝婚事以来,对她也很冷淡,因为他们并不认为她有理由拒绝。纳端太太事先肯定婚事一定成功,一定美满,但安东妮蒂把事情搞糟了,这有损她的尊严。她认为姐弟之情当然重要,但也不能过分夸大;所以一夜之间,就不再关心这个傻丫头。她需要帮人忙,不管人家是否需要,现在她又发现了另外一个目标,需要她去关心照顾。

奥利维一点也不知道姐姐的伤心事。这个年轻人多情善感,但是肤浅,老在幻想中过日子。他做什么事情都靠不住,虽然他在精神上活泼可爱,内心也和安东妮蒂一样珍藏着温情。他往往浪费几个月的时间和精力,游手好闲,无所事事,灰心丧气,一厢情愿地坠入情网。他会爱上似曾相识的漂亮面孔,卖弄风情的少女,虽然他和她们在交际场中只有一面之缘,人家对他是落花有意,流水无情。他读书也会入迷,不管是诗歌还是乐曲,他一钻进去就几个月出不来,连功课也耽误了。一定要不断地督促他,而且要小心不露形迹,免得伤了他的自尊心,惹得他大发脾气。他头脑发热地会过度紧张,失去平衡,焦躁不安,全身颤抖,就像得了肺痨一样。医生不能不把危险告诉安东妮蒂。已经是病态的草木从外省移植到巴黎来,需要空气和阳光。安东妮蒂却无能为力。他们没有钱离开巴黎去度假。一年到头,他们整个星期忙于工作,累得精疲力竭,到了星期天也不想出门,最多不过听听音乐会罢了。

然而到了夏季的星期天,这是假期中的假日,安东妮蒂还是尽量把奥利维带到夏维尔或圣克鲁的郊外树林里去。但树林里到处是熙熙攘攘的男男女女,音乐咖啡厅的歌曲小调,油乎乎的废纸破包,并不是使人得到休息、心灵净化的幽静地方。晚上回家的火车上更是拥挤不堪,车厢低矮狭窄,人堆人,阴暗而不透气,加上叫声、笑声、歌声、粗话、臭气、烟味,真受不了。安东妮蒂和奥利维都没有大众化的心灵,回到家来倒了胃口,垂头丧气。奥利维求安东妮蒂不要再去郊游了;安东妮蒂也好久鼓不起劲来。然而她还是要坚持郊游,虽然她比弟弟更不乐意去。但她认为这对弟弟的身体有益。再去更不愉快;奥利维怪起她来毫不客气。于是他们只好关在闷死人的城里,面对监牢似的院子,向往着遥远的田野。

中学最后一年读完了。毕业后就要参加高等师范学校的入学考试。时候到了。安东妮蒂觉得很累。她估计弟弟完全有可能考取。在中学里,大家都把他看作最有希望的考生;老师也异口同声地说他既用功又聪明,只是思想不太容易就范,很难勉强自己去符合任何规格。但压在奥利维身上的担子太重,越接近考期,他越觉得应付不了。他太累,又怕考不取,加上异乎常态的胆小,使他未战先败了。一想到当众回答考问他就发抖。他总是吃胆小的亏,在班上要他说话,他就脸红,喉咙哽住;开始他最多只能在叫到他的名字时答应一声。如果出其不意地问他一个问题,他倒很容易答出来;若是事先知道了要考他,他反倒会害一场大病似的,脑子不断地猜想考问的详细内容;等的时间越长,他就想得越多。简直可以说:每次考试,他都至少要考两回;因为在考试的前夜,他已经在梦中考过一次,既然在梦中已经消耗了他的精力,到了真正的考场,他反而精疲力竭了。

他在夜里想到可怕的口试,就会吓出一身冷汗,但他甚至没有资格参加口试。在先考笔试的时候,要回答一个哲学问题,若在平时,他对哲学很感兴趣,但到了考场上,他花了六个小时却没有写完两页。开头,他觉得脑子空虚,什么也想不出,仿佛碰上了一团漆黑的墙壁。直到笔试的最后一个小时,那堵墙才撞裂了,从裂缝中射出来几道光线。于是他赶快抓住灵感,写了下来,但写得太少,不够及格的标准。安东妮蒂见他垂头丧气,猜到他考坏了,于是她和弟弟一样灰心失望,但她没有露出形迹。再说,她即使到了山穷水尽的地步,也会不断看到柳暗花明的。

奥利维没有考上。

他垮了。安东妮蒂装出笑容,仿佛事情并不严重;但她的嘴唇在哆嗦。她安慰弟弟说:失败是成功之母,明年一定能够考上,而且考得更好。她没有说:今年考取对她多么重要,她多么担心自己身心交瘁,再支持不了一年。然而,她一定得硬撑下去。如果奥利维没有考取而她却死了,那他一个人永远不会有勇气继续奋斗,一定会淹没在人生的苦海里。

于是她不流露疲倦的神气。她更加卖命了。她用血汗钱供养弟弟,让他在假期里娱乐休息,好在开学后振作精神,再次拼搏。不料开学时,她的存款已经不多;更糟的是,报酬最高的几家人不请她教音乐了。

还有一年!……为了渡过最后的难关,姐弟两人紧张得要崩溃了。最重要的是,一定要活下去,要找到其他的经济来源。经过纳端一家介绍,安东妮蒂答应到德国去教音乐。这是她最难做出的决定,但她目前走投无路,并且没有时间等待。六年来,她一天也没有离开过弟弟;目前她简直不能想象:看不见他,听不到他,她怎么能生活下去。奥利维不想倒也罢了,一想到就会吓得要命;不过他什么也不敢说,一切都要怪他自己;假如他考取了免费的师范学校,安东妮蒂就用不着出此下策了;他也没有权反对,或者考虑自己的痛苦,一切都得听姐姐的。

最后几天是在无言的痛苦中度过的,生离的痛苦就像死别;实在受不了,两个人就不见面。安东妮蒂会在奥利维眼睛里看出他的内心。只要他说一声:

"不要走了!"

即使非走不可,她也会留下来。直到最后一个小时,两个人坐马车去东站,她还打算改变主意,她实在舍不得离开弟弟。只要他说一句话,一句话!……然而他没有说。他也像她一样咬紧牙关,没有蹦出一个字来——姐姐要他答应天天写信,什么事都不要瞒她,不管出了什么事,都要叫她回来。

她走了。奥利维回来时心都凉了,他不得不住到学校的宿舍里去;而安东妮蒂让火车把自己带走,心里痛苦,身子冰冷。两个人都在夜里睁大了眼睛,感到每一秒钟都把他们隔得更远,于是轻轻喊着姐姐或弟弟的名字。

安东妮蒂害怕她要去的那个世界。六年来她已经变了。她本来很大胆,什么都不怕,现在却养成了沉默寡言和单独生活的习惯,要她接触社会反倒成了一桩苦事。过去幸福的日子已经一去无踪,嘻嘻哈哈、唠唠叨叨、快快活活的安东妮蒂也随着一去不复返了。不幸的日子使她不再喜欢交际。当然,和奥利维在一起生活,也不免要受到他腼腆性格的感染。除了和弟弟说话,她几乎不大开口。什么都使她害怕,连出去拜访人也不敢。因此,一想到要去住在陌生人家里,天天和他们谈话,时时站在他们面前,她不由不神经紧张了。可怜的少女并不比她弟弟更适合做教师,她只是凭良心办事,对工作并没有信心,也感觉不到她的工作对人会有什么好处。她生来是爱人,而不是教人的。但谁在乎她的爱呢?

没有一个地方用得上她的爱,她在德国的新职务更用不上。她在葛罗纳蓬家教孩子们学法语,但这家人对她一点也不关心。他们既傲慢,又随便,既不关心,又不识趣,他们舍得花钱,就以恩人自居,以为得了他们的钱,一切都得听他们的。他们把安东妮蒂当作一个用人,不过稍微高级一点而已,所以几乎不让她有自由。她甚至没有自己的卧房,只睡在孩子们卧房的外间,房门夜里都得打开。她没有单独的时间。他们不尊重她的隐私——虽然私事不让外人知道是每个人的神圣权利。因此,她唯一的乐趣是和弟弟心灵交流,言语交谈,她就尽量利用自由的时间。但他们不让她有片刻的自由。她才写一个字,就有人在房里围着她转,问她写的是什么。她一看信,人家又问她信上说了什么;他们开玩笑似的随便打听她的"小弟弟"。她不得不躲避他们。有时,她要用什么办法,躲到什么地方,才能读奥利维的信而不被人看见呢?说出来会令人难为情得脸红。如果她把信放在房间里,肯定会有人偷看;她除了衣箱以外,别的家具都不能上锁,于是只好把私信全都带在身上,因为人家总在搜索她的东西,她的内心,竭力要勾出她思想上的秘密。并不是葛罗纳蓬一家关心她的私事;而是他们认为她是花钱雇来的人,那就得归他们管。再说,他们也并没有什么恶意,因为他们已经养成了不尊重隐私的习惯,实在积重难返;而且他们自己彼此之间也不在乎。

安东妮蒂最受不了这种打听隐私而不脸红的习惯,使她一天片刻也躲不开他们刺探的目光。而她对葛罗纳蓬一家人有点矜持、有所保留的态度,也刺伤了他们。当然,他们找得到合乎高尚道德的理由来使他们粗俗的好奇心合法化,同时责备安东妮蒂不该隐瞒。他们认为一个住在他们家里的少女,就成了他们家庭中的一员,她既然负责教育他们的子女,他们也就有责任要了解她的私生活——家庭主妇对她们的用人说过这种话啊!她们所谓的"责任"并不是减少可怜的用人一点劳累,或是一点厌倦,而是不许她们有一点娱乐——他们得到的结论是:"安东妮蒂拒绝承认这种良心上的责任,那一定是做了什么亏心事,因为一个清白的少女是没有什么可隐瞒的。"

就是这样,安东妮蒂时时刻刻都在受到折磨,时时刻刻都得保护自己,因此,她对人显得更冷漠,比平时更专顾自己了。

她的弟弟每天给她写信,一写就是十二页;她也每天回信一封,哪怕只有两三行。奥利维努力装作一个勇敢的小大人,尽量不流露太多的痛苦。其实,他苦闷得要死。他和姐姐一直生活在一起,从来没有分开过,现在一种相思两处愁,他仿佛丢了半条命,不会用手、用脚、用脑,不会散步、弹琴、工作,不会无所事事,甚至连做梦也不会——除了梦见姐姐。他从早到晚拼命看书,但是看不进去,他心不在焉;他痛苦,想姐姐,想头一天的信,或者眼睛盯着钟,等当天的信;信一到,他拆开的时候手指发抖——又是快活,又是害怕。就是情书到了情人手里,手指也不会这样哆嗦,心情也不会这样不安。他像安东妮蒂一样躲起来看信;他把信都带在身上;到了夜里,他把最近收到的一封放在枕头底下,想姐姐想得睡不着,就用手摸摸信,看在不在那里。他觉得姐姐仿佛远在天边!如果邮局耽误了,把头一天的信第二天才送到,那他特别觉得迫不及待。两天两夜,他们不能谈心!……因为他没有一个人出过门,所以老把时间和空间夸大了。他的想象力也来帮倒忙:"天呀!她是不是病了?会不会不等见他一面,就死了呢?……为什么头一天只写这么几行?……是不是她病了?……是的,她一定是病了……"他憋得吐不出气来——他想得更多的是:他怕一个人孤零零地死掉,姐姐不在眼前,眼前只有漠不关心的人,令人厌倦的学校,愁容满面的巴黎。他想得太多,真要生病了……"要不要写信叫她回来?……"——

641

他一想到自己这么懦弱,就不免要脸红。但一写信,和姐姐谈得这样开心,他却会暂时忘了痛苦。他仿佛看见她,听见她,和她无话不谈,甚至和她在一起时,两个人谈得也没有这样亲切热情;他叫她做"我全心全意热爱的好姐姐"。这真是些情书。

这些信用温情浸润安东妮蒂的心,只有信里才有她可以呼吸的空气。如果早上等信的时候,信没有来,她就会丧魂失魄似的。有两三回,葛罗纳蓬家里的人满不在乎,或者是恶作剧——谁说得准?——把信一直拖到晚上才交给她,有一回甚至拖到第二天,使她急得发烧——到了新年那一天,姐弟两人不约而同,花了不少钱给对方拍了一个长电报——说来也巧,电报同时到达两地,使得两人又惊又喜——奥利维有问题,有困难,都找安东妮蒂;安东妮蒂就帮助他,支持他,给他打气。

其实,她自己还需要人家打气呢。她闷死了,住在一个陌生的地方,不认识一个人,也没有人关心她,只有一个不久前从外地来的教书先生的太太,和她同病相怜。那位太太是个好妈妈,同情姐弟两个分开的痛苦——她硬要安东妮蒂告诉她一段伤心史——但她说话太吵,太俗,不知轻重,没有分寸,吓得安东妮蒂的贵族心灵更加不敢外露了。没有人可以谈心,她只好让苦闷郁积在心里,这是个沉重的负担;有时她觉得要压垮了,但一咬嘴唇,又能挺起来向前走。这有损于健康,她瘦多了。弟弟的信也越来越泄气。有一回他居然丧气得来信说:

"回来吧,回来吧,回来吧!……"

信刚寄出,他就后悔,立刻又写一封,求安东妮蒂撕掉头一封信,千万不要当真。他甚至假装快活,说用不着姐姐。他的自尊心强,疑心又重,唯恐人家相信他不能没有姐姐。

安东妮蒂当然不会受骗,她看得出弟弟的心思,但也不知道怎么办才好。有一天,她几乎要回去了,甚至到车站去打听开往巴黎的火车时间。后来一想,她觉得简直是胡闹,她在这里赚的钱正是为奥利维付膳宿费的;因此只要可能,两个人都该坚持下去。但是她的决心不大:早上,她的勇气刚刚恢复,越是临近黄昏,她就越泄气,甚至想逃之夭夭。她思念家乡——好个对她冷酷无情的家乡,但那里埋葬了她过去的岁月——她怀念家乡的语言,她和弟弟表达姐弟之情的语言。

就在那个时候,一个法国剧团经过这个德国小城。安东妮蒂很少看戏——她既没有时间,也没有兴致——忽然遏制不住想听听法国语的念头,她想在法语声中使自己忘记身在德国。其余的事,前面已经讲过。戏票卖完了;她碰到了约翰·克里斯托夫这个年轻的音乐家,她并不认识他,但他看到她失望的神情,就请她到他的包厢里去看戏,她贸然答应了。她和克里斯托夫看戏的事引起了小城的闲言杂语,很快就传到了葛罗纳蓬家人的耳朵里,他们本来就对这个法国少女不怀好意,加上我们在《反抗》中讲过的原因,对克里斯托夫也很恼火,所以不分青红皂白,就把安东妮蒂辞掉了。

这颗纯洁而羞怯的心灵想到的只是姐弟之情,一点也没有卑污的念头,明白了人家强加给她的罪名,真是又羞又气。但她一点也没有怪克里斯托夫。她知道他是清白无辜的,和她自己一样,如果说他连累了她,那也是好心不得好报,她还是感激他的。她对他并不了解,只知道他是个音乐家,受到过激烈的攻击;虽然不懂世故,但她内心有种天然的直觉,因为受过苦难而更敏锐;她看得出陪她看戏的男子没受教育,有点傻气,和她一样单纯,有男子汉的气概,只要一想到他,就会心情舒畅。人家说的坏话,并无损于她对克里斯托夫的信任。她本身是个受害者,不难猜到他也是个长时间受到恶意攻击的人。既然她已经习惯为人着想而忘了自己,因此,一想到克里斯托夫可能受过的痛苦,反倒减轻了一点自己的痛苦。但说什么她也不想再去找他,或者和他通信;因为这违反了她清高的天性。她心里想:他并不知道他害了她;那她就好心好意地希望他永远不要知道。

她走了。说来也巧,离开小城一小时后,她坐的火车又迎面碰上了克里斯托夫坐的火车,他在外地过了一天,正在归途之中。

他们两个在车厢面对面地停了几分钟,他们在无言的黑夜里,无言地互相望着。他们能说什么呢?说些敷衍塞责的话反而会破坏这无法表达的心灵共鸣,破坏这心心相印的神秘同情。在最后一刹那,两个萍水相逢的陌生人互相望着,却看到了天天在一起生活的人看不到的东西。一切都会过去:情话,亲吻,拥抱,都会淡忘;但在转眼消逝的芸芸众生中,两颗心灵的交流却永远不会烟消云散。安东妮蒂把交流的结果带走了,藏在她隐蔽的心灵深处——她的心灵外表显得凄凉,深处却有朦胧的微光在微笑,就像遗响缭绕地狱的音乐。

她又见到奥利维了。她回来得正是时候。神经质的小弟弟刚病倒,正在受折磨,没生病时,想到病他都会发抖——现在他真生了病,却不肯写信告诉姐姐,怕她担心。但在心里,他叫着姐姐,求她像奇迹一般出现。

奇迹真出现了,他躺在学校的病房里,浑身发烧,脑子乱想。看见姐姐,他并没有叫喊。他在梦中有多少回看见她走进来啊!……他只在床上坐起来,张开了嘴,唯恐这回又是做梦。一直等到她坐在床上,在他身边,把他抱着,而他也缩在姐姐的怀里,嘴唇感到她娇嫩的脸颊,手摸着她在夜车里冻得冰冷的手,才知道当真是姐姐回来了,他就哭了起来。他只会哭,还是小时候那个"泪人儿"。他紧紧抱住她,生怕她又会跑掉。他们两个变了多少啊!脸色多么忧郁!……这有什么关系!他们又在一起了,一切又光明了:病房、学校、阴暗的天色也开朗了;他们紧紧手拉着手,再也不肯放开。她还没有说话,他就要她发誓:再也不离开他。其实他用不着多此一举;不会,她再也不会走了,离别实在是太痛苦;他们的母亲说得对:没有什么比离别更难受的。吃苦要苦在一起,死也要死在一起。

他们赶快租了一套房子。他们本来还想住原来那一套,虽然房子简陋,却已经租出去了。新的那套也朝着一个院子,但看得见墙外一棵洋槐的树顶,他们立刻就心向往之,把树当作生长在田野里,却关在城里铺石路边的一个朋友。奥利维很快恢复了健康,或者勉强可以说是健康——和一个真正健康的人比起来,他还是孱弱的——安东妮蒂在德国住的日子虽然苦闷,至少还赚到了一点钱;她翻译了一本德文书,有个出版商同意采用,又增加了一些收入。经济困难暂时不必放在心上;一切都算顺利,只要奥利维在学年结束时能够考上高师——但是如果考不上呢?

他们一恢复甜蜜的共同生活,对考试的担忧又占据了心头。他们口里可以不谈;但没有用,他们心里不能不想。这个固执的念头到处纠缠不休,连他们娱乐的时光也不放过;在音乐会上,作品在演奏中,他们会忽然想起考试;半夜醒来,考试会张开大嘴,好像一个无底深渊。奥利维一想到姐姐为他牺牲了青春,就不免热血沸腾,一定要减轻她的负担,报答她对自己的恩情,此外,他还害怕要服兵役,如果他考不取,那兵役就是不可逃避的义务——那时只有考上高等学校才能免役——如果身体和精神与大兵相处,那会使他感到无法克服的厌恶。他把军营生活看作——不管他看得对不对——知识分子的堕落。他身上的贵族气和纯洁性都对这种义务反感,甚至到了宁死也不当兵的地步。从今天大家相信的社会道德观点看来,这种反感是可笑的,甚至是应该谴责的;但是不能盲目否认人有这种反感。一个精神上爱孤独的人,偏要受到今天慷慨而庸俗的集体生活的干扰,还有什么比这种痛苦更深入人心的呢!?

第二次考试开始了。奥利维几乎不能参加,他太痛苦,太害怕这一关,不管考得取考不取,他都不得不提心吊胆,结果他巴不得真病倒了反而更好。不料这次笔试却考得不坏。但等发榜又急死人。经过大革命的国家并没有革官僚主义的命,根据古老的传统,考试定在七月中举行,那是一年中最热的几天,这仿佛是有意要跟考生过不去,一点也不考虑他们为了准备繁重的科目已经要累垮了。其实这么多的科目,没有一个考官答得出十分之一来的。考作文的日期定在热热闹闹的国庆节之后的七月十五日,这叫需要清静而不要热闹的考生怎么高兴得起来? 在考场旁边的广场上,摆开了赶集商贩的售货棚,有噼里啪啦用气枪打靶的,有扑哧扑哧骑着木马转的,有叽里格呐拉着手风琴的,从中午一直闹到半夜。要这样闹上一个星期。有个共和国总统为了讨好老百姓,还让热闹延长了三天。这对他并没有什么损失;反正他什么也听不见! 但奥利维和安东妮蒂可遭了殃,喧哗的声音就像锤子在锤他们的脑袋,他们不得不关起窗户,闭紧房门,塞住耳朵,徒劳无功地想方设法要逃避这刺耳的噪音,但噪音却从早到晚像尖刀似的扎进心窝,叫他们痛得揪心。

笔试及格后,几乎接着就是口试。奥利维恳求安东妮蒂不要去旁听。她就在门外等——比弟弟颤抖得还更厉害。弟弟告诉她不是他答错的,就是答不出的,叫她活活受折磨。

出榜的日子到了。录取的名单张贴在巴黎大学的院子里。安东妮蒂这一回不肯让奥利维一个人去。离开家的时候,他们两个口里不说,心里却都在想:回家时,他们就知道结果了,那时会不会觉得还不如现在提心吊胆的好呢? 因为现在总还有一线希望啊! 等看到巴黎大学时,两个人都觉得腿发软。安东妮蒂本来胆子大,现在却对弟弟说:

"我求你不要走得这么快……"

奥利维看看勉强微笑的姐姐说:

"要不要在长凳上坐一下?"

他简直不想走到头。但过了一会儿,姐姐握住他的手说:

"不要紧的,弟弟,走吧。"

他们并没有一下就找到录取的名单。他们看了好几张,都没有看到耶南的名字。等他们看到时,反而又糊涂了,重复看了几遍,简直不敢相信。最后,他们明白无误地知道:的确是他这个耶南考取了,反倒一句话也说不出来;两个人拔腿就走,姐姐拉住弟弟的胳膊,握住他的手腕,弟弟靠在姐姐身上,几乎是跑回去的,一路上什么也没看见,穿过林荫大道时险些给马车撞倒。他们只是互相叫着:

"好弟弟! ……好姐姐! ……"

他们三步并作两步跑上了楼。一进房间，两个人又拥抱起来。安东妮蒂拉住弟弟的手，把他带到父亲的遗像前面，那是在床边的一个角落里，但对他们而言，就等于是座圣殿；两个人在遗像前跪下，低声地哭泣了。

安东妮蒂订了一顿晚餐，但一口也吃不下，两个人都不饿。晚上的时间是怎样过的呢？奥利维有时坐在姐姐膝下，有时又坐在她膝上，像小时候一样要人抚爱。两个人几乎都不说话。他甚至连快活都没有力气，简直是累垮了。不到九点钟，他们就上了床，一觉睡到大天亮。

第二天，安东妮蒂头痛得要命，幸亏心上卸下了这副重担！在奥利维看来，他似乎是头一次能透出一口气。他得救了，是姐姐救了他，姐姐完成了她的使命；而他也没有辜负姐姐对他的期待！……多少年来，多少年来，他们头一次可以放松一下。两个人一直睡到中午，还躺在各人的床上说话，隔开他们两张床的房门是打开的；他们可以从镜子里看到对方，看到对方快活得睡肿了的脸；他们笑了，互送飞吻，又模模糊糊入睡，还瞧着对方睡，腰酸背痛，精疲力竭，几乎没有说话的力气，要说也是几个软绵绵、懒洋洋、有气无力的单音节字眼。

安东妮蒂不断地一个苏一个苏节省开支，要存下一小笔钱来，准备万一生病时用。她没有把这点积蓄告诉弟弟，以便使他喜出望外。他考取后的第二天，她就对他说：他们要去瑞士住一个月，慰劳两个人这几年来的辛苦。现在，奥利维考入了高等师范学校，三年都由国家负责费用，毕业后工作又有保证，他们可以放心大胆用那笔存款了。奥利维一听到这个消息，马上高兴得叫了起来。安东妮蒂更加快活——因为弟弟快活，她就快活——因为要和朝思暮想的田野久别重逢，一想到就会满心欢喜。

准备旅行也是一件大事，时时刻刻想起来都开心。等到他们动身时，八月已经过了好些日子。对于旅行，他们并不习惯。头天晚上，奥利维就没有睡着。火车上那一夜也睡不好。他整天怕误车。他们急得发烧，到了车站挤在人堆里，进了二等车厢又左右受压，连枕着胳膊睡一觉的地方都没有——法国铁路局号称民主，没有钱的旅客却没有睡觉的权利，这样，有钱的旅客才会得意洋洋地感到，睡眠是只有他们才能享受的特权——奥利维连一刻也没有闭上眼睛，他不敢完全肯定他没有坐错车，每到一站都要看看站名。安东妮蒂只是睡睡醒醒，车厢颠簸得厉害，使她的头摇来晃去。火车像是流动的大棺材，奥利维借昏暗的灯光瞧瞧她，觉得她面目全非，不免吓了一跳。她的眼眶深深陷下去，年轻的嘴唇累得合不拢，皮肤发黄，脸上到处都有皱纹。这是丧事和失望留下的痕迹。她看起来老了,病了。的确,她太累了!她不好意思提出来:过几天旅行。她怕扫了弟弟的兴;她心里勉强要自己相信:她不是病而是累,一到乡下就会好的。啊!她多怕在路上病倒!……她意识到弟弟在瞧着她,于是强打精神,睁开压得迷迷糊糊的睡眼——她的眼睛多么年轻,多么清澈,多么明亮,有时不由自主地流露出几分焦急,就像湖上的波光云彩。弟弟温柔而不安地低声问她:身体觉得怎么样?她只握握他的手,回答说是很好。一点温情就可以温暖她的心。

清晨,红光满面的天空照耀着多尔和蓬塔利哀之间的苍白平原,田野的景色苏醒了,欢欢喜喜的太阳从大地上升起——太阳也像他们一样,刚刚逃出了巴黎的牢笼,逃出灰尘扑面的街道,烟雾笼罩的房屋——草原颤抖了,吐出了乳白色的氤氲水气;路上的一草一木,乡村里的小小钟楼,一眼看到底的清清流水,天边起伏的苍苍山峦;火车停在沉睡的乡间,听得见风从远方吹来轻盈动人的早祷钟声;看得见在路旁山坡上吃草的一群母牛的沉重侧影——这一切都对安东妮蒂姐弟二人有吸引力,有新鲜感。他们像是两棵干枯了的树木,喝到从天而降的甘霖,不免心旷神怡。

然后,早上到了瑞士的海关,大家都得下车。平野上只有一个小车站。他们一夜没有睡好,心里不太舒服,一呼吸到清晨潮湿的冷空气,就颤抖起来;好在环境安静,天空纯净,草原的气息扑鼻而来,流到你的口中,碰到你的舌头,顺着你的喉咙,一直进入你的心胸,就像一溪清流;他们站在露天的餐桌前,喝上一杯热牛奶咖啡,咖啡好提神,牛奶有层奶皮,像天空一样柔和,闻起来有田野花草的香味。

他们换上了瑞士的火车,看到不同的新设备使他们高兴得成了孩子。但安东妮蒂是多么疲倦啊!她不明白自己为什么感到不舒服。周围的一切这么美丽,这么有趣,而她却为什么并不怎么快活?难道这不正是她多少年来的梦想吗:去美丽的地方旅行,弟弟就在身边,不为将来担心,眼前是可爱的大自然……那么,她是出了什么毛病呢?她责备自己,勉强自己分享弟弟天真的喜悦……

他们在土恩下车。第二天,他们要上山。但在旅馆的这一夜,安东妮蒂忽然发起高烧来,又呕吐,又头痛。奥利维心慌意乱,焦急不安,过了一夜。一大早就去请医生——又是一笔预料不到的额外开支,对他们并不富裕的钱包,是不可忽视的数目——医生认为目前情况并不严重,只是劳累过度,体质虚弱。不可能立刻上山了。医生不许安东妮蒂起床,要她整天躺着,并说也许要在土恩多住几天。他们很难过——但病不像他们担心的那样可怕,也就该满足了。不过老远跑来,却关在并不舒服的旅馆里,太阳晒得房间成了温室,也是够难受的。安东妮蒂要弟弟出去走走。他只出旅馆走了几步,就看到了阿尔河碧波荡漾,皑皑雪峰浮现在遥远的天边,不禁心动神驰;但是这种乐趣,他怎么忍心独自一个人享受呢?他马上赶回姐姐的房间,心情激动地描述刚刚看到的景色;姐姐奇怪他回来得太快了,要他再去走走,他却像以前从夏德莱剧院听音乐会回来一样说:

"不行,不行,那太美了,叫我怎么忍心丢下你呢?"

这种心情对他们说来并不新奇,他们知道两个人不在一起就像灵魂脱离了肉体,谁也不是一个完整的人。听到对方诉说这种心情,总会觉得美滋滋的。这种温情脉脉的话对安东妮蒂比什么灵丹妙药都好。她一听就微笑了,又幸福,又忧伤——睡了一夜好觉之后,虽然现在上山还为时过早,考虑未免不够周到,她还是决定一大早就动身,并且不告诉医生,免得他不同意。纯净的空气和共同欣赏美景的乐趣,使她冒险的行动并没有付出明显的代价,他们总算没有节外生枝,安全到达了旅途的终点——那是一个离什皮兹不远的背山面湖的小村。

他们在一个小旅馆住了三四个星期。安东妮蒂没有再发高烧;但她始终没有恢复健康。她只觉得脑袋沉重,像一种受不了的压力,时时刻刻压得她不舒服。奥利维老问她身体怎么样,希望她脸色不那么苍白;但大自然的美景使他沉醉,不知不觉就忘了不安的情绪;姐姐一说身体很好,他巴不得当真如此——虽然明知事实不会尽如人意。再说,弟弟这样兴高采烈,空气这样清新,尤其是环境这样安静,使她在心灵深处感到欣慰。熬过了这么多艰苦的岁月,到底能休息一下,也实在是太好了!

但奥利维十之八九抵抗不住远游的诱惑。远游之后又有一点后悔,怪自己没有充分利用时间和姐姐谈心。甚至在旅馆里,他也不常和她做伴。旅馆里住了一伙男女青年,他和他们起先不打交道。后来,奥利维虽然胆小害羞,却受到了他们的吸引,加入了他们那一伙。他从小缺少朋友,除了姐姐以外,只认识学校里俗里俗气的同学和他们的情人,他见了就反感。现在和年龄差不多的青年男女在一起,发现他们有教养,快活而且可爱,他感到很亲切。虽然他不喜欢交际,但天生有一颗好奇心,情感丰富,没有邪念,看到少女眼中闪烁着淡淡的情焰,也不能无动于衷。他虽然羞答答,却能讨人喜欢。毫不做作地需要爱人,也需要人爱,使他不知不觉地有了一种青春的魅力,言谈举止都显得殷勤体贴,虽然带有几分笨拙,反倒更能打动人心。他天生有同情心。虽然孤独的生活使他善于运用智力来挑剔别人的缺点,看出别人的庸俗,引起自己的厌恶——但他和人面对面时,却只看见他们的眼睛,从眼里只看到总要消失的生命,和他自己一样,一生只有一次的生命;也和他自己一样,他们的生命很快就会消逝;于是,他对这生命不由自主地感到亲热;无论如何,现在也不肯使他们的生命痛苦;不管他是不是心甘情愿,他也要显得和蔼可亲。他是脆弱的,所以能得到这个"世界"的喜欢,这个"世界"不在乎人的弱点,甚至也不在乎人的优点,而只在乎一样东西——那就是力量。没有力量,优点和缺点都不能发挥作用。

安东妮蒂不能和这些年轻人打成一片。她的健康状态,疲倦的身体,没有明显理由的精神压力,使她力不从心了。长年累月的辛勤操劳,使她身心交瘁,她扮演了弟弟原来扮演的角色;现在,她觉得世界遥远了,一切都遥远了,非常遥远了!……她不能回到他们中间去,他们的说笑打闹,他们关心的小事都使她厌倦,几乎使她感到伤害。她这样很痛苦,巴不得能像这些少女一样,关心她们所关心的事,跟她们一起笑……但是她做不到!……她的心里难受,就像死了一样。晚上,她关在房间里,往往连灯也不点,只在暗地里坐着,而奥利维却在楼下客厅里放纵自己,谈情说爱,他对这套已经习惯了。安东妮蒂却迷迷糊糊,一直等到听见弟弟上楼,和朋友们有说有笑,到了房门口还难舍难分,有说不完的再见,她才清醒过来。这时,她在黑暗中微笑,站起来开了电灯。是弟弟的笑声使她有了生气。

渐渐地秋深了。太阳有气无力。大自然黯然减色。在软绵绵的云雾笼罩之下,十月也失去了光彩;高山戴上了雪冠,平原披上了霓裳。游人走了,先是一个一个,后是一伙一伙。看到他们离去,即使是相见不相识的,也会使人忧从中来,更令人难舍的,是平静而幸福的夏,这是人生沙漠中的绿洲。在一个朦胧的秋日,他们沿着山坡,在树林中作了最后一次散步。他们都不说话,做着忧郁的梦,互相瑟缩地依偎着,紧紧地裹在大衣里,还把衣领翻起,手指捏着手指。潮湿的树林寂静无声,似乎在悄悄地哭泣。听得见树林深处有一只孤零零的小鸟感到冬天来了,发出了温柔而害怕的鸣声。羊群清脆的铃声若隐若现地划破了浓雾,从远方传来,仿佛是他们心灵深处的声音……

他们回到巴黎。两个都很忧伤。安东妮蒂并没有恢复健康。

要准备奥利维住校用的衣物了。安东妮蒂花了她最后的存款;甚至还不声不响地卖了几件首饰。这有什么关系？难道他将来不会还她吗？——再说,他一寄宿,她的开支也少了！……她尽力不想他走后的事,专心为他准备行装;她把全部姐弟之情都投入到工作中,预感到这可能是她为弟弟最后做的一件事了。

他们最后在一起过的几天,几乎寸步不离,唯恐损失了片刻时间。最后一晚,他们在炉边待到深夜,安东妮蒂坐在家中唯一的安乐椅上,奥利维坐在她脚旁边的凳子上,像一个娇惯坏了的大孩子,老是要人温存。他对就要开始的新生活既担心,又好奇。安东妮蒂想到他们不能再这样亲密了,不知道自己将来会怎样,不免心里害怕。奥利维却似乎要加重她的思虑,从来没有像最后一晚这样体贴入微,天真可爱,仿佛要等到离别前夕才把他的深情蜜意全都表现出来。他坐在钢琴前,为她弹奏他们两个人最喜爱的莫扎特和格鲁克的音乐,不知弹了多长的时间——这种似水的柔情,如雨的忧郁,和他们过去的生活似乎有着千丝万缕的联系。

分离的时刻到了,安东妮蒂把奥利维一直送到校门口才回家。她又孤独了。但这一次和上一次去德国不同,上一次她可以自己做主,只要觉得受不了就可以回来。这一次却是她在家而他走了,要走很久,也许一生不再回家。然而长姊当母,她开始很少为自己着想,只是想到弟弟,担心他不习惯新生活,受人欺侮,还有那些不痛不痒的小烦恼,一个孤独生活而习惯于为亲人担忧的人,很害怕把小事化大。但这种担心至少有个好处,可以使她忘了寂寞。她已经想到明天在会客室见面的半小时了。她迫不及待地早到了一刻钟。弟弟对她很亲切,但关心的,觉得有趣的,都是他见到的新事物。以后几天,她还是一样担心,一样体贴,而弟弟对会面的反应越来越不同了。对她而言,会面现在成了整个生活。对他而言,他当然很爱安东妮蒂,但不能要求他一心一意只想姐姐。有一两次,他来会客室都迟到了。还有一天,她问他有没有烦恼,他说没有。这就像是小刀子刺在安东妮蒂心上——她怪自己不该这样,不该自私;她分明知道这是荒谬的,甚至是不好的,违反自然的,如果他少不了她,或是她少不了他,或是她生活没有其他目的的话。是的,这一切她全知道。但知道又有什么用？十年来,她整个生命,整个心灵都献给了弟弟。现在,学校夺走了她唯一的关怀,她就什么也没有了。

她努力恢复自己的爱好：做做事,读读书,听听音乐……天呀！弟弟不在身边,莎士比亚、贝多芬显得多么空虚！……当然,他们的作品很美……但弟弟不在身边了！美丽的作品有什么意思,如果心爱的人不能和你共享?美,甚至乐趣,又有什么意思,如果没有另外一颗心和你共同欣赏的话?

假如她的身体更好一点,她可以努力重建她的生活,寻找另外一个目标。但她已经精疲力竭了。现在,没有什么动力来勉强她,要她不惜任何代价坚持到底,于是她勉强自己坚持的意志力松懈了,她垮了下来。一年多来蠢蠢欲动的疾病一直受到她毅力的压制,现在可以为所欲为了。

一个人在家里,她坐在快要熄灭的壁炉旁,让孤独啃她的心;她没有勇气去把炉火烧旺,也没有力气去上床睡觉,一直坐到半夜,迷迷糊糊,哆哆嗦嗦,如梦如醉。她回忆她的逝水年华,又见到了去世的亲人,破灭了的幻想,于是忧从中来,对没有爱情、一去不复返的青春,感到不胜惋惜。这是一种隐隐约约、不可告人的痛苦……一个孩子在街上的笑声,在楼下走不稳的脚步声……他的小脚似乎在践踏她的心!……有些可疑的想法,不干净的念头,都在对她围攻,那是这个自私自利、寻欢作乐的大都市在侵蚀她软弱的灵魂、感染她的精神——她要和自己的悔恨作斗争,想到自己的情欲就不好意思;不明白是什么使自己痛苦的,于是就怪自己低级的本能。可怜的小奥菲利亚受到一种神秘苦恼的折磨,厌恶地感到从她的心灵深处升起了一股粗野的、混沌的气息,那是生命底层吐出来的呼吸。她不愿再工作,大部分音乐课都不去教了;她本来起床很早,现在却有时一直睡到下午,有什么理由要早起早睡呢?她吃得也很少,或者根本不吃。只有弟弟放假的日子——星期四下午和星期日一整天——她才勉强自己像从前一样和他待在一起。

他一点也没有发现。他觉得新生活太有趣了,哪能分心去注意姐姐。他正处在青春期的某个阶段,这时他很难向别人交心。对过去感动过、或将来会感动他的事情,如果现在不能使他感动,他就不放在心上。上了年纪的人比起二十岁的青年来,对自然也好,对人生也好,有时似乎反倒有更新鲜的印象,能更天真地享受。于是有人说年轻人的心并不年轻,感觉反更迟钝。其实这十之八九是错误的。如果年轻人不把旧情放在心上,那并不是因为他们感觉迟钝,而是因为他心上有了新的热情、壮志、欲望、固执的念头。等到年老体衰,对生活不再有希望的时候,旧情才会重现,眼泪也会返老还童再流出来。奥利维有千丝万缕的感情联系,最重要的是一种不可理喻、一厢情愿的热情——这是他的老毛病——使他魂牵梦萦,对其他一切都视而不见,冷漠无情了。安东妮蒂不知道弟弟出了什么事,只看到他感情疏远。其实,这并不能全怪奥利维。有时,他兴高采烈地回来看她,要和她谈。但一走进来,他就凉了。她焦急不安的神情,抓住不放的狂热,如饥似渴的态度,紧张得压迫人的殷勤——这种过分的温柔、颤抖的关心,立刻使他凉了半截,怎么也说不出心里话来。他甚至以为安东妮蒂反常了。她平常是多么体贴入微啊!但他懒得考虑。对她的问话,他只干巴巴地答个是或不是。她越追问,他越不松口,甚至还用粗暴的话伤人。于是她只好无可奈何地沉默。一天就这样过去了,浪费了——但他刚走出家门回学校去,就对自己的行为后悔莫及。夜里,一想到自己给姐姐造成的痛苦,就万分苦恼。有时甚至一回学校,立刻给姐姐写一封感情洋溢的信——但第二天早上再看一遍,他又把信撕了。而安东妮蒂并不知道。她还以为弟弟不爱她了。

她还有——如果不是最后的快活——也是最后一次让青春的柔情再度发泄,让爱情的力量和幸福的希望不顾一切地觉醒。再说,这是可笑的,和她安静的天性恰恰相反!她一定是非常苦恼,麻木不仁或者过分激动,才会这个样子,而这是发病的预兆。

她同弟弟去夏德莱戏院听音乐。因为他刚开始负责给一家小杂志写音乐评论,他们可以坐比以前更好的位子,但周围的听众却更令人反感。他们坐在加座的折叠椅上,离舞台很近。那一天有克里斯托夫·克拉夫特演奏的节目。他们并不知道这个德国音乐家的名字。但她一看见他出场,心里的血液立刻涌了上来。虽然她的眼睛累得仿佛在雾中看花,但一看到他就毫不怀疑地认出了在德国使她倒霉的朋友。她从来没有对弟弟谈到过他;甚至在她自己心里,也不大可能想起他来,因为那个时候他们只顾得上想自己的生计。再说,她是个头脑清楚的法国少女,不会接受一种莫名其妙、来无影、去无踪的感情。她的内心有一个高深莫测的精神王国,里面沉睡着很多不好意思见人的感情;她知道自己的秘密,但是转过眼睛不看,就像敬畏神明一样,害怕不受理智控制的感情。

等到她的心情平静了一点,她就借弟弟的小型望远镜来看克里斯托夫:她看到他的侧影,站在指挥台前,神气还是那样桀骜不驯,精力非常集中。他穿了一套并不时兴的旧衣服,又不合身——安东妮蒂一言不发,全身冰凉,看到这个可悲的音乐会横生枝节,听众公然不怀好意,要克里斯托夫碰得头破血流,他们对德国艺术家没有好感,不喜欢德国音乐①。他们

---

① 参看第五卷《市场》。——原注

似乎觉得他演奏的交响曲太长了,他又出场来弹几支钢琴曲时,大家就尖声怪叫起来,毫不客气地表示不欢迎。然而他还是演奏了,大家不耐烦地听着;但最高一层楼座上的两个观众高声说些难听的话,说得在场的人都很开心。于是克里斯托夫突然中断演奏,像个野孩子发脾气似的,只用一个指头在钢琴上弹《玛勃洛打仗去了!》的调子,然后站了起来,当着听众的面说:

"你们只配听这种音乐!"

听众先还摸不着头脑,然后就大喊大叫起来。接着又是一场假戏真做的闹剧。有嘘声,有喊声:

"道歉!要他出来道歉!"

这些家伙气得涨红了脸,煞有介事似的,仿佛当真义愤填膺;他们也许有生气的,但更可以十拿九稳说的是,他们要找机会放松一下,胡闹一通,就像上一两堂课之后的中学生一样。

安东妮蒂连动一动的力气也没有,仿佛吓成了化石。她的手指抽筋,一声不响地扯着一只手套。从交响乐一开始,她就猜到会出事,她看出了听众无声的敌意,她感到敌意在扩大,她也在克里斯托夫身上看出:不等演奏结束他一定会爆发;她越来越着急地等他发作;她心情紧张,想去拦住他;但事情发生得和她预料的一样,仿佛命里注定就是如此,人定不能胜天。她一直瞧着克里斯托夫,他却目中无人,瞪着嘘叫的观众。这时,他们的目光相遇了。克里斯托夫的眼睛在那一瞬间也许认出了她;但在狂风暴雨的叫嚣声中,他身不由己,心不在焉,思想上并没有认出她来(他并没有想到她会在场)。他就在一片嘘声中走了。

她想喊叫,想说什么,但她张口结舌,好像在做一场噩梦。等她听到她勇敢的小弟弟也在她身边愤愤不平,虽然他并不知道她的想法,却能和她分忧,这才得到一点安慰。奥利维在心灵深处是个音乐家,他有独立的见解,情趣不同凡俗,不受别人支配,如果他爱好什么,全世界反对他也满不在乎。从交响乐头几拍起,他就感到了平生没感到过的伟大。他用出自内心的热情,翻来覆去地低声说:

"多美啊!多美啊!……"

而姐姐却本能地紧紧靠着他,心里充满了感激。听了交响乐后,他狂热地鼓掌,抗议听众的冷嘲热讽,漠不关心。等到剧场大乱时,他气得忘乎所以,这个平时胆小的年轻人站了起来,高声为克里斯托夫辩护,叫打嘘的人住嘴,要跟他们打架。但他的声音淹没在一片喧闹之中;人家用粗话骂

他,叫他做毛孩子,还是回家吃奶去吧。安东妮蒂知道寡不敌众,争也没用,就拉住他的胳臂说:

"不要说了,我求求你,不要说了!"

他无可奈何,只好坐了下来,还在愤愤地说:

"可耻,可耻!真丢人!……"

她不说话,忍气吞声;他误以为她不欣赏音乐,就对她说:

"安东妮蒂,难道你,你不觉得美吗?"

她点点头,但动不了,打不起精神。等乐队要演奏另外一支曲子的时候,她忽然站了起来,愤愤不平地对着弟弟的耳朵说:

"走吧,走吧,我受不了这些人!"

他们急急忙忙地走了。到了街上,他们手搀着手,奥利维说起话来还没有消气,安东妮蒂却不开口。

以后几天,她一个人在房间里,有种麻木的感情,她不敢正面看,但感情渗透在思想里,就像血液不声不响在太阳穴下流动一样,扑突扑突跳得叫她难受。

过了几天,奥利维给她带来了一本克里斯托夫的《歌曲集》,那是他刚在一家书店买到的。她随便打开来看。在头一页的歌曲前面她看到了用德文写的献辞:

献给我那蒙了不白之冤的可怜人。

下面还有日期。

这个日期她记得很清楚——她心乱了,再也看不下去。她把《歌曲集》放下,要弟弟弹琴,自己却走进卧室,把门关上。奥利维很喜欢新音乐,就弹了起来,却没有注意姐姐激动的心情。安东妮蒂坐在隔壁房里,尽量不让心跳得太厉害。忽然一下,她站了起来,到衣柜里去找她的小账本,要查她离开德国的日子,还有那个神秘的日期。其实,她早就知道了;的确,就是她和克里斯托夫同看演出的那个夜晚。她躺在床上,闭着眼睛,满脸通红,手捏着手放在胸部,听着可爱的音乐。她的心沉浸在一片感激之中……啊!她为什么会头痛?

奥利维不见姐姐出来,弹完琴就走进她的房间,看见她躺在床上。他问她是不是不舒服。她说有点累,并且起来陪他。他们谈起来;但她不能听了问话立刻回答,神情恍恍惚惚,有如大梦方醒;她微微一笑,脸上一红,露出歉意说:头痛得人都糊涂了。于是奥利维离开了她。她要他把《歌曲集》留下。她一个人坐了很久,直到深夜,她都在钢琴前看乐谱,但并不弹,难得随手按个音符,按得很轻,以免打扰邻居。她读乐也不出声,只是浮想联翩,怀着感激的脉脉温情,想着那个同情她的好人,他只凭了神秘的直觉和仁爱的胸怀,居然看透了她的心灵。她的思想不能集中。她只感到幸福而忧郁——忧郁!……啊!她的头痛得多厉害!……

她在温柔而痛苦的睡梦中过了一夜,觉得忧郁压在心上。到了白天,她想摆脱这种麻木的状态,就要出去走走。虽然头还痛得厉害——走走总得有个目的,她就去大商店买东西。她没想到要买什么。虽然她不肯承认,其实,她是在想克里斯托夫。她出去时很累,在拥挤的人群中难过得要命,忽然她一眼看见了在对面人行道上走的克里斯托夫。他同时也看见了她。立刻——她想也没想——就向他伸出了手。克里斯托夫也站住了,这一次,他也认出了她。于是他从人行道跳到马路上,向安东妮蒂走来;而安东妮蒂也努力要挤过去。但潮水般的人流毫不留情,把她像根稻草似的冲走了。而偏偏就在那一片刻,拉街车的一匹马滑倒在柏油路上,在克里斯托夫面前筑起了一道防波堤,两边来往的车马洪流立刻给挡住了,马车一辆接着一辆,堆成了一堵墙,霎时间行人无法通过。克里斯托夫拼命挤过来,但他夹在车辆中间,前进不得,退后不能。等到他挤到原来看见安东妮蒂的地方,她已经无影无踪了;虽然她也尽力在人流中挣扎过,但没有用;于是她无可奈何,不再白费力气了;她感到命运的力量沉重地压在她身上,不让她再见到克里斯托夫。人怎么能跟命运斗争呢?等到她挤出了人群,就不再向后转;她觉得难为情:见了面说什么呢?她怎么敢做出这种事来?他又会怎么想?——于是她一溜烟似的回去了。

她回了家,才觉得放了心。但一进房间,在黑暗中,她坐在桌子前,有气无力,连帽子和手套都没脱下。她因为没有和他说话而忧伤;同时,她又看到痛苦在折磨她。她不断回顾刚才发生的事情;她把细节作了修改,想象他们在不同的情况下见面会怎么样。她又看见自己向克里斯托夫伸出了手,看见克里斯托夫认出她时高兴的表情,于是她笑了,脸红了。她脸红了;一个人在黑暗的房间里,没有人看见她,她又向他伸出了胳臂。啊!这是她无法抗拒的,她感到自己要消失了,看见一个坚强的生命从她身边走过,并且很温存地瞧着她,她怎能不一把抓住呢?她心里充满了温情和焦虑,在半夜里向他喊道:

"救救我吧!救救我吧!"

她全身发烧,却起来点灯,拿了几张纸,一支笔,她给克里斯托夫写了一封信。这个怕难为情而又高傲的少女,假如不是生病,是决不会想到给他写信的。她不知道自己写了什么。她已经身不由己了。她叫他的名字,说她爱他……写了一半,她停了笔,吓了一跳。她想重写,劲头已经打断;头脑空了,并且发烧;费力也找不到词句;人累垮了。她还害羞……写信有什么用?她明知道这是设法欺骗自己,她怎么会把信寄出去呢?……即使她想寄,怎么能寄到?她没有克里斯托夫的住址……可怜的克里斯托夫!即使他知道她,即使他对她好,他又能帮她什么忙?……太晚了!来不及了,一切都是白费;这是鸟之将死,拼命地拍翅膀,作最后的挣扎。只有听天由命……

她在桌前待了很久,沉思冥想,一动不动。过了半夜,她才吃力地——鼓起勇气,站了起来。她机械地、习惯地把信稿夹在小书架上的一本书里,打不起精神来整理,也懒得花力气去撕掉。然后,她又躺下,发烧得打哆嗦。她解开了人生之谜,她感到实现了天意。

一片宁静降临到她心上。

星期天早上,奥利维从学校回来,发现安东妮蒂卧床不起,口里有点胡言乱语。医生请来了。他诊断是急性肺痨。

最后几天,安东妮蒂意识到自己的病情严重;她总算找到了使她精神上惶恐不安的原因。这个可怜的少女本来为自己的心感到惭愧,现在明白了不能怪自己,这是生病的结果,反倒松了一口气。她还强打精神料理后事,焚烧文稿,写信给纳端太太,求她在她"死"后几个星期——她甚至不忍心写出"死"字——照顾她的弟弟。

医生已经无能为力,肺痨到了晚期,安东妮蒂积劳成疾,体力也消耗尽了。

安东妮蒂倒还镇静。自从她感到无望之后,反而不再苦恼。她回顾自己经受的考验,总算看到了成果:亲爱的奥利维考取了高等师范;她感到说不出的高兴。她心里想:

"是我一手造成的。"

她又怪自己不该得意:

"我一个人怎么行?还是靠上帝保佑。"

于是她感激上帝让她活到大功告成之日。一想到现在就要离开人世,她不免心如刀绞;但她不敢抱怨,抱怨就是对上帝忘恩负义,因为上帝早就可以要她归天的。假如她早死一年,那怎么办呢?——她叹了一口气,又卑躬屈膝地感激上帝了。

虽然她呼吸困难,但她一声不吭——只有睡迷糊了,才会孩子般地呻吟。她无可奈何,微笑地看人看事。看到奥利维永远使她欢喜。她不说话,只动嘴唇叫他,要他把头靠在枕上,在她头边;他们眼睛对着眼睛,默默无言,她就这样悠悠地看着他。最后,她抬起身子,双手紧紧抱住他的头说:

"奥利维啊!……奥利维!"

她把颈上的圣牌解了下来,挂在弟弟颈上。她请忏悔神甫、医生,请大家代她照顾奥利维。大家觉得她似乎寄生在弟弟身上。她在临死之前,生命仿佛在海上漂泊,要寻找一个小岛。有时,温情和信仰的神秘激动使她陶醉,她不再感到痛苦;悲哀成了快乐——一种超凡入圣的快乐,在她嘴上,在她眼里发出了光辉。她反复说:

"我很幸福……"

她渐渐昏迷了。在最后清醒的片刻,她嘴唇还在动,看得出她在念什么东西。奥利维走到她的床头,俯下身子。她还认出了他,对他微微一笑;她嘴唇在哆哆嗦嗦,眼睛里含着泪水。听不见她想说的话……但奥利维像抓住一丝呼吸似的听到了一句歌词,那是他们两个非常喜欢,她曾多次唱给他听的一支老歌谣:

> 我会回来的,亲爱的好人,我会回来的……

然后,她又沉入了昏迷之中……从此,她就一去不复返了。

她自己也不知道,就引起了许多陌生人的深深同情;因此,有些她连姓名都不知道的邻居,也来向奥利维表示虽曾相逢却不相识的慰问。安东妮蒂的葬礼也不像她母亲的那样冷落。她弟弟的朋友、同学,她教过音乐课的家庭,她路上碰到过、没说过话、也不了解彼此身世、但暗中钦佩她姐弟之情的人,甚至还有些穷苦人,帮过忙的管家婆,附近的小商贩,都来送葬,一直送到墓地。奥利维在她去世的当天晚上,给纳端太太接到她家里去,他痛苦得六神无主,也就身不由己了。

幸而他正处在一生中唯一能受得起打击的时期——只有这时他才不至于整个身心都淹没在绝望中。因为他刚开始新生活,成了新集体中的一分子,不管他怎么想,他也得过集体生活。学校里繁忙的功课,求知的热情,定期的考试,为生活所作的奋斗,使他不可能只想自己,不可能孤独。他感到苦恼,但这反倒救了他。早一年,晚几年,他是跳不出苦海的。

然而他还是尽可能躲开伙伴,一个人去思念姐姐。他不能保留他们两个人共同生活过的那套房间,觉得很难过,但是他没有钱。他希望那些似乎关心他的人明白他不能保存姐姐遗物的苦衷。却似乎没有人明白。他借了一点钱,给人补习功课又挣了一点,这样就租了一个顶楼,把姐姐遗留下的家具、床桌、扶手椅等都堆在里面。他把这间顶楼当作纪念姐姐的圣地。碰到心情沮丧的日子,这里就成了他的藏身之所。他的同学以为他有不可告人的私情。他在这里一待就是几个小时,想念姐姐,双手抱头。可惜他没有她的照片,只有一张两个人小时候的合照。他对着小照片又说又哭……她到哪里去了?啊!即使她在天尽头,无论什么地方,只要他每走一步就能接近她一点,他会多么快活地用抑制不住的热情去寻找她啊!即使要经历千辛万苦,哪怕要光着脚找上几百年,他也不会在乎!……对,即使只有千分之一的可能会找到她……但是一点可能也没有……没有任何方法能再见一面……多孤独啊!现在,没有她来爱,出主意或安慰,就把他推上了人生的道路,他显得多么笨拙,多么幼稚啊!……谁要在人世有幸尝到过一次亲密无间、没有界限的感情,那尝到的就是不平凡的幸福——这种幸福失去之后,会使人遗恨终生……

世界上最痛苦的事,莫过于在不幸的时候回忆幸福的日子……①

对于柔弱的心灵来说,最大的不幸就是尝过幸福的滋味。

如果说在人生开始的时期失去了心爱的人是悲痛的事,那到了生命枯竭的晚期就更加可怕了。奥利维正年轻;虽然天生的悲观,遭到过不平,但他将来要生活的日子还长。况且安东妮蒂临终的时候,似乎让弟弟吸收了她的灵魂。他也相信是吸收了。虽然他不像姐姐那样有信仰,但也朦胧觉得姐姐没有完全离开人世,而是像她说的那样:寄生在他身上。布勒塔尼人相信短命的人并没有死,他们的幽灵还在生前居住的地方漂泊,一直到正常死亡的年龄为止。这样说来,安东妮蒂还在奥利维身边,和他一同长大。

---

① 原文是拉丁文。

他把他找到的文稿重新看了一遍。可惜她几乎把什么都烧掉了。再说,她也不是一个喜欢把内心生活记录下来的女人。看见自己暴露的思想,她是会羞得脸红的。她只有一本小小的笔记本,但除了她自己以外,别人几乎是无法看懂的——小笔记本中记下了一些日期,但没有文字说明,还有一些日常生活中使她喜欢或动感情的小事,她用不着详细的记录就能回想起来。几乎所有的日期都和奥利维生活中的大事有关。她还保存了弟弟写给她的全部信件,一封也不缺少。唉!他却没有那么细心,几乎把他收到的信都丢掉了。他哪里用得着信呢?他以为姐姐是不会离开他的,她温情的源泉似乎是永远不会枯竭的;他自以为永远可以用她的温情来滋润自己的嘴唇和心灵;于是他毫无先见之明,浪费了他所得到的感情;现在,他恨不得把点滴感情都珍藏起来……他的心情是多么激动啊!在他翻开安东妮蒂的诗集时,忽然发现一张揉过的纸条,上面用铅笔写着:

"奥利维,我亲爱的奥利维!……"

他几乎要晕倒了,抽抽噎噎哭了起来,把嘴唇紧紧贴着那张无形无影、从坟墓中对他说话的嘴巴——从这天起,他翻遍了她的书籍,一页一页地查,看她还有没有留下什么心里话。他找到了她写给克里斯托夫的信稿。于是他才知道她没说出来、只在心里酝酿的浪漫史;他才发现了他不知道、也没去了解的姐姐的感情生活;他想象她最后几天多么心情不安,又得不到弟弟的照顾,只好向陌生的朋友伸出手去。她从没对他讲见过克里斯托夫的事。信里只有几行隐约谈到他们在德国见过面。他只知道克里斯托夫对安东妮蒂很好,但在什么情况之下他却不知其详,只知道安东妮蒂那时对克里斯托夫有了感情,但一直到死都保守秘密。

奥利维早就喜欢克里斯托夫艺术的优美,现在更觉得说不出和他多么亲近。姐姐爱过他,这在奥利维看来,爱克里斯托夫就是爱姐姐。他想尽一切办法要接近他。但不容易找到他的踪影。克里斯托夫自那次失败后,已经在无边无际的巴黎销声匿迹了;他脱离了社会,社会上也没有人关心他。几个月后,机会来了,奥利维在街上碰到克里斯托夫,他病还没有痊愈,脸色苍白,两颊深陷。奥利维不敢上前招呼他,只是跟在后面,走到他的门口。他想给他写信,又拿不定主意。给他写什么呢?奥利维并不是一个人,安东妮蒂还寄生在他身上,她的爱情,她的羞怯都移交给他;想到姐姐爱过克里斯托夫,使他见到克里斯托夫就脸红,仿佛自己成了安东妮蒂似的。然而,他多么想和他谈姐姐啊!——但是不行。她的秘密封住了他的嘴。

他设法找到克里斯托夫。只要他认为克里斯托夫会去的地方，他都去。他热烈地希望向他伸出手来。但一见面，他又躲开，怕他见到。

最后，在一个朋友家的晚会上，克里斯托夫到底注意了他。奥利维站得离他很远，什么也没说，只是瞧着他。那天晚上，安东妮蒂的阴灵一定附在奥利维身上，因为克里斯托夫在奥利维眼里看到了她；正是她的阴灵突然出现，使克里斯托夫穿过客厅，向着陌生的年轻人走来。年轻人像脚上长了翅膀的天使，给他带来了幸福的阴魂令人柔肠寸断的敬意。

第七卷 楼中

LIBRARY
OF
WORLD
LITERATURE

第一部

我找到一个朋友了！……这是多么好！在苦难中，心灵找到了一个藏身之所，在心跳得上气不接下气的时候，到底找到了可以喘一口气的安全岛，可以得到温存体贴的安慰！不再孤单了，不必永远武装，睁大眼睛，通宵不眠，累得头脑发烧，唯恐落到敌人手里了！有了一个心爱的同伴，你什么都信得过他——他也什么都信得过你。到底可以沉醉在休息中：你睡他醒，他睡你醒。你知道吗：保护你心爱的、像孩子般信赖你的人，那是多么愉快？你知道吗：把自己交给朋友，没有保留任何秘密，他说什么你就做什么，这是最大的乐趣？等到老了，累了，挑不起生活的重担了，你又会在朋友身上得到新生，焕发青春，从他眼里看到更新的世界，从他感觉中享受到转眼消失的美好事物，从他心里体会生活的光辉……甚至和他一同受苦……啊！那痛苦也成了快乐，只要两个人在一起！

我有一个朋友！远也罢，近也罢，他都在我心上。我有了他。我也是他的。我的朋友爱我。他有了我。爱使我们的心灵水乳交融，难分难解了。

克里斯托夫从罗孙家回来之后，第二天一醒，想到的头一件事就是看奥利维·耶南。他一想到他就要见他，什么也压不住这个念头。他立刻起床，还不到八点钟就出去了。早上是暖和的，有点闷。四月来得太早：巴黎上空飘浮着含雨的云。

奥利维住在圣·日纳维山坡下一条小街上，离植物园很近。他的房子在小街最窄的一段。上楼要走过一个阴暗的院子，楼梯在院子的尽头，闻得到杂七杂八、腌里腌臜的气味。楼梯转弯的地方很陡，靠墙的踏板又歪歪斜斜，墙上肮里肮脏，涂满铅笔字，像是鬼画符。三层楼上，一个女人满头灰色的乱发,短上衣露出半个胸脯,听见有人上楼就打开门来,一见是克里斯托夫又砰的一声把门关上。每一层楼都住了几家人;门关不紧,听得见孩子的吵闹声。这是一些乱糟糟的普通人家,不干不净,挤在矮房子里,围着一个令人作呕的天井。克里斯托夫感到厌恶,不明白这些人贪图什么,居然离开了空气新鲜的乡下到这里来,也不明白他们在巴黎过着地狱般的生活,到底能得到什么好处。

他到了奥利维住的那一层。一根打结的绳子是拉响门铃用的。克里斯托夫使劲拉了一下,四邻八舍的门都打开了。奥利维也开了门。克里斯托夫见他衣着简朴,却很高雅,不免大为意外;这身打扮换了一个场合,本来不会引起注意的,但是住在这个污浊的环境里,却使他又惊又喜,像是苦难中的笑脸,疾病中的健康。他一见到奥利维清澈如水的眼睛,立刻又恢复了头一天晚上的印象。他伸出手来。奥利维却慌了,结结巴巴地说:

"你,你怎么到这里来了?……"

克里斯托夫全神贯注在这颗可爱的心灵上,看着他毫无防范、转眼消失的慌张劲儿,只是笑笑,没有回答。他把奥利维推到前面,走进了他唯一的房间:既是卧室,又是书房。一张小铁床靠墙摆着,就在窗前;克里斯托夫看见长枕上放了一堆枕。三把椅子,一张黑漆桌子,一架小钢琴,放了几层书的书架,就把房间摆满了。房子狭小,天花板低,光线不好,但却反映了房主人清澈的目光。一切都整齐清洁,像是女人的手安排的;长颈大肚瓶里插了几朵玫瑰,使得四壁之间平添了几分春色,墙上挂了佛罗伦萨派画家作品的照片。

"那么,你是来,来看我的?"奥利维重复的言词流露出了一片真情。

"唉!我怎能不来呢?"克里斯托夫说,"换了你,怕是不会来的吧!"

"你这么想吗?"奥利维说。

接着,他立刻又说:

"对,你说对了。但并不是我不想去。"

"那有什么挡住你呢?"

"我想得太多了。"

"这算什么理由!"

"但是是这样的,不要笑我。我只怕你不想见人。"

"管那一套干什么?我想看你,我就来了。你不高兴,我会看得出来。"

"那你要有眼力。"

两个人互相瞧了瞧,笑了笑。

奥利维接着说:

"昨天,我真傻。我怕惹你生厌,胆小得简直成了毛病:一句话也说不出。"

"不要怪自己了。你们国家会说话的人多的是;碰到个把说话少的人太难得了,即使是胆小,即使并不是不想说,那也叫人高兴。"

克里斯托夫笑了,因为整了人而得意。

"那么,你是因为我不说话才来看我的?"

"是,因为你不说话,是因为你不说话还有品格。不说话的品格是各种各样的,我喜欢你这种,就是这样。"

"你怎么可能喜欢我呢?你几乎只见过我一面呀!"

"这是我的事了。我找朋友并不太费时间。只要我在生活中看到一张讨我喜欢的面孔,我马上就看中了他,马上就去找他,并且非找到不可。"

"难道你不会找错人?"

"时常找错。"

"也许这一次又错了。"

"那等着瞧吧。"

"噢!那我可完蛋了!你会叫我浑身冰冷的。只要一想到你在瞧我,我就不知道如何是好。"

克里斯托夫带着亲热而又好奇的心情,瞧着他那张红一阵、白一阵的脸。矛盾的感情反映在他的脸上,就像天光云影在水中徘徊一样。

"这个小家伙多么敏感!"他心里想,"简直像个女人。"

他轻轻地摸摸他的膝盖。

"得了,"他说,"你以为我对你会存有戒心吗?我厌恶那些工于心计、专门会算计朋友的人。我要求的是:两个人都自由自在,老老实实,有什么感想就说什么,用不着扭扭捏捏,也不必有什么顾虑,甚至不怕自相矛盾——现在喜欢的,过一会又不喜欢。毫不弄虚作假,这不是更像男子汉吗?"

奥利维认真地瞧瞧他,回答道:

"当然,这更像男子汉,但是你是个强人,而我却不是。"

"我敢说你也是,"克里斯托夫反驳道,"不过是另外一种。再说,我来正是要帮你忙,只要你愿意,你也会是强人的。因为我刚才说过,所以我还要坦率地加上一句——虽然我不知道明天会怎样——但我现在是喜欢你的。"

奥利维连耳根都红了。他窘得动也不动,不知怎样回答才好。

克里斯托夫向四周看了一眼。

"你住得很差劲。没有别的房间吗?"

"还有间放东西的。"

"呜!简直出不了气。你能这样生活?"

"怎么也得活下去。"

"我可永远做不到。"

克里斯托夫解开了背心,使劲地呼吸。

奥利维把窗子大打张开。

"你在城里住不惯吧,克拉夫特先生。我呢,我却不怕有力气无处使。我需要的空气不多,到处都能生活。然而,夏天有些夜晚连我也受不了。一看到夏天临近我就怕。于是,我只好待在床上,似乎要憋死了。"

克里斯托夫瞧瞧床上那一堆垫枕,再瞧瞧奥利维的满脸倦容;看得出他是怎样在黑暗中挣扎的。

"那就离开这里吧!"他说,"为什么舍不得走呢?"

奥利维耸耸肩,不在乎地答道:

"啊!哪里不是一样?……"

沉重的皮鞋压得天花板咯吱响。楼下尖锐的声音争吵起来。时时刻刻街车震得墙壁抖发抖。

"这样的房子!"克里斯托夫接着说,"只闻得到脏味,闷气,悲惨,你怎能每天在这里过夜?不恶心吗?我可受不了,宁愿睡到桥底下去。"

"我一开始也受不了。我也和你一样恶心。在我小时候,大人带我散步,只要一走过肮脏的贫民窟,心里就感到厌恶。有时还会觉得莫名其妙的恐惧,但不敢说出来。我心里想:'万一这时发生地震,我就死在这里,永远埋在这里了。'在我看来,这是最可怕的事。哪里想到有朝一日,我居然会自动送上门来,说不准还会死在这里。因此,我怎能挑三拣四呢?不过,我一直厌恶这地方;只是尽力不想罢了。上楼的时候,我蒙上眼睛、耳朵、鼻子、一切感官,不闻不问。然后,你看,在那边,从屋顶上看过去,看得见一棵洋槐的树梢。我就坐在这个角落里,什么也看不见,只看见那棵树,晚上,风吹动树梢的时候,我幻想自己已经远在巴黎之外;大树林中的风声涛影,在我听来,也不如这些锯齿形树叶的瑟瑟声悦耳呢。"

"是的,我猜得到,"克里斯托夫说,"你总是喜欢梦想;但可惜的是,幻想的才能本应该用来创造新的生活,你却用来和生活的恶作剧斗争了。"

"这不几乎就是大家的命运吗?就拿你自己来说,你不也是在生气中,在斗争中浪费了生命力吗?"

"我嘛,和你不是一码事。我生来就是要斗争的。瞧我的胳膊,我的双手。斗争表示我健康。可是你呢,你并没有太大的力气;这一眼就看得出。"

奥利维不好意思地瞧瞧自己瘦小的手腕说:

"不错,我身体瘦弱,一直是这样。那有什么法子?总不能不生活呀。"

"你怎么生活呢?"

"教课。"

"什么课?"

"什么都教。辅导拉丁文、希腊文、历史课。帮人准备中学毕业考试。我还在一个市立中学讲道德学呢。"

"什么学?"

"道德学。"

"这是什么鬼名堂?难道法国学校讲道德吗?"

奥利维微笑了。

"不错。"

"那有什么好讲的?能讲上十分钟吗?"

"我一星期要讲十二堂呢。"

"那只好教学生做坏事了?"

"为什么?"

"做好事用不着多讲。"

"不做好事也用不着。"

"你说得对;不做好事也用不着多讲。不知道什么是好事,并不一定会做坏事。做好事并不需要什么学问,而只需要行动。只有神经有毛病的人才讨论什么是道德;道德学的头一条戒律就是不能有神经病。让那些高谈阔论的道德学家见鬼去吧!他们都是些断了腿的人,却偏要教我怎样走路。"

"他们并不是要对你讲。你已经知道了;但还有这么多不知道的人呢!"

"那好,让他们像小娃娃一样去爬吧,爬来爬去,他们就会走了。管他们用两条腿也好,四条腿也好,最重要的是会走。"

他大步从房间的一头走到另外一头,但走不了四步就碰壁了。他在钢琴前站住,打开琴盖,翻翻乐谱,摸摸琴键说:

"给我弹支曲子。"

奥利维跳了起来。

"要我弹!"他说,"你想到哪里去了?"

"罗孙太太说你懂音乐。来弹吧!"

"在你面前弹?啊!"他说,"那会要我的命!"

这声出自真心、毫不掺假的叫声,听得克里斯托夫笑了,奥利维自己也笑,有点不好意思。

"咳!"克里斯托夫说,"难道法国人还怕生?"

奥利维一直推托:

"为什么,为什么要我弹?"

"等会再说。你先弹吧。"

"弹什么?"

"随你便。"

奥利维叹了一口气,坐在钢琴前,顺着这个看中了他就不容分说的朋友,犹疑了好一阵子,才开始弹起莫扎特的 B 小调柔板来。起初,他的手指发抖,不敢使劲按琴键;后来,他才慢慢壮大了胆,以为自己不过是莫扎特的传声筒而已,不料他却不知不觉地泄露了自己的心声。音乐是个靠不住的知情人,它会泄露心灵深处的秘密。在莫扎特柔板的神奇构思中,克里斯托夫发现了来无影、去无踪的真面目,不是莫扎特的,而是他这个新朋友弹出了自己的心弦:清澈的忧郁,温柔而腼腆的微笑,容易动情,深于用情,纯洁无瑕,羞羞答答。但快到曲终的时候,表现爱情痛苦的乐句上升到了高峰,心碎魂断,忽然奥利维感到一阵克服不了的难为情,他弹不下去,手指哆嗦,声音中断。他的手离开了钢琴,说道:

"我弹不下去了……"

克里斯托夫站在他后面,弯下腰去,两条胳膊围住他的身子,弹完了中断的乐句,然后说:

"现在,我听到你内心的声音了。"

他抓住他的两只手,瞧着他的脸,看了好久。最后,他说:

"你说多怪!……我似乎以前见过你……我似乎很了解你,并且已经很久了!"

奥利维的嘴唇要哆嗦;他几乎要说出来。但他没有开口。

克里斯托夫瞧瞧他,还瞧了一会。然后,他也不说话,只对他笑笑,就走了。

他喜洋洋地走下楼,碰到两个难看的孩子上楼,一个拿着圆面包,一个提着一瓶油。他友好地拧了拧他们的脸,还对皱眉头的门房笑了笑。在街上,他一边走,一边低声唱。到了卢森堡公园,他躺在树荫下的长凳上,闭上眼睛。空气也不流动;没有几个游客。隐约听到时紧时松的喷泉水声,偶尔还有细沙路上刷刷的脚步声。克里斯托夫感到一股克制不住的懒劲,使自己麻木得像一条晒太阳的蜥蜴;遮在他脸上的树影已经移开了很久,他却懒得移动一下。他的思想在旋来转去,他也懒得固定下来,反正思想都沐浴在幸福的阳光中。卢森堡的钟响了,他没有听,但过了一会,他才恍惚觉得到了中午。他一下跳了起来,发现的确已经过了两个钟头,赫区特的约会已经错过,一个早上都无所事事。他笑了,吹着口哨回到住的地方。他把一个小贩叫卖的声调作了一支回旋曲。即使是忧郁的调子在他心里也有几分快活。走过他那条街上的洗衣店,他像平常一样看了一眼作坊,看见那个棕头发、粗皮肤、脸热红了的姑娘在熨衣服,长胳臂一直裸露到肩头,紧身胸衣没有扣好,像平常一样大胆地送来了一个媚眼。这一回,他们的眼光相交时,克里斯托夫却没生气。他又笑了。回到房里,他不再忧心忡忡,把帽子、上衣、背心随便一扔,就坐下来工作,劲头十足,似乎要征服世界。他把到处乱丢的乐谱草稿收拾起来。但他心不在焉,视而不见;看了几分钟,他又回到了卢森堡公园心醉神迷的幸福状态。有两三回,他觉得不对头,要摆脱这种心态,但甩不掉。他高兴地赌了咒,站了起来,把头浸在冷水盆里,这才清醒了一点。他又在桌前坐下,一言不发,茫然地微笑,心里想:

"这和恋爱有什么不同呢?"

出于本能,他害怕思想会给人听见,仿佛有点难为情,他耸了耸肩膀。

"不会有两种不同的恋爱方式……不过,也许有的:一种是全心全意的爱情,一种是半心半意的感情。上帝保佑我在感情上不会吝啬!"

他不想了,不好意思深入追问下去。有好长的时间他待在那里对自己内心的梦微笑。他的心在默默地唱:

> 你是我的,我也是我的,现在有两个我,比以前多得多……

他拿起一张纸,悄悄地把自己心里唱的写了下来。

他们决定合租一套房间。克里斯托夫要立刻搬家,即使损失已付一半的租金也在所不惜。奥利维更稳重,虽然他并不是不愿意立刻搬,但他认为还是等到租期满了再搬更好。克里斯托夫不会算计。像许多没有钱的人一样,他对损失金钱反倒满不在乎。他认为奥利维比他更拮据。有一天,他的朋友穷得叫他触目惊心,他二话不说就走,过不了两个小时又跑回来,得意洋洋地把从赫区特那儿预支来的几个法郎放在桌上。奥利维脸红了,不肯接收。克里斯托夫不高兴,要把钱扔给在院子里奏乐乞求的意大利人。奥利维赶快拦住。克里斯托夫又走了,表面上伤了感情,实际上是怪自己太笨,弄得奥利维下不了台。幸亏他的朋友来了一封信,给他的伤口贴上了香膏。奥利维把不便出口的话都写在信里,说认识了他多么幸福,他的好意多么令人感动。克里斯托夫回了一封热情洋溢的信,就像他十五岁时写给他的朋友奥托的信一样,仿佛疯了似的,前言不对后语,用德文和法文来开玩笑;语言表达不了的,他就用音乐来表达。

他们到底搬家了。在蒙巴那斯区唐番广场附近,在一座老房子的五层楼上,他们找到了三室一厨的一套小房间,对着一个微型花园,四面都是墙壁。他们那一层楼的眼界倒算开阔,可以看到对面矮墙外修道院的大花园。这种修道院巴黎还有,但已经默默无闻了。荒凉的走道上看不见人影。老树比卢森堡公园的还更高更密,在阳光下簌簌发抖,鸟雀分批歌唱;一早是山乌吹长笛,接着是麻雀嘁嘁喳喳、有板有眼的合唱;而在夏天晚上,听得到雨燕的狂欢曲划破明亮的长空,像在天上溜冰。到了月夜,像池塘里升起的气泡一样滚滚而来的是蛤蟆的呱呱声。你会忘了身在巴黎,若不是老房子总给隆隆的车声惊醒,仿佛大地在发高烧一般。

有一间房子比其他两间大一点,好一点,于是两个好朋友你推我让,最后只好抽签决定。这是克里斯托夫出的主意,他搞了一个鬼名堂,连他自己也没有想到他居然会耍这样高明的花招,让自己抽的签落了空。

于是对他们说来,完全幸福的时期开始了。他们说不出哪件事幸福,因为每件事都幸福;他们的一举一动,一言一行,都沉浸在幸福中,幸福连片刻也没有离开过他们。

在友情的蜜月中,开始的快乐是深藏在内不说出来的,只有"心心相印"的人才能理解。他们不大说话,几乎不大敢说;只要感到对方在身旁,交换一个眼色,说上片言只语,证明他们不用说话,心却想到一处,那就够了。他们用不着问一个问题,甚至用不着瞧一眼,就能看见对方。钟情的人总在不知不觉地模拟情之所钟的人;他最怕使对方不愉快,最喜欢和对方一致,他有一种不可思议、突然而来的灵感,可以感到对方心灵深处的微妙活动。朋友对朋友说来是透明的;他们的生命在交流。面目在模仿面目。心灵在模仿心灵——一直等到有一天,源远流长、力量无穷的民族性这只魔鬼,本来给友情束缚了手脚,忽然一下挣脱了枷锁,才会把友情的外衣撕破。

克里斯托夫说话声音低了,走路脚步轻了,小心谨慎不打扰隔壁房间一声不响的奥利维。友情使他改头换面;从来没见过他的表情这样充满了欢乐、信任、青春。他非常爱奥利维,为了朋友简直可以无所不为。但奥利维对他的好意觉得受之有愧,不免脸红,因为他自知不如克里斯托夫。不料克里斯托夫也是一样谦虚。双方的谦虚都来自高度的友爱,这使生活显得更加甜美。感到自己在朋友心目中的地位——即使良心上觉得不敢当——那滋味也是很美妙的。因此,双方都有一种温存体贴的感激之情。

奥利维把他的书和克里斯托夫的放在一起;他们不再分你的我的了。他谈到一本书的时候,不说是"我的书",而是说"我们的书"。只对少数物品他还有所保留,没有当作共同的财富:那是姐姐的遗物,或是往事的见证。爱情会使人鞭辟入里,克里斯托夫不久就发现了他有保留,但不明白其中奥秘。他从来就不敢问奥利维的家世,只知道他没有亲人;除了他孤傲的脾气不肯去打听朋友的秘密以外,他还怕唤醒朋友的伤心往事。虽然他很想看看奥利维桌上的照片,但是说来也怪,他居然不好意思去仔细看,只看见照片上有一对彬彬有礼的夫妇,一个十来岁的小姑娘,脚下蹲着一只长毛垂耳的西班牙狗。

搬家两三个月之后,奥利维受了凉,卧床不起。克里斯托夫像母亲般照顾他,又着急,又体贴;医生听出奥利维的肺尖有点发炎,要克里斯托夫用碘酒擦他的背。克里斯托夫认真照办,发现奥利维颈上挂了一块圣牌。他知道奥利维比他自己还更不信教,于是不免表示惊讶。奥利维脸红了。他说:

"这是件纪念品。是可怜的安东妮蒂临终时带过的。"

克里斯托夫震动了一下。安东妮蒂的名字像一道电光闪过他的心头。

"安东妮蒂?"他问。

"是的,我姐姐。"

克里斯托夫反复念叨:

"安东妮蒂……安东妮蒂·耶南……她是你姐姐?……那么,"他瞧着桌上的照片问,"她是很小就去世了?"

奥利维惨淡地微微一笑:

"这是一张小时候的照片,"他说,"唉!我没有别的了……她去世的时候二十五岁。"

"哟!"克里斯托夫感情冲动地问,"她去过德国,对不对?"

奥利维点点头。

克里斯托夫抓住奥利维的手。

"那么,我认识她!"他说。

"我早知道。"奥利维说。

他搂住克里斯托夫的脖子。

"可怜的姑娘!可怜的姑娘!"克里斯托夫反复说。

他们两个人都哭了。

克里斯托夫想起了奥利维有病。他赶快安慰他,一定要他把手臂放进被子里去,把床单一直盖到肩头,像母亲般擦干他的眼泪,坐在床头看着他。

"我说怎么会见过你哕,"他说,"头一天晚上我一见到你,就觉得在哪里见过你。"

(不知道他说的是生者还是死者。)

"而你,"他过了一会又接着说,"你早就知道吗?……那为什么不告诉我?"

从奥利维眼中,可以看出是安东妮蒂在回答:

"我不能告诉你。这要你自己看出来。"

他们两个都不说话。过了一会,奥利维一动不动地躺在床上,让克里斯托夫握住他的手,在静悄悄的夜里,轻轻地对他讲安东妮蒂的一生——他没有讲他不该讲,连她自己都对人保密的那一段——但克里斯托夫也许知道了。

从此以后,安东妮蒂使他们两个人都魂牵梦萦。他们在一起的时候,她也和他们在一起。他们甚至不必想她:他们共同的思想就是她。她的爱把他们两颗心连在一起了。

奥利维往往能起死回生,用一些零乱的回忆和简短的往事重现她的形象。在一道转眼消失的微光中,看得见她羞怯而温柔的姿态,端庄而娇嫩的微笑,她的生命化成的沉思默想的淡雅韵味。克里斯托夫默默无言,静静听着,沉浸在这位无影无踪的少女发出的回光返照之中。他的天性使他比别人更能吸收生命的营养。有时,他能从奥利维的言语中,听到奥利维没有听到的深远回声,他能从死者的年轻生命中,吸收奥利维没有吸收的液汁。

对奥利维,他本能地代替了姐姐,看起来叫人感动;一个笨拙的德国人居然不知不觉地像安东妮蒂一样无微不至地关心体贴她的弟弟。有时,他自己也搞不清楚:到底爱的是安东妮蒂身上的奥利维,还是奥利维身上的安东妮蒂?在默默的温情柔意启示之下,他一声不响地带了一些鲜花,去了安东妮蒂的墓地。奥利维过了好久都不知道;一直等到他在墓地里发现了鲜花的那一天,但还没有证据是克里斯托夫去过。他畏畏缩缩地谈起这件事,克里斯托夫却一反常态,不大客气地环顾左右而言他。他不想让奥利维知道;但有一天,他们两个还是在伊夫里墓园中碰上了。

而奥利维呢,他也瞒着克里斯托夫给他的母亲写信。他告诉路易莎她儿子的近况,谈到他对他的感情与敬佩。路易莎给奥利维回了信,说些谦恭而又笨拙的话,感激得不知如何是好,她谈到儿子的时候,总把他当作小男孩。

经过了一个感情半露的时期——"心醉神迷的沉默,不知其故的快乐"——他们的舌头放松了。他们在对方的心灵中漂流;一漂流就是几个小时,要有所发现。

　他们是如此不同,但两个人又都是纯金。他们相爱正是因为同中有异。

　奥利维太娇弱,不能和困难作斗争。他一碰到障碍就后退,并不是因为害怕,而是三分胆小,七分厌恶用粗暴的方法去争取胜利。他过日子靠帮人补习功课,或者写点文艺作品,报酬少得叫他不好意思说出口。他也为杂志写文章,次数不多,但从来不是想写什么就写什么,而是写些他不感兴趣的题目——人家不管他的兴趣;从来没有人要他发挥长处:他是诗人,人家却要他写评论文章;他懂音乐,人家却要他谈绘画;他知道自己写不出什么好东西来,偏偏大家喜欢的正是平庸的作品;于是他只好用庸人能懂的话,谈他们喜欢听的事。结果他自己倒了胃口,就不肯再写了。他只喜欢为一些小杂志写稿子,虽然没有稿费,但是有自由,他就同许多年轻人一样全心全意地投入了。只有在这些刊物上,他才能实现自己的价值。

他很温和、斯文,看起来能忍耐,其实却太敏感。一句过火的话会刺得他的心出血;一件不公平的事会气得他的心乱跳;他不但为自己,而且为别人痛苦。几个世纪以前干下的罪恶勾当还使他心碎肠断,仿佛他自己是受害人。他脸发白,全身发抖,一想到受苦受难的人,他就痛苦万分,忘了他同情的人和他自己之间已经隔了几个世纪。如果他亲眼目睹不公平的事,他会气得哆哆嗦嗦,有时甚至生病,连觉也睡不着。正因为他知道自己有这个毛病,才强制自己要镇静,免得火头上说出不可挽回的话来。他一生气,人家恨他比恨克里斯托夫还更厉害,因为克里斯托夫一贯暴躁,老说气话,而奥利维一贯温和,一说气话几乎暴露了更多的真心实意;而事实也的确如此。他批评人,不像克里斯托夫那样盲目夸张,那样想当然,而是清澈见底。这是别人最不能原谅的。因此他保持沉默,避免争论,知道争论也无济于事。但勉强的沉默使他痛苦。更痛苦的是他太胆小,胆小得言不由衷,不敢坚持自己的主张,甚至反向对方认错,例如那次和吕西安·雷维-葛谈到克里斯托夫时就是这样。他度过了多少绝望的难关,才使自己和世界妥协的啊!在他理该任性的青年时代,兴高采烈和灰心丧气不断在他心头轮番交替,转变也很突然。在他觉得最高兴的时候,可以预感到不幸在等待他。的确,他还没看清楚来龙去脉,就已经给打翻在地。那时他不只是不幸而已;他还要责备自己,检查自己的言行是不是对得起良心,站在别人一边来反对自己。他的心在胸中打鼓,人在不幸中挣扎,简直喘不过气来——自从安东妮蒂死后,也许亡故的人会发出令人宽心的光辉,就像黎明能使病人的眼睛和心灵都清醒过来一样,奥利维即使不能摆脱痛苦,至少也学会了听天由命,努力控制自己的心情。很少人猜得到他的内心斗争得多么厉害。他把这个难堪的秘密藏在心灵深处,不让人看出他柔弱而痛苦的身体在受到怎样激烈的折磨,但他自由而清醒的智慧却在冷眼旁观,虽不能控制自己的激动,也不至于受到激情的危害——"在无边无际、汹涌澎湃的心潮中,保留了一个宁静的角落"。

这种智慧使克里斯托夫大为惊讶。他从奥利维的眼睛里看出了这种智慧。奥利维有一种直觉,能看透人的心灵,他自己宽大的心胸非常好奇,非常敏锐,对一切都开放,对什么都不恨,都不排斥,总是用慷慨大度的同情心去观察世界:这种清新的目光是一种无价之宝,这种天赋使他能用日新月异的心情,去欣赏天长地久的万象更新。在这个内心世界里,他觉得自由自在,无拘无束,可以当家做主,可以忘记自己的缺陷和肉体的痛苦。他甚至能置身于肉体之外,用一种悲天悯人的眼光来眺望这受苦受难、随时可能消灭的肉体。这样,一个人才不至于对自己的生命恋恋不舍,但却可能更加热爱生活。奥利维舍不得在行动上多费力气,却把力气都转移到爱情和智慧上去了。他的生命力不足以维持独立的生活。他是一根蔓藤,一定要跟别的树木结合。在结合中他献出了自己,但他的生命却更丰富了。他的心更是女性的心灵:永远需要爱人,永远需要人爱。他是为克里斯托夫而生的。就像那些大艺术家的高贵而可爱的朋友一样,他们似乎要依靠强有力的心灵,自己才能开花结果,美化世界:例如达·芬奇的朋友贝特拉菲沃;米盖朗琪罗的朋友加伐里叶;拉斐尔年轻时的伙伴;伦勃朗又老又穷还有忠于他的哀尔·梵·琪尔特。他们没有大师那么伟大,但在他们身上似乎也有大师高贵而纯洁的精神。他们是天才的理想伴侣。

他们的友情对两个人都有好处。朋友的存在才看得出生命的价值;一个人是为朋友才活着,才保持完整的生命不受时间磨损的。

他们互相补充。奥利维心灵平静,身体虚弱。克里斯托夫身强力壮,心灵激动。一个盲目行动,一个半身麻痹。现在他们合在一起,都觉得对方丰富了自己。在克里斯托夫的保护之下,奥利维恢复了对光明的兴趣;克里斯托夫注入他心灵的,是丰富的生命力,是身心的健康,使他倾向乐观,即使在痛苦中,即使在仇恨中,也能保持乐观。克里斯托夫从对方得到的更多,根据天才的规律,不管他付出多少感情,他得到的总比他付出的多得多,因为他是天才,而天才有一半是因为能汲取别人的长处,吸收别人的伟大之处而使自己更加伟大。俗话说得好:越有钱的人越容易赚钱。越强大的人也容易变得更强大。克里斯托夫用奥利维的思想来滋养自己,吸收了他平静的智慧,超脱的精神,看得远、看得透、镇定自若的眼光。他朋友的长处一移植到他这块更肥沃的土壤上,就有了更蓬勃的生机。

他们对自己在朋友身上的发现感到惊奇。两个人都拿出了自己没意识到的精神财富,那是本民族用之不尽、取之不竭的宝藏:对奥利维来说是法国人广博的文化素养,了解人心理的天才;对克里斯托夫来说是德国人内在的音乐修养,对大自然心领神会的直觉。

克里斯托夫不明白奥利维怎么会是法国人。他这位朋友多么不像他所见过的法国人啊!在遇见奥利维以前,他差不多要把吕西安·雷维-葛当作现代法国精神的典型,不知道他其实歪曲了法国的形象。一见奥利维,他才知道巴黎还有比吕西安·雷维-葛思想更自由,更纯洁而不合时宜的人。克里斯托夫甚至想要证明奥利维和他姐姐都不是十足的法国人。

"我可怜的朋友,"奥利维答道,"你对法国知道多少呢?"

克里斯托夫争辩说:为了了解法国,他花费了多少精力;他列举了他在斯特芬和罗孙的社交圈子里见过的法国人:其实都是犹太人、比利时人、卢森堡人、美国人、中东人,难得有几个真正的法国人。

"这正是我说过的,"奥利维反驳道,"你见到的没有一个是法国人。他们只是一伙堕落分子,只会寻欢作乐的懒汉,根本算不上是法国人,只是混日子过,或者是些政客、废物,他们表面上热热闹闹,其实没有触及民族的灵魂。你看到的只是美丽的秋天和丰产的果园吸引来的成千上万只黄蜂。你没有看到忙碌的蜜蜂,劳动的热忱,求知的渴望。"

"对不起,"克里斯托夫说,"我也见过你们知识分子的精英。"

"什么?二三十个文人?这算什么精英!在科学和行动变得这样重要的时代,文学不过是一个民族的表层思想而已。即使要谈文学,你看到的也只有戏剧,而豪华的戏剧是国际饭店的盛宴,享受的主顾都是世界上有钱的大老板。巴黎的剧院么?你以为一个劳动者知道剧院在演什么戏吗?巴斯德一辈子也没上过十次剧院!你像所有的外国人一样,过分看重我们的小说,我们大街上的剧场,我们勾心斗角的政客了……若是你想知道,我可以告诉你多少从来不读小说的女人,多少从来不看戏的巴黎小姐,多少从来不关心政治的知识分子。你还没见过我们的学者和诗人呢。你没有见过孤芳自赏的艺术家或热情奔放的革命者。你没有见过一个真正信教的,也没有见过一个真正不信教的伟人。至于老百姓,那更不必谈了!除了那个照顾过你的穷女人,你还了解谁呢?你在哪里见得到老百姓呢?住在高层楼上的巴黎穷人你认得几个?如果你不认识老百姓,你就不了解法国。你不知道在巴黎穷人住的房子里,在默默无闻的内地,都有些老老实实的好人,他们过着平平淡淡的生活,想着踏踏实实的问题,每天都在做出牺牲——这个小小的教会一直在法国存在——人数并不多,精神却伟大,几乎没有人知道,也没有表面行动,然而却是法国力量之所在,是无声而坚强的力量,而那些所谓的精英却在不断腐烂,自生自灭……你看到一个法国人不为自己的幸福而生活,不是不顾一切地追求幸福而是为了信仰,为了忠于信仰,你会觉得奇怪吧?但有成千上万像我这样的人,比我更有价值,更加虔诚,更加谦虚,始终如一地为理想服务,为上帝效劳,却没有得到上帝的回报。你不认识那些节吃省用、循规蹈矩、勤勤恳恳、安分守己的小百姓,他们的心灵深处有一团永不熄灭的火焰——他们做出了牺牲,从前受到过'国家'的保护,蓝眼睛的老伏朋保护他们,对抗自私自利的贵族大人。你不认识老百姓,也不认识精英分子。你有没有读过一本可以当作忠实朋友的书,一本像伙伴一般和你谈心的书?你知道不知道我们花了多少心血来办一个年轻的刊物?你想得到道德高尚的人就是我们的太阳吗?他们无言的光辉也会使大批小人害怕!小人不敢和他们正面冲突,只对他们害怕!小人不敢和他们正面冲突,只对他们点头哈腰,好在暗中算计他们。小人只是奴才,而有奴才必有主人。你却只认识奴才,并不认识主人……你看到过我们斗争,你以为这是撒野、胡闹,因为你不了解斗争的意义。你在大白天只看见阴影和反光,却没看见几百年来内心的光明。你有没有想要了解我们的心灵?你有没有看到我们的英雄行动,我们巴黎公社的十字军?你有没有深入了解法国精神的悲剧性?你有没有俯视过巴斯加内心的深渊?你怎能乱评论一个活动了几百年,创造了几世纪的民族?一个用哥特式艺术,用古典的理性,用大革命的精神塑造了全世界的民族?——一个经过千锤百炼,赴汤蹈火,却没有死亡,反而起死回生,越战越强的民族?你们都是一样的人。你的同胞到我们的国家来只看到寄生虫、吸血鬼、文人、政客、财主中的冒险家,还有供应他们吃喝玩乐的商人,逢场作戏的主顾,荒淫无耻的婊子;你的同胞就根据这些大吃大喝的坏蛋来评论法国。你们没有一个人想到受压迫的、真正的法国,想到养精蓄锐的外省,想到劳动的大众,他们鄙视这些今朝有酒今朝醉、胡作非为的大老板……当然你们什么也不了解,我不怪你们,你们怎么能了解呢?连我们法国人都几乎不了解法国。最好的法国人也耳目闭塞,成了自己土地的囚犯……你们永远不会了解我们受过多少苦,我们依附于我们民族的天才,像圣物一样保护他们给我们带来的光明,不顾一切地抵抗敌人从四面八方吹来的狂风暴雨,免得光明熄灭——我们孤零零的,感到周围的空气都受到外国佬的污染,他们像一群苍蝇似的包围我们的思想,像可恶的蛆虫一样腐蚀我们的理智,毒化我们的心灵——我们上当受骗了:负责保卫我们的人,我们的向导,愚蠢如猪、胆小如鼠的批评家,他们只会奉承敌人,请求敌人原谅他们生而为法国人——我们被人民抛弃了,人民并不关心我们,甚至根本不知道我们的存在……我们有什么办法得到人民认识呢?我们不能到他们中间去……啊!这是最难办的!我们知道法国有成千上万的人和我们一样想,我们知道我们是替他们说话的,但我们却不能要他们听见我们!什么都在敌人手里:报纸、杂志、剧院……报纸没有思想,只是寻欢作乐的工具,党派斗争的武器。这些狐群狗党不让不钻狗洞的人自由接触人民。贫穷和过重的劳动把我们压垮了。忙于发财的政客关心的只是收买无产阶级。自私自利、漠不关心的中产阶级冷眼旁观我们死亡。我们的人民不了解我们,和我们一样斗争的人民也像我们一样无声无息,他们不知道我们存在,我们也不知道他们存在……倒霉的巴黎!当然,巴黎也做了好事,把法国的精神力量都集中了。然而它做的坏事并不少于好事,而在我们这样的时代,好事也会变成坏事的。只要一个冒牌的精英掌了权,就可以大肆宣扬自己,压倒别人的声音。加上法国人是非不分,吓得不敢开口,把思想都藏了起来……以前,这使我很痛苦。但现在,克里斯托夫,我平静下来了。我知道了我的力量,人民的力量。我们只消等待洪水过去。洪水不会损坏法兰西岩床的。洪水卷来了污泥,但在污泥下面你就可以摸到岩石。瞧!这里,瞧!那里,岩石的尖顶不是已经露出水面了吗?"

克里斯托夫发现理想主义的巨大力量鼓舞了法国当代的诗人、音乐家、学者。当代的大师虚张声势,用他们庸俗的肉欲主义来压倒法国思想界的呼声,但思想界太高贵了,不屑和这些社会渣滓的粗野叫嚣争一日之短长,只集中力量,为自己,为自己的上帝,继续高唱热烈的赞歌。他们甚至急于避开外界讨厌的喧嚷,不惜逃到最深的藏身之处,象牙之塔的地下室。

诗人——本来只有真正的诗人才配得到这个美名,现在却被报纸和学院滥用来称呼那些争名夺利、胡说八道的家伙——诗人瞧不起厚颜无耻的辞藻和奴颜婢膝的写实主义,瞧不起只触及事物表面而不能深入内心的思想,他们只好掘壕自守,退隐到心灵深处一个神秘的幻境,一个吸引了形象与思维的小天地,就像一道激流落入湖中,染上了内心生命的色彩一样。这种高度浓缩的理想主义闭关自守,重新创造了一个新天地,是外人不得其门而入的。克里斯托夫开始也搞不明白。他从巴黎的市场出来后,一下碰到这个新天地,撞击是太突然了。这就像是在刺眼的阳光下经过一场激烈的混战,忽然进入了静悄悄的黑夜。他的耳朵嗡嗡响。他什么也看不见。一开始,由于他对生命的热爱,这鲜明的对比使他受不了。在外界是热情奔放,怒潮汹涌,把法国闹得天翻地覆,使人类胆战心惊。而在艺术中,一眼看来,却毫无动静。克里斯托夫不免要问奥利维:

"你们的德莱弗斯叛国案闹得星移斗转,地塌天崩。但描写这一场混战的诗人在哪里?就是现在,在宗教界,教会的权威和良心的权利正在经历几世纪来最痛苦的斗争。但哪一个诗人反映了这种神圣的悲痛?工人群众在准备作战,民族有的灭亡,有的新生,亚美尼亚人遭到屠杀,亚洲从千年大梦中觉醒,推翻了莫斯科的巨人,打倒了掌握欧洲命运的人物;土耳其像人类的祖先亚当一样睁开了眼睛,看见了天日;天空被人征服;古老的土地在我们脚下裂开了大口,吞下了一个民族……这些二十年内完成的奇迹,足够写出二十本史诗来的,但是这些如火如荼的奇迹在你们诗人的作品中却无影无踪,不知道到哪里去了?难道只有你们的诗人视而不见,不识史诗真面目?"

"冷静一点,我的朋友,冷静一点!"奥利维答道,"要有耐性!不要说了,你听我讲……"

慢慢地听不见世界滚滚前进的车轮声,行动的战车压得大街咬牙切齿的咯吱声也越来越远了。升起了寂静的超凡脱俗的歌声。

> 蜜蜂嗡嗡响,椴树多芬芳……
> 微风
> 用金黄的嘴唇吻着平原的土壤……
> 柔和的雨声夹着玫瑰的幽香。

他们听见诗人的锥子在瓶子上刻下了:

> 壮丽来自天然。

他们听见他歌唱庄严而欢乐的生活:

> 用的是黄金笛和乌木箫,

还听见宗教的喜悦,信仰像泉水中的气泡从心灵中涌现出来:

> 使阴影都成了光明……

还有向你微笑,催你入睡的甜蜜的忧伤:

> 在他严肃的脸上
> 流下了神秘的光……

还有

睁着温和大眼的平静死亡。

这是一首纯音乐的交响曲,没有一个声音像高乃依或雨果的人民喇叭那么雄浑而洪亮,但音响的合奏却深刻得多,变化也细腻得多!这是今天的欧洲最丰富的音乐。

奥利维对沉默了的克里斯托夫说:
"你现在明白了吧?"

克里斯托夫也要他别说话。虽然他更喜欢有阳刚之气的音乐,但也陶醉在心灵的林涛簌簌声,和清泉流水的淙淙声中。人民的斗争风云突变,诗人却在歌唱万古不变的永恒青春,还有

美给世界带来的温和善良。

人类正

恐怖得狂叫乱吠,唉声叹气,
围着一块荒凉而黑暗的土地。

成千上万的生灵筋疲力尽,你抢我夺,争取血淋淋的自由碎片,而清泉和林海却在反复歌唱:

自由!……自由!……圣哉,圣哉……

诗人并没有沉睡在自私自利、平静的好梦中。他们心里并不是没有悲壮的呼声:高傲的呼声、爱情的呼声、痛苦的呼声。

这是沉醉了的狂风暴雨,
有粗野的力量,有深沉的柔情。

汹涌澎湃的力量,如醉如狂的史诗,歌唱群众的狂热,人神的斗争;气喘吁吁的劳动者。

墨黑与金黄的脸穿过暗影和浓雾,

> 忽然，缩成一团、绷得紧紧的肌肉
> 围着巨大的铁砧，围着巨大的熔炉……

正在铸造未来的城市。

既强烈又暗淡的光辉照着"智慧的冰川"，这是孤独的心灵英勇不屈的痛苦，用无可奈何的轻松痛快，在啃噬自己。

这些理想主义诗人的面目在一个德国人看来，法国色彩似乎不如德国色彩浓厚。但他们都有对"法国清淡"的爱好，诗中流通的是希腊神话的液汁。法国的风光和日常生活在他们眼里都变魔术一般成了爱琴海的景色。人家会说在这些二十世纪法国人身上，古代希腊人是借尸还魂了，他们甚至要脱下现代的衣衫，露出他们可爱的裸体来呢。

从这些诗的总体里散发出一种成熟了几百年的丰富文明的古香古色，这是在欧洲别的地方找不到的。呼吸过这种幽香的人永远也忘不了。香味把世界各国的艺术家都吸引到法国来。外国艺术家成了毫不动摇的法国诗人；而在法国古典艺术的崇拜者之中，没有比这些英国人、佛兰德人、希腊人更热烈的信徒了。

克里斯托夫在奥利维的指点下，让法国诗神的沉思之美渗入了他的心灵，不过他认为这位高贵的女神太灵秀了一点，不合他的口味，他更喜欢一个简单朴素、健康结实的民间姑娘，虽不那么理智，但却懂得爱情。

从各种不同的法国艺术中，都会升起一种相同的"美味"，就像秋天的太阳在树林中晒熟了的杨梅一般。音乐就是芳草丛中隐约出现的小杨梅。起初，克里斯托夫走过草丛而没有看见，因为他在本国听惯了枝叶茂密的草莽音乐。现在，杨梅的清香使他回过头来，在奥利维的帮助下，他才发现荆棘和枯叶只是音乐王国的篡位者，在王国中，还有少数音乐家在创作精致美妙的艺术品。在沼泽包围的田野里，在制造民主的乌烟瘴气的工厂中间，在圣·德尼平原的中心，在一个神圣不可侵入的小树林中，一些对世事毫不关心的羊角人身农牧神正在载歌载舞呢。克里斯托夫非常惊讶地听到他们芦笛的歌声明朗平静，如怨如诉，和他听到过的音乐一点也不相同：

> 只要一根小小的芦苇
> 就可以使野草颤抖，
> 使整个草原变得温柔，

> 使杨柳岸边的溪流
> 一同歌唱一同陶醉。
> 只要一根小小的芦苇
> 就可以使树林合唱……

这些钢琴小品、歌曲、法国室内音乐,听起来漫不经心、随兴所至的风度,德国艺术家不屑看上一眼,克里斯托夫本人原来也没注意到作品中的盎然诗意,娴熟技巧,现在才开始隐约看到面目一新的改革狂热,苦闷不安——这对莱茵河彼岸的德国人是陌生的——而法国音乐家却在这块未开发的艺术土壤上寻找将来会开花结果的种子。德国音乐家在祖辈的营地上踏步不前,认为世界的进化不能超越他们已经取得的胜利,不料世界却继续前进了;而法国人带头冲锋,要发现艺术的新天地,发现死灰复燃的太阳,已经消失的希腊,沉睡了几百年、重新睁大眼睛、憧憬着无限美梦的远东。西方音乐已经纳入了有条不紊、古典理性的渠道,法国人却打开了古代水渠的闸门,使世界各地的流水都涌入了他们凡尔赛的水池:民间的旋律和节奏,外国或古代的音调,花样翻新的音程。在音乐家之前,他们的印象派画家已经为眼睛发现了一个新大陆——他们是发现光明的哥伦布——现在,音乐家又在拼命征服一个音响的世界;他们在听觉的神秘领域里走得更远更深;他们在内心深处的海洋里发现了无人知道的陆地。但他们十之八九不会利用胜利的果实。根据惯例,他们只是为全世界开辟道路的先锋。

克里斯托夫赞美这种音乐上的开创精神,音乐的生命来自昨天,但已经走在世界的前列了。这个高雅精致的小人物多么勇敢!克里斯托夫以前指出过他的愚蠢,现在却变得宽容了。只有什么事也不做的人才永远不会犯错误。而尽力寻找现实中的真理,即使犯了错误,比死死抓住过时的真理不放,那取得的成果也要丰富得多。

不管结果怎样,法国人的努力也是惊人的。奥利维告诉克里斯托夫他们三十五年来完成的工作,他们花了多少精力才使法国音乐从一八七〇年以前的沉睡中苏醒过来:那时没有法国的交响乐,没有深刻的文化素养,没有传统,没有大师,没有听众;只剩下一个柏辽兹,而他也闷死、憋死了。现在,克里斯托夫对那些振兴民族音乐的艺术家才感到敬意,并且不再想讥讽他们狭窄的美学或者缺乏天才。他们创造的不只是音乐作品,而是一个热爱音乐的民族。在那些塑造法国新音乐的巨匠当中,他最喜欢的一个人物是赛查·法朗克,他大功还没告成就身先死了,像老许茨一样,在法国艺术黯淡无光的年代,他的身上却完好无损地保存了宝贵的信心和本民族的天才。看来令人感动的是:在寻欢作乐的巴黎,这位天使般的大师,音乐界的圣徒,生活过得拮据,工作受人轻视,但他坚忍不拔的纯洁心灵却一点也没有改变,他逆来顺受的笑容使他的作品沉浸在善良的光辉中。

对于没有深入法国生活的克里斯托夫来说,一个没有信仰的民族居然有一个虔诚的大艺术家,这几乎是个奇迹了。

但奥利维温和地耸耸肩膀,问他哪个欧洲国家找得到一个画家,像法朗梭阿·米勒这位清教徒一样沉浸在《圣经》的气氛中?——哪个既有热烈的信仰而又谦虚的学者比得上思想清晰的巴斯德?他拜倒在"无限"的观念之下,搞得神魂颠倒,"痛苦万分"——用他自己的话来说——"恳求理性不要缠得他像巴斯卡一样快发疯了"。天主教义并没有妨碍米勒勇敢的写实主义精神,也没有妨碍巴斯德热情洋溢的理性稳步前进,毫无偏差,走入了"自然元素的新天地,一片黑暗的无穷小领域,生命发源的无底深渊"。他们是从外省来的,从外省人身上汲取了一直潜伏在法国土地上的信仰,有些煽动群众的人尽力否认也没有用。奥利维很了解这种信仰,这是他生而有之的。

他还对克里斯托夫谈到天主教二十五年来波澜壮阔的复兴运动,法国的基督教思想努力要和理性、自由、生活结合;这些可敬的教士真有勇气,正如他们中有一位说的,他们要"不辜负人的称号",要恢复天主教理解一切的权利,和一切正大光明的思想结合,因为"一切正大光明的思想即使有错误也是纯洁的,神圣的";成千上万年轻的天主教徒诚心诚意要建立一个基督教共和国,要自由、纯洁、友爱,向一切有好意的人开放;虽然他们受到恶意打击,被诬蔑为异端邪说,又受左派右派——尤其是右派——两面夹攻,但是这支具有现代思想的小小队伍不怕关山险阻,镇定自若,接受考验,知道不用血泪浇灌的水泥是建不成千秋大业的。

理想主义的生活气息,自由主义的奔放热情,同样注入了法国其他宗教。新生命的震颤也在新教和犹太教麻木的巨大的躯体内流通。大家好胜心强,你争我夺,公平竞赛,要创造一个自由人类的宗教,但无损于情感和理智的力量。

这种宗教的狂热并不是宗教特有的,也是革命运动的灵魂。一革命,狂热就更带悲剧性。在这以前,克里斯托夫只见过低级的社会主义——那是政客用来诱骗饥不择食的主顾，在他们眼前晃来晃去的幼稚而庸俗的幸福美梦，或者说明白点，政客以为，幸福就是一旦政权到手，科学能给普天下带来欢乐。除了这种令人反感的乐观主义之外，克里斯托夫还看到一种对立的神秘而疯狂的力量，那是工会的精英带领工人群众去进行的战斗。他们号召大家去"作战"，只有战争能产生崇高的英雄主义，能使这个濒临死亡的世界重新有意义，有目的，有理想。这些伟大的革命家忍受不了中产阶级的、商业社会的、和平主义的、英国式的社会主义，他们提出一个相反的、悲剧性的世界观，认为"对立斗争是世界的规律"，世界的生存有赖于牺牲，继续不断的、周而复始的牺牲——如果你怀疑工会领袖发动起来向旧世界进攻的大军，怀疑他们是否理解这种好战的神秘主义把康德和尼采的理论同时应用于暴力行动，那么，这些高贵的革命家如醉如狂的悲观主义，轰轰烈烈的英雄生活，对战争和牺牲的高尚信仰，看起来几乎是战斗精神和宗教热忱的理想，简直是日耳曼民族的条顿会或日本的武士道，这种现象真是惊心动魄。

然而，这并不是外族的，而纯粹是法兰西民族的精神，他们的特点虽然经过了几个世纪却一成不变地保留下来了。从奥利维的眼睛里克里斯托夫看到国民公会的护民官和执政官，某些思想家、活动家、大革命以前的改革家，都有这种特点。加尔文派、扬山尼派、雅各宾派、工联主义者，到处都有同样的悲观理想主义精神。他们和自然作斗争，既不抱幻想，也不灰心丧气——他们是支持民族的铁柱钢架——往往也会把什么都砸烂压碎。

克里斯托夫呼吸到这种神秘的斗争气息，他开始懂得狂热的伟大，加上法国人毫不妥协的忠诚，这正是其他善于纵横捭阖的民族所不能理解的。他先也和外国人一样，嘲笑法国人的专制思想和自由平等精神的明显矛盾。现在，他头一次隐约看到了他崇拜的自由带有战斗的意义——看到了理性威风凛凛的宝剑。不，对法国人来说，这并不像他所想的那样是简单的玩弄字眼，也不是空洞的思想体系。既然一个民族把理性当作第一需要，那么，为理性而斗争也就压倒其他一切了。即使有些不重理性只重实际的人认为斗争是荒唐的，那有什么关系？在眼光深邃的人看来，不管是为了征服世界，为了帝国或是为了金钱的斗争，都是一样空虚；百万年后，还能剩下什么？如果说：生活的价值在于剧烈斗争，在斗争中，一切生命力可以兴高采烈地为一个崇高的理想而牺牲，那么，还有什么战斗比法国为理性或反理性而进行的永恒斗争更能给生命增光添彩呢？对那些尝过艰苦斗争滋味的人来说，英国人如此吹嘘的无动于衷的宽容就显得淡而无味,缺乏阳刚之气了。英国人可以得到补偿,把精力用在其他地方。他们的力量并不在宽容。只有许多党派都把宽容当成英雄行为,宽容才能显得伟大。而在今天的欧洲,宽容往往只是漠不关心,缺少信仰,缺乏生命力。英国人借用伏尔泰的话来自我吹嘘,说"信仰的多样化使英国人宽容",而大革命并没有使法国人宽容——其实,那是因为大革命时代的法国更有信仰,而英国却只有信条。

看了理想主义的铜墙铁壁,看了为理性的战斗之后——就像维吉尔带着但丁游地狱一样,奥利维挽着克里斯托夫的手,把他带到高山顶上,去看默默无言、超凡脱俗的一小群真正自由的法国精英。

世界上没有人比他们更自由的了。像飞鸟在无所谓动静的天空中遨游一样自由安详……到了那个高度,空气这样纯净,这样稀薄,克里斯托夫连呼吸都觉得困难。在那里可以看到自以为享有梦中无限自由的艺术家——可以看到如醉如狂的主观主义者,像福楼拜一样瞧不起"那些相信万物存在的野蛮人"——可以看到一些思想家,他们的思想如浪涛起伏,千变万化,随波逐流,"不断滚滚前进",永不停息,永不着陆,永不触礁,像蒙田说的那样,"不描写静的存在,只描写动的过程,日复一日、分秒不停、永不休止的过程"——可以看到一些学者,他们知道宇宙是空虚的,人却能在无中生有,制造出思想、上帝、艺术、科学,还在继续不断地创造世界,制定规律,构筑一个生动的白日梦。他们并不要求在科学中得到安息、幸福,甚至并不追求真理——因为他们怀疑真理是可望而不可即的——他们只是为学术而爱学术,因为学术是美的,只有学术是美的、真的。在思想的顶峰可以看到这些学者,他们是热情的怀疑论者,毫不关心人间疾苦,悲观绝望,甚至不关心现实,只是闭着眼睛,静听心灵合奏的无声音乐会,数字和形式既微妙又宏伟的和声。这些伟大的数学家,自由的哲学家——世界上最严格的正面思想家——已经达到了玄妙的顶峰;他们把周围挖得空空如也,自己高悬在无底深渊之上,沉醉在目眩神迷之中;在无边无际的黑夜里,他们居高临下,轻松愉快地发出了思想的光辉。

克里斯托夫到了他们身边,也想往下看看;但他立刻觉得头昏眼花。他本来以为自己自由,因为他除了良心以外,已经摆脱了一切清规戒律,但比起这些法国人来,他不禁吓一跳,他感到自己哪能算自由呢,因为法国人已经摆脱了一切思想的规律,一切绝对的命令,一切生存的理由。那么,他们为什么生活呢?

"为了自由的乐趣。"奥利维答道。

但克里斯托夫觉得这种自由不是脚踏实地的,甚至不如德国人严守纪律的精神、崇拜权威的思想;于是他说:

"你们的乐趣是个圈套,是鸦片烟鬼的梦幻。你们沉醉在自由中,却忘记了生活。绝对的自由对精神来说是疯狂,对国家来说是混乱……自由!在这个世界上,哪个人是自由的?在你们的共和国里,又有谁有自由?——只有胡说八道的人。你们这些精英都快要死了。你们只会做梦。不久,你们梦也做不成的。"

"那有什么关系!"奥利维说,"我可怜的克里斯托夫,你不会知道自由多快乐。这种快乐真值得人去冒险、受苦,甚至去死。自由,感到周围的心灵都是自由的——甚至胡说八道的自由,那真是无法描写的极乐世界,就像灵魂在无限的太空中逍遥一样。逍遥之后,别的地方都不能生活了。你提到帝国兵营里的安全、秩序、不可违反的纪律,那对我有什么用?我会闷死的,我要空气!空气越多越好!自由越多越好!"

"世界要有规矩,"克里斯托夫说,"早晚要个主人。"

奥利维开玩笑似的提起"星中古石"的话:

<pre>
      法 国 人 没 有 力 量
        禁 止 言 论 自 由,
          不 能 把 太 阳
            埋 进 地 球
              打 个 洞,
                没 有
                  用。
</pre>

克里斯托夫慢慢习惯于无限自由的气氛了。从法国思想的高峰,从光明的心灵在做美梦的山顶,他望望脚下的山坡,坡上有一些勇敢的精英在为生气蓬勃的信仰而奋斗,不管他们信仰什么,他们都不断地攀登高峰;他们对无知、疾病、穷苦进行圣战;他们是现代的盗火者,想用蜡翅膀飞向太阳;他们有发明的狂热,有合理的妄想,要在空中开辟一条道路,去征服光明,要用科学向自然发动大战——在山坡下,有一群默默无言、意志坚强的男人女人,勇敢而谦虚的人,他们千辛万苦才爬到半山,不能再往上爬,只好原地不动,过着平凡的生活,暗地里急得要命,无可奈何,心有余而力不

足——在山脚下,在悬崖削壁之间的狭窄小路上,有些迷信抽象概念、盲目听从本能的人,正在进行没完没了的斗争,他们揪成一团,难解难分,没有想到山外有山,天外有天——在山下的沼泽地里,还有畜生在污泥中打滚——但是沿着山腰,东一处,西一处,艺术开出了鲜花,音乐结出了芬芳的果实,诗人唱出了小鸟的啁啾声和清泉的淙淙声。

于是克里斯托夫问奥利维:

"你们的人民在哪里?怎么我看到的不是百里挑一的精英,就是百里挑一的渣滓?"

奥利维答道:

"人民吗?他们在园子里种地。他们才不管我们呢。每一伙精英都想拉拢他们。他们却哪一伙也不理。以前,他们还肯听听,至少是为了消遣,听听这些政治骗子走江湖卖膏药。现在,他们懒得理会了。每次不投票选举的人岂止百万!让党派去打得头破血流吧!老百姓才不在乎呢。只要不打到他们田地里来就行。否则,他们恼起火来,不管什么党派都要遭殃。他们并不动手,他们只是还手,若是党派做得过火,妨碍了他们的工作或休息,他们可要搞得你们晕头转向。不管你是国王、皇帝、共和党、教士、共济会员,还是社会党人,不管谁是头头,他们要求的只是消灾避害:战争呀,混乱呀,瘟疫呀——别的他们一概不管,只要让他们安安静静种地就行。其实,他们心里只想:

"'这些畜生干吗不让我安静?'

"而这些畜生真蠢,硬要逼得老实人拿起长柄叉来把他们赶出门去——总有一天,他们会把老板赶走的。从前,他们为大事发过火,将来还可能再发火,虽然这种傻事他们早就洗手不干了;即使再干,发火的时间也长不了;很快,他们就会回去找他们打了几百年交道的老伙计:土地。是土地把法国人和法国结合在一起,并不是法国人把人和国家结合起来的。几百年来,多少不同的民族在这块土地上肩并肩地劳动过,是土地使他们合为一体的,他们热爱的是土地。不管是福是祸,他们都不断在土地上耕种;土地上的一切,甚至一小块泥土,对他们来说都是好的。"

克里斯托夫张开眼睛一看,顺着大路,围着沼泽,在岩坡上,在战场上,在废墟间,无论是法国的山地还是平原,都是一片耕地,真是欧洲文明的大花园。花园无与伦比的魅力不仅在于肥沃的好土壤,还在于勤劳顽强、不知疲倦的人民,几百年来,他们一直不断地开垦、播种,使土地变得更加美好。

奇怪的民族！大家都说他们变化无常，其实万变不离其宗。奥利维的内行眼光可以在哥特式的石像上看出今天外省人的面目；在画家的笔下认出知识分子或凡夫俗子的疲倦而无可奈何的面容；或者在勒南三兄弟的画中看出法国工农的精神和发亮的眼睛。往日的思想还在今天的心灵中流通。巴斯卡的精神也还活着，不但活在读书明理的社会精英和宗教人士身上，也活在默默无闻的中产阶级或轰轰烈烈的革命家和工会领导人心中。高乃依和拉辛的艺术对法国人说来是生气勃勃的：一个巴黎的小店员会觉得路易十四时代的古典悲剧，比当代的托尔斯泰的小说或易卜生的戏剧更加亲切。中世纪的歌曲，如法国传说的《特里斯坦》，比瓦格纳的《特里斯坦》更能打动当代法国人的心。十二世纪以来，法国花坛上不断开放的思想之花，虽然万紫千红，到底都是同根生的，和周围的野草闲花大不相同。

克里斯托夫太不了解法国，抓不住它万变不离其宗的本质。这五彩缤纷的景色给他最深刻的印象却是土地的支离破碎。正如奥利维说的，每个人都有自己的园地；每块地都用各种各样的围墙、篱笆、栅栏隔开了。在两块地之间，最多不过有一小块公共的草地或一片小树林，或者是河这边的人不得不比河那边的人住得近一点而已。每个人都闭门关在自己的园子里，这种每个人都唯恐会失掉的个人主义——虽然他们做了几百年的邻居——看来不但没有减轻，反倒比以前更严重了。克里斯托夫不禁这样想：

"他们多孤独啊！"

从孤独这个意义上来说，没有什么比克里斯托夫和奥利维住的房子更典型的了。这是一个社会的缩影，一个小小的法国，人都老老实实、勤勤恳恳，但人与人之间没有什么联系。一所五层楼的老房子，摇摇晃晃，歪歪斜斜，地板咯吱咯吱，天花板蛀洞累累。雨会打进克里斯托夫和奥利维住的顶楼；他们不得不请人来补漏。克里斯托夫听见工人在他头上一边修补，一边谈话。有一个修漏匠叫他们又好气，又好笑；他一刻不停地自言自语，又笑又唱，说些废话，吹着口哨，一边补漏，一边和自己谈天；要不说出他在干什么，他什么事也干不成：

"还得再敲一个钉子。我的工具到哪里去了？我敲了一个钉子。我敲了两个。还得再敲一下。得了！老伙计，行了吧……"

克里斯托夫弹琴的时候，那个补漏匠静听了一会儿，然后口哨吹得更响了；一听得来劲，他就用重锤在屋顶上打拍子，气得克里斯托夫爬上交椅，把头伸出天窗，想要骂他，但一见他骑在屋脊上，满脸快活的神气，满嘴的钉子,不由不笑了起来。工人也跟着笑了。克里斯托夫忘了自己的怨气,反倒随便和他谈天。最后,他想起了自己为什么把头伸到窗外,就问:
"喂!我说,我弹琴不妨碍你吧?"

补漏匠说不碍事,但求他不要弹慢板,因为他跟着音乐拍子工作,拍子一慢,工作也慢了。他们分手的时候成了朋友。在短短的一刻钟之内,他们谈的话比克里斯托夫在六个月里和邻居谈的话都更多。

每层楼有两套房间,一套有三间房子,一套只有两间。没有用人住的下房,每家都是自己干家务,只有底层和一楼的房客除外,他们一家住了两套房子。

在五楼,和克里斯托夫和奥利维同住一层的邻居是高乃依神甫,大约四十岁,很有学问,思想开放,胸怀开阔,原来在一个大修道院讲解《圣经》,近来因为思想太新,受到罗马谴责。他接受了批评,但是心里并不认输,只是一言不发,也不公开论战,免得满城风雨,宁可忍辱负重,也要大事化小,小事化了。克里斯托夫不能理解这种听天由命的反抗方法。他要找神甫谈话,但神甫客客气气、冷冷淡淡,闭口不谈真心话,只是咬紧牙关,忍气吞声,来维护自己的尊严。

在下一层,就是两个朋友那套房子下面,住着艾利·艾斯白洁一家:丈夫是工程师,妻子生了两个女儿,大的十岁,小的七岁,都是高尚的人,给人好感,老是闭门谢客,尤其因为经济不宽裕,不好意思见人。妻子年轻,勇敢地承担了家务,累得要命,她并不怕,再累一倍也不在乎,但是她怕人家知道他们的家境,这种心情又是克里斯托夫难以理解的。他们是新教徒,是法国东部人。几年以前,他们两人卷入了狂风暴雨似的横扫全国的德莱弗斯案件;他们为了这个案子,就像成千上万法国人一样,七年来热情奔放,如醉如狂,几乎神魂颠倒了。他们牺牲了休息时间、经济地位、社会关系,甚至不惜和最亲密的朋友决裂,差不多连身体都搞垮了。有几个月,他们吃不下,睡不着,抓住翻来覆去讨论过的题目,争个没完没了,就像发了神经病似的;虽然他们胆小,怕闹笑话,还是一样参加游行,在大会上发言;回到家里,他们精神恍惚,心惊肉跳;到了夜晚,两个人都一起哭了。他们全心全意投入战斗,消耗了这么大的劲头,这么多的热情,等到取得了胜利之后,他们已经打不起劲头来欢欣鼓舞;他们觉得筋疲力尽,空空如也,几乎连生活的力气都没有了。大家原来的希望那么高,牺牲的热情那么纯,取得的胜利比起当初的梦想来简直显得微不足道。他们心地如此单纯,似乎只容得下一条真理,政治上的交易,主角们的妥协,使他们觉得痛苦失望。他们本来以为他们的战友都是为了正义而慷慨激昂地进行战斗的——哪里知道敌人一打倒,他们立刻争夺名位,践踏正义,现在轮到他们了!……只有少数人不忠于他们的信仰,他们穷苦、孤立,为党派所抛弃,也抛弃了党派。他们默默无闻,与世隔绝,闷闷不乐,委靡不振,灰心失望,厌恶人类,厌倦生活。艾斯白洁工程师和他的妻子就是这一类胜利的失败者。

他们在楼里不声不响,像生了恐惧病似的怕打搅邻居,尤其是因为他们给邻居打搅怕了,却又不愿诉苦,唯恐丢了面子。克里斯托夫可怜他们的两个小女儿,她们劲头一来,就高兴得要叫,要跳,要笑,但是时时刻刻受到压制。他们很疼孩子,只要在楼梯口碰到她们,总要表示亲热。女孩子一开始有点害羞,不久就和克里斯托夫搞熟了,他总有笑话给她们讲,总有糖果给她们吃;她们对父母谈到他;父母开头却把他的好心当作坏意,尤其厌恶他的钢琴太响,楼上东西搬来搬去,闹得鬼神不安——因为克里斯托夫在房间里闷得慌,就像关在笼子里的熊一样转来转去——后来见他襟怀坦白,没有坏心眼,也就对他有了好感。不过他们谈话还是不容易谈得拢。克里斯托夫有点粗鲁的神气,有时会使艾利·艾斯白洁吓一跳。工程师总要有所保留,对人总要保持一段距离,但没有用,这个年轻人脾气好,性子急,瞪大了两只亲热的眼睛瞧着他,他能怎么办呢?克里斯托夫东一句、西一句,也能从邻居嘴里挖出真心话来。艾斯白洁兴趣广泛,勇气也有,只是无动于衷,郁郁寡欢,听天由命。他能不失尊严,忍受艰苦的生活,但是不肯改变现实。他的行为仿佛是要说明他悲观得有道理。有人请他去巴西经营一个企业,有利可图;但是他谢绝了,怕那边的气候不好,会有害于家里人的健康。

"那就把他们留下好了,"克里斯托夫出主意说,"你一个人去,不是可以挣钱养家吗?"

"把他们留下!"工程师叫道,"那只是没有孩子的人才想得出来的主意。"

"即使我有孩子,我也会这样想。"

"那怎么行!那怎么行!……再说,还得远离家乡!……那可不成。我还是宁愿在这里受罪。"

克里斯托夫觉得难以理解的是:这样在一起拮据度日怎么可以算是爱家乡、爱家人。奥利维却能理解。

"你想想看,"他说,"何必远离亲人,冒着死在外国的危险呢？世上没有什么事比这更可怕的了。再说,还不知道有几年好活,犯得着这样折磨自己吗？……"

"为什么一定要想到死呢？"克里斯托夫耸耸肩膀说,"即使要死,那为争取亲人的幸福而死,不是比麻木不仁、自生自灭好得多吗？"

和工程师同一层,在四楼的一小套房间里,住着一个电机工人,名字叫作奥贝——这个工人离群索居,不能完全归咎于他。这位老兄是平民出身,却不甘心做个老百姓。他个子小,看起来有病,额头硬邦邦的,横在眼睛上面,眼神机警,笔直看人,像要钻进人心的螺丝刀,胡子淡黄,嘴巴总要嘲笑似的,说话像吹口哨,声音朦朦胧胧,脖子上一条围巾,喉咙老是有毛病,不断抽烟使病更加重了。行动急躁,脾气像是得了肺结核。自命不凡,说话带刺,满腹牢骚,加在一起也掩盖不了他喜欢夸大的劲头,幼稚的想法,对生活的经常失望。他是一个中产阶级市民的私生子,没有见过父亲,一个不值得尊敬的母亲把他带大,他小时候见过不少乌七八糟、令人伤心的事。他自学的劲头倒很大,费了九牛二虎之力。形成了自己的一套；他什么书都读：历史,哲学,颓废派诗人；他什么都知道：剧院,展览馆,音乐会；他对文学和中产阶级的思想崇拜得五体投地,神魂颠倒。他沉浸在大革命初期使中产阶级心醉神迷的模糊而热烈的观念中。他相信万无一失的理智,永无止境的进步——上进哪有尽头呢？——就会降临人间的幸福和无所不能的科学；相信人类就是上帝,而法兰西又是人类的公主。他激烈地反对教会,简单地对待一切宗教,尤其是天主教——认为宗教蒙昧,教士天生是进步的敌人。社会主义,个人主义,沙文主义在他的头脑里互相冲突。他思想上是人道主义者,性格上是专制主义者,事实上是无政府主义者。他自高自大,但知道自己缺少教育,谈起话来,唯恐露出马脚,所以老是利用听来的话,但又不肯虚心请教,怕会有损尊严；然而不管他人多么机灵,技巧多么高明,也弥补不了教育方面的欠缺。他打主意要搞写作。像法国许多不学而能的人一样,他写的东西有点风格,自己也看得出；但是思想内容混乱。他把自己刻苦写成的几页给一位信得过的大记者看,结果闹了一场笑话。他觉得太丢脸,从此不再对人谈自己的作品。但他还继续写,因为表现自己既是一种需要,也是值得自豪的乐趣。他对自己夸夸其谈的作品和哲学思想非常得意,其实不值一文。他对现实生活的观察倒有眼光,他却认为难登大雅之堂。他不自量力,以为自己是个哲学家,要写社会戏剧,写思想内容丰富的小说。他不费吹灰之力,就解决了无法解决的难题,他每走一步,都能发现新大陆。等他看出新大陆是前人发现过的,又不免灰心失望,几乎要怪别人不该设下圈套。他渴望得到荣誉,自以为满腔热忱,却找不到用武之地。他的梦想是要成为一个大文人,一个粗制滥造的作家中的精英。在他看来,作家头上似乎有个神秘的光环。虽然他想制造幻象,但是还有自知之明,逼得自己承认前途毫无希望。但他希望至少也要生活在中产阶级的思想氛围之中,远远一望,可以看到思想之光。这个非常天真的愿望反倒害了他,他的地位使他不得不生活在下层社会里,这却使他觉得痛苦不堪。他拼命想挤进中产阶级社会,中产阶级却对他关上了大门,结果他只好什么人也不来往。因此,克里斯托夫并不费力就走进了他的房门。但克里斯托夫得赶快关上自己的房门,否则,奥贝待在他房里的时间会比在自己房里多得多。他太高兴找到一个艺术家来谈音乐和戏剧了。但克里斯托夫呢,可以想象得到,他对此并不感到同样的兴趣;对一个平民,他更喜欢谈平民的事。然而,这却恰恰是奥贝不喜欢谈的,他也谈不出什么来。

　　克里斯托夫越往楼下走,他和邻居的关系当然也就越疏远。再说,他也不知道有什么魔法,什么叫"芝麻开门"的秘诀,才能叫开三楼的房门——三楼一边住着两个妇女,早年的丧事使她们一直迷迷糊糊过日子:一个是奚尔曼太太,三十五岁,丈夫和女儿都死了,她只和一个虔诚信教的老婆母住在一起,过着与世隔绝的生活。同一层楼的另一边,住了一位神秘人物,年纪谁也看不准,大约五六十岁,带着一个十来岁的小姑娘。他头秃了,胡子修剪得很好,说话很温和,态度很出色,一双像是贵族的手。人家叫他做华德莱先生,说他是无政府主义者,革命党,外国人,但不太清楚是哪个国家,是俄罗斯还是比利时。其实,他是法国北部省人,也不再是什么革命党,只是从前有过革命者的名声。他参加过一八七一年的巴黎公社,判了死刑,自己也不知道是怎么幸免的;十几年来,他在欧洲到处流浪。在巴黎风云变幻时期和以后的日子,在流亡期间和回国以后,他亲眼看见当年的战友依附政权,当年革命党派中的人做了多少坏事,于是他平心静气地退出了党派,但却原封不动地保持了毫无用处的信念。他读的书很多,也写了一些煽风点火,但比较温和的书,在幕后牵线——有人这样认为——操纵远方的无政府主义运动,远到印度,甚至远东,进行世界革命,同时也进行一项世界性的研究,但是比较温文尔雅,他要研究一种世界性的语言,一种普及音乐教育的新方法。他和楼里的人不打交道,碰到人不过非常客气地招呼一下而已。然而,他倒肯对克里斯托夫讲讲他研究音乐的新方法。这个问题引不起克里斯托夫的兴趣,用什么符号来表达他的思想并不重要;无论用什么语言,他总能表达思想的。但对方不肯放过机会,继续解释自己的符号体系,表面上和和气气,骨子里却很固执;至于他生活中的其他事情,却一点也不肯对克里斯托夫透露。因此,当他们在楼梯上碰到的时候,克里斯托夫也不站住,只是打量那个跟着他走的小姑娘;她头发淡黄,脸色苍白,看起来贫血,眼睛是蓝的,侧影显得瘦,身体显得弱,样子像有病,没有什么表情。大家都以为她是华德莱的女儿。其实,她只是他的养女,亲生父母都是工人,她四五岁的时候闹瘟疫,父母都死了,华德莱就收养了她。他对穷人的孩子几乎是无限怜爱。对他而言,这是一种神秘的柔情,就像梵桑·德·保尔热心救济孤儿一样。因为他信不过官方的慈善机关,又了解私人慈善团体的内幕,所以他独自进行救济工作;他做了好事并不声张,只是自得其乐。他学过医,可以派上用场。一天,他走到本街区一个工人家里,看见几个病人,就给他们看病;他的医学知识经过实践,越来越充实。他看到孩子受苦,他的心都要碎了。但等到他给这些可怜的小生命解除了痛苦,看到他们瘦脸上又露出了苍白的微笑,不禁喜上眉梢!华德莱的心都要化成眼泪了。这简直是天堂里的时刻……这时他忘了照顾病人的烦恼。但病人难得感激一声。门房的女人看见这么多脏脚走上楼梯,气得要命,不免说些刻薄话。房东怕这是无政府主义者开会,也要说三道四。华德莱打算搬家,又觉得划不来,他有他的小毛病;脾气好而顽固,只好让人说闲话算了。

克里斯托夫得到他一点信任,因为他也喜欢孩子。这是他们之间的一点联系。克里斯托夫一碰到他的养女,总会心头一紧,虽然他没有意识到,但他的本能神秘地感到,女孩的外形很像莎冰的小女儿。莎冰是他初恋的情人,她那翩若惊鸿的身影,欲说还休、脉脉含情的风韵,虽然已经遥远,但并没有从他心头消失。因此,他很关心那个脸色苍白的小女孩,他没有看见她跳过、跑过,几乎没听到过她的声音,她没有年龄相近的小朋友,总是孤零零、静悄悄的,玩些一动不动、一声不响的游戏,玩具不是布娃娃就是块木头,她只轻轻地动着嘴唇,自己给自己讲故事。她看起来好像有感情,又似乎没感情;她仿佛是个外人,总叫人捉摸不定;但她的养父视而不见,因为他爱她。唉!这种捉摸不定、这种生疏见外的感觉,难道我们的亲骨肉身上没有吗?……克里斯托夫想要这个孤独的小女孩认识工程师的两个女儿。但艾斯白洁也好,华德莱也好,都客客气气、明明白白地给他碰了个软钉子。这些人似乎为了保持身份,宁可活活地关在笼子里,老死也不相往来。万不得已,他们也会同意帮助对方;但双方都怕人家以为是他需要对方帮忙,而双方的自尊心又都一样强——其实,他们的处境也一样不稳——却简直没有希望要任何一方先下决心向对方伸出手来。

二楼那一套大点的房间几乎一直空着。那是房东留给自己住的,但他从来也没住过。他本是一个商人,等到钱挣够了,就不再做生意。一年到头,他很少在巴黎:冬天,他住在蓝色海岸的旅馆消寒,夏天,他又在诺曼底海水浴场避暑,靠利息过日子,以为只要看到阔佬怎样打发无聊的时间,自己不必花太多的钱,也就可以过上阔佬的生活了。

对面那一套小点的房间租给一对没有孩子的夫妇:亚诺先生和太太。丈夫少则四十,多也不过四十五岁,在中学当老师。他忙于上课、抄写、复习,没有时间来写博士论文,结果只好放弃。妻子比他年轻十岁,非常和气,非常腼腆。两个人都聪明,有学问,感情很好,但都不认识什么人,因此从来也不外出。丈夫没有时间。妻子时间太多,但她是个好人,不等苦闷发作出来,就先压制下去,或者是忍一忍,尽可能找事做,读书,给丈夫抄笔记,誊清他的手稿,缝补他的衣服,做自己的衣帽。她有时想去看戏,但亚诺不想去,到晚上他又太累了。她也只好作罢。

他们最大的乐趣是听音乐。他们都很喜欢。他不会弹琴;她虽然会一点但也不敢弹,尤其是在外人面前,即使是当着丈夫,她弹起来也像是小孩子在学琴。然而这点乐趣对他们就够了;格鲁克,莫扎特,贝多芬,他们虽然讲不清楚,但却都是他们的好伴侣,他们一五一十地了解这些音乐家的生平,音乐家受过的痛苦更能得到他们的爱。还有好书也是一样,两个人在一起读好书简直就是幸福。但在今天的文学作品中,这种好书太少了;因为作家眼里没有这些微不足道的读者,他们不能给作家带来名誉、乐趣、金钱,他们不出入于社交界,不会发表文章,只会喜爱,却不会说出来。这不会说话的艺术之光在老实而虔诚的人心里显得有点神秘,但由于他们共同的爱好,也够他们过上平静而幸福的生活了,虽然相当可怜——这并不矛盾——因为他们孤独,心灵有点创伤。他们两个都是品格高于地位的人。亚诺先生有很多想法;但他目前既没有时间,也没有勇气写出来。要费好大的劲才能发表一篇文章,出一本书,这太划不来了,何必图个虚名!他觉得比起他敬爱的思想家来,自己实在微不足道!他太爱艺术品了,不敢妄想"创造艺术",认为那是不自量力,简直可笑。他的命运似乎只是传播艺术。因此,他只把自己的思想传授给学生,他们将来会写书的——书中当然没有他的名字!——没有人像他那样舍得花钱订购图书。没有钱的人反倒大手大脚,他们自己花钱买书;有钱的人却认为不能得到免费赠书是丢面子。亚诺买书几乎倾家荡产,这是他的弱点,他的毛病。他觉得难为情,就瞒着妻子。然而妻子并不怪他,她也会一样买书的。他们老是制订计划,省下一笔钱来,到意大利去旅游——但是总去不成,他们自己心里明白,于是就笑自己不会省钱。亚诺很会安慰自己。有一个这样可爱的妻子就够了,还有他的职业生活,还有内心的喜悦。难道她会不知足吗?——她口里说:够了。她不敢说的是:如果丈夫有点名气,妻子也可以沾一点光,生活也会显得光辉灿烂,日子也会过得更加舒服。内心的喜悦固然是好,但增加一点外界的光彩不是更好吗?……但她没说出口,因为她胆太小;再说,她明知道即使他想功成名就,也未必能做到;现在已经太晚了!……他们最大的遗憾是没有孩子。两个人也都不说出来,反倒更加互相体贴了,仿佛这一对可怜的夫妻在请对方原谅自己似的。亚诺太太心地好,有感情,会喜欢结识艾斯白洁太太的。但她不敢开口,因为对方没有表示。至于克里斯托夫,夫妻两人都巴不得认识他,他们早就给高高在上的钢琴声迷住了。但他们怎么也不肯走出第一步来,因为那会显得太不识相了。

一楼两套房间的住户是费利克斯·韦尔先生和夫人。他们是犹太的阔佬,没有子女,一年有六个月住在乡下,就在巴黎附近。虽然他们在一楼住了二十年——其实他们是住惯了,尽管不难找到一套更适合他们身份的房子,也不搬动——看起来却像是两个旅客。他们从来没和邻居说过一句话,人家对他们的了解也不比第一天多。但这并不能使人不说长道短,而是恰恰相反。他们并不讨人喜欢。当然,他们也没有做讨人喜欢的事。然而他们却值得人家了解:夫妻两个都是顶好的人,智力都很出色。丈夫六十岁了,是个考古学家,因为在中亚细亚发掘古代亚述文物而出名;像大多数犹太知识分子一样,他的思想开放,兴趣广泛,并不限于本行的专业,而是对当代思想的表现无不关注,无论艺术还是社会问题。这些问题并不能限制他,因为他虽然什么都喜欢研究,却没有一个问题能使他专注。他很聪明,太聪明了,太自由了,无拘无束,一手建设,一手破坏,刚建设的就破坏掉;因为他建设的很多:有事业,有理论;他一工作就不知疲倦;由于习惯,由于健全的思想不能无所作为,他继续不断地在科学上耐心发掘,犁出了深深的沟痕,但他并不相信他的工作有什么用处。不幸的是他很有钱,一点也不知道为生存而斗争的乐趣;自从他在近东发掘了几年,感到厌倦之后,就没有再接受公职。然而除了他个人的工作之外,他还清醒地关注着现实问题,立即可行的社会改革,法国公共教育的改组。他提出了一些想法,倡导新的潮流;要把巨大的文化机器开动,但是不久,他自己又厌倦了。不止一次,他的论点使人行动起来,他却对行动提出了最尖锐、最令人泄气的批评,这样得罪了不少人。他并不是故意找茬子,而是天性使然;他神经过敏,喜欢挖苦,又看得深透,所以不能容忍可笑的人和事,总要叫人难堪。因为世界上不管多么好的事或多么好的人,如果换了一个角度来看,或者歪曲夸张一下,总会显得滑稽可笑的,因此,他的冷嘲热讽就没有止境。这当然不会给他招来朋友。然而,他却是好心好意要与人为善;他做了好事也没有人感激;即使是他帮助过的人也暗中怪他不该挖苦自己。要喜欢别人,就不能看得太深。他并不是一个厌世者。他也不能肯定自己是不是厌世。面对他所嘲笑的社会,他并不觉得自己理直气壮;其实,他并不能断定社会不比他更有理;于是他就避免显得太与众不同,设法使自己表面上的言行举止不太脱离群众。但这样做也没有用,他并不能不批评他们;他的感觉敏锐,不能放过任何歪曲夸张的不自然的现象,而且又不会伪装。他对犹太人的可笑之处特别敏感,因为他了解得更清楚;虽然他思想自由,没有种族偏见,但其他种族的人却对他有偏见——因此他身不由己,被基督教当作外人,他只好不失尊严地退避三舍,在自己的冷嘲热讽中,在对妻子的深厚感情中寻求安慰。

最糟糕的是妻子,也不能幸免于他的讽刺。她是一个贤妻,积极助人,忙于慈善事业。她的性格不像丈夫那么复杂,满脑子塞满了道德观念,她的责任感有点生硬,但很高尚。她的一生忧郁寡欢,没有孩子,没有特别的喜事,没有伟大的爱情,生活就靠道德信念,或者不如说,为需要而信仰。丈夫善于讽刺,自然不会抓不住她信念中自欺的那一部分(那他怎么舍得放手?)——于是就把自己的痛快建筑在妻子的痛苦之上。其实他自己也是个矛盾的合成品。他的责任感和妻子的一样高尚,但他同时又无情地需要分析、批判,不肯上当,于是就把迫切需要的道德信念撕得支离破碎了。他没有看出这是在挖妻子的墙脚;在毫不留情地让她垮台。等他感觉到时,他比妻子还更痛苦,但已经不可挽回了。然而他们还是一样相亲相爱,一样工作,一样做好事。但妻子的冷漠严肃和丈夫的冷嘲热讽一样得不到好评;既然他们都不屑于张扬自己做的好事,甚至不肯泄露做好事的意图,人家就把他们的庄重当作无情,把他们的孤独当作自私。他们越感到别人对他们的看法,就越听之任之。为了不像别的犹太人那样庸俗冒昧,他们却吃了因为自尊而过于持重的亏。

一楼底下一层只比小花园高出几步台阶,里面住了夏勃朗少校。那是个驻扎在殖民地的炮兵军官,现在退役了;此人精力旺盛,年纪不老,在苏丹和马达加斯加打过漂亮的仗;然后忽然抛开一切,住到这里来,再也不谈军队,整天翻地种花,学吹笛子,老吹不好,发发政治牢骚,粗暴地对待自己的爱女。那是一个三十岁的女人,不算漂亮,但是可爱,专心一意侍候父亲,没有出嫁就是因为舍不得离开他。克里斯托夫从窗口往下看,时常看见他们两个。自然,他对父亲不如对女儿注意,女儿下午总要到花园里来缝缝补补,坐着出神,或者随便动动,脾气很好地陪着老发牢骚的父亲。她的声音平静清脆,笑着回答嘀嘀咕咕的少校。少校却拖着脚步,在沙子路上走来走去。等到他进去了,她就坐在花园里的长凳上缝东西,一坐几个小时,一动不动,一声不出,脸上弥漫着笑容。而无所事事的军官走进房里,就像舞剑似的吹起怪声怪气的长笛,或者为了换换口味,笨手笨脚地拉起气喘如牛的手风琴来,听得克里斯托夫又好气,又好笑(这要看那天的心情如何了)。

这些人上下左右地住在各层楼里。花园的大门关上,外面的风吹不进来,里面的人互相也不来往。只有克里斯托夫生命力太旺盛了,需要发泄,虽然他们不知道,他却盲目而又明白无误地把自己巨大的同情施舍给他们了。他并不了解他们,也无法了解。他不像奥利维会分析人的心理。但他喜欢他们。本能使他会将心比心,为他们着想。渐渐地,神秘地,朦胧地,他意识到了这些离他既近又远的生命,体会到了居丧妇女麻木的痛苦,神甫、犹太人、工程师、革命家为什么高傲孤僻,沉默寡言;信仰和柔情的黯淡而温和的火焰怎样无声无息地燃烧着亚诺夫妇的心灵;电机工人怎样天真地向往思想之光;军官如何压制反抗的心情和徒劳无益的行动;还有在丁香花下沉思默想的少妇如何逆来顺受,得到平静。但是这些心灵的无声音乐,只有克里斯托夫一个人能够领会;他们自己反而听不到,每个人都沉浸在自己的悲哀和幻想中。

然而大家都在工作,怀疑主义的老学者,悲观主义的工程师,还有神甫，无政府主义者，高傲的也好，灰心的也好，都在工作。屋顶上还有补漏匠在唱歌。

楼内楼外，克里斯托夫发现了同样的精神孤独，即使最好的人聚在一起，也是一样。

奥利维介绍克里斯托夫看他常投稿的一份小杂志。杂志取名《伊索》，引用了蒙田的一段话作为箴言：

> 主人要卖伊索和另外两个奴隶。买主问第一个奴隶能做什么，奴隶为了抬高身价，说自己移山倒海，无所不能；第二个更是言过其实，胜过第一个。问到伊索，他却答道："我什么也不能做，因为他们已经把事都做完了。"

这种态度，正如蒙田说的，是对"那些无限夸大自己全知全能的厚颜无耻之徒"的蔑视和反击。《伊索》杂志社中自称的怀疑派其实倒有久经考验的信心。但是在群众看来，他们这样说反话、戴假面具，当然没有什么吸引力，反而使人望而却步。若要群众支持，说话一定要简单、明了、有力、肯定。他们宁可要坚强有力的谎言，也不要软弱无力的真话。他们不喜欢怀疑主义，除非下面掩盖着粗俗的自然主义，或者是基督教的偶像崇拜。《伊索》杂志这种目中无人的怀疑主义，只有少数精英——"才子"——才能看出假面具下掩盖着的实体。因此，他们的力量完全白费，不能见之于行动。

他们却满不在乎。法国越民主化，法国的思想、艺术、科学似乎越贵族化了。科学藏在专门术语后面，藏在神圣的殿堂之中，戴了三重面纱，只有已经升堂入室的人才能一睹面目，比十八世纪百科全书时代都更难得其门而入。艺术——至少是为艺术而艺术或爱美的艺术——也是一样神秘难懂，蔑视群众。即使是关心行动甚于艺术，注重道德观念甚于美学观念的作家，字里行间也往往弥漫着一股难以理解的贵族气息。他们似乎宁愿保存内心火焰的纯洁性，而不肯把火炬传给别人。仿佛他们关心的不是要他们的思想风行于世，而只是要证明他们有这种思想。

然而在这些作家当中，居然还有大众化的艺术家。即使是最老实的作家，也只在作品中点缀一些带破坏性的无政府主义思想，或者是在遥远的未来才会实现的真理，要等一个世纪，至少是等二十年后，这种真理才会对人有好处,但在目前,却只会腐蚀或烧伤人的心灵;还有些剧作家只描写痛苦的现实,或说反话,毫无希望或者幻想,只有悲惨的前途。克里斯托夫读了剧本之后,两天不能动弹,好像切断了腿一般。

"你们拿这种东西给大家看?"他问道,因为他那些可怜的观众,他们在几小时内想忘记痛苦,却得到这样痛苦的消遣,"这不是把他们活埋吗?"

"你放心好了!"奥利维笑着答道,"人家不会来的。"

"那才对头!你们真是疯了。难道你们要剥夺他们生活的勇气?"

"怎么?难道大家不该像我们一样看看生活悲惨的一面,再鼓起劲来尽本分吗?"

"鼓起劲来?我不相信。但肯定是没有劲头了。没有生活的劲头还能做什么?"

"那有什么办法?谁也没有权隐瞒真理。"

"也没有权对任何人都说出全部真理来。"

"这是你说的话吗?你不是不断追求真理,自认为爱真理超乎一切的吗?"

"是的,对我,对那些硬骨头可以说真理。但对别人,那是狠心、愚蠢。我现在看清楚了。在我国,我从来没想到过这一点。德国人不像你们这样病态地看真理,他们太看重生活了;他们只小心地看他们想看的。我喜欢你们,你们不是这样,你们有勇气,敢于直面人生。但你们不近情理。你们认为发现了真理,就公之于世,却像《圣经》中尾巴着了火的狐狸一样到处跑,不管会不会引起火灾。你们爱真理甚于幸福,令人起敬。但要牺牲别人的幸福……那可不成!你们太自以为是了。应该爱真理超过爱自己,但爱别人却应该超过爱真理。"

"难道该说谎吗?"

克里斯托夫引用歌德的话答道:

> 至高无上的真理如果对世界有好处,我们应该说出来。否则,我们应该把真理藏在心里,要像遮天蔽日的云霞一样,让我们的行动散发出真理的光辉。

但是法国作家没有这种顾虑。他们不管手里的弓射出去的箭是"思想还是死亡",或者兼而有之。他们只有理智,缺少情感。一个法国人有思想就要强加于人；没有思想，也是一样；若做不到，就对行动失去兴趣。这是法国精英不管政治的主要原因。每个人都闭关自守，不管有没有信仰。

不少人试图要和个人主义作斗争，并且要组织团体；但团体很快就变成了文学俱乐部，分化成了可笑的帮派。最好的团体也在互相破坏。有些精英既有力量又有信心，生来是团结别人，领导弱者的。但每个人都有自己的小集团，都不同意并入别人的团体。于是他们分裂成杂志社，这个会，那个派，他们什么都好，就是不克制自己；没有一个团体肯向别人示弱；他们互相争夺群众，读者人数并不多，钱就更少，他们难以维持生存，饥寒交迫，气息奄奄，最后不得不垮台，再也爬不起来，并不是受到敌人的打击，而是——说起来真可怜——自相残杀的结果。他们的职业不同——文人，戏剧作家，诗人，散文作者，教授，教师，记者——形成了各级组织，而组织又分裂成了小组织，互相不通声气，甚至不相往来。在法国，任何问题都很难取得一致的意见，只有错误的意见像瘟疫一般散布全国的时候，大家才会异口同声。在法国各行各业的活动中流行的都是个人主义；科学工作也好，商业来往也好，结果商人不能联合起来，老板不能互相协作。这种个人主义并不积极活动，泛滥成灾，而是根深蒂固，闭关自守。孤立，不求人，不与人为伍，免得相形见绌，感到自卑，免得扰乱内心的安宁，孤芳自赏的情绪；几乎所有创办"旁观"杂志、组织"旁观"团体的人内心深处都是这样想的；而杂志、剧院、团体存在的理由往往只是与众不同，不能与人合作，不能共同行动，没有共同思想，不能信任别人，最坏的是为了党派之争，使应该互相了解的人互相敌视。

即使是互相尊重的人为了共同事业而协作，像奥利维和《伊索》杂志的同人那样，他们之间似乎也总有防范之心；从来不像德国人那样流露真情，而德国人的真情好意却会叫人受不了。在这伙年轻的同人当中，有一个对克里斯托夫特别有吸引力，因为他与众不同，是一个逻辑性强，意志也强的作家，他献身于道德观念，行动起来毫不妥协，可以为道德而牺牲全世界，牺牲自己；为了捍卫道德，他创办了一个杂志，几乎是他独力编的；他发誓要法国和欧洲接受一个观念，一个纯洁、自由、英雄的法兰西；他坚决相信，有朝一日，大家会承认他是在写法国思想史上最大胆的一页——他想得不错。克里斯托夫想加深对他的了解，想和他交往，但是没有办法。奥利维虽然时常和他打交道，但没有事也很少见面；他们并不推心置腹，最多不过交换一些抽象观念；或者不如说——说准确点，他们并没有思想交流，而是各想各的——他们是在一起自言自语,各说各的。然而,他们还是战友,知道双方的价值。

这种有保留的态度有各种各样的原因,即使在他们自己眼里也很难分得清。首先,过分的批评眼光把心灵之间的差别看得太清楚,看成是不可改变的,过分的理智主义,又把这些差别看得太重要;加上他们缺少强烈而天真的同情心,缺少为了生活而需要的感情,需要尽量发泄的热情。也许还因为工作的压力,艰难的生活,思想的狂热,使人到了晚上就筋疲力尽,不能作友好的交谈。最后,还有一种法国人不敢承认,却在内心深处汹涌奔腾的可怕感觉,一种"非我族类"之感,感到大家是不同的种族在不同的时期住到法国土地上来的,虽然大家聚在一起,却很少有什么共同思想,但为了共同的利益,却不应该想得太多。最重要的理由是危险地醉心于自由;一尝到自由,什么都可以牺牲。这种自由的孤独特别可贵,因为是经受了多少年考验得到的。精英们遗世孤立,可以避免庸人的干扰。这是反对宗教团体或政治集团的束缚,反抗压垮个人的重担,在法国,就是反对家庭、舆论、国家、秘密会社、党派、小集体、学校等等。试想一个越狱的犯人如何能跳过周围的二十道高墙!如果他能逃脱牢笼而不摔断脖子,那一定要身强力壮才行。这对自由的意志是多么艰巨的考验啊!但通过了考验的人一辈子都忘不了这累累伤痕、处处疮疤的,永远会保持孤僻的独立,永远也不肯随波逐流、与人为伍了。

除了高傲的孤独之外,还有谦让的孤独。在法国有多少好人的好心好意、自尊自豪、多情善感都藏而不露啊!多少理由,站得住脚的或站不住脚的,都使他们袖手旁观不行动啊!有些人是听天由命,胆小怕事,服从习惯势力。有些人却是尊重别人,怕闹笑话,怕出乖露丑,怕人评头论足,说长道短,把无心说成是有意。这个不参加政治或社会斗争,那个不干慈善事业,因为他们看到搞政治的人不是没有良心,就是不通情理,也怕人家把他们和这些走江湖卖嘴皮子的政客混为一谈。几乎所有的人都感到厌恶,疲倦,害怕行动,痛苦,丑恶,愚蠢,怕冒险,怕负责,怕"有什么用"?结果在今天消磨了多少法国人的意志。他们太聪明了——可惜羽翼还不丰满——他们看到了所有赞成和反对的理由,但是缺少动力,缺少生命。一个生命力强的人是不会问自己为什么活着的;活着就是为了活着——因为活着是件好事!

最后,他们当中最好的人集中了一般人都有的优点和同情心:温和哲学,克制欲望,热爱家庭乡土,道德习惯,做事有分寸,怕强人所难,怕碍手碍脚,觉得不好意思,老是有所保留。所有这些可爱的优点,在某些情况之下,和平心静气、勇敢无畏、内心的欢乐,并不显得矛盾;但和法国民族的生命力逐渐衰退,到了贫血的地步,也不是没有关系。

克里斯托夫和奥利维楼下那个幽静的花园,四周都有高墙,象征着小小的法国。这是一片与世隔离的芳草地。只是偶尔有一阵大风从园外吹来,吹得天旋地转,才给在园中沉思梦想的少妇带来遥远的田野和大地的气息。

现在,克里斯托夫开始看到了法国潜在的能量,简直不能容忍小人对它的压榨。他看到无声的精英们沉浸在一片混沌之中,简直觉得透不过气来。只有老掉了牙的人才会忍辱负重,毫无怨言。他呢,他需要的是广阔的空间,广大的群众,光辉灿烂的太阳,千万生灵的热爱,他要拥抱他热爱的人,粉碎他的仇敌,他要斗争、胜利。

"你做得到,"奥利维说,"因为你强有力,你是为胜利而生的,你的短处——恕我直言! ——和你的长处都会使你胜利。饶幸你的民族不是太贵族化。你不讨厌行动。必要时,你甚至可以搞政治! ……再说,万幸的是你搞了音乐。人家不懂得你,你可以随便说话。要是人家在音乐中看出了你对他们的蔑视,听出了你在肯定他们所否定的信仰,他们拼命要扼杀的,你却在高唱颂歌,那么,他们是不会饶恕你的,他们会阻挠、追逐、骚扰你,使你不得不浪费大半精力来和他们做战斗;等到你胜利了,你却没有气力来完成你的事业,你的生命已经快到尽头。伟人的胜利都是靠了误解。人家崇拜他的,正是他缺少的东西。"

"呸!"克里斯托夫说,"你们不了解压迫你们的主人是多么懦弱。我开头以为你是孤独的,所以我原谅你没有行动。其实,你们思想相同的人可以组成一支大军。你们比压迫你们的人要强一百倍,你们的价值要比他们高一千倍,你们却让他们厚颜无耻地作威作福! 我不了解你们。你们有最美丽的国土,有天生的聪明,有最人道的精神,你们却无所作为,让一小撮坏蛋支配、欺侮、踩在脚下! 该死! 为什么不显出你们的本色! 为什么要等拿破仑从天而降! 起来,团结一致,共同行动! 把你们的房屋打扫干净!"

但奥利维耸耸肩膀,懒洋洋地讥诮说:

"要我们和他们对打吗? 不行,那不是我们该扮演的角色,我们还有更好的事要做。我厌恶暴力。我知道打起来会怎么样。那些尖酸刻薄、斗败了的老公鸡,年轻无知的保王党,煽风点火、散布仇恨、唯恐天下不乱的野蛮人,都会来抓我的辫子,在我脸上涂黑。难道你要我再捡起过去对付敌人的口号,叫野蛮人滚蛋,或者喊法国是法国人的吗?"

"为什么不?"克里斯托夫说。

"不,因为这都不是法国人说的话。即便把话涂上爱国主义的色彩也没有用。这话只有野蛮的国家说得出口!我们的国家用不着仇恨。肯定我们的特点用不着否定别人,破坏别人,而是吸收别人的特点。所以乱七八糟的北方人,七嘴八舌的南方人,让他们到我们这里来吧……"

"那放毒的东方人呢?"

"放毒的东方人,我们也会吸收他们的,就像对别人一样:我们已经吸收过不少了!东方人得意的神气,我们自己人胆小怕事的样子,都叫我好笑。他们以为征服了我们,在我们的大街上、报纸上、杂志上、剧院舞台上、政治舞台上摆架子、逞威风。傻瓜!他们是失败者。我们吸收了他们的营养,他们就销声匿迹了。我们高卢人的胃口在;两千年来,我们消化了的文明不止一个。我们不怕毒药……你们德国人要害怕,那随你们的便!你们一定要纯粹,不纯粹就活不下去。你们有个皇帝,大不列颠也自称是个帝国;但实际上,我们拉丁民族是世界性的帝国。我们是世界城的公民。城市的就是世界的。"

"说得对,"克里斯托夫说,"但是要民族健康,精力旺盛。不过总有一天,民族的精力会衰竭的;那时,这个兼容并包的民族就有可能被外来的潮流淹没。你我之间可以说句实话,难道你不认为这一天已经到了吗?"

"几百年来,这种话说过多少遍了!但我们的历史一再打消了这种顾虑。从圣女贞德的时代起,我们已经受过了多少考验:那时的巴黎荒凉冷落,豺狼横行;今天的道德败坏,人欲横流,意气消沉,社会混乱,但都没有把我吓倒。忍耐一点!谁要存在,就要忍耐。我清楚地知道接着来的会是反道德的潮流——但反潮流也好不到哪里去,也许只会同样做蠢事;今天靠腐败过日子的人,明天并不是叫嚷得最不厉害的!……但这和我们有什么关系?这些潮流或运动并不会触及法国真正的人民。果子烂了不会把树烂掉,只是落在地上。这些腐败的人在我们国家里为数不多!他们的死活和我们有什么相干?难道值得我们兴师动众,组织起来,发动革命对付他们?目前的腐败并不是哪一个政治制度的产物,而是奢侈带来的传染病,是财富和智慧身上的寄生虫,不久会消失的。"

"吸干了你们的骨髓之后?"

"对于我们这样一个民族,犯不着灰心失望。我们的民族性有一种潜力,一种光明和理想主义的生命力,甚至会感染那些要利用或破坏我们的人。甚至贪心的政客也抵抗不了我们民族的魅力。最平凡的当权派一感到了民族命运的伟大,就会超越自我;他们一个接着一个,接过命运的火把,一手交一手往下传,继续不断地对黑暗进行神圣的斗争。民族精神拖着他们前进;不管他们愿意不愿意,尽管他们否定上帝,也不得不完成上帝规定的任务,执行上帝对法国人的命令……亲爱的国家,亲爱的国家,我对你从来没有怀疑过!即使你受到了生死攸关的考验,我也会觉得更要坚持到底,保卫我们民族在世界上的自豪感。我一点也不愿意我的法国胆小怕事,弱不禁风,躲在病房里。我不愿意延长痛苦的生活。一个像我们这样伟大的民族如果不再伟大了,那还不如灭亡。因此,让全世界的思想涌入我们的思想吧!我一点也不怕。潮水给我们的土壤施肥之后,就会退下去的。"

"我可怜的朋友,"克里斯托夫说,"退潮之前可不乐观啊!等到法国露出水面,你到哪里去呢?斗争不是好一点吗?你又没有什么危险,最多不过是失败罢了,你本来就认定是失败的一生啊。"

"我冒的危险远远不只是失败而已,"奥利维说,"我可能会失掉心灵的平静,对我而言,那比胜利还更重要。我不要仇恨。即使对敌人我也要公平对待。在热情的高潮中,我要保持清醒,理解一切,热爱一切。"

但是克里斯托夫认为这种对生活的热爱脱离了实际生活,和甘心灭亡似乎没有多大不同,他感到自己像公元前五世纪的希腊老哲学家一样,心中激荡着一支对恨和爱这对兄弟的颂歌,歌颂开垦大地、撒播种子、丰富多产的爱。他不同意奥利维那种平静的宿命论;不像他那样相信一个不自卫的民族能长久存在,恨不得号召全民族健康的力量,全法国的老实人,都团结起来一致行动。

要了解一个人,几个月的观察不如一分钟的深情;同样,克里斯托夫对法国的了解,在和奥利维亲密相处一个星期之后,虽然几乎没有走出大门,却比一年来走遍巴黎,走进文化"纱笼"和政治沙龙的收获,还要大得多。在一片混乱的世界里,他觉得陷入了深不见底的海洋,但朋友的心对他说来,却像是汪洋大海中的小岛,热情澎湃中的理智,怒涛汹涌中的平静。奥利维的内心平静尤其难能可贵的是,他并没有精神支柱——他的生活条件艰苦——他贫穷孤独,他的国家似乎也在衰落——他的身体既病又弱,还神经质。这种平静看来不是意志坚强的结果——他的意志脆弱——而是来自他生命的深处,他种族的源头。在奥利维周围的人身上,克里斯托夫也隐约看到这"一片汪洋,无声无息的平静大海"在遥远的天边闪烁的微光;他知道自己心灵深处的动荡不安,也知道要用尽意志的力量才能勉强压制自己强烈的天性,维持内心的平衡,因此,他对这种隐藏在内心的和谐,觉得非常钦佩。

法国隐藏的形象打乱了他对法国民族性的看法。他看到的不再是一个快快活活、平易近人、无忧无虑、才华外露的民族,而是锋芒收敛,离群索居,表面上笼罩在乐天派的氤氲水汽之中,实际上沉浸在根深蒂固、平静从容的悲观气氛里的民族,他们的思想固执,有聪明人的热情,不可动摇的精神,只可玉碎、不可改变的心灵。这当然只是法国的精英阶层,但克里斯托夫不免要问:这种信心,这种坚韧精神是从哪里来的?奥利维答道:

"从失败中得到的。我亲爱的克里斯托夫,是你们重新塑造了我们。唉!这当然不是没有痛苦的。你猜想不到我们是在怎样黑暗的环境里长大的。法国受了战争的创伤,受了战败国的屈辱,见了成千上万的伤亡,老是感到战胜国的暴力威胁压在头上。我们的生命,我们的才能,我们法国的文明,十个世纪的伟大——我们知道,一切都要听任野蛮的胜利者摆布,而胜利者对法国并不了解,只有仇恨,随时可以把法国压得粉碎,永远不得翻身。这就是我们的命运!想想这些法国孩子,他们的家庭都有人在战争中丧生,他们生在战败的阴影中,听到的是灰心丧气的话,长大后只是为了报仇雪耻,血债一定用血来还,也许一切都会落空,因为他们不管多么小,意识到的头一件事就是世界上没有公平,没有正义,武力早已把权力压垮!幼小的心灵在这种环境下不是成长就是堕落。许多人都心灰意懒,思前顾后:'既然这样,为什么要奋斗?为什么要行动?还不是一场空!不用想了,还是及时行乐吧。'——但那些经得住考验的人是不怕火的:任何幻灭感都不能影响他们的信心,因为从头一天起,他们就知道他们要走的路不是通往幸福的康庄大道,然而他们没有选择的余地,只有这一条路可走,走别的路会憋死的。这种信心并不是一下就可以得到的。不能希望十五岁的孩子有这种信心。要有信心,先得受苦受难,流汗流泪。但是这样很好,而且非这样不可……

　　信心啊,你钢铁般坚强的处女……

用你的铁犁翻开被践踏的民心吧！……"

　　克里斯托夫默默无言，紧紧握住奥利维的手。
　　"亲爱的克里斯托夫，"奥利维说，"你们德国使我们受了多少苦！"
　　克里斯托夫几乎要道歉了，仿佛普法战争应该由他负责似的。
　　"不要难过，"奥利维笑着说，"德国无意中对我们做下的好事，比坏事重要得多。是你们重新点燃了我们理想主义之火，是你们使法国的学校遍地开花，是你们刺激了巴斯德创造的才能，他一个人的发明就足以弥补五十亿战争赔款的损失，是你们使我们的诗歌、图画、音乐恢复了蓬勃的生机，我们民族意识的觉醒也是靠了你们。我们努力把信仰放在幸福之上，这种努力也得到了报偿，因为我们在这麻木不仁的世界上已经感到了一种精神力量，使我们不再怀疑最后的胜利了。你看，亲爱的克里斯托夫，我们虽然人数不多，看起来软弱无能——比起德国的力量来，我们只是海洋中的一滴水——但是我们相信，这一滴水会使海洋变色。马其顿的一支精兵可以冲锋陷阵，打败欧洲大军的乌合之众。"
　　克里斯托夫瞧着孱弱的奥利维，看见他眼里放射出信仰的光辉：
　　"可怜的弱小的法国人！你们比我们强。"
　　"啊！战败也有好处，"奥利维重复说，"灾难也该祝福！我们承认灾难。我们是灾难中新生的孩子。"

第二部

失败重新塑造了优秀的人物,把他们进行了筛选,选出了心灵纯洁的强者,使他们更加纯洁,更加有力;但也加快了弱者的堕落,阻挡了他们前进。这样,失败把大多数跌倒的弱者和继续前进的强者分开了。强者知道,觉得痛苦,甚至最强者也在暗暗地难过,感到无能为力,感到孤独。最糟糕的是,强者不但和弱者的主流分开,也和强者的支流分开了。大家各自奋斗。强者只想自救。"人啊,帮助你自己吧!……"他们没有想到这句话的积极含义是:"人啊,你们互相帮助吧!"大家都缺乏信任,不肯流露同情,不需要胜利者才需要的共同行动,不感到精力充沛,不敢攀登顶峰。

克里斯托夫和奥利维对这点还是有所了解的。在巴黎到处都有能了解他们的人,在这座楼里就有他们不相识的朋友,但他们却像是在亚洲的沙漠中一样孤独。

情况很艰苦。他们几乎没有固定收入。克里斯托夫的工作只是为赫区特抄写乐谱,改编乐曲。奥利维却没有思前顾后就向学校辞了职,因为姐姐死后他太伤心泄气,加上在纳端太太的社交圈子里有一次痛苦的恋爱经验——他从来没对克里斯托夫说过,因为他不好意思讲自己的苦恼,即使是对亲密无间的朋友,他也总保持一点神秘的距离,这反倒使他显得更可爱——在他意志消沉,渴望沉默的时期,教课的工作对他变得不可容忍。他对这个职业失去了兴趣,不愿在大庭广众之下暴露自己,高声说出自己的思想,不愿没有单独的时间。如果要使在学校里教课成为高尚的职业,那一定要有信徒传道的精神,但奥利维不是信徒;而大学教师又一定要和学生群众打交道,这对于奥利维这样喜欢孤独的人来说是一种痛苦。有两三回要他当众讲演,他简直难为情得要命。他厌恶做讲台上的展览品。

他看透了群众,他仿佛长了触角似的,感到他们多半是无所事事,只想消遣解闷的人;而扮演逗笑取乐的角色并不合他的口味。尤其是从高高的讲台上说出来的话会歪曲思想;一不小心,说话就会变成哗众取宠,手势、字眼、态度、表达方式,甚至心理状态,都会言不由衷。公开讲演总是在两个暗礁之间摇来摆去,不是扮演讨厌的喜剧,就是客客气气地卖弄学问。这样面对着几百个既不认识,又不说话的哑巴听众,高声唱独角戏,就像是一套人人可穿、却都不合身的现成衣服,对一个有点孤僻而又高傲的艺术家来说,简直是虚假得难以忍受。奥利维感到需要全神贯注来表达自己完整的思想,就放弃了好不容易才到手的教书职业;现在,再也没有姐姐来纠正他沉醉于梦想的偏向,他就动手来写作了。他天真地想只要作品有艺术价值,不必费力,价值不会得不到承认。

不久他才如梦方醒。不可能出版什么作品。他像个嫉妒的情人一样热爱自由,痛恨一切损害自由的东西,所以他离群索居,像一株缺少阳光空气的草木,生长在敌对的政治宗教集团之间,但全国的出版界都在敌对社团的控制之下,他却置身于一切文学团体之外,所以同样受到排挤。他没有朋友,也不可能有。他到处碰钉子,碰到的只是知识界的冷酷无情、自私自利(只有极少数真把文学当作使命,热心研究学问的人除外)。一个人头脑里斤斤计较利害得失,不惜让心灵萎缩,这实在是可悲。这种人没有仁慈之心,他的智力像把藏在刀鞘里的尖刀,谁也不知道他会不会割断你的脖子。你得随时随地小心提防。千万不能和这种人交朋友。朋友一定要交好人,交那些爱美好事物而没有其他企图的老实人,不能交那些生活在艺术之外的朋友。艺术的空气并不是大多数人都喜欢呼吸的。只有非常伟大的人才能生活在艺术的氛围中而不失去爱心,而爱是生命的源泉。

奥利维只能靠自己。而自己也靠不住。一切活动都要付出代价。他却不肯为作品低声下气。他脸红耳赤地看到一些年轻作者低三下四地讨好有点名气的剧院经理,经理却颐指气使,把他们看得比下人还不如。奥利维即使是要他的命,也不干出这等事来。他只把稿子寄出去,或是送到剧院或杂志社的办公室,让稿子放上几个月没人读也不管。一天他侥幸碰到一个中学时代的老同学,一个可爱的懒骨头,奥利维从前好说话,轻易地就帮他做过练习,因此他对奥利维怀有佩服而感激的心情;他不懂文学,却认识文人,文人比文学价值高得多,加上他有钱,是个场面上的人物,喜欢冒充高雅,乐得让人随意利用,只是利用不能过头。他对一家大杂志的编辑部说了奥利维的好话,因为他是杂志的股东;编辑立刻把他埋在稿子堆里的作品找了出来,读了一遍,经过再三考虑之后——因为即使作品有价值,但作者是个无名之辈,他的名字就不值钱——最后决定采用。奥利维一听到这个好消息,以为自己总算苦尽甘来,也有出头之日,哪里知道苦难才开头呢?

在巴黎,要人采用一篇作品,相对来说还不算难,但要印成白纸黑字,却是另一回事了。那一定要等待,等上好几个月,如果你没有吹牛拍马的本领,不会时时刻刻去拜见这些小皇帝,让他们记得有你这么一个人,并且你已下定决心纠缠到底,不达目的决不罢休的话,甚至可能等上一辈子。奥利维却只会待在家里,在等待中搞得筋疲力尽。他最多也只写信去催问,人家却置之不理。他一烦躁,甚至不能继续工作。真是糊涂!但这又不是讲道理的事。他坐在桌子前等每一班的邮件来,精神不安,沉浸在苦闷中;他不下楼,一下楼就带着一线希望,看一眼门房的信箱,立刻又失望了;他到处乱走,眼里什么也看不见,心里只想回去看信;等到最后一班信送过了,等到房里静得只听到楼上笨重的脚步声时,他感到人生的冷漠真会憋死人。他只等个回音,一句话也行!难道连这一点小恩小惠也不肯施舍吗?不施舍的人哪里想得到他们造成的痛苦。每个人都将心比心地看世界。死气沉沉的人看世界也是死气沉沉的;他们想不到年轻人的心灵会为等待、希望、痛苦而颤抖;即使想到,他们自己肠肥脑满,对如饥似渴的年轻人也只会做出冷酷无情、含讥带刺的沉重批评。

最后,作品总算发表了。但奥利维等了这么久,已经不再感兴趣,作品对他仿佛是失丢了生命的东西。然而,他还希望能给别人带来生命。作品中闪烁着诗意和智慧,不会没人看得出来。但结果却是石沉大海,毫无反应——他再试了两三回。由于他游离在各个宗派之外,所以到处碰壁,甚至受到敌视。他一点也不理解,只天真地以为:对即使不算完美的新作品,每个人的天然感觉都应该是欢迎的。每个人都该感激给他带来一点美、一点力量或欢乐的人。但他碰到的却只是漠不关心,或是冷言冷语。虽然他知道他写的作品不只是他一个人的感觉,还有其他老实人的思想。但他不知道这些老实人并不读他的作品;发表文学上的意见,也没有他们的份。即使有两三个人看过他的作品,而且也有同感,他们却不肯说,宁可锁紧嘴巴。这些人不投票,也不谈论艺术;他们不读书,书使他们反感;他们不上剧院,戏剧令人生厌;他们让敌人去投票,去选举他们的敌人,天花乱坠地吹捧一些作品和思想,虽然那只代表一小撮厚颜无耻的人。

奥利维不能指望思想上和他同类的人共鸣,因为他们不知道他,他就只好落在一伙敌人手里；他们是些在思想上反对他的文人，还有听命于文人的评论家。

他一碰到敌人就会流血。他对批评过于敏感，就像老作曲家布鲁克纳一样，老人不敢再演奏他的作品，因为他受不了报纸的恶意攻击。奥利维甚至得不到学校老同事的支持，同事们因为职业关系，多少保存了一点法国知识分子的传统感，本来可能会了解他。一般说来，这些老老实实的好人遵守纪律，全心投入工作，但他们干的这一行总是得不偿失，说起话来难免有点尖酸刻薄，他们不能原谅奥利维与众不同的特立独行。他们是好公务员，不肯承认别人的才能高人一等，除非他的地位高一级。

在这种情况下，只有三种可能的对策：一是努力打破包围，二是委曲求全，三是退而写作，只求自得其乐。奥利维不能走第一第二那两条路，只能走第三条。为了生活，他只好辛辛苦苦地给人补习功课，还写一些作品，但不可能开花结果，就萎缩衰退，化为泡影了。

克里斯托夫像暴风骤雨从天而降，闯入了这没有光明前途的生活。他痛恨周围的黑暗，也恨奥利维无可奈何的忍耐。

"难道你没有一点血性？"他喊道，"你怎能忍受这种生活？你明知道自己比这些畜生高明，怎能让他们压得低头？"

"你叫我怎么办？"奥利维说，"我不愿意还手，我厌恶和我瞧不起的人对打；我知道他们对我什么事都做得出；我可不行。我不但厌恶他们伤害人的办法，也怕伤害他们。我小时候老挨同学的打。他们以为我胆小，以为我怕挨打。其实我更怕打人。有一天，一个看见我挨打的人对我说：'你干吗不在他肚子上踢一脚，叫他完蛋！'这话吓了我一跳。我觉得还是挨打好些。"

"你太没有血性了，"克里斯托夫又说道，"还有你那些该死的基督教思想！……在法国，你们的宗教教育就只剩下了《教理问答》；阉割了的《福音书》，枯燥无味、没有骨气的《新约》……人道主义的迷信，眼角上老挂着眼泪……你们的大革命呢！还有卢梭、罗伯斯庇尔、一八四八年，尤其是犹太人呢！……不如每天早上念一段犹太人用血泪写的《旧约》吧！"

奥利维反对了。他对《旧约》早就反感。这种反感说来话长，还得从他幼年时代在外省的图书室里说起，那时，他偷偷地翻到了一本有插图的《圣经》，这本书从来没有人看——对孩子更是禁书——其实禁止并不必要！奥利维读不了多久就把书关上了，又恼火，又难过，还不如钻到《伊利亚特》、《奥德赛》或者《天方夜谭》中去找安慰呢。

"《伊利亚特》中的神都是人,长得好看,气势汹汹,恶狠狠的,我能理解他们,"奥利维说,"我喜欢他们,或不喜欢他们,即使我不喜欢他们,也对他们有感情,我已经坠入情网了。我同阿喀琉斯的朋友一起吻他流血的双脚。但《圣经》中的上帝却是个有偏执狂的老犹太人,他总是气得发疯,不是咒骂,就是威吓,像饿狼疯狗一样号叫,在云端里大发雷霆。我不了解他,也不喜欢他,他没完没了地诅咒,骂得我头痛,他的凶狠残暴吓得我要命:

> 对摩亚的宣判……
> 对大马斯的宣判……
> 对巴比伦的宣判……
> 对埃及的宣判……
> 对海边沙漠的宣判……
> 对显灵谷的宣判……

"'这是一个疯子,自以为是审判官、检察官、刽子手三位一体,在监狱院子里宣布鲜花和石头的死刑。令人气愤的刻骨仇恨在书里发出了杀声震天的叫嚣……断壁残垣的叫嚣……笼罩摩亚的叫嚣;鬼哭狼嚎,传遍了天涯海角……'——有时,他在大屠杀中也会放下屠刀!看看周围粉身碎骨的孩子,惨遭奸污、开肠剖肚的妇女;他会放声大笑,像希伯来野蛮的雇佣军屠城的狂醉滥饮时那样大笑:

> 万军之主耶和华为部下大开盛宴,摆上羊膏肥肉,陈年醇酒……主的剑上鲜血淋淋,羊脂滴滴……

"最不好的是,这位天神极不老实,派先知下凡来蒙蔽群众,捏造种种理由,要他们受苦受难。

> 去,要这个种族的人心肠狠一些,闭住他们的眼睛,塞住他们的耳朵,免得他们明白真相,免得他们改变主意,免得他们恢复健康。
> 主啊!要到什么时候为止呢?
> 直到房子没有人住,土地没有人耕……

"不,我一辈子也没见过这样的凶神恶煞!……

"我还没有蠢到不知道语言的力量。但我不能把思想内容和语言形式分开;如果我有时也赞美这个犹太人的上帝,那是像赞美老虎一样。莎士比亚创造了这么多惊心动魄的怪物,也创造不出一个这样充满仇恨的角色——他的仇恨都是神圣的、道德的。这本书真吓死人。疯狂有传染性。上帝的疯狂更危险,因为他杀了人还得意洋洋,以为自己是净化了世界。我一想到几百年来英国吃的都是《圣经》的奶,不禁吓得发抖。幸亏英法之间还隔着海峡的鸿沟。如果一个民族把《圣经》当作精神食粮的话,我永远不能相信这是个文明的民族。"

"这样说来,你见到我也应该吓得发抖了,"克里斯托夫说,"因为我就是吃这种奶长大的。我吃的是狮子的骨髓。吃了之后,心里什么也不害怕。《新约》的《福音书》要是没有《旧约》来消除书中的毒素,那吃起来是淡而无味、不利于健康的。《圣经》是民族求生存的脊梁骨。怎么能不斗争,怎么能不恨呢?"

"我恨的就是恨。"奥利维说。

"只要你能恨就好了!"克里斯托夫说。

"你说得对,我就是恨不起来。有什么办法?我总不能睁开眼睛不看敌人有没有道理。我老念叨着夏丹的话:'要温和!要温和!'"

"该死的绵羊!"克里斯托夫说,"但你想做绵羊也做不成,我要赶你跳过壕沟,我要敲锣打鼓拉着你走。"

的确,他着手管奥利维的事,为他打抱不平。但他出师不利,听到头一句话就恼火,反而帮了朋友的倒忙,他事后才发现,又怪自己太笨。

奥利维不肯袖手旁观。他也为克里斯托夫战斗。虽然他不相信斗争有用,虽然他清醒的头脑对过激的言行冷嘲热讽,但等到他为克里斯托夫帮忙的时候,他过激的程度反超过了别人,甚至超过了克里斯托夫。他忘记了一切。一个人在恋爱中会失去理智。奥利维就像在恋爱一样——不过,他显得比克里斯托夫更高明。这个年轻人做自己的事,毫不通融,笨手笨脚,但为朋友办事却会用手段,耍花招;他为朋友争取支持费的力气和心机都令人惊讶;他有办法使音乐评论家和资助人对他的朋友感兴趣,若为自己求人,他反倒会脸红的。

但说到头,他们费了好大的劲,可并没有改善他们的处境。他们相互之间的友爱没有使他们少做傻事。克里斯托夫借了债偷偷地为奥利维出版了一本诗集,但一本也没有卖掉。奥利维要克里斯托夫开个音乐会,几乎没人来听。克里斯托夫对着空荡荡的大厅,勇敢地用亨德尔的话来进行自我安慰:"好极了!我的音乐可以听得更清楚……"但这豪言壮语并不能捞回他的本钱;回到楼里,两个人心情都沉重。

在困难中,唯一来帮忙的是个四十岁上下的犹太人,名叫泰德·莫克。他开了一家艺术照相馆,对照相很感兴趣,有风格,有技巧;但他兴趣太广,往往妨碍了做生意。照起相来,也是在改进技巧,研究洗印的新方法。虽然他心灵手巧,还是很少成功,却花了很多钱。他书读得很多,对哲学、艺术、科学、政治上的新思想,他都跟踪;他嗅觉特别灵敏,能发现有潜力的独到见解,就像受到磁铁暗中吸引一样。奥利维的朋友都是孤军作战,各搞各的,莫克就是他们的联系人。他东奔西走,不知不觉地在他们之间建立了一个长期的思想交流网。

开头,奥利维要介绍克里斯托夫认识莫克,克里斯托夫却不愿意;他的经验太多,懒得和以色列人打交道了。奥利维笑了笑,坚决不让步,说他了解犹太人并不比了解法国多。克里斯托夫只好同意;头回见到泰德·莫克,他做了个怪相。从外表看来,莫克真是再像犹太人也没有了,简直是厌恶犹太人的画家画出来的:个子矮小,头已秃顶,长得难看,鼻子像个面团,眼睛很大,从大眼镜上边看人,胡子七长八短,又粗又黑,手上毛多,胳膊太长,腿却又短又弯,像一个小小的叙利亚上帝。但他好心好意的表情打动了克里斯托夫。尤其是莫克人很朴实,不说没用的话,没有过分的恭维,片言只语都有分寸。但他热心帮忙;甚至不等人家开口,事情已经办好。他时常来,来得太多了一点,但带来的几乎总是好消息,总是为两个朋友中的一个找到了差事:不是约奥利维写篇稿子或者讲课,就是介绍克里斯托夫去教音乐。他从来不耽搁太久。他显得怕打扰别人。也许他看出了:克里斯托夫一眼见到他这张迦太基人的胡子脸出现在门口,总要露出不耐烦的神气——他叫他做莫洛克——但过后又对他的好心好意显得非常感激。

犹太人的好心并不少见:即使他们不身体力行的时候,也最乐意承认有这种品德。事实上,大多数人的好心好意表现得不是消极的就是中性的:宽恕,不大在乎,不做坏事,带讽刺的容忍。莫克的好意却是积极热情的。他总是准备为什么人或对什么事做出贡献。为他可怜的犹太教友,为逃亡的俄国人,为各国的被压迫者,为贫困的艺术家,为一切不幸的人,为一切慈善事业。他的钱袋总是不封口的;即使钱不多了,他也总有办法掏出几个硬币,等到他的钱包空了,他就会要别人掏钱;他从不计较自己的辛苦与奔波,只要能帮人忙就行。他只不该老表白自己的真心实意,不过,最重要的是,他的确是真心实意的。

克里斯托夫既不喜欢莫克,又同情他,有一回他像个惯坏了的孩子一样,说了一句叫人伤心的话。其实,那一天他是给莫克的好心好意感动了,居然亲热得抓住他的两只手说:

"多倒霉啊!……你怎么是个倒霉的犹太人?"

奥利维听了大吃一惊,脸都红了,仿佛说的是他自己一般。他很难过,设法要消除这句话造成的创伤。

莫克却只笑了笑,虽然难过,但不激动,仿佛解嘲似的说:

"更倒霉的是做了一个人。"

克里斯托夫只把这当作一句俏皮话。但话里的悲观主义思想却比他想象的要深刻得多;奥利维的感觉更加细腻,凭直觉就能感到。在他们认识的这个莫克之外,有一个完全不同的,在许多方面甚至是恰恰相反的莫克。他表面上的性格是他长期和自己的本性斗争的结果。这个人看起来简单,其实是精神上扭曲了;在他放松自己的时候,就会把简单的事情搞得复杂化,最真实的感情也显得做作,带有讥诮的意味。这个人看起来谦虚,有时甚至过分卑躬屈膝,其实他自己知道内心很骄傲,所以谴责自己毫不留情。他乐观的微笑,不停的活动,不断的帮忙,其实掩盖着内心的空虚。说明他心灰意懒得要命,简直不敢正视自己。莫克说起来相信一大堆:人类的进步,犹太精神净化后的前途,法国作为新思想战士的命运——他很乐意把三件事看成是一件——奥利维可不会受骗,他对克里斯托夫说:

"其实,他什么也不信。"

莫克虽然通情达理,随遇而安,但还是神经衰弱,不愿意看到内心的空虚。但空虚总会发作;他半夜会忽然惊醒,长吁短叹。他到处找事做,就像落水的人找救生圈一样。

古老民族的后代既有特权,也要付很大的代价。他们背着沉重的历史包袱,受过考验,有筋疲力尽的经历,智力和情感都受过挫折——几百年生活沉淀下来的渣滓就是苦闷……苦闷,犹太人无穷无尽的苦闷,和我们雅利安人的苦闷有所不同,我们的苦闷也很难受,但至少有明确的理由,理由一消失,苦闷也消失了,因为我们的苦闷往往来自得不到满足的欲望。而对某些犹太人来说,却是生命的根源受到了毒药的污染。他们不再有欲望,对一切都不再有兴趣:无论是雄心壮志,或是爱情、欢乐,都是一样。这些东方的无根游民千百年来耗尽了精力,希望心灵不受干扰而做不到,现在只剩下了一样东西,并不是原封不动的,而是病态过敏的思想,没完没了的分析,这使他们失去了享乐的可能和行动的勇气。精力最旺盛的人也只是自己分配角色自己演,而不是为自己行动。说来也怪,他们中不少人——并不是聪明或不认真——对现实生活不感兴趣,虽然口里不承认,却真在人生的大舞台上演起戏来——这是他们唯一的生活方式。

莫克也是一个演员,照他自己的方式演。他活动的目的是使感觉麻木。许多人活动都是为了自私的目的,他活动却是为了别人的幸福。他对克里斯托夫的忠诚令人感动,也叫人觉得累。克里斯托夫对他不客气,接着就后悔了。莫克从来不怪克里斯托夫。他不怕碰钉子。并不是他对克里斯托夫的感情特别深。他喜欢的是帮忙,却不在乎帮谁。谁都只是他做好事的借口,他不做好事就活不下去。

他费了好大的气力,才使赫区特决定出版克里斯托夫的《大卫》和其他几部作品。赫区特心里看重克里斯托夫的才能,但并不急于使他得到承认。一直等到莫克准备自己出钱托另外一个出版商印乐谱,他才不好意思,只得主动承印了。

在紧急关头,奥利维病了,钱又用光了,莫克还会想到找费利克斯·韦尔,就是那位和两个朋友住在一座楼里的有钱的考古学家。莫克和韦尔本来相互认识,但彼此间缺少感情。他们大不相同:莫克好动,神出鬼没,有革命的思想,举动也许过分"大众化",不免引起韦尔的讽刺,因为他好静,爱开玩笑,举止文雅,思想保守。其实,他们的内心有相同之处,两个人对积极活动都一样不感兴趣;支持他们的只是顽强的、机械的生命力。但两个人都意识不到他们的共同本质,只是起劲地扮演他们的角色,而他们的角色的确不同,几乎沾不上边。因此,莫克只受到韦尔相当冷淡的接待;他提到奥利维和克里斯托夫在艺术上的打算,想引起韦尔的兴趣,碰到的却只是含讥带讽的怀疑态度。莫克不是超前冲向这个理想国,就是迈步朝向那个乌托邦,使犹太人社会觉得可笑,并且把他当作一个"敲竹杠"的危险人物。这一回和以前一样,他还是一点也不泄气,在他坚持的时候谈到了克里斯托夫和奥利维的友情,居然打动了韦尔的心。他一看到机会来了,就乘胜追击。

他触动了韦尔敏感的心弦。这个老人什么都看得开,没有朋友,却很看重友情;他一生看得最重的是一个中途弃世的友人,是他内心的珍宝,一想到他,心里才有寄托。他建立了基金会,纪念这个亡友。他把自己的作品献给他，以志不忘。莫克谈到克里斯托夫和奥利维之间的友情打动了他。他的亲身经历有点像他们的故事。他失去的那个朋友对他说来是个兄长，是青年时代的伙伴，是他崇拜的带路人。那是个年轻的犹太人，有发热发光的智慧和慷慨的热情，在冷酷的环境中感到痛苦，他献身给伟大的事业，要振兴他们的民族，然后由民族来振兴世界。他消耗了自己的生命，把自己烧得干干净净，像松香火把一样发出了几小时的光辉。他的火焰照亮了小韦尔不重感情的心。朋友活着的时候，韦尔跟随他的左右，在他信心的光环中前进——对科学的信心，对精神力量、未来幸福的信心——那都是这位救世主的心灵发出的光辉。但朋友的火焰熄灭之后，不够坚强却爱嘲讽的韦尔就从理想主义的高峰，落到《传道书》中所说的一切皆空的沙土里。这种空虚思想还存在于每个犹太人的心灵中，随时准备吞噬他的精神生命。但他从来没忘记和朋友在光辉中共同度过的时刻，把几乎已经消失的光环保存在心里，仿佛唯恐被人夺去。他从来没对人谈过这个朋友，甚至对他亲爱的妻子也没谈过，因为他把这当作神圣的事情。这个老头被认为是心灵干枯、没有趣味的人，到了人生的晚年，却在心里反复念叨着古印度婆罗门高僧辛酸痛苦而又未能忘情的话：

　　世界上毒化了的树木还能结出两个比生命的甘泉更甜美的果子：一个是诗，一个是友情。

　　从此，他对克里斯托夫和奥利维发生了兴趣。知道他们高傲的性格，他没有惊动他们，只通过莫克搞到了一本奥利维刚出版的诗集；不等这两个朋友提出申请，甚至他们连做梦也猜想不到，他却为这部作品搞到了学院的奖金。这真是喜从天降，因为他们正缺钱呢。

　　克里斯托夫知道这意外的收获来自一个他对之不怀好感的人，就对自己过去的说法和想法觉得后悔；他虽然不喜欢拜访人，也勉强去向韦尔道谢。但是他的好心没有得到好报。一见克里斯托夫年轻气盛，老韦尔想要压制自己喜欢嘲讽的脾气也压不住；结果他们不欢而散。

　　那一天克里斯托夫乘兴而来，败兴而归，从韦尔家回到顶楼上，碰到好心的莫克又来帮奥利维的忙，也读到杂志上一篇文章，那是不怀好意的吕西安·雷维-葛对他的音乐作品的评论——其实不是一篇坦率的批评，而是装出好意，说出巧妙的挖苦话来损人的文章，他兴高采烈地把克里斯托夫归入他痛恨的三四流音乐家的行列。

"你注意到没有?"克里斯托夫等莫克走后对奥利维说,"我们怎么老是和犹太人打交道?并且只是和犹太人打交道呢?啊!难道我们自己也成了犹太人吗?你得给我搞清楚!人家会说我们引起了他们的兴趣。我们到处都碰到他们,不管是朋友还是对头。"

"那是因为他们比别人聪明,"奥利维说,"在我们这里,思想自由的人几乎只能找犹太人谈新思想,谈现实。别人都僵化了,只谈过去,只谈没有生气的东西。不幸,这种过去对犹太人来说是不存在的,至少,过去对他们和对我们的意义不一样。对他们,我们只能谈今天,对我的同胞,却只能谈昨天。瞧瞧犹太人在各行各业的活动:商业界、工业界、教育界、慈善事业、艺术界……"

"不要谈艺术了。"克里斯托夫说。

"我并不是说他们的所作所为都能得到我的好感,其实,他们往往使我生厌。不过,话又要说回来,他们至少是活人,并且了解活人。我们不能没有他们。"

"说话不要过头。"克里斯托夫开玩笑似的说,"没有他们,我可以一样活下去。"

"你也许可以活下去。但活得有什么意思呢?假如你和你的作品都没有人知道的话?而没有他们,很可能就没有人知道你的作品。那时,我们的教友会来帮你吗?天主教教会眼看着好教徒流血牺牲,也没有费举手之劳来保护他们。凡是在心灵深处信教的人,凡是为上帝献身的人——只要他们胆敢不遵守天主教的教规,不受罗马教廷的约束——那一伙自命为天主教代表的人立刻会把他们看成是外人,甚至是敌人,不许他们说话,让他们受共同敌人的折磨。一个有自由精神的人,无论精神多么伟大——如果他只有基督徒的心,而不是顺从的基督徒——即使他体现了最纯洁、最神圣的信仰,那和天主教徒又有什么关系?他不是天主教需要的那一派又瞎又聋、没有自己见解的人。他们会抛弃他,幸灾乐祸,看着他一个人受苦受难,被敌人折磨得心碎肠断,向教会的弟兄呼救而无人答应,虽然他是为弟兄们的信仰而牺牲的。今天的天主教有股死气沉沉的力量可以送人的命。他们宁可原谅敌人,也不原谅要使教会起死回生的教友……可怜的克里斯托夫,如果没有这一小批思想自由的新教徒和犹太人,我们这些生而自由的天主教徒怎么办?能做什么事?在今天的欧洲,做好事和做坏事的活跃分子首先是犹太人。他们随意撒播思想的花粉。难道你最凶的敌人和最早的朋友不是犹太人吗?"

"你说得对,"克里斯托夫说,"他们鼓励过我,支持过我,在斗争中说过打气的话,表示他们了解我。当然,这些朋友很少能坚持到底的:他们的友谊不过是一堆燃烧的干草。那有什么关系?在黑夜里,有这短暂的火光就算不错了。你说得对:不能忘了他们!"

"尤其是不能做蠢事,"奥利维说,"不能伤害我们病态的文明,不能剪掉有生气的树枝。如果不幸把犹太人赶出了欧洲,那就会削弱欧洲的智慧,减少我们的行动,甚至有危险会彻底崩溃。特别是在我们法国生命力不强的情况下,把他们赶走等于是民族失血,造成的损害会超过十七世纪把新教徒赶走——目前,他们占的地位可能和他们的真正价值太不相称。他们利用了今天政治上和道德上的混乱,由于他们的天性,由于他们善于浑水摸鱼,他们甚至助长了混乱的局面。像莫克这样最好的犹太人,也不该真心诚意地把法国的命运和他们犹太人的梦想混为一谈,那对我们没有好处,反倒有危险。我们不能怪他们想照他们的面目来塑造法国,因为他们是爱法国的。如果他们的爱对我们不利,那我们只好维护自己,请他们各归原位,而在我们这里,他们只能是占第二位的。我并不认为他们的种族不如我们的种族——种族优越感的问题是荒唐的,讨厌的——但是我们不能承认一个没有和我们同化的异族,居然认为比我们还更了解我们的需要。他们觉得住在法国很好,那我也很高兴;但他们不应该梦想把法国变成一个犹太国!一个明智而有力的政府如果能使犹太人安于其位,那就会使他们成为最有用的工具,来共同建立法兰西的伟大;政府为他们服务,就像为我们服务一样。这些神经质的犹太游民非常好动,需要法律来使他们安静,需要一个毫不手软、但是公正的主子来管理他们。犹太人好比妇女:听话时好极了;如果当家做主,那对男人女人都是坏事;男人服女人管,那就要闹笑话。"

虽然克里斯托夫和奥利维彼此之间的友爱使他们直觉感到互相交了心,但双方身上还是有些东西不为对方所了解,甚至会使对方反感的。初交朋友时,每个人都求同存异所以只见双方之同,不见对方之异。但是时间一长,两个种族不同的面目就显现出来了。他们有些小摩擦,那是好朋友之间也难免的。

等到出现误解的时候,双方就莫名其妙了。奥利维的精神是信心、自由、热情、讥讽、普遍怀疑的混合体,克里斯托夫却抓不住他性格的公式。而奥利维呢,他对克里斯托夫不懂人的心理也感到恼火;他那世家旧族的高贵派头,对这个有勇无谋、混成一片、不会分析、自欺欺人的简单头脑,不免一笑置之。克里斯托夫不能控制感情,喜怒哀乐形于言表,有时使奥利维受不了,甚至觉得有点好笑。更不用说德国人对武力的崇拜,对拳头哲学的信仰,实在没有理由要奥利维和法国人甘拜下风。

克里斯托夫也受不了奥利维的讥讽,往往会气得冒火;他觉得奥利维喜欢推理已经成了癖好,喜欢没完没了的分析,仿佛思想没有绝对是非问题,在一个像奥利维这样热爱精神纯洁的人,这实在令人惊讶。其实,这种观点的根源正是思想上兼容并包,因为他厌恶全盘否定,喜欢看到相反的观点并存。奥利维看问题的观点可以说是历史的、全面的;他需要全面了解,所以既看到正面,也看到反面;如果人家从正面看,他就从反面看,如果人家支持反面,他就支持正面;结果他自己也陷入了矛盾。当然,他更把克里斯托夫搞糊涂了。然而,他并不是有意唱对台戏,也不是喜欢说反话;而是迫切需要公道,需要合情合理;他最反感的是愚昧地坚持成见;那非反对不可。克里斯托夫批评不道德的行为和人物,方式生硬,往往夸大事实,使奥利维感到不快,他虽然也是一块纯钢,但不是那么不屈不挠,而是容易受到外界影响的引诱、感染、侵袭。他反对克里斯托夫夸大其词,但他反对时也一样夸张。这股拗劲使他每天支持他朋友的对头。克里斯托夫恼火了,怪奥利维诡辩,宽容坏人。奥利维只微微一笑,他知道自己的宽容并不是建筑在幻想的基础上;他知道克里斯托夫相信的东西比他多,接受的程度比他深!但克里斯托夫从不东张西望,只是一直向前冲,好像一头野猪。他特别不喜欢巴黎人的"好心"。

"他们洋洋得意地'原谅'坏人的最大理由,"他说,"就是坏人做坏事是相当不快活的,或者说坏事不能由坏人负责……首先,说做坏事的坏人是不快活的,这可不对。那是把舞台上的道德观念搬到生活中来了,那是荒唐的闹剧,盲目的乐观,就像史克里勃和加波心满意足地搬上舞台的那样——史克里勃和加波是你们巴黎的伟人,是无愧于你们中产阶级社会的艺术家,因为你们的社会寻欢作乐,假冒为善,幼稚无知,又太胆小,不敢正面看自己的丑恶——一个坏人很可能过得快活。甚至可能比好人更快活。至于说不能由坏人负责,那更是岂有此理。要有勇气承认自然是不在乎人好人坏的,犯罪的坏人可能完全健康,这简直是自然在恶意捣乱了。道德不是天生的,是人工的产物,要人来保护。人类社会是由少数坚强而伟大的人物建立的。他们有责任不让有狼子野心的狗东西来破坏他们的英雄业绩。"

其实,这种思想和奥利维的并没有本质上的区别;但奥利维的内心有一种要搞平衡的本能,所以一听到挑战的话,他就感到要用怀疑的态度来应战。

"不要激动,朋友,"他对克里斯托夫说,"让世界变坏吧。像《十日谈》中那些逃难的男女青年一样,当松柏满山、玫瑰遍野的佛罗伦萨正在受到黑死病的侵袭时,让我们安静地呼吸思想乐园的芳香吧。"

他自得其乐地整天分析艺术、科学、思想,拆下零件,想要发现机器的秘密;结果成了一个怀疑主义者,认为一切存在的东西都是思想的虚构,都是空中的楼台,甚至比几何图形还更空虚,因为几何还可以满足思想上的需要。于是克里斯托夫气得说:

"机器走得很好,为什么要拆散?你会把它搞得乱七八糟的。你已经搞得够坏了,以后呢?你想证明什么?证明什么都不存在?天啦!这我知道。正是因为我们到处感到空虚,所以我才斗争。什么都不存在?……我就在活动。那些喜欢死亡的人,让他们去死,悉听尊便!我呢,我活着,我要活。天平的一边是生命,另外一边是思想……让思想见鬼去吧!……"

他一发脾气,争论起来就会出言伤人。话刚出口,他又后悔,恨不得能收回来,但人已经受了伤。奥利维很敏感;脸皮很薄,一刮就破;尤其是好朋友的话,稍微重一点都会刺痛他的心。他顾面子,不说什么,只是憋在心里。他并不是看不出他的朋友无意中闪现的自私,那是大艺术家都难免的。他感到有时在克里斯托夫心目中,他生命的价值还不如一支美丽的乐曲——克里斯托夫对他也不隐瞒这点!——他理解克里斯托夫,觉得他对,但是自己心里难过。

再说,克里斯托夫的性格中有各种不稳定的因素,使奥利维抓不准,为他担心。忽然一下,他会大发脾气,既古怪,又可怕。有些日子,他不愿意说话;或者发作起来,就像魔鬼缠身似的,要伤害人。要不然,他不知到哪里去了,一整天甚至大半夜都见不到他。有一回,他一连两天不在家,只有天晓得他在干什么!连他自己也不清楚……说实在的,他的生命力太旺盛了,压缩在狭窄的生活圈子和狭窄的房间里,就像关在鸡笼里一样,脾气有时难免一触即发。他的朋友太安静也使他恼火,甚至想要捣乱。他只好跑出去,宁可累个半死。他在巴黎的大街小巷,市区郊区,到处乱跑,漫无目标,只想碰到什么意外的事,有时的确也碰得到;吵上一架,他也满不在乎,只要能发泄他过剩的精力……奥利维身体这样娇弱,哪能体会到这点?就连克里斯托夫自己也不了解。等到他迷途知返,就像迷梦方醒一般,他也觉得有点难为情,对自己做过的事和可能还会再做的事感到不安。但发作之后,他却觉得自己像暴风雨过后的晴天,清澈透明,一尘不染,又成了自己的主宰。他对奥利维又比以前更加温存,只恨自己不该使他痛苦。他不追究他们之间谁是谁非。虽然并不是他全错,他也认为一切都得怪自己;他责备自己不该一个劲儿争强好胜,他宁愿是自己错了,也不愿比朋友更有理。

他们之间的误会如果是在晚上发生,那就更加叫人难过,因为两个朋友要别别扭扭地过一夜,精神上都慌乱不安。克里斯托夫会起来写张字条塞在奥利维房门底下;第二天一醒就来说,"对不起"。有时甚至当夜就去敲朋友的门,他简直不能等到第二天了。奥利维也一样睡不着。他明明知道克里斯托夫爱他,并不想伤害他,但他要听克里斯托夫亲口说出来。一说,一切都烟消云散了。他们又都心平气和,过后睡得多么好啊!

"唉!"奥利维叹了一口气说,"相互了解多么不容易!"

"为什么一定要相互了解呢?"克里斯托夫说,"我可不在乎。只要相爱就行了。"

这些小小的摩擦,经过他们想方设法,焦急不安,温存体贴地弥补之后,反倒加深了他们的感情。在他们吵得激烈的时候,安东妮蒂会出现在奥利维的眼前。两个朋友又都软化了。克里斯托夫不能让奥利维过生日而不作一支曲子献给他,还要送鲜花、蛋糕,买这些礼物的钱是从哪里来的?只有天晓得!——因为他们钱并不够用——奥利维在夜里偷偷地帮克里斯托夫抄写乐谱,抄得眼睛都陷下去了。

朋友之间的误会从来都不算太严重,只要没有第三者插足其间——但第三者不会不来的,因为世界上喜欢管闲事的人太多,他们唯恐天下不乱。

克里斯托夫从前常去斯特芬家;奥利维也认识他们,他们的女儿珂勒蒂对他很有吸引力。克里斯托夫没有在他从前的女朋友家碰到过奥利维,因为那时安东妮蒂去世了,奥利维伤心得关在家里,不见外人。珂勒蒂也不去看他,她虽然爱奥利维,但不喜欢家里有丧事的人;她说自己多愁善感,见到痛苦的人就受不了,因此要等奥利维的痛苦过去之后再说。等她知道他看来不再那么伤心,不会有感染别人的危险了,就大胆招呼他去。奥利维正求之不得。他虽有点孤僻,但也未能免俗,容易受到女人吸引;一碰到珂勒蒂就招架不住。他告诉克里斯托夫:他想到她家去,克里斯托夫尊重朋友的自由,自然不便表示异议,只是耸耸肩膀,开玩笑似的说:

"去吧,好孩子,只要你喜欢就去吧。"

但他自己却不跟他同去。他打定主意不再和那些风流女郎打交道。如果说他厌恶女人,那倒满不是那回事。他喜欢的是年轻的劳动妇女、小女工、小职员,每天早上都急急忙忙,唯恐迟到,眼睛还没睡醒,就赶去上工、上班。在他看来,女人的价值体现在活动中,在努力争取实现自我,争取挣到面包,争取独立的时候。在他看来,只有这样,女人才有风度,行动才算灵活,感觉才算敏锐,生命才算完整,意志才能体现。他厌恶贪吃懒做的女人;她们像是饱食终日、无所用心的低级动物,做起梦来也荒乎其唐。奥利维却相反,他喜欢女人游手好闲,无所事事,像花一样美化生活,走到哪里香到哪里。他更重艺术,克里斯托夫却更重实际。和珂勒蒂相反,克里斯托夫更喜欢尝过人世艰苦的人,吃苦越多,他越喜欢。他感到同情把他们的心连在一起。

珂勒蒂自从知道了奥利维和克里斯托夫的友情之后,特别想再见到奥利维,好了解他们的详细情况。对克里斯托夫她心中有一股怨气,怪他瞧不起人,居然把她忘了;她虽然不想报复——那是犯不着的——却想拿他寻寻开心。母猫要人注意,不也会轻轻地咬人的手吗?像她那样连哄带骗的人,自然不难要奥利维开口。奥利维只要身在局外,他比谁都看得清楚,不会上当受骗;但当他面对着一双可爱的眼睛时,谁也不会像他那样天真地相信别人。珂勒蒂对他和克里斯托夫的友情表现出这么真诚的关心,他就没有保留地把他们的故事讲了出来,甚至朋友之间的某些小误会,说起来好笑,他已经认了错的,他也毫不隐瞒。他还告诉珂勒蒂,克里斯托夫在艺术方面有什么计划,对法国和法国人有什么意见——并不是恭维的意见。这些小事本身并不太重要,但经过珂勒蒂改头换面,加油加酱,随意安排,就可以发泄对克里斯托夫的这口怨气了。头一个听到这些内部消息的自然是和她难解难分的吕西安·雷维-葛,他没有任何理由为他们保守秘密,于是消息越传越广,并且边传边加工,结果用讥讽而带点侮辱的怜悯口气,把奥利维说成是个牺牲品了。这个消息似乎对任何人都没有什么趣味,因为两个角色都是无名之辈;但是巴黎人偏偏喜欢打听与己无关的事。于是有一天,克里斯托夫自己也从罗孙太太口里听到了这些小道消息。她在一个音乐会上碰到了他,就问他是不是当真和可怜的奥利维·耶南闹翻了;她还问到他的工作,话里有话,提到一些事情,克里斯托夫认为是只有他同奥利维两个人才知道的。他问她消息从何而来,她说是吕西安·雷维-葛告诉她的;而吕西安又是听奥利维自己讲的。

克里斯托夫仿佛当头挨了一棒。他性情急躁,又不反复思考,根本没有想到这消息是不是真的,只想到一件事:他告诉奥利维的隐私,怎么能向吕西安·雷维－葛透露。他在音乐会里待不住了,立刻离开了会场。他觉得周围一片空虚。他心里想:"我的朋友出卖了我!……"

奥利维还在珂勒蒂家里。克里斯托夫把自己的房门锁上,免得奥利维像平常一样,回来的时候总要和他聊上一阵。他果然听见他回来了,推了推他的门,从锁孔中和他轻轻地打了个招呼,他却动也不动。他坐在床上,两只手抱着头,在黑暗中翻来覆去自言自语:"我的朋友出卖了我!……"他就这样坐了半夜。这时,他才体会到自己是多么爱奥利维;因为他并不怪朋友出卖了他,而只是自己一个人在痛苦。你爱的人有权随便怎样对你,甚至有权不再爱你。你不能够怪他,既然他舍得抛弃你,可见你不值得他爱。这种痛苦真是要了他的命。

第二天早上见到奥利维,他什么也不说:他不喜欢责备别人——责备朋友辜负了他的信任,把他的隐私像饲料一般喂了他的对头——他一句也不提。但他的脸孔在替他说话:脸是冷冰冰的,流露出了敌意。奥利维吓了一跳,但他摸不着头脑。他畏畏缩缩地试问克里斯托夫他做错了什么事,克里斯托夫却粗暴地转过头去,理也不理。奥利维吃不消,也不说话,只静静地消化自己的痛苦。他们整天没有再见面。

即使奥利维给他的痛苦再大一千倍,他也不会进行报复,甚至不会保护自己;对他说来,奥利维是神圣不可侵犯的。但他心中有气总得找人发泄,既然不能找奥利维,那就只好找吕西安·雷维－葛了。他平时感情一冲动就不讲理,立刻把奥利维应该负的责任转到吕西安账上;他又妒又恨,一想到这家伙居然夺走了他朋友的感情,就像以前抢走了珂勒蒂对他的友情一样,他实在受不了。更在火上加油的是:就在那一天,他一眼看到了雷维－葛的一篇文章,批评贝多芬的歌剧《菲德里奥》,用挖苦嘲笑的口气,说剧中女主角可以得道德奖。克里斯托夫看得出歌剧不近情理的地方,甚至音乐上的错误,他都看得比别人更清楚。对举世公认的大师,他并不总是钦佩得五体投地的。但他也不认为自己始终一致,合乎法国式的逻辑,因而沾沾自喜。有人喜欢找自己热爱的作家的毛病,但不许别人挑剔,克里斯托夫就是这种人。再说,他批评一个大艺术家虽然毫不留情,那是因为他对艺术有热烈的信仰——(甚至可以说)他热爱大师的名誉到了毫不妥协的地步,不能容忍他有平庸的地方——而吕西安·雷维－葛这一类批评家却人不相同,他们吹毛求疵是为了迎合群众的低级趣味,损害一个伟人来博取小人的一笑。此外,克里斯托夫批评的时候虽然毫无拘束,但他不声不响地在心灵深处却保留了一个角落,供奉着一种神圣不可侵犯的音乐,这不只是音乐而已,而是更高级的音乐,是与人为善的心灵,是给人安慰、力量和希望的音乐。贝多芬的音乐就属于这一类。看到一个小人污蔑大师,他气得要命。这不是个艺术问题,而是个荣誉问题;一切使人生有价值的东西、爱情、英雄主义、热情捍卫的道德,都包括在内了。这是不容许污辱的,就像一个敬爱的女性如果受到污辱,就会令人恨之入骨,置之死地一样……何况这个污辱乐圣的人,偏偏是克里斯托夫最瞧不起的坏蛋!

说来也巧,那天晚上,两个冤家就碰头了。

为了不和奥利维单独待在家里,克里斯托夫一反常态,参加罗孙家的晚会去了。人家请他演奏,他不好意思拒绝。然而,过了一会,他还在全神贯注地弹琴,忽然抬头一眼看见几步外的人群中,吕西安·雷维-葛用讥讽的眼光瞧着他。他一个节拍才弹一半,却一下打住,背朝着钢琴站了起来。这个冷场叫人莫名其妙。罗孙太太大为意外,朝着克里斯托夫走来,勉强挤出笑容,唯恐冒犯了他——因为她不敢肯定曲子是不是演奏完了——她问道:

"你不再弹了吗,克拉夫特先生?"

"我弹完了。"他干巴巴地答道。

话还没有说完,他就觉得自己太不礼貌;但他不但不克制自己的脾气,反倒更放肆了。不管客人有什么不好的反应,他只管坐到客厅的一个角落里去,要观察雷维-葛的行动。坐在他旁边的是一个老将军,脸色粉红,半睡半醒,眼睛淡蓝,表情像个孩子,他以为理应说几句客套话,称赞作品有与众不同的特点。但克里斯托夫只弯了弯腰,不耐烦地咕噜了几句不清楚的话。老将军还要谈下去,非常客气,脸上堆着毫无意义的温和的笑容;他想要克里斯托夫讲讲:他怎能全靠记忆演奏出这么多页的音乐来。克里斯托夫心里想怎样才能摆脱这个老头,把他推到长沙发底下去。他一心要听雷维-葛说些什么,找到借口就要动手。等了好几分钟,他真担心要出事了,说什么也压制不住自己——吕西安·雷维-葛正对着周围的太太们,用假嗓子解释大艺术家的用意和内心的思想。在肃静的客厅里,克里斯托夫听见他用下流的隐语谈到瓦格纳和路易王的交情。

"够了!"克里斯托夫在旁边拍桌子喊了起来。

大家吃了一惊,转过头来。吕西安·雷维-葛看到了克里斯托夫愤怒

的目光,脸色微微发白地问道:

"你是对我说的吗?"

"就是对你这狗东西!"克里斯托夫说。

他忽地一下站了起来。

"你居然胆敢污蔑世界上最伟大的人物!"他怒冲冲地接着说,"滚蛋,狗东西,否则,我要把你从窗口扔出去!"

他向他走去。妇女们尖叫了几声,让开了。客厅里有点乱。立刻有人围住了克里斯托夫。吕西安·雷维-葛半站半坐;接着又恢复了不在乎的姿态,坐在安乐椅上。他低声叫住一个从旁边走过的仆人,给了他一张名片;然后又继续谈他的,仿佛没事人一般。但他的眼皮紧张得眨个不停,东张西望,看大家的反应。罗孙来了,笔直地站在克里斯托夫面前,抓住他上衣的翻领,把他推到门口。克里斯托夫又气又羞,低着头,只看得见眼前的白衬衣,数得出有几个钻石纽扣,感到这个巨人的呼吸。

"好了,先生,好了!"罗孙说,"你怎么啦?怎么这样不懂规矩?管管你自己吧,该死的东西!你知道你在什么地方吗?难道你发疯了?"

"见鬼去吧!我再也不上你的门了!"克里斯托夫挣扎着说。他向门外走去。

大家都怕出事,赶快让路到了前厅。一个仆人端着一个托盘走了过来。托盘里有吕西安·雷维-葛的名片。他接过名片还不明白这是决斗的挑战书,等到他大声念了名片上写的话,就气呼呼地在衣袋里搜了一阵,掏出了五六件乱七八糟的东西之后,才找到了三四张又皱又脏的名片。

"拿去!拿去!拿去!"他一边说,一边把名片扔进托盘里,但是用劲太大,一张名片掉到地上去了。

他走了出去。

奥利维什么也不知道。克里斯托夫碰到谁就找谁做证人:一个是音乐评论家丹沃菲·古耶,另外一个德国人巴德博士,是瑞士一家私立大学的教授,一天晚上他在啤酒店认识的,虽然并没有什么好感;但两个人可以谈谈德国。同吕西安·雷维-葛的证人协商之后,选定的武器是手枪。克里斯托夫什么武器都不会用,古耶说不如去打靶场练练射击,克里斯托夫却拒绝了;在第二天决斗之前,他还要照常工作。

但他工作时心神不安。他好像在做噩梦,听到一个抓不住、赶不走的思想在耳边嗡嗡响……"真讨厌,的确讨厌……什么事?——啊!决斗呗,就是明天……真是开玩笑! 谁也不会打着谁……但这也说不准……那好,以后呢? 对了,以后呢? ……那畜生用手指扣一下扳机就可能送了我的命……去你的吧! 对了,明天,只有两天,那就可能是我葬身之地……呸! 这里或者那里,还不都是一样! ……啊! 难道我会怕他? ——不行,为了一件蠢事而丢掉一个思想王国太不值得,我觉得王国还在扩大呢……见鬼去吧,现在的决斗,还说什么双方机会均等呢! 这叫作平等吗? 一个混蛋的生命能等于我的性命吗? 还不如面对面,用拳头或棍子打上一架呢? 那倒好玩得多。可这冷冰冰的枪口对枪口! ……当然,他会射击,我却从没拿过手枪……他们说得有理,还是去学一下好……他要打死我吗? 我还要打死他呢。"

他下了楼。几步之外就有一个练习打靶的地方。克里斯托夫要了一把枪,问人家应该怎么拿。头一枪,他几乎把管事人打死;再打了两枪,三枪,成绩也不见好;他急坏了,打得也就更坏。旁边有几个人在看他,笑他,他倒满不在乎。他硬着头皮打,把人家的嘲笑当耳边风,狠下了决心非打中不可,这股蛮劲加上笨劲,到底打动了旁观的人,有人就来指点几句。他平时脾气暴躁,现在却像个乖孩子一样听话:他在和自己的神经作斗争,眉头皱紧,满脸流汗,一句话也不说,有时还会气得跳起来;然后又接着打靶。他打了两个小时。两小时后,他才打中了靶心。看到顽强的意志战胜了顽抗的肉体,真是大快人心,叫人不得不佩服。开头笑他的人,走的走了,留下的慢慢地都不开腔;他们拿不定主意是不是该走。等到克里斯托夫走时,他们都友好地和他打招呼。

一回家,克里斯托夫就看到好心的莫克在焦急不安地等他。莫克已经知道了吵架的事;他要打听原委。虽然克里斯托夫不愿牵连奥利维,说话含含糊糊,莫克还是猜到了几分。他很冷静,又了解这两个朋友,因此他肯定奥利维不会做这种出卖朋友的事。他立刻去调查,没有费太多的功夫就发现一切都要怪珂勒蒂和吕西安·雷维-葛两个人胡说八道。他赶回来,有凭有据地要说服克里斯托夫,以为这样可以避免一场决斗。哪里晓得克里斯托夫一知道是雷维-葛使他对不起朋友的,就更恨雷维-葛了。为了摆脱苦口婆心劝他不要去决斗的莫克,他口里答应得蛮好,但心里却打定了主意。他现在更加高兴,因为他是为奥利维而决斗。他不再是为自己了。

一个证人在马车走上林间小道的时候发表了他的感想,忽然一下引起了克里斯托夫的注意。他想看出三个证人在想什么,结果发现他们对他并不关心。巴德教授在计算决斗几点钟可以完事,看看能不能及时赶回国立图书馆的手稿室去完成当天的工作。为了德国人的自尊,他在克里斯托夫的三个伙伴当中,最关心决斗的结果。古耶既不管克里斯托夫,也不管另外那个德国人,只和于连医生谈些生理学上的轻浮问题;医生是个图卢兹的年轻人,以前和克里斯托夫同住过一层楼,老来向他借酒精灯、雨伞、咖啡杯等,还的时候总有破损,毫无例外。作为补偿,他免费给克里斯托夫看病,把他做试验品,觉得他天真好笑。他表面上像个西班牙末流贵族一样无动于衷,却老喜欢开些半睡半醒的玩笑。他对这场决斗觉得异常开心,简直可笑,他早就猜到克里斯托夫笨手笨脚。他认为坐马车游森林很好玩,反正有克拉夫特出钱——这是他们三个人打开天窗说亮话的思想:把这当作不花钱的旅游。没有任何人把决斗当件大事。再说,不管谁死谁活,他们都是一样冷眼旁观,心中早有准备。

他们到了约好的地方,比对方到得早。树林深处有一家小客店。那是一个不太干净的娱乐场,巴黎人的荣誉受到污损就来这里洗刷。篱笆上开着野蔷薇花。在橡树古铜色的树荫下摆了几张小桌子。一张桌子坐了三个骑自行车来的人:一个是女的,粉涂得太厚,穿的是短裤黑袜;两个男人穿的是法兰绒,热得昏头涨脑,时时刻刻哼哼哈哈,好像话都说不出来。

他们的马车一到,就引起了小客店的忙乱。古耶早就认识客店的人,说一切都包在他身上。巴德把克里斯托夫拉到一个花棚下,要了啤酒。空气温暖,很舒服,蜜蜂嗡嗡地唱催眠曲。克里斯托夫忘了他为什么到这里来的。巴德倒空了一瓶酒,歇了一会儿说:

"我知道该怎么办了。"

他喝了一口酒,又接着说:

"时间还来得及,完了我就去凡尔赛。"

他们听见古耶和老板娘为决斗的场地讨价还价,争了起来。于连不肯错过机会,走过骑自行车来的客人身边,丧魂失魄地盯着那个女人赤裸裸的大腿,赞不绝口,引起了一阵不干净的咒骂,于连也不肯示弱,有来有往。巴德听了,轻声对克里斯托夫说:

"法国人真不要脸。老弟,我预祝你胜利。"

他和克里斯托夫碰杯。克里斯托夫却心不在焉;音乐的片段掠过他的头脑,夹杂着和谐的虫鸣声。他简直想睡了。

另外一辆马车的轮子压得小路上的沙子喳喳响。克里斯托夫看见吕西安·雷维-葛苍白的脸还像平常那样微笑着,不由得怒从心头起。他站了起来,巴德跟着他。

雷维-葛脖子上紧紧地打了一条领带,穿得非常讲究,和对方随随便便的衣着形成了鲜明的对比。他后面是情妇多得出名的勃洛克伯爵,他爱好运动,收藏古老的圣体匣,思想上是极端保皇派;再后面是雷翁·摩埃,也是一个时髦人物,通过文学当了议员,通过政治野心又当了文学家,年轻就秃了头,胡子刮得干净,脸色苍白带黄,鼻子长,眼睛圆,脑袋尖得像鸟;最后是艾曼纽尔医生,典型的闪米特文人,内心不坏,外表冷漠,是医学院的院士,一家医院的院长,以学识渊博的科学著作出名,也是医学上出名的怀疑主义者,他用半信半疑的同情态度听病人诉苦,但并不想方设法给他们治病。

新来的人客客气气地打招呼。克里斯托夫爱理不理,恼火地看到自己的证人对雷维-葛的证人巴结讨好。于连认识艾曼纽尔,古耶认识摩埃;他们满脸堆笑,卑躬屈膝地迎上前去。摩埃对他们既客气又冷淡,艾曼纽尔露出了瞧不起人的随便。至于勃洛克伯爵,他站在雷维-葛的身边,迅速的一眼就把对方的阵容摸了底,对他们的常礼服和内衣作了评估,两个人几乎连嘴都没有动就幽默地交换了看法——他们循规蹈矩,若无其事。

雷维-葛从容不迫地等勃洛克伯爵发出决斗开始的信号。他认为这种事只是走走过场。他是个好枪手,完全知道对方是笨手笨脚的,但他小心谨慎,不想占对手的便宜,不想一枪打中对方,因为他知道这不大可能,证人总是千方百计不让决斗出事的,他也不那么蠢,如果让对手成了牺牲品,反而会得到同情,不如不声不响把他一笔勾销。而克里斯托夫却脱了外衣,解开衬衫领子,露出了粗脖子和大拳头,低头等着,眼睛狠狠地盯住雷维-葛,全神贯注,满脸杀气腾腾,仿佛是个杀人不眨眼的魔王,看得勃洛克心中暗想:什么时候文明能够尽量消灭决斗的危险,那才真是万事大吉。

双方开了两枪,当然没有打中,于是证人赶快来向两个对手道贺。面子就算是挽回了——但克里斯托夫还不肯罢休。他站在那里,手里拿着枪,不能相信决斗就算了事。他巴不得像头一天在打靶场一样,双方你一枪我一枪,直到打中目标为止。他听到古耶要他伸出手来,因为对方很有骑士风度,已经带着永恒不变的微笑向他走来,这出喜剧可把他气坏了。他怒气冲冲地丢下手枪,把古耶推开,向着雷维-葛扑过去。大家费了好大的力气才把他挡住,免得他拳脚交加,还要拼个你死我活。

证人挡住了去路,好让雷维-葛走开。克里斯托夫也离开了人群,让证人们又笑又骂,自己气得大步朝树林走去,高声说话,指手画脚。他没有发觉他的外衣和帽子还在决斗场上。他只管往树林中走去。他听见他的证人笑着叫他,后来叫累了,也就懒得管他。不久之后,传来了马车轮子的滚动声,他们越走越远了。他一个人待在树林中,静悄悄的。他的气也消下去了。他就扑在地上,在草里打滚。

不久之后,莫克到小客店来了。从早上起,他就在追寻克里斯托夫的踪迹。人家告诉他说:他的朋友在树林里。他开始搜索。他踏倒了荆棘,喊得树林到处都是回声,正要失望而归,忽然听到歌声,他就跟着歌声的方向走,总算在一片小空地上找到了克里斯托夫,只见他正四脚朝天,像头小牛在打滚呢。克里斯托夫一见他,就高兴得叫起来,叫他做"老莫克",说自己把对手打得满身是洞,就像一个筛子;他一定要和莫克跳木马玩,强迫莫克从他背上跳过去,当他从莫克俯下的背上跳过去时,还重重地拍拍"木马"。莫克脾气好,虽然有点笨,但几乎玩得和他一样兴高采烈——他们胳膊挽着胳膊回到小客店,然后在附近的火车站搭车回巴黎。

奥利维什么也不知道。他意外地发现克里斯托夫格外温存,但不明白为什么会有这些变化。等到第二天,他才从报上知道了克里斯托夫决斗的事。一想到克里斯托夫冒过的危险,他几乎吓病了。他要知道为什么决斗,克里斯托夫却不回答。再三追问之下,他才笑着说:

"为了你呗。"

奥利维再也问不出一句话来。还是莫克把真相告诉了他。奥利维气得面如土色,和珂勒蒂断绝了来往,并且求克里斯托夫原谅他太大意。克里斯托夫改不了老脾气,背一首法国的老歌谣,故意改动了几个字,要气气好莫克,莫克却照样分享两个朋友的快乐:

> 小宝贝,这教你要提防……
> 好说闲话的懒姑娘,
> 虚情假意的犹太佬,
> 涂脂抹粉的假朋友,
> 假装亲热的死对头,
> 走了味的陈年老酒,
> 千万不要上当!

友情又还原了。威胁擦肩而过,反使友情显得更加珍贵。轻微的误解都已烟消云散,甚至两个朋友之间的不同点反倒成了一种吸引力。克里斯托夫在心中把两个民族的灵魂和谐地融合起来了。他觉得心灵既丰富又充实;这内心洋溢着的幸福,像往常一样,总要化为一道音乐的清泉。

奥利维听得心旷神怡。他的批评总是过头,几乎要认为他赞赏的音乐已经是登峰造极的了。他心上萦回着一个病态的念头:进步到了一定的程度接着来的必然是衰落。他老是担心害怕,唯恐使他热爱生命的艺术会忽然一下中断,就像被土地吸干了的泉水会枯竭一样。克里斯托夫觉得这种忧天的思想很好玩。为了抬杠,他就故意说:在他之前的音乐都不足道,一切都要重新来过。奥利维举出法国音乐为例,说是似乎已经达到了完美的地步,达到了文化的顶峰,再往前走就只有下坡路了。克里斯托夫耸耸肩膀说:

"法国音乐么?……还没有出世呢……然而,在你们的世界里,有多少好东西可以用音乐来表达啊!你们一定没有音乐家,所以才没有想到这一点。啊!假如我是法国人!……"

于是他列举了一个法国音乐家能写的东西:

"你们老是吊在半空中,写一些脱离实际的作品,而不写符合你们民族性的音乐。你们是一个文雅的民族,富有文质彬彬的诗意,举手、投足、态度、作风、服装,都是美的,你们却不再写芭蕾舞剧。如果你们要创造一种歌舞诗剧的艺术,那本来是别人望尘莫及的……你们是会笑的聪明人,却不再写喜歌剧,而让一些不入流的音乐家去写。啊!假如我是法国人,我要把拉伯雷改编成交响乐,我要创造诙谐的史诗……你们是一个出小说家的民族,却不把你们的小说谱成音乐(当然,我是不把居斯达夫・夏邦蒂叶之类的作品当成音乐小说的)。你们也不利用你们分析心理的天才,深入人物的性格。啊!假如我是法国人,我会用音乐来勾勒你们描写的人物……(你要不要我用音乐的铅笔来给坐在花园里丁香花下的少妇画个素描?)……我可以把你们的司汤达改写成弦乐四重奏……你们是欧洲的第一个民主国家,却没有平民戏剧、平民音乐。啊!如果我是法国人,我会用音乐来表现你们的大革命:七月十四,八月十日,瓦尔米之战,攻下巴士底狱的联欢会,我会用音乐来描写平民!并不是用瓦格纳那种喊口号的冒牌方式。我要的是交响乐,合唱,舞蹈。不要空谈!我听厌了。长篇大论免开尊口!要大笔一挥,用交响乐和大合唱画出广阔的景色,荷马式的史诗,《圣经》式的神话,光明的天、地、水、火,鼓舞人心的狂热,天性本能的推动,一个民族的命运,音乐节奏的胜利。节奏是世上的帝王,对百万生灵发号施令，叫千军万马出生入死……音乐到处都有，音乐无所不在！如果你们是音乐家，你们每一次公共集会都可以有自己的音乐，你们的官方仪式、工人大会、学生大会、家庭团聚，都可以有自己的音乐……不过，如果你们是音乐家，最重要的，最重要的是：你们要创造纯音乐，没有一定目的、没有一定用途的音乐，如果说有用处，那只是给人温暖，使人呼吸得更自由，生活得更美好。创造自己的阳光吧！……（这句话要用拉丁文应该怎么说？）……你们的雨下得够多了。我听你们的音乐得了感冒。朦朦胧胧，什么也看不清楚。快点灯吧！……你们怪意大利的'肮脏货'侵入了你们的戏院，征服了你们的听众，把你们赶出了大门？这都要怪你们自己！听众厌倦了你们衰退的艺术，萎靡的和声，卖弄学问的对位法。他们要走向生活，不管生活是不是粗俗——生活！你们为什么要脱离生活呢？你们的德彪西是个大艺术家；但是他对你们不利。他是你们麻木不仁的助产士。你们需要的却是猛然惊醒。"

"难道我们需要施特劳斯？"

"那也不是。他会叫你们吃不消。一定要有我们德国人的胃口才能漫无节制地喝这种烈性饮料。甚至我们自己也消受不了……比如施特劳斯的《莎乐美》……那是一部杰作……但我却不愿写这样的作品……我想起了可怜的老祖父和高弗烈特舅舅，他们谈到音乐艺术的时候，口气是多么尊敬，心情是多么感动！……一个人有了神明的力量，却是这样用法！……像是一颗火光熊熊的流星！像是一个犹太婊子。可悲的淫荡无度、放纵兽性的情欲。杀人，强奸，乱伦，犯罪，狂暴的叫嚣响彻了德国堕落的心灵……而你们呢，却是寻欢作乐的自杀，一阵一阵的抽搐，发出了法国堕落的悲叹哀鸣……一个是野兽；一个是猎物。人在哪里呢？……你们的德彪西是一个趣味太高的天才，而施特劳斯却是一个恶魔。头一个淡而无味，第二个吓死人。一个是芦苇丛生的银色池塘，发出了狂热的异香。另一个却是污泥浊水的激流……啊！在这飞溅的白沫下面滚滚而来的，是感情的垃圾，低级的意大利风格和新式的梅亚贝尔发出的怪味！……可怕的杰作！《莎乐美》是《伊索尔德》这个犹太婊子的女儿……而她自己又会生出什么样的女儿来呢？"

"对，"奥利维说，"我真想能跳过半个世纪。这样奔向深渊非得结束不可，不管用什么方式；马不停下来，就得掉下去。那时，我们才能喘一口气。感谢上天，大地不会不开花的，不管有没有音乐。这样没有人性的音乐，要来有什么用呢？……西方的光明要陨落了……不久……不久……我看光明要从遥远的东方升起。"

"去你的东方吧!"克里斯托夫说,"西方并没有走到尽头。你以为我,我会住手吗?我要写的还可以传几个世纪呢。生命万岁!快乐万岁!和命运的斗争万岁!鼓舞人心的爱情万岁!给信心加热的友情万岁——比爱情更甜蜜的友情万岁!白天万岁!黑夜万岁!光荣归于太阳!光荣归于上帝,又梦想又行动的上帝,创造了音乐的上帝!赞美上帝!……"

说到这里,他在桌子前坐下,把头脑里想到的都写下来,却不再想刚才说的话了。

那时,克里斯托夫觉得他生命中的各种力量都完全平衡了。他不愿不厌其烦地讨论某种音乐形式的美学价值,也不愿尽心尽力去创新立异;他甚至不必太费功夫就能找到用音乐表达的题材。对他说来,什么都是好的。音乐的思潮汹涌澎湃,克里斯托夫也不知道表达的是什么感情。他只觉得快乐,这就够了,为能流露感情而快乐,为能感到天地间生命的脉搏在他心中跳动而快乐。

这种溢于言表的快乐感染了他周围的人。

对他来说,这座关门闭户的花园实在是个太小的天地。隔壁修道院的大花园原来有的是幽静而宽阔的花径,几百年的老树,可以赏心悦目,但是好景不长。克里斯托夫的窗子对面,正在修建一座六层的高楼恰好挡住他的视线,完成了对他的包围圈。他一天到晚能听到的音乐只是滑车的咯吱声,敲打石头的踢踏声,钉木板的叮咚啪哒声。在工人当中,他又碰到了他的老朋友盖瓦匠,那是他以前在屋顶上认识的。他们远远地点点头,打打招呼。有时他在街上碰到盖瓦匠,甚至还带他上酒店去,一起喝上几杯,喝得奥利维大出意外,简直有点难为情。他却觉得盖瓦匠的油嘴滑舌,怎么也改不了的好脾气非常好玩。但他并不因此就少骂几句:这伙卖力的工人在他楼前筑起了一座大坝,剥夺了他的光明。奥利维却不太抱怨;他能适应围墙内的小天地,就像笛卡儿的火炉压得思想火星迸发,飞往自由的天空一样。但克里斯托夫需要空气。关在狭窄的小天地里,他就和周围的人打成一片,作为补偿。他喝他们心灵的液汁,谱成音乐。奥利维说他看起来像个情人。

"如果我是情人,"克里斯托夫答道,"那除了爱情外,我什么也看不见,什么也不再爱,对什么也没兴趣了。"

"不是爱情是什么呢?"

"是因为我健康,我有胃口。"

"幸运的克里斯托夫!"奥利维叹了一口气说,"你应该分一点胃口给我们。"

健康也会传染的——就像疾病一样。头一个得到好处的就是奥利维。他最缺少力量。他逃避现实世界,因为世界的庸俗使他受不了。他的智力广博,艺术天赋不同凡响,但是他太纤巧,很难成为一个大艺术家。大艺术家不能是一个太挑剔的厌世者;对于一切健康的人,头一条规律就是要生活;如果是个天才,那就更加需要生活。奥利维却逃避生活,他只在一个充满诗情画意的幻想世界里随波逐流,而这个世界并不是有血有肉的现实世界。他属于这样一种精英人物,为了追求美,他要到今天已经不再存在的时代,或者到从来不曾存在过的时代里去寻找。仿佛今天的生命之酒不如从前的那么醉人!疲倦的心灵害怕直接接触生活,他们只有通过遥远的时代织成的海市蜃楼般的帷幕;或者通过曾经是活人的古人之口,才敢间接地看看生活——克里斯托夫的友情慢慢地把奥利维从艺术的幻境中拉了出来。阳光慢慢渗透了他心灵最隐蔽的地方。

艾斯白洁工程师也受到了克里斯托夫乐观态度的感染。然而看不出他的习惯有什么改变:他的积习已深;不能打算要他变得进取心很强,离开法国,到国外发财去。那样要求就过分了。但他已经不再无精打采,很久以来,他曾把研究、读书、科学工作都放到一边,现在却重新感到有兴趣了。如果有人对他说,他对工作恢复了兴趣,其中多少有克里斯托夫的功劳,他会觉得大为意外;而更觉得意外的却是克里斯托夫。

全楼的人和克里斯托夫打交道最快的要算二楼那对小夫妻。不止一次他走过他们门外,都听见里面的钢琴声,只要是独奏而没有听众,年轻的亚诺太太还弹得满有味。于是他送了他们几张门票,去听他的音乐会。他们自然感激不尽。从此以后,他晚上有时就到他们家里去。但他再也没听到年轻的妻子弹琴了,她太胆小,不敢在外人面前演奏;即使是一个人弹,因为知道了楼梯上听得到,她也把琴声压得很低。现在克里斯托夫来弹琴了,他们就谈得很久。亚诺夫妇谈起音乐来劲头十足,使他非常高兴。他想不到法国人会这样爱音乐。

"这是因为,"奥利维说,"直到目前为止,你见到的都是音乐家。"

"这我知道,"克里斯托夫回答说,"音乐家是最不爱音乐的人;你不能要我相信,像你这样的人法国会有很多。"

"总有几千。"

"那么，难道音乐成了流行病还是新潮流？"

"不是新潮流，"亚诺说，"一个人听了和谐的弦乐或自然的歌声，如果不觉得快活，不受到感动，不全身颤抖，不心荡神驰，不超凡忘我，那就表明他的心灵受了扭曲，有毛病，不正常，我们对他应该小心，就像提防小人一样……"

"这我知道，"克里斯托夫说，"是我的老朋友莎士比亚说过的吧？"

"不是，"亚诺和和气气地说，"这是我国的龙沙早在莎士比亚之前就说过的。你看，这个潮流不是昨天才在法国开始的吧？"

法国人爱音乐已经使克里斯托夫感到意外，爱的几乎是德国人同样爱的音乐，那就更使他大出意外了。在他开始见到的巴黎艺术家和文人雅士之中，格调高的也不过把德国大师当作外国的名家，他们不得不表示钦佩，但也只是隔岸观火，自然而然就会嘲笑格鲁克的笨拙，瓦格纳的粗野；他们和法国作曲家的精致细腻形成了对比。事实上，克里斯托夫怀疑法国人按照法国方式演奏德国作品，能不能理解德国音乐。有一次他听了格鲁克作品演奏会回来，觉得非常恼火，因为这些眼明心巧的法国人给脾气不好的老头子脸上涂粉了！他们给他穿上盛装，扎上丝带，使他的节奏变得软绵绵，使他的音乐染上了印象派的色彩，颓废派的情调……倒霉的格鲁克！他口若悬河的心灵，纯洁无瑕的德性，裸露无余的痛苦，都到哪里去了？难道法国人感觉不到吗？——直到这时，克里斯托夫才看清了：他的新朋友们对德国的古典音乐，古老歌谣，对日耳曼民族心灵的深处，都有深刻的了解，含着脉脉的温情。于是他不免要问：他们是不是真把德国音乐家当作外人？一个法国人是不是只爱本民族的艺术家？

"不是这样！"他们提出意见，"这是我们的批评家盗用我们的名义，自作主张说的话，他们总是随大流，就以为我们也是跟他们一样随波逐流。其实我们不管他们那套，就像他们不管我们一样。这些好笑的家伙要来教训我们什么是法国的民族性，什么不是！这要由我们土生土长的法国人来说！……他们来教训我们说：只有在拉摩的音乐中——或拉辛的悲剧中——而不是在其他作品中，才能看到法国。仿佛贝多芬、莫扎特和格鲁克都没有来过我们家里，没有在我们亲人的炉边和床前分担我们的痛苦，恢复我们的希望……仿佛他们和我们不是亲如一家人似的！如果要我们说心里话，那些巴黎批评家大肆吹嘘的某个法国艺术家，在我们看来，倒真成了外国人呢。"

"其实,"奥利维说,"如果艺术要划分界限的话,那界限与其说是民族,不如说是阶级。我不知道有没有法国的艺术和德国的艺术;但肯定有富人的艺术和穷人的艺术。格鲁克虽然是平民中的大人物,但却属于我们这个阶级。某个法国艺术家——恕我不提他的姓名——虽然生来就是平民,却不属于我们,因为他羞与我们为伍,他心目中没有我们;我们心目中也就没有了他。"

奥利维说对了。克里斯托夫越了解法国人,越觉得法国的好人很像德国的好人。亚诺夫妇使他想起了亲爱的老苏兹。苏兹热爱艺术,多么纯洁,多么无私,多么忘我,对美多么崇敬!想到苏兹,他就更爱亚诺夫妇了。

克里斯托夫看出了不同种族的好人之间没有精神上的界限,同时也看出了同一种族的好人之间,如果说思想上有什么界限的话,那也是荒唐可笑的。多亏了他,虽然他并不是有意拉拢,高乃依神甫和华德莱先生这两个看起来很难互相了解的人却交上了朋友。

克里斯托夫向他们两个人借书看,使奥利维不满意的是,他还随随便便把一个人的书转借给另一个人。高乃依神甫并没有不高兴,他有一种直觉,虽然没有流露出来,他却感到他年轻的邻居有不自觉的虔诚心灵。华德莱先生有一本克鲁泡特金的文集,他们三个人都喜欢读,虽然喜欢的理由并不相同,却使三个人接近了。有一天,三个人偶然在克里斯托夫那里会了面。克里斯托夫还怕两个客人会说出使对方下不了台的话。事实恰恰相反,他们都客客气气。谈话的题目都没有危险:旅行的见闻,人生的经验。他们发现对方宽容厚道,都有传道说教的精神,虽然两个人都有理由灰心丧气,却又充满了不切合实际的希望。他们互相同情,却又掺杂了几分嘲讽。同情很有分寸。他们从来不谈他的基本信仰。他们很少见面,也不找见面的机会;但一见面却很高兴。

两个人当中,高乃依神甫并不是没有独立见解的。这使克里斯托夫大为意外。他慢慢地看出了这种自由的宗教思想的伟大,这种坚强而平静的神秘主义,没有一点狂热,却渗透了神甫的全部思想、他日常生活中的全部行为、他对宇宙的全部看法——这种宇宙观使他在自己身上看到了基督的存在,正如根据他的信仰,在基督身上可以看到上帝的存在一样。

他并不否认生命的任何力量。对他说来,圣书中的一切,无论古代的或当代的,宗教的或世俗的,从摩西到贝特罗,都是确实的、神圣的,都是上帝的语言。《圣经》只不过是内容最丰富的典型例子,正如教会是团结在上帝名义下的最高级的精英一样;但《圣经》和教会的精神,并不限于一成不变的真理之内。基督教义是基督灵活的说教。世界历史不过是神的思想不断发展的历史。犹太教堂的衰落,异教世界的分崩离析,十字军东征的失败,教皇鲍尼法斯八世受到的侮辱,伽利略说地球是在令人头晕眼花的太空之中,无限小的东西比大东西还更有力量,国王的政权和政教协议的废除,这些都曾一时扰乱人心。有人拼命靠拢倾倒的大厦,有人随便抓住一块木板,随波逐流。高乃依神甫却只问自己:"人的位置在哪里呢?是什么使人生存的?"因为他相信:"有生命的地方就有上帝。"——因此,他对克里斯托夫有好感。

而克里斯托夫呢,他也喜欢再次听到伟大的宗教心灵发出的美妙音乐。这音乐在他心中唤起了深远的回声。强者的天性中总有适应环境的能力,这是生命的本能,保存自己的本能,就像船歪了要恢复平衡,继续前进,本能会再划上一桨一样——两年来巴黎的肉欲主义引起了克里斯托夫极端的怀疑和厌恶,反倒使上帝在他心中复活了。并不是他相信上帝。他是不相信的。但他心中洋溢着上帝的精神。高乃依神甫微笑着对他说,他好像他的保护神圣·克里斯托夫一样,肩头背着上帝却一点也不知道。

"我怎么看不见上帝呢?"克里斯托夫问道。

"你就像成千上万的人一样:你每天都看到上帝,却没有看出上帝来。上帝用各种不同的形式,在每个人身上显示自己——对有些人,他显示在日常生活中——对另外一些人(比如说对你的朋友华德莱先生,就像对圣·多玛那样),他显示在有待医治的创伤中,在有待拯救的苦难中——而对你呢,他显示在理想的尊严中:这是神圣不可侵犯的……总有一天,你会看得出来。"

"我是自由主义者,"克里斯托夫说,"我永远不会放弃自由。"

"你和上帝同在就更自由了。"神甫平静地答道。

但克里斯托夫不承认他是个不自觉的基督徒。他天真地热情地为自己辩护,仿佛人家给他的思想贴上这个或那个标签有什么重大关系似的。高乃依神甫听的时候,带有一点看破了人世矛盾的嘲讽意味,这很不容易察觉,因为他是好心好意听着的。他的耐性一点也没有改变,宗教信仰养成了他忍耐的习惯。教会使他受过的实际考验,已经锻炼了他的耐力;虽然他精神上感到痛苦的压抑,但实质上并没有影响他的耐性。当然,眼看自己受上级压迫,一举一动都有主教大人的眼睛在盯着,一言一行都有自由思想派的耳朵在听着,他们尽力想要利用他的思想,来反对他的信仰,他的教友和敌人既不了解他,又来围攻他,这是多么难过啊。他不可能反抗,因为他非服从不可。他又不可能真心诚意地服从,因为他明知道上级是错误的。不说出来是苦恼,说了而被人误解也是苦恼。更不用说你还要对别人的灵魂负责,有些人正等待你的忠告,你的帮助,而你却只能眼巴巴地看着他们受苦……高乃依神甫为了他们,为了自己,都觉得痛苦,但他忍下去了。他知道在教会漫长的历史中,这些痛苦的日子算不了什么——只不过是不声不响地忍受痛苦,慢慢地使他衰弱,胆小,不敢说话,连一点行动都受不了,最后沉入了麻木的状态。他感到这样沉沦非常忧郁,但是没有做出反应。碰到了克里斯托夫,这对他来说是个很大的帮助。这个年轻的邻居对他表示的热忱,天真而亲热的关怀,有时提出一些没分寸的问题,对他都有好处。克里斯托夫逼得他又与活人为伍了。

电工奥贝在克里斯托夫那里见到神甫。他大为意外,很难掩饰他的反感。即使克服了初次见面的情绪,他还是觉得不自在,认为这个穿道袍的神甫是个难以理解的人。然而,和一个高级人物谈话的乐趣,到底还是超过了他对教会的反感。他对华德莱先生和高乃依神甫谈话的亲切口气大为不解;更不理解一个神甫怎么成了民主派,而一个革命党人反倒是贵族,这打乱了他固定的观念。他想把他们分门别类,因为他要分类才能了解,但他却不知道把他们归于哪类好。这个外表平静、内心高傲的神甫读过阿那托•法朗士和勒南的作品,谈起他们来有条不紊,公正合理,要把他划入一个门类可不容易。谈起科学来,高乃依神甫的原则是听内行的,而不听指手画脚、发号施令的外行。他尊重有权的人;但对他说来,权和能不属于同一范畴。肉体、精神、仁爱,是三个不同的范畴,是升天梯的三个等级——当然,老实的奥贝做梦也想不到这种精神状态。高乃依神甫心平气和地对克里斯托夫说:奥贝使他想起了他见过的法国乡下人。一个年轻的英国姑娘向他们问路。她对他们说英语,他们听不懂。他们对她说法语,她也听不懂。于是他们用同情的眼光瞧着她,摇摇头,边做工作边说:

"真可惜!一个这样漂亮的姑娘!……"

起初,奥贝给神甫和华德莱先生的学问和风度吓倒了,只是听着他们谈话,不敢开腔。后为,他慢慢地忍不住要插嘴了,因为听到自己说话的声音也是一种乐趣。他就说些空话。那两位倒是客客气气地听着,心里有点好笑。奥贝劲头一来,竟忘乎所以;他利用了高乃依神甫取之不尽、用之不竭的耐性,甚至用过了头。他简直是胡说八道了。神甫却听天由命地听着;他并不太厌烦,因为他与其说在听奥贝的话,不如说在了解这个人。然后,等到克里斯托夫发牢骚了,他才说道:

"没关系！我还没听别人这样说过呢！"

奥贝感激华德莱先生和高乃依神甫对他这样好；三个人都不在乎是否互相了解，却莫名其妙地互相喜欢。他们意外地发现彼此这样接近。这是他们从来没有想到过的——却不知道这是克里斯托夫的撮合。

他还有三个天真的小伙伴：艾斯白洁家的两个女儿和华德莱先生的养女。他成了她们共同的朋友。他不忍心看到她们各过各的日子。他老对她们谈她们所不认识的小邻居，谈得她们忍不住想见面了。她们在窗口打招呼，在楼梯上碰到的时候偷偷说句话。她们越来越熟，加上克里斯托夫的支持，她们竟得到了家长的允许，同去卢森堡公园玩。克里斯托夫见妙计成了功，非常高兴，在她们头一回会面的时候，到公园去看她们；他发现她们不太自然，有点拘束，对这种新鲜事不知道怎样办才好。他一来就不冷场了，出主意怎么玩：跑呀，追呀，他自己也像个十岁的孩子一样玩得起劲；路人看到三个小女孩追着一个大男孩，又跑又叫，围着树转，也觉得开了眼界。家长却总不大放心，不大愿她们去公园里玩（因为他们不便就近照应）——于是克里斯托夫就想法子要住楼下的夏勃朗少校请孩子们到他家的花园里去。

碰巧的机会使他们两个人见过面——只要你想找机会，机会也会找你——克里斯托夫的书桌摆在窗前。一阵风把几页乐谱吹到楼下花园里去了。克里斯托夫跑下去捡，照例没戴帽子，没扣衣服。他以为只消找找仆人，不料开门的却是女儿。他有点不好意思，就说明了来意。少妇微微一笑，请他进门，同到花园里去。他一捡起乐谱，赶快就走，少妇送他出来，刚好碰上军官回家。少校惊讶地看了一眼这个衣冠不整的不速之客。女儿笑着来做介绍。

"啊！是你呀，音乐家？"军官说，"真高兴！我们是同行。"

他握住他的手。他们友好地谈起来，有说有笑，谈双方给对方开的独奏音乐会，克里斯托夫独奏的是钢琴，少校独奏的是笛子。克里斯托夫要走了；但是少校不放，没完没了，东拉西扯地谈音乐。忽然一下，他打住了，说：

"来看我的大炮。"

克里斯托夫跟着他，心想自己对法国炮兵说得出什么意见，有什么兴趣呢？不料少校神气活现地给他看的，却是轮番开炮似的轮唱曲。他的这种作品可以从头到尾演奏，也可以从后到前，还可以两个人合奏，一个演奏左边一页，另一个演奏右边一页。少校是综合工科大学毕业生，对音乐一直有兴趣;但他喜欢的是要解决音乐的难题;在他看来,音乐只是一种智力游戏——其实,有一部分也的确是——于是他就想方设法提出音乐结构上的问题,找到解决问题的谜底,但越找越荒唐,越找越无用。在他当军官的时候,当然没有时间培养这种嗜好;但自从退役以后,他就满腔热忱地投入了音乐之中;全部精力都花在上面,就像以前横跨非洲大沙漠追赶黑人的酋长,或者避免落入他们的圈套一样。克里斯托夫觉得这种猜谜的游戏很好玩,他也提出了一个更复杂难猜的谜语。军官高兴坏了;他们两个斗智比巧——一来一往,用音符组成的谜语成了一场倾盆大雨。等到他们玩完了,克里斯托夫才回到楼上的房间。但第二天一早,他又得到了邻居提出的新问题,的确令人头痛,那是少校想了半夜才想出来的,克里斯托夫赶快做出回答;但斗智并没有完,一直斗得克里斯托夫不胜厌烦,承认输了才罢。军官这下乐坏了,他把这个胜利当作对德国打了一个胜仗,洗雪了从前战败的耻辱。他请克里斯托夫午餐。克里斯托夫老实不客气说他的音乐作品糟透了,当夏勃朗吹口琴糟蹋海顿的行板时,他气得高声大叫起来。这反倒征服了少校。从此以后,他们常在一起谈天,但再也不谈音乐了。克里斯托夫对少校胡说八道谈论音乐不感兴趣,他还是宁愿听他谈军事问题。少校正巴不得;音乐对这个不走运的军官而言,只是不得已的消遣;其实,他心里很苦恼。

于是他滔滔不绝地谈起在非洲打仗的故事。规模空前的冒险行动,简直比得上皮查尔征服秘鲁,柯特斯征服墨西哥! 克里斯托夫目瞪口呆地听他讲惊天动地、野蛮残酷的史诗,讲得栩栩如生,真是闻所未闻,就连法国人自己也茫然无知;他讲到二十年来,一小批法国侵略军如何英勇战斗,足智多谋,做出了超人的努力,在黑非洲的茫茫大地上,受到黑人军队的包围,往往弹尽粮竭,他们违反了担惊受怕的公众舆论和政府意愿,不顾法国的反对,却为法国掠夺了大片土地,建立了比本土还大的帝国。这种行动冒出了强烈的欢乐气息和血腥气味,在克里斯托夫眼前,涌现了一批现代雇佣兵的形象,一批胆大妄为的冒险家,这是今天的法国所始料不及的,也是今天的法国承认了都会脸红的,于是只好难为情地在他们的脸上遮了一块面纱。少校谈起这些往事来胆大脸厚,兴高采烈,从声音里可以听出他是多么快活——(说也奇怪,他在叙述历史的时候,却穿插了一些精确的地质描写)他眉飞色舞地谈到大型围剿,无情地追捕土人,或被土人追捕,进行生死的斗争——克里斯托夫听着,瞧着,他怜悯人这种高级动物怎么会进行自相残杀的荒唐游戏。他怀疑人怎么会无可奈何地接受这种命运。

于是他问少校。少校心里有气,开始似乎不太愿对外国人讲。但法国人管不住自己的舌头,尤其是在互相指责的时候。

"在今天的军队里,"他说,"你叫我有什么事可干?他们的水兵搞文学,步兵搞社会学,他们什么都搞,就是不打仗。他们甚至不准备作战,他们只准备不作战;他们研究战争的哲学……战争的哲学!这等于是驴子挨了打,再去考虑明天还要挨多少鞭子!真是胡说八道,磨嘴皮子。不行,我可不来这一套。还不如回家去编我的轮唱曲呢!"

他怕难为情,没有说出他最大的痛苦来:告密的人在军官内部散布相互之间的猜疑,对不学无识、专做坏事、骄横跋扈的政客不得不俯首听命,军队不得不忍辱负重,去干警察特务卑鄙龌龊的低级勾当,去清查教会的产业,去镇压罢工的工人,去服务于执政党的利益,做他们泄私愤的工具,为这些反教会的小资产阶级激进分子而与全国大多数人作对。这个在非洲打过仗的老军官还厌恶殖民地的新军,他们大部分是从下层社会招募来的,因为中上阶层的人都自私自利,拒绝参加保卫"大法兰西"的光荣任务,也不愿承担为海外殖民地而战斗的风险……

克里斯托夫不必卷入法国人内部的争论,这和他没有关系;但是他同情这个老军官。不管他对战争有什么看法,他总认为军队里出来的人应该是兵士,就像苹果树该结苹果一样,如果把政客、艺术家、社会学家移植进去,那就是反常了。不过他不明白这个精力旺盛的军官为什么要让位于人。不和敌人战斗,就成了自己的敌人。法国人喜欢与世无争,把退让当作美德——更使克里斯托夫感动的,连军官的女儿也是如此。

她的名字是赛丽纳。她有一头秀发,细致地梳成中国式样,露出了高而圆的额头和尖尖的耳朵,清瘦的脸颊,好看的下巴,有农村姑娘的风味,一双漂亮的黑眼睛,聪明,温柔,信任别人,眼睛有点近视,鼻子稍微大了一点,上嘴角有一颗小痣,静悄悄的微笑使她有点肥大的下嘴唇撅了起来,伸了出去,显得随和,可爱。她人好,活泼,有趣,但一点也不好奇。她不太读书,不了解新的出版物,从来不看戏,从来不旅游——父亲从前走南闯北,已经走累了——不参加社会上的慈善事业(父亲对此不感兴趣)——不想学习研究(父亲老拿才女开玩笑)——不大离开她那一方小花园,总是关在四堵高墙之内,仿佛坐井观天一样。她并不太烦闷。她有什么事就做什么事,听天由命,也没有什么脾气。在她身上,在她周围,弥漫着夏登画上的气氛(女人不论在什么地方,都会不知不觉地创造一种气氛),一种暖洋洋、静悄悄,对日常工作聚精会神的面孔和态度创造的安静气氛——虽然有点麻木——但还富有日常秩序的诗意,对习以为常的生活,对不出意外的思想,对按部就班的行动,都感到一种诗意。这种思想行动含情脉脉,深入人心,显得一样可爱。这种中产阶级好人平凡而安静的生活,心安理得,老老实实,真心诚意,平静的工作,平静的乐趣,然而都有诗意。她们健康,高尚,精神和肉体都纯洁,闻得出面包和香草的芬芳,正直和善良的气味。她们做人做事都很平静,像古老的房屋、微笑的心灵一样平静。

克里斯托夫对人亲切,信任别人,也得到了她的信任,成了她的好朋友;他们谈起话来,无拘无束;结果随便他提出什么问题,她都愿意回答,连她自己都觉得意外;她甚至对他谈了一些没对别人谈过的话。

"那是因为,"克里斯托夫解释说,"你没有怕我的理由。我们没有谈情说爱的危险,因为我们的友情太深了,不会有爱情的。"

"你多好啊!"她笑着答道。

她的天性和克里斯托夫的一样没有变质,不喜欢把友情转变成爱情,不像那种感情暧昧,逢场作戏的人。他们两个只是好朋友。

有一天他问她,某个下午他看见她坐在花园的长凳上,活计放在膝头却没有碰一下,只是一动不动地待了几个钟头,那是干什么呀?她脸红了,说是哪有几个钟头,不过是几分钟罢了,而且是断断续续的,那是在"讲故事"——"自己给自己讲故事。"

"你给自己讲故事?喔,讲给我听听!"

她说他太爱管闲事了。她只能告诉他,故事是她编的,但并不讲她自己。

他说怪了:

"既然要花那么些时间讲故事,为什么不给自己的故事添枝加叶?为什么不讲梦中更幸福的生活?"

"我不能够,"她说,"要是讲了,我会失望的。"

她又脸红了,因为泄漏了一点内心的秘密。接着她又说:

"其实,在花园里只要吹到一阵风,我就很快活了。在我看来,花园好像有了生命。如果风很狂烈,是从远方吹来的,那会说出多少故事啊!"

虽然她说话有保留,克里斯托夫还是看出了她内心的苦闷,其实她自己也知道:她的好脾气和徒劳无益的活动,并不能掩盖她的空虚。为什么不摆脱烦恼呢?难道她不配过一种积极有用的生活吗?——她借口说是父女情深,不忍心离开他。克里斯托夫说军官精力充沛,用不着她照顾,又说像她父亲这样的人完全可以独立生活,没有权利牺牲女儿,但说也没有用。她反过来为父亲辩护,自欺欺人地说并不是父亲勉强她留下来,而是她舍不得离开他——在某种程度上,她说的是实话。对她,对她父亲,对她周围的人,似乎一切都该永远不变,维持现状。她有一个结了婚的哥哥,认为她理所当然应该代替他侍候父亲。他自己却只照顾自己的孩子。他疼爱他们,不容别人干预,也不容许孩子自作主张。这种感情对他说来,尤其是对他的妻子,简直成了心甘情愿压在身上,限制行动的锁链;人家会说:一个人有了孩子以后,个人的生活就到了终点,应该永远放弃个人的发展;这个活跃、聪明、还年轻的男人,已经在计算需要工作多少年就可退休了——这些年富力强的人让家庭感情把志气消磨得干干净净,而在法国,这种感情根深蒂固,压得人出不了气。压力显得特别大,因为法国家庭已经缩小到了最低限度:只有父母和一两个子女。感情也缩小了,战战兢兢,畏畏缩缩,就像一个守财奴紧紧抓住手里的黄金。

一件偶然的事使克里斯托夫对赛丽纳更感兴趣,并且使他看出了法国人的感情收缩得多么厉害,他们甚至害怕生活,不敢占有属于自己分内的东西。

艾斯白洁工程师有一个弟弟,比他小十岁,也是个工程师。他是单身汉,法国中产阶级家庭的单身汉并不少,他们都对艺术很感兴趣,想搞艺术,又怕会失掉中产阶级的地位。说句实话,这并不是一个很难解决的问题;今天,多数艺术家的问题都解决了,并没有冒什么风险。然而总得想要解决问题才行,但这一点点小得可怜的努力,却不是每个人都愿意做出的;他们不敢肯定他们是否真想解决问题;随着他们中产阶级的地位越来越稳固,他们就更不反对现状,不声不响地顺水推舟、随波逐流了。这不能怪他们,做一个安分守己的中产阶级总比做一个蹩脚的艺术家更好。然而,没有当上艺术家的失望情绪总会在他们心中留下不满的痕迹,自以为是艺术界的大损失,这种不满勉勉强强可以用所谓的哲学态度来掩盖,但总是隐隐约约糟蹋了他们的生活,一直要等到日积月累,新愁取代了旧恨才罢。安德莱·艾斯白洁的情况正是这样。他本想做作家;但他哥哥固执己见,一定要他像自己一样进入科技界。安德莱人聪明,搞科学——和搞文学一样——都过得去,所以并不在乎;他没有把握能成为艺术家,但很有把握能成为中产阶级;于是他听了哥哥的话,先是暂时的——谁知道暂时有多久?——考进了中央工艺学院,名次不算太高,毕业的时候也差不多,从此以后,他就干上了工程师这个行当,做事认真,但是没有兴趣。他对艺术的爱好本来并不深,这一下当然也化为泡影;因此,他一谈到就解嘲似的说:

"而且"——克里斯托夫听得出像奥利维一样悲观的口气——"生活也不值得为错过了一个机会而自寻烦恼。多一个蹩脚诗人或少一个,没有什么关系!……"

两兄弟的感情很好;精神上是一个模子训练出来的;但两个人却合不来。他们都是德莱弗斯事件的狂热分子。但安德莱受了工会的影响反对军队;而艾利却是爱国拥军派。

偶尔,安德莱会来看克里斯托夫,却不去看他的哥哥;克里斯托夫觉得奇怪,因为他和安德莱之间并没有什么好感。安德莱谈起话来总是发牢骚,不是怪某个人,就是怪某件事——听得人厌烦了;等到克里斯托夫说话,他又不听。因此,克里斯托夫并不隐瞒地说:他来实在无聊;但是他却满不在乎,仿佛没有听见一样。最后,克里斯托夫才找到了谜底。一天,他发现客人老是靠着窗口,瞧着楼下花园,而不听他说什么。他就指了出来;安德莱也爽快地承认:他来看克里斯托夫,其实是要看夏勃朗小姐。话一开了头就收不住,他承认他们两人是老交情,也许还不只是普通的友谊;艾斯白洁一家和少校一家是老朋友,关系还很密切;后来政见上有分歧,居然不再交往。克里斯托夫老实说:他不明白这种傻事。为什么不可以各有各的想法,却又互相尊重? 安德莱自认为思想开明,但在两三个问题上,他却不能容忍不同的意见,比如说德莱弗斯事件。一谈到这个问题,他就失去了理智,这是当时的风气。克里斯托夫了解这种情况,就不和他争论;只是问他:这件事有没有争完的一天? 或是要没完没了地争下去,争到儿子一代,孙子一代,甚至孙子的孙子一代? 安德莱笑了起来,并不回答克里斯托夫的话,却含情脉脉地称赞赛丽纳·夏勃朗,同时责备她的父亲自私,不该要女儿为他牺牲。

"如果你爱她,她也爱你,"克里斯托夫问道,"你为什么不和她结婚呢?"

安德莱惋惜地说赛丽纳是个教权派。克里斯托夫问教权派是什么意思。安德莱回答说:就是墨守教规,俯首听命于一个上帝和上帝的奴仆。

"那和你有什么关系?"

"我可不愿意我的妻子既听命于我,又听命于另外的人。"

"怎么? 你连思想上都不容许你妻子有自由吗? 我看你比少校还更自私了!"

"你说起来倒容易! 但是你自己,你会娶一个不喜欢音乐的妻子吗?"

"我已经有过这种经验了!"

"如果两个人想不到一起去,怎么能在一起生活呢?"

"去你的那一套思想吧!我可怜的朋友,在恋爱的时候,什么思想都不要紧。我干吗要我爱的女人像我一样爱音乐呢?对我说来,她本人就是音乐!像你这样有机会碰上一个和你相爱的少女,那就让她相信她的,你相信你的吧!相信什么到头来都是一样;世上最重要的还是相爱。"

"你说话像是在做诗。你没有睁开眼睛看人生。我见过思想不一致而痛苦的夫妻太多了。"

"那是他们不够相爱,不知道自己要什么。"

"要什么就能有什么吗?即使我要和夏勃朗小姐结婚,我做得到吗?"

"我倒想知道为什么做不到?"

于是安德莱谈起了他的重重顾虑:地位不稳,财产不多,身体不好。他怀疑自己有没有权利结婚。这事责任重大……会不会造成双方的痛苦?——更不用说子女问题。……还是等一等更稳当,或者干脆算了。

克里斯托夫耸耸肩膀。

"这算什么爱情!如果她爱你,她自然乐意献身。至于子女,你们法国人真好笑。难道你们没有把握把子女养成不必吃苦的、有产业的小胖子,就不让他们出世了!……真该死!这和你有什么关系?你只能给他们生命,教他们爱生活,有勇气保护自己的生命。至于其他……死也罢,活也罢……大家都是一样。为什么不碰碰生活的运气就关上生活的大门呢?"

克里斯托夫溢于言表的信心深入了对方的肺腑,但还不能使他下定决心。他只是说:

"是,说不定……"

他就到此为止了。看来他也像别人一样,不能有所作为,甚至不想有所作为。

克里斯托夫要和这种无所作为的思想斗争,他发现他的法国朋友多半都有这种思想,但是说也奇怪,他们却又忙忙碌碌,甚至焦躁不安地工作。他在各个不同的场合见到的中产阶级,几乎都是不满现状的。他们几乎都厌恶今天当权的人,厌恶他们腐化堕落的思想。他们几乎都难过而又自豪地意识到他们的民族精神被抛弃了。然而这并不是个人恩怨,也不是个人或阶级受到压制,剥夺了权力,不能参加活动,就怨天尤人,也不是免职的官员,或无处发泄的精力,或退隐田庄的贵族残余像受伤的狮子一般坐以待毙的苦恼。这是一种精神上的反抗情绪,默默无言,既深刻,又普遍,到处都看得到,在军队中,在司法界,在大学里,在办公室,在政府机关的要害部门,几乎无所不在。但是他们却不行动。他们行动之前就泄了气,只翻来覆去地说:

"没有办法。"

他们提心吊胆地在思想上,在谈话中避免不愉快的事情,只在家庭生活中寻找藏身之处。

如果他们只是摆脱政治活动倒也罢了!偏偏在日常活动的范围内,也没有一个老实人对行动有兴趣。他们低声下气和他们瞧不起的乱七八糟的坏蛋来往,不敢和他们进行斗争,认为斗争也没有用。比如说,克里斯托夫认识的艺术家、音乐家,为什么不声不响地听任这些胆大脸厚的报界丑角对他们发号施令?有些无人不知的愚昧无比的蠢货,却掌握了无人不怕的大权。他们甚至懒得动笔写书或文章,而是由秘书代劳,这些饿得要死的穷鬼为了一家老小的生活是连灵魂都不惜出卖的,只要灵魂能够卖得出去就行。这在巴黎对谁也不是秘密。然而这些蠢货还是居高临下,欺压艺术家。克里斯托夫读了他们的专栏文章,不由不气得叫了起来。

"啊!这些混蛋!"他说。

"你在说谁呀?"奥利维问道,"老是说市场上那些可笑的坏人吗?"

"不是。我说的是老实人。坏人做坏事不足为奇:他们说谎、杀人、明抢暗偷,那是干他们的本行。但是老实人呢?——他们瞧不起坏人,却让坏人胡作非为,这不比坏人更可恶一千倍吗?如果新闻界的同事,公正而有学问的评论家,让丑角用作挡箭牌的艺术家,不是胆小怕事,唯恐牵连自己,因此不声不响的话,如果他们不是心怀鬼胎,打算互相利用,暗中勾结,免得受到敌方攻击的话——如果他们不让这些跳梁小丑用人们的友谊做保护伞的话,这些胆大脸厚的黑暗势力就会落到人人耻笑的地步。只怪他们软弱可欺,纵容了种种坏事。我碰到过不少老实人,个个都说'某人是个坏蛋'。但没有一个人见到这个坏蛋不叫他做'同行',不和他握手的——他们会说:'坏人太多了!'——不对,是胆小鬼太多了!软弱的老实人太多了!"

"那你要大家怎么办呢?"

"大家自己做警察呀!你们还等什么?等老天爷来管你们的事?得了,瞧,这一回下了三天雪。街道都堵塞了,你们的巴黎成了个泥坑。你们做了什么呢?只是怪市政府搞得一塌糊涂。你们自己有没有设法走出泥坑来?真是天晓得!你们只是袖手旁观。没有一个人打扫门前的人行道。

大家都不负责,国家也好,个人也好,都只互相指责,就算完事。几百年来君主制度的教育使我们养成了不动手的习惯,只是张大了嘴巴望天,等待奇迹出现。不知道唯一可能出现的奇迹,要靠自己决心行动。你看见没有,我的小奥利维,你们聪明有余,品德超群,缺少的只是满腔热血。首先是你。你们的才智和品德并没有毛病。缺少的只是生命力。生命力溜走了。"

"那有什么办法?只好等它回来了。"

"一定要想它回来。一定要'想'!既然想,首先就一定要换新鲜空气。既然不想走出家门,起码也该把家里打扫干净。你们却让家里沾染了市场上的乌烟瘴气。你们的艺术和思想多半都歪曲了。你们却不生气,几乎不以为怪,可见你们泄气到了什么程度。有几个老实人甚至胆小得到了荒谬的地步,结果居然以为自己错了,以为那些江湖骗子反倒对了。你们的《伊索》杂志自认为不会受蒙蔽,我却在杂志社碰到过一些可怜的年轻人,他们分明不喜欢的艺术,口里硬要说是喜欢。他们并不感到乐趣,却要自我陶醉,其实,这不过是盲从的奴性,结果他们自欺欺人,无聊得要命!"

克里斯托夫像吹醒树林的狂风一样动摇了思想不定的人。他并不想把自己的思想强加于人,只是鼓吹要他们敢于思想。他说:

"你们太谦虚了。一个人最大的敌人是神经过敏性的怀疑。我们可以,而且应当容忍,应当有人情味。但是决不容许怀疑自己相信的好事和真理。凡是我们相信的,我们都应该保护。不管我们的力量多么小,也不应该有力而不用。世界上最小的人物和最大的人物一样,各有一份责任。而且——这是小人物不知道的——也有一份力量。不要以为孤立的反抗没有用!敢于肯定自己坚强的信心就是巨大的力量。最近几年,你们不止一次看到:政府和舆论都不得不考虑一个好人的意见,而好人的武器只是经过考验、坚持不懈的道德力量……

"如果你们要问这样费劲有什么用,奋斗有什么用,'有什么用?'……那好,你们要知道——因为法国正在坐以待毙——因为我们人类千百年来辛辛苦苦好不容易建立起来的文明,如果我们不拯救的话,就要沉入深渊了。祖国在危险中,我们的欧洲大国——尤其是你们的法兰西小国,都危险了。是你们的麻木不仁使法国面临死亡的。法国就是死在你们每个人消失了的精力中,在你们每个人无所作为的思想中,在你们徒劳无益地消耗得一干二净的每一滴鲜血中……起来吧!一定要生活!即使你们要死亡,也要站着死。"

　　但是最困难的,还不是要他们行动,而是要他们共同行动。关于这点,他们简直没有商量的余地。他们互相不满。最好的人也最固执。克里斯托夫住的楼房就有现成的例子。费利克斯·韦尔先生,艾斯白洁工程师,夏勃朗少校三个人住在一起,暗中都含有敌意。其实,他们的政党和民族虽然不同,三个人所要得到的东西却是相同的。

　　韦尔先生和少校有很多理由应该互相了解。爱思想的人往往是矛盾的:韦尔先生从来不离开书本,过的只是精神生活,却热衷于军事问题。"我们都是有偏见的怪人。"这半个犹太裔的韦尔先生就把自己的矛盾应用到全人类身上了。原来这个老知识分子崇拜拿破仑。他收集了帝国时代的书籍和纪念品,好重温昔日灿烂辉煌的旧梦。他像多少同代人一样,给那颗红日的万丈光芒照得眼花缭乱。他要重新进行战役,把打过的仗再打一遍,讨论作战行动,他成了充斥学士院和大学的纸上谈兵的战略家,不是说明奥斯特利茨的胜利,就是改正滑铁卢的错误。他会比别人更早笑自己成了"拿破仑迷",越笑越开心;但他还是一样陶醉在这些美妙的故事里,就像孩子在玩游戏一样;有些故事甚至使他流出了眼泪,他一发现自己的弱点,就笑得前俯后仰,叫自己做老糊涂。说老实话,他迷上了拿破仑,与其说是爱国心,不如说是对军事行动的浪漫主义兴趣或是精神上的爱好。然而,他又是个真正的爱国者,甚至比许多土生土长的法国人还爱法国。法国的反犹太分子怀疑在法国定居的犹太人,伤害他们的感情,使他们灰心丧气,这不但是做了坏事,还是做了蠢事。定居了两三代的家庭一定会爱他们定居的土地,而犹太人更有特殊的理由爱这个代表西方最先进的自由思想的民族。他们一百年来对法国的自由做出了贡献,这种自由有一部分是他们的功劳,因此他们更爱法国。如果任何反动的封建势力威胁自由的话,他们怎会能不起来保卫呢?如果设法——有一帮发疯的犯罪分子就想方设法——破坏法国和移民的关系,那就是在帮敌人的忙。

　　夏勃朗少校就是一个帮倒忙的爱国分子,他听了报纸的宣传就糊涂,以为来法国的移民都是暗藏的敌人,本来天性好客,反倒怀疑、厌恶、否定本民族有兼容并包、取长补短的优势了。因此,他认为应该忽视一楼房客的存在,其实,如果认识了他,少校会很高兴的。而韦尔先生呢,如果能和少校谈谈,也会是种乐趣,但他知道军官狭隘的民族主义思想,不免也不把他放在眼里。

克里斯托夫比少校还更没有理由对韦尔先生感兴趣。但是他不能容忍不公平的现象。因此,在夏勃朗攻击韦尔先生的时候,他就打抱不平了。

一天,少校又像平常一样大发牢骚,不满现状,克里斯托夫就对他说:

"这就要怪你们自己了。你们大家都不上前。等到法国发生的事不合你们的心意,你们就大肆宣扬,打退堂鼓,辞职不干。人家还以为你们承认失败,却又引以为荣呢。从来没有见过你们这样打了败仗,却还劲头十足的。瞧,少校,你是打过仗的人,难道有这种打法吗?"

"这不是打仗的问题,"少校答道,"我们不能跟法国打仗呀。打这种嘴皮子的仗,要的只是说话、争论、投票,和一大堆混蛋搞摩擦,那我怎么行呢?"

"你怎么这样泄气?在非洲,你不也见过别的混蛋吗?"

"我敢发誓说,非洲还不这样讨厌。再说,非洲可以动武!而动武总得有兵士。在那边,我有的是神枪手。在这里,我却是孤军作战。"

"这里并不是没有勇士。"

"人在哪里?"

"到处都是。"

"那好,他们在干什么?"

"他们像你一样,什么事也不干,并且说没有什么可干的。"

"举个例子看看。"

"举出三个也不难,而且都住在这幢楼里。"

克里斯托夫先说韦尔先生——少校叫了起来——再说艾斯白洁夫妇——他简直跳起来了:

"那个犹太人吗?那些德莱弗斯派吗?"

"德莱弗斯派?"克里斯托夫说,"那又有什么关系?"

"就是他们断送了法国。"

"他们爱法国不在你之下。"

"那他们就是神经病,神经错乱得做坏事。"

"谈到对手,难道不能公道点吗?"

"我和正大光明、拿着武器的对手是谈得来的。证据就在眼前,我不是在和你这位德国先生交谈吗?我尊重德国人,虽然我希望有朝一日能连本带息报仇雪恨。但国内的对手就不同了:他们暗箭伤人,用的武器是有害的思想,有毒的人道主义……"

"不错,你是中世纪的骑士,精神抖擞地头一回碰到了炮弹。怎么办呢？战争在进化呀。"

"那好！打开窗子说亮话,老实承认这是战争。"

"假如有个共同的敌人来威胁欧洲,难道你们不和德国人联合起来？"

"我们在中国联合过。"

"你向周围看看！你们的国家,还有我们这些国家,在英雄主义的理想方面,不是在受到威胁吗？不是为政治上或思想上的冒险家所利用吗？为了共同对敌,难道你们不该和你们的对手联合起来？他们也和你们一样有精神力量啊！你们这样的人怎么能不考虑现实？他们的理想和你们的不同！但理想都是力量,这你不能否认；在两种理想最近的斗争中,他们的理想把你们打败了。为什么要费力去打败对方的理想,而不把双方的理想联合起来,去反对理想的公敌,去打倒损公肥私,腐化堕落,破坏欧洲文明的共同敌人呢？"

"为了谁？首先应该有个谅解。总不能是为了对手的胜利吧？"。

"你们在非洲的时候,有没有想到过是为国王,还是为共和国打仗呢？我看你们很多人恐怕没有想到共和国吧。"

"他们才不在乎哩。"

"好！反正法国占了便宜。你们是为法国打仗,也是为了自己。那好,现在为什么不一样干呢！为什么要为政治或宗教这些无意义的事吵得一塌糊涂？那真是糊涂透顶了。你们的民族是教会的子女也好,是理性的后代也好,那有什么关系？重要的是民族要生存！只要赞美生活的,就是好的。敌人只有一个,那就是损人利己的享乐主义,它切断了、污染了生活的源泉。赞美力量吧,赞美光明吧,赞美丰富的爱情、牺牲的快乐吧！但是永远不要让别人代替你行动。行动吧,行动吧,联合起来干吧！……"

于是他在钢琴上弹起了贝多芬《第九交响曲》中《降 B 调进行曲》的头几节。

"你知道吗？"他中断了弹琴,说道,"如果我是你们的音乐家,不管是夏邦蒂叶或是勃吕诺(让他们见鬼去吧！),我都要替你们编一支合唱交响曲,把《马赛曲》、《国际歌》、《亨利四世万岁》、《上帝保佑法国！》——圣约翰节采集得到的活血草——听,就像这个调子——都编进去,做一碗海鲜汤灌进你们嘴里！味道可能不好(无论如何不会比他们的味道差)；不过我敢保证,吃进肚子后你们会全身发热,非行动不可！"

他开心得大笑起来。

少校也跟着他笑。

"你是个男子汉,克拉夫特先生。可惜你不是我们这一边的人!"

"怎么不是一边的人?哪里的战斗不是一样的?我们正该靠拢些啊!"

少校口头上同意,但只不过说说而已。等到克里斯托夫固执地又谈起韦尔先生和艾斯白洁来,军官也和他一样固执,老是唱不完的反犹太人、反德莱弗斯派的老调。

克里斯托夫心里不好受。奥利维对他说:

"不要难过。一个人不可能忽然一下就改变整个社会的思想。哪里有那么容易的事!不过你做的事已经不少了,虽然你自己还不知道。"

"我做了什么事?"克里斯托夫问。

"你不是克里斯托夫吗?"

"那和别人有什么关系?"

"大有关系。你只要'我行我素',亲爱的克里斯托夫!就不怕别人不照你做了。"

但克里斯托夫并不死心。他照样跟夏勃朗少校辩论,有时争得还很激烈。赛丽纳觉得有趣。她听他们谈话,照常干她的活计。她并不插嘴;但她看起来更快活;她的眼睛也更光亮,仿佛她周围的空间变大了。她开始读书;出去的时间更多,兴趣也更广泛。一天,克里斯托夫和她的父亲为了艾斯白洁又展开了争论,少校看见她在微笑,就问她在想什么;她却平静地答道:

"我觉得克拉夫特先生说得有理。"

少校愣了一下说:

"你说得过了一点!……说到底,不管有理没理,我们现在这样不是过得很好吗?为什么要管外人呢?你说是不是,孩子?"

"不,爸爸,"她答道,"认识外人也很好嘛。"

少校不说话了,假装没有听见。他并不是感不到克里斯托夫的影响,只是不愿流露而已。他的心地狭窄,脾气急躁,但并不因此而不公正大方。他喜欢克里斯托夫,喜欢他为人坦率,精神健康,老是惋惜他怎么会是德国人。虽然他辩论时会发脾气,他还老找机会辩论;而克里斯托夫的话就在他心里起作用了。不过他并不肯承认。有一天,克里斯托夫看见他在专心致志地读一本书,却不愿让他发现。赛丽纳送克里斯托夫出门时,只剩下两个人才说:

"你知道他在读什么吗?那是韦尔先生的书。"

克里斯托夫很高兴。

"他怎么说的?"

"他说:'这家伙!……'但他读得不肯放手。"

克里斯托夫下次见到少校时,根本不提这件事。少校反倒憋不住了,问道:

"你怎么再也不谈那个讨厌的犹太人了?"

"用不着了。"克里斯托夫说。

"为什么?"少校咄咄逼人地追问。

克里斯托夫不答,只是笑着走开了。

奥利维说得对。一个人对别人起作用,并不是靠语言,而是靠他的生命。有的人只要看一眼,动一下,用平静的心灵不声不响地接触你,就会在周围散发出一种令人宽心的气氛。克里斯托夫发射的却是生命之光。生命悄悄地,悄悄地,像春天的温暖一般穿过了古老麻木的墙壁和关闭的窗户,唤醒了痛苦、软弱、孤独、干枯的心灵,使它起死回生了。这是心灵感动心灵的力量,是受感动的心灵和感动人的心灵都同样不了解的。然而,正是这神秘的吸引力支配着世界上生命的高涨和低落。

克里斯托夫和奥利维楼下两层,住着前面提到过的三十五岁的寡妇奚尔曼太太,她两年前死了丈夫,一年前又死了七八岁的女儿。她现在和婆婆同住,两个人都不见客。在这座楼的房客中,她对克里斯托夫最疏远。他们几乎没碰过头,从来没说过话。

她是一个又高又瘦的女人,身材相当好看,眼睛深褐昏暗,没有表情,有时会闪射出忧郁痛苦的光芒,脸色蜡黄,面颊扁平,嘴巴皱紧。她的婆婆非常虔诚,常在教堂里过日子。她却非常孤独,仿佛害怕有人与她分忧。她对什么都不感兴趣。她身边的东西只是女儿的遗物和照片;因为看得太多,她反倒见物不见人,只记得相片不记得女儿了。她越看不到女儿,就越想看到;她想呀,想呀,一心一意只想看到女儿;就是这样,结果她连想也想不起来,使女儿死在她心里了。于是她冷冰冰地待着,心已成为化石,眼泪都哭干了,生命已经枯竭。宗教也救不了她。她参加仪式,但没有感情,因此信心也没有生气;她捐钱做弥撒,但不积极参加慈善事业;她信教只有一个目的:就是再见到女儿。其余的一切和她有什么关系呢?上帝么?她要上帝有什么用?她只要再见到女儿!……但她没有一点把握。她想相信能再见到,想得很苦,想得要命;但她还是怀疑……她一看到别人的孩子就

受不了,心里想:

"为什么他们倒没有死?"

在这个街区有一个小姑娘,身材、动作,都像她的女儿。她从背后看见小姑娘的小辫子,就会发抖。她跟着孩子走,孩子回过头来,她看出不是她女儿时,简直想把孩子掐死。她老埋怨楼上艾斯白洁家的孩子不安静,其实她们受到严格管教,从来不吵不闹,但只要在房里走上两步,她就打发人上来说是声音太响。有一回克里斯托夫带着几个女孩子回来碰到了她,她瞪了孩子一眼,恶狠狠的眼光把他都吓坏了。

一个夏天晚上,这个半死不活的女人正迷迷糊糊地坐在窗前,脑子一片空虚,周围一片昏暗,忽然听到克里斯托夫的琴声。他在这个时间一边弹琴,一边沉思幻想,已经成了习惯。音乐打扰了她,破坏了她空虚麻木的心态。她气得把窗子关上。不料音乐居然追到房里。奚尔曼太太简直恨音乐了。她想禁止克里斯托夫弹琴;但是她没有权。现在,每天到了同样的钟点,她既不耐烦又恼火地等待他开始弹琴;若是开始晚了,她反倒更加恼火。她自己做不了主,听音乐一直听到底;等到琴一弹完,她又很难回到麻木的状态中去。有一个晚上,她蜷缩在卧房黑暗的角落里,穿过墙壁和关上的窗户传来了仿佛遥远的音乐,她颤抖了一下,眼泪居然重新涌了出来。她又打开窗子,一边听一边哭。音乐就是雨水,一滴一滴滋润了她干枯的心灵,使它恢复了生气。她又看到了天空、星辰、夏天的夜晚;感到对生活的兴趣,对人的同情,像一道还很黯淡的光线一般出现了。到了夜里,几个月来头一回,她在梦中见到了女儿的面孔——其实,要见到死去的亲人,最稳当的办法不是跟着他们走上残废的道路,而是把他们带回到生活中来。他们只能活在我们心中,我们的心一死,他们也就死了。

奚尔曼太太并不打算和克里斯托夫见面。但她听见他同小姑娘上下楼梯,就躲在门后面听孩子们说闲话,闲话却打动了她的心。

一天她要出门,听见孩子们下楼的脚步声比平常响了一点,有个女孩就对妹妹说:

"轻一点,吕赛德,你知道,克里斯托夫说过,不要吵了那个伤心的太太。"

妹妹的脚步就放轻了,说话的声音也低了。这一下奚尔曼太太再也忍不住,立刻开门出去抱住孩子,拼命地亲她们,把她们吓怕了,小女孩甚至哭了起来。她只好放开她们,自己回家。

从这时起,她一碰到她们,就要做出笑容,但是笑得不大自然——她已经不会笑了——还要勉强对她们说些亲热话,孩子们吓坏了,畏畏缩缩地低声答了两句。她们比以前更怕这位太太,走过她门口时,赶快跑了起来,唯恐她来拥抱她们。她却只好藏在门后面偷看。她心里很惭愧。仿佛是她应该把感情百分之百地给她死了的女儿,现在她却偷了一点分给别人。她甚至跪下来求女儿原谅。但生的本能和爱的本能已经觉醒,她就再也压不住了。

一天晚上——克里斯托夫从外面回来——发现楼里比平时混乱。一问之下,才知道华德莱先生心绞痛发作,忽然死了。克里斯托夫想起了他的养女,可怜这个孤苦伶仃的孩子。华德莱先生无亲无故,这个孤女几乎是无依无靠的。克里斯托夫赶快四步做一步上了三楼,看见房门开着,高乃依神甫在死者身旁,小女孩泪流满面,喊着爸爸,门房的女人想要安慰她,但无济于事。克里斯托夫把孩子抱在怀里,说些温存的话。小女孩紧紧偎着他;他要把她抱上楼去,她却不肯。他只好陪着她。天快暗了,他坐在窗前,继续摇晃着怀里的孩子。孩子渐渐静了下来,一边哭泣,一边却入睡了。克里斯托夫把她放在床上,笨手笨脚地解开她小鞋子的鞋带。黑夜降临之前,门还开着。一个影子走了进来,裙子窸窣作响。在白天最后一线黯淡的阳光中,克里斯托夫认出了寡妇火红的眼睛。她站在房门口,喉咙哽塞着说:

"我来……你能……你能把她交给我吗?"

克里斯托夫握住她的手。奚尔曼太太哭了。然后,她坐在床头。过了一会儿,她说:

"让我照料她吧……"

克里斯托夫上楼去,高乃依神甫也去了。神甫有点拘谨,说他不该来的。不过他又低声下气地说:希望死者不会怪他,因为他下楼是来看朋友的,不料却成了送终的神甫。

第二天早上,克里斯托夫下楼来,看见小女孩搂着奚尔曼太太的脖子,天真的信心立刻使孩子把自己交给了讨她喜欢的人。她答应跟她的新朋友走……唉!她已经忘了她的养父。对她新妈妈,她显得像对养父一样亲热。这能叫人放心吗?奚尔曼太太爱女儿到了自私的地步难道看不出来?……也许看出来了。但是那有什么关系?她不能不爱呀!幸福就在其中啊……

下葬几个星期之后,奚尔曼太太带孩子下乡去,离巴黎很远。克里斯托夫和奥利维来给她送行。恢复了青春的寡妇显出了难言的喜悦,那是他

们没有见过的。她却没有注意到他们。直到走前她才看到克里斯托夫,就伸出手来对他说:

"是你救了我。"

"她怎么啦?这样神经兮兮的!"克里斯托夫莫名其妙,上楼的时候问奥利维。

几天以后,邮局寄来一张照片,上面是个不认识的女孩,坐在一个圆凳子上,两只小手乖乖地交叉放在膝头,明亮的眼睛忧郁地望着他。照片下边写了几个字:

"我死了的女儿感谢你。"

就是这样,在这些人中间,新的生活吹起了一阵微风。在高高的五层楼上燃烧着一个火炉,人道主义的熊熊火光渐渐渗透了全楼。

但克里斯托夫却没有发觉。对他而言,一切都太慢了。

"啊!"他叹了一口气,"要这些老实人友好来往多么困难啊。他们信仰不同,阶级不同,难道就不该互相了解吗?难道就没有办法吗?"

"你有什么办法呢?"奥利维说,"需要互相容忍,互相同情,而这又要内心快快活活才做得到——这种快活表示生活正常,和谐,没有毛病——也表示一个人的活动是有意义的,一个人感觉到自己在做大事。而这样快活,国家一定是处在一个伟大的时代,或者——更正确地说——正在走向伟大的道路上。同时一定还要有——二者缺一不可——一个在党派之上的精明强干的政权。而超党派的政权一定是靠本身的力量,而不是靠乌合之众,也不是靠乱七八糟的大多数,而是以自己的成就取得大众信任的政权:如百战百胜的将军,救国救民的公安委员会,智力超群的统治者……我也说不清楚。也不是我们说了就算数的。一定要有机会,还要有会抓住机会的人;一定要有运气,还有才气。让我们既等待又希望吧!力量已经有了:信仰的力量,科学的力量,古老的法国,新生的法国,最伟大的法国做出的成绩……谁知道这个秘诀,这个魔方,能把这些力量全都联合起来,那是多么浩大的声势啊!但是这个秘诀不是你和我说得出的。谁知道呢?是胜利吗?是光荣吗?……耐心等待吧!最重要的是民族的精英要集中力量,不要互相摧残,不要时机未到就先泄气。运气和才气都不会从天而降,只有忍耐、劳动、信仰了几世纪的人民才配有运气和才气。"

"谁知道呢?"克里斯托夫说,"运气和才气往往来得比预料的更快——往往最出人意外。你们的时间表拖得太长了,一说就是几个世纪。现在就准备吧!系好腰带!穿好鞋子,拿起手杖……你怎么知道上帝今夜不光临呢？"

这天夜里，上帝已经远在天边，近在眼前了。他的翅膀撒下的影子已经遮黑了楼门口。

看来微不足道的事情，忽然使法国和德国的关系紧张起来。① 三天之内，本来是和和气气的邻国，说话用的却是战争前夕挑衅的口气。只有那些生活在幻想中，以为理性在统治世界的人才会觉得意外。而这种人在法国并不少；他们在一夜之间，看见莱茵河对岸的报纸像脱缰野马似的发出了反对法国的狂叫怒吼，不禁吓得目瞪口呆。两国都有一些报纸，以为爱国主义是他们的专利，用民族的名义说话，对国家发号施令，有时还得到了国家的默许，他们要求政府执行某种政策，对法国发出了盛气凌人的最后通牒。德国和英国之间早有冲突，而德国不许法国有独立自主的权利，气势汹汹的德国报纸强迫法国宣布支持德国，否则就威胁要法国成为首当其冲的战争牺牲品；他们以为用恐吓的手段可以缔结同盟，可以不战而胜，先把法国当作俯首称臣的战败国——总而言之一句话，当作奥地利一样。我们可以看出德帝国主义的狂妄自大，骄横跋扈，陶醉在自己的胜利中，他们的政治家完全不理解其他民族，把国内推行的武力至上主义原封不动地推到国外。他们不知道，对一个有几百年光荣历史，曾经威震欧洲的古老民族，这种粗暴强迫的方法当然只会得到和德国的期望完全相反的结果。它唤醒了法国人沉睡的自豪感；从上到下，法国都震惊了；最麻木的人也发出了愤怒的喊声。

但德国的人民群众和这些挑衅行为毫无关系；每个国家的老百姓都只要求过和平的生活；德国人民尤其和气、亲切，喜欢和大家搞好关系，宁愿佩服别人，模仿别人，而不愿和人动手。但当局却不问老百姓的意见，老百姓也不敢说出来。男子汉要是不习惯参加公众的活动，就注定了要变成公众的傀儡。他们糊糊涂涂成了摇旗呐喊的应声虫，反映的其实只是报纸上一触即发的叫嚣和领导人的挑衅，结果却会唱出《马赛曲》或《保卫莱茵河》。

这对克里斯托夫和奥利维是个可怕的打击。他们习惯于相亲相爱，他们很难想象他们的国家为什么要背道而驰。这种年深月久的敌意为什么会忽然爆发，两个人都看不出理由来。尤其是克里斯托夫，作为一个战胜

---

① 这几页是一九〇八年写的。第七卷《楼中》是一九〇九年二月出版的。——原注

国的德国人，更没有理由仇视战败国的法国人。他对有些同胞的狂妄自大觉得难以忍受，非常反感；在某种程度上，他和法国人同样痛恨这种高压手段；但他不大理解的是：法国到底为什么不肯成为德国的盟邦。在他看来，这两个国家有这么多根深蒂固的理由应该团结一致，有这么多共同的思想，有这么伟大的任务要共同完成，因此，他对两国为了没有价值的多年积怨而争吵不休，觉得恼火。像所有的德国人一样，他也认为两国间的误会主要应该由法国负责，因为他虽然承认：回忆普法战争的失败对法国是痛苦的，然而他只把这看成是个面子问题，为了法国更高的利益，为了人类文明的利益，面子问题就该退居次要地位了。他从来没有认真想过法国割让阿尔萨斯、洛林两省的事。在小学时代，他就已经把法国割地赔款看成公平合理的，认为外国占领这两省几百年后，理应把德国的土地归还德国。因此，当他的朋友认为法国割地是奇耻大辱的时候，他简直觉得祸从天降。他从来没有和朋友谈过这些事，以为他们一定意见一致；他知道奥利维忠诚老实，思想自由，不料他谈起这事既不感情冲动，也不怒气冲冲，只是内心忧郁痛苦地对他说：一个宽大的民族可以不报仇雪耻，但是同意忍辱含恨，那就有损国格了。

他们很难互相了解。奥利维列举了历史上的理由，说明法国有权收回阿尔萨斯这块拉丁民族的土地，但一点也说服不了克里斯托夫；他也可以举出同样有说服力的反对理由：因为历史总可以提出政治所需要的理论根据，以便执行各自喜欢的政策。克里斯托夫能接受这个问题，与其说是从法国的观点，远远不如说是从人情的观点。阿尔萨斯人是不是德国人？问题并不在这一点上。他们不愿做德国人，这才是唯一重要的问题。谁有权利说："这些居民属于我们，因为他们是我们的兄弟？"如果这些居民不承认是他们的兄弟，即使他们错了，错误也要归罪于不讨兄弟喜欢的那一方，谁也没有权利硬要兄弟和他们共命运。四十年来德国的暴力的欺压，不论公开的还是隐蔽的，甚至一丝不苟的英明当局真正做过的好事，都不能强迫阿尔萨斯人做德国人。即使他们筋疲力尽，不得不退让时，他们也忘不了世世代代被迫离开故国的痛苦，还有更悲惨的，是不能流亡的人不得不忍受他们恨之入骨的欺压，眼看国土受到掠夺，人民受到奴役，却无可奈何！

克里斯托夫老实承认他从来没看到问题的这一面，所以一听心就乱了。一个老实的德国人讨论起来总是开诚布公的，而一个热情的拉丁人却自尊心太重，无论怎么真诚，也不会这样坦然。克里斯托夫并没有想到找个借口来开脱德国人的罪行,其实历史上任何时期,任何民族都有过犯同样罪行的先例。但是他太高傲了,不屑去找这种丢人的借口;他知道人类越进步,人的罪行在周围光明的衬托下,就越会显得可恨。但是他也知道,假如打胜仗的是法国人,他们对德国人也不会手下留情,只会在罪恶的锁链中增加一环。因此,冲突的悲剧会永远继续下去,欧洲文明的精华就有消灭的危险。

这个问题虽然使克里斯托夫苦恼,但更使奥利维焦虑不安。两个理应团结合作的民族却在自相残杀,这已经够可悲的了。而在法国内部,一部分人还在准备和另一部分人进行斗争。多少年来,和平主义同反军国主义一直同时展开,宣传的人有上智,也有下愚。而政府却长期放任自流,只要不直接影响到政客的眼前利益,他们就采取软弱的旁观态度;他们没有想到公开支持一种最危险的主义,并不比放任自流更危险,因为放任会使和平主义潜入民族的血液,在国家准备战争的时候却打不起来。这种主义受到自由知识分子的欢迎,他们梦想建立一个团结友好的欧洲,联合一切力量去缔造一个更公平合理的世界。这种主义也受到自私自利的小人欢迎,因为他们不肯为任何人,不肯为任何事去冒生命的危险——这种反战思想还影响了奥利维和他的许多朋友。有一两回,克里斯托夫在家里参加了他们的谈话,听得他大吃一惊。莫克这个好人满脑子都是人道主义的幻想,居然眼睛闪闪发光,和和气气地说:一定要阻止战争,而最好的办法是煽动兵士造反,向他们的长官开枪!他还担保这个办法十拿九稳。艾利·艾斯白洁工程师冷静而激昂地响应说:如果战争爆发,他和他的朋友们不会上前线去,而要先和国内的敌人算账。安德莱·艾斯白洁却和莫克站在一边。有一天,克里斯托夫碰到兄弟俩吵得厉害。他们甚至互相威吓要开枪了。虽然他们说这些杀气腾腾的话还带着开玩笑的口气,人家的感觉却是:他们并不是说得到做不到的。克里斯托夫怎么也想不通,一个民族怎么会荒谬到随时为思想而自杀的地步……真是疯子。还是懂逻辑的疯子。每个人都只看到自己的思想,而且要一直走到底,寸步不让。当然,他们都要消灭对方。人道主义者要消灭爱国主义者。爱国主义者要消灭人道主义者。就在这时,敌人来了,把国家和人道都压得粉碎。

"但是说来说去,"克里斯托夫问安德莱,艾斯白洁,"你们和别的无产阶级有没有联系?"

"总得有人带头呀。那就是我们了。我们老是打头阵的。那我们就来发信号吧!"

"如果别人不来怎么办?"

"他们会来的。"

"你们有没有协议,有没有先订个计划?"

"不需要协议!我们的力量比外交更强大。"

"这不是一个意识形态问题,而是一个战略问题。如果你们要消灭战争,那就要借用战争的方法。先要定下你们在两国的作战计划。先要商量好你们在德法两国联合行动的日期。但如果你们把什么都交给命运,那你们想想会有什么结果?一边只靠运气,另一边却靠有组织的巨大力量——结果可想而知:你们只会被人压倒。"

安德莱·艾斯白洁不听。他只耸耸肩膀,说些空洞的威胁话,也就算了。他说:只要拿一把沙子放在要害的地方,比如说放在齿轮里,就可以损坏机器。

但轻描淡写地闲谈理论是一回事,把思想付之于实践又是另一回事,更难的是要当机立断……狂风恶浪在心头汹涌澎湃是难受的时刻!你自以为是自由的,是自己思想的主人。但瞧!你不由自主就得随波逐流。有个意志在暗中和你的意志作对。这时你才发现有个你不认识的主人,有一股无形的力量,在对汹涌澎湃的人海发号施令。

最坚定、最自信的聪明人看到自己的信仰瓦解,也动摇了,战战兢兢,不知如何决定是好,结果往往大出他们的意料之外,他们决定要走的方向,偏偏和他们预定的方向相反。有一些最热烈反对战争的人,猛然一下,发现爱国的热情和自豪感醒过来了。克里斯托夫看到一些社会党人,甚至一些革命的工联主义者,在这些敌对的情感和义务面前,四分五裂。在两国冲突的初期,他还不相信事态有那么严重,甚至像一个笨拙的德国人那样对安德莱·艾斯白洁说:如果他不愿让德国占领法国的话,现在是他理论联系实际的时候了。对方一听,气得跳了起来,答道:

"你们试试看!……混蛋,你们不敢堵住你们皇帝的嘴,也不敢摆脱身上的枷锁,你们还有个该死的社会党,还有四十万党员,三百万选民呢!……我们来帮你们的忙吧,我们会的!看是你们胜过我们,还是我们胜过你们!……"

等的时间拖得越长,大家心里就越焦急。安德莱很苦恼,明知自己信仰的是真理,却不能捍卫自己的信仰!并且感到自己受了精神瘟疫的污染,瘟疫在老百姓中间散布强烈的集体疯狂,吹起了战争之风!战争风吹进了克里斯托夫周围的人心里,也波及了克里斯托夫本人。他和安德莱不再说话了。两个人保持着距离。

但也不可能老是拖延。犹豫不决的人不管愿意不愿意,都会被行动之风吹到这一边或那一边。而有一天,大家都以为到了临战前夕,行动的弹簧已经绷紧,随时准备进行屠杀。那时,克里斯托夫看出:大家都下定决心了。所有敌对的党派都本能地团结到政府周围,虽然他们本来痛恨、蔑视政府,但政府到底还是代表法国。美学家,甚至颓废派的艺术大师,也在他们色情的短篇小说中,插进了爱国主义的词句。犹太人说要保卫他们祖先的神圣土地。只要一听国旗二字,哈密尔顿就会流出眼泪来。而并没有人弄虚作假,大家都受到了感染。安德莱和工联主义的朋友们也不得不和别人一样——甚至超过了别人,因为他们为形势所迫,不得不参加一个讨厌的团体,只好忍气吞声,牢骚满腹,愤恨填膺,悲观绝望地打定主意去做疯狂屠杀的工具。电机工人奥贝生来是个排外主义者,却又受了人道主义的影响,不知何去何从,把头脑都搞糊涂了。他失眠了几夜才想到个办法,就是把法国当成人类的代表。从这时起,他不再和德国人克里斯托夫谈话。几乎所有住在楼里的人都对他关上了门。甚至再好不过的亚诺夫妇也不再邀请他了。他们继续搞他们的音乐,笼罩在艺术的气氛中,来忘记使大家心神不安的事。但他们永远也做不到。他们两个人单独一个碰到克里斯托夫的时候,倒还亲热地和他握手,但是赶快走开,唯恐别人看见。如果两夫妇在一起碰到克里斯托夫,那他们只打个招呼,停也不停,就不好意思地走了过去。反常的是,有些几年也不说话的人,忽然一下接近起来。一天晚上,奥利维招呼克里斯托夫来到窗前,看楼下花园里,艾斯白洁一家人居然和夏勃朗少校闲谈了。

克里斯托夫对这种思想上的反常现象并不觉得奇怪。他自己心里的事已经够麻烦的了。他内心混乱得自己也不能控制。其实,奥利维比他更有理由心烦意乱,但却比他更加镇静。看来,奥利维是唯一不受外界感染的人。尽管他在等待战争来临,又怕国内不可避免的分裂,感到非常压抑,但是他知道这两种敌对的信仰,虽然早晚会打起来,却又都是伟大的信仰;他还知道在人类的进步史上,法国注定了要起实验场的作用,新思想要开花结果,总需要法国用鲜血来灌溉。而他并不想卷入这场混战。在这扼杀文明的斗争中,他要再三重复安提戈涅的名言:"我要为爱而生,不要为恨而死。"——为了情,也是为了理,因为理是情的另外一面。他对克里斯托夫的感情可以使他明白自己的责任。在这千百万生灵准备互相仇恨的时刻,他觉得他们两个人心心相印的责任和幸福,就是保持自己的情和理,经得住狂风恶浪的考验。他想起了歌德拒绝参加德国在一八一三年发动的仇视法国的解放运动。

克里斯托夫也有同感,然而他静不下来。他几乎可以说是逃离了德国,再也回不去了;他和忘年之交的老苏兹一样,都受过十八世纪德国伟人的大欧洲主义思想的熏陶,厌恶新德意志军国主义和重商主义的精神;他听到胸中涌起了怒涛澎湃的热情,不知道会把他卷到哪里去。他没有告诉奥利维,只是一个人焦急度日,等待消息。他不声不响地收拾衣物,准备行装。他不再争论了。这是他不能胜任的。奥利维焦急不安地观察他,猜得出他朋友在内心进行的斗争,但是不敢问他。他们都感到比平常更需要互相接近,他们的感情比以前更深;然而他们不敢交谈;一想到思想上的分歧可能把他们分开,两个人都会发抖。他们的眼光相遇时,往往会流露出一种不安的温情,仿佛是在永别的前夕。他们都压抑得说不出话来。

就在这难过的日子里,在一阵阵凄风苦雨之中,在天井对面兴建的那座房子屋顶上,工人敲完了最后几锤子;而克里斯托夫认识的那个喜欢说话的盖瓦匠,远远地笑着对他喊道:

"瞧,屋子到底完工了!"

侥幸,风暴来得快,去得也快。政府好意发表的文告像晴雨表一样,宣布天气转晴。不好惹的新闻界也偃旗息鼓,钻回狗窝里去了。几个小时之内,大家的心都已放宽。那是一个夏天的晚上。克里斯托夫气喘吁吁地跑来把好消息告诉奥利维。他松了一口气,心里高兴。奥利维瞧瞧他,微微一笑,有点忧郁。他不敢把压在心头的问题说出来,只是问道:

"那好,你看见那些互不了解的人都团结起来了?"

"我看见了,"克里斯托夫脾气很好地说,"你们真是会开玩笑!口头上互相对抗,实际上却是意见一致的。"

"这样说来,"奥利维说,"你应该满意了?"

"为什么不?难道因为你们的团结要拿我做牺牲品吗?……我才不怕呢……再说,感到这股洪流把我们冲走,感到这些魔鬼在我们心中觉醒,那也很好。"

"我可怕这些魔鬼。"奥利维说,"我宁愿他们永远各搞各的,也不愿他们团结起来,拿你们当牺牲品。"

他们都不再说话了;两个人都不敢再接触这个使他们心慌意乱的问题。最后,奥利维鼓起勇气,硬着喉咙问道:

"老实告诉我,克里斯托夫,你是不是要走了?"

克里斯托夫答道:

"是的。"

奥利维分明知道他会这样回答。然而,他心里还是难过了一下,又问:

"克里斯托夫,你不会……"

克里斯托夫把手摸摸额头,说道:

"不要再谈这个问题了。我连想也不愿再想。"

奥利维又痛苦地再说了一句:

"你会跟我们打起来吗?"

"我也不晓得,我还没想过。"

"但在心里,你已经拿定主意了。"

克里斯托夫说:

"是的。"

"跟我打起来?"

"永远不会跟你打。你是我的人。不管我到哪里,你都在我一边。"

"那是要跟我的国家打了?"

"那是为了我的国家。"

"这真是件可怕的事。"奥利维说,"我爱我的国家,像你爱你的国家一样。我爱我的法国;但是,难道我能为了法国而出卖灵魂吗?难道我能为了法国而违背良心吗?出卖良心就是出卖法国。没有仇恨,教我如何恨得起来,或者是不说谎,教我如何演得出仇恨的喜剧?现代国家犯下了一个滔天大罪——一个自取灭亡的大罪——国家居然要用铁的纪律来束缚思想自由的教会,而自由思想的本质就是爱和了解。让恺撒做皇帝去吧,但他不能冒充上帝!让他掠夺我们的金钱和生命吧,但他没有权用血来污染我们的灵魂。我们来到世界上,是来散布光明,不是扑灭光明的。让各人尽各人的职责吧!如果恺撒要打仗,就让他的军队去打,军队和以前一样,本来就是以打仗为职业的!我可不那么傻,不会浪费生命,在暴力面前叫苦连天。我并不站在暴力的行列中。我站在思想的行列里;和千百万弟兄一起,我代表法国。恺撒要土地就去打仗吧!我们只要得到真理。"

"你要得到,"克里斯托夫说,"就一定要胜利,一定要生活。真理不是生硬的教条,不是像岩洞壁上的钟乳石那样,从头脑里分泌出来的。真理就是生活。不应该只在自己头脑里生活。应该到别人的心里去寻找。应该和别人团结起来。随便你怎么想,但每天一定要去人间洗个澡。一定要过别人的生活,忍受、喜爱自己的命运。"

"我们的命运就是我们的现状。不管我们想什么,或者不想什么,甚至想到的事会有危险,都不取决于我们。我们已经进化到了文明的某个阶段,后退是不可能的了。"

"对,你们已经到了平原的尽头,到了文明的峰顶,一个民族登上了危崖,没有不头晕眼花、一往无前的。宗教和本能都拿你们无可奈何。你们只剩下智慧。摔下去,你们就死了。"

"哪个民族都要死的;这不过是几百年的事。"

"去你的几百年吧!生命是以日子计算的。只有该死的空想家才会生活在绝对的永恒中,而不抓住转眼消失的时间。"

"你有什么法子呢?火把总是要烧光的。人不能既抓住现在,又抓住过去,可怜的克里斯托夫!"

"那就抓住现在。"

"过去也有伟大的东西呀。"

"伟大的东西一定要有伟大的活人欣赏。"

"你愿做古希腊人,还是做今天的植物人呢?"

"我愿做活着的克里斯托夫。"

奥利维不争了。并不是他无言对答,而是他不感兴趣。其实,在辩论中,他只是为克里斯托夫着想。于是他叹了一口气说:

"你爱我不如我爱你。"

克里斯托夫温情脉脉地握住他的手:

"亲爱的奥利维,"他说,"我爱你甚于爱我的生命。但是对不起,我爱你不能超过爱生命,人类的太阳。我厌恶黑夜,而你们虚假的进步却引向黑暗。你们无可奈何的言论掩盖了一个无底深渊。只有行动有生命力,哪怕行动会带来死亡。我们这个世界只能在燃烧的火光和黑夜之间选择。虽然暮色降临前的梦苍凉排恻,我可不要这死亡前的平静。无边无际的空间万籁俱寂,令人恐惧。在火上加一把柴吧!再加一把!还加一把!需要的话,把我也投进去……我不要火熄灭。火一熄,我们也完了,一切都不存在了。"

"你这话我听过,"奥利维说,"那是洪荒时代流传下来的声音。"

他从书架上拿下一本古代印度的诗集,就念克里希纳大神的崇高号召:

起来,决心战斗。不管苦乐,不计得失,不问成败,全力以赴,战斗到底……

克里斯托夫把书从他手里抢了过来,念道:

……世上无人迫我行动,万物皆备于我;然我决不放弃行动。如我不能坚持不懈,贯彻始终,以身作则,为人表率,则人类将灭亡。如我暂停行动,则世界将陷入混乱,我将成为扼杀生命之千古罪人。

"生命,"奥利维反复说,"生命是什么?"
"一场悲剧。"克里斯托夫答道,"乌拉!去争取胜利吧!"

风平浪静了。大家心有余悸,巴不得把风暴忘掉。似乎没有人记得发生了什么事。然而,每个人都看得出:大家还是念念不忘,虽然表面上欢天喜地恢复了对生活的兴趣,又快快活活地过日子,其实是日常生活受到过威胁,才显得更可贵。就像经历风险之后,总要大吃大喝一样。

克里斯托夫又劲头十足地重新投入创作。他把奥利维也拉了来。忧郁的思想引起了反感,他们要合编一部拉伯雷式的史诗。诗中有放松了的物质欲望,那总是接着精神压抑而来的。除了《巨人传》中的人物——卡冈都亚、约翰修士、巴汝奇——奥利维在克里斯托夫的启发之下,又加了一个新来的乡下人,耐心的巴乡士,天真,圆滑,人家用他,打他,偷他,他都听之任之——人家和他的妻子偷情,糟蹋他的田地,他也听之任之——他老是辛辛苦苦耕种——跟着人去打仗、挨打,他还是听之任之——他在等待人家欺他、打他。他心里想:"不会老是这样子的。"他料到他们最后要栽跟头。他斜着眼睛偷看,不等他们摔倒就先咧开大嘴,不声不响地笑了。果然有一天,卡冈都亚和约翰修士参加十字军,在东征途中淹死了。巴乡士心里好难过,却快快活活地安慰自己,救起了快要淹死的巴汝奇说:"我知道你还会耍鬼把戏;但我少不了你:你教我快活,你教我开心。"

在为这部史诗配音乐时,克里斯托夫创作了几幕带合唱的交响曲,其中有冒充英雄的战斗,热闹的乡村节日,歌声唱出的滑稽剧,耶纳甘式的牧歌,儿童般的狂欢,海上的风暴,钟声叮当的小岛,最后是一首田园交响乐,洋溢着草原的气息,长笛和双簧管奏出的清音,还有民歌唱出的轻松愉快——两个好朋友兴高采烈地合作。消瘦的奥利维脸色苍白,从克里斯托夫的健康中汲取了力量。欢乐的龙卷风吹过了他们的顶楼……用自己的心灵和朋友的心灵来创作!两个情人的拥抱也不比两个朋友心心相印的交流更甜蜜、更热烈。结果,他们的心灵融合为一了,有时,同样的思想会同时在他们的心中闪闪发光。有时,克里斯托夫刚刚写好了一首音乐,奥利维立刻就配上了歌词。一个在前乘风破浪,一个在后跟踪前进。一颗心哺育了另一颗心,使它也结出了硕果。

创作的幸福还加上了胜利的愉快。赫区特决定出版《大卫》;乐谱一出,就在国外引起轰动。有一个瓦格纳派的大乐队指挥是赫区特的朋友,住在英国,很喜欢这部作品,几次在音乐会上演出,都取得了大成功。由于乐队指挥的热心支持,影响波及德国,连德国也演出《大卫》了。乐队指挥开始和克里斯托夫联系;向他要其他作品,主动帮他的忙,不遗余力地为他宣传。《伊芙琴尼亚》从前在德国受到冷落,现在却被重新发现,大家都说这是天才的作品。克里斯托夫的生活带有传奇色彩,更刺激了大家的好奇心。《法兰克福日报》带头发表了一篇引起轰动的文章。其他报纸也不落后。于是法国才有人发现在他们中间有一个大音乐家。有一个巴黎音乐会的主管不等克里斯托夫完成《拉伯雷史诗》就要这部作品,古耶料到他要出名了,开始用神秘的字眼谈到他发现的一个天才朋友。他在一篇文章中称赞《大卫》了不起——一点都不记得他在去年的文章中说过两句攻击的话。别人也忘记了。巴黎有多少人从前瞧不起瓦格纳和法朗克,现在却抬高他们来打击新人,明天再把新人抬高。

克里斯托夫没有料到这一次会成功。他知道总有一天他会胜利的,但没想到这一天会来得这样快;对太容易到手的胜利他反倒信不过了。他只耸耸肩膀,说要人家让他自在一点。若是在一年前他创作《大卫》的时候,人家热烈欢迎,那他是可能理解的;但现在时过境迁,他又已经爬高了几个台阶。当然,人家来和他谈过时的作品,他不免有气!

"不要谈旧货摊上的旧货了!你不觉得这种货色讨厌,谈的人也讨厌吗?"

于是他又埋头写新作品,因为人家打扰了他而有点不高兴。然而他暗中还是感到满意。名誉的曙光总是甜美的。胜利对心身总是好的。就像打开窗子,让春意进入室内一样——克里斯托夫虽然并不重视他从前的作品,尤其是《伊芙琴尼亚》,但一看到这部多灾多难的旧作居然得到德国评论家的好评,受到戏院的欢迎,到底也算得到了一点补偿。德累斯顿甚至来信,说下一季度也演这部作品……

克里斯托夫得到这个消息,使他在苦难岁月的尽头,到底隐约看见了更加安静的天地,以及遥遥在望的胜利,但就在这一天,他又得到了另外一封信。

时间是下午。他正在洗脸,和隔壁房间里的奥利维有说有笑,门房拿了一封信从门底下塞进来。那是他母亲的笔迹……他正要给她写信;高高兴兴地把好消息告诉她……他拆开信封。只有两三行……写的时候,手抖得多厉害!……

亲爱的孩子,我身体不大好。要是可能,我很想再见你一面。我拥抱你。

妈妈

克里斯托夫呜咽了一声。奥利维吓坏了,赶快跑过来。克里斯托夫说不出话,只是指指桌上的信。他又呜咽了几声。奥利维一眼把信看完,要说几句话劝他放心,他也不听。他跑到床前,拿起放在床上的外衣,匆忙穿上,衬衣的硬领也没有扣好——他的手在发抖——就出去了。奥利维追到楼梯上,问他打算怎么办?坐头一班车走吗?要到晚上才有车。还不如在家里等呢。身上的钱够吗?——他们搜搜衣袋,加起来也不过三十法郎。九月正是暑假。赫区特,亚诺夫妇,朋友都不在巴黎。没有人借钱给他。克里斯托夫急得要命,说有一段路程可以步行。奥利维要他等一个小时;他答应去搞钱。克里斯托夫只好听他的,他自己想不出办法来。奥利维跑到当铺去,这是他头一回典当;若是为了自己,他是宁可缺衣少食也不肯当东西的,因为他的东西都有纪念意义;但这一回是为了克里斯托夫,而且时间紧迫,于是他去当了手表,可是当来的钱比他预期的少得多。他不得不跑回楼上去拿几部书卖给旧书摊。这是很难过的事;但他此刻没有心想自己,一心一意只想减少克里斯托夫的悲伤。卖了书回来,他发现克里斯托夫还坐在老地方,好像人都垮了。奥利维搞来的钱,加上原来的三十个法郎,总算够用的了。克里斯托夫心里难受,既没问朋友的钱是哪里来的,也没想到自己走后朋友是否有钱过日子。奥利维也一样没有想到;他把钱都交给克里斯托夫。他不得不像对孩子一样对朋友。他把朋友送到火车站,一直等到开车才回来。

夜里,克里斯托夫沉浸在黑暗中,眼睛大大张开,瞧着前方,心里只想:"我还来得及吗?"

他知道得很清楚,母亲写信叫他回去,那一定是她怕等不及了。他焦急的心情恨不得快马加鞭,要快车跑得更快。他痛责自己不该离开路易莎。同时,他又感到这种责备毫无用处,他哪有力量改变发生了的事情呢?

幸而车轮前后震动,车厢左右摇晃,单调得使他的心情慢慢平静下来了,就像音乐掀起了高潮受到节奏的有力控制一样。他回顾过去了的日子,从遥远的童年梦幻开始,爱情,希望,失望,丧事,还有那令人欣喜若狂的力量,在创作的苦乐中陶醉,拥抱崇高生活的光影所感到的心旷神怡,这是他灵魂的灵魂,隐藏在心灵深处的上帝。现在,从远处看来,一切都显得清楚了。汹涌澎湃的欲望,模模糊糊的思想,过失,错误,拼命的斗争,在他看来,都成了逆流和漩涡,阻挡不了洪流巨浪奔向永远不变的目标。他发现了这些艰难岁月的深刻意义:每次考验都是一道障碍,河流滚滚向前,冲垮了障碍物,从一个狭窄的河谷冲进了一个更宽阔的河谷,淹没了河谷之后,眼界更宽广了,呼吸更自由了。在法国的小山和德国的平原之间,这股洪流冲出了一条河道,淹没了草原,侵蚀了山脚,却吸收了、汇集了两国无数的支流。就是这样,河流在两国之间前进,不是把它们一分为二,而是使它们合二为一;两国在洪流中融会,难分难解了。克里斯托夫头一次意识到,他的命运就是像一条大动脉一样,把两岸的生命力灌输到两个对立的民族中去——说也奇怪,在这最黑暗的时刻,他倒忽然看到了光明和平静……然后,幻象消失了,眼前又出现了慈母孤苦伶仃的老脸。

他到德国小城的时候,天还没有大亮。他得小心不被人认出来,因为通缉令还依然有效。不过车站上没人注意他:全城都在睡觉;房屋还没开门,街上还没行人;这是一片灰暗的时刻:夜里的灯已经熄灭,白天的阳光还没出来——这时睡得最甜,连梦也染上了东方的朦胧色。一个小女仆打开店铺的百叶窗,唱着一支熟悉的歌曲。克里斯托夫激动得几乎出不了气。故乡啊!亲爱的!……他真恨不得吻吻土地才好。一听这支平淡无奇却能融化心灵的老调,他才感到远离故土是多么不幸,自己又是多么热爱家乡……他向前走,大气也不敢出。一看到家,他不得不用手掩住嘴,免得发出声音。他撇下了多年、一直住在这里的老母亲,现在怎么样了?他喘了一口气,几乎一直跑到门口。门半开着。他推门进去。里面没有人……破旧的木楼梯在他脚下咯吱响。他上了楼,楼上也空无一人。母亲的房门关着。

克里斯托夫心跳得厉害,抓住了门把手。他没有力气开门……

路易莎孤零零地躺在床上,觉得自己快要完了。她的两个小儿子:罗多夫在汉堡经商,恩斯特去了美洲,谁也不知道他怎么样了。没有人关心她,只有个女邻居一天来两回,看她需要什么,待上几分钟,就回去做自己的事;她不一定什么时间来,往往来得很晚。路易莎觉得人家理所当然会忘了她,就像她会生病一样。她的耐性好得像天使,吃苦也吃惯了。她的心脏有病,呼吸困难,那时她以为自己要死了:眼睛没神,双手抽搐,汗流满面。她并不埋怨。她知道事情本来就该这样。她已经做好了准备,做过了临终的宗教仪式。她只担心上帝认为她不配进天堂。其他一切,她都能耐心忍受。

在小房间一个隐蔽的角落里,在她枕头周围,在床头的墙壁上,在她这个纪念品的陈列所里,摆的都是她亲人的照片:三个孩子,她初恋时的丈夫,老祖父,她的哥哥高弗烈特,只要对她表示过一点点好心好意的人,她都保存着亲切动人的感情。她用别针把克里斯托夫最近寄来的照片别在床单上离她的脸很近的地方;最近寄来的信都放在枕头底下。她喜欢整齐清洁,一干二净;房间要不整理得一点不乱,她就觉得难过。她听得见外面微小的声音,对她而言,那像是在报告一天早晚的时刻。她听这些音响,听了多长的时间啊!她的一生都是在这个小天地里度过的……她常想到她亲爱的克里斯托夫。她多么希望他现在就在眼前,就在她身边啊!然而,即使他不在眼前,她也能受得了。她相信在天上一定能见到他。只要一闭上眼睛,她就看见他了。她就这样昏昏沉沉,在回忆中过日子……

她又回到了莱茵河畔的老家……时间是个节日……是个夏天的好日子。窗子大打张开,白色的道路上铺满了阳光。听得见鸟在歌唱。梅希奥和祖父坐在门口,一边抽烟,一边谈天,笑得很响。路易莎看不见他们;但是她很快活,因为丈夫这一天在家,祖父的脾气也很好。她在楼下准备午餐,一顿好极了的午餐;她要像爱护眼珠一样精心料理:还要使大家感到意外,她准备了一个栗子蛋糕,一想到孩子们的欢呼,她就先乐了起来……孩子,在哪里?在楼上:她听得见,他在弹琴。她不懂他弹的是什么,但只要听到这熟悉的琮琮声,知道他乖乖地坐在琴凳上,她就感到幸福……天气多么好啊!大路上走过一辆马车,传来了叮叮当当的铃声……啊!天呀!烤肉呢!她眼巴巴瞧着窗外的时候,肉可别烤焦了!她一想到祖父气得骂人就会发抖,虽然她喜欢祖父,但也怕他……谢天谢地,肉总算没烤焦。

瞧,一切都准备停当,餐桌也摆好了。她叫梅希奥和祖父。他们回答得很来劲。但孩子呢?……他不弹琴了。琴声已经停了一阵,只是她没注意到……"克里斯托夫!"……他在干什么呀?什么声音也听不见。他总是忘了下楼来吃午餐,父亲又要骂他了。她赶快上楼去……"克里斯托夫!"……没有人回答。她推开他工作室的门。没人。房间是空空的;钢琴也盖上了……路易莎心里着急。他出了什么事?窗子是大开的。天啦!他不会掉下去了吧!……路易莎心慌意乱。她弯腰向下看……"克里斯托夫!"……哪里也没有。每个房间都找过了。楼下,祖父在喊:"下来吧,不要着急,他总会来的。"她不肯下楼:她知道他在楼上,在和她捉迷藏,要捣乱呢!啊!这个调皮的小鬼!……对,她现在敢肯定,地板都咯吱响了;他一定在门外。但开门的钥匙呢!她赶快打开抽屉找,里面有一大堆钥匙。这一把,那一把……不对,都不是……啊!到底找到了!……怎么插不进钥匙孔。路易莎的手在发抖。她赶快开;非赶快不可。为什么?她不知道,只知道一定要快:若不赶紧,就不再有时间了。她听到了门外克里斯托夫的呼吸……啊!钥匙呢!……到底!门打开了。快活得叫了起来,当真是他。他搂住她的脖子……啊!这个调皮鬼!好孩子,可爱的儿子!……

她睁开眼睛。他的确在她面前。

他瞧着她,已经好一阵子了,她变化这样大,脸拉得这样长,却又有点浮肿,无可奈何的微笑使无言的痛苦显得更加令人伤心;静悄悄,孤零零……他的心都碎了……

她也看见了他。她并没有吃惊。她只令人难忘地微微一笑。她不能伸出胳膊来,也说不出一句话。他搂住她的脖子吻她,她也吻了儿子。大滴眼泪在脸上流。她轻轻说:

"等一下……"

他看见她呼吸困难。

他们动也不动。她只用手摸他的头;眼泪不断地流。他呜咽着吻她的手,用被单遮住脸。

等到痛苦一过去,她就想说话。但她找不到想用的字眼;一说就错,他也很难听懂。那有什么关系呢?他们相爱,他们相见,他们相亲,这就够了——他生气地问为什么女看护不来照顾她。她倒为看护说好话:

"她不能老待在这里,她还有自己的事……"

她用微弱的声音,断断续续、不清不楚、匆匆忙忙地谈到她的坟墓。也要克里斯托夫把她的慈爱转告两个小儿子,虽然他们把母亲忘了。她对奥利维也有话要说,她知道他对克里斯托夫的感情。她要克里斯托夫转达她的祝福——但又不好意思地赶快改口,用了一个更客气的字眼——"她敬爱的深情"……

她又出不了气。他把她扶起来,坐在床上,她满脸流汗。她勉强自己微笑。她心里想:现在,儿子的手在她手里,她对这个世界还有什么要求呢?

克里斯托夫忽然感到母亲的手抽搐了一下。路易莎张开了嘴。她用无限的柔情看着儿子——她过去了。

当天晚上,奥利维也来了。他一想到让克里斯托夫一个人孤零零地度过这悲哀的时刻,心里就受不了,这种痛苦的滋味他是尝过的。他也担心他的朋友回到德国所冒的危险。他巴不得能去德国照顾朋友。但是要去德国他没有钱。他把克里斯托夫送到车站回来,打定主意要卖掉几件家传的珠宝。但这时当铺已经关了门,而他又想坐头一班车走,于是只好到本区的旧货店去,幸亏在楼梯上碰到了莫克。莫克一听到他的打算,因为奥利维没有去找他而觉得难过;他硬要奥利维接受他一笔钱。一想到奥利维为了克里斯托夫的旅费当了表,卖了书,却没来找他帮忙,他心里觉得不是滋味。他热心助人到了这种程度,甚至提出要陪奥利维去德国看克里斯托夫。奥利维好不容易才打消了他这个念头。

奥利维的来到对克里斯托夫真是件大好事。他一个人伴着长眠的母亲,度过了难以忍受的一天。女看护来了一下,做了些小事就走了,以后没有再来。时间在死气沉沉中过去。克里斯托夫和母亲一样一动不动;眼睛也不离开她;他没有哭,没有想,自己也成了一个死人——但奥利维的友情带来了奇迹,使他恢复了眼泪和生活。

> 拿出勇气来!只要有忠实的眼睛
> 和我们一同哭泣,就不怕生活的苦难。

他们互相拥抱,久久不肯松手。然后,他们坐在路易莎身边,低声谈话……夜来了……克里斯托夫肘腕靠着床脚,随随便便谈起幼年的往事,但谈来谈去,总也离不开母亲的影子。他停了几分钟,又讲下去。一直等到他累得说不出话来,奥利维过去一看,只见他双手捧着脸,已经睡着了。

于是,他一个人守灵。但睡神并不肯放过他,他头靠着床架,也入睡了。路易莎露出温情脉脉的微笑,仿佛看着两个孩子就是幸福。

天刚刚亮,他们给敲门声惊醒了。克里斯托夫去开门。来的是隔壁的木工,告诉克里斯托夫:有人告发了他,若是不想被捕,马上就得离开。克里斯托夫不肯逃走,他不能不亲眼看到母亲入土为安。但奥利维求他赶快去搭火车,安葬的事有他代为料理;他逼着克里斯托夫离家,还怕他变卦,把他一直送到车站。克里斯托夫硬是舍不得走,说什么也要看一眼那条大河,因为他的童年是在河边度过的,他心灵的深处,就像海中的贝壳一样,还听得见波浪澎湃的回声。虽然他在城里有被发现的危险,但他的死心眼说什么也拗不过来。他们沿着莱茵河陡峭的河岸走,河水浩瀚而平静地在越来越低的河岸之间奔流,奔向北部沙漠的尽头。在朦胧的雾色中,一座大铁桥把两个桥拱插入灰暗的水里,看来好像两个半圆形的巨大车轮。在远方,有几条船沿着草原之间蜿蜒曲折的河道溯流而上,消失在苍茫的曙色里。克里斯托夫沉醉在梦中。奥利维抓住他的胳臂,硬把他拉到车站来。克里斯托夫也不反抗,像在梦游一般。奥利维带他坐上了就要开动的火车;他们约好了第二天在法国头一个车站见面,免得克里斯托夫一个人回巴黎去。

火车开了奥利维才回来,发现门口已经站了两个警察,等着抓人。他们把奥利维错当成克里斯托夫了。奥利维也不忙于澄清误会,好让克里斯托夫从容地远走高飞。再说,警察抓错了人并不着急,他们表面上热心捉拿逃犯,其实,在奥利维看来,他们并不在乎克里斯托夫走了没有。

奥利维一直待到第二天上午,等路易莎下葬。克里斯托夫的弟弟罗多夫是个商人,只在往返两班车之间来参加了一下葬礼。他像个要人似的行礼如仪,送完葬立刻就走,没有对奥利维说一句话,既不打听哥哥的消息,也不感谢他为母亲办的事。奥利维还在城里待了两个小时,他一个人也不认识,但有这么多熟悉的影子:小时候的克里斯托夫和他爱过的人,或者使他吃过苦头的人——还有亲爱的安东妮蒂……这些在小城里生活过的人,这些已经消逝了的克拉夫特一家人,现在还剩下了什么呢?……只剩下了一个外国人对他们的感情。

下午,奥利维在约好的边境车站上找到了克里斯托夫。那是一个在山林中的小村落。他们没有等下一班去巴黎的火车,而是决定走一段路,一直走到下一个城市。他们需要清静。两个人穿过了寂静的树林,只听得见远方沉重的伐木声。他们走到山顶上的一片空地。脚下有一个狭窄的山谷,那还是德国的领土,山谷里有看林人的红屋顶,还有一片绿色的草地,看起来像个林间小湖。周围是一片汪洋的深蓝色树林,笼罩在云雾中。雾气溜来滑去,掠过冷杉的枝干。透明的雾幕像面纱一样,使树枝的线条柔和了,颜色冲淡了。一片静寂。没有脚步,没有人声。秋天使山毛榉变成了金黄色,小雨点仿佛落在铜上。小溪流水在碎石间发出了淙淙声。克里斯托夫和奥利维都站住了,他们动也不动。各人想起了自己失去的亲人。奥利维想:

"安东妮蒂,你在哪里?"

克里斯托夫想:

"妈妈不在了,成功又有什么意思?"

但两个人都听到死去亲人安慰他们的声音:

"亲爱的,不要哭我们。不要想我们。想你的朋友吧……"

两个人互相看了看,每个人感到的都不再是自己的,而是朋友的痛苦。他们两个手握着手。两个人都沉浸在平静的忧郁中。悄悄地不声不响地,雾气的面纱消失了;青天又露出了蔚蓝的笑容。雨后的泥土温柔得令人心醉……大地也露出亲热的微笑,把他们抱在怀里,对他们说:

"休息吧。一切都这么好。"

克里斯托夫的心放宽了。两天来,他整个生命都在回忆往事,都在妈妈的心灵中生活;他重新过着那平凡、单调、孤独的日子,想到可怜的老母亲,无声无息地住在没有孩子的家中,思念着抛弃了她的孩子们,她衰弱多病,但有勇气,有信心,平平静静,和和气气。听天由命,只有微笑,却没有私心……克里斯托夫也想起他认识的那些微不足道的小人物。此时此刻,他感到自己和他们是多么接近啊!走出了令人筋疲力尽的斗争岁月,走出热火朝天的巴黎,离开了互相残杀的人和混战一场的思想,离开了腥风血雨和你追我赶的糊涂群众,在这个悲剧的时刻之后,克里斯托夫感到厌倦了,他厌恶这个狂热而空虚的世界,这些自私自利的争夺,这些野心勃勃、自命不凡的人类精英,他们自以为是理性的代表,带来的却是一场噩梦。克里斯托夫热爱的只是那成千上万的普通人,他们不分种族,心中悄悄地燃烧着的纯粹是善良、信仰、牺牲的火焰——他们才代表了人心。

"对,我认识你们,我到底找到你们了,你们流着和我一样的血,你们和我是一样的人。我像浪子一样离开了你们,追随过路的影子。现在我回来了,收留我吧。我们的生死都是共同的;不论我在哪里,你们都和我在一起。母亲啊!你身上有过我,现在是我身上有你了。你们大家,高弗烈特,苏兹,莎冰,安东妮蒂,你们都活在我身上。你们成了我的财富。我们一同走吧。我就是你们的声音。我们的力量合起来。就能达到目的……"

一线阳光溜上了湿透的树枝,小水点慢慢地滴下来。从下边的小草场升起了孩子的声音,三个小女孩绕着房子跳圆舞,唱着一支古老单纯的德国民歌。而从远方,西风吹来了法国的钟声,像是玫瑰的芳香……

"和平啊!神圣的和声,拯救灵魂的音乐,苦与乐,生与死,敌与友,都溶化在音乐中了。我爱你,我要你,我会得到你的……"

夜幕降下了。克里斯托夫如梦方醒,看见他朋友忠实的脸就在身边。他对他微笑,拥抱了他。然后,他们又往前走,穿过树林,都不说话;克里斯托夫在为奥利维开路。

>静悄悄的,形影不离,
>一个走前,一个走后,
>两个同路的小兄弟……

第八卷 女友 旅途的终点

LIBRARY OF WORLD LITERATURE

虽然在法国之外崭露头角,但是两个朋友若要改善物质生活,却不是那么快的事。困难的日子总是周而复始地来到,使他们不得不束紧腰带。等到有了钱,他们就吃双份,来弥补饿肚子的损失。但久而久之,这种饥一餐、饱一餐的吃法却是有碍健康的。

目前,他们又碰到了饿死母牛的穷日子。克里斯托夫花了大半夜的工夫,为赫区特改编了一部无聊的乐谱;一直搞到天快亮才上床,正捏紧拳头,蒙头大睡,要捞回浪费掉的时间。奥利维一大早就出去了,他有一大段路要走,要从巴黎的一头跑到另一头。快到八点钟时,门房上楼送信,拉响了门铃。平时,他拉铃后,就把信件从门底下塞进来。这天早上,他却不断地敲。克里斯托夫没有睡醒,嘀嘀咕咕来开门;也不听门房笑嘻嘻、啰啰唆唆地谈到报上一篇文章的事,只是拿过信来,瞧也不瞧,就把门一关,还没关好又上了床,而且睡得更带劲了。

一个小时以后,他又给房里的脚步声吵醒了;一看见床脚边有一张陌生的面孔对他行礼如仪,他不免大吃一惊。原来是个新闻记者,看见房门开着,就毫不客气地进来了。克里斯托夫气得从床上跳了起来:

"你是来干什么的?"

他抓起枕头,向不速之客扔过去,客人赶快躲开,向后退了一步。他们不打不成相识。客人说他是《民族报》的记者,专门来采访克里斯托夫先生,要了解《大日报》上的一篇文章。

"什么文章?"

"你还没看到吗?"他不等人请求,就自动讲起这篇文章来。

克里斯托夫又躺下了。如果他不是睡得昏昏沉沉的话,本来会把客人赶出门的;但他为了省事,就让客人讲下去。他自己却钻进被子,闭上眼睛,假装睡觉。他本来会假戏真做,的确睡着的。不料对方抓住机会不放,开始大声念起文章来。从头几行起,克里斯托夫就不得不张开耳朵来听了。文章把克拉夫特先生说成是当代第一音乐奇才。克里斯托夫也忘了自己在假装睡觉,大为惊讶地赌咒发誓,从床上坐起来说:

"他们是疯了吧!这是怎么搞的?"

记者赶快不朗读了,乘机向他提出了一大串问题,克里斯托夫想也不想,就回答了。他拿起那篇文章来,目瞪口呆地看到自己的相片登在报纸头版;但他还来不及读文章,第二个记者又闯进了他的房间。这一次,克里斯托夫可当真生气了。他勒令他们出去,但是谈何容易,他们不一眼记住室内摆设的家具,墙上挂着的照片,音乐家与众不同的面目,是不会撤退的;于是他又气又笑;衬衣还没扣好,就推着他们的肩膀,把他们一直送出门去,然后赶快把门锁上。

但是这一天,他是怎么说也休想安静的。他梳洗还没有完,又听见有人敲门了,而且敲的方式听来像个熟人。克里斯托夫开门一看,发现面前是第三个陌生人,他认为自己不得不干脆拒绝采访了,不料来人却有不容拒绝的理由,因为他就是那篇文章的作者。有什么法子能赶走一个说你是天才的人呢?克里斯托夫虽然不大高兴,也只好硬着头皮听人滔滔不绝的歌颂了。使他惊讶的是,这种声誉怎么会忽然从天而降?是不是头天晚上他神不知鬼不觉地演奏了什么杰作?他没有时间来追根问底了。不管他愿意不愿意,记者是来把他立刻带到报馆去的,报馆的大老板阿赛纳·伽玛希在等他呢,汽车就在楼下。克里斯托夫还想推辞,但他人老实,推不脱记者的好意邀请,结果只好跟着走了。

十分钟之后,他见到了令人胆战心惊的报界大王。这是个结结实实、快快活活的矮胖子,大约有五十岁,头大而圆,发短而灰,脸色通红,说话就像发号施令,声音粗重,口气夸张,一阵滔滔不绝,像小溪中的潺潺流水。他"自高自大",硬挤进了巴黎。他会做生意,会利用人,自私自利,又憨又滑,感情用事,自我中心,把自己的事业夸大为法国的、甚至是人类的事业。他个人的利益,报纸的畅销,和公共福利似乎是一回事,是紧密相连的。他毫不怀疑:损害了他,就是损害法国;为了个人恩怨,他可以心安理得地推翻一个政府。另一方面,他也不是不宽宏大量。吃饱之后,他也会像别人一样成为理想主义者,有时会像天父一样,在茫茫尘海中挑出个把可怜虫来显示他无边的权力,使小人物得到大名,使老百姓成为部长,如果他愿意的话,甚至可以废立国王。他无所不能。一高兴,他也可以制造天才。

这一天,他刚"制造"了克里斯托夫。

这件事的系铃人却是自己做梦也没想到的奥利维。

奥利维从来不宣扬自己,他最厌恶招摇,躲避新闻记者好像逃开瘟神一样,但对朋友却是另一回事。他就像那些温存体贴的母亲,老老实实的中产阶级家庭主妇,守身如玉的妻子,因为浪荡的儿子犯了法,却不惜出卖

自己的肉体,去求网开一面。

　　奥利维为杂志写稿,一接触到评论家或音乐爱好者,他总要谈到克里斯托夫,从来不肯放过机会;过了一些日子,他惊讶地发现他的话有人信。在他周围,他感到大家的好奇心在流动,一种神秘的流言蜚语在文学界和社交界传播。这些流言是从哪里来的呢? 是英国和德国的报纸上报道了克里斯托夫的演出引起的反响吗? 回答似乎也不那么肯定。其实这种现象对善于察言观色的巴黎人说来并不稀奇,他们能够闻风知雨,比圣·雅各街的气象台预报的天气还更准确。在这个大城市的神经中枢流动着震颤的电磁波,起伏着无影无踪的名声波,一个潜在的名人接着一个,这种"纱笼"中的空谷传音,这荷马史诗中的藏龙伏虎,到了一个时候,就会出现在一篇吹捧的文章中,使人如雷贯耳,连聋子也会听见这个新人物的名字。有时,雷声反会吓跑新人物最早的、最好的朋友。然而,他的名声却是他们造出来的,他们也该负责。

就是这样,《大日报》的那篇文章,奥利维也有份。他利用了大家对克里斯托夫表示的兴趣,小心在意地泄露了一些消息,来给大家加温。他尽力避免让克里斯托夫和记者直接接触;怕他会得罪人。但在《大日报》的要求下,他巧妙地安排克里斯托夫和一个记者在咖啡店里见了面,却不知道这是采访。他越小心在意,大家越好奇,对克里斯托夫越感兴趣。奥利维从来没和新闻界打过交道;他也没有料到他是在开动一架大机器,机器一开,就不再听使唤,也不会减速了。

他去上课的时候,在路上读到《大日报》的文章,不免大失所望。他没有料到这当头一棒。他本以为报纸要收齐材料、了解人物后,才会写文章的。这真是太天真了。报纸费工夫去发现新人物,当然是有利可图,怕别的同行捷足先登,因此一定要抢在前头,不了解人物倒不要紧。受到吹捧的人不会怪报纸的,因为既然有人吹捧,那他总算有知音了。

《大日报》的记者零敲碎打地描述了克里斯托夫受苦受难的荒唐故事,把他说成是德国专制主义的一个牺牲品,一个宣扬自由的使者,因此不得不逃离德意志帝国到法国来避难,因为法国是自由心灵的庇护所——在这个漂亮的借口之下他大发谬论,宣扬大国沙文主义!——于是又大肆称赞他的天才,简直压得他出不了气,其实记者对于他的天才并无所知——只知道几支平淡无奇的乐曲,都是克里斯托夫早年在德国的作品,而克里斯托夫恨不得销毁了才好的。那篇文章的作者不了解克里斯托夫的作品,却偏要冒充内行,说自己了解音乐家的用心——其实是他强加于人的。从克里斯托夫或奥利维嘴里听到三言两语,有时甚至是从自命消息灵通的古耶那里听来的,记者却认为足以虚构一个克里斯托夫的形象,把他说成是"共和政体的天才——民主主义的大音乐家"了。记者还借此机会污蔑法国当代的音乐家,尤其是那些有独特个性,有独创精神,不关心民主的音乐家。只有一两个政治意见和他相同的作曲家幸免其害。可惜他们的音乐作品并不高明。不过这只是小事一桩。再说,他们的吹捧,甚至对克里斯托夫的吹捧,比起他们对别人的批评来,都是无足轻重的。在巴黎读到一篇恭维人的文章,最稳当的读法是先思考一下:

"这是在诽谤谁呢?"

奥利维看报时,脸都羞红了,他心里想:

"这一下我可干了好事!"

他几乎连课都讲不下去了。好不容易脱了身,就赶快跑回去。一听说克里斯托夫同记者走了,他简直难以相信!他等克里斯托夫回来午餐,却没有等到。几个小时过去了,奥利维越等越着急,他心里想:

"他们会叫他说出多少傻话来啊!"

快到三点钟,克里斯托夫快快活活地回来。他和阿赛纳·伽玛希同吃了午餐,给香槟酒灌得头脑有点昏昏沉沉。他不明白奥利维为什么着急,为什么问他做了什么事,说了什么话。

"做了什么事?吃了一餐好的!好久没有这样大吃过了。"

他就讲起菜单来。

"还有酒呢……各色的酒我都喝了。"

奥利维打断他的话,问他有谁共进午餐。

"有谁?……我也说不上。只知道伽玛希。一个胖乎乎、爽爽快快的人。还有格劳杜米,就是那篇文章的作者,是个讨人喜欢的年轻人;还有三四个记者,我说不出名字,都是快活的好人,都讨我喜欢,是一流的角色。"

奥利维看来并不相信。克里斯托夫见他不热情,觉得奇怪。

"难道你没有读那篇文章?"

"读了。你呢,你好好看了吗?"

"看了……这就是说,看了一眼。我还没有时间。"

"那你好好读一读吧!"

克里斯托夫才读了头几行,就放声大笑。

他笑得弯了腰。

"呸!"他接着说,"评论家都差不多。其实,他们什么也不懂。"

他越往下读,就越生气;这太不成话了,简直使他成了笑柄。他们说他是"共和音乐家",这真没有意思……这种不三不四的话,还是不提算了!……但他们不肯罢休,偏要用他的"共和"艺术来反对前辈大师的"神圣艺术"——不知道他就是这些大师的心灵哺育成长的——这实在太过分了……

"该死的东西!他们要把我当傻瓜!……"

再说,干吗要用他来拼命攻击那些有才能的法国音乐家呢?他多多少少还是喜欢他们的——虽然偏少不偏多——他们还是懂行的。当之无愧的音乐家——最坏的是,记者硬说他厌恶他的祖国!……不行,这可叫他受不了……

"我要给他们写信。"克里斯托夫说。

奥利维插嘴了。

"现在不要写!你太激动了。明天,等情绪平稳一点……"

克里斯托夫不肯依。他一有话要说,就迫不及待。他只答应让奥利维先看看信。这不是没有用的。信修改得合适了,主要是更正他对德国的看法,于是他就跑去把信付邮。

"这样,"他回来时说,"坏事总可以减半吧,信明天会见报的。"

奥利维摇摇头,露出了怀疑的神气。然后,他总是很担心地瞧着克里斯托夫的眼睛问道:

"克里斯托夫,午餐的时候,你没有说什么不合适的话吧?"

"没有。"克里斯托夫笑着说。

"肯定吗?"

"当然,胆小鬼。"

奥利维放了一点心。但克里斯托夫反倒不放心了。他刚刚想起了他随随便便说过的话。说时他满不在乎。他从来没有防人之心,总觉得他们这样亲热,对他这样好!的确,他们对他不错。既然他们帮了他的忙,总是对他有好感的。而克里斯托夫一开心就痛快,而且会感染别人,他一亲热就无拘无束,说起俏皮话来快快活活,他吃得多,喝得快,酒下喉咙若无其事,怎能不讨阿赛纳·伽玛希喜欢呢?伽玛希本是个酒肉朋友,粗声大气,土头土脑,满脸通红,瞧不起身体娇弱、不敢大吃大喝、只会碰碰嘴唇的巴黎人。他只在餐桌上评论英雄。他欣赏克里斯托夫。他当场拍板,提出要克里斯托夫把他的《卡冈都亚》拿到歌剧院去上演。(在这些法国大老板看来,艺术的最高峰就是上演《浮士德下地狱》或是贝多芬的九大交响乐)——这个荒唐的想法使克里斯托夫哈哈大笑,他费了好大的劲才不让伽玛希打电话给歌剧院经理或文化部部长(要是伽玛希的话可信,这些头头对他似乎都是唯命是听的)——但这个想法却使克里斯托夫回忆起了从前改编《大卫》这部交响诗的咄咄怪事,他一松了口就随便谈起罗孙众议员为了情妇而出场主办的演出。伽玛希一点也不喜欢罗孙,听了很高兴,而克里斯托夫喝了不花钱的酒,又看到花钱的人喜欢听,就越谈越来劲,越没有顾忌了,听的人可一句话也没有漏掉。只有克里斯托夫一个人离开餐桌后,把话忘个一干二净。现在奥利维一问,他才想了起来。他感到背脊骨都冰凉了。因为不再幻想的人已经有了足够的经验,猜得到会出什么事;这下酒醒之后,他看得更清楚,仿佛事情已经发生:他说漏了嘴的话经过歪曲,发表在揭发隐私的报刊上;他在艺术方面的俏皮话也变成了攻击别人的武器。至于他要求更正的信,他和奥利维知道得一样清楚会有什么下场:反驳一个记者简直是在浪费笔墨;作结论的永远是记者。

事情的经过和克里斯托夫预料的完全一样,一点不差。他说漏了嘴的话登出来了,而他更正的信却没有见报。伽玛希只要人转告他,说他心好,想得周到,但并不把他周到的想法登出来,而只散布那些强加给他的错误意见,于是引来了巴黎报纸的尖刻批评,接着,德国报纸也遥相呼应,愤怒地谴责一个德国艺术家怎能这样不尊重自己的祖国。

克里斯托夫赶快利用另一家报纸的记者采访的机会,自以为得计地声明他爱德国,并且说德国至少是和法兰西共和国一样自由的。不料采访的记者是保守党报纸的,立刻把他的声明说成是反对共和的。

"越说越来劲了!"克里斯托夫说,"啊!我的音乐和政治拉得上什么关系呢?"

"这是我们法国的习惯,"奥利维说,"瞧他们怎样爬在贝多芬背上吵架。有人说他是革命党,有人说他是教会派,有人说是平民党,有人说是王公大人的走狗。"

"啊!贝多芬真该把他们赶走!"

"那好!你也可以一样干呀!"

克里斯托夫也想这样做。但他心太软,而人家对他又客客气气。奥利维让他一个人在家总是不放心。因为老有人来采访;克里斯托夫答应小心也没用,他一开口就收不拢。他想到什么说什么。有时来的是女记者,自称是他的朋友,要他谈谈爱情生活。有些人利用他说别人的坏话。等到奥利维回来,总发现克里斯托夫面有愧色。

"又说什么傻话了?"他问道。

"总是这样。"克里斯托夫不好意思地回答。

"你真是不可救药!"

"我真该坐牢……不过这一回,我发誓,一定是最后一回。"

"对,对,下次也是最后一回……"

第二天,克里斯托夫得意地告诉奥利维。

"又来了一个人,给我赶出门了。"

"不要做过了头,"奥利维说,"对他们要小心在意。这些家伙可厉害……他们叫你防不胜防……他们要报复还不容易!随便你说什么,他们都能挑毛病。"

克里斯托夫用手抹抹额头。

"天哪!"

"还说了什么话?"

"关门的时候,我说……"

"说什么来着?"

"说了一句拿皇帝出气的话。"

"皇帝?"

"不是皇帝,就是皇子皇孙……"

"倒霉鬼!明天又是头版新闻了。"

克里斯托夫哆嗦了。但是第二天他在报上看到的却是对他房间的描写和对他的采访,虽然记者并没有进来,更没有和他谈话。

消息越传越离谱。外国报上传得简直面目全非。法国报上有消息,说克里斯托夫穷得在改编吉他琴谱,英国报纸却说他弹着吉他沿街乞讨。

他读到的并不是好话。相差太远了!只要克里斯托夫有《大日报》捧场,立刻就有其他报纸攻击。报业同行居然发现了他们所没有发现的天才,那岂不是叫他们丢面子。非得在他脸上抹黑不可。古耶眼巴巴看着到手的货色给人半路抢去,就写了一篇文章来澄清是非。他亲热地谈到他的老朋友克里斯托夫,说是他引导他的朋友进入巴黎社会的,他当然是一个有才能的音乐家;不过——他可以这样说,既然他们是朋友嘛——他受的教育不够,没有独特的风格,却自以为了不起;如果把他捧得太高,捧到了可笑的地步,那反倒是害了他;其实他需要的是一个有本事、有学问、有眼力、好心好意的严格导师——这是古耶放大了的自画像——有些音乐家露出苦笑。他们假装根本瞧不起有报纸做后台的艺术家;他们讨厌捧场拍马的人,他们拒绝接受波斯国王的礼物,因为国王没把礼物送给他们。有人贬低克里斯托夫;有人用怜悯来淹没他。有人竟怪到奥利维头上来了——那都是他的同事——他们怪他倔强,不屑与他们为伍——说句老实话,与其说他是瞧不起他们,不如说他是喜欢孤独。令他们最不能原谅的,是他把他们当作有一个不多,缺一个不少的人。有几个人甚至说他是为了本身的私利才给《大日报》写文章的。也有人假装为克里斯托夫说话,怪奥利维不该把这个软弱的空想家带到巴黎这个繁华世界的市场上来,因为他没有武装,对付不了生活——而这是指克里斯托夫!所以注定了要遭灭顶之灾的。他们说这个人没有天才,但若顽强工作,命运也许倒会好些,现在对他烧香膜拜,用蹩脚的香烟熏得他疯头癫脑,岂不是毁了他的前途!这真太可惜了!为什么不让他默默无闻,苦苦工作,过一年算一年呢?

奥利维本来可以回答他们:

"你们说得好听。要工作,一定要吃饱。谁给他面包呢?"

不过这话难不倒他们。他们会自命清高地答道:

"这是小事。人总是要吃苦的。"

当然,只有吃饱了的上流人才会提出这种淡泊的理论。有一个不懂事的人去求一个百万富翁资助一个穷得要死的艺术家,富翁反驳说:

"音乐家饿得要死,不是照样出了个莫扎特吗?"

如果奥利维对他们说莫扎特的要求不高,不过是要生活而已,而克里斯托夫却是一定要活下去的,那他们一定会认为奥利维真不识趣。

克里斯托夫对这种吃饱了肚子,说长道短的人厌烦透了。他想他们会不会一直说下去——还好过了两个星期,事情就算完了。报纸不再谈他。不过他已经出了名。人家提到他的名字,不再说他是:

"《大卫》或《卡冈都亚》的作者?"

而是说:

"啊!对的,《大日报》上登过的人!……"

他成了名人了。

奥利维一看见克里斯托夫收到这么多的信,而他自己也沾光收到不少,就知道他的名声多大;歌剧剧本的作者,音乐会的承办人,都来拉生意,最新的朋友往往是最初的冤家对头,现在来拉关系,还有社交界仕女的请帖。报纸也来征询他的意见:关于法国人口减少的问题,关于理想派的艺术,关于女人的胸衣,关于脱衣舞等等——还问他是不是相信德国正在衰退,音乐已经走上末路,等等。他们两个人看了一起大笑。但笑归笑,克里斯托夫这个粗人居然接受赴宴的邀请了!奥利维简直不敢相信自己的眼睛。

"你也去?"他说。

"我也去。为什么不?"克里斯托夫发牢骚似的回答,"你以为只有你能去看漂亮的太太?该轮到我了,小伙计!我要去玩玩!"

"去玩玩?我可怜的老朋友!"

事实上,克里斯托夫在家里关得太久了,忽然起了一个强烈的念头:一

785

定要出去走走。再说,尝尝新得到名声的滋味,自然也会感到快活。但他一去参加晚会,又觉得无聊透顶,发现场面上的人都是傻瓜。等他回来之后,偏又逞强好胜,要对奥利维说晚会好。他去看人,但一家从来不去两回;他找些离奇的借口,说时满不在乎,只要不再去就行。奥利维也觉得他不成话,克里斯托夫却哈哈大笑。他去"纱笼"不是为了提高声望,而是为了充实自己生活的储备,他把人家的一言一笑,一举一动,形形色色的声音和面貌,都存放在他的博物馆里,因为一个画家总得定期更新自己的调色板。音乐家不能只吸收音乐的营养。一句话的声调,一个动作的节奏,一张笑脸的和谐,比一个同行的交响乐更能启发他的音乐感。可惜"纱笼"里的面目和心灵的交响乐,和他同行的音乐一样平淡乏味,缺少变化。各人都有自己的老套,已经都僵化了。一个漂亮女人的微笑,装模作样的姿态,都和巴黎的曲调一样呆板。男人比女人更没有趣味。在意志消沉的影响下,旺盛的精力衰退了,独特的性格软化了,消失了,速度快得惊人。克里斯托夫在艺术家当中碰到的行尸走肉,简直多得不胜枚举:有一个年轻的音乐家,精力充沛,才华横溢,但给胜利冲昏了头脑;他听惯了讨好的话,几乎要窒息了,却还自以为得计,正在蒙头大睡。二十年后他会怎么样呢?那只消看看"纱笼"另外一个角落里老态龙钟的大师就够了,他功成名就,是各家学院的院士,已经登上了顶峰,看来似乎不再担惊受怕,用钱也不必精打细算了,但他却见人就卑躬屈膝,害怕舆论、权势、报纸,不敢说心里话,其实心里已经不再思想,人也不再存在,就像一头驴子在炫耀自己的骨头架子一样。

在这些曾经伟大或可能伟大的艺术家和才子背后,可以肯定有一个女人在折磨他们。不管她们傻不傻,爱他们还是爱自己,她们都很危险;女人越好,危险越大:因为她们一定会用不适当的感情来毁掉艺术家,她们好心好意地要天才成为家庭妇男,降低水平,修剪枝叶,把平刮净,浓妆艳抹,一直等到天才适合她们的口味,和她们一起虚荣、庸俗,并且和她们圈子里的人一样平凡,才肯善罢甘休。

虽然克里斯托夫只是这个圈子里的过客,也看到危险了。不止一个女人要把他拉进"纱笼",服侍她们;对勾魂摄魄的微笑,克里斯托夫也不能完全不上钩。好在他还清醒,看见现代女妖周围的人都改头换面了,他才逃脱了危险。他并不想做美女喂养的火鸡。假如追求他的女人少些,危险反而更大。现在大家都相信他们中间有个天才,按照惯例,他们就拼命要消灭他。这些人只有一个念头:见花就摘,插进瓶里——见鸟就捉,关进笼中——见人自由,就奴化他。

克里斯托夫有一阵子心烦意乱,但等到心一定,立刻就打发他们滚开。

命运总是和人开玩笑的。对于满不在乎的人,命运偏偏网开一面,让他通过;对于小心在意、提心吊胆、心中有数的人,反倒不让他漏网。因此,落入巴黎陷阱的不是克里斯托夫,而是奥利维。

他沾了朋友的光:克里斯托夫的名声光芒四射,也落到了他身上。他现在比以前出名了,并不是因为六年来他写了多少文章,而是因为他发现了一个克里斯托夫。因此,人家邀请克里斯托夫,同时也邀请他;于是他就陪着朋友,好心好意地怕他出事。大约是他太专心为朋友了,结果反而没有顾到自己。爱情的风吹过他的身上,就把他吹走了。

这是一个金发女郎,苗条可爱,柔软的秀发像波浪起伏似的围着狭窄而纯净的额头,细长的眉毛,稍厚的眼皮,青莲色的眼睛,小巧的鼻子,灵敏的鼻孔,略微内倾的太阳穴,调皮的下巴,俏皮的嘴令人垂涎,嘴角向上开,巴马派画家笔下山林女神的纯洁微笑。她的脖子细长,身材窈窕,年轻的脸看起来很快活,却隐藏着心事,觉醒了的青春令人心意缭乱的神秘感笼罩着她——她的名字是雅克琳·朗洁。

她还不到二十岁。家庭信天主教,有钱有地位,思想开放。父亲是个才华出众的工程师,有创造性,能解决疑难,能接受新思想,他的财产来自工作、政治关系和他的婚姻。是爱情的婚姻,也是金钱的婚姻——在这些人看来,金钱的结合才是真正的爱情的结合——妻子是巴黎财政界的典型美人。即使爱情不再存在,金钱却是长存的。何况双方都保留了爱情的火花,因为当初的感情还是炽热的,但是他们对于忠实并没有过高的要求。各人做各人的事,寻自己的欢:他们互相了解,像两个自私的伙伴,无所顾忌,却又小心在意。

女儿是他们之间的联系,两个人默默地互相竞争,爱她唯恐落后。双方都在女儿身上看见了自己,连她的缺点也是可爱的,天真的童年使缺点也理想化了;于是他们明争暗夺。孩子不会感觉不到,小生命坦率得很巧妙,她总以为宇宙是围着她转的,所以她要占尽便宜。她让父母抬扛,为得到她的感情而付出更高的代价;她很任性,即使遭到一方的拒绝,她也肯定会得到另一方的称赞,因为双方都怕疏远了她。她就是这样娇惯过了头;幸亏她的天性不坏——只有一般孩子自私的通病,但太有钱又太得宠的孩子,自私也不正常,因为他们的欲望从来没有得不到满足的。

朗洁夫妇虽然疼爱女儿,但并不肯为她做出牺牲,不肯使自己觉得不方便。他们多半让她一个人度过白天。她要胡思乱想,时间可多的是。由于早熟,父母在她面前说话又无顾虑,所以她懂事早,六岁的时候就会对布娃娃讲恋爱故事,故事中的人物有丈夫、妻子、情人。她讲故事没有不正当的念头,这是不消说的。等到有一天,她在话里听出了感情的影子,她就不再对布娃娃,而是对自己讲了。她有一些天真的欲望,听起来就像遥远的钟声一样无影无踪,仿佛远在天边。有时,风中传来一阵欲望的声音,也不知道是从哪里来的,只觉得声音笼罩着你,使你觉得脸红,气都喘不过来,又是害怕,又是欢喜。你什么也不懂。然后,欲望的声音又消失了,来得快,去得也快。什么也听不见。只有一片听不清的嗡嗡声,朦朦胧胧的回音,在蔚蓝的天空中越来越淡了。只知道声音是从那边来的,在山的那一边,一定要到那边去,要尽可能地快。幸福就在那一边。啊!只要到了那边就好了!……

在到达之前,她对那边作了离奇的猜想。对一个小姑娘的智力说来,猜测真是一件大事。她有一个同年龄的女朋友,西蒙娜·亚当,两个人在一起谈这些正经的大题目。各人根据十二岁的经验和了解,根据听到的谈话和偷看的书籍来猜。两个小姑娘踮起脚尖,拼命踏上古老城墙的砖头,想要越过城墙看到她们的未来。但她们是白费劲,自以为从墙缝中看到了什么,其实什么也没看见。她们既单纯,又调皮,但有诗意,混杂着巴黎人爱嘲笑的脾气。她们说话过头而不自知,往往小题大做。雅克琳到处乱钻,没有人管,一头栽进了父亲的书里。幸亏她有小姑娘的纯洁而天真的本能做保护伞,没有受到污染,立刻把书丢开,从不好的伙伴中走了出去,就像一只小猫走过一摊脏水——身上并没有溅上污泥。

小说对她没有什么吸引力:描写得太精确,太枯燥了。使她心跳,既感动又充满希望的,是诗人的作品,当然,是谈情说爱的诗。这些诗人比较接近小姑娘的心态。他们不观察事物,而是想象,通过欲望和悔恨的三棱镜来想象,就像她从墙缝中偷看一样。但他们知道的东西多得多,凡是该知道的,他们无所不知,不过他们用温和的、神秘的字眼把知识包装起来,一定要极端小心地拆开包装才能发现……才能发现……啊!什么也没发现,总像就要发现似的……

两个好奇的小姑娘一点也不厌倦。她们轻轻地,微微颤抖地,翻来覆去念阿尔弗莱·德·缪塞和苏利·普吕东的诗句,想象自己面临着堕落的深渊:她们抄下诗句,猜测一段诗的深刻含义,有时是在无中生有。这两个十三岁的小女人,既天真又大胆,根本不懂爱情,却半真半假地笑着谈起爱情和肉欲来;在课堂上,当着老师的面——这是一个慈父般和蔼可亲的老教师——她们居然在吸墨纸上留下了随笔涂写的诗句,一天给老师查到了,使他大吃一惊:

> 让我紧紧地抱住你不放,
> 在你的亲吻里喝着疯狂
> 的爱情,一滴滴地久天长!……

她们上课的学校招收富家子女,老师都是大学时代的名人。她们情感的向往有了用武之地。几乎所有的小姑娘都爱上了她们的老师。只要他们年轻,不太难看,就可以使她们心荡神驰。她们做起功课来好像天使,要讨好她们的苏丹。如果作文分数不高,她们就会哭。如果得到赞扬,她们不是脸红,就是发白,还要秋波一转,表示感激,同时卖弄风情。如果老师把她叫到一边,提点意见,或者说句好话,那她就像进了天堂。要讨她们喜欢,并不需要是只雄鹰。上体育课时,老师把雅克琳抱上秋千,她就脸红发烧。竞争是多么激烈!妒忌又是多么严重!为了把老师从一个不讲理的情敌手中抢回来,要怎样低声下气、连哄带骗地丢眼色啊!在课堂上,老师一开口要说话,钢笔和铅笔赶快紧跟。她们不管懂或不懂,只要一字不漏就好。雅克琳和西蒙娜不停地写,她们好奇的眼光却在不断偷偷地分析老师的面孔和姿态,两个人说起悄悄话来:

"你看,要是他打一条蓝点子的领带是不是更好?"

后来,她们要找意中人,就去看彩色画片,时髦的浪漫主义诗集,配有诗句的时装插图——她们爱上了演员,琴手,古往今来的作家,摩南·舒里,萨曼,德彪西——她们向陌生的年轻男子送秋波,在音乐会上,在"纱笼"里,在街上,热情的小姑娘立刻在思想上画下了爱情的草图——她们永远需要恋爱,需要用爱情来占领她们的心,至少也要有恋爱的借口。雅克琳和西蒙娜事事推心置腹,这就显然证明了她们并没有什么感情,这甚至是使感情永远也不深入的最好办法。这种感情反而变成了一种慢性病,她们自己头一个觉得好笑,但她们却难舍难分。两个越谈越来劲。西蒙娜浪漫而谨慎,不过胡思乱想而已。雅克琳却动了真情,热度不减,很容易见之于实际行动。多少次她几乎要闹出大笑话来……幸而她还是悬崖勒马了。年轻人总是这样的:有些时刻,这可怜的小家伙要发疯了——我们大家都是过来人——只差两步就要跳下深渊,男的总是自杀,女的总是投入任何人的怀抱。幸亏老天保佑,他们都没有跳下去。雅克琳打过十几封情书的草稿,写给一些只见过两面的人;但没有寄出去,只有一封热情洋溢的信,她并没有署名,却寄给一个评论家了。那人面目可憎,庸俗不堪,自私自利,心灵干枯,精神狭隘。她却对他情有所钟,因为在他的两三句话里,她发现了丰富的感情。她的心还着了火似的迷上了一个大演员。他住在她家附近;她每次走过他的门口,心里就想:

"我若进去,会怎么样?"

有一次,她居然大胆上了楼。但一到楼上,她又赶快跑了下来。她有什么话好说呢?她并不爱他。她自己也知道。这样发疯,有一半是自觉自愿的自欺。另外一半呢,那是永远美妙而糊涂的爱情需要。因为雅克琳天生聪明,她并不是不知道,知道了也不能不发疯。一个有自知之明的疯子发起疯来抵得上两个。

她时常出入社交界。在她周围的年轻人迷上了她,不止一个爱上了她。她却一个也不爱,只在大家面前卖弄风情。给别人造成的痛苦,她一点也不在乎。漂亮的少女总把爱情当作残酷的游戏。在她看来,人家爱她是很自然的事,她并不认为她欠了人家的情分,除非她也爱那个人;于是她当然认为:爱上了她已经是够幸福的了。应该说她是情有可原的,因为她虽然整天想到爱情,其实并不了解爱情是什么。大家以为上流社会的少女是温室里培养成长的,一定比乡下姑娘成熟得早,而事实却恰恰相反。她读过的书,听到的话,使爱情萦回在她心中,但在她无所事事的生活中,爱情几乎成了一种癖好;有时她甚至觉得爱情是一个她早就读过的剧本,一字一句她都背得滚瓜烂熟了。因此,她反而不感到爱情的存在。爱情和艺术一样,不能人云亦云,而要心有所感;如果心无所感硬要急着去说,那可能永远也说不出什么来。

雅克琳像多数少女一样,生活在别人感情的余烬中,老是处在低温状态,双手发热,喉咙干渴,眼神不安,却看不清事情的真面目。她以为看清了。并不是她不想看清。她在读,在听。从书籍里,从谈话中,她东鳞西爪地知道了不少。她甚至在检查自己。她比她生活圈子里的人更好。因为她是真心实意的。

一个女人——在太短的时间内——给了她很好的影响。那是她没有出嫁的姑姑。玛德·朗洁年纪有四五十岁,面目端正,但是忧郁,不算漂亮;她老是穿黑衣服,动作拘谨得出奇;很少说话,声音又像男低音。她不惹人注意,不过她的灰色眼睛清澈明亮,她的嘴角会露出如怨如诉的微笑。

她到朗洁家来,总在没有外客的时候。朗洁很尊重她,但也有几分不耐烦。朗洁太太对丈夫并不隐瞒她对玛德不感兴趣。然而,为了礼貌,他们不得不一个星期接待她吃一顿晚餐;还不能露出敷衍的样子。朗洁老谈自己,姑姑也百听不厌。朗洁太太想自己的心事,照例脸上挂着微笑,往往答非所问。大家相处得好,互相客客气气。有时姑姑很识相,提早告辞,他们反倒显得更加亲热;有时朗洁太太想起了特别有趣的心事,便会眉飞色舞。玛德姑姑什么都看得出,很少有什么事能漏过她的眼睛;她在哥哥家也注意到很多使她反感或伤心的事,但她不露出来,知道没什么用。她爱她的哥哥,他的聪明和成就使她引以为荣;全家都是一样,认为只要长子成功,全家苦点也是值得的。但她至少还保留了独立的意见。她和哥哥一样聪明,精神上反而更坚强——法国有很多女人都胜过男子——她对哥哥看得很清楚;他若征求意见,她总实话实说。但朗洁已有好久没问过她的想法了!他认为不问也许更妥当,或者——因为他们两个了解一样清楚——闭上眼睛干脆不管。她因为高傲,也就置之度外。没有人关心她的内心生活。大家觉得不闻不问倒更方便。她一个人过日子,很少出门,没有几个朋友,而且关系并不密切。她本来可以利用哥哥的关系,或者显出自己的本事,但是她都不干。她在巴黎的大杂志上发表过两三篇文章,谈过历史问题和文学问题,文笔朴实无华,说一是一,简单有力,引起了注意。但她却只到此为止。她本来可以结识名流,人家对她表示好感,她也愿意结识。但人家作进一步的表示,她却不答复了。有时她在戏院里定了座,要去看她喜欢的作品演出,结果却没有去;有时她打算去旅行,结果却留在家里。她的脾气古怪,是禁欲主义和委靡不振的混合体。但她的萎靡并没有影响她思想的纯正。她的生命受了伤害,但她的精神却没有。过去的痛苦只有她一个人知道,在她心上打下了烙印。更深刻的,更模糊的——甚至连她自己也不清楚的——是命运的烙印,是在啃噬她肉体的暗疾——然而朗洁一家人看到的,只是她明亮的眼睛,有时她看得他们不知如何是好。

　　雅克琳在无忧无虑、快快活活的时候——那是她最初的正常状态——并不太注意她的姑姑。但等她到了身体和心灵都起了变化的年龄,她觉得焦急不安、厌恶、害怕、丧魂失魄似的难受,莫名其妙而又痛苦不堪的昏昏沉沉,时间虽然不长,但却感到仿佛快要死了——就像一个溺水的孩子喊不出"救命"一样——那时,她在身边就只看见玛德姑姑向她伸手了。啊!别人离她多远啊!父母都成了外人,看来亲热,其实自私自满,根本想不到一个十四岁小女孩的伤悲!只有姑姑猜得到,并且表示同情。她什么也不说。她只微微一笑,隔着桌子对雅克琳和和气气地瞧瞧。雅克琳觉得姑姑了解自己,就到她身边来寻求安慰。玛德把手放在雅克琳头上轻轻抚摸,但并不说什么。

小姑娘找到知音了。她心里一难受就去找她的忘年之交。不管她什么时候来,她看到的总会是同情的眼光,感到的总会是同样的平静。她并不对姑姑谈她幻想的爱情,她觉得不好意思开口,因为她知道那不是真的。但她说出了她深藏在内心的朦胧不安,那才是更真实的,而且只有那是真实的。

"姑姑,"她有时叹口气说,"我多么想要幸福啊!"

"可怜的孩子!"玛德微笑着说。

雅克琳把头放在姑姑膝上,吻着那抚摸她的手:

"我会幸福吗? 姑姑,告诉我,我会幸福吗?"

"我不知道,亲爱的。这多少要靠自己。想要幸福总会幸福的。"

雅克琳不相信。

"你自己幸福吗?"

玛德忧郁地一笑。

"是的。"

"不? 当真? 你幸福吗?"

"难道你不相信?"

"信的。不过……"

雅克琳打住了。

"不过什么?"

"我要的幸福不是你那样的。"

"可怜的孩子,我也这样希望过。"玛德说。

"不,"雅克琳坚决地摇摇头,接着说,"我呢,首先,我得不到幸福。"

"我也一样,我本来也不信能够得到幸福。但生活教会了我,我们可以得到很多东西。"

"啊! 我可不要人教。"雅克琳不安地反对说,"我觉得怎样幸福,就要怎样。"

"人家问你怎样才算幸福,你就不好回答了。"

"我知道我要什么。"

她要的东西很多。但要她说出来,她却翻来覆去,只说得出一样:

"首先,我要人家爱我。"

玛德静静地做着针线活。过了一会,她说:

"要是你不爱人家,人家爱你有什么用?"

雅克琳愣了一下,叫了起来:

"姑姑,我谈的当然只是我爱的人!别的人我不管。"

"要是你什么都不爱呢?"

"你说到哪里去了!人总是要爱的,要爱的。"

玛德摇摇头,露出了怀疑的神气。

"你并不是爱,"她说,"你只是想爱。爱是天意,最伟大的天赐。求上天赐福吧。"

"要是人家不爱我呢?"

"即使人家不爱你也一样。你反而会更幸福。"

雅克琳的脸拉长了,露出了不高兴的神色。

"我可不行,"她说,"我不喜欢那样。"

玛德亲热地笑笑,瞧瞧雅克琳,叹了一口气,接着又干起活来。

"可怜的孩子!"她又说了。

"为什么你总是说:可怜的孩子?"雅克琳不安地问道,"我不要做个可怜的孩子。我只要,只要幸福。"

"所以我才说:可怜的孩子!"

雅克琳又有点不高兴了。好在时间不长。玛德好心好意的笑声使她绷不起脸来。她虽然假装生气,但还是拥抱了姑姑。其实,在她这个年纪,一个人并不在乎未来的痛苦,因为那是遥远的事,非常遥远的事。隔得太远,痛苦都会戴上诗意的光环,使人心中暗喜;因为那时人最怕平淡无奇的生活。

雅克琳没有发觉姑姑的脸色越来越惨白。她只注意到玛德越来越少出去了;她还以为姑姑是喜欢待在家里,所以老是笑她。有一两回她去姑姑家,刚好碰到医生出来。她就问姑姑:

"你病了吗?"

玛德回答:

"不算什么病。"

但是她甚至一星期也不来朗洁家吃一餐了。雅克琳气嘟嘟地来质问姑姑。

"亲爱的,"玛德和和气气地说,"我有点累了。"

雅克琳不听。这是借口!

"一星期到我们家来两小时,你就累了!不!你是不喜欢我。你只喜欢你的壁炉。"

等她回家来得意地讲起她的挖苦话时,朗洁严厉地训斥了她:

"不要去打扰你可怜的姑姑!难道你不晓得她病得很厉害?"

雅克琳脸都发白了;她声音颤抖,问姑姑得了什么病。父亲不告诉她。后来,她才知道玛德得了肠癌这个不治之症,已经几个月了。

雅克琳有好几天都生活在恐惧中。一直等她见到姑姑,她的心才放宽了一点。玛德还算好,痛苦不算太大。她苍白的脸上总保持着平静的笑容,仿佛是内心发射出来的光辉。雅克琳心里想:

"不对,这不可能,一定是他们搞错了,她怎么会这样安静……"

她又讲起琐碎的心事来,玛德听得比以前更关心了。只是有时话还没有说完,姑母会走出房间,并不流露出痛苦的样子;一直等到病痛发作过了,面目恢复正常,才回房间里来。她不愿提自己的病况,尽量隐瞒病情;也许她需要把病置之度外,明知暗疾在啃噬她,使她害怕,却要转移自己的思想,尽力不打扰最后几个月的平静。但是结局来得比人预料的快。不久,她除了雅克琳之外,就不再见人了。然后,和雅克琳见面的时间也越来越短。最后到了生离死别的日子。玛德躺在床上,她已经有几个星期没有离开病床,现在她和侄女告别,说了一些温存体贴的话,劝她不要难过。最后,她就关上房门,等待死亡。

雅克琳有几个月都心灰意懒。在她精神最沮丧的时刻,本来只有玛德可以推心置腹,偏偏姑姑就在这个时刻撒手而去。她觉得自己无依无靠,有苦难诉。她本应该有信仰来支持她。这种支持对她来说似乎并不缺少。她从小就参加宗教仪式;她母亲也一样。但问题就在这里:母亲看重仪式,玛德姑姑却不看重。有什么办法叫人不比较一下呢?孩子的眼睛一下就看出了言行不一致,大人却视而不见;孩子看到了大人的缺点和矛盾。雅克琳注意到母亲和自称信教的人都怕死,和不信教的人一样。不对,信仰并不能支持她……何况根据她个人的经验、反感、厌恶,还有笨得伤人心的忏悔师……她照常做礼拜,但并没有信仰,就像礼节性的拜访只表示礼貌而已。宗教和世界一样,在她看来都是一片空虚。唯一有助于她的,是回忆死了的姑姑,她沉浸在怀念中。她怪自己当初年轻自私,对姑姑不够好,现在却后悔也来不及了。她把姑姑的形象理想化;玛德深刻的内向生活给她留下了一个榜样,使她厌恶不严肃认真的世俗生活。她觉得世界虚伪,过去认为好玩的应酬,现在只会引起反感。她精神上感觉过敏:什么都使她痛苦,她的良心暴露在外,毫无遮掩。她的眼睛大大张开,看清了过去漠不关心、视而不见的一些事实。有一件事特别伤她的心。

有一天下午,她待在母亲的会客室里。朗洁太太有个客人——一个走红的画家,装模作样,自以为很漂亮,常来家里,但不算知交。雅克琳感到自己在场使他们两个人有点拘束;她越发不肯走了。朗洁太太有点紧张,又有点偏头痛,或者是口香糖一般的头痛药片嚼得她糊糊涂涂,一不小心,就会不知所云。她谈话时居然说漏了嘴,把客人叫作

"我心爱的……"

她一说完就发现了。他们两个都不在乎,照样客客气气地谈下去。雅克琳正在倒茶,一听不禁吓了一跳,几乎把杯子掉到地上。她感到他们在她背后相视一笑。她转过头来,的确看到了他们暗中勾结的眼色,欲盖弥彰——她的发现使她心乱。这个年轻的姑娘受过自由的教育,时常听到别人谈,自己也笑着谈过这类男女私通的事,但当这事落到她母亲身上时,她却感到痛苦得难以忍受……她的母亲,那可不行,这不是一回事!雅克琳有夸大的习惯,一下子从一个极端跳到另外一个。在这以前,她什么也不怀疑。从现在起,她什么都怀疑了。她拼命一五一十地追究母亲过去的行为。当然朗洁太太的轻佻太令人怀疑;但雅克琳还要节外生枝。她本来想去问父亲,父女两个人比较接近,父亲的聪明对女儿也有吸引力。她本来想对父亲多爱一点,多同情一点。但朗洁似乎并不需要同情;女儿过于激动的心灵又怀疑了,比对母亲的怀疑还更重——她猜想父亲什么都知道了,只是假装糊涂,这样他更方便,可以自由行动,其他一切,他并不在乎。

于是,雅克琳失望了。她不敢瞧不起父母。她爱他们。但她不能在家里过下去。她和西蒙娜·亚当的友谊也帮不了什么忙。她严厉批评老朋友的软弱。对自己她也不放松,看到自己丑陋平凡,她就痛苦;在绝望中,她想起了玛德。但对姑姑的回忆也越来越淡漠了;她感到岁月的洪流淹没了回忆,洗掉了昔日的痕迹。于是,她知道一切都要完结;她和别人一样,都要陷入污泥浊水的深渊……啊!不管花什么代价也要跳出这个世界!救救我吧!救救我吧!……

就在这种无依无靠、心烦意乱、莫名其妙、不知等待什么的日子里,雅克琳伸出双手要找一个救星,她见到了奥利维。

朗洁太太当然不会不邀请克里斯托夫的,他是那个冬天走红的音乐

家。克里斯托夫来了,照例穿着并不时新。但朗洁太太却不觉得他不讨人喜欢——只要他是风头上的人物,随便他做什么,人家都会说好;但风头只能出几个月……雅克琳显得并不喜欢克里斯托夫;只要某些人吹捧这个音乐家,她就先存了戒心。再说,他动作生硬,说话高声,脾气爽快,都叫她受不了。在她这种精神状态下,生活的乐趣都显得庸俗,她自以为只喜欢幽暗阴郁的心灵。克里斯托夫的光芒太刺眼了。但他们谈话时,他提到了奥利维,只要出了什么开心事,总要联系到他的朋友。他把朋友说得这样好,雅克琳似乎看到了一个和她心心相印的人物,不免动了心,就也邀请他来。奥利维没有一请就到,使克里斯托夫有时间在雅克琳心中描绘一幅理想的画像,等到他决定来的时候,理想和现实就合而为一了。

他来了,但是不太说话。他用不着说话。聪明的眼睛,微微的笑容,斯文的态度,全身发出来的安静气氛,都使雅克琳入迷。对比之下,克里斯托夫更是相形见绌。雅克琳不露声色,怕感情会滋长;她继续和克里斯托夫谈话,但谈的却是奥利维。克里斯托夫一谈到他的朋友就太高兴了,没有注意雅克琳对这个话题感到的乐趣。他也谈自己,她做出乐意听的样子,其实一点也不觉得有味;然后,她又不露形迹地把话题扯到奥利维身上来。

雅克琳的亲切很容易叫不提防的人上当。克里斯托夫想也没有想到,就坠入了情网;他觉得去看她是个乐趣;他居然注意打扮了;一种他熟悉的感情带着忧郁的笑意混进了他的幻想。奥利维也从一开始就着了迷,但他自以为得不到对方的青睐,所以只不过默默无言地痛苦。克里斯托夫兴高采烈地对他讲和雅克琳的会晤更使他难过。奥利维从来没想到他会讨雅克琳的喜欢。虽然他和克里斯托夫在一起生活之后,也增加了几分乐观情绪,但还不敢盲目乐观;他有自知之明,不敢相信会得到爱情——其实,如果不靠爱情宽宏大量的障眼法,只靠一个人本身的价值,那有几个人值得爱呢?

一天晚上,朗洁家请他去,他觉得受雅克琳的冷落不是滋味,就借口说累了,要克里斯托夫一个人去。克里斯托夫没有什么疑心,高高兴兴地去了。他自私的心理使他天真地只想到和雅克琳单独见面的快乐。但他高兴不了多久。一听说奥利维不来,雅克琳立刻露出了不高兴的神色,她显得恼火、厌倦、失望,不再想讨人喜欢,也不听克里斯托夫讲什么,只随便答两句,他甚至难堪地看见她掩住嘴巴,不耐烦地打了个呵欠。她几乎要哭了。忽然一下,她在晚会开到中间的时候走了出去,就不再回来了。

克里斯托夫回去时觉得受了委屈。一路上,他想不通为什么雅克琳忽然转变；好不容易他才隐约看到了一点真相。回到家里，奥利维还在等他，装出并不在乎的神气打听晚会的情况。克里斯托夫讲起了他的失望。他越讲，奥利维的脸上越露出了喜色。

"你不是累了吗？"他问，"为什么还不睡？"

"啊！我好些了，"奥利维说，"一点也不觉得累。"

"得了，我想，"克里斯托夫开玩笑似的说，"你不去晚会反倒好了。"

他亲热地、调皮地看了奥利维一眼，就回自己房里去了，等他一个人待在房里时，不禁笑了起来，笑声很低，却笑出了眼泪。

"好个小姑娘！"他心里想，"竟拿我当傻瓜了！他也一样瞒着我？两个人都会耍把戏！"

从这时起，他把自己对雅克琳的个人打算从心里一笔勾销，就像一心一意孵蛋的老母鸡一样，他也在孵育着两个小情人的爱恋之心。他假装不知道他们的秘密，也不向任何一方揭穿，只是不声不响地帮他们的忙。

他认真地以为自己有义务研究一下雅克琳的性格，看看奥利维和她在一起能不能幸福。由于他笨，提的问题显得可笑，问她的兴趣，问她的道德观，结果惹得雅克琳恼火了。

"这个傻瓜！这和他有什么关系？"雅克琳心里想，她转过身去不理他。

奥利维看到雅克琳不再关心克里斯托夫，觉得非常开心。而克里斯托夫看到奥利维幸福，自己也很开心。他心花怒放，喜形于色，甚至超过了奥利维。雅克琳不明白其中的奥妙，想不到克里斯托夫对他们两个人的爱情，看得比她自己还更清楚，因此，她觉得受不了克里斯托夫；她不能理解奥利维怎么会有这样一个俗里俗气、笨头笨脑的好朋友。好心的克里斯托夫猜到了她的心事，故意要气气她，好逗逗乐；但随后他就抽身出来，借口工作忙，谢绝了朗洁家的邀请，让雅克琳和奥利维单独在一起。

然而，对于他们两个人的前途，他并不太放心。他们准备结婚，他认为自己负有很大的责任；因为他对雅克琳看得相当准，所以他觉得苦恼。使他担心的有好多事；首先是她家有钱，还有她的教育，家庭环境，尤其她的弱点。他想起了以前的女朋友珂勒蒂。当然，雅克琳更真诚，更坦率，更热情；这个少女热烈地向往着一种英雄的生活，几乎是一种英雄式的向往……

"但只向往是不够的，"克里斯托夫心里想，他记起了狄德罗一句开玩笑的话，"还得有劲。"

他想把前途的危险告诉奥利维。但一看见奥利维从雅克琳家回来，眼睛沉浸在喜悦中，他就没有勇气说出口了。他只是想："可怜的年轻人很快活。不要打扰他们的幸福吧。"

　　渐渐地，他对奥利维的感情使他也分享了朋友的信心。他放心了，结果他到底相信雅克琳是奥利维所看到的，也是他自己所想象的那种人。她的心多么好！她爱奥利维正因为他和她不同，也和她的上流社会不同：因为他穷，因为他在道德观念上毫不动摇，因为他在社会上显得笨拙。她爱得如此纯洁，如此全心全意，甚至巴不得和他一样穷，有时甚至……对的，甚至怪自己长得不丑，不能证明他爱的不是美而是她自己，而是她如饥似渴的满腔热情……啊！有些日子，在他面前，她感到自己脸色发白，双手发抖。她假装笑自己太多情，故意去做别的事，想不正视现实，说的都是反话。但忽然一下，她说不下去了，赶快溜回房间，把门关上，放下窗帘，坐在那儿，两膝靠拢，肘腕顶着腹部，双臂交叉放在胸前，压住自己的心跳；就是这样缩成一团，不出一声，一动不动，唯恐一动就会把幸福吓走。她默默地把爱情紧紧地抱在怀里。

　　现在，克里斯托夫非常热心地希望奥利维成功。他像母亲一般照顾他，关心他的穿着，居然教他怎样打扮，甚至帮他（怎么搞的！）打起领带来。奥利维耐心随他搞，等走到楼梯上看不见克里斯托夫时，又解开领带重新打。他微微一笑，这种伟大的友情使他感动。爱情使他胆小，他没有把握时，就去问克里斯托夫，并且把会面的情况告诉他。克里斯托夫和他一样感动，有时夜里花上几个小时，想方设法为朋友的恋爱铺平道路。

　　在巴黎附近的亚当岛森林边上，朗洁家有一幢别墅，就是在别墅的花园里，奥利维和雅克琳谈了一次话，确定了他们的一生。

　　克里斯托夫是陪朋友去的；他在屋里看见了一架风琴；一弹起来，就让两个情人静静地散他们的步去了——说实话，他们并不希望他留下来。他们害怕只有两个人在一起。雅克琳不说话，有一点不对劲。上次见面，奥利维已经觉得她的态度变了，她忽然冷了下来，眼光显得看不透，生硬，几乎有对立的情绪。他一看心都冰冷。他不敢要她解释，怕从他心爱的人嘴里听到狠心的话。他看到克里斯托夫不在身边就战战兢兢，仿佛只要他朋友在，他就不怕落在身上的打击。

　　雅克琳对奥利维的爱情并没有减少一分。其实，她的爱情反倒是增加了。正是这个原因使她产生了敌对情绪。以前，她把爱情当作有趣的游戏,所以千呼万唤,如饥似渴;现在,爱情当真来了,就在她的面前,她却仿佛看到脚下裂开了一个无底深渊,吓得赶快往后退,她一点也不理解,只是问自己:

"这是为什么?为了什么?这是什么意思?"

于是她瞧瞧奥利维,眼光令人痛苦,她心里忽然一怔:

"这个男人是谁呀?"

她居然糊涂了。

"我为什么爱他?"

她也不知道——她也不知道;但她知道她坠入了情网,落入了深渊,不能自拔,要遭灭顶之灾,她的一切,意志、独立、个人主义、对未来的梦想,都会淹没在这个巨大的深渊里,被这个巨大的怪物吞噬。于是她气得全身僵硬;有时,她和奥利维的对立情绪几乎化为怨恨了。

他们一直走到花园尽头,走过了把草坪和菜园隔开的一排帘幕似的遮阴大树。他们小步走着,小路两边是醋栗丛,挂着一串串红色和金黄的果子,还有花坛上吐出芳香的草莓。时间只是六月;但一阵阵的雨已经使天气凉爽了。天空是灰蒙蒙的,光线也显得半明不暗;大团的云似乎沉重得连风都吹不动。从远方来的大风似乎吹不到地面上,连一片树叶也没有摇晃。但一片忧郁笼罩着一切,也弥漫在他们心头。从花园的另一边,从遥遥在望的别墅半开半关的窗户里,飘过来一阵风琴声,那是约翰-赛巴斯蒂安·巴赫的《降E小调赋格曲》。他们两个肩并肩坐在井边,脸色发白,没有说话。奥利维看见雅克琳的眼泪流到了脸上。

"你怎么哭了?"他低声说,嘴唇在颤抖。

他自己的眼泪也流了出来。

他握住她的手。她把一头金发靠在奥利维的肩上。她不再斗争了,她认了输,这才放宽了心!……两个人低声哭泣,听着音乐,沉重的云像个华盖悄悄地飞过,仿佛擦着了树梢。他们想到过去的痛苦——谁知道呢?也许还有将来要受的苦。有些时候,音乐会使命运给一个人一生编织的哀怨都涌现出来……

过了一会,雅克琳擦擦眼睛,瞧瞧奥利维。忽然一下,他们互相拥抱了。无法表达的幸福哟!神圣的幸福!这样甜蜜,这样深不可测,幸福似乎也痛苦了!……

雅克琳问道:"你姐姐像你吗?"

奥利维震动了一下。他问:

"你怎么谈起她来?难道你见过她吗?"

她说:"克里斯托夫对我讲过……苦了你了!"

奥利维低下头去,激动得说不出话来。

"我也有过痛苦。"她说。

她谈到已经去世的亲爱的玛德姑姑。她心情激动地说,她是如何痛哭流泪,几乎哭得心碎肠断的。

"你会帮我吗?"她用恳求的声音问,"你会教我生活,做个好人,有点像她那样,像可怜的玛德姑姑那样,你会喜欢她吗?"

"我们会喜欢她们两个的,就像她们两个也会相爱一样。"

"我希望她们还在就好了!"

"她们还在的。"

他们两个紧紧地拥抱着,感觉得到对方的心跳。一阵小雨飘飘洒洒落下来了。雅克琳打了个冷战。

"回去吧。"她说。

在树荫下,夜色似乎已经降临。奥利维吻吻雅克琳湿了的头发;她抬起头来向着他,他的嘴唇头一次感觉到了少女热情的、有点张开的嘴唇。他们都几乎要晕了。

快进房子的时候,他们又站住了。

"我们以前多孤独啊!"他说。

他已经忘记了克里斯托夫。

他们立刻想起了他。琴声已经停了。他们走进房里。克里斯托夫肘腕靠在琴上,双手抱头,正在那里出神,想着很多往事。一听见开门声,他才从梦幻中醒过来,立刻露出了亲热的面孔,真诚而温柔的微笑,他从他们眼里看出了刚才发生的事,握住了他们两人的手说:

"坐下吧。我来给你们弹支曲子。"

他们坐下了,他就弹起琴来,用音乐把他心中的感情,对他们两个人的爱,都尽情吐露。他一弹完,三个人又待着,也不说话。然后,他站起来,瞧着他们。他的样子多么和善,看起来比他们大得多,强得多了!雅克琳这才头一次意识到他是个怎么样的人。他却把他们两个都抱在怀里,对雅克琳说:

"你会爱他的,对不对?你们两个会相爱的?"

他们两个心里充满了感激之情。但他却忽然一下离开了他们,笑着走向窗口,跳到花园里去了。

以后几天,他要奥利维去向雅克琳的父母求婚。奥利维不敢去,怕碰钉子,他预料对方会拒绝。克里斯托夫又催他去找工作。如果朗洁家答应了亲事,他却不能独立谋生,那怎么能平白接受雅克琳的财产呢?奥利维也同他有一样的想法,但不像他那样强烈,甚至有点可笑地不信任和富家子女联姻。克里斯托夫有个根深蒂固的念头,认为财富和灵魂是势不两立的。他老喜欢重复一个聪明的乞丐对一个担心来生的富婆说过的俏皮话:

"怎么,太太,你已经有了几百万,怎么还不知足,还想要不朽的灵魂?"

"要当心女人。"他对奥利维说——半开玩笑,半认真地——"要当心女人。更要百倍当心有钱的女人!女人喜欢艺术,这很可能,但她会扼杀艺术家。有钱的女人既毒害艺术家,又毒害艺术。财富是一种病。女人比男人的抵抗力更弱。有钱的人都不正常……你笑?你笑我吗?什么!难道一个有钱的人懂得人生?难道他了解艰苦的现实?难道苦难的狂风暴雨会吹打他的脸?难道他尝过赚面包、耕田种地的滋味?难道他明白了,难道他看清了人和事的现实?……我小时候坐过一两回大公爵的马车。马车走过草场和树林,我本来认得场上棵棵青草,喜欢一个人在林中奔跑。但在马车里,我什么也看不见!可爱的景色对我来说都僵化了,都死板了,就像那些带我坐车的笨蛋一样。那些假装正经的人像窗帘一般把我和草场隔开了。不只是那些人,其实,我脚下的四块木板,我坐着的这个转动舞台,已经使我和大自然分离了。要感到我的大地母亲,一定要把脚踏上泥土,就像初生的婴儿感觉母胎一样。财富切断了人和大地的联系,也切断了人和人的联系。这样,你怎么还能做一个艺术家呢?艺术家是大地的呼声。有钱的人是不能成大艺术家的。否则,在这样不利的条件下,他一定得有比别人多一千倍的天才。即使他成功了,也不过是温室里结出的果子而已。连伟大的歌德也无能为力,他心灵的四肢萎缩了,财富切断了他主要的器官。而你的生命力远远比不上一个歌德,那只好眼睁睁给财富吞噬,尤其是给一个有钱的女人吞掉,而歌德至少是避免了这种厄运。男人单独还能对付灾难。他天生强悍,有粗野而健康的本能把他和大地连在一起。而女人却容易中毒,还会感染别人。她喜欢闻铜臭味。一个在财富堆里的女人如果有健康的心理,那真是个奇迹,就像一个百万富翁能有天才一样……再说,我不喜欢畸形的人。谁的财富维持生活之外还绰绰有余,那就是畸形——就是吞噬别人的恶性肿瘤。"

奥利维笑了。

"然而,我不能够因为雅克琳不穷而不爱她,也不能硬要她穷了才能爱我呀!"

"那好,如果你不能救她,至少也该救自己!而这也是救她的最好办法。一定不要被钱污染。一定要工作。"

奥利维用不着克里斯托夫为他担心。他自己的心灵比朋友的还更敏感。并不是他把克里斯托夫的俏皮话当真:他自己家就有过钱,他并不厌恶财富,而且认为财富才配得上雅克琳漂亮的面孔。但他无法忍受人家把他的爱情和金钱利益混为一谈。他要求回到教育界去。但目前能找到的,只是外省中学的平凡职位。把这献给雅克琳当作新婚礼物,未免太不成话。他惭愧得说不出口。雅克琳开头也很难认同他的理由,以为这是过分的自尊心在作祟,是克里斯托夫的影响在起作用,她只觉得可笑:只要双方相爱,接受对方的财富或清贫的家庭,这不是理所当然的吗?如果把对方心甘情愿做的好事当成债务,并且拒绝接受,那不是太不近情理了吗?……然而,她最后还是同意了奥利维的计划:使她下决心的,偏偏是计划中艰苦而不舒适的生活;因为这倒提供了一个机会,可以满足她精神上英雄主义的胃口。姑姑的死使她自豪地反抗家庭环境,爱情更使反抗显得慷慨激昂,结果她否定了自己和这神秘的热情格格不入的天性;她把生命当作一张弓,要射向生活的理想,射向非常纯洁、艰巨,发出幸福光辉的生活……未来的障碍,平凡的生活条件,对她都成了快乐。那多美啊!……

朗洁太太自己的事忙不过来,哪有工夫管别人的闲事?近来她不想别的,只担心自己的健康;花时间去医治她想象出来的病,试试一个医生,然后又试一个,把每个都当成救命恩人;但超不过半个月,又要换下一个。她几个月都不在家,住在非常昂贵的疗养院里,虔诚地服用可吃可不吃的药,把女儿和丈夫都忘记了。

朗洁先生不是那样漠不关心,他开始猜到女儿的事。父亲的妒忌心使他看出了一点名堂。他对雅克琳有一种难以猜透的感情,许多父亲对女儿都有,但都不大肯承认的感情,那是一种神秘的、肉感的、几乎是神圣的好奇心,要在自己的骨肉、自己的化身、自己的女儿身上再生。这种光影迷离的内心秘密还是不知道更好。在这以前,他看到女儿使年轻男子坠入情网,觉得有趣;他喜欢她这样卖俏、浪漫,有心机——像他自己一样——但等他看到假戏要真做的时候,就着急了。他开始在雅克琳面前笑奥利维,后来又刻薄地批评他。雅克琳先是笑着说:

"不要说得这样难听,爸爸;要是我将来嫁给他,你就会不好意思了。"

朗洁先生高声大叫,以为她发了疯。其实,这才是叫她发疯的好办法!他永远不答应她嫁给奥利维。她却一定要嫁给他。面纱撕破了。他发现自己在女儿心里算不了什么。这损伤了父亲的自私心理。他发誓不许奥利维和克里斯托夫再进家门。雅克琳也气得要命。一天早上,奥利维把门打开,就看见这个少女像一阵风似的跑了进来,脸色发白,狠下了心地对他说:

"把我带走吧!我父母不同意。我却愿意。造成事实吧!"

奥利维吓坏了,但心里很感动,也不想劝阻她。幸亏克里斯托夫在家。他平时最不理智,这次却讲理了。他说这样做会出丑,他们将来也会痛苦。雅克琳气得咬住嘴唇说:

"那只好自杀算了!"

这话不但没有吓倒奥利维,反倒使他下了决心。克里斯托夫好不容易才说服了两个疯子,要他们忍耐点,不是万不得已,不能出此下策,应该试试别的办法:雅克琳该先回家去;由他去看朗洁先生,替他们说说情。

他真是个举世无双的说情人!才开个头朗洁先生就几乎把他赶了出去;然而他又觉得这太荒唐,又还有趣。慢慢地,客人的认真、诚恳、自信,使他不得不听下去;但他并不同意,继续冷言相讥。克里斯托夫只当作听不见;有些话太伤人,他就停口不开腔,全身毛发悚然;过了一会,又接着说下去。有时,他甚至握紧拳头敲着桌子说:

"请你相信:我来拜访你,对我并没有什么趣味:听了你的某些话,我要控制自己的脾气,才能不反唇相讥;不过我认为我有责任向你说清楚,所以我就说了。你可以不把我放在心上,我也没有看重自己,但请你考虑我说的话。"

朗洁先生听着;一听到自杀的打算,他就耸耸肩膀,做出好笑的样子;其实他动了心。他太聪明了,不会把这种威胁当成玩笑;他明白痴情的少女一反常,说的话是算数的。从前,他有过一个情妇,是个软绵绵、笑嘻嘻的少女,也说过要自杀,他以为她是说大话,不料她却当场对自己开了一枪;虽然没有立刻就死,但是此情此景仿佛还在眼前……不行,对付这些发了疯的女人,谁也没有把握。他的心紧了一下……"她要嫁他?那好,嫁吧！活该她倒霉，傻丫头！……"当然，他也可以耍耍手腕，假装同意，拖拖时间，再慢慢地使雅克琳离开奥利维。但这可要大花工夫，他怎能够、怎舍得花时间呢！再说，他的心软；好不容易狠下心来对雅克琳说过一次"不！"现在怎么能不说"行"呢？说来说去，生活上的事谁能说得清？也许女儿做得对。最重要的事是两个人相爱。朗洁先生并不是不知道奥利维是个靠得住的人，也许还有才华……于是他就答应了。

结婚前的那个晚上，两个朋友在一起过了半夜。他们舍不得就要成为过去的最后几个小时——但这已经是过去了。就像在车站的月台上话别一样，火车迟迟不开，大家迟迟不走，互相瞧着，说着，但是心不在焉：朋友等于已经走了……克里斯托夫要找话说。话才说了半句，看见奥利维漫不经心的眼色，就住了口，微微一笑地说：

"你的心已经走远了！"

奥利维说对不起，不知如何是好。在这段亲密时间的最后片刻，自己居然神不守舍，实在问心有愧。但克里斯托夫握住他的手：

"得了，不要勉强。我很高兴。做梦去吧，我的小朋友。"

他们站在窗口，肘腕靠着肘腕，望着花园里的夜色。过了一会，克里斯托夫对奥利维说：

"你想离开我吗？你以为你走得了吗？你在想你的雅克琳。但我会追上来的。我也在想她呢。"

"我可怜的老朋友，"奥利维说，"我过去也一直想着你呢！即使……"

他住了口。

克里斯托夫笑着帮他把话说完：

"即使惹了不少麻烦！……"

为了婚礼，克里斯托夫打扮了一下，几乎可以说是漂亮了。没有举行宗教仪式，奥利维不在乎，雅克琳更反对，两个人都不愿意要。克里斯托夫为在区政府举行的婚礼写了一支交响曲；但到了最后，等他明白了所谓的自由婚礼是怎么一回事，他就放弃演奏了，因为他觉得这种仪式可笑。要相信这种婚礼，那一定是既没有信仰，又没有自由。一个真正的旧教徒费了好大的劲才转变成一个自由思想者，何必请一个民事官员来代替神甫证婚呢？在上帝和自由意识之间，何必把国家拉来代替宗教？国家只管登记，结合可不是国家的事。

奥利维和雅克琳的婚礼并没有使克里斯托夫后悔取消音乐的决定。奥利维漠不关心，带着嘲笑的神气听区长讲话，区长啰啰唆唆地恭维新婚夫妇,有钱的家庭,佩带勋章的证人。雅克琳根本不听;偷偷地向观察她的西蒙娜·亚当吐舌头,因为她们两个打过赌。雅克琳说结婚"对她算不了什么事";看来她要赢了,似乎结婚的并不是她。想到结婚,她只觉得好玩。别人却都装模作样,像在等人画像,有的人在用小望远镜观看。朗洁先生像在表演姿态,虽然他对女儿的感情真诚,但他最注意的还是来宾,心里老想请帖有没有遗漏。只有克里斯托夫一个人真动了感情;他简直是把父母、新人、区长的身份都合而为一了。他像母鸡孵蛋似的盯着奥利维,奥利维却没有看他。

晚上,新婚夫妇到意大利去。克里斯托夫和朗洁先生把他们送上车站。他们看到新人快快活活,没有不满,并不隐瞒他们急着要去度蜜月的心情。奥利维还像在青年时代,雅克琳还是个少女……送行是温情脉脉而又忧郁惆怅的!父亲看见女儿给一个陌生人带走了,为了什么?……为了永远离开他。而他们却只陶醉在解放了的感觉中。生活不再有障碍了;不再有什么阻拦他们;他们以为已经到了顶峰:现在,即使死也没有关系,他们已经有了一切,什么也不怕了……过后,他们才看出这不过是生活的第一站。路还远着呢,还要绕过前面的大山;而到达第二站的人是很少的……

火车把他们带进了黑夜。克里斯托夫和朗洁先生一同回去。他俏皮地说了一句:

"现在,我们都成了单身汉!"

朗洁先生笑了起来。他们说了再见,就各走各的路。两个人都不好受。这是一种既忧郁又甜蜜的混合感。一个人回到房里,克里斯托夫心想:

"我那一半是快活的,够了。"

奥利维的房间一点也没改变。两个朋友商量好了:在奥利维回来搬到新居之前,他的家具和纪念品都放在原处不动,就跟他人还在一样。克里斯托夫瞧瞧安东妮蒂的照片,把它放到自己桌上,对照片说:

"小安蒂,你满意了吗?"

他时常写信——稍微多了一点——给奥利维。他得到回信很少,写得漫不经心,思想上越来越疏远了。他感到失望,但是硬要自己相信本来理应如此;他并不担心友谊的前途。

孤独对他不是压力。差得远哩,在他看来,孤独还嫌不够。他开始觉得《大日报》的后台老板成了负担。阿赛纳·伽玛希硬要相信他费了功夫发现的人才就是他的财产,他们的光荣自然也是他的光荣,就像路易十四把莫里哀、勒·勃仑和吕里都当成自己的光荣一样。克里斯托夫发现写了《行动颂》的皇帝对艺术也不如《大日报》的老板那样蛮横无理。因为这个老板和皇帝一样不懂艺术,但一成不变的偏见并不比皇帝少;凡是他不喜欢的作品,他就不能容忍它的存在,一定要把它说成毫无价值,甚至危害社会;为了公众利益,一定要它身败名裂。看起来既可笑又可怕的是:这些既无文化、又无教养的老板,以为有了钱和报纸,就不但可以控制政治,而且可以统治人才。他们把人才关进狗窝,颈脖加上一条锁链,每天喂点狗食,如果人才拒绝听命,他们就放出成百成千的恶狗,发出狂吠,向他围攻!——克里斯托夫可不听他们这一套。他认为一条蠢驴不能教训他怎样搞音乐;他要他们明白艺术比政治更需要严格的训练。他毫不客气地拒绝把报馆老板推荐的一个高级职员的无聊脚本谱成音乐。这头一次使他和伽玛希的关系冷淡了。

克里斯托夫并没有因此而感到不高兴。他刚露出头角,就想回到默默无闻中去。他觉得自己暴露在光天化日之下,会消失在大庭广众之中。好管闲事的人太多。他想起了歌德意味深长的话:

一个作家有一本好书出了名,大家就要设法妨碍他出第二本……与世无争的才子也不得不卷入尘世的混战,因为大家都想从他身上捞点好处。

于是他就关上门待在家里,只接触几个老朋友。他好久没上亚诺家去了,现在才有空去看他们。亚诺太太白天多半是一个人过,所以有时间为别人着想。她想到奥利维离开之后,克里斯托夫会感到空虚,就克服了自己的腼腆,请他到家里来吃晚餐。如果她胆大一点,本来可以主动提出为他收拾房间的;但她没有勇气;这样当然更好,因为克里斯托夫怕人打扰。但他接受了邀请来吃晚餐,后来成了习惯,晚上常到亚诺家来。

他发现这个小家庭老是那样平静,温存的气氛中有几分忧郁,比以前显得更灰色了。亚诺正处在精神消沉的时期,教书生涯压得他喘不过气来——这种生活令人疲倦,每天老一套重来复去,都和头一天一样,就像一个在原地打转的轮子,永远不停,但从来也不前进一步。这个老好人虽然耐性好,也不免会灰心失望。有些不公平的事使他动了火,他觉得自己热心也没有用。亚诺太太说些好话来安慰他;她总显得那样心平气和,但是人却消瘦了。克里斯托夫当她的面祝贺亚诺有位好太太。

"是的,"亚诺说,"她是个好女人,什么事也不会使她心慌意乱。她和我结合真是运气好。如果她也受不了我们的生活,那我想我一定要完蛋。"

亚诺太太脸红了,没有说什么。然后,她用平稳的声音谈起别的事情。克里斯托夫一来总会产生好效果,因为他带来了光明;这对他自己也有好处,他很高兴从他们的好心好意中得到温暖。

这时,另外一个女朋友走进了他的生活。或者不如说,是他去找她的;因为她虽然愿意认识他,但并没有下工夫来找他。她是个二十五岁的音乐家,得了国立音乐学院的钢琴金奖,名叫赛西尔·芙莱莉。她个子不高,相当结实,眉毛很浓,眼睛很大,水汪汪的,鼻子小而粗,鼻尖有点红,而且往上翘,有点像鸭嘴,嘴唇厚,显得老实、和气,下巴很有劲,有骨又有肉,额头不高,但是很宽。浓密的头发挽成一个髻,卷在后颈窝上。胳臂粗壮,手大得正好弹钢琴,拇指分开,指头是方方的。给人的总体印象是精力充沛,健康得像个乡下人。她和母亲住在一起,相处很好;母亲是个好人,对音乐并没有兴趣,但是也谈音乐,因为听得多了,对于音乐界的大事,她也不是茫然无知。女儿过着普通的生活,整天教课,有时也开音乐会,但没有什么人把它当作一回事。她回家很晚,不是走路,就是坐街车,身体累坏了,脾气却累不坏;她一练琴就来戏,还自己缝帽边,有说有笑,挣不到一个钱,她也白唱给你听。

生活没有给她优待。她知道靠自己努力争取到的一点福利是多么有价值,知道小事情、在境遇方面或才能方面难以察觉的微小进步能使她多么快乐。不错,只要她这个月比上个月多挣了二十法郎,或者练了几个星期都没有弹好的一段肖邦的钢琴曲,到底弹得不错了,她就感到心满意足。她的工作不算太多,正好适合她的能力,就像保健体操一样使她轻松愉快。弹琴,唱歌,教课,这些有规律的正常活动使她满足得有一种愉快感,同时又使她享受到中等的舒适生活和平稳的成就。她的胃口很好,吃得多,睡得着,从不生病。

她为人正直,通情达理,谦虚谨慎,心理平衡,没有烦恼,因为她只管现在,不管过去和将来。又因为她身体好,生活似乎不担心命运的风险,所以她几乎一直过得很快活。她喜欢弹钢琴,干家务,谈天说地,或者无所事事。她会生活,不是一天一天过日子——她既节省,又有预见性——而是一分钟也不错过。并没有什么理想主义在推动她;如果说有的话,那也只是中产阶级的理想,平心静气地体现在她的种种行为和思想中;那就是心平气和地爱她所做的事,而不管做的是什么。她星期天上教堂;但宗教情感在她的生活中并不占什么地位。她佩服克里斯托夫那样有信仰或有天才的热心人;但她并不羡慕他们,她要他们的天才和苦恼有什么用呢?

那么,她怎么能感到他们的音乐天才?她自己也说不清楚。但她知道她能感到。她比其他钢琴家高出一头的地方,就是她身心的合理平衡;她的生命力很丰富,却没有个人打算,别人的热情就可以借她这块土壤来开花结果了。她并不在乎。艺术家呕心沥血的热情,她能表现得淋漓尽致,但却不受感染;她只感到艺术的力量和演奏后的疲劳。琴一弹完,她满身是汗,筋疲力尽;静静地微笑着,她满足了。

克里斯托夫有一天晚上听了她的演奏,印象异常强烈。音乐会结束后,他去向她握手致贺。她非常感激,因为来音乐会的人很少,她不太容易听到好评。她既不会拉帮结派,又不会拉拢听众;既没有与众不同的夸张技巧,也没有演奏名曲的新奇手法;既不能自命是演奏巴赫或贝多芬这类大师的专家,对自己的演奏也提不出什么理论,只能老老实实把自己感觉到的表现出来——因此,没有人注意她,评论家根本不知道她,因为没有人说她弹得好;而他们自己又分不清好坏。

克里斯托夫时常见到赛西尔。这个又动又静的女人像个谜似的吸引着他。她精力旺盛,但不热衷于名利。她的名声不响使他愤愤不平,提出来要《大日报》的朋友说公道话。虽然她喜欢有人赞美,但却要他不必求人帮忙。她不愿意争名夺利,浪费工夫,引人妒忌;她只想平安无事地过日子。人家不谈论她,岂不更好!她并不妒忌别的钢琴家,他们的技巧高明,她会头一个鼓掌喝彩。她既没有雄心,也没有欲望。她精神上太懒了。在她没有什么具体的事急着要做的时候,她就什么事也不做,甚至连想也懒得想;夜里,她躺在床上,立刻就睡着了,从不胡思乱想。她不像那些念念不忘结婚、唯恐到了二十五岁还嫁不出去的老处女。有人问她是不是喜欢有个好丈夫。

"得了!瞎操心干吗?"她会说,"为什么不去想一年挣五万法郎呢?有什么,就要什么。如果有人上门,那当然好。如果没有,那就算了。总不能够因为没有蛋糕吃,就说白面包没有吃头吧?何况是一个吃惯了硬面包的人呢!"

"再说,"母亲接过话来,"还有很多人并不是每天都有面包吃的!"

赛西尔有理由不相信男人。她的父亲就既懦弱,又懒惰,几年前去世了;他对不起妻子儿女。她还有个不成材的弟弟;不知道他在干什么事;隔得越来越久,他才来上一回;一来就是要钱,母女两个都怕他,觉得他丢家里的脸,又怕他不知道哪一天会干出见不得人的事;然而,大家还是疼他。克里斯托夫碰到过一回这个弟弟。他在赛西尔家的时候,有一次听见门铃响,母亲就去开门。接着,隔壁房间就响起了谈话的声音,有时声音很响。赛西尔似乎慌了,也到隔壁去,只剩下了克里斯托夫一个人。争吵越来越厉害,陌生人的声音听来像威吓了;克里斯托夫觉得不能不闻不问,打开门来要去干涉。他只看到一个有点畸形的年轻人背向着他,赛西尔就朝他冲了过来,请他回原来的房间去。她自己也跟着回来,两个人坐着没有话说。在隔壁房间里,陌生人还喊叫了几分钟,然后才走,砰的一声把门关上。这时,赛西尔叹了一口气,对克里斯托夫说:

"是……是我的弟弟。"

克里斯托夫明白了。

"啊!"他说,"我也有一个……"

赛西尔又亲切又同情地握住他的手:

"你也有?"

"是的,"他说,"一家没有一个就不热闹。"

赛西尔笑了;他们不再谈弟弟。她不喜欢这种使家里热闹的事,也没有打算结婚的念头,为男人伤脑筋太不值得。她觉得还是独立生活更好,这种自由生活使她母亲老是叹气,但她却不愿失掉自由。如果她要醒着做梦的话,那就是想——有朝一日,天晓得要等到什么时候!——住到乡下去。但她懒得去一五一十地想象乡下的生活,因为想这种渺茫的事太累人了,还不如去睡觉,或者是做工作……

在好的空中楼阁还没有建筑起来之前,她到了夏天就在巴黎郊区租上一座小房子,单独和母亲住。坐火车去那里,要走二十分钟。房子离孤零零的车站还相当远,在一大片荒地当中;而赛西尔往往要夜里才回来。可是她并不害怕;也不相信有什么危险。她家里有一支手枪,但她老是忘了带上。再说,即使带了,她也不大会用。

克里斯托夫来看她的时候,总是要她弹琴。他很高兴看到她能深入理解音乐作品,尤其是他一句话就指明了道路,教她如何表达感情的时候。他发现她的声音很好听;她自己却不知道。他要她练唱,教她唱德国的古老歌谣,或是他自己作的曲子;她唱得很来劲,并且越唱越好,出乎他们两个人的意料。她很有天分。音乐的火花神奇地落在这个小资产阶级的巴黎少女身上,但是她却缺少艺术情操。他把她叫作"夜莺"。她有时也谈音乐,但谈的总是实用观点,从来不谈音乐表达的感情,仿佛她关心的只是歌唱和钢琴的技巧。她和克里斯托夫在一起而不弹唱的时候,最经常谈到的是家务、烹调、家庭生活这些中产阶级爱谈的话题。克里斯托夫要是和别的女人谈到这些题目,他连一分钟都会受不了,但和"夜莺"谈起来却挺自然。

他们就是这样面对面地度过了好些晚上,两个人真诚地相爱,他们的感情不是激流,而几乎是冷静的。一天晚上他来晚餐,谈得比平时晚,忽然下起暴风雨来。他本要去赶末班火车,那时风雨正大;她就对他说:

"不要走了!明天早上再赶车吧。"

他睡在小客厅里一张临时铺好的床上。薄薄的隔板把客厅和赛西尔的卧室分开;门也没有关上。他在床上听得到隔壁的床喀啦响,还有少女平静的呼吸声。过了五分钟,她就睡着了;不久之后,他也一样入睡,没有丝毫杂念掠过他们心头。

同时,他又交了一些新朋友,都是慕名而来信的。他们多半住在离巴黎很远的穷乡僻壤,从来没见过他。即使是初步的成功也有一点好处:能使成百成千的群众知道这个艺术家,而如果没有报上这些胡言乱语的文章就不行。克里斯托夫和这些群众中的几个人取得了联系。那是一些孤独的年轻人,过着艰苦的生活,全心全意想要达到一个理想,但是并没有把握,他们贪婪地要从克里斯托夫的友情中汲取营养。还有一些外省的小人物,读了他的歌曲,就像老苏兹一样给他写信,表达他们感到的共鸣。再有一些贫穷的艺术家——其中有一个作曲家——他们不但没有取得成功,而且不会表现自己,看到克里斯托夫表达了他们的思想,简直快活得要命。而这些人中最可爱的——也许是那些不署名的读者,他们以为这样可以更自由地说话,可以天真无邪地向这位老大哥倾吐衷肠,得到他的支持。克里斯托夫想到如果他能认识这些可爱的人多好,可惜他不能分享他们的情感;于是他只好吻着一封陌生人的信,就像陌生人吻着他的《歌曲集》一样;于是两个人在不同的地方,想着相同的话:

"每一页吐露的都是好意!"

就是这样,按照宇宙发展的惯例,在他的周围聚集了一小群有才华的人,他们从他身上汲取营养,同时也滋养了他。这一小群人越来越扩大,最后形成了一个以他为中心的集体灵魂,就像一个光明世界,一个在太空中遨游的精神星球,唱出了友爱的歌声,引起了其他星球的和谐共鸣。

克里斯托夫和他那些神交的朋友之间织起了一张神秘的联系网,他自己的艺术思想也起了革命性的变化,变得更广阔,更有人民性了。他不再愿意看到音乐只是一种自言自语的独白,更不愿意它成了只有同行才懂的巧妙结构。他希望音乐是人类心灵的交流。艺术如果不能得到别人的认同是没有生命力的。约翰·赛巴斯蒂安·巴赫即使在最孤独的时刻,也在他的艺术中表现了宗教信仰而和整个人类联系在一起。亨德尔和莫扎特,在他们那种环境之下,都是为公众,而不是只为自己创作。就连贝多芬心中也不是没有群众。这才是正常的、健康的。人类应该提醒天才:

"你的艺术中有什么是为我而创作的?如果没有,那就去你的吧!"

在这种限制之下,头一个得到好处的,是天才的艺术家。当然,也有些大艺术家表现的只是自己。但最伟大的艺术家,他们的心只能是为大众而跳动的。谁想面对面地亲眼看看活生生的上帝是什么样子吗？那不必上穷碧落，下到你思想的荒漠中去寻找，因为他就在对人类的爱之中。

当时的艺术家是远远没有这种人类之爱的。他们写作只是为了一小撮爱好虚荣、不要政府、脱离社会生活的精英，这些精英引以为荣的是和其他人没有共同的情感，而且把情感看成儿戏。为了与众不同而割断生活联系，这是什么光荣？那还不如死了更好。我们呢，我们要和活人在一起，要喝大地的奶汁，要汲取人类最圣洁的感情，要像他们一样爱家庭、爱土地。在最自由的世纪，意大利文艺复兴的年轻主将拉斐尔歌颂过圣母像所表达的母性。今天，在音乐上，谁能作出《圣母在椅子上》的颂歌呢？谁能为我们生活的每时每刻谱写音乐呢？你们什么也没有，在法国什么也没有。你们拿不出歌曲来给人民，就只好把过去的德国大师的作品改头换面拿出去。你们的艺术从上到下都得从头来过，或者重新做起……

克里斯托夫和目前住在外省的奥利维通信。他尽力想通过文字来维持他们过去很有成效的合作。他希望朋友能提供和日常思想行动有关的美丽诗句，就像德国古老的歌谣那样。例如圣书或印度诗歌中的片断，宗教或道德的颂歌，大自然中的小景色，爱情或是亲情，从早到晚蕴藏在淳朴心灵中的诗意。一支歌只要四句到六句就够了，表达方式要简单，不要巧妙的发展，也不要矫揉造作的和谐。我要你们那些美学家卖弄的本领干什么？热爱生活，使我热爱生活！给我写些《法兰西的晨昏》吧。让我们找出最明白易懂的乐句来。我们一定要像逃避瘟神一样，避免那些冒充风雅的语言，我们今天有多少音乐家附庸风雅，他们的音乐已经成了只有自己懂，不足为外人道的方言土语了。一定要有勇气说人话，而不是说只有"艺术家"才懂的语言。看看我们的前人是怎样创作的。就是回到了大众的音乐语言，才产生了十八世纪末的古典艺术。格鲁克的乐句，交响曲作者和歌谣名家的作品，比起约翰·赛巴斯蒂安·巴赫和拉摩的精巧乐章来，有时会显得平淡无奇。这些伟大的古典音乐家所以韵味深长、所以受到盛大欢迎，正是因为植根于土壤之中。他们来自最简单的音乐形式，歌谣、小歌剧；这些日常生活的小花朵中孕育了莫扎特或韦伯的童年——你们试试看！为大众写写歌曲。然后再从歌曲提高到交响乐。为什么不循序渐进呢？金字塔也不能光造尖顶呀。你们的交响曲其实只是没有身体的头脑。美丽的思想啊，和我们的肉体结合起来吧！一定要有几代音乐家耐心地和人民大众友好合作。音乐的艺术是不可能在一天之内建立起来的。

克里斯托夫的原则并不限制在音乐的范围之内,他还要奥利维应用到文字上去。

"今天的作家,"他说,"尽力描写一些稀有的人物,或者是不正常的典型,这些都是脱离社会的不行动、不健全的个人。既然他们自动置身于人生的大门之外,那就让他们去吧!你自己应该走向人民大众。走向普通的人民。描写日常的生活,那比海还更深还更广。我们之中最渺小的人也有无限大的心灵。无限大就在每个人心中,哪怕他只是一个简简单单的人,一个情人,一个朋友,一个以生儿育女为荣的女人,一个默默无闻牺牲自己的人;生命的洪流无限,一代流向一代,周而复始……写一个简单人的简单生活吧!写平静岁月的平静史诗吧!自有世界以来,就是这样一天接着一天,同中有异地过下去的,因为所有的日子都是同一个母亲的儿女。简简单单写下来吧!不要像今天的艺术家那样拼命搜索巧妙的词句。你是对大众说话,要用大众语言。用词无所谓高雅或庸俗;只有意思说得准确不准确。做什么事都要一心一意,无论是思想也好,感觉也好。随着你心灵的节奏写吧!风格,就是心灵。"

奥利维同意,但他挖苦说:

"这样的作品可能很好;但它永远也到不了读者手中,半路上就会给评论家扼杀了。"

"得了,我的法国小市民!"克里斯托夫答道,"你总担心评论家的意见!……其实,评论家只会记录胜负成败。你只要胜利了就行!……我才不理他们呢!学我的样吧,不要理他们……"

但奥利维已经学会了不在乎许多东西。他不在乎艺术,也不在乎克里斯托夫。此时此刻,他在乎的只有雅克琳。

爱情的自私使他们的周围成了一片空虚,毫无预见地把未来的出路都烧断了。

新婚的沉醉,合二为一的生命想到的只是融入对方……他们的身体和心灵一点一滴都在接触、品尝,想要互相渗透。他们两个人成了一个无法无天的宇宙,一片混沌的爱情,分不清是你还是我,拼命地把你变成我,把我变成你。一切都使自己消失在对方身上;而对方还是自己。他们要世界干什么?像古代的阴阳人一样心醉神迷地沉睡在美梦中,他们闭上眼睛不看世界,世界全在他们心里。

白天啊,黑夜啊,你们织成了一个美梦;时间啊,你像白云一样飞过,没有留下痕迹,只有一道令人眼花缭乱的尾流,那是春意荡漾的和风,金黄肉体的温暖,阳光灿烂的爱情,毫不羞愧的肉欲,如醉如痴的拥抱、叹息和欢笑,幸福的眼泪;幸福啊,你还剩下什么尘埃呢? 心灵几乎不记得你,因为只要你存在,时间就不存在了。

日子完全一样……甜蜜的清晨……从睡梦的深渊中同时浮起了两个紧紧拥抱着的肉体;脸上露出笑容,呼吸交织在一起,眼睛同时睁开了,我看你,你看我,我吻你,你吻我……清晨时刻的凉爽,新鲜的空气使肉体的青春降温了……没完没了、心旷神怡、昏昏沉沉的白天,萦回着神魂颠倒的黑夜……夏天的午后,在绿草如茵的田野上,在萧萧飒飒的白杨树荫下,沉思幻想……梦想着美丽的黄昏,手臂挽着手臂,在满天余霞的照耀下,回到爱情的温床。风吹得小树丛的枝叶颤抖。在湖光水色般清澈的天空中,飘浮着鹅毛般的银月。一颗流星陨落了——令人心惊……一个世界就这样不声不响地消失了。在路上,难得有个人影迅速地、悄悄地走过他们身边。城里的教堂响起了明天是节日的钟声。他们站住了一会儿,她紧紧地靠住他,两个人都不说话,啊! 要是生活能够永远像现在这样一成不变多好!……她叹了口气说:

"为什么我这样爱你呢?……"

在意大利旅游了几个星期之后,他们在法国西部的一个小城住下来了,奥利维在城里的一个学校教书。他们几乎不见任何客人。他们对什么都不感兴趣。在他们不得不去拜访人的时候,他们毫不掩饰的满不在乎的态度,招惹了多少是非,伤害了一些人,使一些人暗笑。对他们说的话就像耳边风,吹不进去。他们身上有一股新婚夫妇的傲气,仿佛在说:

"你们知道什么?……"

从雅克琳漂亮的小脸若有所思、有点赌气的样子,从奥利维的眼睛流露出幸福而漫不经心的神气,看得出他们的意思是说:

"你们不知道你们有多讨厌!……什么时候我们才能自在呢?……"

即使在人面前,他们也是一样目中无人。从他们交换的眼色中,可以听到他们嘴里没有说出的话。其实,他们不瞧也能看到对方,于是微微一笑,因为他们两个人知道在同时想的是同样的事。等到他们从拘束中解放出来之后,两个人又叫又笑又闹,仿佛是八岁的小孩子。他们说些傻话。他们互相取些好笑的小名。她叫他做橄榄油、象牙角、范尼、猫咪、小滑头、小娇气、小红脸、康尼兹、柯西玛、柯布、巴诺、拿各、波内、拿革、卡诺等等。她自己装作小女孩。但她又要把各种情感都集中到她一个人身上,要做他的母亲、妹妹、妻子、情人、主妇。

她不但分享他的欢乐,还自觉自愿地分担他的工作,连工作也成了一种娱乐。开头,她像一个初次投入工作的女人一样兴致勃勃,劲头十足;仿佛她对得不偿失的工作也有兴趣:在图书馆抄书,翻译没有趣味的作品,这成了她生活规划的一部分,她的生活非常纯洁,非常认真,整个献给了共同的高尚思想和劳动。只要在爱情的光辉照耀下,她就工作得很好,因为她想到的只是他,而不是自己在作什么。说来也怪,她这样做的事都做得不错。她的心灵并不费劲就能读懂抽象作品,而在其他时间她是读不下去的;爱情提高了她的生命:她自己却没有发觉,就像一个在屋顶上行走的梦游者,她什么也看不见,只是平静地、认真地做着她快乐的梦……

然后,她开始看到屋顶了,但并没有感到不安;她只是问自己在屋顶上做什么,最后又回到房子里去。工作使她厌烦。她认为工作妨碍了爱情。当然,这是因为她的爱情已经降温了。但表面上还看不出来。他们两个还是形影不离。他们关起门来过日子,什么邀请也不接受。他们唯恐别人分走了他们的感情,甚至怕工作会分心,讨厌一切打扰他们爱情的事。给克里斯托夫写的信也越来越少了。雅克琳不喜欢他,他似乎成了一个对手,代表了奥利维过去的一部分,而这部分和她没有关系;他在奥利维过去的生活中占的地盘越多,她的本能就越要抢回来。她并不算计人,但不声不响地使奥利维疏远了他的朋友;她嘲笑克里斯托夫的姿态、面貌、写信的方式、艺术上的计划;她并不是存心不良,也没有耍手腕,这是她的天性。奥利维听了她的话觉得有趣,并没有什么坏意;他以为自己还是和以前一样爱克里斯托夫,不过只是爱这个人而已,这并不能增进他们的友情;他没有发现自己渐渐不理解朋友,不关心他的思想,不关心他英雄的理想主义,而正是过去这种理想把他们联系在一起的……对于一颗年轻的心来说,爱情的香味是太浓烈了,什么信仰能和爱情比高低呢?情人的肉体,从神圣的肉体中涌现出来的灵魂,就是学问,就是信仰。一个情人会用多么怜悯的眼光微笑地看着别人喜爱的,或者自己从前喜爱过的东西啊!强大的生命力和艰巨的斗争,在情人看来不过是转眼消逝的鲜花,却又以为应该是天长地久的……爱情吸尽了奥利维的精力,最初,他还能用美妙的诗句来表达他的幸福。后来,连写诗也显得没有意思,仿佛是偷去了爱情的时间!雅克琳像他一样,拼命摧毁任何其他自下而上的理由,砍倒生命的大树,没有大树的支持,爱情的常春藤怎能不枯死呢?就是这样,他们两人在幸福中摧毁自己。

唉！人很快就习惯于幸福的生活了！等到自私的幸福成了生活唯一的目标，不久，生活就没有目的。幸福成了一个习惯，一种陶醉，没有幸福，人就不能生活。但是人也不能一直生活在幸福中呀！……幸福只是普遍的生活节奏中的一个片刻，只是生命的钟摆左右摇摆的一极，要把钟摆停在一格上，那生命之钟就不能走了……

他们尝到了"过度幸福的烦恼，神经需要过度的刺激才能感觉"。甜蜜的时光放慢了脚步，憔悴了，消瘦了，好像缺水的花。天还是一样蓝；但是空气不如早晨清新。一切都不动了，大自然也默默无言。他们只有两个人在一起，这正是他们过去的希望——但他们的情绪低落了。

一种无以名状的空虚感，一种朦朦胧胧，然而不是没有魅力的烦恼出现在他们之间。他们不知道是怎么回事；只是隐隐约约地感到不安。他们变得敏感了，几乎有点病态。他们的神经紧张，听得到寂静中的声响，好像树叶一般，只要在生活中受到一点意外的冲击，就会发抖。雅克琳会无缘无故地流眼泪；虽然她以为眼泪是为爱情而流，其实却不是的。走出了结婚前几年的热烈而苦恼的生活，面对着已经达到的——不但是达到，而且是超过的——目的，忽然一下，发现不必努力了，忽然一下，发现一切新的行动——也许还包括过去的一切行动——都毫无用处，这使她陷入一片混乱之中，莫名其妙，无法自拔。她不承认，以为是神经疲乏的缘故。她勉强要笑；但笑声和眼泪一样表示不安。她鼓起勇气来，要重新投入工作。刚试一试，她就搞不清楚过去怎么会对这样乏味的工作发生兴趣，立刻就厌恶地丢到一边去了。她又勉强去恢复过去来往的关系，但也不成功，鸿沟已经挖得很深，她已经不会和俗不可耐的人谈俗不可耐的话，但人生怎能免俗呢？她发现别人都庸俗不堪，于是又回过头来关上房门，过两个人的孤独生活，同时用这些失败的经验来欺骗自己，认为人生除了爱情之外，一无是处。有一阵子，她的确显得比以前更沉醉于爱情之中了。其实，这只是她的主观愿望。

奥利维不是那么热情，但却更加温情脉脉，不大会这样神魂不安；然而他也断断续续地感到一种隐隐约约的震颤。再说，他的爱情或多或少要受到日常工作的影响，为他不喜欢的职业所限制。但是他的感觉细腻，他爱人心中的活动都会传到他心中来，所以雅克琳暗中的不安，他不会不知道。

有一天下午天气很好，他们去乡下散步。他们本以为这次散步会很愉快。一切都是笑吟吟的。但才走出一步，一片阴暗沉重的忧郁就笼罩在他们头上；他们觉得浑身冰凉，什么话也说不出。他们勉强要说；但说的每句话都是空的。他们像木头人似的散步,什么也没看见,什么也没感到。他们回到家里,心里难受。时间已经到了傍晚;房子是空空的,又黑又冷。他们并不立刻点灯,以免看到对方的脸。雅克琳回到卧房,既不脱帽,也不脱外衣,只不过一言不发地坐在窗前。奥利维在隔壁房里靠桌子站着。通到隔壁房间的门是打开的;两个人离得这样近,可以听到对方的呼吸。在阴暗中,两个人痛苦得悄悄地哭了。他们用手掩住嘴,免得对方听见。最后,奥利维痛苦地叫了一声:

"雅克琳……"

雅克琳吞下了眼泪说:

"什么事?"

"你不过来吗?"

"我来了。"

她脱了外衣,去洗洗眼睛。他点着灯。过了几分钟,她回到房里。他们都不看对方,知道两个人都哭过了。他们不能互相安慰,因为双方都知道为什么苦恼。

到了最后,他们再也不能隐瞒自己的苦恼了。既然两个人都不肯承认苦恼的原因,那就只好另找一个,这倒并不难找。他们都怪外省的生活无聊。于是他们放下了担子。女儿告诉了父亲,朗洁先生听说女儿开始不逞英雄,并不太意外。他托政界的朋友把女婿调来巴黎。

好消息一到,雅克琳快活得跳了起来,又和过去一样高兴。现在他们要走了,讨厌的地方也觉得可爱,他们在这里有多少美好的回忆啊!最后几天,他们重寻旧迹。这次重游散发出了温情脉脉的惆怅。这个平静的小天地见过他们幸福的日子。他们听到内心的声音在悄悄说:

"你知道你留下了什么。但你会找到什么呢?"

离别前夕,雅克琳哭了。奥利维问她为什么。她不回答。他们拿了一张纸,当面写起信来;他们怕听见声音时,就养成了这个习惯。

"亲爱的小奥利维……"

"亲爱的小雅克琳……"

"要离开了,我很难过。"

"离开什么地方?"

"我们相爱的地方。"

"到什么地方去?"

"到越活越老的地方去。"

"也是我们越活越好的地方。"

"但不会这样相爱了。"

"只会更加相爱。"

"谁知道呢?"

"我知道。"

"但愿如此。"

于是他们在信纸下方画了两个圆圈,表示两个人互相拥抱。然后,她擦干了眼泪,笑着把他打扮成亨利三世的宠姬,戴上她的便帽,披上她的翻领白斗篷,看来像个草莓。

到了巴黎,他们又见到了久别的朋友。一听到奥利维来了,克里斯托夫非常高兴地跑来。奥利维和他久别重逢,感到和他一样高兴。但一见面,两个人都意外地觉得拘束。他们想要摆脱这种状态,但没有用。奥利维显得很亲热,但身上还是起了一些变化,而克里斯托夫也感觉到了。一个结了婚的朋友不管怎样表现,也不再是结婚前的朋友了。男人的灵魂中现在渗入了女人的灵魂。克里斯托夫在奥利维身上到处都闻到女人的气息:在他不可捉摸的眼光中,在他嘴唇从未有过的皱纹中,在他声音和思想的曲折变化中。奥利维却没有意识到这些变化,他反倒奇怪克里斯托夫和以前大不相同。他还不至于认为是克里斯托夫改变了;他承认改变了的是他自己,但他以为这是随着年龄增长而来的正常变化;他奇怪的是没有在克里斯托夫身上发现这种改变;他怪他朋友的思想在原地踏步不前,这种思想以前对他非常宝贵,今天看来却显得幼稚而过时了。其实他没想到这是一个外来的灵魂占据了他的心,而在这个灵魂看来,克里斯托夫的思想是不合时宜的。这种感觉在雅克琳参加谈话的时候更加明显,那时,在奥利维和克里斯托夫的眼睛之间,挂起了一张冷言冷语的面纱。然而,他们尽量掩饰这种印象。克里斯托夫照常来。雅克琳不知轻重地放出几支带刺的冷箭,他只好听之任之。但回来后,他很难过。

在巴黎度过的头几个月对雅克琳、也对奥利维是相当幸福的。起初,她忙于安家;他们在帕西区的老街上找到了一套可爱的小房间,窗外还有一方小花园。选购家具和糊壁纸花了她几个星期。雅克琳消耗了过多的精力和热情,仿佛永恒的幸福就靠墙纸的颜色和衣柜的外形似的。然后,她对父母朋友重新做了一番认识。因为那一年的爱情生活使她把他们完全忘了,重新认识成了真正的发现,尤其是因为她的灵魂渗入了奥利维心中,奥利维的灵魂也有一点渗入了她的心里,于是她看旧时相识,用的却是新的眼光。这些熟人似乎不像从前那么讨厌。开始,奥利维也并没有相形见绌。他们是相得益彰。她的丈夫思想太沉静,只有若明若暗的诗意,使她觉得和社交场上的人物来往更加愉快;但这些人物只想到寻欢作乐,炫耀自己,讨人喜欢,这些缺点虽然有诱惑力,但是危险,这点她很了解,因为她本来也是此中人,所以她更能欣赏她丈夫内心的安定。她喜欢这样进行比较,喜欢这样比较下去,来证明她选丈夫选得不错——她比较的时间拉得这样长,有时她反而搞不清楚为什么选了这个丈夫。侥幸这种时间并不太长,因为她感到内疚。事后,她对奥利维甚至从来没有这样温存体贴过。但就是这样,她的比较又周而复始了。等到她养成了比较的习惯,并不觉得比较有趣;比较的结果不是相反的双方相辅相成,而是剑拔弩张,一方要压倒另一方了。她心里想:奥利维为什么没有她巴黎朋友的优点,甚至是小缺点呢?因为她现在更欣赏巴黎的派头了。当然她没有告诉奥利维,但他从小妻子毫不留情的眼光中看得出来,于是他觉得不安,受了委屈。

尽管这样,他对雅克琳并没有失掉爱情所给予的优势;这对年轻夫妇本来还可以相当长久地过他们勉强维持的温柔亲密的生活,偏偏环境要改变他们的物质条件,打破他们脆弱的平衡。

　　我们发现财神是个对头……

朗洁太太的一个姐姐死了。她是一个大富孀,没有子女。她的财产全由朗洁家继承。雅克琳的财产增加了不止一倍。得到遗产的时候,奥利维想起了克里斯托夫关于钱财的劝告,就说:

"没有遗产我们也过得很好。说不定钱多了反而坏事。"

雅克琳笑他:

"傻瓜!"她说,"这有什么坏处呢?首先,这并不会改变我们的生活呀!"

生活的确没有改变,但只是在表面上。过了一段时间,就听见雅克琳抱怨说钱不够用了。这显然证明情况有所改变。事实上,虽然他们的收入增加了三倍,钱却照样花完,也说不清花到哪里去了。他们甚至不明白以前是怎么过日子的。钱如流水一般开销掉,每天都有各种各样似乎是必不可少的新用途。雅克琳认识了一些服装设计师;她就辞掉了从小熟悉的、按日记账的家庭女裁缝。只花四个苏就可以不偷工减料地做一顶漂亮的无边软帽——穿一件虽不是无懈可击、但却适合自己的风度、使自己显得容光焕发的衣裳,这种日子已经一去不复返了。一种亲切而甜蜜的魅力原来照亮了她周围的一切,现在一天比一天淡薄。她身上的诗意已经融化。她变得平凡庸俗了。

他们另外租了一套房间。那套辛辛苦苦、快快活活地布置起来的房子,显得狭窄而难看了。他们离开了那套朴素的、闪烁着心灵光辉的小房间,还有窗外那个树影婆娑的小花园,搬到一套宽大舒适、布局更好的房子里来。但他们并不喜欢、也不可能喜欢这套新居,而是闷得要死。熟悉的日常用品换成了陌生的家具和糊墙纸。回忆已经没有容身之地。共同生活的最初年代已经扫地出门……对两个结合为一的生命来说,最不幸的是切断了他们和往日爱情的联系!形影不离的往事是一剂灵丹妙药,可以医治恋情必然产生的失望和敌意……钱来得很容易,这使雅克琳在巴黎也好,在旅途中也好——因为他们现在有了钱,也就经常旅游了——接近了一班有钱而没有用的人物,和他们来往使她瞧不起别人,瞧不起劳动者。她的适应能力令人叫绝,立刻就和这班心灵空虚的腐化堕落分子一拍即合,毫无抵抗。一怒之下,她起而反对据说是"中产阶级低下庸俗"的观念,那就是说,在平凡的家务活动中可以——而且应该——得到幸福。她甚至莫名其妙,不懂自己过去怎么会沉醉在爱情中,居然慷慨献身了。

奥利维也不够坚强,不肯奋斗。他也变了。他放弃了教书的职业,没有什么不得不做的事。他只写作,这却破坏了生活的平衡。以前,他因为不能把一切献给艺术而感到痛苦。现在,他可以把一切献给艺术了,却觉得自己失落在虚无缥缈的云雾之中。艺术如果没有职业来维持平衡,没有实际生活来做支持,如果不需要日常工作来做刺激,也不需要挣面包来维持生活,那么,艺术就失去了最大的动力和最现实的意义。它只是名贵的、可有可无的花。它不再是——而最伟大的艺术作品却是——人类苦难结出的神圣果实。奥利维感到不想写作了:"写有什么用?……"没有什么事逼着他写,他丢下笔,让它去做生花之梦,他自己无所事事,已经迷失了方向。他不再接触本阶级的那些吃苦耐劳的开路先锋。他陷入了另外一个天地,虽然感到不自在,但也不觉得讨厌、软弱、可爱、好奇。他随兴所至地观察这个不是没有趣味的矛盾世界;不知不觉地他已经受到了世界的感染;他的信心不如从前那么坚定了。

他的转变远远不如雅克琳来得快。女人天生会出人意外地忽然一下来个一百八十度的大转弯。她能一转眼间从生到死,或者起死回生,吓得爱她的人目瞪口呆。其实,一个生命力强而意志力弱的女人,今天说"是"

明天说"非"的现象是不足为奇的。女人好比流水。爱她的人要顺着她走,再不然,就要把流水纳入自己的河道。在这两种情况之下,都非有所改变不可。这是个危险的考验:没有经过爱情考验的人是不会真正懂得爱情的。在共同生活的头几年中,和谐的爱情生活是很脆弱的,只要男女双方中的一方稍微有点变化,就会摧毁一切。如果是财产或者环境发生了突然变化,那就更危险了!一定要非常坚强——或者满不在乎——才顶得住。

雅克琳和奥利维既不是满不在乎,也不是非常坚强。他们互相用新眼光来看对方,熟悉的面孔竟变得陌生了。在发现了这个可悲的现实时,他们出于怜悯情人,还互相瞒着对方;因为他们到底是一直相爱的。奥利维有工作做庇护所,正常的工作可以使他平静。雅克琳没有庇护所。她什么事也不做。她赖在床上,或在梳妆台前一坐就是几个小时,衣衫半扣,一动不动,不知道出什么神;而无言的悲哀冷若冰霜,一点一滴累积在她心上。她无法摆脱对爱情的死心眼……而雅克琳除幸福外,不可能想象生活还有其他目的。在她好心好意的时刻,她也想到关心别人,关心他们的苦难;但是她做不到。别人的痛苦会使她产生不可克服的反感;她的神经受不了痛苦的景象,甚至连想也不能想。为了使自己心安理得,她也试做过两三回好事,但是结果并不称心如意。

"你看,"她对克里斯托夫说,"想做好事却做坏了。还不如不做呢!大约我不是这块料。"

克里斯托夫瞧瞧她,想起了他碰到过的一个女朋友,一个自私的轻佻姑娘,不太规矩,没有真正感情,但一看到别人受苦,即使是头一天还不关心的人,或者是根本不认识的人,她也会心肠软化,显示出母性来。最令人恶心的看护工作也不会使她望而却步,她甚至会感到一种不寻常的快乐,要强迫自己去做自己不愿做的事。她自己也搞不明白,似乎她心里模糊地有一股从未表达出来的力量,要做一件理想的好事;她的心灵在一生的其他时候都是麻木的,到了这种难得的时刻却呼吸起来了;能够减少一点别人的痛苦,使她心里感到幸福;这时,她快活得几乎不是地方——这个自私的姑娘会做好事,而好心的雅克琳却会自私:这不是个善恶问题;两个女人的天性都是健康的。但轻佻的姑娘更健康一点。

雅克琳一想到受苦就垮了。她宁愿死也不愿忍受肉体的痛苦;她宁愿死也不愿失掉青春美貌,那是她快乐的源泉。如果她没有得到自以为应该得到的全部幸福——因为她相信自己有幸福的权利,对她来说,就荒谬地成了整个信仰源头,成了宗教的信仰——如果别人比她更幸福,在她看来,那是世上最不公平的事。幸福不只是信仰，不是道德。而不幸福似乎就是残废。这个原则渐渐地成了她整个一生的方向。她真正的性格在少女时代因为腼腆害羞而蒙上了一层理想主义的面纱，现在却显露出来了。为了摆脱过去的理想主义，她看事物的眼光变得干脆利落，直截了当。她对事物的评价要看这件事是否符合社会的舆论，是否能给生活带来方便。她的精神状态已经到了她母亲的地步：她也去上教堂，满不在乎地按时参加礼拜仪式。她不再管上教堂是不是真心诚意了，实际生活中别的烦恼还多着呢，想起小时候神秘地反对宗教仪式，她觉得又可怜又可笑——其实，她今天讲求实际的精神并不比昨天的理想主义更认真。她只是勉强自己信以为真。她既不是天使，也不是禽兽。她只是一个可怜自寻烦恼的女人。

她觉得烦恼，烦恼……尤其她烦恼的是：她不能抱怨奥利维不爱她，也不能说她受不了奥利维。她的生活似乎是封闭的、隔离的，没有出路，她渴望得到新的幸福，不断更新的幸福——这是一个幼稚的梦，说明她根本不配享受幸福。她像很多女人，很多游手好闲的夫妇一样，他们有各种理由感到幸福，却不断地自寻烦恼。我们见到过一些有钱的人，他们有漂亮的孩子，健康的身体，聪明的头脑，能够感受美好的事物，具备了任意行动的条件，可以做好事，可以丰富自己的和别人的生活。但他们却浪费时间，抱怨他们不相爱，或者另有新欢，或者喜新厌旧——永远只关心自己，自己的感情生活或性关系，关心他们对幸福的所谓权利，关心他们矛盾的自私心理，并且争来争去，争个不休，演出自作多情的喜剧，无病呻吟的喜剧，结果居然假戏真做了……应该告诉他们：

"你们真没意思。有这么好的条件还抱怨什么？真不成话！"

应该让他们失掉财产、健康，没收他们不配享受的好东西！应该给他们重新戴上苦难的枷锁，因为他们是些不会享受自由的奴隶，自由使他们发疯了！如果他们不辛苦就挣不到面包，那他们才会吃得心满意足。如果他们亲眼目睹了真正痛苦的可怕面孔，他们才不敢假装痛苦，演出令人反感的喜剧……

但说到底，他们两人是痛苦的。他们是两个病人。怎能不怜悯他们呢？——可怜的雅克琳不知不觉地离开了奥利维，奥利维也一样留不住她。她是一个天性如此的女人。她不知道婚姻是对天性的挑战，一个人向天性下了挑战书，就该准备天性会接受挑战，并且勇敢地把决斗进行到底。雅克琳发现自己搞错了。她气得拼命怪自己；这种失望变成了怨恨，她怨她以前爱过的一切，怨奥利维的信仰，那也是她以前的信仰。一个聪明的女人比男人更能在一瞬间直觉地抓住永恒的东西,但她很难坚持下去。男人一抓住了永恒的思想,就用生命去培植它。女人却用思想来培植自己的生命,她只吸收思想,却不创新。她的思想感情永远需要新的养料,因为不能自给自足。没有信仰和爱情,她就破坏——除非侥天之幸,她有了一种最高的品德,那就是平静。

以前,雅克琳热情地相信过以共同信仰为基础的结合,相信共同奋斗、同甘共苦、共同创业就是幸福。但是这种信心需要爱情的灿烂阳光;随着夕阳西下,她的信心就像一座阴暗的荒山直立在空荡荡的苍天之下;雅克琳觉得没有气力继续前进了,即使到了顶峰又有什么意思? 山那边还会有什么呢? 不过是个叫人上当的幻想!……雅克琳不再明白奥利维怎能继续上当受骗,让这些幻想吞噬生命;她心里想,他不算太聪明,也不太有活力。她生活在他的氛围中感到憋得慌,连气都透不过来;自下而上的本能使她为自卫而进攻了。虽然她还爱奥利维,但她要努力粉碎和她作对的信仰;她把讥讽和情欲都用做武器;她把自己的欲望和牵肠挂肚的琐事编织成一个罗网把他罩住;她想把他变成她的影子……但她却不知道自己需要什么,甚至不知道自己是什么人! 使她觉得难堪的是奥利维没有成功,她并不在乎成功对或不对;因为她终于相信:说到底,一个人是人才还是蠢材,要看他成功不成功。奥利维感到妻子的怀疑压在他身上,消耗了他的精力。然而他还是努力奋斗,像过去和将来的许多人一样,进行多半是徒劳无益的斗争,因为这场男女之间的斗争并不是势均力敌的,男方智力上的自私是孤军奋战,女方自私的本能却会利用男方的软弱无能,灰心失望,通情达理,其实,情理不过是消耗了的生命和本身懦弱的代名词而已——至少,雅克琳和奥利维比大多数奋斗的人要高一等。因为奥利维从来没有背叛自己的理想,而成千上万的男人却任懒惰的天性、虚荣心、情欲牵着他们的鼻子走,否定了自己不朽的灵魂。如果奥利维也随波逐流,那雅克琳会瞧不起他的。但她却盲目地拼命摧毁奥利维对理想的信心,其实这也是她自己力量的所在,是他们两个人安全的保障;她还采取了本能的战略行动,要暗中破坏支持他们理想的友谊。

自从这对年轻夫妇得到遗产以后,克里斯托夫和他们在一起觉得貌合神离。雅克琳和他谈话时,故意过分地矫揉造作,不是太时髦,就是太庸俗,结果达到了她的目的。他有时起了反感,说些不客气的话,得罪了雅克琳。然而这并不会使两个男朋友闹翻,他们的关系太深了。无论如何,奥利维也不会抛弃克里斯托夫。但他不能勉强雅克琳;爱情使他变得软弱,他又不忍心要她痛苦。克里斯托夫看出了他内心的矛盾,就主动抽身出来,免得他左右为难。他明白自己和他们一起,对奥利维没有什么好处,可能只会坏事。于是他找了一些借口来疏远他;而奥利维也无可奈何,只好顺水推舟;但他猜得到克里斯托夫做出的牺牲,内心感到悔恨交加。

克里斯托夫并不怪他。他想,俗话说得好:女人是男人的一半。结了婚的男人就只剩下半个人了。

他设法过没有奥利维的日子。他硬要自己相信他离开只是暂时的,但没用。虽然他乐观,却也有难过的时刻。他过不惯单独的生活了。当然,奥利维在外省的时候,他也曾单独过;可是那时,他还抱有幻想;他可以说朋友只是在外地,但是会回来的。现在朋友回来了,却比以前离得更远。这种友情填补了他好几年的生活,忽然一下失去了,那做什么事都没有了意义。自从他爱和奥利维在一起,就养成了一个习惯,思想上少不了奥利维。工作也不能填补空缺,因为克里斯托夫一工作,就会联想起朋友来。现在朋友对他不关心了,克里斯托夫就像一个失去了平衡的人,而要恢复平衡,只好另外再找一个人的感情。

亚诺太太和"夜莺"一直保持着对他的友情。但在这时,这种心平气和的感情对他是不够的。

然而,这两个女人似乎猜到了克里斯托夫的痛苦,并且暗中同情他。一天晚上,克里斯托夫意外地看见亚诺太太到他房里来了。她从没有贸然拜访过他。她看起来心情激动。克里斯托夫并不注意,以为她是不好意思。她坐下了,没有说话。克里斯托夫为了避免冷场,就殷勤招待她;他们谈起了奥利维,因为房间里到处有他的东西。克里斯托夫谈得很高兴,一点也不泄漏他们之间发生的事情。但亚诺太太却不禁用怜悯的眼光瞧瞧他,问道:

"你们差不多不再见面了吧?"

他以为她是来安慰他的;他受不了,因为他不喜欢人家多管闲事,就回答说:

"我们不高兴就不见面。"

她脸红了,说道:

"啊!我不是要冒昧提出问题!"

他后悔自己不该不客气,就握住她的手:

"对不起,"他说,"我总怕人家责备他。可怜的孩子!他和我一样痛苦……不错。我们不再见面了。"

"他也没有给你写信?"

"没有。"克里斯托夫说时有点难为情……

"生活多不幸啊!"亚诺太太停了一会儿说。

克里斯托夫抬起头来。

"不,不能说生活不幸,"他说,"只能说生活有不幸的时刻。"

亚诺太太要掩饰内心的辛酸,又接着说:

"过去相爱的,现在不爱了。爱有什么用?"

"已经相爱过就行了。"

她还要说:

"你为他做出了牺牲。如果你的牺牲至少能对你爱的人有点好处,倒也罢了!但是你的牺牲并没有使他幸福!"

"我并没有做出什么牺牲。"克里斯托夫生气了,说,"如果我做出了牺牲,那也是我乐意的。这没有什么可以争论。一个人做的,是他应该做的事。如果不做,他会觉得痛苦!什么牺牲,真是胡说八道!不知道是哪些心灵空虚的神甫,把阴阳怪气、耸肩缩颈的新教徒所谓的不幸观念,和牺牲混为一谈了。似乎牺牲一定是不幸的……见鬼去吧!如果牺牲对你说来就是不幸,而不是快乐,那何必牺牲呢?你也犯不着啊!并不是普鲁士国王勒令你去牺牲,而是自觉自愿的。如果你感觉不到牺牲的快乐,那就去你的吧!你并不配生活。"

亚诺太太听着克里斯托夫讲,瞧也不敢瞧他一眼。忽然,她站起来,说了一声:

"再见。"

那时,他才想到她来一定是有什么心里话要告诉他,于是赶快说:

"啊!真对不起,我太自私,只顾谈自己。再待一会儿,好不好?"

她说:

"不行,我要走了……谢谢……"

她说走就走。

他们有一段时间没再见面。她销声匿迹了;他既不去看她,也不去看"夜莺"。他喜欢她们,但怕和她们谈难堪的事。再说,她们安静而平凡的生活,疏淡的气氛,这时对他并不合适。他需要看到新的面孔;他一定要有新的兴趣,新的爱情。

为了忘却自己,他又上戏院去,他已经很久不去了。再说,在他看来,戏院对音乐家是一所有趣的学校,可以观察、记录感情的升降起伏。

这并不是说:他对法国戏剧比初到巴黎时更有好感。他除了对那套永远不变的陈旧而粗野的主题、对爱情的心理生理分析不感兴趣之外,法国人的戏剧语言,尤其是诗剧在他看来也显得特别矫揉造作。他们的散文和韵文都不合乎人民生活中的语言,不能表现他们的天才。散文不够自然,最好的也超不过报上的专栏文章,最差的就是像副刊的下里巴人了。他们的诗证明了歌德的俏皮话言之有理:

> 无话可说就写诗。

他们的散文啰啰唆唆,别别扭扭;形象也是东拉西扯,移花接木,并没有内心的感受,使真诚的读者觉得是在说谎。克里斯托夫认为这些诗剧并不比高声大叫、虚情假意的意大利歌剧,或者过分花哨的练声曲更高明。使他感兴趣的不是剧本,而是演员。说来也怪,连剧作者也在努力模仿戏子。"如不把角色写得和戏子一样坏,演出就不会成功。"自从狄德罗写了这句名言以后,情况并没有好转。演员成了艺术的模型。只要一个演员出了名,他就可以有他的戏班子,有为他量体裁衣的剧作家,而剧本也就是以他为模型写的了。

在这些出名的文艺模型之中,芳丝华芝·乌东引起了克里斯托夫的注意。一两年来,她已经风靡了巴黎。当然她有人为她写剧本,然而她并不只演为她写的作品;她演的剧目中包括易卜生和萨杜、邓南遮和小仲马、萧伯纳和亨利·巴太依。有时,她甚至在王家剧院念起古典戏剧的六音步诗句,或者置身于莎士比亚的人物洪流之中。她演这些角色并不得心应手。其实,无论她演什么角色,演的都是她自己,只不过是她自己而已。这是她的弱点,也是她的拿手功夫。只要观众不是全神贯注看她这个人,她的演出并不精彩。一旦她引起了观众的好奇心,她演什么都好得出奇。的确,一看到她,你会忘了那蹩脚的作品,是她用生命美化了戏剧。一颗素昧平生的心把女性的肉体塑造成了一个谜,这对克里斯托夫而言,比她演的戏更动人得多。

她的侧影很好看,清清秀秀,有悲剧味。不是罗马式的重笔勾勒。她的线条细致,像巴黎人,像约翰·古雄的雕刻,既像女人,又像少年男子。她鼻子短,但长得好。嘴巴很美,嘴唇很薄,嘴角有一道痛苦的皱纹。脸颊显得聪明,清瘦得像年轻姑娘,表情令人感动,反映了内心的痛苦。下巴看得出意志的坚强。脸色苍白。一张习惯于不动声色的脸,但不由自主还会泄漏感情,浑身的皮肉都流露出她的灵魂。头发和眉毛很秀气,眼睛变化多端:珍珠色,琥珀色,有时还会闪出绿光或者金光,真像雌猫的眼睛。她看起来迷迷糊糊,半睡半醒,也像一只雌猫,眼睛睁开,待机而动,满肚子怀疑,即使神经忽然松弛,也暗藏着杀机。她不像看起来那么高,那么瘦,肩膀很漂亮,胳膊很匀称,手又长又软。她梳妆打扮,都分寸合度,不像某些女明星浪漫随便,或者过分讲究——这点她又很像雌猫,虽然出身并不入流,却有高贵气质。但在灵魂深处,她还有改不掉的野性。

她大约是三十岁差一点。克里斯托夫在伽玛希那里听到过谈论她。这些粗野的人也拜倒在她裙下,说她是个浪漫、聪明、大胆的女人,像钢铁般强硬,胸中燃烧着野心,不怕吃苦,非常任性,很难对付,脾气过激,在下层社会打过滚,才爬上今天光荣的宝座,所以一直要吐出这口怨气。

一天,克里斯托夫坐火车去默东看"夜莺",一开车厢门,看见这个女明星已经坐在那里。她看来又激动,又痛苦;克里斯托夫一上车就使她不高兴。她转过身去,目不转睛地瞧着对面的窗玻璃。但克里斯托夫看到她神色不对头,就不断地盯着她,流露出的同情既天真,又叫人不自在。她不耐烦了,狠狠地瞅了他一眼,他却没有明白过来。到了下一站,她走出了车厢,上了另外一节车。直到那时,他才恍然大悟——可惜晚了一点——她是要躲开他;因此,他觉得很难堪。

几天以后,在同一条铁路线上的一个车站,他坐在月台唯一的长凳上等火车回巴黎。

她也来了,在他身边坐下。他想站起来。她却说:

"坐下吧。"

他们两个坐着。他道歉了,说那一天不该逼得她换车厢;说若是早知道他妨碍了她,他会自动下车的。她微微一笑,打趣地答道:

"的确,你那天教人受不了,干吗眼瞪瞪地瞅着我!"

他说:"真对不起;其实我也是身不由己……你那天看起来好像很痛苦。"

"那又怎么样?"她说。

"那教我受不了。要是你看见有人要淹死了,难道你不会伸出手去救他?"

"我吗?不会,"她说,"我会把他的头按下水去,叫他早点完蛋。"

她说这话时,痛苦中带有幽默;他一听傻了眼,她却笑了一笑。

火车来了。车厢都已坐满,只有最后一节车厢还有空位。她上了车。列车员催旅客快点。克里斯托夫不想旧戏重演,要另外找一节车厢。她却对他说:

"上来吧。"

他上了车。她说:

"今天没关系了。"

他们谈起话来。克里斯托夫认真向她解释:对人不该漠不关心;而互相帮助,互相安慰,对大家都有好处……

"安慰,"她说,"对我没有什么好处……"

克里斯托夫坚决反对。

"不错,"她放肆地微微一笑,又说,"安慰别人,对自己是有好处的。"

他过了一阵子才明白。等到他明白过来,等到他猜出她的用意是在怀疑他有个人打算,其实他只是为她着想,于是他气得站起来,打开车厢的门就要下车,而火车还在行进中。她费了好大的劲才把他拉住。他气呼呼地坐下,关上车厢门时,火车刚刚进入地道。

"看,"她说,"你要送死吗?"

"我不管。"

他不愿再和她谈话。

"人太蠢了,"他说,"互相折磨,自讨苦吃;等到有人来帮忙,又怀疑别人。这真倒胃口。这种人哪里有人味。"

她笑着要他平心静气。她把自己戴着手套的手放在他的手上;她和和气气地对他说话,叫着他的名字。

"怎么,你认识我?"他问。

"在巴黎,谁不认识谁呀?我们是一条船上的人。不过我错了,刚才不该那样对你说话。你是个好人,你,我看得出。得了,别生气啦。好!我们讲和吧!"

他们握握手,像朋友一样谈起来。她说:

"这也不能怪我,你看!我打过交道的人多着啦,不能不防一手。"

"我也时常上当,"克里斯托夫说,"不过我还是一直相信人。"

"我看得出,你大约是天生的糊涂虫。"

他笑了起来。

"不错,我一生吃了不少亏;不过这不碍事。我的胃口好。我吃得下最粗的、最硬的、最苦的东西,必要时我还吞得下攻击我的可怜虫。我身体反倒更好了。"

"算你走运,"她说,"你是个男人。"

"你也是个女人呀。"

"女人算不了什么。"

"做女人很美,"他说,"也可以很好!"

她笑了。

"哼!"她说,"你瞧好心人把女人当成什么了?"

"那要自己争气。"

"那么,好心好意维持不久。"

"好心人本来不多。"

"你也许说得对。不过,吃苦也不能过头。一过头心就会枯死。"

他正要表示同情,又想起了她刚才的态度……

"你还要说安慰别人对自己有好处吗?……"

"不,"她说,"我不说了,我觉得你是个好人,你是真心实意的。谢谢你。不过,什么也不要再说了。你不会知道的……谢谢你了。"

他们到了巴黎。两个人分别了,没有交换地址,也没有约好互访。

一两个月之后,她来按响了克里斯托夫的门铃。

"我来找你。我要跟你谈谈。自从上次见面之后,我有时会想到你。"

她坐了下来。

"只坐一会儿。不会打搅你很久的。"

他开始和她谈话。她却说:

"等一下,好不好?"

两个人都不说话。然后,她笑着说:

"我刚才实在受不了。现在好些。"

他要问她。

"不,"她说,"不要问了!"

她看看房间,看到什么随便说上两句,一眼看到路易莎的照片。

"是你妈妈?"她问。

"是的。"

她拿起来瞧瞧,流露出了同情。

"好妈妈!"她说,"你运气好!"

"唉!她已经去世了!"

"那不要紧,反正你有过一个好妈妈。"

"那你呢?"

她皱皱眉头,把话题扯开了。她不喜欢人家打听她的事。

"不,谈你吧。告诉我……你生活里的事……"

"那和你有什么关系?"

"还是讲吧……"

他不肯讲;但不能不回答她的问题,她会提问。她问的正好是他的痛处,朋友的故事,和奥利维分开的经过。她听着,微笑中含有同情,又仿佛是说"何苦来呢?"……她忽然问道:

"几点了?天呀!我已经来了两个小时!……对不起……啊!我好过多了!……"

她又接着说:

"我还想来……不会经常……有时会来……来了好过些。不过我不愿打扰你,浪费你的时间……只来一会儿,隔一段时间来来……"

"我到你那儿去吧。"克里斯托夫说。

"不要,不要,不要到我那里去。还是你这里好。我愿意来……"

但她很久没来。

一天晚上,他偶然听到她病得厉害,已经几个星期不演出了。他不管她同意不同意,就去看她。她不见人;但一听到他的名字,又把他叫上楼。她在床上,病好了些,她得的是肺炎,样子变了;但不变的是挖苦的神气,锐利的眼光,那总是保持警惕的。然而,一见克里斯托夫,她就露出了真正的喜悦。她要他坐在床边上。她谈起自己来,开玩笑似的满不在乎,说她差一点一命呜呼了。他一听变了脸。她反倒笑了。他怪她什么也没告诉他。

"告诉你什么?要你来吗?一辈子也不会!"

"我敢打赌,你根本没想到我。"

"你赌赢了,"她三分难过,七分好玩地微笑着说,"我生病的时候一分钟也没有想到过你。说准确点,是只在今天才想到你的。不要难过,得了!我一生病,谁也不想,我只要人家让我清静。我脸朝墙等着,我要孤独,死也要像耗子一样,孤零零地死。"

"然而,一个人痛苦不是太难过了吗?"

"我习惯了。我倒了几年霉。没有人来帮忙。现在,皱纹都成了褶子,成了习惯……再说,这样更好。没有人能帮忙。只是吵你,麻烦你,假心假意的唉声叹气……不要。还不如一个人死掉更好。"

"你就这样听天由命!"

"听天由命?我不知道这话是什么意思。不,我只是咬紧牙关,恨使我痛苦的病。"

他问她有没有人来看她,照顾她。她说戏院里的同事是些老实人——糊里糊涂,碍手碍脚——同情也是表面上的。

"老实告诉你,倒是我不愿见他们。我是个难侍候的病人。"

"有他们来看也算不错了。"他说。

她怜悯地看了看他。

"你也会说出这种话来?"

他说:

"对不起,对不起……天呀!瞧!我都成巴黎的俗人了!真难为情……我发誓,我想也没有想到就说出来了……"

他把脸藏在被单里。她毫不掩饰地笑了,轻轻地拍拍他的头。

"啊!说这种话,这不是巴黎人说的!好吧!我认识你了。得了,露出头来。不要哭湿了我的被单。"

"原谅我了?"

"原谅了。不要再提。"

她又和他谈了一会,问他在做什么,觉得累了烦了,就要他走。

他们商量好:要他下星期再去看她。到了要去的时候,他得到她的电报,却叫他不要去;因为她身体不舒服——但第二天,她又要他去了。他看见她病好了些,靠着窗子半坐半躺。时间是初春,天上挂着太阳,树枝吐出新芽。他从没见她这样亲热,这样温存。她说那一天她谁也不见,他也和别人一样不受欢迎。

"今天呢?"

"今天,我觉得年轻了,成了一个新人,对周围一切使我感到年轻的、新鲜的东西,都有了感情——就像对你一样。"

"然而,我既不年轻,也不是新人。"

"你一直到死都是年轻的新人。"

他们谈到别的他做的事,谈到戏院,和她要重新登台的事,谈到她的看法,她不喜欢戏院,然而又丢不开。

她不要他再来;答应去看他。但她又怕会打扰他。他告诉她什么时候不会打扰他的工作。两个人商量了一个敲门的暗号。他一听就可以开门或者不开……

她并没有滥用机会。但有一次她去晚会上朗诵诗歌,半路上忽然觉得厌烦,就打电话去辞掉;临时来到克里斯托夫那里。她本想打个招呼就走,不料一夜推心置腹,把童年时代的往事都倾吐出来了。

悲惨的童年!母亲随便碰到的一个人成了她的父亲,她却从没见过他的面。母亲在法国北部一个小城的郊区开了一家名声不好的客店;过路的车夫来喝酒,和老板娘睡觉,还虐待她。一个车夫娶了她,因为她有几个钱;但他喝得烂醉,就打她。芳丝华芝有个年纪大得多的姐姐在客店里当侍女;她累得筋疲力尽;继父却当母亲的面,把她当作情妇;她得了肺病,死了。芳丝华芝就在拳打脚踢之下,忍辱偷生地成长。这个女孩子脸色惨白,脾气急躁,专心致志,心中火气很大,野性不改。她看到母亲和姐姐哭哭啼啼,受苦受难,忍气吞声,自甘堕落,最后死去。她却很倔强,发了疯似的不肯低头,要脱离苦海;她要反抗;碰到太不公平的事,她会发神经病;人家打她,她会又抓又咬。有一次她要上吊。当然不行,刚开始就不愿意,生怕真会吊死;等到喘不过气来,又赶快用抽搐的手指解开绳结,虽然全身痉挛,反倒拼命要活下去了。既然死亡不能解脱——克里斯托夫难过得苦笑了,他想起了相似的经验——她就发誓要争取胜利,争取自由、财富,把压迫她的人都踩在脚下。她发誓的那个晚上还住在低级下流的小客店里,听得见隔壁男人的咒骂,母亲被他打得哭叫,姐姐被他凌辱得哭泣。她感到多么悲惨啊!然而,誓言减轻了她的痛苦。她咬紧牙关,心里想:

"我要把你们全都打烂砸碎。"

在她阴惨惨的童年时代,只有一个亮点。

一天,有个和她同在河边玩耍的小伙伴,因为父亲是戏院的门房,偷偷地把她带去看排演。他们藏在剧场后排最暗的地方。她目瞪口呆地看到神奇的舞台在黑暗中更加显得光辉灿烂,听到演员说些高深莫测、莫名其妙的言语,看见女演员王后般的神气——那的确是一出浪漫派的音乐剧中的王后——她激动得身上冰冷,心也跳得厉害……"瞧,瞧,就该做个这样的女人!……啊!要能做到多好!……"——等到排演完了,她无论如何也要看晚上的演出。她让小伙伴先走,自己假装跟在后面;然后,她又偷偷溜回剧场,躲在一条长凳下面,待了三个小时,几乎给灰尘呛死了;等到演出快要开始,观众纷纷入场时,她正要从凳子底下爬出来,真倒霉!偏偏给人家抓住了。真丢人!在一片笑骂声中,她给赶出剧场,回家还打了一顿屁股。那一夜,要不是打算将来骑到这些混蛋的头上报仇雪耻的话,她是活不下去的。

她算计好了,就去带咖啡厅的剧场旅馆当侍女,那是演员住的地方。她不认识多少字,又不大会写;什么书都没读过,也没有什么书可读。但她想学,拼命下工夫。她到客人房里偷书;夜里偷偷地读,为了节省蜡烛,她读书不是在月下,就是在黎明。好在演员生活很乱,丢了书也不知道,知道了也不过发发牢骚而已。何况她读完书后,还会物归原主——当然书已不是原样,因为她喜欢哪几页,就撕了下来。她还书时还小心在意,不是放在床底下,就是塞在家具下面,要失主以为书并未出过房门。她把耳朵贴在门上,偷听演员念台词。然后在一个人打扫走廊的时候,低声模仿他们的腔调,还比划着手势。有人发现了,就笑她骂她。她不说话,心里很气——这种自学的方式日子一久,免不了出差错。有一次,她不小心偷了一个演员的脚本。演员气得暴跳如雷。除了侍女,没人进过他的房间,他一口咬定是她偷了。她先硬着头皮抵赖,演员吓她说要搜查;她就跪倒在他脚下,什么都招认了,还有别人的书,撕下的几页,全盘托出。他破口大骂,但心比口善。他问她为什么要偷。听她说要做演员,他大笑起来。他一盘问,她居然背出了她记住的几页台词;他吃了一惊,问道:

"你听我说:要不要我来教教你?"

她喜出望外,拼命吻他的两只手。

"啊!"她对克里斯托夫说,"我本来会多么爱他哟!"

不料那个演员立刻又说一句:

"不过,我的小姑娘,你知道,我不能白教你呀!……"

她那时还是个处女,人家追求她,要玷污她,她总是拿出蛮劲来保护自己的贞操。这种孤僻的洁身自好,对玷污行为的厌恶,对没有爱情的低级下流的性生活感到憎恨,这是她从小就养成了的习惯,因为她的家庭环境提供的悲惨景象使她恶心——直到今天,她还不能忘记……啊!不幸的女人!她已经受够了惩罚!……命运多么会捉弄人啊!……

"那么,"克里斯托夫问道,"你答应了。"

"唉!"她说,"要是能够脱身,火坑我也肯跳。但他说我是贼,要把我抓起来。我没有办法——就是这样,我走进了艺术的大门……也走进了人生。"

"该死的家伙!"克里斯托夫说。

"是的,我也恨他。但从那时起,我见得多了,他还不算是最坏的。起码他说话算数。他把他所知道的——并不算多!——演员那一套看家本领都教给了我。他把我带进了戏班子。我先得侍候每个人,演的都是配角。后来,一天晚上,演女仆的角色病了,他们冒险让我试演一次。以后,我就接着演下去。他们觉得我不行,怪模怪样,滑稽可笑。那时我很难看。我一直不好看,等到一天,有人忽然说我是高人一头的、理想的女人……'典型的女人'……这些傻瓜!——至于表演,他们说我胡闹,不对头。观众不欣赏我。伙伴笑话我。戏班子留下了我,只是因为我到底侍候了大家,给的工钱又少,还要付出代价。每走一步,每升一级,一步一级,我都要付代价,用肉体付。演员,导演,班主,班主的朋友……"

她不说话了,脸色发白,嘴唇紧闭,眼睛无光;但是感觉得到,她的灵魂在哭,在流泪流血。在一瞬间,她过去受到的污辱都涌上心头,还有那支持她活下去的报仇雪恨的坚强意志,每当她不得不忍受新的污辱时,她真恨不得一口把对方吞下去。她也想到过死,但是蒙羞含恨而死未免太不值得。自杀,在受辱之前还说得过去!在报仇雪耻之后也行。但已经受了污辱,却不要对方付出代价,那怎么成!……

她好久没有说话。克里斯托夫气得在房里走来走去;他恨不能打死这些折磨女人、污辱女人的坏蛋。然后,他怜悯地瞧着她,站在她身边,两只手放在她的额头上,亲热地抚摸她,说了一声:

"可怜的小女人!"

她做了一个手势,要把他推开。他说:

"不要怕我。我是爱你的。"

于是眼泪从芳丝华芝苍白的脸上流了下来。他跪在她身边,吻着她美丽的长手,两滴眼泪落在上面……

然后,他又坐下。她也恢复了镇静,又接着讲她的往事。

最后,一个作家把她捧红了。他在这个与众不同的女人身上发现了一股魔力,一个天才——对他说来,不如说是"一个戏剧人物的典型,新式的女性,时代的代表"。当然,他跟许多人一样占有了她,她也让他跟许多人一样占有了她的肉体,但是没有爱,甚至还有恨。然而,他使她出了名;她也使他出了名。

"现在,"克里斯托夫说,"别人拿你无可奈何,你倒可以对他们为所欲为了。"

"你以为是那样吗?"她辛酸地说。

于是她又讲起了另外一件命运捉弄她的事——她对自己瞧不起的一

个文人发生了感情,那个文人利用她,要她吐露了最痛苦的隐私,写成了大块文章,然后把她抛弃了。

"我瞧他不起,"她说,"把他当作脚下的污泥;一想到我爱他,就会气得发抖,但只要他做个手势,我又会跑到他那里去,又会低三下四,迁就这个该死的家伙。有什么法子呢?我的理智喜欢的,我的感情偏偏不爱。我总得轮流牺牲一方,不是委屈理智,就得委屈感情。我有一颗心,也有一个肉体。心身都在喊叫,都在呼唤,要得到应有的幸福。我不能挖掘我的心身,我什么也不相信,我是个自由的人……自由吗?我只是心灵和肉体的奴隶,灵和肉想要的往往是,几乎常常是我不要的。我跟着灵和肉走,真是惭愧。但我有什么法子呢?……"

她不说了,机械地用火钳拨拨炉灰。

"书上说演员没有自己的感觉,"她说,"的确,我看到的那些演员都像剧中人一样自负,他们只为了面子上的小事烦恼。我不知道到底是他们,还是我在演戏。我相信我还是在生活。怎么说,我也是在为别人付出代价。"

她又停止说了。时间已经是夜里三点。她站起来要走。克里斯托夫说:不如等到天亮了再回去;他劝她在床上躺一会。她却宁愿待在安乐椅上,烤着快要熄灭的炉火,在寂静的屋子里谈下去。

"你明天要累了。"

"我习惯了。可是你呢……明天有什么事?"

"我倒有空。要到十一点才去教一堂课……再说,我的身子结实。"

"那就更该结结实实地睡一觉啦。"

"是的,我睡起来结实得像块木头。连打也打不醒,真没办法!我有时恨自己这样能睡。糟蹋了多少时间!……要是能从睡眠中偷出一夜来,出出这一口气,那真是太快活了。"

他们接着低声谈话,但话越来越少,沉默的时间越来越长。克里斯托夫睡着了。芳丝华芝微微一笑,顶住他的头,免得他倒下来……她坐在窗前出神,瞧着窗外黑洞洞的花园。不久花园就亮了。快到七点,她轻轻地唤醒了克里斯托夫,和他说再见。

这个月里她还来过,偏偏克里斯托夫出去了,门也上了锁。于是克里斯托夫给了她一个开门的钥匙。她想来就可以进来。的确,她来过不止一次,克里斯托夫都不在。她就在桌上留下一束紫罗兰,或在纸上写几个字,乱涂几笔,来个素描,或是漫画——表示她来过了。

一天晚上,她出了戏院,到克里斯托夫家来重温旧情。他在工作;随便谈了两句。一开口,两个人都觉得不像上次那么对劲。她要走;但时间太晚了。并不是克里斯托夫要留她。是她自己的意志不让她再走的。于是两个人待着,感到心头涌起了情欲。

他们跳下了爱河。

那一夜之后,她有几个星期没有来。他呢,几个月来沉睡在肉体中的情火那一夜燃烧起来了,他再也少不了她。她不让他到她家去;他就只好上戏院。他坐在最后几排,不让她看见;心里燃烧着爱火和激情;他浑身震颤;她演出的悲剧情绪把他们两人的心都烧成了灰。他不得不给她写信了:

我的朋友,你怪我吗?原谅我吧,如果我使你不愉快的话。

一接到这封低声下气的信,她立刻跑到他家里来,投入了他的怀抱。
"最好能够老实做个好朋友。既然做不到,何必勉强做不可能的事呢?该发生的事,就让它发生吧!"

他们的生活打成了一片。但还是各住各的房子,各有各的自由。芳丝华芝不可能顺着克里斯托夫过规规矩矩的同居生活。再说,她的地位也不允许。只能由她到克里斯托夫这里来,和他一起度过一部分白天或夜晚的时光;但每天都得回去一次,有时也在家里过夜。

在暑假期间,戏院停演,他们同在巴黎郊区吉夫附近租了一所房子。他们度过了快活的日子,虽然也难免有忧郁的暗影。两个人互相信任,一同工作。他们有一间明亮的卧房可以俯瞰田野,眼界开阔。夜里他们可以从床上看到玻璃窗外奇形怪状的云影飘过黯淡无光的天空。他们互相拥抱,半睡半醒,听陶醉在欢乐中的蟋蟀歌唱,听雷声给雨声伴奏,闻到秋天泥土的呼吸——忍冬草、铁线莲、紫藤、割下的干草呼出的气息掺入了室内和他们体内。静悄悄的夜。双双入睡。一片寂静。远处的犬吠。鸡鸣了。黎明降临了。在寒冷灰暗的曙色中,远方的钟楼传来了微弱的早祷钟声,使安乐窝里温暖的肉体打了个冷战,不胜爱怜地抱得更紧了。靠墙的葡萄架上,鸟儿一醒就发出了啁啾声。克里斯托夫睁开眼睛,屏住呼吸,柔情脉脉地瞧着身边这个熟睡的女朋友在爱情退潮后累得苍白的面孔……

他们的爱情不是自私的情欲,而是灵与肉交融的深刻而友好的感情。他们真是得其所哉。两个人各做各的事情。克里斯托夫的天才、好心、精神品格,在芳丝华芝看来都是很可贵的。她感到自己在某些方面似乎比他年纪还大,因此,她的母性可以得到满足。她惋惜的是不懂他演奏的艺术,她对音乐是个外行,只有在很偶然的机会她也会感情冲动,但那与其说是音乐的关系,不如说是她受周围的环境、风景、人物、声色的感染而得到的激情。然而通过这种她不理解的神秘语言,她一样能感到克里斯托夫的天才。这就好比在看一个伟大的演员用外国语演戏,她自己的才能也受到了激发。而克里斯托夫在创作的时候,把自己的思想感情都投射到这个女人身上,体现在他热爱的这个躯体上,觉得思想感情都美化了,比在自己心中还更美。和这样一个女性的心灵亲密无间,这个柔弱、善良、狠心的女性,有时却又闪现出天才的光辉,这真是个无价之宝。她告诉他关于人生、男人、女人的经验。他对女人知道得太少,而她却能用锐利的目光做出一针见血的批评。尤其是,她使他更了解戏剧,更深入这种艺术的精神;戏剧是人人赞赏,十全十美,朴实无华,丰富多彩的艺术。她向他显示了这种富有魔力的、实现人类梦想的工具;她对他说,不应该为自己一个人创作,而他却有这种倾向——大多数艺术家都有这种趋势,都学贝多芬的样,不肯"在得到灵感启发的时候,为该死的小提琴谱写一支曲子"——一个伟大的诗剧作家却不会为一个特定的舞台写作而羞得脸红,也不会因为使自己的思想配合现实中的演员而觉得惭愧;他并不认为这会贬低自己,因为他明白,如果梦想是美丽的,那么,实现梦想就是伟大的。戏剧和壁画一样,都是有固定位置的艺术:壁画固定在墙上,戏剧固定在生活中——戏剧就是活的艺术。

芳丝华芝这样表达的思想,和克里斯托夫的思想是一致的,他到了事业这个阶段,倾向于和别人交流的集体艺术。芳丝华芝的经验使他抓住了观众和演员之间千丝万缕神秘的交感。芳丝华芝虽然现实,缺少幻想,却能发觉这种互相启发的力量,这种把演员和观众联系起来的共振波,在成千观众的一片寂静之中,能听出演员的声音表达了他们唯一的心声。当然,她这种感觉是像闪电一般瞬息即逝,非常难得的,即使是再演同一出戏,再说同一句话,也从没有同样的感觉。再演出时,同样的话却没有灵魂,同样的戏却是冷静的、理智的机械动作。而重要的是那一次难得的演出——像闪电一般,在一秒钟之内,照亮了成千上万人的心灵深处,千万人的力量表现在一个人的声音之中。

大艺术家应该体现的，正是这种共同的灵魂。他的理想应该是复活古希腊行吟诗人的客观主义，摆脱自我，吸收吹遍人间的集体感情。芳丝华芝尤其需要客观，因为她不能摆脱自我，演来演去，演的总是自己——一个半世纪以来，个人抒情主义像百花怒放，已经泛滥成灾，到了病态的地步。精神上的伟大应该表现为丰富的感情受到理智的控制，应该言简意赅，思想纯洁，决不应该炫耀，应该会用眼睛说话，说话应该深刻，不应该像孩子那样夸大其词，像女人那样流露感情，应该说半句就让人明白，应该使人心领神会。现代音乐大谈自我，见人就推心置腹，没有分寸，趣味不高。这就好比那些喜欢对人大谈自己病情的病人，他们不厌其烦、一五一十把最讨厌、最可笑的细枝末节都说出来，不管人家愿不愿听。芳丝华芝不是音乐家，但也不难看出音乐的发展像寄生虫一样不利于诗，这是衰落的迹象。克里斯托夫先不同意，一想也有道理。把歌德的诗谱成的歌谣原来朴实无华；舒伯特却渗入了浪漫的伤感，舒曼又加上了少女的忧郁；到了胡戈·沃尔夫更成了大声疾呼，分析入微，使灵魂暴露无遗了。心灵神秘的面纱全都撕掉。遮遮掩掩的希腊悲剧却变成了赤身露体的荡妇骂街。

克里斯托夫觉得自己也受到这种艺术的感染，有一点难为情；他并不想脱离现代，回到过去——那是不合情理，违反自然的——他又沉浸在表达高尚思想很有分寸、感到集体艺术伟大的大师作品中。他重读了亨德尔。亨德尔瞧不起哭哭啼啼的德国虔信派，写出了大气磅礴的圣歌和史诗般的清唱剧，那是为人民而写的人民乐曲。困难的是如何找到富有启发性的题材，像亨德尔时代的《圣经》那样，能唤醒今天的人民大众共同的情感。今天的欧洲已经不再有一本共同的书：没有一首诗，一篇祈祷词，一道宗教法令，可以说是共同的财富。啊！这个耻辱压在今天全体作家、艺术家、思想家的身上！没有一个人为大众写作，没有一个人为大众思想。只有一个贝多芬留下了几页抚慰心灵的新福音；但只有音乐家才听得懂，而多数人是不听的。瓦格纳企图在贝鲁特山上建立联合全人类的宗教艺术。但他伟大的心灵已经受到当代的颓废思想和音乐污染；来到圣山上的不是老实的渔民，而是伪君子了。

克里斯托夫感觉到了自己该做的事；但他缺少一个诗人为他作词，只好自己谱写乐曲。音乐虽然说是天下通用的语言，其实并不通用；一定要用文字当弓才能把声音的箭射入大众的心灵。

克里斯托夫计划在日常生活的启发下，创作一部交响组曲。他在构想按照自己的方式写一部《家庭交响乐》，而不是按照理查德·施特劳斯的方式。他不用电影式的画面来体现家庭生活,不用传统的文字按照作者的意图来表达各种人物的音乐主题。那是对位作曲家善于玩弄的迂腐而幼稚的把戏!……他不打算描写人物或行动,而要说出人皆有之、人人都能在自己心灵深处找到共鸣的情感。第一章表现一对多情的年轻夫妇认真地享受天然的幸福,他们温存体贴的感情,对未来的信心。第二章是对亡儿的挽歌。克里斯托夫在表现痛苦的时候避免写实,他不喜欢精确的描写;个人的面目不见踪影;只有一片茫茫的苦难——你的、我的、每个人面临的、或可能面临的不幸命运。被苦难压倒的心灵通过痛苦的挣扎慢慢站了起来,把自己的不幸当作祭品,献给上天。在紧接着第二章的乐曲中,心灵勇敢地继续前进——这是一支表现意志的《赋格曲》,大胆的构思和顽强的节奏结果掌握了生命,在血泪的斗争中,把生命带上了奋勇前进的道路,充满了百折不挠的信心。最后一章描写人生的晚景。第一章开始时出现的主题又出现了,信心一样动人,温情永不衰老,但是更成熟了,虽然受了一点伤,却从痛苦的阴影中显露出来,戴着光明之冠,对上天唱颂歌,就像五彩缤纷的鲜花,对无穷的生命唱出了虔诚的热爱。

克里斯托夫也在以往的著作中寻找题材,题材既要伟大,又要简单有人情味,能够打动大众的心灵。他选中了两个:约瑟和尼奥贝。但在选题时,克里斯托夫碰到了如何结合诗和音乐的难题。和芳丝华芝的谈话又使他想起了以前和珂琳娜谈过的计划,那是写一种在歌剧和话剧之间的乐剧——是自由的语言和自由的音乐相结合的艺术——这种艺术今天几乎没有艺术家想得到,但却受到墨守成规的瓦格纳传统派的批评。这是新作品,因为问题是不走贝多芬、韦伯、舒曼、比才的老路,虽然他们也写过才华横溢的音乐戏剧;问题是不要硬给某种朗诵方式配上某种音乐,不管三七二十一,硬要用震音来对肤浅的听众产生肤浅的效果;问题是要创造一种新的形式,使歌唱的声音和乐器结合得如鱼得水,使音乐的咏叹和梦幻的回声能分寸合度地融入和谐的诗句。这种形式只适用于某些有限的题材,适用于心灵亲切地沉思的时刻,这样才能发出诗的芬芳。没有什么艺术比这种形式更讲究分寸,更贵族化的了。因此,它自然没有什么开花结果的机会,因为艺术家虽然自命不凡,这个时代却到处闻得到暴发户的庸俗气味。

也许克里斯托夫并不比别人更适宜搞这种艺术;他本身的品格,他平民式的力量,都会起妨碍作用。他只会设想,并且在芳丝华芝的帮助下,打出一个草稿。

就是这样,他给几页《圣经》配了音乐,几乎是逐字抄下来的——例如传诵后世的那一章,约瑟给哥哥们卖到埃及做奴隶,后来当上了行政长官,乔装回家来认兄时不胜感动地低声说了几句话,使后来的老托尔斯泰读了也不禁泪下:

我再也忍不住了……听我说,我是约瑟;父亲还活着吗?我是你们的弟弟,你到埃及的弟弟……我回来了……

这个美好而自由的结合不能维持长久。他们在一起虽然有的是生命力充沛的时刻,但是两个人太不相同了。他们都很性急,经常发生冲突。冲突并不是为了生活琐事,因为克里斯托夫尊重芳丝华芝。芳丝华芝虽然可能心狠,但是好心总会得到她的好报;无论如何,她也不肯以怨报德。此外,两个人的脾气都很快活。她会嘲笑自己。但她难忘的旧情,依然啃噬着她的心;她忍受不了这种难堪的处境,尤其受不了的是:克里斯托夫猜到了她的心情。

克里斯托夫看见她好几天紧闭嘴唇,紧皱眉头,沉浸在忧郁中,感到奇怪,不明白她为什么不快活。她已经达到目的,成了大艺术家,有人崇拜,有人奉承……

"是的,"她说,"可惜我不是那种出风头的女戏子,她们的心思和老板娘的差不多,演起戏来就像做买卖一样。她们只要有了地位,嫁了一个有钱的大老板,而——至高无上的是——还能得到一枚十字勋章,就心满意足了。但我却觉得不够。只要不是一个傻瓜,都看出成功比失败更空虚。这一点你当然知道。"

"我知道,"克里斯托夫说,"天啊!这可不是我小时候想象的那种光荣。那时我多么想得到荣誉啊!荣誉显得多么光辉灿烂!远远看上一眼,我就拜倒在地,把它当作神圣的……不过这有什么关系!成功也有你想象不到的好处;它可以给人做好事的力量。"

"什么好事?一个人成功了。但有什么用处?什么也没有改变。戏院,音乐会,一切都是原样。不过是新风气代替了旧风气而已。他们并不了解你,或者只有肤浅的了解,心就已经想到别地方去了……你自己呢,你了解别的艺术家吗?至少,他们并不了解你。那些你最爱的艺术家离你多么远啊!你还记得你的托尔斯泰吗……"

克里斯托夫给托尔斯泰写过信;他热情洋溢地赞美托翁的书,想给他的一个民间故事配上音乐,征求他的同意,并且把自己的歌曲集寄去了。托尔斯泰没有回信,就像舒伯特和柏辽兹把自己的杰作寄给歌德没有得到回音一样。托翁要人演奏了克里斯托夫的音乐作品,作品使他生气,因为他听不懂。他认为贝多芬是颓废派,莎士比亚是招摇撞骗的江湖派。相反,他倒喜欢温情脉脉的小作家,使戴头发的国王入迷的羽管键琴音乐,并且认为《女仆忏悔录》是本符合基督教义的书……

"大人物用不着我们,"克里斯托夫说,"我们应该想到大人物以外的人。"

"谁？小市民吗？那些给生活戴上假面具的影子？为这些人演戏,作曲？为他们浪费生命！那是多么痛苦！"

"啊！"克里斯托夫说,"我们的看法差不多;但是我不难过。他们并不那么坏！"

"好一个德国的乐天派！"

"他们也是人,和我一样的人。为什么他们不能了解我？——他们不了解我,难道我就应该感到痛苦？在这成千上万的人中,总会有一两个支持我的,那就够了,只要开一扇天窗就可以呼吸到外面的空气……想想那些天真的观众,那些年轻人,那些年长的老实人,你的悲剧美得使他们超越了他们平凡的生活。不要忘了你自己的小时候！如果能给别人——哪怕只是一个人带来别人从前给过你的幸福和快乐,那有什么不好呢？"

"你以为真会有一个人了解你吗？我到底还是怀疑……最爱护我们的人是怎么爱护的？是怎么看我们的？他们会看人吗？他们捧我们,但贬低了我们;因为他们同样会捧一个蹩脚演员;他们以为我们和人家瞧不起的傻瓜不相上下。凡是走红的人,在他们看来,都是不分高低的。"

"然而,能流传后世的伟人才是真正的伟人。"

"那不过是距离在起作用！你离山越远,山显得越高。你看得清山有多高,但你离山却更远了……何况哪一个人说得清谁最伟大呢？难道你认识死了的古人吗？"

"去你的吧！"克里斯托夫说,"即使没有人感觉得到我是哪种人,我还是那种人。我有我的音乐,我爱音乐,相信音乐,音乐比什么都更真实。"

"你搞你的艺术是自由的,要搞什么,就搞什么。可是我呢,我能搞什么呀？我不得不演分派给我的角色,演来演去,一直演到自己生厌为止。话又说回来,我们在法国到底还没有像美国演员那样当牛作马,演一万遍《里普大梦》或者《罗伯特·玛凯尔》,浪费了二十五年生命,就像驴子转磨一样演一个无聊的角色。不过我们也走上这条路了。可怜的戏剧！观众不能容忍天才，即使是一丝一毫也要磨平截短，拔毛去皮，还要涂上一层时髦的香膏……变成一个'时髦的天才'！难道这还不要了你的命？……浪费了多少精力！瞧他们是怎样糟蹋穆内这个悲剧演员的！他一生有什么角色好演？只不过两三个值得演的人物：一个俄狄浦斯，一个殉教的波利约特。其余的都是蠢货！但想想看：他本来可以演出多么伟大而光荣的角色来！……在法国之外也不见得更好。意大利人是怎样糟蹋杜丝的？她怎样浪费了她的一生？演了多少无聊的角色！"

"你真正的角色，"克里斯托夫说，"是要勉强这个世界演出有感染力的艺术品。"

"你再拼命也没有用。而且也划不来。只要一部有感染力的作品上了舞台，就会失掉伟大的意义，变成虚情谎话。观众的气息污染了作品，在沉闷的城市里，在发臭的土地上，观众已经不再知道什么是新鲜空气，什么是大自然，什么是合乎情理的诗意；他们只知道矫揉造作的诗，就像我们涂脂抹粉的脸一样……再说……再说……即使演得成功！……不对，那也充实不了生活，充实不了我的生活……"

"你还在想他。"

"谁？"

"你自己明白。那个坏家伙。"

"不错。"

"即使你得到了他，那个坏家伙，即使他爱你，说老实话，你也不会幸福，你还会自寻烦恼的。"

"说得不错……唉！我也不知道出了什么事。我过去挣扎得太久了，受到的折磨太多了，再也找不到平静了，我心里总感到焦躁不安……"

"即使在受折磨以前，你也是急躁的。"

"这很可能……你说得不错，其实我还是小女孩的时候……就急躁不安了。"

"那你要怎么办呢？"

"那我怎么知道？这超过我的能力了。"

"这我明白，"克里斯托夫说，"我少年时代也是这样的。"

"对，但你现在长大成人了。我呢，我却老也长不大。我永远成不了一个完全的女人。"

"世上没有完人。幸福在于了解自己的局限性，而且感到满足。"

"我不行了。我已经失掉了幸福。生活逼得我筋疲力尽,成了残废。然而我总觉得,不像大伙那样,我本来也可以做一个正常的、健康的、漂亮的女人。"

"你现在还可以做到。我看你现在这样就很可能。"

"告诉我你现在怎样看我。"

他就描写她在自然而协调的情况下本来会怎样发展,怎样幸福,怎样爱人又为人所爱。她听得情意绵绵。但听完后,她说:

"不行,现在不可能了。"

"那么,"他说,"你应该像亨德尔瞎了眼睛之后那样安慰自己:

无论现状如何,都是理所当然的。

于是他把亨德尔的钢琴曲弹给她听。她拥抱了她亲爱的乐天派。他给了她安慰。但她却使他不安,至少她怕会使他不安。她的绝望会忽然发作,又瞒不过他;爱情使她变软弱了。夜里,他们躺在床上,她悄悄地忍受着痛苦的煎熬,他猜得到,就要求和这个形近心远的女友分忧;于是她忍不住,哭着投入了他的怀抱,倾吐衷肠;他就好心好意,和和气气,花几个小时安慰她。但久而久之,这没完没了的苦恼对他不会不发生影响。芳丝华芝生怕自己的不安会感染他,想起来就发抖。她太爱他,一想到自己使他痛苦就受不了。有人请她去美国演出,她答应了,逼得自己非走不可。她走得使他难堪,她自己也一样难堪。两个人在一起又不能使对方幸福!

"可怜的老朋友,"她温柔地苦笑着对他说,"我们怎能把好事做坏!再也不会有这样好的机会,这样好的朋友了。没法子,没法子。我们太蠢!……"

他们互相瞧瞧,又难堪,又难过。他们为了不哭而笑笑,互相拥抱,就含着眼泪分别了。不知离别苦,哪知相爱深!

她走后,他又去找他的老伙伴艺术……啊!星光灿烂的天空又恢复了平静……

不久之后,克里斯托夫得到雅克琳一封信。这是她第三次给他写信了,但是和她惯用的口气大不相同。她说好久没见到他,觉得是件憾事,她很客气地请他去,否则,他就会使他两个亲热的朋友感到难过。克里斯托夫非常高兴,但是并不十分意外。他一直认为雅克琳不会老是这样不公平对他的。他喜欢重复一句老祖父开玩笑的话：

"早晚女人总有脾气好的时候；一定要会耐心等待才行。"

因此，他又到奥利维家去，受到了亲热的款待。雅克琳显得非常关心；她避免流露出常用的刻薄口气，小心在意不提会伤害克里斯托夫的话，对他的所作所为都表示有兴趣，谈起正经问题来也像解语花似的。克里斯托夫以为她革面洗心了，其实她只是为了讨他欢喜。雅克琳听人谈到克里斯托夫和舞台明星的风流艳事，这种传闻打开了巴黎风言风语的大门，使克里斯托夫面目一新，成了风头人物，好奇心重的雅克琳也刮目看他了。一见之下，她对他大有好感。甚至连他的缺点对她都有了吸引力。她发现克里斯托夫真有天才，值得下番功夫使他爱上自己。

年轻夫妇的家庭情况并没有好转，甚至变得更坏了。雅克琳无聊得要死……女人多孤独啊！除了孩子以外，她什么也不放在心上；即使孩子也不能永远占有她的心，因为她不只是个女性，还是个真正的女人，因为她有难以满足的心灵，要过丰富多彩的生活，她生来有多少事要做，而没有人来帮忙，她一个人怎么做得到呢！……男人远远不如女人孤独，即使在他最孤独的时候，他也会对自己说话，就像沙漠上都住了人似的；而如果两夫妻都孤独，丈夫也比妻子更会适应，因为他不像她那样关注自己的孤独，他总会自我安慰。他想不到自己在沙漠中旁若无人地自言自语的声音，使身边的女人觉得沉默更加可怕，觉得沙漠更加无情，对她来说，任何语言都是死气沉沉的，爱情也不能起死回生。而他却对此漠不关心；他不像女人那样把整个生命的赌注都押在爱情上，他的生活中还有别的事情分心呢……但有什么人来填补女人的生活，来填满她浩浩荡荡的欲望呢？自有人类四千年来，千百万妇女身上的火力都在短暂的性爱和母爱的祭坛上烧得干干净净了，母爱只是个高尚的骗局，只能骗取女人几年的生命，何况还有成千上万的女人连这骗人的母爱也没有尝到过呢！

雅克琳在绝望挣扎。片刻之间，她感到恐怖的利剑穿过心头。她在思索：

"我为什么活着？我为什么来到世上？"

她的心受到痛苦的折磨。

"天呀，我要死了！天呀，我要死了！"

这个念头在夜里缠住她，一刻也不放松。她梦见自己说：

"今年是一八八九年。"

"不对，"她听见有人纠正她，"是一九〇九年。"

她心里很难过:怎么一下就过了二十年。

"一切都完了,而我还没生活过呢!我这二十年干什么了?我这一生干什么?"

她梦见自己成了四个少女。四个人住在同一间房里,各人睡各人的床。四个人的身材一样,脸也一样,但是一个只有八岁,第二个十五,第三个二十,第四个三十岁。忽然传染病流行了。四个少女死了三个。第四个瞧瞧镜子,吓得要命;她看到自己的脸绷得紧紧的,已经面目全非……她也快要死了——于是一切都到了尽头……

"我这一生干什么了?"

她眼泪汪汪地醒了过来;噩梦并没有随着白天的降临而消失,白天也是一场噩梦。她这一生干什么了?是谁偷走了她的生命?……她开始恨起奥利维这个没有犯罪的帮凶来——管他犯罪没犯罪!反正她是一样受了罪!——谁叫他帮瞎了眼的客观规律来压她呢!事后她又责备自己,因为她到底是个好心人;但是她太痛苦了,不得不迁怒于压得她喘不过气来的帮手,虽然他也痛苦,但她为了报复,却不得不害得他更痛苦。过后,她感到自己也更难受,她恨自己;她觉得如果找不到一个救自己的方法,她会做出更多坏事来的。于是她就想方设法,在周围摸索寻找;就像一个快要淹死的人,见到什么就抓什么;她要使自己对什么事情发生兴趣,不管是一部作品,或是一个人物,只要可以变成好的事情,她的作品,她的人物就行。她勉强自己去从事脑力活动,学外国语,写一篇文章,写短篇故事,她开始绘画,作曲……但没有用,她头一天就泄了气。太困难了。再说,"书呀,艺术品呀!到底是什么呢?我还不知道是不是喜欢书,是不是有什么艺术品……"——有些日子,她和奥利维谈得来劲,笑得来劲,仿佛对他们的谈话很感兴趣,其实,她只是在设法忘掉自己……但没有用,忽然一下,情绪低落了,心也冰冷了,她藏了起来,既不流泪,也不喘气,只是心如死灰——她对奥利维倒起了几分作用。他也变得怀疑了,庸俗化了。她却并不觉得合乎她的口味,只怪他和自己一样软弱。几乎每天晚上,两个人都一同出去;她带着苦闷出入于巴黎的"纱笼",谁也猜想不到她带笑的讽刺掩盖着的却是无可奈何的苦闷。她要寻找一个爱她又能帮她脱离苦海的人……但找不到,找不到,找不到。她发出了绝望的呼声,但听不到回音。只有沉默。

她并不爱克里斯托夫;她忍受不了他粗野的态度,他伤人的坦率,尤其是他的冷漠无情。她一点也不爱他;但她感觉得到:他至少是强有力的——他是死海中露出的一块岩礁。她要抓住这块岩石,这个在波涛中露出头来的游泳健儿,抓不住就把他的头按进水里,和她同归于尽……

然后,她觉得离间丈夫和他的朋友还不够,一定要把丈夫的朋友抢过来。最老实的女人有时也会本能地试试自己的魅力有多大,一试就过了头。这样的轻举妄动却能化软弱为力量。如果一个女人既自私自利又虚荣心重,她的坏心眼会发现:偷走丈夫朋友的感情会有一种不安分的乐趣。要下手并不难,丢几个媚眼就够了。不管男人老实不老实,没有几条鱼能不上钩的。如果朋友够交情,他会避免采取行动,但在思想上已经是不够朋友了。如果丈夫发现了真相,两个人的交情就算完了,他们都会另眼看待对方——玩这种危险游戏的女人往往也就到此住手,不再提进一步的要求,她牵着两个离心离德的男人,随心所欲地支配他们。

克里斯托夫注意到了雅克琳的亲热态度,并不觉得意外。他一对人有了好感,就天真地认为人家自然也会喜欢他,并且不会有不可告人的用心。一看见年轻的女主人自动接近他,他也就快快活活地投桃报李,觉得她很可爱;他和她在一起玩得很尽兴,对她的看法也大有转变,几乎认为奥利维生活不幸福,只能怪他自己太笨了。

他陪这对小夫妻坐汽车去外地转了几天;他在朗洁家的乡下别墅作客——朗洁在布哥涅的老家有一所房子,那里保存着很多往年的足迹,但是他们平常并不去住。房子孤零零地在葡萄园和小树林中间;内部年久失修,窗子也关不紧;闻得到一股发霉的气息,水果烂熟的气味,清凉的树荫和晒热了的树脂交织的气流。有雅克琳在身边过些日子,克里斯托夫渐渐让一种不足为外人道的甜蜜感浸入了心头,但他并不感到不安,只感到一种纯粹的享受,看到她,听着她,接触到她美丽的身体,呼吸着她醉人的气息,也不可能没有肉体上的愉快。奥利维看在眼里,有点担心,但口里不说。他并没有什么怀疑;只有一种朦朦胧胧的不安情绪压在心上,要他承认,他都会脸红的;为了惩罚自己,他往往故意让他们两个单独在一起。雅克琳看透了他的心事,不能无动于衷;她真想对他说:

"得了,不要多心,我的朋友。我最爱的人还是你。"

但是她也不说出口;他们三个就这样任其自然发展。克里斯托夫没有什么猜疑,雅克琳不知道自己到底要什么,就一切听天由命,走一步算一步。只有奥利维既有预见,又有预感,但是自尊心太重,爱情又太深,不好意思多想。然而意志不开口,本能就要说话了;心灵不当家做主的时候,肉体就会自行其是。

一天晚上,吃过晚餐之后,夜景显得这样美丽——没有月亮,星光灿烂——他们都想到花园里去散步。奥利维和克里斯托夫先走出了房子。雅克琳到楼上房间去拿一条围巾。她好久没有下来。克里斯托夫口里不干不净地责怪女人拖拖拉拉,没完没了,就回去找她——不知道从什么时候起,他就糊糊涂涂地取代了丈夫的角色——他听见她来了。但他走进的那间房子百叶窗已经关上,什么也看不见。

"得了!快点来吧,老是没个完的太太。"克里斯托夫快快活活地叫道,"你老照镜子,连镜子都要磨坏了。"

她却不回答。她已经站住了。克里斯托夫感觉得到她在房间里;但她动也不动。

"你在哪里?"他问:

她还是不回答。克里斯托夫也不再问了,只在黑暗中摸索着走,心有点乱。他站住了,心跳得更厉害。他听得到雅克琳轻微的呼吸离他很近。他再向前走了一步,又站住了。他知道她就在前面,他不能再往前走了。过了几秒钟沉默的时间。忽然一下,两只手抓住了他的双手,把他拉了过去,一张嘴贴在他的嘴上。他紧紧地搂着她,一句话也没说,一动也没动——他们的嘴唇分开了,挣脱了。雅克琳走出了房间。克里斯托夫哆嗦地跟在后面。他的腿颤抖了。他靠着墙待了一会,等心跳平静下来。最后,他赶上了他们两个。雅克琳没事一般和奥利维谈话。他们在前面走。克里斯托夫在后面,离他们有几步路,神色沮丧。奥利维站住等他,他也站住;奥利维亲热地叫他,他却不回答。奥利维了解朋友的怪脾气,有时心血来潮,嘴巴就像上了三重锁,也就不等他回答,继续同雅克琳往前走了。克里斯托夫机械地跟在后面十来步远的地方,就像狗跟着主人一样。他们站住,他也站住。他们走,他也走。就是这样,他们在花园里转了一圈,然后进去了。克里斯托夫回到楼上房间,把门关上。他不点灯,也不睡觉,也不思索。到了半夜,他困了,就坐在桌子前,把头枕在胳臂上,睡了个把小时。等到他一醒来,就点着蜡烛,焦急地收拾东西、纸张、箱子,然后倒在床上,一直睡到天亮。天一亮他就下楼,拿起行李走了。人家等了他一早上,又找了他一天。雅克琳表面上不在乎,实际上气得发抖,故意装出损人的神气,要看看银器少了没有。一直等到第二天晚上,奥利维才得到克里斯托夫一封信:

我的好朋友,不要怪我莫名其妙地走了。莫名其妙,我就是这样,你也知道。有什么法子呢?我就是这样一个人。谢谢你亲切的款待。款待的确好。可惜,你看,我不是一个适宜和别人一起过活的人。我甚至不敢肯定我是不是适宜生活。我只配待在一个角落里,离别人远远的——来表示我的爱,这样更加稳当。如果我离别人太近,我反而会感到厌恶的。这可不是我愿意的事。我只想爱别人,爱你们大家。唉!我多么想帮大家的忙啊!如果我能使你们——使你幸福,我多么愿意献出我可能得到的幸福啊!……但这是不可能的。一个人只能为别人指路。没有人能代替别人走路。每个人只能保全自己。保全你们吧!保全你吧!我爱你。

克里斯托夫

请向耶南太太致意。

"耶南太太"读完了信,抿紧嘴唇,露出了瞧不起人的微笑,干巴巴地说道:

"那好,听他的话!保全你自己吧。"

等到奥利维伸出手去,要把信拿回来,雅克琳却把信纸揉成一团,抛在地上;两颗大眼泪涌了出来。奥利维抓住她的手。

"你怎么啦?"他激动地问道。

"不要管我!"她气得叫了起来。

她走出去。到了门口,她又叫道:

"自私!"

克里斯托夫到底使他在《大日报》的保护人都成了他的冤家对头。这是不难料想到的。克里斯托夫得天独厚,就像歌德说的那样,从来"不会感恩戴德"。

"厌恶歌功颂德的人是非常难得的,"歌德讥讽地写道,"只有与众不同的人才做得到。他们出身于最贫穷的阶级,每走一步都不得不接受别人的援助,而援助人居高临下地举手投足,都会洒下毒药……"

克里斯托夫认为得到帮助并不应该卑躬屈膝,同样地也不应该放弃自由。他帮别人的忙并不索取百分之几的利息。但帮助他的人想法却有点不同。他们高尚的道德观念认为:欠了他们的人情债就该偿还,所以报馆主办拉生意的游艺会要克里斯托夫为一支无聊的颂歌谱曲,他居然拒绝了。他们就大为震惊,婉转地告诫他这样做不妥当。克里斯托夫不买他们的账。更有甚者,报纸借用他的名义发表了一些言论,他却断然否认,气得他们火冒三丈。

于是开始了对他的口诛笔伐。各种武器,他们无所不用。他们甚至又从古老的军火库中取出一种歪打正着的武器,从来打不死人,但对傻瓜却万无一失:他们欲加之罪,硬说他抄袭了别人。他们断章取义,从他的作品中选出一段,再把无名之辈的作品乔装打扮一番,进行比较,说他剽窃了别人的灵感。他们诬告他要压制新生的艺术家。如果他们只是一些职业走狗,一些爬在大人物肩上指手画脚的批评家,自吹自擂"我比你更高更大!"那倒也罢了。

但是不然,有才能的人也互相攻击,人人都想方设法,叫自己的同行受不了。其实,正如克里斯托夫说的,世界很大,足够让大家平安无事地各尽所能;即使每个人都拿出了看家本领,恐怕还是有硬仗要打呢。

德国有些艺术家妒忌克里斯托夫,就提供武器给他的对头,必要时还会制造武器。法国也是一样。音乐刊物的国家主义者——其中好几个是外国人——却因为他是外国人而侮辱他。克里斯托夫的名声越来越大,当时的风气使拿不定主意的人都对他的夸张感到恼火,更不用说对他有成见的人了。在音乐会的听众中,有一些社会人士和一些刊物的年轻作家,现在成了克里斯托夫的狂热支持者,无论他写了什么作品,都使他们欣喜若狂,出自内心地说他的音乐简直前无古人。有些人解释他的作品,居然从中发现了哲学意义,使他感到大为意外。还有些人在作品里看出了对音乐进行的革命,对传统发起的攻击,而克里斯托夫却是尊重传统的。他提出了不同的意见,但是没有用。他们会说作者并不了解自己写的什么。他们口里说的是崇拜他,其实崇拜的是他们自己。因此,对克里斯托夫的口诛笔伐得到了音乐界的同情,他的同行厌恶支持者的"大吹大擂"。其实,吹嘘没有他自己的份。他们不喜欢他的音乐,并用不着这些理由,因为他们虽然多半没有思想,却会根据陈规老套,毫无困难地表达鹦鹉学舌般的乐思,对于他这样思想丰富,表达创造性的想象又不能得心应手,表面上甚至显得杂乱无章的人,他们自然会感到恼火。他受到过多少次批评,说他不会作曲啊!而批评他的人不过是些只会抄写的老手而已,他们所理解的风格只是小团体内部的作曲秘诀,厨房里的糕点模子,他们认为思想只要倒进模子就行了!克里斯托夫最要好的朋友也不去设法了解他,只因为他带来了幸福而爱他,而了解他的人,偏偏是些默默无闻,在音乐界没有发言权的听众。唯一能振臂高呼,为克里斯托夫答辩的朋友是奥利维——但他已经和他分开了,似乎把他忘了。于是克里斯托夫受到反对者和崇拜者的两面夹攻,他们彼此竞争,看谁更会伤人。他厌倦了,根本懒得争辩。他在一家大报上读到一个自以为是评论家的人对他宣判,对艺术蛮横无理地发号施令,其实他完全出于无知,但是有恃无恐,克里斯托夫只好耸耸肩膀说:

"批我吧。我也要批你的。一百年后再见分晓!"

但在当时还是诽谤得逞,而群众照例张大了嘴,不管诽谤多么荒唐无耻,全都照吞不误。

仿佛处境还不够困难似的,克里斯托夫偏偏挑了这个时间,和他的出版商闹翻了。其实赫区特倒是无可厚非的,他按时出版他的新作品,做生意规规矩矩。的确,按照他的规矩,不免要订一些不利于克里斯托夫的合同;但合同他是遵守的,并且是严格地遵守。一天,克里斯托夫意外地发现他的七重奏改成了四重奏,双手演奏的钢琴组曲被乱改成了两个人弹的钢琴曲,却没有告诉他一声。他跑去找赫区特,把这些罪不可赦的作品丢在他面前说:

"你知道这是怎么回事吗?"

"当然知道。"赫区特说。

"你居然敢……你居然敢把我的作品改得一塌糊涂而不征求我的同意!……"

"什么同意?"赫区特不动声色地说,"你的作品都是属于我的。"

"也是我的呀,难道不是吗?"

"不是。"赫区特和气气地说。

克里斯托夫跳了起来。

"我的作品不属于我?"

"不属于你。你卖给我了。"

"你是和我开玩笑吧!我卖给你的是乐谱,你能拿去卖钱就卖好了。但写在乐谱里的音乐是我的心血,那是我的。"

"你全都卖给我了。为了你这些作品,我已经预付你三百法郎,你初版每份只卖三十生丁,在你卖到三百法郎之前,你的全部作品,不受任何限制,没有任何保留,版权都转让给我了。"

"难道我连毁版的权利也没有?"

赫区特耸耸肩,按铃要一个职员来,对他说:

"把克拉夫特先生的档案拿来。"

他从容不迫地对克里斯托夫念合同的条文,但克里斯托夫签字时连看都没有看一眼——结果合同全是按照当时一般音乐出版商的规定订的——"赫区特先生是作者的全权代理人,包括版权及诉讼权在内,可以独家编辑、出版、刻模、印刷、翻译、出租、出售,以任何形式、在任何地点、在音乐会、咖啡厅、舞场、剧院等地,演奏上述作品,用任何乐器,甚至增加歌词,改换题目等等,等等。"

"你看,"他说,"我没有做得过分吧。"

"当然,"克里斯托夫说,"我还应该感谢你呢。你干吗不把我的七重奏改成咖啡厅的小调?"

他气得无可奈何,只好双手抱头。

"我出卖了我的灵魂。"他说了又说。

"放心吧,"赫区特挖苦说,"我不会叫你吃亏的。"

"而你们的共和国,"克里斯托夫说,"居然允许做这种买卖!你们还说什么个人是自由的,却拍卖起个人的思想来了。"

"你不是拿了钱吗?"赫区特问。

"三十个铜子,是不是?"克里斯托夫说,"拿回去吧。"

他摸摸衣袋,要还赫区特三百法郎,但拿不出。赫区特微微一笑,带了一点瞧不起的神气,笑得克里斯托夫更恼火了。

"我要我的作品,"他说,"我买回来好了。"

"你没有权利,"赫区特说,"但我不想为难你,你可以拿回去——不过要赔偿我的损失。"

"我会赔的,"克里斯托夫说,"哪怕把我自己卖掉也行。"

他没有异议就接受了赫区特提出的条件。这真是发了疯,他买回他已经出版的作品,花的钱要比作品带给他的收益高出五倍。这并没有夸大其词,因为是根据作品给赫区特的实际收益一丝不苟地计算出来的。克里斯托夫当然付不出,赫区特也估计得到。他并不想压克里斯托夫,认为他作为艺术家也好,作为人也好,都高于任何其他年轻的音乐家;但是他要给克里斯托夫一个教训,因为他不容许任何人侵犯他的权利。这些条文也不是他制定的,当时通用的都是这一套;因此,他认为公平合理。此外,他真心诚意地相信条文对作者和出版商同样有利,因为出版商比作者更懂得推销作品的方法,不像作者那样斤斤计较感情上的得失,感情虽然高尚,但是违反了实际利益。他打定主意要克里斯托夫成功,但要按照他的方式,要克里斯托夫捆住手脚服服帖帖才行。他要人家感到：不要他帮忙也不是件容易事。于是他们商量好了一笔有条件的买卖；如果克里斯托夫六个月内还不了欠款，作品的版权还是全归赫区特所有。其实，谁也预料得到：克里斯托夫连四分之一的欠款也还不起。

然而他坚持要赔偿，不惜别了那套往事知多少的房子，另外租了一套便宜点的——他还卖掉了好多东西。使他大为意外的是，没一件东西值钱——他借了债，找莫克帮忙，不幸莫克那时手头拮据，又得了关节炎，卧病在床——他又去找另外的出版商，到处提出的条件都和赫区特的差不多，总是商人占大便宜，有的甚至干脆拒绝他。

那正是音乐界在报上拼命攻击他的时候。巴黎一家大报对他特别无情；有一个不署名的编辑把他当作靶子，没有一个星期不在《回声》栏内发表歪曲他的文字，在他脸上抹黑。另外一个音乐评论员唯恐他蒙面的同行手脚不重，只要有点借口就要发泄他的敌意。这不过是前哨战，他宣布不久还要进行正式的攻击。但他并不忙于兑现，因为他了解群众的心理，开门见山不如没完没了的含沙射影。他逗克里斯托夫，就像猫捉弄老鼠一样。克里斯托夫读了他送来的文章，虽然瞧他不起，还是有点痛苦。然而他保持沉默，没有答辩——即使他想答辩，他能做得到吗？——却为了自尊心坚决和出版商进行徒劳无益、力量悬殊的斗争。他浪费了时间、精力、金钱，还有他唯一的武器，因为他意气用事，居然放弃了赫区特为他的音乐所作的宣传。

忽然一下，形势转变了。报上宣布的攻击没有兑现。含沙射影的文章也不再发表。围攻顿时停了下来。更有甚者，两三个星期之后，那家报纸的评论员居然随随便便发表了几句赞扬他的话，似乎证明和他已经言归于好了。莱比锡有个大出版商来信给克里斯托夫，提出要印他的作品，订合同的条件对他很有利。一封盖了奥国大使馆印章的信表示对克里斯托夫的钦佩，说要在大使馆的晚会上演奏他的作品。克里斯托夫欣赏的"夜莺"也被请到晚会上去演唱；从此之后德国和意大利侨居巴黎的贵族"纱笼"都对她发出了邀请。克里斯托夫自己也不免要去参加一次音乐会，发现自己受到了大使最高规格的款待。然而，只交谈了几句就看得出主人不太懂得音乐，对他的作品并不了解。那么，怎么会忽然对他发生兴趣呢？仿佛有一只看不见的手在照顾他，为他清除障碍，开辟道路。克里斯托夫一问，大使就提到克里斯托夫的两个朋友，贝莱尼伯爵和夫人对他非常钦佩。克里斯托夫连这个姓名都没有听说过;他去大使馆的那天晚上,也没有人给他介绍。他并不是非认识他们不可。他正处在对世人感到厌倦的阶段,觉得朋友和敌人都一样靠不住,都会互相转化,只要风向一转,朋友就翻脸不认人了;所以一定要学会不依赖朋友,要像十七世纪那位老人说的:

>上帝要朋友来就来,要他们走就走。他们离开了我。我也要离开他们,再也不提他们了。

自从他离开了奥利维的家,就没有再得到奥利维的消息;他们之间的关系似乎画了句号。克里斯托夫也不打算再交新朋友。他想象中的贝莱尼伯爵和夫人,不过是两个冒充风雅,自称是他朋友的人物;他也不想什么办法去和他们见面。还不如说他要躲开他们呢。

其实,他要躲开的是整个巴黎。他需要有几个星期,能躲到一个孤独而友好的环境中去。如果他能沉浸在故乡的氛围中,哪怕只是几天,那是多么好啊!渐渐地,他就像得了思乡病。他要去看看他的莱茵河,河上的天空,地下的故人。他一定要去看看他们。可是他不能去,一去就有失掉自由的危险,因为他自逃离德国之后,一直受到通缉。但他觉得非回去不可,不去简直要发疯了,哪怕只去一天也行。

幸亏他有了新的保护人,一个德国大使馆的年轻随员,那是在演奏他作品的晚会上见到的;随员对他说,他的祖国因为出了他这样的音乐家而感到自豪,克里斯托夫却悻悻地答道:

"祖国为我感到自豪,却让我死在国门之外,不让我回去。"

年轻的外交官向他了解了情况,几天之后,他来看克里斯托夫,并且对他说:

"上面有人很关心你。有一个重要的人物有权使通缉令暂停生效;他愿意帮你的忙。我不知道他怎么会喜欢你的音乐,因为——说老实话——他的趣味并不太高;但他人很聪明,而且慷慨大方。他虽然不可能立刻撤销对你的通缉令,但如果你回家乡的时间不超过四十八小时,只去看看亲人的话,地方当局不会跟你过不去的。这里有一张护照。你来回都要签证。请你小心一点,不要惹人注意。"

克里斯托夫又一次见到了故土。在规定的两天期限之内,他只看看故园,和在园中长眠的故人打打交道。他看了母亲的墓地。坟上长了青草;最近还有人来献花。并排安息的是父亲和祖父。他在他们脚下坐着。墓背后靠围墙。墙外凹路上有一棵栗树给墓地遮阴。从矮墙上可以看到墙外金黄的庄稼,暖风吹过,柔波起伏,太阳照在昏昏沉沉的土地上;听得见鹌鹑在麦地里的催眠曲,还有墓地的松涛柏浪声。克里斯托夫一个人在沉思默想。他的心很宁静。他坐着,双手抱膝,背靠墙垣,望着天空。他闭上眼睛,只一会儿。一切多么单纯!他感到回了家,和亲人在一起。他们就在身边,手挽着他的手。时间流走了。到了傍晚,脚步踏得沙子路飒飒作响。守墓人来了,瞧了瞧坐在那里的克里斯托夫。克里斯托夫问他是谁献的花。回答说是比伊农场的主妇每年来一两次。

"是洛金吗?"克里斯托夫问。

他们谈了起来。

"你是她儿子?"守墓人问。

"她有三个。"克里斯托夫回答。

"我说的是汉堡的那一个。另外两个没有出息。"

克里斯托夫把头往后一仰,动也不动,话也不说。夕阳西下。

"我要关门了。"守墓人说。

克里斯托夫站了起来,同他在墓园中慢慢地转了一圈。守墓人带他看他的领地。克里斯托夫走走停停,站住看墓碑上的人名。他发现多少他认识的人又在地下团聚了!老于莱——他女婿——再往前走,有他童年的伴侣,同他玩过的小姑娘——前面,一个名字使他的心颤抖:阿达……让大家都安息吧……

平静的晚霞像一条彩带,系不住天边的落日。克里斯托夫走出了墓园。他还在田野里走了很久,一直走到星星照亮了天空……

第二天,他又来了,还在头一天坐过的地方过了一个下午。但头一天平静的心情却活跃起来了。他心里唱起了无忧无虑的颂歌。他坐在墓畔,把小本子放在膝盖上,用铅笔写下了他听到的歌声。白天就这样过去了。他似乎还在当年的小房间里工作,妈妈就在隔壁。等到他写完了要走的时候——已经离开坟墓走了几步——他念头一转,又往回走,把小本子藏在草里,常春藤下。天上开始掉下了几滴雨点。克里斯托夫心里想:

"很快就会模糊的。那也不要紧!……我只是为你一个人写的。不是为了别人。"

他又看到了莱茵河,还有熟悉的街道,但风物却改变了。在城门口,在古老城堡的走道上,有一片他看着种植起来的槐树林,现在它由小变大,占了好多地盘,挤得老树都透不过气来。顺着冯·克里赫家花园的围墙走,他认出了小时候爬在上面看园子的那块界石,但奇怪的是:街道、围墙、花园都变小了。在铁栅门前,他站一会。等他继续往前走的时候,来了一辆马车。他不由自主地抬起头来,眼光碰到了一个少妇的眼睛。少妇又嫩又胖,显得很开心,用好奇的眼光打量他。忽然她惊喜地喊了一声。马车按照她的手势停了下来。她喊道:

"克拉夫特先生!"

他站住了。

她笑着说:

"我是蜜娜……"

他朝她跑过去,几乎和第一次见到她时一样心慌意乱。她身边有一个男人,又高又胖,头顶已秃,胡子翘起,有一股洋洋得意的神气。她介绍说:"冯·布隆巴哈法官先生。"——是她丈夫。她要克里斯托夫到家里去。他想找个借口推脱。但是蜜娜喊道:

"不行不行,一定要来,要来晚餐。"

她说话的声音很大,速度很快,不等人问,已经讲起她的生活来了。克里斯托夫给她喋喋不休的话搞糊涂了,只听到了一半,于是就瞧着她。这就是他当年的小蜜娜吗?她好像盛开的鲜花,结结实实,全身发胖,皮肤漂亮,带玫瑰色,但五官都扩大了,尤其是那个多肉的鼻子。她的姿势、态度、风韵都不减当年;只是体形变了。

然而她还是滔滔不绝地说话:对克里斯托夫谈她过去的故事,谈不足为外人道的隐私,谈她如何爱丈夫,丈夫又如何爱她。克里斯托夫听得不好意思。她是一个没有批评精神的乐天派,觉得自己的一切都十全十美,高人一等——至少在别人面前——她总是吹自己的城市、房屋、家庭、丈夫和她自己。她当丈夫的面吹嘘他是"她平生所见过的最伟大的男人",他身上有"一种超人的力量"。"最伟大的男人"笑着捏捏蜜娜的脸颊,对克里斯托夫说她是"一个非常出色的太太"。法官先生似乎知道克里斯托夫的情况,拿不定主意对他应该采取什么态度,尊重吧,他还是通缉犯;不尊重吧,他的名声和来头又太大;结果他只好两手并拢。至于蜜娜,她一直说个没完没了。等她谈够了自己,她又来谈克里斯托夫;她无所不问,就像她刚才不问自答一样毫无顾忌。她很高兴再见到克里斯托夫;关于他的音乐她一点也不了解;但她知道他出了名;她引以为荣的是他爱过她——而且遭到过拒绝——她开玩笑似的提起往事,并不太体贴对方。她要他在纪念册上签名,一定要打听巴黎的事。她对这个都市好奇心切,但又藐视心重。她自以为了解巴黎,去过歌舞厅、歌剧院、蒙玛特、圣·克鲁。在她看来,巴黎女人都太轻佻,都不配做母亲,她们尽量少生孩子,生了也不管,丢在家里,自己却上戏院或者寻欢作乐去了。她不许人家顶嘴。晚上,她要克里斯托夫弹琴。她说是弹得好极了。其实,她认为丈夫也弹得一样好。

　　克里斯托夫很高兴又见到了蜜娜的母亲冯·克里赫太太。他心里对她还有好感,因为她对他好过。她的好心不减当年,而她比蜜娜更不做作;但她对克里斯托夫总有点又亲热又取笑的神气,从前,这使他恼火。现在她还和他离开她的时候一样,喜欢的还是从前喜欢的东西;她似乎认为现在不可能做得更好,也不可能不同;她比较了今昔的约翰·克里斯托夫,认为还是今不如昔。

　　在她周围的人,除了克里斯托夫之外,谁的思想也没有改变。小城的沉闷,眼界的狭窄,都叫他难过。晚上,主人花时间来说三道四,议论他不认识的人。他们打听邻居的笑话,认为只要和他们不同的就是可笑的。这种不怀好意的好奇心,永远关注无聊的琐事,结果使克里斯托夫受不了。他就转移话题,谈起国外的生活来。但他立刻碰了壁,不可能使他们了解法国文明。他在国外并不喜欢这种自由精神,但一回国,反倒觉得拉丁精神可贵了——这种精神首先要求了解,为了尽可能多了解,甚至不惜牺牲"德性"。他在主人身上,尤其是在蜜娜身上,又看到了傲慢的精神,这种傲慢伤害过他,但他已经忘记了——骄傲既是德性,又是弱点——为德性而自豪,诚实而不慈善,轻视自己不了解的弱点,重视正规,瞧不起"不正规"的优越性。蜜娜相信自己永远正确,若无其事地用教训人的口气,批评别人,毫无分寸。她懒得去理解别人,只关心自己。她的自私模糊地涂上了空想的色彩。问题老是她的"自我","自我"的发展。她也许是个好妻子,会爱丈夫。但她太爱自己。她的神气好像永远在对"自我"念《天主经》或《圣母经》。可以感觉得到:她最爱的男人如果对她的"自我"失敬片刻的话——那他就会遗恨绵绵——让你的"自我"见鬼去吧!为什么不想到"你"呢!……

　　然而,克里斯托夫对她并不苛求。他平常这样容易生气,现在却像个耐心的大天使一般听她谈话。他不许自己批评她。他要用童年的回忆像宗教的光环一样笼罩在她头上;一心要在她身上找到小蜜娜的形象。要从她的某些姿态上认出当年的她,那并不是不可能的;某些声音还能唤起动人的共鸣。他沉浸在回声中,不开口,也不听她说什么,只装作听的样子,表示缠绵不断的敬意。但他不能集中精力:她话太多,听不见小蜜娜了。最后,他有点累,站了起来。

"可怜的小蜜娜!他们要我相信你在这里,你就是这个吵得我厌烦的胖美人。但我知道这不是你。得了,蜜娜。我们和这些人有什么关系?"

他走了,让他们相信他第二天还会再来。假如他说当晚要离开,那不到开车时刻他休想脱身。刚在黑夜里走了几步,他就恢复了碰到马车以前的愉快印象。那个令人厌烦的晚上就像海绵吸水一般被吸收得一干二净;莱茵河的波浪声淹没了一切。他走到河畔,走到他出生的房屋那边。他不费力就认出了他的故居。百叶窗已经关上;人已经入睡。克里斯托夫走到半路上站住了;觉得若是他去敲门,熟悉的幽灵会来开门的。他走上了围着旧居的草地,走到河边,就是从前在晚上和高弗烈特舅舅谈话的地方。他坐了下来。过去的日子又复活了。那个和他共做过初恋美梦的可爱的小姑娘也重新出现了。他们又同享了青春的温情,甜蜜的眼泪,无限的希望。他露出了憨厚的微笑,自言自语:

"生活什么也没有教会我。我知道了也没有用……知道了也没有用……我总是做同样的梦。"

源源不断的爱情,源源不断的信任,那是多么好啊!爱情的点金术能够战胜死亡。

"蜜娜,同我在一起的蜜娜——同我,不是同别人……那是永远不会老的蜜娜!……"

月亮揭开了面纱,从浮云中出来了,使莱茵河背上的银甲闪闪发光。克里斯托夫的印象是:从前的河离他坐的土堆不像现在这么近。他走过去一看。不错,原来在这棵梨树下面,有一条舌头似的沙滩,一个长满青草的小斜坡;他从前在这里玩过多少回啊!现在,河流侵占了沙滩和斜坡,向上扩展,已经浸到梨树根了。克里斯托夫心里感到一阵难过。他向车站走去。这边也成了一个新地区——穷人的房子,建筑工地,工厂的高大烟囱,开始拔地而起。克里斯托夫想起了下午看到的栗树林,心里想:

"那边,河流也在侵占……"

老城沉睡在暗影中,庇护着生者和死者,现在对他说来,显得更可贵了,因为他感到老城也在受到威胁……

　　已经兵临城下……

赶快,把我们的人救出来!死神正在等待时机,要夺走我们所爱的一切。赶快把就要消失的面孔刻成永远不会消失的铜像。赶快从烈火中抢救国家的财宝,不要等到熊熊的火焰吞噬了特洛亚的宫殿……

克里斯托夫上了火车,走了,就像一个面临洪水泛滥成灾的难民。但是,也像从淹没的城市中救出了寺庙中的神灵一样,克里斯托夫在身上带走了乡土中迸发出来的爱情的星星之火,这是过去的神圣灵魂。

雅克琳和奥利维互相接近了一段时间。雅克琳失去了她的父亲。他的死深深地触动了她。在真正的痛苦面前,她才感到其他的痛苦是微不足道的傻事;而奥利维对她的温存又使他们的旧情复燃了。她回到了几年前玛德姑姑死后的悲哀日子,又重温了爱情带来的幸福生活。她怪自己得福不知福,应该感谢生活还给她留下了一点乐趣。这点乐趣现在对她显示了价值,她就紧紧抓住不放。医生劝她节哀,暂时离开巴黎,她同奥利维做了一次旅行,回到他们燕尔新婚的圣地,结果她受到的感动更大。在人生的转折点,重新见到以为已经消失了的爱情,它像白驹过隙似的又要消失——消失多久呢?也许永远?——他们不胜惆怅,于是拼命抱住爱情,不肯放松……

"留下来吧,和我们一起吧!"

但他们不知道爱情要一去不复返了。

雅克琳回到巴黎后,感到爱情点燃了的一个小小的新生命在她腹中震颤。但爱情已经成为过去。她体内越来越沉重的负担并没有使她和奥利维越来越亲密。她没有感到期待的快乐。她不安地问自己。从前,在苦恼的时候,她往往想到生个孩子可能救她。现在孩子要生了,她并没有得救。这株人造的小草把根插入了她的肉体,她感到它在生长,在吸她的血,不禁害怕起来。她整天怅然若失,眼睛没神,听着体内一个陌生的生命汲取她自己的生命。那是一种沉闷、模糊、温柔、催人入睡、令人痛苦的声音。她会忽然一下从昏沉中惊醒过来——浑身是汗,上下哆嗦,像触电似的反感。她要挣脱天性的束缚。她要生活,要自由,觉得天性欺骗了她。然后,她又为这些想法感到难为情,发现自己不近情理,责问自己是不是比别的女人更坏,或者是生来与众不同。慢慢地她又平静下来,迷迷糊糊好像一棵大树,感到体内的生命之果正在成熟,流出了液汁和梦想。这个果子会是怎么样的呢?……

她一听到孩子初见光明的第一声啼哭,一看到这个又可怜又激动人心的小肉体,她整个心灵都融化了。在心花怒放的一刻,她才认识到母性光荣的欢乐,这是世界上最强烈的欢乐:在痛苦中用自己的血肉创造了生命,创造了人。惊天动地的爱情巨浪紧紧地拥抱她的全身,把她卷起,一直送到天上……啊!上帝,创造了生命的女人是和你不分高下的对手;你没有尝到过她那样的欢乐,因为你没有吃过苦……

然后,巨浪平息了,灵魂又沉到了海底。

奥利维感情激动,浑身震颤,弯下腰去看孩子,并且对雅克琳微笑,他要了解他们两个人和这个几乎还不能叫作人的小生命之间,有什么神秘的生命联系。他温存中带有几分厌烦,用嘴唇轻轻地接触了一下这个皱纹未展、黄毛未干的小脑袋。雅克琳瞧着他,妒忌地把他推开,把孩子抱过来,紧紧地搂在怀里,一个劲地吻他。孩子叫了,她又把他放下,转过头去,朝着墙哭了。奥利维向她走来,拥抱她,吻掉她的眼泪;她也拥抱他,勉强自己微笑;然后,她要丈夫让她休息,把孩子留在身边……唉!有什么办法呢?爱情已经消失。男人把大半个自我都献给智力活动,永远不会让强烈的感情消失得不在脑海中留下一点痕迹,一点印象。他可能不再爱了,但不可能忘记他曾经爱过。女人爱的时候无缘无故,全心全意,不爱的时候也无缘无故,全心全意,叫她有什么办法呢?加强意志吗?制造假象吗?女人太脆弱了,不能加强意志;太现实了,不会制造假象,怎么办呢?……

雅克琳肘腕靠在床上,用温存而又怜悯的眼光看着孩子。他是什么人呀?不管他是什么人,反正不完全是她的骨肉。他也是"另外一个人"的。而这个"另外的人",她已经不再爱了。可怜的孩子?亲爱的孩子!这个小生命要把她和已经一去不复返的往事联系在一起,使她恼火;但她弯下腰去,亲他,亲他……

今天的女人很大的不幸,就是她们太自由了,而又不够自由。如果自由多一点,她们就会发现约束的魅力,在约束中找到安全。如果少一点自由,她们又会安分守己,不去摆脱约束,这样可以减少一点痛苦。但最坏的情况是,有了约束却管不了她们,有了责任却可以摆脱。

如果雅克琳相信她注定要在这个小家庭里过一辈子,她就不会觉得她的家这么不方便,这么狭窄,她就会想方设法使家庭变得更舒服,最后,她会像开始的时候一样爱这个家。但是,她知道她可以走出家庭;于是就觉得家里闷死人;她可以反抗,结果就相信应该反抗了。

现代的道德学家真是一些怪人。他们的生命力萎缩了,只发展了观察力。他们只会观察人生,却几乎不了解人生,更谈不上人生的理想了。他们只认清了人性,记下了现实情况,在他们看来,任务已经完成,他们就说:
"这是现实。"

他们不想改变人性。在他们眼里,存在似乎就是道德。一切缺点一下子都有了存在的神圣权利。世界民主化了。从前,只有国王可以不负责任。今天,所有的人,尤其是下等人,都可以不负责。不得了而又了不得的道德学家!他们花了多少力气,小心在意,聚精会神,向弱者说明他们弱到了什么地步,而由于弱点是他们的天性,他们注定了永远是弱者。那么,这些弱者除了袖手旁观之外,还有什么可做的呢?如果他们不以无所事事为荣,那就是万幸的了!女人老听人家翻来覆去地说她太幼稚,有毛病,结果反倒为幼稚、为毛病而自豪了。人家在培养女人的懦弱,使它开花结果。如果有人对孩子开玩笑,说少年人心理还不平衡,犯罪、自杀、肉体和精神的堕落是情有可原的——立刻,少年就会犯罪。即使是成人,只要翻来覆去对他说:他不自由,他就真会失掉自由而堕落为禽兽。如果对女人说:她可以负起责任来,可以成为自己的身体和意志的主人——她就会当家做主的。但是你们这些胆小鬼,你们不敢对女人说实话,因为你们要利用她们不明真相的弱点而占便宜!

雅克琳处在不利的环境中,结果迷失了方向。自从她和奥利维的关系破裂之后,她又回到她在少女时代瞧不起的人群中去了。在她周围,在她已婚的女朋友周围,有一小群青年男女,他们有钱,漂亮,无所事事,聪明伶俐,意志消沉。他们的思想言谈都绝对自由,唯一的调剂是说俏皮话。其实,他们满可以用上拉伯雷修道院的格言:

想做什么就做什么。

不过这也有点吹牛,因为他们并不想做什么大事,只是一些说了不做的修道士。他们喜欢宣扬本能的自由;但他们的本能已经模糊;他们的自由放荡主要是空中楼阁。他们喜欢感到自己溶化在这个文明的大浴池中,池中享受的快乐已经淡而无味了,就像一潭温暖的泥水能够溶化人的精力、生命的能源、原始的野性、信仰、意志、热情、责任的花朵。雅克琳美丽的身体就浸在这黏黏糊糊的思想中。奥利维不能把她拉出泥坑。他也染上了时代的流行病,认为自己无权妨碍爱人的自由,靠了爱情能够得到什么,他就只要什么。对他这种态度,雅克琳一点也不感激,因为在她看来,自由是她的权利。

最坏的是,在这个两性的世界上,她却只是一心一意,不喜欢模棱两可的;在她信任你的时候,她就献身给你,即使她自私,她的血管中沸腾的还全是慷慨的热血;在她和奥利维共同生活的时期,她依然保存着不妥协的精神,即使行为越轨,她也决不回头。

她的新朋友却是太谨慎上心了,决不肯在别人面前暴露自己的真面目。虽然他们在理论上扬言完全不受道德和社会偏见的影响,但在实际上,他们决不肯面对面地抨击有利可图的偏见;他们利用道德和社会,盗名欺世,就像不忠实的仆人盗窃他们的主人一样。他们还互相盗窃,不是由于习惯,就是由于无事可做。不止一个丈夫知道妻子有情夫。妻子也知道丈夫有情妇。但是他们相安无事。家丑只要不外扬,就不会闹得天翻地覆。这些恩爱夫妻互相谅解,像是合伙做生意——或者是同谋犯罪。但雅克琳更坦率,一分价钱,一分货色。第一,要老实。第二,要老实。第三,永远要老实。老实也是时代潮流所鼓吹的德性。这可是个仁者见仁的问题,对健康的人来说,一切都很健康,这是老实,对腐化的人说来,一切都是腐化,这也是老实。有时,老实也会显得多么丑恶!平庸之辈要看自己的灵魂深处真是罪过。他们看到的只是平庸;但他们的自尊心却会从平庸中得到好处。

雅克琳过日子只是在镜子里研究自己;她看到了最好是永远不要看到的东西,因为看到之后,她的眼睛就再也离不开了;而她又没力量和这些东西斗争,只是看着它们越来越大,最后大得蒙蔽了她的眼睛、她的思想。

孩子并不能充实她的生活。她不能自己喂奶;孩子就消瘦了。她不得不雇用一个奶妈。开始她很难过……不久,她就放了心。现在,孩子身体棒极了,长得非常结实,像个懂事的小伙子,不哭不闹,只是睡觉,夜里也不叫喊。奶妈是一个结实的内韦尔乡下人,她并不是头一次喂奶,每次都对婴儿有动物的本能感情,不让别人多管闲事,自己却又碍手碍脚,仿佛她是真正的母亲。雅克琳若是提意见,奶妈也只管干自己的;要是雅克琳说奶妈干得不对,结果她会发现是她自己无知。她自从生孩子后,身体并没有恢复健康,开始是静脉炎使她不得不卧床几个星期,她老是着急,头脑发烧,嘴里没完没了地重复一些单调的梦呓:

"我还没有活够,我还没有活够;现在,我的生命却结束了……"

她在胡思乱想,以为自己永远残废了;于是默默无言、不可告人的怨恨涌上心头,矛头对准了她得病的根源,落在她无辜的孩子头上。这种心情并不像大家想的那样是稀有的现象,不过是蒙上了一块遮羞布而已;有这种心情的女人也不敢承认,只是藏在内心深处。雅克琳责怪自己;自私和母爱在心中交锋。一见孩子幸福的睡态,她心软了;但马上又狠下心来:

"是他要了我的命。"

她以痛苦为代价才买来了小生命的幸福,而孩子却满不在乎地睡着,激起了她的反感,她怎么也压不下去。即使她病好了,孩子也大了些,这种隐隐约约的敌意并没有消失。但这种反感提起来都难为情,她就转移到奥利维头上。她一直以为自己有病,担心自己的健康,心情不安,加上医生的纵容,更培养了她的懒劲。其实懒惰才是她的病源——和孩子隔离,强迫自己什么事也不做,绝对孤独,几个星期躺着无所事事,肚子里塞得满满的,就像上屠宰场的牛羊一样——结果她一心一意只想自己。现代医学治疗神经衰弱的方法真怪,他们用恶性发展来取代精神萎靡!为什么不给他们的自私思想放血治疗!如果他们贫血的话,为什么不用猛烈的精神药剂来使他们头脑中的血流入心脏,恢复血液循环呢?

雅克琳病好之后,身体更结实,人更胖,显得更年轻了——精神上却病得比以前更厉害。几个月的孤独生活切断了她和奥利维思想上最后的联系。只要在他身边,她总不能不受到他这个理想主义者天性向上的影响,虽然他很软弱,但对信念却是能坚持的;他的精神比她更强,虽然她轻视他,但他深邃的目光有时会逼得她谴责自己,她挣扎着要摆脱他的影响,但没有用。等到机会来临,她和这个男人分开——她不再感到目光敏锐的爱情压在自己身上——只感到自由了——这时,代替他们之间存在过的友好信任的,反倒是一种怨恨心理,怨自己不该这样献身,恨自己不该长期受到一种不再存在的感情的束缚……谁说得清楚为什么这种压不下去的怨恨会滋生在一颗你热爱的心里,而且你还相信这颗心热爱你呢?但一夜之间,一切都变了。头一天她还爱你,看起来还爱你,自以为还爱你。忽然她不再爱了。她爱过的人从她心上一笔勾销了。他怎能理解呢?他只是忽然一下发现她心中没有了他这个人;他一点也没有看出她内心长期酝酿的过程;也没有猜到她暗中对他的反感和敌意正在与日俱增;他根本不想了解她怨恨和报复的原因。而原因往往是多方面的,长期潜伏,说不清楚的——有些原因埋藏在床笫之下——另外一些原因是自尊心受了伤,或是对方发觉了自己的隐私,做出了判断——还有一些理由……她自己说得清楚吗?有时是得罪了人自己还蒙在鼓里,却永远得不到对方的原谅,要想彻底了解恐怕永远都做不到,就连对她自己也是本糊涂账;但伤痛已经深入肉体之内,肉体是永远不会忘记的。

应付这种可怕的感情上的疏远,一定要是一个和奥利维不同的男人才行——要更接近自然,既单纯又灵活,能摆脱感情上的纠缠,善于按照本能办事,如果需要的话,还会不按理智行动。奥利维却是没有交锋就先败下阵来,灰心丧气;他看得太清楚了:很久以来,他就看出雅克琳身上的遗传性比意志力更强,这是她母亲遗留下来的灵魂;他看着她像石沉大海似的坠入种族遗传性的深渊,而他自己既软弱又笨拙,想把她拉上来,却使她更快地掉下去。他勉强要自己镇静。她却并不意识到自己工于心计,偏偏让他镇静不了,对他说些粗暴野蛮、庸俗的话,表示自己有理由瞧不起丈夫。如果他受不了,发起脾气来,她就瞧不起他。

如果他后来觉得难为情,对她低声下气,她就更加瞧不起他。要是他忍气吞声,不肯发作——她就恨他。最坏的是:他们好几天面对面,却像对着一堵墙似的,一句话也不说。这种沉默会使人透不过气来,会使人发疯,结果连最温和的人也会生气,有时甚至想做坏事,想骂人,想要别人叫苦。阴森森的沉默,瓦解爱情的沉默,男女双方像星球一般各走各的轨道,沉没在一片混沌之中……有时他们会走到这一步:无论做什么事,结果总是求近反远。他们的共同生活简直无法忍受。一件偶然的事加快了情况的变化。

一年来,赛西尔·芙莱莉常来耶南家。奥利维在克里斯托夫那里见过她。后来,雅克琳请她来家里坐;她就不断来看他们两人,即使在克里斯托夫和他们分手后也是一样。雅克琳对她好,虽然她不大懂音乐,并且觉得赛西尔有一点平庸,但能欣赏她歌声的魅力,认为能使人心平气和。奥利维喜欢和她一起演唱。渐渐地,她成了他们家中的常客。她能得到他们的信任;一走进耶南家的客厅,她不会说谎的眼睛,不会生病的神气,不会拘束的笑声,听了使人觉得舒服,好像一道穿破浓雾的阳光。奥利维和雅克琳的心里都觉得宽慰。她要走时,他们都想说:

"留下来吧,再待一会儿吧,我好冷啊!"

雅克琳不在家的时间,奥利维见到赛西尔的时候更多;他不能不对她吐露一点内心的痛苦。这颗软弱而温存的心憋不住了,需要诉说自己的苦衷,没有仔细考虑,想到哪里,说到哪里。赛西尔受了感动,用母性的语言在他的伤口贴上了香膏。她对他们两个人都表示同情。但听了他的心里话,她觉得比他还更不好意思,或者是为了其他原因,她找个借口,不像以前那样常来了。当然,她似乎觉得自己这样听是不忠于雅克琳,她没有权利了解这些隐私。奥利维就是这样解释她为什么疏远他的;他认为她做得对,因为他也怪自己不该诉苦。但一疏远,他反觉得赛西尔可贵了。他已经习惯于在思想感情上和她分担痛苦;只有她能减轻压在他心上的苦闷。他有自知之明,了解自己的感情,毫不怀疑他对赛西尔的感情应该算哪一种。他一点也没有对赛西尔说。但他不能不把自己的感情写下来。不久以前,他又恢复了用纸笔谈心的危险习惯。在他和雅克琳恋爱的几年里,这种习惯已经改掉;但现在他一过孤独的生活,遗传的老病又复发了:这对他的痛苦是一种安慰,对一个喜欢分析自己的艺术家又是一种需要。就是这样,他描写自己,写出自己的痛苦,像对赛西尔面谈一样——谈得更加随便,因为赛西尔永远不会看到。

不巧的是,这几页诉衷情的文字偏偏落到雅克琳眼里了。那一天,她觉得自己几年来没有这样接近奥利维。在整理柜子的时候,她重读了他从前写给她的情书,感动得哭了起来。坐在柜子的暗影下,不能再整理了,她就重温过去的生活,痛苦地后悔自己不该使旧梦破灭。她想到了奥利维的痛苦;她不能冷静地正视这个问题;她可以忘记,但一想到他为她而痛苦就受不了。她的心都碎了,恨不得投入他的怀抱,对他说:

"奥利维哟!奥利维,这是怎么搞的?我们真是疯了,真是疯了!不要再互相折磨吧!"

假如他在这个时候回来!……

偏偏就在这个时候,她发现了这些给赛西尔的信……一切都完了——难道她以为奥利维真欺骗了她?也许是。但那有什么关系?对她说来,行动上欺骗并不如思想感情欺骗重要。她更容易原谅她爱的人有一个情妇,但不容易原谅他偷偷地把心给了另外一个女人。而她并没有错。

"真是妙事!"有人会说……(可怜的人要等欺骗成为事实才会感到痛苦!……只要心还忠实,肉体干的卑污勾当要什么紧?如果心一变,那就一切皆空)……

雅克琳一分钟也没想过要重新得到奥利维。太晚了!她不再那么爱他。或许是她太在乎他了……不,这不是妒忌!这是她对他的信任全部崩溃,这是她暗中对他存在的信心和希望彻底破灭。她却不对她自己说:是她瞧他不起,使他灰心失望,把他推向对赛西尔的爱情。而这种爱情是纯洁的。说到最后,爱或不爱也不是自己能做主的事。她从没想到把他这次感情冲动和她自己对克里斯托夫调情的事相提并论,她只认为她并不爱克里斯托夫,调情算不了什么。她一冲动就夸大其词,认为奥利维对她说谎,心里根本没有她。在她伸出手来抓住最后一根支柱的时候,却抓了一个空……于是一切都完了。

奥利维永远也不会知道她这一天的痛苦。但一见到她,他的印象也是一切都完了。

从这时起,他们不再谈话,只在别人面前才说两句。他们互相观察,就像猎人追捕的两只野兽一样胆战心惊。有个瑞士小说家老实不客气地描写过这种情况:一对夫妇不再相爱,却互相留神,注意对方的健康,看有没有生病的迹象,并不是要对方早死,甚至没有这个念头,但是并不反对出现一次意外的事故,可以洋洋得意地说自己是两个人中的强者。有时,雅克琳和奥利维都想象对方有这个念头。其实双方都没有;但互相猜疑已经是太坏了,比如雅克琳在夜里如梦似幻地说:丈夫比她健康,正在一点一滴地折磨她,不久就要胜过她了……这种如疯似狂的胡思乱想,胡言乱语!——而想想看,他们内心深处却是相爱的!……

奥利维受不了沉重的负担,不想再斗争,就退到旁边,不再为雅克琳的心灵掌舵。雅克琳失去了导师,完全由自己做主,自由冲昏了头脑,使她晕头转向;她一定要找到一个新主子,才有个反对的目标,即使没有主子,也一定要制造一个。于是她就成了固定观念的俘虏。直到那时为止,她虽然很痛苦,但从来没想到要离开奥利维。从那时起,她认为自己可以不再受任何约束了。她需要爱情,以免后悔莫及——因为她虽然很年轻,却以为自己已经老了——她恋爱了,她尝过这种想象的、无法满足的热情,只要一眼看见一个人,一张模糊的脸,一个名人,有时甚至只是一个名字,就一把抓住,不肯放松,硬要说服自己少不了这个心上人,让他践踏自己的整个心灵,扫荡自己的过去,其他感情,道德观念,对往事的回忆,对本身的自豪,对别人的尊重,都会一扫而光。等到这个固定观念因为缺少营养而消耗自己,结果成了一片废墟,那时废墟上会长出什么新东西来呢?新生的本性恐怕没有好意,没有同情,没有青春,没有幻想,只想侵吞生命,就像侵蚀古迹的野草一样!

这一回,像平常一样,固定观念落到了一个情场老手的头上。可怜的雅克琳居然爱上了一个玩弄女性的巴黎作家,人既不漂亮,又不年轻,外表笨重,沉湎酒色,牙齿磨损,心灵干枯,唯一的优点是迎合当时的潮流,使一大批女人倒了霉。她并不是不知道他自私,因为他在作品中以自私为荣。他知道他能达到目的:用艺术装潢的自私是引诱百灵鸟的反光镜,是吸引飞蛾的灯火。在雅克琳圈子里的女人,上当的已经不止一个,就是最近,她有一个新婚的年轻女友,他并没有费很大的劲就搞到了手,然后又抛弃了。她们并不因此心碎,但她们的怨恨却是欲盖弥彰,成了大家的笑料。受害最深的女人也怕张扬出去,有损自己的利益和社会地位,只好有苦往肚子里吞,做事不敢超越常规,以免引起流言蜚语。不管是欺骗了丈夫或朋友,或是受了欺骗而痛苦,她们都一言不发。她们成了闲话的女主角。

但雅克琳是个不同寻常的女疯子:她不但是说了就做,而且做了就说。她发起疯来毫无心计,全不考虑利害得失。她有一个危险的优点:那就是一直对自己坦诚,不管行动后果如何,自己决不后退。她比她的同代人好,所以做出事来比大家坏。她一恋爱,一想到通奸,就全身心投入,坦率得毫无顾忌。

亚诺太太一个人在家里做针线活,平静中有几分热忱,就像希腊神话中那位忠实的妻子。她也像那位妻子一样在等待她的丈夫。亚诺先生整天不在家。他早晚都有课。在一般情况下,他回家来午餐,虽然他走路很慢,学校又在巴黎另一头,他还是不怕路远,这倒不是为了夫妻感情,也不是为了省钱,而是因为成了习惯。但是有些日子,他要辅导学生复习功课,或是利用留在校区的时间上图书馆。那时,吕西·亚诺就是一个人独守空房了。除了女用人上午八点到十点来打扫房间,干些粗活,还有杂货店上午送货上门之外,没有人来家里。整个屋子内,她没有熟人了。克里斯托夫已经搬走,丁香花园里搬来了新房客。赛丽纳·夏勃朗嫁了安德莱·艾斯白洁。艾利·艾斯白洁全家到西班牙开矿去了。老韦尔丧了妻,几乎从不回巴黎来住这套房子。只有克里斯托夫和他的朋友赛西尔还同吕西·亚诺保持联系,但他们住得很远,工作又累,往往几个星期不来一次。她就只好孤零零一个人打发日子。

她并不觉得无聊。只要有点小事就能引起她的兴趣。哪怕是微不足道的日常工作。一小盆花木,她每天早上都会用慈母般的小心把纤弱的绿叶冲洗干净。还有那只安静的灰色小猫,居然像主人的宠物一样,学到一点主人的姿态。它整天跟主人待在火炉旁边,夜里就在桌上灯下,看着她的手指干活,有时抬起发出异光的眼睛看她一看,接着又若无其事地闭上眼睛。甚至家具也会跟人做伴。每件家具都有一副熟悉的面孔。她像孩子一样高高兴兴给家具擦洗打扮,轻轻抹掉沾在上面的灰尘,然后小心在意地放回原处。她和家具老是进行无声的交谈。她会对着一张古老的路易十六时代的圆柱形写字台微笑,这是她唯一的古董。她每天看古董的乐趣都不会减少。她也同样忙着收拾衣物,几个小时站在一张椅子上,头和胳膊都伸进从乡下带来的大衣柜里,一边检查,一边整理,而灰猫莫名其妙,一看也是几个小时。

她真正的乐趣是在干完家务,一个人吃了午餐——天晓得她吃的是什么(她的胃口不大)——上街办完了非办不可的事,一天的日程结束之后,她在四点左右回到家里,坐在窗前或者炉边,手里干着活计,身边蹲着小猫。有时,只要找到一点借口,她就根本不出门,一个人关在家里,自得其乐,尤其是在冬天下雪的时候,她既怕冷,又怕风,还怕雨,更怕泥泞的道路,自己也成了一只干干净净、娇里娇气、软绵绵的小猫。万一送货上门的人忘了来,她就宁可不吃午餐,也不愿出门去买东西。在这种情况下,她从食橱里拿出一块巧克力或者一个水果来吃。她也不告诉亚诺。这是她躲懒的办法。有时,不管天阴天晴——外面是青天白日,街上是熙熙攘攘,室内却阴沉沉、静悄悄,就像幻影笼罩着的心灵一般——她都坐在她喜欢的那个角落里,脚下垫着软凳,手里拿着针线,一动不动地出神,手指却依然机械地在穿针引线。她身边摆着一本她喜欢的书。总是一本价钱便宜、红色封面的英国小说的译本。她读得很少,一天难得读完一章,书放在膝头,往往翻开的总是同一页,甚至根本就不翻开,因为她已经读熟了,只在梦中追寻故事。就是这样,狄更斯和萨克雷的长篇小说,她一读要读几个星期,而这几个星期成了她的梦中岁月。小说中的脉脉温情摇晃得她迷迷糊糊。今天的人读起书来又快又马虎,对于书中光芒闪烁,需要细细品尝的妙处,是领会不到的。亚诺太太一点也不怀疑书中人物的生活和她自己的一样真实。有些人物得到她全心全意的热爱:那个温柔多情、沉默寡言、纯洁无瑕、富有母性,唯恐失去爱情的凯塞胡特夫人可以算是她的姊妹;那个小董贝可算是她的孩子;她自己就是大卫垂死的小妻子多拉;她伸出胳臂来,要拥抱这些天真的灵魂,他们张大了纯洁的眼睛,走过这个大千世界;在她周围,还有可爱的穷人,不做坏事的怪人,他们各人都有自己可笑而动人的奇思幻想——而打头的便是亲热的天才作家狄更斯,他对着自己的梦中人物又是笑,又是哭。这时,如果她向窗外一望,就会在过路人当中发现这个幻想世界的某个可爱或可怕的影子。在房屋的墙后,她猜想也有过同样的生活的人物。她不喜欢出门,就是怕看到这个充满神秘人物的世界,她在周围看出了暗中演出的悲剧,公开演出的喜剧。这并不能说明她一直都在幻想。在她孤独的时候,她会有一种神秘的直觉,使她能在过路人的眼光中看出他们过去和未来生活中的秘密,而这往往是他们自己都不知道的。她又把这些亲眼目睹的景象和小说中记得的人物混淆起来,使他们改头换面了。她感到自己沉浸在这个辽阔无边的宇宙中,一定要回到家里才能脚踏实地。

其实,她有什么必要去读书,去看别人呢?只要仔细看看自己也就够了。这个黯淡而苍白的生命——那是从外表来看——如果从内心来看,那是多么光彩照人啊!她的生活多么充实!多少回忆,多少宝藏,哪个人猜想得到呢?……这些珍藏的回忆有没有真实性?——当然是真实的,因为真实不真实,要看她的感觉……可怜的生活啊,梦想的魔杖是可以点石成金的!

亚诺太太回忆她的逝水年华,一直追溯到童年时代;每一个消失了的希望都像一朵脆弱的小花一样悄悄地开放了……童年的初恋是一个少女,少女的魅力使她一见就坠入了情网;她对少女的恋情是一个人在非常纯洁的年龄才会有的;她一接触少女,就感到激动得要死;她想吻她的脚,做她的女儿或者嫁给她;少女结婚了,并不大幸福,生了个孩子,孩子死了,她自己也死了……另一次恋情是在十二岁时爱上了一个同年的女孩,一个欺侮她的金发女郎,女郎像着了魔似的,嬉笑怒骂,强横霸道,逗得她哭,然后亲得她满脸吻印;她们在一起胡思乱想,打算将来浪漫一番;结果金发女郎忽然做了修女,谁也不知道是怎么搞的,只是听说她还快活……然后,吕西热烈地爱上了一个年纪比她大得多的男人。别人一点也不知道她的爱情,甚至那个大男人也蒙在鼓里。然而她却消耗了热忱和忠诚,珍藏在内心的柔情……然后,是另一次热烈的爱情,这一次是人家爱上了她。但她胆小得令人奇怪,对自己又太没有信心,她既不敢相信人家爱她,也不敢让人家看出她的爱情。幸福的机会错过,只怪她没有抓住……然后……不过,对别人讲有什么用?这些事只对自己才有意思啊!多少小事对她说来都有深刻的意义:朋友的关心;奥利维的一句好话,言者无心而听者有意;克里斯托夫好心来看她,他的音乐展现了一个迷人的世界;一个陌生人看了她一眼,是的,即使这个老实、纯洁、贤惠的女人思想也会不由自主地走上邪道,使她心意缭乱,脸红耳赤,她软弱无力地要排除杂念,但这个念头依然——因为她毕竟是清白的——给她心里带来一线阳光……她爱她的丈夫,虽然他并不完全是她梦想中的人物。但他是个好人;有一天,他对她说:

"我的好妻子,你不知道,你对我意味着什么。你是我的整个生命……"

她一听,心都融化了;那一天,她感到自己和丈夫融合为一,全心全意,永远永远地融合了。每过一年都使他们结合得更紧密。他们共同做过一些美梦。他们梦想着工作、旅游、孩子。但结果怎么样?……唉!……亚诺太太还在梦想。她梦想有一个孩子,老是梦想,想得这样情深意切,结果几乎要以假为真了。几年来,她在不断美化她的孩子,把她见过的,爱过的品貌化成孩子的品貌……但是孩子杳无音信!……

这就完了。然而这是几个世界。在表面上最平静、最平凡的生活深处,埋藏了多少不为人知,甚至连最亲密的人也不知道的悲剧!最富有悲剧性的是:这些抱有希望的生命不顾一切地大声疾呼,要求得到他们应该得到的权利,要求自然实践诺言,给予他们应得的那一份,却遭到了拒绝——他们受尽煎熬,痛苦万分——但是一点也不外露,简直若无其事!

亚诺太太幸而并不是只关心自己。她的生活只占她梦想中的一部分。她还过着别人的生活,那些她认识的或者过去认识的人,她都会为他们设想。她想到过克里斯托夫,也想到他的女友赛西尔。她今天就想到她了。这两个女人感情很好。说也奇怪,两人当中,刚强的赛西尔却需要依靠柔弱的亚诺太太。其实,这个高高大大、结结实实、快快活活的女郎并不像看起来那样坚强。她正在经历一场危机。最平静的心灵也不能防止情感的袭击。一种脉脉的温情渗入了她的内心;她开始不愿意承认;但温情变得越来越强烈,逼得她非承认不可——原来她爱上了奥利维。青年男子温柔多情的姿态,有点近乎女性魅力的身体,软弱无能听人摆布的性格,立刻就吸引了她——一个富有母性的女人喜欢一个需要她的男人——她后来知道了他们家庭的不幸,更引起了她对奥利维的同情,而这种同情是危险的。当然,这些理由并不足以促成爱情。但谁说得清为什么一个人爱上了另一个呢?双方往往都没有打什么主意;但时机一到,一颗毫无防范的心出乎意外地受到狭路相逢的感情袭击,就投降了——等到赛西尔不再怀疑自己的感情之后,她勇敢地拔掉了爱神射来的箭,因为她认为这种爱情荒唐,应该受到谴责;但是她却痛苦了很久,并且无法自拔。没有人猜得到她的心病,她鼓起勇气来装出快活的样子。只有亚诺太太知道她付出了多么沉痛的代价。赛西尔有时来把自己坚挺的后颈窝倒在柔弱的亚诺太太怀里。她悄悄地掉下几滴眼泪,拥抱她,然后笑着走了。她佩服这个柔弱的女友,觉得她的精神力量和信心都比自己坚强。她并没有吐露衷情。但亚诺太太能够猜到几分。在她看来,人生只是一场可悲的误会。误会不可能消除。一个人只能爱、同情、梦想。

如果梦想象蜜蜂飞出了蜂房,到处嗡嗡叫,叫得她晕头转向了,她就去弹钢琴,让手指随意轻轻地抚摩琴键,让抚慰心灵的声音之光来笼罩生活中的梦幻……

但是这个好太太并不会忘记她的工作日程:亚诺一回家,总是看到灯点着了,晚餐准备好了,他妻子微笑的苍白脸孔在等待他。他一点也猜想不到她的心路历程。

困难的是要把两种生活毫不冲突地安排在一起:一种是日常生活,另一种是别有天地的精神生活。这并不太容易。幸亏亚诺也在书籍和艺术作品中度过一部分想象的精神生活,作品中房屋的火焰使他心中摇曳不定的火光闪烁不灭。但是最近几年,他越来越关心与职业有关的麻烦事,如待遇不公平、滥用职权、同事或师生间的摩擦;他更容易生气了,开始谈政治,大骂政府,反对犹太人;把他对教育界的不满都记在德莱弗斯账上。他发牢骚的脾气也有点感染了亚诺太太。她快四十岁了。到了这个年纪,她的生命力受到了扰乱,正在寻找平衡。她的思想上有了大裂缝。有一段时间,他们两个人都觉得生活失去意义;因为他们不知道蜘蛛该在哪里结网。不管现实对他们的支持多么软弱无力,但他们的梦想一定需要支持。而他们什么支持也没有。他们也不再能互相依靠。他不但帮不了她的忙,反倒一把抓住了她。她明白她的力量支持不了丈夫,于是连自己也支持不住。只有奇迹才能救她。她就呼唤奇迹……

奇迹从灵魂深处来了。亚诺太太感到从她孤独的内心深处涌现了一种高尚而荒谬的需要,需要不顾一切地创造,不顾一切地在宇宙间织一张网,为了织网的乐趣,把自己交托给风,给上帝的呼吸,让风把她吹到该去的地方。上帝的呼吸使她回到了生活,使她找到了无形的支持。于是,夫妇两人又能用他们最纯粹的心血重新开始耐心地编织美妙而空虚的梦幻之网。

亚诺太太一个人在家里……天要黑了。

门铃一响,亚诺太太从梦想中惊醒过来,这一次比平时早了一点。她小心地把活计收拾好,就去开门。克里斯托夫进来了。他很激动。她亲热地握住他的双手。

"你怎么啦,我的朋友?"她问道。

"唉!"他说,"奥利维回来了。"

"回来了?"

"今天早上,他来了,对我说:'克里斯托夫,救救我吧!'我拥抱他。他哭了,对我说:'我只有你一个人了。她走了。'"

亚诺太太吃了一惊,合起手来说:

"可怜的人!"

"她走了,"克里斯托夫又说了一句,"同情夫一起走了。"

"那么孩子呢?"亚诺太太问道。

"丈夫,孩子,她全都丢下了。"

"可怜的女人!"亚诺太太又说了。

"他还爱她。"克里斯托夫说,"他只爱她一个人。受了这次打击,他现在站不起来了。他再三对我说:'克里斯托夫,她骗了我……我最好的朋友骗了我。'我对他说:'既然她骗了你,那她就不是你的朋友!而是你的冤家对头了。忘了她吧,或者杀了她吧!'但我说什么也没有用。"

"克里斯托夫哟!你这是说的什么话呀!真是可怕!"

"是的,我知道,在你们看来,杀人,那是古老的野蛮人干的勾当!应该听听你们漂亮的巴黎人是怎样反对这种野兽本能的,你们反对一个男人杀死一个欺骗了他的女人,还要宣扬宽恕她的理由!好一个正人君子!这一伙狗杂种居然咬牙切齿地反对杂交了。他们污辱了生命,使生命变得毫无价值,却反过头来传道说教……什么!这个没有灵魂、不要脸的生命,这个血肉之躯,在他们看来是值得尊敬的!他们对屠宰场里的鲜肉非常关怀,谁要是碰了一下就是犯罪。至于灵魂呢,你们要杀就杀,要剐就剐,只有肉体是神圣不可侵犯的……"

"谋害灵魂的杀手自然是罪大恶极;但杀人罪也没有一笔勾销呀,你当然知道。"

"我知道,我的朋友。你说得对。我是有口无心……谁知道!我也许该动手。"

"不,不要在自己脸上抹黑。你是个好人。"

"火气一上来,我也会像别人一样狠心。你看,我刚才气成什么样子了!……一看到心爱的朋友痛哭,怎能不恨那个害得他哭的人?对一个该死的为了情夫而抛弃孩子的女人,做什么事能算是过火呢?"

"不要这样说,克里斯托夫。你还不知道。"

"怎么!你为她辩护?"

"我只是可怜她。"

"我可怜受苦的人,却不可怜害别人受苦的人。"

"唉!你以为她不苦吗?人们认为她抛弃了孩子,毁了自己的一生,会开心吗?她的一生也毁了。我不大认识她,克里斯托夫。我只见过她两面,而且都是碰到的;她对我没说过好话,对我并没有好感。然而,我还是比你更了解她。我敢肯定她不是个坏女人。可怜的年轻人!我猜得到她心里想过些什么……"

"你,我的朋友,你生活得这样高尚,这样通情达理!……"

"是我,克里斯托夫。是的,你不知道,你是个好人,但到底是个男人,一个硬心肠的男人。男人都是一样,虽然你的心好——你却是个心里只关着自己的男人,对不是自己的事,就关起门来不问了。你们有没有想到身边还活着一个女人呢?你们爱女人,但只自以为是,却懒得去理解她们。你们是这样容易对自己感到满足!你们自以为了解我们……唉!如果你们知道我们有时痛苦,看到你们是如何爱我们的,看到我们在最爱我们的男人心目中占的是什么地位!有的时候,克里斯托夫,我们恨不得把指甲掐进肉里去,免得对你们喊叫:'啊!不要爱我们,不要爱我们,随便怎么都行,只是不要这样爱我们!……'有个诗人说得好:'即使在家里,在儿女中间,女人看起来有浮华虚荣,其实受到的轻视比最深的灾难还更痛苦一千倍。'你知道吗?你想想看,克里斯托夫……"

"你说的话把我搞糊涂了。我不大明白。但我隐约看到……那么,你自己……"

"我也有过这种痛苦。"

"这可能吗?……不管怎么说!你总不能要我相信:你会干出像这个女人一样的事来。"

"我没有孩子,克里斯托夫。我不知道若是在她的地位,我会做出什么事情。"

"不,这不可能,我相信你,我太尊重你了,我敢赌咒这是不可能的。"

"不要赌咒!我也几乎像她一样……我很难过要破坏你对我的好印象。但你一定要学一学怎样才能了解我们,怎样才不至于不公平——是的,我也几乎要做出差不多的傻事来。而我之所以这样做,还有几分是靠了你呢。那是两年前了。有个时期,我感到苦闷在啃我的心。我觉得自己没有用,谁也用不着我,谁也不需要我,丈夫没有我也行,我活着毫无意义……我正想要出走了,天晓得走到哪里去!我上楼去找你……你还记得吗?……那时你不懂我为什么来。我是来向你告别的……然后,我不知道出了什么事,我不知道你对我说了什么话,我都记不清了……但我只知道你有几句话……(恐怕你自己也想不到了吧……)几句话给我带来了一线光明……在那个时刻,微不足道的事却可以使我失足或者得救……我从你房里出来,回到自己家里,关上门,哭了一天……哭了就好了,危机过去了。"

"今天呢,"克里斯托夫问,"你后悔吗?"

"今天吗?"她说,"啊!我若是做了那种傻事,早已沉到塞纳河底去了。我怎么有脸活下去?怎么受得了我给可怜的丈夫带来的痛苦!"

"那么,你现在幸福了?"

"是的,人生只能这样幸福。难得的是:两个人互相了解,互相尊重,知道彼此都靠得住,并不是头脑简单地相信爱情的力量(那往往是错觉幻想),而是多少年共同生活的经验,多少灰暗的、平凡的岁月,尤其是——尤其是共同克服了多少艰难险阻。两个人越来越老,而经验也越来越可贵了。"

她不说下去,忽然脸红了。

"天啦,我怎能说出口?……我说些什么了?……忘了吧,克里斯托夫,我求你了!谁都不该知道……"

"不要担心,"克里斯托夫紧紧握住她的手说,"不会说出去的……"

亚诺太太因为说了心里话而不好意思,把身子转过去了一会。然后,她说:

"我本不该对你讲的……不过,你看,我是为了说明即使在结合得最好的家庭里,即使在你尊重的女人心中……克里斯托夫……有些时间,不是像你说的一时糊涂,而是真正的、忍受不了的痛苦,会使你走上做傻事的道路,毁了一个人,甚至是两个人的一生。因此,一定不能过于苛求。两个人即使非常相爱,也会使对方痛苦的。"

"那么双方是不是应该分开,各过各的?"

"那对我们更糟。女人要一个人生活,像男人一样奋斗(往往还要和男人斗争),那真是要命,因为社会不是单身女人的社会,而多数人反对女人单身的想法……"

她沉默了一会,身子稍微前倾,眼睛盯着壁炉里的火焰;然后,她又温和地用她有点朦胧的声音断断续续地接着往下说:

"然而,这不能怪我们:一个女人这样生活,并不是要随心所欲,而是迫不得已;因为她没有钱就没有男人要她,而要学会不依靠男人过日子,她就一定要自己赚面包。她不得不孤独,而得不到孤独的好处:因为,在我们这个国家里,女人不能像男人一样清清白白地过独立的生活而不引起非议;对女人来说,一切都是禁止的——我有一个年轻的女朋友,在外省中学当教师。即使把她关到一间空气不流通的牢房里,她也不会比现在更孤独,更气闷。中产阶级对自力谋生的女人关上了大门;他们露出了轻视而怀疑的眼光;不怀好意地猜测她们的一举一动。男子中学的老师对她们敬而远之,也许是怕人说长道短,也许是暗中有竞争心理,或者是行为粗野,习惯于坐咖啡店,言语放肆,或者是白天工作太累,对知识妇女感到厌倦。女子中学呢,老师也不能互相容忍,尤其是不得不一同住校的女老师。女校长往往最不了解年轻人热情的心灵,头几年枯燥的职业和不近人情的孤独生活使女老师泄气了;而女校长只让她们有苦说不出,并不设法帮助,反怪她们自命清高。没有人关心她们。她们没有财产,没有亲戚关系,使她们结不了婚。工作时间太长,使她们不能创造精神生活来做寄托,或得到安慰。这种学校生活如果没有宗教情感或是异常的道德力量来支持——我说异常的,其实是反常的、病态的,因为彻底牺牲是不自然的——那就是虽生犹死……没有精神生活,那么慈善工作能不能对女人有所帮助呢?那些真心诚意要在官办或民办的慈善事业中得到满足的女人要喝多少苦酒啊!那些事业不过是慈善家的茶话会,不过是表面工作、乐善好施、官僚作风的三结合而已,不过是在打情骂俏之余把穷人的苦难当儿戏罢了。如果有个女人恶心得受不了,居然有难以置信的勇气,胆敢匹马单枪去闯那个她只耳闻,却没有目睹的苦难场所,那她会看到什么呢?简直是一个人间地狱!她怎能救济别人?她自己都淹没在苦难的海洋中了。然而她还挣扎,拼命要救出几个受苦受难的人来,结果自己筋疲力尽,和她们同归于尽了。如果她能救出一两个人,那已经是侥天之幸!但是谁来救她呢?有谁为救她而操心呢?因为她也在受苦受难,为了别人和自己的苦难而痛苦;她越把信心给别人,对自己的信心就越少;所有受难的手都抓住她,她却没有东西可以抓住。没有人向她伸出手来。有时,还有人向她扔石头……克里斯托夫,你知道那个令人钦佩的女人,她献身给最贱而又最有意义的慈善事业,在家里收养流落街头的妓女,这些妓女刚生孩子,救济所不肯收容,而她们也怕救济所;克拉拉却尽力恢复她们身心的健康,抚养她们的孩子,唤醒她们的母性,帮她们重建一个家,找一个正当的工作。她尽心竭力也完不成这个沉重而痛苦的任务——救出来的人太少,愿意接受救济的人也太少了!还有那些活不长久的孩子,那些刚生下来就判死刑的无罪婴儿!——这个以解除别人的痛苦为己任的女人,这个自觉自愿为人类的自私赎罪的清白人——克里斯托夫,你知道人家是怎么说她的?人家恶意诬蔑她要从中取利,甚至说她要剥削她保护的妓女。她只好离开这个地区,灰心失望地走了……你永远想象不到有独立精神的女性必须进行多么艰苦的斗争,来对付今天这个保守、无情、死气沉沉的社会。社会的生气所剩不多,偏偏还要用来阻止别人生活。"

"我可怜的朋友,这不只是女人才有的命运。我们男人也了解这种斗争。不过我还知道逃避的地方。"

"逃到哪里去?"

"到艺术中去。"

"这是对你们男人,不是对我们女人说的。即使在男人中,又有几个能利用艺术来做避难所的呢?"

"你看我们的朋友赛西尔。她不是很快活吗?"

"你对她知道多少呀?你这么快就做出了判断!因为她勇敢,因为她不花时间谈她的伤心事,因为她瞒住别人,你就以为她快活!不错,她因为身体健康,因为能够斗争而感到快活。但你知道她是怎么斗争的吗?你认为她生来就是过这种骗人的艺术生活的吗?艺术!你想想那些可怜的女人,她们打算靠写作、演戏、唱歌来出人头地,以为那是幸福的顶峰!但你知道不知道她们作了多大的牺牲?她们的感情寄托到谁身上去呀?……艺术!艺术有什么用,如果只有艺术而没有其他一切?世界上唯一能使人忘记其他一切的,只有一个可爱的小宝宝。"

"有了小宝宝,你又会觉得不够了。"

"对,总是不够……女人真是不幸。做个女人真难,比男人难多了。这是你们想不到的。你们可以全心全意、满腔热忱地追求精神生活,进行活动。你们可以身残心不残,反倒更快活。一个健康的女人可不可能身残了而不痛苦。扼杀自己的一部分是不近人情的。我们在有得有失的时候,总是又快活、又后悔的。我们有好几颗心。你们只有一颗,但更坚强,往往粗野,甚至可怕。我钦佩你们。但不要太自私了!你们很自私,自己却不知道。你们伤了人,自己也不知道。"

"那有什么办法呢?也不能怪我们呀。"

"不能,不能怪你们,我的好克里斯托夫。这既不是你们的错,也不是我们的错。说来说去,你看,生活并不是件简单的事。有人说只要自然而然地生活就行了。但怎么才算自然呢?"

"说得对。生活中没有什么是自然的。单身不自然。结婚也不自然。自由结合也是强者占弱者的便宜。社会并不是自然的产物,而是人为的结合。有人说:人是社会性的动物。真是蠢话!要不是为了生活,人是不会合群的。人合群是因为社会有用,能保障安全,寻欢作乐,开创大业。这种必要性使人们不得不协商签约。但自然是反对限制的,并且会对约束进行报复。自然界不是为人产生的。我们要缩小自然界。这是一场斗争,我们老打败仗当然不足为怪。怎能摆脱困难?——那要做强者。"

"那要做好人。"

"天呀! 做好人吧,脱掉自私的紧身衣,呼吸吧,热爱生命,热爱光明,热爱自己浅薄的工作,自己植根的那一角土地吧! 如果不能扩大广阔的天地,那就尽力往高处、深处发展,就像土地狭窄地方的树木向太阳长一样!"

"对。先要彼此相爱。男人要能感到是女人的兄弟,而不是她的俘虏,女人也不该是男人的战利品! 如果男女双方都能脱下骄傲的外衣,每人少为自己着想,多为对方着想,那就好了! ……我们都是弱者:让我们互相帮助吧! 不要对失败者说:'我不认得你了。'要说:'勇敢点,朋友。我们会摆脱困难的。'"

他们不说话了,面对壁炉坐着,小猫蜷在他们中间,都一动不动,仿佛给火光吸引住了。炉火快要熄灭,吐出的火舌像翅膀似的扑通扑通,火光抚摩着亚诺太太纯洁的脸庞,脸色由于不常见的内心激动而显得红润了。她感到惊讶:怎么会这样向人家交心。她从来没讲过这么多话。以后恐怕也不会讲了。

她把手放在克里斯托夫手上说:

"你们拿孩子怎么办呢?"

从一开始,她就在想这个问题。她谈呀,谈呀,简直成了一个多嘴女人,仿佛喝醉了酒一般。其实,她想的只是这个问题。克里斯托夫一开口,她心里就编起故事来了。她想到这个给母亲抛弃了的孩子,想到抚养他的乐趣,已经有幻想和爱情在这颗幼小的心灵周围织起一张网来了。但她对自己说:

"不对,我不能把自己的快乐建筑在别人的不幸上。"

但想抚养孩子的念头太强烈了,怎么也压不下去。于是她就谈呀,谈呀,而她不说话的内心却沉浸在一片希望之中。

克里斯托夫说:

"当然,我们想到过这个问题。可怜的孩子! 但奥利维也罢,我也罢,都没有能力抚养他。一定要个女人来照顾才行。我想,也许有个女朋友愿帮我们……"

亚诺太太几乎透不过气来。

克里斯托夫说：

"我正要来和你谈这件事。就在那个时候，碰巧赛西尔来了。她一知道情况，一眼看见孩子，就激动得不得了。她显得那样高兴，对我说：

"'克里斯托夫……'"

亚诺太太的心都不跳了；她听不到下面说的是什么，只觉得眼前一片模糊。她想喊叫：

"不，不，把孩子给我！……"

克里斯托夫还在说。她听不见他说什么。但她努力克制自己。她想起了赛西尔对她诉说的衷情。于是她心里想：

"她比我更需要孩子。我还有亲爱的亚诺……还有我的事……再说，我年纪比她大……"

于是她微微一笑说：

"那好。"

但壁炉里的火熄灭了，她脸上的红光也消失了。她满脸倦容，只剩下了平常的无可奈何的好意表情。

"我的好朋友骗了我。"

在这种思想压力之下，奥利维一蹶不振了。克里斯托夫好心好意用粗暴的方式来使他的心灵震动，但是徒劳无功。

"有什么办法呢？"他说，"朋友骗了你，这是天天都有的事，是对你的考验，就像同疾病、贫穷、愚昧作斗争一样，一定要武装起来才能对付。如果你顶不住，那一定是个可怜虫。"

"唉！我就是一个可怜虫。我不想冒充好汉……只是个可怜虫，不错，我需要温存体贴，得不到就会死。"

"你的生命并没有完：还有可以爱的人呢。"

"我对谁也不再相信。不再有朋友了。"

"奥利维！"

"对不起。我不是说你。虽然我有时对什么都怀疑……包括对自己……但不包括你。你是个强者，不需要别人，也用不着我。"

"她更用不着你。"

"你太狠心了，克里斯托夫。"

"我亲爱的小朋友，我对你粗暴；是为了要你反抗。该死！为了一个玩弄你的女人,牺牲互相爱护的朋友,牺牲你的生命,那值得吗?"

"爱我的人和我有什么关系?我爱的是她哟!"

"工作吧!你从前不是对工作有兴趣……"

"……不再有兴趣了。我太疲倦。我仿佛已经脱离了生活。一切都显得遥远、遥远……我看得见,但不明白……想想看,有些人每天都毫不厌倦地重复钟表式的机械生活,无聊的工作,报纸上的争论,追求可怜兮兮的欢乐;有些人热情支持或者反对一个内阁,一本作品,一个明星……唉!我看我真老了!我对任何人都不恨,都不埋怨,只觉得一切都无聊。我感到生活空虚……写作吗?为什么写?谁了解你?我只是为了一个人而写作,为一个人而生存……现在一切皆空。我累了,克里斯托夫,累了,我只想睡觉。"

"那好,睡吧,我的小朋友!我来照顾你。"

但奥利维怎么也睡不着。啊!要是一个人痛苦的时候能睡上几个月,一直睡到痛苦消失了,生活更新了,自己成了另外一个人,那多好!但这不可能;他也不愿意。对他说来,最难受的痛苦,是剥夺了他痛苦的权利。奥利维像个发高烧的病人,却靠着高烧过日子。真正的高烧每天按时发作,尤其是晚上,从光线开始暗下去的时候起。其余的时间,他高烧得魂飞魄散,受到爱情的毒害,受到往事的折磨,翻来覆去抓住同一个念头不放,好像一个傻瓜嘴里老在咀嚼却吃不下去,脑子里的思想都给唧筒吸住了,只有一个一成不变的念头。

他不像克里斯托夫有办法诅咒自己的痛苦,老实不客气地骂使他痛苦的女人。他看得更清楚,更公平,知道自己也有责任,痛苦的不止他一个:雅克琳也是个牺牲品——是他的牺牲品。她把自己交给他了,他做了什么事呢?如果他没有力量使她幸福,为什么要把两个人绑在一起呢?她当然有权利挣断绑得她遍体鳞伤的绳索。

"这不能怪她,"他心里想,"要怪我自己。我爱她不得法。然而我是很爱她的。但我不知道如何去爱她,因为我不知道如何使她爱我。"

就是这样,他把错误归到自己头上;也许他做得对。但和历史打官司并没有什么用,如果从头来过,他还是可能和过去一样犯错误的;这反倒妨碍了现在的生活。一个强者会忘记别人给他造成的伤害——唉!也会忘记自己给别人造成的无法弥补的伤害。但一个人强不强,并不是靠理智,而是靠热情。爱情和热情只是远亲;很少有亲近的时候。奥利维有爱情;他只对付自己才是强者。在他陷入的消极状态中,就什么病都来了。流感,支气管炎,肺炎都落到了他身上。一个夏天,他病了好久。克里斯托夫加上亚诺太太帮忙,尽心尽力照顾他,总算把病治好了。但对精神上的病,人们却无能为力;渐渐地,人们感到奥利维没完没了的悲伤累得人筋疲力尽,他们也需要逃开了。

悲伤使人陷入特别的孤独中。人的本能就厌恶悲伤,仿佛害怕悲伤会传染似的。至少,悲伤令人厌烦,会吓得人离开。谁会原谅痛苦的人呢?不要忘了《圣经》中约伯的故事。提幔人以利法责备约伯不耐烦。书亚人比勒达认为约伯的遭难是上帝惩罚他的罪恶。拿玛人琐法指斥约伯自大。"而未了,布西人兰姆族巴拉迦的儿子以利户大发雷霆,因为约伯自以为义,不以神为义。"——真正悲伤的人要百里挑一。挑选的人很多,入选的人很少。奥利维却入选了。一个厌世的人说得好:"他似乎心甘情愿受人虐待。扮演这种倒霉的角色并没有什么好处,只会讨厌。"

奥利维不能对人谈他感到的痛苦,即使是对他最亲密的朋友也不行。他看得出:自己的痛苦使别人厌烦。即使是他亲爱的克里斯托夫也忍受不了这种锲而不舍的悲伤。克里斯托夫知道自己太笨,帮不了朋友的忙。说老实话,这个慷慨大方、受过苦难的人并感不到奥利维的痛苦。这就是人性的缺陷!你尽可以善良聪明,同情别人,吃过千辛万苦,但你怎么也感觉不到朋友的牙痛。如果病痛拖得太长,人会怀疑病人在夸大他的痛苦。如果无形的隐痛藏在心灵深处,那不更是夸大么?局外人看见当事人为了与己无关的感情纠葛而烦恼,不免认为是无事生非。最后,为了避免良心不安,局外人心里会想:

"我有什么法子呢?什么理由都说过了,但没有一点用。"

什么理由都说过了,一点不错。如果要对痛苦的人有点好处的话,只有爱他,不要命地爱他,并不想说服他,也不想治好病,只是爱他,同情他。爱情留下的创伤,只有用爱情的香膏才能医治。但爱情并不是用之不尽、取之不竭的,即使最爱你的人也是一样;他们储存的爱情也有限。一旦朋友们说完了或写完了他们想得到的安慰话,在他们自己眼里已经尽到责任了,他们就会小心在意地告辞,在病人周围留下一片空白,让他像罪犯一般与人隔离。他们帮不了多少忙,心里不好意思,但他们帮的忙越来越少;只好设法让病人忘了他们,也设法忘了自己。如果病人不识好歹,一味纠缠,如果不知趣的回声一直传入了他们的心灵深处,他们就会严厉地批评那个没有勇气、经不起考验的病人。可以肯定,如果病人倒了下去,在他们真诚的同情心深处,还有一句瞧不起人的话:

"可怜人！我本以为他会顶得住的。"

大家都自私，如果听到一句简单的温存话，得到体贴入微的关心，看到爱你的同情目光，那是多么难以忘怀啊！那时，你才会感到好心好意的价值。相形之下，别的都微不足道了！……就是这片好心使奥利维对亚诺太太，比对克里斯托夫更加亲近。其实克里斯托夫勉强自己耐着性子，为了友情而不吐露自己对朋友的看法，已经是难能可贵的了。但痛苦使奥利维的眼光变得更尖锐，他看出了朋友内心的斗争，自己的悲伤成了朋友多重的负担。这就足以使他希望摆脱克里斯托夫，并且恨不得喊出来：

"你走吧！"

就是这样，苦难往往会把两颗相爱的心分开。正如风车把谷和糠分开一样，苦难使人生离死别，或者逃生，或者赴死。可怕的生活规律，比爱情还更强有力！母亲看到独生子面临死亡，朋友看到朋友淹死——如果无法挽救，他们也只好顾自己，不会和独生子或朋友同归于尽，即使母爱或友爱胜过自爱一千倍也罢。

克里斯托夫虽然深爱奥利维，却不得不离开他。他是个精神上太强的人，身体也太好了，在没有空气的痛苦中感到窒息。他对自己觉得惭愧！他恨自己帮不了朋友的忙；既然他需要找个人发泄火气，他就把气出到雅克琳头上。虽然听了亚诺太太眼光敏锐的话，他还是一样严厉地批评雅克琳，因为他年轻气盛，脾气暴躁，爱就全爱，恨就全恨，他还没有足够的生活经验，还没学会原谅人家的弱点。

他去看望赛西尔和托她照顾的孩子。赛西尔借来了母性，人也完全变了；她显得年轻，快活，文雅，更容易动感情。雅克琳的出走并没有使她妄图非分的幸福。她知道雅克琳走得越远，奥利维的想念反而越深，思想上离赛西尔倒更远了。再说，撩乱人心的爱情像一阵风似的已经过去；那只是片刻的危机，一见雅克琳误入迷津反倒使危机消失，她又回到了素来的平静中，并不大明白自己思想感情怎么会走上迷途的。她对爱情的需要，在抚养孩子的时候得到了满足。女人有种神奇的幻想力——或者说是直觉——可以在这个小生命身上看出她爱的人来；就是这样，这个弱小无依的孩子完全属于她，简直就是她的孩子；她可以爱他，热情地爱他，她的爱情纯洁得像天真的童心，像孩子明亮的蓝眼睛，眼里流露出的点点滴滴都是光明……然而，她的温情中并不是没有夹杂着忧郁的遗憾。啊！这到底不是自己的亲生骨肉！……不过，这已经够好了。

克里斯托夫现在换了一双眼睛来看赛西尔。他想起了芳丝华芝·乌

东带刺的话:

"你和'夜莺'倒是天生的一对,你们怎么会不相爱的?"

其实,芳丝华芝比克里斯托夫更明白其中的道理:一个像克里斯托夫这样的人与其要人帮忙,还不如喜欢人家帮倒忙。同性相拒,异性相吸嘛:天性就要寻找破坏自己的反面力量,所以宁愿过强烈地消耗自己的生活,而不愿过精打细算的平稳日子。这并不错:一个像克里斯托夫这样的人的生活规律并不是要尽可能活得天长地久,而是要惊天动地。

然而,克里斯托夫的看法不如芳丝华芝深刻,他认为爱是不近人情的力量。爱情使互不相容的人在一起生活,却排斥性格相同的人。爱情的启发少而破坏多;好则令人意志消沉,坏则令人心碎肠断。爱情有什么好处呢?

他正在这样说爱情的坏话,忽然看见爱神温和而讥讽地微笑着对他说:

"忘恩负义!"

克里斯托夫不得不再到奥国大使馆去参加一次晚会。"夜莺"在晚会上唱了舒伯特、雨果·沃尔夫和克里斯托夫的歌曲。她对自己和朋友的成功觉得高兴,他现在受到上流社会的欢迎了。即使在广大的听众之中,克里斯托夫的名字也令人起敬;雷维-葛之流的人再也不能说三道四。他的作品在音乐会上演奏;有一个乐剧为喜歌剧院接受。无影无踪的同情人在关心他。一个神秘的朋友不止一次帮了他的忙,还在帮他实现他的愿望。不止一次,克里斯托夫感到有人亲切地助他一臂之力,关心他的一举一动,但又唯恐给他发现。克里斯托夫设法寻找他,但这个朋友似乎怪克里斯托夫怎么早没有想到要认识他,所以老是让他捉摸不到。再说,克里斯托夫不能专心找人,他还有别的事:要想到奥利维,要想到芳丝华芝;那天早上,他在报上看到她在旧金山得了重病的消息;他就想象她独在异乡,住在客店的房间里,不见人,不写信,只是咬紧牙关,孤苦伶仃地等待死亡的情景。

笼罩在芳丝华芝的阴影中,他避开热闹的场合,待在旁边的一个小客厅里。背靠着墙,在一排常青花木掩映得半明不暗的角落里,他听着"夜莺"美丽的歌喉忧郁而热情地唱舒伯特的《椴树歌》;纯净的音乐使往事的哀愁涌上心头。对面的墙壁上有一面大镜子,反映出隔壁客厅的光影交辉。他没有看镜子,只在反思,眼睛沉浸在迷蒙的泪水中……忽然,像舒伯特哆嗦的老树一样,他也无缘无故震颤起来。这样待了几秒钟,他脸色很白,动也不动。然后,眼前的迷雾消失,他看见对面的镜子里,一个"女朋友"正瞧着他……女朋友?哪一个?他什么也说不出,只知道她是个女朋友,他认识她;于是,他眼睛瞧着她的眼睛,靠着墙壁,还在不断地哆嗦。她微笑了。他看不清她面部的线条,身体的轮廓,也没看清她眼睛的表情,甚至说不出她是高是矮,穿的什么衣服。他唯一看到的:是她同情的微笑中流露出来的好心好意。

这个微笑忽然使克里斯托夫回想起早已消逝了的童年往事……那时他才六七岁,在上小学,非常可怜,年纪大、力气也大的同学欺侮他、打他、笑他,老师不公正地处罚他;他蹲在一个角落里,没人理睬,别人在玩的时候,他却在低声哭泣。一个面有忧色的小女孩也不和别人一起玩——他从来没有想到过她,这时,她的形象却出现在他眼前:矮个子,大脑袋,淡黄的头发和眉毛几乎白了,蓝眼睛也泛白,宽宽的脸没有血色,嘴唇和脸都有点肿,一双小手却红红的——她走到他身边,站住了,大拇指含在嘴里,看着他哭;然后,她把小手放在克里斯托夫头上,畏畏缩缩,急急忙忙,脸上流露出同样同情的微笑说:

"不要哭了!……"

那时,克里斯托夫再也忍不住,就抽抽噎噎地哭出声来,同时把鼻子靠在小女孩的围裙上,她还是用温存而颤抖的声音说了又说:

"不要哭了……"

几个星期之后,她就死了;其实,就在她抚摸克里斯托夫时,死神的手已经在抚摸她了……为什么他这时想起她来了?这个生在遥远的德国小城,早已死去,被人遗忘的平民之家的小女孩,和现在瞧着他的年轻贵妇人有什么关系呢?但人人都只有一个灵魂;虽然亿万生灵显得不同,就像天上的星辰一样,但他们心里却同样闪烁着爱的光辉,那是多少个世纪也隔不断的。克里斯托夫刚刚又看到了那个安慰过他的小女孩苍白的嘴唇上流露出来的光辉……

这只是一瞬间的事。潮水般的人流堵住了门,使克里斯托夫看不见隔壁的客厅。他又躲回镜子照不到的阴暗角落,以免人家发现他不安的神色。等到他平静下来,他想再看到那个女朋友。他怕她已经走了。一走进隔壁的客厅,他就在人群中发现了她,但她看起来已经不再像镜中人。现在,他看到的是她的侧影,坐在一圈高雅的贵妇人中间;肘腕靠在沙发椅扶手上,身子略微前倾,用手托着下巴,正在听人谈话,脸上显现出聪明而不在乎的笑容;面目好像拉斐尔的名画《辩论》中的年轻圣徒约翰,眼睛半开半闭,沉思得露出了微笑……

那时,她抬起头来,看见了他,并不觉得意外。他这才发现她原来是对他微笑的。于是他感动了,对她行了一礼,向她走过去。

"你不认得我了吧?"她说。

就在这一刹那,他记起来了。

"葛拉齐亚……"他叫了一声。

就在这时,大使夫人走过他们身边,非常高兴这次期待已久的会面到底如愿以偿了;她就把克里斯托夫介绍给"贝莱尼伯爵夫人"。但克里斯托夫心情激动,什么也没听见,甚至没有注意这个陌生的称呼。对他说来,她永远是他的小葛拉齐亚。

葛拉齐亚二十二岁了。她结了婚,一年前嫁给奥匈帝国大使馆一个青年随员。他是贵族,出身大家门第,和首相有亲戚关系,喜欢时髦,寻欢作乐,讲究风雅,但放荡过度,未老先衰。她真心实意地爱过他,现在虽然采取了批判的态度,但还是爱他的。她的老父亲去世了。她的丈夫来驻巴黎使馆工作。由于贝莱尼伯爵的社会关系,加上她本人的魅力和聪明,这个胆小怕事的少女成了一个使巴黎社会注目的头面人物,虽然她并不争出风头,但也不在乎出人头地。年轻貌美就有了很大的力量,加上讨人喜欢,还知道自己讨人喜欢。有一颗平静、健全、清澈见底的心也是很大的力量,这颗心会在愿望和命运的和谐统一中找到幸福。美丽的生命之花开放了;她并没有失掉拉丁精神中平静的音乐美,因为这种美吸收了意大利土地中的安宁和光明的养料。于是她自然而然在巴黎社会上有了影响,她并不觉得奇怪,并且利用这种影响来从事艺术活动或做慈善事业;这些工作她都让别人挂名,自己只务实,因为她自童年时代就在乡下孤零零的别墅中养成了一种野性,一种不为外人道的独立精神。世界虽然有趣,但是使人疲倦,她会用好心好意、彬彬有礼的微笑来掩饰她的厌烦。

她没有忘记她的大朋友克里斯托夫。让天真的爱情悄悄地燃烧着芳心的少女时代已经一去不复返了。今天的葛拉齐亚是个通情达理、并不浪漫的少妇。她想起当年夸大了的情感好像多刺的玫瑰。但往事一涌上心头,她还是不得不有动于衷。对克里斯托夫的回忆和她一生中最纯洁的时刻紧密地联系在一起。她一听到他的名字就高兴;他每一次成功都使她分享到乐趣,仿佛成功也有她的功劳,因为她早就预感到了。她一到巴黎就设法要见他。她给他寄去了邀请信,请柬上还加注了她少女时代的名字。

克里斯托夫却没有注意,就把请柬丢进废纸篓了,也不回信。她并没有生气,只继续在暗中关心他的工作,甚至还打听他的生活情况。就是她出了一臂之力,使报纸对他的口诛笔伐偃旗息鼓了。纯洁干净的葛拉齐亚与新闻界并没有什么联系;但为了帮朋友的忙,她也会耍手腕,不怀好意地笼络那些她并不喜欢的人。她把那大张旗鼓进行讨伐的报馆经理请来,不费什么功夫就使他晕头转向;只消说几句好话,满足他的虚荣心;并不强加于人,而是仿佛无意之中说上三言两语,表示对克里斯托夫的攻击是小人勾当,不屑一顾,就使攻击销声匿迹了。本来定在第二天发表的谩骂文章,经理一下就撤掉了;等到记者来问原因,反被当头浇了一盆冷水。经理一不做,二不休,还命令手下人在半个月之内炮制一篇给克里斯托夫捧场的文章;文章遵命出笼,但是捧得不在点子上,要多荒谬有多荒谬。不仅如此,出主意在大使馆演奏克里斯托夫作品的也是葛拉齐亚,她知道他支持赛西尔,就帮那个年轻的女歌手成名。最后,靠了她和德国外交界的关系,她并不大肆声张,却巧妙地引起了当局对逃离德国的克里斯托夫的关心;慢慢地,舆论也倾向于要求德皇向这个为国增光的大艺术家重新打开大门。此刻要求特赦还为时过早,但她至少使当局让克里斯托夫回几天故乡而没有过问。

克里斯托夫虽然感到无形的友情光临在他头上,却不能发现是谁;现在,他在镜中对他微笑的圣徒约翰的年轻面孔上认出来了。

他们谈到过去。到底谈了什么,克里斯托夫并不知道。一个在恋爱的人是听不见、也看不到对方的。他爱得深,甚至想不到自己在恋爱。克里斯托夫一点也不怀疑他的爱情。她就在眼前,这已经够了。别的都无所谓……

葛拉齐亚忽然打住话头。一个身材高大的年轻男子,相当漂亮、文雅,胡子刮得干净,头顶已经秃了,神气显得厌倦而又瞧不起人,从单片眼镜后面打量克里斯托夫,已经高傲地弯弯身子表示彬彬有礼的风度。

"这是我的丈夫。"她说。

客厅里又热闹起来。内心的光明却熄灭了。克里斯托夫觉得冰冷,没有说话,回了一个礼,立刻就退出了客厅。

艺术家苛刻的心灵要求独占感情,支配他们感情生活的规律实在是幼稚得可笑!这个女朋友从前爱他的时候,他并没有放在心上,七八年来,他也没有再想到过她,但现在刚见一面,她就似乎已经成了他的人,是归他所有的了,别人如果妄图非分,那就是抢夺他的所爱,甚至连她自己也没有献身给别人的权利。克里斯托夫并不明白自己是怎么想的。但他有创造性的心灵却明白了,在几天之内,他作出了几首最美的抒写爱情苦恼的歌曲。

相当长的时间他都没有去看她。奥利维的痛苦和病体使他不得分身。终于有一天,他发现了她留下的地址,就决定去了。

走上楼梯,他听到工人用锤子敲钉子的声音。前厅乱七八糟地堆着大小箱子。仆人告诉他伯爵夫人不见客。失望的克里斯托夫留下名片走了。仆人却又追上来道歉,请他回去。克里斯托夫被领到一个客厅,地毯已经卷起。葛拉齐亚迎面走了过来,满脸微笑,容光焕发,兴高采烈地伸出了手。一切没来由的怨气都烟消云散。他同样快乐而激动地握住她的手,吻了一下。

"啊!"她说,"我很高兴你能够来!我真怕见不到你就要走了!"

"走了?你要走了!"

阴云又罩上了他的面孔。

"你看,"她指着乱糟糟的房间说,"我们周末就要离开巴黎。"

"要去多久?"

她做了一个手势:

"谁知道?"

他尽力要说话。喉咙已经哽住了。

"到哪里去?"

"去美国。我的丈夫要去大使馆当一等秘书。"

"这样,这样说来……"他说(他的嘴唇哆嗦),"一切都完了……"

"我的好朋友!"听到他的声音,她有动于衷地说……"不,并没有完。"

"我这不是得而复失吗?"

他眼中含着泪水。

"我的好朋友。"她说了又说。

他把手遮住眼睛,转过身去,要掩饰他的感情。

"不要难过。"她说时把手放在他的手上。

这时,他又想起那个德国小女孩。他们两个都不说话。

"为什么你这样晚才来?"她到底问他了,"我设法要见你。你却一直不回信。"

"我也不知道,我也不知道……"他说,"告诉我:是你帮了我这么多忙,而我却猜都猜不到吗?……是你才使我能够回到德国去的吗?是你,我的好天使,一直在照顾我吗?"

她说:

"我很高兴能够为你尽点心意。你不知道我得到过你多少好处!"

"什么?"他问道,"我并没有为你做过什么事呀!"

"你不知道,"她说,"你过去对我多么重要。"

于是她谈起了她还是小女孩的时代,在她姑父斯特芬家里见到他的往事,他和他的音乐给了她启发,使她知道了世界上有那么美的东西。渐渐地,她越来越兴奋,用些隐隐约约、时明时暗的话,简单地谈到她幼年的感情,她如何与克里斯托夫分忧共苦,如何在他挨嘘的音乐会上也哭了,如何给他写信却没有得到回音,因为他并没有收到。克里斯托夫一边听,一边瞧着这张靠近他的温情脉脉的脸庞,真心诚意地把他目前感到的柔情蜜意都转移到往昔的日子里去。

他们谈得亲热、快活,并没有什么杂念。克里斯托夫谈时握住了葛拉齐亚的手。忽然一下,他们两个都不说话了,因为葛拉齐亚发现克里斯托夫爱她。而克里斯托夫也发现了……

从前,葛拉齐亚爱过克里斯托夫,而他却不在乎。现在,克里斯托夫爱葛拉齐亚了,而葛拉齐亚对他却只有平静的友情,她爱的是另一个人。往往有这种事:两架生命钟有一架走快了,两架钟的时间就再也走不到一起……

葛拉齐亚缩回了手,克里斯托夫也不紧紧抓住。两个人相对无言,待了一会。

于是葛拉齐亚说:

"再见。"

克里斯托夫又埋怨道:

"就这样完了?"

"当然,也许这样更好。"

"你走前,我们不再见面了吗?"

"不见了。"她说。

"什么时候再见面呢?"

她忧郁地做了个怀疑的手势。

"那么,"克里斯托夫说,"这次见面有什么意思?"

但一看到她眼中责备的神色,他赶快说:

"对不起,我不该说这种话。"

"我会想念你的。"

"唉!"他说,"我要想你都想不成。我还不知道你是怎样生活的。"

她平静地用几句话讲了她的日常生活,她是怎样过日子的。她谈到她自己和丈夫,总是带着亲切的、美丽的微笑。

"啊!"他妒忌地问道,"你爱他吗?"

"是的。"她说。

他站起来。

"再见。"

她也站起来。直到这时,他才注意到她怀孕了。这使他心里留下了一个说不出的印象:又讨厌,又温柔,又妒忌,还有带几分热情的怜悯。她把他一直送到小客厅门口。到了门外,他转过身来,弯腰吻他女友的手,吻了很久。她没有动,眼睛半闭。最后,他伸直了腰身,不再看她一眼,就很快地走出去了。

>……那时谁要问我什么,
>我唯一的回答是一个字:
>"爱。"
>脸上露出谦虚的神色……

到万圣节了。外面,灰暗的天,寒冷的风。克里斯托夫在赛西尔家。赛西尔坐在孩子的摇篮旁边。亚诺太太顺便来看他们,弯下腰来瞧着孩子。克里斯托夫浮想联翩。他觉得自己错过了幸福,但并不想怪谁,因为他知道幸福是存在的……太阳啊!我并不需要看到你才爱你!在漫长的冬天,我在阴暗中发抖,但我心里还是充满了你的光辉;爱情使我温暖,因为我知道你是存在的……

而赛西尔也在浮想联翩。她凝视着孩子,居然以为是她亲生的了。值得祝福的想象力哟,你是创造生命的力量!生命……生命是什么?并不是冷漠无情的理智和我们的眼睛所看到的。生命是我们的梦想。衡量生命的是爱。

克里斯托夫瞧着赛西尔,朴实的脸上一双大眼睛闪耀着母性的光辉——比真正的母亲还更有母性。他又瞧瞧亚诺太太温存而疲倦的面容。她的面孔像一本动人的书,从中可以看出这个妻子一生隐藏着的柔情和痛苦,虽然表面上猜不到,其实,她的悲伤与欢乐有时和朱丽叶或伊索尔德的爱情故事一样丰富。不过她的悲欢更具有伟大的宗教意味……

神性和人性的结合……

于是他想到,有没有子女就像有没有信仰一样,并不能决定已婚和未婚女人的幸或不幸。幸福是灵魂发出的芬芳香气,是心灵深处唱出的和谐歌声。灵魂最美的音乐是善良。

奥利维进来了。他的动作平稳;蓝眼睛里重新闪耀出宁静的光辉。他对孩子微笑;跟赛西尔和亚诺太太握手,然后心平气和地谈起话来。他们都用亲热而惊讶的眼光观察他。他和以前大不一样。他孤零零地生活在痛苦中,就像蚕茧中的蚕蛹,大功告成之后,就咬破蚕茧出来了。我们以后再谈他是如何找到一个壮丽的目标,愿意为这献出生命的吧。他对生命已经没有兴趣,只想做出牺牲;然而生活的规律却是:一旦他在心中做出放弃生命的决定,生命却会重新发出火花。他的朋友们瞧着他。他们不知道出了什么事,也不敢问他;但他们都觉得他已经解脱了,无论对什么事,无论对什么人,他都已经没有悔恨。

克里斯托夫站起来,走到钢琴前,问奥利维:

"要不要我来唱一支勃拉姆斯的歌曲?"

"勃拉姆斯?"奥利维说,"你现在怎么要演奏冤家对头的作品了?"

"今天是万圣节,"克里斯托夫说,"这是人人都该得到原谅的日子。"

为了不吵醒孩子,他就低声唱起施瓦布古老民歌中的几句来:

为了你爱过我的时光,
我对你非常感激。
随便你去到什么地方,
希望你幸福无比……

"克里斯托夫!"奥利维叫了一声。

克里斯托夫把他紧紧抱在怀里。

"去吧,老朋友,"他说,"我们干得不错。"

他们四个人坐在睡着了的孩子身边。他们都不说话。如果有人问他们在想什么——他们脸上会流露出谦虚的神色,只回答一个字:

——爱。

第九卷 燃荆

LIBRARY OF WORLD LITERATURE

第一部

心平气和。风平气静。

克里斯托夫定下心来了,觉得与世无争。他能征服自己,感到有点自豪。但在内心深处,他又觉得难过。自己这么沉静,使他感到奇怪。他的热情怎么都睡着了?他真心诚意地相信:热情不会再醒过来。

他巨大的力量有点粗暴,现在没有目标,没有事做,昏昏沉沉要入睡了。其实这是内心的空虚,暗藏着"有什么用"的想法;说不定是没有抓住幸福而感到的遗憾。他不再有足够的力量去对自己或对别人进行斗争。即使在工作上,他也不再觉得困难。他已经到了一个阶段的终点,可以充分利用以前的劳动成果;他很容易使他开发了的音乐宝藏源源不断地流出来;群众天然是落后的,等到他们发现他过去的作品而赞不绝口的时候,他已经把旧作留在后面,自己又前进了,但并不知道还能往前走多远。他在创作中感到始终如一的幸福。到了生命的这个阶段,艺术对他而言已经成了驯服的乐器,他演奏时真是得心应手。感到自己已经到了熟能生巧的地步,他都不好意思了。

易卜生说过:"在艺术上如要坚持不懈,那只靠天生的才能是不够的,一定要有热情,要有痛苦来充实人生,使人生有意义。否则,那并不是创作,而只是在写书。"

克里斯托夫就是在写书。他还不大习惯。他写的书很美。但他希望书不要那么美,而要有生命力。好比一个运动员在休息,不知道怎样用他的力气,就像一头笼中的野兽一般打呵欠,眼睁睁望着未来宁静的岁月,不知如何打发是好。好在他有日耳曼人乐观的老根底,不难说服自己一切会好起来,他想这是不可避免的结局;好在他已经走出了困境,成了自己的主人。这不算了不起……不过!能当家做主,掌握命运……他认为也可以算到站了。

两个朋友没有住在一起。雅克琳走后，克里斯托夫本以为奥利维会来和他同住的。但奥利维做不到了。虽然他需要接近克里斯托夫，却感到不可能同他再过以前的生活。和雅克琳共同生活了几年之后，再把另外一个人带进自己的私生活中来，他觉得是不可容忍的，甚至是卑鄙龌龊的——尽管他爱这个人，这个人也爱他，都超过了雅克琳——但这种事是没法讲道理的。

克里斯托夫开始很难理解。他老提同住的事，觉得奇怪、难过、苦恼……幸亏他的本能高于智能，终于明白过来。忽然一下，他不再旧事重提，并且觉得奥利维做得对。

然而他们每天见面，两个人从来没有像现在这样一致过。在交谈中，也许他们并不吐露在内心深处最隐蔽的思想。其实也不需要。交流并不需要语言，只要心心相印就行。

两个人很少谈话，一个沉醉在艺术中，另一个在回忆里。奥利维的痛苦慢慢减轻了，但他并没有费心出力，几乎是以苦为乐；很久以来，痛苦竟成了他生活的唯一理由。他爱他的孩子——一个只会哭叫的婴儿不会在他生活中占多大地位。有些男子只会做情人，不大会做父亲。怪他也没有用。天性并不是千篇一律的；勉强人人按照同样的感情规律办事是行不通的。谁也没有权利为了感情而不尽本分。但至少得承认：尽可能本分却不感到幸福。其实，奥利维爱孩子，主要是在他身上看到了生他的母亲。

直到最近，他都不大关心别人的痛苦。他是一个过着封闭性生活的知识分子。这并不是自私，而是沉思幻想养成的病态习惯。雅克琳更是画地为牢，她的爱情在他周围挖了一道鸿沟，使他与世隔离，而鸿沟并没有随着爱情而消失。他本质上是个贵族。从幼年起，他虽然心软，却脱离群众，因为他天生的心身都太脆弱了。群众的气味和思想都使他反感。

但他目睹了一件小事之后，一切都改变了。

他在红山冈租了一套便宜房子，离克里斯托夫和赛西尔都不远。这是一个平民区，他的邻居都是收入不高的人，有小职员，还有几户工人家庭。若是以前，住在这样一个格格不入的环境里，他本来会觉得痛苦的；但是这时，随便住什么地方对他都无所谓，反正他在哪里都是外人。他不知道邻居是干什么的，也不想知道。下班回来——他在一家出版社上班——他就关在房里回忆往事，若是出去，那只是看孩子和克里斯托夫。他的房子不

是一个家,黑屋子里住的都是回忆的形象;房子越黑越空,形象反而显得越清楚。他不大注意在楼梯上碰到的面孔。然而,不知不觉,有些面孔却在他心里留下了印象。有些人只对过去了的事才看得清楚。事过之后倒忘不了,细枝末节都像用刀刻下来的。奥利维就是这样,心里留下的都是活人的影子。感情一冲突,影子就出现了;奥利维只记得见过,却不认识他们,有时他还伸出手去抓……但已经太晚了!……

一天,他出去的时候,看见大门口有些人围在门房女人周围,听她说个不停。他从来不多管闲事,本想不打听就继续走他的路;偏偏门房女人喜欢多拉一个听的人,把他挡住了;问他知道不知道可怜的罗赛家出了事。奥利维甚至不知道谁是"罗赛家"的人,他只是满不在乎,客客气气地听着。等他听到屋里有个工人一家七口都自杀了的时候,不禁和大家一样面朝着墙,听门房女人不厌其烦地从头再讲一遍。她越讲下去,他越记起来是见过这家人的,就问了几句……是的,他见过那个工人——老听见他在楼梯上喘不过气来——是个面包师傅,脸色苍白,血都给面包炉烤干了,脸颊下陷,胡子没刮干净;冬初得了肺炎,病还没好就去上工,又复发了;三个星期来,他没有工作,没有力气。他的老婆总是拖着怀孕的身子,又有风湿症,行动不便,却拼命干家务,整天东奔西走,请求救济,偏偏是你急他不急。在这期间,孩子生下来了,一个接着一个:十一岁,七岁,三岁——还不算半路夭折的两个;——最后要了他们的命,一对双胞胎偏偏选了这种日子出世:就是上个月生的!

"他们出世的那一天,"一个邻居的女人说,"五个孩子中最大的一个,于斯丁——可怜的小丫头! ——也不过十一岁,她抽抽噎噎地问:'怎样才能一下抱两个双生的弟弟呢……'"

奥利维立刻想起了那个小女孩的模样,大额头,不光亮的头发往后梳,神色模糊,凸出的灰色眼睛。碰到她的时候,她老是捧着食物,或者抱着小妹妹,要不然就牵着七岁的小弟弟。男孩很瘦,小脸显得机灵,眼睛已经瞎了一只。他们在楼梯上碰到时,奥利维总是漫不经心、客客气气地说一声:"对不起,小姑娘。"

她什么也没说,生硬地走过去,也没让开一点;但奥利维的客气容易引起错觉,使她心中暗喜。头一天晚上六点钟,他下楼的时候,最后一次碰到了她,她提了一桶木炭上楼来。木桶看来很重。但挑重担子当然是穷人家的儿女该做的事。奥利维像平时一样打了个招呼,没有看她。他往下走了几步,无意中抬起头来,看见她起皱的小脸靠在楼梯栏杆上,望着他下楼。她立刻接着往上走了。她知道不知道上楼之后会到哪里去? ——奥利维并不怀疑她是知道的,他不断地想这个女孩在沉重的木桶里提着的其实是死亡——也就是解脱……这些不幸的孩子,对他们说来,不再活下去就是不再痛苦! 想到这里,他不能再出去散步了。他回到房间里。但在房内,知道死人离自己这么近……只有几块板壁把他们隔开……想想看:他就住在这些受苦受难的人旁边!

他去找克里斯托夫。他心里难过,想到这么多人比他痛苦一千倍,他可以救他们却不去救,反而沉浸在爱情的悔恨中,这还像个人吗? 他的感情是深刻的,并且不难与人交流。克里斯托夫也感动了。一听奥利维讲的话,他把刚写的一页乐谱撕了,认为自己太自私,怎么能对这种儿童游戏感兴趣……然后他又把撕破的乐谱捡起来。音乐对他的吸引力太大;他的本能告诉他,减少一件艺术品并不能增加一个幸福的人。这种苦难的悲剧对他说来也不算什么新鲜事;他从小就生活在苦难深渊的边上,总算没掉下去。他对自杀甚至有很严厉的看法,因为这个时期他的生命力很丰富,想不到别人为什么会放弃斗争,不管痛苦多么难以忍受。痛苦和斗争,还有什么比这更平常的事情吗?这是宇宙的轴心。

奥利维也经历过类似的考验;但他从来就忍受不了自己的或别人的苦难。他痛恨贫穷,因为他心爱的姐姐安东妮蒂就给贫穷夺去了生命。在他和雅克琳结婚后,他让自己消融在财富和爱情中,赶快把苦难的岁月置之脑后,不去回忆姐姐和他如何为生存的权利而奋斗,吃了今天的面包不知道明天有没有的往事。现在,他用不着爱情来维护他的自私,这些苦难的形象又涌上他的心头。他不但不怕面对苦难,反而找上门去。苦难并不在千里之外。像他这种心情,在世界上到处都可看到苦难。世界就是一个医院……啊!痛苦,绝望!受伤的,呼吸困难,活着腐烂的肉体受到折磨!悲哀啃噬的心灵默默无言地忍受的苦刑!剥夺了慈爱的孩子,剥夺了希望的儿女,受到诱骗、被出卖的女人,失去了友谊、爱情、信心的男子,生活摧残得伤痕累累的不幸人的大军……最可怕的还不是贫穷和疾病,而是人际关系的残酷无情。奥利维刚打开人间地狱的活门,就听到被压迫者的呼号迎面扑来:被剥削的无产阶级,受迫害的人民,遭到屠杀的亚美尼亚,压得不出声的芬兰,遭到瓜分的波兰,受苦受难的俄罗斯,欧洲群狼掠夺的非洲,全人类呼天抢地的悲声。他到处听到哀号,连气都喘不过来,他难以想象在这种情况下,怎么可能想到别的。他不住口地对克里斯托夫谈。克里斯托夫心乱了,就说:

"不要谈,让我工作吧!"

但他很难恢复平静,又恼火了,就赌起咒来:

"见鬼!我这一天算完了!你又得到了什么好处呢!"

奥利维道歉了。

"我的小朋友,"克里斯托夫说,"不应该老是瞧着深渊。那会活不下去的。"

"难道不该伸出手去救那些在深渊中的人吗?"

"当然应该。但怎么救呢?难道我们也跳下去?这就是你的想法。你有一种倾向,只看到生活可悲的一面。老天保佑你吧!你这种悲观肯定是好心好意的,但却叫人灰心丧气。你想使人幸福吗?首先,你自己要快活!"

"快活！看到这么多人受苦,怎么快活得起来？只有减少别人的苦难,才有可能快活。"

"你说得对。但是乱打一通能救人脱离苦海吗？多一个不会打仗的兵士有什么用呢？我只会用艺术来安慰人,给人力量,使人快乐。你知道多少受苦的人从插翅飞来的美妙歌声中得到了支持的力量？让各人干各人的本行吧！你们法国人是些慷慨的冒失鬼,老是头一个不问青红皂白就打抱不平,也不管是西班牙还是俄罗斯的事。我喜欢你们这股劲头。不过你们以为这样能办成事吗？你们搞得乱七八糟,结果一事无成——甚至把事搞坏……瞧,你们的艺术家自认为是在参与全球行动的时候,你们的艺术却最乏味。奇怪,这么多投机取巧的业余小作家居然为自己树碑立传,成了圣徒！如果能不让他们用掺假的酒去灌人,那不是好得多吗？——我的首要任务是尽我的本分,为你们创作健康的音乐,给你们灌输新鲜的血液,使太阳在你们心中照耀。"

要使阳光照耀别人,自己心里非有阳光不可。奥利维却缺少阳光。像今天的精英一样,他只靠自己一个人,力量就不能发挥。只有和别人联合起来,他才能发热发光。但和谁联合呢？他的精神自由,心地虔诚,所以受到各个政党和宗教团体的排斥。党派之间互相排挤,比谁更不容忍,更加狭隘。有了权就要滥用。只有被压迫者能吸引奥利维。至少在这一点上,他和克里斯托夫的意见是一致的,那就是反对不公平也要由近及远,先要反对我们周围的、我们也或多或少负有责任的不公平现象。多少人只批评别人做的坏事,而对自己做的坏事却连想都没有想到。

他开始管救济穷人的事。他的朋友亚诺太太参加了慈善工作。奥利维就也参加了。起初,他不止一次感到失望：由他负责的穷人并不都值得照顾；或者是对他的同情反应冷淡,因为对他不放心,不肯说心里话。再说,一个知识分子很难只满足于单纯的慈善事业,在苦难深重的国土里,这种事业的救济面太小了！慈善行动几乎显得东鳞西爪、零乱琐碎,看来像是随意进行的,哪里碰到有人受伤,就包扎一下；一般说来,事业规模不大,又太急于求成,不能寻根问底,查清源头。而奥利维一心想要研究的,偏偏就是苦难的来龙去脉。

他开始研究社会贫穷问题。以前研究的人不少。现在的社会问题成了社会的问题。大家在社交场合,在小说中,在剧场里都谈。每个人都自命了解问题。一些年轻人还消耗了青春的力量。

新生的一代要有自己的狂热。即使是最自私的年轻人生命力也太旺盛了，精力的储备也过剩了，不能不发泄出来，不能无所事事；所以他们想方设法化生命为行动，或者——说得稳当一点——化为理论，化为航空或者革命，化为体育运动或者脑力活动。人在年轻的时候需要幻想自己在参与人类伟大的行动，在改造世界。人的感觉在和宇宙的呼吸共振。人是多么自由，多么轻快！他还没有家庭负担，什么都没有，不用怕风险。他慷慨大方，能放弃还不属于他的一切。能爱能恨，以为梦想和呐喊能改变地球，那是多么美妙！年轻人好像看门狗，一有风吹草动，他们就浑身战抖，大声疾呼。只要有一件不公正的事，哪怕远在世界尽头，也会引起他们的狂热……

黑夜里犬吠声四起。从村庄到村庄，在大树林之中，狗叫声此起彼伏，遥相呼应。黑夜也不平静。这时睡觉都不容易！空中的风吹来多少不公正的回声！……不公正的事层出不穷，而矫枉过正，往往又产生新的不平。什么是不公正？有人说是国破家亡，委曲求和。有人说是战争。一个说是破旧立新，废除君主；另一个说是掠夺教会；第三个说是扼杀未来，威胁自由。平民恨不平等；精英却恨平等。不公正的名目繁多，各个时代自有选择——总是打一个，扶起一个。

这时，世界上很大的一部分力量都转而反对社会的不公平了——但不知不觉地他们的方向却是在制造新的不公平。

当然，自从工人阶级的人数与力量壮大，成了国家机器的一个主要齿轮以来，这种不公平显得更沉重，更触目惊心。但不管宣传家和吹鼓手怎么说，工人阶级的情况并没有变坏，而是比过去更好了；变好的原因并不是因为他们受了苦，而是因为他们更强了。他们更强，这甚至是敌对的资本力量造成的，经济和工业的发展必然使劳动大军集合起来，准备战斗，机械化又把武器送到工人手里，使他们每个带头人都能对世界上的光、电、能源发号施令。不久以前，有些领导人想组织这巨大的集体力量，这些基本力量已经发射出热流和电波，传遍了人类社会的躯体。

人民的事业打动了中产阶级知识分子，并不是因为事业公正，也不是因为思想新又有力量，虽然他们自以为这是原因。其实，真正的原因是人民事业的生命力。

如果说是公正么？世界上发生了成千上万不公正的事，但并没有打动他们。如果说是思想么？那不过是真理的片言只语，东抄西捡来的，应用到一个阶级身上，却牺牲了其他阶级。都是些荒谬的"教条"，和所有的

"教条"一样——什么君权神圣啦,教皇万无一失啦,无产阶级当政啦,普选啦,人人平等啦——如果只考虑这些"教条"本身的价值,而不考虑使"教条"成为行动的力量,那荒谬的程度不是难分高下吗?"教条"平庸有什么关系?思想本身如果没有人的力量支持是不能征服世界的。思想只靠知识内容不能掌握人,而要靠某些历史时期发射出来的生命光辉。人家会说光辉像是扑鼻的香味,连最不灵的鼻子也闻得到。最崇高的思想如果只靠本身的价值是没有感染力的,一定要有人群来体现这种思想,使它有血有肉,才能发挥作用。就像叙利亚未开花即萎谢的玫瑰,移植到了湿地,忽然一下开花、长大,使空气中洋溢着浓烈的香味一样——那些旗帜鲜明、领导工人阶级去攻打资产阶级堡垒的思想,原来出自资产阶级空想社会主义者的头脑。只要思想停留在资产阶级的书本中,那就等于死了,好像博物馆中的展览品,玻璃柜中紧紧包扎的木乃伊,根本没有人看。但一旦思想掌握了人民群众,成了群众的思想,群众再加上狂热的现实,使思想变形,生气勃勃,又给抽象的理由吹入虚幻的希望,就像伊斯兰教元年吹起的热风一样。思想传播得越来越快。大家都受到感染,却不知道思想是什么人带来,是怎样带来的。什么人的问题并不重要。精神上的传染病继续扩展;很可能是思想狭隘的人把病传给了开明人士。每个人都不知不觉地成了携带病毒的媒体。

　　思想传染的现象是各个时代、各个国家都有的;即使是贵族国家千方百计要维持阶级统治,也封锁不了。而在民主国家更以雷霆万钧之力冲破一切障碍,何况在精英与群众之间本来就没有安全的壁垒。精英立刻受到了感染。虽然他们自高自大,聪明过人,但也抵抗不了病毒,因为他们实际上比想象的要脆弱得多。智慧是一个小岛,受到人潮的侵袭、消耗,被淹没了。要等人潮退后,智慧才会重新出现——大家佩服法国大革命后,特权阶级在八月四日夜里放弃了特权。其实,最可佩服的,是他们在迫不得已时,会做迫不得已的事。我可以想象得到,他们不少人回府之后会说:"我干了什么蠢事啦?我是喝醉了吧……"好一个醉字!值得赞美的好酒和产酒的葡萄园!但用血液来灌醉古老的法国特权阶级的葡萄并不是他们栽种的。酒酿好了,只等人去喝。喝了就胡说八道。不喝的人只要闻到酒香也会晕头转向。这是大革命的收获!……一七八九年的陈酒,现在的家庭酒窖中剩不下几瓶了,即使有剩也走了味;但我们的子孙会记住他们的祖先却曾喝得头昏脑涨。

　　奥利维这一代年轻的中产阶级喝的是一样的烈酒,但是更苦。他们把他们的阶级作祭品献给新的上帝。陌生的上帝——那就是平民。

当然,他们并不是每个人都同样真诚。很多人只想找机会出人头地,他们假装瞧不起本阶级。多数人把群众运动当作精神上的消遣,练习口才的机会,态度并不十分认真。以为自己信仰一种主义并且为之奋斗,或者将要奋斗——至少是有可能奋斗,那也是种乐趣。甚至觉得为之冒险也不坏。那会引起戏剧性的激情。

这种激情如果不夹杂着私心杂念、个人利害打算的话,倒也无可厚非——但有些工于心计的人却是另有所图的;群众运动对他们说来是往上爬的手段。就像北欧的海盗一样,他们利用涨潮时把船开进内陆,打算深入港湾,在退潮时就攻城略地。河道很窄,潮水涨落不定,非有过硬功夫不可。但两三代的宣传教育已经培养了一批熟悉本行的海盗。他们胆大妄为,对于沉船甚至不屑一顾。

这种海盗每个党派都有,谢天谢地,任何一个党派都可以不承担责任。但是这些冒险家引起了忠实信徒的厌恶,使某些人对本阶级感到绝望。奥利维见到一些有钱的中产阶级知识青年,都感到本阶级在没落,自己却无能为力。他只倾向于同情他们。他先以为精英能改造群众,在建立了一些平民大学,花了很多时间与金钱之后,他们证实他们的努力失败了;他们原来是希望太高,所以他们的失望也太大。人民群众并没有响应他们的号召,反而溜之大吉。群众即使来,也把一切都看错了,只学到中产阶级文化的缺点。最后,不止一个坏蛋混进了中产阶级的宣传队伍,使他们信用扫地,一举两得,破坏了平民和中产阶级。于是在老实人看来,中产阶级罪大恶极,只会腐蚀平民,所以平民无论如何也要摆脱他们,自己走自己的路。因此,中产阶级不可能采取任何行动,只能宣布这个运动不需要他们参加,甚至反对他们。有些人觉得不参加是一种乐趣,因为这样舍己为人培养了对人类深刻的、无私的同情。爱人吧!献身吧!年轻人有的是本钱,可以不要报酬,不用怕本钱会用光——另外有些人觉得理智上满足了就很愉快,那是满足了逻辑上的迫切需要;他们不是为人做出牺牲,而是为了思想。他们不屈不挠,根据逻辑推理,预见了他们阶级的最后结局。如果预言错了,他们会觉得比粉身碎骨还更痛苦。他们沉醉在思想中,会对外人高声大喊:"打吧!狠狠地打!把我们打个落花流水!"——他们成了暴力革命的理论家。

要别人用暴力。因为一般说来,宣传暴力的使者几乎总是文弱的书生。有些还是国家的公职人员,谈到推翻政府的人却是勤恳、认真、俯首听命的工作人员。他们在理论上宣扬暴力,其实是对他们文弱的体质,受压迫的辛酸生活进行报复。这尤其表明了他们周围的风狂雨暴。理论家也像气象学家一样,他们用科学术语预报的不是明天,而是今天的天气。他们是表示风向的风信旗。风标转动的时候,他们几乎要以为是风标决定风向了。

风向转了。

在一个民主国家里,新思想很快就用旧了,因为它流行得更快。多少法国共和党人在不到五十年的时间内,就不喜欢共和、普选、政治家如醉如狂地争取到的自由了! 从前盲目崇拜多数,盲目乐观地信任神圣的多数派、期待人类的进步,现在却吹起了暴力精神的狂风;多数派无能管理自己,贪污腐化,卑鄙龌龊,对人才又害怕又妒忌,懦弱无能,以权压人,激起了反抗;精力旺盛的少数派——形形色色的少数派——就诉诸武力了。奇特的组合,然而却是必然的,法兰西行动党的保王派和法国总工会的工联主义者居然合作了。巴尔扎克在书中谈到当时的那些人"想做贵族做不成,不得已成了共和党,唯一的目的是发现平起平坐的同代人多半不如自己"……这点乐趣能填满肚皮吗? 一定要使低级人物有自知之明;为了这个目的,没有别的办法,只有把工人阶级或中产阶级的精英分子形成的优势变成权威,强加在压迫他们的大多数人身上。年轻的知识分子,高傲的小资产阶级分子,因为自尊心受到损伤,或对民主造成的假平等感到痛恨,就成了保王党或革命党人。而那些不联系实际的理论家,宣扬暴力的哲学家,不过是些高高在上的风信旗,预告暴风雨的焰火。

最后还有一伙寻找灵感的文人——一伙只会写却不知道写什么的人,就像在奥利斯港口等风起航的希腊水手,不耐烦地等待好风,不管从哪个方向吹来,只要能鼓起帆篷就行——其中有些名人出乎意外地给德莱弗斯事件拉出了舞文弄墨的事业,投入了群众的集会。他们跟着带头人走,由他摆布,这种例子不胜枚举。一伙文人现在关心政治,自以为在管理国事。只要有个借口,他们就拉帮结派,发表宣言,挽救国家大厦。知识分子也分前锋、后卫,两派不分上下,但都认为自己高人一等。那些血管中侥幸有几滴平民血液的人都引以为荣;他们用笔蘸着血写文章——大家都是心怀不满的中产阶级,都想恢复中产阶级由于自私无可挽救地失去了的权力。难得有个信徒能长期维持信徒的热心。开头,他们认为事业取得了成绩,但那很可能不该归功于他们的口才。而他们却私心窃喜。以后,他们继续努力,成绩并不显著,他们又私下担忧,唯恐闹出笑话。时间一长,担忧越来越重,加上他们自命清高,疑虑重重,对这样一个难演好的政治角色,自然就厌倦了。他们等待风声转变,也要等追随者转变,才好打退堂鼓。因此他们成了风头和追随者的双重奴隶。这些新时代的伏尔泰和约瑟·德·麦特尔写起文章来虽然大胆、内心却空虚、犹疑、害怕,只敢摸索前进,唯恐在年轻人面前丢脸,拼命要讨他们的好,扮演返老还童的青年。不管他们是革命派还是反革命,那只是在文字上,其实,他们只会像从前一样赶大流。

在这种中产阶级的革命先锋队里,奥利维碰到了一个最奇怪的典型,那是一个因为胆小才参加革命的人。

出现在他眼前的那个典型人物叫作皮埃尔·卡纳。他是个有钱的中产阶级,出生在一个封闭性的保守家庭,与新思想完全绝缘;家里的公职人员因为对当局不满而被免职,已经出了名,他们是中间派的中产阶级,和教会眉来眼去,勾勾搭搭,没有什么思想,只会精打细算。他因为无事可做,就和一个有贵族头衔的女人结了婚。妻子也会打算,并不在他之下,但想得也并不更多。这个狭隘、落后、信教的家庭老是反复回想过去的骄傲与苦闷,结果使他恼火了——尤其是因为他的妻子很丑,使他厌倦。他的智力中等,思想相当开放,有些向往自由,但又不太清楚在哪方面;其实,在他那种环境里是不容易了解自由到底是什么的。他只知道他那里没有自由,并且以为只要出去就可找到。他一个人又不认得路。一走出去,他很高兴找到了几个中学时代的朋友,其中有工联主义的积极分子。在这些人中间,他觉得比在家里还更格格不入;但他不愿承认,他总得要在一个地方生活;可惜找不到和他趣味相投的人(这就是说没有趣味的人)。其实上帝知道,这种没趣味的人法国并不缺少!不过他们不好意思公然亮相,于是遮遮掩掩,或者涂脂抹粉,涂上一层甚至是几层流行的政治色彩。

通常的情况总是这样:卡纳特别喜欢接近的新朋友,是一个和他完全不同的人,一个犹太医生。他是个法国人,法国的中产阶级,灵魂深处都是法国内地人,偏偏成了一个犹太青年的好朋友,青年名叫玛奴斯·埃曼,是俄国的流亡分子,像他很多同胞一样,他天生有双重的本领:能四海为家,一见如故,又能在任何革命中都如鱼得水,游刃有余,使人搞不清楚他到底是热心事业,还是游戏人生。他亲身经受的和别人经受的考验,对他似乎只是一种消遣。他是个真心实意的革命者,但他的科学精神养成了一种习惯,使他把革命党人(包括他自己在内)都看成了精神病患者。他观察这种病，并且培养病菌。他狂热的兴趣主义和极不稳定的思想使他和互相对立的双方来往。他在当权派中也有熟人，甚至和警察局有关系；他到处打听，无孔不入，这种好奇令人不安，结果使多少俄国革命党人外表上看起来像两面派，有时还的确会弄假成真。那并不是有意背叛，而是动摇不定，往往是不存心的。多少实际行动的人都把行动当作演戏，他们拿出演员的全副本领，毫无保留，但也随时准备演另一个角色！对于扮演革命者，玛奴斯是尽可能演得惟妙惟肖的，因为这一角色最适合他这个天生的无政府主义者，也适合他喜欢破坏所在国法令的天性。但说到底，这只是一个角色。人家分不清他说的自豪感哪些是真的，那些出自他的心裁；搞到最后他自己也真假不分了。

他聪明而喜欢讥讽，像犹太人和俄国人一样会细致地分析心理，善于将心比心，一眼看出别人的弱点，并且巧妙地加以利用，他不费吹灰之力就控制了卡纳。他高兴把一个侍仆拉到堂·吉诃德的队伍里来。他可以随意支配他，左右他的意愿，利用他的时间、金钱——不是为了自己（他并不需要，谁也说不出他靠什么过日子！）而是为他的事业做最连累人的宣传。卡纳随他摆布；他尽力说服自己：他和玛奴斯的想法一致。其实，他明知道事情并不是这样，玛奴斯的思想不近情理，使他害怕。他不喜欢平民。再说，他也并不勇敢。这个高高大大的小伙子，肩宽体胖，长着一张娃娃脸，胡子刮得干干净净，呼吸急促，说话和气，喜欢夸大，其实幼稚，胸部挺得像法内兹博物馆的大力士塑像，还是一个拳击运动的好手，却是一个最胆小的男子汉。他在家人面前以冒充造反派为荣，而在他大胆的朋友面前却又吓得暗中发抖。当然，这种胆战心惊只要是闹着玩儿的，也并不太碍事。但等到假戏真做时，那就危险了。那些粗人越来越好斗，他们的野心越来越大；这就使卡纳不安了，他到底是一个自私的产业主，感情深深扎根在地产上，像中产阶级一样胆小怕事。他不敢问："你们要把我带到哪里去？"但他偷偷地咒骂那些喜欢打得头破血流而满不在乎的人，他们也不在乎是否同时会扭断别人的脖子——谁勉强他跟他们走的呢？他不是可以自由脱离那一伙人吗？但他缺乏勇气。他怕孤单，他像一个小孩走路落在大人后面就哭起来了。他像很多人一样，没有自己的主见，只是不支持过火的看法；但要独立，一定要经得起孤单的考验；但有几个人经得住呢？即使看得最清楚的人中间，又有几个胆敢力排众议，摆脱压在同代人头上的偏见呢？那等于是在自己和别人之间筑起一道城墙，一边是沙漠中的自由；另一边是广大的群众。大家不会犹豫的；他们宁愿像羊一样挤在人群里。气味虽然不好,但是挤得暖和。于是,他们假装在想他们并没有想的问题。这对他们并不太难,因为他们并不太知道自己在想什么!……"要有自知之明!"……他们怎能做到?因为他们几乎没有"自我"!在一切集体的信仰中,无论是宗教信仰还是社会信仰,真正信仰的人太少,因为真正的人太少。信仰是一种英雄才有的力量;信仰之火只能点着几个人间的火把;而火光往往还摇摇晃晃。信徒、先知、耶稣,都曾有过怀疑。其余的人更不过是回光返照——除了灵魂干枯的时刻,大火把上掉下来星星之火才会燎原;然后,大火就熄灭了,只看得见灰烬中的炭火闪烁发光。难得有几百个基督徒是真正信仰基督的。其他的人只是相信自己有信仰,或者想要信仰。

很多革命者也是如此。老实的卡纳愿意相信他是革命者,他就真相信了。他的胆大妄为使他自己吓了一跳。

这些中产阶级都依附不同的原则:有的靠感情,有的靠理智,有的为了利益;有些人思想上依靠的是《福音书》,有些是柏格森,或者是卡尔·马克思、蒲鲁东、约瑟·德·麦特尔、尼采,或者是乔治·索雷尔。有些革命者赶时髦,或冒充进步;有些为了撒野;有些需要行动;有些只是盲从,跟着人走。但大家都随风飘荡。远远看来,只见白色的大路上烟尘四起,这预示着暴风雨即将来临。

奥利维和克里斯托夫看着风吹过来。他们两个人眼力都好。但他们的看法不同。奥利维看得很清楚,能进入别人内心的深处,对他们的平庸感到悲哀;但他也能隐约看到在后台支持他们的力量;事情的悲剧性给他的印象更深刻。克里斯托夫却对事物的喜剧性更敏感。他感兴趣的是人,而不是思想观念。他讥笑空想的社会主义。他生性喜欢作对,本能地反对流行的病态的人道主义,表现得比实际上更自私;一个自力更生的人,一个踏踏实实的成功者,因体力和意志力而感到自豪,总有一点倾向把力量不如他的人看成是无所事事。他穷苦而孤独,既然他能取得胜利,为什么别人不照样做呢!……社会问题!什么问题?不就是穷苦吗?

"我很了解,"他说,"我的父亲、母亲,还有我自己都经历过穷苦。只要走出来就行了。"

"并不是每个人都走得出来,"奥利维说,"有生病的,有运气不好的。"

"应该帮助他们,那很简单。但像现在这样说他们的好话,那就走得太远了。不久以前,大家都说强者有特权,很可恶。说句老实话,我不晓得弱者的特权是不是更可恶,它搞乱了今天的思想,专横地对待强者,剥削强者。人家会以为病弱、穷苦、不聪明、受压迫,现在反倒成了优点——而坚强、健康、胜利却是缺点。最可笑的,是强者带头相信这些……我的好朋友奥利维,这是不是一个喜剧的好主题?"

"我宁可让别人笑我,不愿让别人哭。"

"好朋友!"克里斯托夫说,"天啦!有谁反对你吗?我一看见驼背,自己的背也要驼起来了。我们是在演喜剧,不会写喜剧。"

克里斯托夫不肯上当,不肯空想什么社会公正。他像普通老百姓一样通情达理,相信过去怎样,将来还是怎样。

"要是人家谈艺术时也这样说,你恐怕要叫起来吧!"奥利维指出来。

"也许会。说来说去,我只懂得艺术。你也一样。我不信任那些夸夸其谈说外行话的人。"

奥利维也不信任。两个好朋友甚至有点过分不信任了:他们总是待在政治圈外。奥利维有点不好意思地承认:他从来没有参加过选举;十年来,他甚至没有去区政府领选民证。

"为什么要去,"他说,"参加演出明知是毫无意义的喜剧?选举吗?选什么人?候选人对我都是陌生的,我不知道哪一个好一点,但是我有理由相信,不管是谁当选,第二天都会说话不算数。监督他们吗?督促他们尽忠职守吗?我花一辈子功夫也做不到。我既没有时间,也没有精力,不会夸夸其谈,死不要脸,狠下心来去做讨厌的事。最好还是不要插手。我同意受苦受难。至少,造成苦难没我的份!"

但是这个人虽然看得非常清楚,并且厌恶政治行动所需要的正常手段,却对革命存有幻想。他明知是幻想,偏偏却丢不开。这是他这个民族令人难以理解的神秘感。一个人不能毫无报偿地属于西方的一个伟大民族,这个民族先破后立,立后又破——跟思想、跟生命赌博,经常破旧立新,不惜以鲜血为赌注。

克里斯托夫没有这种世代相传的救世主义精神。他身上日耳曼民族的血液太浓了,欣赏不了革命的观念。他认为人是不能改造世界的。多少空论,多少空话,多少毫无用处的夸夸其谈!

"我不需要发动革命,"他说,"——或者空谈革命——才能证明我有力量。我尤其不需要像那些胆大的年轻人一样推翻国家来恢复王权,或者建立什么救国委员会来保卫我。这真是个怪念头!证明自己有力量吗?我会保卫自己。我不是个无政府主义者:我喜欢必要的秩序,我尊重支配宇宙的规律。但在我和规律之间，用不着中间人。我的意志会下命令，也会服从。你们一开口就谈你们的古典文学，为什么不记得你们古典作家高乃依说的话：'我一个人已经够了！'你们希望有个主子，就是在掩盖奴才的弱点。力量好像光明，只有瞎子才看不见！有力不在多言，不在高谈阔论，不在逞强施暴，就像草木向阳一样，只要你有力量，所有弱者的心灵都会转过来向着你……"

他虽然说不能浪费时间去讨论政治，其实他并不像表面上那样不问政治。作为艺术家，他为社会苦难而感到痛苦。在他暂时缺乏热情的时候，他也会向周围看看，问自己在为谁作曲。看到那些支持现代艺术的可怜虫，那些疲惫不堪的精英分子，那些中产阶级的业余爱好者，他不由得不想：

"为这些人工作有什么好处？"

其实，并不是没有出色的人才，既有文化修养，又对艺术敏感，甚至并不是不能欣赏新生的或古老的——新老都是一样——高雅情操。但他们厌倦了，人太聪明，生命力却不足，不相信艺术的真实性；他们只对娱乐发生兴趣——无论是音响或思想构成的娱乐；他们多半俗事缠身，习惯于忙这忙那，其实没有一件事是"非做不可的"。他们几乎不可能深入到艺术的核心；艺术对他们说来没有血肉，只是文字。他们的评论家建立了一套狭隘的理论，说明他们不可能走出业余爱好的圈子。偶尔有人能同艺术的和声发生共鸣，他们又受不了，他们已经脱离了人生的正轨。不是神经病就是瘫痪症。艺术到这个病院里来能做什么呢？——然而，在现代社会里，不可能没有这些病态的人，因为他们有金钱和报馆；只有他们才能保证艺术家的生活。因此，艺术家不得不委曲求存，自愿供人消遣取乐——不是消愁解闷，就是增加新愁——在世俗的晚会上，在一些冒充高雅的听众和不胜厌倦的知识分子当中，不得不献出他震动心弦的艺术，吐露内心秘密的音乐来。

克里斯托夫要找真正的听众，那些相信艺术的情操就像生活中的情感一样、能用纯洁的心灵来感受的群众。他模模糊糊地受到一个未来的新世界——平民大众——的吸引。童年的往事，对高弗烈特舅舅和穷人的回忆，向他显示了深刻的内心生活，和他分享了音乐的神圣粮食，使他相信他真正的朋友是这方面的人。就像其他天真的青年一样，他对人民的艺术，人民的音乐和戏剧抱有很大希望，但对人民，他并下不了定义。他期待革命有可能更新艺术，自认对社会运动感兴趣的就只有这一点。他这是在欺骗自己:他的生命力太充沛了,怎能不受吸引去参加当时最有生命力的行动?

在这些人当中,他最不感兴趣的是中产阶级的理论家。这些树上结出来的果子往往是干巴巴的:生命的液汁都凝固成思想了。这些思想是克里斯托夫搞不清楚的。即使是他自己的思想,如果僵化成了一套理论,他也并不喜欢。他瞧不起支持强者或弱者的理论家,自己只和和气气地置身局外。在喜剧中,最不讨好的角色是夸夸其谈的人。观众不但喜欢给人好感的角色,甚至觉得反派人物也比空谈的人好。在这一点上,克里斯托夫和群众一致。空谈社会问题在他听来实在乏味。但他喜欢观察别人,不管是已经相信还是愿意相信的人,不管是已经上当还是情愿上当的人,不管是打家劫舍的强盗还是给人剪毛的绵羊,都是一样。他的同情心里容得下有点可笑的好人,如胖子卡纳。他们的平庸不会使他像奥利维一样不愉快。他观察他们大家,关心中有几分亲热,有几分嘲笑;他以为自己在台下看戏,不知不觉却上台了。他以为自己只是看客,在看风头,不料他却已经卷入滚滚风烟之中了。

社会剧是双重的戏。知识分子演的是喜剧中的喜剧,人民群众是不太爱听的。真正的戏是群众主演的。那可不容易看懂;群众也看不清自己的面目。戏剧变化莫测,出人意外。

不只是说话太多,行动太少。不管中产阶级还是平民百姓,法国人都喜欢开口说话,张口吃面包。不过大家吃的面包不同。有些高雅的话是给讲究的舌头品尝的,有些营养丰富的却是填饱肚子的。即使是同样的话,揉出来的面包也不一样,色、香、味都不同。

奥利维头一回参加群众集会就尝到了这种面包的滋味,觉得倒了胃口;话都哽在喉咙管里,吞不下去。思想平淡无奇,语言粗野无味,空洞的理论,幼稚的逻辑,抽象的概念和具体的事实没有联系,就像调制得不好的蛋黄酱,吃得叫奥利维作呕。语言不干不净,却没有群众说话那股生龙活虎的劲头来弥补。都是报纸上的陈词滥调,破衣烂衫,中产阶级旧货铺的陈年词典中捡出来的。奥利维尤其觉得奇怪的是说话不简朴。他忘了文字的简朴不是天然的产品,而是经过精英分子的努力,千锤百炼才取得的。城市平民不会简朴,他们老是喜欢找华丽的字眼。奥利维不懂这些夸张的语言对听众能起的作用。他没有开这种语言之门的钥匙。我们把另外一个民族的语言叫作外语;但在同一个民族中,有多少个社会阶层,几乎就有

多少种语言。只对少数上层阶级来说,语言才有古老的传统意义;对其他人说来,语言代表的只是他们自己和他们集体的经验。有些文字是上层阶级认为低级下流、已经废弃不用的,就好像一所空房子,旧主人搬走后,又搬来了新人。你要认识新主人吗?那就请到房子里来吧。

克里斯托夫就进去了。

他和工人接上了头,那是一个在国有铁路公司工作的邻居牵的线。邻居四十五岁,个子小,看起来比实际上老,头顶秃得难看,眼睛陷得很深,脸颊凹了下去,鹰钩鼻子大得突出,嘴倒显得聪明伶俐,耳朵七皱八裂,五官都未老先衰。他名叫阿西德·戈蒂叶,不是平民出身,而是中产家庭的低级阶层,他家为了这个独生儿子的教育,把不多的家产都用完了,但他还是没有完成学业。年轻的时候,他在国有公司里找到了一个差事,这在贫穷的中产阶级看来似乎是救了命,其实是要了命——活生生地变成死沉沉的。他犯了一个错误——这是现代社会的一个通病——和一个漂亮的女工由恋爱而结了婚,但不久之后,她本来的庸俗面目就暴露无遗了。她给他生了三个孩子。他当然得养活这一家人。这个聪明人费尽了心机想完成自己的教育,却被贫穷捆住了手脚。他感到自己身上潜在的力量要被艰难的生活窒息死了,却又不肯低头。在家里或公司里,他都不得安身。他是个记账员,整天干着机械的工作,同一间办公室的同事都俗里俗气,啰里啰唆;他们说些无聊的话,骂骂上司,算是对失意的生活出一口气。他们也嘲笑他,因为他不聪明,不会把他求知的打算藏在心里。他一回家,看到的又是没有趣味,只有难闻气味的房子。一个脾气急躁、爱吵爱闹的妻子,她不了解他,不是说他懒,就是骂他傻。他的孩子们一点也不像他,而像他们的母亲。难道这一切能算公平吗?能算公平吗?多么失望,多么痛苦,没完没了的烦恼,枯燥无味的职业,使他从早到晚得不到一小时安宁,一小时清静,磨得他筋疲力尽,要得神经病了。为了忘掉苦恼,最近他就喝起酒来,这一下更完蛋了——克里斯托夫看到这个悲剧式的命运,不由不感到震惊:一个不完整的性格,没有足够的教养,又没有艺术趣味,然而生来是该做大事的,却被不幸的命运压倒了。戈蒂叶立刻抓住克里斯托夫,就像快要淹死的弱者抓住一个游泳强手一样。他对克里斯托夫既有好感,又很羡慕。他带他去参加群众集会,去见了几个革命党的领导人,他是因为对社会不满才结识他们的。他是个没成功的贵族。要他和人民群众打成一片,那会痛苦得要他的命。

克里斯托夫比他平民化得多——尤其是因为没有人逼着他去当平民——所以反而对集会感兴趣。演讲听起来也好玩。他并不像奥利维那样觉得讨厌;也不觉得语言可笑。对他说来,夸夸其谈的人都不相上下。他瞧不起口若悬河的人。他懒得去了解那一套修辞学,却通过讲话人和听讲人的感觉得到心灵交流的音乐。讲话人如果能引起听讲人的共鸣,他的力量就会增加一百倍。开始,克里斯托夫只注意讲话的人;由于好奇,他认识了好几个。

对群众影响最大的是加齐米·育西哀——他个子瘦小,头发深色,脸孔苍白,年纪少则三十,大也不过三十五岁,像蒙古人,体弱多病,眼睛有时放出火光,有时又冷冰冰,头发稀稀疏疏,胡子却尖尖的。他的力量不是来自他那做作的、兀突的和言语不协调的姿态——也不是来自他那嘶哑叫喊、过分强调的语言,而是来自他这个人,来自他发散出来的强烈信心。他似乎不容许别人和他有不同的意见;由于他表达的正是他的群众希望表达的思想,所以他们一拍即合,毫无困难。他对他们三番五次,甚至重复十次他们想听的话,毫不疲倦,就像敲钉子似的,同一个钉子敲来敲去,如疯如狂,坚持不懈,群众也照样敲个不停,一直敲到钉子嵌进肉里去了——除了个人的影响以外,他过去所受的重重政治迫害也提高了他的声望,增加了工人对他的信心。他显出了不屈不挠的精神;但有眼力的人看得出来,他内心积淀着年深月久的沉重疲乏,对拼命挣扎的厌倦,对命运的愤恨。他每天消耗的生命都是支出大于收入。从童年时代起,他就受到工作和苦难的折磨。他干过各种活儿:玻璃工、白铁工、印刷工;他的身体搞垮了,得了肺病,使他对自己和对事业都感到一阵阵的灰心丧气,一阵阵的兴高采烈。他的激烈有几分出于心机,有几分出于病态,有政治的成分,有脾气的成分。他好歹都是自学成材的。有的科学,社会学,还有他干过的行当,他懂得很多;其他许多东西,他又懂得很少;不管懂得多少,他都一样信心十足;他有他的理想世界、公正的观念,也有他的愚昧无知、讲求实际的精神,还有他的偏见、经验,对资产阶级社会的猜疑和仇恨。但他并不因此而对克里斯托夫不好。看到一个知名的艺术家来找他,他的虚荣心得到了满足。他生来是做领导的那种人,不管做什么事,对被领导的工人都是不客气的。他虽然口口声声要平等,其实,他只要和上级平等,却不愿同下级平起平坐。

克里斯托夫见过工人运动的其他领导人。他们之间并没有多大的好感。如果说共同斗争使他们——好不容易——才行动一致,但却远远没有把他们的心联合起来。由此可以看出阶级差别只符合完全是表面上的、暂时的现实。过去的对立只不过是掩盖起来了,推迟了,但并没有消失。北方人和南方人根本上还是互相瞧不起的。各行各业都互相妒忌,认为对方工资太高,他们毫不掩饰,认为自己比对方强。然而最大的差别还是——永远是——性格不同。狐狸、狼和头上长角的动物,尖牙利齿的野兽和有四个胃的牲口,有些是生来吃喝的,有些是生来被吃的,他们由于阶级相同,利益一致,暂时成群结队,但都闻得到对方的气味,也都互相认得出来,他们已经毛发倒竖了。

克里斯托夫有时在一家小小的乳制品饮食店吃午餐或晚餐。那是戈蒂叶的老同事西蒙开的。西蒙本来也是铁路职工,因为罢工被开除了。常来小店的顾客是些工联主义者。他们有五六个人,在里头一间餐室里,面对着一个狭窄而又光线不好的小天井。那里挂了两个鸟笼,笼中的金丝雀老是对着亮光唱个没完没了。育西哀老带他的情妇来。漂亮的贝德是个结实而风骚的姑娘,面色苍白,头戴紫色鸭舌帽,两只眼睛溜来转去,笑眯眯的。她的裙子后面跟着一个年轻的小白脸,人聪明而做作,那是机械工人雷沃博·格拉伊沃,这伙人里面的艺术家。他自称是无政府主义者,反对资产阶级的激进派,其实心灵深处是个最要不得的中产阶级分子。几年以来,他每天早上都贪读一个铜板一份的文学报上的低级色情新闻,读得他神魂颠倒。头脑里越想入非非,身体上越无能为力,分不清干净和粗俗的生活。他喜欢喝一小杯掺杂质的饮料——这种奢侈的精神饮料是肮脏的富翁用来刺激肮脏的肉体欲望的。既然没有肉体上的享受,他就沉浸在幻想的乐趣中。这样一来,他就满嘴脏话,两腿发软。他倒是和富翁平等了。他还恨富翁呢。

克里斯托夫受不了这种人。他对电工赛巴斯蒂安·高加更有好感。高加和育西哀一样是大家爱听的演讲人。他没有把理论塞满头脑。他并不总是知道前进的方向。但他总是前进。他是个地道的法国人,结结实实,快快活活,四十岁上下年纪,气色很好,宽脸圆头,红发长须,脖子和嗓子都粗得像牛。他和育西哀一样是个出色的工人,但他喜欢吃喝说笑。身体虚弱的育西哀觉得他的健康不顺眼;虽然他们是朋友,但友谊中潜伏着隐蔽的敌对情绪。

小饮食店的老板娘奥莱莉是个四十五岁的好主妇,从前一定相当漂亮,现在虽然饱经风霜,还是不减当年。她坐在他们身边,手里拿着活计,听着他们谈话,脸上带着亲热的笑容,嘴唇随着他们的话张开闭拢;有时插上一两句话,有板有眼,摇头晃脑,并不耽误活计。她有一个女儿,已经出嫁,还有两个孩子,小的七岁,大的十岁,一女一男,坐在一张黏糊糊的桌子角旁做学校里的功课,有时顺便听到不是说给他们听的片言只语,就伸伸舌头。

奥利维试着陪克里斯托夫去了两三回。但他和这些工人在一起觉得不自在。他们只要不受工厂作息时间的严格限制,只要工厂的汽笛不催他们上班,就不知道要浪费多少时间:下班之后,上班之前,还有磨洋工和罢工的时候。克里斯托夫刚好写完了一部作品,新作品的构思还没有头绪,正好偷得浮生半日闲,就不慌不忙地把肘腕撑在桌上,同他们一起抽烟、喝酒、谈天。但奥利维有资产阶级的本能,有遵守纪律、工作规规矩矩、时间精打细算的传统习惯,既看不顺眼,也受不了这样糟蹋生命。况且他又不会聊天,也不会喝酒。最后,心理影响生理,暗中的对立情绪使各种不同的人身体上也分门别类,他们感官上的敌意又反对心灵的交流,他们的肉体也起来反抗精神。当奥利维单独和克里斯托夫在一起的时候,他会十分激动地谈到应该和人民大众打成一片;等到他真正面对群众时,他又和他们格格不入了。克里斯托夫和他相反,口头上嘲笑接近群众的想法,实际上在街头随便碰到一个工人,却不费力就算是哥儿们了。奥利维接近不了群众,心里难过。他勉强学他们一样想,一样说,但做不到。他的声音听不清楚,不如他们响亮。他要用他们的某些字眼,但话不是哽在喉咙里,就是走了调。他小心在意,觉得尴尬,也叫人尴尬。他自己知道。他看得出他是个外人,来路不明,谁也对他没有好感,他一走,大家都会松一口气。他随时都会碰到冷冰冰、硬邦邦的眼光,就像饱受苦难折磨的工人投向资产阶级的眼光一样,充满了敌意。说不定这种眼光也是投向克里斯托夫的;但是他却视而不见。

那伙人中唯一愿意接近奥利维的,只有奥莱莉的两个孩子。他们当然不恨资产阶级。小男孩迷上了资产阶级思想;他相当聪明,喜欢他们的想法,但还没有聪明到理解他们的地步;小女孩长得很好看,有一回奥利维带她到亚诺太太家里去,她看到华丽的房间,如醉如痴,坐在舒服的安乐椅里,摸摸漂亮的衣裳,高兴得说不出话来。不懂事的孩子本能使她妄想跳出平民的圈子,爬进资产阶级舒适的乐园。奥利维一点也不想培养她这种兴趣;她天真的对资产阶级的羡慕,并不能减少她那一伙人对奥利维不说出来的反感。他对他们的敌意感到痛苦。他满腔热忱,想要了解他们。而事实上,他也了解他们,也许了解得太清楚了,观察得太仔细了,反倒使他们恼火。并不是因为他过分好奇,而是因为他分析别人的心理已经成了习惯。

不久他就看出了育西哀生活中隐藏着的悲剧:折磨他的病,还有折磨他的情妇。她爱他,以他为荣;但她的生命力太强了;他知道她会离开他的;妒忌使他苦恼。她却觉得好玩;她勾引男人,向他们丢媚眼,卖弄风情,轻佻得如醉如狂。也许她伙同格拉伊沃欺骗他。也许她只是要他这样相信。不管怎样,这不是今天,就是明天会发生的事。育西哀不敢禁止她爱她喜欢的人。他不是公开主张女人和男人一样,都有自由的权利吗?有一天他骂她,她就目中无人,话里带刺地提醒他。他的自由理论和粗暴的本性在他心中起了激烈的冲突。从情感上来说,他还是一个过去的人,既专横又妒忌;从理智上说来,他又是一个未来的人,一个有理想的人。她呢?

她却既是昨天的,又是明天的,是个永远的女人——奥利维眼看着这场暗中的决斗,凭了经验,他知道斗争的激烈,因此对育西哀充满了同情。但育西哀猜到奥利维看透了他的心事,却对他一点也不感激。

另外一个女人也在旁观这场爱与恨的游戏,但是眼下留情。那是奥莱莉老板娘。她什么都看在眼里,但是不露声色。她了解生活。这个好女人健康、安静、规矩,年轻时也过了自由的生活。她卖过花,有过一个中产阶级情人,也有过其他阶级的。后来,她嫁了一个工人,成了个贤惠的家庭妇女。她明白感情上的糊涂事,育西哀的妒忌"年轻女人"寻欢作乐的心理。她尽量用几句亲热的话使他们重归于好:

"总得迁就一点!犯不着为了一点小事气得疯头癫脑……"

她说的话没有什么用,她也不觉得怪:

"说什么也没用。总要自讨苦吃……"

她像普通老百姓一样满不在乎,让苦难一溜而过。她也有她的苦难。三个月前,她失去了她疼爱的十五岁的儿子……痛苦得不得了……现在,她又活跃了,嘻嘻哈哈的。她说:

"要是老想那件事,就活不下去啦。"

她说不想就不再想。这并不是"自私"。她没有别的办法,她的生命力太强了;"现在"吸引着她,不可能停留在"过去"。她既适应现在,也能适应未来。如果革命来把秩序颠倒,她也总站得住,做她可做的事,无论把她放到哪里,她都能适得其所。其实,她对革命也没有多大信心。说良心话,她对什么都不信。拿不定主意时,她就用纸牌算命,看到出殡,她也不会忘记画十字,这更是不消说的。没有拘束,也不狭隘,她的信心就像巴黎市民的疑心,像呼吸一样轻松愉快。虽然是革命党人的妻子,她总像母亲一般笑她丈夫的思想,以及他同党的——还有其他党派的——思想,就像她笑青年人——还有成年人——做出的傻事一样。出了什么大事她也不会感情激动。但对一切她都感兴趣。她能对付好运气,就像对付坏运气差不多。总而言之,她为人乐观。

"不要自寻烦恼!,……只要身体好,什么都好办……"

她和克里斯托夫合得来。不消说几句话就看得出他们是一家人。在别人高谈阔论、大叫大嚷的时候,他们往往只好心好意地相互一笑。但更多的时间,看到克里斯托夫也卷入了辩论,争得比别人还更来劲,她就独自一个人笑了。

　　克里斯托夫没有注意到奥利维孤立的窘态。他不去了解别人心里想什么。但他只管同他们吃喝笑闹。他们对他也不存戒心,虽然大家争得很厉害。他说话一点不含糊。其实,他觉得很为难,说不出是支持还是反对他们。他没有考虑过。当然,若是逼得他选择,他会选工联主义而不选社会主义或国家主义——在他看来,国家这个巨大的体制只会产生官僚和机器人。他的理智赞成合作的集体努力用三尖两刃刀去砍掉社会主义国家没有生气的抽象概念,同时砍掉没有效果的个人主义。个人主义只会粉碎人的精力,化整为零,化强为弱——这个当代的大难应该由法国大革命负一部分责任。

　　但是天性比理智更强。等克里斯托夫一接触到工会组织——弱者的联合是可怕的——他精力旺盛的个人主义就要反抗了。他不由得瞧不起这些需要绑在一起才能战斗的人；即使他承认他们不得不服从联合的纪律，他也声明这种纪律对他是不适用的。还得加上一句：即使被压迫的弱者值得同情，一旦成了压迫者就不值得了。克里斯托夫以前对孤军作战的老实人呐喊："联合起来！"等他头一回在老实人当中看到不老实的、有了权力就要滥用的人，就不大痛快了。克里斯托夫最喜欢的好人，他在那座楼房从上到下各层碰到过的朋友，都没有从这些联合的战斗中得到好处。他们心肠太软，胆子太小，都吓坏了；他们注定了是头一批受害者。面对着工人运动，他们和奥利维处在相同的地位。奥利维同情组织起来的劳动者。但他过去受的是崇尚自由的教育，而自由恰恰是革命者最不在乎的。其实，今天谁还在乎自由？只有一些对世界不起作用的精英分子。自由正在经历黑暗时代。罗马的教皇们禁止人看到理性的光辉。巴黎的教皇们要熄灭天上的光明。而共和党人帕托却要熄灭街灯。到处都是帝国主义的胜利：罗马教会的神权帝国主义，神秘的商业王国的军事帝国主义，资本主义共和国的官僚帝国主义，革命委员会的专制帝国主义。可怜的自由，世界上什么地方容得下你？……革命党人言传身教的滥用权力，使克里斯托夫和奥利维都反感了。他们并不尊重那些拒绝为共同事业吃苦的黄色工会会员。但他们更讨厌用暴力制裁黄色工会会员的人——然而二者必居其一：不是制裁，就是被制裁。事实上，今天可供选择的并不是帝国主义或自由，而是两种帝国主义。奥利维说：

"两种都不要。我只支持被压迫者。"

克里斯托夫也一样恨压迫者的专横。但他跟在造反的劳动大军后面，也被拉上了使用暴力的轨道。

他却并不自觉，还向同餐共桌的伙伴声明：他并不是他们一伙的。

"如果你们的行动，"他说，"只是为了物质利益，那我就不感兴趣。有朝一日你们为了信仰而前进了，那时，我也会是你们的人。否则，如果只是两个肚子之间的斗争，那要我干什么？我是个艺术家，我的责任是保卫艺术，我不该卷入党派的斗争。我知道近来有些野心勃勃的作家为了争取肮脏的名利，已经做出了坏榜样。在我看来，他们这样做对他们要保卫的事业并没有多大好处，但他们却背叛了艺术。挽救智慧之光，这才是我们责无旁贷的任务。不要把光明和你们盲目的斗争混为一谈！如果我们抛下光明的火炬，有谁来高举呢？你们斗争之后，看到火炬依然大放光明，那会多高兴啊！大家在战船的甲板上打成一团的时候，总得有工人管住锅炉不熄火呀！需要了解，不需要恨。艺术家是一个罗盘，在狂风暴雨之中，他永远指向北方……"

他们把他当作一个空谈家,说他的罗盘上已经没有了指南针;他们兴高采烈地把他的话当耳边风,但也不伤和气。在他们看来,艺术家是个善于投机取巧的人,工作得最少,又尽可能舒服。

他回答说:他工作和他们一样多,比他们还多,比他们更不怕劳动。他最厌恶的就是消极怠工,工作马马虎虎,甚至把干活不卖力当作原则。

"你们这些可怜人,"他说,"唯恐会损坏你们的臭皮囊!……天啦!我呢,从十岁起,我就一直工作。你们呢,你们并不喜欢工作,其实,你们是资产……即使你们有力量摧毁旧世界!你们也不会摧毁的。你们哪里舍得?不,你们舍不得的!你们空谈、威胁、装模作样,仿佛要摧毁一切。其实,你们只想染指,睡到资产阶级的温床上去。只有几百个在泥土里打滚的可怜人,他们不是准备牺牲自己的,就是别人的臭皮囊,自己也不知道为什么——为了痛快——为了痛苦,因为他们吃了几辈子的苦——而其他人呢,一有机会,就想临阵脱逃,逃到资产阶级阵营里去。他们成了社会党人、新闻记者、卖嘴皮子的、舞文弄墨的、议员、部长……唉!不要对谁都气势汹汹的!你也不见得比他好到哪里去。你说他是叛徒?……那好,下一个叛徒是谁呢?你们都要走上这条路的。没有一个人经得起诱惑!你怎么会经得起呢?你们没有一个人相信灵魂是不朽的。你们都只有个肚子,我敢对你们说。而空肚子只想吃饱。"

说到这里,他们都恼火了,大家同时说起话来。在议论纷纷的时候,克里斯托夫容易感情冲动,比别人都更革命了。他无法控制自己;他智力方面的自豪感,洋洋得意的纯美学世界观,只能提供精神上的乐趣,一看到世上的不公平,立刻回到了现实世界。美学吗?世界上十个人,就有八个生活在贫穷或苦难中,不是物质上就是精神上,还谈什么美学?去你的吧!只有厚颜无耻、享受特权的人才能自命清高。一个像克里斯托夫这样的艺术家,在内心深处,是不能不站在劳动人民一边的。有什么人看到社会上风俗败坏,财富分配不公平得惊人时,会比脑力劳动者更痛苦呢?艺术家有的饥饿而死,有的成了百万富翁,没有其他原因,只不过是时运变化莫测,有人善于见机行事而已。一个社会不是让精英分子饿死,就是给他多得出奇的报酬,简直是咄咄怪事,难道不该摧毁吗?每个人不论工作不工作,都有权利吃到每天的面包。每种工作不论好坏,都应该得到报酬,不是按照工作真正的价值——谁能万无一失地确定价值呢?——只能按照劳动者正常的合法需要。对为社会增光的艺术家、学者、发明家,社会应该而且能够保证他们有足够的收入,使他们能有时间,有办法去争取更大的光荣。没有别的要求了。《神秘的微笑》这张名画价值一百万。一笔钱和一件艺术品没有什么关系;艺术品既不比价钱高,也不比价钱低,是钱买不到的。问题不是付多少钱;问题是艺术家要生活。只要他有吃的,只要他能安静地工作,那就够了!财富是多余的;那是损不足而补有余的。应该直截了当地说:任何人占有的多于他需要的,多于他的生活,他家人的生活,他智力发展的正常需要,那就是在损害别人。他占有的多了,别人占有的就少了。我们听人谈到法国有用之不尽、取之不竭的财富,只好苦笑,因为我们是劳动人民、工人、知识分子,不论男女,从小就拼命干活,才能糊口,免得饿死,但我们还时常看到优秀的人累得倒下——而我们却是民族的生命力!你们吃饱了人间的财富,吃的是我们的血汗和痛苦。但你们并不觉得问心有愧,因为你们有一套心安理得的诡辩法,什么产权神圣啦,生活就是公平的斗争啦,进步是更高的利益啦,进步成了神话中的怪物,为了这种大成问题的更高利益而要牺牲既得利益——而且是牺牲别人的既得利益!结果就是你们占有的太多了。你们占有的超过了生活的需要。而我们所有的却太少了。但我们哪一点也比你们强呀!如果你们喜欢不公平,那么小心!你们搬起来的石头会砸了你们自己的脚!

就是这样,克里斯托夫周围的热情冲昏了他自己的头脑。然后,他对自己口若悬河的辩才觉得惊讶。但他并不认为夸夸其谈有什么重要。他只觉得这样激动好玩,是多喝了一瓶酒的缘故。遗憾的只是酒不够好;于是他就吹起莱茵河的美酒来。他还自以为和革命思想没有联系。但却产生了一种怪现象:克里斯托夫越争论越热情高涨,而相形之下,同他争论的伙伴反倒显得情绪低落了。

他们不像他这样富于幻想。甚至一些激烈的带头人,使资产阶级害怕的人物,其实心里也是动摇的,他们的资产阶级思想严重得可怕。高加笑起来像是公马嘶鸣,声高气粗,指手画脚;但他对自己的大叫大喊只是半信半疑,他是用暴力来吓唬人的。他看透了资产阶级的懦弱,就装模作样,打肿了脸来充胖子;但和克里斯托夫在一起,他却会笑着承认自己是吹牛。格拉沃夫什么都批评,人家想做什么他都找碴,使什么都做不成。育西哀却认为自己永远对,从来不肯认错。他越看出自己的理由站不住脚,越要强辩下去;他以自己的原则为傲到了这种地步,甚至连自己事业的成败都在所不惜。但他又会从一个极端转到另外一个极端,从顽固不化的信仰转为含讥带讽的悲观,严厉地指责理论体系都是说谎,一切努力都没有用。

工人多半都是这样。他们往往陶醉于豪言壮语之中,但忽然一下,又落入了失望的深渊。他们的幻想漫无边际,毫无根据,但并不是他们凭空虚构,而是廉价贩来的现成货色,是他们不费吹灰之力,在低级酒店和咖啡音乐厅消愁解闷时捡来的传闻。懒得思想到了不可救药的地步,借口多得不胜枚举:就像一头不再苦斗的困兽,只想躺倒不干,安安静静地消化肚子里的食物,头脑中的梦想。但酒消梦醒之后,剩下来的只有更疲惫不堪、口干嘴黏的困倦。他们不断地捧领导人,捧得热火朝天;但过不了多久,又对他产生了怀疑,并把他抛弃。最可悲的是他们并没有错:这些领导人一个个都是功利虚荣吸引来的;只有一个育西哀,因为肺病到了晚期,死亡已经发出通知,才能抵制引诱,而其他领导人有多少个不是背叛,就是厌倦不堪啊?像那时各个党派的政客一样,他们也经受不起考验,成了牺牲品,而侵蚀他们的祸害不是美女就是金钱,或者既是美女,又是金钱——其实两者是合二为一——大家都看得见,不论在朝党或在野党,都有第一流的人才,有可能成为大政治家的人物——换了一个时代,也许他们早已功成名就了——但是他们在执行大计划时做出没有思前顾后的事情,或者半途而废,置国家大事于不顾,而沉醉于逸乐之中。他们可以勇冠三军,战死沙场;但很少领导人能不大吹大擂,坚守岗位,掌握方向,尽忠职守而死。

意识到这种根本弱点就砍断了革命的大腿。工人的时间花在互相指摘上。他们的罢工总是失败,因为领导人之间,或者同行工会之间,改良派和革命派之间,总是意见分歧——因为虚张声势的威胁其实是胆小懦弱的表现——因为绵羊般驯服的遗传性使罢工反抗者一得到法院的勒令就重新戴上枷锁——因为投机分子自私自利,卑鄙无耻,利用别人罢工反抗而去靠拢老板,使自私的奉献得了高昂的报酬。还不用提群众运动必然产生的混乱和无政府主义思想。群众只想举行带有革命性质的集体罢工,却不愿意政府把他们当作革命党。他们对于枪尖上的刺刀没有一点兴趣。他们想吃炒鸡子,却不愿意打破蛋壳。总而言之,他们只喜欢打破别人的鸡蛋。

奥利维在看,在观察,他并不觉得奇怪。他看出了这些人是多么不胜任他们自认为胜任的大事业;但他也看出了必然带动他们前进的力量;他还看到克里斯托夫已经不知不觉地随着潮流走了。至于他自己,他也只想顺大流,但是落花有意,流水偏偏无意把他带走。于是他只好待在岸边,瞧着江水奔流。

这一道奔腾汹涌的流水激起了巨大的热情、私利、信仰,使它们互相冲突、溶化,浪花四溅,漩涡倒流。带头的是领导人,他们身不由己,被推到了前面,其实他们最缺少的也许就是信仰;他们以前信仰过,但就像他们嘲笑过的教士一样,因为发过誓不得不认账,只好勉强自己去传道说教,坚持到底。在他们后面,大队人马是粗暴的、动摇的、近视的。大多数人的信仰是偶然造成的,他们现在随大流相信乌托邦;但到晚上潮流一变,他们就不信了。许多人有信仰是因为需要行动,想要冒险。另外一些人却是根据不合情理的逻辑。还有一些人是好心好意参加的。深思熟虑的人只利用思想观念作为战斗的武器;他们斗争的目的是增加工资减少工作时间。胃口大的人暗中希望贫苦的生活来个彻底的大翻身。

但把他们带走的潮流比他们大家都更聪明;它知道要到哪里去。旧世界的堤防暂时阻挡一下潮流有什么关系?奥利维早就料到社会革命在今天是要失败的。但是他也知道无论胜负,革命都会达到目的;因为压迫者不等到害怕被压迫者的时候,是不会答应他们要求的权利的。就是这样,革命者使用的不公正的暴力,和他们事业的公正性一样,都是为革命事业服务的。公正和不公正是盲目而可靠的力量计划中的两个方面,这种力量带领大队人马前进。

你们受到主子的召唤,想想你们是什么人吧。从肉体看来,你们之中并没有多少智者、强者、高贵者。但主子却选了世界上的愚者来战胜智者,弱者来打败强者,卑贱者来摧毁高贵者,以虚攻实,以无克有……

然而,不管支配万物的主子是怎么样的人——不管他有没有理性——即使工联主义所准备的社会机构将来会取得相对的进步,奥利维也认为不值得克里斯托夫和他把全部幻想的力量和牺牲的劲头都投入到这场地面战斗中去,因为战斗并不会打出一个世界来。他对革命所抱的神秘希望已经消失。平民并不比其他阶级更好,也不见得更忠诚;尤其是他们和别人没有什么不同。

在利害冲突的洪流中,在热情奔放的污泥浊水中,奥利维的眼睛和心灵都关注着独立精神的小岛,真正信仰的小组,他们七零八落,好像流水上涌现的落花。他们是些超凡脱俗的精英,怎么混在群众中也会脱颖而出,出污泥而不染,精英也是物以类聚——无论哪个阶级,哪个党派的精英——他们都是高举圣火的人。他们神圣的任务就是不让圣火熄灭。

奥利维已经做出了选择。

和他家隔了几所房子,有一个小小的鞋店,比路面还要低一点——只是用几块木板钉在一起,再加玻璃和纸板拼起来的。进店先要走下三步台阶,站着还要弯下腰来。店里只容得下一块摆鞋子的隔板和两个凳子。一天到晚都像传统的鞋店一样,听得见鞋匠在唱。他吹口哨,敲鞋底,用嘶哑的嗓子哼着粗俗的小调或革命歌曲,或者和走过玻璃窗外的邻居打招呼。一只喜鹊翅膀受了伤,在人行道上一蹦一跳,从门房走到鞋店来。它停在店门口最高的一步台阶上,瞧着鞋匠。他就暂时放下手上干的活,吹笛子似的说些调戏的话,或者吹口哨一般哼着《国际歌》。喜鹊嘴朝天,认真地听着;有时,它嘴向前一扑,仿佛在打招呼,又不自然地拍拍翅膀,想要站稳;然后忽然身子一转,不等鞋匠把话说完,就拍拍一只翅膀,和另外一个翅尖,飞到路边长椅的靠背上,对着街上的狗叽叽喳喳。那时,鞋匠又敲打起手头的鞋面来,虽然听他说话的喜鹊已经飞走,他还是一样把他没有说完的话说完。

他有五十六岁了,快活而又粗暴,眉毛很浓,眼睛很小,笑眯眯的,头顶秃得像个鸡蛋,底下的头发像个鸟窠,耳朵长满了毛,缺了门牙的嘴一笑起来就露出一个黑洞,简直像一口井,胡须乱蓬蓬、脏兮兮的,他用鞋油染黑了的钳子一般的手指一抓,就抓得更脏更乱了。街坊上叫他斐伊哀老头,或者斐伊哀德,或者拉斐伊哀德——为了气他,还把他叫作保皇党的拉斐德,因为老头在政治上高举的是红色大旗,年轻的时候就参加过巴黎公社,判过死刑,后来改为流放;他对这些往事洋洋得意,对巴丹革、迦利弗和傅狄革这一伙公社的对头恨之入骨。他积极参加革命集会,热烈地拥护高加,对他吹胡子,瞪眼睛,用打雷的声音预言报仇雪恨的理想快要实现了,觉得很痛快。对高加的演讲,他一次也不错过,听来像是在喝好酒;听到一个笑话,他会张开大嘴哈哈大笑;听到一句咒骂,他会口沫飞溅;听到过去的战斗和未来的天堂,他会兴高采烈。第二天,他还要在店里重读报上登的演讲摘录,他要高声朗诵,不但是自己听,还要学徒也听;为了仔细欣赏,他要学徒再念一遍,若是漏了一行,就打一个耳光。因此,他干的活往往不能准时交货;不过做工倒是过硬;脚磨破了,鞋子还没磨破。

老头有一个十三岁的外孙子,驼背,身体虚弱,有佝偻病,就在鞋店里当学徒。孩子的母亲在十七岁的时候离开了家,同一个工人中的败类私奔了。工人犯了罪,给抓了起来,判了刑,以后就不见了。剩下她一个人带着孩子,无依无靠,她就独自抚养小艾曼纽。她把对情夫的爱和恨都转移到孩子身上。这个女人脾气暴躁,妒忌得不正常。她爱孩子爱得不要命,对待他却粗暴,等到他一生病,她又急得发疯。在她脾气不好的日子里,她不给他吃的就要他上床睡觉。连一块面包也不给。她牵着他的手上街,他若累得走不动,倒在地上了,她就一脚把他踢起来。她说话颠三倒四,一会儿眼泪汪汪,一会儿神经兮兮,嘻嘻哈哈。等到她死了,外祖父就把孩子带回家来,那时不过六岁。他很喜欢孩子,但表现的方式很古怪,对他很凶,骂人的话无奇不有,从早到晚不是揪耳朵,就是打耳光,以为这样才能教会手艺;同时把他对社会的信条,反对教会的思想也灌给孩子。

艾曼纽知道外祖父心不坏,但他总得随时准备举起肘腕来招架巴掌;老头子使他害怕,尤其是在喝醉了的晚上。因为拉斐伊哀德(酒桶)这个名字并不是白赚来的,他每个月总得大醉两三回;那时,他说起话来莫名其妙,有说有笑,大吹其牛,结果孩子总要挨上两下。其实是口重手轻。但是孩子胆小,身体虚弱,更是敏感;他智力发达得过早,又从母亲那儿继承了一颗不安分守己的心,外祖父的粗暴和革命的言谈都使他心烦意乱。外界的印象也会在他心中引起共鸣,就像沉重的街车一走过,小鞋店就会震动一样。在他如醉如痴的想象中,混杂着叮当的钟声,日常的感觉,童年的痛苦,早熟的经验和可悲的回忆、巴黎公社的故事、夜校上课的只言片语、报纸副刊的文字、工人集会的演讲,以及从父母遗传得来的模糊不清、如潮汹涌的性本能。所有这一切结合起来构成了一个梦幻世界,奇形怪状,仿佛黑夜里的沼泽,发射出一道道令人眼花缭乱的希望之光。

鞋匠有时带着学徒到奥莱莉的小酒店去。就是在酒店里,奥利维注意到了这个说话像燕子一般唧唧啾啾的小驼子。他既不大和工人谈话,就有的是时间来研究孩子病态的脸,凸出的额头,又认生又胆小的神气;他听见人家对孩子说些粗俗的笑话,孩子口里不说什么,眉头却皱了起来。他也看见孩子一听到人家谈革命,柔和的栗色眼睛就会发出快乐的光辉,幻想着未来的幸福——其实这种幸福即使来临,也不会大大改变他那可怜的命运。但在这时,他眼里的光辉照亮了他不讨人喜欢的脸,使人觉得并不是那样不讨人喜欢。甚至漂亮的贝德也发现了这一点;有一天,她说出了她的印象,并且不打招呼,就亲了他的嘴。孩子吓了一跳,激动得脸都发白了,很恼火地往后退了两步。贝德却没有工夫管他,已经和育西哀吵了起来。只有奥利维看出了艾曼纽的激动不安,他眼看着孩子缩到暗处,两只手还在抖,低着脑袋,眼睛望着地上,偷偷地用热烈而恼火的目光看贝德两眼。奥利维走过去,很温和,很客气地对孩子说话,使他火气一下就消了……温和的态度对无人关怀的心灵是多大的安慰啊!那就像久旱逢甘雨的土地。只要几句好话,一个微笑,就可以使小艾曼纽在灵魂深处把心交给奥利维,把他当自己人了。后来,他们在街上碰到,发现他们竟是邻居,这在孩子看来,简直是命运发出的神秘信号,说明他没有看错。他在店里等待机会,只要奥利维走过门口,他就要打个招呼;如果奥利维心里有事,没望鞋店一眼,艾曼纽就会觉得难过。

他非常高兴的是:有一天,奥利维走进斐伊哀德老头的鞋店来订做一双鞋。鞋子一做好,艾曼纽就送去;他等奥利维回了家才送,免得扑个空。奥利维正在想心事,没有注意到他,只付了钱,却没有说什么;孩子似乎还在等待,他左顾右盼,很遗憾地要走了。奥利维心眼好,猜到了孩子在想什么,就微微一笑,和他谈起话来,虽然他和一般平民谈话总觉得有拘束。这一回,他却找到简单明了、直截了当的话。对痛苦的直觉使他把孩子看作一只小鸟——看得太简单了一点——像他自己一样在生活中受到了伤害,要寻找安慰,只好在鸟架上缩成一团,把头钻进翅膀底下,幻想着无拘无束地飞翔在光明之中。一种本能感到的信任使孩子接近他了;孩子受到了他宁静的内心吸力,他不高声呐喊,不说一句粗话,使人觉得远离尘嚣;他屋子里面到处是书,书里是千百年来神奇的语言,引起了孩子宗教般的敬意。对奥利维提的问题他都乐意回答,答话显得突然,是跳跃式的,流露出了孤僻的自豪感,但往往词不达意。奥利维耐心细致地解读这个朦朦胧胧、结结巴巴的灵魂,结果渐渐看出了他对世界的新生怀有可笑而动人的信心。他并不想笑孩子的信心,明知他的梦想不可能实现,也不可能改变人性。基督教也有过不可能实现的梦想,也没有改变人性,从古希腊的独裁者到今天的法国总统,人类的道德有多少进步呢?……但信仰总是好的;旧的信仰之火熄灭了,就该点燃新的信仰之火:信仰总不会嫌太多的。奥利维又好奇又感动地看着孩子头脑里闪烁的微光。多么玄妙的心灵!……奥利维跟不上他的思想活动,他的理智不能做出前后一致的努力,总是一蹦一跳地跃进,你对他说话,他远远落在你后面,思想停止不动,抓住你刚才一句话不知怎么引起的一个幻象不放,然后忽然一下赶上了你,并且一跳超过了你,把一句平淡无奇的资产阶级的老生常谈,变成了令人心醉神迷的世界,或如疯如狂、英雄主义的信条。这半睡半醒、如蹦如跳的心灵,强烈而幼稚地需要乐观主义;无论你对他谈什么,艺术或是科学,他都要加上一条闹剧的尾巴,才符合他异想天开的心愿。

奥利维出于好奇心理,星期天给孩子念念书。他以为通俗的写实故事会引起孩子的兴趣,就念起托尔斯泰的《童年回忆》来。不料孩子并不觉得怎么样,只是说:

"嗯,这我知道。"

他不明白为什么花那么多功夫来写大家都知道的真事。

"一个小孩,一个小孩的事。"他说时根本不把这看在眼里。

他对历史也一样不感兴趣;科学更讨人厌;在他看来,那是神话故事前面的枯燥无味的序言:无形无影的力量能为人制服,就像可怕的神怪俯首听命一样。要这么多的解释干什么?发现了什么东西,不消说怎么发现的,只消说是什么就够了。思想分析是资产阶级的奢侈享受。平民心里需要的只是概括,是现成的观念,不管是好是歹,他们需要的是生气勃勃,充了电的现实。在艾曼纽能读到的文学作品中,最使他感动的是维克多·雨果史诗般夸张的文采,革命的演说家烟雾蒙蒙的华丽辞藻,其实不但他没理解,就连演说家本人也和雨果的剧中人一样不理解。世界对他说来,就像对他们一样,并不是由理智或事实组合起来、前后连贯的整体,而是一望无际的空间,沉浸在颤抖迷离的光影之中,就像带着阳光的巨大翅膀飞过了黑夜的天空。奥利维要对他讲资产阶级的逻辑,但没有用。孩子桀骜不驯、烦闷无聊的心灵老是从他手中溜掉,只喜欢空空洞洞,只喜欢幻想的感情冲突,就像一个动情的女人闭着眼睛献身一样。

奥利维感到这个孩子对他既有吸引力,又使他感到不安,因为他是这样接近自己:孤僻、软弱而骄傲,对理想充满了热情——又和自己这样不同:精神失常,盲目的欲望失去了控制,肉欲方面的野性到了没有普通的道德观念,甚至善恶不分的地步。他还只隐约看到这种野性的一部分。他永远也猜不到混乱的感情是怎样在他这个小朋友的心中奔腾咆哮的。我们资产阶级祖传的意识使我们变得规规矩矩了。我们甚至不敢挖掘自己的内心。如果把一个老实的男人所做过的怪梦,或者把一个贞洁的女人在肉体上所感到的荒唐热情,哪怕只要说出百分之一来,大家就要高声大叫这是丑闻了。妖魔鬼怪不许开口!魔窟的大门赶快关上。但要知道:妖魔是存在的,在年轻人的心灵中随时准备破门而出——大家认为是不正当的情欲,小艾曼纽心里都有;情欲会一阵一阵地对他发动突然袭击;因为他丑得不敢接近异性,袭击更加猛烈。奥利维一点也不知情。在他面前,艾曼纽不好意思开口。他受到奥利维平静的感染。这种生活的榜样驯服了他。

孩子对奥利维感到强烈的爱。他受到压抑的热情起来造反,变成了汹涌澎湃的梦想:人类的幸福,社会的博爱,科学的奇迹,异想天开的航空,既不成熟又没开化的诗情画意——一个充满了英雄事迹、糊涂行为、奢侈享受、牺牲精神的世界,他如醉如痴的意志在狂热中神游,撞得颠三倒四。

他在外祖父的小店里可没有这么多时间做白日梦,老头子从早到晚没有片刻能不出声,不是吹口哨,就是敲敲打打,或者是说废话。不过做白日梦的时间总还是有的。一个人睁开眼睛站着,一秒钟之内就可做多少天的梦啊!——体力劳动中间是可以穿插思想活动的。一个工人若不集中精力,很难抓住一系列逻辑严密的长篇大论;即使抓住了,也总免不了丢三落四;但节奏分明的劳动却总是可以忙里偷闲的,手一闲思想就见缝插针,形象也涌现了;身体有规律的活动会像铁匠店的风箱一样吹出思想的火花来。这就是平民的思想!一把火,一股烟,下雨般的火花熄灭了,复燃了,又熄灭了!但有时一阵风把星星之火吹到资产阶级的干草堆上,那就要烧起一片大火……

奥利维推荐艾曼纽进了一家印刷厂。这是孩子的心愿;外祖父也不反对,他很乐意看到外孙比他更有学问;对印刷厂的油墨香味,他也有敬重之感。在新行当干活,比老行当辛苦;孩子在一伙工人中间,反倒觉得比一个人同外祖父在鞋店里更自由自在,可以胡思乱想。

最好的辰光是午餐时刻。工人大军涌上了人行道上的餐桌,坐满了街坊上的小酒店。艾曼纽却一瘸一拐地躲到附近的广场上去,骑马似的坐在一条凳上,在一棵栗子树的荫庇下靠近一个手拿一串葡萄做出跳舞姿态的牧神铜像,拿出油乎乎的纸包着的夹肉面包来,慢慢地吃着,在周围的麻雀当中,吃得更有味。在青青的草地上,小小的喷泉网洒出一阵阵的细雨,发出淅沥淅沥的声音。在阳光照耀着的树上,一些圆眼睛的、蓝灰色的鸽子在咕咕叫。在周围,巴黎的喘息声不绝于耳,车马的轰隆声,川流不息的脚步声,街上听惯了的叫喊声,远处传来的陶瓷修补匠快活的唿哨声,修路工用锤子敲打街面的丁丁声,不同凡响的喷泉声——用狂热的金色笼罩着巴黎的梦……小驼子骑在长凳上,满嘴都是夹肉面包,并不急着要吞下去,迷迷糊糊地觉得精神涣散,不再感到弯腰驼背的痛苦和灵魂的渺小,只是沉醉在一片朦胧的幸福中……

"……温暖的光明,公正的太阳明天要为我们发光,你今天不是已经发光了吗?一切都是这样好,这样美!我们多么富足,多么强大,多么健康,多么相爱……我爱,我爱大家,大家爱我……啊!我们多么好!明天,我们多么好!……"

工厂的汽笛响了;孩子醒了过来,吞下了嘴里的面包,就近在华莱士喷泉里喝了一大口水,然后又弯下腰,驼起背,一蹦一跳,一瘸一拐地走回去,回到印刷厂的岗位上,面对着排字架上的奇妙字母。总有一天,这些字母会写出革命的口号:"一切都要重新衡量、计算、分配。"

拉斐伊哀德老头有一个老朋友杜伊约,是一个文具商,就在鞋店对面。文具店兼卖日用品,橱窗里看得见玻璃瓶里装着红绿纸包的糖果,还有缺胳膊少腿的硬纸板做成的玩具娃娃。在大街两旁的人行道上,两个人一个站在门口,一个坐在店里,互相交换一个眼色,或者摇摇头,做着各式各样的哑剧手势。等到鞋匠敲打累了,或者像他自己说的那样屁股抽筋了,他们就打个招呼。拉斐伊哀德尖声尖气,杜伊约嘶哑的嗓子发出了牛鸣,两个人就到隔壁酒店柜台前去喝上一杯。他们并不急着回来。论谈天,他们可是两条好汉。两个人相识有半个世纪了。文具商也参加了一八七一年那出乐剧。一看这个和气的胖子,头戴黑色软帽,衣穿白色工装,花白的胡子像个老兵,模糊的淡蓝眼睛带有血丝,眼皮肿得像荷包,脸颊松弛,因为出汗而发亮,拖着痛风的两条腿走路,呼吸短促,舌头笨重,谁猜得到他参加过巴黎公社呢?但他对当年的幻想一点也没有消失。在瑞士流亡了几年,他碰到过各国的斗争伙伴,尤其是俄国人使他开始看到了四海之内皆兄弟似的无政府主义之美。这一点他和拉斐伊哀德意见不同,鞋匠是个老派的法国人,是个强硬派,主张绝对自由。在其他方面,两个人都坚信社会革命和未来的工人理想国。各人都热爱一个领导人,把他当作自己理想的化身。杜伊约支持育西哀,拉斐伊哀德支持高加。他们没完没了地谈论他们的分歧,认为他们共同的思想早已说清楚了——喝了两杯之后,他们几乎以为共同的理想已经实现——两个人当中,更喜欢争辩的是鞋匠。至少,他理直气壮,为自己争辩,其实,天晓得他的理由是多么古怪。理由只是一只能穿在自己脚上、却不能穿在别人脚上的鞋子。然而,他说理不如做鞋内行,却偏偏认为别人的心灵应该穿他脚上的鞋子。文具商却懒得去证明他相信什么。一个人只证明他怀疑什么。文具商却什么也不怀疑。他一贯乐观的性格看什么都顺心,不顺心的他都看不见,或者忘记了。烦恼的经验只从他的皮肤上滑过,没有留下痕迹。两个人都是浪漫主义的老少年,都没有现实感;只要一听到革命这两个字,他们就陶醉了,仿佛是个自己讲给自己的美丽故事,他们也不大知道革命会不会实现,是不是已经实现了。两个人都相信人就是上帝,把千百年来礼拜基督的习惯转变了一下——用不着说,他们两个都是反对教会的。

有趣的是老实的文具商和一个非常信教的侄女住在一起,侄女却随心所欲地摆布叔叔。这个小妇人头发颜色深,身体胖胖的,眼睛很精明,说起话来滔滔不绝,听得出很重的马赛口音,她是商业部一个文书的寡妇。没有财产只有一个女儿,叔父收留了她,成了个老板娘,但她却相信自己了不起,几乎以为来店里卖东西是给了叔叔一个面子;她好像一个失宠的王后,好在她天生喜欢说话,摆不出架子来,总算没有把叔父的生意搞垮,没有把顾客都吓走。像她这样有派头的女人当然是保王党又是教会派。亚历山特琳太太表现她的感情非常露骨,不留一点余地,尤其是要气气这个不信教的老头。虽然是叔叔收容了她,她却以主妇自居,并且要负责全家人的良心;即使她不能改变叔父的信仰——她发誓到他临死时也要他转变——至少,她要把魔鬼浸在圣水里才能出一口气。她在墙上钉了卢尔德圣母堂和巴杜的圣安东尼像,在壁炉架上的玻璃罩下,摆着五颜六色的吉祥物;季节一到,她还在女儿的床头摆上圣母堂的模型,点上几支蓝色的小蜡烛。谁也不知道在这场欺人太甚的信仰斗争中,占上风的到底是她希望叔父转变的真情实意,还是把叔父当受气包带来的开心呢?

老实的叔父并不感情用事,有点昏昏沉沉,一切都随她干;他不敢冒险惹得好斗的侄女发脾气,她的舌头那样厉害,他是怎么也说不过她的;说来说去,他只要求安静。只有一次,他也恼火了,因为一个小小的圣约瑟像居然偷偷地溜进了他的房间,高高地挂到了床后面的墙上;他气得几乎晕过去,侄女吓坏了,再也不敢故伎重演,这一回他总算取得了胜利。在其他事情上,他总是让步,睁一只眼,闭一只眼;这股上帝神圣的气味使他难受;但他只好不想算了。其实他也佩服侄女,听她摆布自有乐趣。再说,两个人都一样宠爱他们的小女王兰纳德。

兰纳德十三岁,老是生病。几个月来,她成了髋关节结核症的俘虏,一直躺在床上,半边身体用固定夹板夹住,好像蚌壳里的小水神。她的眼睛像受了伤的小鹿的眼睛,皮肤的颜色像缺少阳光的植物;她的头太大,由于淡黄的头发又细又直,显得更大;但脸上的表情微妙,小鼻子生气勃勃,笑起来天真可爱。母亲对宗教的虔诚,在一个病多事少的孩子身上显得更加狂热。她一祷告就是几个小时,一面数着教皇祝福过的珊瑚念珠;若是中断祷告，就把念珠放到嘴边热烈地吻着。她几乎整天无事可做，嫌针线活太累，亚历山特琳太太也不要她对女红有兴趣。她难得看几本没有趣味的传道书，几本讲宗教奇迹的愚蠢故事，那种装腔作势、平淡无奇的文章，就像她看不懂的诗一样——或者是星期天报上有五彩插图的犯罪新闻，她糊涂的母亲居然拿给她看。她难得做一点针线活，做的时候口中还是念念有词，心并不在活计上，而是在和她友好的圣女，甚至是在和仁慈的天父说话。不要以为只有圣女贞德才配上帝下凡来看她；我们大家也有过这种福分。不过在一般情况下，天上的来客往往让我们在家里自言自语，他们并不说话。兰纳德没想到说话要有来有往；她认为不说话就是默认。何况她要说的话这么多，没有时间等他们回答，就代替他们说了。她是一个说话不开口的姑娘，母亲遗传给她的说话滔滔不绝的本领，都渗透了她的皮肉，变成了内心的语言，就像一条地下水一般——当然，她也参加了要外叔祖父信教的密谋，非常高兴看到神灵的光辉占领家中每一寸黑暗的土地；她把圣牌缝在老人衣服的夹层里，或者把一颗念珠塞进他的衣袋。老人为了讨外侄孙女喜欢，假装没有看见——这两个虔诚的教女对这个反教会的老头耍的花招，使鞋匠看了又好气又好笑。他不断用粗话讥笑当家做主的女人，又嘲笑在女人拖鞋底下的老朋友。其实他并没有资格笑人：因为二十年来他也受够了女人的罪，他老婆爱吵爱闹，滴酒不沾，骂他是个酒鬼，叫他抬不起头来。但他绝口不提往事。文具商给他说得难为情了，只是软弱无力地申辩两句，含含糊糊地说什么克鲁泡特金也主张容忍。

兰纳德和艾曼纽是朋友。从小时候起，他们就天天见面。艾曼纽不大敢溜到她家里来。亚历山特琳太太看他不顺眼，因为他的外祖父不信教，他也只是个肮脏的小鞋匠。但兰纳德整天躺在楼下窗前的长椅上。艾曼纽走过时敲敲窗子，鼻子贴在玻璃上都压扁了，他挤眉弄眼地打个招呼。到了夏天，窗子打开了，他就站住，把胳膊靠在窗槛上——他以为这个姿势对他有利，因为他耸起肩头表示亲近，可以使她看不见他的驼背——其实兰纳德没有人来往，根本不注意艾曼纽是个驼子。艾曼纽害怕女孩，既害怕又厌恶，但不厌恶兰纳德。这个半身不遂的姑娘在他看来是距离遥远、接触不到的。只是在漂亮的贝德和他亲了嘴的那天晚上，一直到第二天，他本能地产生了反感，要避开兰纳德；他走过她家时也不站住，低着头溜得远远的，就像一只挨过打的野狗。然后，他又走了回来。其实，她并不算是女人！……下班的时候走出了作坊，在一大堆穿着睡袍式工作服的装订女工中间，他赶快缩成一团——这些高高大大、嘻嘻哈哈的姑娘，如饥似渴，一眼就能看穿你的衣服,看到你的肉体——他急忙溜到兰纳德窗下去。他感激他的女朋友是个残废人,只有在她面前,他才能显示男子汉的本色,甚至装出保护人的姿态。他给她讲街上发生的事,借机会抬高自己的地位。有时他劲头一来,要卖弄一下,还给兰纳德送点东西,冬天送炒栗子,夏天送一串樱桃。她呢,也会从橱窗里的两个玻璃瓶内取出些红绿纸包的糖果来给他;两个人还一同看明信片上的风景画。这是他们快活的时刻;两个人都忘了他们的童心是幽禁在残废的身体内。

不过,他们有时也会像大人一样,讨论起政治和宗教来。那时,他们也像大人一样愚蠢,相互之间不再了解。她谈到奇迹,九日祈祷,或者是贴着剪纸花边的圣像,还有赦罪日。他呢,听到外祖父说什么"愚蠢"、"胡闹",他就说什么。等到他讲起外祖父带他去参加的群众大会时,她也不把他放在眼里,打断他的话头,说这些群众都是酒鬼。谈话变得越来越刺耳了。他们谈起双方的家长来,一个重复外祖父骂对方母亲的话,另一个重复母亲骂对方外祖父的恶言。然后,他们又互相攻击。两个人都找难听的话。这自然不难找到。他拣最粗野的说。她却能找到最恶毒的话。于是他走开了;等到下次来时,他说他同别的女孩子玩过,她们都很好看,大家有说有笑,下个星期天还要再见面。她先不说什么;装出不在乎的样子,忽然一下她生气,把活计扔在他头上,叫他走开,说她恨他,然后把手蒙住脸。他走了,并不因为斗赢了嘴而高兴。他倒真想分开她瘦弱的小手,告诉她刚才说的都是假话。但他为了争一口气,勉强自己不走回头路。

有一天,他得到报应了——他和车间的伙伴在一起。他们不喜欢他,因为他是个外人,不是不说话,就是说得太好,自以为了不起,说的话不是书上的,就是报上的——他看得太多了——那一天他们谈起了革命和未来。他兴高采烈,忘乎所以。一个伙伴粗暴地给了他一个难堪:

"首先,革命用不着你,你太难看了。未来的社会不再有驼子。驼子一生下来就得淹死。"

这一下他口里说得高,身子却跌得重。他目瞪口呆,说不出话来。别人笑得前俯后仰。整个下午他都咬紧牙关。晚上,他回家去,急急忙忙要躲到一个角落里,免得人家看见他痛苦。偏偏奥利维碰到了他,看到他脸如土色,不免吃了一惊。

"你不舒服,出了什么事?"

艾曼纽不肯讲。奥利维亲热地追问。孩子老不开口,牙齿都在磕磕碰碰,仿佛要哭出来。奥利维挽住他的胳臂,把他带回家里。虽然奥利维不喜欢丑态和病态,这种本能的反感使他生来不适宜做慈善事业,但他并不流露出来。

"有人欺负你了?"
"是的。"
"他们干什么了?"

孩子吐出苦水。他说他长得难看。他说同伴都说革命没他的份。

"也没他们的份,孩子,根本就没有我们的份。革命不是一天就能成功的事。我们做革命工作是为了后来的人。"

孩子听说革命要这么久,觉得失望了。

"难道你不乐意为成千上万像你这样的孩子谋幸福?难道你不乐意为千百万人工作?"

艾曼纽叹了一口气说:

"然而,自己能有一点幸福难道不好吗?"

"孩子,不要身在福中不知福。你生活在最美的城市里,在最丰富多彩的时代中;你并不蠢,你有眼睛。想一想:你周围有多少东西值得看,值得爱。"

他举了几个例子。

孩子听着,摇摇头说:

"不错,但人总是关在这副臭皮囊里!"
"不对,你可以出来。"
"一出来,不就一切都完了吗?"
"你怎么知道呢?"

孩子一听就傻了眼。唯物主义是外祖父的信条之一;他以为只有教士才相信永生。他知道他的朋友不是教士,所以怀疑奥利维说话是不是当真。但奥利维握住他的手,谈了好久理想主义者的信仰,无限生命的一体性,生命是无始无终的,亿万生灵和亿万时刻都是独一无二的太阳发出的光辉。但他并没有用抽象的字眼。出于本能,在谈话的时候,他能适应孩子的需要,谈些古老的传说,想象宇宙起源中带有深刻意义的素材,想到什么说什么;他半笑半真地谈到灵魂转生和万物轮回,说灵魂像泉水一般从一个地方流到另一个地方,先后渗透了无数的形体。他还穿插了一些基督教的往事,甚至就地取材,融入了他们沉浸其中的夏天黄昏的景象。他坐在打开的窗子前面,孩子站在旁边,手放在他手里。这是个星期六。晚钟响了。一双双报春的燕子擦墙飞过。遥远的苍天在暗影朦胧的城市上空微笑。孩子连大气也不出,静听着大朋友讲的神话。奥利维看见他的小听众这样认真,心里也暖洋洋的,越讲越投入了。

人生有些决定性的时刻,就像城市之夜的电灯忽然一下大放光明一样,黑暗的心灵也会升起永不熄灭的火焰。只要从容不迫的谈话点着了小驼子的心灵之火,弯腰驼背的臭皮囊就像纸灯笼包不住火一样燃烧起来。奥利维讲的道理,他一点也听不懂,几乎没听进去。但这些传说,这些奥利维打比方或作借喻用的形象,对艾曼纽却成了血肉之躯,成了现实。神话人物活了起来,在他周围心惊肉跳。而他在窗口看到的景象,街上过往的行人,有穷的,有富的,飞近墙边的燕子,累得拉不动车的老马,沉醉在黄昏中的石头房屋,光明陨灭前灰暗的天空——这个外部世界忽然印在他的心上,轻得像一个吻。就像电光一闪,然后,一切都消失了。他想起了兰纳德,就说:

"那些上教堂的人,那些信上帝的人,是不是痴人呢?"

奥利维微笑了。

"他们也有信仰,"他说,"就像我们一样。我们大家的信仰都是相同的。不过,他们的想象不如我们的。他们为了看到光明,却要关上窗板点起灯来。他们把上帝看作一个人。我们的眼睛看得更清楚。不过我们爱的都是同样的光明。"

孩子走回家去,走过阴暗的街道,煤气灯还没有点着。奥利维的话在他头脑里回响。他想:讥讽眼光短浅的人和嘲笑驼背的人一样,都是无情的人。他想起了兰纳德的眼睛很美,又想起了他曾使她流泪。他心里很难过。他立刻向后转,又走到文具店。窗子还半开着;他轻轻地把头伸进去,低声喊道:

"兰纳德……"

她不回答。

"兰纳德!请你原谅我。"

兰纳德的声音在暗中说:

"坏东西!我恨你。"

"对不起。"他再说了一次。

他住口了。然后,忽然一下冲动,他的心有点乱,又有点不好意思,他压低了声音说:

"兰纳德,你知道,我也信神了,像你一样。"

"当真?"

"当真。"

他这样说,本来是表示自己不计较往事。不料说过之后,倒有点真相信了。

他们两个不再说话。谁也看不见谁。外面,夜色很美。小驼子悄悄地说:

"死了以后,天不是一样美吗?"

听得见兰纳德轻微的呼吸声。

他说:

"再见,小青蛙!"

兰纳德感动了的声音答道:

"再见。"

他走了,心里放下了一块石头。他很高兴,兰纳德原谅了他。其实,这个苦孩子的内心深处知道有人为他痛苦,却并不是一件苦事。

奥利维又退下来了。克里斯托夫不久也来找他。肯定地说,他们的位置不是在社会革命运动之中。奥利维不能和这些革命战士共命运。克里斯托夫则是不愿意。奥利维离开他们,因为他代表被压迫的弱者;克里斯托夫却因为他代表独立的弱者。虽然他们退下来了,一个退到船头,一个退到船尾,但他们和工人大军,和整个社会,依然是在同一条船上。克里斯托夫毫无拘束,充满自信,惹人生气,有兴趣观察无产者的联合;他喜欢投入人民大众的洪炉去锻炼一下,这可以使他精神放松,从炉里出来后更加快活,更成了个新人。他继续和高加来往,有时还去奥莱莉小酒店吃上一餐。一到了小酒店,他就不大检点,随兴所至,脱口说些奇谈怪论;什么反常的话都说得出口。他甚至不怀好意,喜欢把对方的谬论推到极端,气得对方暴跳如雷。人家搞不清楚他说话是否当真,因为他越说越热情洋溢,结果竟忘了他说得不近情理的本意。大家都喝醉了,艺术家也沉醉在其中。有一次在奥莱莉酒店的后间,他的美学激情一冲动,当场作了一支革命歌曲,大家立刻学唱,第二天就传遍了各个工人小组。这一下他可惹祸上身了。警察局注意他。玛奴斯了解内部情况,他有一个朋友在警察局做小职员,名叫撒维叶·贝纳,喜欢和文学界打交道,自己说是醉心于克里斯托夫的音乐——因为对艺术的爱好和无政府主义的精神也不知不觉地影响了第三共和国的看家狗——他对玛奴斯说:

"你们的克拉夫特在搞什么鬼把戏?"贝纳说,"他在充好汉。我们摸

他的底。但上头正要抓个把外国人——尤其是德国人——来证明革命党密谋里通外国。这家伙若不小心,我们就不得不抓他。那可麻烦了。给他打个招呼吧!"

玛奴斯转告了克里斯托夫;奥利维劝他谨慎为上。克里斯托夫却不把警告放在心里。

"呸!"他说,"谁都知道我不危险。我要开心!我喜欢这些人,他们像我一样工作,一样有信仰。说实话,我们信仰不同,不是一个阵营……那好!就战斗吧。我不厌恶斗争……有什么办法?我不能像你一样缩在壳里。和资产阶级在一起真要闷死了。"

奥利维却不觉得胸部气憋,反倒认为在他这个小天地里,有两个安静的女朋友做伴,已经不容易了,何况亚诺太太还要忙慈善事业,而赛西尔却全神贯注在孩子身上,甚至说话三句不离孩子,而且只同孩子说话,牙牙学语,学小鸟的啁啾声,仿佛要把鸟语变成人言似的。

奥利维和工人打交道,结识了两个人。两个都无党无派,和他一样。一个名叫葛冷,是织挂毯的工人。他是个能工巧匠,干起活来随心所欲,随兴所至。他喜欢他这个行当,对艺术品天生的欣赏力强,善于观察,善于动手,加上参观过博物馆,艺术趣味就提得更高了。奥利维请他修理过一件古老的家具,活儿很不容易,他却补得非常巧妙,花了不少精力和时间,要奥利维付的修理费却不多,能够修好这样的艺术品已经足以自慰了。奥利维对他感兴趣,要了解他的生活,问他对工人运动的看法。葛冷没有什么意见;他并不大在乎。他不属于工人阶级,也不属于任何阶级。他只是他。他不大看书。他的知识来自感官、眼睛、双手,来自真正巴黎平民天生的趣味。他是个快活的人。在工人中的小资产阶级,他这类人并不少见,他们是法兰西民族中最聪明的一类人,因为他们实现了体力劳动和脑力活动的平衡。

奥利维结识的另外一个人更古怪。那是一个邮差,名字叫于特鲁。他人漂亮,身材高大,眼睛明亮,留了金黄的小胡须,性格开朗,显得快活。一天,他送一封挂号信到奥利维房子里来。等奥利维签字的时候,他在书架前转了一转,把脸凑在书背上看书名:

"哈!哈!"他说,"你有古书……"

他又加了一句:

"我也收集勃艮第的史书。"

"你是勃艮第人吗?"奥利维问他。

勃艮第人吃盐,
腰间挂着宝剑,
胡子长满下巴,
勃艮第人,跳吧!

邮差笑着唱歌作为回答,"我是阿瓦龙地方的人。我的家谱可以上溯到一二〇〇年……"

奥利维好奇了,想多知道一点。于特鲁正求之不得。他的确属于勃艮第一个最古老的家族。一个祖先参加过菲力普·奥古斯都的十字军;另外一个是亨利二世的国务大臣。从十七世纪起,家道开始中落。到了大革命时期,更是一败涂地,落入了平民的泥坑。现在,这一家又浮到水面上来了,靠的是于特鲁当邮差老老实实的工作,旺盛的精力和体力,还有对家族的荣誉感。他业余最大的消遣是收集史料和家谱,不论是家族的或故土的。在休假的时候,他去档案馆抄资料,碰到不懂的地方,就趁送信的时候问文献学院或巴黎大学的学生。他显赫的出身并没有冲昏他的头脑;谈起来总是笑,一点也不怨天尤人。他快活得无忧无虑,踏踏实实,叫人看了高兴。奥利维一见他,就想到了民族生命神秘的浮沉,几个世纪汹涌澎湃,几个世纪潜流地下,从泥土中汲取新的力量,然后重新涌出地面。人民群众在他看来是个广阔无垠的大水库,过去的长河流入库内,未来的长河又从库内流出,河名虽然不同,往往还是同样的河流。

葛冷和于特鲁得到他的好感;但他们不能交往,相互之间没有什么好谈。小艾曼纽占他的时间倒多些,几乎每天晚上都来。自从那次神秘的谈话以后,孩子心里起了革命性的变化。他一头栽到书本里去了,狂热地要得到知识。一离开书,他反显得迟钝。他似乎不如以前聪明,几乎不大说话;奥利维只从他嘴里听到片言只语;回答问题,他又往往驴唇不对马嘴。奥利维泄气了,勉强不露出来,以为自己看错了人:孩子只是一个蠢材。他不知道心灵的成长需要多么艰巨的努力,多么狂热的酝酿期。他不是一个好教师,只会随手播种,却不会锄地挖沟——克里斯托夫一来更增加了麻烦。奥利维觉得这个小学徒摆不到桌面上去;艾曼纽笨得叫他难为情,一见克里斯托夫,他更笨得叫人受不了,简直成了一个怕生的哑巴。他恨克里斯托夫,因为奥利维爱他;孩子不能容忍别人在他老师心里占有一席之地。克里斯托夫和奥利维都猜不到这样偏激的爱和妒忌在啃噬着孩子的心灵。然而,克里斯托夫却是从这条路上走过来的,这是过去的事了!但在这个孩子身上,他却认不出自己当年的面目,以为孩子是用不同于他的材料造成的。在这个模糊不清的病态遗传的大杂烩身上,无论是爱是恨,是潜在的天才,全都会发出一种不同的声音。

五一节快到了。

令人不安的流言蜚语传遍了巴黎。全国总工会假充好汉的领导人尽量散播消息。他们的报纸宣传的伟大日子已经来到,号召工人自卫队行动,发出了打击资产阶级最厉害的口号:"饿死他们!……不喂饱他们的肚皮!……"他们威胁说要总罢工。吓怕了的巴黎人躲乡下去了,或者储存粮食,仿佛对付围城似的。克里斯托夫碰到卡纳开了汽车,带了两只火腿和一袋土豆;他六神无主,也不知道自己到底是哪党哪派;人家一下把他当作老共和党,一下当保王党,一下当革命派。他对暴力的崇拜像个晕头转向的罗盘,指针一下从北跳到南,一下又从南跳到北。在大家面前,他随声附和那些说大话的朋友;其实在心里,他准备拥护任何一个独裁者去扫荡红色的恐怖分子。

克里斯托夫嘲笑大家得了胆小病。他相信不会发生什么事。奥利维却不那样有把握。他出生于资产阶级家庭,无论是回想起大革命来,或者是等待革命到来,总会在资产阶级心里引发小小的地震。

"算了!"克里斯托夫说,"你可以放心睡大觉。革命不会明天就到的!你们大家都怕革命,都怕武斗……一片恐慌。资产阶级也好,平民百姓也好,甚至整个民族,整个西方。大家血流多了,害怕流血。四十年来,你们都说空话。瞧瞧你们的德莱弗斯案件!'杀呀!死呀!流血呀!'……难道你们喊得还不够吗?你们这些放空炮的接班人,浪费了多少口沫和墨水!但是流了几滴血呢?"

"不要太相信了,"奥利维说,"害怕流血是人潜在的本能。本能知道:只要流了第一滴血,兽性就要发作了;文明的假面具就要撕掉了,野兽就要露出张牙舞爪的狰狞面目,天晓得什么时候才能给它戴上嘴套!打仗之前,大家都不敢动手;等到仗打起来,那就不可收拾了……"

克里斯托夫耸耸肩膀说:无怪乎吹牛大王西哈诺和冒充好汉的尚德莱都成了时代英雄——这是一个说谎的时代。

奥利维摇摇头。他知道在法国说大话就表示要开始行动了。然而,谈到五一节,他也和克里斯托夫一样,认为不会引爆革命,因为革命宣扬得太多了,政府已经做好准备。有理由相信策划暴动的谋略家不会贸然行事,而会把战斗推迟到更有利的时机。

四月下半月,奥利维患了感冒,每年冬天,差不多总是同样的时候,旧病总要重新发作,而且引发了老毛病支气管炎。克里斯托夫来他家住了两三天。这次病得不重,很快就过去了。但烧退之后,奥利维感到身体和精神都很疲倦,照例还要休息几天。他就待在床上,一躺总是几个小时,动也不想动,懒懒地瞧着克里斯托夫背朝他伏案工作。

克里斯托夫全神贯注在工作上。等到他写累了,忽然就站起来,走过去弹钢琴,但弹的并不是刚作的曲子,而是随手演奏。那时就出了一个怪现象。他正在写作的曲子和以前的作品风格是一致的,但弹出来却像是别人的作品。音乐显得粗野,没有节制,仿佛精神错乱,前后不相连贯,有时猛烈,有时断裂,完全不像他别的作品那样有高度的逻辑性。这种不经思索的即兴演奏,仿佛从意识的眼皮下溜了过去,不是从思想中、而是从肉体内涌现出来的,像野兽的叫喊,流露的是心灵的不平衡,预示着在深处酝酿、即将爆发的暴风雨。克里斯托夫自己不觉得,但奥利维在听着、瞧着克里斯托夫,却隐隐地感到不安。他的身体虚弱,洞察力反倒特别敏锐,能够预感到遥远的、别人注意不到的事态。

克里斯托夫使劲弹出了最后一个和音,浑身是汗,桀骜不驯地停了下来,依然浑浊不安的眼睛向周围望望,碰到了奥利维的眼睛,笑了笑,又回到案前去。奥利维问他:

"你弹的是什么呀,克里斯托夫?"

"不算什么,"克里斯托夫说,"我只是在浑水摸鱼。"

"你打算写下来吗?"

"写下来?写什么?"

"刚刚弹的。"

"刚刚弹什么?我已经不记得了。"

"刚刚想什么啦?"

"我也不知道。"克里斯托夫说,用手摸摸额头。

他又坐下来写。房间里一片寂静,两个朋友都不说话。奥利维继续瞧着克里斯托夫。克里斯托夫感觉到了,转过身来。奥利维的眼睛含着多少脉脉温情啊!

"懒骨头!"他笑嘻嘻地说。

奥利维叹了一口气。

"怎么啦?"克里斯托夫问。

"克里斯托夫哟!你说说看,你人在我近旁,心里却有多少东西,多少无价之宝,还可以献给别人,但却没有我的份了!……"

"怎么说傻话了?你是怎么搞的?"

"你将来会怎样生活呢?还要经过什么危险,受到什么考验呢?……我真想永远和你在一起……但是这一切我恐怕是看不到的了。我恐怕是要糊糊涂涂地半途而废。"

"若说糊涂,你倒真是糊涂。即使你想半途而废,难道你以为我会让你留在路上吗?"

"你会忘记我的。"奥利维说。

克里斯托夫站起来,走过去坐在床上,就在奥利维身边,握住他的手腕,双手因为出虚汗已经湿了。他衬衣的领口敞开,露出了瘦弱的胸脯,弱不禁风的娇嫩皮肤,仿佛一阵风就可以吹破的布帆。克里斯托夫粗壮的手指扣上了他的衣领。奥利维一切由他。

"亲爱的克里斯托夫!"他温存地说,"我这一生还是有过一次幸福的!"

"啊!你这是想到哪里去了?"克里斯托夫说,"你过得不是和我一样好吗?"

"是的。"奥利维说。

"那么,为什么说傻话呢?"

"我错了。"奥利维说,不好意思地微微一笑,"是感冒使我伤感了。"

"打起精神来。呜!起来吧!"

"现在不行。等下再说。"

他还待在床上做梦。第二天,他起来了,但只是继续在炉边胡思乱想。

四月天气温和,雾霭朦胧。穿过温暖的银色雾帐,小小的绿叶伸展开来,只闻其声,不见踪影的小鸟在歌唱朦胧的阳光。奥利维正在回忆剪不断的往事。他又看到了自己小时候同满面泪容的母亲在茫茫大雾中坐火车离开家乡的情景。安东妮蒂一个人坐在车厢的另外一个角落里……柔和的侧影,秀丽的风景,都历历在目。美丽的诗句自动地涌上心头,音韵节奏如歌如诉。他离书案很近,只要伸出手来拿笔,就可以写下这些诗情画意。但他懒得写,太累了;他知道梦中的香气如果用手去抓,就会烟消云散的。事实总是这样:最美的心情是无法表达的;他的思想就像深谷的幽兰,但是没人能进山谷,如果你去采花,幽兰就会凋谢。好不容易剩下了几朵花,那不过是几个内容空虚的短篇故事,几首形容憔悴的小诗,发出了凄惨的异香。在艺术上无能为力,很久以来就成了奥利维的心病。感到内心的生命力丰富,却不能使它免于消失!……现在,他知难而退了。花并不是为了人看才开的。在田野里没有人采摘的花不是开得更美吗?在阳光中悠然神往的花不是更快活吗?——奥利维的梦中没有阳光,但花却开得更多了。那些日子,他对自己讲了多少幽怨、温柔、异想天开的故事啊!故事也不知道从哪里来的,就像飘过夏天晴空的白云,慢慢地飘走了,消失了,又慢慢地飘来了,充塞了他的心头。有时天空没有云,奥利维就在阳光下迷糊,一直等到无声的梦幻展翅飞来。

晚上,小驼子来了。奥利维肚子里的故事多得不吐不快,他就讲了一个,心醉神迷,脸带笑容。他这样说话有多少次啊,眼睛望着前面,孩子一句话也不说! 结果他忘了孩子在面前……克里斯托夫在故事讲到一半的时候来了,觉得故事很美,要奥利维从头再讲。奥利维不肯。

"我也像你一样,"他说,"讲过就不记得了。"

"不对,"克里斯托夫说,"你是个精灵的法国人,知道自己说了什么,做了什么,从来不会忘记。"

"唉!"奥利维叹了一声。

"那就再讲一遍吧。"

"多累。有什么用!"

克里斯托夫不高兴了。

"这不好,"他说,"你的思想有什么用呢? 你想到的都抛掉了。那就一去不复返了。"

"那也没有什么损失。"奥利维说。

小驼子在奥利维讲故事的时候一动不动,这时才动了一下——他转头看看窗外,眼睛迷迷糊糊,皱眉绷脸,带有敌对情绪,猜不到他在想什么。他站起来说:

"明天天气好。"

"我敢打赌,"克里斯托夫对奥利维说,"他根本没有听。"

"明天是五一节。"艾曼纽又说了一句,阴沉沉的脸上露出了光辉。

"这是他的事了。"奥利维说,"你明天来给我讲讲。"

"讲废话!?"克里斯托夫说。

第二天,克里斯托夫来找奥利维,要他同去巴黎城里散散心。奥利维病好了,但总感到说不出的疲倦;他不想出去,模模糊糊地觉得害怕,他不喜欢挤在人堆里。他有勇敢的心灵和精神,但肉体却虚弱。他怕拥挤,怕吵架,怕粗野的行动;他知道他天生是受罪的,既不能——也不愿——自卫,因为他不愿要别人受罪。有病的人比别人更怕肉体的痛苦,因为他们吃过苦头,在想象中更加感同身受,仿佛看见流血似的。奥利维思想上能吃苦,肉体上却这样懦弱,觉得很难为情,拼命想战胜自己。那天早上,跟人们接触对他说来都是苦恼,他本想整天关在家里。克里斯托夫责备他,嘲笑他,无论如何也要他出去,免得无精打采,他已经有十天没呼吸外面的空气了。奥利维装作没听见。克里斯托夫就说:

"那好,我一个人去了。我去看看他们的五一节。若是今晚我回不来,那就是坐牢了。"

他走了。到了楼梯上,奥利维又赶了上来。他不愿让他的朋友一个人去。

街头上人不算多。几个女工衣襟上别了铃兰花。有些工人穿了节日的服装在街上散步,显得悠闲自在。在街角上,在地铁站附近,成群结伙的便衣警察躲躲闪闪。卢森堡公园的铁栅门关上了。天气暖和,一直有雾。已经好久没见太阳!……两个朋友挽着胳膊走着。他们不说话;感情不流露出来。说几句话也是回顾亲切的往事。走到区公所前,他们站住来看看晴雨表,气压好像要回升了。

"明天,"奥利维说,"可以看得到太阳了。"

他们走到赛西尔家附近。他们想进去看看孩子。

"不,回来的时候再去吧。"

到了塞纳河对岸,他们碰到的人多起来了:心平气和地散步的人,穿着节假日的服装,露出节假日的面容;带着孩子看热闹的人;还有东溜西转的工人。有两三个人在纽扣孔里插了大红蔷薇花,但神气并不想惹是非,这是些勉强自己做革命派的人;可以感觉得到他们心里乐观,只要有起码的幸福他们就知足了:只要放假的日子天气好,或者仅仅是过得去,他们就感激不尽……感激谁呢? 他们并不清楚……只是感激周围的一切……他们走路不急不忙,喜气洋洋,欣赏树上的新芽,过路少女的打扮;他们得意地说:

"只有巴黎的孩子会打扮……"

克里斯托夫开玩笑,说工人运动喜欢吹牛……好家伙!……他对他们有感情,也有一点不把他们看在眼里。

他们两个人越往前走,人就越挤。有些面色苍白、鬼鬼祟祟的人,有些放荡无度的嘴脸,也都溜到人流之中,等待机会抓几个倒霉鬼。污泥浊水已经搅动。每向前走一步,流水就更加浑浊。现在,水流已经昏暗了。呼唤声,口哨声,叫卖声,冲破了人流的喧哗,就像从河底下升到污水面上的气泡,可以听出里三层、外三层的群众挤得多么紧。走到街道尽头,就在奥莱莉酒店附近,人声像是开了闸门的洪水。人流碰上了阻止前进的警察和部队。在路障前,他们挤成了团,又叫又喊,又吹哨,又唱又笑,像涡流似的向四面八方乱挤……人民的笑声,是表达暗藏在心灵深处的各种感情的唯一方法,因为情感在语言中已经找不到出口了!……

群众没有敌意。他们并不知道自己要的是什么。在知道以前,他们只觉得好玩——按照他们的方式闹,紧张,粗野,但还没有恶意——只是推人,被推,骂警察,吆喝几声而已。但渐渐地他们越来越恼火了。后面的人什么也看不见,很不耐烦,尤其因为有前面的人做盾牌,他们冒的危险更少,所以就更敢于冒险。前面的人受到两面夹攻,正受不了,气得要命;推挤他们的力量使他们自己的力量增加了百倍。大家越挤越紧,好像一群牲口,感到大家的热气融进自己身上;似乎大家压缩成了一个整体,每个人都是人流的化身,都成了百头千手的巨人。有时,血如潮水一般涌上千手怪人的心头,眼睛充满了仇恨,喊声冒出了杀气。有些躲在三四排的人开始扔石头了。有些人一家在窗口观望,像在看戏;他们也刺激了群众的情绪,自己却迫不及待而又有点胆战心惊地等部队开火。

克里斯托夫像楔子一般用胳膊和膝头开路,挤进了这密密麻麻的人群。奥利维紧紧跟住他。活动的人墙挤开了一条缝,让他们过去,立刻又合拢了。克里斯托夫很开心。他完全忘记了五分钟之前,他还说群众不可能会有动乱呢。他的大腿插进人流之中,虽然他和法国群众没有关系,他们的要求也没有他的份,他却立刻和他们融为一体了;他们要什么,他也这样要!他们到什么地方去,他也去,呼吸着令人精神狂乱的空气……

奥利维跟着走,被拖进去了,但并不快活。他人很清醒,从来没有失去自我意识,对他热情奔放的同胞如对外人,比对克里斯托夫要疏远千百倍。他自己被卷入了,只是像一块沉船的碎片。他的病体虚弱,更减少了对人生的留恋。他觉得这些人离自己多么遥远啊!……因为他没有糊涂。他的精神没有拘束,发生的点滴小事都在他心里留下了印象。他看到前面一个少女金黄色的颈窝,细嫩的白皮肤,觉得心旷神怡。同时,拥挤的人群发出呛人的气息又叫他恶心。

"克里斯托夫!"他发出了恳求的呼声。

克里斯托夫听不见。

"克里斯托夫!"

"怎么啦?"

"回去吧。"

"你害怕了?"克里斯托夫说。

他继续走他的路。奥利维无可奈何微微一笑,跟在后面。

在他们前面,好几排人挤成了一条大坝,那是危险地区。奥利维看到蹲在一个小报亭顶上的,是他的朋友小驼子。他用两只手抓住屋顶,蹲的姿势很不舒服,却笑着瞧大坝外面的部队;然后回过头来望群众,露出洋洋得意的神气。他看见了奥利维,眼里闪烁出喜悦的光辉,望了望他;然后又转过头去,看看广场那边,睁大了充满希望的眼睛,在等待着……等什么呢?——等就要发生的事……等的人并不止他一个。在他周围还有多少人在等奇迹呢?奥利维瞧瞧克里斯托夫,看见他也在等待。

奥利维叫艾曼纽,要他下来。孩子假装没有听见。他看见了克里斯托夫。他喜欢冒险,一来是向奥利维表示勇敢,二来是惩罚他,谁叫他和克里斯托夫难分难舍的?

那时,他们在人群中看到了几个熟人——金黄胡须的高加,他只等出乱子,用行家老手的眼光观察什么时候盆里的水才会溢出来。远一点,漂亮的贝德和身边的人说些黑话,使人缠住她不放。她像蛇一般挤到了头一排,骂警察把声音都叫哑了。高加走到克里斯托夫身边。克里斯托夫一见他,又开起玩笑来了:

"我不是说过了吗?不会出什么事的。"

"等着瞧吧!"高加说,"不要太自信了。马上就会变的。"

这时,骑兵队给石子打得不耐烦了,上前去打开广场的入口;中间的部队先行,跑步前进。于是开始乱了。就像《福音书》上说的,排头成了排尾。但是谁也不肯落后。他们不肯丢脸,于是边逃边骂后面的追兵:"杀人犯!"其实第一枪还没有放呢。贝德在人堆里乱钻,好像一条鳗鱼,口里尖声叫骂。她赶上了她的朋友,躲在高加的肩膀后面喘气,紧紧靠住克里斯托夫,捏住他的胳膊,不知是害怕还是别有原因,又向奥利维送了个媚眼,边喊边对敌人伸拳头。高加抓住克里斯托夫的胳臂说:

"到奥莱莉店里去吧!"

他们只走几步路就到了。贝德同格拉伊沃比他们先到。克里斯托夫正要进去,奥利维跟在他后面。这条街两边都是斜坡,饮食店门前的人行道比街面要高出五六级台阶。奥利维从人流中挤了出来,累得喘气。他厌恶小酒店污浊的空气和狂热的叫喊,不想进去,就对克里斯托夫说:

"我要回去。"

"去吧,孩子,"克里斯托夫说,"我过一个小时来找你。"

"不要再冒险了,克里斯托夫!"

"你又吓得发抖了!"克里斯托夫笑着说。

他走进了饮食店。

奥利维正要转弯离开小酒店。再走几步,他就进了一条横街,可以远离拥挤的人群了。忽然一下,他想起了他的小驼子,就转过身去用眼睛找他。恰巧就在这时,他看到艾曼纽从报亭顶上的瞭望台掉了下来,被群众推翻了,倒在地上打滚;群众从他身上走过。警察来了。奥利维想也不想,立刻跳下台阶,跑去救人。一个挖土工人看到了危险:马刀已经拔出来了。奥利维伸出手去要把孩子拉起,汹涌而来的警察却把他们两个都撞倒了。挖土工人叫了一声,冲上前去。有几个伙伴跟着他跑。站在小酒店门口的人也跑。一听见呼救声,进去了的人都跑出来。于是两队人马交锋,互相要掐脖子,作猛兽斗。站在高出街面的人行道的妇女只是呼叫——就是这样,这个小资产阶级的贵族扣动了战斗的扳机,其实他最不愿意战斗。

克里斯托夫给工人拖进了这场混战,并不知道是谁闯下的祸。他做梦也想不到这事有奥利维的份。他以为他已经走远了,到了十分安全的地方。谁也不可能看清混战的场面。每个人都心无二用,只管招架迎面而来的打击。奥利维已经卷入漩涡,船已经沉到水底下……有一拳并不是打他的,却打中了他的左胸;他刚倒下去,群众就从他身上走过。克里斯托夫却被撤退的人流挤到了战场的另外一头。他并没有敌意,只是轻松地推来推去,像在乡下赶集似的。他几乎没有意识到事态的严重性,只是觉得好玩,一个肩宽膀粗的警察一把抓住他的手腕,把他拦腰抱住时,他还开玩笑说:
"抱住我干吗?要跳华尔兹,小姐?"

但是第二个警察又从后面扑到他的背上,他像野猪一样挣扎,对两个警察拳打脚踢,不肯就范。从后面扑上来的那个对手倒在地上……另外一个气得拔出刀来。克里斯托夫看见刀尖只差两寸就要刺到自己的胸脯,赶快闪开,扭住对方的手腕,拼命要夺下他的武器。他莫名其妙;他本来以为是逢场作戏的……他们两个你争我夺,互相打对方的脸。他没有时间考虑了。从对方的眼里,他看出了腾腾的杀气,于是他自己也怒从心头起,恶向胆边生。他眼看自己就像绵羊一样任人宰割。突然一下,他扭转了对方的手腕,把马刀捅向对方的胸脯;马刀捅了进去。他怕他在杀人,他的确杀了人。忽然,在他看来,一切都改变了;他如醉如狂地号叫起来。

他的号叫产生了意想不到的效果。群众闻到了血腥味。顷刻之间,他们变成了凶猛的野兽。四面八方都开枪了。家家窗口挂起了红旗。巴黎公社的革命传统教他们筑起了路障。街面的铺路砖挖出来了,街灯的柱子歪了,树木砍倒了,街车推翻了。两个月来为修地铁而挖的沟成了战壕。保护树木的生铁栅栏弄断了,用来攻击对方。武器不是从衣袋里,就是从家里拿了出来。不到一个小时,简直成了暴动;整个街区在包围中。在街垒上,克里斯托夫面目全非,放声高唱他的革命歌曲,有几十个人随声附和。

奥利维给人抬到奥莱莉的小酒店。他失去了知觉。人家把他抬进后面一间阴暗的房子里,放在一张床上。在床脚那一头站着小驼子,面如土色。贝德开始情绪非常激动,从远处看来,她以为是格拉伊沃受了伤,等到认出了奥利维时,她的第一声喊叫却是:

"多么侥幸!我还以为是雷沃博呢……"

现在她起了同情心,吻了奥利维一下,把他的头放到枕头上。奥莱莉像平时一样镇静,解开了他的衣服,先初步包扎了一番。玛奴斯·埃曼来得正是时候,卡纳也同来了,他们老是同出同入的。像克里斯托夫一样出于好奇,他们来看看游行示威,亲眼目睹这场混战,见到奥利维倒下。卡纳哭得厉害,心里却想:

"我到这鬼地方来干什么?"

玛奴斯检查了一下伤口,立刻断定无法挽救了。他对奥利维很同情,但待在这里无济于事,他就不再管他,想找克里斯托夫去了。他欣赏克里斯托夫,把他当作一个不正常的人。他知道他对革命的看法,他要阻止克里斯托夫为了别人的事业糊里糊涂地去冒险。在斗殴中打破脑袋还不是唯一的危险。若是抓住了克里斯托夫,一切罪名都要落到他头上。人家早已警告说:警察在监视他;不但他做的糊涂事,甚至别人的也会记在他账上。玛奴斯刚碰到撒维叶·贝纳在人群中走来走去,可以说是闲逛,也可以说是在履行公务,他顺便和玛奴斯打招呼说:

"你那位克拉夫特真疯了。想想看,他居然跑到街垒上去做活靶子!这一回,我们不会饶了他的。老天在上,叫他滚吧!"

说时容易做时难!要是克里斯托夫知道奥利维死了,他会发疯、杀人、送命的。玛奴斯对贝纳说:

"他若不马上走,就一定要完蛋。我来把他带走吧。"

"怎么带?"

"坐卡纳的汽车,就停在街角上。"

"对不起,对不起……"卡纳迫不得已地说。

"你把他带到拉洛什去,"玛奴斯接着说,"你们还赶得上去蓬塔利埃的快车。你得打发他到瑞士去。"

"他不肯去的。"

"他会去。只要我告诉他说耶南会在瑞士和他见面,说他已经先走了。"

玛奴斯不听卡纳反对的意见,就到街垒上去找克里斯托夫。他算不上勇敢,听见一声枪响,就要弯下腰去;他边走边数脚下的铺路石——成单或是成双——算自己会不会送命。但他并没有退缩,而是一直走到底。他走到时,克里斯托夫正在推翻了的街车上,骑着一个轮子,拿着一把手枪,朝天开枪玩呢。街垒周围,都是些巴黎的乌合之众,像是倾盆大雨之后阴沟里倒流出来的污水,街面上吐出来的浊流。第一批战斗的工人都给脏水淹没,看不清楚了。玛奴斯呼唤背朝着他的克里斯托夫,没有回答。他爬上去,拉拉他的袖子,克里斯托夫推了他一下,几乎使他跌下来。玛奴斯不屈不挠地又爬上去,高声喊道:

"耶南……"

在一片喧哗声中,下半句话听不见了。克里斯托夫忽然闭了嘴,手枪从手上掉下来,赶快爬下街垒来找玛奴斯。玛奴斯拉住他就走。

"你得赶快逃走。"玛奴斯说。

"奥利维呢?"

"赶快逃走。"玛奴斯又说。

"为什么?真该死!"克里斯托夫说。

"再过一个小时,街垒就守不住。今天晚上,你就要被捕了。"

"我干了什么啦!"

"瞧瞧你这双手……得了!……你的事是一清二楚的。他们不会放过你。大家都认得你。一分钟也不能耽搁。"

"奥利维在哪里?"

"在家里。"

"我要去找他。"

"不行。警察就在门口等你。奥利维要我告诉你。快走!"

"你要我到哪里去?"

"去瑞士。坐卡纳的车走。"

"奥利维呢?"

"没时间谈话了……"

"我不见他不走。"

"你在瑞士会见到他。他明天来找你。他会坐头班车。快走!我等会再告诉你。"

他一把抓住克里斯托夫。克里斯托夫给喧嚣的声音、疯狂的浪潮搞得疯头癫脑,不清楚自己做了什么,也不明白人家要他做什么,就让他拉走了。玛奴斯在一手抓住他胳膊的时候,另一只手抓住卡纳,卡纳并不乐意听人支配,但硬被他推进了汽车。虽然卡纳人好,不愿意克里斯托夫被捕,但他情愿让别人来救,而不是他自己。玛奴斯了解他胆小怕事,觉得他靠不住,放心不下。汽车正在发动,要开走了,玛奴斯忽然改了主意,上车坐到他们身边。

奥利维一直没有恢复知觉。房间里没有别人,只剩下奥莱莉和小驼子。房子凄凄惨惨,空气不好,光线不好!天快黑了……有一刹那,奥利维从深渊里浮了上来。他的手感觉到了艾曼纽的嘴唇和眼泪。他有气无力地微微一笑,想用手去摸摸孩子的头。他的手多么重啊!……他又沉下深渊去了。

在濒临死亡的人头边,在枕头上,奥莱莉放了一小束五月一日的节花,那是几株铃兰。在院子里,一个没有关紧的龙头让水滴滴答答流进水桶。一刹那间,从思想深处浮起了几个颤抖的形象,就像快要陨灭的光线……一所外省的房子,墙上爬着紫藤;一个花园,有一个孩子在玩,他躺在草坪上;一道喷泉洒落在石池里。一个小女孩在笑……

第二部

他们出了巴黎。他们穿过了大雾笼罩着的广阔平原。十年前,也是在一个这样的傍晚,克里斯托夫到了巴黎。那时,他已经在逃亡,就像今天一样。但那时,他的朋友是活着的,而克里斯托夫那时并不知道,他是逃到一个热爱他的朋友那里去……

最初几个小时,克里斯托夫还处在斗争的兴奋状态;他大谈特谈,非常来劲;他东一句、西一句地讲他看到什么,做了什么;对他的英勇行为,他自觉得意洋洋。玛奴斯和卡纳也谈,让他忘了现实。慢慢地狂热消退了,克里斯托夫不再说话;只有他的两个伙伴还在继续谈。他对下午这场混战稀里糊涂,但是并不泄气。他想起了逃离德国的时候。逃亡,总是逃亡……他笑了。这大约就是他的命运!离开巴黎并不使他难过:世界这样大,到处的人都是一样的。不管去哪里,只要和他的朋友在一起,就没有什么关系。他打算去接朋友,就在明天早上……

他们到了拉洛什。玛奴斯和卡纳一直等到他坐上的火车开了才走。克里斯托夫再三打听到哪站下车,住哪个旅店,在哪个邮局取信。他们离开他的时候,身不由己地露出了难过的表情。克里斯托夫却高兴地和他们握手。

"得了,"他对他们喊道,"干吗愁眉苦脸?这又不是送葬。见鬼!不是还要见面的吗?这算得了什么!我们明天就给你们写信。"

火车开了。他们看着车越走越远。

"可怜的人!"玛奴斯说。

他们又上了汽车。他们不再说话。过了一会,卡纳才对玛奴斯说:

"我觉得,我们刚才犯了罪。"

玛奴斯开头不应声,然后答道:

"唉！死人已经死了。还是救活人要紧。"

黑夜来了，克里斯托夫的兴奋已经完全消失。他缩在车厢的一个角落里思考，人清醒了。身子觉得冷。他瞧瞧手，手上有血，不是自己的血。他厌恶地颤抖了一下。杀人的场面重现了。他想起他杀了人，但不记得为什么。他重新回忆了一遍战斗的情况，这一回，他换了一双眼睛来看。他不明白自己怎么会卷进去的。他又从头回想当天的事，从他同奥利维出门开始，他们两个走过了巴黎的街道，最后被这场风暴吸了进去。想到这里，他又不大明白；他思想的线索断了：他怎么会跟信仰不同的人一起喊叫、打闹、做他们想做的事呢？这不是他！……这是他的意识衰退，意志走火了！……他吓得目瞪口呆，面红耳赤。难道他不是他自己的主人？那么谁替他做的主？……他被快车带入了黑夜；他带入了内心的黑夜，两个黑夜都一样阴暗，而那阴暗的力量也一样令人昏昏沉沉……他要摆脱苦恼；结果只是换了苦恼。他越接近目的地，就越想念奥利维，开始感到一种无以名状的不安。

火车到站的时候，他瞧瞧车门外，看月台上有没有那张他熟悉的面孔……但是没有。他下了车，老是东张西望。有一两回，他幻想看见了……不，那不是"他"！他到约好的客店去。奥利维还没有来。克里斯托夫倒不觉得意外：奥利维怎能比他早到呢？……但从那时起，焦急不安的等待就开始了。

早上。克里斯托夫上楼，进了房间。他又下楼，吃了早餐，上街走走。他装出没有心事的样子，看看湖光水色，店铺门面；他和客店的女招待开玩笑，翻翻带插画的报纸……他对什么都不感兴趣。日子过得真慢，时间拖着沉重的步子。到了晚上七点，克里斯托夫不知道做什么好，提前吃了晚餐，胃口不好，又回到楼上房间里，只请店家等他的朋友一到，立刻把他带上楼来。他面对桌子、背对门坐着。他没有什么事可做，既没带行李，也没带书，只有一张刚买的报纸；他硬着头皮看报，心却不在报上，耳朵老在听走廊里的脚步声。整天焦急的等待，整夜又没有睡眠，使他筋疲力尽，神经过度紧张。

忽然一下，他听见有人开房门。一种说不出的感觉使他没有立刻转过头去。他觉得有一只手放在他肩上。那时，他才转过身去看见奥利维对他微笑。他并不觉得奇怪，只是说：

"啊！你到底来了！"

幻影立刻消失了……

克里斯托夫猛然一下站了起来,把桌子推开,连椅子也推倒了。他的毛发悚然,脸色惨白,牙齿一阵战抖……

从这一片刻起——虽然他还什么都不知道,虽然他再三对自己说:"我又不知道什么。"——他却什么都知道了。他预感到了就要发生的事。

他在房间里待不住。他又上街去走了一个小时。一回客店,走进前厅,门房就给了他一封信。这一封信!他早就料到了。他的手一接到就发抖。他赶快回房间里去看信。信一拆开,他读到奥利维的死讯。他晕过去了。

信是玛奴斯写的。玛奴斯说:头一天没有告诉他这个不幸的消息,是要催他快走,而这都是按照奥利维的意愿做的,奥利维要他的朋友逃命——克里斯托夫留在那里没有一点用,只会白白送死——为了纪念他的朋友,为了别的朋友,为了他自己的光荣……克里斯托夫都该活下去。奥莱莉也用颤抖的手加上了三行大字,说她会好好料理这位可怜的小先生的后事……

等到克里斯托夫恢复了知觉,他气得要命,大发神经,要杀死玛奴斯。他跑到车站去。客店的前厅空了,街上也没有人;在黑夜里,难得有个把姗姗归来的过路客,谁也不注意这个目光凶狠、气喘呼呼的疯子。只有一个念头缠住他不放,就像一只饿狗咬住一根骨头:"杀死玛奴斯!杀死他!……"他要回巴黎去。夜里的快车一个小时以前已经开过去了。一定要等到第二天早上。怎么可能等那么久!他随便坐上一班开往巴黎方向的火车。那车到一站停一站。车厢里只有克里斯托夫一个人,他叫道:"这怎么可能!这怎么可能!"

进入法国境内后的第二站,火车到了终点,不再往前走了。克里斯托夫气得发抖,下了车,打听下一班车的时间,碰到的却是还没睡醒的站员爱理不理的回答。不管他做什么,都已经太晚了。见不到奥利维。甚至连玛奴斯也找不到。还没见到人就得被捕。怎么办呢?做什么好?往前走吗?向后转吗?有什么用?有什么用?……他甚至想到向一个走过的宪兵自首。模糊的求生本能阻止了他,劝他还是回瑞士好。但在两三个小时之内,没有火车开出。克里斯托夫只好坐在候车室,他待不住,又走出了车站,在黑夜里随便走上了一条路。他到了一片荒凉的田野中——在草原上,看到东两棵冷杉,西三棵枞树,那是森林的前沿。他走进了树林,才走几步,就扑倒在地上叫喊:

"奥利维!"

他横卧在路上,哭泣起来。

过了好久,火车的一声呼啸由远而近。他赶快爬起,要回火车站去,偏偏又走错了路。他走了一夜。其实,走到哪里又有什么关系?走吧,只要不再思想;走吧,一直走到不再思想为止,一直走到死才好呢。啊!假如能死倒也罢了!……

黎明时分,他发现自己到了一个法国村子,离边境已经很远了。整整一夜,他越走离边境越远。他走进一家客店,大吃一顿,又上了路,还往前走。走了半天,到了一片草地中,他又躺下,一直睡到晚上。等到他醒过来,新的一夜又开始了。他的怒气消了下去。只剩下了难以忍受的痛苦,连呼吸都困难了。他抱着脚步到了一个农家,讨了一块面包,一捆稻草,要在草堆里睡。农夫打量了他一下,切了一大块圆面包,把他带到牛棚里,再把门锁上。克里斯托夫躺在草堆上,就在气味难闻的母牛旁边,大口咬起面包来。他的脸浸在眼泪中。饥饿和痛苦啃噬着他。这一夜,又是睡眠解除了他几个小时的痛苦。第二天,一听到开门的声音,他才醒过来。他还是躺着,动也不动。他不想活下去。农夫站在他面前,打量了他好久,他手里拿着一张报纸,有时瞧上两眼。最后,他往前走了一步,把报纸放在克里斯托夫眼前。他的照片印在第一页上。

"是我,"克里斯托夫说,"把我送官吧。"

"起来吧。"农夫说。

克里斯托夫站起来。农夫做个手势,要他跟着走。他们走到谷仓后面,走上了一条在果树中间转弯抹角的小路。到了一个十字架下,农夫指着一条路对克里斯托夫说:

"那边就是边境。"

克里斯托夫又机械地上了路。他不知道为什么要走。他的肉体和心灵都支离破碎了;每走一步都想停下来。但他觉得一停就会倒下,也不能往前走了。于是他又走了整整一天。他身上没有钱买面包。而且他要避免走过村庄。由于一种无法理解的奇怪感觉,这个想死的人却怕被人抓去;他的身子像是躲避猎人追捕的野兽。肉体的痛苦、劳累、饥饿,筋疲力尽的生命模糊感到的恐惧,暂时压下的精神上的悲伤。他只急于找到一个避难所,可以在那里闭门沉思默想。

他越过了边界。在远方,他看见了城里细长的钟楼尖塔,浓烟滚滚的工厂烟囱吐出了单调的黑色波浪,流入了细雨蒙蒙的天空。他几乎要跌倒了。就在这时,他忽然想起有一个同乡在城里做医生,姓名是艾里克·布劳恩,去年曾经来信祝贺他的成功。虽然布劳恩是个平庸之辈,虽然他们一生没有什么来往,但克里斯托夫凭着野兽受伤后的本能,做出了最后的努力,死也要在一个熟人家里。

在濛濛烟雨中,他走进了一个半灰色半红色的城市。他横冲直撞,什么也没看见,只是问路,错了又转回来,随便瞎走。他走得筋疲力尽了。他绷紧了的意志做了最后一次努力,要像上楼梯一般爬一些陡峭的小路,才能爬到一个狭窄的山顶,顶上有一个阴沉沉的教堂,周围密密麻麻地挤满了民房。要爬六十步红色的台阶,每三步或六步就有一个狭小的平台,平台旁边是一户人家的大门。每次摇摇晃晃上了一个平台,克里斯托夫总要歇一口气。在教堂的塔顶上,有些乌鸦飞来飞去。

到底,他在一家门上看到了他要找的人名。他敲敲门——小街暗得像是夜里。他累得闭上了眼睛。心里也暗得像黑夜……像是过了几个世纪……

很窄的小门只开了一半。门口出现了一个女人。她的脸背着光,看不清楚;但她的体形却给背后的光线勾画出来了,她后面是一条长长的过道,尽头是一个夕阳斜照的小花园。她个子高,站得直,不说话,只等他开口。他看不见她的眼睛,但感觉得到她的目光。他要见艾里克·布劳恩医生,并且说了自己的姓名。喉咙吐字都有困难。他又饥又渴,累得精疲力竭。女人一句话也不说,又进去了;克里斯托夫跟着她走,走进了一间关上窗板的房子。在阴暗中,他碰了她一下,膝盖和肚子碰到了默不出声的肉体。她出去了,关了门,把他一个人留在不光亮的屋子里。他靠着墙,额头顶着光滑的护壁板,一动不动,唯恐撞翻了什么东西;他的耳朵在嗡嗡响;他的眼睛一团漆黑,但黑影在跳舞。

楼上,移动椅子的声音,又惊又喜的喊声,砰砰的关门声。楼梯上响起了沉重的脚步。

"他在哪里?"一个熟悉的声音问道。

房门又打开了。

"怎么?让他留在黑暗的屋子里!安娜!真见鬼!快点灯!"

克里斯托夫这样虚弱,觉得这样难堪,一听到这个不悦耳、但是亲热的声音,真是有如久旱逢甘雨。他抓住了主人伸出来的手。灯也拿来了。两个人互相瞧着。布劳恩个子矮小,脸色通红,胡须又黑又硬,乱蓬蓬、脏兮兮的,戴着眼镜的双眼流露出了好心好意,额头宽而凹凸不平,满脸皱纹,受过折磨,但是没有表情,头发贴在脑壳上,中间分开,一直分到后颈窝。他长得非常丑,但克里斯托夫瞧着他,握着他的手,却得到了安慰。布劳恩并不掩饰他感到的意外。

"天呀!他变得多厉害!怎么会这样!"

"我从巴黎来。"克里斯托夫说,"我是逃出来的。"

"我知道,我知道,我们在报上看到的,报上说你被捕了。谢天谢地!我们都在为你担心呢,安娜和我。"

他打断了话头,对克里斯托夫指着那个把他带进门的沉默寡言的面孔说:

"这是我的妻子。"

她还站在房门口,手里拿着一盏灯。一张不声不响的脸,一个撅着的下巴。灯光照在她的棕色头发上,映出了橙黄色的反光,还照在她没有光彩的脸颊上。她向克里斯托夫伸出手来,姿势显得生硬,胳膊肘还紧贴着身子;他握手时没有瞧她。他支持不住了。

"我来……"他要解释,"我想,你们也许会……如果不大打搅……会让我住一天……"

布劳恩不等他说完。

"一天!……二十天,五十天,你要住多久就住多久。只要你在这个地方,你就住我们家里;我希望你住得久些。这是我们的光荣,我们的福气。"

这些亲热的话使克里斯托夫喜出望外。他扑倒在布劳恩怀里。

"我亲爱的克里斯托夫,我亲爱的克里斯托夫,"布劳恩说,"他哭了……哎呀!这是怎么啦?……安娜!安娜!快来!他晕倒了……"

克里斯托夫倒在主人怀里。几个钟头以来,他一直觉得要昏厥,现在顶不住了。

等他再睁开眼睛时,身子已经躺在一张大床上。一股潮湿的泥土味从打开的窗户里流了进来。布劳恩俯下身子看着他。

"对不起。"克里斯托夫结结巴巴地说,挣扎着要坐起来。

"他这是饿坏了!"布劳恩喊道。

他的妻子走了出去,拿了一个杯子回来,给他喝水。布劳恩扶住他的头。克里斯托夫恢复了一点生气。但他与其说是饥饿,不如说是疲倦;所以头一倒在枕头上,又睡着了。布劳恩和妻子看着他,见他只是需要休息,就离开了房间。

这种睡眠似乎可睡上几年——难以忍受,又使人难受,好像沉在湖底的铅砣。日积月累的疲劳,奇形怪状的幻象,年深月久地在门外等待意志衰退,就一拥而入,把人压垮。他想醒过来,但是浑身发烧,筋疲力尽,消融在一片混沌的黑夜里;他听到钟永远在敲半点;他不能呼吸,不能思索,不能动弹;仿佛绑住了手脚,塞住了嘴巴,抛在水里,就要淹死;他要挣扎,反而沉到水底……黎明总算来了,来得太迟,因为下雨而灰蒙蒙的。可怕的高烧使他精力衰竭,现在烧退了;但他的身子依然压在一座大山脚下。他醒了。醒和睡都可怕……

"为什么还要睁开眼睛?为什么要醒过来?为什么不像可怜的小奥利维一样长眠地下……"

他仰面躺在床上,动也不动,虽然这个姿势很累;他的胳臂和腿都沉重得像石头。他仿佛在坟墓中。灰暗的光线。几滴雨水打在窗玻璃上。花园里有一只鸟发出了几声哀鸣。啊!生活的苦难!多么无用!多么无情!……

时光慢慢流逝。布劳恩进来了。克里斯托夫没有转过头来。布劳恩看见他睁大眼睛,高兴得叫他;但克里斯托夫忧郁的目光只瞪着天花板,布劳恩想使他的朋友摆脱忧郁,就坐到床上,粗声大气讲起话来。克里斯托夫受不了。他似乎做出了超人的努力才说了一句:

"对不起,请让我一个人待着。"

好心的主人立刻改变了腔调。

"你要一个人待着吗?那好!当然,你要安安静静躺着。好好休息,不要说话,吃的东西会给你送上来,没有人会打搅你。"

但他说话不可能短。没完没了地解释了一番之后,他才踮着脚走出去,但他笨重的鞋子还是压得地板咯吱响。又只剩下了克里斯托夫一个人,沉浸在要命的疲乏之中。他的思想扩散成了一片痛苦的云雾。他拼命要搞明白:"为什么会认识奥利维?为什么喜欢他?安东妮蒂一心一意要培养他又有什么用?这些人的生命,几代人的生命,有什么意义?——多少考验!多少希望!——结果培养了这个人的生命,所有的生命都和他同归于尽,陷入了空虚的深渊!"……生活没有意义。死亡也没有意义。一个人的生命一笔勾销了,一个家庭也勾销了,没有留下一点痕迹。不知道是什么把他们勾销的,这是可恶呢,还是可笑呢?他苦笑了一下,又是失望,又是愤恨。他对这样的痛苦感到无能为力,对这样无能又感觉痛苦,真要了他的命。他的心压碎了……

屋子里没有声响,只有医生出诊时的脚步声。等到安娜出现时,克里斯托夫已经没有时间观念了。她用一个托盘把午餐送上来。他瞧着她,一动不动,甚至也不开口道谢,只是瞪着眼睛,似乎什么也没看见,但少妇的形象却像照相一样清清楚楚地留了下来。很久以后,他对她更熟悉了,但在他看来,她还是老样子;后来的形象抹杀不了最初的记忆。她的头发很密,绾了一个大发髻,前额突出,若是碰到了别人的眼光,就会躲开,仿佛有不可告人的秘密,或是不怀好意。她的嘴唇稍厚,抿得很紧,神气很犟,几乎有点生硬。她个子高,身材好,显得结实,衣服穿得太紧,妨碍工作且又呆板。她来时不声不响,把托盘放在床边的桌子上,然后胳膊贴着腰身,又低头走出去。克里斯托夫并没有想到这个古怪而好笑的女人与众不同,他也没吃午餐,只是沉浸在无言的痛苦中。

白天过去了。傍晚时分,安娜又送晚餐上来。她看到中午送来的几盘菜都没有吃,就端了回去,并没有说一句话。她不像别的女人本能地会说几句亲热的话来安慰病人。对她说来,克里斯托夫似乎并不存在,或者是她自己几乎不存在。这一回,克里斯托夫不耐烦地看着她笨拙而不自然的动作,默默地感到敌意。然而,他感谢她不开口说话——等她走后,医生回来,看到克里斯托夫没有吃午餐而唠唠叨叨时,他更感激她了。医生对妻子没有勉强克里斯托夫吃午餐感到不高兴,他要自己来劝。克里斯托夫为了图个清静,只好喝了几口牛奶。然后,他又转过身去。

第二天夜里比较安静。沉睡使克里斯托夫忘了一切。可恨的生活已经无影无踪——但一醒来,他更觉得窒息。他记起了要命的那一天发生的一点一滴,奥利维多么不愿出门,怎样再三说要回去,于是克里斯托夫悲痛地说:

"是我送了他的命……"

不可能一个人待着,关在房里,一动不动,看着狮身人面像凶狠的目光,张牙舞爪,对着他的面孔,不断吐出令人昏头涨脑的问题、陈年古尸的臭气。他急躁不安地爬了起来,拖着脚步走出房间,下了楼梯。但一听到别人的声音,他又恨不得躲开了。

布劳恩在餐室里。他招呼克里斯托夫时显得和平常一样友好。接着,他立刻问起巴黎的事来了。克里斯托夫一把抓住他的胳膊:

"不,"他说,"不要问我。过几天……不要怪我。我不能。我太累……"

"我知道,我知道,"布劳恩亲热地说,"神经太紧张了。前几天的事太激动。不要说话了。没有人会勉强你的。随便一点,你就是在自己家里。没有人会打扰你。"

他说得到,也做得到。为了避免打搅客人,他又走到另一个极端:在客人面前,他甚至不敢和妻子谈话,要谈也得压低声音,走路也得踮着脚尖,屋子里真没有了声响。一直等到克里斯托夫受不了这种做作出来的、道是无声却有声的沉静,请求布劳恩还像往常一样才罢。

在以后的日子里,真是主随客便。克里斯托夫待在房子的角落里,一坐就是几个小时,再不然就在屋子里转来转去,好像梦游一般。他在想什么呢?他自己也说不出来。他几乎连感到痛苦的力气都没有。他完全垮了。心灵的枯竭使他害怕。他只剩下了一个念头,就是和'他'(奥利维)同归于尽,一了百了——有一次,他看见花园的门开了,就走出去。但重见天日使他感到如此难受,他又赶快回来,把自己关在窗板紧闭的房间里。天气好对他是个折磨。他恨太阳。大自然赤裸裸的宁静使他痛苦。在餐桌上,他不声不响。布劳恩给他什么菜,他就吃什么,眼睛瞪着桌子,一言不发。有一天,布劳恩指着客厅里的钢琴给他看,他却吓得转过头去。一切声音都使他厌恶。只要沉静,沉静,还有黑夜! ……他内心只有一片空虚,也只需要空虚。生活的欢乐已经结束,欢乐之鸟再也不能像从前那样拍拍翅膀,放声歌唱,直冲九霄云外! 有几天他都坐在房里,感到生命的脉搏只是隔壁房间一瘸一拐的滴答钟声,在他头脑中扑扑地跳。然而,欢乐的野鸟还是在他心中,有时突然起飞,撞到了周围的栅栏,于是就会使心灵深处的痛苦迸发出惊天动地的喧嚣——"一个孤独的人在辽阔的荒野发出痛苦的呼声……"

人生的悲哀是几乎很难找到一个终身伴侣。也许可能找到几个女伴,几个可遇而不可求的朋友。朋友这个美好的字眼已经用滥了。其实,一个人一生难得有个朋友。而有个终生朋友的人就更少了。这是一种幸福,失去了朋友就活不下去。朋友充实了生活,但是你并不觉得。他一走,生活就空虚了。你不但失去了你爱的人,而且根本推动了爱情,现在的和过去的。为什么会有他? 为什么要有你?

奥利维死亡的打击对克里斯托夫格外可怕,因为那时他生存的理由已经不声不响地动摇了。人生到了某些年龄,肌体内部会悄悄地发生变化,心灵和肉体都更容易受到外来的打击;精神委靡不振,受到无名惆怅的侵蚀,觉得已经活够了,对过去的成就并不留恋,对前途又看不出什么别的道路可走。到了这种产生危机的年龄,大多数人受到家庭负担的束缚,保证不会出事,但的确也失去了必需的精神自由,不能批判自己,寻找方向,重新创造精力充沛的新生活。多少隐忍的悲哀,多少痛苦的憎恨!……前进吧!前进吧!你必须超越……不得不完成的任务,对家庭所负的责任,使人像一匹站着打盹的马一样,虽然筋疲力尽,还是继续拉车前进——但一个完全自由的人到了这种空虚的时候,却失去了支持和强迫他前进的动力。他只是根据习惯前进,不知道到哪里去。他的力量分散,意识模糊。在这昏昏沉沉的时刻,如果晴天一声霹雳,打断了他神魂颠倒的进程,那就活该他倒霉!非垮下去不可……

几封从巴黎来的信总算转到了,使克里斯托夫暂时脱离了绝望的麻木状态。信是赛西尔和亚诺太太写来的,给他带来了她们的慰问。可怜的安慰!无用的安慰……谈到痛苦的人并不是受到痛苦的人……信只能给他带来死者声音的回响……他没有写回信的勇气;人家也就不再来信了。在他沮丧期间,他要销声匿迹,无影无踪……痛苦是不公平的:他爱过的人都不再存在了。一连好几个星期,他拼命要起死回生,对死者谈话,给死者写信:

"我的灵魂,我今天没有得到你的消息。你在什么地方?回来吧,回来吧,对我说话,给我写信吧!……"

但是到了晚上,无论他怎样尽心竭力,也不能在梦中和亡友重逢。只要亡友的死还使我们心碎肠断,我们就很难梦到他。一直要等到我们忘了他,他才会在梦中出现。

然而外界的生活点点滴滴渗入了这个心灵的坟墓。克里斯托夫开始能重新听到屋里各种不同的声响,并且不知不觉地开始关心了。他知道几点钟开门、关门,一天开关几次,随着来的人不同,开门的方式也不同。他听得出布劳恩的脚步声,想象得到医生出诊回来,在前厅站住,把帽子和外套挂好,总是那样细心,而且阴阳怪气。如果到了预定时间没有听到习惯了的声响,他就不禁要寻根问底。在餐桌上,他也不由自主地听人谈话了。他听出差不多老是布劳恩一个人说话。妻子只不过是简简单单回答而已。布劳恩并不在乎有没有人对谈;他老是和和气气、啰啰唆唆地讲了刚看过的病人,刚听到的闲话。有时,布劳恩说话的当儿,克里斯托夫居然瞧着他;布劳恩可高兴了,他更想方设法要引起他的兴趣。

克里斯托夫也设法重新开始生活……那是多么疲倦！他觉得自己老了，仿佛已经活了天长地久！……早上起来照照镜子，看到自己的身体、姿势、傻里傻气的模样，简直看累了。起床，穿衣，为了什么？……他做出巨大的努力来工作，但这使他恶心。创作有什么用？到头来还不是一切皆空？对他说来，音乐已经成为不可能的事了。只有苦难才能衡量艺术——才能衡量一切——苦难是试金石。只有在苦难中才能看出谁能超越时代，战胜死亡。但是很少人经得起苦难的考验。出人意料的是某些大家信任的人物（一些大家热爱的艺术家，一些终生的朋友）——只是平庸之辈。谁能不随波逐流，力挽狂澜呢？一接触到苦难，世界的美就成空了！

但是苦难心有疲倦的时候，也会松手。克里斯托夫的神经到底放松了。他睡着了，没完没了地睡着了。人家看到他如饥似渴地贪睡，还以为他几辈子没睡够呢。

到底，有一天夜里，他睡得这样熟，直到第二天下午才醒过来。屋子里没有一个人。布劳恩和妻子都出去了。窗子是打开的，灿烂的光辉露出笑颜。克里斯托夫感到放下了压在心上的重担。他站起来，下了楼，到花园里去。狭窄的长方形花园，周围都是高墙，看起来像一座修道院。有几条铺沙的小路，两边是四方的草坪，上面种了普通的花卉；还有一个花棚，上面卷着葡萄藤，开着蔷薇花。一条细细的流水从假山的岩洞里涓涓而出；一棵靠墙的洋槐把芬芳的枝丫伸到隔壁的花园里。在远处耸立着用红色砂岩砌成的古老教堂的钟楼。时间是下午四点。花园已经笼罩在阴影下。只有树顶和教堂古老的塔尖还沐浴在夕阳的斜晖中。克里斯托夫坐在花棚里，背靠着墙，仰面朝天，从纵横交错的葡萄藤和蔷薇花之间望着明朗的天空。他似乎觉得刚从一场噩梦中醒过来。周围是一片寂静，空气也不流动了。在他头上，懒洋洋地垂下了一根蔷薇藤。忽然一下，一朵最美的花萎谢了，雪片似的花瓣在空中飘散。这就像是一个天真烂漫的美好生命消逝了。这样无声无息！……在克里斯托夫心里，这意味着香销魂断。他简直透不过气来；于是双手抱头，呜呜咽咽地哭了……

高塔的钟声响了，从一个教堂到另一个，遥相呼应……克里斯托夫没有意识到时间的消逝。等到他抬起头来，钟声已经停止，夕阳已经西下。克里斯托夫受了眼泪的洗礼，精神得到了安慰。他听到不绝如缕的音乐涌上心头，看见一弯新月溜上昏黄的天空。一阵回家的脚步声把他惊醒。他回到楼上房间，用钥匙转两圈把门锁上，然后让音乐像泉水一般源源不断地流了出来。布劳恩叫他吃晚餐，敲门推门，他都不回答。布劳恩着急了，从锁孔里一看,见克里斯托夫半身伏在桌上,在一大堆白纸上写黑字,才放了心。

几个小时之后,克里斯托夫写累了,才下楼来,看见医生在客厅里看书,耐心地等他。他拥抱了医生,请他原谅他来后的生活方式,并且不等布劳恩问,就讲起最近几个星期戏剧性的事件来。他只讲过这一次,而且没有把握布劳恩是不是听懂了,因为克里斯托夫讲得很乱,况且夜已很深,布劳恩虽然好奇,还是累得打瞌睡了。最后——两点钟一响——克里斯托夫见时间太晚,就向主人告辞了。

从这时起,克里斯托夫的生活又重新规划了。他不能老是那样突如其来地激动;他恢复了他的忧伤,但那是正常的忧伤,不会妨碍他的生活。重新生活,非新生不可!他失去了世上最爱的人,受到忧伤侵蚀,时常想到死亡,但还有如此丰富、如此专横的生命力,会忽然出现在他忧伤的言语中,会在他的眼里、嘴里、一举一动之中,发出光芒。但在他生命力的中心有一条蛀虫,使他发出绝望的呼声。那是突然的发作。他很平静,正在读书或是散步时,忽然出现了奥利维的笑容,疲倦而温柔的面孔……那就使他心如刀绞……他摇摇欲坠,用手抚胸,长吁短叹。有一次,他正在弹琴,弹的是贝多芬的曲子,正像从前一样弹得激情满怀……忽然一下,他停住了,扑倒在地上,把头藏在沙发的椅垫里,高声喊道:"我的小朋友!……"最糟糕的是"旧情难忘"的感觉,而他每走一步,总难忘记旧情。他不断看到似曾相识的姿态,听到似曾相识的语言,翻来覆去重复似曾相识的经验。什么都有似曾相识,不出意料之外的。一张面孔使他想起了故人的面孔,会说出——他敢预先肯定——的确说出了那个故人说过的话;类似的生命要经过类似的阶段,碰到类似的障碍,同样搞得筋疲力尽。如果说"没有什么比重新开始单调的爱情更令人厌倦生活",那么,重新开始单调的生活不是更令人厌倦吗?那真要叫人发疯——克里斯托夫尽量不想,因为如果要活下去,那就只好不想,而他要活下去。真是虚伪得令人痛苦,为了惭愧,甚至为了可怜自己,不能克服潜在的求生本能,只好不承认自己的真面目!明知这样不能得到安慰,偏要给自己编造生活的理由。他骗自己一定要活下去,其实除了自己以外,没人关心他的死活。必要时,他还会编造理由说:是亡友鼓励他活下去的。其实他心里明白,他是借死人的口,说活人自己想说的话。多么可怜啊!……

克里斯托夫又走上了征途;他的脚步似乎恢复了以前的自信;对痛苦,他的内心已经关上了门,对别人,他从来不谈苦;他自己呢,也避免和痛苦单独见面,他显得平静了。

"真正的痛苦,"巴尔扎克说,"是表面上平静、却在深处铺床定居的痛苦,它看起来睡着了,其实却在不断地腐蚀灵魂。"

认识克里斯托夫的人见他来来去去,弹琴作曲,甚至说说笑笑——他现在会笑了!——会感到这个人虽然精力充沛,眼睛里燃烧着生命的火光,但在生命的最深层,却已经有了魂销梦断的残痕。

自从他对生活恢复兴趣之后,他就应该设法维持生活。问题并不是要离开这个城市。瑞士是最安全的避难所;哪里还找得到这样殷勤的主人呢?但是他的自尊心不容许他寄人篱下。虽然布劳恩不肯接受他的钱,但他如果不能教音乐课赚点钱来付膳宿费,他又于心何安呢?然而教课谈何容易!他轻举妄动参加革命的消息已经传开;资产阶级家庭不愿意接受一个危险分子,他至少是个与众不同的人物,因此,也不是个"受欢迎的"人。幸而他在音乐界有了名声,加上布劳恩采取的措施,他到底打开了四五家人的大门,他们不是胆子大点,就是好奇心强,或者为了艺术上赶时髦,要冒充风雅。但是他们并不因此而不加防范,倒在师生之间保持了敬而远之的距离。

布劳恩家的生活安排得井然有序。上午,各人去做各人的事:医生出诊,克里斯托夫教课,布劳恩太太上市场或帮助人。克里斯托夫大约一点钟回来,总比布劳恩早,布劳恩不要人等他吃午餐,于是年轻的主妇和客人先吃。这对客人来说并不愉快,因为他对她并没有好感,也找不到什么话来谈。她当然不会意识不到他的印象,但是积习难改;她既懒得打扮,又不愿伤脑筋,她从不先开口对克里斯托夫说话。她的举动和装束都没有风度、笨拙、冷漠,拒人于千里之外,更何况克里斯托夫这样对女性美特别敏感的人。他一想到巴黎女人的绰约风姿,再一看到安娜,心中不由想道:

"她多么难看啊!"

但是这话并不公平;不久,他就注意到了她的头发、双手、嘴巴、眼睛都自有其美——尤其是那难得一见、躲躲闪闪的目光更吸引人。但他对她做出的评语并没有因此而改变。为了礼貌,他把谈话当作义务,但是很难找到话题;她也帮不了一点忙。有两三回,他试问她的故乡、丈夫和她本人的情况,却什么也没有问出来。她的回答都是人云亦云;她要装出笑容,越装越不自然,笑是挤出来的,说话听不清楚,每个词都头重脚轻;每句话一说完又接不下去,沉默得令人难堪。克里斯托夫结果尽量少对她讲活,她也觉得如释重负，很感激他。医生一回家，两个人心上的石头才下了地。布劳恩总是脾气好，叫叫嚷嚷，忙忙碌碌，是个普普通通的好人。他能吃能喝，能谈能笑。和他在一起，安娜也能说上两句；但他们两个谈的问题不过是吃了什么菜，什么东西卖什么价钱。有时，布劳恩会笑她参加的慈善事业，牧师的传道说教。那时，她会绷起脸来，不说话，直到吃完了还生闷气。医生讲的往往都是看病的事；他眉飞色舞，不厌其烦地大讲那些令人恶心的病症，把克里斯托夫气得要命。他把餐巾往桌上一扔，站了起来，脸上露出厌恶的怪相，却使医生哈哈大笑。布劳恩立刻不讲了，笑着向他的朋友道歉。但到了下一餐，他又照样讲起来。这些医院里的低级笑话似乎能使面无表情的安娜开心。她闭上的嘴忽然会迸出神经兮兮的粗野笑声。其实，也许她和克里斯托夫一样厌恶这种笑话。

　　下午，克里斯托夫很少出去教学生。他在医生出诊时，往往同安娜待在家里。但他们并不见面。各人做各自的事。起初，布劳恩请克里斯托夫给他妻子上几次钢琴课，据他说，她还能欣赏音乐。克里斯托夫要安娜弹琴给他听。她虽然没有什么兴趣，却也用不着再三邀请；但她弹得总是没有韵味，非常机械，难以想象地缺乏感情；每个音符都同样用力；没有抑扬顿挫，在翻一页乐谱时，哪怕一个乐句只弹一半，她也冷冰冰地停下来，不慌不忙，再弹下一页的头一个音符。克里斯托夫气得要命，好不容易才压下火气，没有说出粗话来，只好不等曲子弹完，就走出去算了。她却满不在乎，若无其事地一直弹到最后一个音符，并不觉得他这样的不礼貌伤害了她，使她难为情；她甚至没有发现他失礼了。但是他们之间再也不谈音乐问题。有几个下午克里斯托夫出去教课，如果他提前回来，就会发现安娜在练习弹琴，她弹得很执著，但是既无热情，也无兴致，同一个节拍重复四五十遍既不嫌累，也不起劲。当她知道克里斯托夫在家时，却从来不动乐器。她不出外参加宗教活动，就把时间都用在家务上。她缝缝补补，要女佣干这干那；她关心整齐清洁，几乎成了癖好。她丈夫认为她是好妻子，只是有点古怪——"天下女人都是一样。"他说——但是她也像"天下女人一样"老实。关于最后一点克里斯托夫心里有保留意见，觉得这样分析心理未免过于简单；但他又想：这到底是布劳恩的事，与己无关，就不再想了。

　　晚餐后，三个人待在一起，布劳恩和克里斯托夫谈天，安娜干活。在布劳恩的请求之下，克里斯托夫又同意弹琴了；在面对花园的阴暗客厅里，他一弹就弹到深夜。布劳恩听得出神……有些人热爱他们理解、甚至完全误解的作品，难道我们没见过吗？——其实，他们热爱，正是因为理解错了；

如果理解正确,还会热爱吗?——克里斯托夫也不再生气;他一生已经见过多少蠢材啊!但听到布劳恩在不该赞叹的地方居然发出了古怪的赞叹声,他就停止弹琴回到楼上房间去了。布劳恩到底猜到了原因,也就不再发表他的高见。此外,他对音乐的爱好很容易得到满足;专注听音乐不能超过一刻钟,否则就会打瞌睡,或者看报,让克里斯托夫自便。安娜坐在大厅里首,一句话也不说,活计放在膝上,似乎在干活,但瞪着眼睛,双手一动也不动。有时,她曲子听到半中间却不声不响地走了出去,再也不回来了。

日子就这样过去了。克里斯托夫又恢复了精力。布劳恩笨拙而亲热的好心好意,屋子里的清静,有规律的日常生活使人得到的休息,特别丰盛的日耳曼式的饮食,使他结实的身体又得到了恢复。身体的健康虽然还原了,但精神的机制却一直是病态的。再生的精力反倒加重了心灵的混乱,精神没有恢复平衡,就好像船上压舱的重量不够,一有风浪就会颠簸一样。

他的孤独感很深,和布劳恩没有精神上的亲切交流,和安娜的关系几乎只限于早晚打个招呼。学生对他更采取了敌视的态度,因为他隐瞒不住他的观点,认为学生根本不是学音乐的材料。他不认识别人。这也不能怪他,自奥利维死后,他就深居简出,别人对他敬而远之。

他住的那个老城人很聪明,能力很强,有贵族的傲气,各人闭关自守,自满自足。他们是资产阶级中的贵族,对工作,对高级的文化都有兴趣,但是狭隘,对宗教虔信,心安理得地认为自己和全城都高人一等,喜欢全家离群索居。古老的家族有许多分支。每一家都有接待亲属的日子。其余的时间就不大开门。这些实力雄厚的家族有百年积累的财富,但是用不着宣扬自己。他们互相知根知底,这就够了;外人的意见无关紧要。有些百万富翁穿得和小市民没有差别,津津有味地说着家乡的土话,天天自觉上班,一生都不改变,即使到了最勤劳的人也要退休的年龄,他们也不退下来。他们的妻子以治家有方而自豪。女儿出嫁不给嫁妆。富豪都要子女像自己一样辛辛苦苦地去挣他们的家业。日常生活过得非常俭朴。但他们巨大的财产有一个高尚的用途,那就是收藏艺术品,捐献给画廊,给社会慈善机关;他们不断地把巨额的款项,几乎总是隐姓埋名地捐给慈善事业基金会,或给博物馆增加珍品。这样伟大而可笑的胸怀是属于另外一个时代的。他们这个小天地似乎不知道外面还另有天地——其实他们是知道的,因为他们要做生意,要扩大关系,要儿子去远方长期游学——对他们来说,伟大的名声,外国的名人,都要得到他们承认,受到他们欢迎,才能算数——他们对自己也执行严格的纪律。他们互相支持,互相监督,结果产生了一种集体意识,掩盖了个人的分歧——在宗教意识一致与道德观念一致的掩盖下,个性强的个体消失了。大家都参加宗教仪式,大家都有信仰。没有人敢怀疑,即使有也不敢承认。不可能了解他们内心深处发生了什么事,他们的门关得很紧,不让外人看见,尤其是因为他们知道受到严密监视的包围,而且每个人都自认为有权看透别人的内心。据说甚至已经离开家乡、自以为摆脱了拘束的人——只要一踏上故土,就会被本地的传统、习俗、风气紧紧抓住,即使最不信教的人也不得不立刻参加仪式,信仰宗教。在他们看来,没有信仰是违反天性的。没有信仰的是下等人,没有教养。不能容许他们小天地中的人逃避宗教义务。谁不参加宗教仪式就是自居化外,不再受本阶级接待。

这种纪律的压力还显得不够。这些人觉得阶级的联系还不够密切。于是在大团体的内部又组织了许许多多小团体,好把他们完全束缚起来。小团体一算有好几百个,数目每年都在增加。团体名目繁多:慈善事业的,宗教兼商业的,艺术的,科学的,唱歌的,音乐的,思想修养的,锻炼身体的,为团结而团结的,为共同娱乐而组织的;还有街坊联谊会,同业公会;还有地位相当、财产相等、体重相近、名字相同的人也组织了各种小团体。据说有人想组织一个无团体者联合会,但找来找去,还凑不足十二个人。

在城市、阶级、团体三重紧身衣的束缚之下,一个人的心灵就给丝线绑住了。暗中的约束抑制了人的性格。大多数人是从小就习惯了的——已经有几个世纪了;他们认为约束是正当的;如果不穿紧身衣反倒是不正当、不成话了。看到他们满意的笑容,谁也猜想不到他们会有什么不方便。但人的天性却受不了,要报复。隔不了多久,就会出现个性倔强的反抗者,一个生命力强的艺术家或者不受拘束的思想家,他们毫不客气地挣脱锁链,给当地的卫道士制造麻烦。卫道士很聪明,如果他们不能把造反派扼杀在摇篮里,或者不能在战斗中占上风,他们从来不会坚决要战斗——搞得不好反会爆出丑闻——他们就进行笼络。画家么?把他们送进美术馆;思想家么?那就送进图书馆。造反派声嘶力竭地说些骇人听闻的攻击言论,他们假装没有听见。他大声疾呼要独立自主也没有用,他们使他同流合污。就是这样,反抗的毒素消失了作用。这叫作因势利导疗法——但是这种情况很少见,大多数反抗都来不及暴露在光天化日之下。这些一潭死水的家族封锁了不足为外人道的悲剧。往往有个家族成员不声不响,不明不白地跳了河。或者有人无缘无故半年足不出户,或者把妻子送进了疗养院,好医治精神病。大家谈起这些事来随随便便,仿佛这是自然的事;心平气和是当地人的特点,即使面对痛苦或死亡,他们也无动于衷。

这个坚不可摧的资产阶级对自己人很严,因为他们知道自己人的价值,对其他人比较宽,因为他们认为外人的价值不高。对于住在本地的外国人,像克里斯托夫,德国的教授,政治避难者,他们甚至表现得更加宽大;因为他们之间没有利害关系。再说,他们尊重智慧。先进的思想不会使他们惊慌不安,因为他们知道自己的后代不会受到影响。他们对待外宾和和气气,冷冷淡淡,保持距离。

克里斯托夫用不着人家多说。他的感觉非常敏锐,只要一碰就会颤抖,他的内心暴露在外,非常容易随时随地看到自私自利、冷漠无情,所以只好退缩回去。

此外,请布劳恩看病的人,和他妻子来往的小圈子,都属于新教中最严格的一派。克里斯托夫受到他们双重的歧视,因为他出身于旧教家庭,而事实上他已经不信教了。在他这一方面看来,他又觉得许多事都和他格格不入。他虽然不再信教,但身上还有旧教一百年遗留下来的印痕:三分理性,七分诗意,醉心于大自然,懒得去解释或理解,只管爱或者不爱;习惯于思想感情和道德上的自由,这是他在巴黎耳濡目染不知不觉的收获。因此,他不可避免地要和这个虔诚信教的小团体发生冲突,他们夸张地显示了加尔文主义的缺点,那是一种宗教上的理性主义,剪断了信仰的翅膀,如何能在深渊上空飞翔?这种主义和所有的神秘主义一样,是从先验论出发的,所以引起了争议;这已经不是诗,也不是散文,而是散文化的诗。这是一种精神上的骄傲,对理性——对他们的理性——绝对信仰,而这是危险的。他们可以不信上帝不信灵魂不灭,但不能不信理性,就像旧教徒信仰教皇,拜物教徒崇拜偶像一样。他们甚至没有想到这是可以争议的。生活实践和理性有矛盾也不管用,他们宁可否定生活。他们不懂心理分析,不懂天性,潜伏的力量,生活的根源,大地的精神。他们生拼硬造了一些幼稚的、简单化的、机械化的生活和生命。他们中间的一些人有学问,讲实际;他们读书多,见识广。但他们所读的,所见的,都不是事实的真相,而是抽象的归纳。他们贫血少肉,只有高尚的道德品质,却没有足够的人情味,这是他们最大的罪过。他们的心地纯洁,往往是真实的,高尚而且天真,有时却是喜剧性的,但不幸的是,在某些情况下,却变成悲剧性的了:纯洁使他们面对别人的冷漠、生硬、不动声色、不通人性毫不生气,稳如大山,令人吃惊。他们有什么可以犹豫不决的呢？难道真理、权利、道德不是在他们那一边吗？难道他们没有得到神圣的理性直接的启发吗？理性是无情的太阳；它发光，但使人眼花。在这干巴巴的光明中没有水汽，没有阴影，心灵的花朵会枯萎，血液会被吸干。

然而在这个时候，如果有什么东西对克里斯托夫说来是没有意义的，那就是理性。在他看来，理性的太阳照亮的只是无底深渊周围的悬崖峭壁，却没有照亮走出深渊的道路，甚至没有照出深渊到底有多深。

至于艺术界，克里斯托夫没有多少机会，更没有愿望去和他们打交道。一般说来，当地的音乐家是老实的保守派，不是新舒曼派就是勃拉姆斯派的，克里斯托夫从前和他们交过锋。但有两个人是例外：一个是风琴师克拉勃，他开的甜食店很出名，是个好人，好音乐家，用他一个同乡的话来说，"如果他骑的飞马不是草料喂得太多的话"，他可以飞得更高——另外一个是年轻的犹太作曲家，有独特的才能，旺盛的精力，但有点乱，他卖瑞士的土产：木刻的山间别墅，伯尔尼的熊——瑞士的象征。这两个比别人更有独立性，当然是因为他们不把艺术当职业，他们本应该更容易接近克里斯托夫；若在别的时候，克里斯托夫也会有兴趣认识他们；但在人生的这个阶段，他对艺术、对人的兴趣都减弱了；他感到他和别人的差异多于他们的共性。

他唯一的朋友，可以吐露思想的知己，只有流过古城的那条河——也就是在北方滋润了故乡的那条莱茵河。在河畔，克里斯托夫可以回忆起童年的梦想……但在他为亡友而哀伤的日子，梦想也像莱茵河一样染上了阴沉沉的色调。在白日将尽时，他靠在堤岸的矮墙上，瞧着汹涌澎湃的大河，像是一片溶液，沉重，浑浊，匆忙，流个不停，仿佛是巨大的深色匹练，成千上万条小溪流水绞在一起，奔腾咆哮，时隐时现的漩涡，就像头脑发烧时看到的幻象，永远是刚刚成形，又永远消失了。在朦朦胧胧的河流上，像棺木似的漂浮着渡船的鬼影，但却没有一个人的形体。夜色越来越浓了，河流成了铜流。岸上的灯光照在漆黑一团的铜甲上，使铜甲也发射出阴光：有煤气灯昏黄的光，电灯像月色一样惨白的光，房屋窗后的蜡烛发出血红的光。河水潺潺声流入了黑暗，永远不息的潺潺声这样单调，使大河显得比大海还更凄凉……

克里斯托夫吸入了这死亡与苦闷的单调声，待了几个小时。好不容易他才走开，爬上陡峭的小路，踏着中间磨凹了的红色台阶回去；他身心疲惫，就靠着广场上的铁栏杆，广场已经空无一人，后面的教堂沉浸在黑暗中,只有高处的街灯照得砌在墙边的栏杆闪烁发亮……

他不再明白人为什么而活。回想起他亲眼看到的斗争,他辛酸地佩服为信念而身体力行的人类。正面和反面的思想,运动和反动相继而来——民主制,贵族制,社会主义,个人主义,浪漫主义,古典主义;进步,传统——就是这样此起彼伏,没完没了。每一代新人都闹得热火朝天,和前人一样劲头十足,以为自己是唯一到达顶峰的人,并用檑木滚石把前人推下山去;他们手舞足蹈,大声疾呼,把权力和荣誉都归于自己;但是不到十年,他们又给新的胜利者用檑木滚石推下山去,烟消火灭了。现在又该轮到谁呢?……

音乐上的创作已经不能给克里斯托夫做避难所;作曲总是断断续续,杂乱无章,漫无目标的。写作吗? 为谁写作呢? 为人类吗? 他愤世嫉俗的尖刻情绪正在发作。为自己吗? 他感到艺术的空虚,不能填补死亡造成的空缺。只有他盲目的生命力偶尔用粗暴的翅膀支持他,筋疲力尽,又一蹶不振了。他是在暗中咆哮的乌云。奥利维一死,他觉得一切皆空——一切。他拼命反对他过去生活中的一切,反对他以为和其他人共有过的思想感情。他现在觉得他过去是幻想的玩具,社会生活的基础是一大误会,而误会的根源来自语言……你以为你能和别人交流思想吗? 其实你们之间只有语言文字的关系。你说的和听都是字;但没有一个字在两张嘴里有同样的意思。这还不算什么,没有一个字,连一个也没有,会有生活中的全部意义。语言文字超过了生活现实。你口里说爱和恨……其实生活中既没有爱,也没有恨,既无朋友,也无敌人,既无信心,也无热情,既没有好,也没有歹。只有从死了几百年的太阳里落下来的回光返照……朋友么? 那只是有些人口头上的名词! ……事实已经黯然无光了! 他们的友谊算什么? 在一般人看来,什么是友谊? 一个自命为朋友的人,一生中用了几分钟黯淡的时间来想念自己的朋友? 他为朋友牺牲了什么? 不用说必需的时间,就是多余的、懒散的、苦恼的时间,又牺牲了多少? 我为奥利维牺牲了什么? ——因为克里斯托夫并不把自己当作例外,在他认为一切皆空时,只不包括奥利维一个人——艺术也并不比爱情更真实。它在人生中到底占了什么地位? 那些说自己热爱艺术的人是怎么热爱的? ……人的感情肤浅得难以想象。除了传种的本能——那是万物共有、主宰世界的力量——以外,感情只剩下了一堆灰烬。大多数人都生命力不足,不能整个投入热情中去。他们精打细算,谨慎到了吝啬的地步。他们做什么事都只肯出一点力,不肯全力以赴。一个毫不计较地献身于任何事,受任何苦,爱就全心全意爱,恨就全心全意恨的人,那是一个奇迹,是全世界难找到的伟人。热情也和天才一样是个奇迹。这等于说热情并不存在!……

克里斯托夫就这样想;人生却在准备证明他想错了。奇迹到处都有,就像两块石头一撞就会迸出火花一样。我们猜想不到魔鬼就睡在我们心里……

"……说话声音要轻!莫把魔鬼惊醒!……"

一天晚上,克里斯托夫随兴所至弹起琴来,安娜就站起来走了出去,克里斯托夫弹琴时,她总是这样的。似乎音乐使她感到厌烦。克里斯托夫已经不把这放在心上,也不在乎她怎么想。他接着弹他的;忽然起了一个念头,要把他弹的记下来,立刻停止弹琴,跑到他房里去拿他所需要的纸。他打开隔壁房间的门,一头撞进黑暗之中,不料在门口猛然撞到了一个僵硬笔直地站着的人。那是安娜……这突然而来的撞击吓得少妇叫了一声。克里斯托夫唯恐撞痛了她,就着急地握住她的双手。手是冰冷的。她似乎在发抖——大概是吃了一惊吧? 她含糊地解释说:

"我在餐厅里找……"

他没听见她找什么? 也许她根本没有说。他只觉得奇怪:没有灯怎能找东西? 但他已经习惯于安娜的怪脾气,所以也不在意。

一个小时以后,他又回到了小客厅,和布劳恩夫妇共度这晚上的时光。他坐在桌子前,在灯下写作。安娜坐在右边,在桌子的另一头,缝缝补补,埋头干活。在他们后面,布劳恩坐在壁炉旁边的矮椅子上看杂志。三个人都不说话。只断断续续地听见雨点沙啦沙啦地落在花园的沙路上。克里斯托夫怕打搅,身子转过去四分之三,背对着安娜。在他对面墙上挂了一面镜子,镜子里看得见桌子、灯,和埋头工作的两张脸。克里斯托夫仿佛感到安娜在看他。他起初并不在意;但老想到这件事真讨厌,他就抬起头来看看镜子,果然看见……她的确在瞧他。那是什么样的目光啊! 他也愣住了,就屏住气,在镜子里看她。她不知道他在观察。灯光照在她苍白的脸上,向来严肃而沉默的表情显得凝聚,更粗野了。她的眼睛——这双看不透的、不相识的眼睛——正盯着他:眼色是暗蓝的,眼珠很大,眼光既热烈又冷酷;盯住他的眼睛仿佛在搜索他的心,带着一股虽不出声、却不放松的热情。这是她的眼睛吗? 难道这可能是她的眼睛? 他看是的,但他不信。他当真看到了吗? 他忽然转过身来……那双眼睛低下去了。他设法要和她交谈,要勉强她抬起头来正面看他。那张毫无表情的面孔答话了,但还低头干活,眼睛依然深藏在淡蓝的眼皮和又短又密的睫毛构成的看不透的阴暗里。如果克里斯托夫不是自信亲眼目睹的话,他真会怀疑自己又上了幻想的当。但他相信自己没有看错……

然而,他的精神又集中起来工作了,他对安娜并不太感兴趣,这个奇怪的印象也就不会长久缠住他。

一个星期之后,他在试弹一支新作的歌曲。布劳恩也有个怪脾气,喜欢摆摆丈夫的派头,逗逗妻子,要让她唱唱歌或弹弹琴,这个晚上,一定要她表演。平时,安娜只干巴巴地说声不行;然后,不管丈夫是要求、恳请,还是逗弄,她都懒得回答,只是咬紧嘴唇,仿佛没听见。这一次,使布劳恩和克里斯托夫大出意外,她居然收拾好活计,站了起来,向着钢琴走去。这支新歌是她从来没有看到过的,她却唱了起来。这真像个奇迹——简直就是奇迹。她的声音深沉,一点也不像她平时那样沙哑、模糊。第一个音符开始,她就唱得既稳又准,一点也不困难,一点也不费力,使乐句显得有气魄,既动人,又纯洁;她自己也升华到了热情洋溢的状态,连克里斯托夫都震颤了,因为在他听来,她唱出了他内心的声音。在她唱的时候,他目瞪口呆地瞧着她,这一回他才头一次看出了她的真面目。他看见她蒙眬的眼睛里燃烧着野性的火光,热情奔放的大嘴镶着轮廓鲜明的嘴唇,放纵欲望的笑容显得有点沉重残忍,露出了一口整齐的白牙齿,一只健美的手放在琴谱架子上,结实的身体受到了衣着的束缚,因为生活太简朴而消瘦了,但还是看得出青春的活力,匀称的体形。

她唱后又去坐着,手放在膝上。布劳恩说了句好话,但嫌她唱得不温柔。克里斯托夫没说什么。他瞧着她。她知道,茫然笑了。那天晚上,他们之间是无声胜有声。她明白刚才超越了自己,也许是第一次实现了"自我"。但她并不明白是怎么搞的。

从这一天起,克里斯托夫开始注意观察安娜。她又恢复了沉默寡言、冷漠无情、拼命干活的状态,使她丈夫恼火。其实,她是要麻痹动荡不安的天性,消除隐约出现的念头。克里斯托夫枉然想摸她的底,他在她身上看到的只不过是当初那个拘谨的小市民。有时,她什么事也不做,瞪着眼睛出神。离开她时,她是这样,一刻钟后看到她时,还是这样,她一动也不动。她的丈夫问她在想什么,她才从迷糊的状态中清醒过来,微微一笑,说她什么也不想。而她说的倒是实话。

没有什么情况能够使她心慌意乱,失去镇静。一天她正在梳妆,酒精灯爆炸了。突然一下,安娜被火围住。女仆赶快跑开,高声呼救。布劳恩也慌了手脚,叫得像是他烧伤了。安娜撕开了寝衣的搭扣,把着了火的裙子从下身脱掉,踩在脚下。克里斯托夫糊里糊涂抓了一个水瓶,慌慌张张跑来,看见安娜只穿了一条衬裙,光着胳膊,站在椅子上,不慌不忙地用两只手去扑灭窗帘上的火。她烧伤了,但是不说,仿佛只怪人家看见她赤身露体似的。她脸红了,很不自然地用两条胳膊遮住肩头,露出有失尊严的神气,走到隔壁房间里去。克里斯托夫佩服她的泰然自若,但说不出她的镇静是表示勇敢呢,还是感觉迟钝呢?他倒倾向于是麻木不仁。实际上,这个女人似乎对什么都不感兴趣,不管是对别人还是对自己。克里斯托夫怀疑她根本没有感情。

等到他亲眼目睹了另外一件事,他更觉得他的怀疑不错。安娜有一条黑色的小狗,眼睛既伶俐又驯良,成了全家的宠儿。布劳恩喜欢它。克里斯托夫关在房里要工作时,往往把它带去,把门一关,却不工作,反倒同它玩起来了。他出门时,它在门口等他,跟着他寸步不离;因为他散步要有一个伴。它在他前面跑,四条小腿不擦地跑得像飞一般。它跑跑停停,因为跑得快而得意洋洋;它瞧瞧他,并且挺起胸来。它要炫耀自己,会对一块木头狂吠;但一看见远处有条狗,它就赶快退了回来,战战兢兢地躲在克里斯托夫的两腿之间。克里斯托夫笑它,也喜欢它。自从他不和人往来之后,倒觉得和动物更亲近,感到它们可怜。这些可怜的小动物,只要你对它们好,它们就会全心全意、毫无保留地信任你!你绝对掌握了它们的生死大权,如果要虐待这些完全信任你的弱小动物,那真是滥用权力,令人厌恶。

可爱的小黑狗虽然对大家都亲热,但还是特别喜欢安娜。安娜并没有做什么事来赢得它的喜爱,只是高兴抚摸它,让它蹲在膝上,喂它吃东西,总而言之,女主人的喜爱充其量不过如此。有一天,小黑狗不小心被压在汽车轮子底下。它几乎是在主人眼前给压倒的。那时它还没死,叫得很惨。布劳恩连帽子也来不及戴,就跑了出去,抱起这血淋淋的小动物,至少要尽力减轻它的痛苦。安娜过来看了一眼,连腰也没有弯下,就露出厌恶的神气走开了。布劳恩眼睛里含着泪水,无可奈何地看着小生命垂死挣扎。克里斯托夫捏紧了拳头,在花园里大步走着。他听见安娜平静地吩咐女仆做事,就问她:

"难道你不难过?"

她答道:

"谁也救不了它,是不是?那还不如不想反倒好些。"

他不禁恨起安娜来了;然后一想,觉得她的回答荒唐,倒笑了起来。他自言自语说:安娜有什么秘诀,可以不去想难过的事,如果能告诉他倒也好了;又说:那些侥幸没有感情的人,生活反倒容易过啊。他想到万一布劳恩死了,安娜也不会太难过的,于是他又暗自庆幸,还好自己没有结婚。单身的生活在他看来并不那么难过;习惯的锁链把你的一生和一个恨你的人结合在一起,或者(更坏的是!)和一个不在乎你的人结合,那才要了命。肯定地说,这个女人谁也不爱。虔诚信教使她的心干枯了。

十月底的一天,她使克里斯托夫大吃一惊——他们围桌而坐。克里斯托夫和布劳恩在谈一件轰动全城的情杀案。在乡下有两个意大利姑娘,是两姊妹,都爱上了同一个男人。两个人都不愿舍己为人,就用抽签的办法来决定哪一个让位。失败者应该跳莱茵河自杀。但抽签后,不走运的那一个却不急于执行决定。另外一个见她这样背信弃义,甚至动了刀子;忽然一下,风向转了;两姊妹哭着互相拥抱,发誓说两个人谁也少不了谁;然而她们又都不肯让步,分享一个情人,于是决定把他杀死。说到做到。一天夜里,两个多情少女把她们的情郎叫到房里来,情郎左右逢源,得意洋洋;不料她们一个热情地用胳膊把他抱住,另一个也热情地用刀子捅他的背。人家听见他的喊叫,跑来把他可怜兮兮地从两个情人的怀抱里拉了出来,并且逮捕了两姊妹。她们抗议说:这不关别人的事,只和她们两人有关,既然她们同意这样解决自己的问题,别人是无权过问的。那个受害的情郎几乎也同意她们的理由;但是法律不肯容情。而布劳恩也不理解。

"她们疯了,"他说,"疯得该绑起来!一定要把她们关进疯人院去……我可以理解为爱情而自杀的人。我甚至可以理解受了情人欺骗而要杀他或她的人……这就是说,我并不原谅这种人;只认为这是遗传野性的余毒;这是野蛮的,但还合乎逻辑,因为你会杀死使你痛苦的人。但要杀死一个你爱的人,远日无怨,近日无仇,仅仅是因为别人也爱他,这不是发了疯吗?……你能不能理解,克里斯托夫?"

"哼!"克里斯托夫说,"不理解的事多着呢。爱情就是不合理性。"

安娜一直没有做声,仿佛根本没听,这时却抬起头来,用平静的声音说:

"没有什么不合理性。这是很自然的。一个人在爱的时候,总怕别人抢去,所以损害情人也在所不惜。"

布劳恩瞧瞧他的妻子,发起愣来,他敲敲桌子,两臂交叉,说道:

"你这条鱼是哪里犯错误来的?……怎么!用得着你多嘴吗?真见

鬼！你知道什么？"

安娜脸有点红了,就不再开口。布劳恩接着说:

"一个人在爱的时候,会损害他爱的人吗？……真是胡说八道,奇谈怪论！损害自己爱的人,就是损害自己……然而,和你说的相反,一个人在爱的时候,感情自然会为情人做好事,因为他为你做了好事,你会疼爱他,保护他,对他好,对一切都好。爱就是人间的乐园。"

安娜眼睛盯着黑暗的地方,让他爱怎么说就怎么说,只是摇摇头,冷冷地说了句:

"一个人在爱的时候,心眼并不好。"

克里斯托夫不敢再经受这种考验,他不再听安娜唱歌了。他怕……幻想破灭就是别的什么。他也说不上来。安娜也有同样的害怕。他一开始弹琴,她就避免留在客厅里。

但十一月的一天晚上,他在炉边读书,看见安娜坐在那里,活计放在膝上,又沉浸幻想中了。她茫然望着空中,而克里斯托夫却以为在她眼中又看到了那天晚上热情闪烁的异光。他就把书关上。她感到了他的眼神,又干起活来。在低垂的眼皮底下,她什么都看得见。他站起来说:

"来吧。"

她瞪着眼睛看他,眼里还漂浮着犹疑不安,明白之后,就跟着他走了。

"你们到哪里去？"布劳恩问道。

"去弹琴。"克里斯托夫答道。

他弹。她唱。他立刻又发现了她像头一次那样热情奔放,平步青云,一下就进入了英雄世界,仿佛那本来就是她的气概。他继续做他的试验,又弹了第二支曲子,接着,还弹了更高昂的第三支,把幽禁在她心中的热情都释放出来,飞到九霄云外,自己也飞到九天之上;然后,他忽然停下,眼睛盯着眼睛问她:

"你到底是什么人？"

安娜回答:

"我不知道。"

他唐突地问:

"你身上有什么东西教你这样唱的？"

她答:

"只有你教我唱的东西。"

"是吗？那好，我的歌总算没有找错喉咙。我正怀疑是我作的歌还是你作的呢？你，你是怎么想到这些东西的？"

"我也不知道。我以为一个人唱歌的时候就不再是自己了。"

"我呢，我倒以为只有这时你才是真正的你。"

他们不说话了。她因为出了汗，脸上有点润湿。她的胸脯不声不响，一起一伏。她眼睛盯着烛光，机械地用手指刮掉烛台边上的蜡。他瞧着她，随便按了几下琴键。他们感到拘束，勉强说了几句话，语气不太自然，还想敷衍几句，却实在说不下去，因为他们不敢深谈……

第二天，他们几乎没有谈话，只是偷偷地互相看一眼，两个人心里都有点害怕。但是他们已经养成了晚上在一起弹琴唱歌的习惯。不久，甚至下午也唱了，而且每天时间越拉越长。一听音乐，她就热情附体，不可思议地从头到脚都燃烧起来，这个虔诚信教的普通少妇在唱歌时变成了一个不可抗拒的爱神，变成了一切狂热心灵的化身。

布劳恩惊讶地发现安娜忽然唱歌入了迷，但却懒得寻根问底，以为这不过是女人心血来潮而已；他自己也旁听这个小小的音乐会，摇头晃脑地打拍子，发表他的意见，觉得非常幸福。其实他更喜欢柔和的音乐，认为这样浪费力气未免太划不来。克里斯托夫在这种气氛中闻到了危险的气息；但他已经晕头转向，刚经过的这场危机削弱了他，使他失去了抵抗力，意识不到自己心里在想什么，也不愿知道安娜在想什么。一天下午，她热情洋溢、如醉似狂地唱了一半，忽然停下，也不解释，就走了出去。克里斯托夫等她，她没回来。半小时后，他走过安娜门前的过道，从半开的房门中看到安娜在屋子里祈祷，阴沉沉，冷冰冰的。

然而，一点点，很少一点点信任感渐渐渗入了他们心中。他设法要她谈她的过去；她说的只是平淡无奇的琐事；好不容易他才一点一滴地了解到了一些详细情况。加上布劳恩人老实，说话容易漏嘴，他才隐隐约约看到了她这一生不愿告人的秘密。

她是在本地出生的，姓桑弗尔，名字叫安娜·桑弗尔。她父亲玛丁·桑弗尔是个百万富翁，家庭世代经商，社会地位所感到的骄傲，宗教信仰的严格要求，在他家是根深蒂固的。他有冒险精神，像很多同乡一样，在遥远的地方度过了不少年月，到过东方、南美，甚至大胆冒险去了亚洲中部；驱使他的动力既是家族的商业利益，又是对科学的爱好，也是他个人的乐趣。在世界上转了一圈之后，他像滚动的石头一样非但没有长出青苔，反而把古老的成见都像石头上原有的青苔一样磨掉了。结果,回到本地,他性子急,又固执,不顾家里人的强烈反对,竟娶了附近一个乡下人名声不好的女儿,而且是先做情妇后结婚的。结婚是他保住这个漂亮姑娘的唯一办法,他对她已经是难舍难分了。家族要行使否决权也没有用,只好把这个不承认家族神圣权利的叛逆拒之门外。当地算得上是重要的人物,对有关道德的集体尊严,按照习惯是团结一致的,于是对这两个恬不知耻的人采取了一致行动。冒险家吃一亏长一智,恍然大悟,要反抗宗派主义的偏见,在基督教国家和在大喇嘛教的国家是一样危险的。他又不够坚强,不能置公共舆论于不顾。他已经动用了大部分家产,却在哪里也找不到工作,大家都对他关上了门。全城人对他毫不留情,他又气又羞,精疲力竭。他的身体因为放荡过度而消耗殆尽,加上火气攻心,再也支持不住。结婚五个月后,他死于中风症。他的妻子是个好人,但是软弱,没有头脑,结婚之后没有一天不哭,丈夫死后四个月,她也在产床上去世了,却把可怜的小安娜留在她永远离开了的人世。

玛丁的母亲还活着。但她一点也不原谅,甚至不原谅临死的儿子,也不原谅她不承认的媳妇。但等到媳妇死后——老天的报应使她消了一口气——她就把孩子带回来抚养。这位老奶奶是个虔诚而狭隘的信徒,有钱但不肯花,在老城一条阴暗的街上开了家绸缎铺。她对待儿子的女儿,与其说是孙女,不如说是发善心收养的孤儿,所以把她当作半个卖身投靠的丫头。然而,她使孩子受到的教育却是小心在意的,对她严格得到了不放心的地步;似乎认为父母有罪,孩子也有罪,所以拼命要她为父母赎罪似的。她不许孩子有一点娱乐;孩子自然的动作、言语,甚至思想,都被当成罪恶而要受到惩罚。她杀死了这条年轻生命中的一切欢乐。安娜从小就习惯于教堂里的烦闷,但不敢说出来;她在那里看到地狱的恐怖,孩子的眼睛在忧郁的眼皮下每个星期天都在老教堂门口看到不正派的、扭曲了的塑像,两腿之间烈火熊熊,腿上和腰间爬着蛇和蛤蟆。她习惯于压抑天性,对自己说谎。一到能够帮奶奶做事的年龄,她就从早到晚都在阴暗的铺子里干活。她也养成了和周围的人同样的习惯,做事按部就班,闷闷不乐地节省,损己不利人地刻苦,厌倦得对什么都无所谓,什么都瞧不起的态度,阴郁寡欢的人生观,这些全是勉强信教的自然结果。她专心一意地信教,连老奶奶都觉得过分了;她斋戒、苦行都过了头;有一段时间,她居然穿上带针的紧身衣,只要她一动,针就会刺进肉里去。人家看见她脸发白,不知道是什么缘故。一直等她晕倒了,才把医生请来。她不肯让医生检查——宁死也不愿在男人面前脱掉衣服——但承认了是针刺的结果,把医生气得火冒三丈,她才答应以后不再干了。奶奶为了稳当起见,从此总要检查她的衣着。安娜这样折磨自己,但并没有感到人家所说的那种神秘的快乐;她不知道那是需要想象力的,而她偏偏不懂男女圣徒苦行的诗意。她的虔诚是忧郁的,不是精神上而是物质上的。在她折磨自己的时候,并不是为了期待来世的幸福,而是因为难以忍受的苦恼翻来覆去地折磨她,只有疯狂地虐待自己才能勉强得到苦中之乐。说起来奇怪得令人难以相信,这颗像老奶奶一样冷酷无情的心,居然对音乐打开了大门,令人莫测高深。但对其他艺术她却大门紧闭;她几乎从来没有认真看过一幅图画;似乎对造型美毫无感觉,因为她既冷漠又骄傲,所以缺乏风趣;一个美丽的人体在她心中只能引起赤裸裸一丝不挂的念头,这就是说,像托尔斯泰谈到农民一样感到厌恶;这种厌恶在安娜身上更加强烈,因为她模模糊糊地看出,在她和她喜欢的人在一起时,感到听不见的欲望刺激,远远多于不出声的审美印象。她既没有想到自己的美,也没想到压制自己本能的力量;或者不如说,她并不愿想到因为她习惯于对自己说谎,结果却真骗了自己。

　　布劳恩是在一次结婚喜筵上见到她的,她去参加宴会是非常难得的事,因为她的出身问题一直使她名声不好,很少有人请她赴宴。那时她二十二岁。布劳恩注意到了她。并不是她设法要人注意。在餐桌上,她坐在布劳恩旁边,绷紧了脸,衣服绑在身上,很少开口说话。但布劳恩却不停地对她说话,这就是说,在宴席上他一个人喋喋不休,回来后还余兴未尽。他看人并不深入,但却觉得邻座的姑娘单纯老实,心平气和,非常懂事;他还喜欢她健康的身体,看来一定善于操持家务。他就去拜访老奶奶,下次来又提出亲事,老奶奶答应了,但是没有嫁资。桑弗尔老太太把她的全部财产都捐给了本城,以振兴商业。

　　在任何时候,这个年轻女人对丈夫都没有爱情;在她看来,良家妇女似乎不该有爱情的念头,而该把爱看成罪恶,避之唯恐不及。但她知道布劳恩的好意是多么难得,虽然她没有说出口,心里是感激他娶了她的,因为他不在乎她不清白的家世。此外,她非常尊重婚姻的道德。自从他们结合七年以来,没有什么事来扰乱家庭的安宁。两口子在一起生活,虽不互相了解,却也没有什么担心;在大家眼里,他们是一对模范夫妻。他们很少一同出门。找布劳恩看病的人相当多,但医生没法要人家接受他的妻子。她不讨人喜欢;而她出身的污点也不容易完全洗刷干净。安娜那一方面并没有做出什么努力来使人家接受她。她小时候受够了轻视,受够了气,也积怨难消。再说,她在人面前总觉得不自在,并不会怪别人把她忘了。丈夫的利益需要她拜访或接见不得不拜访的人。这些女客人是些爱打听、喜欢说坏话的小市民。安娜不喜欢听她们说长道短,也不肯费力去掩饰她的漠不关心。这是不可原谅的事。因此,客人越来越少,安娜也越来越孤独。这正是她巴不得的情况:不再有什么事来打扰她,她可以反复做她的梦,沉醉在肉体朦朦胧胧的嗡嗡声中。

几个星期以来,安娜似乎病了,脸颊凹了下去。她避开克里斯托夫和布劳恩,白天只待在卧房里,沉浸在思想中;人家和她说话,她也不答。布劳恩平时不太受女人任性的影响。他还向克里斯托夫解释。几乎像所有注定了要受女人骗的男人一样,他自以为很了解女人。的确,他相当了解她们,但他的一知半解无济于事。他知道她们往往脾气一发作,就一味胡思乱想,怎么也不说话,心里不怀好意;他觉得那时只好让她们去,不必去搞明白,尤其是不要深入到危险区,那就是她们的精神沉浸在里面的潜意识世界。然而他还是开始担心安娜的健康。他认为她消瘦的原因是她的生活方式有问题,她老关在家里,从来不去城外,甚至不出家门。他要她去外面走走。但又没有工夫陪她:星期天,她要忙着尽宗教义务,其他日子,他又要忙于看病。至于克里斯托夫,他避免同她一起出去。有一两回,他们同在附近走走,只走到城门口,就感到无聊得要死,一句话也说不出,舌头要失业了。对于安娜,大自然似乎并不存在;她什么也没看见;田野对她只不过是草和石头;她的感觉冻结了。克里斯托夫设法要她欣赏一片美丽的景色。她瞧了瞧,冷冰冰地微微一笑,勉强要讨好似的说:

"哦!是的,这很神秘……"

她说话的口气就像在说:

"今天太阳很好。"

克里斯托夫气得连指甲都掐进巴掌里去了。从此以后,他再也不问她;她要出去,他就找个借口留在家里。

其实,安娜对大自然并不是没有感觉。不过她不喜欢大家异口同声赞美的风景,她看不出那有什么与众不同的地方。她喜欢乡下,不管哪一个——只要有土地和空气就行。但她并不觉得自己喜欢,就像她察觉不到其他强烈的感情一样;和她生活在一起的人自然更察觉不到。

布劳恩说了又说,要他的妻子到郊外去玩一天。她怕麻烦,就答应了,免得他纠缠。郊游安排在星期天。医生高兴得像个孩子,偏偏在出发前的片刻,来了一个急诊病人。只好让克里斯托夫陪安娜去。

冬天没有下雪,天气很好,空气纯净寒冷,太阳很大,天空是蔚蓝的,北风却吹得人冰凉。他们上了郊区的小火车,向着遥远的光环一般绕着市区的一带青山开去。他们的车厢里挤满了人;他们给人群分开了。两个人都不说话。安娜显得阴沉沉的:头一天晚上,她忽然出乎布劳恩意料,说第二天不去做礼拜了。这是她有生以来第一次不去礼拜堂。是不是表示反抗呢?……谁说得出她内心的斗争?她瞪着面前的长凳,脸色苍白……

他们下了火车。在开始走的时候,两个人带有敌意的冷淡态度一点也没有缓解。他们并排走着;她的步子很稳,一步一个脚印,对什么也不注意看;两条胳臂像钟摆似的摇来摆去;鞋子的后跟碰到冻硬了的土地就橐橐响。渐渐地,她的脸上有了生气。走得快使她苍白的脸颊变红了。她半开的嘴唇呼吸着新鲜空气。在一条鞋带般的小路上,她向上走到了一个拐弯的地方,然后像一头山羊似的一直往上爬;沿着一个石矿爬的时候,她几乎要跌倒了,就赶快抓住小树丛。克里斯托夫跟住她。她爬得越来越快,滑倒了,又用手抓住草爬起来。克里斯托夫叫她歇一下。她不回答,弯着腰一个劲儿往上爬。他们穿过了银色的轻纱一般笼罩着山谷的大雾,攀缘着刺破雾帐的小树丛,到了温暖的阳光照射着的山头。一到山顶上,她回过头来,容光焕发,张开了嘴呼吸。她带着嘲笑的神气看着克里斯托夫爬坡,脱下大衣,朝他扔过去,然后不等他喘过气来,又接着往前跑了。克里斯托夫在后面追她。他们玩得来劲,沉醉在新鲜空气中。她跑向一个陡坡;脚下的石头乱滚,她并没有摔倒,只是滑呀,跳呀,一支箭似的往上跑。她时不时地向后看上一眼,看看把克里斯托夫丢下了多远。等到他走近了,她又钻进树林里去。枯叶在脚下沙沙响,她拨开的树枝又打在她脸上。等到树根绊住了她的脚,他才抓住了她。她拳打脚踢地挣扎着,重重地打了他几下,想要把他打倒;她又叫又笑,靠在他身上,胸脯起起伏伏,脸颊都碰着了;他沾上了安娜额头的汗水,呼吸到她头发上的湿气。她使劲一推,把他推开,不慌不忙,用挑衅的眼光瞧着他。他目瞪口呆,不知道她哪里来的力气,平时一点也看不出来。

他们向附近的村子走去,轻松愉快地踏着干草,一踩干草就翘起来。在前面的田野里飞着寻找食物的乌鸦。太阳晒人,北风寒冷刺骨。克里斯托夫挽着安娜的胳膊。她穿的衣服不厚;他感觉得到衣服下面汗淋淋、暖烘烘的肉体。他要她穿上大衣,她不肯,为了充好汉,反倒解开了领扣。他们在一个小客店的餐桌前坐下,招牌上画了个"野人"。客店门前有棵冷杉树。餐厅里挂了德文的四行诗,两张彩色石印画,一张抒情画叫"春天",一张爱国历史画叫"圣雅克之战",还有一个十字架脚下刻了一个骷髅。安娜胃口很大,这是克里斯托夫从没见过的。他们高高兴兴地喝了一点白酒。午餐之后,他们又像两个好伙伴一样穿过了田野。心里并没有暧昧的念头。他们只想到走路的乐趣,想到载歌载舞的血肉之躯,想到刮脸的冷气寒风。安娜的舌头也摆脱了束缚。她不再前怕狼、后怕虎了;她随便说话,心里想到什么,口里就说什么。

她谈到童年的往事:祖母把她带到一个住在大教堂附近的老朋友家里去;两个老太婆谈话的时候,就打发她到教堂阴影笼罩下的大花园里去玩。她坐在一个角落里不再动了,只听着树叶的颤抖,注意昆虫的动静;她既快活又害怕——不敢说她怕魔鬼;她的想象中充满了恐惧,人家告诉她魔鬼总在教堂周围转,不敢进去;她以为魔鬼变成了那些小动物:蜘蛛,蜥蜴,蚂蚁,还有在树叶下,在土地上,在墙缝里蠢蠢欲动的奇形怪状的小东西——接着,她又谈到她住过的房屋,不见阳光的卧室,她高高兴兴地回忆往事,回想自己睡不着的夜晚怎样给自己编故事……

"什么故事呀?"

"乱编的故事。"

"讲给我听听。"

她摇摇头,不肯讲。

"为什么?"

她脸红了,笑着又说一句:

"还有白天,我做事的时候也编。"

她想了一下,又笑了,结果才说:

"都是胡思乱想,不好的事。"

他开玩笑说:

"难道你不怕吗?"

"怕什么呀?"

"怕下地狱呗?"

她顿时冷若冰霜。

"不应该谈这个。"她说。

他赶快换话题,说佩服她刚才爬山时推起人来力气真大。她又恢复了信任的表情,说她小时候就有力气——她不说女孩而说"男孩",因为她从小就想混在男孩子堆里打架玩耍——有一次,她和一个比她高一头的男孩在一起,她忽然打了他一拳,希望他会还手。没想到他却溜了,边走边喊,说她打人。还有一次在乡下,她忽然爬到一条正在吃草的黑母牛背上;母牛吃了一惊把她摔下来,撞在树上,几乎要了她的命。她还打主意从楼上的窗口跳下来,看看自己敢不敢跳,还好只扭伤了脚。她一个人在家的时候,就做一些花样翻新的稀奇古怪的危险动作;她把身体做试验品,看看是不是经得起别出心裁的种种考验。

"谁想得到你会做出这种事来?"他说,"你看起来多庄重啊!……"

"啊!"她说,"有些日子我一个人待在房里,人家看见不知道会说什么呢!"

"怎么!现在还这样吗?"

她笑了。她问他——从一个话题跳到另一个——打猎不打猎。他说不打。她就说有一次她向一只乌鸦开了一枪,却打中了。他听了很生气。

"嘿!"她说,"这有什么关系?"

"人难道没有人心吗?"

"我不明白。"

"难道你没想到鸟也像我们一样有一条命吗?"

"想到的,"她说,"我正要问你呢:你以为鸟兽也有灵魂吗?"

"我以为有。"

"牧师却说没有。我呢,我相信是有的。首先,"她又认真地加了一句,"我相信我前生就是鸟兽。"

他笑了起来。

"这没有什么可笑的,"她说(她自己也笑了),"这就是我小时候编的一个故事。我想象自己是猫、狗、小鸟、小马、小牛。我在我身上感觉得到它们想要什么。我巴不得钻进它们的皮肉里面,或者羽毛下面,哪怕一个小时也行;我似乎真在它们身体内了。你不明白吗?"

"你真是个怪物。既然你觉得和鸟兽是同类,怎么能伤害它们呢?"

"人总是要伤害某个人的。有人伤害过我,我也伤害过人。这是难免的事。我并不怪别人。做人不能软弱!我就时常伤害自己,只是为了好玩!"

"伤害自己?"

"伤害自己。喏,有一天,我拿了一把锤子,把一个钉子扎进手里去了。"

"为什么呢?"

"不为什么。"

(她没有讲她想把自己钉在十字架上。)

"把手给我看看。"她说。

"你要干什么?"

"给我看看。"

他伸出手来。她一把抓住,使劲地捏,捏得他叫起来了。他们像两个乡下人一样玩,看谁能使对方更痛。他们都很高兴,没有什么杂念。世界上的其他一切,生活的枷锁,过去的忧愁,将来的恐惧,在他们心里乌云密布的风暴,一切都消失了。

他们走了好几里路,一点不觉得累。忽然她站住了,坐了下来,躺在干草上,不再说话。她脸朝上,头枕着胳膊,眼望着天。多么安静!多么柔和!……几步路外,隐隐约约听见一道泉水断断续续的淅沥声,时弱时强,好像流通的血脉。遥远的天边露出了珍珠的光彩。雾气笼罩着紫色的大地和光秃秃的黑色树木。冬天将尽的太阳,奶色未干、淡黄的太阳入睡了。飞鸟划破长空,像闪闪发光的箭。乡下温情脉脉的钟声遥相呼应,此起彼伏……克里斯托夫坐在安娜旁边,端详着她。她却没有想到他。她美丽的嘴平静地笑着。他想:

"这真是你吗? 我不认得你了。"

"我也不认得我自己了。我想我成了另外一个女人。我不再害怕;我不再怕上帝……啊! 上帝压得我透不过气来,使我痛苦! 我似乎钉在棺材里……现在,我透过气来了;这个肉体,这个心灵,都属于我自己。我的肉体。我自由的肉体。我自由的心灵。我的力量,我的美丽,我的欢乐! 但我以前却不知道,我以前也不认识我自己! 你是怎么使我认识自己的呢?……"

就是这样,他以为自己听见了她轻轻的叹息。其实,她什么也没有想,只是觉得幸福,觉得一切都好。

黄昏已经来临。在深灰淡紫的雾色中,才四点钟,太阳就疲倦得活不下去了。克里斯托夫站了起来,走到安娜身边。他弯下了腰身。她转过头来看他,眼睛因为悬望着茫茫的天空而感到晕眩。过了好几秒钟,她才认出他来。于是,她的眼睛带着谜一般的微笑盯住他看,要向他倾吐眼里的苦闷。他要逃避烦恼,就闭上眼睛。过了一会,等他再睁开眼时,她还一直在瞧着他;仿佛他们这样互相凝视,已经有几天了。他们看见了对方的心灵。但他们都不愿意知道看到了什么。

他伸出手来。她握住他的手,没有说一句话。他们回到村子里去,还看得见下面山谷中的教堂钟楼,像扑克牌里的黑桃尖子;一个长了苔藓的屋顶上有一个空鸟巢,看起来好像一顶小圆帽。在村口的十字路上,他们走过一个喷水池,池上有一个天主教圣女玛德琳的木刻像。圣女和蔼可亲,娇小玲珑,笔直站着,伸出了手臂仿佛礼尚往来似的。安娜也本能地伸出手臂,爬上了石栏杆,在美丽的圣女手中放上几枝冬青,几个花楸的红浆果,那是鸟嘴和霜冻的劫后残余。

在路上,他们碰到一群群穿节日服装的乡下男男女女。女人皮肤都晒黑了,脸颊颜色也深,绾着蛋壳形的大发髻,穿着浅色裙子,帽子上插了花。她们戴了红袖套和白手套,平平静静地用尖嗓子不大准确地唱着普通的歌曲。一条母牛在牛棚里哞哞叫,一个患了百日咳的孩子在屋里咳嗽。从远一点的地方传来了带鼻音的单簧管和带活塞的短号吹奏的音乐。大家在乡村酒店和墓地之间的广场上跳舞。四个乐师在桌子上居高临下地奏乐。安娜和克里斯托夫坐在客店门口瞧着舞客。他们一对对、一双双挤来撞去,大声叫唤。女孩子也叫起来凑热闹。酒客用拳头在桌上打拍子。换了一个时间,这种粗俗的娱乐本来会使安娜生厌的;但那天晚上,她却觉得有趣,脱了帽子,容光焕发地瞧着。克里斯托夫看到乐师和音乐都认真得滑稽,不禁笑出声来。他从衣袋里掏出一支铅笔,在客店账单的背面标出了一些横线和音符,写出了跳舞的歌曲。一张纸不久就写满了,他又要了一张,还像头一页那样涂满了匆匆写就的潦草墨迹。安娜的脸挨近他的脸,从肩头上看他写,并且低声唱着,猜乐句怎样结束,猜对了或大出意外,她就拍起手来。写完后,克里斯托夫把手稿交给乐师。他们都是德国山区懂音乐的内行,毫无困难地演奏起来。乐调带有几分感情,也有几分荒唐,节奏显出了矛盾,仿佛在用阵阵笑声打拍子似的。这种要笑的冲动简直不可能抗拒,大家不禁手舞足蹈起来。安娜投入了跳圆舞的人群,随便抓住两只手,像个疯子似的打转;头发上的一支贝壳别针掉下来了,鬈发一松就在脸上飘来飘去。克里斯托夫的眼睛没有离开过她,他欣赏这头热情奔放的美丽而健康的动物,在这以前,她一直给不近情理的清规戒律压得一言不发,一动不动;从来没人见过她像现在这样,真是戴了一副向人借来的假面具,简直成了一个沉醉在生命力之中的女酒神。她叫他。他跑了过去,把她抓住。他们跳起舞来,转来转去,一直转得要撞到墙上,他们才晕头转向地站住。天完全黑下来了。他们休息了一会,才向大伙儿说再见。安娜平时不是难为情,就是瞧不起,对乡下人很生硬,这次却和和气气地同乐师、客店老板,以及同舞的乡下青年男子——握手。

他们又只剩下了两个人,在寒冷的星光下,重新穿过田野,走上了他们白天走过的小路。安娜还很兴奋。渐渐地,话越来越少了,后来,疲倦的感觉和黑夜的神秘感使她一言不发。她只是亲热地靠在克里斯托夫身上。走下她几个小时以前爬上的山坡时,她叹了一口气。他们到了车站。走到头一所房屋附近,他站住了,瞧瞧她。她也瞧瞧他,惆怅地对他微笑。

火车里的人和来时一样挤。他们不能谈话。他坐在她对面,用眼睛盯着她。她低着头,抬起来看了他一眼,就转过眼睛,再也不看他了。她望着窗外,一片黑夜。她嘴唇上浮起了朦胧的笑意,嘴角上露出了倦容。然后,笑意消失了。表情显得闷闷不乐。他以为是火车的节奏催得她昏昏欲睡,就努力找话谈。她却难得回答一句,头也不转过来。他要说服自己她是累得这样的,但他分明知道这并不是原因。离城越近,他看安娜的脸越没有表情,生命之火熄灭了,富有野性美的肉体又装进了石头般的躯壳。下车时,她不扶他伸出来的手。两个人默默无言地回去。

几天之后,大约下午四点,他们两个人待在一起。布劳恩出去了。从头一天开始,城市就笼罩在淡绿色的雾中。无影无踪的河流发出了汹涌澎湃的声音。电车在雾中闪闪烁烁。日光熄灭了,压得出不了气;简直看不出是什么时间,钟点已经失去了现实意义,这是计算在世纪之外的时刻。前几天刮起了刺骨的寒风之后,潮湿的空气忽然变温和了,暖洋洋、软绵绵的。雪使天膨胀了,似乎要把天压垮。

他们两个人待在一起,客厅里冷漠而呆板的气氛反映了女主人的性格,他们都不说话。他在看书。她在做针线活。他站起来走到窗前,把宽大的脸庞贴在窗玻璃上,待在那里出神;这一片朦胧的光从阴沉沉的天空反照到灰蒙蒙的大地上,使他感到迷糊;他的思想觉得不安;他要明确是什么思想,但却搞不明白。一阵焦急感侵入了他的心头,他仿佛沉入了无底深渊;在生命的空虚之中,在堆积如山的废墟之下,慢慢地刮起了回旋飞舞的热风。他转过身去,背朝安娜。她没看见,一心一意在干她的活;但一个寒噤使她浑身哆嗦;她的针扎了几次手,她却不觉得疼。危险越来越近,他们两个人反倒心醉神迷了。

他挣扎着脱离了迷糊的状态,在客厅里走了几步。钢琴在吸引他,使他害怕。他就避免看琴。但走过琴边,他的手痒了,按了一下琴键。琴音像人声一样颤抖了。安娜吃了一惊,让活计掉到地上。克里斯托夫却已经坐下,弹起琴来。他没看见,但感觉到安娜已经站起,走过来站在他后面。他不知不觉地弹起那支热情的宗教歌曲来,就是她头一次对他暴露真面目时所唱的那一支;不过他临时给这个主题加上了一些热情奔放的变奏曲。他一句话没说,她就开口唱了起来。他们不再感到周围的气氛。音乐神圣不可抗拒的狂热已经把他们席卷而去……

音乐啊!你打开了灵魂深渊的大门!你破坏了精神平衡的习惯。在日常生活中,普通的心灵是锁上了的房间。在房里,得不到发挥的力量萎谢了,不便于利用的优秀品质凋残了;规规矩矩的实用理性,胆小怕事的人情世故掌握了房门的钥匙。我们只看得见合乎市民口味的招牌。但音乐手里的魔杖能够开锁。房门一开,心中的神灵鬼怪都涌现了。我们看见了赤裸裸的灵魂……只要仙女在歌唱,魔术师的眼神就能慑服妖魔鬼怪。一个大音乐家强有力的理性能使摆脱了锁链的情欲心醉神迷。但音乐一停,魔术师一走,他唤醒了的情欲就要在笼中奔腾咆哮,寻找猎物了。

歌曲一完,剩下了沉默……她唱的时候,手放在克里斯托夫的肩头。他们动也不动,两个人都在颤抖。忽然一下——像闪电一般——她弯下了腰,他仰起了头;两个人的嘴唇碰上了;她的呼吸侵入了他的身心……

她把他推开,逃离了现场。他待在黑暗中,动也不动。布劳恩回来。他们坐上餐桌。克里斯托夫不会思想了。安娜似乎心不在焉,眼睛瞧着"别的地方"。晚餐一完,她就回卧室去。克里斯托夫和布劳恩单独面面相对,实在受不了,也就回房去了。

半夜时分,医生已经入睡,却被叫醒去看病人。克里斯托夫听见他下楼出门。门外下雪已有六个小时。街道和房屋都埋在雪里。空中似乎还在飘着棉絮。街上没有人迹,没有车声。城市好像死了。克里斯托夫睡不着。他感到恐惧一分钟比一分钟接近。他动不了,仿佛钉在床上,仰面躺着,睁开眼睛。屋顶上和街道上的雪光反映到墙壁上,像飘浮着的朦胧阴影……一种几乎听不见的声音使他颤抖。一定要狂热的耳朵才听得到。有脚步声轻轻地擦过走廊的地板。克里斯托夫在床上坐了起来。轻微的脚步声走近了,站住了;有一块地板喀啦响了一下。有人站在门外,在等待……毫无动静,过了几秒钟,也许是几分钟……克里斯托夫连气也不敢出,浑身是汗。外面,大片的雪花好像鸟的翅膀擦着窗玻璃。一只手在摸索房门,把门推开。在房门口,一个白色的影子出现了,慢慢地走过来,离床只有几步时,又站住了。克里斯托夫什么也看不清,只听见对方的呼吸和自己的心跳……她走到床边,又站住了一下。他们的脸靠得这样近,他们的呼吸都交融了。他们的眼睛在黑暗中寻找对方,没有看到……她倒在他身上。两个人不声不响地互相拥抱,一句话也不说,如醉如狂……

一个小时,两个小时,一个世纪。房屋的大门开了。安娜赶快挣脱紧紧搂住她的胳膊,溜下了床,撇下了克里斯托夫,像来的时候一样,没有说一句话就走了。他听见她光着脚走越走越远,轻快的脚步擦过地板。她回到了卧室。等布劳恩进房时,看见她躺在床上,似乎已经睡着了。就是这样,她睁着眼睛,大气也不出,一动也不动,在狭窄的床上,在睡着了的丈夫身边,整整过了一夜。这样的夜晚她已经挨过了多少啊!

克里斯托夫也没有睡着。他感到了绝望。他这个人对爱情这类事,尤其是对婚姻,认真得到了悲剧性的地步。他恨那些轻浮的作家,他们的艺术就是把刺激情欲当作调味品。他对通奸尤其反感,作为平民,他粗暴的性格和高尚的道德觉得无法容忍通奸。对别人的妻子,他像对宗教一样尊敬,而在生理上又感到厌恶。欧洲上层社会有些人的性生活和狗一样混乱,使他深恶痛绝。通奸如果得到丈夫默认,那是同流合污;如果瞒着丈夫,那是卑鄙无耻,就像一个下贱的仆人在暗地里欺骗主人,使他身败名裂一样。他是多么瞧不起这种卑鄙的罪人,又曾多少次毫不留情地揭发他们啊!他曾同多少厚颜无耻的朋友断绝关系……现在却轮到他自己来干这同样下流的勾当了!而他犯罪的客观环境更使他不可原谅。他是贫病交加来到这个家庭的。一个朋友收留了他,接济了他,安慰了他。朋友的慷慨是无可指责的。朋友的帮助是不厌其烦的。他能活着全靠了朋友。作为报答,他却玷污了朋友的名誉,还破坏了朋友的幸福,安分守己的家庭幸福!他卑鄙地欺骗了朋友,为了谁呢?为了一个他不认识,他不了解,他并不爱的女人……他不爱她吗?他的血肉之躯立刻造反了。只要一想到她,烈火的洪流就在他心中燃烧,用爱情两个字来形容都显得软弱无力了。这不是爱情,但比爱情强烈一千倍……他在这种风暴中过了一夜。他一起来,就把脸浸在冰凉的水里,憋住了气,直打哆嗦。精神的危机带来了肉体的发烧。

他起来后,觉得筋疲力尽,想到她一定比自己更痛苦,更惭愧,他就走到窗前。太阳照在雪上,使人头晕目眩。在花园里,安娜正把衣服晾在绳索上。她全神贯注地干活,似乎没有什么在扰乱她的心灵。她的一举一动都显得很端庄,是他从来没见过的,使他不假思索就想到,她简直是座雕像。

吃午餐的时候,两人又见面了。布劳恩整天不在家。克里斯托夫没脸再和他面面相对。他想和安娜说话。但是没有单独见面的机会,因为女仆老是走来走去,他们不能露出形迹。克里斯托夫想看安娜的眼神,但看不到。她根本不瞧他。看不出她问心有愧的迹象,她随便什么举动都显得镇定自若,端庄稳重,甚至是前所未见的。午餐之后,他希望总有机会谈话了,不料女仆收拾起来慢吞吞的;他们到隔壁房间去,她也找个借口跟着他们,总有东西要拿来或拿走;安娜懒得关上走廊的门,女仆就在过道走来走去;好像在从半开半闭的门缝中窥视他们。安娜靠窗坐着,手里老有干不完的活计。克里斯托夫坐在安乐椅里,背朝外,手里有本打开的书,却没有看。安娜可以看到他的侧影,但一眼看见他痛苦得望着墙壁的脸孔,却只是狠心地微微一笑。在屋顶上和树枝上融化的雪点点滴滴落在沙地上,发出了清脆的声响。远处传来了打雪战的孩子们你追我赶的笑声。安娜似乎昏昏沉沉入睡了。一片沉默折磨着克里斯托夫,他痛苦得几乎要喊出来。

到底,女仆走下了楼,出了大门。克里斯托夫站了起来,转过脸来朝着安娜,正想要说:

"安娜!安娜!我们干下什么事了?"

不料安娜只瞧着他;她的眼睛本来朝下看,忽然大大张开,对克里斯托夫发出了闪闪的火光,恨不得把他吞了下去。克里斯托夫的眼睛受到冲击,身子摇摇晃晃,他要说的话都一笔勾销。他们朝着对方走去,两个人又紧紧搂住了……

黄昏铺开了阴影。他们的血还在汹涌澎湃。她笔直地躺在床上,裙子脱掉了,胳臂伸开,甚至懒得遮掩她的裸体。他把脸埋在枕头里,哼哼唧唧。她抬起身子,捧着他的头,用手摸他的眼睛和嘴唇;她把脸挨过去,把目光投入他的眼睛里。她的眼睛像湖一样深;两个人微笑着,不把痛苦放在心上。意识已经消失。他不说话。阵阵寒噤像滚滚的波涛在他们体内翻腾……

这天夜里,克里斯托夫一个人回到房中,想到了自杀。

第二天,他刚起床就找安娜。现在,是他的眼睛怕看到对方的眼睛了,他们的目光一接触,他要说的话都飞到九霄云外去了。然而,他费了好大的劲,才开口谈到他们卑污的勾当。她还没听清楚,就粗暴地用手堵住他的嘴巴。她双眉紧锁,嘴唇紧闭,做出无可奈何的表情,要离开他。他接着说。她把手里拿着的活计丢在地上,打开了门,想要出去。他抓住她的双手,把门关上,痛苦地说:能够忘记做过的亏心事,真是运气。她愤怒地挣扎着,气得叫了起来:

"不要说了!……懦夫!难道你没看见我也痛苦吗?……我不要听你说。放开我吧!"

她的脸颊下陷,目光又恨又怕,像一头受了伤的野兽;如果目光能够杀人,她会把他杀死——他松了手。她要逃避,就跑到房间的另一个角落去。他不想跟住她,心里又痛苦又害怕。布劳恩回来了。他们发呆似的瞧着他。除了他们的痛苦,一切都不存在了。

克里斯托夫出去了。布劳恩和安娜坐下来就餐。吃到一半,布劳恩忽然起来去打开窗子,因为安娜昏过去了。

克里斯托夫借口要出外旅行半个月。安娜待在家里,整个星期除了用餐以外不出房门。她又恢复了过去的意识、习惯,她自以为摆脱了过去的生活,其实谁也摆脱不了。她闭上眼睛也没有用。每一天,苦闷都要渗入她的心头,并且越来越深,结果在心里安家落户了。下个星期天,她还不去礼拜堂。但到了再下一个星期日,她又去礼拜了,从此以后,没有再间断过。她不是投降,而是屈服了。上帝成了一个敌人——一个摆脱不掉的敌人。她去礼拜,憋着一肚子的气,就像一个不得不唯命是听的女奴。做礼拜的时候,她的脸上流露出带有敌意的冷漠;但在灵魂深处,她整个的宗教生活是一场胆战心惊的斗争,是敢怒而不敢言地反抗主子的责备与压迫的斗争。她假装没听见责备,但她非听不可;她就和上帝苦斗起来,咬紧牙关,额头上皱起了一道固执的横纹,目中露出凶光。她一想起克里斯托夫就恨。她不能原谅他把自己从灵魂的监狱中救了出来,立刻又让她关进去受牢头禁子的折磨。她再也睡不着;白天黑夜,都翻来覆去想那些苦恼的事;但她并不抱怨,只是顽强地走来走去,继续料理家务,尽主妇的责任,在日常生活中,一直保持倔强的意志和难对付的性格,做起事来一板一眼,就像一架机器。她消瘦了,似乎有什么病在啃噬她的心。布劳恩亲切而担心地问她,要给她诊断一下。她却大发脾气,一定不干。她内心越觉得对他不起,外表越显得强硬。

克里斯托夫打定主意不再回来。他用疲劳来摧残自己。他长途跋涉,艰苦锻炼,划船走路,爬山。但任凭什么也扑不灭心头的火焰。

他成了热情的牺牲品。天才是生来就需要热情的。即使是最纯洁的天才,像贝多芬、布鲁克那样,也需要感情有所寄托;人的力量在他们身上都提到了更高的水平;因为他们身上的力量受到了想象的控制,所以他们的头脑没完没了地受到热情的折磨。热情往往是昙花一现的火焰,新的一来,旧的就熄灭了;而新旧火焰都融入了创造精神的熊熊烈火。但等到熔炉的热度不能使灵魂温暖时,软弱无力的灵魂就会受到热情的控制,它需要热情,创造热情,非融入热情不可……然后,除了痛苦地纠缠肉体的欲望之外,人还需要温存体贴的感情,把在生活中受了伤害、灰心失望的人推向抚慰心灵的慈母怀抱。一个伟人比常人更有赤子之心,比常人更需要向一个异性吐露衷情,把额头安安稳稳地放在温柔的手掌中,放在石榴裙下。

但是克里斯托夫并不明白……他不相信情欲是不可避免的——以为这只是浪漫派的欺世之谈!他相信人有斗争的义务和能力,相信意志的力量……他的意志!意志在哪里呢?早已无影无踪了。他已经妖魔附体,如坐针毡。往事日夜纠缠不休。安娜肉体的温暖气息已经融入他的嘴巴和鼻孔。他成了一艘没有舵的大船,无法驾驶,只能随风飘荡。他拼命想逃避,但没有用,逃来逃去,他总是回到老地方;于是他对风高声大喊:

"让我粉身碎骨吧!你到底要我怎样呢?"

为什么,为什么是这个女人?……为什么要爱她?为了她心灵的品质,精神的品格吗?并不是没有别的女人比她更聪明,更善良。为了她的肉体吗?他也有过别的情人更能满足他的情欲。那么,是什么使他感到难舍难分呢?——"爱,就是为了爱。"——不错,但是还有一个理由,即使这个理由是超越常情的!是痴情吗?这等于没有说。为痴情呢?

因为每个人心里都有一个暗藏着的灵魂,有盲目的力量,锁着的妖魔。有史以来,人就尽力防止内心的洪水泛滥,人用理性和宗教筑起了堤防。但风暴一来(越丰富的心灵越经不起风暴,内海越容易泛滥),堤岸就冲垮了,群魔乱舞了,每个人心里锁着的妖魔都和别人的灵魂冲突,他们心里的妖魔也在兴风作浪……于是你扑我打,互相扼杀。是爱!是恨!是疯狂的互相残害?——情欲,就是自相残杀的灵魂。

克里斯托夫徒劳无功地逃避了半个月之后,又回到了安娜家里。离开了她,他就不能生活。他苦闷死了。

然而,他继续和自己作斗争。在他回来的那天晚上,两个人都找借口不见面,也不同进晚餐;夜里,各人胆战心惊地锁在自己卧房内——但爱情能战胜一切。到了半夜,她又光着脚,跑来敲他的门;他把门打开;她就上了他的床,躺了下来,浑身冰冷,紧紧地偎着他。她低声哭了。克里斯托夫感到她的眼泪流在他脸上。她尽力镇静下来,但给痛苦压倒,就把嘴唇贴在克里斯托夫的颈上,呜呜咽咽地哭了。她的痛苦使他心烦意乱,结果倒忘了自己的痛苦;他设法说些温存体贴的话来安慰她。她呻吟着说:

"我真不幸;倒不如死了好……"

她的怨恨刺入了他的心房。他要拥抱她。她却把他推开。

"我恨你!……你为什么要来?"

她挣脱了他的胳臂,转过脸去。床很窄。虽然他们努力避开,还会碰到对方。安娜背朝克里斯托夫,又生气,又痛苦,全身哆嗦。她恨他恨得要死。克里斯托夫不说话,面如土色。在寂静中,安娜听到他压得透不过气来的喘息声,忽然转过身来,用胳臂箍住他的脖子:

"可怜的克里斯托夫!"她说,"我叫你受苦了……"

他这是头一回听到她这样同情的声音。

"原谅我。"她说。

他说:

"原谅我们吧!"

她爬起来,仿佛气憋了。她坐在床上,给痛苦压弯了腰似的说:

"我完了……这是上帝的旨意。他抛弃了我……我怎能和他作对呢?"

她这样坐了很久,然后又躺下,就不再动了。微微的曙光预告黎明来到。在半明半暗中,他看见她痛苦的脸靠着自己的脸,就低声说:

"天亮了。"

她却动也不动。

他说:

"那好。没有什么关系?"

她又睁开眼睛,下了床,脸上露出累得要命的表情。她坐在床边上,瞧着地板,用不带感情色彩的语调说:

"我想今夜把他杀死。"

他吓了一大跳。

"安娜!"他说。

她瞪着窗口,神色阴沉。

"安娜!"他又叫了一声,"老天在上! ……该死的不是他! ……他是我们三个人中最好的一个! ……"

他们互相瞧了一眼。

他们早就知道了。他们知道这是唯一的出路。他们不能靠欺骗过日子。至于私奔的念头,他们甚至连想也没想过。他们知道这不解决问题。因为痛苦不是来自外部把他们分开的障碍,而是来自内部两个不同的心灵。他们不可能共同生活,又同样不可能分开生活。那还有什么出路呢?

从这时起,他们不再接触了,自杀的念头在他们身上留下了阴影;他们都觉得对方是神圣的。

但他们不肯定下自杀的日期,只是说:"明天吧,明天吧……"到了明天,他们又都转过眼睛去。克里斯托夫刚强的灵魂反抗了,他会突然发作;他不承认失败;他瞧不起自杀;他也不能自暴自弃,得出这个可怜的结论,要缩短自己丰富的生命。至于安娜,如果不是万不得已,怎能接受一种永世不得超生的死亡?但形势逼得他们非死不可,他们四周的包围圈子越缩越小了。

那天早上,克里斯托夫自从做了亏心事后,头一次单独和布劳恩在一起。在这以前,他都避开了医生。这一回两个人面对面真叫他受不了。怎能找到借口不和布劳恩握手?怎能找到借口不同桌共餐?而坐在他旁边,怎能把食物咽下喉呢?握手,同餐,这不是犹大出卖了耶稣还和他亲吻吗! ……最可怕的还不是他对自己的鄙视,而是布劳恩在知道私情后的悲惨……这种悲痛简直会把他钉上十字架。他知道得很清楚:可怜的布劳恩决不会报复,他甚至无力恨他们;但他的一生都毁掉了! ……他会怎样看他呢? 克里斯托夫觉得不敢面对他无言的责备——而或早或晚,布劳恩总会知道。难道他没有听到一点风声? 克里斯托夫出外半个月回来再见到他的时候,他的变化多么大啊! 简直成了另外一个人。他快活的笑声听不到了,要笑也是勉强。在餐桌上,他偷偷地看安娜几眼,她不说话,不吃东西,就像一盏消耗殆尽的油灯。他不好意思的殷勤体贴令人感动,但他要来照顾她时,她却生硬地拒绝了;于是他只好低着头回到餐桌上,一句话也不说。有时吃了一半,安娜透不过气来,把餐巾丢在桌上,就出去了。两个男人不声不响地接着吃,或者是装着吃,都不敢抬起头来。等到他们吃完了,克里斯托夫要走,布劳恩忽然用双手抓住他的胳臂。

"克里斯托夫! ……"他叫了起来。

"克里斯托夫，"布劳恩又叫了一声——他声音颤抖了——"你知道她是怎么回事吗？"

克里斯托夫感到一支箭穿透了他的心，半晌说不出话来。布劳恩难为情地瞧着他，很快，他对不起人似的说：

"你常见她，她相信你……"

克里斯托夫几乎要吻布劳恩的手，请求他宽恕。布劳恩看见克里斯托夫慌张的脸容，立刻就吓坏了，他不想知道，只用眼神求他，匆匆忙忙，结结巴巴地说：

"不，你不知道？是不是？"

克里斯托夫难以忍受地说：

"不知道。"

啊！不能低声下气、当面认罪是多么痛苦！如果认了罪，那不是要撕裂这个受骗人的心吗！不能说出事情真相是多么痛苦，因为你分明从提问的人眼中看得出：他不愿意，他不愿意知道事实真相啊！……

"那好，那好，谢谢，我谢谢你……"布劳恩说。

他站着，双手抓住克里斯托夫的衣袖，仿佛还有什么事情要问，却又不敢开口，要避开对方的眼睛。然后，他松开手，叹了一口气，走了。

克里斯托夫因为又说了谎而害怕，就跑去找安娜。他心烦意乱，结结巴巴地告诉了她。安娜板着脸听，阴郁地说：

"那好，就让他知道吧！有什么关系？"

"你怎么能这样说呢？"克里斯托夫叫了起来，"不管怎样，不管怎样，我也不愿要他痛苦呀！"

安娜生气了。

"他痛苦！难道我，我不痛苦吗？那就让他也痛苦吧！"

他们都说了些难听的话。他怪她只顾自己。她怨他对她还不如对她丈夫关心。

过了一会，他说不能再这样活下去了。要去找布劳恩老实交代，这一下却轮到她怪他怎么了。她大声说：她不在乎克里斯托夫心安不心安，但什么事也不能告诉布劳恩。

虽然她说话很强硬，其实，她也和克里斯托夫一样关心布劳恩。尽管她对丈夫没有真正的爱情，但他们之间还是有千丝万缕的联系。她对他们建立的社会关系和应尽的责任，还是像对宗教一般尊重的。她也许忽略了妻子对丈夫的义务，应该爱丈夫，应该对丈夫温存体贴，但她还是明白妻子应该尽尽职,管好家务,忠于丈夫。如果没有尽到妻子的责任,那是很丢脸的。

她比克里斯托夫清楚:布劳恩不久就会全知道的。她有意瞒住克里斯托夫,也许是怕他更心烦意乱,也许更是为了表示女人的自尊心。

不管布劳恩的家庭如何关紧大门,不管小市民家里演出的悲剧如何秘而不宣,世上的墙壁是没有不透风的。

在这个城市里,没有人敢夸下海口,说他的生活能瞒过别人。说来也怪,在街上,没有人注意你,家家户户的门窗都是关上的。但是窗户角上都挂了镜子,你一走过,就听得见百叶窗开了一半又关上的咯吱声。没有人管你,看来没有人知道你;但是你会看出,你的一言一语,一举一动,都逃不过人家的耳目;人家知道你做过什么事,说过什么话,看见过什么,吃过什么,甚至还知道,或者自以为知道,你想过什么。随时随地,你都受到无影无踪的监视。仆人,店员,亲戚,朋友,闲人,路人,大家齐心协力,不谋而合,出自本能地爱打听,东鳞西爪不知怎么都集中起来了。人家不但观察你的行动,还要刺探你的内心。在这个城里,你没有保密权,别人却有权搜索你的隐私,如果你的思想和舆论有冲突。他们就要和你算账。集体灵魂的无形专制压在个人心上,你一辈子都是受监护的小孩;什么也不属于个人,而是属于全城。

安娜接连两个星期天没有到礼拜堂去,这就足够引起人家的猜疑了。平时,似乎没有人注意她来做礼拜;人家会说:她生活在大家的圈子以外,大家也就把她忘了。头一个星期天她没有来,一到晚上,大家都知道了这件事,并且记在心上。第二个星期天,大家还是一样用虔诚的目光看着《福音书》中的圣言或牧师的嘴巴,全都专心致志,目不斜视;但进出礼拜堂的时候,却没有人不注意到安娜的座位是空的。第二天,安娜家就开始来客人了,来人都是好几个月没有见过面的;她们来有各种借口,有人怕她病了,有人对她的事、她的丈夫、她的家庭忽然发生了兴趣,有几个人对她家里发生的事显得消息特别灵通;但没有一个人——谁会弄巧成拙呢?——提到她两个星期没做礼拜的事。安娜说自己病了,谈到她的家务。客人留心听着,敷衍几句,安娜知道她们一句话也不相信。她们的眼睛到处乱转,在房间里搜索,把什么都记下来。她们表面上和和气气,保持距离,决不越轨,说话叽叽喳喳,假情假意;但从她们眼里看得出来,不知好歹的好奇心正在啃噬她们。有两三个人过分地装作无所谓的样子,打听克拉夫特先生的消息。

几天之后——正是克里斯托夫外出期间——牧师也大驾光临了。他人漂亮,脾气好,非常健康,和蔼可亲,只有意识到自己掌握了真理,全部的真理,才能这样平静,不受外界干扰。他关心地问到安娜的健康情况,并不要她解释,但客客气气,心不在焉地听她讲理由,喝了一杯茶,开了开玩笑,谈到饮料时发表意见说:《圣经》上提到的葡萄酒并不是酒精饮料,并且引了几段经典,讲了一个故事,一直等到离开的时候,才隐约地谈到交坏朋友的危险,谈到郊游,不虔诚的思想,不纯洁的舞会,肮脏的情欲。他似乎是针对时代而言,并不是针对安娜说的。他静坐了一会,咳了两声,站了起来,非常客气地请安娜代向布劳恩先生问候,用拉丁文开了一个玩笑,行了一个礼,就走了——安娜听了心里冰凉。这不是影射她吗?他怎么会知道克里斯托夫和她郊游的事?他们在乡下并没有碰到一个认识的人呀!但在这个城里,什么事瞒得过人呢?音乐家的面孔叫人一见难忘,少妇又穿了一身黑,却在乡下小酒店跳起舞来,怎能不引人注意?他们与众不同的外表一说出来,七嘴八舌就传开了,怎能不传到城里来?城里人的坏心眼一唤醒,还认不出是安娜吗?当然,这不过是猜测,但非常引人注目,再加上安娜的女仆提供的一些情况,大家就更爱打听了,千百只眼睛在暗中窥视,只等他们暴露。全城人都不露声色,像猫捉老鼠似的跟踪。

面对危险,安娜也许不会退让,也许卑鄙的恶意会气得她反抗,但她也像带有敌意的城里人一样,养成了虚伪的性格。教育更压制了她的天性。她虽然认为舆论专横愚昧,但还是尊重舆论;即使受到打击,她也会俯首听命;甚至在命令和良心冲突时,她都会认为良心错了。她瞧不起城里人,但如果城里人瞧不起她,她又会受不了。

然而,大家总算有个机会可以胡说八道,百无禁忌。狂欢节快到了。

本地的狂欢节直到这个故事发生的时候——以后就改变了——还保持着放荡不羁、陈旧过时的粗野传统。节日的起源是人的精神自愿或不自愿地受到理性的压制,总要放松一下,而在理性的束缚越严格的时代,在风俗和法律压制得越沉重的地方,狂欢就越大胆。安娜住的城市就是一个这样胆大妄为的地方。严格的清规戒律越束缚人的手脚,越堵塞人的嘴巴,到了这几天过节的日子,举动就越粗野,说话也越放肆。一切沉淀在灵魂底层的渣滓,猜疑妒忌,私愤暗恨,不顾羞耻的好奇心,社会动物天生的作恶本领,忽然一下像报仇雪恨、扬眉吐气似的倾巢而出了。每个人都有权上街,谨慎地戴上假面具,在大庭广众之中,使他恨的人出乖露丑,把他成年累月、一点一滴搜罗到的秘闻丑事当作宝贝示众。有人在车上表演。有人张灯结彩,透明的灯笼上有字画泄露本地的秘史。有人甚至戴上面具,化装成自己的冤家对头,使街上的顽童一眼就认得出来,并且喊得出名字。三天之内还出了一些造谣生事的小报。有些社会人士也浑水摸鱼,要在游戏文章中捞点好处。这类报章不受限制,除了政治性的攻击以外——因为过分的自由有好几次引起地方政府和外国代表的纠纷。但没有什么保护市民不受市民攻击;对当众受辱的恐惧,就像笼罩在头上的乌云,对维护本城引以为荣的、无可指摘的风俗习惯,起了不小的作用。

安娜当时就处在这种恐惧的压力之下——其实恐惧并没有根据。她没有什么理由要害怕。在本地的舆论中,她的地位太微不足道了,不值得人家攻击。她把自己关在家里,与世隔绝。几个星期失眠使她精疲力竭,神经过敏,她的想象力反倒更丰富了,最不合理的恐惧她都想得出来。她过分夸大了那些不喜欢她的人对她的怨恨。她以为猜疑已经跟踪来了,随便什么小事都可以要她完蛋,谁敢保证没有人下毒手呢?于是她就想到人家的咒骂,无情的揭露,把她的心展示在过路人的眼前;这种耻辱如此残酷,安娜一想到就会羞愧得要死。据说几年以前,一个少女受不了这种污辱,已经全家逃离乡土了……你什么也无能为力,你不能自卫,也不能防止事情发生,甚至不能知道会出什么事。怀疑比确信还更能叫人发疯。安娜像走投无路的野兽一样向四周张望。她在自己家里,却已经知道被包围了。

安娜的女仆已经年过四十,名字叫巴比;身材高大,身体结实,额头瘦削,脸却又宽又长,两颊鼓起,好像一个干瘪的梨;她老露出笑容,眼睛却像钻子一样看得透,陷得深,什么都往里面吸收,眼皮发红,看不见睫毛。她脸上离不开装出快活的表情,对主人既满意又同情,关心他们的身体健康也有真情实意;她微笑着听主人吩咐,也微笑着听主人责备。布劳恩认为她靠得住,信得过;她高兴的神气和安娜冷漠的态度正好相反。然而,在好多方面她又像女主人,像她一样不大说话,穿着讲究庄重;像她一样信教,陪她去做礼拜,尽宗教责任一丝不苟,干家务活也无可指摘,干净利落,遵守时间,规规矩矩,在厨房里也一样。总而言之一句话,她是一个标准的女仆,也是一个潜伏家中的典型敌人。安娜靠了女性的本能,不会猜不到女人的内心思想;对女仆并没有任何幻想。她们两个都不喜欢对方,心里明白,却不外露。

在克里斯托夫回来的那天夜里,安娜受不了内心的折磨,虽然下定决心不再去找他,还是偷偷地在暗中摸索,扶着墙摸到了克里斯托夫门前,她的赤脚感到的不是平时接触到的光滑冰冷的地板,而是温暖柔软、一踩就碎的灰烬。她蹲下去用手一摸就明白了:一层薄薄的细灰,撒在门口的过道上,有两三米远。这是巴比不自觉地重演古老时代侦察情人幽会的故伎。的确,这类把戏不管居心是好是坏,已经玩过几个世纪了。这证明世界上的人多么会精打细算,充分利用前人的经验!——安娜一点也不犹豫,照旧走她的路,不把这事放在心上,也并不是假充好汉,一直走进克里斯托夫房里,虽然有点不安,但什么也没有告诉他;只是出来的时候,拿了一把扫壁炉用的扫帚,等她走过之后,仔细小心地把灰上的脚印扫平——第二天早上安娜再见到巴比时,一个照旧冷漠,一个还是满脸堆笑。

有时,巴比有个年纪比她大一点的亲戚来看她;他担任在教堂看门的职务;在做礼拜的时候,可以看到他在教堂门口站岗,臂上挂了白底黑条还带银缨的袖章,手拿一根上端弯曲的藤杖。他的本行是做棺材,名叫萨米·维兹希,个子又高又瘦,背有点驼,脸刮得干干净净,像乡下的老人一样严肃。他很虔诚,对本教区的流言蜚语,比谁都清楚。巴比和萨米打算结婚。他们欣赏彼此认真的性格,踏踏实实的信仰,还有不怀好意的居心。但他们并不忙于做出决定;他们还在慎重地观察对方——最近这些日子,萨米来得多了,从不先打招呼。安娜每次走过厨房,总从门上的玻璃看得到萨米坐在炉边,巴比在几步以外缝补。他们随便谈什么话,外面都听不到声音。只看得见巴比心花怒放的面孔和动个不停的嘴唇,萨米的大嘴笑得起了皱但却没有张开,这种笑容真怪,喉咙里没有声响,房子似乎是静静的。安娜一走进厨房,萨米就恭敬地站起来,一直站着不说话,要等她走了才坐下。巴比一听见开门声,马上住口,假装谈的是没有关系的事,低声下气地对安娜露出了笑容,听候女主人吩咐。安娜猜想他们是在谈她,但她瞧不起这两个人,不屑于偷听他们的话。

安娜识破了撒灰的诡计之后,第二天走进厨房,一眼就看见萨米拿在手里的,正是她夜里用来抹掉脚印的小扫帚。那是她从克里斯托夫房里拿出来的,直到这一片刻,她才猛然记起她忘了物归原处,而把扫帚带到自己房里来了,给巴比的尖眼睛抓住了把柄。这两个家伙已经猜到了扫帚的来龙去脉,把故事还了原。安娜装作若无其事。巴比顺着女主人的目光一瞧,假惺惺地微微一笑,解释说:

"扫帚坏了;我要萨米修一下。"

安娜懒得揭穿这粗制滥造的谎话,甚至装作没有听见;她看了看巴比在干什么,说了两句,就不动声色地走了出来。但门一关,她再也摆不出什么架子了,不禁藏在过道的角落里听他们说什么——她不是万般无奈,决不肯干这等事——但只听见短短的一阵咯咯笑声,然后又是窃窃私语,声音低得简直听不清楚。但是安娜心慌意乱,以为听到了她害怕听到的话,她想象他们谈的是这次狂欢节的化装表演,哇哩哇啦的闲言碎语。他们当然会把撒灰的事当作一段插曲……她很可能是听错了;但她半个月来一直担心当众出丑,神经紧张到了病态的地步,她不断地把不确定的事当作可能的,甚至是确定的事。

从这时起,她的决心就下定了。

当天晚上——就是封斋节前的星期三——布劳恩到离城二十公里以外的地方出诊去了,要第二天早上才能回家。安娜没有下楼吃晚餐,待在房里。她选定了这一夜执行她暗自打定的主意。但她决定一个人执行,不告诉克里斯托夫。她瞧不起他,心里想:

"他答应了。但他是个男人,自私心重,答应了也不算数。他有他的艺术,很快就会忘了。"

再说,在这个狂热而不投井下石的女人心里,对她的伙伴也有一点怜悯之意。但她太要强太热情了,不肯承认。

巴比对克里斯托夫说:她的女主人要她代致歉意,她有点不舒服,需要休息。克里斯托夫只好一个人吃晚餐,巴比在旁边监视他,唠唠叨叨说些烦人的话,想要引他开口。她过分热心地为安娜道歉,克里斯托夫虽然很容易相信别人的好心好意,也不得不防她几分了。他正打算利用这个夜晚和安娜作一次决定性的谈话。他也觉得不能再拖下去。他并没有忘记那个可悲的早晨他们共同做出的诺言。如果安娜提出要求,他是准备践约的。但他也看出了双双自杀的荒谬性,死并不能解决问题,反把痛苦和耻辱都转移到布劳恩头上。他想,最好是两个人分开,最好的是他再走一次——至少可以看看他离开她之后有没有勇气活下去,在经过上次徒劳无功的考验之后他怀疑自己了;但他又想:即使他受不了第二次考验,那时再一个人采取极端措施,也为时不晚。

他希望晚餐后能偷空上楼,到安娜房里去。但巴比一步也不离开。平时,她早干完了活;这一晚,她在厨房里洗东西,老也洗不完;等到克里斯托夫以为摆脱了她,她却又打主意要整理过道上的壁橱,而过道正是通到安娜房里去的。克里斯托夫看见她稳如大山似的坐在一个凳子上,明白她已经落地生根,整个晚上不会动的了。他气得要命,恨不能把她同那成堆的盘子摔掉;但他按捺住了,请她去问问女主人身体怎样,他能不能去看看她。巴比去了,回来时不怀好意地瞧着他,得意地对他说:太太身体好些,她要睡觉,请不要去看她。克里斯托夫又恼火又不安,想看书也看不下去,就回房里去了。巴比暗中留意,一直等到他熄了灯,方才上楼,还不放心,故意让房门半开,好听屋里的动静。可惜她一上床就睡着了,睡得这样熟,连打雷也吵不醒,好奇心也不起作用,一直要睡到天大亮。这对谁也不是秘密。她的鼾声连楼下都听得到。

克里斯托夫一听到熟悉的鼾声,就到安娜房里去。他非和她谈谈不可。焦急不安使他的心七上八下。他走到门口,转动门钮,但是门闩上了。他轻轻地敲门,没人搭理。他把嘴贴在锁孔上,低声请求,然后更加迫切,但是里面没有动静,没有声息。他心里想:安娜睡着了,但想也不管用,心里还是急得要命。他拼命要听,把脸贴在门上,闻到一股气味似乎从门缝里钻出来;他弯下腰去,再仔细闻闻,这才发现是煤气。他的血都凉了。他使劲推门,也不怕吵醒巴比,但门不开……他明白了:安娜卧房隔壁有个盥洗室,室内有一个小煤气炉,她一定是打开了煤气龙头。非撞开门不可;克里斯托夫虽然心慌意乱,头脑倒还清楚,想起了千万不要惊动巴比。他悄悄地用力推一扇门。门很结实,关得又紧,只是枢纽咯吱响了一下,动也不动。安娜的卧室另外有扇门通到布劳恩的小书房。他赶快跑去。书房门也上了锁;还好锁装在门外边。他要设法取下来,但不容易。先得撬掉木门上的四个大螺丝钉。他身上只有一把小刀;什么也看不清,又不敢点蜡烛;怕引起煤气爆炸。他只好靠摸索,总算把小刀转动了一个螺丝头,又转了一个,刀尖断了,还割了手;螺丝钉似乎长得要命,老也拔不出来;这时,他又着急又发烧,出了一身冷汗,忽然想起了一件童年的往事:他仿佛回到了十岁的时候,家里罚他关在黑屋子里,他却撬开门锁逃了出来……最后一个螺钉撬出来了。门锁也取下来了,窸窸窣窣地落下了些木屑,克里斯托夫冲进房去,跑到窗前,打开窗子。一股冷风扑面而来。克里斯托夫在家具中间碰碰撞撞,在黑暗中找到了床,再摸摸索索,才碰到安娜的身子。他颤抖的手摸到了被单下一动不动的两条腿,再往上摸到了她的腰身:安娜坐在床上,浑身哆嗦。她还没有开始窒息,房间的天花板很高,关不紧的门和窗子都透风。克里斯托夫把她抱在怀里。她气得挣开了,喊道:

"走开!……啊!你来干什么?"

她打他;但感情激动,筋疲力尽地倒在枕头上,抽抽噎噎地哭起来:
"啊!啊!一切都得从头来过了!"
克里斯托夫抓住她的双手,吻她,怪她,说些又温存又厉害的话:
"死!一个人死,没有我做伴!"
"啊!你!"她痛苦地说。
她的语气是说:
"你,你是要活的。"
他对她不客气了,要用暴力来对付暴力,用意志来战胜意志。
"你疯了!"他说,"你难道不明白这样会把整个屋子都炸掉吗?"
"我就是要这样。"她气呼呼地说。
他力图唤醒她宗教上的恐惧,这一下才触动了她的心弦。他刚击中要害,她就叫了起来,要他住嘴。他却毫不客气地说下去,以为这是恢复她求生意愿的唯一办法。她不再说话了,只是一边抽搐,一边打嗝。等到他一说完,她就用发泄愤恨的语气说:
"你现在满足了吧?你干的好事!你叫我无地自容了。现在,叫我怎么办呢?"
"活下去。"他说。
"活下去!"她叫起来,"难道你不明白这是不可能的吗?你什么也不知道!什么也不知道!"
他问:
"什么事?"
她耸了耸肩膀:
"你听。"
她断断续续用简单的句子把一直瞒到今天的事都告诉他:巴比的窥探、撒灰、萨米的事,狂欢节,当众出丑。她讲的时候,分不清哪些是恐惧使她想象出来的,哪些是她有理由害怕的。他听得疯头癫脑,比她还更分不清楚她讲的危险,哪些是真,哪些是假。他万万想不到会有人追踪。他想搞清楚,但什么也说不出,对付这种敌人,他是束手无策的。他只感到盲目的愤怒,生出了打人的念头。他说:
"为什么不把巴比赶走?"
她懒得回答。把巴比赶走比容忍她更危险得多;克里斯托夫也看出自己问得没有意义。他的思想矛盾;他打定主意,立刻采取行动,便捏紧着拳头说:

"我要杀了他们。"

"杀了谁呀?"她说,觉得这话没有一点用处。

他泄气了,看到自己落入了隐形敌人的天罗地网,却抓不到一根救命稻草,因为到处那是敌人。

"胆小鬼!"他压抑得难受,喊了起来。

他垮了,跪在床前,脸压在安娜身上——两个人都不说话。她既轻视又怜悯这个不能保护她,也不能自卫的男人。他的脸感到安娜的两腿冷得发抖。窗子还开着,外面天寒地冻,天空明净如镜,寒星发出闪烁的寒光。

她看到他和自己一样垮了,才在痛苦中尝到了一丝甜味,就用生硬而疲倦的口气说:

"去点一支蜡烛来。"

他点了蜡烛。安娜冷得牙齿打战,缩成一团,胳臂紧靠胸脯,膝盖托住下巴。他关了窗子,坐在床上,双手包住安娜冰冷的脚,用手抚摸,用嘴唇吻,使脚恢复温暖。安娜感动了。

"克里斯托夫!"她叫了一声。

她的眼神凄惨。

"安娜!"他也叫了一声。

"我们怎么办呢?"

他瞧着她说:

"死吧。"

她高兴得叫了起来:

"啊,你当真愿意吗?你也愿死?……那我就不孤独了。"

她拥抱他。

"难道你以为我舍得丢下你?"

她低声回答说:

"是的。"

他感觉得到她受了多少苦。

过了一会,他用眼睛问她。她会意了。

"在书桌抽屉里,"她说,"在右手下边抽屉里。"

他去找。在抽屉底下,他看到了一把手枪,那是布劳恩学生时代买的,从来没有用过。在一个破匣子里,克里斯托夫还找到了几粒子弹。他全拿到床前来。安娜看了一眼,立刻转过头去看街。克里斯托夫等着,然后问道:

"你不愿了?"

安娜马上转过头来:

"怎不愿意?……赶快!"

她心里想:

"现在就要坠入万劫不复的深渊了。早一点,晚一点,都是一样。"

克里斯托夫笨乎乎地装上子弹。

"安娜,"他说时声音颤抖了,"两个人总得有一个看到另一个先死。"

她把他手里的枪抢了过去,自私地说:

"我要占先。"

他们还在互相瞧着……唉!就在他们正要同生死的片刻,心里还觉得彼此距离遥远呢!两个人一想到都会胆战心惊:

"我这是干什么?这是干什么?"

各人都从对方眼里看得出来。这种行为尤其使克里斯托夫觉得荒谬。他的一生都白活了;斗争,有什么用?痛苦,有什么用?希望,有什么用?一切都要随风而去,一塌糊涂;一念之差会使一切化为乌有……如果在正常状态下,他会把手枪从安娜手里抢过来,大声喊道:

"不!我不愿意。"

但是八个月的痛苦、怀疑、折磨人的哀伤,尤其是这一阵情欲的风暴,消耗了他的力量,摧毁了他的意志,使他毫无办法,身不由己……唉!到头来有什么关系?

安娜肯定这是永世不得超生的死亡,绷紧了最后一刻的生命:看到的是摇晃的烛光照着克里斯托夫痛苦的脸和墙上的暗影,听到的是街上的脚步声,感到的是手上的铁器……她紧紧抓住这些感觉,就像一个快要淹死的人抓住一块下沉的破船板一样。然后,剩下的只有恐怖。

为什么不延长等待的时间呢?但她反复对自己说:

"不能等了……"

她和克里斯托夫诀别,并不动情,好像一个匆匆忙忙唯恐误了火车的旅客;她解开内衣,摸着心口,把枪管对准了。克里斯托夫跪在床前,把头埋在被单里。开枪的时候,她把左手放在克里斯托夫手上,姿势像个怕走夜路的孩子……

于是他们过了可怕的几秒钟……安娜没有开枪。克里斯托夫想要抬头,想抓住安娜的胳膊;但他又怕这反倒会促使她开枪。他什么也没再听见,昏过去了……一声呻吟……他抬起头来,看见安娜吓得脸都变了,手枪

掉在床上,在她面前。她不断地抱怨:

"克里斯托夫!……子弹打不出去!……"

他捡起手枪来;长期不用,枪生锈了,不过扳机还是好的。也许子弹的火药走了气——安娜伸出手来要拿手枪。

"算了吧!"他恳求了。

她下命令。

"把子弹给我!"

他给了她。她检查了一下,挑了一粒,上膛时手不断地抖,又把武器对准胸口,扣动扳机——还是不响。

安娜把手枪丢下。

"啊!太坏了!太坏了!"她叫起来,"老天不要我死!"

她在被单里转来转去,仿佛疯了一样。他要走到她身边来;她就把他推开,并且大声喊叫。结果,她神经症发作了。克里斯托夫待在她身边,一直等到天亮。她总算安静下来,几乎断了呼吸,闭着眼睛,额骨和颧骨外露,上面紧紧绷着一张死灰色的皮,简直像个死人。

克里斯托夫把乱七八糟的床铺好,把手枪捡起,拆下来的锁又重新装上,把房间整理了一下,走了,因为时间已经七点,巴比就要下来。

布劳恩早上回家的时候,发现安娜还在筋疲力尽地躺着。他看得出发生了什么意外的事;但巴比也好,克里斯托夫也好,都说不出什么道理。整整一天,安娜动也不动,也不睁开眼睛;脉搏非常微弱,几乎感觉不到;有时,简直像是停了。布劳恩万分焦急,一时以为她的心不再跳动。他的感情使他怀疑自己的医术,就去找了一个同行,把他带来。两个医生一同检查安娜,说不准到底是开始发高烧呢,还是得了歇斯底里神经症呢,只好继续观察病人。布劳恩不肯离开安娜的床头。午餐也不肯吃。到了晚上,安娜的脉搏总算说明退烧了,但是虚弱到了极点。布劳恩用小勺喂她牛乳,她一喝就吐掉,身子倒在丈夫怀里,像一个断了手脚的木头人。布劳恩在床边坐了一夜,时时刻刻站起来听听。巴比并不担心安娜的病,但她是个尽职的女仆,晚上也不肯睡,陪着布劳恩守夜。

星期五,安娜睁开了眼睛。布劳恩对她说话;她却没有感到他的存在,只是一动不动,眼睛瞪着墙上的一点。中午时分,布劳恩看见大颗眼泪顺着她瘦削的脸颊流下来;他温存体贴地给她擦掉;但眼泪还是一颗一颗地往下流。布劳恩又设法喂她吃点东西。她被动地让他喂。到了晚上,她说话了,可是前言不对后语。她谈到莱茵河,想要淹死,但水不深。她在梦中总是企图自杀,想象形形色色的死,但死亡老躲开她。有时,她和人家争论,脸上的表情又气又怕;她还对上帝说话,硬说是上帝错了。有时,情欲的火焰在她眼里燃烧,她会莫名其妙地说出一些不知羞耻的话来。有时,她认出了巴比,一点不差地吩咐她第二天洗什么衣服。到了夜里,她昏昏入睡了。忽然一下,她爬了起来;布劳恩赶快跑过去。她阴阳怪气地瞧着他,不耐烦地说些结结巴巴的胡话。他问她:

"我的好安娜,你要什么?"

她粗声厉气地说:

"把他找来!"

"找谁呀?"他问她。

她还是瞧着他,表情没有变化,忽然一下爆发出了笑声;然后,她用手摸摸额头,呻吟着说:

"啊!我的上帝!忘了算了吧!……"

她又睡着了,一直平静地睡到天亮。黎明时分,她才动了几下;布劳恩扶起她的头来,给她喝水;她顺从地喝了几口,低下头来吻了吻布劳恩的双手。然后,她又昏昏入睡了。

星期六早上,她在九点钟时醒了过来,一句话也不说,就把腿伸到床外,要下床去。布劳恩赶快跑来,要她重新躺下。她一定不肯。他问她下床干什么。她答道:

"去做礼拜。"

他给她讲道理,提醒她这不是星期天,礼拜堂不开门。她不说话,只是坐在床边的椅子上,手指哆嗦地穿衣服。布劳恩的朋友——那位医生——进来了。他和布劳恩一起劝她,但看到她不让步,就再检查了一下,最后同意了。他把布劳恩拉到一边,说他妻子的病似乎是精神上的,目前最好顺着她,只要布劳恩陪着,出去也不会有什么危险。于是布劳恩对安娜说他陪她去。她不答应,要一个人走。但在房里才走几步,就要跌倒,这才默默无言,扶住布劳恩的胳膊,一同出去。她太虚弱,走走停停。有好几次,他问她要不要回家。她接着又走。到了教堂,她才发现他说得不错,大门没有开。安娜在门口一条长凳上坐下,哆哆嗦嗦,一直坐到中午钟响。但到了晚上,她还要去教堂。布劳恩劝也没有用,只好又走一趟。

克里斯托夫一个人过了两天。布劳恩心情不安,顾不上他。只有一次,是星期六上午,安娜死心塌地地说要出去,布劳恩为了转移目标,就问她要不要去看看克里斯托夫。她的表情显得这样害怕,这样厌恶,吓得他再也不敢提克里斯托夫的名字了。

克里斯托夫关在自己房里,焦急不安,爱情加上悔恨,乱七八糟的痛苦在心里冲突。他怪自己,厌恶自己。好几次他站起来要向布劳恩坦白交代——但一想到坦白的结果只会增加一个痛苦的人,又打住了。情欲并没有放过他。他在安娜门外的过道上走来走去,一听见房里的脚步声走到门口,又赶快溜回自己的房里。

布劳恩同安娜下午出去的时候,克里斯托夫躲在窗帘后面偷看他们。他看见了安娜。她本来身子这样笔直,这样要强的人,现在却弯腰驼背,缩头缩颈,脸色枯黄,衰老病弱,背不起布劳恩给她穿上的大衣加围巾,真是难看。但克里斯托夫看到的,并不是她的丑,而是她的不幸,他心中洋溢着怜爱。他恨不能跑过去跪在泥里,吻她的脚,吻这个受到情欲蹂躏的身体,求她宽恕。他望着她,心里想:

"这是我干的好事……瞧!"

但是他的眼睛在镜子里看到了自己的形象;他看到自己的面目同样受到了摧残;他在自己身上和她身上一样看见了死亡刻下的面容,于是他想:

"这是我干的吗?不是。这是狠心的主子发疯了,要杀人了,才下得了毒手。"

房子空荡荡的。巴比出去了,给人家讲这一天发生的事。时间过去了。钟敲了五下。一想到安娜就要回来,黑夜又要来临,克里斯托夫就感到恐惧。他觉得自己没有勇气在这同一个屋顶下再过一夜。他觉得理智给情欲压得要爆裂了。他不知道自己会做出什么事来,也不知道自己要什么,只知道需要安娜。无论什么代价,他都在所不惜。他想到刚才看见安娜从窗下走过时那张可怜的脸,就自言自语:

"把她从我这里救出去吧!……"

这一下他的意志才复活了。

他一把一把地收拾桌上乱七八糟的纸张,捆了起来,拿上帽子、外套,就出去了。走到安娜门外的过道上,他害怕得加快了脚步。下楼之后,他最后看了一眼没有人的花园,像个小偷似的溜走了。寒雾像针一般刺着他的皮肤。克里斯托夫靠着墙走,唯恐碰到一张认得的脸。他到了火车站,坐上去绿森的火车。车到第一站时,他给布劳恩写了一封信,说有急事要离开几天,在这种情况下走,觉得对不起;并说如有消息,请把信寄到他所写下的地址。到了绿森,他又坐上去戈塔的车。夜里,他在阿多夫和戈施能之间的一个小站下了车,并不知道站名,永远也不会知道了。他走进了靠近车站的一个小客店。有些水坑切断了道路。雨下得很大,下了一整夜,第二天还下。雨水从屋檐的一个破槽中漏下来,听起来声如瀑布。天和地都淹没了,汇成了一片汪洋,像他的思想一样汹涌澎湃。他睡的被单发潮,闻起来有火车的煤烟味。他睡不着,对安娜的危险想得太多,没有时间来想自己的痛苦。一定要改变恶意的舆论,把它引上另外一条路。在烧热中,他起了一个古怪的念头,写一封信给城里一个和他有点联系的风琴师兼糖果店老板克勒布。他让克勒布以为是爱情问题使他到意大利去的,他来住到布劳恩家以前,就想摆脱对这个女人的恋情,但感情太强烈了,不能脱身。信写得半明白半含糊,使克勒布知道他说了些什么,还可以根据自己的理解去补充。克里斯托夫求克勒布代为保守秘密。其实他知道这个好家伙喜欢说三道四,一接到信——没有问题——他就会跑遍全城,去传播这个消息的。为了蒙骗舆论而不露马脚,克里斯托夫还故意在信上对布劳恩和安娜的病,冷冷地加了几句不痛不痒的话。

这一夜和第二天,嵌在他心上的只是……安娜……安娜……他重温这几个月的旧梦,一天又一天是怎样和她共度的;他看到的她是热情创造出来的幻影。他一直按照自己的愿望来塑造她的形象,给予她伟大的精神、悲剧的意识,只有这样,他才能更爱她。热情撒下的谎言,现在眼前没有安娜作为对照,反而更加使他深信他看到的她只有健全而自由的天性,受到了压迫,要挣脱锁链,向往海阔天空、不受拘束、任意飞翔的心灵生活,但又害怕自由,因为本性和命运不协调,反要和本性做斗争,使她的命运更痛苦,更可悲。她喊他:"救救我!"他就拥抱她美丽的肉体。回忆折磨着他;痛上加痛反倒使他觉得痛快。白天已近黄昏,残酷的丧失感压得他透不过气来。

他不明白自己在做什么,就站起来,走出房间,付了房钱,坐上第一班开往安娜那个城市的火车。他在夜里到站,立刻一直走向她家。小街上有一个花园紧靠布劳恩家的园子,只有一道矮墙围住花园。克里斯托夫爬过围墙,跳进了邻家的园子,再走进了布劳恩的园子。他站在房屋前。一片黑暗之中,只有一盏守夜灯发出赭色的微光照着一个窗户——安娜的窗口。安娜就在里面。她在受苦受罪。他只要再走一步,就可以进去。他向门把手伸出手来。但是他瞧瞧手、房门、花园;忽然意识到他在干什么,这才从纠缠了他七八个小时的梦幻中惊醒过来。他颤抖了,猛然一下摆脱了麻木的控制,拔出了钉在地上的脚,朝墙跑去,翻过围墙,走了。

当夜他又离开了那个城市;第二天他躲进了一个大雪封山的小村子……要埋葬他的心,麻醉他的思想,忘记,忘记!……

> 起来,战胜你的痛苦,
> 是精神而不是肉体
> 可以战胜每支队伍……
>
> 我站起来,斗志昂扬,
> 为什么不一鼓作气?
> 我说:"要勇敢,要坚强。"
>
> 《炼狱》二十四歌

我的上帝,我做了什么对你不起的事?你为什么要使我这样痛苦?从小时候起,你就注定了我的命运是贫穷,是斗争。我斗争过了,并没有怨言。我喜欢过我贫穷的生活。我尽力保持你给我的灵魂,使它纯洁,我尽力挽救你在我心中点燃的圣火,使它不灭。……主啊,是你,是你在拼命破坏你所创造的生命,你扑灭了圣火,玷污了灵魂,使我无法生活。我在世上只有两个宝:朋友和灵魂。现在什么也没有了,都给你拿走了。在世界这个大沙漠上,只有一个人是我的,你把他抢走了。我们共有一颗心,你把心撕裂了,你使我们尝到在一起的甜头,只是要我们知道生离死别的痛苦。你在我周围,我的心中,挖出了一片空虚。我精疲力竭,贫病交加,意志破灭,武器丧失,像一个孩子在夜里哭叫。你偏偏选了这个时候来打击我。你无声的脚步从后面走来,阴险地刺了我一刀;你放出了你的恶狗情欲,你知道我无力招架,不能战斗;情欲把我打倒在地,洗劫一空,把什么都污染了,破坏了……我厌恶我自己。我恨不得喊出痛苦和耻辱,或者在创造力的洪流中遗忘!但我的生命力已被摧毁,创造力已经枯竭。我是一棵枯树……倒不如死了好!上帝啊,让我解脱吧,粉碎我的肉体和灵魂,把我从大地上连根拔掉,从生命簿上一笔勾销,不要让我在深渊中没完没了地挣扎!饶了我……杀了我吧!

就是这样,克里斯托夫在痛苦中呼唤上帝,但是他的理智早已不信神了。

他离群索居,住在瑞士朱拉山中一个孤零零的农家。房子背靠树林,藏在山坳里,后面是一块凹凸不平的高地。起伏的山岭挡住了北风。前面伸展着一片草地,一个树木葱茏的长坡;岩石突然消失,成了悬崖削壁;盘根错节的冷杉挂在崖边;山毛榉往后伸出了枝丫。天光陨灭。生命敛迹。无边无际的一片空阔。一切都在雪下冬眠。只有狐狸在深夜林中长啸。这是冬天的尾声。但是冬天迟迟不去,是个没完没了的冬天,刚刚离开,又回来了。

然而一个星期以来,古老而昏沉的大地感到它的心复活了。骗人的初春气息渗入了寒冷的空中,冰冻的地下。从山毛榉展翅欲飞的枝丫上滴下了融化的雪。草地穿着雪白的外套已经被几株嫩绿的新芽刺破;在这些针尖小草周围裂开了一些雪缝,潮湿的黑色土地张开了小嘴呼吸。一天有几个小时,在冰层下冻僵了的水苏醒过来,发出了潺潺的声音。在树林的枯枝间,有几只鸟唱出了呖呖的歌声。

克里斯托夫没有注意到新春的来临。对他说来,一切都是老样子。他只在房里转来转去,或者到外面走走,不可能安静一下。他内心的妖精正在瓜分他的灵魂。它们在互相残杀。压制下去的情欲继续不断地,如疯似狂地要冲倒房屋的墙壁。对情欲的厌恶也一样怒气冲冲;它们都要咬对方的脖子,斗来斗去会把心勒死的。同时他还想起了奥利维,他的死带来的绝望,得不到满足的创作欲,面临空虚的深渊而要反抗的自豪感。所有这些妖精都在他心里。它们没有片刻休息。如果高潮暂时低落,似乎出现了虚假的平静,他又会发现自己形单影只,什么也不属于他:思想,爱情,意志,都消失得一干二净。

创造!创造是唯一的出路。把生命的残骸丢入洪流巨浪!游到艺术的梦中去!……创造,他要创作,但是不能。

克里斯托夫工作不讲究方法。在身心健康的时候,他只觉得生命力旺盛得成了负担,并不担心精力会衰退;他随心所欲,劲头一来,随时随地都可以工作,没有任何固定的成规。其实,他无时无地不在工作,头脑无时不在活动。奥利维生命力不如他丰富,但考虑比他周到,对他说过多少次:

"小心。你太相信自己的力量了。力量有如山洪暴发,今天漫山遍野,明天也许会天旱地干。一个艺术家应该掌握自己的才能,不该分散精力,随便浪费。你的力量应该走上轨道,养成约束自己,按时进行日常工作的习惯。这种习惯对艺术家是必要的,就像一个打仗的军人需要操练姿势和步法一样。到了紧急关头——迟早总要来的——习惯像副铁甲,可以使你的心不会垮台。这一点我知道!我今天还没有死,就是习惯救了我的命。"

但克里斯托夫只笑着说:

"对你不错,我的小朋友!但愿我却没有危险,我对生活不会失去兴趣!我的胃口太大了。"

奥利维耸耸肩:

"太多,结果就是太少。身体太好的人生起病来没有药医。"

奥利维的话现在得到了证实。朋友死后,内心生活的源泉并没有立刻枯竭;但是变得断断续续的,令人奇怪,突然一下会涌上来,然后又潜伏下去。克里斯托夫并没有注意;这对他有什么关系?他全神贯注的只是他的痛苦,还有方兴未艾的情欲——但等风暴一过,他再饮水思源的时候,源头已经没有活水来了。只剩下一大片沙漠。没有一线流水。心灵已经干枯。他拼命挖沙子,想使地下的一片清泉喷涌而出,想不惜代价也要创造,但没有用,精神的机器已不听使唤。他不能求习惯帮忙,而习惯才是忠实的盟友,其他生存的意义都会溜之大吉,只有习惯始终坚持站在我们身边,不说一句话,不装模作样,只睁开眼睛,紧闭嘴唇,它万无一失的手从不狂热,指引我们走过危险关头,不走到光天化日之下,恢复对人生的兴趣之后,决不罢休。克里斯托夫却是孤军奋斗,他的手在漫漫的长夜里摸不到支援之手。他也不能登高去迎接升起的光明。

这是最严峻的考验。那时,他感觉自己到了发疯的边缘。有时,他要和自己的头脑作荒唐的斗争,要摆脱怪癖的骚扰,数字的纠缠:他不断计算地板是由多少块木头合成的,森林里有多少棵树;数字和弦音把他的头脑当成战场,他也没有选择的余地。有时,他处在虚脱的状态,仿佛死人一般。

没有人管他。他住侧屋,和正屋分开。他自己收拾房间——并不天天收拾。膳食都由人送,放在楼下;他看不见人的面孔。房东是个老农,沉默寡言,只顾自己,对他不感兴趣。克里斯托夫吃不吃都是自己的事。老农几乎不管克里斯托夫晚上回来不回来。有一次,他在森林中迷了路,半身埋在雪里,差一点回不了家。他拼命要累垮自己,好不思想,但做不到。他越来越难得倒头睡上几个小时。

只有一条圣·贝纳老狗似乎还关心他,当他坐在门前长凳上的时候,老狗会瞪着血红的眼睛,把大脑袋放在他的膝头。他们互相瞧了很久。克里斯托夫并不把狗赶走。就像歌德生病时一样,这双血红的眼睛并不使他

不安。他也不想瞪着眼睛喊:

"走开!……你干什么也没有用,鬼东西,你休想咬我一口!"

他只让这双迷迷糊糊、苦苦哀求的眼睛为所欲为,他愿意帮助它,他感到眼睛里囚禁着的灵魂在向他恳求。

这时,他被痛苦软化了,虽然他活着,却脱离了人生,脱离了自私的人性;这时,他才看到人类的牺牲品,看到胜利的人类屠杀其他生物的战场;于是他心里充满了怜悯和恐怖。即使在他幸福的时刻,他也总是爱动物的;他不能忍受人虐待动物;他厌恶打猎,但不敢说出来,怕人笑话,也许他对自己都不敢承认,但这种厌恶暗中疏远了某些人;他从来不接受一个以杀生为乐的朋友。这并不是温情主义:他比谁都了解生活是建筑在大量痛苦和无限残酷的基础之上;人要生活,就不得不使其他生物痛苦。这并不是闭上眼睛或者说些好话就能解决的问题。也不能得出结论说应该放弃生活,或者像个孩子一样哭哭啼啼。不行。如果今天没有其他办法可以生存,那就只好为生存而杀生。但为杀生而杀生的人却是个罪人。一个无意识的罪人。但到底还是一个罪人。人类应该不断努力去减少痛苦和残酷,这是人类的首要任务。

在日常生活中,这些思想埋藏在克里斯托夫的心灵深处。他不愿意触动。想有什么用?他能做什么呢?他不能不做克里斯托夫呀!他不能不完成他的事业,无论如何也要生活下去,即使是要牺牲弱者也在所不惜……宇宙并不是他创造的……不要想了,不要想了!……

但等到不幸使他自己也成了战败的牺牲品,他就不得不想了!从前,他责备奥利维不该毫无用处地对自己受的苦,或使别人受的苦感到愧恨或同情。现在,他却走得更远,在强有力的天性冲动之下,他深入到了宇宙间的悲剧,感到了世界上所有的痛苦,痛得像个剥了皮的肉体。他一想到受苦的动物,就难过得浑身发抖。他看得懂动物的眼神,他看出了动物有和他一样的灵魂,有不会说话的灵魂,但眼睛是在为灵魂说:

"我什么事得罪了你们?为什么要我受罪?"

有些最平常的现象,他见过一百次了——如一头关在牢笼里哀鸣的小牛,鼓起黑色的大眼珠,眼白带着蓝色,眼皮粉红,睫毛雪白,额头卷着白毛,口鼻发紫,腿向内弯——或是一个乡下人倒提的四条腿绑在一起的羔羊,倒挂的头拼命要抬起来,像个哼哼叫的孩子,伸出灰色的舌头咩咩叫——或是笼子里的一堆母鸡——或是远处杀猪传来的哀号——或是厨房案板上开膛剖肚的大鱼……这些都叫他受不了。这些无辜的动物受到说不出的痛苦都使他揪心。假如动物也有一丝理性,想象着世界对它们是个多么可怕的噩梦:这些又瞎又聋又麻木的人在宰割煎熬,开腔剖腹,把它们的挣扎痛苦当作自己的快乐。难道非洲吃人肉的生番比他们更野蛮吗?对于一个有自由意识的人来说,动物的痛苦比人的痛苦更难以忍受。因为至少大家公认:使人受苦是件坏事,而做坏事的人是有罪的。但每天都有成千上万的动物无辜被人屠杀,人却连内疚的影子也没有。谁要提到内疚简直是个笑话——然而,这却是不可挽回的罪过。单凭这个罪过,就有理由要人吃苦受罪。这个罪过就要向人类报复。如果上帝存在,而且容忍这种罪过,那还要对上帝报复。如果上帝是大慈大悲的,他就应该援救最微不足道的生灵。如果他只对强者慈悲,那对弱者就没有公平可言,对那些低等动物,那些人类的牺牲品,就谈不上慈悲,谈不上公平……

唉!人类进行的屠杀比起宇宙中的大屠杀来,还不能算是最重要的呢!动物之间不是每天都在弱肉强食吗?表面上平静的植物,不声不响的树木,它们之间的关系不也和凶残的野兽一样吗?森林中的世外桃源,那只是文人学士舞文弄墨的地方,其实他们了解的大自然只是书本里的自然世界!……而在克里斯托夫附近的森林,在离他的房屋只有几步路远的地方,却正在进行可怕的斗争。山毛榉像凶手一般扑在玫瑰色的冷杉美丽的躯干上,紧紧缠住它古代石柱一样挺拔的腰肢,要压得它不能呼吸。榉树和枞树又都转过身来冲着橡树,要扭断它的枝丫,当作自己的支架。巨人似的大榉树伸出了一百条胳臂,真是以一当十!它们周围的树九死一生。没有对手,它们就自相残杀,作殊死的斗争,刺呀,勾呀,扭呀,好像洪荒时代的巨兽。下面,森林边上的刺槐拼命要冲进来,抓住冷杉林的树根,一点也不放松,要分泌胶汁把树毒死。这是生死搏斗,优胜劣败,强者吞并弱者的土地和尸骨。还有小妖来打扫战场。树根上长出了毒菌,慢慢把树汁吸干。黑蚂蚁咬碎腐烂的树木。几百万看不见的小虫蛀呀、咬呀,使生命化为尘土……而这是无声的战斗!……自然界的平静是悲剧的假面具,掩盖了生命痛苦而残酷的真面目!

克里斯托夫直线似的下沉了。但他并不是一个束手束脚,毫不挣扎,就肯淹死的人。他虽然想死也是枉然,实际上他还在尽一切努力求生。他就是莫扎特说的那种人:"他们除非万不得已,决不停止行动。"他感到自己要消失了,就在下沉时拼命挥舞双臂左寻右找,要抓住可以依靠的东西。忽然,他以为找到了。他想起了奥利维的孩子。立刻,他把求生的意志全都寄托到他身上,赶快一把抓住。不错,他要找他,要他,养他,爱他,代替他的父亲,使奥利维在儿子身上复活。痛苦使他自私,怎么早没想到孩子?他就写信给抚养孩子的赛西尔,焦急地等待回音。他的全部生命都靠这个唯一的念头支持。他勉强要自己镇静:还有一线希望。他有信心,他了解赛西尔的好心肠。

回信来了。赛西尔说,奥利维死后两个月,一个穿丧服的女人来找她说:

"把我的孩子还给我!"

这就是当初抛弃了孩子和奥利维的那个女人——雅克琳,但已经变得认不出来了。她如醉似狂的爱情好景不长。她很快就厌倦了情人,虽然情人对她并没有厌倦。她回到家里,心灰意懒,对什么都厌恶,自己却越来越老。她骇人听闻的丑事使许多人都对她关上了大门。自己行为不端的人并不容许别人行为不端。她自己的母亲也瞧她不起,出口伤人,使她实在待不下去了。她看透了世界的虚伪。奥利维的死更把她压垮了。她看起来垂头丧气,使赛西尔不忍心拒绝她的要求。把一个习惯于当作自己的小生命交出去,这是很难过的。但那个比你更有权利、更加不幸的女人,不是更难过吗?赛西尔本来要写信给克里斯托夫,征求他的同意。但克里斯托夫从来没有回过她的信,而且她不知道他的新地址,甚至不知道他的死活……欢乐来得快,去得也快。有什么办法呢?只好听天由命,无可奈何了。重要的是孩子要幸福,有人爱……

信是晚上才收到的。迟迟不走的冬天又带来了一场大雪。雪下了一整夜。在森林里,新叶已经吐绿,树枝却给积雪压得噼噼啪啪响,甚至断了。听来像是一场炮战。克里斯托夫一个人在房里,没有点灯,在一片磷光闪烁的黑暗中,听着森林里的悲剧,每断一根枝丫他都心惊肉跳,简直就像给雪压得咯吱响的一棵树。他心里想:

"现在一切皆空了。"

黑夜过去,白天来到;那棵树并没有压断。整个新的一天,接着来的一夜,还有以后的几天几夜,那棵树总是压得咯吱响,但是始终没有压断。克里斯托夫不再有什么理由要活下去,但他还是活下去了。他不再有什么理由要斗争,但他还是拳来脚去和无形的敌人作肉搏战,不让敌人压断他的脊梁,就像雅各比在斗天神。他不期望斗出什么结果,只等待斗争结束,于是他一直斗下去,并且喊道:

"压垮我吧!为什么不压垮我呢?"

斗争的日子过去了。克里斯托夫走了出来,感到生活空虚。然而他坚持要站得直,走了出去。在生命若隐若现的时候,如果能得到本族祖先有力的支持,那真是幸运的人了。父亲的腿、祖父的腿支持住了儿子的身体,使他不会跌倒,祖先的推动使支离破碎的心灵能继续前进,就像阵亡将士在坐骑上飞奔一样。

他在一条山路上走着,两边都是山谷;他走下了一条狭窄的碎石小路,碎石中间蜿蜒曲折地伸展着一些长不大的橡树根;他不知道自己要去哪里,但是脚步走得比神志清醒的人更稳。他没有睡觉;差不多好几天没有吃什么东西。眼前似乎有雾。他向山谷走去——这是复活节前的那个星期。天气阴沉沉的。最后一次寒流的袭击过去了。温和的春天正在酝酿中。山下的村子里响起了钟声。开始是从缩在山坳里的一个村子响起来的。村里的茅草屋顶五颜六色,有黑有黄,上面长了一层厚厚的苔藓,好像盖了绿色的丝绒。然后,是从另外一个山坡下的村子,只闻其声,不见其村。接着,在河对岸的平原上,钟也响了。还有沉浸在雾霭中的遥远城市,也响起了隐隐约约的钟声……克里斯托夫站住了。他的心几乎要停止跳动。这些钟声似乎在对他说:

"到我们这里来!这里只有平静。这里,痛苦已经消失。思想也消失了。我们会催眠,使你的心灵在我们怀里入睡。来吧,来休息吧,不要再醒过来了……"

他多累啊!心多累啊!但他摇摇头说:

"我要找的不是平静,而是生活。"

他又继续往前走,不知不觉走了好几里路。他的身体虚弱,神志恍惚,随便什么微不足道的感觉在他身上都会引起意料不到的反应。他的思想在地面上,在天空中,都投下了奇光异彩。在阳光下发白的渺无人迹的小路上,一个人影莫名其妙地跑到他面前,把他吓了一跳。

走出树林,他看到一个村子。他立刻向后转,怕看到人。然而,他绕不过村外高处一所孤零零的房屋。房子在半山腰,看来像疗养院;周围有个向阳的大花园;有几个步子不稳的人在沙子路上走来走去。克里斯托夫没看他们,但走到小路转弯的地方,他迎面看到一个眼睛灰白、脸色黄肿、瞪着前面的人,衰弱无力地坐在两棵白杨树下的一条长凳上。另外有一个人坐在他旁边;两个人都不说话。克里斯托夫走过去了。但走了几步,他又站住,这双灰白的眼睛似曾相识。他转过身来。那个人并没有动,只是木头似的瞪着眼前的什么东西。但坐他旁边的人看见克里斯托夫招了招手,就走了过来。

"那个人是谁呀?"克里斯托夫问。

"疗养院的一个病人。"来人指着半山腰的房子说。

"我好像见过他。"克里斯托夫说。

"这很可能,"另外一个人说,"他是一个很出名的德国作家。"

克里斯托夫说了一个名字。不错,这就是他的尊姓大名。克里斯托夫从前在曼海姆的杂志上写文章时见过他。那时他们是对头;克里斯托夫刚出名,他却已经成名了。他有力量,自信心强,瞧不起别人的作品,是一个有名的小说家,他写实的言情小说高于庸俗的流行作品。克里斯托夫不喜欢他,却不得不佩服他完美的技巧,他的材料翔实,态度真诚,但是范围狭小。

"他病了一年,"看护人说,"医治之后,以为他好了,让他出院。不料病又发了。一天晚上,他从窗口跳了下去。初来的时候,他又叫又闹。现在他安静了。你看,他就这样坐着,打发日子。"

"他在瞧什么呢?"克里斯托夫问。

他走到长凳前,同情地瞧着这个失败的病人苍白的脸,眼皮肿得搭在眼睛上,一只眼睛几乎闭着。病人似乎不知道克里斯托夫站在面前。克里斯托夫叫他的名字,握住他的手——手又软又湿,像没有知觉的东西;克里斯托夫把他的手放下,病人翻起耷拉着的眼皮瞧了瞧,又照旧瞪着前方,露出了植物人一般的笑容。克里斯托夫问他:

"你瞧什么?"

病人一动不动,低声说道:

"我在等。"

"等什么?"

"等复活。"

克里斯托夫颤抖了。他赶快走开。这句话像一团火穿过了他的心。

他钻进了树林,爬上山坡,朝家里走。他心一乱,就迷了路,走进了一大片冷杉林中。一片阴影,一片寂静。只有几点昏黄的阳光不知道从哪里穿过了这片浓阴。克里斯托夫给这一线光明吸引住了。周围似乎已是黑夜。他走上松针铺成的地毯,碰到血管一般鼓起的树根。树脚下没有草木,也没有苔藓。树枝上没有一只唱歌的鸟。下层的枝丫都枯死了。生命逃到树的高头,去寻找阳光。不久,这点生命也消失了。克里斯托夫走进得了神秘病的树林。形形色色又细又长的苔藓像蜘蛛一般包围了红色冷杉的枝丫,把树从头到脚都包了起来,然后又从一棵树伸到另一棵,要使整个森林透不出气。人会以为是海底下的水藻伸出了阴险的触须。这里也寂静得像海洋深处。照在森林上的阳光黯淡了。雾也偷偷摸摸地溜进了死气沉沉的森林,围住了克里斯托夫。一切都消失了,什么也看不见。克里斯托夫在茫茫白雾中瞎摸乱走,走了半个小时,雾越来越浓,由白变黑,侵入了他的喉咙;他以为自己在笔直向前走,其实只是在这个巨大的蜘蛛网里兜圈子,蛛丝从快要窒息的冷杉枝丫上吊下来,雾气穿过蛛丝时留下了颤抖的水珠。最后,蛛网松了,出现了一个漏洞,克里斯托夫总算走出了这个海底的迷魂阵。他又看到了有生气的树木,冷杉和山毛榉的无声斗争。但斗争一直是一动不动地进行的。酝酿了几个小时的沉默等得不耐烦了。克里斯托夫也站住来听……

忽然,从远处传来了汹涌的涛声。森林的深处起风了。好像奔腾的骏马跑过树梢,使万木如波浪起伏。又像米开朗基罗的上帝乘旋风而来。风吹过克里斯托夫的头顶。森林和克里斯托夫的心一起震颤了。这是春回大地的前奏曲……

寂静又统治了世界。克里斯托夫感到一阵神秘的恐怖,急急忙忙赶回家来,两腿不断地发抖。到了门口,好像受到追捕的逃犯,他惊慌不安地向后看了一眼。大自然显得死气沉沉。山坡上的树林也睡着了,给沉重的悲哀压得出不了气。静止的空气仿佛给魔术师洗得透明。没有一点声音。只有一道侵蚀岩石的泉水在淅沥淅沥地为大地奏着哀乐。克里斯托夫带着沸腾的心睡下。在隔壁的牲口棚里,牛马也像他一样不安,动起来了……

夜里,他昏昏入睡。在寂静中,从远处又升起了滚滚的波涛声。风又来了,这一次是飓风——春天的季候风,它热腾腾的气息给酣睡的寒冷大地带来了温暖,它融化了坚冰,带来了滋润万物的甘霖。在山谷那边的森林里,风发出了雷鸣。它越吹越近,越胀越大,冲锋陷阵似的冲上山坡,整座山咆哮了。在牲口棚里,马嘶牛吼。克里斯托夫在床上坐了起来,头发竖立,耳朵听着。一阵热风吹来,呼啦啦地吹得定风针咯吱作响,掀起了屋瓦,房子摇摇晃晃。一个花盆吹倒在地上,啪嗒一声破了。克里斯托夫的窗子没有关好,哗啦一下吹开了。热风吹了进来,钻入了他的脸,他赤裸的胸脯。他跳下床,张开嘴透不过气来。仿佛上帝的生命横冲直撞,闯入了他空虚的灵魂。这就是复活!……空气进入了他的喉咙,新生命的波浪冲洗了他的五脏六腑。他感到要爆炸了,他要喊叫,喊出心里的痛苦和欢乐;但从他的嘴里只迸出几个模糊不清的声音。他踉踉跄跄,几乎跌倒,他用胳臂打墙壁,周围尽是随风乱舞的纸张。忽然,他在房子中间倒下了,口里喊着:

"你啊,你啊!你到底回来了!"

"你回来了,你回来了!啊!我失掉了你!……你为什么要抛弃我?"

"为了完成我的使命,完成你抛弃了的使命。"

"什么使命呀?"

"战斗。"

"你要战斗干什么?你不是万物的主子吗?"

"我不是主子。"

"你不是存在的一切吗?"

"我不是存在的一切。我是和空虚作战的生命。我不是空虚。我是在空虚的黑夜中燃烧的火。我不是黑夜。我是永恒的战斗,而在战斗上空飞翔的并不是一成不变的命运。我是永远斗争的自由意志。同我一起斗争吧,燃烧吧!"

"我已经战败了,没有什么用了。"

"你战败了吗?你觉得自己没用吗?不要紧,别人会战胜的。不要只想到你自己,要想到你的胜利大军。"

"我是孤军作战,只有我一个人,并没有什么大军。"

"你并不是孤军作战,你也不属于你个人。你是我的一声呐喊,你是我的一条胳臂。为我呐喊吧,战斗吧。如果胳臂打断了,如果声音叫哑了,不要紧,还有我在这里屹立着呢;除你以外,我还有别的声音会呐喊,别的胳臂会战斗。战败了不要紧,你还属于我战无不胜的大军。记住这点,那你即使死了也会取得胜利的。"

"主啊,我是多么痛苦!"

"难道你以为我不痛苦吗?多少世纪以来,死亡在追赶我,空虚要抓住我。只是靠了一刀一枪的战斗,我才杀出一条胜利之路来。生命的江河是用我的血染红的。"

"战斗,永远要战斗吗?"

"一定要永远战斗。上帝也在战斗。上帝是一个胜利者。他是吞噬敌人的狮子。空虚要包围他,反倒被他打垮。战斗的节奏就成了至高无上的和谐。这种和谐不是凡人的耳朵能够听到的。你只要知道和谐存在,那就够了。平心静气地尽你本分,别的都交托给神吧。"

"我没有力量了。"

"那就为强有力的人歌唱吧。"

"我的声音哑了。"

"那就祈祷吧。"

"我的心不纯洁了。"

"抛弃你的心。换上我的心。"

"主啊,要忘记自己,抛弃自己死了的灵魂,倒也不算什么。但是怎能抛弃我死去的故人,怎能忘记我爱过的人呢?"

"抛弃死去的故人,只要和你死了的灵魂在一起就行了。但只要找到了我活着的灵魂,和我的灵魂在一起就活了。"

"啊!你曾经抛弃过我,你还会抛弃我吗?"

"我还会抛弃你的。你用不着怀疑。重要的是你决不能抛弃我。"

"如果我的生命熄灭了呢?"

"那就点燃别的生命吧。"

"如果我的心死了呢?"

"那生命就在别的地方。去,打开你的房门。糊涂虫,房子塌了,为什么还关在里面!快快出去。还有别的地方可以住呢。"

"生命啊,生命啊!我看见了……过去我在心里找你,在我空虚而闭塞的心灵中找你。我的心灵破碎了,空气从流血的窗口流了进来;我呼吸,生命啊,我又找到你了!……"

"是我找到了你……不要说,听我的。"

克里斯托夫听见生命的歌声像淙淙的泉水一般从心中涌起。他靠着窗子,看见昨天还是死气沉沉的森林,在春风中,在阳光中,却像是奔腾起伏的海洋。在树木的背脊上,风像波浪一样快活得颤抖,吹了过去;树枝弯下腰身,向着灿烂的天空伸出了欢乐的手臂。汹涌的激流发出了银铃般的笑声。同样的景致,昨天还在坟墓里,今天却复活了;生命回到了林中,同时,爱也回到了克里斯托夫心上。得到上帝恩宠的灵魂产生了奇迹!它醒了,新生了!周围的一切复活了。心又跳了。干涸的泉水又流了。

克里斯托夫重新投入了神圣的战斗……他自己的战斗,所有人的战斗,都融入了这巨大无限的混战之中,这太阳洒下光明,就像狂风横扫雪片一般的混战之中!……他脱离了灵魂的躯壳。就像他遨游太空的梦幻一样,他的灵魂在躯壳之上飞翔,他从高空看见了自己在芸芸众生之中,他一眼就看出了自己痛苦的意义。他的斗争只不过是芸芸众生大斗争中的一小部分。他的失败只不过是一个小小的插曲,立刻可以得到补偿的。他是为大家战斗,大家也是为他战斗。他们分担他的痛苦,他也分享他们的光荣。

"伙伴啊,敌人啊,前进吧,践踏我的身子吧,让我感到战无不胜的大炮轮子压过我的躯体!我不在乎在我身上划出道道伤痕的铁轮,我不在乎在我头上踏出一个个脚印,我在乎的只是为我取得胜利的人,只是我的主子,只是千军万马的统帅。我洒下的热血要为他未来的胜利开辟一条道路……"

在他看来,上帝不是一个无动于衷的创世之主,不是一个亲自火烧圣城却又站在铁塔上观火的罗马皇帝。上帝也痛苦。上帝也战争。和战士同战斗,和苦人同受苦。因为他是生命,是流入黑夜的一点光明,光明在展开,会吸干黑暗。但黑夜是无边的,圣战也是永无止境的;无人能知结果如何。在英雄交响乐中,甚至互相冲突、混淆不清、不和谐的音响也合成了一片清澄的音乐!正如榉树林中在不声不响地进行激烈的搏斗一样,生命也在持久的和平中进行战争。

战斗,和平,都在克里斯托夫心中引起了共鸣。他是一个贝壳,螺纹刻下了海洋的声波。号角的召唤,音响的阵风,史诗的呼喊,和飞跃的节奏合而为一。因为在这个发声的心灵中,一切都变成了音响。这颗心歌唱光明,也歌唱黑夜。它歌唱生,也歌唱死。它歌唱胜利者,也歌唱它自己这个失败者。它歌唱,一切都歌唱了。它就是歌。它陶醉在歌声中,听不见自己的歌声。

音乐的洪流像春雨一般涌入了在冬天龟裂的土地。羞耻,悲伤,痛苦,现在显示了神秘的作用,使土地发酵,变得肥沃,深入地心,使它裂开,好开掘新生命的源泉。大地开花了,但并不是去年春天的花。一个新灵魂诞生了。

每时每刻都有新生。新灵魂骨头还没长硬,不像那些发育完善、快要死亡的灵魂。它还没有塑成铜像,只是熔化中的金属。每一秒钟都可把它造成一个新天地。克里斯托夫并不想给灵魂定型。他只尽情享受人生的乐趣,把过去的负担抛在脑后,带着年轻人的满腔热血,自由的心灵,出发去做长途旅行,呼吸海洋的新鲜空气,以为这次旅行是没有终点的。他又吸收了世界上奔流的创造力;世界的无穷富源使他心醉神迷。他爱世界,他既是自己,又是旁人。对他说来,一切都是"旁人",无论是脚下踩的小草,或是他握着的手。一棵树,山上的云影,草地的气息,蜂窝般的夜空,天上嗡响着成群的太阳……血涌上来,天旋地转……他不愿说话,不愿思想……只想笑,哭,溶入这生命的奇迹!……写吧,为什么要写?难道不可言传的可以写出来?……管他写得出写不出,还是一定要写。这是他的规律。不管他在哪里,思想像闪电般照射着他。不可能等了。于是他写了,不管用什么写,写在什么上面;他甚至往往说不出思如泉涌的乐句是什么意思;瞧!他一句还没写完,另外一句又来了,还有另外一句……他写呀,写呀,写在衬衣的袖口上,帽子的边缘上;无论他写得多么快,他的思想总是来得更快,他非用速记法不可了。

然而这不过是些草稿。等到他要把这些乐思灌入常规的音乐格式,困难就来了;他发现从前的模型没有一个合用,如果要把他的意象忠实地固定成型,那一开始就该忘掉他以前听过的、写过的格式,抛弃一切学到的公式和传统的技巧,扔掉精神残废人使用的拐杖,因为那是懒汉的温床,他们怕苦怕累,不肯自己思想,就躺在别人思想的床上睡大觉。以前,他自以为达到了生活和艺术的成熟境界——其实,他只不过是达到了生活的一个目标——他表达思想用的是一种早已存在的语言;他的感情发展服从一套早已建立的逻辑,这套逻辑预先规定了一部分公式化的乐句,牵着他乖乖地走上别人开辟的道路,走到大家异口同声期待他到达的目标。现在,前面没有路了,要感情自己去开辟;思想只能随着感情走。他的作用不再是抒写热情,而是和热情合而为一,尽力体现情感的内在规律。

同时,克里斯托夫挣脱了他长期以来不肯承认的矛盾。因为他虽然是一个纯粹的艺术家,却往往把艺术与非艺术混为一谈,认为艺术有社会使命。他没有看出他自己其实是两个人合而为一:一个是只管创造,不管道德后果的艺术家,另一个是希望他的艺术有社会道德作用的活动家、思想家。有时这两个人不能合用。现在,他创造的念头占了上风,创造的有机规律成了高于一切的现实,他就不再屈从于实用的理由了。当然,他还是一样瞧不起当代不道德的萎靡风气;当然,他一直认为不纯洁的艺术是最低级的艺术,是一种病态,是生长在枯树上的毒菌;但如果说享乐主义的艺术沦落到了妓院艺术的地步,那克里斯托夫也并不认为应该进行反击,因为那好像是阉割了天马,要它拉犁耕田。最高的艺术,名副其实的艺术是超越时代限制,是飞向太空的彗星。从实用的观点看来,这种力量可能是有用的,也可能看起来没有用,甚至是危险的,然而它总是力,它总是火;它是天空闪闪的电光;因此,它是神圣的,因此,它是有益的。即使从实用的观点来看,它也是有益的;但它真正的、神圣的体质像信仰一样,是超乎利害善恶的。它和太阳一样给人光明。太阳是无所谓善恶、道德或不道德的。它只是存在。它战胜了黑暗。艺术也是一样……

因此,投入艺术中的克里斯托夫目瞪口呆地看见他没有想到的、见所未见的力量从心里涌出来,完全不同于他的热情、悲伤、有意识的灵魂……这是一个陌生的、对他的爱和痛苦、对他整个一生都漠不关心的灵魂,又是一个欢乐的、任性的、粗野的、难以理解的灵魂!这个灵魂骑在他身上,用马刺踢他的两侧。在他难得喘一口气的时候,他再读读自己刚写下来的音乐,不禁感到奇怪:

"怎么,怎么,这可能是我写出来的么?"

他像一切天才那样,成了狂欢精神的俘虏,成了不受意志约束的独立意志的俘虏,"这个猜不透的世界之谜,生命之谜",歌德说是"只有魔鬼知道谜底",他要全副武装进行对抗,但也不是对手。

于是克里斯托夫写呀,写呀。他写了几天,几个星期。有些时候,丰富的心灵可以自给自足,几乎可以没完没了地继续生产。只要风吹一下,送来的花粉就足以使万紫千红发芽……克里斯托夫没有时间思想,没有时间生活。在生命的废墟上,创造的心灵在呼风唤雨。

然后,这一切都停止了。克里斯托夫走了出来,筋疲力尽,头昏脑热,老了十岁——但他得救了。他离开了克里斯托夫,成了上帝的移民。

他的黑头发中忽然出现了丝丝白发,就像九月的草原在一夜之间开出了黄花一样。脸上也长出了皱纹。但眼睛恢复了平静,嘴也收敛了。他心平气和。现在,他明白了。他明白自己的骄傲,人类的骄傲,在翻天覆地的力量掌握之下,是毫无作用的。没有人能把握自己。一定要警醒。只要一睡着,那股力量就会作怪,把我们推下……推到哪个深渊呢?或者是洪水一退,又让我们搁浅。只靠意愿并不能斗争。一定要向高深莫测的上帝低头,由他随时随地随意摆布,给我们爱情、死亡,或者生命。人的意志不能胜天。上帝只要一秒钟就可以使我们几年的努力前功尽弃。只要他一高兴,也可以化腐朽为神奇。有创造力的艺术家最能感到上帝的力量,如果他能有真正伟大的创造。那不过是奉了神灵的旨意说话而已。

克里斯托夫这才明白了老海顿的明智,他每天早上动笔之前……先要凝神祈祷。凝神祈祷吧! 祈祷上帝和你同在。要保持和生命之神在感情上诚心诚意的交流。

夏天快要完的时候,一个巴黎来的朋友经过瑞士,发现了克里斯托夫隐居的地方,就来看他。这是一个音乐评论家,对他的作品一直给予高度的评价。陪他来的是一个出名的画家,自认是个音乐迷,也是克里斯托夫的崇拜者。他们告诉他说:他的作品取得了很大的成功,欧洲各地都在演奏。克里斯托夫对这个消息并不感到多大兴趣,对他说来,过去已经死了,这些作品不算什么。在客人的要求下,他拿出了新近的作品。客人一点也看不懂,以为克里斯托夫疯了。

"没有旋律,没有节奏,没有营造主题;只是一种流体的核心,正在熔解,还没有冷却,可能采取各种形式,但还没有固定哪一种;它什么都不像,只是一片混沌中的微光。"

克里斯托夫微笑了。

"你说得差不多,"他说,"混沌的眼睛发出的微光穿透了秩序的面纱……"

客人没有听懂诗人诺瓦利斯的这句名言。

("他的心里空了。"客人心中暗想。)

克里斯托夫也不求人理解。

客人告别时,他陪他们走了一段路,要带他们看看山景。但他走得不远。看到一片草场,音乐评论家就谈起了巴黎戏院的布景;画家更不客气地指出色调配合不当,一派瑞士风味,像个大黄馅饼,酸而无味,简直是瑞士派的绘画;此外,他对自然表示漠不关心,看来并不全是做作。他装出视而不见的神气:

"自然? 什么是自然? 不知道! 有光有色,不就够了吗? 什么自然,我才不在乎呢……"

克里斯托夫和他们握握手,让他们走了。他们不再能影响他。他们是山谷那一边的人。那好。他不会对人说:

"如要走到我这一步,就要走我同样的路。"

燃烧了几个月的创造之火,越烧火焰越低。但克里斯托夫保持着安慰心灵的温暖。他知道火还会烧起来的,如果不是在他心里,那就会在别人身上。不管火在哪里,他都一样爱它,因为它总是同样的火。在九月这一天的傍晚,他觉得火扩散到了整个自然界。

他又上山回家。风暴已经过了。现在天上只有太阳。草地上在冒蒸气。苹果熟了,从树上落到湿草里。蜘蛛在枞树枝上结网,网上水珠闪烁,像古代战车的轮子。在淋湿了的森林边上,啄木鸟发出断续的笑声。成千上万只小黄蜂在缕缕阳光中飞舞,不断地使树荫下充满了风琴般深沉的嗡嗡声。

克里斯托夫站在山坳里一片林中空地上,那是一个椭圆形的盆地,铺满了落日夕照,照着红色的土地,中间有一小片晚熟的金黄麦田,还有铁锈色的灯心草。周围是一条带子似的树林,呈现出深秋色:红铜色的山毛榉,金黄的栗子树,长着珊瑚果的花楸,吐着火焰一般的小小红舌头的樱桃树,乱蓬蓬的越橘树,叶子橘黄,像枸橼树,褐色,又像烧焦了的火绒。简直就是一堆燃烧的荆棘。从这火盆似的树林中,飞出了一只陶醉在果汁和阳光中的云雀。

克里斯托夫的心灵也像云雀一样。他知道飞起来还会落下去,还会落下去好多回。但是他也知道:落下去还会飞起来,只要他不怕疲倦,总会从烈火中飞起来,用呖呖的歌声,对人间的同伴歌唱天上的光明。

LIBRARY
OF
WORLD
LITERATURE

第十卷 新生

可爱的艺术,在阴暗的时刻……

生命消逝了。肉体和灵魂像波浪滚滚而去。岁月在老树的肉体上刻下了年轮。整个有形的世界都在除旧迎新。只有你,不朽的音乐啊,不会随波而去。你是内心的海洋。你是深刻的灵魂。在你明亮的眼睛里,生命不会照出阴暗的面孔。时热时冷、焦急不安、犹豫不定的日子,像飞渡的乱云远远离开了你。只有你不会成为过去。你在世界之外。你本身就是个世界。你有你的太阳,引导你的行星,你有你的引力、数量、规律。你和群星一样平静,在夜空中划出了光明的航线——像无形的金牛拉着银犁耕田。

音乐啊,平静的朋友,你的光辉如同月色,对被太阳的强光照累的眼睛是多么柔和啊!公共饮水池给人用脚搅浑了,要喝净水的灵魂赶快到你怀里来吸梦寐以求的奶汁甘泉。音乐啊,你是一个白璧无瑕的母亲,你纯洁的体内热情奔放,你湖光般的眼色像山川一样淡绿,你芦苇色的眼睛里包藏着形形色色的善和恶——你是超乎善恶之上的;无论善恶,只要藏在你体内,就超出了时间的范围;无论多少日子,对你说来,都只等于一天;死亡可以吞下一切,但没有咬你的利牙。

音乐,你安慰了我痛苦的灵魂;音乐,你使我平静、坚强、快乐——你给了我爱情、财富——我吻你纯洁的嘴唇,在你蜜一般的软发里藏着我的脸,把我发烧的眼皮贴着你温柔的手掌。我们都不说话,闭着眼睛。但我看见你眼里永不消失的光辉,我痛饮你嘴上醉人的笑容,我蹲在你心里听永恒生命的跳动。

第一部

克里斯托夫不再计算那些流逝的岁月。点点滴滴,生命就这样消失了。但他的生命不在这里。对他说来,生命不再有历史。生命的历史就是他创造的作品。从音乐的源泉中滔滔不绝地流出来的歌声充溢了他的灵魂,使他对尘世的喧闹无动于衷。

克里斯托夫胜利了。他的名声得到了承认。头发白了,年纪大了,他却一点也不在乎;心灵永远年轻,力量没有抛弃他,他也没有抛弃信仰。他又恢复了平静,但不再像看到荆棘燃烧前一样。他的心灵深处忘不了暴风雨的震荡,忘不了翻腾的海洋显示的深渊。他知道只有上帝能左右战斗的胜败,上帝若不答应,谁也不能当家做主。克里斯托夫在内心深处有两个灵魂,一个是风吹雪打的高原。另一个是比高原更高,是沐浴在阳光下的雪峰。雪峰不能久留,但在尘世的烟雾使人心寒时,可以指出一条金光大道。在心灵的迷雾中,克里斯托夫不再孤独了。他感到身边有保护音乐的女神,圣女赛西尔正睁大了眼睛静听天堂的启示;他自己也像拉斐尔画上的圣保罗一样,一言不发,倚着宝剑,沉思默想。他不再愤怒了,也不再想战斗;他在塑造梦境。

在生命的这个阶段,他写得多的是钢琴曲和室内乐。写这些乐曲可以更自由,更大胆;思想和创作之间的隔阂更少,不会半途而废,不会削弱。风琴师弗雷斯科巴第,作曲家哥波冷、舒伯特、肖邦大胆的表现手法和风格,比交响乐革命超前了五十年。克里斯托夫强有力的双手把声响捏成面团,发出了前所未闻的和声组合,令人晕眩的和音系列。这是当时人在感觉上难接受、关系最遥远的音响效果,对精神产生了一种不可阻挡的魔力——但是群众需要一段时间,才能习惯一个大艺术家从苦难的深渊里采回来的胜利果实。因此很少人能欣赏克里斯托夫大胆的晚期成就。他的荣誉全靠早期作品。感到群众不理解自己的成功,比误解自己的失败还更令人难受,因为看来理由更难说清楚,于是自从克里斯托夫唯一的朋友死后,这种对成功的误解更加重了他离群索居的病态倾向。

这时,德国的大门重新为他打开了。在法国,那场热闹的悲剧也已被人忘记。他可以自由地去他愿去的地方。但是他怕巴黎会引起对往事的回忆。虽然他回德国去过几个月,虽然他不时去指挥自己作品的演奏,但他并不回去定居。太多的事使他难以忍受。也不只是德国如此;到处都一样。但对本国的要求总比对外国高,对本国的弱点感到痛苦也更大。何况对欧洲的罪恶,德国的确应该承担最沉重的责任。胜利者的责任比失败者大,因为不言而喻,他欠了战败者的债,他理所当然应该先行领路。路易十四胜利的时候给欧洲带来了法国理性的光辉。德国在色当打败法国后,给世界带来了什么光明呢?是闪闪发光的刺刀吗?这是没有翅膀飞不起来的思想,没有慷慨大度的行动,是粗暴野蛮的现实主义,甚至不是健康心理做得出来的事;只是武力和利益,只是战争贩子。四十年来,在恐惧之下,欧洲被拖入了黑暗。胜利者的钢盔遮天蔽日。软弱得经不起压力的失败者只有权得到怜悯,得到轻视;但头戴钢盔的胜利者又配得到什么感情呢?

不久之后,太阳又出来了;云缝里出现了光明。要争先看日出,克里斯托夫走出了钢盔的阴影,心甘情愿地回到了当年被迫流亡的地方,那就是瑞士。那时多少渴望自由的仁人志士,在敌对国家的狭小圈子里觉得喘不过气来。他也像他们一样,要在欧洲寻找一块可以自由呼吸的净土。从前,在歌德的时代,教皇管辖下的自由罗马成了各民族思想家的避风港,就像一个海鸟躲避风暴的小岛。现在,哪里有避难所?小岛已经被海水淹没,罗马也今非昔比。海鸟都飞离了罗马的七星冈——只剩下了阿尔卑斯山。在贪得无厌的欧洲国家中间,只有这二十四个联邦组成的山国瑞士还存在。(但能维持多久?)当然,这里没有千年圣城发出的奇光异彩、诗情画意,也呼吸不到史诗中的神灵和英雄的气息,但从这块赤裸的大地上响起了气势磅礴的音乐,起伏的山势是英雄气概的节奏,而且比任何其他地方都更能接触到原始的自然力。克里斯托夫并不是来寻求浪漫乐趣的。田野、树木、小河、长天,就是足够他生存的天地。故乡平静的面容比起群魔乱舞的阿尔卑斯山景来,对他自然更亲切。在这里,上帝才出现在燃烧的荆棘中;他一回到这里,感激之情,信仰之心,就会使他不由自主地震动颤抖。这样的人并不止他一个。多少在生活中受了伤的战士,在这块土地上重新找到了继续斗争所必需的力量和信心!

要在这个国家生活,他到底得认识这个地方。多少过客只看见它的缺陷:斑斑点点的旅店在风景如画的大地上增添了不少疮疤,形形色色的外国游客来来往往,世界各地饱食终日的人到这里来花钱买回健康,吃起来像喂牲口一样浪费大酒大肉,游乐场上的音乐有小马的鸣声伴奏,意大利小丑讨厌的嬉皮笑脸却使烦闷无聊的傻大老板心花怒放,摊子上摆出了千篇一律的商品:木头熊、小木屋,无聊的书商贩卖宣扬丑事的小册子——这些道德败坏的堕落地方,每年要吞噬掉多少百万金钱,而这些无所事事,只想寻欢作乐的懒汉,却找不到比这些低级下流的玩意更高级一点,而又一样有刺激的娱乐。

他们一点也不知道本地人的生活。他们猜想不到保留下来的道德力量和公民自由权已经在这里积累了几百年,加尔文和辛格里的宗教炭火还在灰烬下燃烧。这里有拿破仑共和国一直忽视的压不垮的民主精神,有简单的政治制度和广泛的社会工作,德、法、意这三个西方主要民族联合组织的国家给世界提供了一个样板,这是未来欧洲国家联盟的缩影。他们更想不到达芙妮仙子会藏在硬壳里,这里会有鲍格林雷鸣电闪、粗野无羁的梦想,霍德勒声嘶力竭的英雄主义,高弗烈特·凯勒大智若愚的赤子之心,行吟诗人史比德雷歌唱的巨人史诗和奥林匹克山上的光明,群众节日的活传统,使古树开花的春天液汁:所有这些还不成熟的艺术有时尝起来粗糙,像野梨树上的硬果,有时吃起来淡而无味,像又青又黑的越橘,但至少闻起来有泥土的香气,是一个没有脱离人民的古老文化独立自主的作品,是自学者和人民读生活的大书共同的创造。

克里斯托夫对这些不求出头露面,只求生存的人抱有好感,虽然他们外表也有德国和美国工业化的包装,但还是保存了古代欧洲城乡最使人感到舒适的某些品质。在他们中间,他交了两三个好朋友,都是淳朴认真的老实人,过着脱离群体、留恋过去的生活;他们带着命中注定的宗教情绪和加尔文式的悲观主义,眼看古老的瑞士慢慢消失,是一些伟大的灰色心灵。克里斯托夫很少和他们见面。表面上他的旧伤已经结了疤,但是伤口太深,不能完全愈合。他害怕和别人发生新的关系,他害怕重新投入到感情和痛苦的枷锁中去。有点为了这个原因,他觉得在瑞士过脱离人群的生活很舒服,可以做一个陌生人当中的陌生人。再说,他并不长期住在同一个地方,而是时常迁移。他是一只浪迹江湖的老鹰,需要的是空间。对他说来,家乡就在空中……"我的祖国在天上……"

夏天的一个晚上。

他在村子后面的山上散步,帽子拿在手里,由一条弯弯曲曲的小路往上走。到了一个转弯的地方,小路转入两个斜坡之间的树荫中;两边是一丛丛的榛树和冷杉,仿佛到了一个与世隔绝的小天地。不管往左往右,小路似乎已经到了尽头,再往前走,就要面临一片空茫茫了。在淡蓝色的远景衬托下,连空气都显得透明。平静的暮色张开了罗网,像在苔藓下面,淙淙地流着一道清泉。

在道路第二个转弯的地方,她出现了,穿了一身黑色的衣裳,给明亮的天空映衬得更加显眼。后面跟着两个孩子,一男一女,小的六岁,大的八岁,他们在采花玩。走了几步,两个人互相认出来了。他们的眼睛泄露了他们的情感;但都没有喊出声来,甚至没有什么惊讶的表示。他非常乱;她

呢……嘴唇有点颤抖。他们都站住了,几乎用低得听不见的声音说:

"葛拉齐亚!"

"你在这里!"

他们握着手,却没有说话。葛拉齐亚努力头一个打破沉默。她说了她住的地方,又问他住在哪里。有口无心的问答,他们几乎听也没听,要等到握着的手分开了才听见对方说什么。他们只是互相瞧着。两个孩子跟上来了。她要他们见过克里斯托夫。他却对他们没有好感,甚至还有敌意。他毫不客气地瞧瞧他们,什么话也没说。他心里只容得下她一个人,只顾得上看她美丽的脸。但脸老了,受过了痛苦。她给他看得难为情,就问:

"你今晚能来吗?"

她说了旅馆的名字。

他问她丈夫在哪里。她指指身上的丧服。他太激动了,连话都说不下去。他不太自然地离开了她。但是没走两步,又回过头来,朝着正在摘杨梅的孩子走去,忽然抱住他们,亲了一下,才走开了。

晚上,他到旅馆里来。她在装了玻璃的阳台上等他。他们分开坐下。阳台上没有几个人,只有两三个老者。克里斯托夫心里嘀咕,不喜欢有人在场。葛拉齐亚瞧着他。他也瞧着葛拉齐亚,低声念着她的名字。

"我变了吧,对不对?"她问。

他的感情涌上心头。

"你吃苦了。"

"你也一样。"她看着他那张受痛苦和热情蹂躏过的脸,同情地说。

他们找不到话题。

"对不起,"过了一会儿,他问道,"换个地方好不好?难道我们不能找个没有人的地方单独谈谈?"

"不用,我的朋友,就在这里,就在这里吧。这不是很好吗?谁会注意我们呀?"

"我不能说心里话。"

"那不是更好吗?"

他不懂为什么。以后,他回想起来,认为是她不信任他。其实,她是出自本能的害怕,免得感情冲动出事,所以宁可找个保险的地方;她甚至觉得在旅馆的客厅里有点拘束更好,不能畅所欲言,可以不泄漏内心的不安,露出不好意思的表情。

他们低声地用粗线条谈到过去的生活,说说停停。几个月以前,贝莱

1023

尼伯爵在一场决斗中送了命;于是克里斯托夫明白:她和他在一起生活并不太幸福。她还死了一个孩子,就是最大的那个。但她并没有抱怨,总是避免谈到自己,总是转过头来问克里斯托夫,对他痛苦的遭遇表示亲切的同情。

教堂钟响了。这是一个星期天的晚上。生活画上了一个休止符……

她要他过两天再来。他觉得难过,因为她并不急于再见到他。在他心里掺杂着几分幸福,几分痛苦。

第二天,她找了个借口,写了几句话要他来。这普普通通的话使他太高兴了。她接待的地方,这一回是在她自己的客厅里。只有两个孩子在身边。他瞧着他们,有一点不安,但更多的是温情。他发现那个女孩——年纪大一点的——长得很像母亲;他却不管男孩像谁。他们谈到天气、地方、桌上打开的几本书——他们的眼睛说的却是另外一种语言。他打算和她谈谈心里话。但来了一个她在旅馆里认识的女友。他看见葛拉齐亚亲切有礼地接待这位生客,似乎对两个客人并没有什么不同。他感到苦恼,但又不能怪她。她提出一起去散步,他不得不答应;但有第三者在场,虽然是个年轻可爱的女人,也总有点碍事;而这一天就糟蹋了。

他有两天没去看葛拉齐亚。这两天的生活只是等待见面的时刻。但见了面,还是不能谈什么真心实情。她对他好,但说话不出格。克里斯托夫流露了日耳曼人的多情善感,使她更加觉得难办,反倒本能地采取了相反的行动。

他写的一封信感动了她。信中说生命太短!他们在生活的道路上已经走得很远了!见面的时间不会太多,如果不抓住机会推心置腹,那不但是痛苦,而且几乎可以说是有罪。

她回信很亲切,说在生活中受到过挫折,便不由自主地产生了某种不信任感,养成了说话有保留的习惯,要改也改不掉;过分地表现自己,即使表现的是真心实意,也会使她反感,使她害怕。但她觉得这次旧友重逢实在难得,她也和他一样感到幸福,就请他去晚餐。

他的心里洋溢着感激之情。在旅馆房间里,他躺在床上,把头埋在枕头中间,抽抽噎噎地哭了起来。十年的孤独一下解脱了。自从奥利维死后,他一直是孤独的。这封信给他渴望情感的心灵带来了复活的声音。情感!他以为已经和自己无缘,不得不学会没有情感的生活!今天,他才感到多么需要情感,心中积下了多少爱!

甜蜜而圣洁的一晚……虽然他们心里不想隐瞒,口里却说不出什么深情厚谊,但是他一弹琴,她用眼睛请他尽情吐露,他却带来了多少甘霖玉液啊!她惊奇地发现这个高傲激烈的人内心是多么谦卑。分别时两个人默默无言,紧紧握住的手说明他们的心紧紧合在一起,不会再得而复失了——天在下雨,没有一丝风。克里斯托夫的心在歌唱……

她在这个地方只能再住几天,不打算推迟离开的时间,他既不敢求她延期,也不能埋怨她。最后一天,他们带着孩子,独自散步。刹那间,他心头洋溢着的爱情和幸福要泛滥了,正想打开闸门,她却做了一个温柔的手势,微笑着制止了他:

"何必呢!你要说的,我都感觉到了。"

在他们重逢的那条道路上,到了那个转弯的地方,他们坐了下来。她一直微笑,瞧着脚下的山谷;但她看见的,却不是山谷。他瞧着那张温顺的、让折磨留下了印记的脸;在密密的黑发中,到处都可以看到一根根银丝。他对这个沉浸在心灵痛苦中的肉体,感到既怜又爱的敬意。从时间留下的创伤中,到处可以看到忧伤的心灵——于是他低声下气,战战兢兢,仿佛请求她格外开恩似的,向她要了……一根白发。

她走了。他不明白她为什么不要他送。他不怀疑他们之间的友情,但她的保留态度使他不解。他在这个地方也住不了两天,就朝另外一个方向走了。他设法靠旅行和工作来分忧。他给葛拉齐亚写信。她要在两三个星期之后才回他一封短信,心情平静,既不着急,也没有不安。信使他痛苦,但他还是爱读信。他自知没有责备她的权利;他们的感情时间太短,是最近才恢复的。他唯恐得而复失。然而,她每封来信都流露出真诚的平静,可以使他放下心来。两个人是多么不同啊!……

他们约好了秋后在罗马见面。若不是为了她,这次旅行对克里斯托夫并没有多大吸引力。长期的孤独生活使他习惯于深居简出;他对没有意义的流动不再感兴趣,那只是今天有闲没事做的人才热衷于做的。他怕改变习惯会危害有规律的精神活动。再说,意大利对他并没有魅力。他对这个维吉尔的故国了解有限,只知道几个名声不好的"真实主义者"的音乐,以及对游历古国的文人墨客有启发的男高音歌曲。他对罗马不信任,有反感,因为先进的艺术家老听到守旧的学院派吹捧罗马的陈词滥调。最后,北方人在内心深处对南方人有根深蒂固的本能反感。至少,在北方人看来,南方人代表了自吹自擂的典型。只要一想到南方,克里斯托夫就会撅起嘴来,露出瞧不起的神气……不,他并不想充分了解这个没有音乐的民族——他就这样妄加评论说:"在今天欧洲的乐坛上,拉拉曼陀铃,唱唱音乐剧,大喊大叫,那算得了什么?"——然而,葛拉齐亚却属于这个民族。要见到她,克里斯托夫哪里不愿去,哪条路不愿走呢?只好闭上眼睛,等见面再说吧。

闭上眼睛,他已经习惯了。多少年来,他内心生活的眼帘就一直是闭着的。到了晚秋,比以前更需要闭眼了。一连三个星期,雨都下个不停。然后,灰色圆帽似的浓云笼罩着瑞士湿淋淋、颤巍巍的山谷。眼睛已经失去了对阳光的记忆。要在心中找到潜伏的太阳能,一定先要使周围变成一片黑暗,闭上眼皮,走上地下的通道,深入到矿藏底层的梦境。在那里沉睡着昔日太阳的化石。但蹲在梦里过日子,要发掘阳光,那从梦中出来时,就会发现自己浑身发烧,弯腰驼背,膝盖僵硬,四肢变形,目光浑浊,眼睛看起来像夜里出没的猫头鹰。有好几次,克里斯托夫都含辛茹苦从矿床深处带来了他提炼的火种,给冻僵了的心灵带来温暖。但北方人的梦带来的是家庭的温暖。生活在家庭中并不觉得;你会喜欢那暖洋洋的沉闷空气,喜欢那半明半暗的朦胧光色,那昏昏沉沉的头脑中堆积如山的梦想。一个人有什么就会喜欢什么。应该知足才行!……

走出阿尔卑斯山的屏障时,克里斯托夫迷迷糊糊地坐在车厢的一个角落里,看见纯净无瑕的天空和山坡上的流光,仿佛在做梦似的。在山的那一边,他留下了阳光陨灭的天空和朦朦胧胧的白天。变化来得这样突然,使他开始觉得惊多于喜。一定要过些时间,麻木的心灵才会渐渐松弛,打破那个囚禁它的外壳,摆脱过去的阴影。时间越来越接近中午,柔和的光线伸出软绵绵的胳臂来拥抱他。他忘记了过去的一切,痛饮着可餐的秀色,沉醉在目不暇接的美景之中。

米兰平原。太阳是白天的眼睛,映照在蔚蓝的运河中,流水的网络穿过天鹅绒似的稻田。秋天的树木瘦骨嶙峋,轮廓鲜明,枯黄的树叶像一簇簇绒毛。这是达·芬奇画上的山景,阿尔卑斯山的雪光融入天外,高低起伏的橙黄、金碧、浅蓝,点缀着风雨欲来的天边。亚平宁山上的黄昏,顺着陡峭的山峰蜿蜒而下,弯弯曲曲,节奏交错重复,犹如法国南方的民间舞蹈——忽然,从山坡下吹来了吻一般的大海气息,还夹杂着橙香。海洋,拉丁的海洋,乳白的光辉中悬挂着片片白帆,仿佛在海上睡着了……

到了海边一个渔村,火车停下来不走。旅客得到通知:由于下大雨的缘故,从热那亚到比萨的隧道塌了方,各班火车都要迟到几个小时。克里斯托夫买的是直达罗马的车票,这件倒霉的事使别的旅客怨声载道,却使他兴高采烈。他跳到月台上,利用停车的时间跑到海边去。大海太迷人了。他是这样入迷,过了一两个小时,听到火车呼啸一声又要开车,他却坐在一条小船里,眼看着车开走,反对列车喊道:"旅途愉快!"在明亮的海上,在明亮的夜里,他的小船随波逐浪,沿着矮小的冷杉树排列成行的海岬,任意漂荡。他在村子里住了五天,心情一直欢畅,就像一个饿了几天的人忽然饱餐一顿。他如饥似渴的五官陶醉在灿烂辉煌的光明中……光明啊,地球的血液,生命的河流,你从我们的眼睛里、鼻孔里、嘴唇里、皮肤的千万毛孔里,渗入了我们的肉体,你对生命比面包还更重要——看到你脱下了北方的面纱,纯洁、热烈、赤裸裸的一丝不挂,不禁要问自己:以前没有你怎么能生活?同时不免要说:以后再活一天,也不能不想得到你了。

五天来,克里斯托夫沉醉在阳光中。五天来,他忘记了——这是生平第一次——他是音乐家。他生命的音乐已经融成了一片光明。空气、海洋、土地都成了交响乐。意大利多么会用天生的艺术才能来指挥这支乐队啊!其他民族只会模仿自然;意大利人却同自然合作,用阳光来描绘。这是五光十色的音乐。一切都是音乐,一切都在歌唱。路上有一道红墙,墙上有金色的裂缝;高处有两棵叶浪起伏的冷杉;周围是蓝得令人神往的天空。一座大理石梯,又白又陡,两边是玫瑰色的墙壁,迎面是天蓝的大门。五彩缤纷的房屋、杏子、柠檬、佛手,在橄榄丛中闪闪发亮,像是奇果异叶,相映成趣……意大利的风光最能刺激感官:目迷五色就像舌头尝着香甜的水果。克里斯托夫贪馋地享受着佳肴美味,要弥补过去艰苦生活的损失。在这以前,他过的是多么灰暗的日子啊。他丰富多彩的天性一直受到命运的压制,忽然一下意识到自己从来没有利用过的享受力量,于是来者不拒,抓住不放:气味、颜色、人声、钟声、海声合奏的音乐,空气和阳光尽情的抚摸……克里斯托夫什么也不想。他身在幸福中。如果他要离开福地,那只是为了把他的幸福告诉别人,告诉他的老船夫,那一个眼睛有神、眼皮起皱,戴着一顶威尼斯元老帽的渔翁——告诉他同桌进餐的米兰人,那家伙吃着通心粉,转动奥塞罗一般的眼睛,存心不良,满腔愤恨,毫无同情——告诉旅店的伙计,他拿着托盘,缩着脖子,弯着胳臂,就像贝尼尼画上的天使——告诉卖弄风情、沿街乞讨、用绿枝金橙来化缘的小天使。他不招呼那些懒洋洋的马车夫,他们低头缩在车子里,断断续续用鼻音唱些永远唱不完的乐句。他发现自己也唱起讨厌的《乡村骑士》来了,不免吃了一惊。他旅行的目的也忘记了。他忘了为什么要急急忙忙赶去见葛拉齐亚……

一直等到那天,心爱的倩影忽然闪现了。是路上碰到了醉人的目光,还是听到了如歌如诉的声音?他并没有意识到。只是一到那个时刻,周围的一切,环绕的群山,亚平宁山脉高低起伏的峰岭峡谷,烈日和浓阴织出的景色,从橄榄树和橙子林中,从大海的深呼吸里,忽然吐出了光彩夺目的情人微微一笑的丽影。空中闪烁着无数眼睛,那都是葛拉齐亚的眼睛在瞧着他。她在这块土地上开花,就像玫瑰园中的一朵玫瑰。

于是,他又坐上了到罗马去的火车,哪里也不停留。意大利的名胜古迹,历史上艺术的光辉,都不再能引起他的兴趣。在罗马,他什么也没有看到,也不想看什么;他顺路看到的,首先是新建设的市区,房屋方方正正,没有风格,使他倒了胃口,就不想多看了。

一到罗马,他立刻去找葛拉齐亚。她问他:

"你走哪条路来的?在米兰,在佛罗伦萨,你下车了吗?"

"没有,为什么要下车?"

她笑了。

"答得好!你觉得罗马怎么样?"

"不怎么样,"他说,"我还什么都没看呢。"

"还没看吗?"

"没有。一个古迹也没看。一出旅馆,我就到你这儿来了。"

"你不用走十步,就可以看到罗马……瞧瞧,对面的墙……看墙上的五光十色。"

"我只看到你。"他说。

"你是个没开化的人,看见的只是想到的。你什么时候离开瑞士?"

"一个星期了。"

"那你干什么来着?"

"我不知道。我下了车,随便走到海边一个地方。我甚至没注意那地方的名字。我睡了一个星期,是睁着眼睛睡的。我不知道看见了什么,也不知道做了什么梦。我以为是梦见了你。我知道梦很美。但最美的是,我什么都忘了……"

"谢谢。"她说。

(他听也没有听。)

"我忘了一切,"他接着说,"当时的一切,从前的一切。我成了一个新人,要重新开始生活。"

"的确,"她眼睛含笑,瞧着他说,"上次见面以来,你变多了。"

他也瞧着她,发现她比起他记忆中的人来,变化也不算小。然而,并不是两个月来她真变了。其实是他在用全新的眼光看她。在瑞士的时候,葛拉齐亚从前的形象,年轻少女淡淡的影子,使他看不清眼前的女友。现在,在意大利的阳光中,北国的梦幻已经烟消云散,他在光天化日之下,才看得清女友灵和肉的真面目。她和当年关在巴黎的野鹿相差多远,和像圣约翰一般面带微笑的新婚少妇又相差多远!但是那天晚上见面之后,他立刻又失掉了她!而拉斐尔笔下的小圣母已经开花结果,成为一个罗马美人了!

真正的美色,健康的身体,充沛的精力。

她的外形丰满而匀称,她的身体散发出松弛的自豪。她沉浸在平静的天性中。她贪婪地吸收无言的阳光,一动不动地沉思默想,深情享受和谐的生活,这是北方的心灵难以理解的。对于过去,她特别保留了伟大的好心好意,这渗入了她的其他感情。但从她光辉闪烁的微笑中,可以看出一些新东西:那就是宽容中带有忧郁,还有一点懒散,一点讥讽,一种通情达理的平静。年龄给她戴上了一层冷漠的面纱,使她能对付心灵的幻想,很少再会上当受骗;她含情脉脉,但有戒心,带着看透一切的笑容;而克里斯托夫却很难克制热情的冲动。尽管如此,她还是有她的弱点,有时不免随兴所至,放任自己,明知卖弄风情可笑,却也懒得去和天性斗争。她从来不抗拒什么,也不抗拒自己,非常柔顺地听天由命,天性善良,有一点厌倦了。

她接待的客人很多,没有什么选择余地——至少表面上是这样——但是一般说来,她的熟人属于同一社会阶层,呼吸着同样的空气,养成了同样的习惯,形成了和谐一致的社会团体,和克里斯托夫在德国和法国所听说的大不相同。他们多半是意大利的古老家族,有些人和外族通婚,又增添了活力;表面上他们之间笼罩着天下一家的气氛,英、法、德、意四种主要语言融洽相处,西方四大国的文化财富相互交流。每个民族都投入一份资本,如犹太人的不安分守己,盎格鲁·撒克逊人的无动于衷,一切都立刻投入了意大利人的熔炉。几百年来大贵族的掠夺抢劫,给一个民族刻下了猛禽一般高傲凶残的侧影,即使气质有所改变,留下的印痕还是原封未动。有些面貌看起来是十足的意大利典型,像吕尼画上的笑容,提香画上好色而平静的眼光,亚德里亚海滨或伦巴德平原上的花朵,都是北方的树丛移植到古老的拉丁土地上的开花结果。无论罗马画板上涂的是什么颜料,画出来的总是罗马色彩。

克里斯托夫不能分析他的印象,只是赞美这千年文化发出的芳香,而呼吸这古老文明的心灵却往往是平庸之辈，有些甚至连平庸还不够格。这种捉摸不到的芳香说不出是什么小地方来的，客客气气的风度、文雅的举动既表示亲切，又保持警惕，不失身份，看一眼，笑一下，都显得优美而细致，有临机应变却又满不在乎的机智，对什么都不相信却又丰富多彩，而且从容不迫。既不生硬，也不下流，也没有书呆子气。这里不用害怕会碰到巴黎"纱笼"中的心理学家躲在眼镜片后看人，也不用担心鼓吹军国主义的德国学者。这里见到的，简单说来就是人，有人情味的人，就像两千年前的拉丁诗人和贵族的朋友一样。

总而言之，是人……

漂亮的门面！这里的生活是形式重于内容。骨子里是不可挽救的轻浮，和其他国家的上流社会一样。这里轻浮的特点带有懒散的民族性。法国人的轻浮带有神经质的狂热，头脑老在活动，即使空空如也也要活动。意大利人的头脑却会休息，太会休息了。在温暖的树荫下打瞌睡多么舒服，头枕着软绵绵的享乐主义，枕头里塞满了冷嘲热讽，非常灵活，相当好奇，其实是难以想象的麻木不仁的才智。

所有的人都缺乏主见。他们搞政治或艺术，都是业余爱好。看得出有些人性格很可爱，有意大利贵族英俊的脸，五官清秀，眼睛聪明而温和，态度安详，用高雅而多情的心爱自然，爱古画、鲜花、女人、图书、美食、祖国、音乐……他们什么都爱，但是爱而不专。有时反使人感到他们什么也不爱。然而，爱情在他们生活中还是占了很大的地盘。但是有个条件，那就是不能扰乱生活的安宁。他们的爱情也是软绵绵、懒洋洋的，像他们人一样；即使在热情奔放时，看起来也像是夫妇之爱。他们面面俱到的智力和懒惰的惯性和平共处，相反的思想相逢并不会发生冲突，而是微微一笑，相安无事地合作起来，他们思想的棱角都磨钝了，不会伤害别人。他们害怕非左即右的信仰，不愿做出过激的选择，只有在若明若暗的思想中，在决而不断的行动中，才觉得如鱼得水。他们的精神是自由的保守派。他们需要不高不低的政治和艺术，不冷不热的疗养地，免得呼吸急促，心惊肉跳。他们在哥尔多尼剧中的懒人身上，在曼佐尼诗里普照大地的阳光中，看到了自己的真面目。于是他们心安理得，不像他们伟大的祖先那样说："首先是要生活……"而是说："首先要安静的生活。"

安静的生活。这是大家秘密的心愿，甚至那些精力旺盛，指挥政治行动的人也这样想。即使你是像马基雅维里一样能当自己的家,能做别人的主,心和头脑一样冷酷无情,聪明得看透了一切,又感到厌烦,胆大心细,敢于为了目的,不择手段,准备为了雄心壮志,不惜牺牲亲朋好友,但又为了一个目标,不惜牺牲雄心壮志,而那个目标就是神圣不可侵犯的"安静生活"。他们需要长期消灭自己,才能做到无所作为。等到他们像好好睡了一觉之后走了出来,他们又成了有所作为的新人;不管庄重的男人还是平静的圣女,都会忽然一下说起话来滔滔不绝,快快活活要过社交生活,他们需要指手画脚,口若悬河,说些自相矛盾的惊人妙语,发泄荒唐可笑的古怪脾气,简单说来,就是在演滑稽歌剧。在这些意大利人的相片上,很难找到深思熟虑的痕迹,眼睛里难得见到金属的光泽,面孔上没有刻下长期精神活动的皱纹,而在北方,那是很容易见到的。这里也和别处一样,并不缺少折磨自己的心灵,隐瞒自己的创伤、欲望、忧虑,装出满不在乎的样子,其实恨不得找到一个麻木不仁的假面具。不消说,有些人还会泄露本来面目,稀奇古怪,五颜六色,令人不解,隐隐约约显示了内心的不平衡,这是古老民族在所难免的——就像罗马郊外裂开大口的断层一样。

这些人满不在乎的态度,潜伏着悲剧却喜欢嘲笑的若无其事的眼睛,有一种谜一般的魅力。但克里斯托夫没有心情来了解他们。他看见葛拉齐亚生活在这些人的圈子里,非常生气。他怪他们,他也怨她。他生她的气,就像生罗马的气一样。他看她的次数渐渐减少,他打算要走了。

但是他没有走。虽然罗马使他生气,他还是不由自主地感到意大利世界的吸引力。

暂时,他是孤独的。他在罗马城里城外,走来走去。罗马的阳光,高悬的花园,荒郊的古迹,金光灿烂的海洋像围巾一般环绕着的城郊,渐渐向他揭示了这块土地令人心醉神迷的奥秘。他发誓不肯走一步路去看死人的纪念碑,假装不把古迹放在眼里,还嘀咕着说:除非死者来找他,他是不会去找死者的。不料死者居然来找他了,那是他在圣城高低起伏的土地上漫步时看到的。他无意中看到了在夕阳斜照下的红土广场,坍塌了一半的王宫拱门危然屹立在深蓝色的穹隆之下,仿佛门后是个蓝光的深渊。他在辽阔的荒郊漫步,看到浑浊发红的第伯尔河仿佛滚滚而去的泥流——双层引水桥的遗迹却像洪荒时代古生物的巨大脊梁。团团乌云滚过蓝天。乡下人骑着马,用长竿子赶着一群珍珠灰色的长角母牛走过荒郊;在笔直的尘土漫漫的古道上,腿上裹着羊皮的牧人赶着一行行大大小小的驴子,在不声不响地走着。在遥远的天边,莎冰山脉展开了连绵不断的、庄严宁静的峰峦;在天宇另一边,看见的是古老的城墙,圣约翰教堂的正门,墙头的雕像清晰地显出了跳舞的侧影……一片寂静……骄阳似火……热风吹过平原……一个臂上雕着衣饰的无头石像受着野草波浪似的冲击,石像上有一条蜥蜴,心在懒洋洋地打着拍子,身子一动不动地痛饮着醉人的阳光。而克里斯托夫给太阳晒得头晕目眩(有时也给加斯特利酒灌得头昏脑涨),就在大理石碎片丛中的黑色土地上坐下,微微笑着,如梦如醉地沉浸在遗忘中,吸收着罗马平静而强烈的力量——一直等到黑夜降临。那时,他心情紧张,看到阳光落入悲剧的深渊,剩下一片送葬人的孤独,他就赶快走了……大地啊!火光闪闪的大地,热情奔放而又沉默无言的大地!你平静的外表下面埋藏了汹涌的怒涛,我还听得见罗马军团的号角呢。多少生命在你胸中激荡!多少欲望在你心中觉醒!

克里斯托夫找到了心中燃烧着千年火炬的人物。在死者的骨灰下面还保存了火种。大家以为在马志尼闭上眼睛的时候,火已经熄灭了。不料死灰复燃,还是同样的火。但愿意看到火的人很少。因为它会打扰睡眠人的安宁。它是刺眼的光芒。光芒闪耀的人——是一些青年(最大的不超过三十五岁),一些自由的知识分子,他们的气质、教育、意见、信仰并不相同——但他们一致崇拜新生的火焰。党派的标签,思想的体系,对他们说来并不重要,重要的是"勇于思想"。要无拘无束,敢作敢为! 他们粗暴地惊醒了本民族的迷梦。自从意大利在英雄们的号召下起死回生,政治上复活之后,经济上最近又复兴了。他们看到上层人物懒惰成性,胆小怕事,无所作为,精神萎靡,大言不惭,感到非常痛苦,就像受了侮辱一样。他们响亮的声音冲破了浓雾,要把几百年来积压在民族心灵上的华丽辞藻和奴隶道德都打个落花流水。他们吹进来的是毫不留情的现实主义和毫不妥协的真诚之风。他们有洋溢着智慧的热情,又有精力充沛的行动。有时,为了执行民族生命限制个人的纪律和任务,他们不得不牺牲个人的爱好和合理的主张,然而,他们最高的圣坛,最纯的热忱还是献给真理的。他们狂热而虔诚地爱真理。不顾对方的侮辱、诽谤、威胁,一个年轻的领导人[①]泰然自若地答道:

"要尊重真理!我这是真心诚意、毫无怨恨地说的。我没有记住我受到过你们的伤害,也忘记了我会怎样伤害你们。但要真实!如果不是虔诚

[①] 指葛斯伯·泼莱索里尼,他当时是意大利"民族之声社"的领导人之一。

地、严格地、全心全意地尊重真理,就没有良心,没有高尚的生活,没有做出牺牲的可能,没有高超的人格。努力完成这个困难的任务吧。用虚伪对付别人,还没害人就先害了自己。你即使眼前占了便宜又有什么用?你的心成了无根之树,无本之木,悬在空中,你的土壤已经给谎言啃空了。我并不是把你们当成敌人来和你们谈判的。我们要站在一个更高的层次上,要超越我们的分歧。虽然你们口口声声盗用祖国的名义,但是还有比祖国更伟大的东西,那就是人类的良心。有些规律是你们不能违反的,否则,你们就不是意大利的好人了。你们面前只是一个追求真理的人,应该听听他的呼声。你们面前只是一个热烈期望看到你们的伟大淳朴,并且要同你们一起奋斗的人。因为你们愿意也好,不愿意也好,我们总是和全世界热爱真理的人一起共同奋斗的。我们的结果(现在还不能预见),只要我们按照真理行动,就会印上我们共同的标记。人之所以为人,全靠这种了不起的本领,那就是寻求真理,发现真理,热爱真理,为真理而牺牲——真理啊!掌握了你的人就会呼吸到你健康的魔力!……"

克里斯托夫头一次听到这段话的时候,仿佛听到了自己言语的回声,觉得这些人是他的兄弟。民族和思想的冲突,可能有一天会使他们互相斗争,混战一场;但不管是朋友还是敌人,他们现在和将来都是属于人类大家庭的。他们和他一样明白这点,比他还早知道。他还不认识他们时,他们已经认识他了。因为他们早就是奥利维的朋友。克里斯托夫发现他朋友的作品——几本诗,几篇评论——在巴黎读的人很少,却译成了意大利文,而且是他们所熟悉的。

后来,他会发现他们和奥利维之间在心灵上有不可逾越的鸿沟。他们批评别人的方式,完全是意大利独一无二的,扎根于民族思想的方式。他们在外国作品中寻找的,其实只是他们的民族本性所愿寻找的东西;他们所采用的,往往只是他们不知不觉掺进去的自己的思想。他们是平庸的评论家,蹩脚的心理学家,即使在他们热爱真理的时候,他们满脑子还彻头彻尾是自己的思想和感情。意大利的理想主义总不能忘记自我,对北方超越自我的梦想不感兴趣;他们把一切归结为自我,自我的欲望,经过改头换面的民族自豪感。不管他们意识到没有,他们一直都为罗马工作。应该承认,几百年来,他们并没有含辛茹苦,为实现第三帝国而奋斗。这些漂亮的意大利人生来是宜于行动的,却偏偏只感情用事,一泄气就懒得行动;但情感一鼓起来,他们却飞得比别的民族更高,这只要看看他们恢复统一运动的先例就可以知道——这一阵大风又开始在意大利青年人中间吹起来了,不管他们属于什么党派:国家主义派,社会主义派,新天主教派,自由理想主义派,一切不屈不挠的意大利人都希望罗马帝国成为世界皇后,自己愿意成为罗马公民。

首先,克里斯托夫只注意到他们慷慨大方的热忱,还有把他和他们联结起来的共同反感。他们互相了解,都瞧不起上流社会,克里斯托夫不喜欢上流社会是因为葛拉齐亚喜欢和它往来。而他们比他更恨这种谨小慎微的精神,无动于衷、委曲求全、滑稽可笑的做法,说话吞吞吐吐,思想模棱两可,在各种可能中寻找巧妙的平衡而不做出任何决定的作风。他们是踏踏实实、七拼八凑自学成材的,没有办法也没时间来作最后的加工,反倒乐意夸大他们天生的粗野,没有文化的乡下人说话有点刺耳的口气。他们说话只怕没人听,不怕引起反对。什么都行,只要不是毫无反应。为了唤醒民族的生命力,他们甚至不惜做头一批牺牲者。

这时,他们并不得人喜欢,也没有做什么来讨人欢喜。克里斯托夫和葛拉齐亚谈到这批新朋友,没有得到什么好结果。她的天性喜欢秩序,觉得他们讨厌。他不得不承认她对,她说他们即使是在支持最正当的事业,有时他们支持的方式也会引起反对。他们讥笑挖苦,盛气凌人,批评粗暴得近乎侮辱,虽然他们的本意并不是要伤害别人。他对自己太有把握,太急于把个别说成一般,肯定自己过于生硬。还没有发展到成熟阶段,就急急忙忙要公开行动,于是糊糊涂涂从一个极端转到另一个,却是同样偏激。他们诚恳热情,全心全意投入,毫不节省精力。他们的脑力活动太多,还不成熟就先拼命苦干,结果把自己消耗殆尽,未老先衰了。刚出母胎的幼稚思想不能暴露在强烈的阳光下,否则不会成熟,心灵会晒焦了。成熟需要默默无言的时间。而他们既缺少时间,又不肯沉默。这是多数意大利人才的不幸。仓促的过激行动是一种麻醉剂。聪明人一尝到了滋味就很不容易改掉这种习惯;而他们正常的成长就有走上歪门邪道的危险。

克里斯托夫却欣赏他们这种幼稚的坦率、鲜明的刻薄,认为胜过了中庸之道的平淡无奇。中庸之道前怕狼,后怕虎,唯恐连累自己,却有巧妙的本领既不说是,也不说非。但不久之后,他不得不承认中庸之道心安理得,彬彬有礼,也有它的价值。而他的朋友们却永远生活在战斗状态之中,未免令人厌倦。克里斯托夫认为自己有义务去葛拉齐亚家为他们辩护。不料,有时他却是去忘掉他们。当然,他们也很像他。他们太像他了。今天的他们就是二十岁的他。但生命是不会走回头路的。其实,克里斯托夫心里很明白,对他说来,这种过激的言行已经一去不复返了,他现在正走上平静的道路,而从葛拉齐亚眼中似乎可以看到平静生活的奥秘。那么,他为什么对她有反感呢?……唉!因为他出于自私心理,想要独享她的爱情。而葛拉齐亚却一视同仁,对来客都亲切接待,浪费了自己的生命,叫他怎么受得了呢?

她看出了他的心思。一天,她亲切而坦率地对他说:
"你怪我不该对你现在这样?不要把我理想化了,我的朋友。我是一个女人,我并不能超越别的女人。我不追求进入上流社会,但是我得承认:我有时也喜欢他们,就像我有时喜欢去看不算太好的戏,去读没有意思的书一样。你瞧不起这些,但是我能得到休息,得到消遣。我总不能闭上眼睛不看吧?"
"你怎么受得了这些蠢货?"
"生活教会了我不要苛求。对生活的要求不能太高。我敢说,有这些相当不坏的人来往,已经算不错了……(当然,条件是不能对他们有所期望!我知道,如果有求于人,朋友就不会多……)然而,他们对我还是关心,只要有一点真感情,别的就不能太在乎。你怪我,对不对?原谅我这个平庸之辈吧。不过,我还是分得清自己哪一部分好,哪一部分不那么高明。但是我给你的,却是最好的部分。"
"我要的是全部。"他赌气似的说。
然而,他感觉得到她说的是真话。他有把握已经得到了她的感情。于是迟疑了几个星期之后,有一天,他到底问她了:
"难道你永远不愿意……"
"不愿意什么?"
"成为我的人。"
他接着又说:
"……让我也成为你的人!"
她微笑了:
"难道你不是我的人吗,我的朋友?"
"你知道我的意思。"
她的心有点乱;但是握住他的双手,坦然望着他。
"不行,我的朋友。"她温柔地说。
他说不出话来。她看得出他很难过。

"对不起,我使你难受了。我早就知道你会问这个问题的。但是我们之间应该说老实话,这样才够朋友。"

"只是朋友?"他忧伤地说,"没有别的?"

"别不安分!你还要什么?要和我结婚吗?……你还记不记得你的眼睛只管盯住我表姐的时候?那时我多么难过啊!你那时怎么一点也不理解我的感情呢?否则,我们一生的历史也许要改写了。现在,我倒认为就是这样更好,因为我们的感情没有受到共同生活的考验,而在日常生活中,即使是最纯洁的感情到头来也会玷污的……"

"你这样说,因为你不那么爱我了。"

"啊!不对,我一直是同样爱你的。"

"啊!你这还是头一回这样说呢。"

"我们之间用不着再有什么隐瞒了。你看,我已经不再相信婚姻有什么好处。我自己的例子,我知道,也许不足为训。但我思考过,也看到了我周围的事。幸福的婚姻实在太少了。婚姻有点违反天性。怎么能把两个意志不同的人永远拴在一起呢?那总要损害一方的,如果不是双方的话。即使受到损害,沉浸在痛苦中的心灵也许得不到什么好处。"

"啊!"他说,"我的看法恰恰相反,婚姻是两个心灵都做出牺牲,融合成为一个心灵,那是多么好啊!"

"在你的梦中那是非常好的,但在现实中,你会比谁都更痛苦。"

"怎么!你以为我永远不能有个妻子,有个家庭,有几个孩子吗?……不要这样说!我会多么爱他们啊!难道你以为这种幸福是我不可能得到的吗?"

"我不知道。我不相信……如果是一个老实的女人,不大聪明不大漂亮,对你忠诚,但并不理解你,也许可能。"

"你多坏啊!……不过这样开玩笑对你不好。一个老实的女人,即使不大聪明也不算坏。"

"那好。要不要我给你找一个?"

"我求你别说了,你这是在刺我的心。怎么能这样说呢?"

"我说了什么呀?"

"难道你一点也不爱我?一点也不?怎能想到要我和别的女人结婚呢?"

"恰恰相反,正是因为我爱你,所以我很高兴能使你幸福。"

"那么,如果你真是……"

"不,不,不要再提了！我说,那会使你不幸的……"

"不要为我担心。我敢发誓：我会幸福！但说实话,你是不是认为和我共同生活会不幸?"

"啊！不幸吗？我的朋友,不会的。我太尊敬你,太崇拜你,和你在一起永远不会觉得不幸的……再说,我告诉你：我相信现在无论什么事都不会使我非常不幸了。我见得太多,什么都看得开……不过,说老实话——你不是要我说实话吗？那你不会生气吧？——那好,我知道自己的弱点,我也许会糊涂,过不了几个月,会觉得和你共同生活并不十分幸福；我不愿意这样想,正是因为我对你的感情太圣洁了,我不愿意有什么来玷污这点感情。"

他忧伤地说：

"是的,你这样说是为了药不苦口。我不讨人喜欢。我有些事还令人生厌。"

"不对,不对,我没有这个意思！不要这样抬不起头来。你是一个可爱的好人。"

"那我就不懂了。为什么我们的意见不能够一致呢?"

"因为我们太不同了,两个人性格都突出,个性都太强了。"

"正是因为这点我才爱你。"

"我也一样。但也正是因为这点,我们将来就会发生冲突。"

"不会！"

"会的！要不然的话,既然我知道你的价值比我大得多,我就会怪我这个小人物不应该妨碍你；于是我就会压制个性,会不说话,并且会痛苦。"

克里斯托夫的眼泪涌上来了。

"啊,那可不行。一定不行！宁可我受苦受难,也不能要你为我受苦,为了我的错误而痛苦。"

"我的朋友,不要难过……你要知道,我这样说,也许是在抬高自己……也许我还舍不得为了你牺牲我自己呢。"

"那就更好！"

"那我要牺牲的,就是你了,而回过头来,我自己也痛苦……你看,不管牺牲你还是牺牲我,都不能解决问题。所以还是像我们现在这样好。难道还有什么比我们现在的感情更好的吗?"

他摇摇头,微微苦笑了一下。

"其实,这说明你爱得还不深。"

她也微微一笑,笑得温存,有点忧郁,然后叹了一口气说:

"也许是吧。你说得对。我已经不年轻了,我的朋友。我疲倦了。生活折磨人,我又没有你那么坚强……你呀!有时我瞧着你,你的神气真还是个十八岁的孩子呢。"

"唉!这张老脸,这些皱纹,这干瘪的皮肤!"

"我知道你痛苦过,和我一样,也许比我更苦。我看得出来。但有时你瞧着我,眼睛显得这样年轻,我感到你身上洋溢着青春的活力。我呢,青春已经陨灭了。唉!我一想到当年的热情!有人说那是好时光,但我那时却是多么不幸!现在,我再也经受不起了。我只有一线生机,不敢再大胆经受婚姻的考验。唉!当年啊当年!……假如那时有个知己向我表示!……"

"那时,那时,说呀……"

"不,犯不着说了……"

"这样说来,假如我那时……天呀!"

"什么!假如你那时?我可没说你呀。"

"我明白了。你好狠心。"

"那好,我说,那时我是疯了,行吗?"

"你这样说比不说还坏。"

"可怜的克里斯托夫!我说什么都会使你难过。还是不说的好。"

"不!说吧!……说点什么!……"

"说什么呀?"

"说些好话。"

她笑了。

"不要笑呀。"

"那你呢,不要难过吧。"

"你叫我怎能不难过?"

"你没有理由难过,我敢这样说。"

"为什么?"

"因为你有一个非常爱你的女朋友。"

"当真?"

"我已经说过了,难道你不信?"

"那你再说一遍!"

"说了你就不难过了?你就不会不知足了?我们可贵的感情就会使

你满意了?"

"只好这样!"

"负心人!负心人!你还说爱我呢!其实,我看我爱你超过了你爱我。"

"啊!要真是这样就好了!"

他说的时候,爱情自私的冲动使她笑了。他也笑了,还坚持说:"说呀!……"

她有一会儿没说话,只瞧着他,然后,忽然把脸靠近克里斯托夫的脸,吻了他一下,这太出人意料了!他激动得心怦怦直跳,要把她抱在怀里。但是,她却已经挣开走了。到了客厅门口,她瞅着他,一个手指放在嘴唇边,说了声"嘘!"——就出去了。

从这一天起,他不再和她谈他的爱情,而觉得他们的关系不那么拘束了。在故意沉默和控制不住的感情冲动之后,接着来的是单纯而收敛的亲密关系。这是朋友之间坦诚相见的好处。说话没有言外之意,既不幻想也不担忧。他们互相了解内心深处的思想。克里斯托夫和葛拉齐亚在社交场上应付一些讨厌的不三不四的客人时,他听见他的女朋友和他们谈些"纱笼"中的无聊俗套时,她看得出他有点不耐烦,但只瞧他一眼,微微一笑。这就够了,他知道他们心在一起,又恢复了平静。

和心爱的人在一起可以拔掉想象的毒箭,为想象消毒;可以使狂热的欲望降温;心灵会全神贯注在纯洁的占有中——再说,葛拉齐亚和谐的本性对周围的人会散发出无言的魅力。一举一动,一言一语,只要是过了头,哪怕是无意的,也会像不单纯、不美丽的东西一样,使她感到不愉快。这样,时间越久,她对克里斯托夫的影响越大。开始,他还要咬咬控制他冲动的缰绳,慢慢地他就会自己控制自己,他越来越不需要浪费精力去控制暴烈的脾气,对自己的控制力就越来越大。

他们的心灵交流了。葛拉齐亚半睡半醒,微笑着在甜美的生活中放任自流,一接触到克里斯托夫的精神力量,这才如梦方醒。她对于精神生活的兴趣更加直接,不那么消极被动了。她本来不大读书,读起来也是没精打采地翻来覆去读那几本老书,现在开始对别人的思想感到好奇,不久,甚至觉得有吸引力了。现代思潮的丰富多彩,她并不是一无所知,但她不喜欢一个人去探险,现在,有了一个同伴带路,就不再觉得胆小心虚。不知不觉地,她半推半就,被带上了去了解年轻的意大利之路,其实,她一向不喜欢他们反传统的热忱。

两个人的心灵互相渗透对克里斯托夫的好处尤其大。大家往往可以看到：在爱情关系上，两个人中的弱者给予得更多；强者的爱情并不下于弱者，但是因为更强，所以应该得到更多。就是这样，奥利维使克里斯托夫的精神更加丰富。而这一次神秘的结合收获更大，因为葛拉齐亚给他带来的嫁妆是稀有的珍宝，是奥利维所缺少的"欢乐"。心灵和眼睛的"欢乐"。欢乐就是光明。光明就是拉丁天空的笑容，会淹没最卑微丑陋的东西，会使古老城墙的石头开花，会使忧郁也发出平静的光辉。

光明的盟友是新生的春天。在昏昏沉沉、暖暖和和的空气中酝酿着新生命的梦想。新绿和银灰的橄榄树结合了。在坍塌了的引水桥拱洞下面，扁桃树开着白花。在苏醒了的乡间，春草像波浪起伏，如火如荼的罂粟得意洋洋。在古堡前的草地上，一行一行的银莲花迎风招展，像流动的小溪，一块一块的紫罗兰像铺开的地毯。紫藤缠绕着浓荫蔽日的松树，吹过城市的清风带来了宫廷玫瑰的幽香。

他们一同散步。有时，她好几个小时都沉醉在迷蒙的状态中，等到她一醒来，就成了另外一个人；她喜欢走路，身高腿长，腰圆而柔，侧影像普里玛蒂斯雕塑的森林女神戴安娜——他们去得最多的地方是一座罗马古堡的废墟，那是八世纪皮埃蒙蛮族入侵的劫后残余。他们偏爱的是古罗马岬角上的马泰古堡，古堡脚下最后的浪潮冲击过空城，现在只剩下了一片荒郊。他们顺着橡树成阴的山路走，交叉的树枝构成了遮天蔽日的拱顶，簇拥着连绵起伏的蓝色阿尔班山脉，鼓起的山像一颗微微颤抖的心。排列在道路两旁的都是古墓，树叶丛中可以看到罗马人夫唱妇随的阴沉面目和表示忠诚而握紧的双手。他们两个人坐在路尽头的玫瑰棚下，背靠着一个白色的石棺。面前是一片荒凉，极端寂静。喷泉滴滴答答的响，奄奄一息，仿佛快要断气……他们低声谈话。葛拉齐亚的眼睛瞧着她朋友的眼睛，流露出了信任。克里斯托夫谈他的一生，他的斗争，他过去的痛苦；谈时已经不难过了。在她身边，在她的眼光中，一切都变得单纯，似乎本来就该如此……轮到她讲时，他几乎没有听见她说什么，但她的思想却一点也没漏掉。他们的心灵合一了。他在用她的眼睛看。他到处都看见她的眼睛，平静的眼睛深处燃烧着火焰；他在古罗马石像伤痕累累的脸上，在他们谜一般的沉默无言的目光中，都看到了她的眼睛；罗马多情的蓝天笼罩着羊毛般的柏枝发笑，黑色闪光的树枝间筛下了阳光的金箭，而他在蓝天上也看到了她的眼睛。

通过葛拉齐亚的眼睛,拉丁艺术的意义才渗入了他的心灵。直到目前,他对意大利的作品一直不感兴趣。这个粗野的理想主义者,这头从日耳曼森林中跑出来的大熊,还没有学会欣赏金光灿烂的大理石石像令人销魂的甜蜜滋味。他对梵蒂冈的古物实在没有好感。他不喜欢呆头呆脑的石像,身材不是柔弱得像女人,就是笨重得像座山,起伏的线条不是太庸俗,就是太圆滑,不是像吉东,就是像斗兽的武士。好不容易有几个真人的雕像还能入目,但雕像的原型又引不起他的兴趣。他对佛罗伦萨派苍白的面孔和怪相也不客气,说圣母像面带病容,拉斐尔以前的维纳斯没有血色,像得了肺病,受了折磨还装模作样。那些冒充好汉的糊涂虫和竞技者,满脸通红,浑身是汗,是模仿西斯廷教堂壁画的产物,在他看来只是一堆炮灰。只有米开朗基罗一个人得到他暗中的崇敬,他崇敬他悲剧性的艰苦,神圣的傲气,纯洁认真的热情。像这位雕塑大师一样,他的爱是纯洁而未脱野性的。他爱大师雕塑的裸体少年,像逼得走投无路的野兽一般泼辣而粗野的少女,他爱痛苦的黎明女神,圣子在怀中吸奶,流露出原始人目光的圣母,还有漂亮得他想娶作妻子的丽亚。但在大师受到折磨的英雄心灵中,克里斯托夫发现的不过是自己心中扩大了的回声而已。

葛拉齐亚给他打开了一个艺术新天地的大门。他走进了拉斐尔和提香的平静笼罩一切的世界。他看到了古典才子君临天下的光辉,像狮子一般征服了、控制了形式的宇宙。威尼斯派大师提香雷鸣电击的眼力一直深入到生命的核心,强烈的电光划破了笼罩人生的迷蒙大雾。这些拉丁才子战无不胜的威力不但征服了别人,而且征服了自己。这些胜利者严格遵守纪律,打扫战场时善于从战败的敌人身上挑选对自己有用的战利品——拉斐尔的奥林匹斯山神像和室内壁画使克里斯托夫心里洋溢着音乐,甚至比瓦格纳的音乐还更丰富。音乐的线条平静,结构高雅,组合和谐。音乐闪闪发光,显示出完美的面孔、手脚、衣褶、举动。全是智慧。全是爱情。从青春少年的心身中涌现出来的似水柔情。还有精神和情欲的力量。年轻的温情,讥讽的智慧,动情的肉体令人魂牵梦萦的暖香,光明的笑容使阴影消失,使热情入眠。还有艺术大师用平静的手,像太阳征服战马一般征服的桀骜不驯、震颤不已的生命力……

于是克里斯托夫自问了:

"难道不可能像他们那样把罗马人的力量和平静结合起来吗?今天的人不是追求动,就是追求静,总要牺牲二者之一。在所有的人当中,意大利人似乎最不理解和谐的意义,远远不如普森、洛兰、歌德。难道还再要一个外国人来告诉他们和谐的价值吗？……谁能把和谐的真谛传授给我们的音乐家呢。音乐还没有出现过一个拉斐尔。莫扎特不过是小孩子,是个德国的小市民,他的手在发烧,心太伤感,无缘无故就会信口开河,指手画脚,又哭又笑。哥特式的巴赫,在波恩和秃鹫作斗争的普罗米修斯,妄想移山倒海、破口大骂天神的巨人后裔,他们从来都没有见过上帝的笑容……

克里斯托夫看到了天上的笑容之后,对自己的音乐羞得脸红耳赤;他徒劳无益的激动,膨胀夸大的热情,不合时宜的牢骚,不知分寸的表现自己,使他觉得既可怜,又难为情,就像一个没有牧童的羊群,没有国王的王国——一定要做激动心情的主人才行……

这几个月,克里斯托夫似乎忘记了音乐。他觉得不需要了。他的精神在罗马变得更丰富,正在怀孕时期。他的日子消磨在半醉半醒的出神状态中。大自然也和他一样处在早春季节,冬眠方醒时的疲软无力和情欲满足后的头晕目眩合而为一。自然和他就像在睡梦中互相拥抱的情人一样,也在同床做梦,难解难分。他对罗马荒郊谜一般的狂热不再有反感,而是体会到了它悲剧性的美;他已经把沉睡的大地女神紧紧抱在怀里了。

四月中,他得到巴黎的邀请,要他去指挥一系列音乐会。他没有考虑,就要拒绝;但一想还应该先和葛拉齐亚谈谈。他觉得和她商量生活上的事情有一种甜蜜感;这样,他可以幻想她在和他共同生活。

这一次,她使他大失所望了。她从容不迫地要他把事情说清楚,然后劝他接受。他一听很难过,看出了她不在乎他是否留在罗马。

葛拉齐亚提出这个劝告时,也许不是没有遗憾的。但克里斯托夫为什么要问她的意见呢？既然他要她做出决定,她就认为自己对朋友负有责任。他们交流思想的结果,她也从克里斯托夫的坚强意志中受到了一点感染;他向她显示过行动的责任、行动之美。至少,她认为她的朋友应该敢负责任,她不愿意他不负责。她比他更了解：意大利的土地会吐出一种消沉的力量,溜入人的血管,麻痹人的意志,正如南方的季候风潜伏着暖洋洋的毒素一样。她多少次都感到这种坏作用的魅力却不能抵抗啊！和她有往来的人都或多或少感染了这种精神上的疟疾。从前,比他们更坚强的人也成了这种病毒的牺牲品;病毒甚至腐蚀了罗马的铜像。罗马城闻起来有死人味:古墓实在太多。在这里生活不如借路经过有利于健康。人在这里太容易脱离时代:这种口味对大有作为的年轻人是危险的。葛拉齐亚看得出她周围的世界对一个艺术家说来并不是一个生气蓬勃的环境。虽然她对克里斯托夫比对别人感情更深……其实,她并不反对他远走高飞。（她敢

承认吗?)唉!他的爱情纠缠得她疲倦了,他的智力旺盛,他多年来累积的生命力没有发泄,反倒扰乱了她的安宁。他使她疲倦,也许还因为她一直感到爱情的威胁,爱情虽然美丽动人,但是纠缠不休,使她提心吊胆,所以还是保持距离稳当一些。恐怕她自己也不肯承认这点,总以为自己是在为克里斯托夫的利益着想。

她也不是没有站得住脚的理由。在当时的意大利,音乐家要谋生是困难的;他的生存空间有限。音乐生活压缩在小圈子里。这里的音乐之花曾经香闻全欧,现在却是戏剧工场风烟滚滚的天下。谁要是不卷入演戏的队伍去大声疾呼,谁要是不能够或不愿意进入戏剧工场,那就是要自绝于世,或者过闭塞的生活。天才并没有枯竭。但是大家让它生锈,成了一摊死水,自生自灭。克里斯托夫不只碰到过一个年轻的音乐家,在他们身上这个民族的旋律大师的灵魂复活了,深入到这门既巧妙又单纯的古代艺术的爱美本能也复活了。但是有谁理他们呢？他们的作品既不能演出,也不能出版。没有人对纯粹的交响乐感兴趣。没有耳朵愿听不是满嘴油污的音乐！……于是他们只有自唱自听,垂头丧气,结果就销声匿迹了。有什么办法呢？只好睡大觉……克里斯托夫把帮助他们当作再好没有的事情。即使他做得到,他们疑虑重重的自尊心也受不了。不管他帮什么忙,在他们看来,他总是一个外国人；而意大利的古老家族虽然待人亲切,其实还是把外国人当作入侵的蛮族。他们认为艺术不吃香是应该在家庭内部解决的问题。尽管他们对克里斯托夫很客气,但并不把他当一家人——他有什么可做的呢？总不能和他们竞争吧！他在阳光下可怜的位置并不稳啊！……

再说,天才不能没有营养。音乐家需要音乐——要听音乐,也要给别人听。暂时退出舞台对心灵是有好处的,可以养精蓄锐。但条件是要重登舞台。孤独是有价值的,但一个艺术家如果不能从孤独中抽身出来,那可会要了他的命。一定要过当代人的生活,即使是热闹而糜烂的生活；一定要不断地奉献,不断地吸收,再奉献,奉献,再吸收……克里斯托夫时代的意大利已经不再是从前的艺术大市场,也许有朝一日,它还能旧貌换新颜。但在当时,国际心灵交流的大市场是在北方。谁要生活,就要到北方去。

克里斯托夫好不容易恢复了自我,非常不愿意回到热闹的场合中去。但葛拉齐亚更清醒地感觉到了克里斯托夫的责任。她对他比对自己要求更严格。当然,因为她对他的评价更高。然而也是因为这对她更方便。她委托他做行动的代理人。她自己却保留了平静的生活——他也没有勇气怪她。因为她像圣母玛利亚一样,已经尽了她的本分。在生活中,各起各的作用。克里斯托夫的作用是行动。她呢,她的作用是只要存在,就已经够了。他对她也没有更多的要求……

没有更多的要求,只要求她爱他时,少为他着想一点,多为她自己着想一点。因为他并不大喜欢她的友情中毫无利己之心,只有利人之意——而他要求的,只是不要为他的利益着想。

他走了。他的身子走远了,但他的心并没有离开她。古代的诗人说得好："男欢女爱,只要心在一起,就永远分不开。"

第二部

他到巴黎时,心里很难过。自从奥利维死后,他这是头一次回来。他本不想再看到这个城市。租来的马车把他从车站送到旅馆,他几乎不敢向窗外看;头几天他待在房间里,拿不定主意是出去还是不出去。想起在门外跟踪他的往事,他不禁忧从中来。但到底是什么忧虑呢?他搞得清楚吗?他自以为是怕看到往事涌现,栩栩如生。其实,更痛苦的,也许是发现人死不复活?……对于这种新的痛苦,他的本能已经下意识地武装起来了。就是为了这个缘故——也许他自己并不知道——他挑选的旅馆离他从前住的地区很远。他头一回上街散步时,去音乐厅指挥乐队排演时,再度接触到巴黎生活时,他有一点时间继续闭上眼睛,不看眼前,而固执地要看从前的事。他还没有看到就反复说:

"这我知道,这我知道……"

在艺术界和政界,还是一片混乱,一直是在互相排挤。在广场上,还是同样的市集。只是演员演的角色不同了。当年的革命党人成了大老板;人上人成了风头人物。从前的自由派要压迫今天的自由派。二十年前的年轻人比他们当时反对的保守派还更保守;他们批评后人,不承认他们有生活的权利。表面上看起来,什么都没有变。

实际上,一切都变了。

　　我的朋友,请原谅我!你真好,不怪我没有给你写信。你的信给了我很大的好处。我在一片混乱中过了几个星期。我什么都没有了。你又不在眼前。在这里,一想到我失去了的朋友,就会感到可怕的空虚。我和你谈到过的老朋友都走了。"夜莺"——你记得那一夜忧郁而可爱的歌声。我在过节的人堆里走来走去,在一面镜子里看见了你对我瞧着的眼睛——"夜莺"总算实现了她合理的梦想:得到一小笔遗产后,她去了诺曼底,在那里经营一个农庄。亚诺先生退休了,同他的妻子回到南方,住在安吉尔那边的一个小城里。我那个时代的很多名人不是死了,就是垮了;只有几个二十年前在艺术上或政治上初显身手的木偶,现在还戴着同样的假面具在舞台上演出。除了这些假面人以外,我就不认识什么人了。在我看来,他们似乎在坟墓上扮鬼脸。这种感觉实在可怕——此外,我初到时就受不了丑陋的东西。从你们那灿烂的阳光中,走到这灰暗的北方,看到一堆堆苍白的房屋,一个个圆屋顶和一座座纪念碑平淡无奇的线条,我奇怪从前怎么没有注意这些东西,现在却感到痛苦不堪。精神气氛也不令人愉快。

然而,我没有什么可以埋怨巴黎人的。我受到的欢迎和以前大不相同。仿佛我离开了几年,就成了个名人。我不谈了,我知道这值多少钱。这些人为我说的、写的好话打动了我;我欠了他们的人情债。但叫我怎么说呢?我总觉得从前的批评比今天的表扬更接近他们的真实……这都要怪我,我知道。但不要责备我!我心里乱过一阵子。这是不可避免的。现在总算过去了。我明白,你要我回到人间来是对的。那时,我正要葬身在孤独的沙漠中。但要扮演隐士是没有好处的。生命像流水一般消逝了,从我们身上溜走了。有一个时期,人都成了沙漠。要在沙漠里挖一条通到江河的新水道,一定要过好多艰苦的日子——这总算完成了。我不再头晕眼花。我已经进入了江河。我看一看,我看见了……

我的朋友,法国是个多么奇怪的民族啊!二十年前,我以为他们不行了……不料他们又从头来过。我亲爱的伙伴耶南对我说过这个预言。我以为他是自欺欺人。那时怎么能相信呢?法国和巴黎一样,到处是废墟,满目疮痍,千疮百孔。我说过:"他们什么都破坏了……真是败家子!"——不料他们却是合伙人。人家以为他们在拼命破坏时,他们却在废墟中打下了新城市的地基。我看见现在四面八方都竖起了脚手架……

大功告成时,

不患人不知……

说老实话,这还是同样的法国式的混乱。一定要看惯了,才能在这片互相冲突的混乱中,看出每一班工人都是在尽力工作的。你知道,这班人做了什么事都要爬到屋顶上去大肆宣扬。他们自己做了事还不够,硬要对别人做的事说长道短。这的确会使踏踏实实工作的人头昏脑涨。但像我这样和他们在一起生活了将近十年的人,可不会让他们的吵吵闹闹蒙住眼睛。我们看得出这是他们鼓足干劲的一个办法。吵闹归吵闹,手并没有停工;每个工地上都在盖房子,到头来整个城市都改头换面了。最难得的是,整体建筑并不能说是不协调。他们的理论尽可以相反,大家的头脑却并非不同。结果表面上的混乱掩盖不了共同的本能和民族的逻辑头脑。这种逻辑就是他们的纪律,说到头,它也许比普鲁士军队的纪律更管用。

然而,到处是同样的干劲,同样的建设狂热:在政治上,社会主义者和民族主义者都争先恐后地要扭紧国家机器上松了的螺丝;在艺术上,有人要为特权阶层重建贵族的古堡,有人要为人民大众开放高楼大厦,让集体的心灵放声歌唱:前者是要恢复过去,后者是要建设未来。而且不管他们做什么,他们灵巧的手构筑的总是同样的房屋。海狸或蜜蜂的合群本能使他们几百年来采取了相同的行动,找到了相同的形式。最革命的人也许不知道:他们和最古老的传统有千丝万缕的联系。我在工会组织中,在最显著的青年作家中,都见到过中世纪的心灵。

现在,我又习惯于他们骚动混乱的作风了,就高高兴兴地瞧他们工作。说老实话,我是个孤僻惯了的人,在他们任何人的家中都不会觉得自在的;我需要的是自由气氛。不过,他们是多么好的劳动者啊!这是他们最高的品质。劳动使平庸和腐朽都提高了。他们的艺术家又多么有美感啊!我从前怎么没看出来呢?这是你指点的。在罗马的阳光中,我才睁开了眼睛。你们文艺复兴时期的人物使我懂得了法国艺术家。德彪西的乐谱、罗丹的塑像、苏亚雷的文章,和你们十五世纪的作品不是一脉相承的吗?

也有不少令人不愉快的事。我又碰到了当年市场上的老相识,他们曾经使我火冒三丈。他们并没有怎么改变。但是我,唉!我改变了。我不敢再严格要求别人。在我想严格批评他们时,我会扪心自问:"你有没有权利?你比他们还不如呢!却自以为比他们强。"我也搞清楚了:世上没有无用的人,最坏的人在悲剧舞台上也有他的作用。腐化堕落的享乐主义者,臭气熏天的非道德主义者,都完成了白蚁般的破坏任务:危房一定先要拆掉才能重建。犹太人也在完成他们神圣的使命,在各民族之间成为一个异族,在世界各地织成一个人类团结的大网。他们推倒了民族之间的知识壁垒,为神圣的理性开辟了一个可以自由驰骋的天地。最卑鄙无耻的腐化分子,冷嘲热讽的破坏分子,即使在推翻我们过去的信仰、杀害我们热爱的殉道者时,也是在不知不觉地为破旧立新的神圣事业尽力。同样的道理,国际银行家为了贪婪的私利带来了多少灾难？但不管他们愿意不愿意，还是在和要革他们命的对手并肩战斗，要建成未来的大同世界，而愚蠢的和平主义者恐怕还建不成呢！

你看得出，我已经老了。我不会再咬人。牙齿咬不动了。看戏的时候，也不再像那些幼稚的观众一样责备演员，辱骂卖国贼了。

心平气和的葛拉齐亚，我口里谈的只是我，而心里想的却只是你。你不知道我对自己多么腻味！"自我"压迫我，吸我的骨髓。这是上帝系在颈上的铁球。我多么想把它放下，放到你的脚下！不过这算什么礼物呢？……你的脚是适合柔软的土地和沙子的；沙子在你脚下都会唱歌。我看见你可爱的双脚漫不经心地走过草坪，走过银莲花丛……(难道你又回到多里亚古堡去了?)……怎么已经走累了？现在，我又看见你半躺在平时喜欢的地方，在客厅里首，胳臂托着下巴，心不在焉地拿着一本书。你好心好意地听我说话，但并不留心我说些什么，因为我说的话烦人；你耐着性子假装听下去，其实思想早已跑马，偶尔难免会露出马脚来，有时一句话泄露天机，说明你的心在天外，但你怕我难过，赶快又装出关心的神气。我呢，其实我和你一样不知所云，几乎没听见自己说话的声音；在我看着你美丽的脸对我说的话有什么反应时，我在心里听到的也是另外的话，不过我也没有说出来。这些话，心平气和的葛拉齐亚哟，和我口里说的恰恰相反，其实你是听到了的，却假装没听到。

再见。我想我们不久会再见的。我不愿再在这里待下去了。现在，音乐会已经开完，我留下来干什么呢？……我吻你的两个孩子，吻他们可爱的小脸。他们是你的骨肉。吻他们就该满意了！……

克里斯托夫

"心平气和的葛拉齐亚"回信了：

亲爱的朋友，我在客厅的一个小角落里收到了你的信。那个角落你记得多清楚啊！我读读停停，你看我多么会享受！不要笑我。我这样享受的时间可以更长。就是这样我和你在一起待了半天。孩子们问我一直在读什么。我告诉他们是读你的信。奥洛拉瞧瞧信纸,带同情的口气说:"写这样长的信真累人!"我设法让她明白:写信不是我罚你做功课,而是两个人在一起谈心。她听了没说什么,就同弟弟到隔壁房里玩去了;过了一会儿,等到利昂纳罗叫起来时,我听见奥洛拉对他说:"不要叫了;妈妈在和克里斯托夫先生谈心呢。"

你谈到法国人的问题使我很感兴趣,但是并不意外。你记得:我说过你对他们不公平。你可以不喜欢他们。但他们是多么聪明的人啊!有些平凡的民族因为心地善良或身强力壮而得到了弥补。法国人靠的是聪明。聪明弥补了他们所有的缺点,使他们得到了新生。人家以为他们倒了、翻了、坏了,不料他们用之不尽、取之不竭的精神源泉却使他们恢复了青春。

但我还要怪你。你要我原谅你只谈自己。这样说是骗谁呢?你根本没对我谈到你呀。没有谈你做了什么事。没有谈你看见了什么。幸亏我的表姐珂勒蒂——你为什么不去看她呢?——寄来了你开音乐会的剪报,我才知道你多么受欢迎。而你却只顺便提了一句。难道你对什么都这样不在乎?⋯⋯恐怕不会是这样吧。应该告诉我这使你高兴!⋯⋯这也应该使你高兴,因为首先这就使我高兴。我不喜欢你看得太开。来信的语气很忧郁。不该这样⋯⋯你对别人应该公平,但这并不是说:你连他们中最坏的人都不如呀。一个好基督徒也许会称赞你谦虚谨慎。我呢,我却说这不好。我不是个好基督徒,只是一个老老实实的意大利女人。我不喜欢一个人为了过去的事而苦苦折磨自己。现在好不就够了吗?我不清楚你从前到底出了什么事。你只随便说了几句,我想其他的也不难猜到。过去的事即使不好,也不会影响我对你的感情。可怜的克里斯托夫,一个女人到了我这个年纪,不会不知道一个强者也往往有软弱的时候!如果不知道强者弱点,也就不能算真正的爱他。不要老想从前做过的事。还是多想将来要做什么吧。后悔有什么用呢?那不是倒退吗?管他是好是歹,总得一直向前走嘛。"永远前进,萨伏亚!"①⋯⋯如果你以为我会让你回到罗马来,那就错了!你来这里有什么事好做呢?

---

① 十九世纪意大利统一运动的口号。

留在巴黎吧,创作,行动,参与艺术生活。我不能让你放弃。我要你出好作品,受欢迎,永远做个强者,帮助新生的小克里斯托夫开始他们的斗争,经受相同的考验。去寻找他们,帮助他们,对下一代要好,不要像上一代对你那样——最后,我要你做强者,好让我知道你是强者,你想不到这会给我多大的力量。

我差不多每天都带孩子们去波洁斯古堡。前天,我们还坐车去了摩勒桥,围着玛里奥山走了一圈。你低估了我可怜的两条腿,腿也要对你提抗议了——"这位先生说什么来着?说我们才去多里亚古堡走了几步路就累了?他太不识货。如果说我们不大喜欢费力气,那是因为懒,并不是走不动……"亲爱的朋友,你忘记了我是在乡下长大的……

去看看我的表姐珂勒蒂吧。你还生她的气吗?其实,她是个好心人。简直把你当作神了。看来巴黎的女人已经如醉如狂地迷上了你的音乐。瑞士的熊只要愿意,就可以成为巴黎的狮子。你得到过情书吗?有女人向你求爱吗?你怎么连一个女人也没有提到呀?你还会不会坠入情网?对我讲讲好不好?放心!我不会妒忌的。

你的朋友葛

你以为我喜欢你信上说的最后一句话吗?谢天谢地,爱说爱笑的葛拉齐亚,要是你妒忌就好了! 不过,不要以为我会使你妒忌。你说的那些如醉如狂的巴黎女人,我对她们没有一点兴趣。如醉如狂?那是她们一厢情愿。其实她们一点也不痴。不要以为她们会迷得我晕头转向。假如她们不在乎我的音乐,我倒还可能被她们迷住。但她们当真喜欢我的音乐,那我还能有什么幻想呢?如果有人说他理解你,可以肯定:他永远也不会理解你的……

不要把我的俏皮话当真。我对你的感情不会使我对别的女人不公平。自从我不把她们当情人以后,我反倒真正同情她们了。三十年来,她们拼命要摆脱那种丢人而无理的半奴役生活。那是我们愚蠢而自私的男人强迫她们就范的。那是使男女双方都不幸的生活。在我看来,她们是我们时代的光辉榜样。在一个这样的都市里,我们学会了钦佩新一代的女性。她们不顾障碍,坦率而热情地冲入科学阵地,取得文凭——她们以为科学和文凭可以使她们得到解放,打开未知世界的宝库,取得男女平等的地位!……

当然,她们这种信心并不现实,甚至有点可笑。但是,进步从来不是按照我们希望的方式实现的;然而不管按照什么方式,进步还是照样实现了。女人的努力不会没有结果,至少会使她们更加完备,更有人性,像大时代的女人一样。她们不会再对世界上的现实问题漠不关心;那在过去是难以想象的,因为现在不容许一个女人,即使是最关心家务的女人,不去想到她在现代社会上应尽的公民义务。她们的曾祖母在圣女贞德和凯塞琳·斯福查的时代可不是这样想的。从那时起,女性萎缩了。我们不给她们空气和阳光。她们拼命争取。啊!勇敢的小女人!……当然,在今天斗争的女人中,有许多会早死,有许多会走上邪路。这是个危急的时代。斗争对衰弱的女人是太激烈了。草木缺水太久,头一场暴雨会摧残它。那又怎样?这是进步的代价。新生的草木会在苦难中开花结果。现在战斗的许多处女不会结婚,但她们养育的下一代决不比上一代的母亲少,因为她们的牺牲造成了典型的新一代女性。

但是在你表姐珂勒蒂的"纱笼"里,却没有可能找到这种勤勤恳恳的蜜蜂。你为什么这样迫切要我去她家呢?我不得不听你的话,但是并不心甘情愿!你滥用你的权力了。我拒绝过她三次邀请,有两封信没有答复。于是她又追到我指挥乐队的排演会上来了——那次排练的是我的第六交响曲——在幕间休息时,我看见她翘着鼻子,一面吸气一面喊道:"这闻得出有爱情的气味!啊!我多么喜欢这种音乐!……"

她的模样变了;只有那鼓起的猫眼睛和老做怪动作的鼻子,还像从前一样。她的脸宽,骨头硬,肤色深,身子结实了。体育运动改变了她。她全身心投入其中。她的丈夫,你知道,是汽车俱乐部和航空俱乐部的头面人物。没有一次航空比赛,没有一次环游运动,不管是在天上、地上还是水上,斯特芬·德莱斯泰特一家不参加的。他们不是在航路上,就是在跑道上。要和他们谈什么事都不可能;谈起来就只是赛车、赛船、赛球、赛马。他们是新一代的风头人物。对于女人来说,佩莱亚丝的时代已经过去了。时髦的不再是精神。少女们炫耀的是露天赛跑和阳光下竞技时晒得又红又黑的皮肤。她们瞧你也用男人的眼光,笑起来还有一点粗野,说话的口气毫不文明,更加生硬。你的表姐有时平心静气地谈些见不得人的事。她大吃特吃,从前却挑三拣四。她还埋怨消化不好,已经说惯了口,其实一口也没少吃。她不读书。他们谁也不读。只有音乐还没打入冷宫,反倒因为文学失宠而捡了便宜。等到他们累了,音乐就成了他们的桑拿浴,暖洋洋的水蒸气:加上按摩,还抽水烟。思想是用不着的。音乐是运动和恋爱之间的桥梁,也可以算是一种运动。但在美学活动中最流行的运动还是要算跳舞。俄国舞,希腊舞,瑞士舞,美国舞;在巴黎什么音乐都可以跳舞:贝多芬的交响曲,埃斯库拉斯的悲剧,"柔和的羽管键琴",梵蒂冈的古曲,《奥尔费》,《特里斯坦》①,耶稣受难曲,甚至体育运动。这些人简直跳得晕头转向了。

最奇怪的是看你的表姐如何协调一切:她的美学,各种运动,还有讲究实际的精神(因为她继承了她母亲的办事能力和在家中的专横作风)。这一切乱七八糟地混在一起,令人难以相信,但是她却能应付自如,得心应手:做最荒唐的事她也思想清楚,就像令人头晕目眩地赛车时,她能保持眼明手快一样。这真是一个能当家做主的女人:她的丈夫、客人、仆人,都紧锣密鼓地围着她团团转。她也搞政治,拥护"王太子":我并不认为她是保王党,这不过是多一个活动的借口罢了。虽然她不可能一口气读上十页书,但她居然也参加学士院的选举——她自命是我的保护人。你知道这不合我的口味。最气人的是,我听了你的话才去看她,她却太不自量,以为有权管我……我不客气,当场给她碰了几个硬钉子。她却只是一笑了之,并且不费吹灰之力,就找到下台阶的办法。你说:"其实,她是个好心人……"不错,只要她有事可做。这点她自己也承认:她这架机器不能不转,如果没有原料,它会碰到什么就把什么压碎——我到她家去过两次。现在,我不再去了。其实,我去只是说明我听你的话,有两次也够了。你不会要我死吧?我从她家出来总是精疲力竭,劳累不堪。最近一次见到她后,我在夜里做了一个噩梦:梦见做了她的丈夫,我的生命都

---

① 《奥尔费》是格鲁克写的歌剧。《特里斯坦》是瓦格纳写的歌剧。

系在这个女旋风的裤腰带上……一个荒唐的梦,她真正的丈夫并不必为此担忧;因为在她家里见到的人当中,他和她在一起的时候也许最少;即使两个人在一起,谈的也只是运动竞赛。一谈起来真是如鱼得水。

这些人怎么会给我的音乐捧场?我不想去了解。我猜想是我的新方式使他们震动了。越对他们粗暴,他们就越叫好。目前,他们喜欢的是有血有肉的艺术。至于肉体内的灵魂呢,他们甚至想也没有想过;今天,他们入了迷,明天却会不在乎,后天反而要喝倒彩了。其实他们从来没有了解。这就是所有艺术家的遭遇。我对他们的捧场不抱幻想,他们捧不久的,而且还要我付代价——同时我看到了咄咄怪事,因为捧得最厉害的是……(你猜一千次也猜不到)……是我们的朋友雷维·葛。你记得这位漂亮的先生,以前我还同他演过一出决斗的滑稽戏呢!今天,他却在给那些还不了解我的人讲课,而且讲得很好。在议论我的人当中,要算他最聪明。你想别人能值几文钱?所以我对你说,我没有什么好得意的。

我也不想得意。人家称赞我的作品,我听了反倒难为情。我认出了当年的自我,并不好看。一部音乐作品,对有眼力的人来说,简直是一面毫不留情的镜子!侥幸他们又瞎又聋。我的作品中暴露了多少混乱的思想和弱点,有时我觉得把这些长了翅膀的魔鬼放到世上来真是犯了罪。等我看到听众若无其事,这才放下心来,原来他们披了三重盔甲,所以刀剑不入,否则,我是罪该万死……你还怪我对自己太严格。其实,你对我不像我对自己这样了解。人家只看到我们的现实,没看到我们可能成为什么人;人家称赞我们与其说是主观努力的成绩,不如说是客观条件和支配我们的力量造成的结果。让我来给你讲一个故事。

有一天晚上,我去了一家音乐相当好的咖啡厅。他们奏乐的方式相当怪,只用五六种乐器,加上一架钢琴,却能演奏各种交响乐、弥撒曲、清唱剧。就像罗马的石器店出卖梅迭西斯教堂的模型作壁炉架上的摆设一样。看来这对艺术有好处。艺术若要流行,一窍不通要成为千百万人中通用的货币。至于其他方面,这些音乐会倒没有偷工减料。节目很多,演奏认真。我看见一个大提琴师,眼睛很像我父亲,我就和他谈起话来。他对我谈到他的一生：祖父是农民，父亲是北方省一个村公所的小职员。家里希望他有出息，当律师，就送他去城里上学。孩子身体棒，性子野，不能关在笼子里专心致志做小公证人的工作，他就跳过墙头，跑上田野，追女孩子，有力气没处使就打架，没事干就游荡，想些永远做不到的事。对他有吸引力的，只有音乐。天晓得是怎么搞的！他家里并没有出过音乐家，只有个叔祖父神经兮兮的，是个外省的怪人，聪明才干都算出众，但自高自大，脱离群众，做的尽是疯子干的蠢事。这个叔祖父发明了一种记谱法——又多了一个！——据说会使音乐革命化；他甚至认为发明了一种速记法，可以同时记下歌词、歌谱和伴奏曲，但他自己一次也没有认出他记下来的到底是什么。家里人笑这个老糊涂，但照样引以为荣。大家心里想："这是个老疯子。但谁说得准？也许他有天才……"——大约热爱音乐的怪脾气就是他传给侄孙的。在他那个小地方听得到什么好音乐呢？但是音乐家不管好坏，引起的热爱总是同样纯洁的。

倒霉的是：在这种环境下，他不敢承认自己的爱好，孩子没有叔祖父那股不讲道理的犟劲。他只敢偷读老疯子刻苦写下来的作品，这成了他畸形音乐教育的基础。面对着父亲和一般的舆论，他既爱面子又胆小，不等事情做成，不肯谈自己的志向。这个好孩子给家庭压怕了，像大多数法国小市民一样，由于懦弱，不敢和家庭对抗，表面上低声下气，实际上却长期过着地下生活。他不能顺着性子干，只好毫无兴趣地干人家要他做的事，成功了不高兴，失败了也不难过。好也罢，歹也罢，他必要的考试总算都及了格。看得见的主要好处是可以避免家庭和地方的双重监督。法律使他厌烦；他决定不干这一行。但是只要父亲在世，他就不敢说出自己的志向。也许他并不厌恶等一段时间，然后再作决定。他是那种一辈子都想着将来做什么、或可能做什么的人。目前，他却什么也不做。他沉醉于巴黎越轨的新生活。乡下年轻人的野性未改，自暴自弃，放纵在声色之中。他只有两种爱好，那就是女人和音乐。他如醉如痴地听音乐会，寻欢作乐。他浪费了好几年时间，却没有利用机会来弥补自己的音乐教育。他傲气十足，疑心又重，脾气不好，自以为是，又容易生气，使他不愿上课，也不愿虚心讨教。

父亲一死,他就打发法律女神和罗马法典滚蛋。没有勇气去学必要的技术,他却作起曲来。根深蒂固的游手好闲的习惯,对寻欢作乐的爱好,使他不能认真下工夫。他的感情很活跃,但是思想空虚,抓不住形式,结果,表达出来的东西平淡无奇。可惜的是平凡中的确有伟大。我看过他从前的两部作品。有些思想能吸引人,但还需要加工,可是一加工,又立刻走了样。像是一潭死水上的点点磷光……他的想法真怪!要向我解释贝多芬的奏鸣曲。他从中看到幼稚可笑的故事。然而他多么热情,内心深处又是多么认真!他说话时,眼泪都要流出来了。为了爱好,他可以牺牲生命。他既令人感动,又叫人觉得可笑。我正想要当面笑他的时候,却又想拥抱他了……他基本是老实的。他踏踏实实地瞧不起巴黎艺坛上的招摇撞骗,沽名钓誉——同时却又不能免俗,和小市民一样幼稚地羡慕红人……

他有一小笔遗产,几个月就吃光了。自己生财无道,却像他那类人一样,偏偏犯了一个老实的毛病:和一个勾搭上的穷女人结了婚;女人声音很好,不爱音乐却要搞音乐。两个人只得靠了她的歌喉和他不出众的大提琴演奏技巧来过日子。当然,不消多久,他们都看出了对方的平庸,并且不能互相容忍。一个女儿出世了。父亲把自己的幻想寄托在女儿身上,认为女儿能做自己做不到的事。女儿像母亲,只是一个没有才华、乱弹钢琴的演奏手,她崇拜父亲,努力工作,要讨他欢喜。几年来他们走南闯北,在湖滨旅馆受到的侮辱比挣到的钱还多。瘦弱的女儿累死了。妻子心灰意懒,每天的脾气越来越大。这是一个苦难的无底深渊,看不到出路和希望,偏偏他心里还存了一个可望而不可即的理想,使痛苦更加揪心……

我的朋友,一看到这个穷苦潦倒的可怜人,一生中喝的都是苦酒,我就不禁想道:"瞧,我也可能这样虚度一生的。我们幼时的心灵有相同的地方,生活中也有一些经历大同小异;甚至我们的音乐思路都有近似之处,所不同的是他半途而废了。我的船为什么没有半途下沉呢?当然,靠的是意志,也要靠运气。就说意志吧,难道那只是我个人的本领?能够不靠祖先、朋友,和上帝帮忙?……"一想到这里,我就抬不起头来了,觉得爱艺术的人,为艺术而吃苦的人,都是兄弟。从底层到顶层,距离并不太远……

说到这里,我想起你信上的话。你说得对:一个艺术家能够帮助别人的时候,不应该袖手旁观。因此我留下来,勉强自己一年要在这里住几个月,或者在维也纳,或者在柏林。虽然我在这些城市已经住不惯了,但我不能撒手就走。虽然我怕留下来没有多大用处,至少对我自己总是好的。一想到这还合乎你的愿望,我也就可以聊以自慰了。何况……(我也不想瞒你)……我开始觉得有点趣味了。再谈吧,我不得不唯命是听的主子!你赢了。我已经到了这种地步,不但是你要我做什么我就做什么,并且也喜欢这样做了。

克里斯托夫

就是这样,他留了下来,一半为了讨她喜欢,一半因为艺术家觉醒了的好奇心对新生的艺术景观也感兴趣。他在思想上把他的所见所为都献给葛拉齐亚,并且写信告诉她。其实他知道:要她对这一套感兴趣,那是痴心妄想;他甚至怀疑她有点不在乎,不过不大流露而已,这已经使他感激了。

她经常给他回信,大约半个月一次。信很亲切而有分寸,就像她的动作一样。在谈到生活的时候,她很温柔,又高傲,有保留,从不越轨。她知道她的话会在克里斯托夫心中引起多么激烈的反应,免得自己也跟着激动起来。但她到底是个女人,不会不知道不使情人泄气的秘诀,如果有几句冷言冷语使亲密的朋友感到灰心失望,她会立刻用甜言蜜语把伤口包扎起来。克里斯托夫不久就猜到了她的心思,于是也就玩弄感情的把戏,尽力压制自己的冲动,写些更有分寸的信,可以使葛拉齐亚写回信时不必顾虑太多。

他在巴黎住得越久,就越对这个巨大的蚂蚁窝熙熙攘攘的新奇活动感到兴趣。特别因为年轻的蚂蚁对他不大同情,他倒反而兴头更大。他并没有搞错:他的成功是短暂的。离开巴黎十年之后,他又卷土重来,自然会引起轰动。不过说起来怪事真不少,他发现这一次支持他的人却是他的旧冤家、老对头、附庸风雅的时髦人物;年轻的艺术家反倒装聋作哑,对他并不信任,甚至怀有敌意。他得到承认,靠的是已成过去的名声,数量巨大的作品,热情而坚信的口气,内心激动的真诚。即使人家不得不重视他,佩服他,也并不了解他,喜欢他。他是当代艺术的门外汉,一个怪物,虽然活着,却是过时的人。他一直不合时宜。十年孤独使对比更加鲜明。在他置身世外的时候,在欧洲,尤其是在巴黎,就像他看见的那样,已经发生了新变化,产生了新秩序。新的一代人起来了,渴望行动甚于了解,急于求成甚于求知。他们要生活,要掌握生活,即使说谎,也在所不惜。为自豪而说谎——形形色色的自豪:民族自豪感,阶级自豪感,宗教自豪感,文化艺术自豪感——一切自豪感都好,只要能给他们提供一副铁甲,还有剑和盾牌,保护他们勇往直前,取得胜利。因此,他们最厌恶听到受折磨的巨人呐喊,那会使他们想到世上还有痛苦和怀疑;呐喊的狂风暴雨扰乱了好不容易才宁静下来的黑夜。虽然他们拒绝承认,想要忘记,但是风雨还在威胁世界,并且距离太近,想不听也不行。于是年轻人气得转过头去,拼命叫喊,想压倒风雨声。但呐喊却更响了。所以他们怪克里斯托夫。

克里斯托夫却和他们相反,只是友好地瞧着他们。他欢呼这个世界不惜代价地向着一个信念、一个新的秩序攀登。他们在推进的途中有意排斥异己,这是不足为怪的。一个人要直奔目标,眼睛就得一直向前看。至于他呢,坐在世界的一个转角点上,瞧着后面的黑夜闪烁出悲剧的光辉,看看前面青春的希望露出的笑容,喷薄欲出的黎明发射出隐约的清新美丽,觉得是种享受。他处在钟摆轴心的固定点上,而钟摆又要开始向上摆动了。他并不跟着摇摆,只是兴高采烈地听着人生的节奏。他把自己和年轻人的希望联系在一起,虽然他们不承认他受过的痛苦。将来要发生的,总会发生,就像他梦想过的那样。早在十年以前,奥利维还在黑夜里,在痛苦中——这只可怜的高卢小公鸡——已经用他微弱的歌声宣告了遥远的白天就要到来。歌手已经不在人间,歌声却在成为现实。在法兰西的百花园里,鸟儿都醒过来了。而在百鸟齐鸣声中,克里斯托夫忽然听到一个更响亮、更清脆的歌声,那是奥利维起死回生的声音。

他在一家书店门外的书摊上,漫不经心地翻开了一本诗集。作者是个不出名的诗人。有些诗句打动了他,把他吸引住了。他继续读这本没有裁开的书,越读越发现一个熟悉的声音,朋友的面目……他说不出他的感觉,又舍不得把书丢开,就买了下来。回到家里,他接着往下读。立刻,他又被书迷住了。诗中强烈的气息像幻想一般精确地唤醒了沉睡千年、漂流四方的灵魂——这无边无际的巨大树林,而人不过是树叶和果实而已——那就是祖国。书中还涌现了母亲的超人形象——今天以前以后的形象,像中世纪的圣母一样比山还高,而蚂蚁般的人群却在她脚下祈祷。诗人歌颂这些伟大的女神进行史诗般的斗争,有史以来就在交锋;这部千年史诗比起特洛伊战争来犹如阿尔卑斯山脉和希腊的小山相比。

这样满怀豪情,以战争行动为荣的史诗,对克里斯托夫这种欧罗巴的心灵,思想上自然相距很远。然而,在法兰西诗人的幻象中有时却会闪现——一位妩媚动人、手拿盾牌的女神,这位蓝眼睛在黑暗中闪闪发光的雅典娜,这位高人一等的女工,无人可比的艺人,至高无上的理性之神,她用光芒万丈的长矛征服了奔腾咆哮的蛮族——克里斯托夫一眼看见了一道他熟悉的目光,一个他爱过的笑容。但等他伸手去抓,幻影却消失了。他正因为扑了个空而感到恼火的时候,随手翻了一页,瞧!迎面而来的一段独奏曲,却是奥利维在临终前几天对他唱过的天鹅之歌。

他心乱了,跑到出版社去问诗人的地址。人家拒绝了他,因为这是规矩。他生了气,但没有用。最后,他灵机一动,想到去查年鉴。果然一找就到,于是他立刻到作者家去。他想做什么都很认真,从来不耐烦等待。

那是巴底诺区,最高一层楼上。公共走廊里看得见几扇门。克里斯托夫去敲人家告诉他的那一扇,打开的却是隔壁的门。一个不大好看的年轻女人出现了,深褐色的头发遮住了前额,皮肤斑驳陆离——皱紧的脸上却有一双目光犀利的眼睛——她问他有什么事,神气显得信不过他。克里斯托夫说明了来意,在她追问之下,他才说出了自己的名字。她走出了房间,用身上带着的钥匙打开了隔壁的房门,但她并没有立刻请克里斯托夫进去,而是要他在走廊里等着,一个人进去后又冲着他的脸把门关上。经过了这一番周折,克里斯托夫到底走进了这如临大敌的房子。他先穿过一间半空的餐室。里面只有几件破烂家具;没挂窗帘的窗口挂了一个大鸟笼,有十几只鸟在叽叽喳喳叫。隔壁房间一张破旧的长沙发上,躺着一个男人。他起来招呼克里斯托夫。这张瘦脸上流露出了心灵的光辉,这双天鹅绒美丽的眼睛里燃烧着狂热的火焰,这细长而灵巧的双手,残废的身体,有点沙哑的尖嗓子……克里斯托夫一眼就认出来了……是艾曼纽!就是这个驼背的小工人,道是无辜却有幸……而艾曼纽突然站了起来,他也认出了克里斯托夫。

他们站着不说话。这时,两个人都看到了奥利维……他们拿不定主意要不要伸出手来。艾曼纽往后退了一步。十年过去了,一种说不出口的怨恨,从前对克里斯托夫的妒忌,又从天性的阴暗角落里冒出了头。他站着不动,不敢相信,还有敌意——但等他看出了克里斯托夫激动的情绪,听到了他的嘴唇不出声地念着他们两个人都在思念的名字:"奥利维!……"他再也忍不住了,就立刻投入了克里斯托夫张开的双臂。

艾曼纽问道:

"我知道你在巴黎。但是你,你是怎么找到我的?"

克里斯托夫说:

"我读了你新出的书,听到了'他'的声音。"

"是吗?"艾曼纽说,"你认出来了? 其实,我今天的一切都得归功于他。"

(他避免说名字。)

过了一会,他忧郁地接着说:

"他爱你甚于爱我。"

克里斯托夫笑了笑:

"爱不计较多少,只是献出一切。"

艾曼纽瞧着克里斯托夫,看见他的眼睛流露出悲剧性的严肃认真,忽然一下,严肃心甘情愿地化为深沉而温柔的光辉。他握住克里斯托夫的手,要他在长沙发上坐下,就坐在他身边。

他们谈到过去的生活。从十四岁到二十五岁,艾曼纽干过不少行当:排字工,糊裱工,小商贩,书店小伙计,讼客的书记,政客的秘书,新闻记者……在各行各业中,他都想办法狂热地自学。有时也有好人,支持这个精神旺盛的小家伙,但多数人是利用他的贫穷和才能。他却以惨痛的经验来丰富自己,结果总没吃大苦就杀出了一条路,只是身体却虚弱不堪了。他学古代语文的才能出众(这在一个有人文主义传统的国家是不足为奇的),得到了一个研究希腊文的老神甫的关怀和支持。虽然他没有时间深入钻研,但思想受到了训练,风格属于一个学派。这个从人民大众的污泥坑里爬出来的穷小子,他的知识一鳞一爪都靠刻苦自学,当然漏洞百出,但他语言的表达力强,能用思想驾驭文字,那是市民阶层的后代受了十年高等教育也学不到的。他把这点归功于奥利维。当然,实际上别人也帮过忙。但在这颗心的茫茫长夜里,用星星之火来点燃永不熄灭的长明灯的,却不是别人,而只是奥利维。其他的人不过是给灯加油而已。

他说:"从他离开世界的那片刻,我才开始了解他。他对我说过的话,都深深地进入了我的内心。他的光辉从来没有离开过我。"

他谈到他的作品,谈到自认为是奥利维遗交给他的任务:唤醒法兰西民族的精力,点燃奥利维所预告的英雄理想主义的火炬;他要使自己成为响彻云霄,飞翔在战场上空,宣告未来胜利的声音;他在歌唱民族复兴的史诗。

他的诗歌果然是这个奇特民族的产品,经过了多少世纪,这个民族依然保留了古代克尔特族的香气,说也奇怪,还引以为傲地给自己的思想披上罗马征服者脱下来的战袍和法衣。他的诗里看得出高卢人的胆大妄为,如醉如狂的理性精神,冷嘲热讽,英雄主义,狂妄和勇敢混为一体,敢扯罗马元老的胡子,抢劫希腊的神庙,哈哈大笑地把标枪投向天空。但那一定要这个小驼子像他戴假发的祖先一样,当然也像他的子孙后代一样,把他的热情寄托在死了两千年的希腊英雄和天神身上。这个民族奇特的天性和他们追求"绝对"的需要是一致的:他们的思想追随历史的陈迹,却以为是子孙后代会追随他们的思想。这种古典形式的限制反而使艾曼纽的感情外动更加激烈。奥利维对法国命运的信念是平心静气的,但到了他的门徒身上却变成了狂热的信仰。他如饥似渴地急于行动,十拿九稳能取得胜利。他想要胜利,就看到了胜利,并且为胜利欢呼。就是靠了这种激动人心的信仰,这种乐观主义的精神,他鼓舞了法国人民大众的心灵。他的书起到了战斗的作用。他把怀疑主义恐惧的阵营打开了一个缺口。年轻一代全都拼命追随在他后面,冲向新的命运……

他越说越来劲;眼睛冒火,没有血色的脸上变得红一块、白一块,声音成了喊叫。克里斯托夫不得不看到这熊熊烈火和骨瘦如柴之间的鲜明对照。其实,他只隐约看到命运的嘲弄。歌颂力量的诗人赞扬激烈的体力活动,敢作敢为、敢于战斗的一代人,但他自己走起路来却不得不气喘吁吁,饮食都有节制,生活也很简朴,喝的是水,从不吸烟,没有情人,热情只能锁在心里,为了健康关系,不得不过着禁欲的生活。

克里斯托夫瞧着艾曼纽,觉得惊喜中夹杂了几分兄弟般的怜悯。他并不愿意流露出来,但大约是他的眼睛泄漏了他的心情,要不然就是艾曼纽的自傲感受了伤还没有痊愈,以为在克里斯托夫的眼睛里看出了怜悯,这比怨恨还更可恶。他的热情忽然一下降温了。他不再说话。克里斯托夫枉然想恢复他的信心。他的心灵已经关了大门。克里斯托夫看得出对方受了伤。

带有敌意的沉默在延续。克里斯托夫站起来。艾曼纽把他送到门口,没有说话。他的行动暴露了他的残疾;他自己也知道,但因为傲气而装作不在乎;而他以为克里斯托夫看在眼里,于是怨恨更加深了。

他正冷冰冰地和客人握手告别,却见一个年轻漂亮的女人来按门铃。她后面跟着一个矫揉造作的青年。克里斯托夫在几次戏院首演之夜见到他老是面带微笑,叽叽咕咕,指手画脚,吻女人的手,从正厅前座把笑脸一直送到戏院后排。克里斯托夫不知道他的名字,就叫他做"小白脸"——

小白脸和他的女伴一见艾曼纽就拜倒在"亲爱的大师"面前,说些亲热而肉麻的客套话。克里斯托夫一边走,一边听见艾曼纽干巴巴的声音说他忙,不见客。他佩服这家伙不怕得罪人的本领。但是他不知道他对这些不识趣来打扰的人为什么不赏面子。原来他们只是口里说得好听,实际上一点也不能减少他的贫穷,就像音乐家赛查·法朗克的好朋友让他教钢琴过日子,一直到死也没有摆脱穷苦一样。

克里斯托夫还去看过几次艾曼纽。但他再也没有恢复头一次见面时的亲切感。艾曼纽见他时并不表示愉快,总是有所保留,疑虑重重。有时,他的天才需要发泄;克里斯托夫一句话使他心灵震荡;于是他就放松自己;兴高采烈,让理想主义的灿烂光辉照亮了他灵魂的深处。然后,忽然一下,他的热情低落,又缩进了不怀好意的沉默之中;这时,克里斯托夫看到的是一个敌人。

他们的差别太大了。年龄的差距也不算小。克里斯托夫正在走向成熟,慢慢能认识自己,控制自己。艾曼纽却还在成长阶段,心情混乱是克里斯托夫从来没有过的。他的脸与众不同,因为矛盾的东西在他心里交锋:严酷的禁欲主义要压服他的天性,而天性却受到了世代相传的欲望侵蚀——他是酒鬼和妓女的儿子——狂热的想象力要反抗钢铁意志的控制;无所不在的自私心理和无所不在的利人思想——永远也不知道哪种力量会占上风——还有英雄的理想主义和不能容忍别人胜过自己的病态虚荣心。如果说在他身上能够找到奥利维的思想、独立精神、无私态度,如果说艾曼纽有胜过老师的地方,如他在群众中的生命力强,不会参加群众行动就恶心,又如他有诗才,胆大脸厚,不怕令人厌恶的东西,但有一点他远远达不到的,那就是像安东妮蒂的弟弟那样淡泊宁静,因为他的性格爱好虚荣,容易激动,甚至别人的烦恼也会增加他的烦恼。

他和隔壁的年轻女人(就是头一次给克里斯托夫开门的那一个)在一起,过着风风雨雨的共同生活。她爱艾曼纽,替他管家,唯恐别人眼红,帮他抄写作品,把他口里讲的记录下来。她长得不好看,热情的重担却压在她身上。她是平民出身,长期在装订车间做女工,后来又在邮局,童年时代是在巴黎穷苦工人的闭塞环境中度过的:身体和心灵都受到压迫,工作劳累不堪,永远杂七杂八,没有新鲜空气,不得安静,从来没有单独的时间,不可能集中思想使自己的心灵退缩到不受干扰的地方。她心性孤傲,对于真理只有模模糊糊的观念,却抱着宗教般的热忱;有时夜里不点灯,却在月光下抄写雨果的《悲惨世界》,把眼睛都用坏了。她碰到艾曼纽的时候,他比她还更倒霉,有病而没有钱,她就献身给他了。这是她一生中头一次,也是唯一的一次爱情。因此,她如饥似渴地抓住他不放。她的感情对艾曼纽来说是个负担,他与其说是分享,不如说是忍受她的爱情。她的忠诚使他感动,知道她是最好的女友,唯一把他当作一切,没有他就活不了的人。但即使这种感情也使他受不了。他需要自由。他需要孤独;而她的眼睛贪婪地求他看她一眼都使他厌烦,恨不得狠下心来说:"去你的吧!"她难看的外貌和生硬的动作也使他生气。虽然他没有见过什么世面,并且瞧不起上流社会——因为他在他们面前显得更加难看,更加可笑——但他却能感到他们的高雅,上流社会女人的吸引力,而他毫不怀疑她们对他的感觉正如他对他的女友一样。他勉强装出不是发自内心的感情,至少要压制恨从心头起的阵阵恶感,但是他做不到;因为他胸中虽然有一颗要做好事的心,同时也有一个要做坏事的恶魔。这种内心的斗争,以及意识到结果对自己不利,使他哑巴吃黄连似的动不动就发脾气,所以也发到克里斯托夫头上来了。

艾曼纽身不由己地对克里斯托夫有双重的反感:一重是从前妒忌的结果(这种童年时代的热情冲动还在继续下去,虽然妒忌的原因早已不存在了);另一重是热烈的民族主义激发的感情。他认为法国体现了上一代先进人物的美好理想:公正,同情,博爱。他并不认为法国是欧洲其他国家的对头,法国的繁荣并不靠别国的衰落;他只认为法国比其他国家更先进,就像一个正统的女王为大家的福利而统治——拿着理想之剑,领着人类前进。他宁愿看到法国灭亡,也不愿它犯下践踏正义的罪行。但他并不怀疑法国的正义感。他是一个纯粹的法国人,他的心灵接受的是只限于法国的文化传统,传统深刻的理性已经成了他的本能。他真心诚意地不把外国思想放在眼里,他采取的是居高临下、俯视外国的态度,如果外国人不甘拜下风,他就会火冒三丈。

克里斯托夫对这一点看得很清楚;但他年纪更大,在生活中得到的教训更多,所以并不影响。即使这种民族自豪感会伤人,克里斯托夫也不会受到伤害;考虑到这是爱国心造成的幻觉,虽然太过分了,他也不肯批评这种神圣的感情。再说,各个民族都自命不凡地相信自己负有使命,那对人类也不是没有好处的。克里斯托夫觉得和艾曼纽距离很远,原因很多,但最使他感到痛苦的却只有一点,那就是艾曼纽说话的声调有时提得太高太尖。克里斯托夫的耳朵受不了这个罪。他不免做出愁眉苦脸来。他尽量不让艾曼纽看到。他专心听音乐而不看乐器。他只看到残废的诗人发射出英雄主义的美丽光辉,听到他谈起精神胜利是其他胜利的前驱,谈到征服天空,谈到"飞行的上帝"唤起群众,就像伯利恒的明星引起了群众的狂热,紧紧跟在后面,走向遥远的空间,或者栽了跟头立刻又站起来。这些光辉灿烂、显示力量的幻象并没有阻止克里斯托夫感到危险,预见到这冲锋的步伐,这越唱越响的新《马赛曲》会把人带到哪里去。他带着一点讽刺的意味想道(既不留恋过去,也不害怕未来):这些诗歌会引起歌手预料不到的反响,总有一天,大家会惋惜已经消失了的"市场"时代……那时的人多么自由!真是自由的黄金时代!再也过不上这样的好时光了。世界正在走向一个力量、健康、刚性行动的时代,也许是光荣的世纪,但却要受严格的控制,要守狭隘的秩序。我们不是诚心诚意呼唤这个铁的时代、古典的时代吗?这伟大的古典时代——无论是路易十四还是拿破仑时代——在我们远远看来,都是人类的高峰。也许那时的民族胜利地实现了他们国家的理想。但是如果你去问当时那些英雄:他们是怎么想的呢?你们的大画家尼哥拉·蒲参不是宁愿老死在罗马,也不愿回到呼吸不自由的故国吗?你们的巴斯加,你们的拉辛,都已经和世纪告别了。在你们伟大的人物中,还有多少个靠边站、受侮辱、受压迫的呢!即使莫里哀有苦也不说,只往肚子里吞——对于人们如此留恋的拿破仑,你们的父辈似乎一点也不觉得幸福,就连英雄本人也不会料到:他死之后,全世界都会如释重负地叹一口气……在为所欲为的皇帝周围,只剩下了思想的沙漠!在无边无际的沙漠中,高挂着非洲的烈日……

克里斯托夫并没有把他想到的都说出来。露点口风已经气得艾曼纽火冒三丈了,怎么能多说呢?但他隐瞒思想也没用,艾曼纽已经看穿了他的心思。更糟的是,他隐隐约约意识到克里斯托夫看得比他更远。于是他就更加生气。年轻人不肯原谅有远见的前辈逼着他们去看二十年后会发生的变化。

克里斯托夫看出了他的心事,于是想道:

"他是对的。各人有各人的信仰。自己相信什么,就该相信什么。上帝也不许我扰乱他对未来的信心!"

但只要他在场,双方就都不得安宁。两个性格不同的人在一起,无论怎样尽力压制自己,总有一方会压倒对方,而对方就感到受了屈辱。艾曼纽的傲气受不了克里斯托夫在经验和性格方面占有的优势。也许他在压制自己的感情,不许自己越来越喜欢克里斯托夫……

他变得更难接近了。他关起门来,信也不回——克里斯托夫只好打消去看他的念头。

　　到了七月初,克里斯托夫算算这几个月给他带来了什么:很多新思想,很少新朋友。光辉耀眼,但是不值一提的成就:在平庸的听众头脑里看到自己的形象和作品的反应,不是削弱了就是歪曲了,这有什么值得高兴的呢？有些人,他想得到他们的理解,他们对他却没有同情,拒绝和他接近,不让他加入他们那一伙,虽然他表示了愿望,要做他们的朋友;但他们的自尊心唯恐这个朋友会使他们相形见绌,所以心甘情愿把他当成一个对头。简单说来,他没有卷入他那一代人的潮流,而下一代人的潮流又不肯把他卷进去。于是他孤立了,这并不足为奇,因为他整个一生已经习惯如此。但他认为经过这次新的尝试之后,现在他有权回到瑞士去隐居,去实现一个最近形成的计划。他年纪越来越大,心里翻天覆地想回故乡定居。家乡已经没有亲人,精神上的联系比这个外国城市还少;但家乡到底还是家乡:你虽不能要求血缘相同的人也有相同的思想,但你和他们之间有着千丝万缕看不见的联系,你们的感觉都是读同一本大书,在同一个天地里培养出来的,你们的心灵说的是同一种语言。

　　他高兴地把他在巴黎的失望告诉葛拉齐亚,并且打算回瑞士去,还开玩笑似的要求她同意,说是下星期就动身。但最后在附言中加了一句:

　　"我改主意了:要晚点动身。"

　　克里斯托夫完全信任葛拉齐亚;他把思想深处的秘密都告诉她。然而,还有一个心灵角落的钥匙没交出去,因为那个角落的往事不属于他一个人,也属于他爱过的死者。因此,他闭口不谈和奥利维有关的事。这并不是故意保密。他要和葛拉齐亚谈他的好朋友也无从谈起。她没有见过他……

　　那天早上,他正在给他的女友写信,有人敲门了。这打搅了他,他一边抱怨,一边去开门。一个十四五岁的小伙子要见克拉夫特先生。克里斯托夫一肚子不高兴地让他进来。他金黄的头发,蓝色的眼睛,眉清目秀,个子不高,腰身细长。他站在克里斯托夫面前,没有说话,有点不好意思。很快他就恢复了正常,抬起清澈的眼睛,好奇地瞧着克里斯托夫。克里斯托夫望着他那可爱的小脸微微一笑,小伙子也笑了。

　　"那好,"克里斯托夫问他,"你来有什么事呀？"

　　"我来……"小伙子说。

　　(他心一慌,脸就红了,说不下去了。)

"我知道你来了,"克里斯托夫笑着说,"但你来干什么呢?瞧着我!难道你怕我吗?"

"不怕。"

"好极了!那么,先告诉我你是谁呀!"

"我是……"小伙子说。

他又打住了。他的眼睛好奇地向周围看了看,一眼看到了克里斯托夫的壁炉架上有一张奥利维的照片。克里斯托夫机械地顺着他的眼睛看去。

"好!"他说,"大胆说吧!"

小伙子说了:

"我是他的儿子。"

克里斯托夫跳了起来,离开他的座位,伸出两条胳臂,抓住小伙子,把他拉过来。他又回到座位上,紧紧地抱住小伙子。他们几乎是脸挨着脸;他瞧着他,一边瞧,一边翻来覆去地说:

"我的孩子……我可怜的孩子……"

忽然一下,他用双手抱住孩子的头,吻了他的前额、眼睛、脸颊、鼻子、头发。小伙子给这些激情的表现吓了一跳,挣脱了他的胳臂。克里斯托夫放了他,用双手遮住脸,额头靠在墙上,这样待了一会。小伙子退到房间里首。克里斯托夫抬起头来,他的脸平静了。他带着亲热的微笑瞧着孩子:

"我把你吓怕了,"他说,"对不起……你看,这是因为我太爱他。"

孩子没有说话,还有点怕。

"你多么像他啊!"克里斯托夫说,"然而,我却没有认出来。你哪些地方变了呢?"

他又问:

"你叫什么名字?"

"乔治。"

"不错。我记起来了。你叫克里斯托夫·奥利维·乔治……你几岁了?"

"十四岁。"

"十四岁了!已经过了这么多年?在我看来就像昨天——或者是一个黑夜……你多么像他啊!同样的脸,同中又有不同。同样的眼色,不同的目光。同样的微笑,同样的嘴,不同的笑声。你比他结实,站得直。你的脸比他的丰满,但一样会脸红。来,坐下谈谈。谁叫你来的?"

"没有人叫我来。"

"你是自己来的?你怎么会知道我?"

"人家谈到你。"

"谁呀?"

"我母亲。"

"哦?"克里斯托夫说,"她知道你来看我吗?"

"不知道。"

克里斯托夫不说了,过了一会又问:

"你们住在哪里?"

"蒙梭公园附近。"

"你是走来的?对不对?要走很远的路呢。你累了吧?"

"我从来不累。"

"你那么棒!给我看看你的胳臂。"

(他摸了摸。)

"你是个结实的小伙子……什么事使你想起来看我的?"

"你不是我爸爸最喜欢的朋友吗?"

"是她告诉你的?"

他立刻又改口说:

"是你母亲告诉你的吗?"

"是的。"

克里斯托夫微微一笑,心有所思。他想:"她也一样!……他们大家都多么爱他啊!那么,为什么不早让他知道呢?……"

他接着说:

"你为什么等了那么久才来?"

"我早就想来,但怕你不愿见我。"

"我吗?"

"好几个星期以前,在希维阿的音乐会上,我看见了你;我和母亲坐在一起,离你只有几张椅子;我向你致敬;你只斜着眼睛看了我一眼,皱皱眉头,没有答我。"

"我,我看了你一眼吗?……我可怜的孩子,你怎么会这样想?……我怎么会看得见你?我的眼睛看累了,所以才皱眉头的……你怎么会以为我那样狠心?"

"我以为你若要狠心,是狠得起来的。"

"当真?"克里斯托夫说,"这样说来,既然你以为我不愿见你,你怎么敢来呢?"

"因为是我,是我要见你的。"

"若是我把你赶出门去呢?"

"我不是那样容易打发的。"

他说的时候神气有点硬,不知如何是好,又要硬挺着。

克里斯托夫爆出了笑声;乔治也跟着笑了。

"恐怕你要把我赶出门了!……你看对不对?好大的胆啊!……不对,你简直不像你父亲。"

小伙子机灵的脸变得阴沉了。

"你说我不像他吗?不过,你刚才还说什么来着?……那么,你以为他不会喜欢我吗?你呢,你也不喜欢我?"

"我喜欢不喜欢,对你有什么关系?"

"对我可大有关系呢。"

"这话怎么讲?"

"因为我喜欢你呀。"

一分钟内,他的眼睛、嘴巴、脸上的表情千变万化,就像四月里春风荡漾下,田野上空的天光云影一样。克里斯托夫心旷神怡地看着他,听着他说话,似乎过去的忧思都清洗掉了;他可悲的经验,受到的折磨,他和奥利维的痛苦都烟消云散了;他在奥利维生命的幼芽中得到了新生。

他们谈起话来。几个月前,乔治还不知道克里斯托夫的音乐;自从克里斯托夫来巴黎后,无论哪个音乐会演奏他的作品,乔治一次也不肯错过。他谈起来容光焕发,眼睛闪亮,笑眯眯的,几乎笑得要流泪了,简直是个情人!……他告诉克里斯托夫他喜欢音乐,自己也想学。但克里斯托夫问了他几个问题,发现他还没有入门。他了解小耶南的学习情况,他还在上中学,谈到自己并不是一个好学生时,他并不大在乎。

"你哪样功课好呢?文科还是理科?"

"哪一课都差不多。"

"怎么?怎么?难道你这样没出息?"

他毫不掩饰地笑着说:

"我想是吧。"

然后,他又说了句心里话:

"然而,我知道不是的。"

克里斯托夫不禁笑了:

"那么,为什么不用功呢?难道没有什么感兴趣的吗?"

"正相反!我对什么都有兴趣。"

"那为什么?"

"什么都有兴趣,只是没时间……"

"你没有时间?鬼混什么来着?"

他随便做了个手势:

"事多着呢。要搞音乐、体育,参观展览,读书……"

"最好多读课本。"

"课堂上读的最没有趣味……再说,我们还要旅游。上个月,我去了英国,看牛津和剑桥赛艇。"

"这会使你学习进步吗?"

"晤!这样学到的比在学校多。"

"你母亲呢,她怎么说?"

"我母亲很讲理。她一切随我便。"

"见鬼!……你运气好,假如我是你父亲……"

"可惜你运气不好。"

他这样讨人喜欢的神气真叫人吃不消。

"告诉我,流浪汉,"克里斯托夫说,"你知道我的国家吗?"

"知道。"

"我敢说你不懂德语。"

"正相反,我德语很好。"

"说说看。"

他们说起德语来。孩子乱说一通,错误很多,但似乎很有把握,令人发笑;他很聪明,很机灵,不懂就连蒙带猜,猜错了自己先笑。他谈旅游,谈他读过的书,都很带劲,他看了很多书,但看得快,肤浅潦草,看一半漏一半,连看带编,强烈的剪不断的好奇心老是紧跟在后面,到处找理由兴奋起来。他的话题跳来跳去,谈到动人的场面或作品就容光焕发。他的知识混乱不堪。不知道他怎么会读到一本末流的书,却没读过最著名的作品。

"你说得很好玩,"克里斯托夫说,"不过你若要有成绩,就非用功不可。"

"啊!我用不着。我们有钱。"

"该死!这问题就严重了。你要做一个没有用处,什么事都不做的人吗?"

"正相反,我什么事都要做。一辈子只干一行不是太傻了吗?"

"不干好一行是不会有出息的。"

"说是这样说!"

"什么!'说是这样说'?……我就是这样说的。瞧!我干我这一行已经四十年了。现在还不敢说学好了呢。"

"一行要学四十年!那要等到什么时候才能真干事呢?"

克里斯托夫笑了起来。

"好一张利嘴!我的法国崽!"

"我想当音乐家。"乔治说。

"那好,现在开始已经不算太早了。要不要我教你?"

"啊!那太好了!"

"明天来吧。我要看看你是一块什么材料。要是你成不了器,我不会让你碰钢琴的。如果你是个可造之材,那我们就要看能把你造成什么……不过我先给你打个招呼:你一定得好好干。"

"我会好好干的。"乔治开心地说。

他们约好了明天见。临走的时候,乔治想起了明天还有约会,后天也有。对了,本星期都不空。只好另订日子和钟点了。

时间到了,克里斯托夫却白等了一天,大失所望。他高兴得像个孩子一样想再见到乔治。这次意外的见面照亮了他的生活。他是这样快乐,这样感动,一夜都没睡着。他含着脉脉温情,感激这个年轻的朋友代替他的父亲来看他;他想到小伙子可爱的脸就会笑:天真的样子,讨人喜欢的神气,坦率中带有几分调皮,几分机灵,一想到就使他心旷神怡;他沉醉在无言的欣喜中,在朦胧的幸福中,耳朵听到的,心里想到的,都像最初认识奥利维的时候一样,还加上了比那时更认真、更虔诚的感情:在活人脸上看到了逝去的笑容——他等了一天又一天。没有人来。也没有一封道歉的信。克里斯托夫难过了,找理由来原谅孩子。他没有办法给他写信,不知道他的地址。即使知道也不敢写。老年人心里喜欢青年人,但不好意思表示需要对方,他分明知道对方年轻,并不这样需要他,双方的需要也不相等;既然对方并不在乎你,你又何必要强人所难呢?

没有消息的日子越积越多了。克里斯托夫虽然很难过,却勉强自己不想办法去找耶南一家。但是,每天他都在等那个不来的人。他也没有到瑞士去。整个夏天,他都待在巴黎。他觉得自己荒唐,但再也没有兴致去旅游了。到了九月,他才决定去枫丹白露住上几天。

一直等到十月底,乔治·耶南又来敲门了。他没事人一般说声对不起,脸不改色心不慌,不把失约当一回事。

"我没有来,"他说,"后来我们出门了,到布列塔尼去了。"

"你该给我写封信啊。"克里斯托夫说。

"是的,我是想写的,但一直没有时间……此外,"他笑着说,"我忘记了,什么都忘记了。"

"你什么时候回来的?"

"十月初吧。"

"你又过了三个星期才来看我?……听我说:老老实实告诉我,是不是你母亲不准你来?……她不喜欢你来看我?"

"不是不是!恰恰相反。今天是她叫我来的。"

"怎么会呢?"

"我上次在暑假前来看过你以后,回去都对她讲了。她说我做得对;她问起你,问了好多问题。三星期前,我们从布列塔尼海滨回来,她又要我来看你。一星期前,她还催过一次。直到今天早上,她知道我还没有来,就生气了。她要我吃了午餐立刻来,不能再耽搁了。"

"你讲这些不害臊吗?难道一定要人逼你,你才肯来?"

"不是,不是,不要这样想!……啊!我叫你生气了!对不起……真的,我太糊涂……骂我吧,但是不要怨我。我是喜欢你的。否则,我就不会来了。没有人逼我。首先,我想做的事,怎能算逼迫呢?"

"小调皮!"克里斯托夫不由得笑着说,"你学音乐的计划呢?还学不学呀?"

"啊!我一直想着呢。"

"想着就是学吗?"

"现在,我要开始了。上几个月,我做不到,要做的事太多,太多!可是现在,你看我会怎样用功,如果你还愿意教我的话。"

(他的眼睛撒娇了。)

"你这个小淘气。"克里斯托夫说。

"你不拿我的话当真?"

"说实话:不当真。"

"真讨厌!没有人说我是当真的。真泄气。"

"我要看到你用功,才说你当真。"

"那好,我马上给你看!"

"我没有时间。明天吧。"

"那不行。明天要等太久了。我不能让你整整一天都瞧我不起。"

"你真会缠。"

"我求你了！……"

克里斯托夫看见他示弱了，笑了一笑，要他坐在钢琴凳上，和他谈起音乐来，问了他几句，要他回答几个和声的小问题，乔治不大清楚；但他有音乐的本能，弥补了许多无知的缺陷；虽然不了解术语，他却能找到克里斯托夫要他找的和音；即使找错了，在笨拙中也能看出他的欣赏力和特殊的敏锐感。他不经过讨论就不肯接受克里斯托夫的批评；而他提出来的问题显得既聪明，又认真，不把艺术当作一个公式，人家说什么就信什么，而是要在自己的生活中摸索体会——他们谈的并不限于音乐。谈到和声，乔治就联想到图画、风景、人物。很难要他不天马行空，经常要在半路上把他拉回来；而克里斯托夫却往往狠不下心。他听着这个聪明活泼的小家伙嘻嘻哈哈，说三道四，觉得很有趣。他的性格和奥利维的是多么不同啊！……父亲的生命是一条静静流着的地下水；儿子的却是在地面上，在阳光下起伏奔腾，消耗生命的河流。然而，同样是纯洁、美丽的水，就像他们的眼睛一样。克里斯托夫微笑着在乔治身上发现了某些爱好与厌恶，某些本能的反感，都是他似曾相识的，还有天真的不让步，大方的心灵，爱什么都全心全意地奉献……不同的只是：乔治爱的东西太多了，他没有时间去专心一意地爱，去天长地久地爱。

第二天，他又来了，以后几天也是一样。他对克里斯托夫像青年一样热情，学习也很专心——但是后来，热情减退了，来得少了，越来越少，最后不来了。一不来就是几个星期。

他轻飘飘的，说忘就忘，天真地只顾自己，亲热得真心诚意；他心好人聪明，都是点点滴滴表现出来的。大家喜欢他，都原谅他，他很快活……

克里斯托夫不肯批评他，也不怪他。他写信给雅克琳，谢谢她让儿子来。雅克琳回了封短信，压抑着感情，希望克里斯托夫关心乔治，教他生活。她没说想见面。提起往事就难为情，也丢面子，还是不见更好。克里斯托夫当然是不请不来——就是这样，他们只偶尔在音乐会上打个照面，只有孩子在他们之间来往。

冬天过去了。葛拉齐亚来信不多。她对克里斯托夫的友情是忠实的。但一个真正的意大利女人更注重现实，而不大感情用事，她需要见到了朋友才会想他们,才会对他们的谈话感兴趣。要心里记得朋友,一定要眼睛时常见到他们。因此,她的信越来越短,越来越少了。但她还是信任克里斯托夫的,就像克里斯托夫信任她一样。不过这种信任发出的光多于热。

克里斯托夫不太为新近的失望感到难过,他的音乐活动足够弥补这方面的损失。一个精力充沛的艺术家到了一定的年龄,就多半在艺术中生活,现实生活反倒成了梦,艺术却成了现实。一接触到巴黎,他的创造力觉醒了。世界上最鼓舞人心的,莫过于看到一个都市忙于建设。最冷静的人也会受到这种狂热的感染。克里斯托夫离群索居了好几年之后,又积蓄了巨大的力量,有待发挥。胆大而好奇的法国艺术家不断在音乐技巧方面取得进展,丰富了克里斯托夫的心灵,他也就去开发他的新天地;比他们更激进、更粗野。他走得比他们大家都更远。但现在的大胆开发,不像从前那样放任自流,随兴所至了。克里斯托夫一心一意需要清晰。他的才能,在他的一生中,都轮番顺从两种潮流的节调;他的规律是轮流从朦胧的极端转到清晰,充分利用两者之间的空隙。在前一个时期,他贪得无厌地要用"蒙胧的眼睛看透秩序的面纱",甚至不惜撕破面纱,以便看个清楚明白;现在,他却要设法摆脱朦胧的魔力,重新在神秘的石像上铺开理性秩序的魔网。罗马的理性已经吹过他的身上。他也受到了巴黎当代艺术的一点感染,对秩序心向往之了。然而不对——不像那些疲惫不堪的反动派把剩余的精力用来保护自己的睡眠——也不像华沙在俄军占领下还说"秩序很好"!这些好人回到了圣·桑和勃拉姆斯的老路,回到了各种艺术的勃拉姆斯派、主旋律、平淡无味的新古典派,只是为了需要安静!不是说他们的热情已经消耗殆尽了吗?朋友们,你们不久就要筋疲力尽了……不,我说的不是你们的秩序。我的秩序不是和你们同一类的,而是自由的热情和意志之间的和谐……克里斯托夫研究自己怎么在艺术中维持生命力的平衡。这些新的和音,这些从音响的深渊里涌现出来的妖魔,他用来创建清晰的交响乐,修造阳光灿烂的大建筑,就像意大利的圆顶大教堂一样。

这些精神上的游戏和战斗消磨了他整整一个冬天。冬天过得很快,虽然有时到了晚上,克里斯托夫做完了一天的工作,回顾这些日子的成绩,他也说不出冬天是太长还是太短,自己是年轻还是已经老了……

然后,一线人间的阳光又穿过了梦的面纱,带来了一个新的春天。克里斯托夫得到葛拉齐亚一封信,说她要带两个孩子到巴黎来。很久以前,她就有这个打算。她的表姐珂勒蒂邀请过好几次。她怕改变习惯太费劲,舍不得离开她喜欢的无所事事、安安静静的家,回到她熟悉的巴黎漩涡中来,因此,她一年又一年推迟了她的旅行。这年春天,她感到忧郁,也许是不便告人的失望——女人心中有多少无声的故事,不但别人不知道,就连自己也不肯承认!——使她起了离开罗马的念头。流行病的威胁更成了孩子们赶快动身的借口。克里斯托夫收到信后,不过几天,她也跟着来了。

一知道她到了珂勒蒂家,克里斯托夫就赶快去看她。他发现她若有所思,心不在焉。他觉得很难过,但不表现出来。现在,他的自我已经牺牲殆尽,所以看别人更加清楚。他明白她有不愿告人的隐痛,也就不去寻根问底。他只以消愁解闷为己任,快快活活地讲自己的倒霉事,讲工作,讲打算,小心在意地不流露出自己的感情。她感到这种不敢涌现的脉脉深情渗入了自己的心灵;她的直觉告诉她:克里斯托夫猜到了她的隐痛,于是大为感动。她有点忧伤的心相信朋友的心,虽然他口里谈的不是他们两人心里想的。他看到忧郁的暗影逐渐从朋友的眼里消失,他们两个人的目光越来越接近,越来越接近了……结果有一天谈话的时候,他忽然打断了话头,静静地瞧着她。

"怎么啦?"她问道。

"今天,"他说,"你才算完全复原了。"

她笑了笑,轻声回答:

"是的。"

要安安静静谈话并不容易。他们很少有单独在一起的时候。珂勒蒂好心好意来陪他们,叫他们觉得做过了头。她虽然热心不对头,但对葛拉齐亚和克里斯托夫倒是一片真情;可惜她没想到好心不得好报,反而惹人厌。她当然看出了(她的眼睛对什么也不会漏掉)克里斯托夫和葛拉齐亚的关系,她认为他们在调情,而调情是她的拿手好戏,她乐意促成好事。不料这恰恰是他们消受不了的;他们只希望她事不关己,高高挂起。只要她一出场,随便对他们哪一个很有分寸地(其实就是没有分寸)暗示他们的友情,他们两个人就会露出冷冰冰的神气,谈起别的事来。珂勒蒂看到他们有所保留的态度觉得莫名其妙,千方百计要找原因,却找不到真正的理由。侥幸,对两个朋友说来,珂勒蒂在一个地方坐不久。她走来走去,走进走出,管东管西,同时做几件事。她一走开,克里斯托夫和葛拉齐亚单独和孩子们在一起,才又恢复原来谈话的线索。他们从来不谈心心相印的感情问题,只谈日常生活中的小事。女人都对家务感兴趣,葛拉齐亚就盘问起克里斯托夫来。他的家务搞得很糟;管家婆吵得不可开交,没完没了;他经常上当受骗。她听了笑得很开心,就像母亲怜悯不懂事的大孩子一样。一天,珂勒蒂纠缠他们的时间比平常更久,她刚走,葛拉齐亚就叹了一口气。

"可怜的珂勒蒂!我真喜欢她……她叫我多么腻味啊。"

葛拉齐亚笑了:

"听我说……你同意吗?……(这里肯定没有办法谈话)……你同意我去你那儿谈一次吗?"

他一听就激动了。

"去我那儿!你愿意吗?"

"对你有什么不方便没有?"

"不方便!啊!我的天!"

"那好,要不要我星期二来?"

"星期二,星期三,星期四,随便哪一天都行。"

"那就星期二下午四点。说好了。"

"你太好了,太好了。"

"等一等。还有一个条件。"

"条件?为什么?你提什么条件都行。你知道我会照办的,不管有没有条件。"

"我喜欢有一个条件。"

"那好。"

"你还不知道什么条件呢。"

"那没关系,我都答应,只要是你提出来的。"

"先听听吧,不要先就答应下来!"

"说吧。"

"那好,从现在起,你房间里的东西都不要动——一点也不动,听清楚了没有?都要完全保持原状。"

克里斯托夫的脸拉长了,露出了惊讶的神色。

"啊!这不是开玩笑吧。"

她笑了。

"你看,我叫你不要答应得太快!但是你已经答应了。"

"不过,你为什么要……"

"因为我要看看你家里的真面目,看你每天是怎样过的,不要你为我做任何准备。"

"至少,你得答应……"

"不,不,我什么都不答应。"

"至少……"

"不,不,不,不。我什么都不要听。否则,我就不去了,如果你硬要……"

"你明知道我什么都会答应的,只要你肯来。"

"那么,说定了?"

"是的。"

"说话算数?"

"是的,女霸王。"

"好霸王?"

"没有好霸王:只有讨人喜欢的女王,惹人憎恨的霸王。"

"我既是女王,又是霸王,对不对?"

"你只讨人喜欢。"

"这可为难了。"

在约好的那一天,她来了。克里斯托夫说到做到,连一张纸都没有收拾,就让房间乱七八糟,以免自己觉得不守信用。但他心里很难过。他不知道她会怎么想,很不好意思。他焦急地等着。她很准时,只过四五分钟就来了。她小步走上楼梯,步子很稳。她拉铃了。他就站在门背后,立刻把门打开。她穿着高雅而朴素。他看见面纱后的眼睛很平静。两个人互相低声问好,握了握手;她比平常更沉默;他又激动又笨拙,不说话以免显出心慌意乱。他请她进来,本来准备说房间太乱,请她不要见怪,但没有说。她在一张最好的椅子上坐下,他就坐在她旁边。

"瞧!这就是我的工作室。"

这是他能想到的话。

一阵沉默。她不慌不忙地瞧着,脸上露出好意的微笑,心里也有点乱(后来她告诉他:还在少女时代,她就想到他房里来,但走到门口又害怕了)。她看到房子冷清寂寞,前厅又窄又暗,一点也不舒服,寒酸得触目惊心;她对这位老朋友充满了怜悯和同情,他一生做了这么多工作,吃了这么多苦,也有了一点名声,但并没有摆脱物质生活的窘境。同时,她也聊以自慰地看到他对舒适漠不关心:房里没有装饰,没有地毯,没有一张名画,没有一件艺术品,没有一把安乐椅,只有一张桌子,三把硬椅子,一架钢琴,还有几本书。此外,到处是纸,桌上桌下,地板上,钢琴上,椅子上,到处都有。

(她看到他这样恪守诺言,不由得微笑了。)

过了一会,她问他:

"你就是在这里工作的吗?"(说时她指着桌子前的座位。)

"不是,"他说,"在那边。"

他指着一个凹进去的阴暗角落,一把背朝阳光的矮椅子。她走过去斯文地坐了下来,没有说一句话。两个人沉默了几分钟,不知道说什么好。他站起来,走到钢琴前。他弹琴了,随兴所至弹了半个小时;他觉得他的朋友包围了他,心里洋溢着无限的幸福,他闭上眼睛,弹出了美妙的音乐。这时,她才体会到了这个房间的美,它沉浸在神圣的和音之中;她仿佛听到这颗充满爱情和痛苦的心在她胸中跳动。

和音停了,他还一动不动地在钢琴前坐了一会;然后,他转过身子,听见朋友的抽泣声。她走了过来。

"谢谢。"她握住他的手轻轻地说。

她的嘴有点颤抖。她闭上眼睛。他也闭上。两个人这样手握手过了几秒钟;时间静止了。

她再睁开眼睛,为了掩饰混乱的心情,她问道:

"我去看看别的房间好不好?"

他也乐意避免心情激动,就打开了隔壁的房门;但他立刻觉得不好意思。外房里摆了一张又窄又硬的铁床。

(后来,他告诉葛拉齐亚说:他从没有带情妇到家里来过。她嘲笑他说:

"这我猜想得到! 不过硬的女人是不敢来的。"

"为什么这样说?"

"不过硬怎敢睡你的硬床呀?")

房里还有一个乡下人用的五斗柜,墙上挂了一幅贝多芬的头像,床边有几个不值多少钱的镜框,框里是他母亲和奥利维的照片。在五斗柜上摆了另外一张照片:那就是她,葛拉齐亚,十五岁时照的。他在罗马看她的照相本时发现了这张,就偷来了。他一边请她原谅,一边向她老实招供。她瞧着照片问:

"你还认得出我来吗?"

"不但认得,而且记得。"

"你喜欢哪一个,认得的还是记得的?"

"两个都一样。我都一样喜欢。你在哪里我都认得出来。即使是你小时候的照片也一样。你不知道我在幼儿身上看出了你时是多么激动。我看到了永恒,看到了生前的你,身后的你,我都一样爱……"

他不说了。她也没有搭腔,爱情使她心慌意乱。等她回到工作室后,他指着窗外的一棵小树,说是他的朋友:树上的麻雀在叽叽喳喳。她才说话:

"现在,你知道我们该做什么?该吃点心了。我带了茶叶和蛋糕,因为我想到你大概不会有这些的。我还带了别的东西。把你的大衣给我。"

"大衣?"

"是的,是的,给我。"

她从手提包里拿出了针线。

"怎么!你要?"

"那一天,我看见有两个纽扣岌岌可危,安全难保。今天,纽扣到哪里去了?"

"的确,我还没想到要缝呢。太麻烦了!"

"可怜的单身汉!给我吧。"

"真不好意思!"

"你去泡茶吧。"

他把水壶和酒精灯拿来了,舍不得离开他的朋友。她一边缝扣子,一边调皮地斜着眼睛看他笨拙的动作。他们喝茶了。茶杯不是缺口就是裂缝,她认为用不得,不小心就会破,他却一口咬定好用,因为这些杯子是他和奥利维共同生活的纪念品。

她要走的时候,他问道:

"你不会怪我吧?"

"怪什么?"

"这里太乱。"

她笑了。

"我会叫它不乱。"

她走到门口,正要开门,他却跪倒在她面前,亲她的脚。

"你干什么?"她叫了起来,"傻瓜,亲爱的傻瓜!再见。"

已经约好了她每个星期在固定的日子来他这里。她要他答应不再做出越轨的怪事,不再跪下,不再吻脚。她身上发散出脉脉的温情,使克里斯托夫即使在最暴躁的时候也不会发脾气。虽然他一个人想到她的,会热情奔放,但两个人在一起,他们总像是好朋友。他从来没有说一句话或做一个动作使她感到不安。

到了克里斯托夫的生日,她让女儿穿上她第一次见他时穿的服装,还要女儿演奏克里斯托夫从前教她弹的曲子。

她的风度、温柔、友谊都掺杂着矛盾的情感。她轻佻,爱交际,喜欢人家献殷勤,哪怕是傻瓜也好;她会调情,只是不挑逗克里斯托夫——甚至也挑逗克里斯托夫。他对她温存体贴,她就显得不在乎,有所保留。等到他不在乎,有保留了,她却拿出千种风情,万般媚态来。她是最规矩的女人。但是最规矩的女人也是女人。她得和男人打交道,不能违反习俗。她对音乐很有天赋,懂得克里斯托夫的作品,但并不十分感兴趣(他也知道)——对于一个真正的拉丁民族的女人,艺术要和人生联系才有价值,人生又要和爱情联系才有意义……

爱情是潜伏在贪图享乐、昏沉欲睡的肉体中含苞欲放的……至于北方人汹涌澎湃的交响乐,悲剧性的沉思冥想,对智慧的奔放热情,那她有什么关系?她需要一种音乐,能不费吹灰之力就使潜在的欲望如花怒放;需要一出歌剧,剧中有热情的生活,却没有令人筋疲力尽的热情;需要一种多愁善感的艺术,能使人神魂颠倒,有气无力。

她人软弱,容易变化,不能专心专意,只能断断续续地学习;她需要娱乐,很少在第二天做第一天说了要做的事。多么幼稚,多么任性,叫人莫名其妙!女人天生的心绪不宁,有时不讲理到了病态的地步……她自己也明白,于是就尽量孤立自己。她知道自己的弱点,怪自己克服不了,使得她的朋友难过;有时,她为朋友做出了真正的牺牲,却不让他知道;但说到底,天性总是占上风的。此外,葛拉齐亚受不了克里斯托夫发号施令的样子;有一两次,为了表示独立性,她偏偏要和克里斯托夫对着干。然后她又后悔;夜里怪自己没使他快乐;她内心的爱远远超出她表示的感情;她觉得他们的友情是最美的生活。两个性格不同的情人不在一起的时候,反而更加相爱,这是平常的事。其实,如果说是误解分开了他们的命运,那错误也不像克里斯托夫真心实意想的那样一切都得怪他自己。即使是葛拉齐亚从前最爱克里斯托夫的时候,她会嫁给他吗?她也许把生命献给他,但她会乐意和他共同生活一辈子吗?她知道(她小心在意不向克里斯托夫承认),她知道她爱丈夫,即使到了今天,丈夫使她受了这么多痛苦之后,她还是爱他的,而对克里斯托夫却从来没有这样爱过。心灵的秘密,肉体的秘密,说出来难为情,只好瞒着心爱的人,免得伤他的心,也是为了怜悯自己……克里斯托夫是个男子汉，猜不透女人的心；但有时一闪念之间，也会隐约看出他最爱的女人并不在乎他——因此不能完全指望任何人，任何人。他的爱情并不因此有所改变，甚至也不感到痛苦。葛拉齐亚的心平气和笼罩着他。他不会反抗了。人生啊！你拿不出来的东西，怎么能怪你呢？难道不能给人就不美丽，就不圣洁了？《蒙娜·丽莎》的微笑不能给人，不是一样可爱吗？

克里斯托夫长时间凝视着他朋友美丽的脸，看到了许多过去的和未来的事情。在他孤独生活的漫长岁月里，他东奔西走，说得少而看得多，学会了从女人脸上猜出她的内心，因为面部表情是千百年来塑成的丰富而复杂的语言，比口头语要复杂一千倍。民族精神都表现在脸上……面部的线条和嘴里说的话永远形成对比！一个年轻女人的侧影，轮廓鲜明，干脆利落，像英国画家伯恒·琼斯绘的肖像，有悲剧味；啃噬她内心的仿佛是一种秘密的热情，妒忌，莎士比亚剧中的痛苦……但一开口却原形毕露，不过是一个小市民，蠢得像个字纸篓，自私自利，卖弄风情，庸俗不堪，根本不会使人想到她的肉体有那种勾魂的力量。然而这种热情，这种强烈的吸引力，的确是在她身上。总有一天，情感和力量会用什么形式表现出来呢？是表现为贪得无厌，争风吃醋，精力旺盛，还是病态的狠毒？谁也预料不到。甚至可能还没表现出来，就传给下一代了。但是这种力量盘旋在一个民族头上，就像命运一样。

葛拉齐亚也肩负着这份遗产的重担，这是古老家族遗留下来的、最不容易中途消失的品质。至少她自己知道。要费很大的力气才能知道自己的弱点，才能成为民族性的主人，至少成为心灵的向导——民族性和你是血肉相连的，就像你坐的船一样——要费力才能使命运成为你的工具，由你利用，就像船帆由你张开或者降下，因风而异一般。葛拉齐亚闭上眼睛的时候，听得见不止一个令人心烦意乱的声音，而声调都是她熟悉的。但她的心灵健全，能使不和谐的声音融化，她的理性之手能化腐朽为神奇，把不协调的声音组成一首和谐而深入人心的乐曲。

可惜我们不能把精华遗传给下一代。

葛拉齐亚有两个孩子：女儿奥洛拉十一岁，长得像母亲，不如母亲美，有点乡气，腿有点瘸；她脾气好，亲热而快活，身体健康，只有好心却没有天分，老是懒洋洋的，什么事也不做。克里斯托夫喜欢她。看到她在母亲身边，他能欣赏到双重生命的魅力，仿佛同时看到了两个不同时代的葛拉齐亚……那是同一根枝丫上的两朵花:是达·芬奇笔下的圣母玛利亚和圣祖母安娜,同样微笑的两副面孔。你一眼看到了女性美的春花秋叶;这既美丽又凄凉,因为你对花谢花飞无可奈何……一颗热情而纯洁的心同时爱上两个姊妹或母女两人,这是不足为怪的。克里斯托夫爱他情人的女儿,就是在女儿身上看到了母亲。她的每一个笑容,每一滴眼泪,脸上的每一根线条,难道不是在回忆她睁开眼睛以前的生命,在宣告她闭目长眠以后的生命吗?

小男孩利昂纳罗只有九岁。他比姐姐漂亮得多,也精灵得多,挖空了心思,消耗了生命,外表像父亲,很聪明,会出坏主意,会作假讨好。大大的蓝色眼睛,长长的金黄头发,像女孩子皮肤苍白,呼吸很轻,神经兮兮有点病态。他一有机会,就能把坏事变成好事,因为他生来会作戏,善于利用别人的弱点,令人惊讶。葛拉齐亚对他偏爱,因为母亲自然会宠一个身体不大好的孩子——还因为身心健康的女人特别牵挂身心有毛病的儿子(因为母亲受压抑的生命在儿子身上体现出来了)。儿子不容置疑地使母亲回想起叫她悲喜交集的父亲,她可以瞧他不起,但还是爱他。这种灵魂深处令人心醉的奇花异草,是在潜意识阴暗的温室中不断生长的。

虽然葛拉齐亚小心在意,对两个孩子同样温柔体贴,不偏不倚,奥洛拉还是觉得她偏心,并且不大高兴。克里斯托夫猜到了她的感觉,她也猜到了克里斯托夫的,本能使两个人接近了。而在克里斯托夫和利昂纳罗之间却潜伏着反感,虽然孩子过分讨好,转弯抹角来掩饰他的感情——克里斯托夫还是不能接受,觉得难堪。他内心在斗争,勉强自己去爱别人的孩子,把他当作自己和情人所生的那样,要爱得甜美无比。他不愿意看出利昂纳罗做坏事的本性,那会使他想起另外一个"男人";他一心一意只想在孩子身上看到葛拉齐亚的灵魂。葛拉齐亚看得更清楚,她对儿子不抱任何幻想,但反倒更爱他了。

然而,几年来潜伏在儿子身上的疾病发作了,而且是肺病。葛拉齐亚下决心带利昂纳罗去阿尔卑斯山的疗养院。克里斯托夫要陪她去。她怕人说闲话,打消了他的主意。他见她这样重视俗套,不免难过。

她走了,把女儿留在珂勒蒂家里。不久,她就感到了孤独得可怕,疗养院的病人只谈自己的病,无情的大自然冷眼看着病人。葛拉齐亚离开了疗养院,带儿子租了间小木头房子。高山没有使他减轻病情,反而加重了利昂纳罗的病。他发高烧。好几夜葛拉齐亚急得要命。克里斯托夫在远方凭敏锐的直觉也感到了,虽然他的朋友没写信告诉他;因为自尊心不许她松口;其实,她多么希望克里斯托夫就在身边;但谁叫她当初不许他来呢?现在也不好意思承认:"我挺不住了。我需要你呀……"

一天晚上,她站在木头房子外面的走廊里,在苍茫的暮色毫不留情地折磨人心的时候,她看见……她以为看见在登山车站的小路上……来了一个男人。他走得很快;走走停停,犹疑不决,背有点驼。他抬起头来瞧瞧木头房子。她赶快进去,免得给他看见;她把双手压在胸前,心情激动得笑了。虽然她不信教,却跪了下来,把脸埋在两条胳臂之间,想要感谢什么人……然而,他没有进来。她转身回到窗口,躲在窗帘后面向外看。那个男人站住了,背靠着木栅栏,就在木头房子门外,不敢进来。而她呢,心里比他还乱,微笑着轻声说:"来吧……来吧……"

到底,他决定拉响门铃了。她已经到了门口,把门打开。他的眼睛好像一只怕要挨打的狗,说道:"我来了……原谅我……"

她对他说:"谢谢你来了!"

于是她承认了她多么盼望他来。

克里斯托夫帮她照顾孩子,孩子的病越来越重了。他把心都放在病人身上。病人却对他表示厌恶,不再隐瞒自己的憎恨,说些狠毒的话。克里斯托夫把一切都归罪于病。他从来没有现在这样耐心。他们在孩子床边过了好几个痛苦的日子,尤其是在危急的那一夜,利昂纳罗看来快不行了,却居然得救了。那时对于他们纯粹是幸福——两个人守着睡熟的孩子——忽然一下,她站了起来,披上大衣,戴上风帽,拉着克里斯托夫出去,在路上,在雪中,在静夜里,在寒星下,她靠在他怀里,沉醉地呼吸着平静的寒气。他们难得说个三言两语,根本不提爱情。只是回到门口时,她才对他说:

"我亲爱的,亲爱的朋友!……"眼睛因为孩子得救而闪烁出幸福的光辉。

就是这样,他们觉得他们的关系圣洁了。

经过了长时间的恢复期,她回到巴黎,在帕西区租了一栋小房子,不再管人家说长道短。为了她的朋友,她觉得敢于面对流言蜚语了。从此以后,他们的日子过得这样亲密,她认为不必胆小怕事,偷偷摸摸,躲躲闪闪,仿佛有什么不可告人似的。至于闲言碎语,那是不可避免的。于是她一天任何时候都接待克里斯托夫;常和他在一起,散步、看戏,在大家面前亲热地谈话。没有谁怀疑他们这对情人了。连珂勒蒂也认为他们太惹人注目。葛拉齐亚只是微微一笑,不让她说下去,还是我行我素。

然而,她并不让克里斯托夫对她有什么新的权利。他们并没有超越朋友的界限;他对她说话还是同样地又尊敬又亲热。两人之间用不着隐瞒什么,一切都互相商量;不知不觉,克里斯托夫仿佛成了一家之长:葛拉齐亚对他言听计从。在疗养地过了一个冬天之后,她不再是老样子了;在这以前,她的身体一直健康,但忧虑和疲劳使她经受了严重的考验。心灵也感觉到了同样的影响。虽然偶尔还会像从前那样任性,但有一种说不出的更认真、更深思熟虑的态度,经常想要表示好心好意,想要学习,想避免使人痛苦的愿望。克里斯托夫的脉脉温情,无私的精神,纯洁的心灵,使她的心也变软了;她打算有朝一日要满足他的梦想,给予他不敢再追求的幸福:做他的妻子。

自从遭到她的拒绝之后,他再也没有旧话重提,也认为不该再提了。但他对这个不可能实现的希望,总是觉得遗憾。不管他多么尊重他女朋友的话,她对婚姻不抱任何幻想的说法并不能使他信服;他坚决认为两个全心全意、深深相爱的人如果结合的话,那是人生幸福的顶峰——等他重新见到亚诺老两口的时候,他感到的遗憾又死灰复燃了。

亚诺太太五十多岁。她的丈夫六十五六。两个人看起来还要老得多。他发了胖。她却干瘦,有点皮包骨头;从前已经那样单薄,现在更是弱不禁风。亚诺退休以后,他们住在外省,和时代没有什么联系,只有每天送来的报纸才会打破小城的沉寂和他们沉睡的生活,给他们带来迟到的世外信息。有一次,他们在报上看到克里斯托夫的名字。亚诺太太给他写了几行亲热的短信,略微有点客套,对他取得的荣誉表示高兴。他也不写回信通知他们,立刻就坐上火车到外省去。

那是一个炎热的夏日的下午,他发现老两口在花园里一棵椴树的阴影里昏昏欲睡。他们就像鲍格林画中的老夫老妻,手握手在花棚里打盹。阳光、睡意、衰老压在他们身上,把他们压倒,已经有大半个身子埋在另一个世界的梦中了。他们的脉脉温情,双手的接触,肉体发出快要熄灭的暖气,这都是生命最后的微光……克里斯托夫的来访使他们非常高兴,仿佛又回到了过去。他们谈起了往事。事情离得越远,反倒越清晰。亚诺喜欢谈话,但他忘了人的名字,亚诺太太就提醒他。她自己不说话,更喜欢听人家谈;但当年的形象保存在她无言的心中,栩栩如生;有时,往事会闪现出来,就像清溪中的鹅卵石,历历可数。有一个形象,克里斯托夫从她亲切多情地瞧着他的眼睛中看出来了;但两个人都没有说出奥利维的名字。老亚诺对他的妻子表现出笨拙而动人的关怀,怕她受凉或者发烧;他母鸡孵蛋一般不安地瞧着她憔悴的脸,她脸上疲倦的笑容却尽力要他放心。克里斯托夫望着他们,不免有动于衷,甚至有点羡慕……白头到老。爱老伴甚至爱上了岁月在她脸上留下的印痕。两人细数鬓斑:"这些小小的皱纹,眼角上的,鼻子边的,我都记得,我看到脸皱起来,我知道什么时候皱的。这些灰白的头发一天天变色了,跟着我,也有点是为了我,唉!一天天变白了!这张文雅的脸受到疲劳和苦难的摧残,浮肿了,发红了。和我同甘苦、共衰老的灵魂,我更爱你了!每一条皱纹都是一支往日的乐曲。"……可爱的老人,肩并肩度过了漫长的一生,又要肩并肩安眠在平静的长夜里!看到他们使克里斯托夫又喜又悲。啊!就是这样,生和死多么可爱!

等他再见到葛拉齐亚时,不免谈起这次外省之行。他并没有说见到老两口的感情。但她在他脸上看得出来。他说话的时候若有所思。有时,他会转过头去,不说话了。她瞧着他,微微一笑,感到了他内心的不安。

那天晚上,她一个人回到卧房,不免沉思默想起来。她重温了克里斯托夫讲过的事,但看到的形象不是在椽树下昏昏欲睡的老两口,而是她朋友说不出口的热烈期望。她的心里也洋溢着爱情。上床熄灯之后,她想道:

"不错,这是荒唐的,荒唐的,甚至是有罪的。怎能失掉这样幸福的机会呢?世界上还有什么快乐事比得上使你心爱的人幸福吗?……怎么!难道我爱上他了?"

她不说话,感情激动地听见自己的心回答:

"是的,我爱他。"

就在这时,隔壁孩子的卧房里传来了一阵急促的、沙哑的干咳。葛拉齐亚竖起了耳朵:自从孩子病后,她总是心绪不宁。她问他。他不回答,只是继续咳嗽。她跳下床去,赶到他身边来。他不高兴,发出呻吟,说不舒服,边说边咳。

"哪里不舒服?"

他不回答,只是哼哼唧唧。

"好宝贝,告诉我,哪里不舒服?"

"我不知道。"

"是这里吗?"

"是的。不是。我不知道。到处都不舒服。"

说到这里,他又重新咳了起来,咳得厉害,有点过分。葛拉齐亚吓坏了;她感到孩子是勉强咳出来的,但一见他出了汗,喘着气,又怪自己冤枉了他。她抱着孩子,说些好话,他似乎安静了;但只要她想走开,他马上又咳起来。她只好留在他床头,打着冷战,因为孩子不肯让她去穿衣服,他要她握住他的手,他拉住她的手不放,一直等到他睡着了才罢。那时,她才又去躺下,浑身冰冷,心情不安,累得要命。这样,她已经不可能继续她的沉思默想了。

孩子有种特异功能,能看出母亲的思想。我们往往发现——但到这种程度的人很少——血统相同的人有天生的才能:他们用不着面对亲人,就能知道对方在想什么,他们是从无数看不见的迹象中猜到的。这种天生的本领由于共同的生活而加强了,在利昂纳罗这样存着坏心眼的孩子身上,显得特别敏锐。他想损人利己,所以眼明心亮。他恨克里斯托夫。为什么?为什么一个孩子会厌恶某个没有得罪过他的人?这往往是出自偶然。只要一个孩子有一天自以为开始恨某个人了,就会习以为常;你越和他讲理,他越固执己见,结果反倒弄假成真。但有时,有些理由太深奥了,超过了孩子的理解,他连猜都猜想不到……从最初见到克里斯托夫的日子算起,贝莱尼伯爵的儿子就对他母亲热爱的男人怀有敌意。人家认为葛拉齐亚打算嫁给克里斯托夫,他的直觉都能准确感到。从那时起,他就不断地监视他们。他老是隔在他们两个人中间。只要克里斯托夫一来,他就不肯离开客厅;或者他们在一起的时候,他会想方设法,冷不防来个突然袭击。还有更甚的是:他母亲一个人在想克里斯托夫时,他却会坐到她的身边,侦察她的内心活动。他会看得她不好意思,几乎会羞红了脸,只好站起来说些伤害克里斯托夫的话。她叫他不要说。他偏要说下去。如果她要罚他,他就生病来吓唬她。这是他从小就用惯了的万无一失的伎俩。有时他挨了骂,一心只想报复,就脱了衣服,躺在砖地上,让自己伤风感冒。有一次克里斯托夫带来了一部音乐作品,那是给葛拉齐亚的生日礼物,利昂纳罗却把手稿拿走,不知道搞到哪里去了。后来才在一个木头柜子里找到,已经撕成碎片。葛拉齐亚实在忍不住,痛骂了孩子一顿。于是他又哭又叫,跺脚,打滚,大发其神经病。葛拉齐亚吓坏了,又是拥抱又是恳求,只好他要什么,就答应什么。

从这一天起,他成了主宰,因为他知道他是主子,并且反复运用过这行之有效的武器。谁也搞不清楚他发神经病有几分真,几分假。后来,他不只是在不顺心的时候用这个办法来报复,只要他母亲和克里斯托夫打算在一起度过一个晚上,他就不肯安分守己。有时,甚至因为无事可做,或要惹人注意,试试他的力量大到什么地步,他也玩这个危险的把戏。他极端灵巧,会发明稀奇古怪、神经兮兮的花招:有时晚餐吃到一半,他忽然抽搐发抖,不是打翻杯子,就是打破盘子;有时上楼梯,他的手紧紧抓住栏杆,手指发僵,说是放松不了;要不然,又说腰身痛得像有针扎,就在地上打滚,口里大叫大嚷;再不然,还会憋得喘不过气来。自然,最后他假戏真做,得了一场神经病。他的工夫并没有白费。克里斯托夫和葛拉齐亚都吓坏了。他们在一起安静地谈话、读书、奏乐,这些良辰美景——这些不必破费的幸福,却都破坏得一干二净了。

小坏蛋要隔很久才肯松松手,不是因为玩累了,就是恢复了孩子气,或是想起了别的事。(现在,他有把握拖垮对方。)

于是赶快,他们赶快利用时机。这样偷来的每个小时都是特别宝贵的,因为他们不敢肯定时间能否利用到头。他们觉得彼此多么亲近啊!为什么不能一直这样呢?……一天,葛拉齐亚自己也承认有这种遗憾。克里斯托夫抓住她的手。

"对呀!为什么不呢?"他问道。

"你明白,我的朋友。"她无可奈何地微笑着说。

克里斯托夫明白。他明白她为了儿子牺牲了他们两人的幸福;他明白利昂纳罗撒的谎并没有瞒过她,然而她还是心疼儿子;他明白家庭感情的盲目自私使最好的女人毫无保留地为平庸的不肖子女献出了自己的忠诚,结果对那些不是她的骨肉至亲,却更值得她热爱的人,反而不剩什么了。虽然克里斯托夫很恼火,虽然他有时恨不能消灭这个破坏他们生活的小妖精,但他还是一言不发,忍气吞声,心里明白葛拉齐亚实在没有别的办法。

于是他们两个都牺牲自己,不再怪人,怪也没用。虽然他们没有得到应得的幸福,但心灵的结合却是无法剥夺的。共同的牺牲使他们的心比肉体连接得更紧。两个人互相交心,放下自己的包袱,分担朋友的痛苦,这样,甚至痛苦也变成了快乐。克里斯托夫叫葛拉齐亚做"知心人"。他对她不隐瞒自己的弱点,自尊心受伤的痛苦,并且过分地悔恨交加;于是她就微笑着劝她孩子气重的朋友不要顾虑太多。他甚至向她承认了物质上的困难。然而,他又坚决不许她提供任何援助,坚决不接受她的任何东西。这是他自尊心的最后一道防线,他坚决不许她突破。既不能给朋友的生活增加福利,她就想方设法给他带来价值更高百倍的温存体贴。他感到脉脉温情萦回在他周围的空气中。每天早上他还没有睁开眼睛,每天夜里他的眼睛还没有闭上,他都先要默默祈祷,为爱情祝福。而她呢,在她醒来的时候,或者躺在床上,几个小时不睡的夜里(那是常有的事),她就想:

"我的朋友在想我吧。"

于是内心平静了。

葛拉齐亚的身体不行了。她经常卧床,或者好几天都躺在一张长椅子上。克里斯托夫每天来陪她谈天,念书,看他的新作品。那时她就从躺椅上起来。她的脚有点肿,一瘸一拐地走到钢琴前,弹他带来的乐曲。这是她能给他的最大乐趣。在他培养过的学生当中,她和赛西尔是最有天分的。但赛西尔是天生有音乐感,却几乎不了解音乐,而对葛拉齐亚,音乐是一种优美而和谐的语言,她能懂得其中的含义。她完全不知道生活中和艺术中的凶神恶煞,只是倾吐自己心灵中的智慧之光。她的光辉渗入了克里斯托夫的心灵。他朋友的演奏使他更能理解自己朦朦胧胧表达了的热情。他闭着眼睛,听着她弹,握着她的手,跟着她走进了自己思想的迷宫。通过葛拉齐亚的心灵,他生活在音乐中,并且和她的心灵合而为一了。这种神秘的结合又产生了新的音乐作品,那是他们生命交流的成果。一天,他把他们两人心灵交织的一本乐曲献给她时说:

"我们的孩子。"

无论他们是合是分,时时刻刻两颗心灵都在交流;在幽静的老房里他们度过了甜蜜的黄昏,葛拉齐亚的形象在背景的衬托下似乎相得益彰,悄声细语的仆人对她忠诚而亲切,他们把对女主人的敬意也转移了一点到克里斯托夫身上。两个人同听时间消逝的歌声,同看生命的波涛滚滚而去,成了一种乐趣……葛拉齐亚弱不禁风的身体给他们的幸福蒙上了一层不安的阴影。她虽然有病,但是头脑清醒,使潜伏的痛苦反倒增加了魅力。她成了他"亲爱的、有病的、容光焕发、楚楚动人的女朋友"。有几天晚上,他刚走出她的大门,忽然心中热情洋溢,等不及第二天见面再说,就写起信来了:

亲爱的亲爱的亲爱的亲爱的亲爱的葛拉齐亚……

他们这样安静地过了几个月,以为一直可以这样过下去。孩子似乎把他们忘了;他的心不在他们身上。但是几个月后,他又回来找麻烦了,并且再也不肯放松。这个小魔鬼一心要把母亲和克里斯托夫拆散。他又搞起鬼把戏来,他并没有事先想好,而是随兴所至,日复一日,想到什么坏事就做什么。他不管坏事会带来什么恶果;他只顾自己消愁解闷,不惜折磨别人。他不断逼葛拉齐亚离开巴黎,到很远的地方去旅行。葛拉齐亚没有力气和他争。再说,医生也劝她到埃及去。她应该避免在北方过冬。折磨她的事太多了:最近几年精神上的打击,一直对儿子的健康担心,长期的犹豫不决,唯恐泄露自己内心的斗争,因为使朋友难过而自己难过。克里斯托夫为了不增加他猜得到的苦恼,虽然眼见分别的日子越来越近,却一点也不流露自己的苦恼,也不设法推迟她动身的日期;他们两个人都装作平心静气,结果弄假成真,双方互相感染,的确变得心平气和了。

　　日子到了。那是九月的一个早上。他们早在七月中就一同离开了巴黎,到安加第纳去过他们最后的几个星期,那里离他们六年前重逢的地方很近。

　　五天来他们都没有出去,雨一直下个不停,他们只好待在旅馆里过孤独的日子,大部分旅客都走了。最后一天早上,雨总算停了,但山还笼罩在云雾中。孩子们和仆人坐第一辆马车先走。她也要动身了。他送她到了弯曲的山路急转直下的陡坡,下面看得见意大利平原。湿气渗透了车篷。他们紧紧靠着,都不说话,甚至也不互相看一眼。周围是半明半暗的奇景!……葛拉齐亚的呼吸在她的面纱上凝成了氤氲的雾气。他用力握住她冰冷的手套里面温暖的小手。他们的脸靠近了。他隔着潮湿的面纱,吻了她可爱的嘴唇。

　　在山路转弯的地方,他下了车,马车走进了云雾中,看不见了。但他还听得见滚滚的车轮声和嘚嘚的马蹄声。大片的白雾飘过草原。枝丫交错的树网上滴下了水珠,像是泪水。没有一点风。大雾使生命窒息了。克里斯托夫站住,透不过气来……什么都没有了。一切都成了过去。

　　他在浓雾中大大地吸了一口气,又走上了大路。对于一个不会过时的人,什么都不会成为过去。

第三部

离别更能增加情人的魅力。心灵只留下了情人最可爱的印象。遥远的朋友每句话的回声都超越了空间,在一片寂静中震动,像神明的语言。

克里斯托夫和葛拉齐亚通信的笔调稳重而有内涵,像是一对经过爱情的危险考验,已经过了关的夫妻,对前途充满信心,正在携手前进。双方都因为支持对方,引导对方而变强了,又因为需要对方的引导和支持而变弱。

克里斯托夫回到巴黎。他本来不打算去。但打算有什么用?他明知道巴黎留下了葛拉齐亚的影子。形势和他的秘密心愿联手反对他的打算,告诉他巴黎还有新的事情等他去做。珂勒蒂听到很多社会上的流言蜚语,她告诉克里斯托夫他的小朋友耶南正在做糊涂事。对儿子一贯软弱的雅克琳也不管他。她自己正在过精神上的难关,自顾不暇,哪里管得上儿子?

自从雅克琳胡作非为,可悲地破坏了自己的婚姻,毁了奥利维的一生之后,她就闭门谢客,不再过不合身份的生活。她自动和巴黎社会保持距离,上流社会假惺惺地把她隔离了很久,又来送秋波了,却给她顶了回去。关于她的行为,她觉得在这些上流人面前用不着害羞,也不必得到他们的谅解,因为他们在这方面还不如她,只不过是她公开做的事,她认识的大多数女人都在不拆散家庭的掩护下,偷偷摸摸地干罢了。她感到痛苦的只是不该害了她最好的朋友,她唯一心爱的人。她不能原谅自己在这个可怜的世界上,失去了她丈夫的爱情。

这些悔恨,这种痛苦,渐渐地减轻了。只剩下了说不出的苦闷,瞧不起自己也瞧不起别人的屈辱感,还有对儿子的爱。她需要情有所钟,这种情感使她在儿子面前解除了武装;乔治可以任性使气,她却无能为力阻止。为了找个原谅自己软弱的借口,她就自欺欺人说:这是为从前对不起奥利维赎罪。一阵子过分的温存体贴,接着却是一阵子冷淡和厌倦;有时,她的母爱要求太高,令人不安,使乔治不胜其烦;有时,她又觉得儿子累人,于是让他随心所欲,为所欲为。她明白她不会教育孩子,自己也感到苦恼,但是她又不求改进。在非常难得的情况下,她要儿子按照奥利维的行为准则做人,但是结果却糟透了;奥利维精神上的悲观主义对她和儿子都不适合。实际上,她只希望在情感上影响儿子。她并没有想错;因为母子两人虽然相似,他们之间却只有感情上的联系。乔治·耶南感受到的只是母亲肉体上的魅力;他喜欢她的声音、姿势、举止、风度、对他的爱。但他感到他们在精神上完全不同。她却没有看到,一直等到青春之风把儿子吹远了,她才大吃一惊,恨恨地怪别的女人疏远了他们母子,于是糊里糊涂地进行争夺,结果使儿子离她更远了。其实,他们生活在一起,一直是各有各的打算,对于双方的分歧都抱着幻想,因为他们表面上的好感和反感不是相同的,但等到孩子身上模棱两可的女人气变成了男子气概,共同点就消失了。雅克琳有苦说不出地对儿子说:

"我真不知道你到底像谁。你既不像你父亲,也不像我。"

就是这样,她使他感到了他们的不同;但他却暗中自豪,还掺杂了几分焦急不安的情绪。

两代人感到他们的不同点比共同点要清楚得多;他们都需要肯定自己存在的重要性,甚至不惜对自己不公平或说谎。但这种感觉的敏锐性是因时代而不同的。在古典主义时代,文化力量一时取得了平衡——就像陡坡围着的高原——水平的差别不大;但在上坡或下坡的时期,年轻人就把上一代远远抛在后面了——乔治和他的同代人正在上山。

他并不高人一等,无论是思想还是性格;他的能力平均发展,没有一样超过中上水平。然而,在他事业开始的时候,他并不费力,就比他的父亲高出几级,而他父亲在太短的一生中,已经耗费了太多智力和精力。

乔治刚睁开理性的眼睛,就看见周围的一片黑暗中闪烁着耀眼的微光,堆积如山的知识与无知,相反的真理,相对的错误,而他父亲当年却是迫切地在黑暗中摸索。他同时意识到他有一种自己可以使用而父亲却不知道的武器,那就是他的力量。

力量从哪里来的?……说也奇怪,一个筋疲力尽、昏沉入睡的民族忽然惊醒,生气蓬勃,就像春天的山洪暴发一样!……他拿这股力量怎么办呢?要不要也用来开发现代思想这个错综复杂的密林?他对密林不感兴趣,甚至觉得林中埋伏了威胁他的危险。现代思想压垮了他的父亲。与其再做一次实验,重新回到有魔力的密林中去不如放一把火把树林烧掉。他只隐约看到奥利维所醉心的聪明无比或荒谬绝伦的书籍:托尔斯泰虚无主义的悲天悯人,易卜生阴沉沉的、破旧立新的豪迈感,尼采的狂热,瓦格纳英雄气短、儿女情长的悲观主义。他只看了一眼,就又恨又怕地转过头去。他恨那些写实派的作家在半个世纪之内扑灭了艺术中的欢乐。然而他又不能一笔抹杀笼罩着他幼年时代的阴暗梦影。他不愿向后看,但他分明知道暗影就在身后。他的精神健康,不愿在上一代人心灰意懒的怀疑主义中寻找摆脱自己不安的偏方,他厌恶勒南和安那托尔·法朗士那些人聊以自慰的观点,认为那是自由思想的没落,没有欢乐的笑声,并不伟大的讽刺,就像奴隶不能挣断锁链,却拿在手中玩弄一样可耻。

他的精力太充沛了,不能满足于怀疑,他的力量又太软弱了,不能创造一个信念,于是他就只是希望,希望有个信念。他要求、恳求、追求。有名无实的空头理论家,大名鼎鼎的假作家,投机取巧的思想家,都大张旗鼓利用青年迫切的良好愿望,来自吹自擂,推销他们的假药。这些江湖医生个个都在台上高声大喊,说只有自己的治病良药货真价实,别人的都是假货。其实,他们的秘方不相上下。没有一个卖药的肯费力去找治病的新药方。他们只是在药房里面寻找变了质的陈年旧货。一个人的救世良药是天主教会,另一个是正统的君主政体,第三个是古典的传统。还有一个怪论说是拉丁文能治百病。另外有人一本正经地说大话,吓得听众目瞪口呆,说要提倡地中海精神。(过了一些日子,他们又可以同样提倡大西洋精神!)像从北方和东方入侵的野蛮民族一样,他们虚张声势地自命是新罗马帝国的后继人……都是空话,空话,东偷西抄的空话。图书馆的存货,他们翻出来到处宣扬——年轻的耶南和同伴一样,从东到西听知识贩子吹牛,有时也受引诱,走进光怪陆离的店铺,结果失望出来,有点惭愧,因为花了钱和时间,只看到穿破衣烂衫的老年丑角。然而,青年人的幻觉是这样强,对于信念会成现实又是这样相信,每听到一个新的商贩推销一个新的希望,他又要上当了。他真是个法国人:天生爱秩序,又爱挑秩序的毛病。他需要一个领导人,又不愿接受任何领导,他无情的讥讽把领导人暴露在光天化日之下。

他在寻找一个能告诉他谜底的人……没有时间等待了!他不像他父亲,满足于终生寻求真理。年轻的、不耐烦的力量需要发挥。不管有理无理,他要做出决定,要行动,起作用,消耗他的精力。旅行,欣赏艺术,尤其是蓬蓬勃勃的音乐,断断续续成了他热爱的消遣。漂亮的小伙子,成熟得早,很容易受到引诱,他很早就发现了爱情世界迷人的外观,于是就像脱缰的马,带着贪得无厌、洋溢着诗意的欢乐,投身进去。然后,这个放浪形骸,不知满足的天真少年又厌倦了女人,需要行动了。于是,他拼命搞体育活动。他什么都要试一试,练一练。他热心参加剑术比赛、拳击比赛;成了法国的赛跑和跳高冠军,一支足球队的队长。年轻的傻小子物以类聚,他们有钱而要玩命,在赛车场上比谁胆大,真是又荒谬又疯狂,简直是和死亡赛跑。最后,什么都玩腻了,他又花样翻新,卷入了飞机的热潮。在兰斯举行的航空节,他和三十万人一起快活得又叫又哭;觉得在庆祝活动中和全民族合而为一了;人长了鸟的翅膀飞过他们头上,使他们也腾空而起了;自从大革命的曙光照耀法国以来,成堆的群众第一次抬头看天,看见了一个新开辟的天地……年轻的耶南说要参加征服天空的飞行行列,吓得他的母亲要命。雅克琳求他放弃这个危险的雄心壮志,不准他去。他却不管,硬要随心所欲。雅克琳以为克里斯托夫会帮她的忙,不料他只对年轻人说了几句要小心的话就算了,因为他肯定乔治不会听他的(假如他是乔治,他自己也不会听劝的)。他认为即使他能够,也不该阻止年轻人发挥健康而正常的力量,如果他们受到限制,无所作为,那反倒会毁了自己。

雅克琳拿不定主意,她不能让儿子失控。她真心实意地以为自己放弃了爱情,但没有用,她对爱情不能没有幻想;她所有的情感,所有的行动,都染上了爱情的色彩。多少母亲把婚内——还有婚外——不能满足的秘密热情都转移到儿子身上!等她看到儿子满不在乎地甩掉了自己,忽然明白他用不着自己了,那时,她经历的精神危机和受到情人抛弃,看到爱情破灭时,是不相上下的——这一下雅克琳又垮了。乔治却什么也没注意到。年轻人猜想不到在他们身边发生的心灵悲剧,他们没有时间站住来看,自私的本能告诉他们要一直往前走,不要回头。

雅克琳独自吞下了这杯新的苦酒。一直等到痛苦消失,她才得到解脱。而爱情也消失了。她一直爱儿子,但这是一种遥远的,不带幻想的爱情,明知爱情无用,对己对人都无所谓了。她就这样拖过了苦闷的一年,却没有引起他的注意。然后,这个不幸的心灵既不能死,没有爱情又不能活,只好去找一个新的钟情对象。于是她陷入了歪门邪道的感情,据说女人的心灵,尤其是那些最高贵的、最难接近的女性,到了人生的成熟期却没有采到果实,最容易陷进去。她认识了一个神秘的女人,初次见面,她就感到她的吸引力,不能自拔。

那是一个修女,年纪和她差不多,忙于慈善工作。她身材高大、结实,有一点胖,深色头发,脸上线条清晰,眼睛灵活,嘴大而嫩,老是微笑,下巴倔强，一看就是个聪明人。她一点也不多情善感，像乡下人那样有心眼，办事精明，加上南方人那样富于想象力，喜欢夸大，但同时又看得很准，总之，她很有趣地体现了高级的神秘主义和大律师的老奸巨猾。她惯于控制人，但显得很自然。雅克琳立刻就入迷了。她也热心慈善事业，至少她自以为热心。安琪尔修女知道对什么人用感情，并且习惯于唤起对方的相同感情，还会冷静地利用别人为上帝的光荣事业服务，却不露出一点痕迹。雅克琳献出了金钱、意志、感情。她变得慈善了。为了爱，她得到了信仰。

不久，人家都看得出她着了魔。只有她自己看不出。乔治的监护人担心了。乔治虽然太大方，又太糊涂，不大关心钱财的事，但自己一看到别人对他母亲的影响，也觉得很恼火。他想方设法恢复过去和母亲的亲密关系，但太晚了；他看到母子之间已经拉起了一块帷幕；他责怪这个修女的神秘作用，叫她做阴谋家，毫不掩饰地对她和雅克琳大发脾气；他不能允许外人取代他在母亲心中的地位，他认为那是他生而有之的地盘。但他却没想到地盘被人占领，是因为他放弃了的缘故。他没有想法子去收复失地，反倒笨头笨脑，出口伤人。母子两人都性子急躁，感情用事，说话激烈，交谈之后，裂痕反而更加深了。安琪尔结果占了便宜，加强了对雅克琳的控制，乔治只好脖子上套着挣脱了的缰绳，离母亲越来越远了。他投入了放荡的生活。他赌博，输了很多很多的钱。他还对自己的荒唐行为大肆宣扬，一来是为了寻快活，二来是对母亲的荒唐行为进行报复——他认识斯特芬一家人。珂勒蒂当然不会不注意这个漂亮的小伙子，甚至还想在他身上打主意，可惜她过期的魅力不能使人拜倒裙下。她知道乔治的轻佻行为，觉得很好玩。但她虽然轻浮，到底还是有点好心好意，看出了年轻的傻瓜所冒的危险，而且知道无能为力，只得通知克里斯托夫。他立刻就赶来了。

克里斯托夫是唯一能对年轻的耶南有一点影响的人。影响是有限的，而且时有时无，很难解释，但却更值得注意了。克里斯托夫属于过去一代人，是乔治和他的伙伴们激烈反对的。他又是动荡时代的一个高级代表，那个时代的艺术和思想都引起了年轻人的猜疑和敌对情绪。他听不进新的《福音书》，小预言家和老巫师的灵丹妙药：他们对老实的年轻人提出拯救罗马和法国的万无一失的救世良方。他依然忠于自由的信仰，独立于宗教、政党、国家之外——这种信仰已经不风行了——或者还没有再风行起来。总之，他置身于国家问题之外，在巴黎就成了一个外人，而在那个时代，所有外国人在本国人看来都是野蛮的。

然而，小耶南快活轻松，厌恶扫兴的人，狂热地寻欢作乐，喜欢激烈运动，容易上当受骗，相信当代的花言巧语，因为肌肉结实，思想懒惰，他倾向于法兰西行动派的暴力主义、民族主义派、保王派、帝国主义派——他自己也搞不太清楚——其实他心里只佩服一个人：那就是克里斯托夫。他早熟的经验，母亲传给他的细腻感，使他善于判断（但并没有改变他的脾气）。他看出了这个不可缺少的社会并没有什么价值，而克里斯托夫却是高人一等的。他徒然陶醉于大小行动，但并不能摆脱父亲的遗传。奥利维传给他的是忽然一下发作的空虚不安感，需要找到并确定一个行动的目标。也许奥利维还遗传给他一种神秘的本能，使他去接近奥利维爱过的人。

他去看克里斯托夫。他感情外露，喜欢说话，谈自己的心事。他也不管克里斯托夫是不是有时间听他讲。然而，克里斯托夫还是听了，并没有流露一点不耐烦的神气。只是在他工作到一半的时候，乔治忽然来了，他会听得心不在焉。那不过是几分钟的事，他的思想开了小差，溜去给他心里丢不开的作品加上一笔，然后赶快回到乔治身边，乔治还没发现他溜了呢。他觉得这像逃学一样好玩，正如一个人踮着脚尖进来却没有人听见一样。但有一两回，乔治却发现了，并且不高兴地说：

"你怎么没听呀！"

于是克里斯托夫难为情了，赶快顺从这个不耐烦的年轻人，并且听得加倍小心，表示他的歉意。乔治讲的话少不了滑稽的地方，克里斯托夫一听到他干的荒唐事，不禁哈哈大笑，因为乔治什么话都讲，他的坦率叫人没法生气。

克里斯托夫也有不笑的时候。乔治的行为往往使他难过。克里斯托夫不是个圣人；也不自命有权教训别人。乔治的风流勾当，浪费钱财去做蠢事，这还不是最令人恼火的。他最难过而不肯原谅的是乔治对错误满不在乎；当然，他认为错误不严重，而且很自然。他的道德观念和克里斯托夫的不同。他这一类青年只把两性关系看作自由游戏，和道德没有什么关系。只要相当坦白，不存心做坏事，就够得上是个老实人。他不肯像克里斯托夫那样小心谨慎。克里斯托夫恼火了。他虽然不勉强别人同他一样想，但是并不宽容；他过去暴躁的脾气没有完全克服，有时还会发作。他不免要责备乔治耍的花样不正当，并且生硬地当面指了出来。乔治的耐性也不好。于是两个人吵得很厉害。接着，他们几个星期不见面。克里斯托夫明白这样发脾气并不能使乔治改变他的行为，硬要一个时代的道德行为去符合另一代人的道德观念，也未免不大公平。但他想得到却做不到，一有机会又发脾气。怎能怀疑自己一生的信仰呢？那不等于放弃生活吗？假装相信自己并不相信的东西有什么用？为什么要像左邻右舍一样想，为什么要照顾他们的看法？那不是损己而不利人吗？最重要的是保持本色，敢说敢当："这是好的，那是坏的。"成了强者才能帮助弱者，自己也是弱者怎能帮人呢？对于过去的弱点，如果你愿意的话，可以宽容一点。但对于将来可能要犯的缺点错误，那可不能让步！……

不错，但乔治不会同克里斯托夫商量他要做什么事——他自己知道要做什么吗？——总要等到事过之后，他才会对他讲——那时？……那时，还有什么事好做？只好带着无言的责备瞧瞧这个调皮的小伙子，耸耸肩膀，微微一笑，学学那个没人理会的老伯伯算了。

这种时候总有一阵沉默。乔治瞧着克里斯托夫似乎是远道归来的眼睛，觉得自己又成了一个小孩子。这双深入人心的眼睛好像一面镜子，里面闪出了一线狡猾的火光，照出了乔治的本来面目，使他感到没有什么可以得意的。克里斯托夫很少会利用乔治刚刚招供的心里话来责怪他；人家会以为他什么也没听见。两个人的眼睛无声交谈之后，他会开玩笑似的摇摇头，然后开始讲一件看来和刚才谈的话没有关系的事：也许是他自己的经历，也许是别人的，或真或假。渐渐地乔治在新的情况下，看到自己的替身（他认出来了）露出了可恼又可笑的姿态，犯下了和自己类似的错误。不由他不笑自己那副可怜相。克里斯托夫却不加一句说明。比故事的效果更好的，是讲故事的人那种平易近人的和事老一般的态度。他讲自己和讲别人一样看得开，看得清，一样好脾气。这种心平气和使乔治服帖了。他就是来寻求心平气和的。等到他啰啰唆唆地放下了心里的包袱，他就像一个在夏天中午走累了的人伸手伸脚躺在一棵大树的阴影里一样。夏日炎炎如火烧，令人头昏眼花的炎热退下去了。他感到保护神展开了和平的翅膀在他头上飞翔。看到身边这个人平心静气地背着人生的重担，乔治也不怕自己内心的骚乱了。听到这个人说话，他尝到了安静的滋味。他并不是一直在听；他让他的心灵出壳遨游，但不管游到哪里，克里斯托夫的笑声都在上下左右。

然而，上一代人的思想对他还是陌生的。他不明白克里斯托夫怎能忍受心灵的孤独，怎能摆脱和艺术、政治、宗教等团体的联系。他问道："难道你从来没想到过需要在一个阵营之内吗？"

"在阵营之内！"克里斯托夫笑着说，"在外面不是很好吗？你这个喜欢新鲜空气的人怎么会谈起画地为牢来了？"

"啊！肉体和精神不是一回事。"乔治答道，"精神需要肯定，需要共鸣,要依附同代人公认的原则。我羡慕从前的人,古典主义时代的人。我的朋友们说得不错:要恢复过去美好的秩序。"

"你这只落汤鸡,胆小鬼!"克里斯托夫说,"谁叫你这样泄气的!"

"我并不泄气。"乔治生气地反对说,"我们谁也不泄气。"

"不泄气怎么会害怕自己?"克里斯托夫说,"怎么? 你们需要秩序,为什么不自己建立? 为什么要把自己系在老祖母的裙带上! 老天爷! 自己走吧!"

"走前先要落地生根。"乔治得意洋洋地重复当时的一句新桥民谣说。

"要生根,你说说看,难道需要把树栽在瓶子里? 土地到处都有,大家都可以用。把你的根栽进去吧。找你自己的规律。在你自己身上找。"

"我没有时间找。"乔治说。

"你只有时间害怕。"克里斯托夫反复说。

乔治恼火了,结果还是承认没有兴趣去看内心深处。他不明白那有什么乐趣,弯下腰来看那个黑洞,不是有危险掉下去吗?

"拉住我的手。"克里斯托夫说。

他游戏三昧地打开黑洞的盖子,让乔治隐约看到人生现实的悲剧。乔治立刻往后倒退。克里斯托夫笑着把黑洞盖上。

"你怎么能这样生活呢?"乔治问道。

"我不是活得很快乐吗?"克里斯托夫说。

"要是不得不老看这一套,我怕我会死的。"

克里斯托夫拍拍他的肩头。

"好一个运动员! ……要是你觉得头晕,那就不要看好了。到底并没有人强迫你呀。向前走吧,我的孩子! 不过人向前走,难道也要老板像对牛马一样在肩头盖个印吗? 你还要等人发号施令不成? 信号早已发了。骑上马鞍吧,马队在前进了。骑好马! 排好队! 快跑!"

"跑到哪里去?"乔治说。

"跟着马队去征服世界,征服天空,要元素服从命令,要冲破大自然的最后一道防线,要扩展空间,要推迟死亡。……

"'台太尔已经试过飞上天……'①

---

① 原文是拉丁文。

"拉丁文考第一的学生,告诉我,你知道这句话吗?能解释它的意思吗?"

"'他已经过了死亡河……'①"

"瞧,这就是你们的命运,幸运的征服者!……"

他清清楚楚地指出新一代人的责任,要他们采取英雄的行动。乔治听了大吃一惊,问道:

"既然你的感觉这么丰富,为什么不同我们一起行动呢?"

"因为我有我的任务。去吧,孩子,干你的工作去。如果能超过我,就超越吧。我呢,我要留在这里,给你们站岗放哨……你读过《天方夜谭》吧?有一个故事说:一只比山更高的精灵被所罗门王关在一个瓶子里,瓶口贴了封条盖了印……这只精灵就关在我们心灵的深处,就是你不敢弯下腰去看的那个黑洞。我和我的同代人跟精灵斗争了一辈子;我们没有征服它,它也没有战胜我们。目前,我们和精灵都在歇一口气;双方互相瞧着,但是既不怨恨,也不害怕,对双方进行的战斗都觉得满意,只在等待双方同意的休战期结束。而你们呢,赶快利用休战期重整旗鼓,摘取世界上美丽的胜利果实吧!要快活,享受这短期的平静吧。但要记住,总有一天,你或你的子孙胜利归来的时候,一定要回到我现在站的地方,集结新的力量,和严阵以待的精灵再进行战斗。战斗之间会有休战,但一要打到敌我双方总有一方战败为止。你们该比我们更强,更快活!……目前,搞你的体育活动吧,如果你愿意的话;锻炼你的肌肉和意志,准备应战吧;不要糊涂,不要不耐烦得浪费精力去干蠢事;你的时代(放心好了!)总会用得着你的。"

乔治没有记住克里斯托夫说的话。他的性格开朗,克里斯托夫的话都听进去了,但多半又立刻溜了出来。他还没有走下楼梯,就已经忘记得差不多。但他依然保留了幸福的印象,虽然回想起来,产生印象的事情早已模糊了。他对克里斯托夫很尊敬。克里斯托夫相信的,他却一点也不相信。(其实,他没有信仰,只嬉笑人生。)但若有人胆敢说他这位老朋友的坏话,那他会打得人家头破血流的。

幸亏没有人当面这样说,否则,他要打的架可多着呢。

克里斯托夫早就预料到风向会转变。法国年轻音乐家的理想和他的

---

① 原文是拉丁文。

不同,不料这反倒成了克里斯托夫同情他们的一条理由,而他们对他却并没有好感。他在群众中的名声使那些渴望成名的年轻人和他势不两立;他们肚子里货色不多,而牙齿却特别长,会咬人。克里斯托夫并不在乎他们的存心不良。

"这些孩子存的是什么心?"他说,"他们为什么咬牙切齿……"

他甚至认为他们胜过那些拍马屁的小狗——正如杜皮尼说的:"一条大狗把头伸进了奶油桶,就有小狗来舐它的胡子表示祝贺。"

歌剧院接受了他的一部作品。一接受就排演。一天,克里斯托夫从报上攻击他的文章中知道:为了排练他的作品,推迟了一个年轻作曲家原来预定上演的歌剧。记者打抱不平说:这样滥用权势应该由克里斯托夫负责。

克里斯托夫去见歌剧院经理,并且对他说:

"你没有告诉我你先接受了一部作品。那怎么行?先接受的应该先上演。"

经理叫了起来,笑着说是不行,并且恭维克里斯托夫的人品、作品、天才,却把年轻人的作品说得一文不值。

"那么,你为什么先要接受呢?"

"你以为我能随心所欲,为所欲为吗?过不了多久,我就不得不装模作样,满足一下舆论的要求。从前,年轻人可以叫嚷他们的,没有人会理他们。现在,他们找到了一家民族主义的报纸来反对我们,骂我们是卖国贼,说我们不是法国人,如果哪个倒霉蛋不吹捧他们少壮派的话。少壮派!要谈就谈!……要不要我告诉你?我一肚子是气!群众也是一样。少壮派唱的简直是祈祷文!……血管里没有血;就像虔诚的小教徒唱弥撒经;他们唱爱情二重奏,人家会以为是念悼词。如果他们逼得我非接受他们的剧本不可,那我的剧院就会垮台。但我一定得接受,因为这是他们的要求——我们谈正话吧。你呀,你的作品一定满座。"

翻来覆去都是恭维。

克里斯托夫却干脆打断了他的话,生气地说:

"我不会吃你这一套。现在我老了,'成名'了,你就要利用我来压制年轻人。我年轻的时候,你们不也一样压我吗?你一定得先演这个年轻人的剧本,否则,我就要收回我的了。"

经理举起胳臂朝天说:

"难道你不明白:如果我们按照你的话去做,那看起来不是向报纸的恐吓攻势投降了吗?"

"那和我有什么关系?"克里斯托夫说。

"随你的便!头一个倒霉的是你。"

剧院开始排练青年音乐家的作品,同时排演克里斯托夫的作品也没有中断。一部三幕,另一部两幕,剧院打算两部同台演出。克里斯托夫去看他帮助了的年轻人,他要头一个告诉他这个消息。年轻人感激得不知如何是好,只说永远不会忘记他的大恩。

当然,克里斯托夫不能不让经理全心全意排演他的作品。另外一部作品的表演和布景就得不到同样的照顾了。克里斯托夫却并不知情。他只要求看了几次排练,觉得年轻人的作品平淡无奇;他随便提了两三点意见,人家并不大接受,他也只好说到算数,不便多管闲事。而另一方面,经理却对新进的作曲家说,如果作品要不耽误演出的话,必须作些删节。作者开始很容易就同意了,不久却觉得这样做是痛苦的牺牲。

演出的那一晚,新作家的剧本没有受到欢迎,克里斯托夫的作品却引起了轰动。有几家报纸反而攻击克里斯托夫,说这是个圈套,是搞垮法国年轻艺术家的阴谋;他们说为了讨好德国音乐大师,把法国艺术家的作品割裂了;他们卑鄙无耻地把德国大师说成是个妒忌新生力量的人。克里斯托夫耸耸肩膀,心里想:

"年轻人会答复的。"

年轻人并没有答复。克里斯托夫剪下了报上的评论寄去,加了一句附注:

"你看到了没有?"

年轻人回信了:

"真是遗憾!这个记者一直对我太偏爱了!的确,我很抱歉。最好是不管它。"

克里斯托夫笑了,心里想:

"他说得不错,这个胆小鬼。"

于是他把这件小事锁进了他所谓的"不屑一顾的小箱子"里。

乔治不大看报,除了体育新闻之外,看得也不认真,这一回却偏偏看到了对克里斯托夫最激烈的攻击。他认识那个记者,也知道在哪个咖啡店可以找到他,就去打了他两个耳光,和他决斗,毫不客气一剑刺伤了他的肩头。

第二天午餐的时候,克里斯托夫得到朋友一封信,知道了这件事。他气得说不出话来,丢下午餐不吃就跑来找乔治。乔治一开门,克里斯托夫一阵风似的冲了进去,抓住他的胳臂,气得拼命地摇,并且开机关枪一般骂得他狗血淋头。

"畜生!"他喊了起来,"你为我打架!谁答应你的?你这个傻小子,糊涂蛋,谁叫你多管闲事?难道我不会管吗?你说说看!太过分了!你怎么赏脸跟那个坏家伙决斗。他正是求求不到呢。你把他捧成好汉了。笨蛋!万一你命不好……(我敢肯定你一头栽进去,就什么也不顾了,而且老是这样)……万一送了命……该死!我这辈子能原谅你吗?……"

乔治笑得像发了疯,听到最后一句威胁,简直笑出了眼泪:

"我的老前辈,你真是古怪!啊!你多么不近情理!我帮了你的忙,你反倒骂我一顿!下一回我该攻击你了。也许你反而会拥抱我吧。"

克里斯托夫不说话了,把乔治紧紧抱在怀里,吻着他的双颊,然后又说了一次:

"我的孩子!……对不起。我是个老糊涂……不过,这个消息气得我的血液沸腾了。你怎么会想到决斗的?值得跟这种人拼命吗?你一定得立刻答应我,以后不再这样干了。"

"我什么也不答应你。"乔治说,"我喜欢做什么,就做什么。"

"我不许你再这样干,听见没有?要是你再这样,我可不要再见到你了,我要登报和你脱离关系,我要……"

"不让我接班了,是不是?"

"瞧你,乔治,我求求你了……这样做有什么用处呢?"

"我的老前辈,你比我好一千倍,知道的事情也多得说不完;不过要对付这班狗东西,我就比你知道得多了。放心吧,这样做是有用的;现在,他们再要骂你,有毒的舌头就要先在嘴里多打几个转了。"

"唉!这些坏蛋能干什么?我不在乎他们的话。"

"我可在乎呢。你不要管了!"

从那时起,克里斯托夫总担心有什么新文章会惹得乔治生气。说来也好笑,以后几天,从来不看报的克里斯托夫居然坐在咖啡店里,埋在报纸堆中了,万一看到一篇骂他的文章,他就会不择手段(甚至是低级的手段),不让这些话落到乔治眼里。过了一个星期,他才算放下心来。还是年轻人说得对。他一动拳头,至少在短期内,狗就不敢乱咬人了——而克里斯托夫虽然埋怨年轻的疯子耽误了他一个星期的事,但他扪心自问,到底自己也没资格教训他。他想起有过那么一天,时间也不能算太久,他自己不也

是为了奥利维和人决斗吗?他仿佛听到奥利维在冥冥中说:

"让他去吧,克里斯托夫。父债不是该由子来还吗?"

如果说克里斯托夫可以不在乎人家对他的攻击,另外一个人却远远不能这样看得开,不能笑骂由之。这个人就是艾曼纽。

欧洲思想演变在开快车。速度之快似乎可以和机械发明,和新发动机并驾齐驱。库存的偏见和希望,以前够人类用上二十年的,现在却在五年内就消耗光了。几代人才正在你追我赶,飞速前进,因为时间已经吹响了冲锋号——而艾曼纽却被人超越了。

这个歌颂法国力量的诗人从来没有否认他的老师奥利维的理想主义。他的民族情感虽然强烈但他还是难解难分地崇拜精神上的伟大。如果他在诗中用响亮的声音歌颂法国的胜利,那是因为他由于信仰而在法国身上看到了目前欧洲最崇高的思想,看到了胜利的雅典娜女神,看到法律向暴力发动反攻,并且战胜了暴力。不料在法律的灵魂深处,觉醒了的暴力又赤裸裸地、粗野地涌现了出来。新的一代强壮而受过锻炼,渴望战斗,在取得胜利之前就有了胜利者的心态。他们趾高气扬,肌肉发达,胸脯宽广,感觉有力,渴望享受,展开了雄鹰的翅膀,要翱翔在平原之上;他们迫不及待地要扑下来,试试利爪的锋芒。他们的民族要建功立业,要如醉似狂地飞越阿尔卑斯山,飞越海洋,驰骋在非洲沙漠上,重写新时代十字军东征的史诗,不比第三次十字军更神秘,也不比第四次更急功近利,但他们却使整个民族晕头转向了。这些年轻人从来没有见过战争,只在书上读到,他们很容易上当受骗,误以为战争是美丽的。他们要侵略了。厌倦了和平,厌倦了思想,他们赞美战场是"斗争的砧板",说战场上血肉横飞的行动有朝一日会重新铸造出法国的力量。他们厌恶空谈思想体系,瞧不起宣传信仰的理想。他们大肆宣扬狭隘的知识,激烈的现实主义,民族的自私,只要有利于伟大的祖国,他们不惜践踏正义、损害别人、损害别的国家。他们排外,反对民主,主张——甚至最不信教的人也包括在内——恢复旧教势力,因为实际上需要"为绝对权力铺平道路",要把无限自由关进监狱,受到维持秩序和有权有势的人控制。他们非但瞧不起,并且认为是社会罪人的,是上一代唠唠叨叨的温和派,空空洞洞的理想主义者,人道主义的思想家。艾曼纽在年轻人眼里,就是这类过时的人。他因此痛苦得要命,并且非常生气。

知道克里斯托夫受到和他同样不公平的,甚至更严重的打击,他就同情克里斯托夫了。但是他的脾气不好,克里斯托夫也懒得去看他。他又自高自大,不肯认输,也不去找克里斯托夫。但他挖空心思,设法在无意中碰到了他,而克里斯托夫就先开口了。从此以后,他才放下心来,不再疑虑重重,也不隐瞒见到克里斯托夫的乐趣。于是他们时常来往,不是在这一家,就是在那一家。

艾曼纽向克里斯托夫倾吐苦水。他被那些批评气得要命。但看到克里斯托夫似乎没有怎么触动,他就要他看报上的评论。报纸说克里斯托夫不懂音乐的基本原理,不懂和声,抄袭同行,玷污了艺术。人家叫他做"怪老头"……说"我们受够了他发的神经病!我们是秩序、理性、传统的平衡……"

克里斯托夫觉得有意思。

"这是规律,"他说,"青年人埋葬老年人。在我那个时代,的确,一个人要等到六十岁才算老。今天,人老得更快了……无线电,飞机……一代人很快就累垮了……倒霉鬼!他们的好日子也长不了!让他们瞧不起我们,赶快在太阳底下神气活现吧!"

但艾曼纽可吃不消。思想冒进,他却时常受到病态神经的纠缠;心有余而力不足,他需要战斗,却不是一个战士。有些批评恶毒得使他伤心,甚至流血。

"啊!"他说,"如果这些批评家知道他们随便说一句不公道的话会对艺术家造成多大的伤害,他们对自己的所作所为也该惭愧得无地自容了。"

"他们怎能不知道呢,我的好朋友?这就是他们生活的本钱呀。总得让大家有法子活下去。"

"他们是些凶手。我们为生活、为艺术而斗争,浑身是血,筋疲力尽,他们非但不伸出手来帮你一把,不好心好意地指出你的缺点,像兄弟一般设法补救,却只是袖手旁观,瞧着你背负重担爬上山坡,口里说什么:'到不了的!……'等你到了山顶,有人却又会说:'到是到了,哪有这样上山的!'还有人硬是死不承认,翻来覆去地说:'还没到呀!……'只要他们不用石头砸断你的大腿,叫你倒下来,那就算是万幸了。"

"不过,他们中间有时也找得到两三个好人;那对你可有好处哩!坏人到处都有;不管是哪一行。告诉我,难道你没见过,存心不良的艺术家,自命不凡,尖酸刻薄,只想掠夺世界,没捞一把就气得要命? 一定要有耐性,忍字头上一把刀嘛。没有什么坏事不能给你一点好处的。最恶毒的评论家对我们也有用,就像一个驯马的教练,不许我们半途而废。每当我们自以为到了目的地,屁股后面的猎狗就会吠叫,只好再往前走!走得更远!爬得更高!我们要跑在他们前头,叫他们追不上。记住阿拉伯的名言:'树上没有果子,再摇也没有用。只有树上的果子金光灿灿,才有人用石子把它打落……'可怜那些没有人攻击的艺术家吧!他们才走到半路上,就会懒洋洋地坐下来。等到他们再想站起来走,他们伸不直的大腿已经走不动了。敌人万岁!他们其实是我的朋友,在我的一生中,他们给我的好处远远超过了我的朋友,而我的朋友其实倒是敌人!"

艾曼纽不禁微笑了。然后他说:

"然而,像你这样身经百战的老兵,却让初试锋芒的新兵教训一通,你不觉得受不了吗?"

"我只觉得有趣。"克里斯托夫说,"这种狂妄自大说明个人血气方刚,渴望流血牺牲。我从前也是这样。这是三月的阵阵急雨,落在回春的大地上……让他们来教训我们吧!说到底,他们并不错。老年人应该向青年人学习!青年人利用了我们,他们得福不知感谢,这是规律!……不过,具备了我们丰富的经验,他们走得比我们更远,可以实现我们尝试过的事。如果我们身上还有几分朝气,就该轮到我们来向他们学习,我们也会焕然一新了。如果做不到,如果我们太老了,那就享受他们身上的青春吧。看到似乎山穷水尽的生命没完没了地开花结果,看到年轻人朝气蓬勃的乐观精神,兴高采烈的冒险行动,看到新生的民族去征服世界,那是多么美妙啊!"

"没有我们,哪里会有他们?他们的欢乐是我们的眼泪浇灌出来的。他们自豪的力量是上一代人受苦受难开出来的花朵。就是这样,前人种树,后人乘凉……"

"古话说得不对。我们做什么事都是为了自己,结果我们创造的后人超越了前人。我们累积了前人的财富,存放在门窗关不紧,四面通风的破房子里;一定要把身体顶住大门,才能不让死神进来。我们用胳臂开辟了一条胜利的道路,好让子孙后代前进。我们受苦受难是为了拯救未来。我们已经把诺亚的方舟开进了福地的港口。经过我们的努力,方舟就要带着我们的后人进入福地了。"

"他们会不会记得我们呢?是我们这些人穿过沙漠,高举圣火,背负着民族的神灵和这些今天成了大人的孩子,是我们带他们到达福地的啊!我们已经经历了我们的苦难,也得到了忘恩负义的报答。"

"你后悔吗?"

"不。感到我们这个伟大时代的悲剧会使人如醉如痴,因为我们是为了创造下一个时代而做出牺牲的。今天的人是再也尝不到这种牺牲自我、崇高无比的欢乐了。"

"我们已经享受过最高的幸福。我们已经爬上了尼波山①,山脚下就是我们不能进去的禁地。但是我们现在享受的,超过了将来进入福地的后人。他们一下了山,就看不见一望无际的平原福地,也看不见遥远的天边了。"

克里斯托夫对乔治和艾曼纽产生了平心静气的影响,力量的源泉却是葛拉齐亚的爱情。在爱情中,他感到自己和年轻的一代紧密相连,对生命所有的新形式他都感到用之不尽的同情。不管使大地回春的是什么力量,他总和春天在一起,即使新生的力量反对他也是一样;他不害怕即将来临的民主政治,也不为一小撮特权阶层的自私自利而大惊小怪;他不会拼命抓住衰老的艺术经典,死也不放;他充满信心地等待着从不可思议的幻想中,科学与行动已经实现了的美梦中,会涌现出一种比过去更有力的新艺术;他欢迎新世界的曙光,即使旧世界的美会和他自己同归于尽,他也欢迎。

葛拉齐亚知道她的爱情对克里斯托夫能起的好作用;意识到自己的力量使她超越了自己。她写的信给她的朋友指出了一个方向。她当然不会可笑得认为自己在艺术上可以指导他,她有自知之明,知道自己的力量不能超越什么范围。但她纯真的声音定下了一个调子,引起了他心灵的共鸣。只要克里斯托夫以为听到她的声音反映了他的思想,他的思想就能准确、真纯地反映出来,并且值得反映出来。乐器的美妙声音对于音乐家来说就像一个美丽的人体,可以立刻体现他的梦想。两个情人的心灵神秘地结合起来了:彼此都吸收了对方的优点,都用爱情使优点变得更丰富,再又还给对方。葛拉齐亚敢于告诉克里斯托夫说她爱他。遥远的距离使她敢于自由吐露心声,何况她相信自己是永远不会嫁给他的。这种爱情包含的宗教热忱传给了克里斯托夫,成了他心平气和的源头活水。

这种使人心平气和的力量,葛拉齐亚给人的太多,自己源头的活水反倒少了。她的健康垮了,精神也严重地失去了平衡。她儿子的情况没有好转。两年来,她的生活一直在惊慌不安中度过,而利昂纳罗损人的本领花

---

① 据《旧约·申命记》,摩西去世以前,曾登上尼波山,遥望上帝禁止他进入的福地。

样翻新,更使她惶惶不可终日。他的拿手好戏是要爱他的人提心吊胆;为了要人关心,为了折磨别人,他无所事事的脑袋耍弄的花招真是层出不穷,结果变成了一种迫害狂。真正的悲剧是:在他装病搞鬼的时候,病真来了,死神到了门口。令人啼笑皆非的是:葛拉齐亚给装病的儿子折磨了几年,反倒不相信他是真病了……人心里的感情是有限的。儿子说的谎话吸干了母亲的同情。等到他说真话时,她反而以为他是在演戏。真相大白之后,她又悔恨交加,有如毒箭穿心了。

利昂纳罗的狠毒心肠一直没有放下武器。他对什么人都不爱,也不允许周围的人去爱别人;妒忌是他唯一的感情。疏远了母亲和克里斯托夫还不够,他一定要逼迫她中断两人之间一直坚持的亲密关系。他已经用他的常规武器——害病——逼母亲发誓不再嫁人。她答应了还不够。他硬要母亲不再给克里斯托夫写信。这一回,她不能再依他;他滥用母爱,用得过了头,反倒使她摆脱了束缚。她对他的谎话毫不留情地痛骂了一顿,过后,她又责备自己,仿佛犯了罪似的。利昂纳罗一气之下,当真病倒了。因为母亲不信,他病得更厉害。于是他愤不欲生,只求早死,好气气他的母亲。他哪里想得到居然弄假成真了。

等到医生让葛拉齐亚明白她的儿子已经无药可医时,她感到好像五雷轰顶一样。然而她还不得不把绝望藏在心里,要瞒过那个经常欺瞒她的儿子。他也猜到这回病情真严重了。但他不肯相信;他的眼睛盯着母亲的眼睛,想要看到她责备他说谎时气得她要命的表情。但时辰到了,他不可能再有什么怀疑了。那时对于他,对于他家里的人,都可怕得不得了,因为他不肯死!……

葛拉齐亚看到他终于长眠了,并没有痛哭,也没有惋惜;她的沉默令人惊奇;原来她连痛苦都没有气力表示:她只有一个念头,那就是死了算了。她的生活一切照常,表面上很平静。几个星期之后,她的嘴角又露出了笑意,但不说话。没有人看得出她的痛苦。克里斯托夫也想不到。她只写信告诉他这个消息,一点不谈自己。克里斯托夫又着急又亲切的来信,她不回复。他要来看她,她劝他千万不要来。过了两三个月,她对他又恢复了以前那种情长意真、从容平静的口气。她觉得要他来分担自己软弱造成的后果,那是有罪的。她知道她所有的感情都会引起他的共鸣,他需要她的支持。她并没有把痛苦强加在自己身上。平素的修养使她得到了解脱。她对生活已经厌倦,使她还能活下去的,第一是克里斯托夫的爱情,第二是听天由命的思想,这种思想不管在痛苦中或是在欢乐中,都构成了意大利人性格的基础。这种思想并不是来自智慧,而是来自动物的本能,本能使受到追捕的野兽一直往前跑,并不觉得疲倦,只是睁开了做梦似的眼睛,忘了路上的石头,忘了自己的身子,直到跑得倒在地上为止。宿命论支持了她的身体。爱情支持了她的心灵。她个人的生命已经消耗殆尽,只靠克里斯托夫来支持。然而,她比以前更小心在意,避免在信中表示对他的爱情。当然,这是因为她爱得更深刻了。其次,也因为沉重地压在她心上的是亡儿的否决,这使她的爱情成了罪过。于是,她只好沉默,在一段时间里,勉强自己不再写信。

克里斯托夫不明白她沉默的原因。有时,他在一封语气平静的信中,忽然会意外地听到热情受到压抑发出的颤音。他立刻心慌意乱,但什么话也不敢说,好像一个屏住呼吸的人唯恐出一口气会把幻象吹掉似的。他几乎可以十拿九稳地料到:下一封信的口气会故意显得冷淡,要赎回这次泄露的热情……然后,又是一片平静……一片平静……

乔治和艾曼纽在克里斯托夫那里会面了。那是一个下午。两个人都一肚子的牢骚:艾曼纽在文坛受了挫折,乔治在比赛中没有得胜。克里斯托夫好心好意地听着,亲热地开开玩笑。有人拉响了门铃。乔治去开门。珂勒蒂派一个仆人送了一封信来。克里斯托夫站在窗前看信。两个年轻的朋友又讨论起来,没有看克里斯托夫。他转过身去,走出了房间,他们也没有注意。等他们注意到了,也不觉得有什么不寻常。但克里斯托夫老也不来,乔治就去敲敲隔壁的门。没有回答。乔治不再敲了,他知道这位老朋友的脾气古怪。几分钟后,克里斯托夫回来了。他的神气很平静,很疲倦,很温和。他说了声对不起,没有陪伴他们,又接着谈他打断了的话,心平气和地谈他们的苦恼,说些安慰他们的话。他的语气感动了他们,他们却不知其所以然。

他们告别了。出门之后,乔治到珂勒蒂家去,看见她满脸是眼泪。一看见他,她就跑过来问:

"他怎么受得了这个打击,我那个可怜的朋友?实在太可惜了!"

乔治还没明白过来。珂勒蒂就告诉他:她刚送信给克里斯托夫,通知他葛拉齐亚死了。

她死了,没有和任何人告别。几个月来,她的生命几乎成了无根之木,一阵风就可以把她吹倒。在流行性感冒发作的头一天,她得到克里斯托夫一封多情的信。她感动了。她打算要他到她身边来;其他一切,一切把他们分开的理由,她现在觉得都是假的,甚至是有罪的。她太累了,想推迟到第二天再写信。第二天,她却卧床不起。她写了一封没有写完的信,就头昏眼花,天旋地转;再说,她又迟疑不决,不敢谈她的病,怕会打扰克里斯托夫。他那时正根据艾曼纽写的一首诗,排演一部合唱交响乐:主题使两个人都热情地投入了,因为有点象征着他们自己的命运,题目是《福地》。克里斯托夫常和葛拉齐亚谈到这部作品。第一次演奏就在下个星期……所以一定不能打搅他。葛拉齐亚在信里只谈到自己感冒了。然后,她又怕说得太重,把信撕了,却又没有气力再写一封。她心里想晚上再写。到了晚上,已经太迟了,来不及要他来,连写信也来不及了……死神来得多么匆忙!几个小时就能破坏几百年的建设……葛拉齐亚刚来得及脱下手上的指环,要女儿转交给她的朋友。直到临终之前,她对奥洛拉都没有吐露衷情。现在她要离开世界了,才热情地望着这张她要遗留在世上的面孔,紧紧握住女儿的手,要她去握另外一双;心里愉快地想着:

"我并没有完全离开世界。"

   什么?我说,气势这样雄伟,
   震动耳膜,却又这样温柔,
   是什么声音?……
           《西比翁之歌》

热情的冲动使乔治一离开珂勒蒂就回到克里斯托夫这里。很久以来,他从珂勒蒂闭不紧的嘴里知道了葛拉齐亚在老朋友心中的地位,甚至——年轻人不大懂规矩——他还说三道四,开开玩笑。但是这时,他却充满同情,鲜明地感到这件丧事会给克里斯托夫带来多大的痛苦;他一定要跑去拥抱他,安慰他。他了解克里斯托夫感情的强烈——刚才却表现得这样平静,更使他着急。他去拉响了门铃。没有动静。他又拉铃,并且按照克里斯托夫约好的暗号敲了几下门,这才听到椅子移动,还有缓慢而沉重的脚步声。克里斯托夫来开门了。他的脸色这样平静。乔治本来打算投入他的怀抱,却站住不动,不知道说什么话好。克里斯托夫和气地问他:

"是你呀,孩子。忘了什么东西吗?"

乔治窘了,含糊不清地说:

"是的。"

"进来吧。"

克里斯托夫坐到他原来坐的安乐椅里,靠着窗子,头往后仰,靠在椅背上,瞧着对面的屋顶和夕阳烧红了的天空。他没有招待乔治。年轻人假装在桌子上找什么,偷偷地瞅了克里斯托夫一眼。老人的脸没有表情,落日余晖的反光照亮了他上半边脸颊和下半个额头。乔治走进了隔壁的卧房——假装继续寻找,刚才克里斯托夫就是关在这间房里看信的。信还留在床上,被子没有掀开,看得出有人在上面躺过。有一本书掉在地毯上。书是打开的,有一页起了皱。乔治捡起书来一看,原来是《福音书》中讲玛德琳见到耶稣复活的那一段。

他又回到原来的房间里,左翻右找,装装样子,再瞧瞧克里斯托夫,他还是动也不动。他本想对他说多么同情他。但克里斯托夫显得这样容光焕发,使乔治觉得什么话都是多余的。需要安慰的反倒是他自己。于是他畏畏缩缩地说:

"我走了。"

克里斯托夫没有抬起头,只说了声:

"再见,孩子。"

乔治走了,不声不响地关上了门。

克里斯托夫就这样待了好久。夜来了。他不再痛苦,不再思考。印象也模糊了。他像个筋疲力尽的人,听着模糊不清的音乐,也不想了解。夜深了,他腰酸背痛地站了起来,往床上一倒,就昏昏沉沉睡着了。交响乐还在继续……

瞧!他看见了她,心爱的葛拉齐亚!……她伸出手来,微笑着说:

"现在,你走过火山了。"

于是,他的心融化了。星空洋溢着平静,星际流出了无边无涯、一动不动的音乐瀑布……

等到他醒过来,已经是大白天了,奇异的幸福感并没有消失,葛拉齐亚的话还像在远方闪烁的微光。他下了床。圣洁的热忱不声不响地在支持他。

　　……我看见了,儿子,
　　美人和你只有一墙之隔……

他已经越过了美人和他之间的墙壁。

很久以来,他的大半个心灵已经到了对岸。一个人生活得越久,创造得越多,爱恋就越深,而失掉情人越痛苦,就越能够超越死亡。我们每受一次新的打击,每创造一件新的作品,就远离了我们自己一步,进入了我们创造的作品,深入到我们爱恋而失掉了的心灵。结果,罗马已经不在罗马城内;我们的精华已经在我们身外。在墙这边,本来只有一个葛拉齐亚在留住他。现在她一走……痛苦的世界就对他关上了大门。

他过了一段隐秘的兴奋时期,不再感到有什么枷锁的束缚,不再等待什么,不再依靠什么。他得到了自由。斗争已经结束。走出了战斗的地区,走出了英勇的战神控制的范围,他回头看看燃烧的荆棘,脚下的火炬已经消失在黑夜里了。火炬离他多远啊!在火光照亮了他的道路时,他几乎以为自己已经到达顶峰了。从那时起,他又走了多远的路啊!然而,顶峰并不见得离他更近。他现在才知道,即使他永远走下去,也到不了顶峰的。但只要走进了光明的领域而没有把自己心爱的人丢在后面,只要有心爱的人同路,那永恒也不会显得太远的。

他也对世界关上了大门。没有人来拉门铃。乔治一下就消耗完了他的同情心;回到家里,他放了心,第二天就不再想了。珂勒蒂去了罗马。艾曼纽根本不知情,他向来心眼小,憋着一肚子闷气,因为克里斯托夫没有来回访他。于是克里斯托夫可以不声不响地和他的心上人对谈几天而不受干扰。心上人成了母亲腹中的婴儿。动人的对话不是语言说得出来的。几乎连音乐也难以表达。在感情洋溢的时期,克里斯托夫闭上眼睛,一动不动,听自己的心歌唱。或者他在钢琴前坐上几个小时让他的手指说话。在这个时期,他的即兴演奏比一生中任何时候都多。他没有把自己的思想写下来。写又有什么用呢?

几个星期之后,他才走出大门,又和大家见面,但除了乔治以外,没有一个熟人猜得到发生了什么事情,而即兴演奏的精灵却缠了他很久。往往是在意料不到的时候,灵感来到了克里斯托夫心头。一天晚上,在珂勒蒂家里,克里斯托夫弹起钢琴来,几乎弹了一个小时,他全心全意地投入,忘了客厅里多是对音乐不感兴趣的人。然而他们并不敢笑。这些惊人的即兴曲怔住了他们,使他们激动。甚至连不懂其中奥妙的人也觉得心里难过;珂勒蒂流出了眼泪……克里斯托夫一曲弹完,忽然转过身来,看见大家激动的心情,他耸耸肩膀——笑了。

他已经到了化痛苦为力量的地步——化为他能控制的力量。痛苦不能再控制他,他反而能控制痛苦。痛苦可以在栅栏后面翻腾挣扎,但逃不出樊笼。

这个时期出现了他最伤心,同时也是最幸福的作品,有一段出自《福音书》,那是乔治知道的:

"女人,你为什么哭?"——"有人把主的圣体搬走了,不知道搬到了哪里。"
她边说边转过头去,看见一个园丁站在面前,却不知道那就是耶稣复活的化身。

——还有一系列悲伤的组曲,是按照西班牙民谣写的,其中有一首忧郁的情歌或葬歌,好像黑色的火焰:

我愿成为你的
坟墓把你埋葬,
你睡在我怀里,
睡个地久天长。

另外还有两首交响曲,名叫《安静岛》和《西比翁之歌》,这是约翰·克里斯托夫·克拉夫特的作品中把当代音乐的最高成就结合得最完美的交响乐:德意志的亲切、深沉、委婉的思想,意大利的热情奔放的曲调,法兰西的丰富而细腻的节奏和变化多端的和音,都融合在一起了。

这种"生死恨产生的热情"继续了两三个月。然后,克里斯托夫又回到了人生的行列中,心更加坚强,脚步更加稳扎。死亡之风吹散了悲观主义最后的迷雾,吹散了淡泊之心的灰色,还有神秘的若隐若现的幻影。彩虹出现在消散的乌云之上。青天睁开了更纯净的眼睛,透过泪水微笑了。这是山上平静的黄昏。

第四部

欧洲这个大森林里酝酿着的战火开始燃烧了。一个地方的火刚刚扑灭,另外一个地方又烧了起来,滚滚浓烟随风飘荡,阵阵火星如雨飞溅,由近而远,烧着了干枯的荆棘丛。在东方,前哨战已经预示了国际战争的来临。整个欧洲,昨天还在怀疑,无动于衷,好像死气沉沉的树林,忽然一下,发现四面都起火了。战斗的欲望侵入了人心,随时随刻,战争都有可能爆发。扑灭了的战火会死灰复燃。微不足道的借口也可引发冲突。世界只好听天由命,不知道什么小事会惹起一场混战。大家都在等待。最爱和平的人也沉重地感到战争不可避免。有些理论家躲在独眼巨人蒲鲁东的影子下鼓吹战争是人类最高尚的事业……

难道西方各民族物质上和精神上的复兴就是为了达到这个目的?难道热情奔放的行动和信仰掀起的大潮是要把人推向屠杀?只有一个拿破仑式的天才可能给这个盲目的大潮选定一个目标。但是这种行动的天才,全欧洲无论哪里都找不到。人家会奇怪怎么会选了这样一些平庸之辈来统治世界。人类的心灵把力量用到别的地方去了——于是你只好顺着坡子滑下去。统治者和被统治者都是这样。欧洲看起来仿佛处在大战的前夜。

克里斯托夫想起了一个类似的前夜,那时在他身边的是奥利维紧张的面孔。不过,在那个时候,密布的战云并没有变成枪林弹雨。现在,战云的阴影却笼罩了整个欧洲。而克里斯托夫的心情也变了。民族间的仇恨,他怎么也不能投身其中。他的心情像一八一三年的歌德。没有仇恨,怎能战斗?过了血气方刚的年龄,哪有仇恨?他已经超越了仇恨。几个对立的伟大民族,哪一个对他不亲近呢?他了解各个民族的丰功伟绩,对世界做出了什么贡献。一个人到达了某种精神境界,"就不再区别对待不同的民族,只觉得左邻右舍的幸福与不幸,都成了他自己的"。风暴的乌云已经在你脚下。你的周围只有天空——"任雄鹰翱翔的天空"。

然而,有时,克里斯托夫也感到周围敌意的威胁。在巴黎,人家使他清清楚楚地觉得他是属于敌对民族的;即使是亲爱的乔治也忍不住眉飞色舞地在他面前议论德国,使他难过。于是,他走得远远的;借口要去看葛拉齐亚的女儿,他到罗马去住了一些时候。但在那里他也找不到安静的环境。民族主义的自豪感像瘟疫一样传播开了,改变了意大利人的性格。克里斯托夫本来认为他们懒散,漠不关心,现在,他们想到的却只是军事的荣耀。南征北战,罗马的雄鹰在利比亚沙漠的上空飞翔;他们自己觉得已经回到了罗马帝国时代。更妙的是,各个对立的党派:社会党,教会派,保王党,都真心实意地一样兴高采烈,一点也没想到是不是违背了自己的主义。这就可以看出政治和人的理性经不住瘟疫般的集体狂热的扫荡。集体狂热甚至并不消灭个体狂热,只是充分利用,使个体狂热集中到同一个目标上来。在做出了丰功伟绩的时代,情况一直是这样的。亨利四世的军队,路易十四的枢密院,他们建立了伟大的法国,但他们中间有理智和信仰都坚强的人,也有追求名利、贪图享乐的人。不管信教的还是不信的,清教徒还是老风流,他们都按照本能行动,同时也是在为共同的命运出力。在未来的战争中,国际主义者也好,和平主义者也好,当然都会参战,但像他们国民议会时代的祖先一样,都深信战争是为了人民的幸福,为了和平的胜利!……

克里斯托夫带点讽刺的微笑,站在罗马河畔的山顶上,俯瞰这个纷乱而和谐的城市。城市就是世界的象征:风化了的古迹,奇形怪状的门面,现代的建筑,交织的翠柏和玫瑰——各个时代,各种风格,在智慧之光的照耀下,紧密地,坚固地融为一体。就是这样,人类的精神应该把内心的秩序和光明照耀在纷争的世界上。

克里斯托夫在罗马住的时间不长。这个城市给他的印象太强烈,他有点怕。要充分利用这里和谐的风格,非站得远一点不可;距离太近,他觉得像他的许多同胞一样,会被吸收同化的——隔不多久,他就去德国住住。但说到底,虽然法国和德国的冲突近在眼前,但一直吸引他的,还是巴黎。何况那里还有他的义子乔治呢。起作用的不只是感情上的原因。思想上的理由对他的影响也不算小。对于一个过惯了丰富的精神生活,一个积极参与人类大家庭的感情生活的艺术家,再要去习惯德国的生活,那是很困难的。德国并不缺少艺术家。而是艺术家在德国缺少空气。他们和其他人隔离了;别人对他们不感兴趣;各人忙各人的事,社会上的,职业上的工作,吸引了大家的注意,诗人因为不受重视感到恼火,就关起门来躲进不受重视的艺术中去;他们不肯低头,干脆一刀切断了和大众生活的最后联系;他们只为少数几个人写作,几个有才能、太讲究、没成果的小贵族。这几个人又分化成为对立的小圈子,圈子里的人都平淡乏味,拿不出新的东西来。他们的天地太狭窄,各人画地为牢,憋得出不了气;因为不能扩大地盘,只好拼命深挖,把土地翻上来,倒下去,什么也没挖到。于是,他们沉醉在一片混乱的梦幻中,而他们又不肯交流各自的想法。各人都在雾中挣扎。他们看不见共同的光明。每个人都以为光明只在自己心里。

相反,在那边,在莱茵河对岸,在西方的邻人那里,集体狂热的大风——群众风暴的激流——都周期性地吹到艺术上来了。就像巴黎铁塔俯视着法国平原一样,遥远的永不熄灭的古典传统的灯塔闪闪发光,那是多少世纪的劳动和荣誉建立起来,而又代代相传下来的,既没有奴役精神,也没有限制思想的传统,只是指出了几个世纪走过的道路,使人民能沐浴在光明中。多少德国的心灵——就像在夜里迷途的飞鸟——振翅飞向这遥远的灯塔。但在法国,有谁想到是这同情的力量把邻国高尚的心灵推向法国的呢?有多少双忠诚的手伸了出来,而这些手对政治上的罪恶并不该负责任啊!……而你们呢,德国的兄弟们,你们也没有看见我们,我们正在对你们说:"瞧,我们伸出手来了。不管谎话还是仇恨,都不能把咱们分开。我们需要你们。你们也需要我们。咱们的精神,咱们的民族才能发扬光大。咱们是西方的两个翅膀。断了一个,另外一个也起飞不了。让战争打起来吧!咱们握紧的手不要松开,咱们兄弟情谊的心灵一定要比翼齐飞。"

克里斯托夫这样想。他感觉得到他们两个民族相辅相成到了什么地步,如果不互相帮助,他们的精神、艺术、行动又会是多么虚弱、多不稳定。至于他个人呢,生长在莱茵河畔,两岸的文明合流的地方,他从小就本能地觉得两种文明必须结合;而在他的一生中,他的天才都无意识地在努力维持两翼力量的平衡。他越富有日耳曼民族的想象力,就越需要拉丁民族的条理清晰的精神。因此,法国对他显得如此可贵。在法国,他尝到了认识自己、控制自己的好处。只有在法国,他才能成为完完全全的自己。

即使是对他不利的因素,他也能够容忍。他还能吸收和他不同的外力。一个精力充沛、身体健康的人能够吸收各种外力,甚至是敌对的力量,并且使外力转化为自己的体力。有时,你甚至会发现:和你不同的人比和你相同的人更有吸引力,因为他能给你更丰富的营养。

克里斯托夫喜欢和他对立的艺术家,而不是模仿他的作品——他也有人模仿,自称是他的弟子,使他大失所望。那是一些老实的年轻人,对他非常尊敬,人很用功,值得重视,而且品德很好。克里斯托夫要是能够喜欢他们的音乐作品,那他何乐而不为呢?但是——他的运气不好!——没有办法,他觉得他们的作品没有意义。得到他百倍欣赏的倒是那些有才能的、反对他个人的、在艺术上代表对立派的音乐家……唉!反对有什么关系!对立派至少是活人呀!生活本身是最重要的品质,没有生活,即使你有了其他一切品质,你也永远算不了一个十足的好人,因为你不是一个完全的人。克里斯托夫开玩笑似的说过:他只承认那些和他较量过的对手做他的弟子。有一个年轻的艺术家来对他说自己想学音乐,并且奉承了他一番,以为可以得到他的好感,不料他却问道:

"那么,我的音乐能满足你的要求吗?你能用我的方式去表达你的爱或恨吗?"

"是的,大师。"

"那好,你不必多说了!还有什么可说的呢?"

他是这样厌恶那种唯命是听的服从精神,这样需要吸收和自己不同的思想,结果,那些和他截然相反的想法倒对他有吸引力。他现在的朋友把他的艺术、理想主义的信仰、道德观念,都看成过时的文学;他们面对人生、爱情、婚姻、家庭、各种社会关系,都有和他不同的看法;再说,他们也是好人,但他们的精神似乎发展到了另外一个阶段,克里斯托夫的痛苦与顾虑吞噬了他一生中漫长的时间,但对他们而言,却几乎是不可理解的。那倒更好!克里斯托夫并不希望要他们理解。他不要求别人像他一样思想才能坚定自己的信心,他对自己的思想是确信的。他要求了解他们的思想,爱他们的心灵。爱和了解,永远增加。还要观察,学习观察。结果,他不但认可了他从前攻击过的思想倾向,反而能欣赏了,因为在他看来,这丰富了世界上的思想。乔治不像他那样把人生看成悲剧性的,他反倒更爱乔治了。如果人类千篇一律都只有严肃认真的精神,或者像克里斯托夫一样用英雄主义的盔甲来武装自己,克制自己,那世界也太可怜了,色彩也太黯淡了。人类需要欢乐,无忧无虑,胆大妄为,推翻偶像,甚至是神圣不可侵犯的偶像。"妙趣横生,使大地回春的高卢精神"万岁!怀疑和信仰,二者是缺一不可的。怀疑侵蚀了昨天的信仰,又为明天的信仰开路……离人生越远,看得越清楚,就像一个看油画的人,如果站得太近,只看见五彩斑斓的颜色,站得远点,反倒看见不同的色彩变魔术似的融成了协调的图画。

克里斯托夫的眼界打开了,看见物质世界也像精神世界一样变化无穷。这是他第一次来意大利后取得的成果。在巴黎,和他来往最多的是画家和雕塑家,他在他们身上看到法国天才的精华。他们追求化动为静,把震动的色彩在飞行中固定下来,揭开了生活的面纱,取得了大胆的成功,使人看了快活得心怦怦跳。只要你会看,从点滴光明中可以看到用之不尽、取之不竭的源头活水!比起这至高无上的精神乐趣来,怒潮汹涌的喧闹,硝烟弥漫的战争算得了什么呢?……不过这些喧闹和战争也是世界奇观的场景。人生应该无所不包,我们应该高高兴兴地把一切都投入我们内心炽热的熔炉,不管是否定的还是肯定的力量,不管是敌是友,只要是生活的原料就可以投入。结果,熔炉里炼出来的就是我们铸造的塑像,是心灵哺育出来的圣果;凡是能使圣果变得更美的都是好的,即使以牺牲我们为代价也在所不惜。创造者个人有什么关系?只有创造的作品才是真实的……想要伤害我们的敌人啊,你们其实是无能为力的!我们已经到了你们力所不及的地方……你们咬到的只是一个空壳。金蝉早已不知何处去了!

他的音乐创作进入了宁静的境界。作品不再和从前一样像春天的风暴,乌云密布,忽然爆发,忽然烟消云散。现在的作品像夏天的白云,金光照耀下的雪山,展开光明之翼飞翔的大鸟慢慢地遮天蔽日了……创造!在八月里平静的阳光下收获成熟的庄稼……

开始是一片朦朦胧胧而又踏踏实实的昏沉感,迷迷糊糊的欢乐感像液汁饱满的葡萄,灌足了浆的麦穗,怀胎十月的母亲。然后是风琴的嗡嗡声,成群的蜜蜂挤破了蜂房唱出的轰轰声……这片阴沉中闪烁着金光的音乐,就像秋天的蜂窝中溢出来的蜂蜜,渐渐地露出了主题节奏,指出了方向;于是行星的轨道看得见了,天旋地转了……

那时出现了意志。它跳上了如梦似幻的飞马,双膝紧紧夹住马肚,驰骋而过的飞马发出了萧萧长嘶。创作的精神明白了驾驭的规律,克服了不遵纪守法的力量,规定了前进的目标和途径。理性和本能开始合奏交响曲。黑暗中出现了光明。蜿蜒如带的漫长道路伸展开了,闪烁着星星之火,那是创造作品中小小行星的内核,连成一片,就成了星星的太阳系……

作品的轮廓已经勾画出来了。现在,它的面目出现在迷糊的曙光中。一切都变得清晰了:和谐的色彩,脸上的线条。为了完成作品,生命的源头活水可以尽情开发利用。忘记打开了香水瓶,芬芳四溢。心灵放松了对感官的控制,让感觉如醉似狂,自己却一声不响,缩在角落里等待选择中意的目标。

一切都准备好了:工人就来动手,用感官提供的素材,按照心灵的设计,来构筑作品。一个大建筑师需要一班既会干活又肯卖力的工人。这样,大教堂才能建成。

"上帝看看成品,觉得不够完美。"

建筑大师的目光环视了他创作的整体,用手协调一下,使作品十全十美。

梦想实现了。感谢上帝……

夏天的白云,光明的大鸟,慢慢地飞翔,垂天之云的翅膀遮蔽了万里长空。

然而,他的生活并不限于艺术。一个像他这样的人不能没有爱;不但是艺术家对一切生灵一视同仁的爱,不,还要有所偏爱;他一定要把自己献给他选中的生灵。这是树木的根。树根吸收的营养更新了他心中的血液。

克里斯托夫的血液还远远没有枯竭。他的心沉浸在爱之中——那是他最大的欢乐。他的爱是双重的:对葛拉齐亚的女儿,又对奥利维的儿子。在思想上,他已经把两个孩子结合了。他还要在实际生活中把他们结合起来。

乔治和奥洛拉是在珂勒蒂家里见面的。奥洛拉住在表姨家。她一年在罗马住几个月,剩下的时间就来巴黎。她十八岁了,乔治比她大五岁。她个子高,身子直,姿态好,头不大,脸却宽,头发金黄,皮肤深色,嘴唇上边有影影绰绰的绒毛,眼睛明净,笑眯眯的眼光老在想着什么,下巴有一点厚,双手带一点褐色,浑圆的胳膊结实得好看,胸脯挺挺的,神气很快活,喜欢物质享受,有点得意洋洋。她知识一点不丰富,也不多愁善感,从母亲遗传得来的是懒洋洋、什么也不在乎的脾气。她能握紧拳头,一口气睡上十一个小时。起来了仿佛还没有睡醒,只是东荡西逛,嘻嘻哈哈。克里斯托夫叫她做"林中的睡美人"。她使他想起了青年时代的莎冰。上床时她唱歌,起床时也唱,无缘无故就笑,笑得像个孩子,笑声格格一下吞了进去,好像在打饱嗝。她的日子不知道怎么打发掉的。珂勒蒂尽力要她乔装打扮，学会在身上贴金的本领。这在别的少女一拍即合，而她却不行，贴上去的金箔粘不牢。她什么都不学，读一本她喜欢的书也要花好几个月，过了一个礼拜，连书名和题材都记不得了；写了别字也不脸红，谈起学问来就大闹笑话。她年轻，快活，没有书本气，甚至她的缺点，糊涂得有时几乎没有心眼，还有天真无邪的自私，都使人觉得耳目一新。她一直是这样毫不做作！这个头脑简单、性格疏懒的少女，有时也会不自觉地卖弄风情：那时，她就放长线来钓小伙子，在露天下写生，弹肖邦的夜曲，带着几本从来不读的诗集散步，戴着空想的帽子空谈理想。

克里斯托夫关注她，心中暗笑。他对奥洛拉怀有慈父般的感情，既纵容她，又要逗她。他对她还有一种说不出的圣洁情感，那是对旧情人的爱慕，不过旧情人在女儿身上得到了新生。没有人知道他的恋情多深。只有奥洛拉猜得到几分。她几乎从小就看到克里斯托夫在她身边，一直把他当作家里人。从前她不像弟弟那样得宠而感觉苦恼，就本能地接近克里斯托夫。她猜到了他有类似的痛苦，他也看出了她的烦闷；两个人虽然没有交谈，却声息相通了。后来，她发现了母亲和克里斯托夫之间的感情，虽然这事没她的份儿，她却似乎觉得成了知情人。葛拉齐亚在临终前对她交代的话，克里斯托夫现在还戴着的指环，她明白了其中的意义。因此，她和克里斯托夫之间暗暗存在着的联系，并不需要搞得清楚明白，就能感到关系复杂。她真心实意地眷恋着这位老朋友，虽然从来不肯花力气去演奏或阅读他的作品。然而，她对音乐相当内行，却没有好奇心去裁开他献给她的乐谱。她只喜欢随便和他谈天说地——等她知道了在他家里可以碰到乔治·耶南时，她就来得更经常了。

而乔治呢，他也从来没有觉得在克里斯托夫家像现在这样有趣。

然而，这两个年轻人慢慢地才了解自己真实的感情。他们初见面时，眼睛都挑对方的毛病。两个人不一样：一个像流动的水银，另一个像一摊死水。但过了不多久，水银显得不那么活动，而死水却似乎从梦中醒了过来。乔治批评奥洛拉的打扮，意大利人的派头，不大懂细腻的差别，只喜欢鲜明的色彩。奥洛拉却喜欢嘲笑，她模仿乔治说话的方式，听起来很滑稽，老是匆匆忙忙，有一点了不起的神气。尽管两个人互相嘲笑，他们还是觉得很愉快……是因为笑对方，还是因为使对方笑才高兴呢？他们甚至使克里斯托夫也高兴了，他并不说破，故意帮他们把冷箭射向对方。他们也假装不在乎；但很快他们就发现其实还是很在乎的；尤其是乔治，忍不住要生气,一见面就斗嘴。他们的箭很轻,因为两个人都怕伤了对方;放箭的手这样可爱,他们觉得中箭反比射箭更有趣味。两个人好奇地互相观察,睁大眼睛要搜索对方的缺点,不料找到的却是迷人的好感。不过他们决不承认。单独和克里斯托夫在一起的时候,双方都说对方叫人受不了。但两个人决不放过克里斯托夫给他们提供的任何见面的机会。

一天,奥洛拉在她的老朋友家里,刚说星期天上午再来看他,乔治却照旧像一阵风似的吹了进来,对克里斯托夫说:他下次来的时间是星期天下午。到了星期天早上,克里斯托夫白等了奥洛拉半天。等到下午乔治约好要来的时刻,来的却是奥洛拉,她借口上午有事不能来,并且捏造了一个小故事。克里斯托夫看出了她在圆谎,觉得有趣,就对她说:

"真可惜。你没有见到乔治;他来过了,我们一起吃的午餐;他说不能待到下午。"

奥洛拉脸色一变,再也听不下去克里斯托夫说的是什么。他说他的,脾气还是一样好。她却只是漫不经心地答上两句,几乎要怪他了。忽然门铃一响,进来的是乔治。奥洛拉大出意外。克里斯托夫笑眯眯地瞧着她。她恍然大悟,他是在捉弄她,于是也红着脸笑了。他又故意用手指头点点她。忽然一下,她感情激动得厉害,就扑上去拥抱他。他在她耳边用意大利语说:

"小调皮,小滑头,小坏蛋……"

她用手封住他的嘴,不让他说下去。

乔治不明白他们为什么又笑又抱。他又吃惊、又有点恼火的神气使他们更快活了。

就是这样,克里斯托夫出力使两个孩子接近。等到功成之后,他又几乎要怪自己了。他爱他们两个不相上下;对乔治更严,因为他了解乔治的弱点,但却把奥洛拉理想化;认为他对奥洛拉的幸福比对乔治的更应该负责任;在他看来,乔治几乎可算是他的儿子,也就是他自己的一部分。他甚至怀疑把天真的奥洛拉交给并不天真的伴侣是不是有罪。

但有一天,他走过一个绿荫棚前,听见两个年轻人坐在棚子里谈话——那时他们订婚还不久——他一听心就紧张,因为奥洛拉居然开玩笑似的问起乔治过去的恋情,而乔治却满不在乎地讲了起来。从他们毫无顾忌的片言只语中可以听出:奥洛拉比较随便,并不像他自己那样重视乔治的"道德"观念。两个人虽然非常相爱,但并不自认为是终身的结合;关于爱情和婚姻问题,他们有一种自由的精神,这种精神自有其美,但和旧制度的相亲相爱,"生死与共"的感情却是截然不同。克里斯托夫瞧瞧他们,心里有点惆怅……他们已经离他多远啊?我们下一代人坐的船走得多么快!……不要紧!总有一天,我们都会到达港口的。

这条船暂时并不在乎要走哪条路,只是随风漂流——这种自由精神不但倾向于改变当时的风俗,而且看来自然也会影响到思想和行动的其他领域。但事实并不是这样:人性是矛盾的,哪有什么办法?在风俗变得自由的同时,思想并不要求自由,反倒要求宗教给心灵戴上枷锁。这种方向相反的矛盾,看起来非常不合逻辑,却偏偏出现在同一批人身上。乔治和奥洛拉就被卷入了天主教的新潮,新潮正在征服一些上流人士和知识分子。最有趣味的是看到乔治的转变,他生来喜欢说三道四,怀疑宗教对他说来就像呼吸一样容易,从来不买上帝和魔鬼的账——简直是一个玩笑人生的小高卢人——忽然一下,他却发现了宗教中有真理。他需要真理,真理符合他对行动的需要,符合法国中产阶级的遗传天性,符合他对自由的厌倦。小马流浪够了,自动回来,驾起犁去耕祖上留下的田。有几个朋友的榜样就够他参考。乔治对周围思想的压力特别敏感,成了第一批受感染的人。奥洛拉跟着他,随便他到哪里,她就跟到哪里。他们立刻显得信心十足,并且瞧不起思想不同的人。啊!真是话从哪里说起!这两个轻浮浅薄的孩子居然成了真心诚意的信徒,而葛拉齐亚和奥利维虽然精神纯洁、热情、认真、努力,愿意得到信仰,反而从来没有得到过。

克里斯托夫好奇地观察心灵的演变。他不打算像艾曼纽那样反潮流,艾曼纽是个自由的理想主义者,一看到过去的敌人卷土重来就非常恼火。但是一个人怎么能对风生气呢?只好等风吹过去算了。人的理性已经疲倦。它刚做出了巨大的努力,现在累得要睡觉,就像一个累了一整天的孩子,临睡之前,也得念句祷告一样。梦乡的大门已经打开,跟在宗教后面吹来的有神智学风,神秘主义风,秘传学风,玄奥学风,都吹进了西方人的头脑。连哲学也动摇了。他们的思想之神柏格森、威廉·詹姆斯的宝座都摇摇欲坠。甚至在科学上,理智也显出了疲劳的迹象。需要等一阵子,等他们喘一口气吧!明天,精神会恢复的,而且更加敏锐,更加自由……睡眠是很好的,尤其是在好好工作之后。克里斯托夫没有休息的时间,因此很高兴看见孩子们能代替他享受休息的乐趣,心平气静,信心十足,毫无动摇,绝对相信他们的美梦。他不愿意,也不能够和他们交换位置。但他心中暗喜,葛拉齐亚的忧伤,奥利维的不安,在下一代人身上总算是风平浪静了,而这样才真是好事。

"我们所受过的痛苦,我,我的朋友们,还有在我们以前生活过的人,我们受苦都是为了孩子们能得到幸福……这种幸福,安东妮蒂,你也是应该享受的,然而你却没有得到!……啊!假如这些不幸的人能够预先尝到他们牺牲所产生的幸福,那么多么好啊!"

为什么要怀疑这种幸福呢?不应该要别人按照我们的方式,而是该按照他们自己的方式去享受幸福。至多,他只能和和气气地要求乔治和奥洛拉:不要瞧不起和他们信仰不一样的人。

他们甚至懒得和他讨论,神气仿佛在说:

"他能了解吗?……"

对他们而言,克里斯托夫已经成为过去。而他们并不认为过去有多大的重要性!在他们两个人之间,有时也会不知不觉地谈起将来要做的事,那是等到克里斯托夫"已经不在"的时候……然而,他们还是很爱他的……不知天高地厚的孩子!他们就在你身边生长,像缠在树上的蔓藤一样。自然推着你向上爬……

"走吧!不要碍路!现在轮到我了!……"

克里斯托夫听见他们无声的语言,真想对他们说:

"不要这样急呀!我在这里不是很快活吗?瞧,我还没有死呢?"

他觉得他们天真不懂事,很有趣。

"说出来吧,"有一天他们又露出了目中无人的神气,克里斯托夫就和和气气地对他们说,"马上说出来,说我是个老傻瓜。"

"不对,老朋友,"奥洛拉真心笑着说,"你是个顶好的人;不过有些事你并不知道。"

"那你知道吗,小姑娘?你真聪明!"

"不要笑我。我也不知道什么。不过他,乔治,他知道。"

克里斯托夫微笑了:

"不错,你说得对,孩子。他总是知道的,情人眼里出状元嘛。"

要他听他们的音乐,比承认他们的思想高明,还要难受得多。他们使他的耐性受到艰巨的考验。他们一来,仿佛是爱情唤起了他们的歌声。但他们远远不如小鸟会唱。奥洛拉对自己的音乐才能并不妄自尊大。但对她未婚夫的看法却不一样;她看不出乔治和克里斯托夫的演奏有什么不同。也许她还喜欢乔治的风格。而乔治呢,虽然他善于挑毛病,却也几乎让情人牵着鼻子走,以为自己了不起了。克里斯托夫并不说破,只故意顺着小情人的口说(除非实在听不下去,他就离开房间,砰的一声把门关上)。他会带着亲切而怜悯的微笑,听乔治弹《特里斯坦》的钢琴曲。这个可怜的年轻人聚精会神地把悲壮的曲子弹成了多情少女的脉脉温情。克里斯托夫听了一个人独自发笑。他不愿告诉年轻人他笑什么,只是拥抱他,喜欢他就是这样好。也许这更讨他喜欢……可怜的孩子!……啊!没有爱,艺术是空虚的!……

他时常同艾曼纽谈到"他的孩子们"——他就是这样称呼他们的。艾曼纽对乔治的感情也很好,他开玩笑说:克里斯托夫应该把乔治让给他,因为他已经有了奥洛拉,一个人霸占两个,未免不大公平吧。

克里斯托夫和艾曼纽的友情在巴黎社会中是有口碑的,虽然他们不大参加社会活动。艾曼纽对克里斯托夫满腔热情。但他自尊心太强,不肯对他流露;为了掩饰,他的举动显得兀突;有时甚至对他粗暴。但克里斯托夫并没有受骗。他知道这颗心现在对他多么忠诚,也知道忠诚多么可贵。没有一个星期他们不见两三次面的。如果身体不好不能出来他们就通通信。信仿佛来自远方。外界的事件似乎不如科学艺术思想的进展更使他们感兴趣。他们过着精神生活,思考他们的艺术问题,或者在混乱的事实中看出人所未见的,在人类思想史上闪烁的微光。

克里斯托夫来看艾曼纽的次数更多。自生病后,他的身体并不比他的朋友更好,但他们习惯成自然,总觉得艾曼纽的身体更需要调养。克里斯托夫走上艾曼纽住的六楼已经不再是不吃力的事,到了楼上要歇一阵才喘得过气来。他们两个都同样不会照顾自己。虽然两个人都有支气管炎,而且时常气闷,却都拼命抽烟。这也是克里斯托夫为什么宁愿上艾曼纽那里去会面的原因,因为奥洛拉和他吵得不可开交,不许他抽烟,他只好让她三分。有时,两个朋友在谈话中咳嗽起来;于是他们打住话头,笑着互相看上一眼,就像两个犯了规的小学生;有时不咳的人会教训咳嗽的人;但咳嗽的人一缓过气来,就拼命说抽烟和咳嗽没有关系。

艾曼纽的桌上到处是纸,没有纸的地方蹲着一只灰猫,灰猫一本正经地瞧着两个朋友,仿佛在怪他们不该抽烟。克里斯托夫说:灰猫是他们活着的良心;他怕良心发现,就把帽子放在灰猫身上。猫很虚弱,普普通通,受了重伤躺在街上,是艾曼纽捡回来的;猫的身子没有复原,吃得很少,没有什么可玩,不声不响,非常温和,眼睛精灵地望着主人,主人不在,它显得孤零零的,只要主人在,它就满意地蹲在他身旁的桌子上,不知想些什么,有时出神地望着笼子里飞来飞去的小鸟,一望就是几个小时,但是可望而不可即;只要有人稍微对它关心,它就打呼噜表示好感;艾曼纽随便摸它几下,克里斯托夫的粗手捏得重了一点,它都逆来顺受,从不抓人咬人。它容易出毛病,一只眼睛老是流泪,又常轻轻干咳。假如猫会说话,它一定不会像两个朋友那样厚着脸说:"抽烟和咳嗽没有关系。"但他们干什么,它都忍着,样子好像在想:

"他们是人,他们不知道自己干的什么事。"

艾曼纽舍不得灰猫,因为他觉得这只受过苦难的小动物和他同病相怜。克里斯托夫甚至认为他们眼睛的表情也差不多。

"为什么不可以?"艾曼纽说。

动物是环境的反映,外貌会随着它常见到的人而改变。一个糊涂人和一个聪明人养的猫不会有同样的眼神。一只家畜会变好或变坏,老实或诡诈,精明或愚蠢,不但要看主人怎样教它,还要看主人是个怎样的人。甚至不单是人能影响家畜。环境也能按照自己的模式改变动物。人杰地灵都能使眼睛发亮——艾曼纽的灰猫和巴黎灰色天空下灰蒙蒙的顶楼,灰溜溜的残废人都是色调一致的。

艾曼纽更通人情了,和最初认识克里斯托夫时不一样。私人的悲剧深深地震动了他。在发脾气的时候,他毫不隐瞒地告诉他的女伴说:她的感情成了他的负担,使他厌倦,于是她忽然失踪了。他心慌意乱,找了她一整夜,结果在一个派出所找到了她。她本来要跳塞纳河,跨过桥石栏时给过路人拉住了衣裳;她不肯说姓名住址,还要寻死。看到她痛苦,艾曼纽也受不了;自己受过折磨,怎能反过来折磨别人呢?他把这个绝望的女伴带回家里,尽力包扎她的创伤,要这个苛求的女友相信她会得到他的感情。他压抑了自己的反感,迫不得已地接受了她敲骨吸髓的爱情,献出了自己残存的生命。他的心血又涌上了心头。这个宣扬行动至上的使者结果相信只要不做坏事就是做了好事。他的使命已经确定。掀起人间大潮的力量似乎只需要他作发动的工具。任务一完成就用不着他了,行动自然会继续下去。他眼看着行动没他的份儿,不大公平,却也无可奈何,但对他的信仰也不公平,他就心有未甘了。因为他虽然自命思想自由,摆脱了一切宗教,甚至开玩笑说克里斯托夫是个假装不信教的教徒,其实,像一切思想坚强的人一样,他也有自己的圣坛,圣坛上供着自己的梦想,甚至自己不惜为梦想而牺牲。现在,没有人去圣坛了,因此艾曼纽觉得很痛苦。大家费心尽力,优秀人物一百年来经历了千辛万苦,好不容易才使这些神圣的观念占了上风,现在,后来的人却把这些思想踩在脚下,看了怎能不难过呢?法国理想主义遗留下来的辉煌遗产——多少圣徒、英雄、殉道者对自由的信心,对人类的热爱,对团结友爱的虔诚向往——都遇到了盲目的年轻人肆无忌惮的破坏!他们中了什么邪?居然怀念我们征服了的妖魔,要戴上我们砸烂了的枷锁,大声疾呼要求暴力统治,甚至在我的法兰西心中重新点燃仇恨之火,播下疯狂战争的火种!

"这不止法国,全世界都一样,"克里斯托夫笑道,"从西班牙到中国,刮的都是一样的狂风。没有一个角落可以逃避!你看好笑不好笑,连多民族的瑞士也鼓吹民族主义了!"

"你觉得放心吗?"

"当然。你看,这并不是少数人心血来潮,兴风作浪,而是冥冥中有主在旋转乾坤。在主面前,我学会低头了。如果我不了解他,那要怪我,不能怪他。设法去了解他吧。你们哪一个肯费心去了解呢?你们只是过一天算一天,只看见眼前的里程碑,以为那就是道路的尽头;你们只看见波浪,却没有看见大海!今天的波浪就是昨天的波浪,是我们昨天的波浪推动今天的波浪前进的。今天的波浪也要为明天的波浪开路,明天的波浪会忘记今天的波浪,就像你们今天忘了我们昨天一样。我既不赞美、也不害怕今天的民族主义。它会随着时间而过去,它已经过去了。它是梯子的一级。爬到顶上去吧!它是未来大军的粮草先行官。听吧!已经鼓角齐鸣了!……

(克里斯托夫把桌子当鼓打,把猫吓了一跳。)

"……今天,各个民族都迫切需要集中力量做个总结。因为一百年来,各个民族由于互相渗透,由于全球巨大的智力投资,都已经改变,建立了新道德、新科学、新信仰。每个人也应该检查一下自己的意识形态,明白自己是什么人,有什么本钱,才能和别人一同进入新世纪。一个新时代来了。人类要和生活签订新的租约。社会要根据新的条件重新生活。明天是星期日。每个人都要结算一星期的账目,打扫自己的房屋,搞得干干净净,然后在共同的上帝面前,和别人团结一致,同上帝缔结新的盟约。"

艾曼纽瞧着克里斯托夫,他的眼睛反映了瞬间消失的幻景。克里斯托夫说完了,他沉默了一会才说:

"你是幸福的,克里斯托夫!你看不见黑夜。"

"我在黑夜里也看得见。"克里斯托夫说,"夜生活过得太久,我已经成了一只夜猫子。"

在这个时期,他的朋友们注意到他的态度有了改变。他往往心不在焉,若有所思,不大听人家对他说什么。他看起来全神贯注,面带笑容。人家提醒他,问他想到哪里去了,他就亲切地说对不起。有时他提到自己,却用第三人称:

"克拉夫特会帮忙的……"

或者是:

"克里斯托夫也要笑了……"

不了解他的人会说:

"多么自命不凡啊!"

其实不是这样。他是用外人的眼睛来看自己。他已经到了这个地步,甚至对为美而奋斗也不感兴趣了。因为一个人在完成任务后,会相信别人也一样会完成任务,而且归根结底,正如罗丹说的:"美最后总会得到胜利。"对恶毒的言行和不公平的事,他也不反抗了——他笑着自言自语,对他说来,反抗是不自然的,因为生命在悄悄地离开他了。

事实上,他的体力已经不如从前。稍微多用了一点力,多走了一段路,跑得快了一点,他都会感觉累,立刻上气不接下气,心跳得急。有时他想起老朋友苏兹来。但他不对别人讲他的感觉。讲也没有用,对不对?只会叫别人担心,而自己的病也不会好。何况他并不认真看待这些症状。与其说他怕生病,不如说他更怕人家逼他去看病。

一种神秘的预感使他还想再回一次故乡。这个计划不知道推迟了多少年。他总是想:明年再去吧……这一回,不能再拖延了。

他悄悄地走了,没有告诉任何人。旅行的时间很短。克里斯托夫要寻找的,都没有找到。他上次回来看到的变化,现在已经彻底改观:小城镇成了一个工业大城市。老房子不见了。公墓也找不到。在莎冰原来的农庄场地上,一家工厂竖起了高高的烟囱。克里斯托夫小时候常去玩的草地,完全给河水冲蚀掉了。一条乌烟瘴气的街道(这哪里是原来的街道!)却用他的名字作街名。过去的一切都已经死亡,连死亡也已经死亡了……这样也好!生命还在继续;说不定在这条挂着名字的街道上,在破旧的房屋里,另外还有几个小克里斯托夫正在做梦、吃苦、奋斗——巨大的市政厅在开音乐会,他听见他的一部作品演奏得和他的原意相反,面目全非,他自己都几乎认不出了……这样也好!误解的作品也许可以激发出新的力量。我们已经播下了种子。你们愿意收获什么,就收获什么;吸收我们的营养吧!——在黑夜降临前,克里斯托夫在城市周围的田野中随意走着,看到茫茫大雾就要笼罩田野,不禁想到就要笼罩生命的茫茫大雾,想到已经离开了人世,埋葬在他心灵深处的亲人和情人,而正在降临的茫茫黑夜就要把他们和他一齐埋葬……这样也好!这样也好!黑夜啊,我并不怕你,因为你孕育着明天的太阳!一颗星陨灭了,千万颗星会亮起来。黑暗的深渊里会涌现出光明,就像黑锅里会涌出沸腾的牛奶。我是不会消灭的。死亡的寒风会吹得我生命的火花重新燃烧……

从德国回来的途中,克里斯托夫要下车去看看他见到安娜的那个城市。自从离开她之后,他不知道她怎么样了。他不敢打听她的消息。几年以来,单是她的名字就会使他发抖……现在,他平静了,什么也不害怕。但那天晚上,他住在莱茵河畔的一家旅馆里,听见他熟悉的钟声宣告第二天就是节日,往事又涌上心头。河上升起了遥远的危险气息,他已经很难理解了。他整夜都沉浸在回忆中,觉得自己已经摆脱了上帝令人难受的控制,感到一种忧郁的安慰。他打不定主意第二天做什么。有一阵子,他想到——过去的事已经如此遥远了!——去拜访布劳恩夫妇。但到了第二天,他又泄了气,甚至不敢问问旅馆:医生夫妇还在不在?他决定要离开。

离开之前,一股不可抗拒的力量推动他走向安娜从前去做礼拜的教堂;他坐在一根柱子后面,可以看见她以前来下跪的凳子。他等待着,相信只要她还在,一定会来做礼拜的。

果然来了一个女人,但是他不认识。她和别的女人一样:身胖,脸圆,下巴厚,冷漠无情,穿黑衣服。她坐在那张凳子上,动也不动。她不像在祈祷,也不在听,只是看着前面。这个女人没有什么可以使克里斯托夫联想到他在等待的女人。只有一两回,她做了过分小心的动作,要把膝头打褶的衣服扯平。从前,安娜也有过这个动作……出去的时候,她在他身边,走得很慢,没有低头,双手拿着《圣经》,交叉地放在胸前。有一片刻,克里斯托夫的眼睛感到她阴沉而苦闷的眼光压在他的眼皮上。他们没有认出对方。她走了过去,身子笔直,态度生硬,没有回头。只有一刹那,在闪烁的记忆中,从冰冷的笑容里,从某些嘴唇的皱纹上,他忽然认出了那张他吻过的嘴……他气憋了,腿软了,心里想道:

"主啊!这就是我爱过的那个肉体吗?这个女人到哪里去了?她到哪里去了?而我自己又在哪里?爱过她的那个男人到哪里去了?我们的身体还剩下了什么?残忍的爱情燃烧我们的心,现在还剩下了什么?——只剩一片灰烬。火到哪里去了?"

他的上帝答道:

"火就是我。"

于是他抬起头来,最后一次看见了她——在人丛中——她走出了大门,走到了光天化日之下。

回到巴黎之后不久,他同他的老对头雷维-葛和解了。很久以来,雷维-葛一直挖空了坏心思,用尽了恶毒的伎俩来攻击他。后来,雷维-葛达到了他事业的高峰,名誉的顶点,心满意足,心平气和了,反倒暗地里承认克里斯托夫的确高人一等,并且想和他接近。但是攻击也好,接近也好,克里斯托夫只装作没看到。雷维-葛也懒得主动了。他们住在同一个地区,时常碰到。但看起来他们似乎并不相识。克里斯托夫走过雷维-葛身边时,会随便看一眼,仿佛没看见人似的。这种平心静气、旁若无人的姿态,气得雷维-葛要命。

雷维-葛有一个十八九岁的女儿,好看,苗条,有风韵,侧影像只小绵羊,一头金黄的鬈发像起伏的波浪,形成了一个光环,两只眼睛暗送秋波,笑起来像吕尼的画中人。他们散步总在一起;克里斯托夫在卢森堡公园的小道上碰到过他们,看起来父女很亲密,女儿温柔地挽住父亲的胳臂。克里斯托夫虽然不大关心,但还是不会漏掉漂亮的面孔,他对美人是偏心的。想到这是雷维-葛的女儿,他就说:

"这家伙运气好!"

但他又得意地再补充一句:

"我也有个女儿。"

于是他就比较这两个少女。一比之下,他的偏心使奥洛拉占尽了便宜,但也在他心中把这两个素不相识的少女想象成为朋友,甚至不知不觉地使他自己接近雷维-葛了。

从德国回来后,他听说"小绵羊"死了。他自私的父亲心里立刻想道:

"还好死的不是我的女儿!"

于是他对雷维-葛非常同情。开头,他要写信给雷维-葛,写了两封都不满意,觉得难为情,信也没寄出去。但几天后,他又碰到了雷维-葛,那受到痛苦折磨的脸叫他难过,他就一直走向这个不幸的人,并且伸出手来。雷维-葛什么也没说,握住他的手。克里斯托夫说:

"太可惜了!"

他激动的口气深深地打动了雷维-葛,使他觉得说不出有多么感激……他们心情混乱,说了几句难过的话。等到分别之后,他们之间的分歧已经不再存在了。他们曾经是冤家对头,当然,那是不可避免的;各人都是按照自己性格的规律做事。但等到悲喜交集的戏剧演完了,演员脱下了情欲的假面具而面对真正的人生——那两个人是不相上下的,在台上演完了舌剑唇枪的角色,下了台就该握手言欢了。

乔治和奥洛拉的婚期定在初春。克里斯托夫的健康状况下降得很快。他注意到两个孩子着急地瞧着他。有一次,他听见他们低声议论。乔治说:

"他的脸色多么难看!说不定哪一天就会病倒。"

奥洛拉答道:

"但愿他不会耽误我们的婚期!"

他认为他说话是算数的,当然不会忘记。可怜的小家伙!放心吧!他怎么会忍心打扰他们的幸福呢!

但他相当粗心大意,到了婚期前两天(最近,他激动得可笑;人家会以为是他自己要结婚呢),他居然糊里糊涂地让旧病复发,在市场时期头一次发作的肺炎又重新发作了。他骂自己该死,发誓在婚礼举行以前不许自己病倒。他想起了葛拉齐亚在临死前还不肯告诉他说她病了,因为他要开音乐会,她不愿打扰他的大事,破坏他的乐事。想到这里他微笑了,她为他做出了牺牲,而他现在也做出牺牲来报答她的女儿——也就是报答她。于是他隐瞒了自己的病情,但要坚持到底并不容易。好在两个孩子的幸福使他感到如此幸福,他居然经受住了宗教仪式拖得很长的考验,而且没有昏倒。但刚回到珂勒蒂家,他却支持不住,只来得及关上房门,就晕倒了。一个仆人发现了他。克里斯托夫苏醒过来,不许人告诉新婚夫妇,因为他们当晚就要出发去度蜜月。他们忙自己的事还忙不过来,自然没有心管别的。他们两个兴高采烈地和他告别,答应明天给他写信,或是后天……

他们一走,克里斯托夫立刻就卧床了。他发高烧,温度再也没有下降。他孤零零的。艾曼纽也病了,不能来看他。克里斯托夫没有去找医生。他认为病不重。何况他也没有仆人去请医生来。收拾房间的女用人只早上来两个小时,对他并不关心;而他对付她的办法,就是干脆不要她帮忙。她打扫房间时,他几次三番叮嘱她不要乱动他的纸张文件,她硬是不听;现在他头不离枕,她更觉得自己可以为所欲为了。从衣柜镜子里,他可以在床上看到她把隔壁房间里搅乱了。他气得要命——不,肯定地说,老头子还没有死呢!——就从被子里跳了出来,抢过她手上的一卷纸,把她赶出了房门。他一生气,立刻又发了一场高烧,而那个女用人叫他做"老疯子",

感到恼火,懒得通知他,也一去不再来了。于是他只剩下了自己一个人,病了也没有人照顾。早上,他爬起来取放在门外的一瓶牛奶,看看门房有没有把那对情人答应写的信放在门口。信没有来。他们快活得把他忘了。他并不怪他们,设身处地,他也不会写信。他想到他们无忧无虑的幸福,而幸福是他为他们创造的。

他的病好一点了,开始起床,那时才得到奥洛拉的信。乔治只在信上签了个名,算是交差。奥洛拉没有怎么问克里斯托夫的情况,也没有谈多少消息,反倒托他办件小事:把她丢在珂勒蒂家里的一条围巾寄来。虽然这没有什么重要性——奥洛拉是给克里斯托夫写信时,总要找点话谈,就想起了围巾——而克里斯托夫因为还能做点事而非常高兴,就找围巾去了。外面下着阵雨,又来了寒流。雪融化了,风却冰冷。雇不到车,克里斯托夫在寄邮包的地方等了很久。邮局的职员毫无礼貌,故意慢吞吞的,把他气得要命,但生气并不能使事情办得快一点。他发脾气和他的病也有关系,他本来心情平静了,不大容易发作,但病体就像摇摇欲坠的橡树又挨了一斧头一样,一发脾气就哆哆嗦嗦了。他回到家里,人已经冻坏了。门房的女人在他走过的时候,交给他一篇从杂志上剪下来的文章。他看了一眼,是一篇恶意攻击他的评论。现在,这种文章少了。攻击一个不在乎攻击的人是没有趣味的!他最激烈的敌人虽然恨他,也无可奈何地对他有了几分尊敬。

俾斯麦不无遗憾地承认过:"大家都相信爱情是不由自主的,但尊敬却更不由自主……"

但那篇文章的作者却是一个比俾斯麦还更强词夺理的强人,根本不把尊敬和爱情放在眼里。他用过激的言词攻击克里斯托夫,并且宣布下半个月还要对他进行一系列的攻击。克里斯托夫笑了,他上床时说:

"来不及了!他找不到我了。"

人家劝他请个护士照顾,他硬是不答应,说是一个人生活惯了,尤其是现在这种时候,他更要享受孤独的清福。

他一个人并不烦闷。这几年来,他经常和自己谈话,仿佛他有两重心灵;几个月来,他内心的交际更多了;他不止有两颗心,而是有十颗。这些心灵互相交流,更多的时候,甚至唱起歌来。他也参加交谈,或者不声不响听着。他在床上、桌上、手摸得到的地方,都放了些空白的五线谱,可以把心灵和自己的交谈记录下来,听到巧妙的对答就笑。他养成了机械般的习惯,想到就写,这两个动作几乎合而为一;对他而言,写就是清楚明白地想。

凡是打搅他和心灵交谈的,都使他厌倦、生气。有时,甚至他最亲爱的朋友也讨厌。他努力不在他们面前流露,这样勉强压制自己更使他累了。然后,他再恢复自我的时候,觉得幸福无比,因为别人使他迷失了自我,别人说七道八,使他不可能听到内心的声音。沉默是神圣不可侵犯的!……

他只让门房或他的孩子一天来两三回,看他有事没有。他也托他送信,因为直到最后一天,他还和艾曼纽互相写写便条。两个朋友几乎病得一样厉害,他们都不抱什么幻想。他们走的道路不同:克里斯托夫有信仰的自由心灵和艾曼纽没有信仰的自由心灵,都达到了兄弟般的、同样宁静的境界。他们颤抖的字迹越来越不好认,但他们不谈病,一直只是谈心,谈他们的艺术,谈未来的思想。

直到最后手都写不动了,克里斯托夫还画符似的写下瑞典国王战死沙场时的遗言:

我完成了使命,兄弟,你管你自己吧!

好像上楼一般,他回顾了自己的一生……青年时代努力征服自己,拼命和别人斗争,夺取生存的权利,还要战胜祖先遗留在他身上的魔性。即使胜利之后,也不得不日日夜夜保卫胜利的果实,还不能成为胜利的俘虏。脉脉的温情,友谊的考验,使他在斗争中孤立的心灵进入了人类大家庭。艺术得到充分的发挥,这是他生命的顶峰。他自豪地统治着自己的心灵,相信能掌握自己的命运。不料峰回路转,忽然碰到灾难奔驰而来:丧事,情欲,羞耻——上帝的先遣队。马队把他撞倒,马蹄踏过他的身体,他血淋淋地爬到山顶,在乌云笼罩的山头,净化灵魂的野火喷出了光焰。面对面见到了上帝,像雅各见到天使一样斗争,斗争后精疲力竭。失败后吃一堑长一智,明白了自己的局限性,努力在上帝规定的范围内实现上帝的意志。目的是劳动、播种、收获之后,等到艰苦而好看的耕种完成之后,可以有权在阳光照不到的山脚下休息,并且对阳光灿烂的山峰说:

"祝福你们!我不能享受你们的光明。但你们的阴影也是可爱的……"

这时,他的情人出现在他面前,握住他的手;死神摧毁了阻碍他们结合的肉体,使她的灵魂流入他的灵魂。于是他们一同走出了岁月的阴影,一同登上了幸福的高峰,在山顶上,过去、现在、将来,像三位一体的美丽女神,手挽手围成一圈,平静的心灵看到悲哀与欢乐同时生长、开花、消失,一片和谐……

他太性急了,以为已经到了终点。老虎钳还咬住他透不过气来的胸脯,形形色色的胡言乱语还乱七八糟地在他发烧的头脑中冲来撞去,使他想到还有最艰巨一步要走……管它呢! 向前走吧……

他仿佛钉在床上,动也不动。楼上一个笨手笨脚的女人在乱弹琴,一弹就是几个小时。她只会弹一支曲子,不知疲倦地重复同样的乐句,居然自得其乐! 对她而言,这是形形色色的欢乐与感情。克里斯托夫明白她的幸福,但他自己却气得要哭。她不能弹轻点吗? 噪音对他就是罪恶……他到底只好听之任之。要听而不闻可难了,但也不像他想的那么难受。他已经在离开他的肉体,这个粗俗的病体……他怎能在体内寄生过这么多年呢? 他瞧着肉体坏掉,心想:

"它的时间也不多了。"

他给自己的私心把脉,问自己道:

"你到底是要人家记得克里斯托夫这个人的名字而忘掉他的作品,还是要人记得他的作品却忘掉这个人和他的名字呢?"

他毫不犹豫地答道:

"让我消失而让作品存在吧! 那是双重的胜利:存在的不只是作品,而是真正的我,唯一真实的我。让克里斯托夫死掉吧!……"

但不久后,他觉得作品和自己一样,都成了身外之物。相信自己的艺术能够长存,那是幼稚的幻想! 他不但清楚明白地看到自己的建树太少,而且看到整个现代音乐都濒临灭亡。音乐语言的内耗太快,超过其他一切;要不了一两个世纪,就只有几个内行还懂得了。现在有谁懂蒙特威尔第和吕利呢? 古典森林中的橡树已经受到了苔藓的侵蚀。我们音响的建筑,热情的歌唱,都会变成空荡荡的殿堂,埋葬在遗忘的废墟下……克里斯托夫莫名其妙了,怎能瞧着这些断壁残垣,自己却熟视无睹呢?

"难道我不如以前爱生活了?"他惊愕地问自己。

但他立刻就明白:其实他是更爱生活……在艺术的废墟上难道应该痛哭吗? 那是值不得的。艺术是人类在自然界投下的影子。让阳光吞没人影吧! 人影使我们看不见阳光……自然的大量财富都从我们手指间流失了。人类的智慧要用竹篮子打水。我们的音乐只不过是幻象。音阶、音度都是我们的发明,并不等于自然的声音。这是人的心灵在真实的声音中找出来的妥协办法,要把韵律应用到无限的音流上。心灵需要说谎,才能了解无法了解的东西;需要相信,它就当真相信了。但它了解的并不真实,它相信的并不是真话。心灵创造的韵律使心灵得到的乐趣其实歪曲了直觉的真相。有时,一个天才偶尔接触到了大自然,忽然一下发现了真正的洪流冲出了艺术的范围。于是堤岸冲垮了。自然从裂缝中渗了进来。但漏洞立刻会给堵住。人的理性需要堤岸来作保障。假如理性的眼光碰到了上帝的眼光,理性就会消失。于是它重新加固它的牢房,不是它精心制作的东西,都不能从外面进来。对于那些不愿睁开眼睛来看的人,这也许是很美。但对于我,我却想看到你的真面目,上帝啊!即使粉身碎骨,我还是愿意听到你雷鸣的吼声。艺术对我成了干扰的噪音。理性不要说话!人啊!闭住你的嘴巴!……

这样高谈阔论才过了几分钟,他又摸索着要在被单上的乱纸堆中找出一张空白的五线谱来,还想写下几个音符。一发现自己的矛盾,他就微微一笑,说道:

"啊!我的老伴,我的音乐,你比我好。我是个忘恩负义的人,居然要打发你走开。但是你呢,你却不离开我;虽然我三心二意,你却一点也不泄气。请原谅我!你知道,这不过是心血来潮而已。我从来没有使你失望,你也从来没有使我失望,我们是互相信任的。你和我同走吧,我的女朋友。永远留在我身边,直到最后一天!

"然后,我们一同解脱……"

他长时间昏昏沉沉,发着高烧,做着怪梦,好不容易才醒过来。怪梦好像胎儿,还留在他心里。现在,他瞧瞧自己,摸摸自己,要寻找自己,却找不到了。他似乎成了"另外一个人"。另外一个比他自己还更亲爱的人……那是谁呢?……似乎有个梦中人化为他的肉身了。是奥利维?还是葛拉齐亚?……他的心力和脑力都衰退了!分不清是哪一个。何必分清楚呢?他爱他们是不分彼此的。

他仿佛束手束脚,沉醉在受不了的幸福中。他也不想动,知道痛苦就埋伏在身边,好像猫在等捉老鼠一样。他就假装死了。怎么!已经死了吗?……房里没有人。楼上的钢琴不响了。孤独。寂静。克里斯托夫叹了一口气。

"到了生命的末日,即使在最孤独的时刻,还能说自己从来没有孤独过,那是多么好啊!我一路上碰到过的朋友,曾助我一臂之力的兄弟,我思想孕育出来的神秘人物,不管死了的还是活着的——不,你们全是活着的——啊!凡是我爱过的,凡是我创造的,你们热情地围着我,守着我,我听见你们声音的交响乐,命运把你们送给了我,我要祝福我的命运!我是多么富有啊!多么富有啊!你们充实了我的心灵!……"

他瞧瞧窗外……没有太阳的好天气,老巴尔扎克说过:这像一个漂亮的瞎眼姑娘……克里斯托夫热情地望着窗外一根树枝出神。树枝鼓了起来,湿润的蓓蕾发芽了,开出了小小的白花;这些白花,这些嫩叶,这复苏的生命,一切都心醉神迷,忘记了自己,投入了新生力量的怀抱,克里斯托夫也不再感到压迫,忘了垂死的肉体,而从树枝上得到了新生。他沉浸在新生命的温柔光辉中,仿佛沉醉在亲吻里。他热情洋溢的心也把爱献给了美丽的树,在他临终的时刻,树也对他微笑了。他想到在这一片刻,多少生灵在相爱啊!对他是痛苦的时辰,对别人却是欢乐的时刻,而且事情永远是这样,强大的生之欢乐是无穷无尽的。他喘不过气来,声音却不听思想的使唤——也许他的喉咙根本没有发出声音,只是他不觉得而已——他唱出了生命的赞歌。

一个无形的乐队在给他伴奏。他心里想:

"他们怎么会知道我的歌?我们还没练过呢?但愿能够伴奏到底,不出错误才好!"

他要坐起来,好让整个乐队都看得见。他粗大的胳臂打着拍子。但是乐队没有出错;他们对自己很有把握。多么神奇的音乐!瞧!他们居然即兴演起下文来了!克里斯托夫觉得很有趣:

"等一等,好家伙!看我追上来。"

于是他转动舵,随心所欲地开船,左一转,右一转,经过了急流险滩,使船追了过去。"瞧你怎么过这一关?……还有那一关?……追上来!……还有一关呢?……"

他们总能过关;他们对大胆的上文总能找到更大胆的下文。

"他们还有什么新花招?这些该死的坏蛋!……"

克里斯托夫不得不大声叫好,放声大笑。

"鬼东西!要追上他们越来越难了!难道要我认输?……你知道,这不是闹着玩!我今天不行了……没关系!这并不是说他赢了……"

但乐队演出了新奇而丰富多彩的幻想曲,除了目瞪口呆地听着,还有什么办法呢?他听得不敢出气……自己也可怜自己了:

"畜生!"他骂自己,"你挖空心思。住嘴吧!你的本领都显出来了。

这个身体不够用!我要换一个。"

但是身体不答应。一阵阵剧烈的咳嗽使他听不见了。

"不要咳!"

他掐住喉咙,捏紧拳头捶胸,像要打倒一个敌人似的。他又看到自己在一片混战之中。群众在叫嚣。一个人紧紧抱住他。他们两个滚成一团。那个人压在他身上。他喘不出气来。

"松手!我要听!……我要听!你不松手,我就要你的命!"

他接二连三地把那个人的头撞在墙上,那个人就是不松手……

"这个人到底是谁呀?我是在和谁扭成一团,打得你死我活啊?我抱着的是谁的身体?怎么叫我也发烧了?……"

迷迷糊糊的一场混战。一片混乱的热情。愤怒,淫荡,渴望要杀人,拥抱肉体的刺激,搅乱了一摊污泥浊水,最后一次……

"啊!怎么还不马上结束?怎么拉不掉我身上的吸血虫?……那就脱掉这副臭皮囊吧!"

克里斯托夫把力气拱到肩头、腰间、膝上,把无形的敌人推开……他总算挣脱了!……那边还在奏乐,只是越来越远。克里斯托夫满身是汗,向音乐伸出了手臂:

"等等我!等等我!"

他跑去追乐队,摇摇晃晃,跌跌撞撞……他跑得这样快,气都喘不出了。心跳得很厉害,血在耳朵里鸣,像火车穿过山洞……

"天呀,多糊涂!"

他拼命向乐队招手,叫他们不要丢下他……总算出了山洞!……总算静了下来。他又听得到了。

"难道这不美吗!这还不算美吗?再来一次!伙计们,放大胆……这是谁的作品?谁的,你们说是约翰·克里斯托夫·克拉夫特的音乐?不对吧!不要瞎说!我会认得出的!这种音乐他写不出十拍……谁又咳嗽了?不要响!这是什么和音?……还有这个?……不要这样快!等一等!……"

克里斯托夫发出了模糊不清的喊声;他的手抓住被单,做出写的姿势;而他筋疲力尽的头脑还在机械地寻找,看和音是怎样构成的,下文该是什么。他找不到,心情激动使他放松了手。他又重新再找……啊!这一回太难……

"停一下,停一下,我不行了……"

他的意志完全放松了。克里斯托夫温和地闭上眼睛。幸福的眼泪从闭上的眼皮下面流了出来。门房的小女孩在照顾他,他一点也不知道,她恭恭敬敬地拭掉了他的眼泪。他却对这里发生的一切都感觉不到了。乐队的声音已经消失,把他留在令人晕眩的一片和谐之中,和谐的秘诀却没有找到,顽固不化的头脑还在翻来覆去地想:

"这是什么和音?怎么从这里往下走呢?我总得在结束之前找到出路呀……"

那一刻响起了几个声音。一个热情的声音。瞧,安娜那双悲剧性的眼睛……就在这时,又不是安娜了。眼睛里流露出好心好意……

"葛拉齐亚,是你吗?……到底是哪一个?是哪一个?我看不清了……为什么太阳这样久还不出来?"

三个钟楼平静地响起了钟声。麻雀在窗口叽叽喳喳,提醒他是该喂面包屑的时候了……克里斯托夫在梦中又见到了他童年时代的卧房……钟声响起,瞧,黎明来了!美丽的音波在轻飘飘的空气中流动。音波来自遥远的地方,来自遥远的村庄……汹涌澎湃的江水声从房屋后面升起……克里斯托夫又回到了楼梯口上,肘腕靠着窗槛,望着窗外。他整个一生都像莱茵河一般在眼前流过。他整个一生,他所有的生命,路易莎,高弗烈特,奥利维,莎冰……

"妈妈,情人,朋友……他们叫什么名字呀?……爱情在哪里呢?还有我的心灵?我知道你们在这里,但是我抓不到。"

"我们和你同在一起。安息吧,亲爱的!"

"我不愿再失掉你们了。我找了你们好久啊!"

"不要着急。我们不会离开你的。"

"唉!河流会把我带走。"

"也会把我们和你一同带走。"

"带到哪里去呢?"

"到我们合而为一的地方去。"

"快到了吗?"

"瞧!"

克里斯托夫做出了最大的努力抬起头来——天呀!头多么重啊!——看见江水泛滥,淹没了田野,庄严肃穆地滚滚向前,流得很慢,几乎动也没动。而在天边,一股在阳光下闪烁的银色巨流,好像一条亮铤铤的钢片,向着他冲过来。他听到了海洋的声音……他的心有气无力地问道:

"是'他'吗?"

他那些心爱的声音答道:

"是'他'。"

他奄奄一息的头脑想道:

"天门开了……瞧,这就是我要寻找的和音!怎么还不结束?原来还有新的天地!……我们明天继续往前吧。"

欢乐啊!看到自己和上帝无边无际的安宁合而为一,那是多大的欢乐!我们一生一世不都是为上帝尽力吗!……

"主啊,对于你的仆人,你不算太满意吧?我做的事太少,没能多做一些……我斗争过,痛苦过,流浪过,创造过。让我在你慈父般的怀抱中歇一口气吧。总有一天,为了新的战斗,我会得到新生的。"

于是汹涌澎湃的江河,奔腾咆哮的海洋,都和他同声歌唱。

"你会得到新生的。现在,安息吧!一切都只是一颗心,都是日和夜交织的微笑,都是爱与恨融合而成的庄严和谐。我要歌颂有左右两翼的上帝。歌颂生命!歌颂死亡!"

圣克里斯托夫渡过了河。整个夜晚,他都逆着水流而上。好像一块岩石,他四肢发达的身体出现在水面上。他的左肩扛着圣子,娇弱而沉重。圣克里斯托夫靠在一棵拔地而起的松树上,树干弯曲了。他的背脊也弯曲了。看着他渡河的人说他到不了对岸。他们的冷嘲热讽一直追随着他。然后,夜来了,他们也累了。现在,克里斯托夫走得太远,听不见他们的嘲讽。在流水声中,他只听见圣子平静的声音,圣子用小手抓住巨人额头上一绺头发,反复地说:"走吧!"——他走了,弯着腰,眼睛一直向前,盯着黑暗的对岸,对岸的峭壁开始泛白了。

忽然,早祷的钟声响了,惊醒了的大钟小钟也都叮当齐鸣。瞧,新的黎明来了,在黑暗的悬崖峭壁后面,看不见的太阳升上金色的天空。克里斯托夫快要倒下,他终于到了对岸。于是他对圣子说:

"瞧!我们到了!你多重啊!孩子,你是谁呀?"

圣子答道:

"我是新生的未来。"

别了约翰·克里斯托夫

我写完了即将消逝的一个时代的悲剧。我不想隐瞒他们的是非功过、沉重的悲哀、朦胧的骄傲、英勇的奋斗,为背负着超人的使命而痛苦;这是一个时代的总结,一种精神,一种美学,一种信仰,一个有待改造的新人类——这就是过去的我们。

今天的人,年轻的人,轮到你们了!把我们的身体当作踏脚石,前进吧!你们要比我们更伟大,更幸福。

我自己呢,我要向我过去的心灵告别;我要把它像个空壳一样丢掉。生命就是连续不断地死亡和复活。为了新生,克里斯托夫,让我们死吧!

罗曼·罗兰
一九一二年十月

后　序[①]

《约翰·克里斯托夫》就要进入他的三十年代了。自从问世以来，他已经取得了进展。记得有一个作家，亲切友好，一般说来眼光敏锐，曾经俯身看着这贫寒的摇篮，预言这本书走不出十几个熟人的圈子。今天，他已经横冲直撞，走遍了全世界，几乎会说各国的语言。在他穿着奇装异服，周游世界回来的时候，他的生父三十年来也在人生崎岖的小道上践踏了多少野草闲花，几乎认不出他的孩子了。因此，请允许我回忆一下，他小时候在我怀里是个什么样子，他是在什么情况之下来到世界上的。

《约翰·克里斯托夫》的构思费了我二十多年的时间。第一次打主意是一八九〇年春天在罗马的时候。最后的文字是一九一二年六月落笔的。其实，这本书超越了这个期限。因为我还找到了一八八八年的草稿。那时，我只是巴黎高等师范学校的学生。

前十年（1890—1900）是漫长的酝酿期，是我张开眼睛沉思幻想的一个梦，那时我还在写其他作品：头四部革命剧（《七月十四日》、《丹东》、《群狼》、《理性的胜利》），"信仰的悲剧"（《圣路易》、《亚尔特》），大众剧等。克里斯托夫是我肉眼看不见的第二生命，我在其中接触到了最深刻的自我。直到一九〇〇年底以前，我由于某些社会关系投身于巴黎的"市场"；像克里斯托夫一样，我在市场上感到完全是个外人。我心中的《约翰·克里斯托夫》像一个母亲的胎儿，是我的一个攻不破的"堡垒"，是我的"安全岛"，在敌意汹涌澎湃的海洋中，只有我一个人能到达岛上；我静静地在那里集中力量，准备进行未来的战斗。

[①] 此文为罗曼·罗兰一九三一年为《约翰·克里斯托夫》新版写的序言。

一九〇〇年之后,我完全自由了,独自一个人带着我的梦,带着我心灵的大军,坚定地冲向万顷波涛。

一九〇一年八月的一个暴风雨之夜,在舒维茨的阿尔卑斯山顶,我发出了第一声呼吁。在今天之前,我从没有公之于众;但成千上万不知名的读者已经顺着我的伤口构筑的长城,听到了回声反响。因为最深刻的思想用不着大声疾呼;约翰·克里斯托夫只要看上一眼,就可以使分散在世界各地的朋友感到悲剧性的友爱和富有生命力的绝望。友爱是这部作品的源头活水,从绝望中却流出了英雄主义精神的长江大河。

在一个暴风雨之夜,在高高的群山之中,在电火交加的苍穹之下,在疯狂的雷鸣和风声里,我想到了那些已死的人和那些将死的人,想到了一片空虚笼罩着的整个地球正在茫茫的死海上滚滚转动,而地球也不久就要灭亡。我把这本不是不朽的书献给一切不是不朽的人,书中的呼声要说的是:"兄弟们,互相亲近吧,忘记我们的分歧,思考我们不得不共同对付的苦难吧!我们之间没有敌人,没有坏人,只有可怜的人;而我们唯一持久的幸福是互相了解,以便达到互爱的目的:智慧和爱,这是在我们生前与死后的两个无底深渊之间,能淹没黑夜的唯一光明。"

我把我的作品和我自己都献给一切不是不朽的人——献给使一切平等又平静的死亡——献给生命的无数细流正在涓涓流入的无名海洋。

一九〇一年八月于摩尔莎赫

早在我开始决定写这本书之前,大量的情节和主要人物的轮廓已经呈现:克里斯托夫自一八九〇年起,葛拉齐亚自一八九七年起,《燃荆》中的安娜在一九〇二年画出了整个形象,奥利维和安东妮蒂是在一九〇一至一九〇二年,克里斯托夫之死是在一九〇三年(比我开始写《黎明》第一行还早一个月)。到了下笔的时候,只要挑选、压缩、联结起来,就像捆绑麦束一样:

"今天,一九〇三年三月二十日,我开始写《约翰·克里斯托夫》。"

大家可以看出:有些见识短浅的批评家硬要想象我写《约翰·克里斯托夫》是随兴所至,毫无计划的,那是多么荒谬。我早在法国受普通教育和师范教育的时候,就觉得我天生既需要又喜欢严谨的结构。我属于勃艮第建筑师的古老家族。无论做什么事,我都要先做准备,做好规划。在白纸写上黑字之前,我在思想上对《约翰·克里斯托夫》已经心中有数。就在一九〇三年三月二十日这一天,我在草稿本上已经把这首史诗分为十篇,就是现在的十卷,定下了大致的轮廓、主体、规模,和今天出版的书几乎没有太大的差别。

这十卷的写作花了十年时间。开始的日期是一九〇三年七月七日,地点在瑞士的朱拉山中,奥登河上的富罗布——就是《燃荆》中克里斯托夫受伤后的藏身之所,离冷杉和山毛榉树林不远的地方——全书是一九一二年六月二日写完的,地点在玛约湖畔的巴文。大部分的写作地点是在巴黎一所摇摇晃晃的小房子里——蒙帕拉斯大街一六二号——一边是城市日夜不停的喧嚣声和车马经过的隆隆声,另一边却沉浸在修道院古老花园的寂静阳光中,园里有两百年的老树,有叽叽喳喳的麻雀,枝头还有咕咕声和小鸟的悦耳歌声。那时我过着孤独而拮据的生活,没有朋友,没有欢乐,只有自己创造的乐趣,却肩负着沉重的工作:教书,写稿,研究历史。除赚面包之外,每天只能抽出一小时来见《克里斯托夫》,往往还不到一小时。但十年来,没有一天我不和他见面。他甚至用不着开口。我知道他在那里。作者在和他的影子对话。圣克里斯托夫在瞧着他,眼睛永远不离开他……

只要看见克里斯托夫的面孔,
你就不必担心你会不得善终。

我在这里想要解释一下,是什么思想促使我着手写这长篇的散文诗,并且一直进行到底的,虽然巴黎的环境对我保持沉默,漠不关心,甚至带有挖苦的意味,我却毫不考虑物质上的阻力,毫不动摇地打破了法国文艺界公认的惯例。成败对我都无所谓。问题并不是要取得成功,而是要服从我内心的命令。

这部鸿篇巨制进行到一半时,一九〇八年十二月,我在《约翰·克里斯托夫》的笔记本上写了下面这句话:

"我不是在写一本文学作品。我是在写我的信仰。"

有了信仰,就有行动,而不在乎后果。成功或者失败,那有什么关系?"该做就做!……"我认为在《约翰·克里斯托夫》中该做的事,是在法国精神和社会瓦解的时代,唤醒在灰烬下沉睡的心灵之火。而为了取火,首先要扫除陈年累月的灰烬和垃圾。要反抗垄断阳光和空气的"市场",就要有一支勇敢无畏、准备牺牲、毫不妥协的精锐部队。我想号召这支小部队团结在一个英雄周围,这个英雄就是他们的领袖。为了要有这个领袖,我就不得不把他创造出来。

我要求这个领袖具备两个主要条件:

第一,有一双自由、明亮、诚实的眼睛,就像北美印第安人的自然之子一样——就是伏尔泰和百科全书派在《休伦人》中描写的初到巴黎的土人,用他们纯真的眼光来讽刺那个时代的社会所做出的荒唐事和所犯下的罪行。我需要这个观象台——两只不受拘束的眼睛——来观察,来判断今天的欧洲。

第二,观察和判断只不过是出发点而已。然后,更重要的是行动。你的思想,你的为人,都要敢于见诸行动——大胆说出来!大胆做出来吧!十八世纪伏尔泰写的《天真汉》只是冷嘲热讽,说说罢了。对于今天艰巨的战斗,他的力量就太薄弱。今天需要的是英雄。做一个英雄吧!

我在开始写《约翰·克里斯托夫》的同时,还写了一本《贝多芬传》。在传记的序言中我给"英雄"下了定义。我拒绝把"英雄"的称号赋予"那些靠思想或力量来取得胜利的人物。我称为英雄的只是那些心灵伟大的人"。把这个词的范围扩大吧!"心灵"并不只局限于情感,而是包括内心生活的辽阔王国。能够支配内心世界,依靠基本力量的英雄才有本领对付一个敌人的世界。

在我开始想到英雄的时候,贝多芬的形象自然出现在我面前。在现代的世界上,在西方人的心目中,贝多芬是一个难能可贵的艺术家,他不仅具有创造的天才,是浩瀚的内心帝国的主人,而且还具有泛爱人类的心胸。

但是不要以为约翰·克里斯托夫是贝多芬的写照!克里斯托夫并不是贝多芬。他只是一个新式的贝多芬,一个贝多芬式的英雄,但他是独立自主的,生活在一个不同的世界上,也就是我们这个世界。他和这位波恩出生的音乐家在历史上的相似之处,仅仅局限于本书第一卷《黎明》中所描写的家庭情况。我在本书开始时把他们写得相似,是要说明我的英雄属于贝多芬的家族,深深扎根于西欧莱茵河畔的历史中;我使他的童年时代笼罩在古老的德国——古老的欧洲氛围之下。但是一旦树从土地上长了出来,周围的环境就都是"现代";而他自己也彻头彻尾成了我们中的一个——成了我们这一代英雄的代表,经历了一八七〇年的普法战争,直到一九一四年的欧洲大战。

如果说他成长的世界已经粉碎,已经破坏,后来发生的强有力的事件使我有理由相信:克里斯托夫这棵大树并没有倒下。狂风暴雨可以折断几根枝丫,但树干是不会动摇的。我的证据就是:每天都有飞鸟从世界各国来到大树底下寻找荫蔽之处。最激动人心而又远远超过了我写作时所期望的是:没有一个国家不知道《约翰·克里斯托夫》。从世界上最遥远的地方,从各个不同的民族,从中国、日本、印度、美洲、欧洲各国,都有人来对我说:"约翰·克里斯托夫是我们的。他属于我,他是我的兄弟。他就是我……"

这证明了我信仰的是真理,我已经达到了我努力寻求的目的。因为在一八九三年十月开始创作时,我写下了下面这几句话:

"永远显示人同此心,无论表现的形式如何千变万化。这应该是艺术的,也应该是科学的首要目标。这就是《约翰·克里斯托夫》的目标。"

我应该说明为《约翰·克里斯托夫》选择艺术形式和文体风格时的考虑。因为形式和风格都和作品的构思、目标的设想有密切的关系。但是我想在我的美学构思概论中再作详细的探讨,因为我的构想和大多数法国同代人不一样。

在这里,我只想说《约翰·克里斯托夫》的风格(有人习惯于根据这种风格来错误地判断我的全部作品)是受到主题思想支配的,而这个思想启发了我和我的战友佩吉在开始编印《半月期刊》时做出的努力。这思想是粗犷雄浑的,然而又是清教徒般严格的,因为我们要反对冻结状态的时代和环境,非得极端严格不可。我们的思想是:

"说话要直截了当!不要涂脂抹粉,矫揉造作!说话要人理解,不是要那一小撮挑三拣四的人,而是要成千上万最单纯、最普通的人懂得!不要怕太容易理解了!说话不要影影绰绰,遮遮掩掩,而要清楚明白,毫不动摇,甚至不惜显得笨重累赘!笨拙又有什么关系?只要人的脚跟站得更稳!如果要使你的思想深入扎根,重复同样的话也是有用的,那就重复吧,深入吧,用不着找别的话了!但是一句话也不要浪费!让你的话变成行动!"

这是我今天还要求做到的反对当代美学的原则;我今天还把这些原则应用于某些需要行动、承担行动的作品。然而不是全部作品。凡是读书人都看得出《约翰·克里斯托夫》和《心醉神迷》①之间在内容、艺术、音调等

---

① 现有中译本译为《母与子》。

方面的主要差别,更不用说《黎柳利》或《哥拉·布勒尼翁》了,后两本书的内容要求完全不同的处理手法,连节奏、音色、协和音也是完全不同的组合。

何况即使在《约翰·克里斯托夫》一书中,各卷也并不都能符合开始写作时的严格要求。最初战斗时清教徒一般的严格性,到了最后三卷也就松下来了(最后三卷总名《旅途的终点》,包括《女友》、《燃荆》、《新生》在内)。我的英雄随着年龄的增长,心情趋于平静,于是作品的音乐性显得更复杂,色调变化也更细腻了。但是老一套的舆论没有注意到这一点,他们对整个一部作品,对整个人的一生,都满足于老一套——非白即黑——的评论。

在我的卡片中找得到大量的资料,可以解释《约翰·克里斯托夫》的底细。尤其是解释《市场》和《楼中》两卷中出台的当代社会。不过现在要谈还为时过早①。

但有趣的也许是指出没有实现的计划。我原来打算在《女友》和《燃荆》之间插上一卷,主题定为《革命》,但是没写出来。

我并不是想写今天在苏联已经取得胜利的革命。那时(1900—1914)革命遭到了失败。不过是昨天的失败造成了今天的胜利。

关于删掉的这一卷,我在笔记中写了一个拔得相当高的提纲。笔记中克里斯托夫被法国和德国驱逐出境,逃到伦敦,结识了世界各国的流亡者。他和他们的精神领袖有了亲密的友谊,那是一个马志尼或列宁式的伟大人物。这个富有煽动力的强人由于他的智慧、信仰、性格成了指挥欧洲所有革命行动的首脑。克里斯托夫积极参加一场忽然在德国和波兰爆发的运动。叙述这些事件、暴动、战斗、革命者的分裂,占了书的一大部分,结果革命被镇压了,克里斯托夫经历了千难万险,逃到了瑞士。下面就写《燃荆》中爆发的恋情。

我还计划把这一代人的长篇悲剧结果写成一首《自然交响曲》——不是贝多芬的《大海的沉默》,而是《大地的沉默》——使这位伟大的人生斗

---

① 关于这点,我要提醒读者,不要把书中人物当作现实中的真人。《约翰·克里斯托夫》并不是一本索隐小说。虽然书往往针对真人真事,但书中并没有一个真人的写照——不管是过去或现在的人。然而所有出场的人当然都通过作者的创造,把生活的经验和回忆都融化在其中了。不少当代名人在我讽刺的人物中看出了自己的形象,于是对我怀有刻骨的仇恨,结果在一九一四年欧洲大战时,乘我发表《混战之上》之机,就找到发泄私愤的借口了。——原注

士平静地回到沉默中去。

"我常常想,"我这样写道,"需要使这部人类史诗的结局类似我为革命剧所设计的收场——热情和仇恨都融入了自然的平静中。无限空间的沉默包围了人类的骚动;骚动消失在沉默中,就像石沉大海一样。"

我总想到同一性。人同此心,天人合一。

"消失吧,千百万群众,要拥抱全世界。"①

在《约翰·克里斯托夫》的结尾,我写下了"爱与恨融合而成的庄严和谐",我更喜欢这前进行动中强有力的平衡。因为《约翰·克里斯托夫》的结尾并不是结束,而是一个阶段。《约翰·克里斯托夫》是不会结束的。甚至他的死亡也不过是节奏中的一个片刻,永恒的生命气息中的一个休止符而已……

"总有一天,为了新的战斗,我会复活的……"

因此,《约翰·克里斯托夫》永远是新生一代的战友。他死了一百次还会复活,他永远战斗,一直是"全世界英勇斗争,受苦受难取得胜利的自由男女"的兄弟。

罗曼·罗兰
于莱蒙湖畔新城
一九三一年复活节

---

① 席勒词,贝多芬用于《第九交响乐》的《欢乐颂》中。

后　记

　　六十年前,我读傅雷译《约翰·克利斯朵夫》,欣喜若狂;六十年后,我读许渊冲译《约翰·克里斯托夫》,喜出望外。克利斯朵夫是我的老朋友,克里斯托夫是我的新朋友。温故知新,心心相印。傅雷生于一九〇八年,比我大十岁;许渊冲生于一九二一年,比我小三岁。我和许渊冲是西南联大同学,他在外文系,我在数学系。当年我们发黑如漆,风华正茂;如今我们白发苍苍,饱经沧桑。我们都到了所谓耄耋之年。可喜的是我们都有一颗年轻不老的赤子之心。我读过他写的《追忆逝水年华》和《诗书人生》,写得很精彩,我很喜欢。

　　傅雷的全译本出版于一九四六年。傅雷时年三十八岁。我至今还保存着上海骆驼书店出版的一九四八年的版本。许渊冲的译本出版于二〇〇〇年。他已是一个年近八十的老人了。

　　为什么《约翰·克里斯托夫》有这么大的魅力,成为全世界热爱和平、热爱真理的人们的朋友?罗曼·罗兰在此书的后序中说:"友爱是这部作品的源头活水,从绝望中却流出了英雄主义精神的长江大河。""我把这本不是不朽的书献给一切不是不朽的人,书中的呼声要说的是:'兄弟们,互相亲近吧,忘记我们的分歧,思考我们不得不共同对付的苦难吧!我们之间没有敌人,没有坏人,只有可怜的人;而我们唯一持久的幸福是互相了解,以便达到互爱的目的:智慧和爱,这是在我们生前与死后的两个无底深渊之间,能淹没黑夜的唯一光明。'"《约翰·克里斯托夫》永远是新生一代的战友。他死了一百次还会复活,他永远战斗,一直是'全世界英勇斗争、受苦受难取得胜利的自由男女'的兄弟。"

　　罗大冈在傅雷译的《约翰·克利斯朵夫》一九八〇年版的译本序言中指出:"《约翰·克利斯朵夫》最根本的、总的主导思想是人道主义。""《约翰·克利斯朵夫》的无可怀疑的现实主义价值,主要就在于作者以高度的艺术手段表现了这种战斗的人道主义。""战斗的人道主义,是罗曼·罗兰全部作品的灵魂,也是小说《约翰·克利斯朵夫》的灵魂。"他又说:"译者傅雷的谨严的工作态度和流畅的文笔,对于这部世界名著在我国的流传作出了卓越的贡献。"罗大冈是北京大学教授、文学翻译家。罗曼·罗兰的另一部巨著《母与子》就是他译的。罗大冈的序言中说:"罗曼·罗兰(1866—1944)的《约翰·克利斯朵夫》和《母与子》是他的代表作,也是现代法国资产阶级进步文学中划时代的作品。""罗曼·罗兰用十年时间(1903—1912)创造了里程碑式的巨著《约翰·克利斯朵夫》。"罗曼·罗兰获得一九一五年度诺贝尔文学家。

为什么许渊冲要重译《约翰·克里斯托夫》呢?他在译者序言中说:"我认为重译是提高翻译水平的一个好方法。我曾说过:文学翻译是两种语言的竞赛。而重译则是两个译者之间、有时甚至是译者和作者之间的竞赛。""二十一世纪的翻译家应该和作家不分高下,所以我要和傅雷展开竞赛。""重译《约翰·克里斯托夫》不仅为了使人'知之、好之、乐之',首先是译者'自得其乐'。""傅译已经可以和原作比美而不逊色,如果再创造的'美'有幸能够胜过傅译,那不是最高级的乐趣吗?如果'自得其乐'能够引起广大读者的共鸣,那不是最高级的'善',最大的好事吗?乐趣有人共享就会倍增,无人同赏却会消失。这就是我重译这部皇皇巨著的原因。"

我喜欢许渊冲译的《约翰·克里斯托夫》。这是一部形神兼备、青出于蓝的好译本。

通过比较,我个人可以得出结论:许渊冲译的《约翰·克里斯托夫》比傅雷译的《约翰·克利斯朵夫》好。

这一点也不奇怪。长江后浪推前浪。青出于蓝而胜于蓝。许渊冲敢和傅雷竞赛,他心中有数,稳操胜券。傅雷的译本译于三四十年代,当时直译之风甚盛,傅雷还是一个三十岁左右的青年;而许渊冲的译本译于九十年代,许渊冲已是七十几岁的老人了。就学问、修养、人生阅历来说,许渊冲占了优势。从傅译到许译,经过了半个多世纪,汉语在发展,文学翻译也在发展。因此,在语言文字、翻译技巧方面,许渊冲也占了优势。更何况许渊冲还有一套继承前人、自成体系的翻译理论和六十年文学翻译的丰富经验。

有人说,傅雷的"重神似不重形似"的翻译理论是文学翻译的第一次飞跃,许渊冲的"发挥译语优势"的翻译理论是文学翻译的第二次飞跃。傅雷和许渊冲对文学翻译的贡献功不可没。

许渊冲在他的《诗书人生》(百花文艺出版社 2003 年出版)一书第四三八页和四一三页上说:傅雷在一九五一年《高老头》重译本序中强调:"翻译应当像临画一样,所求的不在形似而在神似。""必须像伯乐相马,要'得其精而忘其粗,在其内而忘其外'。傅雷提出过两条翻译原则:一是神似重于形似,二是在最大限度内保持原文句法。在他重神似时,往往出现妙译;在他保持原文句法时,往往出现败笔。后来我重译他译过的作品,就学其长而避其短了。"

许渊冲的这段话指出了傅雷译文的长处和短处,一针见血,击中要害。

许渊冲在《诗书人生》第四三八页上说:"朱光潜先生说过:'从心所欲,不逾矩'是一切艺术的成熟境界。我认为,这也是文学翻译的成熟境界。"在第四三九、四四〇页上又说:"'从心所欲而不逾矩'是不能分割的,'不逾矩'是低标准,'从心所欲'是高标准。""关于'矩'或'度'的问题,我想用画家吴冠中的一句话来说明:那就是'风筝不断线',飞得越高越好。'线'就是'矩'或'度'。"他在第三七七页上说:"朱先生的《谈美》和《诗论》哺育了我们这一代人;吴冠中说得好:'我们是朱先生的奶喂大的。'"

关于"发挥译语优势"和"文学翻译是两种语言文化的竞赛",许渊冲在《诗书人生》第四四〇、四四一、四六五、四六六页上说:"我说文学翻译是两种语言文化的竞赛,是根据我六十年来翻译了四十本文学作品总结出来的论点。""一般说来,原作是 best words in best order,但是原作最好的文字,变成对等的译文,并不一定就是最好的译文;原作最好的次序,更不能变成对等的译文次序,因此,中外互译的时候,无论文字还是次序,有时可以对等,有时不能对等;如不对等,多是原文占优势,译文占劣势,那就需要展开竞赛,发挥译语优势,扭转劣势,争取均势;如能青出于蓝而胜于蓝,那就是取得优势了。""翻译要能使人好之,甚至乐之,就需要发挥译语的优势,也就是要尽量利用译语最好的表达方式。""西方科学派提出'对等'、'等值'、'等效'、形似直译的译论。公式是:$1+1=2$。中国艺术学派提出意译、神似、发挥译语优势的理论,也就是说,译者可以译出原文内容所有,原文形式所无的词语。公式是:$1+1>2$。"

许渊冲在《诗书人生》第四六五页上说:我把中国学派的文学翻译理论总结为十个字:"美化之艺术,创优似竞赛"。所谓"美",就是把鲁迅的文字"三美"论应用于文学翻译;所谓"化",就是把钱钟书的"化境"说分解为等化、浅化、深化"三化"论;所谓"之",就是把孔子的知之、好之、乐之总结为"三之"论;所谓艺术,就是把朱光潜的艺术论应用于文学翻译,认为文学翻译和文学译论都是艺术。总起来说,美化之艺术就是三美,三化、三之的艺术。所谓"创",就是把郭沫若的"文学翻译等于创作"提高为再创论;所谓"优",就是发挥译语优势论;所谓"似",就是傅雷的神似说;所谓竞赛,即文学翻译是两种语言文化的竞赛论。合起来说,"美"和"优"是文学翻译的本体论;"化"和"创"是方法论;"之"和"似"是目的论;艺术和竞赛是认识论。

关于"三美"、"三化"、"三之"、"三似",许渊冲在《诗书人生》第四三八、三七五、三七六、三七五、三九一、四四六、四四七、三九六页上说:"'美'指意美、音美、形美'三美';用英文来说,就是 best words in best order。Best words 指具有意美、音美的文字,best order 指具有形美和音美的次序。""'意美、音美、形美'就是和'神似'统一的'意似、音似、形似',就是译诗时不可忘的'精';而可忘的'粗'是和'神似'矛盾的'意似、音似、形似'。""'意似'是译诗的低标准,'意美'是高标准,'三美'是最高标准。'意似'只能使读者'知之','意美'却能使读者'好之','三美'才能使读者'乐之'。这是我译诗的'三美'理论。""翻译要求'意似',不求'形似',最妙的是'神似'。""妙译来自得意忘形。""文学翻译是化原文为译文的艺术,是化原文之美为译文之美的艺术,用的方法,我看主要是等化、浅化、深化三种。""'三化'是要扭转劣势,争取均势,发挥优势。""我在《三似新论》中提出了形似、意似、神似的公式,分别是 $1+1<2, 1+1=2, 1+1>2$。"

讲得很全面,深入浅出,有继承,也有创新。有些论点,如"发挥优势"、"三似"公式,在杨振宁的科学理论中找到了依据。(《诗书人生》第396页)这说明文理是相通的。杨振宁读了许渊冲的《追忆逝水年华》英译稿后,说"很精彩",并写了英文序言。英文本 Vanished Springs 由美国纽约 Vantage Press 于一九九八年出版。(《诗书人生》第398、451页)许渊冲把他的文学翻译理论概括为"美化之艺术"五个字,把中国学派的文学翻译理论总结为"美化之艺术,创优似竞赛"十个字。概括得好,总结得好。中国人太聪明了,中文也太妙了!用五个字和十个字就能把全套理论言简意赅地概而括之,总而结之。这五个字,这十个字,凝结了多少人的心血啊!

许渊冲的文学翻译理论是"美化之艺术",许渊冲的文学翻译是"美化之翻译"。

许渊冲的文学翻译理论很好,但很难做到。"妙译来自得意忘形",讲得很好,但很难掌握分寸。"得意忘形",不能"忘乎所以"。直译(形似)比较容易,意译(意似)就比较难,妙译(神似)就很难了。要做到"妙译",必须有很深的文学造诣,很高的外文水平,很强的驾驭中文的能力。由"巧译"而得"妙译",功夫全在一个"巧"字上。这个"巧"字,是"巧夺天工"的"巧",不是"弄巧成拙"的"巧"。

译诗难,译中国古诗词更难。许渊冲译的《中国不朽诗三百首》(Songs of the Immortals)被英国最负盛名的企鹅出版公司收入《企鹅丛书》于一九九四年出版。他的译本能在国际大出版社企鹅图书公司出版,并且得到"绝妙好译"的评价,全世界有几个人能做到!?他译的《中国古诗词三百首》法文本于一九九九年出版,得到诺贝尔文学奖评委的好评,说是"伟大的中国传统文化的样本",令人赞赏钦佩。许渊冲为中国文化进入世界文化作出了贡献。许渊冲说:"我出成果,正是因为把创造美当成了人生的最高乐趣。"(《诗书人生》第381、374、435、33、16页)

早在一九七六年,钱钟书看了许渊冲英译《毛泽东诗词》后回信说:"谢谢你给我看你成就很高的译文,我刚读完。你带着音韵和节奏的镣铐跳舞,灵活自如,令人惊奇。""你对译诗的看法很中肯。""无色玻璃般的翻译会得罪诗,而有色玻璃般的翻译又会得罪译。"这些话,即是鼓励,又是鞭策。(《诗书人生》第111、112页)

许渊冲说:"我认为中国学派的翻译理论是目前世界上最高的译论,因为它能解决世界上最难的中西互译问题,但中国人受压迫太久,自卑心理太重,所以我要像杨振宁说的那样提高民族自尊心,把翻译提高到创作的地位,建立中国学派的译论。"(《诗书人生》第450页)

许渊冲是二十世纪中国最有成就的翻译家之一。他辛勤耕耘,硕果累累。特别令人感动和敬佩的是:他的许多译作和文章都是六十岁以后译出来和写出来的。

抗战时候,北京大学、清华大学、南开大学在昆明组成西南联合大学,简称西南联大或联大。西南联大培养了大批优秀人才。西南联大校友中,成就最大、贡献最大的是杨振宁。杨振宁扬名天下,与日月同辉,天上就有一颗杨振宁星。杨振宁是西南联大物理系最杰出的代表。王浩是数学系最杰出的代表。汪曾祺是中文系最杰出的代表。外文系最杰出的代表，原来是查良铮（穆旦），可惜他死得太早。现在许渊冲超过了他。许渊冲和杨振宁一样，也必将扬名天下。他们胸怀祖国，放眼世界，为国争光，为中国人争气。他们是西南联大校友的骄傲，中国人的骄傲。

许光锐
二〇〇三年九月二十一日
于南京龙江小区芳草园

图书在版编目(CIP)数据

约翰·克里斯托夫/(法)罗曼·罗兰(Rolland,R.)著;许渊冲译.
—北京:北京燕山出版社,2005.8(2014.7重印)
ISBN 978-7-5402-1245-2

Ⅰ.约…　Ⅱ.①罗…②许…　Ⅲ.长篇小说-法国-现代
Ⅳ.I565.45

中国版本图书馆 CIP 数据核字(2005)第 091748 号

约翰·克里斯托夫(上下)

[法]罗曼·罗兰 著
许渊冲 译
责任编辑/张红梅　张娟平
装帧设计/小　贾
北京燕山出版社出版发行
北京市宣武区陶然亭路 53 号　邮编 100054
全国新华书店经销
三河市北燕印装有限公司印刷

开本 915×1220　1/32　印张 36.5　字数 1150,000
2013 年 7 月第 6 版　2014 年 7 月第 9 次印刷

定价:58.00 元

版权所有　盗版必究